译文名著精选

YIWEN CLASSICS

# 荷马史诗·伊利亚特

〔古希腊〕荷马 著 陈中梅 译

Homer

# The Iliad

上海译文出版社

图书在版编目(CIP)数据

荷马史诗：伊利亚特·奥德赛：全 2 册/(古希腊)荷马著；陈中梅译.
—上海：上海译文出版社,2016.10 (2025.4 重印)
(译文名著精选)
书名原文：The Iliad, The Odyssey
ISBN 978-7-5327-7343-5

Ⅰ.①荷… Ⅱ.①荷… ②陈… Ⅲ.①史诗—古希腊
Ⅳ.①I545.22

中国版本图书馆 CIP 数据核字(2016)第 211046 号

Homer
**THE ILIAD**
**THE ODYSSEY**

**荷马史诗：伊利亚特·奥德赛(全 2 册)**
[古希腊]荷马 著 陈中梅 译

上海译文出版社有限公司出版、发行
网址：www.yiwen.com.cn
201101 上海市闵行区号景路159弄B座
浙江中恒世纪印务有限公司印刷

开本 890×1240 1/32 印张 37 插页 4 字数 623,000
2016 年 10 月第 1 版 2025 年 4 月第 9 次印刷
印数:24,501—26,000 册

ISBN 978-7-5327-7343-5
定价：98.00 元(全二册)

# 目 录

# 序

陈中梅

荷马的身世向来扑朔迷离。有西方学者甚至怀疑历史上是否确有荷马其人。英国诗人兼文论家马修·阿诺德曾用不多的词汇概括过荷马的文风，其中之一便是“简明”（simplicity）。然而，这位文风庄重、快捷和简朴的希腊史诗诗人却有着不简明的身世，给后人留下了许多不解其“庐山真面目”的疑团。首先是他的名字。Homeros 不是个普通的希腊人名。至少在希腊化时期以前，史料中没有出现过第二个以此为名的人物。Homeros 被认为是 homera（中性复数形式）的同根词，可作“人质”解。Homeros 亦可拆解作 ho me（h）oron，意为“看不见（事物）的人”，亦即“盲人”。这一解析同样显得勉强，也许是根据《奥德赛》里的盲诗人德摩道科斯所作的类推，把荷马想当然地同比为古代歌手中不乏其人的瞽者。细读史诗，我们会发现荷马有着极为敏锐的观察力，对色彩的分辨尤为细腻。荷马的名字还被解作短诗的合成者。有学者试图从 Homeridai（荷马的儿子们，荷马的后代们）倒推 homeros 的成因，所作的努力值得嘉许。然而，此类研究也可能走得过远。比如，历史上曾有某位英国学者，此君突发奇想，竟将 Homeros 倒读为 Soremo，而后者是 Soromon 的另一种叫法，由此将荷马史诗归属到了一位希伯来国王的名下。应该指出的是，从字面推导含义是西方学者惯用的符合语文学（philology）常规的做法，即便尝试倒读人名，也算不得十分荒唐，只是由此得出的结论可能与事实不符乃至南辕北辙，这是我们应该予以注意的。

即便承认荷马确有其人，他的生活年代也充满变数，让人难以准确定位。学者们所能做的，只是提出并满足于自以为能够自圆其说的设想（并在此基础上进行延伸评估）。从特洛伊战争时期（一般认为，战争的开打时段在公元前十三世纪至公元前十一世纪之间）到战争结束以后不久，从伊俄尼亚人的大迁徙到公元前九世纪中叶或特洛伊战争之后五百年（一说一六八年），都被古人设想为荷马生活和从艺的年代。史学家希罗多德认为，荷马的在世时间“距今不超过四百年”，换言之，大约在公元前八五〇年左右（《历史》2. 53）；而他的同行修昔底德则倾向于前推荷马的创作时间，将其定位于特洛伊战争之后，“其间不会有太远的年隙”（《伯罗奔尼撒战争史》1. 3）。荷马到底是哪个“朝代”的人氏？我们所能找到的“外部”文献资料似乎不能确切回答这个问题。另一个办法是从荷马史诗，即从“内部”寻找解题的答案。大量文本事实表明，荷马不生活在迈锡尼时期，因此不可能是战争的同时代人。从史诗中众多失真以及充斥着臆想和猜测的表述来看，荷马也不像是一位生活在战争结束之后不久的“追述者”。由此可见，希罗多德的意见或许可资参考。但是，考古发现和对文本的细读表明，希罗多德的推测或许也有追求“古旧”之虞。《伊利亚特》6. 302—303 所描述的塑像坐姿似乎暗示相关诗行的创编年代不太可能早于公元前八世纪；11. 19 以下关于阿伽门农盾牌的细述，似乎表明这是一种公元前七世纪以后的兵器；而 13. 131 以下的讲述更给人“后期”的感觉，因为以大规模齐整编队持枪阵战的打法有可能盛行于公元前七世纪末以后。著名学者沃尔特·布尔克特（Walter Burkert）将《伊利亚特》的成诗年代推迟到公元前六六〇年的做法[①]，似乎没有得到学界的广泛赞

---

① Martin Mueller, *The Iliad*, London: George Allen and Unwin, 1984, p. 1. 不排除史诗中的极少量内容得之于公元前六六〇年以后增补的可能。

同。荷马史诗自有他的得之于历史和文学传统的古朴性，零星出现的后世资证和著名学者的“靠后”评论，都不能轻易改变这一点。综观“全局”，我们认为，把荷马史诗的成篇年代定设在公元前八世纪中叶或稍后比较适宜，其中《奥德赛》的成诗或许稍迟一些，可能在公元前八世纪末或前七世纪初。事实上，这也是许多当代学者所持的共识。大致确定了荷马史诗的成诗时期，也就等于大致确定了荷马的生活和活动年代。如果古希腊确实出现过一位名叫荷马的史诗奇才，那么他的在世时间当在公元前八世纪——这一时段定位或许比别的推测更接近于合理，更少一些由于年代的久远和可信史料的匮缺（以及误读史料）所造成的很难完全避免的草率。

荷马的出生地在哪儿？这个问题同样不好准确回答。《伊利亚特》和《奥德赛》均没有提供现成的答案，公元前八世纪至前七世纪也没有在这方面给我们留下任何可以作为信史引证的第一手资料。据说为了确知荷马的出生地和父母是谁，罗马皇帝哈德里安还专门求咨过德尔菲的神谕①。在古代，至少有七个城镇竞相宣称为荷马的出生地，并且似乎都有各自的理由。它们是斯慕耳纳（现名伊兹米尔）、罗德斯、科罗丰、（塞浦路斯的）萨拉弥斯、基俄斯、阿耳戈斯和雅典。能够成为荷马的乡亲，自然是个莫大的荣誉，尤其是在公元前六世纪以后，诗人的名望鼎盛，如日中天。但是，荷马的出生地毕竟不可能多达七处，否则我们将很难把他当做一介凡人（只有神才可能有那样的“分身术”）。希腊文化的传统倾向于把荷马的故乡划定在小亚细亚西部沿海的伊俄尼亚希腊人的移民区。任何传统都不是凭空产生的。荷马对伯罗奔尼撒的多里斯人所知甚少，表明他不是从小在那个地域土生土长的。此外，《伊利亚特》中的某些行段（比如 9.4—5，

---

① 参考 Daniel B. Levine, “Homer's Death in the Biographical Tradition”, *The Classical Journal* 98.2 (2002/03), p.141。

11.305—308）暗示他的构诗位置可能“面向”希腊大陆（或本土），即以小亚细亚沿海为“基点”。荷马所用的明显带有埃俄利亚方言色彩的伊俄尼亚希腊语，也从一个侧面佐证着他的出生地不在希腊本土或罗德斯等地。再者，作为一个生长在小亚细亚的希腊人，荷马或许会比生活在希腊本土的同胞们更多一些“国际主义”精神，这一点我们可以从他叙事的中性程度以及不时流露出来的对敌人（即特洛伊人）的同情心里看出来。上述原因会有助于人们把搜寻的目光聚焦到小亚细亚沿海的斯慕耳纳和基俄斯，与传统的认识相吻合。我们知道，阿耳戈斯曾是个强盛的城邦，而公元前六世纪以后，雅典逐渐成为希腊的文化中心和书籍发散地（阿里斯塔耳科斯就认为荷马是雅典人），但历史和文本研究都不特别看好这两个地方，所以即使在古代，它们的竞争力也不甚强劲，无法与基俄斯等地相抗衡。基俄斯的西蒙尼德斯设想基俄斯是荷马的出生地（片断29；他称荷马是一个“基俄斯人”〈Chios aner〉）；事实上，那儿也被古代文论家认为是“荷马后代们”（Homeridai）发迹并长期诵诗从业的地方。在古代，荷马被认为是史诗作者（或诗人）的代名词，所有的“系列史诗”（如《库普里亚》、《埃塞俄丕亚》和《小伊利亚特》等）以及众多的颂神诗（如《阿波罗颂》和《赫耳墨斯颂》等）都被认为出自荷马的凭借神助的天分。基俄斯诗人库奈索斯创作了《阿波罗颂》，但却并不热衷于拥享作品的署名权。不仅如此，他似乎还有意充分利用人们对荷马的感情，凭借人们对荷马的印象，宣称该诗的作者是一位“来自山石嶙峋的基俄斯的盲（诗）人”（tuphlos aner，《阿波罗颂》172）。库奈索斯的做法当然可以理解，因为他不仅是基俄斯人，而且还是当地“荷马后代们”的首领，率先（公元前五〇四年前后）向远方输出荷马的作品，在苏拉库赛（即叙拉古）吟诵“老祖宗”的史诗。哲学家阿那克西美尼相信荷马的家乡在基俄斯，但史学家欧伽蒙和学者斯忒新勃罗托斯则沿用了公元前五世纪同样流行的荷马为斯慕耳纳人的传闻。抒情诗人品达的“视野”似乎更显开阔，既认为荷马是斯慕耳纳人（片断279），也愿意“折中”，即接受荷马同时拥有基俄斯和斯慕耳纳双重“国籍”的提法。有人认为荷马出生在斯慕耳纳，但在基俄斯完成了《伊利亚特》和《奥德赛》的创作。相传荷马卒于小岛伊俄斯，该地每年一次，在一个以荷马名字命名的月份，即Homereon里用一只山羊祭奠诗人的亡灵。

荷马的名字绝少见于公元前七世纪的作品史料。学问家鲍桑尼阿斯（生活在公元二世纪）在谈到史诗《塞贝德》时写道：“卡莱诺斯曾提及这部史诗，并认为此乃荷马所作。”（ephesen Homeron ton poiesanta einai，《描述希腊》9.9.5）一般认为，卡莱诺斯即为厄菲索斯诗人卡利诺斯，其活动年代在公元前七世纪上半叶，以擅作对句格诗歌著称。如果卡莱诺斯即为卡利诺斯的推测不错，那么鲍桑尼阿斯的引文或提及很可能是现存惟一的一则比较可信的可资论证一位公元前七世纪诗人提及（原作当然早已佚失）荷马名字的珍贵史料。需要指出的是，卡利诺斯不太可能称荷马创编了《塞贝德》，因为这部史诗的成文年代很可能在公元前六世纪。卡利诺斯的意思或许是，他知晓发生在塞贝的战事，而荷马作为一位史诗诗人，编述过关于那场战争的故事①。一位生活年代不迟于公元三世纪的拜占庭评论家曾提及阿耳基洛科斯的观点（片断304W.），称这位诗人相信《马耳吉忒斯》乃荷马的作品。阿耳基洛科斯同样生活在公元前七世纪，但考证表明《马耳吉忒斯》的创作年代当在公元前六世纪初以后，所以拜占庭评论家的论述显然有误，与事实不符。阿耳基洛科斯或许知晓荷马，但他的诗作已基本佚失，使我们无法就此进行准确的辨析。有趣的是，“傻瓜史诗”《马耳吉忒斯》长期被古代文家们认定为荷马的作品。我们知道，迟至公元前四世纪，像亚里士多

① 参考M. L. West，“The Invention of Homer”，*Classical Quarterly* 49.2（1999），p.377。

德这样的大文论家依然对此深信不疑，将《马耳吉忒斯》看作是喜剧的“前身”（参阅《诗学》4. 1448b38—1449a2，另参考《尼各马可斯伦理学》6. 7. 1141a14）。同样伪托公元前七世纪诗人提及荷马的还有另一见例。著述家菲洛科洛斯（出生在公元前三四〇年以前）引用过据说是出自赫西俄德的三行诗句（片断〈dub〉357M. —W.），其中包括“我与荷马在德洛斯高歌”，“唱颂莱托之子、持金剑的福伊波斯·阿波罗”等词语。菲洛科洛斯肯定是凭借道听途说编叙的，他的离奇说法在古代就没有什么信奉者，当代学者更不会把它当作严肃的史料加以引用。赫西俄德确曾参加过诗歌比赛并且获奖，但地点是在卡尔基斯，不是在德洛斯，而他的对手应该也不是荷马，否则很难相信他会在对那次歌赛的记述中放过这一宣扬自己的绝佳素材，不予提及（参阅《工作与时日》654—659）。尽管如此，在公元前七世纪，荷马不是默默无闻的。据说诗人忒耳庞德耳曾在斯巴达吟诵荷马的诗作，图耳泰俄斯、阿尔克曼和阿耳基洛科斯等诗人也都吟诵过《伊利亚特》或《奥德赛》里的诗行。也就在同一时期，《伊利亚特》和《奥德赛》里的某些内容已见诸瓶画。应该指出的是，上述诗人的引诗有可能出自公元前八世纪以前即已成诗流行的短诗，而这些诗段也是荷马用以加工并构组长篇史诗的原材料。同样，瓶画艺术家们也可能取材于荷马史诗以外内容近似的故事，进行高度的艺术概括后，使其成为可视的、栩栩如生的人物和景观形象。

荷马的得之于传统的历史真实性在公元前七世纪没有受到怀疑。尽管如此，荷马的名字在那个时期成文的作品中非常罕见，这或许反映了那个时代的文人们的疑虑，也可能与存世作品的稀少不无关系。公元前六世纪初以后，这种情况发生了质的改变，荷马名字的出现率大幅度提升，仿佛人们突然意识到荷马的重要，觉得既然可以随意复诵或吟诵他的诗行，就不必忌讳提及他的名字，不必再对荷马的历史真实性存有戒心。或许，“荷马后代们”的活动逐渐开始发挥作用，不断扩大着荷马的影响，最终会同其他因素，使荷马的名字进入千家万户，成功塑造了一位“诗祖”的形象。在公元前六世纪下半叶，荷马是否确有其人已经不是问题。人们热衷于关注的是荷马的功绩（以及功绩有多大），此外便是他的过错。人们开始评论荷马。有趣的是，得以传世至今的对荷马及其诗歌最早的评论，不是热切的赞颂，而是无情的批评。科洛丰诗人哲学家塞诺法奈斯抨击荷马和赫西俄德的神学观，指责他们所塑造的神明是不真实、有害和不道德的（片断 11、14、15）。大约三四十年之后，哲学家赫拉克利特以更严厉的措词狠批荷马，认为荷马应该接受鞭打，被逐出赛诗的场所（agones，片断 42）。据传毕达哥拉斯曾在地府里目睹过荷马遭受酷刑的情景。故事的编制者显然意在告诉世人：荷马为自己对神祇的不体面描述付出了惨重的代价。此类传闻荒诞不经，自然不可信靠，这里略作提及，或许可从一个侧面说明后世某些哲人对荷马以及由他所代表的诗歌文化的憎恨程度。公元前六世纪，新兴的逻各斯（logos）及其所代表的理性思想开始在希腊学界精英们集聚的城邦里传播，哲人们显然已不满于荷马史诗对世界和神人关系的解释，迫切想用能够更多反映理性精神的新观点取代荷马的在他们看来趋于陈旧的“秘索思”（mythos，“神话”、“诗歌”、“故事”）。在新旧思想碰撞的时代背景下出现的哲学对诗歌的批评，自然会把攻击的矛头对准荷马，这一点不足为怪。当然，哲人们本来或许可以把语气放得温和一点，这样既可以显示风度，又能给通常无意攻击哲学的诗歌保留一点面子，还能为自己日后向诗歌的回归（至少是靠拢，如或许指望用自己的诗性哲学取代荷马的传统诗教的柏拉图所做的那样）提前准备一条退路。

真正有意将荷马扫地出门的哲学家只是极少数。荷马对希腊哲人的潜在和“现实”影响是巨大的。我们不敢断定希腊哲学之父泰勒斯在提出水乃万物之源观点之前是否受过荷马关于大洋河俄开阿诺斯是众神之源的见解（《伊利亚特》14.246）的启示，但后世毕达哥拉斯学派的某些成员热衷于引用荷马的诗行以论证自己观点的做法，却是古典学界广为人知的事实。苏格拉底的老师阿那克萨戈拉斯对荷马史诗的喻指功能兴趣颇浓，而他的再传弟子亚里士多德对荷马的敬重和赞扬更是有目共睹。我们知道亚里士多德曾赋诗赞美过老师柏拉图，但比之他在《诗学》里热情讴歌荷马及其史诗的话语，他对柏拉图的赞扬不仅显得零碎，而且肯定不够具体。就连有意把荷马史诗逐出理想国的柏拉图本人，也对荷马怀有深深的景仰之情，并且会在行文中情不自禁地信手摘引他的诗句，以佐证自己的观点。柏拉图对荷马史诗的喜爱一点也不亚于奥古斯丁对维吉尔作品的喜爱，只是二者都出于维护各自政治和宗教理念的需要，不得不努力遏制自己的“情感”，服从“理性”的支配，转而攻击或批判自己原本喜爱的诗人。

就在少数哲人批贬荷马的同时，诗人们却继续着传统的做法，就整体而言保持并增加着对荷马的信赖和崇仰。西蒙尼德斯赞慕荷马的成就，认为由于荷马的精彩描述方使古代达奈英雄们的业绩得到了彪炳后世的传扬。在说到英雄墨勒阿格罗斯在一次投枪比赛中获胜的事例时，他提到了荷马的名字，用以增强叙事的权威性：“荷马和斯忒西科罗斯便是这样对人唱诵的。”（参阅《对句格诗》11.15—18，19.1—2，20.13—15）埃斯库罗斯谦称自己的悲剧为“荷马盛宴中的小菜”（阿塞那伊俄斯《学问之餐》8.347E）。我们了解埃斯库罗斯对悲剧艺术的卓越贡献，认可他的作品所取得的高度的艺术成就。他之所以这么说，固然是考虑到荷马史诗的规模和数量（在当时，荷马被普遍认为不仅仅是《伊利亚特》和《奥德赛》的作者），但同时可能也是出于他对荷马的敬重和叹服。他不认为自己的成就可以与荷马相提并论，故用了“小菜”（或“肴屑”）一词。当然，从埃斯库罗斯的形象比喻中我们也可以看出，他愿意把自己的作品纳入荷马的“系统”（柏拉图称荷马为第一位悲剧诗人），以能够成为荷马传统的一部分而感到光荣。事实上，无论是从思想感情还是气质或（行文）“品格”来评判，埃斯库罗斯都秉承了荷马的遗风，是最具荷马风范的悲剧诗人。喜剧大师阿里斯托芬同样崇仰荷马。他赞赏荷马的博学，不怀疑他在希腊民族中所处的当之无愧的教师地位，誉之为“神圣的荷马”（theios Homeros，《蛙》1034）。抒情诗人品达摘引荷马，赞同当时流行的荷马是史诗《库普里亚》作者的观点（从现存的史料来看，希罗多德是把《库普里亚》删出荷马作品的第一人，《历史》2.117），并称荷马把这部史诗作为陪嫁，将女儿嫁给了库普里亚（即塞浦路斯）人斯塔西诺斯。品达对荷马并非没有微词，但是，他的批评是含蓄而合乎情理的，有别于同样多次提及荷马的赫拉克利特对他的恶毒攻击（当然，在崇尚言论自由的古希腊，这么做是允许的）。品达认为，荷马拔高了古代英雄们的形象，以他典雅和瑰美的诗句使奥德修斯受到了过多的赞扬（《奈弥亚颂》7.20—21）①。

希罗多德引用荷马史诗十一个行次。此外，作为书名，《伊利亚特》和《奥德赛》最早见诸他的著述（《历史》5.67）。修昔底德引《伊利亚特》仅一个行次，但引《阿波罗颂》的诗行却高达十三例。值得注意的是，修昔底德是把《阿波罗颂》当作荷马史诗加以引用的。这表明他也像许多前辈文人一样，将包括《阿波罗颂》在内的我们今天称之为《荷马诗颂》的众多颂神诗都看作是荷马的作品。这种情况在公元前四世纪发生了改变。亚里士多德似乎已不认为《阿波罗颂》是荷马的诗作，尽管他仍然把《马耳吉忒斯》归入荷马的名下。当柏拉图和塞诺芬提及荷马史诗时，他们的指对一般均为《伊利亚特》和《奥德赛》，所引诗行似乎也都出自这两部史诗。从

---

① 品达三次提到荷马的名字。品达的提及客观上起到互相“增光”的作用，使两位大诗人（即荷马和他本人）相得益彰（参考 *A New Companion to Homer*, edited by Ian Morris and Harry Powell, Leiden: Koninkijek Brill, 1997, p. 39）。

现存的古文献来看，雷吉昂学者塞阿格奈斯（Theagenes，活动年代在公元前五二五年前后）是希腊历史上著述研究荷马史诗的第一人，所著《论荷马》以讨论荷马史诗的“喻指”功能为主，在公元前三世纪以前即已失传。他提出的荷马史诗里的神祇皆可喻指自然界里的物质或现象的观点，对后世学者解读荷马的影响甚深，斯忒新勃罗托斯（据说他能揭示作品中藏而不露的意思〈tas huponoias〉），格劳孔和阿那克萨戈拉斯等人都曾沿袭他的思路，著述或研讨过当时（即公元前五世纪）的学者们所关注的某些问题。柏拉图对荷马史诗颇有研究，但囿于自己的学观取向，他的研究往往多少带有偏见，无助于人们正确和客观公正地解读荷马。亚里士多德写过《论诗人》、《修辞学》、《论音乐》、《诗论》等著作，其中应该包括研析荷马史诗的内容。《荷马问题》是一部探讨荷马史诗里的“问题”和如何解析这些问题的专著，可惜也像上述文论一样早已失传。亚里士多德的《诗学》是他的论诗专著中硕果仅存的一部（当然，他的《修辞学》也间接谈到诗论问题）。在《诗学》里，亚里士多德高度评价了荷马史诗的艺术成就，赞扬他“不知是得力于技巧还是凭借天赋”，几乎在有关构诗的所有问题上都有自己高人一筹的真知灼见（《诗学》8. 1451a22—24）。罗马文论家贺拉斯很可能没有直接读过《诗学》，但有理由相信他会从亚里士多德的学生塞俄弗拉斯托斯和其他亚里士多德学派的成员（如萨图罗斯和尼俄普托勒摩斯等）的著述中了解到亚里士多德的诗学观，包括对荷马以及他的史诗的评价。包括西塞罗在内的罗马文人，大概也会通过上述途径接触到亚里士多德学派的诗艺观，从而加强自己的理论素养，加深对荷马的印象。

伴随着吟游诗人们（rhapsoidoi）的诵诗活动，荷马史诗从公元前八世纪末或前七世纪初即开始从小亚细亚的发源地向外“扩张”，逐渐渗入希腊本土和意大利南部地区。据说鲁库耳戈斯于旅行途中偶遇吟游诗人，由此把荷马诗作引入了斯巴达（参考普鲁塔克《鲁库耳戈斯》4)。但普鲁塔克所述的真实性颇值得怀疑。据希罗多德记载，鲁库耳戈斯的活动年代在公元前九百年左右；即使依据古代的保守估计，此君的盛年从政时期也应在公元前七七五年以前，因此除非前推荷马创作史诗的时间，我们很难估测鲁库耳戈斯有可能在公元前九世纪或前八世纪初引入荷马史诗，让斯巴达人有那等耳福。然而，鲁库耳戈斯的“引进”或许不实，但吟游诗人和“荷马后代们”的诵诗活动至迟在公元前六世纪下半叶已形成“气候”，大概不是耸人听闻的虚假之谈。吟游业的发展势必会导致所诵诗作（或故事）在枝节乃至某些重要内容上出现不可避免的变异。在没有“定本”的情况下，吟游诗人们会各逞所能，即兴增删诵诗的内容，加大异变荷马史诗的势头。据说面对这样的情况，梭伦曾发布政令，要求吟游诗人们严格按照传统的“版本”诵诗，不得擅作改动。据传公元前五三五年前后，雅典执政裴西斯特拉托斯组织了一个以俄诺马克里托斯为首的诗人委员会，负责收集各种诗段并以传统成诗为标准，基本“定型”了荷马史诗的受诵样本。公元前五二〇年左右，裴西斯特拉托斯或他的儿子希帕科斯下令，将吟诵荷马史诗定为泛希腊庆祭节上的保留项目，由参赛的诗人们依次接续，当众吟诵。裴西斯特拉托斯（或其子）的努力，对规范吟游诗人们的诵诗和增强民族凝聚力起了很大的作用。然而，对荷马史诗的校勘工作却远没有因此而中止。柏拉图的同时代人、史诗《塞贝德》的作者安提马科斯校编过荷马史诗。此外，古时还盛传亚里士多德曾专门为他的学生、马其顿王子亚历山大校订了一部日后伴随他南征北战的《伊利亚特》。

公元前四世纪末，托勒密家族在埃及建立了自己的王朝，利用雄厚的财富资源大力推动并弘扬科学文化事业，鼓励学人重视对古希腊重要文献文本的搜集和整理，在亚历山大创建了规模宏大的图书馆。至菲拉德尔福斯统治时期（公元前二八五至前二四七年），图书馆收藏的各种抄本已达四十万卷（相当于当今八开本的图书四万册）。图书馆拥有从马耳赛勒斯、阿耳戈斯、基俄斯、塞浦路斯、克里特和黑海城市西诺佩等地搜集到的荷马史诗抄本，其中的大多数或许均成文于对上述雅典（即在裴西斯特拉托斯或其子希帕科斯督导下形成的）校勘本的有变异的转抄。荷马史诗研究由此成为显学。图书馆的第一任馆长是菲勒塔斯的学生、厄菲索斯人泽诺多托斯（大概出生在公元前三二五年）。他校勘了《伊利亚特》和《奥德赛》，并首次将这两部史诗分别节分为二十四卷。在此之前，学者们习惯于以内容定名或称呼其中的部分，所指不甚精确，也难以形成规范。泽诺多托斯著有《荷马词解》（*Glossai*）。和他的校勘一样，此举虽然功不可没，但明显带有严重的个人主观取向，对词义的解析常显不够精细，且过于武断。继厄拉托塞奈斯之后，拜占庭的阿里斯托芬（生卒约为公元前二五七至前一八〇年）接任亚历山大图书馆馆长职务，继续着由泽诺多托斯在那个时代开创的以诠解词义为中心的研究工作。阿里斯托芬是个博学的人，精通文学、语言学、语文学，擅长文本的考证研究，首创重音符和音长标记，在泽诺多托斯和瑞诺斯（Rhianos）校本的基础上较大幅度地改进和完善了校勘的质量。

真正具备严格的学术意识并且能够代表亚历山大学者治学（即荷马史诗研究）水平的，是阿里斯托芬的学生、来自爱琴海北部岛屿萨摩斯拉凯的阿里斯塔耳科斯（生卒约为公元前二一七至前一四五年）。阿波罗尼俄斯卸任后，阿里斯塔耳科斯接受了亚历山大图书馆馆长的荣誉，也挑起了这一重要职位所赋予的责任。他以更加严肃的态度治学，两次校订荷马史诗（换言之，完成了两套校订本），并在页边写下了大量的评语，其中的许多行句经后世学者引用而得以传世，受到现当代荷马史诗研究者的高度重视。作为当时的顶尖学者（ho grammatikotatos〈阿塞那伊俄斯《学问之餐》15. 671〉），阿里斯塔耳科斯一生写过八百余篇短文，大都与荷马及其史诗或相关论题的研究有关。与有时或许会夸大比喻的作用，倾向于过度开发喻指的潜力以佐证斯多葛学派观点的裴耳伽蒙学者克拉忒斯不同[1]，阿里斯塔耳科斯强调并提倡例证的收集以及在此基础上进行分析类推（analogy）的研究方法，重视文本内部提供的信息资料，避免无依据的立论，不作缺乏语法和可靠语义支持的哲学或哲理引申。阿里斯塔耳科斯建立了自己的学派，他的直接影响力一直延续至罗马的帝国时代，学生中不乏后世成为著名学人的佼佼者，包括修辞学家阿波罗道罗斯和语法学家狄俄尼索斯·斯拉克斯。尽管如此，阿里斯塔耳科斯及其前辈们的工作仍难免带有时代赋予的局限性。他们接过了荷马乃包括《伊利亚特》和《奥德赛》在内的众多古代史诗的作者的传统，接过了荷马的受到包括亚里士多德在内的众多学者文人颂扬，因此需要予以维护的名声。他们同样折服于荷马的诗才和传统形成的权威，遇到问题时总是倾向于往“好”的方面去设想。所以，尽管阿里斯塔耳科斯的研究方法经常是分析的，他的治学立场却是“统一”的，亦即立足于维护荷马的威望以及他是《伊利亚特》和《奥德赛》不可分割的统一（或“单一”）作者的传统观点。立场决定具体的校勘行为。此外，大学问家的固执和时代赋予的局限也都会导致他误用自信，在释解史诗用语时牵强附会。

无论是阿里斯托芬还是阿里斯塔耳科斯，都没有把荷马的著述范围扩大到希罗多德或亚里士多德愿意接受的范围，而他们的前辈泽诺多托斯则似乎更趋“肯定”和“现代”，将荷马史诗的所指限定于《伊利亚特》和《奥德赛》。三位学者都不怀疑荷马是《伊利亚特》和《奥德赛》的作者，尽管亚历山大学者中有人对此持有不同的看法，提出了反传统的观点。公元前三世纪，学者克塞诺斯和赫拉尼科斯先后对《奥德赛》的作者归属提出异

---

① 克拉忒斯是一位享有声誉的荷马学者（Homerikos），一位在语法和修辞方面有造诣的批评家（kritikos）。最新研究表明，此君不一定完全赞同斯多葛学派的主张。

议，认为它与《伊利亚特》很不相同，因此不可能由创编《伊利亚特》的诗人所作。一般认为，克塞诺斯和赫拉尼科斯是最早的“分辨派”学者（chorizontes），他们的态度和观点或许在阿里斯塔耳科斯等正统派学者看来不很严肃，却有着不可忽视的历史意义。毕竟，他们率先就荷马是《伊利亚特》和《奥德赛》铁定作者的观点提出了挑战，使人们听到了另一种声音。或许是因为受到了权威学者的有力反驳，或许是因为论证的方法不够学术，他们的观点未能得到后世有影响的学者的重视和积极响应。毫无疑问，史料因严重佚失而造成的匮缺，会“阻碍”我们的视野，“干扰”我们对问题作出正确的判断，但有一点可以肯定，那就是他们的见解没有成为近代分析派学者立论的依据，没有对后者的思考产生过质的影响。

公元三世纪，亚历山大已不再是古典学术和文化的研究中心。随着中世纪的到来，曾是一门显学的荷马史诗研究（包括文学批评）经历了长达一千多年的沉寂。但丁应该读过荷马史诗（他尊称荷马为“诗人之王”），但肯定不太熟悉历史上作为一门学问的荷马史诗评论。及至莎士比亚写作戏剧的时代，人们对荷马及其史诗的了解程度有了较大的改观。莎翁写过一出取材于有关特洛伊战争传闻的悲喜剧《特罗伊洛斯与克瑞西达》，颇得好评，可见当时的伦敦观众已或多或少地具备了接受此类剧作的文学素养和审美情趣。与此同时，荷马研究也在欧洲大陆悄然兴起，开始成为学者们谈论的话题。十七世纪九十年代，发生在英、法两国的“书战”（The Battle of the Books）起到了某种激励的作用，会同其他因素，把欧洲学人的目光引向对《伊利亚特》和《奥德赛》的内容孰“新”孰“旧”问题的关注，由此启动了新一轮的以荷马史诗为对象的“历史批评”。热奈·拉宾和威廉·坦布尔坦言他们更愿意相信裴西斯特拉托斯执政时期定型的荷马史诗抄本。一六八四年，学者佩里卓尼俄斯提请人们重视书写在文学创作中所起的作用；一七一三年，理查德·本特利

发现并指出了辅音 *F*（作 w 音读）在荷马史诗里已经消失的“隐性”存在，提出荷马创编的很可能是一批内容上可以独立成篇的短诗（他们大概均以为荷马生活在公元前一千年左右），数百年后才由后世歌手或吟游诗人组合成长篇史诗的观点。《新科学》的作者、那不勒斯的维科语出惊人，认为历史上根本就不存在荷马其人，“荷马”只是个代表并统指古代歌手的“集体”名称。罗伯特·伍德于一七六九年发表了一篇题为《论荷马的原创天才与写作——兼论特罗阿得的古貌与现状》的文章，认为荷马“既不能阅读，也不会书写”。这一见解传递了一个明确的信息，亦即荷马史诗之所以在古代得以流传，靠的不是实际上不存在的规范文本，而是建立在博闻强记基础上的诗人的口诵。

在这一领域做出划时代和集大成贡献的，是德国学者弗里德里希·奥古斯特·沃尔夫（Friedrich August Wolf）。一七九五年，沃尔夫发表了专著《荷马史诗绪论》，大致奠定了近代荷马学的理论基础。除了罗伯特·伍德的上述和相关见解，促使沃尔夫写作《荷马史诗绪论》的另一个因素，是法国学者维洛伊森（Villoison）于十八世纪八十年代所发现并随之予以整理发表的 *Venetus A*。此乃《伊利亚特》现存最早的抄本，在当时是个轰动的事件。在沃尔夫看来，既然 *Venetus A* 的成文不早于公元一世纪（他误以为此抄本的母本是当时已受到质疑的阿里斯塔耳科斯的校勘本，尽管校勘本本身早已失佚），但却是既有最早的抄本，因此它毫无疑问地不是古代权威抄本的“真传”。他由此推断荷马史诗肯定以口诵的方式长期存在于成文抄本的出现之前，口头唱诵是荷马史诗流传的本源。伍德没有提及而沃尔夫依据上述认识引申得出的另一个观点是，考虑到人的记忆力的有限，诗人不太可能完整地把长篇史诗默记在心。因此，《伊利亚特》和《奥德赛》必定只能由短诗串联和组合而成，而这些短诗所涉内容有所差异，故事的风格也不尽相同。“荷马”要么是第一个构组取材于特洛伊战争的诗人，要么是一个以编诵此类故事为业的口诵诗人群体，亦即此类诗人的总称。以精深和广博的语言学知识以及大量取自文本的例证，加之使用了科学的、合乎学术规范的论证（包括发现并解析问题的）方式，沃尔夫集思广益，博采前人和同时代文人学者的洞见与智慧，建立了一个至今仍不显整体过时、仍在产生影响的理论体系。

在整个十九世纪，分析派（也被叫做分辨派或区分派）的学说在西方荷马史诗研究领域强势占有着绝对的统治地位。在沃尔夫的《荷马史诗绪论》以及众多响应者的著述面前，统一派的见解受到了沉重的打击。个别统一派学者的抗争顶不住基于文本事实的批驳，显得捉襟见肘，他们维护荷马“一统”权威的良好意愿也常常显得过于感情用事，经不起学术规则的检验。直到十九世纪末以前，西方学界既没有推出一部高质量的维护统一派立场的专著，也没有出现过一篇学术含量高得足以与分析派观点相抗衡的论文。从十九世纪中叶开始，英国学者逐渐加入到分析派的行列，但总的说来，分析派是一个德国现象，持分析（即分辨）立场的顶尖学者集中在德国的一些高校里，从事著书立说和传授弟子的工作。

分析派不是铁板一块。从这个阵营里很快分裂出两个派别，一派完全秉承沃尔夫的学说，强调荷马史诗的合成(liedertheorie)，而不刻意区分合成成分的主次。这派学者以卡尔·拉赫曼为代表，主要成员包括赫尔德和藤萨尔等。另一派学者以高特弗雷德·赫尔曼为先锋人物。在一八三二年发表的《论荷马史诗里的窜改》一书里，赫尔曼指出，荷马史诗不同于《卡莱瓦拉》和奥西恩诗歌，不由等量部分的依次排列平铺直叙地组合而成。荷马史诗有一个核心（kernel），属于它的原创成分，由荷马所作，而其他部分则为后世诗人的添续，或紧或松地围绕核心展开叙事。《伊利亚特》的核心是阿基琉斯的愤怒，其他内容来自有关特洛伊战争的众多短诗，由后世诗人（如某些 Homeridai）汇编到既有的核心情节之中，形成一个规模庞大的故事组合。《伊利亚特》形成于一个不断增补、不断改动、调整和弥合的汇编过程。譬如，在赫尔曼看来，《伊利亚特》1.1—347 是诗作的原初内容，而 1.430—492、348—429 则（原本）分属于别的故事，是后世被组合到《伊利亚特》里的内容。赫尔曼及其追随者们的主张逐渐压倒合成派学者的观点，获得了包括菲克（Fick）、贝特（Bethe）、维拉莫维兹（Wilamowitz）、格罗特（Grote，此君力主今本《伊利亚特》由原诗和《阿基里德》组成）、默雷（Murray）、里夫（Leaf）和克罗赛（Croisset）等一批德、法、英国学者程度不等的赞同。上述学者在这一点上达成了共识：不管是作为一个人还是作为一个群体，荷马生活在开启了一个口头史诗传统的源头时代；（他们中的一些人倾向于认为）荷马的原作是最好的，而后世诗人的增补（包括改动）和串合则常常显得唐突、芜杂和笨拙，造成了许多用词和叙事上前后难以呼应或不一致的矛盾，破坏了史诗原有的明晰、直朴和自成一体的诗歌品位。不难看出，这里既有深刻的洞见，有值得我们认真思考品味的明智论断，也有我们应予仔细分辨和甄别的众说纷纭，或许还有我们无法苟同并且应该予以修正的不翔实的表述。

分辨的负面作用很快开始显现出来。学者们提出了不同的核心，并且无例外地全都以为自己的主张有理。此外，如何限定《伊利亚特》里作为核心的阿基琉斯的愤怒的所涉范围，也是个不好确定并容易引起争执的问题。学力的互相抵消和学派主要成员间的内讧，严重削弱了分析派和核心论的影响力，直接促成了统一派在二十世纪初期的东山再起，与在当时已呈分崩离析之状的分析派相抗衡。新时代的统一派学者们也“装备”了当时最高水平的语言学知识，学会了充分利用考古成果（包括海因里希·施里曼在特洛伊和迈锡尼卓有成效的发掘）佐证和强化理论分析的本领，从而得以进入长期以来为分析派学者所垄断占据的领域，借助同样的方法和同类型的资料实施反击，与对手展开周旋。安德鲁·兰教授脱颖而出，先后发表了专著《荷马和史诗》

（一八九三年）、《荷马与他的时代》（一九〇六年）以及《荷马的世界》（一九一〇年），成为统一派的领军人物。分析派学者曾把某些词汇不同的词尾变化看作是确定成诗年代迟早的论据。统一派学者其时依据对同类资料的研析，认为此类词尾的变异表明荷马史诗从一开始就具备了充满活力的兼容性，兼采了来自不同地域的方言。特洛伊出土的文物中武器均为铜制，分析派学者曾据此将荷马史诗中出现铁制兵器的段落全部划归为后人的续貂。统一派学者其时对这一结论提出了不同的看法，以荷马史诗的兼采性和对社会文化现象的兼容性解答了分辨派学者在他们的理论体系中所不能妥善回答的问题。持荷马史诗乃由同一位诗人所作观点的学者队伍持续壮大，先后吸引了罗塞（Rothe）、德瑞鲁普（Drerup）、斯各特（Scott）、爱伦（Allen）、伍德豪斯（Woodhouse）和C·M·鲍拉等一批饱学之士的加盟。

考古发现表明，公元前八世纪并不一定是个全社会均为文盲的时代。二十世纪中叶，统一派学者注意到了一只新近出土的成品于公元前八世纪的阿提卡瓶罐上有刻写的文字，这一事实表明当时有人或许掌握某种形式的书写技巧。当然，瓶罐的产地是阿提卡，因此还不能直接证明荷马生活的小亚细亚沿岸地区也有人能够熟练程度不等地书写。尽管如此，这一发现还是对在此之前流行的新的希腊字母产生于公元前六世纪的传统认识形成了冲击。荷马史诗本身也提供了不利于分辨派的信息。人们把其中提到的铁制兵器和腓尼基人的贸易活动联系起来，断言史诗内部存在着某种以往可能被忽略的深层次上的关联。众多迹象表明《奥德赛》的作者对《伊利亚特》有着至深的了解，延续了《伊利亚特》已经定下的调子，有铺垫地发展着奥德修斯的个性以及他与雅典娜之间的关系。诸如此类的例证不仅使得公元前八世纪成为一个特别值得关注的成诗时期，而且也使得作为《伊利亚特》和《奥德赛》单一作者的荷马呼之欲出，使之看来像是一件顺理成章的事情。荷马作为一个史诗诗人的“地位”也随之瓜熟蒂落地发生了改变。他不是如分析派学者所说的那样站在史诗发轫的最清纯的源头，而是置身于它的由众多诗段推涌而起的峰巅。荷马史诗的光辉不是得之于它的始发，而是得之于前辈诗人的积累，得之于荷马对传统叙事诗歌有着“一统”的胸怀和能够体现高超把握能力的提炼。

十九世纪肯定是个人才辈出的时代，其他方面如此，在荷马史诗研究领域自然也不例外。学者们注意到荷马史诗的源远流长，知道在它的背后肯定有一个以口头文学出现的诵诗传统，知晓这个传统容纳并得益于一套普遍存在着的、对诗人的构诗活动形成强劲制约的模式或程式（他们称之为 formulae 或 formulas）。德国学者顿泽尔的研究已经逼近到格律的需要与表述程式的产生问题，梅勒特则更进一步，指出史诗中重复出现的名词短语似乎表明它们的形成沿循着一套“固定的表述模式”。他注意到某些用词的位置明显不符合格律的要求，断言它们的构成有可能完成于荷马生活的年代之前——那时诗行的格律要求似乎更为“灵活”①，虽然更显初朴，却给诗人的发挥保留了更多的余地。然而，十九世纪的学者们毕竟未能再进一步。无论是分辨派学者还是他们的对手（即统一派学者）都没有把这看作是一个重要的课题。分辨派学者从中看到的是古代诗人用词时的互相“借用”，并以为这只能证明荷马史诗的最终成篇乃众多诗人合力所致，而经典的统一派学者也把对这一现象的分析保留在提示语言传统的层面上，同样未能抓住机遇，与摘取一项重大理论成果的大好机会失之交臂。

米尔曼·帕里（Milman Parry）的工作在荷马研究史上树起了

---

① 参考 Ann C. Watts, *The Lyre and the Harp*, New Haven: Yale University Press, 1969, p. 20。据统计，《伊利亚特》和《奥德赛》的约“两万八千个行次里，重复出现的短语达两万五千个”（Michael Grant, *Greek and Latin Authors* [800 BC – 1000 AD], New York: The H. W. Wilson Company, 1980, p. 209）。

另一座令人瞩目的里程碑。帕里曾表示“效忠”统一派，但他也倾向于否认荷马史诗（指《伊利亚特》和《奥德赛》）乃由一人所作。如果说前人只是提到语言程式与格律要求之间的关系，帕里则以提供大量的例证入手，从中系统地归纳出一整套颇有说服力的理论。帕里的贡献还见之于为研究口头史诗指明了“行动”的方向，并提供了一套行之有效的方法。一九二八年，帕里发表了他的博士论文《荷马史诗里的名词短语传统》，宣告了一个成熟的、以研究口头史诗为指对的新理论的诞生。他明确指出，荷马史诗所用的是一种“人工语言”，专门服务或应用于史诗的创作，它的制作者是历代口诵或吟游诗人，其表现力在长期使用中不断完善起来，逐渐形成套路后成为世代相传的唱诗的语言程式。帕里的研究表明，受前面音步的重音位置以及停顿等因素的影响，名词短语 polumetis Odusseus（足智多谋的奥德修斯）在荷马史诗里的位置无例外地均在诗行的末尾，尽管它有着高达五十的出现次数。同样，polutlas dios Odusseus（历经磨难和神一样的奥德修斯）的出现和位置也受格律需要的节制。六音步长短短格（及其允许的有限变化）的构诗规则限制了诗人的用词，使得阿伽门农以外的一些小王或首领级的人物（如埃内阿斯和欧墨洛斯等）也有幸受到 aner andron（民众的王者）的修饰，身价倍增。在他的学生阿尔伯特·洛德（Albert Lord）的协助下，帕里对南斯拉夫口诵史诗进行了详细的实地考察。洛德继续老师的事业，以荷马史诗为“背景”，在系统考察研析流行于塞尔维亚—克罗地亚地区的口头史诗的基础上，写出了《故事的唱诵者》（*The Singer of Tales*）一书，于一九六〇年出版。帕里—洛德的口头史诗（或诗歌）理论，建立在他们对史诗故事在内容取舍和语言运用方面均严重依赖于程式这一基本认识的基础之上，归纳起来有以下几个要点①：

一、口头诗歌没有作者和具体作品的个性风格，所用词汇大

---

① 参阅 Martin Mueller，*The Iliad*，London：George Allen and Unwin，1984，p. 9。

都承载文化和传统的负荷。口诵诗人依靠既有的语言程式构诗。

二、口头诗歌所用的语言程式构造上由小到大，即由单词到词组，再由词组的联合形成句子甚至段落。传统并因传统的制约而定型（或划定所涉范围）的故事主题代代相传，可以随时容纳枝节上的变动，但不鼓励伤筋动骨。

三、口诵诗人利用既有的积累即兴发挥，出口成章，构诗和唱诵常常几乎同时进行，没有必须因循的定型文本，歌手和听众对此都有共识，形成故事理解方面的互动。

四、“成文”是口头文学的天敌。

帕里和洛德的贡献有目共睹。但是，他们有时或许稍嫌过多强调了格律的决定性作用，而对诗人的表义需要关注不多。奥德修斯浴血战场，战争结束后又经历千辛万苦，回返故乡，“历经磨难的”（polutlas）非常准确地概括了这一点，在许多上下文里（比如参考《奥德赛》6.1）也显得极为协调。奥德修斯是“多谋善断的”（polumetis），这是他区别于阿伽门农和阿基琉斯等将领的“特点”之一，在众多上下文里读来甚是贴切。诗人经常会根据表义的需要选用不同的饰词。在说到奥德修斯忍受的苦难时，诗人选用了“心志坚忍的”（talasiphronos，《奥德赛》4.241）一语；在需要突出奥德修斯的战力和强健时，诗人所用的饰词是非常贴切的“荡劫城堡的”（ptoliporthos，《伊利亚特》2.278，另参考《奥德赛》8.3）。抵达王者阿尔基努斯宫居前的奥德修斯自然是“卓著和历经磨难的”（《奥德赛》7.1）。但是，当他即将说出一番睿智的言谈以开导阿尔基努斯的心智时，诗人肯定会觉得诸如“历经磨难的”一类的饰词不能体现奥德修斯的明智（因此不合“时宜”），所以转而选用了“足智多谋的”（《奥德赛》7.207），使之与语境相协调。荷马不是总能这样做的，但他在选用饰词时会考虑表义与上下文相配称的需要，则是不争的事实。

过分强调口诵史诗的文化传统和程式（formulae）特点（有学者比如 Norman Austin 和 David Shive 认为帕里和洛德“走得

太远”），无疑会导致对诗家个人才华和创造性的贬低或否定。综观史料，我们会发现这样一个事实，即从公元前七世纪起荷马便被认为是一个有天分的诗人。赫拉克利特说过，荷马是最聪明的希腊人（片断56DK）。如果说赫拉克利特是从负面角度出发说这番话的，那么亚里士多德对荷马的天分和才华的肯定（参考《诗学》8.1451a18—24）则可以被理解为纯粹的赞扬。亚历山大·波普翻译过荷马史诗，本身也是一位才华横溢的诗人。他对荷马的评价极高，认为这位希腊歌手的天分远在罗马诗圣维吉尔之上，是有史以来最具原创力的诗人①。即便同样以神话和传说为材料，史诗的质量仍然可以相去甚远（详见《诗学》23），足见诗家个人的素质和能力的重要。显然，我们在足够重视帕里—洛德理论的同时，不应忽略其他各方对荷马及其史诗的评价，否则将很可能导致走极端的危险，见木不见林，在一些方面失去客观的评审维度。今天，荷马史诗是一种由传统积淀而成的口诵史诗的观点在西方学界几乎已成定论。大多数学者已不再认为《伊利亚特》和《奥德赛》出自同一位诗人的构组。然而，即使在这种情况下，如何在强调程式作用的口诵史诗理论和肯定荷马的作用以及诗才之间寻找一种平衡，仍然是一个需要得到妥善解决的问题。毕竟，荷马不会因为这个或那个原因退出历史舞台，历史既然造就了荷马和归在他名下的史诗，也就会坚持它的一如既往的一贯性，直到人们找到确切的证据，表明把荷马尊为《伊利亚特》和《奥德赛》的作者是一个确凿的历史性错误。只要这一天没有到来（它会到来吗?），世人就还会依循常规，将《伊利亚特》和《奥德赛》划归在荷马的名下，使他继续享领此份实际上无人可以顶替接受的荣誉。历史经常是不能复原的。在源远流长

① Kirsti Simonsuuri, *Homer's Original Genius*, Cambridge University Press, 1979, p. 61. M. M. Willock 对此持赞同的态度（参见“The Search for the Poet Homer”, in *Homer*, edited by Ian Macauslan and Peter Walcot, Oxford University Press, 1998, p. 55）。

且同时极为需要最大限度地展示学力和想象力的荷马史诗研究领域，人们同样也只能容忍历史的出于“本能”的自我遮蔽，无可奈何地直面由此造成的不得不凭借人的有限智慧应对棘手问题的难堪。

## 主要参考书目

Curtius, E. R. *European Literature and the Latin Middle Ages* (translated by W. Trask), 1953.

De Jong, I. *A Narratological Commentary on the Odyssey*, 2011.

Dimock, G. E. *The Unity of the Odyssey*, 1989.

Flaceliere, R. *A Literary History of Greece*, 1964.

Foley, J. M. *Traditional Oral Epic*, 1990.

Knight, J. *Many-minded Homer*, 1968.

Lamberton, R. and Keancy, J. J. *Homer's Ancient Readers*, 1992.

Lefkowitz, M. *The Lives of the Greek Poets*, 1981.

Lord, A. B. *The Singer of Tales*, 1960.

Macausland, I. and Walot, P. *Homer*, 1998.

Meijering, R. *Literary and Rhetorical Theories in Greek Scholia*, 1987.

Morris, I. and Powell, H (eds). *A New Companion to Homer*, 1997.

Mueller, M. *The Iliad*, 1984.

Myres, J. L. *Homer and His Critic* (edited by D. Gray), 1958.

Thomson, J. A. K. *Studies in the Odyssey*, 1966.

Trypanis, C. A. *The Homeric Epics*, 1977.

Watts, A. C. *The Lyre and the Harp*, 1969.

Whitman, C. H. *Homer and the Heroic Tradition*, 1958.

# 伊利亚特

# 第一卷

歌唱吧，女神[1]！歌唱裴琉斯之子阿基琉斯的愤怒，
他的暴怒招致了这场凶险的灾祸，给阿开亚人[2]带来了
受之不尽的苦难，将许多豪杰强健的魂魄
打入了哀地斯，而把他们的躯体，作为美食，扔给
狗和兀鸟，从而实践了宙斯的意志，
从初时的一场争执开始，当事的双方是
阿特柔斯之子、民众的王者阿伽门农和卓越的阿基琉斯。

是哪位神明挑起了二者间的这场争斗？
是宙斯和莱托之子阿波罗，后者因阿特柔斯之子
侮辱了克鲁塞斯，他的祭司，而对这位王者大发其火。
他在兵群中降下可怕的瘟疫，把众人的生命噬夺。
为了赎回女儿，克鲁塞斯曾身临阿开亚人的
快船，带着难以计数的财礼，
手握黄金节杖，杖上系着远射手
阿波罗的条带[3]，对所有的阿开亚人，
首先是阿特柔斯的两个儿子、军队的统帅恳求：
“阿特柔斯之子，其他胫甲坚固的阿开亚人！
但愿家住俄林波斯的众神答应让你们洗劫
普里阿摩斯的城国，然后平安回返家中。
请你们接受赎礼，交还我钟爱的女儿，
以示对宙斯之子、远射手阿波罗的尊崇。”

其他阿开亚人全都发出赞同的呼喊，
表示应该尊重祭司，收下这份光灿灿的赎礼，
然而此事却没有给阿特柔斯之子阿伽门农带来愉悦，
他粗暴地赶走了老人，发出严厉的命令：
“老家伙，不要再让我见到你，在这深旷的海船边！
现在不许徜留，以后也不要再来，
否则，你的节杖和神的条带将不再为你保平佑安！
我不会交还姑娘；在此之前，岁月会把她磨得人老珠黄，
在远离故乡的阿耳戈斯，我的房居，
她将往返穿梭，和布机做伴，随我同床。
走吧，不要惹我生气，也好保住你自身的安全。”

他如此一顿咒骂，老人害怕，不敢抗违。
他默默地行进在涛声震响的滩沿，
走出一段路后，开始一次又一次地向王者
阿波罗、美发莱托的儿子祈愿：
“听我说，卫护克鲁塞和神圣的基拉的银弓之神，
强有力地统领着忒奈多斯的王者，史鸣修斯④，
如果，为了欢悦你的心胸，我曾立过你的庙宇，
烧过裹着油脂的腿件，公牛或山羊的
腿骨，那就请你兑现我的祷告，我的心愿：
让达奈人⑤赔报我的眼泪，用你的神箭！”

---

① 女神：缪斯。

② 阿开亚人：Achaioi，古希腊人的一个主要部族，集居在塞萨利亚（Thessalia）、墨塞奈（Messene）、阿耳戈斯（Argos）和伊萨卡（Ithaka，Ithake）等地。在此泛指希腊人。

③ 条带：stemmata，可能是一种羊毛织物（头带），绑在节杖上，作为通神的标志。

④ 史鸣修斯：Smintheus，一说意为“鼠神”。

⑤ 达奈人：Danaoi，希腊人的另一个统称。Danaoi 原指一个部族，得名或许和传说中的国王达那俄斯（Danaos）和他的女儿们的活动有关。

他如此一番祈祷，福伊波斯·阿波罗听到了他的声音。
身背弯弓和带盖的箭筒，他从俄林波斯山巅
直奔而下，怒满胸膛，气冲冲地
一路疾行，箭支在背上铿锵作响，
他来了，像黑夜降临一般。
他遥对着战船蹲下，放出一支飞箭，
银弓发出的声响使人心惊胆战。
他先射骡子和迅跑的狗，然后，
放出锋快的利箭，对着人群，射倒了他们；
焚尸的烈火熊熊燃烧，经久不灭。

一连九天，神的箭雨横扫着联军。
及至第十天，阿基琉斯出面召聚集会——
白臂女神赫拉眼见着达奈人成片地倒下，
生发了怜悯之情，把集会的念头送进他的心坎。
当众人走向会场，聚合完毕后，
捷足的阿基琉斯站立起来，在人群中放声说喊：
“阿特柔斯之子，由于战事不顺，我以为，
倘若尚能幸免一死，倘若战争和瘟疫
正联手毁灭阿开亚人，我们必须撤兵回返。
不过，让我们先就此问问某位通神的人，某位先知，
哪怕是一位释梦者——因为梦也来自宙斯的神力，
让他告诉我们福伊波斯·阿波罗为何盛怒至此，
是因为我们忽略了某次还愿或是丰盛的祭献。
如果真是这样，那么，倘若让他闻到烤羊羔和肥美山羊的熏烟，
他或许便会收手，中止瘟疫带给我们的磨难。”

阿基琉斯言毕坐下，人群中站起了塞斯托耳之子
卡尔卡斯，识辨鸟踪的里手，最好的行家。

他博古通今，明晓未来，凭借
福伊波斯·阿波罗给他的卜占之术，
把阿开亚人的海船带到了伊利昂。
怀着对众人的善意，卡尔卡斯起身说道：
“阿基琉斯，宙斯钟爱的壮勇，你让我卜释
远射手、王者阿波罗的愤怒，我将
谨遵不违。但是，你得答应并在我面前起誓，
你将真心实意地保护我，用你的话语，你的手力。
我知道，我的释言会激怒一位强者，他统治着
阿耳吉维人①，而所有的阿开亚兵勇全都归他指挥。
对一个较为低劣的下人，王者的暴怒绝非儿戏。
即使当时可以咽下怒气，他仍会把
怨恨埋在心底，直至如愿以偿的时机。
认真想想吧，你能否保护我，是否愿意。”

听罢这番话，捷足的阿基琉斯说讲，答道：
“勇敢些，把神的意思释告我们，不管你知道什么。
我要对宙斯钟爱的阿波罗起誓——那位你，卡尔卡斯，
在对达奈人卜释他的意志时对之祈祷的天神——
只要我还活着，只要还能见到普照大地的阳光，
深旷的海船旁就没有人敢对你撒野。
没有哪个达奈人敢对你动武，哪怕你指的是阿伽门农，
此人现时正自诩为阿开亚人中远为出色的雄杰！”

听罢这番话，心怀善意的卜者鼓起勇气，说道：
“神的怪罪，不是因为我们没有还愿，或没有举行丰盛的祀祭，
而是因为阿伽门农侮辱了他的祭司，

---

① 阿耳吉维人：Argeioi，“家住阿耳戈斯的人”，常泛指希腊人。

不愿交还他的女儿并接受赎礼。
因此，远射手送来苦痛，并且还将继续
折磨我们。他将不会消解使达奈人丢脸的瘟疫，
直到我们把那位眼睛闪亮的姑娘交还她的亲爹，
没有代价，没有赎礼，还要给克鲁塞运送一份神圣而丰厚的
牲祭。这样，我们才可能平息他的愤怒，使他回心转意。”

卡尔卡斯言毕下座，人群中站起了阿特柔斯之子、
统治着辽阔疆域的英雄阿伽门农。
他怒气咻咻，黑心里注满怨愤，
双目熠熠生光，宛如燃烧的火球，
凶狠地盯着卡尔卡斯，先拿他开刀下手：
“灾难的预卜者！你从未对我说过一件好事，
却总是热衷于卜言灾难；你从未说过
吉利的话，也不曾卜来一件吉利的事。现在，
你又对集会的达奈人卜释起神的意志，声称
远射神之所以使他们备受折磨，
是因为我拒不接受回赎克鲁塞伊丝①姑娘的
光灿灿的赎礼。是的，我确实想把她
放在家里；事实上，我喜欢她胜过克鲁泰奈丝特拉，
我的妻子，因为无论是身段或体形，
还是内秀或手工，她都毫不差逊。
尽管如此，我仍愿割爱，如果此举对大家有利。
我祈望军队得救，而不是它的毁灭。不过，
你们得给我找一份应该属于我的战礼，以免所有的
阿耳吉维人中，独我缺少战争的赐予——这何以使得？

① 克鲁塞伊丝：确切地说，Chruseis 只是一个指称，而不是人名，意为“克鲁塞斯的女儿”。

你们都已看见，我失去了我的战礼。”

　　听罢这番话，捷足和卓越的阿基琉斯答道：
“阿特柔斯之子，最尊贵的王者，世上最贪婪的人，你想过没有，
眼下，心胸豪壮的阿开亚人如何能支给你另一份战礼？
据我所知，我们已没有大量的库存；
得之于掠劫城堡的战礼都已散发殆尽，
而要回已经分发出去的东西是一种不光彩的行径。
不行。现在，你应该把姑娘交还阿波罗；将来，倘若
宙斯允许我们荡劫墙垣精固的特洛伊，
我们阿开亚人将以三倍、四倍的报酬偿敬！”

　　听罢这番话，强有力的阿伽门农说讲，答道：
“不要耍小聪明，神一样的阿基琉斯，不要试图糊弄我，
虽然你是个出色的战勇。你骗不了我，也说服不了我。
你想干什么？打算守着你自己的战礼，而让我空着双手，
干坐此地吗？你想命令我把姑娘交出去吗？
不！除非心胸豪壮的阿开亚人给我一份新的战礼，
按我的心意选来，如我失去的这位一样楚楚动人。
倘若办不到，我就将亲自下令，反正得弄到一个，
不是你的份儿，便是埃阿斯的，或是奥德修斯的。
我将亲往提取——动怒发火去吧，那位接受我造访的伙计！
够了，这些事情我们以后再议。现在，
我们必须拨出一条乌黑的海船，拖入闪光的大海，
配备足够的桨手，搬上丰盛的祀祭，
别忘了那位姑娘，美貌的克鲁塞伊丝。
须由一位首领负责解送，或是埃阿斯，
或是伊多墨纽斯，或是卓越的奥德修斯
也可以是你自己，裴琉斯之子，天底下暴戾的典型，

以便主持牲祭，平息远射手的恨心。”

其时，捷足的阿基琉斯恶狠狠地看着他，吼道：
“无耻，彻头彻尾的无耻！你贪得无厌，你利欲熏心！
凭着如此德性，你怎能让阿开亚战勇心甘情愿地听从
你的号令，为你出海，或全力以赴地杀敌？
就我而言，把我带到此地的，不是和特洛伊枪手
打仗的希愿。他们没有做过对不起我的事情，
从未抢过我的牛马，从未在土地肥沃、
人丁强壮的弗西亚糟蹋过我的庄稼。
可能吗？我们之间隔着广阔的地域，
有投影森长的山脉，呼啸奔腾的大海。为了你的利益，
真是奇耻大辱，我们跟你来到这里，好让你这狗头
高兴快慰，好帮你们，你和墨奈劳斯，从特洛伊人那里
争回脸面！对这一切你都满不在乎，以为理所当然。
现在，你倒扬言要亲往夺走我的份子，
阿开亚人的儿子们给我的酬谢——为了她，我曾拼命苦战。
每当我们攻陷一座特洛伊城堡[①]，一个人财两旺的去处，
我所得的战礼从来没有你的丰厚。
苦战中，我总是承担最艰巨的
任务，但在分发战礼时，
你总是吞走大头，而我却只能带着那一点东西，
那一点受我珍爱的所得，拖着疲软的双腿，走回船舟。
够了！我要返回家乡弗西亚，能够乘坐弯翘的海船
回家，是一件好得多的美事。我不想忍气吞声，
待在这里，为你积聚财富，增添库存！”

---

① 特洛伊城堡：指特洛伊或特罗阿得地区的城镇。

听罢这番话，民众的王者阿伽门农答讲：
“要是存心想走，你就尽管溜之大吉！我不会求你
留在这里，为了帮我一把。我的身边还有其他战勇，他们会
给我带来荣誉——当然，首先是精擅谋略的宙斯，是他的佑帮。
宙斯哺育的王者中，你是我最痛恨的一个，
争吵、战争和搏杀总是让你心驰神往。
如果说你非常强健，那也是神的厚赏。
带着你的船队，和你的伙伴们一起，登程回家吧；
照当你的王者，统治慕耳弥冬人去吧！我不在乎你的愤怒，
也不在乎你的境况。不过，你要记住我的警告当场：
既然福伊波斯·阿波罗要取走我的克鲁塞伊丝，
我将命令我的伙伴，用我的船只，
把她遣送归还。但是，我要亲往你的营棚，带走美貌的
布里塞伊丝，你的战礼。这样，你就会知道，和你相比，
我的权势该有多么烈莽！此外，倘若另有犯上之人，畏此
先例，谅他也就不敢和我抗争，以为地位和我一样。”

如此一番应答，激怒了裴琉斯的儿子。多毛的
胸腔里，两个不同的念头争扯着他的心魂：
是拔出胯边锋快的铜剑，
撩开挡道的人群，杀了阿特柔斯之子，
还是咽下这口怨气，压住这股狂烈？
正当他权衡着这两种意念，在他的心里魂里，
从剑鞘里抽出那柄硕大的铜剑，雅典娜
从天而降——白臂女神赫拉一视同仁地
钟爱和关心着他俩，故而遣她下凡——
站在裴琉斯之子背后，伸手抓住他的金发，
只是对他显形，旁人全都一无所见。
惊异中，阿基琉斯转过身子，一眼便认出了

帕拉丝·雅典娜——那双闪着异样光彩的眼睛。
他开口说讲，用长了翅膀的话语：
“带埃吉斯①的宙斯的孩子，为何现时降临？
想看看阿特柔斯之子，看看阿伽门农的骄横？
告诉你——我以为此事将会实现：
此人的狂傲很快即会送掉他的性命！”

　　听罢这番话，灰眼睛女神雅典娜答道：
“我从天上下来，为的是平息你的愤怒，但愿你能听从
我的劝言。白臂女神赫拉给了我这趟差事，
因她一视同仁地钟爱和关心着你俩。
算了吧，停止争斗，不要手握剑把，
虽然你可出声辱骂，让他知道事情的后果。
我有一事相告，记住，此事定将成为现实：
将来，三倍于此的光灿灿的礼物将会放在你的面前，
以抵消他对你的暴虐。不要动武，听从我俩的规劝。”

　　听罢这番话，捷足的阿基琉斯说话，答讲：
“女神，我完全遵从，只要你们二位有令，凡人必须服从，
尽管怒满胸怀。如此对他有利。
一个人，如果服从神的意志，神也就会听到他的祈愿。”

　　言罢，他用握着银质柄把的大手
将硕大的铜剑推回剑鞘，不想违抗
雅典娜的训言。女神起程返回俄林波斯，
带埃吉斯的宙斯的宫殿，和众神聚首相见。

---

① 埃吉斯：aigis 是一种神用的兵器，相当于凡人的盾牌或供防护的生牛皮。

其时，裴琉斯之子再次对阿特柔斯之子亮开嗓门，
夹头夹脑地给他一顿臭骂，怒气分毫不减：
“你这嗜酒如命的家伙，长着恶狗的眼睛，一颗雌鹿的心！
你从来没有这份勇气，把自己武装，和伙伴们一起拼搏，
也从未会同阿开亚人的豪杰，阻杀伏击。
在你眼里，此类事情意味着死亡。与之相比，
巡行在宽阔的营区，撞见某个敢于和你顶嘴的壮勇，下令
夺走他的战礼——如此作为，在你看来，要远为顺当。
痛饮兵血的昏王！你的部属都是些无用之辈，
否则，阿特柔斯之子，这将是你最后一次霸道横行！
这里，我有一事奉告，并要对它庄严起誓，
以这支权杖的名义——木杖再也不会生出
枝叶，因为它已永离了山上的树干；
它也不会再抽发新绿，因为铜斧已剥去它的皮条，
剔去它的青叶。现在，阿开亚人的儿子们
把它传握在手，按照宙斯的意志，维护
世代相传的定规。所以，这将是一番郑重的誓告：
将来的某一天，阿开亚人的儿子们，是的，全军将士都会
翘首盼望阿基琉斯；而你，眼看着士兵成堆地倒死在
杀人狂赫克托耳手下，虽然心中焦恼，
却只能仰天长叹。那时，你会痛悔没有尊重阿开亚全军
最杰出的战勇，在暴怒的驱使下撕裂自己的心怀！”

言罢，裴琉斯之子把金钉嵌饰的权杖
扔在地上，弯身下坐；对面，阿特柔斯之子
怒火中烧，恶狠狠地盯着他。其时，口才出众的
奈斯托耳在二者之间站立，嗓音清亮的
普洛斯辩说家，谈吐比蜂蜜还要甘甜。
老人已经历两代人的消亡，那些和他同期

出生和长大的人以及他们的后代，
在神圣的普洛斯；现在，他是第三代人的王权。

　　怀着对二位王者的善意，他开口说道：
“哦，巨大的悲痛正降临阿开亚大地！
要是听到你俩争斗的消息，你们，
达奈人中最善谋略和最能搏战的精英，
普里阿摩斯和他的儿子们将会何等高兴；
特洛伊人全都会放声欢笑，满心欢喜！
听从我的劝导吧，你俩都比我年轻。
过去，我曾同比你们更好的人
交往，他们从来不曾把我小看。其后，
我再也没有，将来也不会再见到那样的人杰，
有裴里苏斯、兵士的牧者德鲁阿斯、
开纽斯和厄克萨底俄斯，还有神一样的波鲁菲摩斯，
连同埃勾斯之子、貌似天神的塞修斯，
大地哺育的最强健的一代。
这些最强者曾和栖居山野的另一些
最强健的粗野的生灵[1]鏖战，把后者杀得尸首堆连。
我曾和他们为伍，应他们的征召，
从遥远的故乡普洛斯出发，会聚群英。
我活跃在战场上，独当一面。生活在今天的
凡人全都不是他们的对手。然而，他们
倾听我的意见，尊重我的言谈。所以，
你们亦应听从我的劝解，明智者应该从善如流。
你，阿伽门农，尽管了不起，也不应试图带走那位姑娘，
而应让她待在那里；阿开亚人的儿子们早已把她分给他人，

① 粗野的生灵：指马人（上身像人，下身似马），生活在裴利昂山地。

作为战礼。至于你，裴琉斯之子，也不应企望和一位国王
分庭抗礼；在荣誉的占有上，别人得不到他的份子，
一位手握权杖的王者，宙斯使他获得尊荣。
尽管你比他强健，而生你的母亲又是一位女神，
但你的对手统治着更多的民众，权势更为隆烈。
阿特柔斯之子，平息你的愤怒；瞧，连我都在求你
罢息对阿基琉斯的暴怒——可怕的战争中，
此人是一座堡垒，挡护着阿开亚全军。”

听罢这番话，强有力的阿伽门农说讲，答道：
“我承认，老人家，你的话条理分明，说得一点不错。
但是，此人想要凌驾于众人之上，
试图统治一切，王霸全军，对所有的人发号
施令。然而，就有这么一位，我知道，咽不下这口气！
虽然不死的神祇使他成为枪手，
但却不曾给他肆意谩骂的权利！”

听罢这番话，卓越的阿基琉斯恶狠狠地盯着他，答道：
“好家伙！倘若我对你惟命是从，而不管你是否在
信口开河，那么，人们就会骂我，骂我是胆小鬼和窝囊废。
告诉别人去做这做那吧，不要再对我
发号施令！阿基琉斯再也不想听从你的指挥。
此外，我还有一事相告，并要你牢记在心：
我的双手将不会为那位姑娘而战，既不和你，也不和其他
任何人打斗。你们把她给了我，你们又从我这边带走了她。
但是，对我的其他财物，堆放在飞快的黑船边，
不经我的许可，你连一个指儿都不许动。
不信的话，你可以放手一试，也好让旁人看看，
顷刻之间，你的黑血便会喷洗我的枪头！”

　　就这样，两人出言凶暴，舌战了一场后，
站起身子，解散了阿开亚人的集会，在云聚的船旁。
裴琉斯之子返回营棚和线条匀称的海船，
同行的还有墨诺伊提俄斯之子和他们的伙伴。
与此同时，阿特柔斯之子传令拖船，把一条快船拖下大海，
配拨了二十名桨手，让人抬着祭神的奠物，
丰足的牲品，将美貌的克鲁塞伊丝
带上木船；足智多谋的奥德修斯同行前往，作为督办。

　　一切收拾停当，海船朝着洋面驶去。
滩沿上，阿特柔斯之子传令全军洁身祭神。
他们洗去身上的污浊，把脏物扔下大海，
供上丰盛的祭品，在荒漠大洋的边岸，
用公牛和山羊，对阿波罗祭献；
熏烟夹着阵阵的香气，袅绕着升上青天。

　　就这样，他们在军营里奔走忙碌。但是，阿伽门农
却无意停止争斗，也不曾忘记先前对阿基琉斯发出的威胁，
命令塔耳苏比俄斯和欧鲁巴忒斯，
他的两位使者和勤勉的助手：
“去吧，速往裴琉斯之子阿基琉斯的营棚，
牵回美貌的布里塞伊丝。倘若
他不让你们执令，我将亲往带走那位姑娘，
引着大队的兵勇，从而大大加重他的悲难。”

　　言罢，他遣走使者，严酷的命令震响在二位的耳畔。
他们行进在拥抱荒漠大海的滩沿，
违心背意，来到慕耳弥冬人的营区和海船边，
发现阿基琉斯正坐在他的营棚和乌黑的船旁，

板着脸，使者的到来没有使他产生丝毫悦念。
怀着恐惧和敬畏之情，二位静立
一边，既不说话，也没有发问。
然而，阿基琉斯心里明白，开口说道：
“欢迎你们，信使，宙斯和凡人的使者。来吧，走近些。
在我眼里，你俩清白无辜——该受责惩的是阿伽门农，
是他派遣二位来此，带走布里塞伊丝姑娘。
去吧，宙斯养育的帕特罗克洛斯，把姑娘领来，
交给他们带走。但是，倘若那一天真的来到
我们中间——那时，全军都在等盼我的出战，
为众人挡开可耻的毁灭——我要二位替我做证，
在幸福的神祇面前，在凡人，包括那位残忍的王者
面前。毫无疑问，此人正在有害的狂怒中煎熬，
缺乏瞻前顾后的睿智，无力
保护苦战船边的阿开亚兵汉。”

帕特罗克洛斯得令而去，遵从亲爱的伴友，
从营棚里领出美貌的布里塞伊丝，交给
二位带走，后者动身返回营地，沿着阿开亚人的海船；
姑娘尽管不愿离去，也只得曲意跟随。阿基琉斯
悲痛交加，睁着泪水汪汪的眼睛，远离着伙伴，
独自坐在灰蓝色大洋的滩沿，望着渺无垠际的海水，
一次次高举起双手，呼唤着他的娘亲：
“我的母亲，既然你生下一个短命的儿郎，
那俄林波斯山上炸响雷的宙斯便至少
应该让我获得荣誉，但他却连一丁点儿都不给。
现在，阿特柔斯之子、强有力的阿伽门农
侮辱了我，夺走了我的战礼，霸为己有。”

　　他含泪泣诉，高贵的母亲听到了他的声音，
其时正坐在深深的海底，年迈的父亲身边。
像一缕升空的薄雾，女神轻盈地踏上灰蓝色的大海，
行至悲声哭泣的儿子身边，屈腿坐下，
伸手轻轻抚摸，出声呼唤，说道：
“我的儿，为何哭泣？是什么悲愁揪住了你的心房？
告诉我，不要把它藏在心里，好让你我都知道。”

　　捷足的阿基琉斯长叹一声，答道：
“你是知道的，你是全知此事的，为何还要我对你言告？
我们曾进兵塞贝，厄提昂神圣的城堡，
荡劫了那个去处，把所得的一切全都带到此地。
阿开亚人的儿子们将战礼逐份发配，
把美貌的克鲁塞伊丝给了阿特柔斯之子。
此后，克鲁塞斯，远射手阿波罗的祭司，
来到身披铜甲的阿开亚人的快船边，
打算赎回女儿，带着难以计数的财礼，
手握黄金节杖，杖上系着远射手
阿波罗的条带，恳求所有的阿开亚人，
首先是阿特柔斯的两个儿子，军队的统帅。
其他阿开亚人全都发出赞同的呼声，
表示应该尊重祭司，收下光灿灿的赎礼。
然而，此事却没有给阿特柔斯之子阿伽门农带来愉悦，
他用严厉的命令粗暴地赶走了老人。
老人愤愤不平地离去，但阿波罗听到了
他的祈告——他是福伊波斯极钟爱的凡人——
对着阿开亚人射出了毒箭。兵勇们
成群结队地倒下，神的箭雨横扫
阿开亚人广阔的营盘。其后，幸得知晓

内情的卜者揭示远射手的旨意；
既如此，我就第一个出面，要求慰息阿波罗的愤烦。
由此触犯了阿特柔斯之子，他跳将起来，
对我恫吓威胁。现在，他的胁言已用行动实践。
明眸的阿开亚人正用快船把姑娘
带回克鲁塞，满载着送给阿波罗的礼物。
刚才，使者带走了布里修斯的女儿，
从我的营棚，阿开亚人的儿子们分给我的战礼。
事已至此，你，如果有这个能力，要保护亲生的儿子。
你可直奔俄林波斯，祈求宙斯帮忙，倘若从前
你曾博取过他的欢心，用你的行动或语言。
在父亲家里，我经常听你声称，说是
在不死的神祇中，只有你曾经救过克罗诺斯之子，
乌云的驾驭者，使他免遭可耻的毁灭。
当时，其他俄林波斯众神试图把他付诸绳索，
包括赫拉、波塞冬，还有帕拉丝·雅典娜。其时，
女神，你赶去为他解下索绑，迅速行动，
把那位百手生灵召上俄林波斯高山。这位力士，
神们叫他布里阿柔斯，但凡人都称其为
埃伽昂，虽说他的力气胜比他的亲爹。
他在克罗诺斯之子身边就座，享受无上的荣光，
幸福的诸神心里害怕，放弃了捆绑宙斯的念头。
你要让他记起这一切；坐在他的身边，抱住
他的膝盖，使他产生帮助特洛伊人的心念，
把阿开亚人逼向木船和大海，在那里
长眠，使他们都能得益于那位王者的恶行，
也能使阿特柔斯之子、统治辽阔疆域的阿伽门农认识到
自己的骄狂，后悔侮辱了阿开亚人中最出色的俊杰。”

　　听罢这番话，塞提丝泪水横流，答道：
“唉，苦哇！我让你随着不幸来到人间，为何又要把你养大？
但愿你能了无烦恼地坐在船边，和泪水绝缘，
只因你今生短暂，剩时不多。现在看来，
你不仅一生短促，而且要比世人承受更多的苦难。
儿啊，我把你生在厅堂里，让你面对厄运的熬煎！
尽管如此，我还要去那白雪覆盖的俄林波斯大山，求告于
喜好炸雷的宙斯。或许，他会使我们得偿所愿。
至于你，你可继续待在自己的快船边，
满怀对阿开亚人的愤怒，不要参战。
宙斯已远行俄开阿诺斯，就在昨天，参加高贵刚勇的
埃塞俄比亚人的欢宴，带着神的部族，全体成员。
到那第十二天上，他将回到俄林波斯；届时，
我将带着你的祈愿，前往他那青铜铺地的房居，
抱住他的膝盖，我想可以把他争劝。”

　　言罢，女神飘然而去，留下儿子一人，
为着那位束腰秀美的女子伤心——他们不顾
他的意愿，强行带走了姑娘。与此同时，
奥德修斯的木船，载着神圣的牲祭，已驶入克鲁塞海面。
当船只进入了蓄水幽深的码头，他们
收拢船帆，堆放在乌黑的海船里，
松动前支索，使桅杆迅速躺倒在支架上，
然后荡起木桨，划向落锚的滩岸。
他们抛出锚石，系牢船尾的绳缆，
足抵滩沿，迈步向前，抬着
献给远射手阿波罗的丰盛祭件。
克鲁塞伊丝姑娘亦自个儿从破浪远洋的海船上下来，
足智多谋的奥德修斯引着她走向祭坛，

把她送入父亲的怀抱，对他开言：
“克鲁塞斯，受民众的王者阿伽门农派遣，
我送回了你的女儿，并准备举行一次神圣的牲祭，
代表达奈人，献给福伊波斯，以平抚这位
王者，他给阿开亚人带来了痛苦和悲哀。”

　　言罢，他把姑娘留给父亲的怀抱，后者高兴地
接过爱女。其时，坚固的祭坛旁，人们手脚麻利，
收拾着奉祭给阿波罗的牲献。
然后，他们洗过双手，抓起大麦。
克鲁塞斯双臂高扬，用洪亮的声音朗朗作祷：
“听我说，银弓之神，卫护克鲁塞和
神圣的基拉、强有力地统治着忒奈多斯的王者，
倘若你以前曾听过我的诵告，
给了我荣誉并狠狠地惩治了阿开亚人，
那么，请你再次满足我的祈望，
让达奈人承受的这场可怕的瘟孽弭消。”

　　他如此一番祈祷，福伊波斯·阿波罗听到了他的声音。
当众人作过祷告，撒过祭麦后，他们
扳起祭畜的头颅，割断它们的喉管，剥去皮张，
然后剔下腿肉，用油脂包裹腿骨，
双层，把小块的生肉置于其上。
老人把肉包放在劈开的木块上焚烤，洒上闪亮的
醇酒，年轻人手握五指尖叉，站在他的身边。

　　焚烧了祭畜的腿件，品尝过内脏，
他们把所剩部分切成小块，用叉子
挑起来仔细炙烤后，脱叉备用。

当一切整治完毕，盛宴已经排开，
他们张嘴咀嚼，人人都吃到足份的餐肴。
当大家满足了吃喝的欲望，
年轻人将醇酒注满兑缸，先在众人的
杯盏里略倒一点祭神，然后灌满各位的酒杯。
整整一天，他们用歌唱平息神的愤怒，
年轻的阿开亚兵勇唱着动听的赞歌，
颂扬发箭远方的射手，后者高兴地听着他们的唱颂。

当太阳落沉，夜色降临后，
他们躺倒身子，睡在系连船尾的缆索边。
然而，当早起的黎明，垂着玫瑰红的手指重现天际，
他们登船上路，驶向阿开亚人宽阔的营盘。
远射手阿波罗送来阵阵疾风，
他们竖起桅杆，挂上雪白的篷帆，
兜鼓起劲吹的长风；海船迅猛向前，船首劈开
一条暗蓝色的水路，浪花飞溅，唱着轰响的歌。
航船破浪前进，朝着目的地疾行。
及至抵达阿开亚人宽阔的营盘，
他们把乌黑的木船拖上海岸，置放在
高高的沙滩，搬起长长的支木，塞垫在船的底面。
然后，众人就地散伙，返回各自的营棚和海船。

但是，裴琉斯高贵的儿子、捷足的阿基琉斯
此时仍然盛怒不息，置身迅捷的海船边。
现在，他既不去集会——人们在那里争得荣光，
也不参加战斗，而是日复一日地待在船边，耗磨着
自己的心力，渴望重上战场，听闻震耳的杀喊。

然而，那天以后，随着第十二个黎明的降临，
永生的神祇，在宙斯带领下，一起返回
俄林波斯。其时，塞提丝没有忘记
儿子的恳求，一大早就从海浪里踏出
身腿，直奔俄林波斯山顶，辽阔的天界，
发现沉雷远播的宙斯，正离着众神，
独自坐在山脊耸叠的俄林波斯的峰巅。
她扑上前去，坐在他面前，左手抱住
他的膝盖，右手上伸，托住他的颌沿，
向王者宙斯、克罗诺斯之子求援：
“父亲宙斯，如果说，在永生的神祇中，我确曾帮过你，
用我的话语或行动，那么，就请你答应我的祈愿：
让我儿获得荣誉，帮助这个世间
最短命的人儿！现在，民众的王者阿伽门农
侮辱了他，夺走了他的战礼，霸为己有。
精擅谋略的宙斯，俄林波斯的主宰，让我儿获取尊荣，
让特洛伊人得胜战场，直到阿开亚人
补足他的损失，增添他的荣誉！”

塞提丝如此一番恳求，但汇聚乌云的宙斯静坐
不语，沉默了许久。塞提丝的左手一直不曾
松开他的膝盖，此时更是紧抱不放，再次催求：
“答应兑现我的恳求，父亲，给我点个头！
要不，你就予以拒绝，因为你啥也不怕，倒是可以让我知道，
神祇中，我这个最受委屈的女神，已经倒霉到了什么程度。”

此番话极大地烦扰了宙斯的心境，乌云的汇聚者答道：
“这是件会引来灾难的麻烦事，你将导致我同赫拉的
抗争。看着吧，她会用刻薄的言词对我挑衅。

即便在目前的情势下，她还总是当着永生众神的脸面，指责
我的作为，说我在战斗中，如此这般地帮助了特洛伊兵汉。
现在，你马上离开此地，以免让她抓住把柄。
我会把此事放在心上，并保证使它实现。
为了让你放心，我将对你点头；
对永生的神祇，这是我所能给的最庄重的承诺。
只要我点头应允，我的言行就不会掺假，不容
毁驳；我的意图必将成为不可逆转的现实。”

　　克罗诺斯之子言罢，弯颈点动浓黑的眉毛，
涂着仙液的发绺从王者永生的头颅上
顺势泼泻，摇撼着巍伟的俄林波斯山脉。

　　两位神祇议毕，分手而行。塞提丝
从晶亮的俄林波斯跃下，回到大海的深处，
而宙斯则返回自己的宫殿。神们见状，起身离座，
所有的神祇，向父亲致意；宙斯朝着宝座举步，谁也不敢
留恋自己的座椅，全都起身直立，迎接他的来临。
宙斯在王位上就座。然而，赫拉知晓事情的
经过，曾亲眼看见海洋老人的女儿、
银脚的塞提丝和宙斯的聚谋。
她迅速出击，启口揶揄，对着克罗诺斯的儿子：
“刚才，诡计多端的大神，又是哪位神祇和你聚首合谋？
背着我诡秘地思考和判断，永远是
你的嗜好。你从来没有这个雅量，
把你打算要做的事情直率地对我言告。”

　　听罢这番话，神和人的父亲开口驳斥，说道：
“赫拉，不要痴心企望了解我的每一丝心绪，

这些不是你所能理解的事情，虽然你是我的妻侣。
任何念头，只要是适合于让你听闻的，那么
不管是神还是人，谁都不能抢在你的前头。
但是，倘若我想避开众神，谋划点什么，
你不要总想寻根刨底，也不许探察盘问!”

听罢这番话，牛眼睛夫人[1]赫拉答道：
“可怕的王者，克罗诺斯之子，你说了些什么?
你知道，过去，我可从未询问，也不曾盘问过你。
事实上，你总是随心思谋，按你自己的意愿。
但现在，我却十分害怕，怕你已被她说服，
那银脚的塞提丝，海洋老人的女儿。不是吗，
今天一早，她就跑到你身边，抱住你的膝盖，
我想你已点头答应，使阿基琉斯获得
荣誉，把众多的阿开亚人放倒在船边。”

听罢这番话，宙斯，乌云的汇聚者说讲，斥道：
“你总是满腹疑忌，狂迷的夫人，我的举动都躲不过你的眼睛!
不过，对这一切，你可有半点作为?你的表现只能进一步
削弱你的地位，在我的心中——对于你，这将更为不利。
如果说你的话不假，那是因为我愿意让事情如此这般地发生。
闭上你的嘴，静静地坐到一边去，按我说的办。
否则，当我走过去，甩开双臂，展示不可抵御的神力时，
俄林波斯山上的众神，就是全部出动，也帮不了你的忙!”

听罢这番话，牛眼睛夫人赫拉心里害怕，

---

① 牛眼睛夫人：作为一个固定的修饰成分，“牛眼睛的”可能产生在远古的时代——那时，人们崇拜的神祇往往以动物的形象出现。

一声不吭地克制着自己的心念，服从了他的意志。
宙斯的宫居里，神们心绪纷荡，个个如此。
其时，为了安抚亲爱的母亲、白臂膀的赫拉，
赫法伊斯托斯，著名的工匠，在诸神中站立起来，说道：
“要是你们二位争吵不休，为了凡人的琐事，
在诸神中引起械斗，那么，这将是一场灾祸，
一种无法忍受的苦难。盛宴将不再给我们
带来欢乐，令人讨厌的混战会破毁一切。
所以，我敦请母亲，虽说她自己亦已明白，
主动接近我们亲爱的父亲，争取宙斯的谅解；这样，
父亲就不再会责骂我们，也不会砸烂宴席上的杯盘。
如果俄林波斯的主宰，玩闪电的大神，打算把
我们拎出座椅，我等之中可没有与之匹敌的神选。
母亲，走上前去，用温柔的声调和他说话，
顷刻之间，俄林波斯大神便会恢复对我们的亲善。”

　　言罢，他跳立起来，将一只双把的杯盏
送到亲爱的母亲手中，劝慰道：
“耐心些，我的妈妈，忍让着点，虽然你心里难受。
否则，尽管爱你，我将眼睁睁地看着你挨揍，
在我的面前；那时，虽说伤心，我却难能
帮援。同俄林波斯神主格斗，可是件吃力不讨好的苦差。
还记得上回的情景吗？那时，我想帮你，
被他一把逮住，抓住我的脚，扔出神圣的门槛。
我飘落直下，整整一天，及至日落时分，
跌撞在莱姆诺斯岛上，气息奄奄。
当地的新提亚人趋身救护，照料倒地的神仙。”

　　他侃侃道来，逗得白臂女神赫拉眉开眼笑，

笑容可掬地接过杯盏，从儿子手中。接着，
赫法伊斯托斯从兑缸里舀出甘甜的奈克塔耳①，
从左至右，逐个斟倒，注满众神的杯盏，
看着他在宫居里颠跑忙碌的模样，
幸福的神明忍俊不禁，爆发出欢乐的笑声。

　　就这样，他们享受着盛宴的愉悦，直到太阳落沉，
整整痛快了一天，全都吃到足够的份额，心里欢畅，
聆听阿波罗的弹奏，用那把漂亮的竖琴，
伴和缪斯姑娘们悦耳动听的轮唱。

　　终于，当灿烂的夕光从地平线上消失，
众神返回各自的居所睡觉——著名的
能工巧匠、双臂粗壮的赫法伊斯托斯曾给每
一位神明盖过殿堂，以他的工艺，他的匠心。
宙斯，闪电之王，俄林波斯的主宰，此时亦行往睡床，
每当甜蜜的睡眠降附神体，这里从来便是他栖身的地方。
他上床入睡，身边躺着享用金座的赫拉。

---

①　奈克塔耳：一种神用的饮料。神不喝酒。

# 第二卷

　　所有的神和驾驭战车的凡人都已
酣睡整夜，但睡眠的香甜却不曾合上宙斯的双眼，
心里谋划着如何使阿基琉斯获得
荣誉，把成群的阿开亚人杀死在海船边。
眼下，他以为最好的办法是派遣凶险的
梦幻，给阿特柔斯之子阿伽门农传送他的令言。
他对着梦幻大叫，长了翅膀的话语飞向后者的耳畔：
“去吧，凶险的梦幻，速往阿开亚人的快船，
行至阿特柔斯之子阿伽门农的营棚，
把我的指令原原本本地对他告传。
命他即刻行动，把长发的阿开亚人武装起来；
现在，他可攻破特洛伊人路面
宽阔的城邑，家住俄林波斯的众神已不再
为此事争吵，通过恳求，赫拉已消除
他们的歧见。悲惨的结局正等待着特洛伊兵汉。”

　　宙斯言罢，梦幻得令而去，
迅速来到阿开亚人的快船边，
出现在阿特柔斯之子阿伽门农的营棚，发现
后者正躺在床上，酣睡中吞吐着神赐的香甜。
梦幻悬站在他的头顶，变作奈琉斯之子
奈斯托耳的形象——阿伽门农敬他甚于

对其他首领。梦幻开口发话，以奈斯托耳的形面：
“还在睡觉呀，聪明的驯马手阿特柔斯的儿男？
一个责在运筹帷幄，肩负着全军的重托，
有这么多事情要关心处理的人，岂可熟睡整夜？
好了，认真听我说来，因为我是宙斯的使者；他虽然置身
遥远的地方，但却十分关心你的情况，怜悯你的处境。
宙斯命你即刻行动，把长发的阿开亚人武装起来；
现在，你可攻破特洛伊人路面
宽阔的城邑，家住俄林波斯的众神已不再
为此事争吵，通过恳求，赫拉已消除
他们的歧见。按照宙斯的意愿，悲惨的结局正等待着
特洛伊兵汉。记住，当你从甜美的
酣睡中醒来，不要忘记此番话语，带给你的信言。”

言罢，梦幻随即离去，留下独自思忖的
阿伽门农，寄望于此番不会兑现的传话，
以为在闻讯的当天，即可攻下普里阿摩斯的城国——
好一个笨蛋！他岂会知晓宙斯蕴谋的事件？
他哪里知道，宙斯已潜心谋划，要让特洛伊人和达奈人
拚搏鏖战，一起承受悲痛，经受磨难。
阿伽门农从睡境中苏醒，神的声音
回响在他的耳边。他直身而坐，套上
松软、簇新的衫衣，裹上硕大的披篷，
系紧舒适的条鞋，在闪亮的脚面，
挎上柄嵌银钉的铜剑，拿起
永不败坏的王杖，祖传的宝贝。
披挂完毕，他迈步前行，沿着身披铜甲的阿开亚人的海船。

其时，黎明女神已登上高高的俄林波斯，

向宙斯和众神报告白天的到来。
阿伽门农命嘱嗓音清亮的使者，
召呼长发的阿开亚人聚会。
信使们奔走呼号，人们很快集合起来。

　　首先，阿伽门农会晤了心胸豪壮的首领，
聚集在出身普洛斯的王者奈斯托耳的船边。
他把首领们召到一块，开口说道，话语中包容着诡谲：
“听着，我的朋友们！在我熟睡之际，神赐的梦幻
穿过圣谧的夜晚，来到我的营棚，从容貌、体魄
和身材来看，极像卓越的奈斯托耳。
他悬站在我的头上，对我说道：
‘还在睡觉呀，聪明的驯马手阿特柔斯的儿男？
一个责在运筹帷幄，肩负着全军的重托，
有这么多事情要关心处理的人，岂可熟睡整夜？
好了，认真听我说来，因为我是宙斯的使者；他虽然置身
遥远的地方，但却十分关心你的情况，怜悯你的处境。
宙斯命你即刻行动，把长发的阿开亚人武装起来；
现在，你可攻破特洛伊人路面
宽阔的城邑，家住俄林波斯的众神已不再
为此事争吵，通过恳求，赫拉已消除
他们的歧见。按照宙斯的意愿，悲惨的结局正等待着
特洛伊兵汉。’此番口嘱，不可忘怀。梦幻言罢，
展翅飞去，甜蜜的睡眠就此离开了我的梦境。
干起来吧，看看我们是否能把阿开亚人的儿子们武装起来。
但首先——我以为此举妥当——待我先用话语
试探，命令他们踏上凳板众多的海船，启程归返。
届时，你等要站好位置，以便呵斥号令，把他们哄挡回来。”

他言毕下坐，首领中站起了奈斯托耳，
王者，统治着多沙的普洛斯地面。
怀着对各位首领的善意，他开口说道：
“朋友们，阿耳吉维人的首领和统治者们，
倘若传告这件梦事的是别的阿开亚人，
我们或许便会把它斥为谎言，不屑一顾。
但现在，目睹此事的却是自称为阿开亚人中最显赫的权贵。
干起来吧，看看我们是否能把阿开亚人的儿子们武装起来。”

言罢，他领头离开商议的地点，
各位起身离座，这些有资格握拿权杖的王爷，
服从了兵士的牧者，熙熙攘攘的兵勇跟随在后面。
像大群的花蜂，一股接着一股，
没完没了地冲涌出空心的石窟，抱成
一个个圈团，飞访着春天的花丛，
四处游移曼舞，成群结队——
就像这样，来自不同部族的战士涌出营棚和海船，
一队连着一队，行进在宽阔的滩沿，走向集会的
地点；谣言像火苗似的在人群中活跃，
作为宙斯的使者，督励着人们向前。集聚的队伍
使会场为之摇撼。兵勇们集队进入自己的位置，
大地悲鸣轰响，伴和着笼罩全场的杂喧。九位使者
高声呼喊，忙着维持秩序，要人们停止
喧闹，静听宙斯钟爱的王者训告。经过
一番折腾，他们迫使兵勇们屈腿下坐，
停止了喧嚣。强有力的阿伽门农站立起来，
手握权杖，由赫法伊斯托斯辛苦铸造。
赫法伊斯托斯把权杖交给王者宙斯，克罗诺斯之子，

后者把它转交给导路的阿耳吉丰忒斯[①]，
而王者赫耳墨斯又把它给了裴洛普斯，战车上的勇士。
裴洛普斯把它给了阿特柔斯，兵士的牧者；
后者死后，权杖传到苏厄斯忒斯手中，而这位富有
羊群的领主又把它传给了阿伽门农，后者凭着王杖的
权威，统领众多的海岛和整个阿耳戈斯。
其时，倚靠着这支王杖，阿伽门农对聚会的阿耳吉维人喊道：
“哦，朋友们，达奈勇士们，阿瑞斯的随从！
宙斯，克罗诺斯之子，已把我推入愚狂的陷阱，
他就是这般凶残！先前，他曾点头答应，
让我在荡劫墙垣精固的伊利昂后启程返航。
现在，我才知道，这是一场赤裸裸的欺骗。他要我
不光不彩地返回阿耳戈斯，折损了众多的兵将。
这便是力大无穷的宙斯的作为，能使他心花怒放；
在此之前，他已打烂许多城市的顶冠，
今后还会继续砸捣，他的神力谁能抵挡？
这种事情，即便让子孙后代听来，也是一个耻辱：
如此雄壮，如此庞大的阿开亚联军，竟然
徒劳无益地打了一场没有收益的战争，
战事旷日持久，杳无终期。这支军队占着
兵力上的优势。如果双方愿意，阿开亚人和特洛伊兵壮，
可以牲血为证，立下庄重的停战誓约，随后计点双方人数，
特洛伊方面以家住城里者为计[②]，
而我们阿开亚人则以十人为股。
然后，让每个股组挑选一个特洛伊人斟酒，

① 阿耳吉丰忒斯：Argeiphontes，即赫耳墨斯，一说意为“巨魔 Argos 的屠杀者”。
② 以家住城里者为计：换言之，不包括特洛伊的盟军。

结果，斟酒的侍者已被挑完，十人的股组却还所余甚众。
阿开亚人的儿子们，我认为，就以此般悬殊的比例，
在人数上压倒了住在城里的特洛伊人。但是，他们有
多支盟军帮衬，来自其他城市；那些投枪的战勇，
打退了我的进攻，不让我实现我的意愿，
荡劫伊利昂，这座人丁兴旺的城堡。
属于大神宙斯的时间九年过去了，
海船的木板已经腐烂，缆绳已经蚀断。
在那遥远的故乡，我们的妻房和幼小的孩子
正坐身厅堂，等盼着我们，而我们的战事仍在继续——
为了它，我们离家来此——像以往一样无有穷期。
不干了，按我说的做！让我们顺从屈服，
登船上路，逃返我们热爱的故乡。
我们永远抢攻不下路面宽阔的伊利昂！”

　　一番话掀腾起澎湃的心浪，在全体兵勇的胸腔，
成群结队的兵勇，不曾听闻他对首领们的讲话。
会场喧嚣沸腾，就像从亲父宙斯驱纵的云层里
冲扫而下的东风和南风，在
伊卡里亚海面掀起了滔天巨浪。
宛如阵阵强劲的西风，扫过一大片
密沉沉的谷田，呼喊咆哮，刮垂下庄稼的穗耳；
同此，集会土崩瓦解，人们乱作一团，朝着
海船奔跑，踢卷起纷飞的
泥尘，相互间大声嘶喊，意欲
抓住海船，拖入闪亮的水道。
他们清出下水的道口，喊叫之声响彻云天；
士兵们归心似箭，动手搬开船底的挡塞。

　　其时，阿耳吉维人很可能冲破命运的制约，实现
回家的企愿，若不是赫拉开口发话，对雅典娜说道：
“胡闹！你瞧瞧，阿特鲁托奈[1]，带埃吉斯的宙斯的女儿。
按眼下的事态，阿耳吉维人是打算跨过大海
浩渺的水浪，逃回世代居住的乡园，
把阿耳戈斯的海伦[2]丢给普里阿摩斯和特洛伊兵壮，
为他们增添光彩——为了她，多少阿开亚人
亡命在远离故乡的特洛伊地面！
现在，你要前往身披铜甲的阿开亚人的群队，
用和气的话语劝阻回每一位军兵，
不要让他们拽起弯翘的木船，拖入滩外的大海！”

　　赫拉言罢，灰眼睛女神雅典娜谨遵不违，
急速出发，从俄林波斯山巅直冲而下，
转眼便到了阿开亚人的快船边。
她发现和宙斯一样精擅谋略的奥德修斯
此刻正呆站在那边，不曾动手拖拉他的乌黑、
凳板坚固的海船——眼前的情景使他心灰意寒。
眼睛灰蓝的雅典娜站在他的身边，开口说道：
“莱耳忒斯之子，神的后裔，多谋善断的奥德修斯，
怎么，这是件应该发生的事情吗？你们真的要把自己扔上
凳板众多的海船，逃回你们热爱的乡园，
把阿耳戈斯的海伦丢给普里阿摩斯和特洛伊兵壮，
为他们增添光彩——为了她，多少阿开亚人
亡命在远离故乡的特洛伊地面！
不要灰心，插入混跑的人群，

---

① 阿特鲁托奈：Atrutone，出处不明，可能意为“不知疲倦的”。
② 阿耳戈斯的海伦：海伦并非来自阿耳戈斯（城），而是来自斯巴达。关于“阿耳戈斯”，见名称索引有关条目。

用和气的话语劝阻回每一位军兵，
不要让他们拽起弯翘的木船，拖入滩外的大海。”

雅典娜如此一番告诫，奥德修斯听出了女神的声音，
马上蹽开腿步，甩出披篷，被跟随左右的
伊萨卡使者欧鲁巴忒斯手接。
他跑至阿特柔斯之子阿伽门农的面前，
从后者手中抓过祖传的永不败坏的权杖；然后，
王杖在手，大步向前，沿着身披铜甲的阿开亚人的海船。

每当遇见某位王者或某个有地位身份的人，
他就止步在后者身边，好言好语地劝他回返：
“我的朋友，我可不会出言威胁，把你当做贪生怕死的小人，
但你自己应该站住，并挡回溃散的人群。
你还没有真正弄懂阿特柔斯之子的用意，
他在试探你们，马上即会动怒翻脸。我们不都
听过他在辩议会上对阿开亚人的儿子们讲过的那番话吗？
但愿他不致暴怒攻心，伤损军队的元气。
王者的愤怒非同小可，他们受到神的恩典；
他们的荣誉得之于宙斯，受到精擅谋略的大神的钟爱。”

然而，当见到喧叫的普通士兵，
他便会动用王杖击打，辅之以一顿臭骂：
“你这蠢货，还不给我老老实实地坐下，服从你的上司、
那些比你杰出的人的命令。你这个逃兵，贪生怕死的家伙，
战场和议事会上一无所用的窝囊废！
阿开亚人岂能个个都是王者？
王者众多可不是件好事。这里只应有一位统治者，
一个大王——此王执掌工于心计的克罗诺斯的儿子授予的

权杖和评审是非的标准，统治属下的子民。”

　　就这样，他以强有力的手段整饬军队的秩序，
直到众人吵吵嚷嚷地拥回集会地点，从海船和
营棚那边，一如在那惊涛轰响的洋面，浪峰冲击着
漫长的滩沿，大海呼吼咆哮，奔涌腾翻。

　　其时，人们各就各位，会场秩序井然，例外
只有一个，多嘴快舌的塞耳西忒斯，仍在不停地骂骂咧咧。
此人满脑袋的颠词倒语，不时
语无伦次，徒劳无益地和王者们争辩，
用词不计妥帖，但求能逗引众人开怀。
围攻伊利昂的军伍中，他是最丑的一个：
两腿外屈，撇着一只拐脚，双肩前耸，
弯挤在胸前，挑着一个尖翘的
脑袋，稀稀拉拉地长着几蓬茸毛。
阿基琉斯恨之最切，奥德修斯亦然，两位
首领经常受他辱骂攻击。现在，他又尖叫着把成串的
脏话泼向卓越的阿伽门农，由此极大地
冒犯了阿开亚人，在他们心中激起了怒怨。
塞耳西忒斯扯开嗓门，对着阿伽门农谩骂：
“阿特柔斯之子，我不知你现时还缺少什么，或还有什么
不满意的？你的那些个营棚，里面堆满了青铜，成群的美女
充斥着你的棚居——每当攻陷一座城堡，
我们阿开亚人就首先把最好的女子向你奉献。
或许，你还需要更多的黄金？驯马好手特洛伊人的
某个儿子会把它当做赎礼送来，虽然抓住
战俘的是我，或是某个阿开亚人。
或许，还要一位年轻女子和你同床作乐，

避开众人，把她占为己有？不，作为统帅，你不能
为此把阿开亚人的儿子们推向苦难。
懦弱的傻瓜，可恨，恬不知耻！你们是女人，不是阿开亚人的
男子汉！让我们驾起海船回家，把这个家伙
离弃在特洛伊，任他纵情享受他的战礼，
这样，他才会知道我等众人的作用，在此是否帮过他的忙。
现在，他已侮辱了阿基琉斯，一个远比他
杰出的战勇，夺走他的份礼，强行霸占。
然而，阿基琉斯没有因此怀恨在心，而是愿意消解舒缓；
否则，阿特柔斯之子，这将是你最后一次横行逞强！”

　　就这样，塞耳西忒斯破口辱骂阿伽门农，
兵士的牧者。其时，卓越的奥德修斯疾步
上前，怒目而视，大声呵斥道：
“虽说讲得畅快流利，塞耳西忒斯，你的话
简直是一派胡言！住嘴吧，不要妄想和王者们试比高低。
在跟随阿特柔斯的儿子们来到伊利昂城下的官兵中，
我相信，你是最坏的一个。所以，
你不应对着王者们信口开河，
出言不逊，也不要侈谈撤兵返航。
我们无法确知战事的结局，不知道
阿开亚人的儿子们将带着什么踏上归途，是喜悦，还是惨痛。
然而，你却坐在这边，痛骂阿特柔斯之子，兵士的牧者
阿伽门农，只因达奈勇士们给了他
大份的战礼。除了恶语伤人，你还会干什么？
我还有一事奉告，相信我，它将成为现实。
倘若让我再次发现你像刚才那样装疯卖傻，
那么，假如我不抓住你，剥了你的衣服，

你的披篷和遮掩光身的衣衫，
狠狠地把你打出集会，任你放声哭号，
把你一丝不挂地赶回快船，
就让我的脑袋和双肩分家——从此以后，
你等再也不要叫我忒勒马科斯的老爸！”

言毕，奥德修斯扬起权杖，狠揍他的脊背
和双肩，后者佝偻起身子，豆大的泪珠顺着脸颊滴淌。
金铸的王杖打出一条带血的
隆起的条痕，在双胛之间；他畏缩着
坐下，忍着伤痛，呆呆地睁着双眼，抬手抹去滚涌的泪珠。
望着他的窘态，人们虽然心头烦恼，却全都高兴得咧嘴哄笑，
目视身边的伙伴，有人开口说道：
“哈，真精彩！奥德修斯做过成百上千的好事，
出谋划策，编组战阵，但他在
阿耳吉维人中所做的一切都远远比不上这一件风光：
训斥这个在集会上厥词乱放的家伙，中止了他的张狂！
今后，此人将再也不会受心里高傲的激情驱使，
诽谤我们的王者，肆意辱骂！”

众人如此一番说道，但奥德修斯，荡劫城堡的战勇，
其时手握王杖，昂首挺立，身边站着灰眼睛的雅典娜，
以使者的模样出现，命令人们保持肃静，
使坐在前排和末排的阿开亚人的儿子们
都能听到他的话语，认真考虑他的规劝。
怀着对众人的善意，奥德修斯放声说道：
“阿特柔斯之子，尊贵的王者——现在，你的士兵们
正试图使你丢脸，在所有的凡人面前。他们
不想实践当年从牧草丰肥的阿耳戈斯发兵时

所作的承诺，保证决不还家，在血洗
墙垣精固的伊利昂之前。
现在，他们哭喊着试图拖船返航，
像一群不懂事的孩子或落寡的妇人。
诚然，让人们带着沮丧的心情返家，也同样是难事一件。
任何出门在外，远离妻房的人，因受阻于冬日的
强风和汹涌的海浪而不能前行时，只消一个月，
便会在带凳板的海船上坐立不安。而我们，
大家已在此挨过了第九个年头；所以，
我不想责备船边的阿开亚人，你们有理由
感到焦烦。但尽管如此，在此待了这么些年头，
然后两手空空地回去，总是件丢脸的事儿。
坚持一下，朋友们，再稍待一段时间，
直到我们弄清卡尔卡斯的预卜是否灵验。
我们都还清楚地记得那段往事，而你们大家，
每一个死神尚未摄走灵魂的人，也都曾亲眼看见；
此事就像发生在昨天或是前天——当时，阿开亚船队正集聚
在奥利斯，满载着送给普里阿摩斯和特洛伊人的愁灾。
在一泓泉流的边沿，一棵挺拔的松树下，
清湛的水面闪着烁烁的粼光，当我们用全盛的牲品
在神圣的祭坛上奠祀众神时，一个
含意深邃的预兆出现在我们眼前。一条长蛇，俄林波斯
神主亲手丢进昼光里的生灵，背上带着血痕，可怕，
从祭坛下爬了出来，朝着松树匍匐向前。
树上坐着一窝小鸟，一窝嗷嗷待哺的麻雀，
鸟巢筑在树端的枝丫上，叶片下，雏鸟索索发抖，
一窝八只，连同生养他们的母亲，一共九只。
蛇把幼鸟尽数吞食，全然不顾后者凄惨的尖叫，
雌鸟竭声哀鸣，为了孩子们的不幸，扑闪在蛇的上方。

青蛇盘蜷，迅猛出击，钳住她的翅膀，伴随着雌鸟的嘶号；
长蛇吞食了麻雀，连同她的雏鸟。其后
那位送蛇前来的神明把它化作一座碑标——
工于心计的克罗诺斯之子把蛇变成了石头。
我等震惊不已，站立观望这发生在眼前的奇景。
当那些可怕、怪诞的示兆之物掉进祀神的丰盛牲祭后，
卡尔卡斯开口直言，卜释出神的旨意：
‘为何瞠目结舌，你们，长发的阿开亚人？
多谋善断的宙斯已对我们显示了一个惊人心魂的兆示，此事
将在以后，哪怕是久远的以后兑现，大业的光荣将与日月同辉。
长蛇吞食了麻雀，连同她的雏鸟，
一窝八只，连同生养它们的母亲，一共九只，
所以，我们将在特洛伊苦战等同此数的年份，
直到第十个年头，我们将攻克这座路面宽阔的城堡。’
这便是他的卜释。现在，大家都已看到，这一切正在变成现实。
振作起来，胫甲坚固的阿开亚人，让我们全都
留在这里，直到夺取普里阿摩斯的这座宏伟的城堡！”

他言罢，阿耳吉维人中爆发出震响的喊声；
他们纵情欢呼，赞同奥德修斯的讲话，神一样的壮勇；
身边的船艘回扬出巨大的轰响，荡送着阿开亚人的呼吼。
其时，人群中响起了格瑞尼亚的①车战者奈斯托耳的声音：
“耻辱，耻辱啊！看看你们在集会上的表现吧，
简直像一群调皮捣蛋的娃娃，对战事一窍不通的毛孩！
应该给我们的那些协议和誓言找个去处了吧？
把它们统统扔进火里，什么勇士的磋商、计划，连同那泼出去的
不掺水的奠酒以及我们认信的紧握的右手，还不是虚设的

① 格瑞尼亚的：所指不明，可能是一个古老的饰词。

仪酬！我们只能徒劳无益地争吵辱骂，找不到任何解决
问题的办法，虽然我们已在此挨过了漫长的时光。
阿特柔斯之子，不要动摇，像往常一样坚强，贯彻初时的计划，
率领阿耳吉维兵勇，冲向拼搏的战场！
至于那些人，那一两个打算离开队伍的逃兵，
让他们自取灭亡好了，他们将一无所得，
匆匆跑回阿耳戈斯，连带埃吉斯的宙斯的
允诺，连它的虚实都不曾弄明白。
我要提醒你们，早在我们踏上快船的那一天，
满载着送给特洛伊人的死亡和毁灭，
力大无比的克罗诺斯之子就已对我们点头允诺；
他把闪电打在我们的右上方，光亮中闪烁着吉祥的兆端。
所以，在没有和一个特洛伊人的妻子睡觉之前——
作为对海伦所经受的磨难和不让她实现回归愿望的
报复①——谁也不要急急忙忙地启程回返。
但是，如果有人发疯似的想要回家，那么，
只要他把双手搭上凳板坚固的黑船，
便会在众目睽睽之下惨死暴灭。
至于你，尊贵的王者，也应谨慎行事，倾听别人的议言。
我有一番告诫，你可不要把它置之脑后。
听着，阿伽门农，把你的人按部族或宗族编阵，
使宗族和宗族相互辅助，部族和部族互为帮援。
若能此般布阵，而将士又能从命，
你就能看出哪位首领贪生，哪些兵勇怕死，谁个
勇敢，哪支部队豪蛮，因为他们都以部族为伍，投身拼战。
由此，你亦可进一步得知，假如这座城邑久攻不下，原因何在：

① 作为对……的报复：这句话亦可解作：作为对我们的补偿——为了海伦，我们承受了战争的悲愁和磨难。

是天意，还是兵卒的怯弱，是一帮不懂战争的门外汉。”

听罢这番话，强有力的阿伽门农说讲，答道：
“说得好！争辩中，老人家，你又一次胜过了阿开亚人的
儿子们，哦，父亲宙斯，雅典娜，阿波罗，
阿开亚人中要是有十个如此杰出的谋士，
何愁普里阿摩斯王的城国不对我们
俯首，被我们攻占，劫洗！然而，
克罗诺斯之子、带埃吉斯的宙斯反倒给了我苦难，
把我投入了有害无益的辱骂和争斗。
为了一个姑娘，我和阿基琉斯竟至于
唇枪舌剑，而我还率先动怒。
倘若我俩能齐心合谋，特洛伊人
就难以继续躲避重击，顷刻之间便会大难临头。
好了，回去吃饱肚子，以便重新开战。
大家要磨快枪尖，整备好盾牌，
喂饱捷蹄的快马，仔细检查
战车，加强战斗意识，以便投身
可恨的拼争，打上一个整天，
没有间息，连喘气的时间都没有，
直到夜色降临，隔开兵勇们的怒气冲冲。
汗水将会湿透勒在肩上的背带，
连接着护身的盾牌，紧握枪矛的双手将要忍受酸痛，
快马将跑得热汗津津，拖着滑亮的战车。
届时，谁个让我见着，试图逃避战斗，
傍临弯翘的船舟，那么，此人一定无法避开
狗和鹫鸟的利爪，绝无可能！”

他言罢，阿耳吉维人中爆发出震响的呼声，犹如排空的

激浪，受飞扫直下的南风驱使，撞击在挺拔的峭壁上——
此般突兀的石岩，永远是海浪扑击的对象，被各种
去向的疾风，兴波助浪，刮自这边那方。
众人站立起来，三五成群地走回海船，他们在
营棚边点起炊火，填饱了肚子，
每人都祀祭过一位不死的神祇，
求神保佑，躲过死的抓捕，战争的煎熬。
民众的王者阿伽门农献祭了一头肥壮的公牛，
五岁的牙口，给宙斯，克罗诺斯力大无比的儿郎。
他召来全军的精华，阿开亚人的首领，
首当其冲的是奈斯托耳，然后是王者伊多墨纽斯，
两位埃阿斯，图丢斯之子狄俄墨得斯，还有
奥德修斯，来者中的第六位，和宙斯一样精擅谋略的壮勇。
啸吼战场的墨奈劳斯不邀自来。
心中明白兄长的心事重重。
他们围着公牛站定，抓起大麦。
强有力的阿伽门农在人杰中开口诵祷：
“宙斯，最最伟大，享领无上的光荣，雄居天空的乌云之神，
我们求你助佑：在我没有掀翻普里阿摩斯四壁焦黑的
厅堂①，捣烂他的门户之前，
在我没有撕裂赫克托耳的衫衣，用铜矛剁碎
他的胸膛之前，还有他身边的那许多伙伴，
我要把他们打翻在地，嘴啃泥尘——在这一切没有发生之前，
宙斯，不要让太阳沉落，不要让黑暗捆住我们的手脚！”

他如此一番祈祷，但克罗诺斯之子将不会予以兑现。

---

① 四壁焦黑的厅堂：厅堂（megaron）的中间一般有个火炉或火塘，用时青烟弥漫，故会熏黑四周的墙壁。

他收下祭礼，却反而加剧了谁也不想取要的痛苦。
当众人作过祈祷，撒过祭麦后，他们
扳起祭牲的头颅，割断喉管，剥去皮张，
然后剔下腿肉，用油脂包裹腿骨，
双层，把小块的生肉置于其上。
他们把肉包放在净过枝叶、劈开的木块上焚烧，
用叉子挑起内脏，悬置在赫法伊斯托斯的柴火上烧烤。
焚祭过牛的腿件，品尝过内脏，
他们把所剩部分切成小块，用叉子
挑起来仔细炙烤后，脱叉备用。
当一切整治完毕，盛宴已经排开，
他们张嘴咀嚼，人人都吃到足份的餐肴。
当众人满足了吃喝的欲望，
奈斯托耳，格瑞尼亚的车战者，开口说道：
"阿特柔斯最尊贵的儿子，民众的王者阿伽门农，
让我们不要吵个没完没了，也不要继续
耽搁神灵交给我们的使命。
干起来吧，让身披铜甲的阿开亚人的信使
大声招呼各支部队，聚汇在海船旁。
作为首领，我们要一起行进在阿开亚人宽阔的
营盘，以便更快地催起凶蛮的战斗狂潮。"

　　他如此一番诫告，民众的王者阿伽门农纳用了他的建议，
马上命令嗓音清亮的使者，召呼
长发的阿开亚人投身战斗。
信使们奔走呼号，队伍很快聚合起来。
首领们，这些宙斯哺育的王者，和阿伽门农一起
四处奔跑，整顿队伍。灰眼睛的雅典娜活跃在
他们中间，带着那面埃吉斯，贵重、永恒、永不败坏的

珍宝，边沿飘舞着一百条金质的流苏，
流苏织工精致，每条都抵得上一百头牛的换价①。
挟着埃吉斯的闪光，女神穿行在阿开亚人的队伍，
督促他们前进，在每一个战士的心里
激发起连续战斗的勇气和力量。
其时，在他们看来，战斗是一件更为甜美的事情，
比之驾着深旷的海船，返回亲爱的故乡。

　　像横扫一切的烈焰，吞噬着覆盖群峰的
森林，老远亦可眺见灼亮的火光；
同样，军勇们雄赳赳地向前迈进，气势不凡的
青铜甲械闪着耀眼的光芒，穿过气空，直指苍穹。

　　宛如生栖在考斯特里俄斯河边的亚细亚②
泽地上的不同种类的水鸟，有野鹤、鹳鹤和
脖子颀长的天鹅，展开骄傲的翅膀，
或东或西地飞翔，然后成群地停泊在
水泽里，整片草野回荡着它们的声响；
就像这样，来自各个部族的兵勇，从海船和营棚里
蜂拥到斯卡曼得罗斯平原，承受着人脚
和马蹄的踩踏，大地发出可怕的震响。
他们在花团似锦的斯卡曼得罗斯平原上摆开阵势，
数千之众，人丁之多就像春天的树叶和鲜花。

　　军队铺开了，像不同部族的苍蝇，

---

① 一百头牛的换价：当时尚无货币，贸易用以物易物的方式进行。牛是估价的一个基本单位。
② 亚细亚：当时仅指鲁底亚境内的沿海地区。

成群结队地飞旋在羊圈周围，
在那春暖季节，鲜奶溢满提桶的时候，
就以此般数量，长发的阿开亚人
挺立在平原上，面对特洛伊人，渴望着捣烂他们的营阵。

军队排开战斗序列，像有经验的牧人，将大群的
山羊，其时混合在一起，牧食在草野上，得体地分成小股；
同样，首领们忙着分遣部队，有的调这，有的去那，作好
进击的准备。强有力的阿伽门农迈步在他们中间，
头眼宛如喜好雷霆的宙斯，
摆着阿瑞斯的胸围，挺着波塞冬的胸脯。
恰似牛群中的一头格外高大强健者，
一头硕大的公牛，以伟岸的身形独领风骚，
那一天，宙斯让阿特柔斯之子显现出雄伟的身姿，
鹤立在全军之上，突显在将勇之中。

告诉我，家住俄林波斯的缪斯，
女神，你们无处不在，无事不晓；而我们，
只能满足于道听途说，对往事一无知了。告诉我，
谁是达奈人的王者，统治着他们的军旅？
我无法谈说大群中的普通一兵，也道不出他们的名字，
即便长着十条舌头，十张嘴巴，即使有一管
不知疲倦的喉咙，一颗青铜铸就的心。
不，我做不到这一点，除非俄林波斯山上的缪斯，带埃吉斯的
宙斯的女儿，把所有来到特洛伊城下的士卒都一一下告于我。
所以，下面提及的，只是率统船队的首领和海船的数目。

雷托斯和裴奈琉斯乃波伊俄提亚人的首领，
和阿耳开西劳斯、普罗梭诺耳以及克洛尼俄斯一起

统领部队。兵勇们有的家住呼里亚和山石嶙峋的奥利斯，
有的家住斯科伊诺斯、斯科洛斯和山峦起伏的厄忒俄诺斯，
以及塞斯裴亚、格拉亚和舞场宽阔的慕卡勒索斯；
有的家住哈耳马、埃勒西昂和厄鲁斯莱，
有的家居厄勒昂、呼莱、裴忒昂、
俄卡莱和墙垣坚固的城堡墨得昂，
以及科派、欧特瑞西斯和鸽群飞绕的希斯北；
还有的来自科罗奈亚和水草肥美的哈利阿耳托斯，
来自普拉塔亚和格利萨斯，
来自低地塞贝①，坚固的城堡，
和神圣的昂凯斯托斯，波塞冬闪光的林地；
来自米得亚和盛产葡萄的阿耳奈，
神圣的尼萨和最边端的安塞冬。
他们带来五十条海船，每船
载坐一百二十名波伊俄提亚人的儿男。

家住阿斯普勒冬和米努埃人的俄耳科墨诺斯
的兵勇们，由阿斯卡拉福斯和亚尔墨诺斯统领，
阿瑞斯的儿子——羞答答的阿丝陀开在
阿宙斯之子阿克托耳的家里生下他们；
她走进上层的阁房，偷偷地和强壮的阿瑞斯同床。
她的两个儿子率领着三十条深旷的海船。

斯凯底俄斯和厄丕斯特罗福斯，心胸豪壮的
纳乌波洛斯之子伊菲托斯的儿子，统领来自福基斯的兵勇；
他们来自库帕里索斯、山石嶙峋的普索、神圣的
克里萨，以及道利斯和帕诺裴乌斯；

---

① 低地塞贝：Hupethebe，位于塞贝或“高地塞贝”（即 Kadmeia）的下面。

来自阿奈莫瑞亚一带和呼安波利斯近围，
来自神河开菲索斯两岸，来自
开菲索斯河泉边的利莱亚。
他们带来四十条乌黑的海船。
福克斯的首领们正忙着整饬队伍，
立阵在波伊俄提亚人的左边。

俄伊琉斯之子、快捷的埃阿斯统领着洛克里斯兵勇，
小埃阿斯，和忒拉蒙高大魁伟的儿子相比，个子
矮小得多。然而，这位穿着亚麻布胸甲的小个子，
却是赫勒奈斯人中最好的枪手。
他的士兵有的家住库诺斯、俄波埃斯、卡利阿罗斯，
有的家住伯萨、斯卡耳菲和美丽的奥格埃；
还有的家居斯罗尼昂、塔耳菲和波阿格里俄斯流域。
他带来四十条乌黑的海船，满载着洛克里斯
兵勇，家乡和神圣的欧波亚隔海相望。

来自欧波亚岛的兵勇们，怒气冲冲的阿邦忒斯人，
散居在卡尔基斯、厄瑞特里亚和盛产葡萄的希斯提埃亚；
来自靠海的开林索斯和陡峭的城堡狄昂，
来自卡鲁斯托斯和斯图拉——统领
这些人的是厄勒菲诺耳，阿瑞斯的后代
卡尔科冬之子，心胸豪壮的阿邦忒斯人的首领。
腿脚迅捷的阿邦忒斯人随他前来，
长发及背，狂烈的枪手，渴望投出
粗长的梣木杆枪矛，捅开敌人护身的甲衣。
他带来四十条乌黑的海船。

他们的紧邻是来自雅典的兵勇，一座墙垣坚固的城堡，

心志豪莽的厄瑞克修斯曾在那里为王。雅典娜，
宙斯的女儿，看护过丰产谷物的大地生养的厄瑞克修斯，
把他置放在雅典，她的丰足的
神庙里。年复一年，雅典的儿子们用犍牛
和公羊祭盼着他的祝佑。
墨奈修斯，裴忒俄斯之子，统领着这支军旅。
他擅长布设战车和用盾牌护身的甲士，人世间
谁也没有他的本领，只有奈斯托耳
例外，因为他是老辈人物。
他带来五十条乌黑的海船。

埃阿斯从萨拉弥斯带来十二条海船，
排列在雅典人的编队旁。

来自阿耳戈斯的提仑斯、
赫耳弥俄奈和深谷环抱的阿西奈，来自
特罗伊真、埃俄奈和丰产葡萄的厄丕道罗斯的兵勇们，
来自埃吉纳和马塞斯的阿开亚人的儿子们——
统领这些人的是啸吼战场的狄俄墨得斯，
由塞奈洛斯辅佐，声名远扬的卡帕纽斯的儿子；
神一样的欧鲁阿洛斯排位第三，
塔劳斯之子、国王墨基斯丢斯的儿子。
啸吼战场的狄俄墨得斯是全军的统帅；
他们带来八十条乌黑的海船。

还有一支劲旅，兵勇们来自城垣坚固的慕凯奈，
繁荣富足的科林斯和城垣坚固的克勒俄奈；
来自俄耳内埃以及美丽的阿莱苏里亚
和西库昂——阿德瑞斯托斯曾在那里为王；

来自呼裴瑞西亚和陡峭的戈诺厄萨，
来自裴勒奈，来自埃吉昂地区以及
整个沿海地带和广阔的赫利开岬域。他们
带来一百条海船，统领全军的是强有力的阿伽门农，
阿特柔斯之子，带来了最好和最勇敢的
兵丁。营伍里，他身披闪光的铜甲，
气宇轩昂，突显在骁勇的壮士群中，
因他地位最高，统领着人数最多的军伍。

　　来自群山环抱、沟壑宕跌的拉凯代蒙、
法里斯、斯巴达和鸽群飞绕的墨塞的兵勇，
来自布鲁塞埃和美丽的奥格埃，
来自阿慕克莱和濒海的城堡赫洛斯，
来自拉斯和俄伊图洛斯地带的兵勇们，
由阿伽门农的兄弟、啸吼战场的墨奈劳斯率领，
统辖六十条海船，离着其他军旅群聚。
他巡视在队伍里，坚信自己的刚勇，
催督部属向前，因他渴望报仇，
比谁都心切：为了海伦，他们承受了战争的悲苦和磨难。

　　还有一支军旅，兵勇们有的家住普洛斯、美丽的阿瑞奈、
斯鲁昂、阿尔菲俄斯水津地区和坚固的埃普，
有的家住库帕里赛斯和安菲格内亚，家住
普忒琉斯、赫洛斯和多里昂——在那里，
缪斯姑娘们曾遐遇萨慕里斯，窒息了他的歌声。其时，
他正从俄伊卡利亚行来，别离俄伊卡利亚国王欧鲁托斯，
扬言即便是缪斯姑娘，带埃吉斯的
宙斯的女儿，倘若和他赛歌，也会败在他的手下。
愤怒的缪斯姐妹们将他毒打致残，夺走了他那

不同凡响的歌喉，使他忘却了从艺的本领。
统带这些兵勇的是奈斯托耳，格瑞尼亚的车战者，
率掌九十条弯翘的海船。

　　来自陡峭的库勒奈山脚，埃普托斯的墓旁，
来自阿耳卡底亚的善于近战杀敌的兵勇们，
家住菲纽斯和羊儿成群的俄耳科墨诺斯，
家居里培、斯特拉提亚和多风的厄尼斯培，
来自忒格亚和美丽的曼提奈亚，
来自斯屯法洛斯和家住帕耳拉西亚的兵勇们，
均由安凯俄斯的儿子、强有力的阿伽裴诺耳统领，
带来六十条海船，满载着众多的
兵卒，能征惯战的阿耳卡底亚军勇。
民众的王者阿伽门农给了他们这些
凳板坚固的海船，供他们征服酒蓝色的大海。是的，
是阿特柔斯之子给他们海船，给这些不会航海的内地人。

　　家住布普拉西昂和杰著的厄利斯，
一整片地带，远至边城呼耳弥奈和慕耳西诺斯，
以及它们之间的俄勒尼亚石岩和阿勒西昂的
兵勇们，受制于四位首领，各带十条
快船，满载着众多的厄利斯兵勇。
安菲马科斯和萨尔丕俄斯，阿克托耳的后代，一位是
克忒阿托斯之子，另一位是欧鲁托斯之子，各率一支分队；
阿马仑丘斯之子、强健的狄俄瑞斯统领另一支兵伍；
第四支分队由神一样的波鲁克塞诺斯统领，
阿伽塞奈斯之子，奥格斯的后代。

　　来自杜利基昂和神圣的厄基奈

群岛的兵勇，家乡和厄利斯隔海相望，
受制于墨格斯，阿瑞斯般的骁将，
宙斯钟爱的车战者夫琉斯之子，因与
其父闹翻，愤怒的夫琉斯之子跑到杜利基昂落户。
他带来四十条乌黑的海船。

奥德修斯率领着心胸豪壮的开法勒尼亚人，
兵勇们有的来自伊萨卡和枝叶婆娑的奈里同，
有的家住克罗库勒亚和岩壁粗皱的埃吉利普斯，
有的来自扎昆索斯，有的家住萨摩斯，
有的来自陆架及面对海峡和岛屿的去处①。
奥德修斯，像宙斯一样精擅谋略的首领，统掌这支军伍，
带来十二条海船，船首涂得鲜红。

安德莱蒙之子索阿斯统领着埃托利亚人，
兵勇们家住普琉荣、俄勒诺斯和普勒奈，
来自濒海的卡尔基斯和岩石嶙峋的卡鲁冬——在那里，
心志豪莽的俄伊纽斯的儿子们②已经销声匿迹：
俄伊纽斯自己早已作古，金发的墨勒阿革罗斯亦已不复存在。
所以，索阿斯接掌权力，统治着所有的埃托利亚人；
由他率领，带来四十条乌黑的海船。

伊多墨纽斯，著名的枪手，是克里特人的统带，
率领着来自克诺索斯和墙垣高耸的戈耳图那、
鲁克托耳、米勒托斯和白垩闪亮的鲁卡斯托斯、
法伊斯托斯和鲁提昂，清一色人丁兴旺的城镇，以及所有

① 面对海峡和岛屿的去处：可能指厄利斯或阿卡耳那尼亚沿海地区。奥德修斯在厄利斯拥有地产。
② 俄伊纽斯的儿子们：指墨勒阿革罗斯和图丢斯。

其他家住克里特的兵勇，这个拥有一百座城市的岛屿。①
善使枪矛的伊多墨纽斯统领全军，
由墨里俄奈斯辅佐，此人善能冲杀，像战神一样凶莽。
他们带来八十条乌黑的海船。

　　高大强壮的特勒波勒摩斯，赫拉克勒斯之子，
从罗得斯带来九条海船，满载着高傲的罗得斯兵勇。
他们家住该地，按不同的区域编成三个分队：
林多斯、亚鲁索斯和白垩闪亮的卡迈罗斯。
统领他们的是著名的枪手特勒波勒摩斯，
强有力的赫拉克勒斯的儿子，出自阿丝陀开娅的肚腹。
赫拉克勒斯掠劫过许多城市，里面住着强健、神祇
哺育的壮勇，把她从厄芙拉和塞勒埃斯河畔带出。
特勒波勒摩斯在精固的宫殿里长大。
打死了亲爹钟爱的老舅，阿瑞斯的后代，
利昆尼俄斯，当时已是一位年迈之人。
他迅速整治好船队，招聚起随从，
匆匆亡命海外——强有力的赫拉克勒斯的其他儿子们，
连同他们的儿子们，已经放出要他偿还血债的口风。
他来到罗得斯，一个流浪者，一个落魄的不幸之人。
他们在那里落脚，按部族在三个地方安家，
受到克罗诺斯之子、神和人的王者宙斯的
钟爱，把极丰厚的财富像水一样地泼降给他们。

　　从苏墨，尼柔斯带来三条匀称的海船；
尼柔斯，阿革莱娅和国王卡罗波斯之子，
尼柔斯，特洛伊城下最美的男子，在所有的

---

① 一百座城市的岛屿：《奥德赛》称克里特拥有九十个城镇。

达奈人中，容貌仅次于无可比及的阿基琉斯。
但是，此人体弱，只带来寥寥无几的兵丁。

　　来自尼苏罗斯、克拉帕索斯、卡索斯、
科斯——欧鲁普洛斯的城，以及那些人称卡鲁德奈群岛的
兵勇们，概由菲底波斯和安提福斯统领，
王者赫拉克勒斯之子塞萨洛斯的两个儿子。
他们统辖三十条深旷的海船。

　　此外，兵勇们，有的家住裴拉斯吉亚人的阿耳戈斯，
有的家住阿洛斯、阿洛培和斯拉基斯，
还有的来自弗西亚和出美女的赫拉斯①，
统叫做慕耳弥冬人、赫勒奈斯人和阿开亚人，
概由阿基琉斯统领，连同五十条海船。
但是，这些人现在不想重上杀声震天的战场——
谁来把他们编成战阵，列队冲杀？
捷足的壮勇、卓越的阿基琉斯其时正盛怒不息，
躺在他的海船旁，为了美发的布里塞伊丝，
苦战得手的战礼，从鲁耳奈索斯城堡，
他曾荡劫那个地方，捣烂了塞贝的城墙，
击倒了厄丕斯特罗福斯和慕奈斯，两位凶狠的枪手，
塞勒丕俄斯之子、国王欧厄诺斯的儿郎。为了那位
姑娘，他心情悲悒，躺在船边；但他马上即会直立起身。

　　兵勇们还来自夫拉凯和鲜花盛开的普拉索斯，
黛墨忒耳的奉地；来自羊群的母亲伊同、

---

① 赫拉斯：公元前七世纪后，Hellas 泛指全希腊，正如 684 中的赫勒奈斯人（Hellenes）以后泛指希腊人一样。

濒海的安特荣和草泽深处的普忒琉斯。
嗜战的普罗忒西劳斯生前曾统领他们冲杀，
但乌黑的泥土早已把他埋葬。
他的妻子，悲哭中撕破了双颊，撇留在夫拉凯，
建家之业废毁中途。阿开亚人中，他第一个，是的，
第一个跳出海船，被一个达耳达尼亚人所杀。然而，
尽管怀念首领，兵勇们却没有乱成散沙一盘。
波达耳开斯，阿瑞斯的后代，负起了统编队伍的责任。
他乃伊菲克洛斯之子，而伊菲克勒斯又是富有羊群的
夫拉科斯的儿郎。波达耳开斯是心胸豪壮的普罗忒西劳斯
的亲兄弟，比兄长年幼，也不如他豪猛——
普罗忒西劳斯，叱咤战场的壮勇。但尽管如此，
他们并不缺少首领，虽然怀念死去的英雄。
波达耳开斯带来四十条乌黑的海船。

　　家住波伊贝斯湖畔的菲莱，
家住波伊北、格拉夫莱和城垣坚固的伊俄尔科斯的兵勇们，
分乘十一条海船，由阿德墨托斯之子欧墨洛斯统领——
裴利阿斯的女儿中最漂亮的一位，阿尔开斯提丝，
女人中的佼杰，把他生给了阿德墨托斯。

　　家居墨索奈和萨乌马基亚，以及
来自墨利波亚和岩壁粗皱的俄利宗的兵勇们，
分乘七条海船，由弓法精熟的
菲洛克忒忒斯率领，每船乘坐五十名
划桨的兵丁，战阵中出色的弓手。然而，
其时，菲洛克忒忒斯正躺在神圣的莱姆诺斯，
承受着巨大的伤痛，由于遭受水蛇的侵咬，阿开亚人把他
遗留该岛，恼人的创痛折磨着他的身心。

他正躺身海岛，受苦受难，但用不了多久，海船边的
阿耳吉维人便会想起菲洛克忒忒斯①，带伤的王者。
尽管怀念首领，兵勇们却没有乱成散沙一盘；
墨冬，俄伊琉斯的私生子，负起了统编队伍的
责任——出自荡劫城堡的俄伊琉斯的精血，蕾奈的肚腹。

　　来自石岩梯叠的伊索墨以及特里开和俄伊卡利亚的
兵勇们，那是俄伊卡利亚人欧鲁托斯的城，
由阿斯克勒丕俄斯的两个儿子率领，
波达雷里俄斯和马卡昂，手段高明的医者，
统领三十条深旷的海船。

　　来自俄耳墨尼俄斯和呼裴瑞亚水泉，
来自阿斯忒里昂和峰壁苍白的②提塔诺斯的兵勇们，
由欧鲁普洛斯率领，欧埃蒙卓著的儿子，
带来四十条乌黑的海船。

　　兵勇们，有的来自阿耳吉萨，有的家住古耳托奈、
俄耳塞、厄洛奈和灰白色的城堡俄卢松，
统领他们的是强悍骠勇的波鲁波伊忒斯，
大神宙斯之子裴里苏斯的儿子。
光荣的希波达墨娅把他生给了裴里苏斯——
那一天，他对多毛的马人投出了复仇的枪矛，
把他们逐出裴利昂，赶至埃西开斯人栖居的地方。
波鲁波伊忒斯不是惟一的首领，还有勒昂丢斯，阿瑞斯的

---

① 想起菲洛克忒忒斯：据赫勒诺斯预言，倘若没有赫拉克勒斯的硬弓（在菲氏手里），阿开亚人将无法攻破特洛伊；奥德修斯于是专程前往莱姆诺斯，找回了菲洛克忒忒斯。

② 峰壁苍白的：山壁由白垩岩组成。

后代，心胸豪壮的科罗诺斯的儿子，开纽斯的亲孙。
他们带来四十条乌黑的海船。

从库福斯，古纽斯带来二十二条海船，
率领着厄尼奈斯人和骠勇强悍的
裴莱比亚人；兵勇们有的家住寒酷的多多那，
有的拥有肥熟的耕地，在美丽的提塔瑞索斯河岸，
清澈的水流呼涌着注入裴内俄斯，
但却从未和后者闪着银光的漩涡合流，
而是像油层似的浮在表面，因为
它是那条可怕的水脉、用以咒发誓证的斯图克斯的支流。

普罗苏斯，藤斯瑞冬之子，是马革奈西亚人的首领，
家住裴内俄斯一带以及枝叶婆娑的
裴利昂。统领他们的是捷足的普罗苏斯，
带来了四十条乌黑的海船。

这些便是达奈人的王者和统领。
告诉我，缪斯，在跟随阿特柔斯之子进兵城下的军旅中，
哪一位壮士最出色，哪一对驭马最骁勇？
裴瑞斯的孙子欧墨洛斯的牝马最杰出，
他赶着这对驭马，撒蹄奔跑，像展翅的飞鸟。
它俩毛色一样，牙口相同，背高一致，像用平线量出的一般。
银弓之神阿波罗把它俩喂大，在裴瑞亚，
好一对牝马，追风的蹄子刨扬起战神的恐怖。
人群中，最好的战勇是忒拉蒙之子埃阿斯，
阿基琉斯仍在船边生气，否则他是当之无愧的头号英雄。
论马亦然，最好的效力于裴琉斯善战的儿子，为他拉车。
但是，阿基琉斯正远离众人，躺在弯翘的远洋

船旁，怀着对兵士的牧者、阿特柔斯之子阿伽门农的
怨怒。兵勇们嬉要在长浪拍岸的
滩沿，或掷饼盘，或投枪矛，也有的把玩着
手中的弯弓。驭马站在各自的战车旁，
咀嚼着泽地上的欧芹和三叶草，
悠闲舒适；主人的战车顶着遮盖，
停放在营棚里。士兵们思念着善战的首领，
在营区内四处闲逛，不再参加战斗。

　　但是，大部队正在向前开进，像烈焰吞噬着万物，
大地在他们脚下隆隆作响，似乎喜好炸雷的宙斯
暴发了雷霆之怒，恰如他在阿里摩伊劈击
图福欧斯周围的土地：那里，人们说，是图福欧斯的睡床。
就像这样，行进中的军队把大地踩得
隆隆震响，以极快的速度前进，穿越平原。

　　其时，使者，腿脚迅捷追风的伊里丝急速赶到伊利昂，
捎去带埃吉斯的宙斯的口信，不祥的讯告。
特洛伊人正在集会，在普里阿摩斯家院的门前，
会聚在一个地方，年轻的和上了年纪的男子一道。
腿脚飞快的伊里丝站在他们近旁，摹仿
普里阿摩斯之子波利忒斯的声音，开口说告。
波利忒斯自信能跑善跳，一直在为特洛伊人放哨，
待在老埃苏厄忒斯的墓顶①，
等待着阿开亚人离船进攻的第一个讯号。
以此人的形象，腿脚迅捷的伊里丝说道：
“老人家，你总爱没完没了地唠叨，就像在从前

① 老埃苏厄忒斯的墓顶：仅出现这一次，显然是特洛伊平原上的一个方位标记。

和平时期那样——要知道，我们正进行着杳无终期的战斗。
我经常出入人们拼斗的战场，
却从未见过如此庞大的军伍，人海般的阵容，
就像成堆的树叶或滩沿上的沙子，
他们正越过平原，将在我们的城下战斗。
赫克托耳，你是我第一个开口催劝的人，你要按我说的做：
普里阿摩斯的城里塞挤着许多支友军，
他们来自不同的地域，语言五花八门。
让每一位首领饬令本部族的兵勇，
整顿队伍，带领他们战斗。”

听罢这番话，赫克托耳不敢怠慢——此乃女神的声音。
他当即解散集会，兵勇们全都朝着自己的枪械迅跑。
他们打开所有的大门，蜂拥着往外冲挤，
成群的步兵，熙熙攘攘的车马，喧杂之声沸沸扬扬。

在城门前方，平野的远处，孤零零地
耸立着一方土丘，四边平整空旷，
凡人称它“灌木之丘”，但长生不老的
神祗却叫它善舞的慕里奈的坟冢。
就在那个地方，特洛伊人和盟军排开了战斗的队阵。

高大的赫克托耳是特洛伊人的统帅，
普里阿摩斯之子，头顶闪亮的帽盔，率领着最好、最勇敢的
兵丁，盔甲齐整，渴望着一试手中的投枪。

安基塞斯强健的儿子统领着达耳达尼亚兵勇，
埃内阿斯，女神和凡人欢爱的结晶，在伊达的岭脊，
美貌的阿芙罗底忒把他生给了安基塞斯。

埃内阿斯不是惟一的首领，他有两位副手，阿耳开洛科斯
和阿卡马斯，能打各种战式，安忒诺耳的儿郎。

家住伊达山脚的泽勒亚的兵卒，
一群富有的、喝饮埃塞波斯的黑水长大的
特洛伊兵勇，由鲁卡昂英武的儿子统领，
潘达罗斯，带着他的强弓，阿波罗的馈赠。

来自阿德瑞斯忒亚和阿派索斯乡土，
来自皮推亚和险峻的忒瑞亚的兵勇们，
概由阿德瑞斯托斯以及身穿麻布胸甲的安菲俄斯统领，
裴耳科忒的墨罗普斯的两个儿子。墨罗普斯谙熟巫卜，
常人不可比及，曾劝阻他的儿子
前往人死人亡的战场，无奈后者不听
劝告，任随幽黑的死亡和死亡精灵的驱使。

家居裴耳科忒和普拉克提俄斯一带，
来自塞斯托斯、阿布多斯和闪亮的阿里斯贝的兵勇们，
由呼耳塔科斯之子阿西俄斯率领——阿西俄斯，
呼耳塔科斯之子，统兵的首领，闪亮的高头大马
把他载到此，从阿里斯贝，塞勒埃斯河畔。

希波苏斯率领着裴拉斯吉亚部族的枪手，
家住土地肥沃的拉里萨，
希波苏斯和普莱俄斯，阿瑞斯的后代，统领着他们，
丢塔摩斯之子、裴拉斯吉亚人莱索斯的两个儿郎。

阿卡马斯和壮士裴罗斯率领着斯拉凯兵勇，
赫勒斯庞特湍急的水流疆限着族民们生活的地域。

欧菲摩斯率领着基科奈斯枪手，特罗伊泽诺斯
之子，而特罗伊泽诺斯又是凯阿斯的儿郎，神明钟爱的勇士。

普莱克墨斯率领着手持弯弓的派俄尼亚人，
来自遥远的阿慕冬以及水面开阔的阿克西俄斯沿岸，
阿克西俄斯，地面上水路最美的河流。

心志粗莽的普莱墨奈斯统领着帕夫拉戈尼亚人，
来自厄奈托伊人的地域，野骡的摇篮，
来自库托罗斯，住家塞萨摩斯一带，沿着
帕耳塞尼俄斯两岸，盖起了远近驰名的房居，
在克荣纳、埃伽洛斯和高地厄鲁西诺伊。

俄底俄斯和厄丕斯特罗福斯率领着哈利宗奈斯人，
来自遥远的阿鲁贝，源生白银的土地。

克罗弥斯率领着慕西亚兵勇，由卜者英诺摩斯辅佐，
但识辨鸟踪的本领没有替他挡开幽黑的死亡，
腿脚迅捷的阿基琉斯结果了他的性命，
在那条河里，他还杀死了另一些特洛伊军男。

福耳库斯和神一样的阿斯卡尼俄斯统领着弗鲁吉亚人，
来自遥远的阿斯卡尼亚，渴望着投入浴血的战斗。

墨斯勒斯和安提福斯乃迈俄尼亚人的首领，
塔莱墨奈斯的儿子，母亲是古伽亚湖里的女仙，
率领着家居特摩洛斯山下的迈俄尼亚人。

纳斯忒斯统领着粗俗的卡里亚人，

来自米勒托斯和林木葱郁的山地弗西荣，
陪傍着迈安得罗斯水流和慕卡勒峥嵘的石壁。
他们的首领是安菲马科斯和纳斯忒斯，
纳斯忒斯和安菲马科斯，诺米昂的一对英武的儿子。
晃摆着黄金的装饰，纳斯忒斯走上战场，像一位姑娘——
好一个傻瓜！然而，黄金没有替他挡开痛苦的死亡，
腿脚迅捷的阿基琉斯结果了他的性命，
在那条河里，骠勇的壮士剥走了金质的饰潢。

　　萨耳裴冬和豪勇的格劳科斯统领着鲁基亚兵勇，
来自遥远的河滩，珊索斯飞卷的漩流。

## 第三卷

其时，阵势已经排开，每支队伍都有首领管带，
特洛伊人挟着喧闹走来，高声呼喊，似一群野鸟，
如同鹤群发出冲天的喧喊，
当它们逃避冬日的阴寒和暴泻不止的骤雨，
尖叫着展翅俄开阿诺斯的洋面，
给普革迈亚人带去死亡，致送毁灭：
它们将在黎明时分发起进攻，开始殊死的恶战。
但是，阿开亚人却在静静地行进，吞吐狂烈，
人人狠下心肠，决心与伙伴互为帮援。

兵勇们急速行进，穿越平原，脚下
掀卷起一股股浓密的泥尘灰团，密得
就像南风刮来弥罩峰峦的浓雾——
它不是牧人的朋友，但对小偷，却比黑夜还要宝贵，
使人的目力仅限于一块投石可及的距离。

两军相对而行，咄咄逼近；神一样的
亚历克山德罗斯从特洛伊人的队伍里跳将出来，
作为挑战者，肩上斜披着一领豹皮，
带着弯弓和剑，手握一对顶着青铜矛尖的
投枪，向所有最出色的阿耳吉维人挑战，
在痛苦的搏杀中，一对一地拼个你死我活。

嗜战的墨奈劳斯兴高采烈，眼见
帕里斯迈着大步，走在队伍前面，
像一头狮子，碰上一具硕大的尸躯，
饥肠辘辘，扑向一头带角的公鹿
或野山羊的躯体，大口撕咬，虽然在它的前方，
奔跑的猎狗和年轻力壮的猎人正在扑击；
就像这样，墨奈劳斯高兴地看到神一样的亚历克山德罗斯
出现在他的面前，思盼着惩罚这个骗子，
从车上一跃而下，双脚着地，全副武装。

然而，当神一样的亚历克山德罗斯看到前排战勇中
墨奈劳斯的身影，心里一阵颤嗦，
为了躲避死亡，退回己方的队阵。
像一个穿走山谷的行人，遇到一条老蛇，
赶紧收回脚步，浑身发抖，
吓得连连后退，面无人色；就像
这样，在阿特柔斯之子面前，神一样的亚历克山德罗斯
拔脚逃回高傲的特洛伊人的营伍。

赫克托耳见状破口大骂，用讥辱的言语：
“可恶的帕里斯，仪表堂皇的公子哥，勾引拐骗的女人迷！
但愿你不曾生在人间，或未婚先亡！
我打心眼里愿意这是真的；这要比
让你跟着我们，丢人现眼，受人蔑视好得多。
长发的阿开亚人正在放声大笑，
以为你是我们这边最好的战勇，只因你
相貌俊美，但你生性怯弱，缺乏勇气。
难道你不是这么一个人吗？在远洋船里，
你聚起桨手，扬帆驶向深海，

和外邦人交往厮混，从遥远的地方带走
一位绝色的女子，而她的丈夫和国民都是手握枪矛的斗士。
对你的父亲，你的城市和人民，你是一场灾难；
你给敌人送去欢悦，却给自己带来耻辱！
为何不去和嗜战的墨奈劳斯对阵？只要打上一个回合，你就会
知道他的厉害；你夺走了他的妻子，一位美貌、丰腴的女人。
那时，你的竖琴可就帮不了你的忙；当你抱着泥尘打滚时，
阿芙罗底忒馈赠的漂亮的发绺和俊美都将成为无用的废物。
是的，特洛伊人都是些胆小鬼；否则，冲着你给我们
带来的这许多祸害，你的披篷早就该兜满了横飞的石头！”

　　听罢这番话，神一样的亚历克山德罗斯答道：
“赫克托耳，你的指责公正合理，一点都不过分。
你的心是那样的刚烈，就像斧斤的利刃，
带着工匠的臂力，劈砍一树圆木，凭着精湛的技艺，
伐木造船，斧刃满荷着他的力量闪落。
你胸腔里的那颗心啊，就像斧刃一样刚豪。
尽管如此，你却不宜嘲讽金色的阿芙罗底忒给我的赐赏；
神赐的礼物不能丢却，因为它们象征荣誉，
神们按自己的意愿送给，凡人的一厢情愿不会得到它们。
这样吧，如果你希望我去战斗，去拼杀，那么，
就让所有其他的特洛伊人坐下，阿开亚人亦然，
让我和嗜战的墨奈劳斯，在两军之间的空地，
为海伦和她的财物决斗。
让二者中的胜者，也就是更强有力的人，
理所当然地带走所有的财物，领着那个女子回家。
其他人要订立友好协约，以牲血封证。
你们继续住在土地肥沃的特洛伊，他们则返回
马草丰美的阿耳戈斯，回到出美女的阿开亚。”

听罢此番说道，赫克托耳很是高兴，
步入两军之间的空地，手握枪矛的中端，
迫使特洛伊编队后靠，直到兵勇们全都屈腿下坐。
但是，长发的阿开亚人却仍在对他瞄准，拉开射弓，
试图把他击倒，用箭和石头，
直到民众的王者阿伽门农亮开宽大的嗓门喊道：
“别打了，阿耳吉维人！停止投射吧，阿开亚人的儿子们！
你们看，头盔闪亮的赫克托耳有话对我们说告。”

他言罢，兵勇们停止进攻，马上安静了
下来。其时，赫克托耳站在两军之间，高声喊道：
“听我说，特洛伊人和胫甲坚固的阿开亚人！听听
亚历克山德罗斯的挑战，这个引发了这场恶战的人。
他要所有其他的特洛伊人和阿开亚人
把精制的甲械置放在丰肥的土地上。
由他自己和好战的墨奈劳斯一对一地
在中间格杀，为了获取海伦和她的财物。
让二者中的胜者，也就是更强有力的人，
理所当然地带走所有的财物，领着那个女子回家，
其他人要订立友好协约，以牲血封证！”

他言罢，全场静默，肃然无声。
人群中，啸吼战场的墨奈劳斯开口打破沉寂，说道：
“各位，也请听听我的意见，因为在所有的人中，我所承受的
痛苦最为直接。不过，我认为阿耳吉维人和特洛伊人
最终可以心平气和地分手——大家已经吃够了苦头，
为了我，我的争吵，和挑起争斗的亚历克山德罗斯。
我们二人中，总有一个命薄，注定了不能生还；
那就让他死去吧！但你等双方要赶快分手，越快越好！

去拿两只羊羔，一只白的，一只黑的①，
分别祭献给大地和太阳；对宙斯，我们将另备一只羊牲。
还要把强有力的普里阿摩斯请来，让他用牲血封证誓约，
要普里阿摩斯本人，他的儿子们莽荡不羁，不可信用。
谁也不能毁约，践毁我们在宙斯的监督下所发的誓咒。
年轻人幼稚轻浮，历来如此。
所以，要有一位长者置身其间，因为他能瞻前
顾后，使双方都能得获远为善好的结果。”

　　言罢，阿开亚人和特洛伊人全都笑逐颜开，
希望由此摆脱战争的苦难。
他们把战车排拢成行，提腿下车，
卸去甲械，置放在身边的泥地上，
拥挤在一起，中间只留下很小的空隙。
赫克托耳命嘱两位使者赶回城里，
即刻取回羊羔，并唤请普里阿摩斯前来，
而强有力的阿伽门农也差命塔耳苏比俄斯
前往深旷的海船，提取另一只
羊牲，使者服从了高贵的阿伽门农的指令。

　　其时，神使伊里丝来到白臂膀的海伦面前，
以她姑子的形象出现，安忒诺耳之子、
强有力的赫利卡昂的妻侣，名
劳迪凯，普里阿摩斯的女儿中最漂亮的一位。
伊里丝在房间里找到海伦，后者正在织制一件硕大、
双层的紫色篷袍，上面织着驯马的特洛伊人

---

① 一只白的，一只黑的：白的祭给俄林波斯神明，黑的祭给地神。此外，按照习惯，尊祭男性的神祇用公畜，祀祭女神则用母畜。

和身披铜甲的阿开亚人杳无终期的拼斗。
为了海伦，他们在战神的双臂下吃尽了苦头。
腿脚迅捷的伊里丝站在她的身边，说道：
“走吧，亲爱的姑娘，去看一个精彩的场面，
驯马的特洛伊人和身披铜甲的阿开亚人手创的奇作。
刚才，他们还挣扎在痛苦的战斗中，格杀在
平野上，一心向往殊死的拼斗；
而现在，他们却静静地坐在那里——战斗已经结束。
他们靠躺在盾牌上，把粗长的枪矛插在身边的泥地里。
但是，阿瑞斯钟爱的墨奈劳斯和亚历克山德罗斯即将开战，
为了你不惜面对粗长的枪矛。
你将归属胜者，做他心爱的妻房。”

　　女神的话在海伦心里勾起了甜美的思念，
对她的前夫，她的双亲和城堡。
她迅速披上闪亮的亚麻头巾，流着
晶亮的泪珠，匆匆走出房门，并非独自
一人，有两位侍女跟随前往，伺候照料，
埃丝拉，皮修斯的女儿，和牛眼睛的克鲁墨奈。
她们很快来到斯卡亚门耸立的城沿。

　　普里阿摩斯已在城上，身边围聚着潘苏斯、苏摩伊忒斯，
朗波斯、克鲁提俄斯和希开塔昂，阿瑞斯的伴从，
还有乌卡勒工和安忒诺耳，两位思路清晰的谋士。
他们端坐在斯卡亚门上方的城面，这些民众尊敬的长者，
由于上了年纪，已不再浴血疆场，但仍然
雄辩滔滔，谈吐清明透亮，犹如停栖树枝、
鼓翼绿林的夏蝉，抑扬顿挫的叫声远近传闻。
就像这样，特洛伊人老一辈的首领坐谈城楼。

他们看到海伦，正沿着城墙走来，
便压低声音，交换起长了翅膀的话语：
“好一位标致的美人！难怪，为了她特洛伊人和胫甲坚固的
阿开亚人经年奋战，含辛茹苦——谁能责备他们呢？
她的长相就像不死的女神，简直像极了！
但是，尽管貌似天仙，还是让她登船离去吧，
不要把她留下，给我们和我们的子孙带来痛苦！”

他们如此谈论，而普里阿摩斯则亮开嗓门，对海伦喊道：
“过来吧，亲爱的孩子，坐在我的面前，
看看离别多年的前夫，还有你的乡亲和朋友。
我没有责怪你；在我看来，该受责备的是神，
是他们把我拖入了这场对抗阿开亚人的悲苦的战争。
走近些，告诉我他的名字，那个伟岸的勇士，
他是谁，那位强健、壮实的阿开亚人？
不错，队列里有些人比他还高出一头，
但我从未见过如此出类拔萃的人物，
这般高豪的气派——此人看来像是一位王公！”

听罢这番话，海伦，女人中的佼佼者，答道：
“亲爱的父亲，我尊敬你，但也惧怕你，一向如此；
但愿我在那个倒霉的时刻痛苦地死去；那时，我跟着你的儿子
来到此地，抛弃了我的家庭，我的亲人，我钟爱的
孩子，还有那群秀美的闺期女伴一同！
然而，死亡没有把我带走，所以，我只能借助眼泪的耗磨。
好吧，我这就回话，回答你的询问。
那个人是阿特柔斯之子阿伽门农，统治着辽阔的疆土，
既是位很好的国王，又是个强有力的枪手。他曾是
我的亲戚，我这个不要脸的女人！这一切真像是一场迷梦。”

海伦言罢，老人瞠目凝视，惊赞之情溢于言表：
“好福气啊，阿特柔斯之子；幸运的孩子，得宠的天骄！
你统领着浩浩荡荡的大军，阿开亚人的儿子。
从前，我曾访问过盛产葡萄的弗鲁吉亚，
眼见过弗鲁吉亚人和他们闪光的战马，
兵勇们人多势众，俄特柔斯和神一样的慕格冬统领着他们，
其时正驻扎在珊伽里俄斯河的沿岸。
我，作为他们的盟友，站在他们的营伍中——那一天，
雅马宗女子正向他们逼近，那些和男儿一样善战的女人。
然而，即便是他们，也不及明眸的阿开亚人人多势众。”

接着，老人移目奥德修斯，复问道：
“亲爱的孩子，告诉我那个人，他是谁呢？
论个子，他显然矮了一头，比阿特柔斯之子阿伽门农，
但他的肩膀和胸背却长得更为宽厚。
现在，此人虽然已把甲械置放丰产的土地，
却仍然忙着整顿队伍，巡行穿梭，像一头公羊。
是的，我想把他比做一头毛层厚实的公羊，
穿行在一大群闪着白光的绵羊中。”

听罢这番话，海伦，宙斯的孩子，答道：
“这位是莱耳忒斯之子，足智多谋的奥德修斯。
他在岩面粗皱的伊萨卡长大，但却
精于应变之术，善于筹划计谋。”

听罢这番话，聪明的安忒诺耳说道：
“夫人，你的话完全正确。从前，
卓著的奥德修斯曾来过这里，由
阿瑞斯钟爱的墨奈劳斯陪同，衔领着带你回返的使命。

我热情地款待了他们，在我的厅堂，
了解到二位的秉性，他们的谋才和辩力。
当他们会聚在参加集会的特洛伊人里，肩并肩地
站在一起，墨奈劳斯以宽厚的肩膀压过了他的朋友；
但是，当他俩挺胸端坐，奥德修斯却显得更有王者的气度。
他们对着众人讲话，连词组句，说表精湛的见解。
墨奈劳斯出言迅捷，用词虽少，
却十分明晰练达；他不喜长篇大论，
也不爱漫无边际地瞎扯，虽然他是二者中较为年轻的壮勇。
但是，当足智多谋的奥德修斯站起身子，
他只是木然而立，眼睛死死地盯着脚下的泥土，
从不前后摆动权杖，而是紧握在手，
纹丝不动，像个一无所知的呆子。
是的，你可以把他当做一个沉闷的怪人，一个不掺假的蠢货。
然而，当洪亮的声音冲出他的丹田，词句像冬天的
雪片一样纷纷扬扬地飘来时，凡人中就不会有他的对手，
谁也不能匹敌奥德修斯的口才！这时，
我们就不再会注视他的外表，带着惊异的神情。”

其时，老人看着第三位勇士，人群中的埃阿斯，问道：
“他是谁，那位阿开亚人，长得如此强壮和健美，魁伟的身躯
压倒了其他阿耳吉维人，高出一个头脸，一副宽厚的肩胸？”

长裙飘舞的海伦，女人中的佼佼者，答道：
“他是巨人埃阿斯，阿开亚人的屏障。那位是
伊多墨纽斯，在联军的那一头，像神似的
站在克里特人里，身边拥围着克里特人的军头。
当他从克里特来访时，阿瑞斯钟爱的墨奈劳斯
曾多次作东款待，在我们家里。现在，我已看到

他们所有的人，所有其他明眸的阿开亚人；
我熟悉他们，叫得出他们的名字。
然而，我却找不到两个人，军队的首领，
驯马者卡斯托耳和波鲁丢开斯，强有力的拳手，
我的兄弟，一母亲生的同胞。
也许，他们没有和众人一起跨出美丽的拉凯代蒙，
也许来了，乘坐破浪远洋的海船，
却不愿和勇士们一起战斗，害怕
听到对我的讥刺和羞辱。”

　　海伦言罢，却不知孕育生命的泥壤已经
把他们埋葬，在拉凯代蒙，他们热爱的故土。

　　其时，使者穿过城区，带着对神封证誓约的牲品，
两只羊羔，还有烘暖心胸的醇酒，
装在鼓鼓囊囊的山羊皮袋里，另一位（使者伊代俄斯）
端着闪亮的兑缸和金铸的杯盅。
他站在老人身边，大声催请道：
“劳墨冬之子，起来吧，驯马的特洛伊人和
身披铜甲的阿开亚人的首领们
要你前往平原，封证他们的誓约。
亚历克山德罗斯和阿瑞斯钟爱的墨奈劳斯正准备决斗，
为了海伦不惜面对粗长的枪矛。
胜者带走女人和她的财物，
其他人则订立友好协约，以牲血封证。
我们仍住在土地肥沃的特洛伊，而他们将返回
马草肥美的阿耳戈斯，回到出美女的阿开亚。”

　　听罢这番话，老人浑身颤嗦，吩咐随从

套车，后者谨遵不违，马上付诸行动。
普里阿摩斯抬腿登车，绷紧缰绳，
安忒诺耳亦踏上做工精致的马车，站在他身边。
他们驾驭快马，冲出斯卡亚门，驰向平原。

当来到特洛伊人和阿开亚人陈兵的地点，
他们步下马车，踏上丰产的土地，
朝着两军之间的空间走去。
阿伽门农，民众的王者，见状起身相迎，
足智多谋的奥德修斯亦站立起来。高贵的使者
带来了祭神和封证誓约的牲品。他们在一个硕大的
调缸里兑酒，倒出净水，洗过各位王者的双手。
阿特柔斯之子拔出匕首——此物总是
悬挂在铜剑宽厚的剑鞘旁——
从羊羔的头部割下发绺，使者们把羊毛
传递给特洛伊人和阿开亚人的每一位酋首。
阿特柔斯之子双臂高扬，用洪亮的声音朗朗作诵：
“父亲宙斯，你从伊达山上督视着我们，最最伟大，享领
无上的光荣！还有无所不见、无所不闻的赫利俄斯，
河流、大地以及你们，地府里惩治死者的尊神，
你们惩治那些发伪誓的人们，不管是谁，
请你们作证，监护我们的誓封。
倘若亚历克山德罗斯杀了墨奈劳斯，
那就让他继续拥有海伦和她的全部财物，
而我们则驾着破浪远洋的海船回家；
但是，倘若棕发的墨奈劳斯杀了亚历克山德罗斯，
那就让特洛伊人交还海伦和她的全部财物，
连同一份赔送，给阿耳吉维兵众，数量要公允
得体，使后人亦能牢记心中。

如果亚历克山德罗斯死后，普里阿摩斯
和他的儿子们拒绝支付偿酬，那么，
我将亲自出阵，为获取这份财物拼斗；
不打赢这场战争，决不回头！”

　　言罢，他用无情的匕首抹开羊羔的脖子，
放手让它们瘫倒在地上，痉挛着，魂息
飘离而去——锋快的铜刃夺走了它们的生命。
接着，他们倾杯兑缸，舀出醇酒，
泼洒在地，对着不死的神明祈祷。
人群中可以听到阿开亚人或特洛伊人的诵告：
“宙斯，你最最伟大，享领无上的光荣；还有你们，不死的
众神！我们双方，谁若破毁誓约，不管何人，
让他们，连同他们的儿子，脑浆涂地，像这泼洒出去的
杯酒——让他们的妻子沦为战礼，落入敌人的手中！”

　　他们如此一番祈祷，但克罗诺斯之子此时无意允诺。
其时，人群中传来达耳达诺斯的后代、普里阿摩斯的声音：
“听我说，特洛伊人和胫甲坚固的阿开亚人！
我准备马上回家，回到多风的伊利昂，
我不忍心亲眼看着亲爱的儿子
同阿瑞斯钟爱的墨奈劳斯拼斗。
宙斯知道，毫无疑问，其他不死的神明也知道，
他们中谁个不能生还，注定了要以死告终。”

　　言罢，这位像神一样的凡人把羊羔装上马车，
抬腿踏上车面，绷紧了缰绳，
安忒诺耳亦踏上做工精致的马车，站在他的身边。
他们驱车回返，朝着伊利昂驰去。

其时，普里阿摩斯之子赫克托耳和卓越的奥德修斯
已丈量出决斗的场地，抓起两个阄块，
放入青铜的盔盖，来回摇动，
以便决定谁个先投，掷出青铜的枪矛。
兵勇们开口祈祷，对着诸神高高地举起双手。
人群中可以听到阿开亚人或特洛伊人的诵告：
“父亲宙斯，你从伊达山上督视着我们，最最伟大，享领
无上的光荣！让那个，不管是谁，给我们带来这场灾难的人
死在枪剑之下，滚入哀地斯的冥府！
让我们大家共享友好和誓约的真诚！”

　　祷毕，高大的赫克托耳，头顶闪亮的盔冠，
摇动手中的石块，双目后视；帕里斯的石阄蹦出盔面。
兵勇们按队列下坐，紧挨着自己那
蹄腿轻捷的快马和闪亮的甲械。其时，
他们中的一员，卓著的亚历克山德罗斯，
美女海伦的夫婿，开始披戴闪亮的铠甲，在自己的胸背。
首先，他用胫甲裹住小腿，
精美的制品，带着银质的踝扣，
随之系上胸甲，掩起胸背，
大小适中，尽管它的属主是本家兄弟鲁卡昂，
然后挎上柄嵌银钉的利剑，
青铜铸就，背起盾牌，盾面巨大、沉重。
其后，他把做工精致的帽盔扣上壮实的头颅，
连同马鬃做就的顶冠，摇撼出镇人的威严。
最后，他操起一杆抓握顺手、沉甸甸的枪矛。按照
同样的顺序，嗜战的墨奈劳斯也如此这般地武装起来。

　　这样，二位壮勇在各自的军阵里披挂完毕，

大步走入特洛伊人和阿开亚人之间的空地，
射出凶狠的目光，旁观者们见状惊赞诧异，
特洛伊人，驯马的好手，和胫甲坚固的阿开亚兵众。
他们在指定的场地上站好位置，相距不远，
挥舞着手中的枪矛，怒满胸膛。
亚历克山德罗斯首先掷出投影森长的枪矛，
铜尖飞向阿特柔斯之子溜圆的战盾，
但却不曾穿透，坚实的盾面顶弯了
枪尖。接着，阿特柔斯之子墨奈劳斯
出手投枪，祈盼着父亲宙斯的助佑：
“允许我，王者宙斯，让我惩罚卓著的亚历克山德罗斯，
用我的双手把他结果——是他先伤害了我！
这样，后人中倘若有谁试图恩将仇报，对好客的主人，
畏此先鉴，定会肝胆俱破！”

言罢，他持平落影森长的枪矛，奋臂投掷，
击中普里阿摩斯之子边圈溜圆的战盾，
沉重的枪尖穿透闪光的盾面，
捅开精工制作的胸甲，
冲着腹肋刺捣，挑开了贴身的衫衣，
但帕里斯侧身一旁，躲过了幽黑的死亡。
阿特柔斯之子拔出柄嵌银钉的铜剑，
高举过头，奋力劈砍对手的盔脊，却被
撞顶得七零八落，脱离了手的抓握。
阿特柔斯之子长叹一声，仰面辽阔的天穹：
“父亲宙斯，你的残忍神祇中谁也不可比及！
我想惩罚亚历克山德罗斯的胡作非为，
但我的铜剑已在手中裂成碎片，而我的枪矛
也只是徒劳地作了一次扑击，不曾把他放倒！”

言罢，墨奈劳斯冲扑过去，一把抓住嵌缀马鬃的头盔，
奋力拉转，把他拖往胫甲坚固的阿开亚人的队列，
刻着图纹的盔带，系固着铜盔，绷紧在帕里斯
松软的脖圈，此时几乎把他勒得喘不过气来。
要不是宙斯之女阿芙罗底忒眼快，
墨奈劳斯大概已经把他拉走，争得了不朽的光荣。
她撸脱扣带，一段生牛皮，割自一头被宰的公牛，
使阿特柔斯之子只攥得一顶空盔，用强有力的大手。
英雄甩手一挥，帽盖朝着胫甲坚固的
阿开亚人飞走，被他信赖的伙伴们接收。
他转身再次扑向对手，决心用铜矛
结果他的性命。但阿芙罗底忒轻舒臂膀——
神力无穷——摄走帕里斯，把他藏裹在浓雾里，
送回飘散着清香的居室。然后，
她又前往招呼海伦，发现后者正置身
高高的城楼，周围簇拥着一群特洛伊女子。
她伸手拉过海伦芬芳的裙袍，摇拽着，
开口说道，以一位老妪的模样，
一位织纺羊毛的妇人——海伦栖居拉凯代蒙时，
老妇曾为她手制漂亮的羊毛织物；海伦十分喜欢她。
以这位老妇的模样，阿芙罗底忒开口说道：
“跟我来，赶快！亚历克山德罗斯让我请你回还，
正在卧房等你，在雕着圈环的床上，
衣饰光亮，潇洒俊美。你不会觉得
他归自决斗的战场；不，你会以为他正打算
荡开舞步，或刚刚跳完一轮下来，息身睡床。”

女神一番诱说，纷扰了海伦的心胸。
她认出了女神，那修长滑润的脖子，

丰满坚挺的乳房，闪闪发光的眼睛，
使她震惊不已。她开口说话，动情唤呼：
“疯了吗，我的女神！如此处心积虑地诱惑，为何？
你还打算把我引向何方？前往某个繁荣兴旺的
城堡？去弗鲁吉亚，还是迷人的迈俄尼亚？
也许，那里也有一位你所钟爱的凡人？
是不是因为墨奈劳斯已打败高贵的帕里斯，
并想把我，尽管受人憎恨，带回家门？
是否因为出于此番缘故，你来到这里，心怀狡黠的筹谋？
要去你自己去吧——坐在帕里斯身边，抛弃神的地位，
从今后再也不要落脚俄林波斯山头！
看护着他，替他吃苦受难，永远同住厮守，
直到他娶你为妻，或把你当做一名供他役使的伴仆。
至于我，我决不会回到他的怀抱；再和他同床，
将使我脸面全无。特洛伊女人，全城的妇道，
会对我奚落嘲骂，尽管悲愁已注满我的心胸。”

　　听罢这番话，闪光的阿芙罗底忒怒不可遏，呵斥道：
“不要挑逗我，狠酷的姑娘，免得我盛怒之中把你弃置
一旁，像现在这样深深地爱你一样，咬牙切齿地恨你；
也免得我鼓动起双方对你的仇恨，把你
夹在达奈人和特洛伊人之间，落个凄凄惨惨的结果！”

　　女神言罢，宙斯的女儿心里害怕，
启步回家，包裹在光灿灿的裙袍里，
默然无声。特洛伊妇女对此一无所见，女神引着她行走。

　　当她们抵达亚历克山德罗斯华丽的房居，
侍从们赶忙闪开，操持各自的活计，

而海伦，女人中闪光的佼佼者，走向顶面高耸的睡房。
爱笑的阿芙罗底忒抓过一把椅子，
提来放在亚历克山德罗斯面前，而
海伦，带埃吉斯的宙斯的女儿。弯身下坐，
移开眼神说话，嘲讽起她的丈夫：
“这么说，你已从战场上返回。你怎么没有死在那里，我说，
被一位强有力的勇士，我的前夫，打翻在地。
以前，你可是个吹擂的好手，自称比阿瑞斯钟爱的
墨奈劳斯出色，无论是比力气、手劲还是投枪。
何不再去试试，挑战阿瑞斯钟爱的墨奈劳斯，
面对面地杀上一阵？算了，还是不去为好。我劝你
就此作罢，不要再和棕发的墨奈劳斯
绞斗，一对一地拼杀，别再莽撞，
以免很快了结，倒死在他的枪下！”

　　听罢这番话，帕里斯开口答道：
“够了，夫人，不要再对我嘲骂奚落。
这一次，墨奈劳斯击败了我，受惠于雅典娜的帮助；
下一回，我要把他打倒——我们也有神明的援佑。
来吧，让我们上床寻欢作乐，
我的心灵从来没有像现在这样屈服于情火，
是的，从来没有，包括当初把你从美丽的拉凯代蒙
带出，乘坐破浪远洋的海船离走，
在克拉奈岛上同床做爱的时候。比较现时对你的
情爱，那一次简直算不得什么；甜美的欲念已把我征服。”

　　言罢，他引步睡床，妻子跟随行走。
这样，他俩欢爱在雕工精美的睡床。与此同时，
阿特柔斯之子却在人群里来回奔走，像一头野兽，

四处寻找神一样的亚历克山德罗斯的去向，
然而，无论是特洛伊人，还是他们著名的盟军将士，
谁也无法对嗜战的墨奈劳斯告说亚历克山德罗斯的行踪。
他们，倘若有人见过他，决然不会把他藏匿，出于对他的喜爱；
他们恨他，就像痛恨幽黑的死亡。

　　其时，人群中传来阿伽门农的声音，民众的王者：
“听我说，特洛伊人，达耳达尼亚人和特洛伊的盟友们！
事实表明，胜利已归属阿瑞斯钟爱的墨奈劳斯。
你们必须交还阿耳戈斯的海伦和她的全部
财物，连同一份赔送，数量要公允
得体，使后人亦能牢记心中。”

　　阿特柔斯之子言罢，阿开亚兵勇报之以赞同的呼吼。

# 第四卷

其时，众神正坐在宙斯身边商议，在那黄金
铺地的宫居。女神赫拉正给他们
逐个斟倒奈克塔耳，众神举着金杯，
相互劝祝喝饮，俯视着特洛伊人的城邦。
突然，克罗诺斯之子张嘴发话，意欲
激怒赫拉，以挑衅的口吻挖苦说讲：
“女神中，有两位是墨奈劳斯的助佑，
阿耳戈斯的赫拉和波伊俄提亚人的雅典娜[1]。
瞧这二位，端坐此地，极目观望，
悠怡自得，而爱笑的阿芙罗底忒却总是
形影不离地保护她的宠人，替他挡开死的精灵，
刚才，她让自以为必死无疑的帕里斯死里逃生。然而，
胜利的硕果，毫无疑问，已归属阿瑞斯钟爱的墨奈劳斯。
现在，让我们考虑事情发展的归向，
是再次挑起惨烈的恶战和痛苦的
搏杀，还是让他们缔结和约，言归于好。
但愿这一结局能让各位满意，给每一位神祇带来愉悦，
使普里阿摩斯王的城邑人丁兴旺，
使墨奈劳斯带着阿耳戈斯的海伦返回家乡。”

宙斯如此一番说告，而雅典娜和赫拉却自管小声嘀咕，
坐得很近，谋划着如何使特洛伊人遭殃。

雅典娜静坐不语，面带愠色，
对宙斯，她的父亲；狂烈的暴怒揪揉着她的心房。
但是，赫拉却忍受不了心中的愤怒，对宙斯说道：
“克罗诺斯之子，可怕的王者，你说了些什么？
试想让我的努力一无所获，付之东流？
我曾汗流浃背，把驭马赶得筋疲力尽，
为了召聚起军队，给普里阿摩斯和他的儿子们送去愁灾。
做去吧，宙斯，但我等众神绝不会一致赞同。”

　　一番话极大地烦扰了宙斯的心境，乌云的汇聚者答道：
“不知足的赫拉！普里阿摩斯和他的儿子们
究竟给你造成了多大的痛苦，使你盛怒至此，
念念不忘捣毁伊利昂，捣毁这座墙垣坚固的城堡？
看来，你是不想平息胸中的暴怒，除非破开城门，
砸毁高大的墙垣，生吞活剥了普里阿摩斯
和他的儿子们，连同所有的特洛伊兵众。
你爱怎么做都行，但要记住，不要让这次
争吵日后给你我带来悲愁。
我还有一事奉告，你要牢记心中。
将来，无论何时，倘若我想捣毁某个城市，
只要我愿意，里面住着你所钟爱的兵民，
你可不要出面遮挡，冲着我的盛怒，而应让我放手去做，
因为我已给你这次允诺，尽管违背我的心愿。
在太阳和星空之下，凡人居住的
所有城市中，神圣的特洛伊
是我心中最珍爱的地方，连同普里阿摩斯，

---

① 波伊俄提亚人的雅典娜：直译为“阿拉尔科墨奈的雅典娜”；阿拉尔科墨奈是波伊俄提亚境内的一个城镇，设有雅典娜的祭坛。

还有他的手握粗重梣木杆枪矛的军男。
在那里，我的祭坛从来不缺足份的供品，不缺
满杯的奠酒和甜美的熏烟——此乃我们应得的尊享。”

听罢这番话，牛眼睛夫人、女神赫拉答道：
“好极了！天底下我最钟爱的城市有三个，
阿耳戈斯、斯巴达和路面开阔的慕凯奈，
荡平它们，无论何时，倘若它们激起你的愤怒。
我将不去保卫它们，和你对抗，也不抱怨你的作为。
事实上，即便我抱恨埋怨，不让你摧毁它们，
我的努力也不会有任何用处；你比我强健，比我有力。
尽管如此，你也不应让我辛苦一场，一无所获；
我也是神，我的宗谱也就是你的家族，
工于心计的克罗诺斯也是我的父亲，我是他最尊贵的女儿，
体现在两个方面，出生次序和同你的关系——我被
尊为你的伴侣，而你是众神之王。
所以，对于此事，你我要互谅互让，
我对你，你对我，而其他不死的神祇自会
因袭效仿。现在，你可马上命令雅典娜，
前往特洛伊人和阿开亚人拼搏的战场，
设法使特洛伊人先毁誓约，
伤害获胜战场的阿开亚兵壮。”

她言罢，人和神的父亲接受了她的建议，
马上指令雅典娜，用长了翅膀的话语：
“快去，朝着特洛伊人和阿开亚人的队伍，
设法使特洛伊人先毁誓约，
伤害获胜战场的阿开亚兵壮。”

宙斯的话语催励着早已迫不及待的雅典娜，
她急速出发，从俄林波斯山巅直冲而下，
像工于心计的克罗诺斯之子抛出的一颗
流星，一个对水手或一支庞大军队的预兆，
光芒四射，迸放出密密匝匝的火花。
就像这样，帕拉丝·雅典娜朝着地面疾扫，
落脚在两军之间，把观望者惊得目瞪口呆，
驯马好手特洛伊人和胫甲坚固的阿开亚兵汉。
队伍中，人们会惊望着自己的近邻，说道：
“瞧这个势头，难道我们又将面临残酷的战争，
嚣闹的拼搏？抑或宙斯，这位调控
凡间战事的尊神，有意使我们双方言归于好？”

有人会如此嘀咕，队伍中的阿开亚人和特洛伊兵壮。
雅典娜以一位勇士的形象，劳多科斯，安忒诺耳之子，
一位强有力的枪手，出现在特洛伊人的队列，
寻觅着神一样的潘达罗斯，希望能把他找到。
她梭行人群，找到鲁卡昂的儿子，一位高贵、勇猛的斗士，
正昂首挺立，四周拥围着一队队强壮、携握盾牌的
兵勇，随他进兵此地，来自水流湍急的埃塞波斯沿岸。
女神站在他身边，对他说道，用长了翅膀的话语：
“鲁卡昂聪明的儿子，愿意听听我的说告吗？
要是有这个胆量，你就对墨奈劳斯发射一支飞箭，
你将因此争得光荣，博取感激，当着全体
特洛伊人，尤其是王子亚历克山德罗斯的脸面。
若是让他亲眼看到嗜战的墨奈劳斯，阿特柔斯之子，
被你的羽箭射倒，可悲地平躺在柴堆上，
你便可先于他人，从他手中得取光荣的战礼。
来吧，摆开架势，对着高贵的墨奈劳斯放箭！

但是，别忘了对光荣的射手、狼神阿波罗①祈祷，告诉他，
当你踏上故乡的土地，回到神圣的城堡泽勒亚，
你将给他举办一次隆重的牲祭，用头胎的羊羔敬献。”

　　雅典娜的话语夺走了他的睿智。
他马上拿出磨得溜滑的强弓，取自一头
野山羊的叉角——当岩羊从石壁上走下，
他把一枝利箭送进了它的胸膛。他身披伪装，
藏身石壁，一箭扎入山羊的胸腔，打翻在岩面上。
山羊头上的叉角，长十六掌，
一位能干的弓匠把它捆扎起来，
将表面磨得精光透亮，安上金铸的弦环。
潘达罗斯把弓的一角抵在地上，弯起弓架，
上好弦线；有人把盾牌挡在前面，那些勇敢的伙伴，
以防阿开亚人善战的儿子们突然站起，在他放箭
阿特柔斯之子、嗜战的墨奈劳斯之前，向他扑来。
他打开筒盖，拈出一支羽翎，
以前从未用过，致送痛苦的飞箭。
他动作迅速，把致命的箭支搭上弓弦，
对光荣的射手、狼神阿波罗做过祈祷，
答应当他踏上故乡的土地，回到神圣的泽勒亚城堡，
将给神祇敬献一份丰厚的牲祭，头胎的羊羔。
他运气开弓，紧捏着箭的槽口和牛筋做就的弓弦，
弦线紧贴着胸口，铁的箭镞碰到了弓杆。
他把兵器拉成了一个拱环，偌大的弯弓，
鸣叫呻喊，弦线高歌作响，羽箭顶着锋快的头镞

① 狼神阿波罗：或许包含“牧羊人的护神”之意。根据原文，亦可作“出生在鲁基亚的阿波罗”解。

飞射出去，挟着暴怒，呼啸着扑向前面的人群。
然而，幸福和长生不老的神祇没有忘记你，
墨奈劳斯，尤其是宙斯的女儿，战勇的福佑，
此时站在你面前，替你挡开咬肉的箭头。
她挪开箭矢的落点，使之偏离你的皮肉，动作轻快，
像一位撩赶苍蝇的母亲，替熟睡的孩儿，
她亲自出手，把羽箭导向金质的系带，
带扣交合错连、胸甲的两个半片衔接重叠的部位。
无情的箭头捣进坚固的带结，
穿透精工编织的条层，
破开做工精美的胸甲，直逼系在
里层的甲片——此乃壮士身上最重要的护甲，用以保护
下身和挡住枪矛的冲击，无奈飞矢余劲尤健，连它一起捅穿。
箭头长驱直入，挑开壮士的皮肉，
放出浓黑、喷流涌注的热血。

　　如同一位迈俄尼亚或卡里亚妇女，用鲜红的
颜料涂漆象牙，制作驭马的颊片，尽管
许多驭手为之垂涎，它却静静地躺在
里屋，作为王者的佳宝，受到双重的
珍爱，既是马的饰物，又能为驭者增添荣光。
就像这样，墨奈劳斯，鲜血浸染了你强健的
大腿、你的小腿和线条分明的踝骨。

　　看着浓黑的热血从伤口里涌冒出来，
民众的王者阿伽门农心里害怕，全身颤嗦，
嗜战的墨奈劳斯自己亦吃惊不小，吓得浑身发抖；
不过，当他眼见绑条和倒钩都在伤口
外面时，失去的勇气复又回返心头。

强有力的阿伽门农悲声哭诉，握着墨奈劳斯的手；
伙伴们围聚一旁，呜咽抽泣。阿伽门农哭道：
“亲爱的兄弟，我所封证的誓约给你带来了死亡，
让你孤身一人，奋战在我们眼前，面对特洛伊兵壮。
现在，特洛伊人已把你射倒，践踏了我们的誓约。
然而，我们的誓言不是儿戏，羔羊的热血不会白流，
泼出去的不掺水的奠酒会有报应，紧握的右手不是虚设的
仪酬！倘若俄林波斯神主不及马上了结此事，
日后也会严惩不贷；逾规越矩者将付出惨重的代价，
用他们自己的头颅，还有他们的妻子和孩童。
我心里明白，我的灵魂知道，
这一天必将到来；那时，神圣的伊利昂将被扫灭，
连同普里阿摩斯和他的手握粗长梣木杆枪矛的军兵。
宙斯，克罗诺斯之子，端坐在天上的房居，高高的王庭，
将亲自挥动责惩的埃吉斯，在他们头顶，
出于对这场欺诈的义愤。这一切终将发生，不可避免。
然而，我将为你承受巨大的悲痛，墨奈劳斯，
倘若你撒手人寰，中止命运限定的人生。
我将带着耻辱，回到干旱的阿耳戈斯，
因为阿开亚兵勇马上即会生发思乡的幽情，而我们，
为此，将不得不把阿耳戈斯的海伦留给普里阿摩斯和
特洛伊人，为他们增光。至于你，特洛伊的泥土将蚀烂你的
骸骨，因为你已死在这里，撇下远征的功业，未尽的战斗。
某个特洛伊小子会高兴地跳上
墨奈劳斯的坟冢，趾高气扬地吹喊：
‘但愿阿伽门农以此种方式对所有的敌人发泄
暴怒，像这次一样，徒劳无益地统兵至此，
而后劳师还家，回到他所热爱的故乡，
海船里空空如也，撇下了勇敢的墨奈劳斯。’

此人会这般胡言，气得我恨不能裂地藏身！”

听罢这番话，棕发的墨奈劳斯予以宽慰，说讲：
“勇敢些，不要吓坏了会战此地的阿开亚兵壮。
犀利的箭镞没有击中要害，闪亮的腰带
锉去了它的锋芒，底下的束围和铜匠
精心制作的腹甲挡住了它的冲撞。”

听罢这番话，强有力的阿伽门农开讲，答道：
“但愿伤情真如你说的那样，墨奈劳斯，我的兄弟。
不管怎样，医者会来治疗你的伤口，敷设
配制的枪药，止住钻心的疼痛。”

言罢，他转而命嘱塔耳苏比俄斯，他的神圣的使者：
“塔耳苏比俄斯，全速前进，把马卡昂叫来，
阿斯克勒丕俄斯之子，手段高明的医士，
察治阿特柔斯之子、嗜战的墨奈劳斯的伤情，
某个擅使弓箭的射手，某个特洛伊人或鲁基亚人射伤了他：
对射手，这是一份光荣；但对我们，它却带来了忧愁。”

听罢此番嘱告，使者谨遵不违，
穿行在身披铜甲的兵群中，
觅寻勇士马卡昂，只见后者正
挺立在那边，身旁围站着一队队携带盾牌的兵勇，
跟随马卡昂进兵此地，来自特里开，马草丰肥的去处，
使者在他身边站定，开口说道，用长了翅膀的话语：
“行动起来，阿斯克勒丕俄斯之子，强有力的阿伽门农要你
过去，察治阿开亚人的首领墨奈劳斯的伤情，
某个擅使弓箭的射手，某个特洛伊人或鲁基亚人射伤了他：

对射手，这是一份光荣；但对我们，它却带来了忧愁。”

一番话催发了马卡昂的激情，在他的胸腔。
他们穿越人群，疾行在阿开亚人占地宽广的营伍，
来到棕发的墨奈劳斯中箭负伤的地方，
首领们围成一圈，守护在他的身旁。
医者在人群中站定，一位神一样的凡人。
他从腰带的扣合处拔出箭矢，下手迅捷，
锋利的倒钩顺势向后，崩裂损断。
接着，他依次松开腰带和下面的束围，
以及铜匠为他精心制作的腹甲，
找到凶狠的箭矢扎出的伤口，
吸出里面的淤血，敷上镇痛的枪药——
很久以前，开荣将此药赠送其父，出于友好的意愿。

在他们忙于照料啸吼战场的墨奈劳斯之际，
特洛伊人全副武装的队列却正在向前挺进。
阿开亚人重新武装起来，拼战的念头复又占据了他们的心灵。

其时，你不会看到卓越的阿伽门农沉睡不醒，
或畏缩不前，不思进击——不，
阿伽门农渴望搏杀，人们由此争得功名。
他把驭马和战车，闪着耀眼的铜光，留在身后，
马儿喘着粗气，由他的助手欧鲁墨冬、裴莱俄斯
之子普托勒迈俄斯的儿子带往一边。
阿伽门农命他就近看管马匹，以备急用，
疲劳可能拖累他的四肢，吆喝制统偌大的一支军伍。
他迈开双腿，大步穿行在营伍中。
当看到那些紧勒着快马的头缰，求战心切的达奈驭手时，

他就站到他们身边，热切地鼓励道：
“阿耳吉维壮士们，切莫松懈，保持旺盛的战斗热情。
父亲宙斯不会帮助说谎的特洛伊人，
是他们首先践毁双方的誓约，
鹰鹫会吞食他们鲜亮的皮肉。
而我们，我们将带走他们钟爱的妻子和无助的
孩童，用我们的海船，在荡平这座城堡之后！”

　　但是，当他发现有人试图躲避可恨的搏杀，
便会声色俱厉，恶狠狠地破口骂道：“嘿，
阿耳吉维人，手持强弓的斗士，胆怯了？你们还要不要脸！
为何呆呆地站在这里，迷迷惘惘，像一群小鹿，
跑过一大片草地，累得筋疲力尽，
木然而立，丢尽了最后一分勇气？就像这样，
你们木然站立，迷迷惘惘，泯灭了战斗的意志。
你们在等盼什么呢？想等到特洛伊人把你们逼至
灰色大海的滩沿，赶回你们停放船尾坚固的海船的地方，然后
再看看克罗诺斯之子会不会伸出大手，把你们保护起来？”

　　就这样，阿伽门农穿行在队伍里，整顿编排迎战的阵容，
挤过密集的人群，来到克里特人的队列；
兵勇们正积极备战，拥聚在骁勇的伊多墨纽斯周围。
伊多墨纽斯，像一头壮实的野猪，站立在前排之中，
而墨里俄奈斯则催督着后面的队伍。
见此情景，民众的王者阿伽门农心里高兴，
当即用欣赏的口吻，对伊多墨纽斯说道：
“伊多墨纽斯，我敬你甚于对其他达奈人，
驾驭快马的战勇，无论是在战斗，在其他任何行动，
还是在我们的盛宴中——当阿耳吉维人的首领们

在调缸里匀和王者的饮料，闪亮的醇酒。
即使其他长发的阿开亚头领
喝完了自己的份额，你的酒杯却总是满斟如初，
像我的一样，想喝就喝，尽情享用。
奋起战斗吧，表明你平日的自誉不是吹牛！”

　　听罢这番话，克里特人的首领伊多墨纽斯答道：
“阿特柔斯之子，相信我，我将成为你坚强可靠的战友，
一如当初允诺的那样——那一天，我点过我的头。
去吧，鼓动其他长发的阿开亚战勇，
以便迅速出击，特洛伊人已毁弃
誓约，此事将在日后给他们带来死亡和
悲痛——他们践踏了我们誓封的信咒。”

　　他言罢，阿特柔斯之子心中欢喜，迈步前行，
穿过密集的人群，见到了大小两位埃阿斯，
正在全副武装，四周围站着一大群浓密云朵般的步兵。
如同一位看护山羊的牧人，从山冈上瞧见一片乌云，
正从海空向岸边压来，卷着西风的威烈，
尽管悬在远处的海空，他已看到云层乌黑一团，胜似黑漆，
正穿越大洋，汇聚起一股旋风；
见此情景，牧人浑身发抖，赶起羊群，躲进山洞。
就像这样，队伍运行在两位埃阿斯周围，
一队队密密匝匝的人群，强壮、神佑的年轻兵勇，
黑魆魆的一片，携带着竖指叠错的盾牌和枪矛，迎面战争的
凶狂。见此情景，民众的王者阿伽门农心里高兴，
开口喊道，用长了翅膀的话语：
“两位埃阿斯，身披铜甲的阿耳吉维人的首领，
对你们二位，我无需发号施令——催督你们吗？

那是多余的；你们已鼓动起部属，准备喋血苦斗。
哦，父亲宙斯，雅典娜，阿波罗，要是
我的部下人人胸中都有这种精神，那么，
普里阿摩斯王的城市就会对我们
俯首，被我们攻占，劫洗！”

　　言罢，他离别二位，继续巡会军队的酋首，
只见奈斯托耳，来自普洛斯的吐词清亮的演说者，
正忙着整顿队伍，催督伙伴们前进，
由各位首领分统，高大的裴拉工、阿拉斯托耳和克罗米俄斯，
连同强有力的海蒙，以及丕阿斯，兵士的牧者。
首先，他把驾车的壮勇放在前头，连同驭马和战车，
让众多勇敢的步卒跟行殿后，
作为战斗的中坚，然后再把胆小怕死的赶到中间；
这样，即便有人贪生，也只好硬着头皮战斗。
他首先命令战车的驾驭者，要他们
紧紧拉住缰绳，不要让驭马打乱兵勇的队阵：
“谁也不许自恃驭术高强或凭借自己的勇猛，
冲出队阵，独自和特洛伊人搏斗；
也不许弃战退却，这样会受到敌人的逼攻。
当车上的枪手遇到敌方的战车，
要用长枪刺击对手——这是近身、激烈的战斗。
你们的前辈就是这样攻破城堡，捣毁墙垣，
凭着这股斗志，胸中的这种精神。”

　　老人话声朗朗，用得之于以往征战的经验激励部属。
见此情景，民众的王者阿伽门农心里高兴，
开口喊道，用长了翅膀的话语：
“老壮士，但愿你的膝腿也像你的心胸一样

充满青春的豪气，但愿你强壮如初。
可惜啊，凡人不可避免的暮年使你变得衰弱；但愿某个
兵勇接过你的年龄，而你则变成我们队伍里的一个年轻人！”

　　奈斯托耳，格瑞尼亚的车战者，答道：
“是的，阿特柔斯之子，我也恨不得自己能像当年
一样，像我放倒卓越的厄柔菲利昂时那般强壮。
然而，神明不会把一切好处同时赋予凡人；
如果说那时我年轻力壮，现在我已是白发老翁。
尽管如此，我仍将站在驭者的行列，催督他们战斗，
通过训诫和命令——此乃老人的权利和光荣。
年轻的枪手将用长矛战斗，这些比我远为
青壮的后生，对自己的力量充满信心。”

　　听罢这番话，阿特柔斯之子心中欢喜，迈步前行，
只见裴忒俄斯之子墨奈修斯，战车的驾驭者，
闲站人群，无所事事，周围拥站着呼啸战场的雅典兵卒。
足智多谋的奥德修斯站在他们近旁，
身边排列着开法勒尼亚人的队伍，绝非不堪一击的散兵，
站候等待，还不曾听到战斗的呼声，
而赴战的序列也还只是刚刚形成，甫始展开，
准备厮杀的阿开亚兵汉和驯马的特洛伊人。所以，
他们只是站立等盼，等待着另一支阿开亚部队开赴战场，
扑向特洛伊人，开始激烈的战斗。
眼见此般情景，全军的统帅阿伽门农开口斥训，
放开嗓门，用长了翅膀的话语：
“裴忒俄斯之子，神明助佑的王者，还有你，
心计诡诈，精明贪婪的头领，这是怎么回事？
为何站立此地，畏缩不前，左顾右盼？

你俩的位置应在队伍的最前排，
面对战火的炙烤。别忘了，
每当阿开亚人摆开赐宴首领的佳肴，
你俩总是最早接到我的邀请。
你们放开肚皮，尽情吞嚼烤肉，
开怀痛饮蜜一样香甜的酒浆。
但现在，你们却想兴高采烈地观看
十支阿开亚人的队伍，挺着无情的铜矛战斗！”

听他言罢，足智多谋的奥德修斯恶狠狠地看着他，说道：
“这是什么话，阿特柔斯之子，崩出了你的齿缝？
你怎可说我退缩不前，当着我们
阿开亚人催激起凶险的战神，临战驯马能手特洛伊人
的时候？看着吧，如果你乐意并且愿意，
忒勒马科斯钟爱的父亲将和特洛伊人的前排勇士，
驯马的好手，杀个敌我不分！收起你的废话，无用的咋呼！”

眼见奥德修斯动了肝火，强有力的阿伽门农
笑着答道，收回了他的责斥：
“莱耳忒斯之子，神的后裔，多谋善断的奥德修斯，
我不应过多地责备你，也不该命令你；
我知道你的内心充满善意，你我所见略同。
不要见怪，这一切日后自会烟消云散，
如果我们刚才说了些刺伤感情的言语，
愿神明把所有的气话抛上云头！”

言罢，他别了奥德修斯，继续巡会军队的酋首，
只见图丢斯之子、勇猛豪强的狄俄墨得斯
站在制合坚固的战车里，驭马的后头，

身边站着卡帕纽斯之子塞奈洛斯。见着
狄俄墨得斯，民众的王者阿伽门农开口斥训，
放开嗓门，用长了翅膀的话语：
“这是干什么，经验丰富的驯马者图丢斯的儿子？
为何退缩不前，呆视着拼战的空道？
这绝不是图丢斯的作为，羞涩地蜷缩在后头，
他总是冲在伙伴们前面，击打敌人。此乃
别人的称说，那些目睹他冲杀的战勇。我本人从未眼见，
也不曾和他聚首，但人们都说他是首屈一指的英雄。
不错，他曾来过慕凯奈，但不是前来攻战，
而是作为客人和朋友，偕同神一样的波鲁尼刻斯，
为了招聚一批兵勇，前往捣平塞贝神圣的墙堡。
他们好说歹说，求我们拨出一支善战的军伍。
我的乡胞倒是乐意帮忙，使来者如愿以偿，
无奈宙斯送来不祥的预兆，使他们改变了主张。
这样，征战塞贝的部队登程出发，一路走去，来到
阿索波斯河畔，岸边芳草萋萋，河床芦苇丛生。
在那里，阿开亚人要图丢斯带着讯息，捷足先行。
他匆匆上路，遇到大群的卡德墨亚人，
聚宴在强壮的厄忒俄克勒斯的厅堂。
尽管人地生疏，车战者图丢斯
面不改色，对着众多的卡德墨亚乡勇，激挑他们
使出每一分力气，和他赛比争雄。他轻而易举地击败了
所有的对手，在每一个项目里——雅典娜使他气壮如牛。
由此激怒了卡德墨亚人，鞭赶快马的车手。
他们设下埋伏，截拦在他的归途，聚起众多的壮士，
五十之众，由两位首领制统，
海蒙之子、神一样俊美的迈昂，
和奥托福诺斯之子、战斗中强悍骠勇的波鲁丰忒斯。

然而，图丢斯给这帮人送去了可耻的死亡，
杀了所有的伏击者，只有一个例外，
遵照神的兆示，他让迈昂一人生还。
这便是图丢斯，埃托利亚壮勇。然而，此人的儿子
却不如他善战，尽管也有父亲不及之处，那就是巧嘴争辩！”

　　阿伽门农言罢，强壮的狄俄墨得斯没有还嘴，
已被尊贵的王者，被他的辱骂慑服。
但光荣的卡帕纽斯之子此时启口说话，答道：
“不要撒谎，阿特柔斯之子；对这一切，你知道得清清楚楚。
我们敢说，和我俩的父亲相比，我们远为出色。
是我们，攻破了七门的塞贝，虽然
和前次相比，我们带去的人少，而城墙却更为坚固。
我们服从神的兆示，接受宙斯的助佑，
而他们却送命于自己的莽撞和犟拗。所以，
就荣誉而言，你绝不要把我们的父亲和我们相提并论。”

　　其时，强壮的狄俄墨得斯恶狠狠地看着他，说道：
“朋友，不要大声喧嚷，听我的。我不
抱怨阿伽门农，我们的统帅，
他在策励胫甲坚固的阿开亚人投入战斗。
这是他的光荣，如果阿开亚兵汉击败了特洛伊人，
攻占了神圣的伊利昂。但是，
如果阿开亚人成片地倒下，他将承受巨大的苦痛。
来吧，让我们敞开自己的心房，拥抱狂烈的战斗！”

　　言罢，他抬腿跳下战车，双脚着地，全副武装，
随着身子的运动，胸前的铜甲发出可怕的声响。
此般赫赫威势，即便是心如磐石的战将，见了也会发抖。

正如巨浪击打涛声震响的海滩，
西风卷起峰尖，一浪接着一浪地冲刷，
先在海面上扬起水头，然后飞泻下来，
冲荡着滩沿，声如滚雷，水波拱卷，
对着突兀的岩壁击撞，迸射出四溅的浪花，
达奈人的群伍就像这样，一队接着一队，蜂拥而至，
开赴战场；各位首领统带着自己的
部属。他们静静地行进——无法想像
如此众多的战勇，慑于头领们的威严，全都
紧闭喉门，一言不发，肃然前行，浑身
铜光闪烁，穿戴精工制作的铠甲。
特洛伊人则如同成千上万的羊儿，挤在一位阔佬的农庄，熙熙
攘攘，等待着献出洁白的鲜奶，人手的挤压，
听到羊羔的呼唤，发出咩咩的叫声，持续不断，
就像这样，特洛伊人喊声嘈响，拥挤在宽长的队列里。
他们没有一种共通的话语，共同的语言，
故言谈杂乱无章；兵勇们应召来自许多不同的国邦。
阿瑞斯催赶他们前进，灰眼睛的雅典娜则督励着阿开亚兵壮。
恐惧策赶着他们，还有骚乱和暴戾无情的争斗——
杀人狂阿瑞斯的姐妹和伙伴——
当她第一次抬头时，还只是个小不点儿，以后逐渐
长大，直到足行大地，头顶蓝天。
现在，她在两军间播下仇恨的种子，
穿走在兵流里，加剧着人们的苦痛。

其时，两军相遇，激战在屠人的沙场上，
盾牌和枪矛铿锵碰撞，身披铜甲的
武士竞相搏杀，中心突鼓的皮盾
挤来压去，战斗的喧嚣一阵阵地呼响；

痛苦的哀叫伴和着胜利的呼声，
被杀者的哀叫，杀人者的呼声，泥地上碧血殷红。
像冬日里两条莽暴的激流，从山脊上冲涌下来，
直奔沟谷，浩荡的河水汇成一股洪流，
挟着来自源头的滚滚波涛，飞泻谷底，
声如雷鸣，传至远处山坡上牧人的耳朵；
就以这般声势，两军相搏，喊声峰起，艰苦卓绝。

安提洛科斯率先杀死一位特洛伊首领，
前排里骁勇的战将，萨鲁西阿斯之子厄开波洛斯。
他首先投枪，击中插顶马鬃的头盔，坚挺的突角，
铜尖扎进厄开波洛斯的前额，深咬进去，
捣碎头骨，浓黑的迷雾蒙住了他的眼睛。
他栽倒在地，死于激战之中，像一堵翻塌的墙基。
他猝然倒地，强有力的厄勒菲诺耳，卡尔科冬之子，
心胸豪壮的阿邦忒斯人的首领，抓起他的双脚，
把他从枪林矛雨中拖拉出来，试图以最快的速度
抢剥铠甲，无奈事与愿违，夺甲之举败毁于起始之中。
在他拖尸之际，勇猛豪强的阿格诺耳看准了
他的胁肋——后者弯身弓腰，边肋脱离了战盾的防护——
送手出枪，铜尖的闪光酥软了他的肢腿，
魂息离他而去。为了争夺他的躯体，双方展开了一场
苦斗，特洛伊人和阿开亚兵壮，饿狼一般，
互相扑击，人冲人杀，人死人亡。

鏖战中，忒拉蒙之子埃阿斯杀了安塞米昂之子
西摩埃西俄斯，一位风华正茂的未婚青年。母亲把他
生在西摩埃斯河边，其时正偕随她的父母
从伊达山上下来，前往照管他们的羊群。

所以，孩子得名西摩埃西俄斯。然而，他已不能
回报尊爱的双亲，养育的恩典；他活得短暂，
被心胸豪壮的埃阿斯枪击，
打在右胸上——因他冲锋在前——
奶头边，青铜的枪矛穿透了胸肩。
他翻倒泥尘，像一棵杨树，
长在洼地里，大片的草泽上，
树干光洁，但顶部枝丫横生；
一位制车的工匠把它砍倒，用闪光的
铁斧，准备把它弯成轮辋，装上精制的战车。
杨树躺在海岸上，风干在它的滩沿。
就像这样，安塞米昂之子西摩埃西俄斯躺在地上，
送命在宙斯的后裔埃阿斯手中。其时，胸甲锃亮的安提福斯，
普里阿摩斯之子，对着埃阿斯投出一支飞矛，隔着人群，
枪尖不曾碰上目标，但却击中琉科斯，奥德修斯
勇敢的伙伴，打在小腹上——其时正拖着一具
尸体——他松开双手，覆倒在尸躯上。
眼见朋友中枪倒地，奥德修斯怒不可遏，
从前排里跳将出来，头顶闪亮的铜盔，
跨步进逼，目光四射，挥舞着
闪亮的枪矛。特洛伊人畏缩退却，
面对投枪的壮勇。他出枪中的，
击倒了德谟科昂，普里阿摩斯的私生子，
来自阿布多斯，从迅跑的马车上。
奥德修斯出枪把他击倒，出于对伙伴之死的愤怒，
铜尖扎入太阳穴，穿透大脑，从另一边
穴眼里钻出，浓黑的迷雾蒙住了他的双眼。
他随即倒地，轰然一声，铠甲在身上铿锵作响。
特洛伊人的首领们开始退却，包括光荣的赫克托耳，

而阿耳吉维人放声吼叫，拖回尸体，
冲向敌军的纵深。其时，阿波罗怒火中烧，目睹此般
情景，从高高的裴耳伽摩斯顶面，大声激励着特洛伊兵勇：
“振作起来，调驯烈马的特洛伊人，不要在战斗中
向阿耳吉维人屈服！他们的皮肉不是石头，也不是
生铁，可以挡住咬肉的铜矛。出击吧，捅穿他们！
阿基琉斯，美发塞提丝的儿子早已罢战
不出，和海船作伴，在盛怒的折磨下苦熬！”

　　城堡上，阿波罗大声疾呼，而宙斯的女儿
特里托格内娅，最光荣的女神，此时巡行在战场上
督励着每一个临阵退却的阿开亚人。

　　其时，死的命运逮住了狄俄瑞斯，阿马仑丘斯之子；
一块粗莽的石头砸在右腿的
脚踝旁，出自一位斯拉凯首领的投掷，
裴罗斯，英勃拉索斯之子，来自埃诺斯。
无情的石块打烂了两边的筋腱
和腿骨；他仰面倒在泥地里，
伸出两手，希求同伴的援救，他所钟爱的朋友，
喘吐出生命的魂息。投石者赶至他的身旁，
壮士裴罗斯，一枪扎在肚脐边，和盘捣出腹肠，
满地涂泻，浓黑的迷雾蒙住了他的眼睛。

　　裴罗斯匆匆回跑，埃托利亚人索阿斯
出枪击中他的胸部，奶头的上方，铜尖
扎进肺叶。索阿斯赶上前去，把沉重的
枪矛拔出他的胸脯，抽出利剑，捅开
他的肚皮，结果了他的性命，但却

不曾抢剥铠甲——裴罗斯的伙伴们围站在
朋友身边，束发头顶的斯拉凯战勇，手握粗长的枪矛，
把他捅离遗体，尽管他强劲有力，雄勃高傲，
逼得他节节后退，步履踉跄。
这样，泥尘里并排躺着两位壮勇，摊撒着肢腿，
一位是斯拉凯人的头领，另一位是身披铜甲的
厄培亚人的王贵；成群的兵勇在他们周围倒躺。

其时，如果有人迈步战场，他已不能嘲讽战斗不够酷烈，
任何人，尚未被投枪击中，尚未被锋快的铜矛扎倒，
转留在战阵之中，由帕拉丝·雅典娜
牵手引导，挡开横飞的矢石和枪矛。
那一天，众多的特洛伊人和阿开亚兵壮
叉腿躺倒在泥尘里，尸身毗接，头脸朝下。

# 第五卷

其时，帕拉丝·雅典娜已把力量和勇气
注入狄俄墨得斯的身躯，使他能以显赫的威势
出现在阿耳吉维人里，为自己争得巨大的荣光。
她点燃不知疲倦的火花，在他的盾牌和帽盔上，
像那颗缀点夏末的星辰，浸浴在俄开阿诺斯河里，
冉冉升起，明光烁烁，使群星为之失色。
就像这样，雅典娜燃起了火焰，在他的头顶肩膀，
催励他奔向战场的中间，兵勇们麇聚冲杀的地方。

特洛伊人中，有一位雍贵的富人，达瑞斯，
赫法伊斯托斯的祭司，有两个儿子，
谙熟诸般战式，菲勾斯和伊代俄斯。
他俩从队列里冲将出来，撇下众人，驾着战车，
朝着狄俄墨得斯扑去，而后者早已下车，徒步进逼。
双方相对而行，咄咄逼近；
菲勾斯首先掷出投影森长的枪矛，
枪尖擦过图丢斯之子的左肩，
不曾击中他的身体。随后，狄俄墨得斯
出枪回敬，铜尖没有白耗他的臂力，
捅入对手的胸脯，奶头之间，把他从马后打翻在地。
伊代俄斯纵腿下跳，丢弃了做工精美的战车。
不敢跨护在尸体两侧，保卫死去的兄弟。

然而，尽管如此，他仍然难逃幽黑的死亡，
若不是赫法伊斯托斯把他带走，裹在黑雾里，救他一命，
从而使老人还有一子可盼，不致陷于绝望的凄境。
心胸豪壮的图丢斯的儿子赶走驭马，
交给他的伙伴，带回深旷的海船。
心胸豪壮的特洛伊人目睹达瑞斯的
两个儿子，一个逃跑，一个被打死在车旁，
无不沮丧心寒。其时，灰眼睛的雅典娜
伸手拉住勇莽的阿瑞斯，对他说喊：
“阿瑞斯，阿瑞斯，沾血的杀人狂，城堡的克星！
我们应让特洛伊人和阿开亚人自行苦战，
父亲宙斯当会决定光荣的得主，给他愿给的一方，
我俩宜可撤手，以回避他的怒狂。”

　　言罢，她引着勇莽的阿瑞斯离开战场，
而后又让他坐在斯卡曼得罗斯河的沙岸。
与此同时，达奈人击退特洛伊军勇，每位首领
都杀死一个敌手。首先，阿伽门农，民众的王者，
把高大的俄底俄斯，哈利宗奈斯人的首领，撂下战车，
在他转身逃跑之际，枪矛击中脊背，
双胛之间，长驱直入，穿透了胸脯。
他随即倒地，轰然一声，铠甲在身上铿锵作响。

　　伊多墨纽斯杀了法伊斯托斯，迈俄尼亚人波罗斯之子，
来自土地肥沃的塔耳奈。当他试图从马后
登车时，伊多墨纽斯，著名的枪手，
奋臂出击，粗长的枪矛捣入右肩，
把他捅下马车，可恨的黑暗夺走了他的生命。

伊多墨纽斯的随从们剥掉了法伊斯托斯的铠甲。
与此同时，阿特柔斯之子墨奈劳斯，用锋快的枪矛，
杀了斯特罗菲俄斯之子斯卡曼得里俄斯，出色的猎手，
善能追捕野兽的踪影。阿耳忒弥丝亲自教会他
猎杀的本领，各类走兽，衍生于高山森林的哺育。
然而，箭雨纷飞的阿耳忒弥丝此时却救他不得，
他那出类拔萃的远射箭术也帮不了自己的忙。
善使枪矛的墨奈劳斯，阿特柔斯之子，击中
撒腿跑在前头的敌手，枪矛从背后扎入，
打在双胛之间，长驱直入，穿透了胸脯。
他随即倒地，头脸朝下，铠甲在身上铿锵作响。

墨里俄奈斯杀了菲瑞克洛斯，哈耳摩尼得斯之子忒克同的
儿郎，长着一双灵巧的手，善能制作各种精致复杂的
物件，帕拉丝·雅典娜爱他，胜过对别的凡胎。
正是他，为亚历克山德罗斯建造了平稳匀称的
海船，导致灾难，给特洛伊人带来了
死亡——现在，也给他自己：对神的旨意，他一无知晓。
墨里俄奈斯快步追赶，渐渐逼近，
出枪击中他的右臀，枪尖长驱直入，
从盆骨下穿过，刺入膀胱。
他双膝着地，厉声惨叫，死的迷雾把他蒙罩。

墨格斯杀了裴代俄斯，安忒诺耳之子，
尽管出于私生，美丽的塞阿诺却把他当做
亲子哺养，关怀备至，以取悦她的夫婿。
现在，夫琉斯之子，著名的枪手，咄咄逼近，
犀利的枪矛打断了后脑勺下的筋腱，
枪尖深扎进去，挨着上下齿层，撬掉了舌头。

裴代俄斯倒身泥尘，嘴里咬着冰凉的青铜。

欧鲁普洛斯，欧埃蒙之子，杀了高傲的多洛丕昂
之子、卓越的呼普塞诺耳，斯卡曼得罗斯
的祭司，受到家乡人民像对神一样的崇敬。
欧鲁普洛斯，欧埃蒙光荣的儿子，
追赶逃遁中的敌手，挥剑砍在他的
肩上，利刃将手臂和身子分家，
臂膀滴着鲜血，掉在地上，殷红的死亡
和强有力的命运拢合了他的眼睛。

就这样，他们在激烈的战斗中冲杀，
但你却无法告知图丢斯之子在为谁而战，
是特洛伊人或是阿开亚人中的一员：
他在平原里横冲直撞，像冬日里的一条
泛滥的河流，汹涌的水头冲垮了堤坝，
坚固的河堤已挡不住水流的冲击，那一道道
卫墙，防护着果实累累的葡萄园，亦已刹不住它的势头，
宙斯的暴雨汇成滚滚的洪流，翻涌升腾，
荡毁了一处处精耕细作的田庄。
就像这样，图丢斯之子打散了多支特洛伊人的
队伍，而敌方尽管人多，却挡不住他的进攻。

然而，潘达罗斯，鲁卡昂光荣的儿子，看着他
横扫平原，打烂了己方的队阵，
马上拉开弯翘的硬弓，对准图丢斯之子发射，
羽箭离弦，击中前冲而来的勇士，打在右肩上，
胸甲的虚处，凶狠的箭头深咬进去，
长驱直入，鲜血滴溅，湿染了胸衣。

鲁卡昂光荣的儿子放开嗓门，高声喊道：
“振作起来，心胸豪壮的特洛伊人，捶鞭骏马的勇士！
瞧，阿开亚人中最好的战勇已被我击中，吃着强劲的箭力；
我想此人危在旦夕，倘若真是王者
阿波罗，宙斯之子，催我从鲁基亚赶来，参加会战。”

他朗声说道，一番炫耀，却不知飞箭并没有射倒对手，
他只是退至战车和驭马近旁。
直身站立，对卡帕纽斯之子塞奈洛斯喊道：
“快过来，卡帕纽斯的好儿子，赶快下车，
替我拔出这枚歹毒的羽箭，从我的肩头！”

他言罢，塞奈洛斯从车上一跃而下，
站在他身边，从肩上拔出利箭，动作干净利索，
带出如注的血流，湿透了松软的衫衣。
其时，呼啸战场的狄俄墨得斯亮开嗓门，高声作祷：
“听我说，阿特鲁托奈，带埃吉斯的宙斯的女儿，
如果你过去曾经出于厚爱，站在家父一边，在那
狂烈的搏杀中，那么，雅典娜，眼下就请你帮我实现企愿。
答应我，让他进入我的投程，让我宰了这个家伙！
此人趁我不备，发箭伤我，眼下又在大言不惭地吹擂，
说我已没有多少眼见日照的时光。”

他如此一番祈祷，帕拉丝·雅典娜听到了他的声音。
女神轻舒着他的臂膀，他的腿脚和双手，
站在他身边，对他说道，用长了翅膀的话语：
“鼓起勇气，狄俄墨得斯，去和特洛伊人拼战；
在你的胸腔里，我已注入乃父、
操使巨盾的车战者图丢斯的勇力，一位不屈不挠的

斗士。看，我已拨开在此之前一直蒙住你
双眼的迷雾，使你能辨识神和凡人的脸面。
这样，倘若眼下有一位不死的神祇置身此地，打算试探
你的刚勇——记住了，切莫和他面对面地拼搏，
例外只有一个：倘若阿芙罗底忒，宙斯的女儿
前来参战，你便可举起犀利的铜矛，对她刺捅！”

　　言罢，灰眼睛的雅典娜离他而去，而图丢斯
之子则快步回返前排首领的队列，他早就
怒火满腔，渴望着和特洛伊人拼战。
现在，他挟着三倍于前的愤怒，像一头狮子，
跃过羊圈的栅栏，被一位牧人击伤，后者
正看护着毛层厚密的羊群，但却不曾致命，
倒是催发了它的横蛮，牧人无法把它赶走，
藏身庄院，丢下乱作一团的羊群，
羊儿堆成了垛子，一个压着一个——
兽狮怒气冲冲，蹬腿猛扑，跃出高高的栅栏。
就像这样，强有力的狄俄墨得斯怒不可遏，扑向特洛伊人。

　　他杀了阿斯图努斯和呼培荣，民众的牧者，
一个死在青铜的枪尖下，打在奶头的上方，
另一个死在硕大的铜剑下，砍在肩边的
颈骨上，肩臂垂离，和脖子及背项分家。
他丢下二者，扑向阿巴斯和波鲁伊多斯，
年迈的释梦者欧鲁达马斯的两个儿郎。
然而，当二位离家出征之际，老人却没有
替他们释梦——强有力的狄俄墨得斯杀了他俩。
其后，他又盯上了法伊诺普斯的两个儿子，长得高大英武，
珊索斯和索昂，二位的父亲已迈入凄惨的暮年，

已不能续生子嗣，继承他的家产。
狄俄墨得斯当即杀了他们，夺走了两条性命，
他们珍爱的东西，撇下年迈的父亲，悲痛
交加：老人再也见不到自己的儿子，从战场上
生还；远亲们将瓜分他的积聚，他的财产。

　　接着，他又杀了达耳达尼亚人普里阿摩斯的两个儿子，
同乘一辆战车，厄开蒙和克罗米俄斯。
像一头捕杀肥牛的狮子，逮住一头食草
树林的牧牛或小母牛，咬断它的脖子，
图丢斯之子，不管他俩的意愿，把他们
打下战车，凶狠异常，剥去他们的铠甲，
带过驭马，交给身边的伙伴，赶回自己的海船。

　　然而，埃内阿斯目睹了此人横闯队阵的情景，
冒着纷飞的投枪，穿行在战斗的人群，
寻觅着神一样的潘达罗斯。
他找到鲁卡昂的儿子，豪勇、强健的斗士，
走上前去，站在他的面前，喊道：
“潘达罗斯，你的弓弩呢，你的飞驰的羽箭呢，你的
名箭手的声誉呢？你弓法娴熟，特洛伊人中找不到对手，
鲁基亚人中亦然，谁也不敢声称比你卓杰。
振作起来，对着宙斯举起你的双手，瞄准那个强壮的汉子，
不管他是谁人，引弦开弓——此人已给我们带来
深重的灾难，折断了许多骠勇壮汉的膝腿，
如此莽烈，除非他是某位神祇，震怒于我们忽略了
某次献祭。神的愤怒我等如何消受得起？”

　　听罢这番话，鲁卡昂光荣的儿子答道：

“埃内阿斯，身披铜甲的特洛伊人的训导，
从一切方面来看，此人都像是图丢斯骠勇的儿子，
瞧他那面战盾，那帽盔上的孔眼，以及那对驭马的
模样。不过，他也可能是一位神祇，就此我却不敢断言。
倘若他是一个凡人，如我想像的那样，图丢斯
骠勇的儿子，如此怒霸战场，当非孤勇无助。他一定
得到某位神明的助佑，就在他身边，双肩笼罩着迷雾，
拨偏了飞箭的落点，使之失去预期的精度。
我曾射出一枚羽箭，打在图丢斯之子的
右肩，深咬进胸甲的虚处，以为
已经把他射倒，送他去了哀地斯的冥府。
然而，我却没有把他放倒；此乃某位神灵，震怒。
现在，我手头既无驭马，又没有可供登驾的战车，
虽说在鲁卡昂的房院，停放着十一辆漂亮的
马车，甫出工房，簇新的成品，覆顶着
织毯，每辆车旁立站着一对
驭马，咀嚼着雪白的大麦和燕麦。
离开精工建造的府居前，年迈的枪手
鲁卡昂曾三番五次地嘱告，
让我带上驭马，登上战车，领着
特洛伊兵勇，奔赴激战的沙场。
但是，我却没有听从他的嘱告——否则，该有多好！
我留下了驭马，它们早已习惯于饱食槽头，
使它们不致困挤在人群簇拥的营地，忍饥挨饿。
就这样，我把它们留在家里，徒步来到特洛伊，
寄望于手中的兵器，使我一无所获的弓弩。
我曾放箭敌酋，他们中两位最好的战勇，
图丢斯之子和阿特柔斯之子，两箭都未曾虚发，
扎出淌流的鲜血，但结果只是催发了他们的愤怒。

由此看来，那天我真是运气不佳，从挂钉上取下
弯翘的硬弓，带着我的特洛伊人，来到迷人的
伊利昂，给卓越的赫克托耳送来欢乐。
倘若我还能生还故里，重见我的
乡土、我的妻子和宽敞、顶面高耸的房居，
那么让某个陌生人当即砍下我的脑袋，从我的肩头，
要是我不亲手拧断这把弓，把它丢进熊熊燃烧的
柴火——我把它带在身边，像一阵无用的清风。”

　　听罢这番话，埃内阿斯，特洛伊人的首领，答道：
“不要说了，在你我驾起驭马和战车，
拿着武器，面对面地和那个人比试打斗
之前，局势断难改观。来吧，
跳上我的马车，看看特洛伊的
马种，看看它们如何熟悉自己的平原，
或追进，或避退，行动自如。
这对驭马会把我们平安地带回城里，倘若
宙斯将再次把荣誉送交在图丢斯之子狄俄墨得斯的手中。
赶快，抓起马鞭和闪亮的
缰绳；我将跳下马车，投入战斗！
不然，由我掌驾马车，你去对付那个壮勇。”

　　听罢这番话，鲁卡昂光荣的儿子答道：
“还是由你执缰，埃内阿斯，使唤你的驭马。
万一我们打不过图丢斯之子，不得不败退时，
由熟悉的人制掌，驭马会把弯翘的战车拉得更快更稳。
我担心它们，面对心胸豪壮的图丢斯之子的进攻，
会带着惊恐撒野，在听不到你指令的时候，
不愿把我们拉出战场；我担心此人会扑向我们，

杀了我俩，赶走坚蹄的[1]骏马。所以，
还是由你自己来赶，你的快马和你的车辆。
让他冲上来吧，由我来对付，用这支犀利的投枪！”

言罢，两人上了精工制作的马车，驱赶
快马，挟着狂怒，朝着图丢斯之子冲去。
塞奈洛斯，卡帕纽斯光荣的儿子，看见了他们，
当即通报图丢斯之子，用长了翅膀的话语：
“图丢斯之子，悦我心胸的朋友，看呀！
我看见两位强健的勇士，迫不及待地要和你拼斗。
他俩力大如牛，一位是弓艺精湛的
潘达罗斯，以鲁卡昂之子标榜，
另一位是埃内阿斯，自称是豪勇的
安基塞斯的儿郎，而他的母亲是阿芙罗底忒。
来吧，让我们赶着马车撤离，不要拼战
前排的壮勇——否则，你会送掉自己的性命。”

其时，强壮的狄俄墨得斯恶狠狠地盯着他，答道：
“不要谈论退却，我不会听从你的劝告，
绝对不会！临阵逃脱，畏缩不前，
不是我的家传——我仍然浑身是劲！
我不想登车避躲，我将徒步向前，
迎战敌手。帕拉丝·雅典娜不会让我逃离。
至于这两个人，快捷的驭马绝不会把他们
双双带走，虽然有一个会从我们枪下逃生。
我还有一事嘱告，你要牢记心中。
倘若多谋善断的雅典娜让我争得光荣，

---

① 坚蹄的：或“单蹄的”，即蹄上不开叉趾的。

杀了他俩，你要勒住我们的快马，
把马缰紧系于车杆之上；然后，
别忘了，冲向埃内阿斯的驭马，把它们
赶离特洛伊兵壮，拢往胫甲坚固的阿开亚人的队阵。
沉雷远播的宙斯曾将这个马种送给特罗斯，
作为带走其子伽努墨得斯的回报，
所以，这些良马是晨曦和阳光下最好的骏足。
民众的王者安基塞斯偷偷衍接过马种，
瞒着劳墨冬，将母马引入它们的胯下，
为自己的家院一气增添了三对名种。
他自留四匹，喂养在马厩里，而把
这对给了埃内阿斯，马蹄踢打出的骁莽镇人。
若能夺得这对灵驹，你我将争得莫大的光荣。”

　　就这样，他俩你来我往，一番说告，与此同时，
他们的两位对手已咄咄逼近，驾着快马。
鲁卡昂英武的儿子率先对狄俄墨得斯嚷道：
“骠勇强悍的斗士，高傲的图丢斯的儿子，
既然我那凶狠的快箭没有把你射倒，
现在，我倒要看看，我的投枪是否能够奏效！”

　　言罢，他持平落影森长的枪矛，奋臂投掷，
扎入图丢斯之子的战盾，疾飞的
枪尖穿透盾面，切入胸甲，
鲁卡昂英武的儿子放开嗓门，高声喊道：
“你被击中了，被我捅穿了肚皮！我想，
你已不久人世；你给了我巨大的荣光！”

　　强有力的狄俄墨得斯对他答话，面不改色：

“你打偏了，没有击中我！相反，我要告诉你们，
你俩脱身无门，将倒死战场——不是你，便是他，
用鲜血喂饱战神，强健的阿瑞斯从牛皮盾牌后面进攻。”

言罢，他奋臂投掷，帕拉丝·雅典娜制导着枪矛，
击中他的鼻子，眼睛的近旁，打断了雪白的牙齿，
坚硬的铜矛连根铲去舌头，
矛尖从颌骨下夺路出闯。
他翻身倒出战车，铿光闪亮的铠甲在身上
铿锵作响，两匹捷蹄的快马
闪避一旁；他的生命和勇力碎散飘荡。

其时，埃内阿斯腾身落地，带着盾牌和粗长的枪矛，
惟恐阿开亚人拖走遗体，以这种或那种方式，
跨站在尸体上，像一头高傲的狮子，坚信自己的勇力，
挺着枪矛，携着溜圆的战盾，
气势汹汹，决心放倒任何敢于近前的敌人，
发出粗野的喊叫。其时，图丢斯之子抱起
石头，一块巨大的顽石，当今之人，即便站出两个，
也动它不得，而他却仅凭一己之力，轻松地将其高举过头。
他奋力投掷，击中埃内阿斯的腿股，髋骨
由此内伸，和盆骨相连，人称“杯子”的地方。
石块砸碎髋骨，打断了两边的筋腱，
粗砺的棱角把皮肤往后撕裂，勇士
被迫屈腿跪地，撑出粗壮的大手，单臂承受
身体的重力，黑色的夜雾蒙住了他的双眼。

其时，他或许会死在现场，民众的王者埃内阿斯，
要不是宙斯之女阿芙罗底忒眼快——女神

是他的母亲，把他生给了牧牛草场的安基塞斯。
她伸出雪白的双臂，轻轻挽起亲爱的儿子，
甩出闪亮的裙袍，只用一个褶片，遮护着他的身躯，
挡住横飞的枪械，惟恐某个达奈壮勇，驾着奔驰的马车，
用铜矛破开他的胸膛，夺走他的生命。

　　就这样，她把亲爱的儿子抢出战场。
然而，卡帕纽斯之子塞奈洛斯没有忘记
啸吼战场的狄俄墨得斯的命令，
在回避混战的地点勒住
坚蹄的驭马，把缰绳系上车杆，
然后直奔埃内阿斯长鬃飘洒的骏马，把它们
赶离特洛伊兵壮，拢回胫甲坚固的阿开亚人的队阵，
交给德伊普洛斯，他的挚友，同龄人中
最受他敬重的一位，因为他俩心心相印，
由他赶往深旷的海船。与此同时，塞奈洛斯
跨上马车，抓起闪亮的缰绳，
驾着蹄腿强健的驭马，朝着图丢斯之子
飞奔，后者正奋力追赶库普里丝[1]，手提无情的铜矛，
心知此神懦弱，不同于那些
为凡人编排战阵的神祇，既不是
雅典娜，也不是厄努娥，荡劫城堡的神明。
图丢斯之子紧追不舍，穿过大队的人群，赶上了她，
猛扑上去，心胸豪壮的勇士
投出犀利的枪矛，直指女神柔软的臂腕。
铜尖穿过典雅女神精心织制的
永不败坏的裙袍，毁裂了皮肤，

---

[1] 库普里丝：即阿芙罗底忒，在塞浦路斯（即库普罗斯，Kupros）备受尊崇。

位于掌腕之间，放出涓涓滴淌的神血，
一种灵液，环流在幸福的神祇身上，他们的脉管里。
他们不吃面包，也不喝闪亮的醇酒，
故而没有血液——凡人称他们长生不老。
她尖叫一声，丢下臂中的儿子，
被福伊波斯·阿波罗伸手抱过，
裹在黑色的雾团里，以免某个达奈人，乘驾奔驰的马车，
用铜矛破开他的胸膛，夺走他的生命。
其时，啸吼战场的狄俄墨得斯冲着她嚷道：
“避开战争和厮杀，宙斯的女儿。
你把懦弱的女子引入歧途，如此作为，难道还不够意思？
怎么，还想留恋战场，对不？眼下，我敢说，
哪怕只要听到战争的风声，你就会吓得直打哆嗦！”

　　图丢斯之子一顿揶揄，女神怆然离去，带着怨愤疼痛；
快腿追风的伊里丝牵着她的手，将她引出
战场，伤痛阵阵，秀亮的皮肤变得昏黄惨淡。
其时，她发现勇莽的阿瑞斯，正等在战地的左前方，
枪矛靠着云端，伴随着他的快马。
她屈膝下跪，对着亲爱的兄弟，
诚恳祈求，借用系戴金笼辔的骏马：
“亲爱的兄弟，救救我，让我用你的马车，
跑回俄林波斯山脉，不死的神们居住的地方。
我已受伤，疼痛难忍，遭自一位凡人的枪矛，
图丢斯之子——这小子眼下甚至敢和父亲宙斯斗打！”

　　听罢这番话，阿瑞斯让出了系戴金笼辔的驭马。
忍着钻心的疼痛，女神登上马车，
伊里丝亦踏上车板，站在她的身边，抓起缰绳，

扬鞭催马，神驹飞扑向前，不带半点勉强。
她们回到峭峻的俄林波斯，神的家居，
腿脚迅捷追风的伊里丝勒住奔马，
宽出轭套，拿过装着仙料的食槽，放在它们面前。
闪亮的阿芙罗底忒扑倒在母亲狄娥奈的
膝腿上，后者将女儿搂进怀里，
轻轻抚摸，出声呼唤，说道：
“是谁，我的孩子，是天神中的哪一个，胡作非为，把你
弄成这个样子，仿佛你是个被抓现场的歹徒？”

其时，爱笑的阿芙罗底忒对她答道：
“图丢斯之子狄俄墨得斯刺伤了我，此人心志高傲，
在我抱着爱子离开战场之际，
埃内阿斯，世间我最钟爱的凡人。现在，
进行这场可怕战争的已不再是特洛伊人和阿开亚人，
达奈人已向不死的神明开战！”

听罢这番话，狄娥奈，天界秀美的女神，答道：
“耐心些，我的孩子，忍受着点，虽然你很悲痛。
家住俄林波斯的神明，当我们互相以痛苦
相扰时，吃过凡人苦头的何止一二？
当强有力的厄菲阿尔忒斯和俄托斯，阿洛欧斯的两个儿子，
用锁链把阿瑞斯捆绑起来时，后者不得不忍受这种折磨，
在青铜的大锅里，带着长链，憋了十三个月，
若不是有幸获救，嗜战不厌的阿瑞斯可能熬不过那次
愁难——两位兄弟的后母、美貌的厄里波娅
给赫耳墨斯捎去口信，后者把阿瑞斯盗出铜锅，
气息奄奄；无情的铁链已把他箍损到崩溃的边缘。
安菲特鲁昂强有力的儿子曾射中赫拉的

右胸，用一枚带着三支倒钩的利箭，
伤痛钻心，难以弥消。和别的受害者
一样，魁伟的哀地斯亦不得不忍受箭伤的折磨——
在普洛斯，在死人堆里，这同一个凡人，带埃吉斯的宙斯的
儿子，开弓放箭，使他饱尝了苦痛。
哀地斯跑上巍巍的俄林波斯，宙斯的家府，
带着刺骨钻心的伤痛，感觉一片凄寒，
箭头深扎进宽厚的肩膀，心中填满了哀愁。
然而，派厄昂为他敷上镇痛的药物，
治愈了箭伤：此君不是会死的凡人。
这便是勇莽的赫拉克勒斯，出手凶猛，全然不顾闯下的灾祸，
拉开手中的弓弩，射伤拥掌俄林波斯的仙神！
至于你说的那个人，他因受灰眼睛女神雅典娜的驱使，
前来和你作对——图丢斯之子，可怜的傻瓜，全然
不知斗胆击打神明的凡人，不会有长久的人生。
即便能生返家园，在战争和痛苦的搏杀结束之后，
他的孩子也不会围聚膝前，把他迎进家门。
所以，尽管图丢斯之子十分强健，我要劝他小心在意：
恐怕会有某个比他更强健的战勇，前来和他交手，
免得埃吉阿蕾娅，阿德拉斯托斯聪慧的女儿，
一位壮实的妻子，晚上哭悼不已，惊醒家中睡梦里所有亲近的伙伴，
思盼阿开亚人中最好的男子，狄俄墨得斯，
她的婚合夫婿，驯马的壮勇。”

言罢，她用手抹去女儿臂上的灵液，
平愈了手腕上的伤口，剧烈的伤痛顿时烟消云散。
然而，赫拉和雅典娜在一旁看得真切，
用讽刺的口吻，对克罗诺斯之子谑言。
灰眼睛女神雅典娜首先开口，说道：

"父亲宙斯，倘若我斗胆作个猜测，你不会生气吧？
事情肯定是这样的：我们的库普里丝挑引起
某个阿开亚女子的情爱，追求女神热切钟爱的特洛伊人，
于是，她抓住阿开亚女子漂亮的裙袍，
被金针的尖头划破了鲜嫩的手腕。"

雅典娜如此一番嘲讽，神和人的父亲喜笑颜开，
让金色的阿芙罗底忒走近他的身边，说道：
"我的孩子，征战沙场不是你的事情。你还是
操持你的事务，婚娶姻合的蜜甜，把战争
诸事留给别的神祇，留给雅典娜和突莽的阿瑞斯操办。"

神们如此这般地逗笑攀谈。与此同时，
地面上，啸吼战场的狄俄墨得斯正朝着埃内阿斯冲去，
虽说明知阿波罗已亲自守护着他的敌人，
他亦毫不退却，哪怕面对这位强有力的弓神，而是
勇往直前，试图杀了埃内阿斯，剥下光荣的铠甲。
一连三次，他发疯似的冲上前去，意欲扑杀，
一连三次，阿波罗将那面闪亮的盾牌打到一边；
但是，当他发起第四次冲锋，像一位神仙，
远射手阿波罗开口呵责，发出惊人心魂的喊声：
"莫要胡来，图丢斯之子，给我乖乖地退回去！不要再
痴心妄想，试图和神明攀比高低！神人从不
同属一个族类，神们永生不灭，凡人的腿脚离不开泥尘。"

听罢这番话，图丢斯之子开始退却，但只是让出那么
几步，以避开远射手阿波罗的盛怒。
于是，射手将埃内阿斯带出鏖战的人群，
停放在裴耳伽摩斯的一个神圣的去处，他自己的神庙。

在一个巨大而神秘的房间，莱托和箭雨纷飞的
阿耳忒弥丝治愈了他的伤痛，使他恢复了平时的风采。
其时，阿波罗，银弓之神，化作
埃内阿斯的形貌，身穿一模一样的铠甲。
围绕着这个形象，特洛伊人和卓越的阿开亚人
互相冲杀，击打着溜圆的、遮护前胸的
牛皮盾面，击打着穗条飘舞的护身的皮张。
福伊波斯·阿波罗对勇莽的阿瑞斯喊道：
“阿瑞斯，阿瑞斯，沾血的杀人狂，城堡的克星！
能否马上冲上前去，把那个人拖出战场？
拖出图丢斯之子，这家伙眼下甚至敢和父亲宙斯打斗！
就在刚才，他还刺伤了库普里丝的手腕，
然后，像一位神仙，甚至对着我扑来！”

言罢，他独自坐到裴耳伽摩斯的顶面，
而粗莽的阿瑞斯则来到特洛伊人的队伍，激励他们继续战斗，
以斯拉凯王者的模样，捷足的阿卡马斯，
敦促普里阿摩斯宙斯哺育的儿子们奋勇向前：
“你们，宙斯哺育的王者普里阿摩斯的儿子，
阿开亚人正在屠宰你们的部属，你们还打算等待多久？
等他们打到坚固的城门口吗？埃内阿斯
已经倒下，我们敬他如同对赫克托耳一般，
是的，埃内阿斯，心志豪莽的安基塞斯的儿子。
来吧，让我们杀入纷乱的战场，搭救骁勇的伙伴！”

一番话使大家鼓起了勇气，增添了力量。
其时，萨耳裴冬发话，数落起卓越的赫克托耳：
“你过去的勇气，赫克托耳，如今究在何处？
你曾夸口，说是没有众人，没有友军，你就可以

守住城市，仅凭你的兄弟和姐妹夫们的帮衬。
现在，这些人呢？我怎么看不见他们的影踪？
他们抖嗦不前，像围着狮子的猎狗，
而我们，你的盟军，却在舍命抗争。
作为你的盟友，我从遥远的地方赶来，
从远方的鲁基亚，打着漩涡的珊索斯河畔，
撇下我的妻房和尚是婴孩的儿郎，
撇下丰广的家产，贫穷的邻人为之垂涎的富有。
然而，即便如此，我带来了鲁基亚兵勇，自己亦抖擞精神，
奋战敌手，虽然阿开亚人在此
既夺不到我的财产，也赶不走我的羊牛。
但是你，你只是站在这里，甚至连声命令都不下。
为何不让你的部下站稳脚跟，为保卫他们的妻子拼搏？
小心，不要掉入苦斗的坑穴，广收一切的织网，
被你的敌人兜走，成为他们的俘获，他们的战礼——
这帮人将荡毁你墙垣坚固的城防，用不了多久！
不要忘却你的责职，不管是白天，还是黑夜，
恳求声名遐迩的友军，恳求友军的首领，求他们
英勇不屈地战斗，以抵消他们对你的责辱。”

　　萨耳裴冬的话刺痛了赫克托耳的心胸，
他当即行动，跳下马车，双脚着地，全副武装，
挥舞着一对锋快的枪矛，穿巡在全军的每一支队伍，
鼓励人们拼杀，催发战争的喧嚣。
士兵们聚集起来，昂首面对阿开亚兵勇，
但后者以密集的编队作战，一步也不退让。
恰如季风扫过神圣的麦场，吹散了
簸扬而起的壳片，而金发的黛墨忒耳
正借着风势剔分颗粒和壳秣，

皮秣堆积，漂白了地表；就像这样，
马蹄卷起纷扬的泥尘，把阿开亚人扑撒得
全身灰白，抹过他们的脸面，直上铜色的天穹；
两军再度开战，驭手们已经转回车轮。
他们使出双臂的力量，勇莽的阿瑞斯
帮佑着特洛伊人，在战场上布起浓黑的夜雾，
活跃在每一个角落，执行着金剑王
福伊波斯·阿波罗的命令，后者在发现
达奈人的护神帕拉丝·雅典娜
离开战场后，命他催发特洛伊人的狠凶。
从那间神秘、库藏丰盈的房室，阿波罗送回
埃内阿斯，把勇力注入兵士牧者的心胸。
埃内阿斯站在伙伴们中间，后者高兴地见到
他的回归，仍然活着，安然无恙，
浑身焕发出拼战的英武。然而，他们没有发问，
将至的战斗不允许他们这么从容——神们催使他们投入新的格战，
银弓之神，屠人的阿瑞斯和争斗，她的愤怒没有罢息的时候。

　　在战场的另一方，两位埃阿斯、奥德修斯和
狄俄墨得斯督励着达奈人战斗，
心中全然不怕特洛伊人的力量和强攻，
坚守着自己的阵地，像被克罗诺斯之子滞阻的
云朵，在一个无风的日子，凝留在高山的峰巅，
纹丝不动——强有力的北风已进入梦乡，还有他的
那帮伙伴；要是让他们呼啸着从高空
冲扫而下，强劲的风力足以摧散浓黑的云层。
就像这样，达奈人死死顶住特洛伊人的进击，毫不退让。
阿特柔斯之子穿行在队伍里，不断地发出命令说道：
“拿出男子汉的勇气，我的朋友们！抖擞精神，

不要让伙伴们耻笑，在这你死我活的拼搏中！
如果大家都能以此相诫，更多的人方能避死得生；
但若逃跑，那么一切都将抛空：我们的防御和所要的光荣！”

　　言罢，他迅速投枪，击倒前排中的一位首领，
代科昂，心胸豪壮的埃内阿斯的伙伴，
裴耳伽索斯之子，特洛伊人敬他就像对普里阿摩斯
的儿子，因他总是毫不犹豫地介入前排的战斗。
强有力的阿伽门农投枪击中他的盾牌，
铜尖冲破阻挡，把面里一起透穿，
捅开腰带，深扎进他的肚腹。
他随即倒地，轰然一声，铠甲在身上铿锵作响。

　　战场上，埃内阿斯杀了达奈人的两位首领，
狄俄克勒斯之子，俄耳西洛科斯和克瑞松，
其父居家菲莱，坚固的城堡，
资财丰足，阿尔菲俄斯河的后代，
宽阔的水面流经普利亚人的地面，
生一子，名俄耳提洛科斯，作为统领众多子民的王者。
俄耳提洛科斯生子狄俄克勒斯，心胸豪壮的统领，
后者生养了两个儿子，俄耳西洛科斯和
克瑞松，孪生双胞，精通各种战式的壮勇。
二位长大成人，随同阿耳吉维联军，
乘坐乌黑的海船，来到伊利昂地面，骏马的故乡，
为阿特柔斯的两个儿子，阿伽门农和墨奈劳斯，
争回光荣。现在，幽黑的死亡结果了他俩的人生。
像山脊上的两头尚未成年的狮子，
母狮把它们养大在昏黑的深山老林，
它们扑杀牛群和肥羊，

涂炭牧人的庄院，直至翻身倒地，
死在牧人手中，在锐利的铜枪下丧生；
就像这样，两位壮勇倒死在埃内阿斯手下，
宛如两棵被伐的巨松，撞倒在地上。

　　二位倒下后，嗜战的墨奈劳斯心生怜悯，
从前排首领中大步赶出，头顶锃亮的铜盔，
挥舞着枪矛，阿瑞斯催发他的勇力，
企望让他倒死在埃内阿斯的枪尖。
但是，安提洛科斯，心胸豪壮的奈斯托耳之子，看着他冲出
人群，大步穿过前排的首领，替这位兵士的牧者担心，
惟恐朋友受到伤损，使众人的苦战半途而废。
所以，当埃内阿斯和墨奈劳斯举起锋快的投枪，
面对面地摆开架势，急不可待地准备厮杀，
安提洛科斯赶至兵士牧者的身边，肩并肩地站在一起；
埃内阿斯眼见两人联手攻他，开始
移步退却，虽然他是一位迅捷的战勇。
两人趁机拖起尸体，回到阿开亚人的队阵，
把倒霉的俩兄弟交给己方的伙伴，
转身重返，投入前排的战斗。

　　激战中，他们杀了普莱墨奈斯，阿瑞斯一样勇莽的斗士，
帕夫拉戈尼亚盾牌兵的首领，一群心胸豪壮的兵勇。
当他站在那里时，墨奈劳斯，阿特柔斯之子，
著名的枪手，出手捅刺，扎打在锁骨上。
与此同时，安提洛科斯击倒了慕冬，他的驭手和
随从，阿屯尼俄斯骁勇的儿子——正赶着
坚蹄的马匹——用一块石头，砸在手肘上，嵌着
雪白象牙的缰绳从指间滑出，掉落灰蒙蒙的泥尘；

安提洛科斯猛扑过去，将铜剑送进额边的穴孔。
慕冬喘着粗气，从精固的战车上扑倒，
头脸朝下，脖子和双肩扎入泥尘，
持续了好些时间——沙地松软，此乃他的福气，
直到自己的驭马把他往下践踏，
安提洛科斯挥动鞭子，把它们赶往阿开亚人的队阵。

看着他们穿行在队伍里，赫克托耳冲跑过去，
喊声如雷，身后跟着一队队特洛伊人强大的
战斗群伍。阿瑞斯，还有女神厄努娥，率领着他们；
女神带来凶残的混战，无情的仇杀，
阿瑞斯则挥舞硕大的枪矛，
奔走在赫克托耳身边，时而居前，时而殿后。

目睹阿瑞斯的出现，啸吼战场的狄俄墨得斯吓得浑身
发抖，像一个穿越大平原的路人，孤身无援，
停立在一条奔腾入海、水流湍急的大河边，
望着咆哮的河水，翻滚的白浪，吓得怯步后退。
就像这样，图丢斯之子移步退却，对着伙伴们喊道：
“朋友们，我们常常惊慕光荣的赫克托耳，
以为他是个上好的枪手，一位豪猛的战勇，
却不知他的身边总有某位神明，替他挡开死亡；
现在，阿瑞斯正和他走在一起，以凡人的模样。
后撤吧，是时候了，但要面对特洛伊人，倒退着
回走——不要心血来潮，和神明争斗！”

言罢，特洛伊人已冲逼到他们跟前。
赫克托耳放倒了两位壮勇，同乘一辆战车，
精于搏战的安基阿洛斯和墨奈塞斯。

二者倒地后，忒拉蒙之子、高大魁伟的埃阿斯心生怜悯，
跨步近逼，投出闪亮的枪矛，击中
安菲俄斯，塞拉戈斯之子，来自派索斯，
家产丰厚，谷地广袤，但命运使他
成为普里阿摩斯和他的儿子们的盟友。
现在，忒拉蒙之子投枪捅穿他的腰带，
投影森长的枪矛扎在小肚上；
他随即倒地，轰然一声。闪光的埃阿斯赶上前去，
抢剥铠甲；特洛伊人投出雨点般密集的枪矛，
犀利的铜尖闪着烁烁的光芒，硕大的皮盾吃受了众多的投镖。
他用脚跟蹬住死者的胸膛，拔出自己的
铜枪，但却无法抢剥璀璨的铠甲，
从对手的肩头——投枪铺天而来，打得他连连后退。此外，
他亦害怕高傲的特洛伊战勇已经形成的强有力的圈围，
他们人多势众，刚勇暴烈，手握粗长的枪矛，
把他捅离遗体，尽管他强劲有力，雄勃高傲，
逼得他节节后退，步履踉跄。

　　就这样，勇士们煎熬在你死我活的战场上。
其时，赫拉克勒斯之子，高大、强健的特勒波勒摩斯，
在强有力命运的驱使下，冲向神一样的萨耳裴冬。
两人迎面而行。咄咄逼近，
一位是汇聚乌云的宙斯之子，另一位是宙斯的孙辈。
特勒波勒摩斯首先发话，喊道：
“萨耳裴冬，鲁基亚人的训导，为何
缩手缩脚，像个初上战场的兵娃？
人说你是带埃吉斯的宙斯的儿子，他们不都是
骗子吗？事实上，和宙斯的其他孩子们相比——
他们都是我等的前辈——你简直算不得什么。

不是吗？想想强健的赫拉克勒斯，人们怎样把他夸耀，
那是我的父亲，骠勇刚强，有着狮子般的胆量。
他曾来过此地，为了讨得劳墨冬的骏马，
只带六条海船，少量的精壮；然而，
他们攻破城堡，荡劫了整个城区。
相比之下，你是个十足的懦夫；你的人正连死带伤。
不错，你从鲁基亚赶来，但是，告诉你，
你帮不了特洛伊人的忙，尽管也算个强健的英壮；
你将倒在我的手下，敲响通往哀地斯的大门！”

　　听罢这番话，鲁基亚人的王者萨耳裴冬答道：“是的，
特勒波勒摩斯，赫拉克勒斯确曾荡平过神圣的伊利昂，
由于劳墨冬的愚蠢，这个高傲的汉子，
用恶言回报赫拉克勒斯的善意，
拒不让他带走他打老远赶来索取的骏马。
告诉你，从我的手中，你只能得到死亡
和乌黑的毁灭；你将倒在我的枪下，你会
给我送来光荣，而把自己的灵魂交付驾驭名驹的死神！”

　　听罢此番回咒，特勒波勒摩斯
举起梣木杆的枪矛，两人在同一个瞬间投出
粗长的飞镖。萨耳裴冬击中对手的
脖项，枪尖挟着苦痛，切断喉管，
黑沉沉的夜雾蒙住了他的眼睛。与此同时，
特勒波勒摩斯的长枪亦击中萨耳裴冬，
打在左腿上，发疯似的往里钻咬，
擦刮腿骨，但他的父亲替他挡开了死亡。

　　卓著的伙伴们架着神一样的萨耳裴冬

撤出战斗，后者拖着长长的铜枪，痛得
直不起腰背——急忙中，谁也没有意识到，
亦没有想到从他的腿上拔出枪矛，
以便让他直身站立。伙伴们护持着壮士行进，举步艰难。

　　战场的另一边，胫甲坚固的阿开亚人抬着特勒波勒摩斯
退出战斗；卓越的奥德修斯，坚忍的战勇，
眼见此番景状，心中升起搏战的激情。
他在权衡斟酌两个念头，在他的心里魂里：
是先去追击炸响雷的宙斯之子，
还是继续杀死更多的鲁基亚兵壮？
然而，由于心志豪莽的奥德修斯注定
不该杀死宙斯强有力的儿子，用犀利的铜矛，
所以，雅典娜将他的狂怒引往鲁基亚英壮。
他杀了科伊拉诺斯、克罗米俄斯和阿拉斯托耳，杀了
哈利俄斯、阿尔康德罗斯以及普鲁塔尼斯和诺厄蒙。
卓越的奥德修斯一定还会杀死更多的鲁基亚人，
若不是高大的赫克托耳，头顶闪亮的战盔，很快发现了他的
行踪，大步穿行在前排壮勇的队列，铜盔闪着晶亮的寒光，
给达奈人带来了恐慌。但宙斯之子萨耳裴冬
却高兴地看着他的到来，用悲凄的语调说讲：
“普里阿摩斯之子，不要让我躺在这里，让达奈人
猎享。保护我，相帮。我将
死在你们的城里，不能回返
我的家园，我的故乡，带去回归的
愉悦，给亲爱的妻子和尚是婴孩的儿郎。”

　　但是，头盔闪亮的赫克托耳没有回答他的恳求，
而是大步冲走，急如星火，一心想着

打退阿耳吉维人的进攻，杀死成群的战勇。
然而，萨耳裴冬卓越的伙伴们把神一样的勇士
放躺在一棵枝叶茂密的橡树下，带埃吉斯的宙斯的圣物；
强有力的裴拉工，他的亲密伴友，
用力顶出梣木的枪杆，从他腿上的伤口。
命息离他而去，迷雾封住了他的眼睛，
但他复又开始呼吸，强劲的北风
吹回了他在剧痛中喘吐出去的生命。

　　然而，面对阿瑞斯和身披铜甲的赫克托耳的攻势，
阿耳吉维人没有掉转身子，跑回乌黑的海船，
但也没有进行拼死的抗争，而是——眼见阿瑞斯
领着特洛伊人猛冲——一步步地撤守退回。

　　谁个最先死在普里阿摩斯之子赫克托耳和
披裹青铜的阿瑞斯手里？谁个最后被他们送命？
神一样的丢斯拉斯第一个丧命，接着是俄瑞斯忒斯，驭马的
能手，特瑞科斯，来自埃托利亚的枪勇，还有俄伊诺毛斯、
赫勒诺斯，俄伊诺普斯之子，以及腰带闪亮的
俄瑞斯比俄斯，家住呼莱，总是惦念着自己的财富，
土地伸延在开菲西亚湖畔；在家居的邻旁，
还住着他的波伊俄提亚同胞，占据着那片肥沃的平原。

　　其时，白臂女神赫拉发现他们
在激战中痛杀阿耳吉维英壮，马上
指令雅典娜，用长了翅膀的话语：
“真是一场灾难，阿特鲁托奈，带埃吉斯的宙斯的女儿！
我们曾答应墨奈劳斯，让他在荡劫墙垣精固的
伊利昂后启程返航。所以，要是容让狠毒的阿瑞斯，

任他如此凶暴狂虐，我们的允诺就会全部白搭。
来吧，让我们念想自身的豪力凶狂!”

赫拉言罢，灰眼睛女神雅典娜谨遵不违。
其时，赫拉，神界的女王，强有力的克罗诺斯的
女儿，前往整套系戴金笼辔的骏马，
而赫蓓则出手迅捷，把滚圆的轮子装上马车，每个车轮
由八根条辐支撑，青铜铸就，一边一个，装在铁制的轴干上。
轮缘取料永不败坏的黄金，外沿镶着
青铜，一轮坚实的滚圈——看了让人惊赞。
银质的轮毂围转在车的两边，
车身上紧贴着一片片黄金和
白银，由两根杆条拱围，
车辕闪着纯银的光亮；在它的尽头
赫蓓绑上华丽的金轭架，系牢了
灿烂的金胸带；赫拉牵过捷蹄的骏马，套入轭架，
带着狂烈的渴望，渴望冲入杀声震响的疆场。

其时，雅典娜，带埃吉斯的宙斯的女儿，
在父亲的门槛边脱去舒适的裙袍，
织工精巧，由她亲手制作，
穿上汇聚乌云的宙斯的衫套，
扣上自己的铠甲，准备迎接惨烈的战斗。
她把埃吉斯挎上肩头，飘着穗带，
摇撼出恐怖；在它的围沿，像一个花冠，停驻着骚乱，
里面是争斗、力量和冷冻心血的攻战，
中间显现出魔怪戈耳工模样可怕的头颅，
看了让人不寒而栗——带埃吉斯的宙斯的兆物。
雅典娜戴上金铸的盔盖，顶着两支硬角，

四个突结，盔面上铸着一百座城镇的战勇。
女神踏上火焰般闪亮的战车，操起一杆枪矛，
粗长、硕大、沉重，用以荡扫战斗的
勇士群伍，强力大神的女儿怒目以对的军阵。
赫拉迅速起鞭策马，时点看守的
天门自动敞开，隆隆作响，
她们把守着俄林波斯和辽阔的天空，
拨开或关合浓密的云雾。
穿过天门，她俩一路疾驰，快马加鞭，
发现克罗诺斯之子，正离着众神，
独自坐在山脊耸叠的俄林波斯的峰巅。
白臂女神赫拉勒住奔马，
对克罗诺斯之子、至高无上的宙斯问道：
“父亲宙斯，瞧这个横霸人间的阿瑞斯，杀死了这么多
如此骠健的阿开亚战勇，毫无理由，不顾体统，
只是为了让我伤心。对他的作为，你不感到愤怒吗？此外，
库普里丝和银弓手阿波罗挑起了阿瑞斯的杀性——这个疯子，
他哪里知道何为公正——此时正乐滋滋地闲坐观望。
父亲宙斯，倘若我去狠狠地揍他，
并把他赶出战场，你会生气吗？”

　　听罢这番话，汇集云层的宙斯对她说话，答道：
“放手干去吧，交给掠劫者的福佑雅典娜操办；
惩治阿瑞斯，让他受苦，她比谁都在行。”

　　宙斯言罢，白臂女神赫拉谨遵不违，
举鞭策马，后者飞扑向前，不带半点勉强，
穿行在大地和多星的天空之间。
你可坐上高高的瞭望点，注视酒蓝色的

洋面，极目眺望地平线上蒙蒙的水雾，
如此遥远的距离，高声嘶喊的神马一个猛扑即可抵达。
转眼之间，它们来到特洛伊平原，来到汇聚此地的
两条奔腾的河水边，西摩埃斯和斯卡曼得罗斯。
白臂女神就地收住缰绳，
让神马走出轭架，四周里洒布一团雾气；
西摩埃斯催发出满地的仙草，供它们食享。

　　其时，女神轻快地迈着碎步，像两只晃动的鸽子，
急不可待地试图帮助阿耳戈斯战勇。
她俩落脚战场，在那聚人最多的地方，最猛的勇士集挤
拼杀在强有力的驯马者狄俄墨得斯的
身旁。像生吞活剥的狮子，
或力大无穷的野猪，白臂女神
赫拉站在那里，高声呼喊，变取
心志高昂的斯腾托耳的形象，此人有着青铜般的嗓子，
引吭呼啸时，声音就像五十个人的喊叫：
“可耻啊，你们这些阿耳吉维人！废物，白披了一身漂亮的
衣甲！以前，特洛伊人从来不敢越过达耳达尼亚
墙门，慑于卓越的阿基琉斯的战力，用那支
粗重的枪矛，把他们杀得魂飞胆裂。
现在呢？他们已逼战在深旷的海船边，远离着城防！”

　　一番话使大家鼓起了勇气，增添了力量。
灰眼睛女神雅典娜直奔图丢斯之子，
发现这位王者正站在他的车马旁，
凉却着潘达罗斯射出的箭伤。
宽厚的背带承受圆盾的重压，紧勒在肩上，汗水
刺激着肩下的皮肉，酸疼苦辣，臂膀已疲乏无力。

他提起盾带，抹去迹点斑斑的黑血。
女神手握驭马的轭架，对他说道：
“图丢斯生养的儿子，和乃父一样矮矬，
但图丢斯是一位真正的斗士，尽管身材短小。
他的勇猛甚至体现在那件事上。那时，我不让他战斗，
不让他在人前自我炫耀，而他却独自前往，没有阿开亚人的
随伴，作为信使，来到塞贝，置身大群的卡德墨亚人中。
其时，我要他加入大厅里的盛宴，心平气和地吃上一顿，
然而，他却凭着自身的强健，他的勇力从来不会枯竭，
提出要和卡德墨亚人中的小伙们比试，轻而易举地
击败了所有的对手——是我给了他巨大的力量。
现在，我正站在你的身边，保护着你，
带着极大的关注，催励你同特洛伊人拼斗。而你呢？
反复的冲杀已疲软了你的肢腿，要不，
便是某种窒灭生气的恐惧，纷扰了你的心胸。倘若真是这样，
你就不是图丢斯的种子——图丢斯，聪明的俄伊纽斯的儿郎。”

　　听罢这番话，强有力的狄俄墨得斯说讲，答道：
“我知道你，女神，带埃吉斯的宙斯的女儿，
所以，我将放心地对你述说一切，决不隐瞒。我之
闲置此地，并非出于窒灭生气的恐惧，也不是为了逃避战斗，
而是因为遵从你亲口对我的命嘱。
你命我不要和幸运的神明面对面地拼搏，
例外只有一个：倘若宙斯之女阿芙罗底忒
介入战斗，我便可举起犀利的铜枪，对她刺捅。
所以，我现在主动撤离，并命令
其他阿开亚人集聚在我的身旁，
我知道，阿瑞斯正掌控着这场战斗。”

听罢这番话，灰眼睛女神雅典娜答道：
“图丢斯之子，悦我心房的狄俄墨得斯，
不要害怕阿瑞斯，也不必惧怕其他
任何神明；我将全力以赴地帮助。
来吧，赶起你坚蹄的驭马，首先对着阿瑞斯冲击，
逼近了再打。不要害怕勇莽的战神，
这个疯子，天生的恶棍，两面派，
刚才还对着赫拉和我信誓旦旦，说是
要站在阿耳吉维人一边，打击特洛伊兵勇。
你瞧，他已把诺言抛到九霄云外，站到了特洛伊人那边！”

言罢，她一把将塞奈洛斯从车后
撂拨到地上，后者赶忙跳下战车。
女神怒不可遏，举步登车，站在
卓著的狄俄墨得斯身边；橡木的车轴承受着重压，
发出吱吱嘎嘎的声响，载着一位可怕的女神和一位骠健的
战勇。帕拉丝·雅典娜抓起鞭子和缰绳，
策赶坚蹄的驭马，首先对着阿瑞斯扑冲。
其时，战神正弯身剥夺高大的裴里法斯的铠甲，
俄开西俄斯高贵的儿子，埃托利亚人中最出色的精壮。
血迹斑斑的阿瑞斯正忙着剥卸他的铠甲，而雅典娜，
为了不让粗莽的阿瑞斯看见，戴上了哀地斯的帽盔①。

当阿瑞斯，杀人的精狂，看到卓著的狄俄墨得斯后，
丢下硕大的裴里法斯，让他躺在原地——
战神的枪矛放倒了他，夺走了他的生命——
直奔狄俄墨得斯，驯马的英壮。

---

① 哀地斯的帽盔：或“黑帽子”，戴了可以隐形，源出古老的传说。

他俩面对面地冲来，咄咄逼近
阿瑞斯首先投枪，铜矛飞过
轭架和马缰，凶暴狂烈，试图把对手夺杀。
但女神，眼睛灰蓝的雅典娜，伸手抓住
枪矛，将它拨离马车，使之一无所获。
接着，啸吼战场的狄俄墨得斯奋臂投出
铜枪，帕拉丝·雅典娜加剧着它的冲莽，
将其深深地扎进阿瑞斯的肚腹，系绑腰带的地方。
她选中这个部位，把枪矛推进深厚的肉层，
然后将它绞拔出来。披裹铜甲的阿瑞斯痛得大声喊叫，
像九千或一万个士兵的呼吼——
战斗中，两军相遇，挟着战神的烈狂。
所有的人，阿开亚人和特洛伊兵壮，全都吓得索索发抖，
惧怕嗜战不厌的阿瑞斯的吼叫。

像一股黑色的雾气，随着疾风升起，从因受
温热的蒸逼而形成的一团孕育着风暴的云气；
在图丢斯之子狄俄墨得斯眼里，披裹青铜的阿瑞斯
此时就是这个气势：袅驾游云，升向广阔的天空。
他迅速抵达神的城堡，险峻的俄林波斯，
在克罗诺斯的伟大儿子身边坐下，心绪颓败，
当着宙斯的脸面，亮出淌着灵液的伤口，
满怀自怜之情，对父亲说道，用长了翅膀的话语：
“目睹这些凶蛮的行为，父亲宙斯，你不生气吗？
为了帮助凡人，我等神明总在
无休止地争斗，尝吃了最大的苦头。
我们都想和你争个明白——是你生养了这个疯女，
该受诅咒的妇道，心中只想着行凶作恶。
所有其他神明，俄林波斯山上的每一位天神，

都对你恭敬不违，我们都愿俯首听命。
然而，对这个姑娘，你却不用言行阻斥，任她
我行我素；你生养了一个挑惹灾祸的女儿！
瞧，她已怂恿图丢斯之子，傲莽的
狄俄墨得斯，卷着狂怒，冲向不死的仙尊。
先前，他近战刺伤了库普里丝的手腕；刚才，
他甚至又冲着我扑来，仿佛已是一位仙神！
多亏我的腿快，得以脱身，否则，我就
只好忍着伤痛，长时间地躺在僵硬的死人堆里，
或者，因受难于铜矛的扑击，屈守缥缈的余生①。”

　　听罢这番话，汇聚乌云的宙斯恶狠狠地看着他，训道：
“不要坐在我的身边，呜咽凄诉，你这不要脸的两面派！
所有拥掌俄林波斯的神中，你是我最讨厌的一个。
争吵、战争和搏杀永远是你心驰神往的事情。
你继承了你母赫拉的那种难以容忍的
不调和的怒性；不管我怎么说道，都难以使她顺服。
由于她的挑唆，我想，才使你遭受此般折磨。
然而，我不能再无动于衷地看着你忍受伤痛，
因为你是我的儿子，你的母亲把你生给了我。
倘若你是其他神明的儿子，加之如此肆虐横暴，我早已
把你扔将出去，丢入比大力神②的位置更低的地层深处。”

　　言罢，宙斯命令派厄昂医治他的伤口。
神医替他敷上镇痛的药物，
治愈了伤口：此君不是会死的凡人。

---

① 缥缈的余生：即死亡。可能是一种比喻，因为神是“不死的”。

② 大力神：或“乌拉诺斯的儿子们”。大力神们（即泰坦诸神）站在克罗诺斯一边，被宙斯打入塔耳塔罗斯（参见 8·478－481）。

犹如把无花果汁滴挤入雪白的牛奶，使之稠聚，
只要动手搅拌，液体便会迅速浓结凝固一样，
派厄昂以此般神速，治愈了勇莽的阿瑞斯的枪伤。
赫蓓替他洗擦干净，穿上精美的衫袍。
阿瑞斯在宙斯身边就坐，容光焕发，喜形于色。

　　其时，两位女神阻止了屠夫
阿瑞斯的凶杀，回到大神宙斯的家府，
阿耳戈斯的赫拉和波伊俄提亚人的雅典娜一同。

# 第六卷

神祇走后，阿开亚人和特洛伊人继续着
惨烈的拼斗；平原上，激战的人潮
此起彼落，双方互掷青铜的枪矛，
战斗在两条大河之间，伴随着珊索斯和西摩埃斯的水流。

忒拉蒙之子埃阿斯，阿开亚人的壁垒，率先
打破特洛伊人的队阵，给伙伴们带来希望，
击倒了斯拉凯人中最好的战勇，
高大魁梧的阿卡马斯，欧索罗斯的儿郎。
他抢先投矛，击中插顶马鬃的头盔，坚挺的突角，
铜尖扎在前额上，深咬进去，
捣碎头骨，浓黑的迷雾蒙住了他的眼睛。

啸吼战场的狄俄墨得斯击倒了阿克苏洛斯，
丢斯拉斯之子，家住坚固的阿里斯贝，
家资丰足，客友天下，敞开
路边的房居，接待每一位宾朋来往。
然而，他们中现时无人站在他身边，替他
挡开可悲的死亡，狄俄墨得斯杀了他俩，
阿克苏洛斯和他的伴从卡勒西俄斯，
驾车的驭手，双双去了泥土底下。

其时，欧鲁阿洛斯杀了德瑞索斯和俄菲尔提俄斯，
进而追击埃塞波斯和裴达索斯，溪泉女神
阿芭耳芭拉把他们生给了勇武的布科利昂，
布科利昂，高傲的劳墨冬的儿子，
长出，虽然他的母亲在黑暗里偷偷地生下了他。
那天，在牧羊之际，布科利昂和女仙睡躺做爱，
后者孕后生下一对男孩。现在，墨基斯丢斯
之子欧鲁阿洛斯打散了他们的勇力，酥软了他俩
健美的肢腿，剥走了肩上的铠甲。

骠勇强悍的波鲁波伊忒斯杀了阿斯图阿洛斯；
奥德修斯杀了来自裴耳科忒的皮杜忒斯，
用他的铜矛；丢克罗斯结果了高贵的阿瑞塔昂。
奈斯托耳之子安提洛科斯杀了阿伯勒罗斯，
用闪亮的飞矛；阿伽门农，民众的王者，放倒了厄拉托斯，
家住萨特尼俄埃斯河畔，长长的水流，
山壁陡峭的裴达索斯。勇士雷托斯追杀了
逃跑中的夫拉科斯；欧鲁普洛斯结果了墨朗西俄斯。

其时，啸吼战场的墨奈劳斯生擒了
阿德瑞斯托斯，受惊的驭马狂跑在平野上，
缠绊在一处怪柳枝丛里，崩裂了弯翘的马车，
断在车杆的根端，挣脱羁绊，朝着
城墙飞跑，惊散了那一带的驭马，四下里活蹦乱跳。
它们的主人被甩出马车，倒在轮子的边沿，
头脸朝下，嘴啃泥尘；墨奈劳斯，
阿特柔斯之子，手提投影森长的枪矛，耸立在他的身旁。
阿德瑞斯托斯一把抱住他的膝盖，哀求道：
“活捉我，阿特柔斯之子，获取足份的赎礼。

家父殷实富有，房居里财宝堆积，
有青铜、黄金和艰工冶铸的灰铁，
他会用难以计数的财礼欢悦你的心灵，
要是听说我还活着，就在阿开亚人的船边。”

　　一番话说动了墨奈劳斯的心肠。
正当他准备把阿德瑞斯托斯交由随从，
带回阿开亚人迅捷的海船之际，
阿伽门农快步跑来，嚷道：
“怎么，心软了，我的兄弟？为何如此
关照我们的敌人？或许，你也曾得过特洛伊人的
厚爱，在你的家里?！不，不能让一个人躲过暴烈的死亡，
逃出我们的手心——哪怕是娘肚里的男孩，
也决不放过！让特洛伊人死个
精光，无人哀悼，不留痕迹！”

　　英雄的斥劝理直气壮，说动了
兄弟。墨奈劳斯一把推出武士阿德瑞斯托斯，
强有力的阿伽门农一枪
刺进他的胁腹，打得他仰面倒地，
然后一脚踹住他的胸口，拧拔出自己的梣木杆枪矛。

　　其时，奈斯托耳放开嗓门，对阿耳吉维人喊道：
“哦，朋友们，达奈勇士们，阿瑞斯的随从！
现在不是掠劫的时候；不要迟滞不前，
忖想着如何把尽可能多的战礼拖回船艘。
现在是杀敌的关头！战后，在休闲的时候，
你们可卸剥尸体上的属物，卧躺在平原的各个角落！”

　　一番话使大家鼓起了勇气，增添了力量。其时，
面对嗜战的阿开亚兵壮，特洛伊人可能会再次逃进城墙，
逃回伊利昂，背着惊恐的包袱，跌跌撞撞，
要不是赫勒诺斯，普里阿摩斯之子，最灵验的卜者，
站到埃内阿斯和赫克托耳身旁，对他们说道：
“二位首领，你俩是引导特洛伊人和鲁基亚人
战斗的主将，因为在一切方面，你们都是
出类拔萃的好汉，无论是战力，还是谋划。
所以，你俩要站稳脚跟，亦宜四处巡访，
把回退的战勇聚合在城门前——要快，不要让他们
扑进女人的怀抱，让我们的敌人耻笑。
只要你们把各支部队鼓动起来，
我们就能牢牢地站住阵脚，和达奈人战斗，
虽然军队已经遭受重创，但我们只有背城一战。
然而你，赫克托耳，你要赶快回城，告诉
我们的母亲，召集所有高贵的妇人，
在城堡的高处，灰眼睛雅典娜的庙前，
用钥匙打开神圣的房室，由她择选，
提取一件在她的厅屋里所能找到的最大、
最美的裙袍，她最喜爱的珍品，
铺展在美发的雅典娜的膝头。让她
答应在神庙里献祭十二头幼小的母牛，
从未挨过责笞的牛崽，但求女神怜悯
我们的城邑，怜悯特洛伊妇女和弱小无助的孩童。
但愿她能把图丢斯之子赶离神圣的伊利昂，
这个疯狂的枪手，令人胆寒的精壮！
此人，告诉你，已成为阿开亚人中最强健的战勇。
我们从来不曾如此怕过阿基琉斯，军队的首领，
据说还是女神的儿子。此人肯定是

杀疯了，谁也不能和他较劲，和他对打!”

他言罢，赫克托耳听从了兄弟的劝议，
马上跳下战车，双脚着地，全副武装，
挥舞着两支犀利的枪矛，穿行在每一支队伍，
鼓励兵勇们拼杀，催发战争的喧嚣。
特洛伊人于是集聚起来，迎战阿开亚壮勇。
阿耳吉维人开始退却，转过身子，停止了砍杀，
以为某位神灵，从多星的天空落降，
站在特洛伊人一边——他们集聚得如此迅速!
赫克托耳亮开嗓门，对特洛伊人高声喊道：
“心志高昂的特洛伊人，威名远扬的盟军伙伴们，
拿出男子汉的勇气，亲爱的朋友们，鼓起狂烈的战斗激情!
坚持下去，待我赶回伊利昂，告诉
年长的参事和我们的妻房，
要他们对神祈祷，许以丰盛的祭祀。”

言罢，赫克托耳，顶着闪亮的头盔，动身离去，
乌黑的牛皮磕碰着脚踝和脖子，盾围的边圈，
环绕着中心突鼓的巨盾，它的边沿。

其时，希波洛科斯之子格劳科斯和图丢斯之子
来到两军之间的空地，带着拼杀的狂烈。
他俩迎面撞来，咄咄逼近，
啸吼战场的狄俄墨得斯首先发话，嚷道：
“你是凡人中的哪一位，我的朋友？我怎么
从来不曾见你，在人们争得光荣的战场，
从来没有。现在，你却远离众人，风风火火地
冲上前来，面对投影森长的枪矛。

不幸的父亲，你们的儿子要和我对阵拼打！
但是，倘若你是某位不死的神明，来自晴亮的天空，
那么，告诉你，我将不和任何天神交手。
即便是德鲁阿斯之子，强有力的鲁库耳戈斯，
由于试图和天神交战，也落得短命的下场。
此人曾将众位女仙，狂荡的狄俄尼索斯的保姆，
赶下神圣的努萨山岗。她们丢弃手中的
枝杖，挨着凶狠的鲁库耳戈斯的责打，
用赶牛的棍棒！狄俄尼索斯吓得魂飞魄散，
一头扎进海浪，藏身塞提丝的怀抱，
惊恐万状，全身剧烈颤嗦，慑于鲁库耳戈斯的追骂。
但是，无忧无虑的神明震怒于他的暴行，
克罗诺斯之子打瞎了他的眼睛；不久以后，
鲁库耳戈斯一命呜呼，只因受到所有神明的痛恨。
所以，我无意和幸运的神祇对抗。
不过，如果你是一个吃食人间烟火的凡人，那就
不妨再走近些，以便尽快接受死的锤打！”

　　听罢这番话，希波洛科斯高贵的儿子答道：
“图丢斯心胸豪壮的儿子，为何询问我的家世？
凡人的生活啊，就像树叶的落聚。
凉风吹散垂挂枝头的旧叶，但一日
春风拂起，枝干便会抽发茸密的新绿。
人同此理，新的一代崛起，老的一代死去。
不过，关于我的宗谱，如果你想了解得清清楚楚，不遗
不误，那就听我道来，虽说在许多人心里，这些已是掌故。
马草肥美的阿耳戈斯的边端有一座城镇，
名厄芙拉，埃俄洛斯之子西苏福斯的故乡，
西苏福斯，世间最精明的凡人，得子格劳科斯，

而后者又是英勇的伯勒罗丰忒斯的父亲。
神明给了伯勒罗丰忒斯俊美的容貌和
迷人的气度，但普罗伊托斯却刻意加害，
只因前者远比他强壮，把他赶出阿耳吉维人的
地界，宙斯早已使人们对他的权杖听服。面对
俊逸的伯勒罗丰忒斯，普罗伊托斯之妻，美丽的安忒娅
激情冲动，意欲和他做爱同床，但后者
正气凛然，意志坚强，不为所动。
于是，她来到国王普罗伊托斯身边，谎言道：
‘杀了伯勒罗丰忒斯吧，普罗伊托斯，否则，你还活着干吗？
那家伙试图和我同床，被我断然拒绝！’
如此一番谎告激怒了国王。不过，
王者没有把他杀掉，忌于惊恐自己的心肠，
而是让他去了鲁基亚，带着一篇要他送命的记符①，刻画
在一块折起的板片上，密密匝匝的符记，足以使他送命客乡。
国王要他把板片交给安忒娅的父亲，让他落个必死无疑的
下场。承蒙神的护送，伯勒罗丰忒斯一路顺风，
来到鲁基亚。当他抵达水流湍急的珊索斯河边，
统领辽阔疆土的鲁基亚国王热情地款待了他，
一连九天，宴请不断，杀了九头肥牛。
然而，当第十个黎明显露出玫瑰红的手指，
国王开始对他发问，要他出示所带之物，
普罗伊托斯、他的女婿让他捎来的符码。
当他知晓了女婿险恶的用心，便对来者
发出第一道命令：要他杀除难以征服的
怪兽基迈拉，此兽出自神族，全非人为，
长着狮子的头颅，长蛇的尾巴，山羊的身段，

---

① 记符：提及“书划”，《伊利亚特》中仅此一例。

喷射出炽烈的火焰，极其可怕。
然而，伯勒罗丰忒斯杀了基迈拉，遵从神的兆示。
其后，他又和光荣的索鲁摩伊人战斗；在他所经历的
同凡人的拼搏中，他说过，此役最为艰狂。接着，
他又冲破老王设下的第三个陷阱，杀了打仗不让须眉的
雅马宗女郎。凯旋后，国王又设下一条毒计，
选出疆域宽广的鲁基亚中最好的战勇，
命他们拦路伏藏——这帮人无一生还，
被英勇无畏的伯勒罗丰忒斯杀得精光。
其后，国王得知他乃神的后裔，勇猛豪强，
便把他挽留下来，招为女婿，
给了他一半的权益，属于王者的份偿。
鲁基亚人划出一片土地，比谁的份儿都大，
肥熟的耕地和果园，由他统管经掌。
妻子为刚勇的伯勒罗丰忒斯生了三个孩子：
伊桑得罗斯、希波洛科斯和劳达墨娅。
劳达墨娅曾和精擅谋略的宙斯睡躺欢爱，
为他生了头戴铜盔的萨耳裴冬，神一样地英壮。以后，
伯勒罗丰忒斯，即便是像他这样的人，也受到所有神祇的
憎恨，流浪在阿雷俄斯平原，孑然一身，
心力交瘁，避离了生活之路的险杂。
至于他的儿子，伊桑得罗斯，在和光荣的索鲁摩伊人
拼斗时，死在嗜战不厌的阿瑞斯手下。
操用金缰的阿耳忒弥丝，出于暴怒，杀了劳达墨娅。
然而，希波洛科斯生养了我，告诉你，他是我的亲父。
他让我来到特洛伊，反复训嘱：
要我永做最出色的斗士，超胜所有的军勇，
不致辱没我的前辈，生长在厄芙拉
和辽阔鲁基亚的最勇敢的杰雄。

这便是我的宗谱，我的可以当众称告的血统。”

听罢这番话，啸吼战场的狄俄墨得斯心里高兴。
他把枪矛插进丰腴的土地，和颜
悦色地对这位兵士的牧者说道：
“太好了，你是我的客友，我们的友谊可以追溯到祖辈
生活的时候。高贵的俄伊纽斯曾热情接待过豪勇的
伯勒罗丰忒斯，在他的厅堂，留住了整整二十天。
他俩互赠精美的礼物，作为友谊的象征。
俄伊纽斯送给客人一条闪亮的皮带，颜色深红，
伯勒罗丰忒斯回赠了一个双把的金杯，
被我留在家中，在我动身之前。
关于图丢斯，我的父亲，我的记忆却十分淡薄，
当他离家之际，我还是个孩童；那时候，阿开亚人的壮勇
正在塞贝丧生。所以，在阿耳戈斯的腹地，我是你的朋友主人，
而在鲁基亚，当我踏上你的国土，你又是我的朋友做东。
让我们避开各自的枪矛，即便是在近身的鏖战中。
供我杀戮的特洛伊人太多，还有他们著名的盟友，
我会杀宰，无论是神祇拢来，还是我自个快步追上的敌手。
同样，阿开亚人的队伍浩浩荡荡——杀吧，如果你能。
现在，让我们互换铠甲，以便使众人知道，
从祖辈开始，我们已是客人和朋友。”

两人言罢，双双从马后跃下战车。
紧紧握手，互致表示友好的誓言。
然而，宙斯，克罗诺斯之子，盗走了格劳科斯的心智，
使他用金甲换回图丢斯之子狄俄墨得斯的
铜衣，前者值得一百头牛，而后者只值九头。

其时，当赫克托耳回抵斯卡亚门和橡树耸立的地方，
特洛伊人的妻子和女儿们蜂拥着跑了过来，
围在他身边，询问起她们的儿子、兄弟、朋友
和丈夫。赫克托耳告诉所有的女子，要她们对神祈祷，
一个接着一个；然而，等待着许多女眷的，却只有哀愁。

其后，赫克托耳来到普里阿摩斯雄伟的宫殿，
带着光洁的石筑柱廊，内有
五十间睡房，取料磨光的石块；
间间相连，房内睡着普里阿摩斯的
儿子，躺在各自婚娶的爱妻旁。
在内庭的另一面，对着这些房间，
是他女儿们的睡房，共十二间，取料磨光的石块，
间间相连，里面睡着普里阿摩斯的
女婿，躺在各自温柔的爱妻旁。
宫居里，赫克托耳的母亲遇见了儿子，一位
慷宏大量的妇人，带着劳迪凯，女儿中最漂亮的一个。
她紧紧拉住儿子的手，出声呼唤，说道：
“我的孩子，为何离开激战的沙场？为何来到此地？
瞧这些阿开亚人的儿子们把你折磨成什么样子——
该死的东西，逼在我们城下战斗！我知道，是你的心灵
驱使你回返，站到城堡的顶端，举起你的双手，
对着宙斯祈愿。不过，等一等，待我取来蜜甜的醇酒，
敬祭父亲宙斯和列位尊神，然后，
你自己亦可借酒添力，滋润焦渴的咽喉。
对一个疲乏之人，酒会给他增添用不完的力气，
对一个像你这样疲乏的人，奋力保卫着城里的民生。”

高大的赫克托耳，头顶闪亮的铜盔，答道：

"不要给我端来香甜的浆酒，亲爱的妈妈，
你会使我行动蹒跚，丧失战斗的勇力。
我亦耻于用不干净的双手，祭洒献给宙斯的佳酿，
闪亮的醇酒——一个身上沾满血污和脏秽的人，
何以能对克罗诺斯之子、乌云之神宙斯祈祷？
快去掠劫者的福佑雅典娜的神庙，
召集出身高贵的老妇，带上祭神的牲品，
提取一件在你的厅屋里所能找到的最大、
最美的裙袍，你最喜爱的珍品，
铺展在美发的雅典娜的膝头。此外，
答应在神庙里献祭十二头幼小的母牛，
从未挨过责笞的牛崽，但求女神怜悯
我们的城邑，怜悯特洛伊妇女和弱小无助的孩童，
求她把图丢斯之子赶离神圣的伊利昂，
这个疯狂的枪手，令人胆寒的精壮！
去吧，母亲，你去掠劫者的福佑雅典娜的神庙，
而我则去寻找帕里斯，要他参战，如果他还愿意听从
我的训告。但愿大地把他吞噬，就在此时此刻！
俄林波斯神主让他存活，使其成为一个巨大的祸害，
对特洛伊人，对心志豪莽的普里阿摩斯和他的儿子们！
但愿我能眼见他坠入死神的宫殿，这样，
我就可以说，我的内心已挣脱痛苦的缠磨！"

　　赫克托耳言罢，母亲走入厅堂，命嘱
女仆们召聚全城出身高贵的老妇，而
她自己则走下芬芳的藏室，里面
放着精致的织袍，出自西冬
女人的手工，神一样的亚历克山德罗斯亲自把她们
从西冬带回家乡，穿越浩淼的洋面，就在那次远航，

他还带回了出身高贵的海伦。
赫卡贝提起一件绣袍，作为献给雅典娜的礼物，
此袍精美，最大，做工最细，
像星星一样闪光，收在裙衣的最底层。
然后，她抬腿前行，带领着一大群年长的贵妇。

　　当她们来到俯视全城的雅典娜的神庙，
美貌的塞阿诺开门迎候，
基修斯的女儿，驯马手安忒诺耳的妻子，
被特洛伊人推作雅典娜的祭司。
随着一声尖厉的哭叫，女人们对着雅典娜高举起双手，
美貌的塞阿诺托起织袍，展放在
长发秀美的雅典娜的膝头，面对
强有力的宙斯的女儿，言词恳切地诵道：
“女王，雅典娜，我们城市的保卫者，女神中的骄傲！
折断狄俄墨得斯的枪矛，让他
栽倒在斯卡亚门前！我们将马上
献出十二头幼小的母牛，在你的神庙，
从未挨过责笞的牛崽，但求你怜悯
我们的城堡，怜悯特洛伊妇女和弱小无助的孩童！”
她如此一番祈祷，但帕拉丝·雅典娜没有接受恳求。

　　就在她们对着强有力的宙斯的女儿做祷时，
赫克托耳举步前往亚历克山德罗斯的房居，
一处豪华的住所，由主人亲自筹划建造，会同当时
最好的工匠，肥沃的特洛伊地面手艺最绝的高手。
他们盖了一间睡房，一个厅堂和一个院落，
在赫克托耳和普里阿摩斯家居的附近，耸立在城堡的高处。
宙斯钟爱的赫克托耳走近房居，手持枪矛，

伸挺出十一个肘尺的长度，杆顶闪耀着一支
青铜的矛尖，由一个黄金的圈环箍固。
他在睡房里找到帕里斯，正忙着整理精美的甲械，
他的盾牌和胸甲，摆弄着弯卷的强弓。
阿耳戈斯的海伦正和女仆们坐在一起，
指导她们的活计——绚美的织工。

赫克托耳见状破口大骂，用讥辱的言词：
“你这是在胡闹什么！现在可不是潜心生气的时候！
将士们正在成片地倒下，激战在我们的围城前，
惨死在陡峭的城墙下！这一切都是为了你，这喧闹的
杀声，这场围着城堡进行的殊死拼斗！你理应首当其冲，
挡住在可恨的搏杀中退却的兵勇，不管你在哪里见到。
振作起来，不要让无情的烈火荡毁我们的城楼！”

听罢此番责骂，神一样的亚历克山德罗斯答道：
“赫克托耳，你的指责公正合理，一点都不过分。
既如此，我这里有话解说，请你耐着性子，听我说告。
我之滞留房居，并非出于对特洛伊人的愤恨
和暴怒，而是想让自己沉浸在悲痛之中。
然而，就在刚才，我的妻子用温柔的话语说服了我；
她劝我返回战场，我也觉得应该这么做。
胜无定家，这回属你，下回归他。
好吧，等我一下，让我披甲穿挂；
要不，你可先走一步，我会随后跟踪，我想可以赶上。”

听罢这番话，头盔闪亮的赫克托耳没有作答，
倒是海伦开口说道，用恳切温柔的语调：
“我是条母狗，亲爱的兄弟，可憎可恨，心术邪毒。

我真恨之不得，在我母亲生我的那天，
一股凶邪的强风把我卷入
深山峡谷，或投入奔腾呼啸的大海，让峰波吞噬
我的身躯，从而使这一切的一切，都不致在我们眼前发生。
但是，既然神明已经设下这些痛苦，预定了事情的去向，
我希愿嫁随一个比他善好的男人，
知道别人的愤怒，他们的指责羞辱。
然而，此人没有稳笃的见识，今后也永远
不会有这种本领。所以，将来，我敢说，有他吃受的苦头。
进来吧，我的兄弟，进来入坐在这把椅子；
你比谁都更多地承受着战争的苦楚，
为了我，一个不顾廉耻的女人，和无知莽撞的帕里斯。
宙斯给我俩注定了可悲的命运，以便，即使在后代
生活的年月，让我们的秽行成为诗唱的内容！”

　　头顶闪亮的帽盔，高大的赫克托耳答道：
“不要让我坐在你的近旁，海伦，虽然你喜欢我，但你说服
不了我。我的内心催我快步赶去，帮助特洛伊人的
兵勇；我离开后，他们急切地盼我回归。
倒是该给这个人鼓鼓士气，好吗？让他赶快行动，
以便在我离城之前赶上我。
我将先回自己的家居，看看我的
亲人，我的爱妻和出生不久的儿郎，
因我不知是否还能和他们团聚，
不知神祇是否会让我倒死在阿开亚人手中。”

　　言罢，头盔闪亮的赫克托耳大步离去，
急如星火，来到建造精良的府居，但却
找不到白臂膀的安德罗玛开的身影，

她已带着婴儿和一位穿着漂亮裙袍的女仆，
出现在城楼之上，悲声恸哭。
找不到贤惠的妻子，赫克托耳走回门边，
站在槛条上，对女仆们问道：
“全都过来，仆从们，老实告诉我，
白臂膀的安德罗玛开去了哪里？在我某个
姐妹的家里，或是和我的某个兄弟穿着漂亮裙袍的媳妇
在一起？是不是去了雅典娜的神庙——特洛伊
长发秀美的贵妇们正在那里抚慰冷酷无情的女神？”

话音刚落，一位勤勉的女仆答道：
“赫克托耳，既然你要我们如实告说她的去处，那就请你听着：
她并没有去你的某个姐妹或某个兄弟媳妇的家居，
也没有去雅典娜的神庙——特洛伊
长发秀美的贵妇们正在那儿抚慰冷酷无情的女神，
而是去了伊利昂宽厚的城楼，因她听说
我方已渐感不支，而阿开亚人则越战越勇。
所以，她已快步扑向城楼，像个
发疯的女人，一位保姆跟随照料，抱着你们的儿郎。”

听罢女仆的话，赫克托耳即刻离家，
沿着来时走过的平展的街路，往回赶去，
跑过宽敞的城区，来到
斯卡亚门前，打算一鼓作气，直奔平原。
其时，他的嫁资丰足的妻房疾步跑来和他会面，
安德罗玛开，心志豪莽的厄提昂的女儿，
厄提昂，家住林木森茂的普拉科斯山脚，
普拉科斯峰峦下的塞贝，统治着基利基亚民众。
正是他的女儿，嫁给了头顶铜盔的赫克托耳。

此时，她和丈夫别后重逢，同行的还有一位女仆，
贴胸抱着一个男孩，出生不久的婴儿，
赫克托耳宠爱的儿子，美得像闪光的星宿，
赫克托耳叫他斯卡曼得里俄斯，但别人都叫他
阿斯图阿纳克斯①，因为赫克托耳，独自一人，保卫着特洛伊城堡。
凝望着自己的儿子，勇士喜笑颜开，静静地站着；
安德罗玛开贴靠着他的身子，泪水滴淌，
紧握着他的手，叫着他的名字，说道：
“哦，鲁莽的汉子，你的骁勇会送掉你的性命！
你既不可怜幼小的儿子，也不可怜即将成为寡妇的倒霉的我。
阿开亚人雄兵麇集，马上就会扑打上来，
把你杀掉。要是你死了，奔向你的命数，我还有
什么活头？倒不如埋入泥土。
生活将不再给我留下温馨，只有
悲痛，因为我没有父亲，也永别了高贵的母亲。
卓越的阿基琉斯荡扫过基利基亚坚固的城堡，
城门高耸的塞贝，杀了我的父亲
厄提昂。他杀了我的父亲，却没有剥走
铠甲——对死者，他还有那么一点敬意——
火焚了尸体，连同那套精工制作的铠甲，
在灰堆上垒起高高的坟茔；山林女仙，
带埃吉斯的宙斯的女儿，在四周栽种了榆树。
就在那一天，我的七个兄弟，生活在同一座
房居里的亲人，全部去了死神的冥府，
正在放牧毛色雪白的羊群和腿步蹒跚的肥牛，
捷足的勇士、卓越的阿基琉斯把他们尽数残杀。
他把我的母亲、林木森茂的普拉科斯山下的女王，

---

① 阿斯图阿纳克斯：意为城堡的主宰。

带到此地，连同其他所获，以后
又把她释放，收取了难以计数的财礼。母亲死在
她父亲的房居——箭雨纷飞的阿耳忒弥丝夺走了她。
所以，赫克托耳，你既是我年轻力壮的丈夫，又是
我的父亲，我的尊贵的母亲和我的兄弟。
可怜可怜我吧，请你留在护墙内，
不要让你的孩子成为孤儿，你的妻子沦为寡妇。
把你的人马带到无花果树一带，那个城段
防守最弱，城墙较矮，易于爬攀。
已出现三次险情，敌方最出色的战勇，
由光荣的伊多墨纽斯，以及阿特柔斯的两个儿子
和骁勇的狄俄墨得斯率领，试图从那里打开缺口。
也许，某个精通卜占的高手给过他们指点；
也许，受制于激情的催恿，他们在不顾一切地猛冲。”

　　听罢这番话，顶着闪亮的头盔，高大的赫克托耳答道：
“我也在考虑这些事情，夫人。但是，如果我像个
懦夫似的躲避战斗，我将在特洛伊的父老兄弟
面前，在长裙飘摆的特洛伊妇女面前，无地自容。
我的心灵亦不会同意我这么做。我知道壮士的作为，勇敢
顽强。永远和前排的特洛伊壮勇一起战斗，
替自己，也为我的父亲，争得巨大的荣光。
我心里明白，我的灵魂知道，
这一天必将到来——那时，神圣的伊利昂将被扫灭，
连同普里阿摩斯和他的手握粗长梣木杆枪矛的兵壮。
然而，特洛伊人将来的结局，还不致使我难受得
痛心疾首，即便是赫卡贝或国王普里阿摩斯的不幸，
即便是兄弟们的悲惨，他们人数众多，作战勇敢，
我知道他们将死在敌人手里，和地上的泥尘做伴。

使我难以忍受的，是想到你的痛苦：某个身披铜甲的
阿开亚壮勇会拖着你离去，任你泪流满面，夺走你的自由。
在阿耳戈斯，你得劳作在别人的织机前，
汲水在墨赛斯或呼裴瑞亚的清泉边，
违心背意；必做的苦活会压得你抬不起头来。
将来，有人会如此说道，看着你泪水横流的苦态：
‘这是赫克托耳的妻子，在人们浴血伊利昂的
年月，他是驯马的特洛伊人中最勇的壮汉。’
是的，有人会这么说道，而这将在你的心里引发新的悲愁，
为失去你的丈夫，一个可以使你不致沦为奴隶的男人。
但愿我一死了事，在垒起的土堆下长眠，
不致听到你的号啕，被人拉走时发出的尖叫。”

　　言罢，光荣的赫克托耳伸手接抱孩子，
后者缩回保姆的怀抱，一位束腰秀美的女子，
哭叫着，惊恐于亲爹的装束，
害怕他身上的铜甲，冠脊上的马鬃，
扎缀在盔顶，在孩子眼里，摇曳出镇人的威严。
亲爱的父亲放声大笑，而受人尊敬的母亲也抿起了嘴唇；
光荣的赫克托耳马上摘下盔冕，
放在地上，折闪着太阳的光芒。他抱起
亲爱的儿子，俯首亲吻，荡臂摇晃，
放开嗓门，对宙斯和列位神明，朗声诵讲：
“宙斯，各位神祇，答应让这个孩子，我的儿子，
以后出落得像我一样，在特洛伊人中出类拔萃，
像我一样刚健，强有力地统治伊利昂。将来，
人们会这样说道：‘此人远比他的父亲高强。’
当他从战场凯旋，让他带着沾血的战礼，掠自
被他杀死的敌人，欢悦母亲的心房。”

言罢，他把儿子交给亲爱的妻子，后者
双臂接过，抱紧在芬芳的酥胸前，
微笑中眼里闪着晶亮的泪花。赫克托耳见状，心生怜悯，
抚摸着她，叫着她的名字，说道：
“可怜的安德罗玛开，为何如此伤心，如此悲愁？
除非命里注定，谁也不能把我抛下哀地斯的冥府。
至于命运，我想谁也无法挣脱，无论是勇士，
还是懦夫，它钳制着我们，起始于我们出生的时候！
回去吧，操持你自己的活计，
你的织机和纱杆，还要催督家中的女仆，
要她们勤勉干活。至于打仗，那是男人的事情，所有
出生在伊利昂的男子，首当其冲的是我，是我的行当。”

言罢，赫克托耳提起嵌缀马鬃
顶冠的头盔，而他的爱妻则朝着家居走去，
频频回首张望，泪如泉涌。
她快步回到屠人的赫克托耳的家居，
精固的房院，发现众多的女仆正聚集在
里面，看到主人回归，放声号哭。
就这样，她们在赫克托耳的家里为他举哀，在他还
活着的时候，坚信他再也不能生还，
躲过阿开亚人的双手，逃离他们的进扑。

与此同时，帕里斯亦不敢在高大的家居里久留；
他穿上光荣的战甲，熠熠生辉的青铜，
奔跑着穿过市区，迅捷的快腿使他充满信心。
如同一匹关在棚厩里的儿马，在食槽里吃得肚饱腰圆，
挣脱缰绳，蹄声隆隆地飞跑在平原，
直奔常去的澡地，一条水流清疾的长河，

神气活现地高昂着马头，颈背上长鬃
飘洒，陶醉于自己的勇力，跑开
迅捷的腿步，扑向草场，儿马爱去的地方；
就像这样，帕里斯，普里阿摩斯之子，从裴耳伽摩斯的
顶面往下冲跑，盔甲闪亮，像发光的太阳，
笑声朗朗，快步如飞，转眼之间
便赶上了卓越的赫克托耳，他的兄弟，其时还在那里，
不曾马上离开刚才和夫人交谈的地方。
神一样的亚历克山德罗斯首先开口说道：
“兄弟，我来迟了，耽误了你的时间；
我没有及时赶来，按你的要求。”

顶着闪亮的头盔，赫克托耳对他说话，答道：
“真是个不可思议的怪人；一位公正的人士不会低估你的
作用，在激烈的杀斗中，因为你是个强健的壮勇。
然而，你却自动退出战场，不愿继续战斗。当听到
人们，那些为你浴血苦战的特洛伊人，对你
讥刺辱骂时，我的内心就会一阵阵地绞痛。
好了，让我们一起投入战斗；这些纠纷，日后自会解决，
倘若宙斯同意，让我们汇聚厅堂，摆下
自由的兑缸，敬奉上天不死的众神——在我们
赶走胫甲坚固的阿开亚人，把他们打离特洛伊之后！”

# 第七卷

言罢，卓越的赫克托耳快步跑出城门，
带着兄弟亚历克山德罗斯，双双渴望
投入战斗，开始拼搏。像神祇
送来的疾风，给急切盼求它的
水手，正挣扎着摆动溜滑的木桨，拍打
汹涌的海浪，忍着双臂的疲乏和酸痛；
对急切盼望的特洛伊人，他俩的回归就像这股疾风。

两人都杀了各自的对手：帕里斯杀了
墨奈西俄斯，家住阿耳奈，善使棍棒的
阿雷苏斯和牛眼睛的芙洛墨杜莎的儿子；
而赫克托耳，用犀利的长矛，击中埃俄纽斯，打在
铜盔的边沿下，扎入脖子，酥软了他的四肢。
激战中，格劳科斯，鲁基亚人的首领，
希波洛科斯之子，一枪撂倒了伊菲努斯，
德克西俄斯之子，其时正从快马的后头跃上战车，
投枪打在肩膀上；他翻身倒地，肢腿酥软。

女神雅典娜，睁着灰蓝色的眼睛，目睹
他俩在激战中痛杀阿耳吉维英壮，
急速出发，从俄林波斯山巅直冲而下，
奔向神圣的伊利昂。阿波罗见状，急冲冲地前往拦截，

从他坐镇的裴耳伽摩斯出发——其时正谋划着特洛伊人的
胜利。两位神明在橡树边交遇，
宙斯之子、王者阿波罗首先说道：
“大神宙斯的女儿，受狂傲的驱使，
这回你又从俄林波斯山上下来，到底想干什么？
无非是想让达奈人获胜，扭转被动的局面。
对倒地死去的特洛伊人，你没有丝毫的怜悯。
过来，听听我的意见，我的计划远比眼下的做法可行。
让我们暂时结束搏战和仇杀，停战一天，
行吗？明天，双方可继续战斗，一直打到
伊利昂的末日来临。这不好吗，永生的女神？
你俩梦寐以求的正是这座城市的毁灭。”

　　听罢这番话，灰眼睛女神雅典娜说道：
“就按你说的办，远射手。我从俄林波斯下来，
前往特洛伊人和阿开亚人的军阵，途中亦有过类似的想法。
但请告诉我，你打算如何中止眼前的这场搏战？”

　　听罢这番话，宙斯之子、王者阿波罗答道：
“让我们，在驯马者赫克托耳心里唤起强烈的求战愿望，
设法使他激挑出某个达奈人来，开打决斗，
在可怕的搏杀中，一对一地拼个你死我活。
面对挑战，胫甲青铜的阿开亚人会感到气愤，
推出一位勇士，和卓越的赫克托耳战斗。”

　　阿波罗一番说道，灰眼睛的雅典娜对此不表异议。
其时，普里阿摩斯钟爱的儿子赫勒诺斯感悟到
这一计划——两位神明从自己的规划中体会到舒心的愉悦。
他拔腿来到赫克托耳身边，说道：

“赫克托耳，普里阿摩斯之子，和宙斯一样精擅谋略的壮勇，
听听我的劝说，听听你兄弟的话告，好吗？
让所有的特洛伊人坐下，阿开亚人亦然，
由你自己出面挑战，让阿开亚全军最勇敢的人和你对打，
在可怕的搏杀中，一对一地拼个你死我活。
现在还不是你走向末日，向命运屈服的时候。
相信我，这是我听到的议论，不死的神明的言告。”

听罢此番说道，赫克托耳心里高兴，
步入两军之间的空地，手握枪矛的中端，
迫使特洛伊编队后靠，直到兵勇们全都下坐。与此同时，
阿伽门农亦命令部属坐下，胫甲坚固的阿开亚兵壮。
雅典娜和银弓之神阿波罗
化作食肉的兀鹫，栖立在
大树的顶端，他们的父亲、带埃吉斯的宙斯的橡树，
兴致勃勃地俯视着底下的人群，熙熙攘攘的队阵，
掺和着拥拥簇簇的盾牌、盔盖和枪矛。
像突起的西风，掠过海面，
荡散层层波澜，长浪迭起，水势深黑，
阿开亚人和特洛伊人的队阵乌黑一片，翻滚在
平原上。赫克托耳高声呼喊，在两军之间：
“听我说，特洛伊人和胫甲坚固的阿开亚兵壮！
我的话出自真情，发自内心：
克罗诺斯之子、高坐云端的宙斯将不会兑现
我们的誓约；他用心险恶，要我们互相残杀，
结果是，要么让你们攻下城楼坚固的特洛伊，
要么使你们横尸在破浪远航的海船旁。
现在，你等军中既有阿开亚人里最勇敢的战将，
那就让其中的一位，受激情驱使，出来和我战斗，

站在众人前面，迎战卓越的赫克托耳。
我要先提几个条件，让宙斯做个见证。
倘若迎战者结果了我的性命，用锋利的铜刃，
让他剥走我的铠甲，带回深旷的海船，
但要把遗体交还我的家人，以便使特洛伊男人
和他们的妻子，在我死后，让我享受火焚的礼仪。
但是，倘若我杀了他，如果阿波罗愿意给我光荣，
我将剥掉他的铠甲，带回神圣的伊利昂，
挂在远射手阿波罗的庙前。
至于尸体，我会把它送回你们凳板坚固的海船，
让长发的阿开亚人为他举行体面的葬礼，
堆坟筑墓，在宽阔的赫勒斯庞特岸沿。
将来，有人路经该地，驾乘凳板众多的海船，
破浪在酒蓝色的洋面，眺见这个土堆，便会出言感叹：
'那里埋着一个战死疆场的古人，
一位勇敢的壮士，倒死在光荣的赫克托耳手下。'
将来，有人会如此说告，而我的荣耀将与世长存。"

　　他如此一番说道，镇得阿开亚人半晌说不出话来，
既羞于拒绝，又没有接战的勇气。
终于，人群里跳出了墨奈劳斯，对众人
讥责辱骂，内心里深沉的苦痛腾翻：
"哦，天哪，只知道吹擂！你们是女人，不是
阿开亚的男子汉！倘若无人出面，应战赫克托耳，
这将是何等的窝囊，简直是耻辱到了极点！
但愿你们统统烂掉，变成水和泥土。
瞧你们这副模样：干坐在地上，死气沉沉，丢尽了脸面！
我这就全副武装，去和此人搏战拼杀，
永生的神明高高在上，手握取胜的机缘。"

　　言罢，他动手披挂璀璨的甲胄。
哦，墨奈劳斯，要不是阿开亚人的王者们跳起来抓住你，
致命的打击可能已经合上了你的眼睛——
你会死在赫克托耳手下，一位远比你强健的壮勇。
阿特柔斯之子、强有力的阿伽门农
亲自抓住你的右手，叫着你的名字，说道：
“疯啦，宙斯钟爱的墨奈劳斯！不要
这般冲动；克制自己，虽然这会刺痛你的心胸！
不要只是为了决斗，同赫克托耳，普里阿摩斯之子，
一个远比你出色的人交手。在他面前，其他战勇亦会害怕
发抖。在人们争得荣誉的战场，就连阿基琉斯
也怕他三分，是的，阿基琉斯，一个远比你强健的战勇。
回去吧，坐在你的伴群中，
阿开亚人自会推出另一位勇士，和他拼争。
虽说此人勇敢无畏，嗜战如命，
但是，我想，他会乐于屈腿睡躺在家里，
要是能逃出可怕的冲杀和殊死的拼斗。”

　　英雄的劝诫句句在理，说服了
兄弟。墨奈劳斯听从他的劝导，随从们
兴高采烈地从他的肩头卸下胸衣。
其时，阿耳吉维人中站起了奈斯托耳，高声喊道：
“够了！哦，巨大的悲痛正降临到阿开亚大地！
唉，见到此番情景，年迈的裴琉斯一定会放声嚎哭，
他，战车上的勇士，慕耳弥冬人的首领，能言善辩。
从前，他曾对我发问，在他的家里，
当了解到所有阿耳吉维人的家世和血统时，他是何等的高兴！
现在，要是让他获悉，面对赫克托耳，你们全部畏缩不前的
消息，他会一次次地举起双手，对着不死的神明乞求，

让生命的魂息离开他的肢体，飘入哀地斯的府邸。
哦，父亲宙斯，雅典娜，阿波罗！但愿
我能重返青春，就像当年我们普洛斯人
聚战阿耳卡底亚枪手时那样年轻力壮，在开拉冬河的
激流边，菲亚的墙垣下，傍临亚耳达诺斯河的滩沿。
厄柔萨利昂，他们的首领，大步走出人群，神一样的凡人，
肩披王者阿雷苏斯的铠甲，
卓越的阿雷苏斯，人称‘大棒斗士’，
他的伙伴和束腰秀美的女子——
战场上，他既不使弓，也不弄枪，
而是挥舞一根粗大的铁棍，打垮敌方的阵营。
鲁库耳戈斯杀了他，不是凭勇力，而是靠谋诈：
两人相遇在一条狭窄的走道，铁棒施展不开，不能
为他挡开死亡。鲁库耳戈斯趁他不及举棒，一枪扎去，
捅穿中腹，将他仰面打翻在泥地上，
剥去他的铜甲，阿瑞斯的赠赏。
以后，在殊死的拼搏中，鲁库耳戈斯一直穿着这套铠甲，
直到岁月磨白了头发，在自家的厅堂；
于是，他把甲衣转交，给了亲爱的随从厄柔萨利昂。
其时，穿着这身铠甲，厄柔萨利昂叫嚷着要和我们中最勇的
人拼斗，但他们全都吓得战战兢兢，不敢和他交手。
只有我，磨炼出来的勇气其时催励我和他
拼战，以大无畏的气概，虽说论年龄，我是最年轻的一个。
我和他绞杀扑打，帕拉丝·雅典娜把光荣送入我的手中。
在被我杀死的人中，他是最高大、最强健的一个，
硕莽的尸躯伸躺在泥地上，占去了偌大的一片地皮。
但愿我依旧年轻，浑身有用不完的力气！
这样，顷刻之间，头盔闪亮的赫克托耳即会找到匹敌的对手！
但你们，阿开亚人中最勇敢的斗士，

却不敢迎战赫克托耳，以饱满的斗志。”

　　听罢老人的呵责，人群中当即站出九位勇士。
阿伽门农最先起身，民众的王者，紧接着是
图丢斯之子、强有力的狄俄墨得斯，
然后是两位埃阿斯，满怀凶暴的狂烈，
随后是伊多墨纽斯和墨里俄奈斯，
伊多墨纽斯的伙伴，杀人狂阿瑞斯一般凶莽的斗士，
以及欧鲁普洛斯，欧埃蒙光荣的儿子；接踵
而起的还有索阿斯，安德莱蒙之子，和卓越的奥德修斯。
所有这些勇士都愿拼战卓越的赫克托耳。其时，
人群中再次响起了奈斯托耳的声音，格瑞尼亚的车战者：
“让我们拈阄择取，一个接着一个，看看谁有这个运气。
此人将使胫甲坚固的阿开亚人感到自豪，
也将给自己带来荣誉，倘若他能生还回来，
从可怕的冲杀和殊死的拼搏。”

　　言罢，每人都在自己的阄块上刻下记号，
扔入阿特柔斯之子阿伽门农的头盔。
随后，他们举起双手，对神祈祷，
有人开口作诵，举目辽阔的天穹：
“父亲宙斯，让埃阿斯赢得阄拈，或让狄俄墨得斯，
图丢斯之子，或让王者本人，藏金丰足的慕凯奈的君主。”

　　他们如此诵祷；奈斯托耳，格瑞尼亚的车战者，摇动
头盔，一块阄片蹦跳出来，一块他们寄望最切的纹阄，
刻着埃阿斯的手迹。拿着它，使者穿过
济济的人群，将它出示给所有阿开亚人的首领，
从左至右。头领们不识石上的刻纹，不予认领。

但是，当他穿行在人群里，将阄块出示给那位
在上面刻记并把它投入帽盔的首领时，光荣的埃阿斯
向他伸出手来，使者停立在他身旁，将阄拈放入他的手心，
后者看着上面的纹刻，认出归属，心里一阵高兴。
他把阄块扔甩在脚边的泥地，嚷道：
“瞧，朋友们，阄拈属我了；我的内心充满
喜悦！我知道，我可以战胜卓越的赫克托耳。
现在，让我们这么办。我将就此披挂，
而你们则向克罗诺斯之子、王者宙斯祈祷，
不要出声，个人做个人的，不要让特洛伊人听见。
或者这样吧，干脆高声诵说——我们谁都不怕！
战场上，谁也不能仅凭他的意愿，违背我的意志，
迫使我后退，用他的力气，或凭他的狡诈。出生和生长在
萨拉弥斯，我想，战场上，我不是个嫩脸的娃娃！”

　　听罢这番话，人们便向克罗诺斯之子、王者宙斯祈祷；
有人开口作诵，举目辽阔的天穹：
“父亲宙斯，你从伊达山上督视着我们，最最伟大，享领
无上的光荣！答应让埃阿斯获得荣光，让他决胜战场。
倘若你确实关心和钟爱赫克托耳，
也得让双方打成平手，把战斗的荣耀分享！”

　　他们诚心做祷，而埃阿斯则动手扣上闪亮的
铜甲。披挂完毕就绪，他大步
迎上前去，恰似战神阿瑞斯，步入
激战的人流，摇晃着魁伟的身躯；克罗诺斯之子
驱使他们拼杀，以撕心裂肺的仇恨。
就像这样，伟岸的埃阿斯阔步走去，阿开亚人的壁垒，
浓眉下挤出狞笑，摆开有力的双腿，

跨出坚实的大步，挥舞着投影森长的枪矛。
看着此般雄姿，阿开亚人喜不自禁，
而特洛伊人则个个心惊胆战，双腿发抖。
赫克托耳的心房怦怦乱跳，然而，
他现在决然不能掉头逃跑，缩回
自己的队伍——谁让他出面挑战，催人拼斗？
其时，埃阿斯快步逼近，荷着墙面似的
盾牌，铜面下压着七层牛皮，图基俄斯艰工锤制的
铸件，在他的家乡呼莱，图基俄斯，皮匠中的俊杰，
精制了这面闪亮的战盾，垫了七层牛皮，割自
强壮的公牛，然后作为盾面，锤入铜层。
挺着这面盾牌，护住自己的心胸，
忒拉蒙之子埃阿斯咄咄逼近，开口恫胁，说道：
“通过一对一的拼杀，赫克托耳，你马上即会知晓，
不带半点含糊，达奈人中有何等善战的首领，
即使撇开狮子般的阿基琉斯，横扫千军的壮勇。
现在，他正离着众人，躺在翘嘴的远洋海船旁，
盛怒难平，对阿伽门农，兵士的牧者。
但是，这里还有我们，足以和你拼打，可以和你
匹敌的战将不在少数。动手吧，显示你的战力威风！”

　　听罢这番话，高大的赫克托耳答道，顶着闪亮的头盔：
“埃阿斯，忒拉蒙之子，宙斯的后裔，军队的首领，
不要设法试探我，把我当做一个弱小无知的
孩童，一个对战事一窍不通的妇人。
我谙熟格战的门道，杀人是我精通的绝活。
我知道如何左抵右挡，用牛皮坚韧的
战盾，此乃防身的高招。
我知道如何驾着快马，杀入飞跑的车阵，

我知道如何攻战，荡开战神透着杀气的舞步。
听着！虽然你人高马大，我却不会暗枪伤人，
趁你不备；我要打得公公开开，看看是否可以命中。”

言罢，他持平落影森长的枪矛，奋臂投掷，
击中埃阿斯可怕的七层皮盾，
切入表层的铜面，此乃覆盖牛皮的第八个层次，
不倦的铜枪扎透六层牛皮，但被
第七层硬皮挡住。接着，宙斯的后裔埃阿斯
挥手出枪，拖着森长的投影，
击中普里阿摩斯之子溜圆的战盾，
沉重的枪尖深扎，穿透闪光的盾面，
长驱直入，捅破精工制作的胸甲，
冲着腹肋刺捣，挑开了贴身的衫衣，
但对方及时侧身，躲过了幽黑的死亡。
其时，两人都抢手抓住长长的矛杆，把枪矛
拔出盾面，迎头扑去，像生吞活剥的饿狮，
或力大无穷的野猪。普里阿摩斯之子
将枪矛刺入对手的战盾，扎在正中，
但铜枪没有穿透盾牌，盾面顶弯了枪尖。
埃阿斯冲上前去，击捅盾牌，穿透
层面，把狂莽的赫克托耳顶得腿步趔趄；
枪尖擦过他的脖子，放出浓黑的鲜血。
即便如此，头盔闪亮的赫克托耳没有停止战斗，
他后退几步，伸出粗壮的大手，抱起一块
横躺平野的石头，硕大、乌黑、粗皱，对着
埃阿斯砸去，击中可怕的七层皮盾，
捣在突出的盾面，敲出震耳的响声。
接着，埃阿斯亦搬起一块更大的石头，

转了几圈，抛打出去，压上整个人的重量，势不可挡；
磨盘似的石块砸在盾牌上，捣烂了盾面，
震得赫克托耳双膝酥软，仰面倒地，
吃着盾牌的重压；紧急中，阿波罗及时助佑，将他扶起。
其时，他俩会手持利剑，近身搏杀，
若不是二位使者的干预——宙斯和凡人的信使，
能谋善辩的伊代俄斯和塔耳苏比俄斯，一位来自
特洛伊方面，另一位来自身披铜甲的阿开亚人的队阵。
他们用节杖隔开二位；使者伊代俄斯，
以机警的辩才，开口说道：
“住手吧，我的孩子们，不要再打了！
二位都是乌云的汇聚者宙斯宠爱的凡人，
善战的勇士，对此，我们确信无疑。
但夜色已经降临，我们不宜和黑夜抗争。”

　　听罢这番话，忒拉蒙之子埃阿斯说讲，答道：
“让赫克托耳回复你的建议，伊代俄斯，
是他雄心勃勃地提出要和我们中最好的首领拼斗。
让他首先表态，我将按他的愿求从事。”

　　顶着闪亮的头盔，高大的赫克托耳答道：
“埃阿斯，既然神给了你勇力、体魄和清醒的头脑，
此外，在阿开亚人中，你是最好的枪手，
让我们停止今天的拼斗和残杀，
但明天，我们将重新开战，一直打到天意
在你我两军之间做出选择，把胜利赐归其中的一方。
夜色已经降临，我们不宜和黑夜抗争。
所以，你将给海船边的阿开亚人带去
愉悦，尤其是你的亲朋和伴友，

而我，在普里阿摩斯王宏伟的城里，也将给我的同胞
带回喜悦，给特洛伊男子和长裙飘摆的特洛伊妇女，
他们将步入神圣的会场，感谢神们让我脱险生还。
来吧，让我们互赠有纪念价值的礼物，
这样，阿开亚人和特洛伊人便会如此论道：
‘两位勇士先以撕心裂肺的仇恨扑杀，
然后握手言欢，在友好的气氛中分手。’”

言罢，他拿出一把柄嵌银钉的战剑，
交在对方手中，连同剑鞘和切工齐整的背带，
而埃阿斯则回赠了一条甲带，闪着紫红色的光芒。
两人分手而去，埃阿斯走向阿开亚人的队伍，
赫克托耳则回到特洛伊人中间，后者高兴地
看着他生还，脱离战斗，安然无恙，
躲过了埃阿斯的勇力和难以抵御的双手。
他们簇拥着赫克托耳回城，几乎不敢相信
他还活着。在战场的另一边，胫甲坚固的阿开亚人
引着埃阿斯，带着胜利的喜悦，前往会见卓著的阿伽门农。

当他们来到阿特柔斯之子的营棚，
民众的王者阿伽门农献祭了一头
五岁的公牛，给宙斯，克罗诺斯力大无比的儿郎。
他们剥去祭畜的皮张，收拾停当，肢解了大身，
把牛肉切成小块，动作熟练，挑上叉尖，
仔细炙烤后，脱叉备用。
当一切整治完毕，盛宴已经排开，
他们张嘴咀嚼，人人都吃到足份的餐肴。
阿特柔斯之子，统治着辽阔疆域的英雄阿伽门农，
将一长条脊肉递给埃阿斯，以示对他的尊褒。

当他们满足了吃喝的欲望，
奈斯托耳首先发话，提出经过考虑的意见，
在此之前，老人的劝议从来是最合用的良方。
怀着对众人的善意，他起身说道：
“阿特柔斯之子，列位阿开亚首领，
大家知道，众多长发的阿开亚人已经死在这里，
凶蛮的战神已使他们的黑血遍洒在水流清澈的
斯卡曼得罗斯河岸，把他们的灵魂打入哀地斯的冥府。
所以，明天拂晓，你要传令阿开亚人
停止战斗，召集他们用牛和骡子
运回尸体，在离船不远的地方
火焚。这样，当我们返航世代居住的
故乡，每位战士都能带上一份尸骨，交给死者的孩童。
让我们铲土成堆，在柴枝上垒起一座坟冢，
为所有的死者，耸立在漫漫的平原。让我们尽快在坟前
筑起高大的护墙，作为保卫海船和我们自己的屏障。
我们将在墙面上修造大门，和护墙珠联璧合，
作为通道，使车马畅行无阻。
在墙的外沿，紧靠根基，我们要挖出一条宽深的壕沟，
绕着护墙，阻挡敌方的步兵和战车，
使高傲的特洛伊人不能荡扫我们的军伍。”

　　奈斯托耳一番说告，得到全体王者的赞同。
其时，特洛伊人亦围聚在伊利昂的高处，
惊惶不安，喧哗骚闹，拥挤在普里阿摩斯的门前。
人群中，头脑冷静的安忒诺耳首先开口说道：
“听我说，特洛伊人，达耳达尼亚人和盟军伙伴们，
我的话出自真情，发自内心。
行动起来吧，将阿耳戈斯的海伦还给

阿特柔斯的两个儿子，连同她的全部财物。我们破坏了
停战誓约，像一群无赖似的战斗。我不知道我们
最终可以得到什么，除非各位即刻按我的意思行动。”

　　安忒诺耳言毕下坐，人群中站起了
卓越的亚历克山德罗斯，美发海伦的夫婿，
开口作答，用长了翅膀的话语：
“安忒诺耳，你的话使我厌烦；
你头脑聪明，应该提出比此番唠叨更好的议言。
但是，如果这的确是你的想法，那么，
一定是神明，是的，把你的心智弄坏。
我要痛痛快快地告诉特洛伊人，驯马的
好手，我不会交还那个女人。不过，
我倒愿意如数交还从阿耳戈斯
运回的财宝，并添加一些我自己的库存。”

　　他言毕下坐，人群里站起了普里阿摩斯，
达耳达诺斯之子，和神一样精擅略韬。
怀着对众人的善意，他开口说道：
“听我说，特洛伊人，达耳达尼亚人和盟军伙伴们，
我的话出自真情，发自内心。现在，
大家可去吃用晚餐，在宽阔的城区，像往常一样，
不要忘了布置岗哨，人人都要保持警惕。
明晨拂晓，让伊代俄斯前往深旷的海船，
转告阿特柔斯之子阿伽门农和墨奈劳斯
亚历克山德罗斯开出的条件——为了他，我们经受着这场
战争。也让伊代俄斯捎去我的合理建议，问问他们是否
愿意辍停这场痛苦的残杀，以便掩埋
死难的兵勇。然后，我们可重新开战，直到天意

在两军之间做出选择，把胜利赐归其中的一方。”

众人认真听完他的话，服从了他的安排。
然后，全军吃用晚饭，以编队为股。
天刚拂晓，伊代俄斯来到深旷的海船边，
发现达奈人，阿瑞斯的随从们，正
聚集在阿伽门农的船尾边。使者
站身人群，以洪亮的声音说道：
“阿特柔斯之子，列位阿开亚人的首领！
普里阿摩斯和其他高贵的特洛伊人命我
转告各位——但愿能博得你们的好感和欢心——
亚历克山德罗斯开出的条件；为了他，我们经受着这场战争。
亚历克山德罗斯愿意交还用深旷的海船
运回特洛伊的财宝——我恨不得他在那时
之前即已经死去——并添加一些自己的库存。
但是，他说不打算交还光荣的墨奈劳斯的
婚配夫人，虽然特洛伊人全都反对这么做。
他们还让我转告各位，如果你等愿意，
辍停这场痛苦的残杀，以便掩埋
死难的兵勇。然后，我们可重新开战，直到天意
在两军之间做出选择，把胜利赐归其中的一方。”

信使言罢，全场静默，肃然无声。
终于，啸吼战场的狄俄墨得斯开口打破沉寂，说道：
“谁也不许接受亚历克山德罗斯的财物，
也不许接回海伦！战局已经明朗，即便是傻瓜也可以看出。
现在，死的绳索已经勒住特洛伊人的喉咙！”

听罢这番话，阿开亚人的儿子们全都放声高呼，

赞同驯马能手狄俄墨得斯的告说。
其时，强有力的阿伽门农对伊代俄斯说道：
“伊代俄斯，阿开亚人的心声你已亲耳听到，
这是他们的回答，我的意向与此一道。
不过，关于休战焚尸，我决无半点意见述表；
阵亡者的躯体当然不宜久搁，
战士倒下后，理应尽快得到烈火的慰烤。
让炸响雷的宙斯，赫拉的夫婿，为我们誓诺见证作保。”

阿伽门农信誓旦旦，举起王杖，接受全体神明的监督。
伊代俄斯听罢誓言，转身返回神圣的伊利昂。
其时，特洛伊人和达耳达尼亚人正在集会，
拥聚在一个地方，久久地等待着使者的
回归。他来了，站在人群里，宣告了
带回的消息。众人马上动手准备，
分作两队，一队前往搜罗尸体，另一队负责伐集材薪。
在战场的另一边，阿耳吉维人走出凳板坚固的海船，
分头准备，一队前往搜罗尸体，另一队负责伐集材薪。

其时，乍刚露脸的太阳将晨晖普洒在农人的田地，
从微波荡漾、水势深渺的俄开阿诺斯河升起，
踏上登空的阶梯。双方人员相会在战地。
他们用清水洗去尸躯上的血污，
逐一辨认死难的战友，尽管不易，
将他们搬上大车，流着热泪。
然而，王者普里阿摩斯不许部属放声号啕，后者
只得默默地将死者垒上柴堆，强忍着悲痛，
点火烧了尸体，返回神圣的伊利昂城里。
同样，在另一边，胫甲坚固的阿开亚人也正

把他们的死者垒上柴堆，强忍着悲痛，
点火烧了尸体，朝向深旷的海船返回。

　　当晨曦尚未挣破夜的罗网，黑夜和白天混沌交织，
一群经过挑选的阿开亚人已经围站在柴堆边。
他们在灰烬上垒起一座坟茔，用平原上的泥土，
覆盖所有的死者。他们在坟前筑起高大的
护墙，作为保卫海船和他们自己的屏障。
并在墙面上修造了大门，和护墙珠联璧合，
作为通道，使车马畅行无阻。
在墙的外沿，紧靠根基，他们挖出一条长长的壕沟，
挖得既深且宽，埋设了尖桩。

　　就这样，长发的阿开亚人辛勤地劳作奔忙，
而天上的神祇，此时集聚在闪电之神宙斯身边，
注视着身披铜甲的阿开亚人所从事的这项巨大工程。
裂地之神波塞冬首先发话，说道：
"父亲宙斯，在偌大的人间，如今到底还有谁
会向神明通报他的想法和筹计？
你没看见吗？这些长发的阿开亚人
已在船外筑起一道护墙，并在墙外
挖出一条深沟，却不曾对我们供献丰盛的祀祭。
高墙的盛名将像曙光一样照射，而
人们将会忘记另一堵围墙，由我和福伊波斯·阿波罗
手筑，为英雄劳墨冬的城堡。"

　　一番话极大地纷扰了宙斯的心境，乌云的汇聚者答道：
"你在胡诌些什么，力镇远方的撼地之神！
若是另一位神明——他的勇力与狂怒和你

不可比拟——或许会害怕这种把戏。
不必担心，你的名声将像曙光一样普照。
等着吧，等到长发的阿开亚人
驾着海船回到他们热爱的故乡，
你便可捣烂他们的护墙，把它扔进海里，
铺出厚厚的沙层，垫平宽阔的滩面，
如此这般，荡毁阿开亚人高耸的墙体！”

　　就这样，他俩你来我往，一番说告；其时，
太阳已缓缓落沉，而阿开亚人亦已忙完手头的活计。
他们在营棚边宰杀牛鲜，吃过晚饭，
来自莱姆诺斯的海船给他们送来了醇酒，
一支庞大的船队，受伊阿宋之子欧纽斯差遣，
由呼浦茜普莱所生，为伊阿宋，兵士的牧者。
他们运来酒浆，伊阿宋之子给阿特柔斯之子阿伽门农
和墨奈劳斯的礼物，一千个衡度，
但其他长发的阿开亚人须用兑换得酒，
有的拿出青铜，有的拿出闪亮的铸铁，
有的用皮张，有的用整条活牛，还有的
用得之于战争的奴隶。他们备下一顿丰盛的佳肴，
长发的阿开亚人放开肚皮吃喝，通宵
达旦。特洛伊人和他们的盟友则在城里聚餐。
整整一夜，精擅谋略的宙斯筹划新的灾难，
对阿开亚人，滚滚的沉雷震响恐怖，极度的恐惧笼罩着
整个军营。他们倾杯泼酒，谁也不敢造次，
在尊祭克罗诺斯力大无比的儿子之前举杯啜饮。
做毕，他们躺下歇息，接受睡眠的赠礼。

# 第八卷

其时，黎明抖开金红色的裙袍，遍洒大地，
喜好炸雷的宙斯召来所有的神明，
聚会在山脊耸叠的俄林波斯的峰巅。
他面对诸神训话，后者无不洗耳恭听：
“听着，所有的神和女神！我的话
乃有感而发，受心灵的驱使。
无论是神还是女神，谁也
不许反驳我的训示；相反，你们要
表示赞同——这样，我就能迅速了结这些事端。
要是让我发现任何一位神祇，背着我们另搞一套，
前去帮助达奈军伍或特洛伊兵众，那么，
当他回到俄林波斯，闪电的鞭击将使他脸面全无。
或许，我会把他拎起来，扔下阴森森的塔耳塔罗斯，
远在地层深处，地表下最低的深渊，
安着铁门和青铜的条槛，在哀地斯的
冥府下面，和冥府的距程就像天地间的距离一样遥远。
这样，他就会知道，和别的神明相比，我该有多么强健！
来吧，神们，不妨试上一试，领教一下我的厉害。
让我们从天上放下一条金绳，由你们，
所有的神和女神，抓住底端，然而，
即便如此，你们就是累得精疲力竭，也休想
把宙斯，至高无上的谋略者，从天上拉到地面。

但是，只要我决意提拉，我就可把你们，
是的，一股脑儿提溜上来，连同大地和海洋！
然后，我就把金绳挂上俄林波斯的犄角，
系紧绳结，让你们在半空中游荡！
是的，我就有这般强健，远胜过众神和凡人。”

宙斯一番斥训，把众神镇得目瞪口呆，
半晌说不出话来；宙斯的话语确实严厉非凡。
终于，灰眼睛女神雅典娜开口打破了沉寂：
“克罗诺斯之子，我们的父亲，王中之王，
我们知道你的神力，岂敢和你比试？
尽管如此，我们仍为达奈枪手们痛心，
他们不得不接受悲惨的命运，战死疆场。
是的，我们将不介入战斗，遵照你的命嘱，
只想对阿耳吉维人作些有用的劝导，
使他们不致因为你的愤怒而全军覆灭。”

听罢这番话，汇聚乌云的宙斯微笑着答道：
“不要灰心丧气，特里托格内娅，我亲爱的女儿。我的话
并不表示严肃的意图；对于你，我总是心怀善意。”

言罢，他给战车套上铜蹄的骏马，
细腿追风，金鬃飘洒，穿起
金铸的衣甲，在自己身上，抓起
编工密匝的金鞭，登上战车，
扬鞭催马；神驹飞扑向前，不带半点勉强，
穿行在大地和多星的天空之间，
来到多泉的伊达，野兽的母亲，
抵达伽耳伽荣，那里有宙斯的圣地和烟火缭绕的祭坛。

神和人的父亲勒住奔马，把它们
宽出轭架，撒出浓浓的雾秣，弥漫在驭马的周围。
随后，宙斯端坐山巅，陶醉于自己的荣烈，
俯视着特洛伊人的城邑和阿开亚人的船队。

军营里，长发的阿开亚人匆匆
咽下食物，全副武装起来。
战场的另一边，在城里，特洛伊人也忙着披挂备战，
人数虽少，但斗志昂扬，处于
背城一战的绝境，为了保卫自己的妻儿。
他们打开所有的大门，蜂拥着往外冲挤，
成队的步兵，熙熙攘攘的车马，喧杂之声沸沸扬扬。

其时，两军相遇，激战在屠人的沙场，
盾牌和枪矛铿锵碰撞，身披铜甲的
武士竞相搏杀，中心突鼓的皮盾
挤来压去，战斗的喧嚣一阵阵地呼响；
痛苦的哀叫伴和着胜利的呼声，
被杀者的哀叫，杀人者的呼声，泥地上碧血殷红。

伴随着清晨的中移和渐增的神圣日光，
双方的投械频频中的，打得尸滚人亡。
但是，及至太阳升移、日当中午的时分，
父亲拿起金质的天平，放上两个表示
命运的秤码，压得凡人抬不起头来的死亡，一个是
特洛伊人的，驯马的好手，另一个是阿开亚人的，他们身披
铜甲。他提起秤杆的中端，阿开亚人的死期压垂了秤盘，
阿开亚人的命运坠向丰腴的土地
特洛伊人的命运则指向辽阔的青天。

宙斯挥手甩出一个响雷，从伊达山上，爆闪
在阿开亚人的头顶。目睹此般情景，
战勇们个个目瞪口呆，陷入了极度的恐慌。

伊多墨纽斯见状无心恋战，阿伽门农、
两位埃阿斯，阿瑞斯的随从们，也不例外。
只有格瑞尼亚的奈斯托耳，阿开亚人的监护，
待留不走——不是不想，而是因为驭马中箭，
被卓越的亚历克山德罗斯、美发海伦的夫婿射伤，
箭矢扎在马的头部，天灵盖上鬃毛
下垂的部位，一个最为致命的地方。
箭镞切入脑髓，驭马痛得前腿腾立，
辗扭着身子，带着铜箭，搅乱了整架马车。
老人迅速拔出利剑，砍断绳套。
与此同时，混战中扑来
一对驭马，载着它们的驭手，豪莽的
赫克托耳①。要不是啸吼战场的狄俄墨得斯
眼快，老人恐怕已人倒身亡。
狄俄墨得斯喊出可怕的吼叫，对着奥德修斯：
“你往哪里撒腿，莱耳忒斯之子，宙斯的后裔，多谋善断的
奥德修斯？难道你想做个临阵逃脱的胆小鬼？
不要在逃跑中让敌人的枪矛捅破你的脊背！
站住，让我们一起打退这个疯子，救出老人！”

然而，卓越和历经磨难的奥德修斯却不曾听到
他的呼喊，跑过他的身前，朝着阿开亚人深旷的海船疾跑。

---

① 载着……赫克托耳：不能照字面理解。赫克托耳是乘用战车的武士，他的驭手是厄尼俄裴乌斯。

图丢斯之子，此时孑然一人，扑向前排的首领，
站在老人、奈琉斯之子的驭马边，
大声喊道，用长了翅膀的话语：
“老人家，说实话，这些年轻的战勇已把你折磨得筋疲力尽；
你的力气已经耗散，痛苦的老年挤压着你的腰背。
你的伴从是个无用的笨蛋，你的驭马已经腿步迟缓。
来吧，登上我的马车，看看特洛伊的
马种，看看它们如何熟悉自己的平原，
或追进，或避退，行动自如。
我从埃内阿斯手里夺得这对骏马，一位冲垮军阵的战将。
把驭马交给你的随从，和我一起，驾着这对
良驹，迎战驯马的特洛伊人，也好让赫克托耳
知道，我的枪矛也同样摇撼着嗜血的烈狂。”

　　图丢斯之子言罢，奈斯托耳，格瑞尼亚的车战者，谨遵
不违；两人跨上狄俄墨得斯的战车，把奈斯托耳的
驭马留给强壮的随从看管，交给
塞奈洛斯和刚烈的欧鲁墨冬。
奈斯托耳抓起闪亮的缰绳，挥鞭
策马，很快便接近了赫克托耳，
其时正冲着他们扑来。图丢斯之子掷出投枪，
不曾击中赫克托耳，却打翻了手握缰绳的
厄尼俄裴乌斯，他的伴从和驭手，心志高昂的
塞拜俄斯之子，打在胸脯上，奶头边。
他随之倒出战车，捷蹄的快马惊恐，
闪向一边。他躺死泥尘，生命和勇力碎散飘荡。
见此情景，赫克托耳感到一阵钻心的楚痛，
然而，尽管伤心，他撇下朋友的尸体，
驱车前进，试图再觅一位勇敢的搭档。他很快

得以如愿，使战车又有了一位驭手，
阿耳开普托勒摩斯，伊菲托斯勇敢的儿子。赫克托耳
把马缰交在他手里，帮他登上战车，从捷蹄快马的后头。

　　其时，战场将陷入极度的混乱，败毁的局面在所难免，
特洛伊人将四散溃逃，像被逼入圈围的羊群，困堵在特洛伊
城下，若不是神和人的父亲眼快，看到了山下的险情。
他炸开可怕的响雷，扔出爆光的闪电，
打在狄俄墨得斯马前的泥地，
击撞出燃烧着恐怖的硫火，熊熊的烈焰，
驭马惊恐万状，顶着战车畏退。
奈斯托耳松手滑脱闪亮的缰绳，
心里害怕，对狄俄墨得斯叫喊：
“图丢斯之子，调过马头，放开坚蹄的快马，赶快撤离！
还不知道吗？宙斯调度的胜利已不再归属于你。
眼下，至少在今天，克罗诺斯之子宙斯已把光荣送给此人；
以后，如果他愿意，也会使我们得到
光荣。谁也不能违抗宙斯的意志，
哪怕他十分强健；宙斯的勇力凡人不可比及！”

　　听罢这番话，啸吼战场的狄俄墨得斯答道：
“是的，老人家，你的话条理分明，说得一点不错。
但是，我的心灵将难以承受此般剧痛——
将来，赫克托耳会当着群聚的特洛伊人放胆宣称：
‘图丢斯之子在我面前败退，被我赶回他的船舟！’
他会如此吹擂；耻辱啊，我恨不能裂地藏身！”

　　听罢这番话，奈斯托耳，格瑞尼亚的车战者答道：
“唉，勇敢的图丢斯的儿子，你说了些什么！

让他吹去吧；说你是懦夫，胆小鬼，随他的便！
特洛伊人和达耳达尼亚兵众绝不会相信，
心胸豪壮和持盾作战的特洛伊军勇的妻子们也不会——
你把她们的丈夫打翻在泥地上，暴死在青春的年华里。”

言罢，他掉转马头，坚蹄的驭马逃亡，汇入
人惶马叫的战阵。特洛伊人和赫克托耳，喊出
粗野的嚎叫，投出悲吼的枪械，雨点一般。
顶着闪亮的头盔，高大的赫克托耳厉声喊道：
“图丢斯之子，驾驭快马的达奈人尊你胜过对别的同胞，
让你荣坐体面的席位，享用肥美的肉块和满杯的醇酒。
但现在，他们会耻笑你，一个比女人强不了多少的男子。
滚蛋吧，可怜的娃娃！我将一步不让，不让你
捣毁我们的城池，抢走我们的女人，船运回
你们的家乡。相反，在此之前，我将让你和你的命运见面！”

听罢这番话，图丢斯之子心绪飘荡：
该不该掉转马头，与赫克托耳拼打？
在心魂深处，他三次决意回头再战，
但三次受阻于精擅谋略的宙斯，从伊达山上甩下
炸雷，示意特洛伊兵勇，战争的主动权已经转到他们手上。
其时，赫克托耳亮开嗓门，对特洛伊人高声喊道：
“特洛伊人，鲁基亚人和达耳达尼亚人，近战杀敌的勇士们！
拿出男子汉的勇气，我的朋友们，鼓起狂烈的战斗激情！
我已知道，克罗诺斯之子已点头答应，
让我获胜，争得巨大的光荣，而把灾难留给
我们的敌人。这群笨蛋，筑起这么个墙坝，
脆弱的小玩意，根本不值得忧虑。它挡不住我的
进攻；只消轻松一跃，我的骏马即可跨过深挖的壕沟。

待我逼近他们深旷的海船，你们，
别忘了，要给我递个烈焰腾腾的火把，
让我点燃他们的木船，杀死船边的军勇，
那些已被黑烟熏得迷迷惘惘的阿耳吉维兵壮！”

言罢，他转而对着自己的驭马，喊道：
“珊索斯，还有你，波达耳戈斯、埃松和闪亮的朗波斯，
现在已是你们报效我的时候。安德罗玛开，
心志豪莽的厄提昂的女儿，精心照料着你们，让你们
美食蜜一样香甜的麦粒，当她内心愿想，
甚至匀拌醇酒，供你们饮喝，在为我
准备餐食之前，虽然我可以骄傲地声称，我是她亲爱的丈夫。
紧紧咬住敌人，蹽开蹄腿飞跑！这样，我们就能缴获
奈斯托耳的盾牌，眼下它的名声如日中天，
纯金铸就，包括盾面和把手，
亦能从驯马的狄俄墨得斯的肩上扒下
精美的胸甲，凝聚着赫法伊斯托斯的辛劳。
若能夺获这两样东西，那么今晚，我想，我们
便可望把阿开亚人赶回迅捷的船舟！”

赫克托耳一番吹擂，激怒了天后赫拉。
她摇动自己的宝座，震撼着巍伟的俄林波斯，
对着强有力的神明波塞冬嚷道：
“可耻呀，力镇远方的撼地之神！你的心中
不带半点怜悯，对正在死去的达奈人。
他们曾给你丰足的供品，在赫利开和埃伽伊，
成堆的好东西，而你也曾谋划要让他们获胜。
假如我等助佑达奈人的神明下定决心，
赶回特洛伊兵众，避开沉雷远播的宙斯干扰，

他就只能独自坐在伊达山上，忍受烦恼的煎磨。”

一番话极大地纷扰了他的心境，强有力的裂地之神答道：
“赫拉，你的话太过鲁莽，你都说了些什么！
我无意和克罗诺斯之子宙斯战斗，哪怕
和所有的神明一起，大神的勇力远非我等可以及比！”

就这样，他俩你来我往，一番争说。地面上，
阿开亚人正拥塞在从沟墙到海船的
区域，武装的兵丁和众多的车马，
受普里阿摩斯之子、战神般迅捷的赫克托耳
逼挤，一介凡人，宙斯正使他获得光荣。
若不是天后赫拉唤起阿伽门农的战斗激情，
催他快步跑去，激励属下的兵勇，
赫克托耳可能已把熊熊的烈火引上匀称的海船。
阿伽门农迈开双腿，沿着阿开亚人的海船和营棚，
粗壮的手中提着一领绛红色的大披篷，
站在奥德修斯那乌黑、宽大、深旷的海船边——
停驻在船队中部——以便一声呼喊，便可传及两翼，
既可及达忒拉蒙之子埃阿斯的营地，
亦可飘至阿基琉斯的兵棚；坚信自己的刚勇和
臂力，他俩把匀称的海船分别停驻在船队的两头。
他提高嗓门，用尖亮的声音对达奈人喊道：
“可耻啊，你们这些阿耳吉维人！废物，白披了一身漂亮的
甲衣！那些个豪言壮语呢？你们不是自诩为最勇敢的人吗？
在莱姆诺斯，你们曾趾高气扬地吹擂，撑饱了
长角肥牛的鲜肉，就着潽满的缸碗，
开怀痛饮，大言不惭地声称，战斗中
你们每人都可抵打一百，甚至两百个

特洛伊人。现在呢？我们全都加在一起，还打不过
一个人，一个赫克托耳；此人马上即会烧焚我们的海船！
父亲宙斯，过去，你可曾如此凶狠地打击过
一位强有力的王者，夺走他受人仰慕的光荣？
当我乘坐带凳板的海船，开始了进兵此地的倒霉的航程，
每逢路过你铸工精致的祭坛，说实话，我都不敢忽略，
每次都给你焚烧公牛的油脂和腿肉，
盼望着能够早日荡平墙垣精固的特洛伊。
求求你，宙斯，至少允诺我的此番祈愿：
让我的阿开亚兵勇摆脱险境，死里逃生，
不要让他们倒死在特洛伊人手中！”

　　他朗声求告，泪水横流；宙斯见状，心生怜悯，
点头答应，答应让他们不死，让他们存活。
他随即遣下一只苍鹰，飞禽中兆示最准的羽鸟，
爪上掐着一头小鹿，一头善跑的母鹿的幼仔，
扔放在他精美的祭坛旁，阿开亚人
敬祭发送兆示的宙斯，就在那个地方。
他们看到了大鹰，知道此乃宙斯差来的飞鸟，
随即重振战斗的激情，对着特洛伊人冲扑。

　　战场上，达奈人尽管人数众多，但谁也不敢声称，
他的快马已赶过图丟斯之子的战车，
冲过壕沟，进入手对手的杀斗。
狄俄墨得斯率先杀死一位特洛伊首领，
夫拉得蒙之子阿格劳斯，其时正转车逃遁。
就在他转身之际，投枪击中脊背，
双胛之间，长驱直入，穿透了胸脯。
他扑身倒出战车，铠甲在身上铿锵作响。

狄俄墨得斯身后，是阿特柔斯的儿子，阿伽门农和墨奈劳斯，
随后是两位埃阿斯，带着凶蛮的战斗激情，
再后面是伊多墨纽斯和他的伙伴，
杀人狂厄努阿利俄斯[1]一般勇莽的墨里俄奈斯，
还有欧鲁普洛斯，欧埃蒙光荣的儿子。
丢克罗斯战斗在上述八人之后，拉紧他的弯弓，
藏身在忒拉蒙之子埃阿斯的盾后，
后者挺着盾牌，挡护着他的躯身。壮士
在盾后捕捉目标，每当射中人群里的一个敌手，
使其倒死在中箭之地，他就
跑回埃阿斯身边——像孩子跑回母亲的
怀抱——后者送过闪亮的盾牌，遮护他的躯身。

谁是出类拔萃的丢克罗斯第一个射倒的特洛伊战勇？
俄耳西洛科斯首先倒地，然后是俄耳墨诺斯、俄菲勒斯忒斯、
代托耳、克罗米俄斯和神一样的鲁科丰忒斯，
还有阿莫帕昂，波鲁埃蒙之子，和墨拉尼波斯。
他把这些战勇放倒在丰腴的土地上，一个紧接着一个。
目睹他打乱了特洛伊人的队阵，用那把
强有力的弯弓，阿伽门农，民众的王者，心里高兴，
走去站在他的身边，对他喊道：
“丢克罗斯，亲爱的，军队的首领，忒拉蒙的儿郎！
继续射击，给达奈人，当然还有你的父亲，
致送念想见到的光芒！在你幼小之时，尽管出自私生，
忒拉蒙关心爱护，在自己的家里把你养大。
现在，虽然远隔重洋，你将为他争得荣光。
我还有一事相告，它将成为现状：

---

① 厄努阿利俄斯：即战神阿瑞斯，比较 7 · 166。

如果带埃吉斯的宙斯和雅典娜答应让我
攻破构筑坚固的城堡伊利昂，
继我之后，我将把丰硕的战礼最先放入
你的手中，一个三脚鼎锅，或两匹骏马，连同战车，
或一名女子，和你共寝同床。”

听罢这番话，豪勇的丢克罗斯说讲，答道：
“阿特柔斯之子，最尊贵的王者。对于我，一个渴望战斗
的人，你何须敦促？从我们试图把特洛伊人赶回
伊利昂的时候起，只要勇力尚在，我就战斗不止。
从那时起，我就一直潜行在这一带，携着弓箭，
射杀敌手。我已发出八支倒钩尖长的利箭，
全都扎进敌人的躯体，手脚利索的年轻人。
然而，我还不曾击倒赫克托耳，宰了这条疯狗！”

言罢，他又开弓放出一支飞箭，
直奔赫克托耳，一心盼望着击中目标，然而
箭头没有使他如愿，却放倒了普里阿摩斯另一个强壮的
儿子，勇敢的戈耳古西昂，打在胸脯上。
普里阿摩斯娶了戈耳古西昂的母亲，美丽的卡丝提娅内拉，
埃苏墨人，有着女神般的身段。
他脑袋一晃，侧倒在肩上，犹如花圃里的一枝罂粟，
垂着头，受累于果实的重压和春雨的侵打；
就像这样，他的头颅耷拉在一边，吃不住铜盔的分量。

丢克罗斯再次开弓，射出一支飞箭，
直奔赫克托耳，一心盼望着把他击倒，然而
箭头再次偏离目标，被阿波罗拨至一边，
击中阿耳开普托勒摩斯，赫克托耳勇敢的驭手，

其时正放马冲刺，扎在胸脯上，奶头边。
他翻身倒下战车，捷蹄的快马惊恐，
闪向一边。他躺倒在地，生命和勇力碎散飘荡。
见此情景，赫克托耳感到一阵钻心的楚痛，
然而，尽管伤心，他撇下朋友的尸体，
招呼站在近旁的兄弟开勃里俄奈斯，要他
提缰驭马，后者欣然从命。但赫克托耳
自己则从闪亮的马车上一跃而下，发出一声
可怕的呼吼，搬起一块巨大的石头，
直扑丢克罗斯，恨不能即刻把他砸个稀烂。
其时，丢克罗斯已从箭筒里抽出一枚致命的羽箭，
搭上弓弦，齐胸拉开。就在此时，
对着锁骨一带，脖子和大胸相连的部位，
一个最为致命的落点，头盔闪亮的赫克托耳
挟着凶暴的狂怒，砸出粗莽的顽石，
捣烂筋腱，麻木了他的臂腕。
他身子瘫软，单腿支地，长弓脱手而去。
但是，埃阿斯没有扔下岌岌可危的兄弟，而是
冲跑过去，跨站在他的两边，用巨盾挡护着他的躯体。
随后，他的两位亲密伴友，厄基俄斯之子墨基斯丢斯
和卓越的阿拉斯托耳，在盾后弯下身子，架起丢克罗斯，
踏踩着伤者凄厉的吟叫，抬回深旷的海船。

　　其时，俄林波斯神主再次催发特洛伊人的战斗狂烈，
使他们把阿开亚人逼回宽深的壕沟。
赫克托耳，陶醉于自己的勇力，带头冲杀，
像一条猎狗，撒开快腿，猛追着
一头野猪或狮子，赶上后咬住它的后腿
或肋腹，同时防备着猛兽的反扑；

就像这样，赫克托耳紧追不舍长发的阿开亚人，
一个接一个地杀死跑在最后的兵勇，把他们赶得遑遑奔逃。
但是，当乱军夺路溃跑，越过壕沟，绕过
尖桩，许多人死在特洛伊战勇手下，退至海船
一线后，他们收住腿步，站稳脚跟，
相互间大声喊叫，人人扬起双手，
对所有的神明高声诵说。其时，
赫克托耳，睁着戈耳工或杀人狂阿瑞斯的大眼，
驱赶着长鬃飘洒的骏马，来回奔跑在壕沟边沿。

　　目睹此番情景，白臂女神赫拉心生怜悯，
马上喊出长了翅膀的话语，对帕拉丝·雅典娜说道：
“看呀，带埃吉斯的宙斯的女儿！达奈人正在
成堆地死去；在这紧急关头，我们岂能撒手不管？
他们正遭受厄运的折磨，被一个杀红眼的
疯子赶得七零八落，谁也抵挡不了，
赫克托耳，普里阿摩斯之子，已杀得血流成河！”

　　听罢这番话，灰眼睛女神雅典娜答道：
“此人必死无疑，他的勇力将被荡毁殆尽，
死在阿耳吉维人手里，倒在自己的乡园！
然而，父亲狠毒的心肠现时正填满狂怒；
他残忍，总是强蛮横暴，处处挫毁我的计划，
从来不曾想过，我曾多次营救他的儿子，
赫拉克勒斯，欧鲁修斯派给的苦役整得他身腿疲软。
他一次次地对着苍天呼喊，而
宙斯总是差我赶去帮忙，急如星火。
倘若我的智慧能使我料知这一切，
那一日，欧鲁修斯要他去找死神，把守地府大门的王者，

从黑暗的冥界拖回一条猎狗，可怕的死神的獒犬，
他就休想冲出斯图克斯河泼泻的水流。
然而，现在宙斯恨我，顺从了塞提丝的意愿，
她亲吻宙斯的膝盖，托抚着他的下颌，恳求他
赐誉阿基琉斯，城堡的荡劫者。不过，
这一天终会到来，那时，他又会叫我他亲爱的灰眼睛姑娘。
所以，你去牵套我们那坚蹄的骏马，
而我将折回宙斯的家居，带埃吉斯的王者，
全副武装。我倒想看看，当目睹咱俩出现在战场的
车道时，普里阿摩斯之子、头盔闪亮的赫克托耳是否会高兴得
活蹦乱跳！不然，我亦乐意看睹此番佳景：他的某个
特洛伊兵勇，用自己的油脂和血肉
满足狗和兀鸟的食欲，倒死在阿开亚人的船旁!”

雅典娜言罢，白臂女神赫拉听从了她的建议，
赫拉，神界的王后，强有力的克罗诺斯的
女儿，前往整套系戴金笼辔的骏马。
与此同时，雅典娜，带埃吉斯的宙斯的女儿，
在父亲的门槛边脱去舒适的裙袍，
织工精巧，由她亲手制作，
穿上汇集乌云的宙斯的衫套，
扣上自己的铠甲，准备迎接惨烈的战斗。
女神踏上火焰般闪亮的战车，操起一杆枪矛，
粗长、硕大、沉重，用以荡扫战斗的
勇士群伍，强力大神的女儿怒目以对的军阵。
赫拉迅速起鞭策马，时点看守的
天门自动敞开，隆隆作响，
她们把守着俄林波斯和辽阔的天空，
拨开或关合浓密的云雾。

穿过天门，她俩一路疾驰，快马加鞭。

　　但是，父亲宙斯勃然大怒，当他从伊达山上看到此番
情景，命催金翅膀的伊里丝动身前往，带着他的口信：
“快去，迅捷的伊里丝，把她们挡回来，但不要出现在我的
面前，我不想和她们在这场战斗中翻脸。
我要直言相告，我的话将付诸实践。
我将打残轭架下捷蹄的快马，
把她们扔出马车，砸烂车身；
她们将熬过漫长的十年时光，
愈合我用闪电裂开的伤口。这样，才能使
灰眼睛姑娘知道，和父亲争斗意味着什么。
但是，对赫拉，我却不会如此气恼，如此烦愤；
挫阻我的命令，她已习以为常。”

　　宙斯言罢，驾踩风暴的伊里丝即刻出发，带着口信，
从伊达山脉直奔巍伟的俄林波斯。
在峰脊耸叠的俄林波斯的外门，
伊里丝截住了二位女神的去路，转告了宙斯的口信：
“为何如此匆忙？为何如此气急败坏？
克罗诺斯之子不会让你们站到阿耳吉维人一边。
听听宙斯的警告，他将把话语付诸实践。
他将打残你们轭架下捷蹄的快马，
把你俩扔出马车，砸烂车身。
你们将熬过漫长的十年时光，
愈合他用闪电裂开的伤口。这样，
你就会知道，灰眼睛姑娘，和父亲争斗意味着什么。
但是，对赫拉，他却不会如此气恼，如此烦愤；
挫阻宙斯的命令，她已习以为常。

所以，你可要小心在意，你这蛮横而不顾廉耻的东西，
倘若你真的敢对父亲动手，挥起粗重的长枪!”

言罢，快腿的伊里丝动身离去。
其时，赫拉对帕拉丝·雅典娜说道：
“算了，带埃吉斯的宙斯之女，我不能再
和你一起，对宙斯开战，为了一个凡人。
让他们该死的死，该活的活，听天
由命；让宙斯，这是他的权利，随心所欲地
决定特洛伊兵众和达奈人的命运。”

言罢，赫拉掉转马头，赶起坚蹄的骏马。
时点将长鬃飘洒的驭马宽出轭架，
拴系在填满仙料的食槽旁，
把马车停靠在滑亮的内墙边。
两位女神靠息在金铸的座椅上，
和其他神明聚首，强忍着悲伤。

其时，父亲宙斯驾着骏马和轮缘坚固的战车，
从伊达山上回到俄林波斯，来到众神议事的厅堂。
光荣的裂地之神为他宽松驭马的绳套，
将马车搁置在车架上，盖上遮车的篷布。
沉雷远播的宙斯弯身他的黄金宝座，
巍伟的俄林波斯在他脚下摇荡。
只有赫拉和雅典娜远离着他
就座，既不对他说话，也不对他发问。
但是，宙斯心里明白，开口说道：
“为何如此愁眉不展，雅典娜和赫拉？
看来，在凡人争得光荣的战场，你俩还没有忙得

精疲力竭，屠杀你们痛恨的特洛伊人。
瞧瞧我的一切，我的力气，我的无坚不摧的双手！
俄林波斯山上所有的神明联手行动，也休想把我推倒。
至于你等二位，在尚未目睹战斗和痛苦的
战争时，你们那漂亮的肢体就会索索发抖。
我要直言相告，我的话语将付诸实践：
一旦让我的闪电劈碎你们的车马，你们将
再也不能回到神的家居，俄林波斯山上！”

宙斯一番训告，而雅典娜和赫拉却自管小声嘀咕，
坐得很近，谋划着如何使特洛伊人遭殃。
雅典娜静坐不语，面带愠色，
对宙斯，她的父亲；狂烈的暴怒揪揉着她的心房。
但是，赫拉却忍受不了心中的愤怒，对宙斯说道：
“可怕的王者，克罗诺斯之子，你说了些什么？
我们知道你的神力，岂敢和你作对？
然而，尽管如此，我们仍为达奈枪手们痛心，
他们不得不接受悲惨的命运，战死疆场。
是的，我们将不介入战斗，遵照你的命嘱，
只想对阿耳吉维人作些有用的劝导，
使他们不致因为你的愤怒而全军覆灭。”

听罢这番话，汇聚乌云的宙斯说讲，答道：
“明天拂晓，牛眼睛的赫拉王后，你将会
看到，倘若你有这个兴致，克罗诺斯最强健的儿子
将制导一场更大的浩劫，杀死成行成队的阿开亚枪手。
强壮的赫克托耳将不会停止战斗，
直到裴琉斯捷足的儿子立起在船旁——
那天，他们将麇聚在船尾的边沿，

为争夺帕特罗克洛斯的遗体拼死苦战。
此乃注定要发生的事件；至于你和你的愤怒，
我却毫不介意，哪怕你下到大地和海洋的
深底，亚裴托斯和克罗诺斯息居的去处，
没有太阳神呼裴里昂的日光，没有沁人心胸的
和风，只有低陷的塔耳塔罗斯，围箍在他们身旁。
是的，哪怕你在游荡中去了那个地方，我也毫不
在乎你的恨怨；世上找不到比你更不要脸的无赖！”

宙斯如此一番斥训，白臂膀的赫拉沉默不语。
其时，俄开阿诺斯河已收起太阳的余晖，
让黑色的夜晚笼罩盛产谷物的田野。对特洛伊人，
日光的消逝事与愿违；而对阿开亚人，黑夜的
垂临则是三遍祈求得来的香甜。

光荣的赫克托耳召集起所有的特洛伊兵丁，
把他们带离海船，挨着那条水流湍急的大河①，
在一片干净的土地上，没有横七竖八的尸体。
他们从马后步下战车，聆听宙斯钟爱的
赫克托耳训示。他手握枪矛，
十一个肘尺的长度，杆顶闪耀着一支
青铜的矛尖，由一个黄金的圈环箍固。
倚靠着这杆枪矛，赫克托耳对他们喊道：
“听我说，特洛伊人，达耳达尼亚人和盟军朋友们！
我原以为，到这个时候，我们已荡灭阿开亚人，毁了
他们的海船，可以回兵多风的伊利昂。
但是，黑夜降临得如此之快，拯救了阿开亚兵壮

① 那条水流湍急的大河：即斯卡曼得罗斯（或珊索斯）。

和他们的海船，比什么都灵验，在激浪拍岸的滩沿。
好吧，让我们接受黑夜的规劝，整备
食餐，将长鬃飘洒的驭马
宽出轭架，在它们腿前放下食槽。
让我们从城里牵出牛和肥羊，
要快，从家里搬来香甜的饮酒和
食物。我们要垒起一座座柴堆，
这样，就能整夜营火不灭，直至晨曦
初露的时候。众多的火堆熊熊燃烧，映红夜空，
使长发的阿开亚人不致趁着夜色的掩护，
启程归航，踏破浩淼的水路。不，不能让他们
踏上船板，不作一番苦斗！不能让他们优哉游哉地离去！
让他们返家后，仍需治理带血的伤口，
羽箭和锋快的投枪给他们的馈赠，在他们踏上木船的
时候。有此教训，以后，其他人就不敢
再给特洛伊驯马的好手带来战争的难愁。
让宙斯钟爱的使者们通告全城，
要年幼的男孩和鬓发灰白的老人前往
神明兴造的城堡，环绕全城的墙楼；
让他们的妻子燃起一堆大火，在自家的
厅堂；要布下岗哨，彻夜警戒，
以防敌人趁我军离出之际，突袭得手。
这便是我的部署，心志豪莽的特洛伊人，按我说的做。
但愿你们遵从我的严令，驯马的好手，
也听从我明天早晨的呼召！
我要对宙斯和众神祈祷，满怀希望，
让我们赶走阿开亚人，毁了他们，这帮恶狗，
死的命运把他们带到这里，用乌黑的船舟！
今晚，我们要注意防范；明天一早，

拂晓时分，我们将全副武装，
在深旷的船边唤醒凶暴的战神！
我倒要看看，是图丢斯之子，强有力的狄俄墨得斯
把我打离海船，逼回城墙，还是我用铜枪
把他宰掉，带回浸染着鲜血的酬获。
明天，他就会知道自己到底有多大能耐，是否能
顶住我的枪矛。明天，太阳升起之时，
我想，他将倒在前排的队列，
由死去的伙伴簇拥。哦，但愿
我能确信自己永生不死，长存不灭，
如同雅典娜和阿波罗那样受人崇敬，
就像坚信明天是阿开亚人的末日一样确凿！”

　　赫克托耳言罢，特洛伊人报之以赞同的吼声。
他们把热汗津津的驭马宽出轭架，
拴好缰绳，在各自的战车。
他们动作迅速，从城里牵出牛和
肥羊，从家里搬来香甜的饮酒
和食物，垒起一座座柴堆。
他们敬奉全盛的祀祭，给永生的众神，
晚风托着喷香的青烟，扶摇着从平原升向天空，
但幸福的诸神没有享用——他们不愿，
只因切齿痛恨神圣的伊利昂，痛恨
普里阿摩斯和他的手握粗重梣木杆枪矛的兵众。

　　就这样，他们精神饱满，整夜围坐在
进兵的空道，伴随着千百堆熊熊燃烧的营火。
宛如天空中的星宿，遍撒在闪着白光的明月周围，
放射出晶亮的光芒；其时，空气静滞、凝固，

所有高挺的山峰、突兀的石壁和幽深的沟壑
全都清晰可见，透亮的大气，其量不可穷限，从高天
泼泻，凸显出闪亮的群星，使牧羊人乐在心窝；
就像这样，特洛伊人点起繁星般的营火，
在伊利昂城前，两边是珊索斯的水流和船舶。
平原上腾腾燃烧着一千堆营火，每堆火边
坐着五十名兵勇，映衬着明灿灿的光灼。
驭马站在各自的战车旁，咀嚼着燕麦和雪白的
大麦，等待着黎明登上绚美的宝座。

# 第九卷

就这样，特洛伊人彻夜警戒。阿开亚人呢？
神使的恐慌，冷酷无情的骚乱的伙伴，揪揉着他们的心房；
难以忍受的悲痛极大地挫伤了他们中所有最出色的战将。
一如在鱼群游聚的大海，两股劲风卷起水浪，
波瑞阿斯和泽夫罗斯，从斯拉凯横扫过来，
突奔冲袭，掀起浑黑的浪头，汹涌澎湃，
冲散海草，逐波洋面；就像这样，
阿开亚人的心灵纷乱在各自的胸腔。

阿特柔斯之子，强忍心里巨大的悲伤，
穿行在队伍里，命令嗓音清亮的使者
召聚各位，要直呼其名，但不要大声
喧喊，而他自己则将和领头的使者一起操办。
兵勇们在集会地点下坐，垂头丧气。
阿伽门农站起身子，泪水涌注，像一股幽黑的溪泉，
顺着不可爬攀的绝壁，泻淌着暗淡的水流。
他长叹一声，对着阿耳吉维人说道：
“朋友们，阿耳吉维人的首领和统治者们！
宙斯，克罗诺斯之子，已把我推入狂盲的陷阱，
他就是这般凶残！先前，他曾点头答应，
让我在荡劫墙垣精固的伊利昂后启程返航。
现在，我才知道，这是一场赤裸裸的欺骗。他要我

不光不彩地返回阿耳戈斯，折损了众多兵将。
这便是力大无穷的宙斯的作为，使他心火怒放的事情；
在此之前，他已打烂许多城市的顶冠，
今后还会继续砸捣，他的神力谁能抵挡？
算啦，按我说的做，让我们顺从屈服，
登船上路，逃返我们热爱的故乡；
我们永远抢攻不下路面开阔的伊利昂！”

　　他言罢，众人默不作声，全场肃然，
悲痛中，阿开亚人的儿子们半晌说不出话来。
终于，啸吼战场的狄俄墨得斯开口打破了沉寂：
“阿特柔斯之子，我将率先对你的愚蠢开战——
在集会上，我的王者，此乃我的权利。所以，不要对我暴跳
如雷。达奈人中，我的勇气是你嘲讽的第一个目标；
你诬我胆小，不是上战场的材料。这一切，
阿耳吉维人无不知晓，不管是年老，还是年轻的兵壮。
工于心计的克罗诺斯之子给你礼物，循走
两个方向：他给了你那根王杖，使你享有别人不可企及
的尊荣；但他没有给你勇气，一种最强大的力量。
可怜的人！难道你真的以为，阿开亚人的
儿子们就如你所说的那样懦弱，经不起战争的摔打？
不过，如果你真的想走，那就
走你的吧！归途就在眼前，水浪边
停着你从慕凯奈带来的海船，黑压压的一片！
其他长发的阿开亚人将留在这边，
直到攻下这座城堡，攻下特洛伊！即使他们
也想驾着海船，跑回他们热爱的乡园，
我们二人，塞奈洛斯和我，也要留下，用战斗迎来
伊利昂的末日——别忘了，我们和神明一起前来！”

听罢这番话，阿开亚人的儿子们全都放声高呼，
赞同驯马能手狄俄墨得斯的回答。
其时，人群里站起了车战者奈斯托耳，说道：
“图丢斯之子，论战斗，你勇冠全军；
论谋辩，你亦是同龄人中的佼杰。
阿开亚人中，谁也不能轻视你的意见，反驳你的言论。
然而，刚才，你却没有顺着话题，道出解决问题的方案。
我知道，你还年轻；论年龄，你甚至可做我的儿子，
最小的儿子。尽管如此，你，面对阿耳吉维人的
王者，说话头头是道，条理分明。
现在，让我也说上几句，因为我自谓比你年高，
能够兼顾问题的各个方面。谁也不能
蔑视我的话语，包括强有力的阿伽门农。谁个
热衷于和自己人为敌，挑起可怕的争斗，以此沽名钓誉，
谁就将和他的部族、家庭和祖传的习规绝缘。
眼下，我们还是接受黑夜的规劝，准备
晚餐。各处岗哨要准时就位，
布置在护墙前，我们挖出的壕沟边。
这些是我对年轻人的劝导。接着，
应由你，阿特柔斯之子，最高贵的王者，行使统帅的责权。
摆开宴席，招待各位首领；这是你的义务，和你的
身份相符。你的营棚里有的是美酒，
阿开亚人的海船每天从斯拉凯运来，跨越宽阔的海面。
盛情款待是你的份事，你统治着众多的兵民。
众人聚会，我们要看谁能提出最好的建议，
以他的见解是从。眼下，阿开亚人，我们全军，亟须听到
中肯、合用的主张，须知敌人已逼近海船，
燃起千百堆篝火。此情此景，谁能看后心悦？
成败定于今晚，要么全军溃败，要么熬过难关。”

人们认真听完他的讲话，服从了他的安排。
哨兵迅速出动，全副武装，分别由各位头领管带。
他们是：奈斯托耳之子斯拉苏墨得斯，兵士的牧者；
阿斯卡拉福斯和亚尔墨诺斯，阿瑞斯的两个儿子；
墨里俄奈斯、阿法柔斯和德伊普洛斯，
还有卓越的鲁科墨得斯，克雷昂之子。
七位头领负责护卫，各带一百名年轻的兵勇，
手持修长的枪杆。他们走去，
在壕沟和土墙间下坐就位，
点起营火，准备各自的晚餐。

与此同时，阿特柔斯之子领着各路统兵的首领
来到营棚，排开丰盛的宴席；
众首领伸出手来，抓起面前的佳肴。
当他们满足了吃喝的欲望，
奈斯托耳首先发话，提出经过考虑的意见，
在此之前，老人的劝议从来是最合用的良方。
怀着对众人的善意，他起身说道：
“阿特柔斯最尊贵的儿子阿伽门农，民众的国王！
我的劝议将以你开始，也将以你结束，
因为你统治众多生民，宙斯把王杖交在
你的手里，使你有权决断，训导你的属下。
所以，你不仅要说，而且也要听，
要善于纳用别人的建议，当他受心灵的驱使，为了全军的
利益进言。这样，不管他说了什么，功劳都将记在你的名下。
现在，我将告诉你我认为最合宜的办法，
谁也提不出比这更好的劝解，
此念早已有之，已在我心里多时酝酿。
它产生于那一天，神育的王者，你不顾我们的意愿，

从愤怒的阿基琉斯的营棚，强行带走
布里塞伊丝姑娘。就我而言，我曾
竭力劝阻，而你却被高傲和狂怒
蒙住了双眼，屈辱了一位了不起的战勇，一位连神
都尊敬的凡人——你夺走了他的战礼，至今拥占。
然而，即便迟了些，让我们设法弥补，劝他回心转意，
用诚挚的恳求和表示善意的礼件。”

　　听罢这番话，民众的王者阿伽门农说道：
“老人家，你对我的愚狂行为的评述，一分不假。
我是疯了，连我自己也不想否认。阿基琉斯
是个以一当百的壮勇，宙斯对他倾注了欢爱，
眼下，为了给他增光，宙斯正惩治着阿开亚兵汉。
但是，既然我当时瞎了眼，听任恶怒的驱使，
现在，我愿弥补过失，拿出难以估价的偿礼。
当着你等的脸面，我要一一点出这些光彩夺目的礼物：
七个从未过火的三脚鼎，十塔兰同[1]黄金，二十口
闪亮的大锅，十二匹强健的骏马，车赛中
用飞快的蹄腿为我赢得奖品的良驹。一个人，有了
它们为我争来的奖品，就不会缺财少物，
也不会短缺贵重的黄金，
倘若拥有这些坚蹄的骏马替我争来的奖品。
我要给他七名莱斯波斯女子，姿色倾城，
女工精熟——阿基琉斯，是的，在他攻破坚固的
莱斯波斯城后，我为自己挑定的战礼。
我将给他这一切，连同从他那里带走的女子，

---

① 塔兰同：黄金计量单位，所指重量不明。有学者推测，一塔兰同约合一头牛的换价。

布里修斯的女儿。我要庄严起誓，
我从未和她睡觉，从未和她同床，
虽说男女之间，此乃人之常情。
这一切马上即将归他所有；此外，倘若
神祇允许我们荡劫普里阿摩斯宏伟的城堡，
分享战礼时，我们将让他入城，
尽情攫取，用黄金和青铜填满他的船舱。
我们将任他挑选，挑选二十名特洛伊女子，
色貌仅次于阿耳戈斯的海伦。
再者，倘若我们回到阿开亚的阿耳戈斯，成片的沃土，
他可做我的女婿，受到我的尊爱，和俄瑞斯忒斯一样：
我儿现已成年，在舒奢的环境中长大。
我有三个女儿，生活在我的精固的城堡，
克鲁索塞弥丝、劳迪凯和伊菲阿娜莎，
由他选带一位，不要聘礼，
回到裴琉斯的家居。我还要陪送
一份嫁妆，分量之巨，为父者前所未及。
我将给他七座人丁兴旺的城堡，
卡耳达慕勒、厄诺培和芳草萋萋的希瑞，
神圣的菲莱，草泽丰美的安塞亚，
美丽的埃培亚和丰产葡萄的裴达索斯，
全都去海不远，地处多沙的普洛斯的边端。
那里的人民牛羊成群，将像敬神似的敬他，
给他成堆的礼物，顺仰王杖的权威，
接受他的督令，享过美满的生活。
这一切都将成为现实，只要他平息心中的愤怒。
让他服从我的安排。哀地斯从不顺服，残忍凶暴，
因而是凡人恨之最切的神明。
让他顺从我的意志，我乃地位更高的王者，

加之论岁数，我要说，我亦比他年长。”

听罢这番话，奈斯托耳，格瑞尼亚的车战者，答道：
“阿特柔斯最尊贵的儿子，民众的王者阿伽门农，
军营里，谁也不敢小看你给王者阿基琉斯的
礼物。好吧，让我们挑出人选，赶快出发，
前往裴琉斯之子阿基琉斯的营棚。
这样吧，谁被我看中，谁就得执行这项使命。
我打算先挑福伊尼克斯，宙斯钟爱的凡人，由他引路；
让魁伟的埃阿斯和卓越的奥德修斯同行。
至于跟行的使者，我愿推举俄底俄斯和欧鲁巴忒斯。
快端水来，让他们洗净双手，嘱其保持神圣的肃静，
使我们能对克罗诺斯之子祈祷，祈求他的怜悯。”

听罢这番话，众人无不欢欣鼓舞。
使者们随即倒出净水，淋洗他们的双手；
年轻人将美酒注满兑缸，先在众人的
饮具里略倒一点祭神，然后满杯添平在各位的手中。
洒过奠酒，他们开怀痛饮，喝得心满意足，
举步离开阿特柔斯之子阿伽门农的营棚。
奈斯托耳，格瑞尼亚的车战者，对他们谆谆告诫，
锐利的目光扫视着每一个人，尤其是奥德修斯，
要他们好生劝解，说服裴琉斯之子，英勇无敌的阿基琉斯。

于是，埃阿斯和奥德修斯抬腿走去，沿着涛声震响的
海滩，一遍遍地祈祷，对环围和震撼大地的尊神，
希望能顺顺当当地说服阿基琉斯，使他回心转意。
他们行至慕耳弥冬人的营棚和海船，
发现阿基琉斯正拨琴自娱，竖琴

声脆悦耳，做工考究，外表美观，安着银质的琴桥，
得之于掳掠的战礼——他曾攻破厄提昂的城堡。
其时，他正以此琴愉悦心怀，唱颂英雄们的业绩。
帕特罗克洛斯独自坐在对面，静候
埃阿科斯的后代①唱完他的段子。
他们朝着阿基琉斯走去，由卓越的奥德修斯领头，
站在他的面前。阿基琉斯惊喜过望，跳将起来，
手中仍然握着竖琴，离开下坐的椅子；
与此同时，帕特罗克洛斯亦起身相迎。
捷足的阿基琉斯开口招呼，说道：“欢迎，欢迎！
我的朋友们来了，在我求之不得的当口；阿开亚人中，
你们是我最亲密的朋友，即便在眼下怒气冲冲的时候！”

　　卓越的阿基琉斯言罢，引着他们前行，
让他们坐上铺着紫色毛毯的椅子，
随即嘱咐站在近旁的帕特罗克洛斯：
“墨诺伊提俄斯之子，准备一只硕大的兑缸，
调匀浓浓的美酒，再拿一些杯子，人手一个，
今天置身营棚的客人是我最尊爱的朋伴。”

　　帕特罗克洛斯得令而去，遵从亲爱的伴友，
搬起一大块木段，近离燃烧的柴火，
铺上一只绵羊的和一只肥山羊的脊背，
外搭一条肥猪的脊肉，挂着厚厚的油膘。
奥托墨冬抓住生肉，由卓越的阿基琉斯动刀肢解，
仔细地切成小块，挑上叉尖。与此同时，

---

① 埃阿科斯的后代：或“埃阿科斯的儿子”（不能照字面理解）。阿基琉斯乃裴琉斯之子，埃阿科斯的孙子。

墨诺伊提俄斯之子，神一样的凡人，燃起熊熊的柴火。
当木柴烧竭，火苗熄灭后，
他把余烬铺开，悬空架出烤叉，
置于支点上，遍撒出神圣的食盐。
烤熟后，他把肉块脱叉装盘。
接着，帕特罗克洛斯拿出面包，就着精美的条篮，
放在桌面上；与此同时，阿基琉斯分放着烤肉。
随后，他在对面的墙边下坐，朝对神一样的
奥德修斯，嘱告帕特罗克洛斯，他的伙伴，
献肉祭神，后者把头刀割下的熟肉扔进火里。
祭毕，他们伸手抓起眼前的佳肴。
当他们满足了吃喝的欲望，
埃阿斯对福伊尼克斯点头示意，卓越的奥德修斯见状，
满斟一杯，对着阿基琉斯举起说道：
“祝你健康，阿基琉斯！我们不缺可口的美味，
无论是在阿特柔斯之子阿伽门农的餐桌前，
还是现在，置身于你的营棚中，我们有吃喝不完的
酒肉。但是，缠磨我们心绪的，此刻不是可口的美食，而是
一种极其巨大的麻烦。看着这种前景，宙斯哺育的王者，我们
不能不怕。我们能否保住凳板坚固的海船，
抑或它们将被摧毁，除非你能出力赴战。
特洛伊人气势汹汹，会同声名遐迩的盟友，
正围抵着护墙和海船驻兵，沿着营地
点起千百堆篝火，不再以为受到
围阻，而是准备杀上乌黑的海船。
克罗诺斯之子宙斯甩出闪电，打在他们的右前方，
显送了吉祥的示兆，而赫克托耳则挟着勇力，
坚信宙斯的助佑，以不可抵御的狂怒，横扫战场，
神人不让！狂烈的暴怒迷盲了他的心窍。

他企盼神圣的黎明尽快到来，
扬言要砍断船尾的耸角，
用猖莽的烈火烧毁海船，杀死
逃生烟火的阿开亚兵汉。
对这一切，我打心眼里害怕，担心
神明会兑现他们的恫告，担心我等是否
命里注定要死在这里，远离阿耳戈斯，马草肥美的故乡。
振作起来，如果你还想——尽管为时已晚——
把遭受重创的阿开亚人的儿子们救出特洛伊人的屠宰。
拒绝吗？日后，你的心灵将为之楚痛；灾祸一旦造成，
便再也找不到补救的途径。行动起来，趁着还有一点时间，
好好想一想，如何为达奈人挡开这个倒霉的日子！
哦，我的老朋友，还记得临行前乃父对你的嘱告吗？
那一天，他让你离开弗西亚，前往聚会阿伽门农：
‘要力气，我的儿，雅典娜和赫拉，如果愿意，
自会赐送给你；但是，你要克制自己的盛怒，
你那颗高傲的心魂。心平气和，息事宁人，
不要卷入争吵，害人的纠纷。如此，阿耳吉维兵壮
会加倍敬你，无论是年轻、还是年老的战勇。’
这便是老人的叮嘱，你已忘得一干二净。然而，时至今日，
你仍可抓住最后的时机，甩掉残害身心的暴怒。
阿伽门农将给你丰厚的偿礼，只要你接受息怒的要求。
听着，听我数说他已答应给你的
礼物，全都堆挤在他的营棚：
七个从未过火的三脚鼎，十塔兰同黄金，二十口
闪亮的大锅，十二匹强健的骏马，车赛中
用飞快的蹄腿为他赢得奖品的良驹。一个人，有了
它们为他争来的奖品，就不会缺财少物，
也不会短缺贵重的黄金——倘若拥有

阿伽门农那快腿的骏马为他争回的奖品。
他将给你七名莱斯波斯女子，姿色倾城，
女工精熟——你，阿基琉斯，攻破坚固的
莱斯波斯后，他为自己挑定的战礼。
他将给你这一切，连同他从你这里带走的女子，
布里修斯的女儿。他还庄严起誓，
他从未和姑娘睡觉，从未和她同床，
虽说男女之间，我的王爷啊，此乃人之常情。
这一切马上就将归你所有。此外，倘若
神祇允许我们荡劫普里阿摩斯宏伟的城堡，
分享战礼时，我们将让你入城，
尽情攫取，用黄金和青铜填满你的船舱。
你可挑选二十名特洛伊女子，
色貌仅次于阿耳戈斯的海伦。
再者，倘若我们回到阿开亚的阿耳戈斯，成片的沃土，
你可做他的女婿，受到他的尊爱，和俄瑞斯忒斯一样：
王子现已成年，在舒奢的环境中长大。
他有三个女儿，生活在王者精固的城堡，
克鲁索塞弥丝、劳迪凯和伊菲阿娜莎，
由你选带一位，不要聘礼，
回到裴琉斯的家居。他还要陪送
一份嫁妆，分量之巨，为父者前所未及。
他将给你七座人丁兴旺的城堡，
卡耳达慕勒、厄诺培和芳草萋萋的希瑞，
神圣的菲莱，草泽丰美的安塞亚。
美丽的埃培亚和丰产葡萄的裴达索斯。
全都去海不远，地处多沙的普洛斯的边端。
那里的人民牛羊成群，将像敬神似的敬你，
给你成堆的礼物，顺仰王杖的权威，

接从你的督令，享过美满的生活。
他将使这一切成为现实，只要你平息心中的愤怒。
但是，倘若你因此更加痛恨阿特柔斯之子，
恨他的为人和礼物，至少也应怜悯其他
阿开亚人，此时正饱受着战争的煎磨，他们会像敬神
似的敬你。在他们眼里，你将成为功业显赫的英雄。
现在，你或许可以杀了赫克托耳；他会挟着凶野的狂怒，
冲到你的面前——他以为，在坐船来到
此地的其他达奈人中，没有他的对手。”

　　听罢这番话，捷足的阿基琉斯说讲，答道：
“莱耳忒斯之子，宙斯的后裔，多谋善断的奥德修斯，
我必须直抒己见，告诉你
我的想法，以及事情的结局，使你们
不至轮番前来，坐在我的身边，唠叨个没完。
我痛恨死神的家门，也痛恨那个家伙，
他心口不一，想的是一套，说的是另一套。
然而，我将对你有话直说，把最合宜的话语相告。
阿特柔斯之子阿伽门农不能把我说服，告诉你，
其他达奈人亦然。瞧瞧我的处境，
和强敌搏杀，不停息地战斗，最后却得不到什么酬还。
命运以同样的方式对待退缩不前和勇敢战斗的人们，
同样的荣誉等待着勇士和懦夫。
死亡照降不误，无论你游手偷闲，还是出力干活。
我得到了什么呢？啥也没有；只是在永无休止的
恶战中耗磨我的生命，折磨自己的身心。
像一只鸟母，衔着碎小的食物，不管找到什么，
哺喂待长羽翅的雏小，而自己却总是含辛茹苦；
就像这样，我熬过了一个个不眠之夜，

挨过了一天天喋血的苦斗，
为了抢夺敌方壮勇的妻子，和他们拼死抗争。
驾着海船，我荡劫过十二座城堡；经由陆路，
在肥沃的特洛伊大地，我记得，我还劫扫过十一座。
我掠得大量的战礼，成堆的好东西，从这些城堡，
拖拽回来，交给阿伽门农，阿特柔斯
之子。此人总是蹭守在后面的快船边，
收下战礼，一点一点地分给别人，自己却独占大头。
他把某些战礼分给首领和王者，而他们至今保留着
自己的份额。惟独从我这里，在所有阿开亚人中，他夺走并
强占了我的床伴，心爱的女人。让他去和布里塞伊丝睡觉，
享受同床的欢乐！然而，阿耳吉维人为何对特洛伊人
开战？阿特柔斯之子又为何招兵募马，把我们
带到这里？还不是为了夺回长发秀美的海伦？
凡人中，难道只有阿特柔斯的两个儿子才知道
钟爱自己的妻房？不！任何体面、懂事的男子都
喜欢和钟爱自己的女人，像我一样，
真心热爱我的布里塞伊丝，虽然她是我用枪矛掳来的女俘。
现在，阿伽门农已从我手中夺走我的战礼，欺骗了我，
难道还好意思劝我回心转意吗？我了解这个人；他休想把我
说服！奥德修斯，让他和你及其他王者们商议，
如何将凶莽的烈火挡离他的海船。
瞧，没有我，他也完成了一项重大的工程，
筑起了一堵护墙，围着它挖出一条壕沟，
一条宽阔深广的沟堑，埋设了尖桩。不过，
即便如此，他仍然挡不住杀人狂赫克托耳的
勇力。当我和阿开亚人一起战斗时，
赫克托耳从来不敢远离城墙冲杀，
最多只能跑到斯卡亚门和橡树一带。那一天，

他见我只身一人，打算交手，差一点没有躲过我的击杀。
但现在，我却无意和卓越的赫克托耳打斗。
明天一早，我将祀祭宙斯和各位神灵，
装满我的海船，驶向汪洋大海。
如果你愿意，如果你有这个兴趣，不妨出来看看，
曙光里，我的船队行驶在赫勒斯庞特水面，鱼群游聚的地方；
我的水手稳坐凳板，兴致勃勃地向前荡桨！
倘若光荣的裂地之神送赐一条安全的水路，
迎着第三天的昼光，我们即可踏上土地肥沃的弗西亚。
家乡有我丰足的财富，全被撇在身后，为了开始
那次倒霉的航程。从这里，我将带回更多的东西，
黄金、绛红的青铜、束腰秀美的女子和灰铁——
这一切，都是我苦战所得的份子。但是，我失去了我的战礼，
那个把它给我的人，阿特柔斯之子，强有力的阿伽门农，复又
横蛮地把它夺走。回去吧，把我说的一切全部公公开开地
告诉他，这样，如果他下次再存心蒙骗另一个
达奈人——这家伙总是这般厚颜无耻——
人们便会出于公愤，群起攻之。然而，尽管他像
狗一样勇莽，他却不敢再正视我的眼睛！
我再也不会和他议事，也不会和他一起行动。
他骗了我，也伤害了我。我绝不会再被他的
花言巧语所迷惑——一次还不够吗?！让他
在舒适中毁败，精擅谋略的宙斯已夺走他的心智。
我讨厌他的礼物。在我眼里，它就像屑末一般。
我不会改变主意，哪怕他给我十倍甚至二十倍的东西，
就像他现在拥有的这么多，哪怕他能从其他地方挖出更多
的财物，无论是汇集在俄耳科墨诺斯的库藏，还是积聚在
塞拜的珍宝，这座埃及人的城市，拥藏着人间最丰盈的
财富，塞拜，拥有一百座大门的城！通过每个城门，冲驰出

两百名武士，驾赶着车马，杀奔战场！
我绝不会改变主意，哪怕他的礼物多得像沙粒和泥尘一样！
即便如此，阿伽门农也休想使我回心转意；
我要他彻底偿付他的横蛮给我带来的揪心裂肺的屈辱！
我也不会和阿特柔斯之子阿伽门农的女儿成婚，
哪怕她姿色胜过金色的阿芙罗底忒，
女工胜过灰眼睛的雅典娜——即便如此，
我也不会要她！让他另外找个阿开亚女婿，
找个他喜欢的，比我更具王者气派的精壮！
倘若神祇让我活命，倘若我能生还家园，
裴琉斯会亲自张罗，为我选定妻房。
众多的阿开亚姑娘等候在赫拉斯和弗西亚，
各处头领的女儿，她们的父亲统守着各自的城堡。
我可任意挑选一位，做我亲爱的夫人。
我的内心一次次地催促，催我在家乡
挑一位称心如意的伴侣，结婚成亲，
共享年迈的裴琉斯争聚的财富。我以为，
我的生命比财富更为可贵——即便是，按人们所说的，
在过去的日子里，阿开亚人的儿子们尚未到来的和平时期，
伊利昂，这座坚固的城堡，曾经拥有的全部金银；
即便是弓箭之神用硬石封挡起来的珍宝，
福伊波斯·阿波罗的库藏，在石岩嶙峋的普索。
牛和肥羊可以通过劫掠获取，
三脚鼎锅和栗黄的好马可以通过交易获得，
但人的魂息，一旦滑出齿隙，便
无法再用暴劫追回，也不能通过易贾复归。
我的母亲、银脚塞提丝对我说过，
我带着两种命运，走向死的末日：
如果待在这里，战斗在特洛伊人的城边，

我虽返家无望，却可赢得永久的光荣；
如果返回家园，回到我所热爱的故乡，
我的显赫荣誉将不复存在，却可
怡享天年，死的终期将不会匆匆临头。
此外，我还要敦劝大家返航
回家，因为破城无望，沉雷远播的宙斯
正用他的巨手护盖着陡峭的城堡，
高耸的伊利昂，它的士兵正越战越勇。
所以，你等回去复见阿开亚人的首领，
带着我的口信，此乃统兵者的权益：
让他们好好想一想，找出个更好的办法，
救护自己的海船，拯救阿开亚人的军队，
傍临深旷的海船。由于我盛怒未息，眼下的方案，
即他们设计的打法，不会改变战局。
不过，可让福伊尼克斯留下，在此过夜，
以便明晨坐船，返回我们热爱的故乡。
但此事取决于他的意愿，本人无意逼迫牵强。”

　　阿基琉斯言罢，众人缄默，肃然无声，
惊诧于他的话语，强厉的言词。
终于，年迈的车战者福伊尼克斯开口打破沉寂，
他泪如雨下，担心着阿开亚人的船舟：
“真的一心想要回家吗，光荣的阿基琉斯？
真的不愿把这无情的烈火挡离我们
迅捷的海船？看来，胸中的暴怒确已迷糊了你的心智！
至于我，我又怎能和你分离，亲爱的孩子，留在此地，
孑然一身？年迈的车战者裴琉斯要我和你同行，
那一天，他让你离开弗西亚，参加阿伽门农的远征，
你，一个未经世故的孩子，既不会应付战争的险恶，

也没有辩说的经验——雄辩使人出类拔萃。
所以，他让我和你同行，教你掌握这些本领，
成为一名能说会道的辩者，敢作敢为的勇士。
为此，我不愿离开你，我的孩子，不愿
留在此地，即使神明亲口对我许愿，
替我刮去年龄的皱层，使我重返青壮，
像当年首次离开出美女的赫拉斯时那样，
为了逃离和父亲、俄耳墨诺斯之子阿门托耳的
纠葛——那时，他正大发雷霆，为了一个秀发的情妇。
他对此女恩爱有加，冷辱了原配的妻子，
我的母亲；后者一次次地抱住我的膝盖，恳求我
和他的情人睡觉，使她讨厌老人的爱情。我接受
母亲的恳求，做了她要我做的事情。但是，父亲疑心顿起，
对我咒语重重，祈求残忍的复仇女神，
让我永远不得生子，出自我的精血，嬉闹在
他的膝头。神祗答应了他的请求，统管地府的
宙斯[1]和尊贵的女神裴耳塞丰奈。
于是，我产生了杀他的念头，用锋快的青铜，
但一位神明阻止了我的暴怒，要我当心
纷扬的谣传，记住人言可畏，
不要让阿开亚人咒骂：此人杀了自己的亲爹！
其时，我心绪纷乱，热血沸腾，面对
狂怒的父亲，再也无法徜行在他的房居。
然而，一群同族的亲友和堂表兄弟围着我，
把我留在家院，求我不要出走。
他们宰了众多肥羊，腿步蹒跚的弯角
壮牛，还有成群的肥猪，挂着晶亮的油膘，

---

① 统管地府的宙斯：指哀地斯。

挑上叉尖，架上赫法伊斯托斯的柴火，烧去畜毛。
大家伙开怀痛饮，喝干了老人收藏的一坛坛浆酒。
一连九个晚上，他们伴随在我的身旁，
轮番守候。柴火熊熊，从未熄灭，
一堆点在篱墙坚固的庭院里，门边的柱廊下，
另一堆燃烧在我睡房门外的厅廊里。
及至第十个夜晚，伸手不见五指，
我捅破睡房制合坚固的房门，
溜之大吉，跃过院墙，
动作轻盈，瞒过了看守和女仆。
接着，我远走高飞，浪迹在辽阔的赫拉斯，
最后来到土地肥沃的弗西亚，羊群的母亲，
找到国王裴琉斯，后者热情地收留了我。
裴琉斯爱我，就像父亲疼爱自己的儿子，
承继丰广家产的独苗。他使我
成为富人，给了我众多的族民，
统治着多洛裴斯人，坐镇在弗西亚的最边端。
阿基琉斯，我培育了你，使你像神一样英武；
我爱你，发自内心。儿时，你不愿跟别人
外出赴宴，或在自己的厅堂里用餐，
除非我让你坐在我的膝头，先割下小块的碎肉，
让你吃个痛快，再把酒杯贴近你的嘴唇。
你常常吐出酒来，浸湿我的衫衣，
小孩子随心所欲，弄得我狼狈不堪。
就这样，我为你耿耿辛劳，吃够了苦头，
心里老是嘀咕，神明竟然不让我有亲生的
儿子。所以，神一样的阿基琉斯，我把你
当做自己的孩子，指望有朝一日，你能为我排解灾愁。
今天，阿基琉斯，压下你这狂暴的盛怒！你不能

如此铁石心肠。就连神明也会屈让，尽管
他们的杰卓、荣誉和力量我们难以比攀。
倘若有人做下错事，犯了规矩，他可通过恳求
甚至使神祇姑息容让，用祭品和
虔诚的许愿，用满杯的奠酒和浓熟的香烟。
要知道，祈求是强有力的宙斯之女，她们
瘸着腿，满脸皱纹，睁着斜视的眼睛，
艰难地迈着步子，总是留心跟行在毁灭的后面。
毁灭腿脚强健、迅捷，远远超赶过
每一位祈求，抢先行至各地，使人们
失足受难。祈求跟在后面，医治她们带来的伤怨。
当宙斯的女儿走近，有人如果尊敬她们，
她们便会给他带来莫大的好处，聆听他的求告；
但是，倘若有人离弃她们，用粗暴的言词一味拒绝，
她们就会走向宙斯，克罗诺斯之子，求他
嘱令毁灭，追拿此人，使他遭惩，吃罪受难。
息怒吧，阿基琉斯，尊敬宙斯的女儿，你不应
例外；尊敬能使所有高贵之人改变心念。
倘若阿特柔斯之子没有表示要给你这些礼物，并
列数了更多的承诺，倘若他还暴怒不息，
我便决然不会劝你罢息怒气，前往
助保阿耳吉维兵壮，尽管他们需要你，心急火燎。
但现在，他要给你这么多财礼，并答应日后还有更多。
他派出最好的人来求你，从阿开亚
军队中挑选出来的首领，全军中
你最尊爱的朋友。不要让他们白费唇舌，
虚劳此行，虽然在此之前，谁也不能责怪你的愤怒。
从前，也有此类事情，我们听说过，
狂暴的盛怒折服过了不起的英雄。

然而，人们仍然可用礼物和劝说使他们回心转意。
我还记得一段旧事，一件不是新近发生的往事，我还记得
它的经过。你们都是我的朋友，我愿对你们旧事重提。

“卡鲁冬城下，库瑞忒斯人和壮实的埃托利亚人[1]
曾经大打出手，你杀我砍，
埃托利亚人保卫着美丽的卡鲁冬，而库瑞忒斯人
则急不可待地意欲毁掉它的城垣。
事发的起因是俄伊纽斯没有把最先摘取的鲜果
奉献给享用金座的阿耳忒弥丝，愤怒的女神于是
降下灾祸——他让众神享用丰盛的祀祭，
惟独落下了大神宙斯的这个女儿。
他忘了，或许是疏忽了，真是糊涂！
愤怒的羽箭女神，宙斯的孩子，
赶来一头凶猛的野猪，龇着一对白铮铮的獠牙，
横冲直撞，肆意蹂躏俄伊纽斯的果园。
掀翻一棵棵果树，横七竖八地倒躺，
根须暴露，花果落地，林园毁于一旦。
但是，墨勒阿革罗斯，俄伊纽斯之子，杀了野猪，
召聚起许多猎手，来自众多的城堡，带着
猎狗——须知人少了除不掉这个畜牲，
长得如此粗大，把许多活人送上了沾满泪水的柴火。
然而，女神随之又挑起一场争端，杀声震天的
战斗，为了抢夺猪头和粗糙的皮张，
库瑞忒斯人和心胸豪壮的埃托利亚人以死相争。
只要嗜战的墨勒阿革罗斯不停止战斗，
库瑞忒斯人便只有节节败退，尽管人多势众，

① 埃托利亚人：此处取其狭义，指卡鲁冬人。

甚至难以在自己的城前站稳脚跟。
然而，当暴怒揪住墨勒阿革罗斯——同样的愤怒
也会袭扫其他人的心胸，虽然他们较能克制——
他，心怀对母亲阿尔莎娅的愤怒，
躺倒床上，妻子的身边，克勒娥帕特拉，貌美，
欧厄诺斯的千金、脚型秀美的玛耳裴莎
和伊达斯的女儿，伊达斯，当时人世间
最强健的壮勇，为了这位脚型秀美的女子，
甚至对着福伊波斯·阿波罗端起过弓杆。
在自家的厅堂里，玛耳裴莎的父亲和尊贵的母亲
总爱叫她阿尔库娥奈①，作为别名，因为她的亲娘，
悲念她的不幸，曾像海鸟似的凄叫，
悲哭发箭远方的福伊波斯·阿波罗夺走她的女儿。
其时，睡躺在克勒娥帕特拉身旁，墨勒阿革罗斯心情愤懑
忧悒，痛恨母亲的诅咒——出于对兄弟之死的
哀悼，她祈求神明惩罚自己的儿男。
她死命击打滋养万物的大地，
蹲跪在地上，泪湿胸前的褶片，
对着死神和尊贵的裴耳塞丰奈哭叫，
求神杀死她的儿子，被善行夜路的厄里努丝、
心狠手辣的复仇女神听见，在黑洞洞的冥府。
突然间，门外响起喧喊，库瑞忒斯人发出震天的吼声，
把城楼打得嘣嘣作响。埃托利亚人的首领们苦苦
劝求，派来了敬奉神明的最高贵的祭司，
要他出战保卫城民。他们答应拿出一份厚礼，
让他在美丽的卡鲁冬，土质最丰腴的
地段，挑选一块上好的属地，

---

① 阿尔库娥奈：Alkuone，意为“翠鸟”（一种食鱼的海鸟）。

五十古额[1]之多，一半为葡萄园，
另一半是平原上的沃野，静候犁耕。
年迈的车战者俄伊纽斯一遍遍地求他，
站在顶面高耸的睡房的门槛前，
摇动紧闩的房门，恳求自己的儿子。
尊贵的母亲和姐妹们也来一次次地
相求，只是遭到更严厉的拒绝。前来求劝的
还有战场上的伙伴，他最尊敬和喜爱的人们。
然而，就连他们也不能使他心还，
直到石块猛击着他的睡房，库瑞忒斯人
开始爬攀城墙，放火焚烧雄伟的城堡。
终于，墨勒阿革罗斯束腰秀美的妻子也开始求劝，
泪水涌注，对他数说破城后
市民们将要遭受的种种苦难：
他们将杀尽男人，把城市烧成灰烬，
陌生的兵丁将掳走儿童和束腰紧身的妇女。
耳听此般描述，墨勒阿革罗斯热血沸腾，
起身扣上锃亮的铠甲，冲出房门。
就这样，他屈从了心灵的驱策，使埃托利亚人
避免了末日的苦痛。然而，城民们已不再会给他丰足的礼物，
成堆的好东西；尽管如此，他还是为前者挡开了一场愁灾。
听着，我的朋友，不要把这种念头埋在心里，
不要让激情把你推上歧路。事情将会
难办许多，及至木船着火，再去抢救。接过可以
到手的礼物，投入战斗！阿开亚人会像敬神似的敬你。

---

① 五十古额：pentekontoguon，由 pentekonta（五十）和 gues（犁柄）二词组合而成，具体指量不明。参看《奥德赛》7 · 113 及相关注释。有古代学者推测，一个古额（gue，复数 guai）所示的土地面积大致和一个佩勒斯隆（21 · 407,《奥德赛》11 · 577）等量。

如果拒绝偿礼，以后又介入屠人的战斗，
你的荣誉就不会如此显赫，尽管打退了敌手。”

听罢这番话，捷足的阿基琉斯说讲，答道：
“我不需要这份荣誉，宙斯养育的福伊尼克斯，我年迈的
父亲。我以为，我已从宙斯的谕令中得到光荣，
它将伴随着我，在这弯翘的海船边，只要生命的
魂息还驻留在我的胸腔，只要我的双膝还能站挺直立。
我还有一事相告，你要牢记心中。
不要再哭哭啼啼，用悲伤来烦扰我的心灵，
讨取壮士阿伽门农的欢喜。为他争光，
于你无益；这会引来我的愤恨，虽然我很爱你。
和我一起，伤害攻击我的人，你应该由此感到舒怡。
同我一起为王，平分我的荣誉。
他们会带回劝答的结果，你就留在这里，
睡在松软的床上。明晨拂晓，我们将决定
是返航回家，还是继续逗留此地。”

言罢，他拧着双眉，对着帕特罗克洛斯默默点头，
要他为福伊尼克斯准备一张铺垫厚实的睡床，以此
告示来者，要他们赶快动身。其时，忒拉蒙之子、
神一样的埃阿斯见此情景，开口说道：
“我们走吧，莱耳忒斯之子，宙斯的后裔，多谋善断的
奥德修斯。我想，此番出使，恳切的劝说，
不会得到什么结果，倒不如赶快回去，
把事情的经过，不是什么好消息，转告达奈兵壮，
他们正坐等我们的回归。阿基琉斯
已把胸中高傲的心志推向狂暴。
他粗鲁、横蛮，漠视朋友的尊谊——

我们给他的东西比给谁的都多，在停驻的海船边。
好一个冷酷无情的莽汉！换个人，谁都会接受偿礼，
杀亲的血债，兄弟的，孩子的；而杀人者，
只要付出赔偿，仍可安居在自己的国度。
接收偿礼后，受害者的亲人会克制自己的高豪，
让愤怒平息。但是，你，神明已在你心中引发了狂蛮和
不可平息的盛怒，仅仅为了一个
姑娘呕气！然而，我们答应给你七名绝色的女子，
外加成堆的财物。阿基琉斯，在你的心里注入几分仁慈，
尊敬你自己的房居。瞧，我们都在你的屋顶下，
代表达奈全军。所有阿开亚人中，我们比谁都
更加切望，做你最尊爱的朋友，最为亲近。”

　　听罢这番话，捷足的阿基琉斯说讲，答道：
“埃阿斯，忒拉蒙之子，宙斯的后裔，军队的首领，
你说的一切都对，几乎道出了我的心声。
然而，我的心中仍然充满愤怒，每当
想起阿特柔斯之子对我的侮辱，当着
阿耳吉维人的面，仿佛我是个受人鄙弃的流浪汉。
你们这就回去，给他捎去我的口信：
我将不会考虑重上浴血的战场，
直到普里阿摩斯之子、卓越的赫克托耳
一路杀来，冲至慕耳弥冬人的海船和营棚，
涂炭阿耳吉维兵勇，放火烧黑我们的海船。
然而，尽管杀红了双眼，我相信，此人
必将受到遏阻，在我的营棚边，乌黑的海船旁。”

　　阿基琉斯言罢，他们拿起双把的酒杯，人手一个，
洒过奠酒，由奥德修斯领头，沿着海船回行。
与此同时，帕特罗克洛斯嘱令伙伴和女仆，

赶紧为福伊尼克斯准备一张褥垫厚实的床铺。
下手们闻讯而动，按他的命嘱整备，
铺下羊皮，一条毛毯和一席松软的亚麻布床单。
老人倒身床上，等待着闪光的黎明。
阿基琉斯睡在坚固的营棚里，棚屋的深处，
身边躺着一个女人，得之于莱斯波斯的战礼，
福耳巴斯之女，美貌的狄娥墨得。
帕特罗克洛斯睡在棚屋的另一头，身边亦
躺着一位姑娘，束腰秀美的伊菲丝——卓越的阿基琉斯以此女
相送，当他攻破陡峭的斯库罗斯，厄努欧斯的城镇。

　　当奥德修斯一行回到阿伽门农的营棚，
阿开亚人的儿子们起身相迎，拥站在他们周围，
举起金铸的酒杯，连连发问；
民众的王者阿伽门农率先问道：
“告诉我，备受称颂的奥德修斯，阿开亚人巨大的荣耀，
阿基琉斯是否愿意挡开船边凶莽的烈火，
还是拒绝出战，高傲的心胸仍然承受着盛怒的煎熬?”

　　针对此番问话，卓越和历经磨难的奥德修斯答道：
“阿特柔斯最尊贵的儿子，民众的王者阿伽门农，
阿基琉斯不仅不打算平息怒气，相反，他比往常更加
盛怒难消。他拒绝同你和好，不要你的礼物。
他要你自己去和阿耳吉维人商议，
如何拯救海船和阿开亚兵勇。
他亲口威胁，明天一早，他将
把弯翘、凳板坚固的海船拖入大海。
此外，他还说，他要敦劝我们返航
回家，因为破城无望，沉雷远播的宙斯
正用自己的巨手护盖着陡峭的城堡，

高耸的伊利昂，它的士兵正越战越勇。
这便是他的回答，同行者可以出言为证，
埃阿斯和两位思路清晰的使者。但是，
年迈的福伊尼克斯已留下过夜，按阿基琉斯的意思，
以便和他一起坐船，返回他们热爱的故乡。
此事取决于福伊尼克斯的意愿，阿基琉斯无意逼迫牵强。”

奥德修斯言罢，众人缄默，肃然无声，
惊诧于他的话语，强厉的言词；
悲痛中，阿开亚人的儿子们半晌说不出话来。
终于，啸吼战场的狄俄墨得斯开口打破沉寂，说道：
“阿特柔斯最尊贵的儿子，民众的王者阿伽门农，
但愿你没有恳求豪勇的阿基琉斯，
答应给他成堆的礼物！此人生性高傲，
而你的作为更增强了他的蛮狂，使他越发不知天高地厚。
依我之见，我们不要再去理他，愿去愿留
由他自便。他会重上战场，在将来的某个时候，
受心灵的驱使，神明的催督。
好了，按我说的做，让我们一起行动。
现在，大家都可回去睡觉，挺着沉甸甸的肚子，
填满了酒肉，战士的力气和刚勇。
但是，当绚美的黎明，垂着玫瑰红的手指现身天际，
阿特柔斯之子，你要即刻行动，在船前排开我们的战车兵勇，
激励人们冲杀，而你自己则要苦战在军阵的最前头。”

听罢这番话，王者们连声喝彩，
一致赞同狄俄墨得斯的议言，驯马的能手。
他们洒过奠酒，分头回返自己的营棚，
躺倒歇息，接受睡眠致送的礼物。

# 第十卷

这时，海船边，其他阿开亚首领都已
熟睡整夜，吞吐着睡眠的舒甜，
但阿特柔斯之子阿伽门农，兵士的牧者，
却心事重重，难以进入香甜的梦境。
恰如美发女神赫拉的夫婿挥手甩出闪电，
降下挟着暴风的骤雨，或铺天盖地的冰雹，
或遮天蔽日的风雪，纷纷扬扬地飘洒在田野，
或在人间的某个地方，战争的大嘴张开，
阿伽门农此时心绪纷乱，胸中翻腾着
奔涌的苦浪，撞击着思绪的礁岸。
当他把目光扫向特洛伊平原，遍地的火堆
使他惊诧，燃烧在伊利昂城前，伴随着
阿洛斯和苏里克斯[1]的尖啸和兵勇们嘈杂的呼喊。
随后，他又移目阿开亚人的海船和军队，
伸手撕绞头发的根梢，仰望
高高在上的宙斯，傲莽的心灵经受着悲痛的熬煎。
然而，他马上想到一件眼下必做的事情：
前往寻会奈斯托耳，奈琉斯之子，
看看这位长者，是否能和他一起，想出个把高招，
使达奈人摆脱眼前的险境。
他站起身子，穿上衫衣，遮住胸背，
系紧舒适的条鞋，在闪亮的脚面。

披上一领硕大的狮皮，毛色黄褐，
油光滑亮，垂悬在脚跟后头，抓起一杆投枪。

其时，同样的焦虑也揪住了墨奈劳斯的心灵，
香熟的睡眠亦没有合拢他的眼睛，担心
军队可能遭受损失，为了他，阿耳吉维人远渡重洋，
来到特洛伊地面，一心奔赴苦战。
首先，他在宽厚的肩背上铺了一领
带斑点的豹皮，然后拎起一个圆顶的铜盔，
戴在头上，伸出大手，抓起枪矛，
迈开大步，前往唤醒兄长，强有力地统治着整个
阿耳戈斯的王者，受到人们像对神明一般的崇敬。
墨奈劳斯找到兄长，在阿伽门农的船尾边，
后者正把璀璨的铠甲套上胸背。眼见兄弟的到来，
阿伽门农心里喜欢。啸吼战场的墨奈劳斯首先说道：
“为何现时披挂，我的兄长？是否打算激励某位勇士，
前往侦探特洛伊人的军情？但是，我却
由衷地担心，怀疑谁会愿意执行这项使命，
逼近敌方的军勇，侦探他们的军情，在这
神赐的夜晚，孤身一人。此人必得有超乎寻常的胆量。”

听罢这番话，强有力的阿伽门农说讲，答道：
“眼下，高贵的墨奈劳斯，你我需要找到
一种可行的方案，以便保卫和拯救
我们的军队和海船，因为宙斯已经改变主意，
赫克托耳的祀祭比我们的更能使他心欢。
我从来不曾见过，也不曾从任何人那里听过，

---

① 阿洛斯和苏里克斯：为两种管乐器。

一个人，在一天之内，可以像宙斯钟爱的赫克托耳重创
阿开亚人的儿子们那样，带来如此严重的损害——
赫克托耳，独自一人，既不是神，也不是女神钟爱的儿男。
他所做下的事情，他给阿开亚人造成的损失，
我想，将会伴着悲痛，长期留在我们的记忆里。
去吧，沿着海船快跑，把埃阿斯
和伊多墨纽斯找来；与此同时，我要去
寻会卓越的奈斯托耳，唤他起来，看他是否愿意会见
我们的哨队，一支精悍的队伍，并对哨兵发号施令。
他们定会服从他的命令；他的儿子是哨兵的
统领，由伊多墨纽斯的助手
墨里俄奈斯辅佐，警戒的任务主要由他们执行。”

　　听罢这番话，啸吼战场的墨奈劳斯答道：
“执行你的命令，我将如何行事？
待我及时传达了你的指令，你要我在那儿等待，
和他们一起，等着你的回归，还是跑去找你？”

　　听罢这番话，民众的王者阿伽门农说道：
“还是在那儿等我吧，以防在来回奔跑中失去
碰头的机会；军营里小路纵横交错。
不管到了哪里，你要放声喊叫，把他们唤醒。
呼唤时，要用体现父名的称谓，
要尊重他们，不要盛气凌人；此事由
你我自己张罗。从我们出生的那天起，
宙斯已把这填满痛苦的包袱压在我们的腰背。”

　　就这样，阿伽门农以内容明确的命令送走兄弟，
自己亦前往寻会奈斯托耳，兵士的牧者。

他在老人的营棚和黑船边找到他，后者正
躺在一张松软的床上，床边放着一套铮亮的甲械，
一面盾牌、两枝枪矛和一顶闪光的帽盔。
他的腰带，闪着熠熠的晶光，躺在他身边——
临阵披挂时，老人用它束护腰围，领着兵丁，厮杀在
人死人亡的战场；奈斯托耳没有屈服于痛苦的晚年。
他撑出一条臂肘，支起上身，昂着头，
对着阿特柔斯之子发问，说道：
“你是谁，独自走过海船和军营，
在这漆黑的夜晚，其他凡人还在熟睡？
你在寻找一头丢失的骡子，或是一位失踪的伙伴？
说！不要蹑手蹑脚地靠近——你想干什么？”

　　黑暗中，民众的王者阿伽门农答道：
“奈斯托耳，奈琉斯之子，阿开亚人巨大的光荣，
你没有认出我是阿伽门农吗？宙斯让我
承受的磨难比给谁的都多，只要
命息还驻留在我的胸腔，只要我的双腿还能站挺直立。
我夜出巡视，实因睡眠的舒适难以合拢
我的双眼；我担心战争，阿开亚人的痛苦使我心烦。
我怕，发自内心地害怕，达奈人将会有什么样的前程?!
我头脑混乱，思绪紊杂，心脏怦怦
乱跳，粗壮的双腿在身下颤抖哆嗦。但是，
如果你想有所行动——睡眠同样不会光临你的床位，
那就让我们一起前往哨线，察视我们的哨兵，
是否因为极度的疲劳而倒地酣睡，
把警戒的任务忘得一干二净。
敌人就在我们眼皮底下扎营，我们何以知道，
他们不会设想趁着夜色，运兵袭击？”

听罢这番话，格瑞尼亚的车战者奈斯托耳答道：
“阿特柔斯最尊贵的儿子，民众的王者阿伽门农，
我想，多谋善断的宙斯不会让赫克托耳实现
他的全部设想和现在的企望；相反，我以为，
他将遇到更多的险阻，如果阿基琉斯
一旦改变心境，平息耗损心力的暴怒。
我将随你同去，不带半点含糊。让我们同行前往，
叫醒图丢斯之子，著名的枪手，以及奥德修斯、
快腿的埃阿斯和夫琉斯刚勇的儿子。
但愿有人愿意前往，召唤另一些首领：
高大魁伟的埃阿斯，神一样的战勇，以及王者伊多墨纽斯，
他俩的海船停驻在船队的尽头，距此路程遥远。
说到这里，我要责备墨奈劳斯——不错，他受到人们的
尊爱——哪怕这会激起你的愤怒。我有看法，不想隐瞒。
此人居然还在睡觉，让你一人彻夜操劳。
现在，他应该担起这份累人的工作，前往所有首领的住处，
恳求他们起床。情势危急，已到了不能等让的地步。”

听罢这番话，民众的王者阿伽门农说道：
“换个时间，老人家，我甚至还会促请你来骂他；
他经常缩在后面，不愿出力苦干，
不是因为寻想躲避、偷懒或心不在焉，
而是想要依赖于我，等我挑头先干。
但是，这一次他却干在我的前头，跑来叫我。
我已嘱他前去唤醒你想要找的首领。
所以，我们走吧。我们将在墙门前遇到
他们，和哨兵在一起，在我指定的聚会地点。”

听罢这番话，格瑞尼亚的车战者奈斯托耳答道：

“这还差不多。现在，当他督促部队，发布命令时，
阿耳吉维人中谁也不会违抗和抱怨。”

　　言罢，他穿上遮身的衫衣，
系牢舒适的条鞋，在闪亮的脚面，
别上一领宽大的披篷，颜色深红，
双层，长垂若泻，镶缀着深卷的羊毛。
他操起一杆粗重的枪矛，顶着锋快的铜尖，
迈开大步，沿着身披铜甲的阿开亚人的海船。
奈斯托耳，格瑞尼亚的车战者，首先来到
奥德修斯的住处，叫醒了这位和宙斯一样精擅谋略的
首领，用洪大的嗓门，喊出震耳的声音。奥德修斯
闻讯走出营棚，高声嚷道：
“为何独自蹑行，漫游在海船和军营之间，
在这神赐的夜晚？告诉我，又有什么大事和麻烦？”

　　听罢这番话，格瑞尼亚的车战者奈斯托耳答道：
“莱耳忒斯之子，宙斯的后裔，多谋善断的奥德修斯，
不要发怒——巨大的悲痛已降临在阿开亚人的头上！
和我们一起走吧，前往唤醒另一位朋友，
一位有资格谋划是撤兵还是继续战斗的首领。”

　　听罢这番话，足智多谋的奥德修斯返回营棚，
将做工精致的盾牌背上肩膀，和他们一起前行。
他们来到图丢斯之子狄俄墨得斯的驻地，发现
后者正睡在营棚外面，周围躺着他的伴友，
人人头枕盾牌，身傍竖指的枪杆，尾端扎入
泥地，铜尖耀射出远近可见的光彩，
像父亲宙斯扔出的闪电。勇士沉睡不醒，

身下垫着一领粗厚的皮张，取自漫步草场的壮牛，
头底枕着一条色泽鲜艳的毛毯。
奈斯托耳，格瑞尼亚的车战者，行至他的身边，催他
离开梦乡，用脚跟拨弄着他的身躯呵责，当着他的脸面：
“快起来，图丢斯之子！瞧你睡得——迷迷糊糊，酣睡
整夜，还不知道吗？特洛伊人已逼近海船，
在平滩的高处坐等明天；敌我之间仅隔着一片狭窄的地带。”

　　奈斯托耳一番呵斥，狄俄墨得斯蓦地惊醒过来，
开口答道，用长了翅膀的话语：
“为何如此严酷，老人家？你还有没有罢息的时候？
阿开亚人年轻的儿子们哪里去了？
他们可以各处奔走，叫醒各位王贵。
你呀，老人家，对我们可是太过苛严！”

　　听罢这番话，格瑞尼亚的车战者奈斯托耳说道：
“你说得很对，我的朋友。
我有英武的儿子，也有大队的
兵丁，他们中任何一位都可担当召聚王者的使命。
但是，阿开亚人眼下面临的险情非同一般，
我们的命运正横卧在剃刀的锋口——
阿开亚人的前景，是险路逢生，还是接受死的凄寒。
去吧，快去叫醒迅捷的埃阿斯，连同夫琉斯
之子；你远比我年轻。去吧，帮帮我这可怜的老头。”

　　听罢这番话，狄俄墨得斯拿起一领硕大的狮皮，搭上
肩膀，油光滑亮，垂悬在脚跟后头，抓起一杆枪矛。
勇士大步走去，唤醒其他人等，引着他们疾行。

当他们和哨兵会聚，发现
哨队的头目中无人打盹昏睡，
全都睁着警惕的双眼，带着兵器，席地而坐。
像看守羊群的牧狗，在栏边警觉地竖起耳朵，
它们听到野兽的走动，呼呼隆隆，从山林里
冲扑下来，周围响起一片纷杂的喧声，
人的喊叫，狗的吠闹，赶走了它们的睡意。
就像这样，哨兵们警惕的双眼拒挡着馨软的睡眠，
苦熬整夜，不敢松懈，双眼始终
注视平原，听察看特洛伊人进攻的讯息。
眼见他们如此尽责，老人心里高兴，
开口送去长了翅膀的话语：
“保持这个势头，我的孩子们，密切注视敌情；不要让
睡意征服你们的双眼，不要给敌人送去欢悦。”

言罢，他举步穿过壕沟，身后跟着
阿耳吉维人的王者，被召来议事的首领，
还有墨里俄奈斯和奈斯托耳英俊的儿子，
应王者们的召唤，前来参与他们的谋辩。
他们走过宽深的壕沟，在一片干净的
泥地上下坐，那里没有横七竖八的
尸体，亦是强壮的赫克托耳回撤的地点，
因为天色已晚，使他只好停止杀斗。
他们屈腿下坐，聚首交谈。
奈斯托耳，格瑞尼亚的车战者，开口说道：
“我的朋友们，难道我们中就没有一位壮士，敢于凭仗
自己的胆量，走访心胸豪壮的特洛伊人的营地？
这样，他或许可以抓住个把掉队的敌人，
或碰巧听到特洛伊人的议论，他们

下一步的打算，是想留在原地，
紧逼着海船，还是觉得已经
重创了阿开亚人，故而可以回城休战。
如果有人能打听到这方面的消息，随后安然
回返，想一想吧，他将得到何等的殊誉，
普天之下，苍生之中！他还可得获一份绝好的礼物：
所有制统海船的首领，每人
都将给他一头母羊，纯黑的毛色，
腹哺着一只羔崽——此乃礼中的极品，
得主可借此参加每一次宴会和狂欢。”

奈斯托耳言罢，在场者全被镇得目瞪口呆，
惟有啸吼战场的狄俄墨得斯发话，说道：
“奈斯托耳，我的心灵和豪莽的激情催我
冲向可恨的敌人，这些挤在我们眼皮底下的
特洛伊兵汉。但是，如果有人愿意和我作伴，
我俩便都能得到较多的慰藉，也会有更多的自信。
两人同行，即使你没有，他也可能先看到周围的
险情；而一人行动，尽管小心谨慎，
总不能拥有两个人的心计，谋算也就往往不能周详缜密。”

言罢，众人争相表示，愿意偕同前往。
两位埃阿斯，阿瑞斯的伴从，愿意同行，
墨里俄奈斯请愿同往，而奈斯托耳之子更是急不可待，
还有阿特柔斯之子、著名的枪手墨奈劳斯。
坚忍的奥德修斯亦在请缨之列，决意潜入特洛伊人的
营垒，胸中总是升腾着一往无前的豪烈。
其时，全军的统帅阿伽门农开口说道：
“图丢斯之子，你使我心里充满欢悦。

你可按自己的意愿，挑选你的伙伴，
择取自愿者中最好的一位，从我们济济的人选。
不要盲敬虚名，忽略优才，
择用劣品。不要顾及地位，注重
出身，哪怕他是更有权势的王贵。”

阿伽门农口出此言，实因怕他选中棕发的墨奈劳斯。
然而，啸吼战场的狄俄墨得斯答接：
“如果你确实要我挑选同行的伙伴，
那么，我怎能拉下神一样的奥德修斯？
他的心胸和高昂的斗志，旁人难以企及，
帕拉丝·雅典娜钟爱此人，无论在何种艰难困苦的场境。
若是由他和我一起行动，我们双双都可穿过战火的炙烤，
平安回营——他的谋略登峰造极。”

听罢这番话，卓越和历经磨难的奥德修斯答道：
“无需长篇大论地赞扬我，图丢斯之子，但也不要指责我。
你在对阿耳吉维人讲话，他们全都知道你所说的一切。
我们这就动身。黑夜已走过长长的路程，黎明在一步步进逼。
星辰正熠熠远去，黑夜的大部已经逝离，
去了三分之二，只留下仅剩的三分之一。”

言罢，他俩全身披挂，穿拿起令人毛骨悚然的甲械。
骠勇强悍的斯拉苏墨得斯给了图丢斯之子
一把双刃的劈剑（他自己的铜剑还在船上）
和一面盾牌，给他戴上一顶帽盔，
牛皮做就，无角，也没有盔冠，人称
“便盔”，用以保护强壮的年轻斗士的头颅。
墨里俄奈斯给了奥德修斯一张弓、一个箭筒

和一柄铜剑，并拿出一顶帽盔，扣紧他的头圈，
取料牛皮，里层是纵横交错的坚实的
皮条，外面是一排排雪白的牙片，
取自一头獠牙闪亮的野猪，衔接齐整，
做工巧妙、精致，中间垫着一层绒毡。
奥托鲁科斯曾闯入俄耳墨诺斯之子阿门托耳
建筑精固的房居，把头盔偷出厄勒昂，
给了库塞拉人安菲达马斯，在斯康得亚，
后者把它给了摩洛斯，作为赠客的礼物，
而摩洛斯又把它给了自己的儿子，护盖着他的脑袋。
现在，皮盔出现在奥德修斯头上，紧压着他的眉沿。

　　就这样，二位穿戴着令人毛骨悚然的甲械，
离别诸位王者，抬腿上路。
在他们的右前方，帕拉丝·雅典娜
遣下一只苍鹭，夜色迷茫，二位虽然不能
目睹，却可听见它的叫唤。
闻悉这一吉兆，奥德修斯心中欢喜，对雅典娜祈愿：
“听我说，带埃吉斯的宙斯的女儿，每当我执行艰巨的任务，
你总是站在我的身边，关注我的
行迹。现在，求你再次给我最好的帮援，
答应让我们做成一件大事，给特洛伊人
送去悲愁，带着荣耀返回凳板坚固的海船。”

　　接着，啸吼战场的狄俄墨得斯亦开口诵告：
“也请听听我的祈祷，阿特鲁托奈，宙斯的女儿，求你来到
我的身边，就在此刻，像当年一样，你伴佑我的父亲，卓越的
图丢斯进入塞贝，作为阿开亚人的使者，离队前行。
他把身披铜甲的阿开亚人留在阿索波斯河的滩沿，

给那里的卡德墨亚人，身披铜甲的斗士，捎去了表示友好的
信言。但是，在回来的路上，他却不惜诉诸武力，
在你的助佑下，贤明的女神，因为你总是站在他的身边。
来吧，站到我身旁，保护我的安全！
对此，我将奉献一头一岁的小牛，额面开阔，
从未挨过责笞，从未上过轭架，
我将用金片包裹牛角，奉献在你的祭坛前！”

他们如此祈祷，帕拉丝·雅典娜听到了他俩的声音。
二位做罢祷告，对大神宙斯的女儿，
一头扎进漆黑的夜色，像两头雄狮，
越过尸横遍野的战场，穿过堆堆甲械，摊摊污血。

其时，赫克托耳亦不准勇莽的特洛伊人
入睡。他召来所有的头领议事，
特洛伊人的王者和首领。
他把这些人召来，提出了一个狡黠的计划：
“你们中谁愿接受这趟差事？做好了，
可得重赏。赏礼丰厚，足以偿付他的劳力。
我将给他一辆战车和两匹颈脖粗壮的良驹，
阿开亚人的快船边最好的骏马。
谁有这个胆量，也为自己争得荣誉，
前往迅捷的海船，探明那里的
实况：是像往常一样，警戒森严，还是——
或许，由于受到我们的重创，阿开亚人正聚在一堆，
谋划遁逃之事，无心暇顾夜防的繁琐，
布岗设哨；他们已被折磨得筋疲力竭。”

赫克托耳言罢，在场者全被镇得目瞪口呆。

人群里，有个名叫多隆的，神圣的特洛伊信使欧墨得斯
之子，拥有大量的黄金和青铜，
长相丑陋，但腿脚轻捷，
独子，有五个姐妹。面对
特洛伊人和赫克托耳，此人发话，说道：
“赫克托耳，我的心灵和豪莽的激情催我
贴近快捷的海船，刺探军情。
这样吧，举起你的节杖，当着我的脸面庄严起誓，
你将给我骏马，还有铜光闪烁的
马车，那辆载负裴琉斯之子的战车。我将
为你侦探，获取军情，使你不致白白期待。
我会潜行在整个军营，找到
阿伽门农的海船，那该是敌方头领聚会
谋划的去处——是决定逃离此地，还是继续会战。”

　　听罢这番话，赫克托耳紧握节杖，发誓道：
“让宙斯、赫拉炸响雷的夫婿亲自
为我作证，其他特洛伊人谁也不许登乘这辆马车，
只有你，我发誓，才能使唤这对良驹；这是你终身的光荣！”

　　就这样，赫克托耳信誓旦旦，催励着多隆
登程上路。他迅速背起弯翘的硬弓，在他的肩头，
披起一张灰色的生狼皮，拿过一顶
水獭皮帽，盖住头顶，操起一杆锋快的投枪，
冲出营区，直奔海船——他再也没有回来，
从船边带回赫克托耳所要的情报。
就这样，他离开熙攘的人群和驭马，
匆匆上路，急不可待。然而，卓越的奥德修斯
看着此人行来，对狄俄墨得斯说道：

“有情况，狄俄墨得斯，有人正从敌营过来！
我不知道他是想探视我们的海船，
还是来剥取死者的甲件。不管怎样，
先放他过去，待他进入前面的平地，稍稍跨出几步后，
我们再奋起扑击，紧追不放，抓他个
措手不及。但是，如果他跑得比我们更快，
那就把他逼向海船，以防他撒腿回营，丝毫不要
松懈，用你的投枪拦截，决不能让他跑回特洛伊。”

　　言罢，他俩闪到一边，伏在尸堆里，
而多隆却木知木觉，傻乎乎地跑了过去，腿脚飞快。
当他跑出一段距离，约像骡子犁拉出的一条地垄的
长短——牵着犁头，翻耕深熟的庄稼地，
骡子跑得比牛更快——他俩开始追赶。
听到噔噔的脚步声，多隆原地止步，直立不动，
以为来人是他的特洛伊伙伴
前来叫他回营——赫克托耳已打消进攻的心念。
但是，当他俩进入投枪的射程，或更近的距离，
他才看清来者不善，随即甩开双腿，拼命
奔跑；他俩蹽开腿步，紧紧追赶。
像两条训练有素的猎狗，露出尖利的犬牙，盯上猎物，
一头小鹿或一只野兔，心急火燎，顺着林地的
空间，穷追猛扑猎物撒腿狂跑，发出尖厉的叫声；
就像这样，图丟斯之子和奥德修斯，城堡的荡劫者，
切断了他回营的归路，紧追不舍，毫不松懈。
当他朝着海船飞跑，接近阿开亚人的
哨兵，雅典娜给图丟斯之子注入
巨大的勇力，以免让其他身披铜甲的阿开亚人
率先投枪，使狄俄墨得斯屈居第二。

强有力的狄俄墨得斯冲上前去，喊道：
“再不停步，我就投枪把你捅翻。我想你
最终逃不出我的手心，躲不过暴烈的死亡！”

言罢，他挥手投枪，但故意打偏了一点，
锋快的枪尖掠过多隆的右肩，
深扎进泥地里。多隆大惊失色，止步呆立，
结结巴巴，牙齿在嘴里嗒嗒碰响，
出于入骨的恐惧。两人追至他的身旁，喘着粗气，
压住他的双臂，后者涕泗横流，哀求道：
“活捉我，我会偿付赎金。我家里堆着
青铜、黄金和艰工冶铸的灰铁，
家父会用难以计数的财礼欢悦你们的心灵，
要是听说我还活着，就在阿开亚人的船边。”

听罢这番话，足智多谋的奥德修斯答道：
“不要怕，死亡还没有临头。
告诉我，老老实实地告诉我，
在这漆黑的夜晚，其他凡人都已入睡，
你为何离开军营，独自一人，朝着海船潜行？
是想抢剥死者的铠甲，还是奉赫克托耳的命令，
前往深旷的海船，逐一刺探船边的军情？
也许，是你自己的意愿促你踏上这次行程？”

多隆双腿发抖，应声答道：
“是赫克托耳把我引入歧途，诱以过量的奢望。
他答应给我裴琉斯之子、高傲的阿基琉斯的
坚蹄骏马，连同他的战车，闪着耀眼的铜光。
他命我穿过匆逝、乌黑的夜雾，

接近敌营，探明阿开亚人的动静，
是像往常那样，派人守护着海船，
还是因为受过我们的重创，正聚在一堆，
谋划逃遁之事，无心暇顾夜防的繁琐，
布岗设哨；阿开亚人已被折磨得筋疲力竭。”

　　听罢这番话，足智多谋的奥德修斯咧嘴微笑，说道：
“不用说，这些是你梦寐以求的厚礼，
骁勇的阿基琉斯的烈马，凡人很难
控制或在马后驾驭，谁也不行，
除了阿基琉斯，因为他是女神的儿子。
好了，回答下一个问题，你要老老实实地道来：
你在何地登程，离开兵士的牧者赫克托耳？
他把甲械放在哪里？他的驭马又在何处？
其他特洛伊人的位置在哪——哨兵和呼呼入睡的战勇？
他们在一起策划了什么？打算留在
原地，紧逼着海船，还是撤回
城堡，撇下受过重创的阿开亚兵群？”

　　听罢这番话，欧墨得斯之子多隆答接：
“好吧，我这就回话，把这一切准确无误地告诉你。
眼下，赫克托耳正和各路头领议会，
避离营区的芜杂，谋划在神一样的伊洛斯的
坟前。至于你所问及的哨兵，我的英雄，
我们没有挑人守卫或保护宿营的兵丁。
只有特洛伊人，出于需要，守候在他们的营火边，
一个个顺次提醒身边的战友，不要
坠入梦境，而来自远方的盟友
都已昏昏入睡，把警戒的任务让给了特洛伊兵勇，

因为他们的妻子儿女没有睡躺在那里，贴着战场的边沿。”

听罢这番话，足智多谋的奥德修斯说讲，问道：
“他们睡在哪里？和驯马能手特洛伊人混在
一起，还是分开宿营？告诉我，我要知晓这一切。”

听罢这番话，欧墨得斯之子多隆答道：
“你放心，我这就回话，把这一切准确无误地告诉你。
卡里亚人和派俄尼亚人驻在海边，带着他们的弯弓，
还有莱勒格斯人、考科尼亚人和卓越的裴拉斯吉亚人。
在苏姆伯瑞一带，驻扎着鲁基亚人和高傲的慕西亚人，
还有驱车搏战的弗鲁吉亚人和战车上的斗士迈俄尼亚人。
不过，你为何询问这一切，问得如此详细？
如果你有意奔袭特洛伊人的营盘，
瞧，那边是斯拉凯人[①]的营地，刚来不久，离着友军，
独自扎营，由王者雷索斯统领，埃俄纽斯之子。
他的驭马是我见过的最好、最高大的良驹，
比雪花还白，跑起来就像旋风一般。
他的战车满饰着黄金和白银，
铠甲宽敞硕大，纯金铸就，带来此地，看了让人
惊诧不已。它不像是凡人的用品，
倒像是长生不老的神祇的甲衣。
现在，你们可以把我带到迅捷的海船边，
或把我扔在这里，用无情的绳索捆得结结实实，
直到你们办完事情，用实情查证，
我的说告到底是真话，还是谎言。”

---

① 斯拉凯人：盟军中确有来自斯拉凯的部队（见 2 · 844），栖居赫勒斯庞特以北。雷索斯的人马来自欧洲，靠近马其顿一带。

然而，强有力的狄俄墨得斯恶狠狠地瞪着他，说道：
“溜走？我说多隆，你可不要痴心妄想，
尽管你提供了绝妙的情报；你已被我们捏在手里！
假如我们把你放掉或让你逃跑，
今后你又会出现在阿开亚人的快船旁，
不是再来刺探军情，便是和我们面对面地拼斗。
但是，如果现在把你解决，结果你的性命，
以后，你就再也不会出来，烦扰我们阿耳吉维人。”

听罢这番话，多隆伸出大手，试图托住他的
下颌，求他饶命，但狄俄墨得斯手起一剑，
砍在脖子的中段，劈断了两边的筋腱；多隆的
脑袋随即滚入泥间，嘴巴还在唧唧呱呱地说着什么。
他们扒下他的貂皮帽子，剥走
那张生狼皮，拿起了弯弓和长枪。
卓越的奥德修斯高举起夺获的战礼，对着雅典娜，
掠劫者的福佑，开口祷祈：
“欢笑吧，女神；这些是属于你的东西！俄林波斯所有的
神中，我们将首先对你告祭——只是请你继续
指引我们，找到斯拉凯人的驭马和营地。”

言罢，他把战礼高举过头，放在
一棵柽柳枝丛上，抓过大把的芦苇和
繁茂的柽柳枝条，作为醒目的标记；这样，在回返的路上，
顶着匆逝、漆黑的夜雾，他们就不至于找不到这些东西。
两人继续前进，踩着满地的甲械和黑沉沉的污血，
很快便来到要找的斯拉凯人的营地。
这帮人正呼呼鼾睡，营旅生活已把他们折磨得困倦疲惫。
精良的甲械整整齐齐地堆放在身边的泥地，

分作三排，而驭马则分站在各自主人的身边，伫立。
雷索斯睡在中间，身边站着他的快马，
拴系在战车的高层围杆上。奥德修斯眼快，
看到此人的位置，并把他指给狄俄墨得斯：
“看，狄俄墨得斯，这便是我们要找的人，这些是他的驭马，
多隆，那个被我们砍掉的人，给我们讲过这些。
来吧，使出你的全部勇力，不要只是站在这里，
闲搁着你的武器。解开马缰——
不然，让我来对付它们，由你动手杀砍。”

　　他言罢，灰眼睛雅典娜把勇力吹入狄俄墨得斯的躯体，
后者随即动手宰杀，一个接着一个，上下飞砍的
利剑引出凄惨的嚎叫，鲜血染红了土地。
像一头狮子，逼近一群无人牧守、看护的
绵羊或山羊，带着贪婪的食欲，迅猛扑击，
图丢斯之子连劈带砍，一气杀了
十二个斯拉凯人。每杀一个，他都
先站在睡者身前，然后挥剑猛砍，而
足智多谋的奥德修斯则从后面上来，抓住死者的脚跟，
把他拉到一边，心想这样一来，长鬃飘洒的
骏马即可顺利通过，不致因为踩到尸体
而惊恐慌乱——尸躺的惨状，它们还没有见惯。
其时，图丢斯之子来到那位王者的身边，
他手下的第十三个死鬼，夺走了生命的香甜。
其时，他正躺着猛喘粗气——夜色里，一个噩梦
萦绕在他的头顶：俄伊纽斯之子的儿子，出自雅典娜的安排。
与此同时，刚忍的奥德修斯解下坚蹄的骏马，
把缰绳攥在一起，用弓杆抽打，
赶出乱糟糟的地方——他没有想到

可用马鞭，其时正躺在做工精致的战车里。
他给卓越的狄俄墨得斯送去一声口哨，以便引起他的注意。

然而，狄俄墨得斯却停留在原地，心中盘想着下一步
该做的事情：是夺取战车，里面放着那套漂亮的铠甲，
抓着车杆拖走，或把它提起来带走，
还是宰杀更多的斯拉凯兵勇？就在他
权衡斟酌之际，雅典娜迅速
站到他的身边，对这位卓越的勇士说道：
“现在，心胸豪壮的图丢斯之子，是考虑
返回深旷海船的时候了。否则，你会受到追兵迫胁——
我担心某位神祇会唤醒沉睡的特洛伊军兵。”

雅典娜言罢，狄俄墨得斯心知此乃女神的声音，
赶忙登上战车；奥德修斯用弓背抽打
驭马，朝着阿开亚人的快船疾驰而去。

但是，银弓之神阿波罗亦没有闭上眼睛，
眼见雅典娜正出力帮助图丢斯之子，气得大发雷霆，
一头扎进人员庞杂的特洛伊军阵，
唤醒了一位斯拉凯头领，希波科昂，
雷索斯高贵的堂表兄弟。他一惊而起，
发现快马站立之处空空如也，
伙伴们横七竖八地躺在地上，呼喘出生命的余息，
不由得连声哀嚎，呼叫着亲爱伴友的名字。
营地里喧声四起，惊望着两位壮士创下的
浩劫，在返回深旷的海船前；
特洛伊人你推我搡，乱作一团。

当他俩回至杀死侦探多隆的地方，
宙斯钟爱的奥德修斯勒住飞跑的快马，
图丢斯之子跳到地上，拿起带血的战礼，
递给奥德修斯，然后重新跃上马车，
举鞭抽打；骏马撒腿飞跑，不带
半点勉强，朝着深旷的海船，它们心驰神往的地方。
奈斯托耳最先听到嗒嗒的马蹄声，说道：
“朋友们，阿耳吉维人的首领和统治者们，
不知是我听错了，还是确有其事？我的心灵告诉我，
此刻，轰响在我耳畔的是迅捷的快马踏出的蹄声。
但愿奥德修斯和强健的狄俄墨得斯
正赶着坚蹄的骏马，跑离特洛伊人的营地！
我心里十分害怕，担心阿开亚人中最好的战勇
可能在特洛伊人嗷嗷的杀声中惨遭不幸。”

然而，话未讲完，人已到了营前。二位
步下战车，兴高采烈的伙伴抓住
他们的双手，热情祝贺他们的回归。
奈斯托耳，格瑞尼亚的车战者，首先问道：
“告诉我，备受称颂的奥德修斯，阿开亚人巨大的光荣，
你俩如何得到这对驭马，是夺之于人马众多的特洛伊
军营，还是因为遇到某位神明，接受了他的馈赠？
瞧，多好的毛色，简直就像太阳的闪光。
战场上，我曾和特洛伊人频频相遇，我敢说，
我从未躲缩在岸边的船旁，虽然我是个上了年纪的老兵。
然而，我从未见过这样的好马，连想都没有想过。
我想，一定是某位神祇路遇二位，并以驭马相送。
你俩都受到汇聚乌云的宙斯钟爱，都是
雅典娜，带埃吉斯的宙斯的女儿喜爱的凡人。”

　　听罢这番话，足智多谋的奥德修斯说讲，答道：
“奈斯托耳，奈琉斯之子，阿开亚人巨大的光荣，
一位神祇如果愿意，可以随手牵出
比这些更好的骏马，他们远比我们强健。
你老人家问及的这对驭马，来自斯拉凯，
刚到不久，勇敢的狄俄墨得斯杀了它们的主人，
连同他的十二个伙伴，躺在他的身边，清一色善战的壮勇。
我们还宰掉一个侦探，第十三个死者，在海船附近，
受赫克托耳和其他高傲的特洛伊人派遣，
前来我们的营地，刺探军情。”

　　言罢，他把坚蹄的骏马赶过壕沟，
发出朗朗的笑声；其他阿开亚人跟随同行，
个个喜形于色。他们来到狄俄墨得斯坚固的
营棚，用切割齐整的缰绳把骏马
拴在食槽边——狄俄墨得斯捷蹄的驭马
早已站在那里，嚼着可口的食餐。
在船尾的边沿，奥德修斯放下取自多隆的
带血的战礼，进献给雅典娜的祭品。
然后，他们蹚进海流，搓去小腿、
大腿和颈背上黏糊糊的汗水；
海浪冲涌，卷走了皮肤上淤结的斑块，
一阵清凉的感觉滋润着他们的心田。
然后，他们跨入光滑的澡盆，
浴毕，倒出橄榄油，擦抹全身。
随后，他们坐下就餐，从漕满的兑缸里舀出
香甜的醇酒，泼洒在地，祭悦雅典娜的心怀。

# 第十一卷

其时，黎明从高贵的提索诺斯身边起床，
把晨光遍洒给神和凡人。宙斯命遣
冷酷的女神争斗急速前往阿开亚人的
快船，手握战争的兆示。她
站在奥德修斯的海船上，乌黑、宽大、深旷，
停驻在船队中部，以便一声呼喊，便可传及两翼，
既可及达忒拉蒙之子埃阿斯的营地，
亦可飘至阿基琉斯的兵棚——坚信自己的刚勇和
臂力，他俩把匀称的海船分别停驻在船队的两头。
女神在船上站定，发出一声可怕的喊叫，
尖厉、刺耳，把巨大的勇力注入每一个阿开亚人的
心胸，要他们奋勇拼杀，不屈不挠地战斗。
现在，对于他们，比之驾着深旷的海船，
返回亲爱的故乡，战争是一件更为甜美的事情。

阿特柔斯之子亮开洪大的嗓门，命令阿开亚人
穿戴武装，自己亦动手披上锃亮的铜甲。
首先，他用胫甲裹住小腿，
精美的制品，带着银质的踝扣，
然后系上胸甲，掩起胸背，
基努拉斯的馈赠，作为象征客主之谊的礼品。
当时，阿开亚人即将乘船征伐特洛伊的要闻

传到了遥远的塞浦路斯，基努拉斯
遂将此物赠送王者，愉悦他的心怀。
胸甲上满缀着箍带，十条深蓝色的珐琅，
十二条黄金，二十条白锡；及至咽喉的部位，
贴爬着珐琅勾出的长蛇，
每边三条，像跨天的长虹——克罗诺斯之子
把它们划上云朵，作为对凡人的兆示。
他挎起铜剑，剑柄上铆缀着
闪亮的金钉，锋刃裹藏在银质的
剑鞘，鞘边系着镏金的背带。然后，
他拿起一面掩罩全身的盾牌，精工铸就，
坚实、壮观。盾面上环绕着十个铜围，
夹嵌着二十个闪着白光的圆形锡块；
正中是一面凸起的珐琅，颜色深蓝，
像个拱冠，突现出戈耳工的脸谱，面貌狰狞，
闪射出凶狠的眼光，同近旁的骚乱和恐惧相辉映。
背带上白银闪烁，缠绕着一条
黑蓝色的盘蛇，卷蜷着身子，
一颈三头，东张西望。接着，
他戴上头盔，挺着两支硬角，四个突结，
顶着马鬃的盔冠，摇曳出镇人的威严。
最后，他抓起两支粗长的枪矛，挑着锋快的铜尖，
铜刃闪着耀眼的寒光，射向苍茫的蓝天。
见此景状，赫拉和雅典娜投出一个响雷，
嘉赏来自金宝之地的王者，慕凯奈的主宰。

　　其时，头领们命嘱各自的驭手
勒马沟沿，排成整齐的队列，
自己则跳下马车，全副武装，拥向

壕沟；经久不息的吼声回荡在初晨的空间。
他们排开战斗队列，向壕沟挺进，远远地走在驭手的前面，
后者驾着马车，随后跟进。克罗诺斯之子在队伍里
激起芜杂和喧闹，从高空
降下一阵血雨，决意要把大群
强壮的武士投入哀地斯的府居。

在壕沟的另一边，平原的高处，特洛伊人
围绕着高大的赫克托耳、壮实的普鲁达马斯、
埃内阿斯——特洛伊人敬他，在他们的地域，像敬神一般，
以及安忒诺耳的三个儿子，波鲁波斯、卓越的阿格诺耳
和神一样的阿卡马斯，英俊的小青年。
赫克托耳，挺着溜圆的战盾，站在队伍的最前排，
像一颗不祥的星宿，在夜空的云朵里露出头脸，
闪烁着耀眼的光芒，然后又隐入云层和黑夜；
就像这样，赫克托耳时而活跃在队伍的前列，
时而又敦促后面的兵勇们向前，铜盔铜甲，
闪闪发光，像父亲宙斯、带埃吉斯的天神投出的闪电。

军勇们，像两队割庄稼的好手，面对面地
步步进逼，在一个富人的农田，收割
小麦或大麦，手脚麻利地扫断一片片茎秆；
就像这样，特洛伊人和阿开亚人咄咄逼近，你杀我砍，
双方争先恐后，谁也不想后退——后退意味着毁灭。
战斗的重压迫使他们针锋相对，苦战，像狼一样
凶残。望着此般情景，乐闻惨叫的争斗笑开了眉眼。
长生不老者中，只有她伴视着这场仇杀，
其他神明全都不在此地，静静地待在遥远的
房居，在俄林波斯起伏的岭峦，

每位神明都有一座瑰美的宫殿。
其时，他们都在抱怨克罗诺斯之子，席卷乌云的宙斯，
怪他不该把光荣赐给特洛伊兵汉。
对神们的抱怨，父亲满不在乎；他避离众神，
独自坐在高处，陶醉于自己的荣烈，
俯视着特洛伊人的城郭和阿开亚人的海船，
望着闪闪的铜光，人杀人和人被人杀的场面。

　　伴随着清晨的中移和渐增的神圣日光，
双方的投械频频中的，打得尸滚人亡。
然而，及至樵夫备好食餐，在林木
繁茂的山谷——他已砍倒一棵棵大树，此时
感觉腿脚疲软，心中生发厌倦之意，
渴望用香甜的食物充饱饥渴的肠胃；
就在其时，达奈人振奋斗志，打散了特洛伊人的队阵，
互相频频招呼呐喊。阿伽门农
第一个冲上前去，杀了比厄诺耳，兵士的牧者本人，
接着又放倒了他的伙伴俄伊琉斯，鞭赶战车的勇士。
俄伊琉斯从马后跳下，站稳脚跟，
怒气冲冲地扑向阿伽门农，而后者，用锋快的枪矛，
打烂了他的脸颊，青铜的盔缘抵挡不住，枪尖
穿过坚硬的缘层和颊骨，溅捣出
喷飞的脑浆。就这样，民众的王者阿伽门农
杀了怒气冲冲的俄伊琉斯，让死者躺在原地，
袒露出鲜亮的胸脯——他已剥去他们的衣衫。
接着，他又扑向伊索斯和安提福斯，杀剥了
普里阿摩斯的两个儿子，一个私生，另一个出自婚娶，
两人同乘一辆战车，由私出的伊索斯执缰，
著名的安提福斯站在他的身边。在此之前，

阿基琉斯曾抓过他们——其时，他俩正牧羊在伊达的
坡面——缚之以坚韧的柳条，以后又收取赎礼，放人生还。
这一次，阿特柔斯之子，统治辽阔疆域的阿伽门农，
击倒了伊索斯，投枪扎进胸脯，奶头的上面，
剑劈了安提福斯，砍在耳朵上，把他撂下马车。
他急不可待，剥取了两套绚丽的盔甲，他所
熟悉的精品，以前曾经见过他们，在迅捷的海船边，
捷足的阿基琉斯曾把他俩虏获，从伊达的山坡带回。
像一头狮子，闯进鹿穴，逮住
奔鹿的幼仔，裂开它们的皮肉，用尖利的牙齿，
捣碎颈骨，抓出鲜嫩的心脏；
即便母鹿置身近旁，却也无能为力，
已被吓得一愣一愣，浑身剧烈颤嗦。
突然，它撒腿跑开，窜行在谷地的林间，
热汗淋漓，惟恐逃不出猛兽的扑击。
就像这样，特洛伊人谁也救不了这两个伙伴，
面对阿耳吉维人的进攻，他们自身难保，遑遑逃命。

接着，他又抓住了裴桑得罗斯和强悍的希波洛科斯，
聪明的安提马科斯的儿子，此人接受了
亚历克山德罗斯的黄金，丰厚的礼物，受惠最多，
故而反对把阿耳戈斯的海伦交还棕发的墨奈劳斯。
现在，强有力的阿伽门农抓住了这对兄弟，
在同一辆车里，一起驾驭着奔跑的快马，
眼见阿特柔斯之子像狮子似的冲到
面前，两人惊慌失措，滑落了
手中的缰绳，在车上哀声求告：
“活捉我们，阿特柔斯之子，获取足份的赎礼。
在安提马科斯家里，财宝堆积如山，

有青铜、黄金和艰工冶铸的灰铁，
家父会用难以计数的财礼欢悦你们的心灵，
要是听说我俩还活着，就在阿开亚人的船边。”

就这样，他俩对着王者号啕，悲悲戚戚，
苦求饶命，但听到的却是一番无情的回言：
“你俩真是聪明的安提马科斯的儿子？
那家伙以前曾在特洛伊人的集会中主张
就地杀了墨奈劳斯——作为使者，他和神一样的
奥德修斯前往谈判——不让他回返阿开亚人的乡园。
现在，你们将付出血的代价，为乃父的凶残。”

言罢，他一把揪出裴桑得罗斯，把他扔下马车，
一枪捅进他的胸膛，将他仰面打翻在泥地。
希波洛科斯跳下马车，试图逃跑，被阿特柔斯之子杀死，
挥剑截断双臂，砍去头颅，
像一根旋转的木头，倒在战场上。他丢下
死者，扑向敌方溃散的军伍，人群最密集的
去处，其他胫甲坚固的阿开亚人亦跟随左右，一同杀去。
一时间，步战者杀死，面对强大的攻势，撒腿逃跑的步战者，
赶车的杀死赶车的，隆隆作响的马蹄在平原上
刨起一柱柱泥尘，纷纷扬扬地翻腾在驭者的脚板下。
他们用青铜杀人，而强有力的阿伽门农
总是冲锋在前，大声催励着阿耳吉维人。
像一团荡扫一切的烈火，卷入一片昌茂的森林，
挟着风势，到处伸出腾腾的火苗，
焚烧着丛丛灌木，把它们连根端起一样，
面对阿特柔斯之子阿伽门农的奔杀，逃跑中的特洛伊人
一个接一个地倒下，一群群颈脖粗壮的驭马

拖着空车，颠簸在战场的车道，
思盼着高傲的驭者，而他们却已躺倒在地，
成为兀鹫，而不是他们的妻子，喜爱的对象。

　　但是，宙斯已把赫克托耳拉出纷飞的兵械和泥尘，
拉出人死人亡的地方，避离了血泊和混乱，
而阿特柔斯之子却步步追逼，催督达奈人向前。
特洛伊人全线崩溃，撤过老伊洛斯、
达耳达诺斯之子的坟茔，逃过平野的中部和无花果树一线，
试图退回城堡。阿特柔斯之子紧追不舍，声嘶
力竭地喊叫，克敌制胜的手上涂溅着泥血的斑迹。
然而，当特洛伊人退至斯卡亚门和橡树一带，
他们收住脚步，等候落后的伙伴。
尽管如此，平原中部仍有大群的逃兵，宛如在
一个漆黑的夜晚，被一头兽狮惊散的牛群，狮子
惊散了整个群队，但突至的死亡只是降扑一头牛身，
猛兽先用利齿咬断喉管，然后
大口吞咽血液，生食牛肚里的内脏。
就像这样，阿特柔斯之子、强有力的阿伽门农奋勇追击，
一个接一个地杀死掉在最后的兵勇，把他们赶得遑遑奔逃。
许多人从车上摔滚下来，有的嘴啃泥尘，有的四脚朝天，
吃不住阿特柔斯之子的重击——他手握枪矛，冲杀在队伍的
前列。但是，当他准备杀向城防，杀向
陡峭的围墙时，神和人的父亲从天上
下来，坐在泉流众多的伊达的
岭峦，手中紧握着他的响雷。
他要金翅膀的伊里丝动身前往，带着他的口信：
“去吧，快捷的伊里丝，把我的话语带给赫克托耳。
只要看到阿伽门农，兵士的牧者，

和前排的首领们冲杀在一起，放倒成队的兵勇，
他就应回避不前，但要督促部属，
迎战杀敌，进行艰烈的拼搏。但是，
一旦此人挂彩负伤，受到投枪或箭矢的飞袭，
从马后跳上战车，我就会把勇力赐给赫克托耳，
让他杀人，一直杀到凳板坚固的海船，
杀到太阳落沉，神圣的夜晚笼罩一切。”

　　言罢，腿脚迅捷追风的伊里丝谨遵不违，
冲下伊达的脊背，直奔神圣的伊利昂，
找到睿智的国王普里阿摩斯之子，卓越的赫克托耳，
挺立在战车和驭马边。快腿的
伊里丝停降在他的身旁，说道：
“普里阿摩斯之子，和宙斯一样精擅谋略的赫克托耳，
听听父亲宙斯差我给你捎来的信言。
只要看到阿伽门农，兵士的牧者，
和前排的首领们冲杀在一起，放倒成队的兵勇，
你就应回避不前，但要督促部属，
迎战杀敌，进行艰烈的拼搏。但是，
一旦阿伽门农挂彩负伤，受到投枪或箭矢的飞袭，
从马后跳上战车，宙斯就会给你勇力，
让你杀人，一直杀到凳板坚固的海船，
杀到太阳落沉，神圣的夜晚笼罩一切。”

　　言罢，快腿的伊里丝离他而去。
赫克托耳跳下战车，全身披挂，
挥舞着两条锋快的枪矛，巡跑在全军各处，
催励兵勇们冲杀，挑起浴血的苦战。
特洛伊人转过身子，站稳脚跟，接战阿开亚兵勇，

而阿耳吉维人亦收拢队阵，针锋相对，
面对面地摆开近战的架势；阿伽门农
一马当先，试图远远地抢在别人前头，迎战敌手。

　　告诉我，家住俄林波斯的缪斯，
特洛伊人或他们那著名的盟友中，
迎战阿伽门农，谁个最先站立出来？

　　伊菲达马斯首先出战，安忒诺耳之子，身材魁梧
壮实，生长在土地肥沃的斯拉凯，羊群的母亲。
当他年幼之时，基修斯在自己家里把他养大，
基修斯，他母亲的父亲，生女塞阿诺，一位漂亮的姑娘。
然而，当他长成一个身强力壮的小伙，
基修斯试图把他留下，嫁出一个女儿，作为他的妻配。
婚后不久，他就离开新房，统兵出战，受到传闻的激诱——
阿开亚人已在特洛伊登岸——率领十二条弯翘的
海船。他把木船留在裴耳科忒，
徒步参战伊利昂。现在，他将在此
迎战阿伽门农，阿特柔斯的儿男。
他俩相对而行，咄咄逼近，
阿特柔斯之子出手投枪，未中，枪尖擦过他的身边，
但伊菲达马斯却出枪中的，打在胸甲下，腰带的层面，
压上全身的重量，自信于强有力的臂膀。
尽管如此，它却不能穿透闪亮的腰带，
枪头顶到白银，马上卷了刃尖，像松软的铅块。
阿伽门农，统治辽阔疆域的王者，抓住枪矛，
抵捅回去，狂烈得像一头狮子，把枪杆
攥出他的手心，然后举剑砍进脖子，松软了他的肢腿。
就这样，伊菲达马斯倒在地，像青铜一样不醒长眠。

可怜的人，前来帮助他的同胞，撇下自己的妻房，他的
新娘。妻子还不曾给他什么欢爱，尽管他已付出丰厚的
财礼，先给了一百头牛，又答应下一千只
山羊或绵羊——他的羊群多得难以数计。
现在，阿伽门农，阿特柔斯之子，抢剥了他的所有，
带着璀璨的铠甲，穿行阿开亚人的队伍。

科昂，勇士中出众的战将，安忒诺耳的
长子，目睹了此番情景，望着倒下的
兄弟，极度的悲痛模糊了他的眼睛。
他从一个侧面走来，强健的阿伽门农没有发现，
一枪扎中他的前臂，手肘的下面，
闪亮的枪尖挑穿了皮肉。
全军的统帅阿伽门农全身抖嗦，
但尽管如此，他也没有停止攻战，
而是扑向科昂，手握矛杆，取料疾风吹打出来的树材。
其时，科昂正拖起他父亲的儿子，他的兄弟伊菲达马斯，
抓住双脚，对着所有最勇敢的壮士呼喊。正当他
拉着兄弟的尸体，走入己方的队阵，阿伽门农出枪刺击，
藏身在突鼓的盾牌后面，铜尖的闪光酥软了他的肢腿。
他迈步上前，割下他的脑袋，翻滚着撞上伊菲达马斯的躯体。
此时此地，在王者阿伽门农手下，安忒诺耳的两个儿子
接受了命运的安排，坠入了死神的府居。

但是，阿伽门农仍然穿行在其他战勇的队伍，
继续奋战搏杀，用铜枪、战剑和大块的石头，
热血仍在不停地冒涌，从枪矛扎出的伤口。
然而，当血流凝止，伤口结痂愈合，
剧烈的疼痛开始削弱阿特柔斯之子的勇力，

像产妇忍受的强烈阵痛，
掌管生产的精灵带来的苦楚，
赫拉的女儿们，主导痛苦的生育；
同样，剧烈的疼痛削弱着阿特柔斯之子的勇力。
他跳上战车，招呼驭手，把他
送回深旷的海船，忍着钻心的疼痛。
他提高嗓门，用尖亮的声音对达奈人喊道：
“朋友们，阿耳吉维人的首领和统治者们，
你等必须继续保卫我们破浪远洋的海船，
顶住特洛伊人猖狂的进攻——精擅谋略的宙斯
已不让我和特洛伊人打到夜色稠浓的时候！”

言罢，驭者扬起皮鞭，催赶长鬃飘洒的骏马，
朝着深旷的海船，撒蹄飞跑，不带半点勉强。
它们拉着负伤的王者离开战场，
胸前汗水淋漓，肚下沾满纷扬的泥尘。

眼见阿伽门农撤出战斗，赫克托耳
亮开嗓门，高声呼喊，对着特洛伊人和鲁基亚战勇：
“特洛伊人，鲁基亚人和达耳达尼亚人，近战杀敌的勇士们！
拿出男子汉的气概，我的朋友们，鼓起狂烈的战斗激情！
他们中最好的战勇已被打离战场；宙斯，克罗诺斯之子，
已答应给我巨大的荣誉。驾起坚蹄的骏马，直扑
强健的达奈人，为自己争得更大的光荣！”

一番话使大家鼓起了勇气，增添了力量。
恰似一位猎人，催赶犬牙闪亮的猎狗
扑向野兽，一头野猪或狮子，
普里阿摩斯之子赫克托耳，像杀人不眨眼的战神，

催励着心胸豪壮的特洛伊人，扑战阿开亚兵勇。
他自己更是雄心勃勃，大步迈进在队伍的最前列，
投入你死我活的拼搏，像一场突起的风暴，
从天空冲扫扑袭，掀起一层层波浪，在紫蓝色的洋面。

谁个最先死在他的手里，谁个最后被他送命，
既然宙斯已给他荣誉，他，赫克托耳，普里阿摩斯的儿子？
阿赛俄斯最先送命，接着是奥托努斯和俄丕忒斯，
然后是多洛普斯，克鲁提俄斯之子，以及俄菲尔提俄斯、
阿格劳斯、埃苏姆诺斯、俄罗斯和骠勇强悍的希波努斯。
他杀了这些人，达奈人的首领，然后扑向
人马麇集的去处，像西风卷起的一阵狂飙，
击碎南风吹来的闪亮的云朵，
掀起汹涌的浪潮，兜着风力的
吹鼓，高耸的浪尖击洒出飞溅的水沫。
就像这样，兵群里，赫克托耳打落了簇挤的人头。

其时，战场将陷入极度的混乱，败毁的局面在所难免；
奔跑中的阿开亚人将匆匆忙忙地逃回海船，
若非奥德修斯的一声喊叫，对图丢斯之子狄俄墨得斯嚷开：
“图丢斯之子，这是怎么回事？难道我们忘却了
狂烈的战斗激情？过来吧，我的朋友，和我站在一起。
我们不要那番羞辱，让头盔锃亮的赫克托耳抢获我们的海船！”

听罢这番话，强健的狄俄墨得斯说讲，答道：
“放心吧，我会和你站在一起，尽我的力量，但恐怕
不会有太大的用处；汇聚乌云的宙斯已决意
让特洛伊人，而不是我们，获取胜利。”

言罢，他挥手出枪，把苏姆勃莱俄斯
撂下战车，打在左胸上。与此同时，奥德修斯
杀了武士的助手，神一样的莫利昂。
二位撇下死者，他们已无力战斗，
杀进人群，横冲直撞，像两头野猪，
抖擞着鬃毛，扑向追捕它们的猎狗。
就像这样，他们转身抵打特洛伊人，把他们杀得七零八落。
阿开亚人喜得喘息的机会，摆脱了神勇的赫克托耳的追踪。

接着，他们拿下两位勇士和一辆战车，乡居里的贵族，
家住裴耳科忒的墨罗普斯的儿子。其父谙熟巫卜，
常人不可比及，曾劝阻两个儿子
前往人死人亡的战场，无奈后者不听
劝告，任随幽黑的死亡和死之精灵的驱使。
图丢斯之子、著名的枪手狄俄墨得斯夺走他们的
灵魂和生命，剥走了绚丽的铠甲；
与此同时，奥德修斯杀了呼裴罗科斯和希波达摩斯。

其时，克罗诺斯之子从伊达山上俯视地面，
均匀地收紧了战争的绳索，使交战的双方继续相持拼搏。
图丢斯之子出枪捅翻勇士阿伽斯特罗福斯，
派昂的儿子，打在髋关节上。其时，驭马不在
近旁，使他不能马上逃脱——真是糊涂！
当时，驭手将车马带离该地，而他则下车徒步，
怒气冲冲地杀奔在前排里，直到把宝贵的生命断送。
赫克托耳隔着队列，看得真切，大吼一声，
对着他俩冲来，身后跟着一队队特洛伊人。
目睹此番情景，啸吼战场的狄俄墨得斯吓得身腿发抖，
随即开口发话，对走来的奥德修斯嚷道：

“瞧，高大的赫克托耳，这峰该受诅咒的浊浪正向我们进扑；
打吧，让我们顶住他的冲击，打退他的进攻！”

言罢，他持平落影森长的枪矛，奋臂投掷，
不偏不倚，正中目标，飞向他的脑袋，
头盔的顶脊。但是，铜枪击中铜盔，被顶了
回来，不曾擦着鲜亮的皮肤：盔盖抵住了枪矛——
这顶头盔，三层，带着孔眼，福伊波斯·阿波罗的赠品。
赫克托耳惊跳着跑出老远，回到己方的队阵，
屈腿跪地，撑出粗壮的大手，单臂承受
身体的重力，黑色的夜雾蒙住了他的眼睛。
然而，当着图丢斯之子循着投枪的轨迹，
远离前排的勇士，前往枪尖扎咬泥尘的地点，
赫克托耳苏缓过来，跳上战车，
赶回大军集聚的地方，躲过了幽黑的死亡。
强健的狄俄墨得斯开口嚷道，摇晃着手中的枪矛：
“这回，又让你躲过了死亡，你这条恶狗！虽说如此，
也只是死里逃生；福伊波斯·阿波罗再一次救了你，
这位你在投身密集的枪雨前必须对之祈诵的仙神！
但是，我们还会再战，那时，我将把你结果，
倘若我的身边也有一位助佑的尊神。
眼下，我要去追杀别的战勇，任何我可以赶上的敌人！”

言罢，他动手解剥派昂善使枪矛的儿子。
其时，亚历克山德罗斯，美发海伦的夫婿，
对着图丢斯之子，兵士的牧者，拉开了强弓，
靠着石柱，人工筑成，竖立在伊洛斯的
坟墓，伊洛斯，达耳达诺斯之子，古时统领民众的长者。
其时，狄俄墨得斯正动手粗壮的阿伽斯特罗福斯的胸面，

抢剥战甲，从他的肩头卸下锃亮的盾牌，
伸手摘取沉重的头盔，帕里斯扣紧弓背的夹口，
张弦放箭。羽箭出手，不曾虚发，
击中右足的脚面，透过脚背，
扎入泥层。亚历克山德罗斯见状放声大笑，
从藏身之地跳将出来，带着胜利的喜悦，高声喊道：
“你被击中了，我的羽箭不曾虚发！要是它能
深扎进你的肚腹，夺走你的生命，那该有多绝！
这样，见了你发抖的特洛伊人——恰似咩咩叫唤的山羊
碰到狮子——便可在遭受重创之后，争得喘息的机会。”

　　听罢这番话，强健的狄俄墨得斯面无惧色，厉声答讲：
“你这耍弓的把式，卑鄙的斗士，发绺秀美的好色狂，
如果你敢拿起武器，和我面对面地开打，
你的弓弩和纷飞的箭矢都将帮不了你的忙。
你只是擦破了我的脚面，却说出此番狂言。
谁会介意呢？一个没有头脑的孩子或一个妇人也可以如此
伤我。一个窝囊废，胆小鬼的箭头，岂会有伤人的犀利？
但是，倘若有人被我击中，哪怕只是擦个边儿，情况可就大不
一样——枪尖锐利锋快，顷刻之间即可把人放倒。
他的妻房会在悲哭中抓破脸面，
他的孩子将变成无父的孤儿，而他自己只能泼血染地，
腐损霉烂，在他周围，成群的兀鹫将多于哭尸的女人！”

　　他言罢，著名的枪手奥德修斯赶至近旁，
站在他面前，使他得以坐下，在奥德修斯身后，从脚上
拔出锋快的箭镞，剧烈的楚痛撕咬着他的皮肉。
狄俄墨得斯跳上战车，招呼驭手，
把他带回深旷的海船，忍着钻心的疼痛。

　　这样，那一带就只剩下奥德修斯光杆一人，身边
再也找不到一个阿耳吉维战勇，恐惧驱跑了所有的
兵汉。焦虑中，他对自己豪莽的心魂说道：
“哦，不妙！我将面临何种境况？倘若惧怕
眼前的敌群，撒腿回跑，那将是一种耻辱；但若只身
被抓，后果就更难设想；克罗诺斯之子已驱使其他达奈人
逃离。然而，为何与我争辩，我的心魂？
我知道，不战而退是懦夫的行径。
谁要想在战场上出类拔萃，就必须站稳脚跟，
勇敢顽强，要么击倒别人，要么被别人杀倒。”

　　正当他权衡斟酌之际，在他的心里魂里，
特洛伊人全副武装的队列已在向他逼近，
把他团团围住——围出了他们自己的死亡。
像一群猎狗和精力充沛的年轻人，围住一头野猪，
猛扑上去，而野猪则冲出茂密的灌木，它的窝巢，
在弯翘的颚骨上磨快了雪白的尖牙利齿，
狗和猎人从四面冲来，围攻中可以听到獠牙
咔咔的声响；然而，尽管此兽来势凶猛，他们却毫不退让。
就像这样，特洛伊人冲扑上来，步步逼近宙斯钟爱的
奥德修斯。他首先击倒高贵的代俄丕忒斯，
锋快的投枪从高处落下，扎在肩膀上。
接着，他杀了索昂和英诺摩斯，然后又
杀了正从车上下跳的开耳西达马斯，枪尖
捣在肚脐上，从鼓起的盾牌下；
后者随即倒地，手抓泥尘。
奥德修斯丢下死者，出枪断送了希帕索斯之子
卡罗普斯，富人索科斯的兄弟。索科斯
快步赶来，神一样的凡人，前往保护他的兄弟，

行至奥德修斯近旁站定，高声喊道：
“备受赞扬的奥德修斯，喜诈不疲、贪战不厌的斗士！
今天，你要么杀了希帕索斯的两个儿子，两个像
我们这样的人，剥走铠甲，吹嘘一番，
要么倒死在我的枪下，送掉你的性命！”

　　言罢，他出枪击中奥德修斯身前溜圆的战盾，
沉重的枪尖深扎进闪亮的盾面，
穿透，挑开精工制作的胸甲，
剖下了肋骨边的整片皮肉；然而
帕拉丝·雅典娜不让枪尖触及他的要害。
奥德修斯心知此伤不会致命，
往后退了几步，对着索科斯嚷道：
“可怜的东西，可知惨暴的死亡即将砸碎你的脑袋！
不错，你挡住了我的进攻，对特洛伊人的攻杀，
但是，我要直言相告，就在今天死亡和乌黑的
命运将要和你见面！你将死在我的枪下，给我送来
光荣，把自己的灵魂交付驾驭名驹的死神！”

　　他言罢，索科斯转过身子，撒腿便跑，
然而，就在转身之际，枪矛击中脊背，
双胛之间，长驱直入，穿透了胸脯。
他随即倒地，轰然一声；神勇的奥德修斯吹嚷，喊道：
“索科斯，聪明的驯马者希帕索斯的儿子，
死亡追上并放倒了你；你躲不过它的追击。
可怜的东西，你的父亲和尊贵的母亲
将不能为你合上眼睛；利爪的兀鹫
会扒开你的皮肉，双翅击打着你的躯体！然而，
要是我死了，卓越的阿开亚人却会为我举行体面的葬礼。”

言罢，他从身上拔出聪颖的索科斯扎入的
沉甸甸的枪矛，穿过突鼓的战盾；枪尖离身，
带出涌注的鲜血，使他见后心寒。
然而，心胸豪壮的特洛伊人，看到奥德修斯身上的鲜血，
高兴得大叫起来，在混乱的人群中，一起向他扑赶。
奥德修斯开始退却，大声呼唤他的伙伴，
连叫三次，声音大到人脑可以承受的极限。
嗜战的墨奈劳斯三次听见他的喊声，
马上对离他不远的埃阿斯说道：
“忒拉蒙之子，宙斯的后裔，兵士的牧者埃阿斯，
我的耳旁震响着坚忍的奥德修斯的喊叫；
从声音来判断，他好像已只身陷入重围，而特洛伊人
正在发起强攻，打得他喘不过气来。
让我们穿过人群，最好能把他搭救出来。
我担心他会受到特洛伊人的伤损，孤身一人，
虽然他很勇敢——对达奈兵众，这将是莫大的损害。”

言罢，他领头先行，埃阿斯随后跟进，神一样的凡人。
他们看见宙斯钟爱的奥德修斯正被特洛伊人
围迫不放，如同一群黄褐色的豺狗，在大山之上，
围杀一头带角的公鹿，新近受过
猎人的箭伤，一支离弦的利箭，生逃出来，
急速奔跑，只因伤口还冒着热血，腿脚尚且灵捷。
但是，当迅跑的飞箭最终夺走它的活力，
贪婪的豺狗马上开始撕嚼地上的尸躯，在山上
枝叶繁茂的树林里。然而，当某位神明导来一头凶狠的
兽狮，豺狗便吓得遑遑奔逃，把佳肴留给后来者吞食。
就像这样，勇莽的特洛伊人围住聪灵和多才的
奥德修斯，成群结队，但英雄

挥舞枪矛，左冲右突，挡开无情的死亡。
其时，埃阿斯向他跑来，携着墙面似的盾牌，
站在他前面，吓得特洛伊人四散奔逃。
嗜战的墨奈劳斯抓住奥德修斯的手，带着他
冲出人群，而他的驭手则赶着车马，跑至他们身边。

埃阿斯蹿开大步，扑向特洛伊人，击倒多鲁克洛斯，
普里阿摩斯的私生子，接着又放倒了潘多科斯，
鲁桑得罗斯、普拉索斯和普拉耳忒斯。
像一条泛滥的大河，从山上浩浩荡荡地
泻入平野，推涌着宙斯倾注的雨水，
冲走众多枯干的橡树和成片的
松林，直到激流卷着大堆的树材，闯入大海，
闪光的埃阿斯冲荡在平原上，追逐奔跑，
杀马屠人。然而，赫克托耳却还不知这边的
战况，因他搏杀在战场的左侧，
斯卡曼得罗斯河边——那里，人头成片地落地，
远非其他地方所能比及；无休止的喧嚣
围裹着高大的奈斯托耳和嗜战的伊多墨纽斯。
赫克托耳正和这些人打斗，以他的枪矛和驾车技巧
重创敌军，横扫着年轻人的军阵。
尽管如此，卓越的阿开亚人仍然不予退让，
若不是亚历克山德罗斯，美发海伦的夫婿，
击伤兵士的牧者，奋勇冲杀的马卡昂，
用一枚带着三个倒钩的羽箭，射中他的右肩。
怒气冲冲的阿开亚人此时替他担心，
担心随着战局的变化，敌人会出手杀倒马卡昂。
伊多墨纽斯当即发话，对卓越的奈斯托耳喊道：
“奈斯托耳，奈琉斯之子，阿开亚人巨大的光荣！

赶快行动，登上战车，让马卡昂上车待在
你的身边，驾着坚蹄的驭马，全速前进，赶回海船。
一位医者抵得上一队兵丁——
他能挖出箭镞，敷设愈治伤痛的药剂。”

　　图丢斯之子言罢，格瑞尼亚的车战者奈斯托耳谨遵
不违，即刻踏上战车；马卡昂，大医士
阿斯克勒丕俄斯之子随即登车同行。
他手起鞭落，驭马扬蹄飞跑，不带半点勉强。
直奔深旷的海船，它们心驰神往的地方。

　　战车上，开勃里俄奈斯，站在赫克托耳身边，
眼见特洛伊人的退败之势，对他的同伴说道：
“赫克托耳，你我置身战场的边沿，拼战达奈人，
在这场惨烈的杀斗中；别地的特洛伊兵勇
已被打得七零八落，人马拥挤，乱作一团。
忒拉蒙之子追杀着他们，我已认出他来，不会有错，
他的肩头有那面硕大的盾牌。赶快，
让我们驾着马车赶去，去那战斗最烈
的地方，驭手和步兵们正
喋血苦战，拼斗搏杀，喊声不绝。”

　　言罢，他举起脆响的皮鞭，驱赶
长鬃飘洒的骏马，后者受到鞭击，迅速
拉起飞滚的战车，奔驰在两军之间，
踏过死人和盾牌，轮轴沾满
飞溅的血点，马蹄和飞旋的
轮缘压出四散的污血，喷洒在
围绕车身的条杆。赫克托耳全力以赴，准备闯入

纷乱的人群，冲垮他们，打烂他们——他给
达奈人带来了混乱和灾难，全然不顾纷飞的
枪矛①，冲杀在其他战勇的队阵，
奋力搏杀，用铜枪、战剑和大块的石头。
不过，他仍然避不击战埃阿斯，忒拉蒙的儿子。

其时，坐镇山巅的父亲宙斯已开始催动埃阿斯回退。
他木然站立，瞠目结舌，将七层牛皮制成的巨盾甩至背后，
移退几步，目光扫过人群，像一头野兽，
转过身子，一步步地回挪。
宛如一头黄褐色的狮子，被狗和猎人
从拦着牛群的庄院赶开——他们整夜
监守，不让它撕食牛的肥膘，
饿狮贪恋牛肉的肥美，临近扑击，
但却一无所获，雨点般的枪矛迎面
砸来，投自粗壮的大手，另有那腾腾
燃烧的火把，吓得它，尽管凶狂，退缩不前，
随着黎明的降临，饿狮快快离去，心绪颓败；
就像这样，埃阿斯从特洛伊人面前回退，心情沮丧，
勉勉强强，违心背意，担心阿开亚人海船的安危。
像一头难以推拉的犟驴，由男孩们牵着行进，
闯入一片庄稼地里，尽管打断了一根根枝棍，
但它照旧往里躬行，咽嚼着穗头簇拥的谷粒，
男孩们挥枝抽打，但毕竟童力有限，
最后好不容易把它撵出农田，但犟驴已吃得肚饱溜圆；
就像这样，心志高昂的特洛伊人和来自遥远地带的盟友们，
紧紧追赶神勇的埃阿斯，忒拉蒙之子，

① 全然……的枪矛：或作“不停地操使着枪矛”解。

不时把投枪击打在巨盾的中心。
埃阿斯，再次鼓起狂烈的战斗激情，时而
回头扑向特洛伊人，驯马的好手，打退他们的
队伍，时而又掉转身子，大步回跑。
毕竟，他挡住了他们，不让一个敌人冲向迅捷的海船，
孑身挺立，拼杀在阿开亚兵壮和特洛伊人
之间的战阵。飞来的枪矛，出自特洛伊斗士粗壮的
大手，有的直接打在巨盾上，另有许多
落在两军之间，不曾碰着白亮的皮肤，
扎在泥地上，带着撕咬人肉的欲念。

　　其时，欧鲁普洛斯，欧埃蒙光荣的儿子，
眼见埃阿斯正受到投枪的追击，劈头盖脸的枪雨，
跑去站在他身边，投出闪亮的枪矛，
击中阿丕萨昂，法乌西阿斯之子，兵士的牧者，
打在肝脏上，横膈膜下，当即酥软了他的膝腿。
欧鲁普洛斯跳上前去，抢剥铠甲，从他的肩头。
但是，当神一样的亚历克山德罗斯
发现他的作为，马上拉紧弓弦，射向
欧鲁普洛斯，箭头扎入右边的股腿，
崩断了箭杆，剧烈的疼痛钻咬进大腿的深处。
为了躲避死亡，他退回己方的伴群，
提高嗓门，用尖亮的声音对达奈人喊道：
“朋友们，阿耳吉维人的首领和统治者们！
大家转过身去，站稳脚跟，为埃阿斯挡开这冷酷的
死亡之日，他已被投枪逼打得难以抬头。
我想，他恐怕逃不出这场悲苦的战斗。所以，让我们
站稳脚跟，面对忒拉蒙之子、大埃阿斯周围的敌人！”

带伤的欧鲁普洛斯言罢，伙伴们冲涌过来，
站在他身边，把盾牌斜靠在他的肩上，挡住
投枪。其时，埃阿斯跑来和他们聚会，
转过身子，站稳脚跟，置身己方的队阵。

就这样，他们奋力搏杀，像熊熊的烈火。
与此同时，奈琉斯的驭马拉着奈斯托耳撤出战斗，
热汗淋漓；同往的还有马卡昂，兵士的牧者。
其时，捷足和卓越的阿基琉斯看到并认出了马卡昂，
站在那条巨大、深旷海船的尾部，
瞭望着这场殊死的拼搏，可悲的追杀。
他随即发话，招呼伙伴帕特罗克洛斯，
从他站立的船上；后者听到呼声，跑出营棚，
像战神一般。然而，也就在这一时刻，死亡开始盯上了他。
墨诺伊提俄斯强壮的儿子首先说话，问道：
“为何叫我，阿基琉斯？有何吩咐？”

捷足的阿基琉斯对他答话，说道：
“墨诺伊提俄斯卓越的儿子，使我欢心的伴友，
现在，我想，阿开亚人会跑来抱住我的膝腿，
哀声求告；战局的严酷已超过他们可以忍受的程度。
去吧，宙斯钟爱的帕特罗克洛斯，找到奈斯托耳，
问他伤者是谁，那个他从战场上带回的壮勇。
从背后望去，此人极像马卡昂，
阿斯克勒丕俄斯之子，从头到脚都像，但我还不曾见着
他的脸面——驭马疾驶而过，跑得飞快。”

帕特罗克洛斯得令而去，遵从亲爱的伙伴，
扯开腿步，沿着阿开亚人的营棚和海船。

其时，奈斯托耳来到自己的营房：
他俩跳下马车，踏上丰肥的土地，助手
欧鲁墨冬从车下宽出老人的
驭马。他们吹晾衣衫上的汗水，
站在海边的清风里，然后
走进营棚，坐在高背的木椅上。
发辫秀美的赫卡墨得为他们调制了一份饮料，
心志豪莽的阿耳西努斯的女儿，奈斯托耳的战礼，
得之于忒奈多斯——阿基琉斯攻破这座城堡后，阿开亚人
把此女挑给奈斯托耳，因为他比谁都更善谋略。
首先，她摆下一张桌子，放在他们面前，一张漂亮的
餐桌，平整光滑，安着珐琅的支腿，然后
放上一只铜篮，装着蒜头，下酒的佳品，
以及淡黄色的蜂蜜和用神圣的大麦做成的面食。
接着，她把一只做工精致的杯盏放在篮边，此杯
系老人从家里带来，用金钉铆连，有四个
把手，分置两边，每一个上面停栖两只
啄食的金鸽，垫着双层的底座。
满斟时，一般人要咬紧牙关，方能把它从桌面端起，
但奈斯托耳，虽然上了年纪，却可做得轻而易举。
用这个杯子，举止不逊的女神赫卡墨得，用普拉姆内亚酒，
为他们调制了一份饮料，擦进用山羊奶做就的乳酪，
用一个青铜的锉板，然后撒上雪白的大麦，
调制停当，她便恭请二位喝饮。
两人喝罢，消除了喉头的焦渴，
开始享受谈话的愉悦，你来我往地道说起来。
其时，帕特罗克洛斯来到门前，止步，神一样的凡人。
见到他，老人从闪亮的座椅上惊跳起来，
握住他的手，引他进来，让他入座。

但帕特罗克洛斯却站在他的对面，拒绝道：
“现在，宙斯钟爱的老人家，可不是下坐的时候。你说服
不了我。此人可敬，但极易发怒，他差我弄清，那位由你
带回的伤者究为何人。现在，我已亲眼见到，
他是马卡昂，兵士的牧者。我将
即刻赶回，把信息报给阿基琉斯。
你深知他的为人，宙斯钟爱的老人家，
刚烈、粗暴，甚至会对一个无辜者动怒发火。”

听罢这番话，格瑞尼亚的车战者奈斯托耳答道：
“阿基琉斯才不会伤心呢，为被投枪击伤的
阿开亚人的儿子们。军中滋长的悲戚
之情，他哪里知道！全军最勇敢的战将
都已卧躺船边，带着箭伤或枪痕。
图丢斯之子、强健的狄俄墨得斯已被羽箭射伤，
奥德修斯则身带枪痕，著名的枪手阿伽门农亦然；
欧鲁普洛斯大腿中箭，还有
我刚从战场上带回的马卡昂，
已被离弦的箭矢射伤。但阿基琉斯，
虽然骁勇，却既不关心、也不怜悯达奈人。
他要等到什么时候？等到猖獗的烈火
烧掉海边的快船，冲破阿耳吉维人的阻拦？
等到我们自己都被宰杀，一个接着一个？我的四肢
已经弯曲，早先的力气已经不复存在。
但愿我依旧年轻，浑身都是力气，
就像当年一样：那时，我们和厄培亚人械斗，
为了抢夺牛群；其时，我亲手杀了伊图摩纽斯，
呼裴罗科斯勇敢的儿子，家住厄利斯。
出于报复，我要抢夺他的牛群，而他却为保卫

畜群而战，被我投枪击中，倒在前排的
壮勇里，吓得那帮村民落荒而逃。
从平野上，我们夺得并赶走了何等壮观的畜群：
五十群牛，同等数量的绵羊，同样数量的
肥猪，以及同样多的成片的山羊，
还有棕黄色的骒马，总共一百五十匹，
许多还带着驹崽，哺吮在腹胯下。
夜色里，我们把畜群赶进普洛斯，
哄进奈琉斯的城堡。家父心花怒放，见我
掠得这许多牲畜，小小年纪，即已经历了一场拼搏。
翌日拂晓，信使们扯开清亮的嗓门，招呼
所有有权向富庶的厄培亚人讨还冤债的民众出来。
普洛斯的首领们聚在一块，分发战礼；
需要偿还所失者，人数众多，因为
我们普洛斯人少，故而长期遭受他们的凌辱。
多年前，强有力的赫拉克勒斯曾来攻打，
击败我们，打死了我们中最骠健的壮勇。
高贵的奈琉斯有十二个儿子，现在
只剩下我，其余的都已作古。
这些事情助长了身披铜甲的厄培亚人的凶傲，
他们肆虐狂蛮，兴兵征伐，使我们受害至深。
老人从战礼中挑了一群牛和一大群羊，
总数三百，连同牧人一起——
富足的厄培亚人欠了他一大笔冤债：
四匹争夺奖品的赛马，外带一辆马车。
那一年，马儿拉着战车，参加比赛，争夺三脚鼎锅，
不料奥格亚斯，民众的王者，扣留并占夺了车马，
遣走驭者，让他踏上归程，带着思马的烦愁。
所以，年迈的奈琉斯，出于对仇人言行的愤怒，

择取了一份极丰厚的战礼，并把其余的交给众人，
由他们分配，使每人都能得到公平的份子。
就这样，我们一边处理战礼，一边在全城
敬祭神明。到了第三天，厄培亚人大军出动，
举兵进犯，大队的兵勇和坚蹄的驭马，
全速前进，带着两个披甲的战勇，摩利俄奈斯弟兄，
小小年纪，尚不十分精擅狂烈的拼搏。多沙的
普洛斯境内有一座城堡，斯罗厄萨，矗立在陡峭的山岩，
远离阿尔菲俄斯河，地处边陲。他们
包围了这座石城，急不可待地试图攻破。
然而，当他们扫过整个平原，雅典娜冲破夜色，
向我们跑来，来自俄林波斯的使者，要我们武装备战。
在普洛斯，她所招聚的不是一支行动迟缓的军队，
而是一帮求战心切的兵勇。其时，奈琉斯
不让我披挂上阵，藏起了我的驭马，
以为我尚不精熟战争的门道。
所以，我只得徒步参战，但仍然突显在
车战者中；雅典娜安排着这场战斗。
那地方有一条河流，米努埃俄斯，在阿瑞奈附近
倒入大海。河岸边，我们等待着神圣的黎明，
我们，普洛斯车战者的营伍和蜂拥而至的步兵。
我们以最快的速度全身披挂，整队出发，
及至中午时分，行至神圣的阿尔菲俄斯河岸。
在那里，我们用肥美的牲品祀祭力大无比的宙斯，
给阿尔菲俄斯和波塞冬各祭了一头公牛；此外，
还牵过一头从未上过轭架的母牛，献给灰眼睛的雅典娜。
然后，我们吃过晚饭，以编队为股，
就着甲械，躺倒睡觉，枕着湍急的
水流。与此同时，心胸豪壮的厄培亚人

已挥师围城，心急火燎，期待着捣毁墙门。
但是，城门未破，战神却已在他们面前展现杰作。
当太阳在地平线上探出头脸，放出金色的光芒，
我们，祈告过宙斯和雅典娜，冲入了短兵相接的战斗。
普洛斯人和厄培亚人兵戎相见，
而我则首开杀戒，夺下一对坚蹄的驭马，
杀了手提枪矛的慕利俄斯，奥格亚斯的女婿，
娶了他的长女，头发秀美的阿伽墨得——此女
识晓每一种药草，生长在广袤的大地——
当他迎面冲来时，我投出带着铜尖的枪矛，
将他击倒在泥尘里，而后跳上他的战车，
和前排的壮勇们一起战斗。眼见此人倒地，
心胸豪壮的厄培亚人吓得四散奔逃，
因为他是车战者的首领，他们中最好的战勇。
我奋力追杀，像一股黑色的旋风，抢得
五十辆战车，每车乘载二人，在
我枪下丧命，嘴啃泥尘。其时，我完全可以
杀了那两个年轻的兵勇，摩利俄奈斯兄弟，阿克托耳的
后代，要不是他俩的生身父亲、力大无穷的裂地之神，
把他们抢出战场，裹在浓浓的雾团里。
其时，宙斯给普洛斯人的双手增添了巨大的勇力，
我们紧追着敌人，在空旷的平野，
屠杀他们的战勇，捡剥精美的甲械，
车轮一直滚到盛产麦子的布普拉西昂和
俄勒尼亚石岩，以及人们称之为“阿勒西俄斯丘陵”的
高地。终于，雅典娜收住了我们的攻势，而我也在
那里放倒了我所杀死的最后一个人，弃尸而行。阿开亚人
赶着迅捷的驭马凯旋，从布普拉西昂回到普洛斯。
全军称颂，归功于神中的宙斯和凡人中的奈斯托耳。

这，便是凡人中的我，倘若此事确曾发生过。然而，阿基琉斯，
他只能孤孤凄凄地享受勇力带来的好处。事实上，告诉你，
他会痛哭流涕，只是为时已晚，在我们军队损失殆尽的时候。
我的朋友，还记得临行前乃父对你的嘱告吗？
那一天，他让你离开弗西亚，前往聚会阿伽门农。
我们俩，卓越的奥德修斯和我，其时正在厅堂里，
耳闻了所说的一切，包括乃父对你的训告。
我们曾前往裴琉斯建筑精固的房居，
为招募壮勇，走遍了土地肥沃的阿开亚。
我们来到那里，发现英雄墨诺伊提俄斯已在屋内，还有
你和你身边的阿基琉斯。裴琉斯，年迈的车战者，
正在墙内的庭院，烧烤牛的肥腿，奉祭给
喜好炸雷的宙斯。他手拿金杯，
用闪亮的醇酒泼洒经受火焚的祭品。
其时，你俩正忙着肢解切割牛的躯体。当我们
行至门前站定，阿基琉斯惊诧地跳将起来，
抓住我们的手，引我们进屋，请我们入座，
摆出接待生客的佳肴，使来者得到应有的一切。
当我们满足了吃喝的愉悦，
我就开口说话，邀请你俩参战，
二位满口答应，聆听了两位父亲的教诲。
年迈的裴琉斯告诫阿基琉斯，他的儿子，
永远争做最出色的斗士，超胜所有的军勇。而
对你，阿克托耳之子墨诺伊提俄斯亦有一番嘱告：
‘我的孩子，论血统，阿基琉斯远比你高贵，
但你比他年长。他比你有力，远为有力，
但你要给他一些忠告，有益的劝导，
为他指明方向。他会顾及自己的进益，听从你的劝告。’
这便是老人的嘱咐，而你已忘得一干二净。然而即便是现在，

你仍可进言聪明的阿基琉斯，他或许还会听从你的劝说。
谁知道呢？凭借神的助佑，你或许可用恳切的规劝
唤起他的激情；朋友的劝说自有它的功益。
但是，倘若他心知的某个预言拉了他的后腿，
倘若他那尊贵的母亲已告诉他某则得之于宙斯的信息，
那就让他至少派你出战，率领其他慕耳弥冬人，
你的出现或许可给达奈人带来一线胜利的曙光。
让他给你那套璀璨的铠甲，他的属物，穿着它投入战斗。
这样，特洛伊人或许会把你当他，停止进攻的步伐，
使苦战中的阿开亚人的儿子们得获一次喘息的机会，
他们已筋疲力尽。战场上，喘息的时间总是那样短暂。
你们，息养多时的精兵，面对久战衰惫的敌人，可以
一鼓作气，把他们赶回特洛伊，远离我们的营棚和海船。”

　　奈斯托耳一番说道，催发了帕特罗克洛斯胸中的战斗
激情，他沿着海船跑去，回见阿基琉斯，埃阿科斯的后代。
然而，当帕特罗克洛斯跑至高贵的奥德修斯统领的
海船，阿开亚人集会和绳法民俗习规的
地方，建竖着敬神的祭坛，
他遇到了股腿中箭的欧鲁普洛斯，
欧埃蒙卓越的儿子，正拖瘸着伤腿，
撤离战斗，肩背和脸上滚淌着
成串的汗珠，伤口血流不止，
颜色乌红。然而，他意志刚强，神色坚定。
看着这般情景，墨诺伊提俄斯强壮的儿子心生怜悯，
为他难过，用长了翅膀的话语，对他说道：
“可怜的人！达奈人的统治者，我的首领们，
你们的命运真有这般凄惨？——在远离亲友和故土的
特洛伊地面，用你们闪亮的脂肪，饱喂奔走的犬狗！

现在，宙斯哺育的壮士欧鲁普洛斯，告诉我，
阿开亚人是否还能，以某种方式，挡住魁伟的赫克托耳？
抑或，他们已生还无门，必将碰死在他的枪尖？”

　　听罢这番话，带伤的欧鲁普洛斯答道：
“告诉你，宙斯养育的帕特罗克洛斯，阿开亚人将无力
继续自卫，他们将被撵回乌黑的海船。
所有以往作战最勇猛的壮士，此时
都已卧躺船边，带着敌人手创的
箭伤或枪痕——特洛伊人的勇力一直在不停地增添！
过来吧，至少也得救救我，扶我回到乌黑的海船，
替我挖出腿肉里的箭镞，用温水洗去
黑红的污血，敷上镇痛的、疗效显著的
枪药，人们说，你从阿基琉斯那儿学得这手本领，
而阿基琉斯又受之于开荣，马人中最通情理的一员。
至于我们自己的医士，我想，马卡昂
已经受伤，卧躺在营棚里，
本身亦需要一位高明的医者，
而波达雷里俄斯还战斗在平原上，顶着特洛伊人的重击。”

　　听罢这番话，墨诺伊提俄斯强壮的儿子说道：
“此事不太好办，英雄欧鲁普洛斯，我们该如何处置？
我正急着回赶，将格瑞尼亚的奈斯托耳，阿开亚人的监护，
托我的口信带给聪颖的阿基琉斯。
但即便如此，我也不能撇下你，带着钻心刺骨的伤痛。”

　　言罢，他架起兵士的牧者，走向
营棚。一位伴从见状，席地铺出几张牛皮，
帕特罗克洛斯放下欧鲁普洛斯，用刀子从腿肉中

剜出锋快犀利的箭镞，用温水洗去
黑红的污血，把一块苦涩的根茎放在手里搓磨，
敷在伤口上，止住疼患——此物可平镇
各种伤痛。伤口随之干涸，鲜血不再涌出。

# 第十二卷

　　就这样，营棚里，墨诺伊提俄斯骠勇的儿子
照料着受伤的欧鲁普洛斯。与此同时，阿耳吉维人
和特洛伊人正进行着一场大规模的混战。达奈人的壕沟已
不能阻挡对手，沟上的那道护墙亦然——
为了保卫海船，他们筑起这堵护墙，并在外沿挖出
一条深沟，却不曾对神祇供献丰盛的祭品，
祈求他们保护墙内迅捷的海船和成堆的
战礼。他们筑起护墙，无视永生神明的意志，
所以，它的存在不可能经久，不能长期耸立。
只要赫克托耳仍然活着，阿基琉斯怒气不消，
只要王者普里阿摩斯的城堡不被攻陷，
阿开亚人的高墙就能稳稳当当地站立。但是，
当所有最勇敢的特洛伊人战死疆场，
众多的阿耳吉维人长眠客乡，剩下一些人回返，
当普里阿摩斯的城国在第十个年头里被
阿耳吉维人捣毁，后者驾着海船回返他们热爱的故乡，
那时，波塞冬和阿波罗就会议定，引来
滚滚的河水，冲袭扫荡，捣毁护墙，
引来所有从伊达山上泻流入海的长河，
瑞索斯和赫普塔波罗斯，卡瑞索斯和罗底俄斯，
格瑞尼科斯和埃塞波斯，还有神圣的斯卡曼得罗斯
以及西摩埃斯，使其推涌大堆头盔和牛皮战盾，连同一个

半是神明的凡人种族，众多的生灵，翻搅磕碰在河边的泥床。
福伊波斯·阿波罗把这些河流的出口汇聚到一块，
驱赶着滔滔的洪水，一连九天，猛冲护墙，而宙斯
则不停地降雨，加快着推墙入海的进程。
裂地之神手握三叉长戟，亲自引水
开路，将护墙的支撑，那些个树料和石块统统卷进
水浪——阿开亚人曾付出艰苦的劳动，为把它们置放到位。
他把一切冲刷干净，沿着赫勒斯庞特的水流，
用厚厚的沙层铺平宽阔的海滩。护墙既已
冲扫，他把河流引回原来的水道，以前它们
一直在那里奔腾，翻涌着晶亮的水波。

　　就这样，日后，波塞冬和阿波罗会把
一切整治清楚，但眼下，修筑坚固的护墙外，
战斗激烈，杀声震天，护墙受到击撞，
发出巨大的声响。在宙斯的鞭打下，阿耳吉维人
全线崩溃，拥向深旷的海船，挣扎着回跑，慑于
强健的赫克托耳的威势，此人能把对手赶得遑遑奔逃。
如前一样，赫克托耳勇猛冲杀，像一飙旋风。
如同一头置身险境的野猪或狮子，遭到一群
狗和猎手的追打，发疯似的腾转挣扎，
猎手拢成一个圈子，将它团团围住，
勇敢地面对它的扑击，甩手扔出密集的
枪矛。尽管如此，高傲的猎物毫不惧怕，
亦不掉头逃跑——它死于自己的勇莽——
而是一次次地扑击，试图冲出合围的人群，
而无论它对哪个方向发起进攻，总能逼迫猎手回跑退却。
就像这样，赫克托耳扑击在战场上，招聚着他的伙伴，
催赶着他们，杀过壕沟。然而，他自己的快马却没有

这份胆量。沟沿边，它们惊扬起前蹄，
高声嘶叫，惶恐于壕沟的宽阔，
既不能一跃而过，也不能轻松地举步穿越，
因为两边的壕岸全线挺拔
陡峭，上面到处布满
尖桩，密密麻麻，由阿开亚人的
儿子们手置，御阻强敌的冲扫。
拖着轮盘坚固的战车，驭马实在很难
穿越，但步战的兵勇却跃跃欲试，试图冲过壕沟。
其时，普鲁达马斯站到勇猛的赫克托耳身边，说道：
“赫克托耳，各位特洛伊首领，盟军伙伴们！
此举愚盲，试图把捷蹄的快马赶过壕沟，
沟中尖桩遍布，车马难能逾越，何况
前面还有阿开亚人筑起的墙垣。
沟墙之间地域狭窄，驭者无法下车
战斗——我敢说，我们将被堵在那里挨揍。
倘若高高在上的宙斯，炸响雷的天神，
意欲彻底荡除他们，并有意帮助特洛伊人——
哦，但愿这个时刻快快到来，
让阿开亚人惨死此地，销声匿迹，远离着阿耳戈斯！
但是，倘若容他们掉转头来，把我们
赶离海船，背靠宽深的壕沟，
那时，我想，面对阿开亚人的攻势，我们中
谁也不能脱险生还——连个报信的都没有。
干起来吧，按我说的做；让我们就此行动。
驭手们，勒紧你们的马缰，就在这壕沟前；
而我们自己要全部就地下车，全副武装，跟着
赫克托耳，人多势众，一拥而上。阿开亚人将无法抵挡
我们的攻势，如果死亡的绳索已经掐住他们的喉咙！”

普鲁达马斯言罢，明智的劝议使赫克托耳的欢欣，
他跳下战车，双脚着地，全副武装。
其他特洛伊人亦无意待守战车，聚作一团；目睹
卓越的赫克托耳的举动，他们全都跳到地上。
接着，头领们命嘱各自的驭手，
勒马沟沿，排成整齐的队列。
军勇们分而聚之，站成紧凑的队形，
一共五支队伍，听命于各自的统领。

赫克托耳和智勇双全的普鲁达马斯领辖一队兵勇，
人数最多，也最勇敢善战，比谁都急切，
企盼着捣毁护墙，杀向深旷的海船。
开勃里俄奈斯和他们同往，作为排位第三的统领，
赫克托耳已让一个比开勃里俄奈斯逊色的驭手，照管马车。
帕里斯统领着另一支队伍，辅之以阿尔卡苏斯和阿格诺耳，
第三支队伍由赫勒诺斯和神一样的德伊福波斯制统，
普里阿摩斯的两个儿子，辅之以英雄阿西俄斯，排位第三的首领，
阿西俄斯，呼耳塔科斯之子，闪亮的高头大马
把他载到此地，从阿里斯贝，塞勒埃斯河畔。
统领第四支队伍的是骠勇的埃内阿斯，安基塞斯
之子，由安忒诺耳的两个儿子辅佐，精熟
各种战式的阿开洛科斯和阿卡马斯。
萨耳裴冬统率着声名远扬的盟军，
挑选了格劳科斯和嗜战的阿斯忒罗派俄斯辅佐；
在他看来，二位勇冠全军——当然，在他之后，
他，盟军中首屈一指的战勇。
其时，他们挺着牛皮盾牌，连成密集的队形，
对着达奈人直冲，急不可待，全然不想
受阻的可能，而是一个劲地猛扑，朝着乌黑的海船。

所有特洛伊人和声名遐迩的盟军伙伴们
都愿执行智勇双全的普鲁达马斯的计划，
只有阿西俄斯，呼耳塔科斯之子，军队的首领，
不愿留马沟沿，由一位驭手看管，
而是扬鞭驱怂，扑向迅捷的海船——
好一个笨蛋！他神气活现地赶着车马，
注定跑不脱死之精灵的捕杀，
再也甭想回到多风的伊利昂。
在此之前，乌黑的命运即已围罩过他，
通过伊多墨纽斯的枪矛，丢卡利昂高贵的儿子。
他将车马赶往船队的左边，正是阿开亚人，
随同他们的车马，从平原上退潮般地回撤的地方。
朝着这个方向，阿西俄斯赶着他的马车，
发现墙门没有关闭，粗长的门闩不曾插合，
阿开亚人洞开大门，以便搭救
撤离战场、逃回海船的伙伴。
他驱马直奔该地，执拗愚顽，身后跟拥着
大声喧喊的兵丁，以为阿开亚人已无力
自卫，将被赶回乌黑的海船。
蠢货！他们在门前发现两员勇猛异常的战将，
善使枪矛的拉丕赛人的儿子，一位
是裴里苏斯之子，强健的波鲁波伊忒斯，
另一位是勒昂丢斯，杀人狂阿瑞斯般的凡人。
二位壮勇稳稳地站在高大的墙门前，
像两棵挺拔的橡树，在山脊上高耸着它们的顶冠，
日复一日地经受着风雨的淋梼，
凭着粗大的根枝，紧紧抓住深处的泥层。
就像这样，二位凭恃自己的勇力和强健的臂膀，
站候着高大、正向他们迎面扑来的阿西俄斯，毫不退让。

特洛伊人直冲而上，对着修筑坚固的护墙，
高举着生牛皮做就的战盾，裂开嗓门呼喊，
围拥在首领阿西俄斯身边，在亚墨诺斯、俄瑞斯忒斯
和阿西俄斯之子阿达马斯，以及俄伊诺毛斯和索昂的身旁。
其时，墙内的拉丕赛人正极力催促
胫甲坚固的阿开亚人保卫海船，
但是，当他们看到特洛伊人正冲向护墙，
而达奈人则惊叫着溃跑时，
二位冲将出去，拼杀在门前，
像两头野猪，在山上站等一群
步步进逼的对手，骚嚷的狗和猎人，
横冲直撞，连根掀倒一棵棵大树，撕甩出
一块块碎片，使劲磨咬着牙齿，发出吱吱嘎嘎的
声响，直到被人投枪击中，夺走它们的生命。
就像这样，挡护他们胸肩的锃亮的铜甲承受着
枪械的重击，发出铿锵的震响。他们进行着艰烈的拼搏，
凭恃自己和墙上伙伴们的力量。
为了自卫，为了保卫营棚和迅捷的海船，
墙上的勇士们从坚固的壁基上挖出大块的石头，
投砸下去，击打在泥地上，
像暴落的雪片——一阵凛冽的寒风吹扫乌云，
洒下纷扬的鹅毛大雪，铺盖着丰腴的土壤。
就像这样，石块从阿开亚人和特洛伊人手中飞出，
雨点一般，砸打在头盔和突鼓的盾面上，
发出沉重的声响，巨大的投石，大得像磨盘一般。
其时，阿西俄斯，呼耳塔科斯之子，长叹一声，抡起巴掌，
击打两边的腿股，发出痛苦的嘶喊：
“父亲宙斯，现在，连你也成了十足的
骗子！我从未想过，善战的阿开亚人

能够挡住我们的勇力和无坚不摧的双手。
像似腰肢细巧的黄蜂或筑巢
山岩小路边的蜜蜂，决不会
放弃自搭的空心蜂房，勇敢地面对
采蜂人的进逼，为保卫自己的后代而拼战，
他们，虽然只有两个人，却不愿离开
墙门，除非杀了我们，或被我们宰杀!”

然而，此番诉说并没有打动宙斯的心灵，
后者已属意让赫克托耳享得荣耀。

其时，在各扇门前，来自不同地域的部队在绞杀拼搏；
然而，我却不能像神明那样，叙说这里的一切。
沿着长长的石墙，暴烈的战争之火在熊熊
燃烧，阿开亚人身处劣境，为了保卫
海船，只有继续战斗。所有助战
达奈人的神明，此时都心情沮丧。尽管如此，
两位拉丕赛勇士仍在不停地战斗，进行殊死的拼搏。

战场上，裴里苏斯之子、强健的波鲁波伊忒斯
投枪击中达马索斯，破开两边缀着铜片的帽盔，
铜盔抵挡不住，青铜的枪尖
长驱直入，砸烂头骨，溅捣出喷飞的
脑浆；就这样，波鲁波伊忒斯将怒气冲冲的对手击杀。
接着，他又扑上前去，杀了普隆和俄耳墨诺斯。
其时，勒昂丢斯，阿瑞斯的后裔，击倒了安提马科斯
之子希波马科斯，投枪捅进他的腰带。
然后，他从鞘壳内拔出利剑，
冲过拥攘的人群，先就近一剑，击中
安提法忒斯，把他仰面打翻，随后

又一气杀了墨农、俄瑞斯忒斯和亚墨诺斯，
一个接着一个，全都挺尸在丰腴的土地上。

拉丕赛人动手抢剥死者璀璨的铠甲，
而普鲁达马斯和赫克托耳手下的兵壮，
人数最多，也最勇敢善战，比谁都急切，
企盼着捣毁护墙，放火烧船，
此时仍然站在沟沿，犹豫不决。原来，
正当急于过沟之际，一个鸟迹出现在他们眼前，
一只苍鹰，搏击长空，一掠而过，翱翔在他们的左前方，
爪下掐着一条巨蛇，浑身血红，
仍然活着，还在挣扎，不愿放弃搏斗，
弯翘起身子，伸出利齿，对着逮住它的鹰鸟，
一口咬在颈边的前胸，后者忍痛松爪，
丢下大蛇，落在地上的人群，然后
一声尖叫，乘着疾风，飞旋而下。
特洛伊人吓得浑身发抖，望着盘曲的大蛇，
躺在他们中间——带埃吉斯的宙斯送来的兆物。
其时，普鲁达马斯，站在赫克托耳身边，说道：
“赫克托耳，集会上，你总爱驳斥我的意见，
尽管我说得头头是道。一个普通之人决然不可
和你对唱反调，无论是在议事中，
还是在战场上，我们永远只能为你的事业增彩添光。
现在，我要再次说出我以为最合用的建议：
让我们停止进攻，不要在达奈人的船边苦战。我以为，
结果将和预兆显示的一样，假如那个由鹰鸟送来的
兆示——当准备过沟之际，出现在我们眼前，含义真实不假：
苍鹰搏击长空，一掠而过，翱翔在我们的左前方，
爪下掐着一条巨蛇，浑身血红，仍然

活着——但它突然丢下大蛇，不及把它逮回家去，
实现用蛇肉饲喂儿女的愿望。同样，
我们，即使凭靠强大的军力，冲破阿开亚人的
大门和护墙，逼退眼前的敌人，
我们仍将循着原路，从船边败返，乱作一团；
我们将丢下成堆的特洛伊伙伴，任由阿开亚人
杀宰，用青铜的兵器，为了保卫他们的海船！
这，便是一位通神者的卜释，他心里确知
兆示的真意，受到全军的信赖。”

其时，头盔闪亮的赫克托耳恶狠狠地盯着他，嚷道：
“普鲁达马斯，你的话使我厌烦；
你聪明，应该知晓如何讲说比此番唠叨更好的议言。
但是，如果这的确是你的想法，那么，
一定是神明，是的，把你的心智弄坏。
你要我忘记雷电之神宙斯的
嘱告，他曾亲自对我点头允愿。
然而，你却要我相信飞鸟，振摇着长长的
翅膀。告诉你，我不在乎这一切，不理会这一套，
不管它们是飞向右面，迎着黎明和日出，
还是飞向左面，对着昏暗和黑夜。
不！我们要坚信大神宙斯的告示，
统治所有神和凡人的王权。
我们只相信一种鸟迹，那就是保卫我们的家园！
你，你为何如此惧怕战争和残杀？即使
我们都死在你的周围，躺在
阿耳吉维人的船边，你也不会顶冒死的危险：
你没有持续战斗的勇气，没有战士的胆量！
但是，倘若你在惨烈的搏杀中畏缩不前，或者

唆使他人逃避战斗，用你的话语，那么，
顷刻之间，你就将暴死在我的枪下，送掉性命！”

　　言罢，他率先出击，属下们随后跟进，
喊出粗野的吼叫。在他们上空，喜好炸雷的宙斯
从伊达山上送来一阵疾起的狂风，
卷起团团泥沙，扑向海船，以此迷惑
阿开亚人的心智，把光荣送给特洛伊人和赫克托耳。
受兆示的激励，还有他们的勇力，特洛伊人
勇猛冲击，试图捣毁阿开亚人宽厚的墙垣。
他们打破护墙的外沿设施，捣烂雉堞，
用杠杆松动墙边的突桩——阿开亚人把
它们打入地里，作为护墙的外层防御。
他们捣毁这些设施，期望进而拱倒阿开亚人的
墙垣。但是，达奈人此时无意退却，
而是用牛皮挡住雉堞防卫，
居高临下，用石块猛砸跑至墙边的群敌。

　　两位埃阿斯，来回巡行在墙内的各个地段，
敦促兵勇们向前，催发阿开亚人的勇力，
时而对某人赞褒几句，时而又对另一个人
责斥一番，只要看到有人在战斗中退却不前：
“朋友们，你们中，有的是阿耳吉维人的俊杰，
有的来自社会的中层，还有的是一般的平头百姓。是的，
战斗中我们的作用不同；但眼下，我们却面临共同的拼斗！
这一点，你们自己可以看得很清楚。现在，谁也不许
掉头转向海船，听凭敌人狂吼乱叫，
而要勇往直前，互相催鼓呐喊。
但愿俄林波斯山上的宙斯，闪电之神，会给我们力量，

让我们打退敌人的进攻，直逼特洛伊城垣！”

他俩的喊叫鼓起了特洛伊人拼搏的勇气。
像冬日里的一场大雪，下得纷纷扬扬，
密密匝匝——其时，统治世界的宙斯卷来飞落的
雪花，对凡人显耀攻战的声势。他
罢息风力，一个劲地猛下雪片，覆盖了
山岳中迭起的峰峦和突兀的岩壁，
覆盖了多草的低地和农人精耕的良田，
飘落在灰蓝的海波里，遍洒在港湾和滩沿上，
只有汹涌的长浪可以冲破它的封围，其余的一切
全被蒙罩在白帐下，顶着宙斯卷来的大雪压挤。
就像这样，双方扔出的石块既多且密，
有的飞向特洛伊人，还有的出自特洛伊人之手，
扔向阿开亚人，整道护墙发出震耳欲聋的巨响。

然而即便如此，特洛伊人和光荣的赫克托耳
还是不能攻破墙门，冲垮粗长的门闩，若不是
精谋善略的宙斯催励他的儿子萨耳裴冬冲向阿耳吉维人，
像弯角牛群里的一头狮子。
他迅速移过溜圆的战盾，挡住前身，
盾面青铜，煅砸精致，铜匠手工
捶制的佳品，里面严严实实地垫着几层
牛皮，用金钉齐齐地铆在盾沿上。
挺着这面战盾，摇晃着两支枪矛，
他大步走上前去，像一头山地哺育的狮子，
久不食肉，受高傲的狮心怂恿，
试图闯入一个围合坚固的圈栏，撕食肥羊。
尽管发现牧人就在那边，看守着
他们的羊群，带着投枪和牧狗，它却

根本不曾想过，在扑食之前，是否会被逐离羊圈，
不是一跃而起，逮住一只，便是玩命，
首次扑杀，被投枪击中，出自一条灵捷的
臂膀。同样，沸腾在心中的激情催使神一样的
萨耳裴冬冲向护墙，捣毁雉堞。
他张口喊叫，对着格劳科斯，希波洛科斯的儿郎：
“格劳科斯，在鲁基亚，人们为何特别敬重你我，
让我们荣坐体面的席位，享用肥美的肉块，满杯的醇酒，
而所有的人们都像仰注神明似的看着我俩?
我们又何以能拥获大片的土地，在珊索斯河畔，
肥沃的葡萄园和盛产麦子的良田?
这一切表明，我们负有责任，眼下要站在鲁基亚人的
前面，经受战火的炙烤。这样，
某个身披重甲的鲁基亚军士便会如此说道：
‘他们确实非同一般，这些个统治着鲁基亚，
统治着我们的王者，没有白吃肥嫩的羊肉，
白喝醇香的美酒——他们的确勇力
过人，战斗在鲁基亚人的前列。’
我的朋友啊，要是你我能从这场战斗中生还，
得以长生不死，拒老抗衰，与天地同存，
我就再也不会站在前排里战斗，
也不会再要你冲向战场，人们争得荣誉的地方。
但现在，死的精灵正挨站在我们身边，
数千阴影，谁也逃身不得，躲不过它们的击打，所以，让我们
冲上前去，要么为自己争得荣光，要么把它拱手让给敌人!”

　　听罢这番话，格劳科斯既不抗命，也不回避，
而是和他一起，带着大群的鲁基亚兵丁，直扑墙堞。
裴忒俄斯之子墨奈修斯见状，吓得浑身发抖，

因为他们正冲着他的墙垒走来，杀气腾腾。
他举目遍扫阿开亚人的护墙，希望能看到
某个能来消灾避难的首领，拯救他的伙伴。
他看到两位埃阿斯，嗜战不厌，站在
墙上，而丢克罗斯其时亦走出掩体，和他们
并肩奋战。但是，他却不能通过喊叫，引起
他们的注意——身边喧闹芜杂，击打之声响彻云天，
投枪敲砸着盾牌、缀着马鬃的铜盔和
紧闭的大门，近逼的特洛伊人
正试图强行破闯，杀入门内。
他即刻派出一位信使，奔往埃阿斯战斗的地点：
“快去，卓越的苏忒斯，把埃阿斯叫来，
若能召得两位埃阿斯，那就再好
不过——我们正面临一场灭顶之灾。
鲁基亚人的首领们已逼得我们喘不过气来，
像在以往的激战中一样致命凶残。
但是，如果狂烈的战斗和拼杀也在那里展开，那么，
你至少也得让大埃阿斯、忒拉蒙骁勇的儿子一人前来，
带着弓手丢克罗斯，射技精良的军汉。”

　　他言罢，信使得令谨遵不违，随即
快步跑去，沿着身披铜甲的阿开亚人的墙垣，
来到两位埃阿斯身边站定，急切地说道：
“两位埃阿斯，身披铜甲的阿耳吉维人的首领，
裴忒俄斯心爱的儿子、宙斯哺育的墨奈修斯求你
前去他的防地，哪怕只有须臾时间，以平缓危急。
倘若二位都去，那就再好
不过——我们正面临一场灭顶之灾。
鲁基亚人的首领们已逼得我们喘不过气来，

像在以往的激战中一样致命凶残。
但是，如果狂烈的战斗和拼杀也在这里展开，那么，
至少也得让大埃阿斯、忒拉蒙骁勇的儿子一人前往，
带着弓手丢克罗斯，射技精良的军汉。”

　　听罢这番话，忒拉蒙之子、硕大的埃阿斯闻风而动，马上对
另一位埃阿斯、俄伊纽斯之子喊道，用长了翅膀的话语：
“埃阿斯，现在，你们二位，你自己和强健的鲁科墨得斯，
在此坚守，督促达奈人勇敢战斗；
我要赶往那边，迎战敌手，一俟
打退他们的进攻，马上回还。”

　　言罢，忒拉蒙之子埃阿斯大步离去，带着
丢克罗斯，同父异母的兄弟，后面跟着
潘迪昂，提着丢克罗斯的弯弓。
他们沿着护墙的内侧行进，来到心胸豪壮的
墨奈修斯守护的墙堡，发现兵勇们正受到强敌逼迫，
处境艰难；鲁基亚人强健的首领和统治者们正
猛攻雉堞，像一股黑色的旋风。
他们扑上前去，接战敌手，杀声四起。

　　忒拉蒙之子埃阿斯先开杀戒，
击倒萨耳裴冬的同伴，心胸豪壮的厄丕克勒斯，
用一块粗莽的石头，取自堞墙的内沿，
体积硕大，躺在石堆的顶部。当今之人，
即使身强力壮，动用两手，也很难
起举，但埃阿斯却把它高擎过头，
砸捣在顶着四支冠角的盔盖上，把头颅和
脑骨打得稀烂；厄丕克勒斯随之倒地，像一个
跳水者，从高高的墙垒上倒下，魂息飘离了他的躯骨。

接着，丢克罗斯放箭射中格劳科斯，希波洛科斯
强健的儿子，正在爬越高墙，
发现膀子裸露，无心恋战，
从墙上跳下，偷偷摸摸，惟恐阿开亚人看出
他已身带箭伤，进而大肆吹擂。
萨耳裴冬意识到格劳科斯已从墙上回撤，
心中顿觉一阵楚痛；然而，他没有丢却嗜战的热情，
出枪击打，刺中阿尔克马昂，塞斯托耳之子，
继而又把枪矛拧拔出来，随着拉力，阿尔克马昂
一头栽倒在泥地里，精制的铜甲在身上铿锵作响。
然后，萨耳裴冬抓住雉堞，伸出强有力的大手，
用力猛拉，扳去一大片墙沿，使护墙顶部
失去遮掩，为众人的进攻打开了一个缺口。

　　其时，埃阿斯和丢克罗斯同时对他瞄准，丢克罗斯
发箭射中闪亮的皮带，勒在胸肩上，系连着
遮护全身的盾牌，但宙斯为他挡开死的精灵，
不愿让自己的儿子死在海船的后尾边。
埃阿斯冲上前去，击捅盾牌，虽然枪尖不曾
穿透层面，却把他顶得腿步趔趄，挟着狂莽，
从雉堞后回退几步，但没有完全
放弃战斗，心中仍然渴望争得光荣。
他移转身子，亮开嗓门，对神一样的鲁基亚人喊道：
“为何松减你们狂烈的战斗激情，我的鲁基亚兵朋？
虽说我很强健，但由我一人破墙，打出
一条直抵海船的通道，仍属难事一件。
跟我一起干吧，人多事不难！”

　　萨耳裴冬言罢，兵勇们畏于首领的呵斥，
更加抖擞精神，围聚在统领和王者的身边。

护墙内，阿耳吉维人针锋相对，整饬队伍，
加强防御，一场激烈的搏斗在两军之间展开。
壮实的鲁基亚人不能捅开达奈人的
护墙，打出一条直抵海船的通道，
而达奈枪手也无力挡开
已经逼至墙根的鲁基亚兵汉，
像两个手持量杆的农人，站在公地上，
大吵大闹，为决定界石的位置，在一条
狭窄的田域，为争得一块等量的份地翻脸，
其时，雉墙隔开两军，而横越墙头，
双方互相杀砍，击打着溜圆、遮护前胸的
牛皮盾面，击打着穗条飘舞的护身的皮张。
许多人被无情的青铜破毁皮肉，
有的因为掉转身子，亮出脊背，
更多的则因盾牌遭受枪击，被彻底捅穿。
战地上到处碧紫猩红，雉堞上、壁垒上，遍洒着
特洛伊人和阿开亚兵壮的鲜血。尽管如此，
特洛伊人仍然不能打垮对手，使他们逃还，
阿开亚人死死顶住，像一位细心的妇人，
拿起校秤，提着秤杆，就着压码计量羊毛，求得
两边的均衡，用辛勤的劳动换回些许收入，供养孩子。
就像这样，双方兵来将挡，打得胜负难分，
直到宙斯决定把更大的光荣赐送赫克托耳——
普里阿摩斯之子是捣入阿开亚护墙的第一人。
他提高嗓门，用尖亮的声音对特洛伊人喊道：
“鼓起劲来，调驯烈马的特洛伊人，冲破阿开亚人的
护墙，把暴虐的烈火扔上他们的海船!”

　　赫克托耳催励兵勇们前进，而后者全都听从

呼号，以密集的队形扑向护墙，紧握
锋快的枪矛，朝着墙垒拥去。
与此同时，赫克托耳从墙门前抓起一块石头，
举着它移步向前，巨石底部粗钝硕大，但顶部
却伸出犀利的棱角。当今之人，本地最强健的壮士，
即使走出两个，也不能轻而易举地把它从地面抬到
车上，但赫克托耳却仅凭一己之力，搬起并摇晃着石块，
工于心计的克罗诺斯的儿子为他减轻了顽石的重量。
像一个牧羊人，轻松拿起一头公羊的卷毛，
一手拎着，丝毫不觉得有什么分量；
同此，赫克托耳搬起石头，向前走去，直对着墙门，
后者紧堵着墙框，连合得结结实实——
门面高大，双扇，里面安着两条横闩，
互相交叠，由一根闩杆固系插连。
他来到门前，叉开双腿站稳，压上全身的力气，
增强冲力，扔出巨石，砸在门的中间，
打烂了两边的铰链；石块重重地捣开
门面，大门叹发出长长的哀号，门闩力不
能支，板条吃不住石块的重击，
裂成纷飞的碎片。光荣的赫克托耳猛冲进去，
提着两支枪矛，脸面乌黑，像突至的夜晚，
穿着护身的铜甲，闪射出可怕的寒光。
其时，除了神明，谁也甭想和他阵战，阻止
他的进攻——他正破门而入，双目喷闪着火焰。
他转动身子，催督战斗中的特洛伊人
爬过护墙，后者服从了他的号令。
他们动作迅捷，有的拥过护墙，还有的
冲过坚实的大门；达奈人惊慌失措，
奔命在深旷的海船间；喧嚣之声四起，经久不息。

# 第十三卷

宙斯把特洛伊人和赫克托耳驱向海船，留下
交战的双方，由他们在那里没完没了地打斗，经受残杀
和痛苦的煎熬，自己则移目远方，睁着闪亮的
眼睛，扫视着斯拉凯车战者的土地，
凝望着近战杀敌的慕西亚人，高傲的希波摩尔戈伊人，
喝马奶的勇士，以及人中最刚直的阿比俄伊人。
现在，他已不再把闪亮的目光投向特洛伊大地，
心中坚信，神祇中谁也不敢降临凡间，
助佑达奈军伍或特洛伊兵众。

然而，强有力的裂地之神亦没有闭上眼睛；
他欣赏着地面上的战斗和搏杀，坐在
斯拉凯对面，林木繁茂的萨摩斯的
峰巅，从那可以看到伊达的全景，
普里阿摩斯的城堡，阿开亚人的海船，一览无遗。
他从水中出来，坐在山上，目睹阿开亚人正遭受特洛伊人
痛打，心生怜悯，怨恼和愤恨宙斯的作为。

波塞冬急速起程，从巉岩嶙峋的山脊上下来，
迈开迅捷的步伐，高高的山岭和茂密的森林
在神腿的重压下，巍巍震颤。
他迈出三个大步，第四步就到了要去的地方：

埃伽伊，那里有他的宫居，坐落在水域
深处，永不败毁，闪着纯金的光芒。
他来至殿前，在车下套入铜蹄的骏马，
细腿追风，金鬃飘洒，穿起
金铸的衣甲，在自己身上，抓起
编工密匝的金鞭，跨上战车，
追波逐浪。水中的生灵从他周围的海底，从各个角落
冒出洋面，嬉跃在主子行进的海上；大海
为他分开水路，兴高采烈。骏马飞扑向前，
车身下青铜的轮轴滴水不沾，
拉着他，迅捷的快马直奔阿开亚人的海船。

在大海深处，森森的水下，有个宽敞幽邃的岩洞，
位于忒奈多斯和崖壁粗皱的英勃罗斯之间。
裂地之神波塞冬将驭马赶进水洞，
宽出轭架，取过仙料，放在蹄前，
供它们咀嚼，然后套上黄金的拴绳，在它们的小腿，
挣不断，滑不脱，使驭马稳站原地，等候主人的
回归。收拾停当，波塞冬启程上路，朝着阿开亚人的群队。

其时，特洛伊人雄兵麇集，像一团烈火，似一飙狂风，
跟着赫克托耳，普里阿摩斯之子，一刻不停地冲来，
狂吼怒号，如同一个人一般，满怀希望，试图
拿下阿开亚人的海船，把他们中最好的壮勇，一个不剩，
杀死在船边。但是，环绕和震撼大地的波塞冬
从深海里出来，前往催励阿耳吉维兵汉，
变取卡尔卡斯的形象，摹仿他那不知疲倦的声音，
先对两位埃阿斯发话，激励着他俩急于求战的心胸：
“二位埃阿斯，你俩要用战斗拯救阿开亚军队，

鼓起你们的战斗激情，忘却恐惧和慌乱！
我不担心别地的防务，特洛伊人无敌的双手
并不可怕，尽管他们的队伍已拥入厚实的高墙——
胫甲坚固的阿开亚人可以把他们挡回。
我最不放心的是这里，惟恐险情由此发生，
赫克托耳正领着他们冲杀，这个不要命的家伙，
自称是力大无比的宙斯的儿男。
但愿某位神明会给你们送个信息，使你俩
能顶住对手的进攻，并催督别人站稳脚跟。
这样，尽管他横暴凶狂，你们仍可把他阻离迅捷的
海船，哪怕俄林波斯神主亲自催他赴战！”

　　言罢，环绕和震撼大地的波塞冬，
举杖拍打，给他俩输入巨大的勇力，
轻舒他们的臂膀，他们的腿脚和双手，
然后急速离去，像一只展翅疾飞的游隼，
从一峰难以爬攀的绝壁上腾空而起，
俯冲下来，追捕平野上的雀鸟；
就像这样，裂地之神波塞冬奔离了两位埃阿斯。
二者中，俄伊琉斯之子、迅捷的小埃阿斯
首先看出来者的身份，对忒拉蒙之子、大埃阿斯说道：
“埃阿斯，那是一位天神，家住俄林波斯的神中的一位，
以卜者的模样出现，要我们战斗在船边。
他不是卡尔卡斯，神的善辨鸟踪的卜者，
我一眼便看认出来，在他离去之时，从他的腿脚，
他的步态——是的，他是一位神祇，错不了。
现在，胸中的激情正更强烈地
催我扑击，要我奋力冲杀、拼搏，
我的腿脚，连同我的双手都在急切盼等！”

听罢这番话，忒拉蒙之子埃阿斯说讲，答道：
“我也一样，这双克敌制胜的大手正握紧枪矛，
展示疯烈；我的力气已在增长，轻快的
双脚正催我向前！我甚至期盼着和普里阿摩斯之子
一对一地打斗，与赫克托耳，不知停息的壮汉！”

就这样，二位互相激励，高兴地
体验着神在他们心中激起的嗜战的欢悦。
与此同时，裂地之神催督着他们身后的阿开亚人，
后者正退聚船边，息凉着滚烫的心胸。
经过一场艰苦卓绝的战斗，他们双腿疲软，
心中悲酸楚痛，眼睁睁地看着
特洛伊人蜂拥而上，越过厚实的高墙。
望着敌人的攻势，他们泪水横流，心想再也
逃不出眼前的灾祸。然而，裂地之神
督励，轻捷地穿过队伍，催使他们前冲。
他首先前往催令丢克罗斯和雷托斯，继而
又对英雄裴奈琉斯、德伊普洛斯和索阿斯，
以及墨里俄奈斯和安提洛科斯，两位啸吼战场的壮勇。
用长了翅膀的言词，波塞冬高声呼喊，策励他们向前：
“可耻啊，阿耳吉维人，未经战火熬炼的新兵！就我而言，
我相信，只要肯打，你们可以保住海船，使其免遭毁难。
但是，倘若你们自己消懈不前，躲避痛苦的战斗，
那么，今天就是你们的末日，被特洛伊人围歼！
可耻啊！我的眼前真是出现了奇迹，
一桩可怕的事情，我以为绝对不会发生的丑闻：
特洛伊人居然逼至我们的船前，这些以往
在我们面前遑遑奔逃的散兵——像林中的懦鹿、
黑豹、灰狼和花豹的珍肴，撒腿奔跑，

魂飞胆裂，没有丝毫的战斗意念。
在此之前，特洛伊人全然不敢抵挡，
阿开亚人的勇力和双手，哪怕只是一会儿；
但现在，他们已逼战在深旷的海船边，远离城堡，
得益于我们统帅的弱点和兵士的怠懈，
他们和他争斗，不愿挺身保卫迅捷的
海船，被敌人杀死在自己的船艘间。
然而，即便阿特柔斯之子，统治辽阔
疆域的英雄阿伽门农，确实做了错事，
侮辱了裴琉斯捷足的儿子，
我们岂可在现时退离战斗？
让我们平愈伤痕[1]，壮士的心灵完全可以接受抚慰。
但是，你们却不应就此下去，窒息战斗的情怀，作为全军
最好的战士，此举可真丢脸。要是一个
懦劣的孬种从战场上逃回，即便是我，
也不会予以责斥；但对你们，我的心头却腾升怒焰。
朋友们啊，由于畏缩不前，用不了多久，你们将会
承受更大的灾难。现在，你们每一个人都要重振心态，拿出
战士的勇气，记住战士的尊严。一场激战正在我们面前展开！
啸吼战场的赫克托耳正搏杀在我们的船边，凭借他的
勇力，已经捣毁我们的墙门和粗长的门闩！”

　　就这样，环绕大地的波塞冬催励着阿开亚人，敦促他们
向前。队伍重新聚合，气势豪壮，围绕在两位埃阿斯身边，
雄赳赳的战斗队列，人群中的战神蔑视不得，
聚赶军队的雅典娜亦不能小看。精选出来的最勇敢的兵壮，
站成几路迎战的队列，面对特洛伊人和卓越的赫克托耳，

---

① 让我们平愈伤痕：即弥合我们和阿伽门农之间的隔阂。

枪矛相碰，盾沿交搭，战地上
圆盾交叠，铜盔磕碰，人挤人拥；
随着人头的攒动，闪亮的盔面上，贴着硬角，
马鬃的盔冠抵擦碰撞，队伍站得严严实实，密密匝匝。
粗壮的大手摇曳着枪矛，组成了一个威武雄壮的战斗营阵；
兵勇们意志坚定，企望着投入凶狂的拼杀。

　　其时，特洛伊人队形密集，迎面扑来，赫克托耳领头
先行，杀气腾腾，像石壁上崩下的一块滚动的巨岩，
被泛涌着冬雨的大河从穴孔里冲下，
凶猛的水浪击散了岩岸的抓力，
无情的坠石狂蹦乱跳，把山下的森林震得呼呼作响，
一路拼砸滚撞，势不可挡，一气
冲到平原，方才阻止不动，尽管凶狂肆虐。
就像这样，赫克托耳最初试图
一路冲杀，扫过阿开亚人的营棚和海船，
直插海边。然而，当接战对方人群密集的队伍，
他的攻势受到强有力的止阻，被硬顶了回来。阿开亚人
的儿子们群起攻之，用剑和双刃的枪矛击打，
把他抵挡回去，逼得他连连后退，步履踉跄。
他放开嗓门，用尖亮的声音对着全军喊叫：
“特洛伊人、鲁基亚人和达耳达尼亚人，近战杀敌的勇士们！
和我站在一起！阿开亚人不能长时间地挡住我的进攻，
虽然他们阵势密集，像一堵墙似的横阻在我的前头。
我知道，他们会在我的投枪下败退，如果我真的受到
神明驱使，一位最了不起的尊神，赫拉抛甩炸雷的夫婿。”

　　一番话使大家鼓起了勇气，增添了力量。
人群中阔步走出雄心勃勃的德伊福波斯，

普里阿摩斯之子，携着溜圆的战盾，
凭着它的庇护，迅捷地移步向前。
其时，墨里俄奈斯举起闪亮的枪矛，瞄准投射，
不偏不倚，击中盾面，打在溜圆的
牛皮上，但枪矛不曾穿透，还差得老远，
长长的枪杆从杆头上掉落下来。德伊福波斯
挺出皮盾，挡住枪击，惧怕精于搏战的
墨里俄奈斯的投枪。壮士退回自己的
伴群，己方的营阵，震怒于两件
事情：胜利的丢失和枪矛的损断。
他回身阿开亚人的营棚和海船，
前往提取粗长的枪矛，置留在营棚里面。

　　众人继续苦战，听闻着震耳欲聋、此起彼伏的杀声。
丢克罗斯，忒拉蒙之子，首开杀例，击倒枪手
英勃里俄斯，拥有马群的门托耳之子，
在阿开亚人的儿子们到来之前，居家裴代俄斯，
娶妻普里阿摩斯的私生女，墨得茜卡丝忒。
但是，当达奈人乘坐弯翘的海船到来后，
他回返伊利昂，成为特洛伊人中出类拔萃的壮勇，
和普里阿摩斯同住，后者爱他，像对自己的儿男。
现在，忒拉蒙之子用粗长的枪矛击中了他，打在
耳朵底下，随后又拧拔出来，后者猝然倒地，像一棵梣树，
耸立在山巅，从远处亦可眺见它的风采，被铜斧
砍倒，纷撒出鲜嫩的叶片，就像这样，
英勃里俄斯砰然倒地，精工制作的铜甲
在身上铿锵作响。丢克罗斯快步跑去，急欲抢剥铠甲。
就在他冲跑的当口，赫克托耳投出一支闪亮的枪矛，
但丢克罗斯盯视着他的举动，躲过铜镖，

仅在毫末之间，投枪击中安菲马科斯，克忒阿托斯
之子，阿克托耳的后代，枪尖扎进胸膛，在他冲扑的瞬间。
壮士随即倒地，轰然一声，铠甲在身上铿锵作响。
赫克托耳随即冲扑上前，试图抢夺心志豪莽的安菲马科斯的
盔盖，顶在他的头上，边沿紧压着眉梢。就在他
冲扑之际，埃阿斯投出一枝闪亮的枪矛，
但枪尖不曾扎进皮肉——他的全身遮裹着
坚硬厚实的铜甲。然而，枪矛击中战盾鼓起的层面，
强劲的冲力使他趔步后退，撇下
两具尸体。阿开亚人见状，随即拖回倒地的战友，
雅典人的两位首领，斯提基俄斯和卓越的墨奈修斯，
抬着安菲马科斯返回阿开亚人的营伍。
其时，两位埃阿斯，挟着勇力和狂热的战斗激情，
抓起了英勃里俄斯，像两头狮子，从牧狗尖牙利齿的
看守下，抢出一只山羊，叼咬在粗莽的双颚间，
悬离着地面，跑进浓密的灌木丛。
就像这样，两位埃阿斯高举起英勃里俄斯，剥去
他的铠甲。出于对他杀死安菲马科斯的愤恨，
俄伊琉斯之子砍下他的脑袋，从松软的脖项，
奋臂摔投；首节辘辘旋转，像一只圆球，滚过人群，
最后停驻在赫克托耳脚边的尘面。

　　其时，波塞冬怒火中烧，为了孙子的
惨死，在浴血的拼搏中。他穿行在
阿开亚人的营棚和海船间，
催励着达奈人，为特洛伊人谋备灾亡。
这时，善使枪矛的伊多墨纽斯和他遐遇，正从
一位伙伴那里过来，后者刚刚退出战场，
被锋快的青铜击伤，打在膝盖的后头。

伙伴们抬走伤员，伊多墨纽斯对医者
作过叮嘱，走回自己的营棚，豪情不减，
期待着投入战斗。强有力的裂地之神对他发话，
摹拟安德莱蒙之子索阿斯的声音，索阿斯，
埃托利亚人的王者，统治着整个普琉荣和山势险峻的
卡鲁冬，受到国民的崇仰，像似敬神：“伊多墨纽斯，
克里特人的首领，告诉我，阿开亚人的儿子们对特洛伊人
发出的威胁，现在何处可以觅得迹踪？”

　　听罢这番话，克里特人的首领伊多墨纽斯答道：
“索阿斯，就我所知，这不是任何人的
过错；我们中谁都知道应该如何战斗。
这里没有怯战的懦夫，谁也不曾
怕死，躲避残酷的拼斗。事情的原因
在于宙斯意图借此自悦，这位力大无比的天神，
想让阿开亚人死在此地，销声匿迹，远离着阿耳戈斯！
但是你，索阿斯，向来是一位不屈不挠的斗士，
而且一旦看到有人退缩，便当即催他向前——现在，
你也不应撤离战斗，还要敦促你所遇见的每一位战友！”

　　听罢这番话，裂地之神波塞冬答道：
“伊多墨纽斯，今天，谁要是自动逃避战斗，
就让他永世不得离开特洛伊，重返家园；
让他待留此地，成为饿狗嬉食的佳肴。
赶快，拿出你的甲械，前往战斗。我们必须马上出发，
一起行动，并肩战斗，可望以此打开局面。
即便是懦弱的战士，聚在一起，也会产生力量，
何况你我？以我们的战技，足以抵打一流的高手。”

言罢，他大步离去，一位神明，介入凡人的争斗。
伊多墨纽斯折回构作坚固的营棚，
穿上璀璨的铠甲，操起两支枪矛，
匆匆上路，像一个霹雳，克罗诺斯之子
抓在手里，从晶亮的俄林波斯山上晃摇，
给凡人送来一道耀眼的弧光，一个闪亮的兆示。
就像这样，铜甲在他胸前闪光，映照着奔跑的脚步。
其时，他在营棚边遇见墨里俄奈斯，他的刚勇的助手，
正急着赶回营地，提取一杆铜矛，
然后回头。强健的伊多墨纽斯对他说道：
“捷足的墨里俄奈斯，摩洛斯之子，我最亲爱的
伴友，为何离开战斗和搏杀，回返营区？
受伤了吗？忍着枪尖送来的苦痛？
也许是有人要我，托你送来口信？就我而言，
我的愿望是战斗，而不是干坐营棚。”

听罢这番话，头脑冷静的墨里俄奈斯答道：
“伊多墨纽斯，身披铜甲的克里特人的首领，
我赶来提拿一支枪矛，不知是否可从
你的营棚觅取。我刚才打断了自己的投枪，
撞毁在高傲的德伊福波斯的盾上。”

听罢这番话，克里特人的首领伊多墨纽斯答道：
“如果要的是枪矛，你可以找到，不管是一支，还是二十，
在我的营棚里，紧靠着滑亮的内墙。
这些枪矛都是我的战礼，夺自被我杀死的特洛伊人；
我不爱站得远远的和敌人拼斗，那不是我的打法。
所以，我夺得这些枪矛，突鼓的盾牌，
还有头盔和胸甲，晶光闪亮，光彩夺目。”

　　听罢这番话，头脑冷静的墨里俄奈斯答道：
“我也一样，我的营棚和乌黑的海船边堆放着许多
得之于特洛伊人的战礼，只是不在近处，一时拿取不到。
你知道，我亦没有忘弃自己的勇力，而是和
前排的壮士一起，英勇战斗——人们从中争获光荣——
不管战火在哪里烧起，我总是牢牢地站稳脚跟。
其他身披铜甲的阿开亚人或许会忘记我的
拼杀，但你不会，我相信，你是知我最深的凡人。”

　　听罢这番话，克里特人的首领伊多墨纽斯答道：
“我知道，你作战勇敢、刚强，对此，你无需申说。
如果挑出我们中最好的壮勇，让他们全都聚在船边，
准备一次伏击，此乃验证勇气最好的办法，
懦夫和勇士都会由此展现本色。
贪生之人脸色青一阵，紫一阵，
无力控制心绪，安然稳坐，
而是不停地移动重心，一会儿压在这条，
一会儿又移到那条腿上，最后在双腿上重压，牙齿
上下磕碰，心脏怦怦乱跳，惧怕死亡的临落。
与之相比，勇士面不改色，进入
伏击点后，亦不会过分惊怕，
而是潜心祈祷，但愿即刻投入战斗，杀个你死我活。
那时候，谁能小看你的勇力，那双有力的大手？
即便你被飞来的投械击中，或被近战中的枪矛捅伤，
落点都不在脖子或胸背的后头，
而是在你的前胸或腹肚上——其时，
你正向前冲打，战斗在前排的队伍。
行了，干起来吧，别再闲站此地，像孩子似的
唠唠叨叨；有人会因此责骂，用苛厉的言词。

去吧，赶往我的营棚，选拿一支粗长的枪矛。”

　　听罢这番话，墨里俄奈斯，可与迅捷的战神匹比的
壮勇，快步跑进营棚，抓起一杆铜矛，
撒腿追赶伊多墨纽斯，急切地企望战斗。
他大步奔赴战场，像杀人不眨眼的阿瑞斯，
由亲爱的儿子骚乱相随做伴，骚乱，
雄健、强悍，足以吓倒久经沙场的壮勇。
二位从斯拉凯出来，全副武装，寻战厄夫罗伊人
或心志豪莽的夫勒古厄斯人，不愿听纳
双方的祈祷，而是只把光荣交送其中的一方。
就像这样，墨里俄奈斯和伊多墨纽斯，军队的统领，
疾步走向战场，顶着闪亮的铜盔。
墨里俄奈斯首先发话，对伊多墨纽斯说道：
“丢卡利昂之子，你想我们该在哪里介入战斗？
从战场的右翼、中路，还是它的左翼
切入？左边该是你我的去处，我想，我们找不到比那儿
更吃紧的地段，长发的阿开亚人正受到极其凶狂的逼迫。”

　　听罢这番话，克里特人的首领伊多墨纽斯答道：
“中路还有其他首领，防卫那里的海船，
两位埃阿斯，以及丢克罗斯，全军
最好的弓手，亦是一位善于近战的壮勇。
他们会让赫克托耳，普里阿摩斯之子，吃够苦头，
尽管他十分强悍，急匆匆地寻求拚斗。
然而，尽管他战意狂烈，却极难取胜，
击散他们的勇力，制服他们难以抵御的双手，
放火船舱，除非克罗诺斯之子亲手
把燃烧的木块扔进迅捷的船舟。

忒拉蒙之子、高大魁伟的埃阿斯不会对任何人让步，
只要他是凡人，吃食黛墨忒耳的谷物，
能被青铜挑破，能被横飞的巨石砸倒。
若论站着打斗，他的战力甚至不让横扫千军的阿基琉斯，
虽然在跑战中，后者是谁也无法比试的壮勇。
咱们这就走吧，按你说的，前往战场的左翼。我们
马上即会看到光荣的拥属，是抢归自己，还是送让别人。”

　　听罢这番话，可与迅捷的战神相匹比的墨里俄奈斯
引路先行，来到伊多墨纽斯提及的去处。

　　当特洛伊人看到骠烈的伊多墨纽斯，像一团火焰，
带着他的副手，全都穿着做工精美的战甲，一路跑来时，
开口大叫，喊声传遍队伍，人群将他围住；
一场凶莽的拼搏展开在滩沿的船尾旁。
宛如飓风呼啸，旋扫捭荡，
在泥尘堆满路面的日子，
疾风卷起灰泥，形成一片巨大的尘云，
双方扑打在凶莽的激战中，心志狂烈，
决意杀个你死我活，在混战的队列里，用锋快的青铜。
人死人亡的战场上，林立着撕咬皮肉的枪矛，
紧握在兵勇们手里，柄杆修长；人们杀得眼花缭乱，
面对流移的铜光，折闪自锃亮的头盔、
新近擦拭的胸甲和闪光的
战盾。目睹此般景状，只有心如
磐石的人才不致害怕，保持愉快的心情。

　　克罗诺斯的两个强有力的儿子勾心斗角，
使战场上的勇士受尽了痛苦的煎熬。

宙斯意欲让特洛伊人和赫克托耳获胜，
使捷足的阿基琉斯得取荣光，但他并非
要让阿开亚全军覆灭，在伊利昂城前，
而是只想让塞提丝和她心志莽烈的儿子争得
光荣。波塞冬呢？他稍稍地从灰蓝色的海浪里出来，
穿行在阿耳吉维人之中，督励他们向前，带着焦虑和不安，
眼看着他们被特洛伊人痛打，怨恼和愤恨宙斯的作为。
二位出自同一个家族，共有一个父亲，
但宙斯先出，并且所知更多。所以，波塞冬
不敢明目张胆地助佑，而只能用隐晦的形式，
化作凡人的模样，不停地活动在队伍里，催励人们向前。
二位神祇在两边系牢了一根敌对和
拼死争斗的绳索，同时拉紧两头；它挣不断，
解不开，已经酥软了许多人的膝腿。

　　战场上，伊多墨纽斯，尽管头发花白，却一边催激着
达奈人，一边对着特洛伊人猛冲，在敌营中引起慌乱。
他出手杀了俄斯罗纽斯，家住卡北索斯，
受怂于战争的音讯，初来乍到。
他曾对普里阿摩斯提出，意欲妻娶卡桑德拉，国王家中
最漂亮的女儿，不付聘礼，但答应以一次伟烈的战事相抵，
从特洛伊地面赶走阿开亚人倔强的儿男。
年迈的普里阿摩斯点头允诺，答应嫁出女儿，
所以，俄斯罗纽斯奋勇冲杀，寄望于许下的诺言。
伊多墨纽斯举起闪亮的枪矛，瞄准投射，
击中健步杀来的俄斯罗纽斯，青铜的
胸甲抵挡不住，枪尖深深地扎进肚腹。
他随即倒地，轰然一声。伊多墨纽斯得意洋洋，高声炫耀：
“俄斯罗纽斯，所有活着的人中，我要向你祝贺，

如果你打算在此兑现对达耳达尼亚的
普里阿摩斯的诺言，后者已答应嫁出女儿，作为交换。
听着，我们也对你许个诺愿，并将付诸实践。
我们将给你阿伽门农的女儿，最漂亮的一位，把她
从阿耳戈斯带来，做你的妻子，如果你愿意和我们
联手，帮我们荡平人烟稠密的伊利昂。
跟我走吧，前往我们破浪远洋的海船，敲定
婚娶的条件；谈论聘礼，我们绝不会要价漫天！”

　　英雄伊多墨纽斯言罢，抓起他的腿脚，拖着他
走过激战的人群。其时，阿西俄斯跃下战车助援，试图抢回
伙伴，站在驭马前面，后者由助手驱赶，紧跟在他后面，
喷出腾腾的热气，吹洒在他的背肩。他直冲过去，狂烈，
意欲枪击伊多墨纽斯，但后者抢先出手，投枪
扎入颌下的咽管，铜尖穿透了脖子。
阿西俄斯随即倒地，像一棵橡树或白杨，巍然倾倒，
或像一棵参天的巨松，耸立在山上，被船匠
砍伐，用锋快的斧斤，备做造船的木料。
就像这样，他躺倒在地，驭马和战车的前面，
呻吼着，双手抓起血染的泥尘。
驭者惊恐万状，丧失了思考能力，
不敢掉转马头，躲过敌人的
重击，骠勇强悍的安提洛科斯
出枪捅穿他的中腹，青铜的胸甲
抵挡不住，枪尖深扎在肚子里；
他大口喘着粗气，一头栽出精固的战车。
安提洛科斯，心胸豪壮的奈斯托耳之子，赶起他的驭马，
从特洛伊人一边，拢回胫甲坚固的阿开亚人的队阵。

其时，德伊福波斯，怀着对阿西俄斯之死的悲痛，
逼近伊多墨纽斯，投出闪亮的铜枪，但
后者紧盯着他的举动，弯身躲过飞来的枪矛，
蹲藏在溜圆的战盾后面——此盾是他常用
之物，选料坚实的牛皮，箍着闪光的铜圈，
安着两道套把[1]。他全身蜷藏在溜圆的
盾牌后面，铜枪飞过头顶，
擦着盾面，发出粗厉的声响。尽管
如此，德伊福波斯的投枪不曾虚发，粗壮的大手
击中呼普塞诺耳，希帕索斯之子，兵士的牧者，
打在横膈膜下的肝脏上，即刻酥软了他的膝腿。
德伊福波斯欣喜若狂，高声炫耀：
“阿西俄斯死了，但此仇已报！告诉你，在前往
哀地斯的途中，会见这位强有力的门户守卫者时，他会
心里欢畅，因为我已给他送去一位随从，同行的伴当！”

听罢此番吹擂，阿耳吉维人无不愁满胸膛，
而聪颖的安提洛科斯更是心潮激荡。
然而，尽管伤心，他却不愿撂下自己的伴友，而是
冲跑过去，跨站在呼普塞诺耳两边，用巨盾将他护挡。
随后，他的两位亲密伴友，厄基俄斯之子墨基斯丢斯
和卓越的阿拉斯托耳，在盾后弯下身子，架起呼普塞诺耳，
抬回深旷的海船，踏踩着伤者凄厉的吟叫。

伊多墨纽斯丝毫没有减缓他的狂烈，总在
奋勇扑杀，要么把特洛伊人罩进深沉的黑夜，
要么，在为阿开亚人挡开灾难时，献出自己的生命。

---

① 两道套把：kanones，亦可作“两条支杆”解。

战场上有一位勇士，宙斯养育的埃苏厄忒斯钟爱的儿子，
英雄阿尔卡苏斯，安基塞斯的女婿，
娶了他的长女，希波达墨娅，
父亲和高贵的母亲爱之甚切，
在深广的家居——所有同龄的姑娘中，她相貌
出众，女工超群，心智最巧。所以，
她被一位力士妻娶，辽阔的特洛伊大地上最勇的英豪。
然而，借用伊多墨纽斯的双手，波塞冬杀倒了他，
神明迷糊了他明亮的眼睛，迟滞了挺直的双腿，
使他既不能逃跑，亦不能躲闪，直挺挺地
站着，像一根柱子，或一棵高耸的大树，枝叶繁茂，
纹丝不动——英雄伊多墨纽斯刺中了他，
当胸一枪，破开护身的铜甲，
在此之前，此甲一直替他挡避着死亡，
青铜戛然崩裂，顶不住枪矛的冲撞。
他随即倒地，轰然一声，心脏夹着枪尖，
仍在跳动，颤摇着枪矛的尾端，
但强有力的阿瑞斯还是中止了它的狂暴。
伊多墨纽斯欣喜若狂，高声炫耀：
“现在，德伊福波斯，我们可是谁也不亏谁了，你说呢？
杀了你们三个，换抵我们一个，你还有什么可吹？
过来吧，可怜的东西，过来站在我的面前，
看看我是什么样的人儿，我，宙斯的后裔，前来和你拼战！
早先，宙斯得子米诺斯，让他看护克里特的民众，
米诺斯得子丢卡利昂，一位刚勇的壮士，
而丢卡利昂生了我，王统众多的族民，
在广阔的克里特。现在，海船把我载到此地，来使你们
——是的，让你，你的父亲和所有的特洛伊人遭殃！”

听罢这番话，德伊福波斯心里犹豫不决，
权衡着是先退回去，另找一位心胸豪壮的
特洛伊人做伴，还是就此动手，单身和他拼战？
斟酌比较，觉得第一种做法可取。于是，他抬腿上路，
前往求助于埃内阿斯，找到了他，在战场的边沿，
闲站在那儿，从未平息对卓越的普里阿摩斯的愤怒①，只因
后者，尽管他作战勇敢，不让他在特洛伊壮士中享领荣光。
德伊福波斯走去站在他的身边说话，讲出的话语长了翅膀：
“埃内阿斯，特洛伊人的首领，现在，我们需要你的战力，
保护你姐姐的丈夫，倘若你会为亲人之死悲伤。
快走，为保护阿尔卡苏斯而战，你的姐夫，
在你幼小之时，曾把你养育在他的居家。现在，
伊多墨纽斯，著名的枪手，已经将他战杀！”

一番话在埃内阿斯胸中激起了愤怒，
他朝着伊多墨纽斯冲去，急切地企望战斗。然而，
伊多墨纽斯一点不怕——怕什么呢？一个黄毛孩子——
而是稳稳地站守阵地，像山上的一头野猪，自信于
它的勇力，站候着步步进逼的对手，一大伙骚嚷的
人群，在一个荒凉的地方，竖起背上的鬃毛，
双眼喷闪着火光，咔咔地磨响獠牙，
怒气冲冲，等盼着击败狗和猎人。
就像这样，伊多墨纽斯，著名的枪手，双腿稳立，面对冲扫
而来的埃内阿斯，一步不让。他招呼己方的伙伴，大声喊叫，
双眼扫视着阿斯卡拉福斯、阿法柔斯和德伊普罗斯，
以及墨里俄奈斯和安提洛科斯，两位啸吼战场的壮勇，

---

① 从未……的愤怒：可能暗指安基塞斯和普里阿摩斯两家为争夺特洛伊王权的争斗。

催励着他们，送去长了翅膀的话语，高声喊道：
“过来吧，朋友，帮我一把！我只身一人，打心眼里
害怕捷足的埃内阿斯，正对着我冲来，
雄浑刚健，足以杀倒战斗中的兵勇。
此人年轻力壮，正是人生最有勇力的年华；
要是我们同龄，正如我们具有同样的战斗激情一样，
那么我们马上即可决出胜负，不是他胜，便是我当赢家！”

伊多墨纽斯言罢，众人蜂拥着走来，站好位置，
抱定同一个信念，用盾牌挡护着自己的肩头。
在战场的另一边，埃内阿斯亦在召唤他的伙伴，
双眼扫视着德伊福波斯、帕里斯和卓越的阿格诺耳，
和他一样，都是特洛伊人的首领。兵勇们
蜂拥在他们身后，像羊群跟着带队的公羊，
离开草地，前往水边喝饮，使牧人眼见心喜；
就像这样，埃内阿斯心中充满喜悦，
眼望着大群的兵丁，跟随在他身后。

两军拥逼到阿尔卡苏斯身边，近战拼搏，
挥舞着粗长的枪矛，互相投射，撞打着系扣在
胸前的铜甲，发出可怕的响声。
激战中活跃着两员战将，刚勇异常，无人可及，
埃内阿斯和伊多墨纽斯，可与战神匹比的凡人，
手握无情的铜枪，期待着毁裂对方的皮肉。
埃内阿斯首先投枪，但伊多墨纽斯
紧盯着他的举动，躲过了青铜的枪矛，
投枪咬入泥层，杆端来回摆动，
粗壮的大手徒劳无益地白丢了一支枪矛。
然而，伊多墨纽斯投枪击中俄伊诺毛斯的腹腔，

捅穿胸甲的虚处，内脏从铜甲里
迸挤出来；后者随即倒地，手抓泥尘。
伊多墨纽斯从尸体上拔出投影森长的枪矛，
但已无力剥取璀璨的铠甲，从
死者的肩头；投枪迎面扑来，打得他连连退后。
他双腿疲软，过去的撑力已不复存在，
既不能在投枪后进扑，也无法躲避飞来的枪矛。
就这样，他站在那里，抵挡着无情的死亡之日的进迫，
腿脚已不能快跑，驮着他撤离战斗。
正当他步步回挪之际，德伊福波斯，带着难解的
仇恨，投出一支闪亮的枪矛，然而
又没有击中，但却撂倒了阿斯卡拉福斯，
战神的儿子，沉重的枪矛捅穿了
肩膀——他翻身倒地，手抓泥尘。但是，
身材魁伟、喊声洪亮的阿瑞斯其时一无所闻，
尚不知儿子已倒死在激烈的战斗中，
闲坐在俄林波斯山上，金色的
云朵下，受制于宙斯的意志，和其他
神祇一样，全被禁止介入战斗。

　　地面上，两军拥逼到阿斯卡拉福斯身边，近战拼搏。
德伊福波斯从尸首上抢走闪亮的头盔，
但墨里俄奈斯，可与迅捷的战神相匹比的斗士，
其时扑上前去，出枪击伤他的手臂，带孔眼的
铜盔从后者手上掉下，重重地敲响在泥地上。
墨里俄奈斯再次猫腰冲击，像一只兀鹰，
从德伊福波斯肩上夺过粗重的枪矛，
回身自己的伴群。其时，波利忒斯，
双手拦腰抱起德伊福波斯，他的兄弟，

走离悲烈的战斗，来到捷蹄的驭马边，
它们站等在后面，避离战斗和搏杀，
载着驭手，荷着精工制作的战车。
驭马拉着德伊福波斯回城，伤者发出凄厉的吟叫，
忍着剧痛，鲜血从新创的伤口涌冒，沿着臂膀淌流。

然而，战勇们仍在战斗，滚打在喧腾不息的杀声中。
埃内阿斯扑向阿法柔斯，卡勒托耳之子，投出
锋快的枪矛，扎在喉脖上，其时正掉转过来，对着枪头。
他脑袋撇倒一边，盾牌压砸尸身，
连同掉落的头盔；破毁勇力的死亡蒙罩起他的躯体。
其时，安提洛科斯，双眼紧盯着索昂，见他转身逃跑，猛扑
上去，出枪击打，捅裂出整条静脉，此管
沿着脊背，直通脖端；枪矛砸捣出一
整条脉管。他仰面倒地，四肢摊展，
伸出双手，对着亲爱的伙伴。
安提洛科斯冲上前去，试图抢剥铠甲，
从他的肩上，警惕地左右张望。特洛伊人正从
四面冲围，投枪砸打在硕大闪亮的盾牌上，但却
不能捅穿，用无情的铜枪扎开安提洛科斯
鲜亮的肌体——在他周围，裂地之神波塞冬挡护着
奈斯托耳之子，甚至在这密集的枪雨中。
安提洛科斯从未避离敌群，
而是勇敢地面对他们，奋力挥舞着枪矛，
一刻也不停息，一心想着击倒敌人，
用他的投枪，或通过近身的拼搏。

其时，阿达马斯，阿西俄斯之子，见他在混战中
用枪瞄打，冲扑过去，就近捅出犀利的铜枪，扎在

盾牌正中，但黑发的波塞冬折毁了
枪矛，不让他夺走安提洛科斯的生命，
铜枪一半插入安提洛科斯的盾牌，
像一截烤黑了的木桩，另一半掉躺泥尘。
为了保命，他退往自己的伴群，而
就在回跑之际，墨里俄奈斯紧紧跟上，投枪出手，
打在生殖器和肚脐之间，痛苦的战争
击杀可悲的凡人，以这个部位最烈。
枪矛深扎进去，他曲身枪杆，
喘着粗气，像山上的一头公牛，被牧人用
编绞的绳索绑得结结实实，拖着行走，由它一路挣扎反抗。
就像这样，他忍着伤痛，气喘吁吁，但时间不长，仅在片刻
之间。英雄墨里俄奈斯迈步走去，从他身上
拔出枪矛，浓黑的迷雾蒙住了他的眼睛。

　　近战中，赫勒诺斯击中德伊普罗斯，砍在太阳穴上，
用一柄粗大的斯拉凯铜剑，把帽盔打得支离破碎，
脱出头颅，掉在地上，一路滚去，
沿着兵勇们的脚边，被一位阿开亚人捡起。
昏黑的夜雾临来，蒙住了德伊普罗斯的眼睛。

　　悲痛揪住了阿特柔斯之子的心，啸吼战场的墨奈劳斯
挥舞着锋快的枪矛，勇猛进逼，向赫勒诺斯，
王者、勇士，其时握攥弓背的中段开拉，
两人同时投射，一个掷出锋利的枪矛，
飞驰的投枪，另一个引弦放箭，
普里阿摩斯之子一箭射中对手的胸口，
胸甲的弯片上，但致命的飞箭被反弹了回来。
正如在一大片打谷场上，黑皮的豆粒

和鹰嘴豆儿高弹出宽面的锹铲，
在呼吹的劲风中，随着扬荚者有力的抛甩；
同样，致命的射箭弹离光荣的墨奈劳斯的
胸甲，蹦出老远，硬是被顶向一旁。与此同时，
阿特柔斯之子、啸吼战场的墨奈劳斯投枪
击中赫勒诺斯，青铜的枪矛打穿紧握的拳手，
握着油亮的弓杆，将手掌捅烂。
为了保命，他退回自己的伴群，
垂悬着伤手，拖着梣木的枪杆。
心胸豪壮的阿格诺耳从他手里接过投枪，
用编织细密的羊毛包住伤口——助手携带的
投石器具，为这位兵士的牧者。

　　其时，裴桑得罗斯对着光荣的墨奈劳斯
扑近，悲惨的命运把他引向死的终极，
他将死在你墨奈劳斯的手里，在这场殊死的拼杀中。
两人大步走来，咄咄近逼。阿特柔斯
之子投枪未中，偏离了目标，而
裴桑得罗斯出枪击中光荣的墨奈劳斯的
战盾，但铜枪不曾穿透盾牌，
宽阔的盾面挡住了它的冲刺，枪头折断在木杆的
端沿。虽然如此，他却仍然满心欢喜，企望着赢得胜利。
阿特柔斯之子拔出柄嵌银钉的铜剑，
扑向裴桑得罗斯，后者藏身盾牌下面，紧握着
一把精工锻打的斧头，铜刃锋快，安着橄榄木的
柄把，修长、滑亮。他俩同时挥手劈砍，
裴桑得罗斯一斧砍中插缀马鬃的盔冠，
顶面的脊角，而墨奈劳斯，在对手前冲之际，
一剑劈中他的额头，鼻梁上面，击碎了额骨，

眼珠双双掉落，鲜血淋淋，沾躺在脚边的泥尘里。
他佝偻起身子，躺倒在地。墨奈劳斯一脚踩住
他的胸口，抢剥铠甲，得意洋洋地嚷道：“现在，
你们总可以离去了吧，离开驾驭快马的达奈人的海船，
你们这帮高傲的特洛伊人，从不腻烦战场上可怕的喧喊。
你们也不欠缺操作其他恶事丑事的本领，
把污泥浊水全都泼在我的头上。该死的恶狗，心中不怕
宙斯的狂怒，这位炸响雷的神主，监护主客之谊的
天神——将来，他会彻底捣毁你们峭峻的城堡。
你们胡作非为，带走我婚娶的妻子和
大量的财宝，而她却盛情地款待过你们。
现在，你们又砍杀在我们远洋的船旁，
发疯似的要用狂蛮的烈火烧船，杀死战斗的阿开亚人。
但是，你们会受到遏制，虽然已经杀红了双眼。
父亲宙斯，人们说，你的智慧至高无上，绝非凡人
和其他神明可以比及，然而你却使这一切成为现实。
看看你怎样帮助了他们，这帮粗莽的特洛伊兵汉，
他们的战力一直在凶猛地腾升，谁也满足
不了他们嗜血的欲望，在殊死的拼战中。
对任何事情，人都有知足的时候，即使是睡觉、性爱、
甜美的歌唱和舒展的舞蹈，所有
这些，都比战争更能满足人的
性情。然而，特洛伊人的嗜战之壑却永难填满！”

　　高贵的墨奈劳斯话语激昂，从尸身上剥去
带血的铠甲，交给他的伙伴，
转身复又投入前排的战斗。

　　其时，人群里站出了哈耳帕利昂，王者

普莱墨奈斯之子，跟随亲爹前来特洛伊
参战，再也没有回返故里，回抵乡园。
他逼近阿特柔斯之子，出枪捅在盾牌的
中心，但铜尖没有穿透盾面。
为了躲避死亡，他退回自己的伴群，
四下张望，惟恐有人伤他，用青铜的兵器。
但是，在他回退之际，墨奈劳斯射出一支铜头的
羽箭，打在右臀的边沿，箭头
从盆骨下穿过，扎在膀胱上。
他佝偻着身子，在亲爱的伙伴们怀里，
喘吐出他的命息，滑倒在地，像一条
虫似的伸躺，黑血涌注，泥尘尽染。
心志豪莽的帕夫拉戈尼亚人在他身边忙忙碌碌，
将他抬上马车，运回神圣的伊利昂，悲痛
满怀。他的父亲，涕泪横流，走在他们身边，
谁也不会支付血酬，赔偿被杀的儿男。

　　然而，此人的被杀在帕里斯心里激起了强烈的仇愤，
因为在众多帕夫拉戈尼亚人里，哈耳帕利昂是他的客友；
带着愤怒，他射出一支铜头的羽箭。
战场上，有个名叫欧开诺耳的战勇，先知波鲁伊多斯
之子，高贵、富有，居家科林斯。在他
踏上船板之时，心里知道得清清楚楚，此行归程无望；
老父波鲁伊多斯曾多次嘱告，
他会死于一场难忍的病痛，在自己家里，
或随同阿开亚人的海船出征，被特洛伊人砍杀。
所以，欧开诺耳决意登船，既可免付阿开亚人所要的大笔
惩金，又可躲过一场可恨的病痛，使身心不致遭受折磨。
帕里斯放箭射在他的耳朵和颌骨下面，魂息当即

飘离肢腿，可恨的黑暗蒙住了他的躯体。

　　就这样，他们奋力搏杀，像熊熊燃烧的烈火。
但宙斯钟爱的赫克托耳却对此一无所闻，尚不知
在海船的左边，他的兵勇们正痛遭阿耳吉维人的
屠宰。光荣甚至可能投向阿开亚兵壮的
怀抱——环绕和震撼大地的波塞冬正一个劲地
催励阿耳吉维人，用自己的力量助佑帮战。
但赫克托耳一直战斗在他先前攻破大门和护墙，
荡扫密集的队阵，在全副武装的达奈兵勇激战的地方，
那里分别停靠着埃阿斯和普罗忒西劳斯的船队，
停搁在灰蓝色大海的滩沿，对着陆地，横着一段
他们所堆筑的最低矮的护墙，一个最薄弱的
环节，承受着特洛伊人和驭马的狂烈冲击。

　　战地上，波伊俄提亚人和衫衣长垂的伊俄尼亚人，
还有洛克里亚人、弗西亚人和声名卓著的厄培亚人，
正试图挡住赫克托耳的进攻——后者正奋力杀向海船——
但却不能击退这位卓越的、一串火焰似的猛将。
那里，战斗着挑选出来的雅典人，由裴忒俄斯
之子墨奈修斯统领，辅之以菲达斯、
斯提基俄斯和骁勇的比阿斯。墨格斯，夫琉斯
之子，率领着厄培亚人，由安菲昂和德拉基俄斯辅佐；
统领弗西亚人的是墨冬和强悍的波达耳开斯。
墨冬，神一样的俄伊琉斯的
私生子，埃阿斯的兄弟，但他居家
夫拉凯，远离故乡，曾杀死
俄伊琉斯之妻、庶母厄里娥丕丝的兄弟；
而波达耳开斯则是夫拉科斯之子伊菲克洛斯的儿子。

他俩全副武装，站在心胸豪壮的弗西亚人的前列，
拼杀在波伊俄提亚人的近旁，为了保卫海船。

迅捷的埃阿斯，俄伊琉斯之子，现时
一步不离忒拉蒙之子埃阿斯，
像两头酒褐色的健牛，齐心合力，
拉着制合坚固的犁具，翻着一片休耕的土地，
两对牛角的底部淌流着涔涔的汗水，
中间仅隔着油滑的轭架挡出的那么一点距离，
费力行走，直至犁尖翻到农田的尽头；
就像这样，他俩挺立在战场上，肩并肩地战斗。
忒拉蒙之子身后跟着许多勇敢的兵壮，
他的伙伴，随时准备接过那面硕大的战盾，
每当他热汗淋漓、身疲体乏的时候。但是，
俄伊琉斯心志豪莽的儿子身后，却没有洛克里亚人
跟随。他们无意进行手对手的近战，
既没有青铜的头盔，耸顶着马鬃的脊冠，
又没有边圈溜圆的战盾和梣木杆枪矛。然而，
他们坚信手中的弓弩和用羊毛编织的投石器的威力；
带着此般兵器，他们跟着头领来到伊利昂，
射打出密集的箭矢和石块，砸散特洛伊人的队阵。
战场上，身披重甲的兵勇奋战在前面，
拼杀特洛伊人和身披铜甲的赫克托耳，而洛克里亚人
则留在后面，从掩体里投射——对特洛伊人，战斗
已不是一种愉悦，纷至沓来的矢石使他们陷入混乱。

其时，特洛伊人或许已凄凄惨惨地退离营棚
和海船，回兵多风的特洛伊，要不是普鲁达马斯
前来站到勇猛的赫克托耳身边，说道：

“赫克托耳，你可真是顽固至极！到底还愿不愿听听别人的
规劝？不要以为神明给了你战斗的技能，
你就能比别人更善谋略；
事实上，你不可能掌握所有的技艺。
神把不同的本领赐给不同的个人，使有人
精于阵战，有人舞姿翩翩，有人能和着琴声高歌，
还有人心智聪慧，沉雷远播的宙斯
给了他智辨的本领，他使许多人受益，
许多人得救，他的见解常人不可比及。
现在，我要提一个我认为最合用的建议。
看看吧，在你周围，战斗已像火环似的把你吞噬，
而我们心胸豪壮的特洛伊兵勇，在越过护墙后，
有的拿着武器溜到后面，还有的仍在战斗，
以单薄的兵力对付众多的敌人，散落在海船间。
撤兵吧，就在此刻！把我们中最出色的壮勇召来，
齐心合力，定出个周全的计划，
是冲上凳板众多的海船，如果神明
愿意让我们获胜，还是撤离
船边，减少伤亡——我担心
阿开亚人要我们偿付他们昨天的损失，
要知道，他们的船边还蛰伏着一员嗜战不厌的猛将，
我怀疑，此人是否还会决然回避，拒不出战。”

此番明智的劝议博得了赫克托耳的欢心；
他随即跳下战车，双脚着地，全副武装，
对普鲁达马斯说道，用长了翅膀的话语：
“你留在这儿，召聚我们的首领，
我要赶往那边，面对敌阵，一俟
清楚地下达过我的命令，马上回还。”

言罢，他昂然前去，像一座积雪的山峰，
大声呼喊，穿过特洛伊人和盟军的队列。
其他人迅速围聚，在潘苏斯之子、温雅的
普鲁达马斯身边——他们都已听到赫克托耳的号令。
其时，赫克托耳穿行在前排的队列，寻觅着，如果
能找到的话，德伊福波斯和强健的王子赫勒诺斯，
以及阿西俄斯之子阿达马斯和阿西俄斯，呼耳塔科斯之子。
他找到了他们，是的，在伤创里，在死难中，
有的躺死在阿开亚海船的后尾边，
丧生在阿耳吉维人手中，还有的
息躺在城墙里，带着箭伤或枪痕。
他当即发现一个人，置身绞沥着痛苦的战场的左侧，
卓越的亚历克山德罗斯，美发海伦的夫婿，
正催励他的伙伴，敦促他们战斗。
赫克托耳快步赶至他的近旁，破口大骂，用讥辱的言词：
“可恶的帕里斯，仪表堂皇的公子哥，勾引拐骗的女人迷！
告诉我，德伊福波斯在哪里？还有强健的王子赫勒诺斯，
阿西俄斯之子阿达马斯和阿西俄斯，呼耳塔科斯之子？
告诉我，俄斯罗纽斯在哪里？陡峭的伊利昂完了，
彻底了结！至于你，你的前程必将是暴死无疑！”

听罢此番指责，神一样的亚历克山德罗斯答道：
“赫克托耳，你在指责一个不该受指责的人，你可有此嗜好？
有时，我也许会避离战斗，但不是在眼下这个
时候。我的母亲生下我来，并不是一个十足的懦汉。
自从你在船边鼓起伙伴们的战斗激情，
我们就一直拼斗在这里，面对达奈兵勇，
从未有过停息。你所问及的伙伴都已殉亡，
只有德伊福波斯和强健的王子赫勒诺斯

生还，全都伤在手上，被粗长的枪矛
击中，但克罗诺斯之子为他们挡开了死亡。现在，
你就领着我们干吧，不管你的心灵魂魄要把你引向何方，
我们都将跟着你，保持高度的战斗热情。我想，我们
不会缺少勇力，只要还有可用的力气；
超出这个范围，谁也无能为力，哪怕他嗜战若迷。”

英雄的答话说动了兄长的心灵。
他们一起出动，前往杀声最响、战斗最烈的去处，
那里拼战着开勃里俄奈斯和豪勇的普鲁达马斯，
法尔开斯、俄耳赛俄斯和神一样的波鲁菲忒斯，以及
帕尔慕斯和希波提昂的两个儿子，阿斯卡尼俄斯和莫鲁斯，
来自土地肥沃的阿斯卡尼亚，率领着用于替换的部队，
昨晨刚到，现在，父亲宙斯催赶着他们投入战斗。
特洛伊人奋勇进逼，像一股狂猛的风暴，
裹挟在宙斯的闪电下，直扑地面，
荡扫着海洋，发出隆隆的巨响，激起
排排长浪，推涌着咆哮的水势，
高卷起泛着白沫的峰浪，前呼后拥。
就像这样，特洛伊人队形密集，有的走在前头，其他人
蜂拥其后，闪着青铜盔甲的流光，跟随着他们的首领。
赫克托耳率领着他们，普里阿摩斯之子，像杀人不眨眼的
战神，挺着边圈溜圆的战盾，盾面
铺展着厚实的皮层，嵌缀着许多青铜的铆钉，
顶着光闪闪的头盔，摇晃在两边的太阳穴上。
他举步进击，试着攻打阿开亚防线的各个地段，
行进在盾牌后面，探察敌方是否就此崩溃；
然而，此招没有迷糊阿开亚人的战斗意识。
其时，埃阿斯迈开大步，第一个上前，对他喊话挑战：

"过来，走近些，疯子！为何浪费精力，用这种把戏
吓唬阿耳吉维人？我等可不是战争的门外汉，
不是——由于宙斯狠毒的鞭打，才使我们败退下来。
我猜你们正在想入非非，准备摧毁我们的海船，
可我们也有强壮的双手，足以护卫。
我们将荡扫你们坚固的城防，远在你们毁船
之前，把它攻占，把它洗劫！至于
你本人，我要说，这一天已近在眼前。那时，
你将撒腿奔逃，祈求宙斯和列位神明，
使你的长鬃驭马跑得比鹰鸟还快，
拉着你，穿过泥尘弥漫的平原，朝着城堡逃窜！"

　　话音未落，一只飞鸟出现在右边的空间，
一只展翅的雄鹰，翱飞在天穹。见此飞鸟，阿开亚全军
人心振奋，呼啸欢腾。其时，光荣的赫克托耳答话，嚷道：
"埃阿斯，你这条胡言乱语的公牛，你在瞎说些什么?!
但愿今生今世，人们真的把我当做是
带埃吉斯的宙斯的儿男，而天后赫拉是我的母亲，
受到崇高的敬誉，如同雅典娜和阿波罗那样，
就像今天是阿耳吉维人大难临头的日子一样确凿无疑！今天，
你，将和你的同伴们一起，被杀死在这里，一个不剩，
倘若你敢面对我这粗长的枪矛；它将撕裂你白亮的
肌体！然后，你将用你的油脂和血肉，饱喂
特洛伊的狗群和兀鸟，倒死在阿开亚人的船旁！"

　　言罢，他率先出击，属下们跟随其后，
发出粗野的吼声，所有的军兵跟进，喊声阵阵。
然而，阿开亚人亦没有忘却战斗的狂烈，报之以
大声的呼喊，严阵以待，迎战特洛伊人中最出色的战勇，
喧腾的杀声从两军中拔地而起，冲向宙斯闪光的气空。

# 第十四卷

其时，正在举杯饮酒的奈斯托耳听到了战场上传来的
杀喊。用长了翅膀的话语，他对阿斯克勒丕俄斯之子说讲：
“想一想，卓越的马卡昂，事态将如何发展。
海船边，强壮年轻人的叫声正越喊越响。
我看，你就坐在这儿，饮喝闪亮的醇酒，
等待美发的赫卡墨得为你准备洗澡的
热水，洗去身上淤结的血斑；
我将就此出门，找个登高瞭望的地点，察看那边的状况。”

言罢，他拿起儿子、驯马手斯拉苏墨得斯的
盾牌，精工制作，停息在营棚的一端，
闪射出青铜的流光。斯拉苏墨得斯随即拿起父亲的盾牌。
然后，奈斯托耳操起一柄粗重的枪矛，顶着锋快的铜尖，
走出营棚，当即目睹了一个羞人的场面：
伙伴们正撒腿奔逃，被心志高昂的特洛伊人赶得
惊慌失措——阿开亚人的护墙已被砸倒破毁。
像洋面上涌起的一股巨大的旋流，
无声无息，然而却预示着一场啸吼的
风暴，没有汹涌的激浪，朝着这个或那个方向奔流，
候等着宙斯卷来一阵打破平寂的风飙。
就像这样，老人思考斟酌，权衡着两种选择：
是介入驾驭快马的达奈人的队伍，还是

去找阿特柔斯之子，兵士的牧者阿伽门农？
两下比较，觉得后一种做法，前往寻会阿特柔斯
之子，似乎更为妥当。与此同时，兵勇们仍在
殊死拼搏，互相残杀，坚硬的青铜在身上铿锵碰撞，
伴随着利剑的劈砍和双刃枪矛的击打。

其时，几位宙斯养育的王者正朝着奈斯托耳走来，
已被青铜的枪械击伤，此时沿着海船回行，
图丢斯之子、奥德修斯和阿特柔斯之子阿伽门农。
他们的船远离战场，早被拖拽上岸，
停栖在灰蓝色的大海边。这些船舟被第一批
拖上平原，沿着它们的后尾，阿开亚人筑起了护墙，
因为尽管滩面开阔，却仍不足以一线排开
所有的海船；岸边人群熙攘，拥挤不堪。
所以，他们拉船上岸，一排连着一排停放，
塞满了狭长的滩沿，压挤在两个海岬之间。
王者们结队而行，倚拄着各自的枪矛，
眺望着喧嚣的战场，心中悲苦交加，
而和老人奈斯托耳的相见，
又使他们平添了几分惆怅。
强有力的阿伽门农高声发话，对他说道：
“奈斯托耳，奈琉斯之子，阿开亚人的光荣和骄傲，
为何背向人死人亡的前线，朝着海边走来？
我担心强健的赫克托耳可能会兑现他的
话语，当着特洛伊兵众，对我发出的威胁：
他决不会撤离船边，回返自己的城堡，
直到放火烧毁海船，把我们斩尽杀绝！
这便是他的威胁；眼下，这一切正在实现。
可耻啊！眼下，其他胫甲坚固的阿开亚人

也像阿基琉斯一样，对我心怀愤怒，
不愿苦战在我们的船尾边。”

听罢这番话，格瑞尼亚的车战者奈斯托耳答道：
“是啊，所有这一切都在变成现实。眼下，即便是
炸雷中天的宙斯自己也难以改变战局。
护墙已经塌倒，虽然我们曾经抱过希望，
把它当做一道攻不破的屏障，保卫着海船和战勇。
敌人正在快船边猛攻，一刻不停，
杳无间息，即使睁大眼睛，你也说不清
阿开亚人在哪里被赶得撒腿惊跑：他们
胡乱倒死在战场之中，凄惶的惨叫冲上了云天！
我们必须集思广益，看看应该做些什么，
如果智谋还有它的作用。不过，我想我们
已经受伤，带伤之人不能投入战斗。”

听罢这番话，民众的王者阿伽门农说道：
“奈斯托耳，现在，他们已杀砍在我们的船尾边，
而我们修筑的护墙，连同壕沟，根本没有挡住他们的进击，
尽管达奈人付出过辛勤的劳动，满以为
它是一道攻不破的屏障，保卫着海船和军兵。所以，
这一切必是力大无穷的宙斯所为，使他心花怒放的事情，
让阿开亚人死在这里，销声匿迹，远离阿耳戈斯地面。
以前，我就知道这一点，当他诚心对达奈人帮援；
现在，我亦没有忘记这一切，当他为那些人增光，仿佛
他们是幸运的神明，同时削弱我们的战力，捆绑起我们的手脚。
干起来吧，按我说的做，让我们顺从屈服，
把靠海第一排的停船，全都
拖下水去，划向闪光的洋面，

抛出锚石，泊驻在深水里，
及至神赐的黑夜降临，倘若特洛伊人因碍于
夜色而停止战斗，我们即可把所有在岸的木船拖下大海。
为了躲避灾难，逃跑并不可耻，哪怕是在夜晚。
与其被灾难获捕，不如躲避灾难。”

其时，足智多谋的奥德修斯答话，恶狠狠地盯着他：
“这是什么话，阿特柔斯之子，崩出了你的齿隙？
你这招灾致难的人！但愿你统领的是另一支军队，一帮畏畏
缩缩的胆小鬼；但愿你不是我们的王者——我们，按着
宙斯的意志，历经残酷的战争，从青壮
打到老年，直至死亡，谁也不能幸免。
难道你真的急于撤离这座路面开阔的城堡，
给过我们这许多凄愁的特洛伊？
闭起你的嘴，以免让其他阿开亚人
听见。一个知道如何用得体的方式
讲话的人，一位受到全军尊服、拥握权杖的王者，
不会让此番话语爆出唇沿。王者阿伽门农，
看看阿耳吉维人的队伍，成千的壮汉，听命于你的兵勇。
我由衷地蔑视你的心智；想一想，你都说了些什么！
在这两军激战的关头，你却要
我们把凳板坚固的木船拖下大海，
让特洛伊人争得更大的光荣——他们已击败我们，
死亡的秤杆将把我们压弯。倘若我们
拖船下海，阿开亚兵勇就不会继续拼战，
而将左顾右盼，寻觅逃路，把战斗热情抛到九霄云外。
这样，全军的统帅，你的计划会把我们彻底送断！”

听罢这番话，民众的王者阿伽门农答道：

"好一顿呵责，奥德修斯，你的话刺得我
心痛。不过，我并没有要求阿开亚人的儿子
违心背意，将凳板坚固的舟船拖下大海。
现在，谁要有更好的计划，即可赶快进言，
不管是年轻，还是年老的军汉。我将高兴地倾听他的意见。"

其时，啸吼战场的狄俄墨得斯答话，说道：
"此人就站在你的眼前，我们无须从远处寻觅，只要你们
听我道说，谁都不要对我愤烦，因为
我是大伙中年龄最小的一位。我亦有可资
炫耀的家世，父亲是了不起的
图丢斯，葬在塞贝，隆起的土冢下。
波耳修斯生养了三个豪勇的儿郎，
住在普琉荣和山势险峻的卡鲁冬。长子阿革里俄斯，
二子墨拉斯，三子俄伊纽斯，战车上的勇士，
我父亲的父亲，他们中最勇敢的豪杰。
俄伊纽斯居守老家，而我父亲却浪迹远方，
落户阿耳戈斯，按照宙斯和各位神祇的意愿。
他婚娶了阿德瑞斯托斯的女儿，居住在
一个资产丰足的家院，拥有大块的麦地，
捎带一片片缀围其间的果林，还有
遍野的羊群。他善使枪矛，其他阿开亚人不可
比及。你一定已听过这段往事，知道这一切真实无疑。
所以，如果我说话在理，你们不能讥斥
我的建议，以为我出身低贱，贪生怕死。
让我们这就回返战场，尽管身带伤痛；我们必须这么做。
但一经抵达，我们却应回避战斗，站在投枪的
射程之外，以免在旧痛之上增添新的伤痕。
不过，我们要督励兵勇们向前，他们已经

产生愤懑情绪，躲在后面，不愿拼争。”

　　首领们认真听完他的议言，纳用了他的主张，
抬腿上路，跟着阿伽门农，民众的王者。

　　光荣的裂地之神对此看得真切，
赶至他们中间，以一位老翁的模样出现，
抓住阿特柔斯之子阿伽门农的右手，
对他说道，用长了翅膀的话语：
“阿特柔斯之子，我想，阿基琉斯此时正看着阿开亚人遭受
杀屠，全军溃败的惨景，他那颗遭人痛恨的心脏
一定在欢快地跳跃，此人缺少心智，不带一丝同情。
但愿他死掉烂掉，但愿神明把他击倒。
但对你，幸福的神祇并无不可慰息的愤恼。
这一天将会到来，那时，特洛伊的王者和首领们
会在平原上踢起滚滚的泥尘，你将亲眼看着
他们逃离营棚和海船，朝着特洛伊窜跑。”

　　言罢，他冲扫过平原，发出一声响雷般的嘶吼，
像九千或一万个士兵的呐喊——
战斗中，两军相遇，挟着战神的狂烈。
强有力的裂地之神吼出一声惊天的巨响，
出自肺叶深处，把巨大的勇力注入所有阿开亚人的
心胸，要他们继续拼杀，不屈不挠地战斗。

　　其时，享用金座的赫拉，站在俄林波斯的
峰脊，纵目远望，当即看到波塞冬，
她的兄弟，亦是她夫婿的兄弟，正奔忙在
人们争夺光荣的战场上，心头泛起一阵喜悦。

然而，她又眼见宙斯，坐在多泉的伊达的
峰巅——此情此景使她心烦。怎么办？
牛眼睛天后赫拉心绪纷乱：用什么
办法才能迷惘带埃吉斯的宙斯的心眼？
经过一番思考，她觉得此法妙极：
把自己打扮起来，下到伊达山上，
兴许能挑起他的情欲，贴着她的肉身，
一起同床欢爱。这样，她也许能用温柔香熟的睡眠，
合拢宙斯的双眼，迷糊他的感察，他的警觉。
她走进自己的房间，爱子赫法伊斯托斯
亲手为她营建，门扇紧贴着框沿，
装着一条秘密的门闩，其他神明休想启开。
她走进房间，关上溜光滑亮的门扇，
洗去秀美玉体上的纤尘，用
神界的脂浆，涂上神界舒软的
仙油，清香扑鼻。只要略一
摇晃，虽然置身宙斯的家府，青铜铺地的房居，
醇郁的香气却由此飘飘袅袅，溢满天上人间。
她用此物擦毕娇嫩的肌肤，
梳顺长发，用灵巧的双手编织发辫，油光
滑亮，闪着仙境的风采，垂荡在与天地同存的
头首边。接着，她穿上雅典娜精工
制作的裙袍，光洁、平展，绣织着众多的图纹，
拿一根纯金的饰针，别在胸前，然后
扎上飘悬着一百条流苏的腰带，
挂起坠饰，在钻孔规整的耳垂边，
三串沉悬的熟桑，闪着绚丽的光彩。
随后，她，天后赫拉，披上漂亮、
簇新的头巾，白亮得像太阳的闪光，

系上舒适的条鞋，在鲜亮的脚面。
现在，一切穿戴完毕，女神娇丽妩媚，
走出住房，唤来阿芙罗底忒，
从众神那边，对她发话，说道：
“亲爱的孩子，如果我有事相求，你是打算帮助呢，
还是予以绝拒？你对我一向耿耿于怀，
因为我保护达奈人，对吗，而你却站在特洛伊人一边。”

　　听罢这番话，阿芙罗底忒，宙斯的女儿答道：
“赫拉，尊贵的天后，强有力的克罗诺斯的女儿，
告诉我你的心事，我将竭诚为你效劳，
只要可能，只要此事可以做到。”

　　听罢这番话，高贵的赫拉编出一套谎言，答道：
“给我性爱和欲盼，你用此般
魔力征服了凡人和整个神界。
我打算跨过丰腴的大地，去往它的边缘，拜访
俄开阿诺斯，育神的长河，以及忒苏丝，我们的母亲。
他们把我从蕾娅那里带走，看养在自己家里，
关怀备至，在那混战的年头，沉雷远播的
宙斯将克罗诺斯打下地层和苍贫的大海。
我要去访晤二位，排解没完没了的争仇。
自从愤恨撕裂了他俩的情感，他们
已长期分居，不曾享受床笫间的愉悦。
要是能用话语把他俩说得回心转意，
引回睡床的边沿，充满抚爱的胸怀，我就
能受到他俩永久的尊敬，成为他们喜欢的挚爱。”

　　听罢这番话，爱笑的阿芙罗底忒答道：

"我不会，也不能不明智地回绝你的要求；你，
你能躺在宙斯的怀里，而他是最强健的神主。"

言罢，她从酥胸前解下一个编工精致、织着
花纹的条兜，上面编着各种各样的诱惑，
有狂烈的爱情，冲发的性欲和情人的窃窃
私语——此般消魂之术，足以使最清醒的头脑疯迷。
她把东西放在赫拉手中，叫着她的名字，说道：
"拿着吧，赫拉，把它藏在你的双乳间；
此物奇特，装着五光十色的一切。我想，
你不会空手而回，不管你有何样的企盼。"

听罢这番话，高贵的牛眼睛赫拉笑逐颜开，
高兴地将此物收藏在双乳间。

其后，阿芙罗底忒，宙斯的女儿，返回家居，
而赫拉则离开俄林波斯山岩，快得像一道闪电，
穿过皮厄里亚和美丽的厄马西亚，
越过斯拉凯车手的家园，白雪皑皑的岭峦
和群山的峰巅，双脚从未碰擦地表的层面。
随后，她又经过阿索斯，跨越呼啸奔腾的大海，
临抵莱姆诺斯，神一样的索阿斯的城。
她见着了睡眠、死亡的兄弟，紧紧
抓住他的手，叫着他的名字，说道：
"睡眠，所有凡人和全体神明的主宰，如果说
从前你听过我的话，那么，现在我亦要你按我
说的去做；我将永远铭记你的恩典。
我要你让宙斯睡觉，合上浓眉下闪亮的双眼，
待我躺卧在他身边，情浓意蜜的刻间。我会

送你一份礼物，一个宝座，纯金铸就，
永不败坏。赫法伊斯托斯，我的爱子，会动手制铸，
以他那强壮的臂膀，精湛的工艺。还要为你做一张
足凳，让你舒息闪亮的双脚，享受举杯痛饮的愉悦。”

听罢这番话，恬静的睡眠说讲，答道：
“赫拉，尊贵的天后，强有力的克罗诺斯之女，
如果是其他某位不死的神明，无论是谁，
我都能顷刻之间把他拖入睡境，哪怕是湍急的
俄开阿诺斯，养育所有神祇的河水。
但对克罗诺斯之子宙斯，我却不敢离得太近，
更不敢把他弄睡，除非他自己愿意。
从前，我曾帮你做过这种差事，从中得过教训。
那一天，宙斯之子，心志高昂的赫拉克勒斯，
在彻底荡平特洛伊后，坐船离开。其时，
我把带埃吉斯的宙斯的心智迷糊，
让他在松软和恬静的关顾下昏昏沉沉，使你
得以居心叵测地谋划，在洋面上卷起呼啸的
狂风，把赫拉克勒斯刮到人丁兴旺的科斯，
远离他的朋友。其后，宙斯醒来，勃然大怒，
抓拎起众神，四下里丢甩，在他的宫居，首先要找的
自然是我；若非镇束神和凡人的黑夜相救，
他定会把我从气空扔到海底，落个无影无踪。
我惊跑到她的身边，宙斯见后姑且作罢，强憋着雷霆，
出于敬畏，不愿造次，得罪迅捷的黑夜。可现在，
赫拉，你要我再把此类不可能的事情操做。”

听罢这番话，高贵的牛眼睛赫拉答道，
“为何如此多虑，睡眠，折磨自己的心怀？你以为

沉雷远播的宙斯，现时正帮助特洛伊人，会对此大发雷霆，
像当年那样吗？别忘了，那次是赫拉克勒斯，他的儿男！
这样吧，按我说的做，我将让你和一位年轻的
典雅女神结婚，让她做你的妻伴，
帕西塞娅，此女你一直都在热恋。”

听罢这番话，睡眠心中欢喜，答道：
“好吧，但你要对我起誓，以斯图克斯不可侵渎的水源，
一手抓握丰腴的土地，另一手掬起
闪光的海水，以便让所有的神祇为咱俩作证，
他们生活在地下，汇聚在克罗诺斯身边。
发誓吧，你会给我一位年轻的典雅，
帕西塞娅，我朝思暮想的心爱。”

白臂女神赫拉接受了他的提议，
按他的要求起誓，叫着那些神祇的名字，
他们深陷在塔耳塔罗斯深渊，人称泰坦的神仙。
她发过誓咒，许下一番旦旦信誓后，
和睡眠一起，从莱姆诺斯和英勃罗斯城堡上路，
裹在云雾里，轻捷地前行，
来到多泉的伊达，野兽的母亲，
抵及莱克托斯，方才离开水路，循着干实的
陆野疾行，森林的枝端在他们脚下摇颤。
睡眠随即停身，趁着宙斯的眼睛还不曾把他扫瞄，
爬上一棵挺拔的松树，栖留在它的枝头——在当时的伊达，
此树最高，穿过低天的雾霭，直指晴亮的气空。
他在树上蹲下，遮掩在浓密的枝干里；
以一只歌鸟的模样，此鸟神们

称之为卡尔基斯，而凡人却叫它库鸣迪斯①。

与此同时，赫拉腿步轻盈，前往高高的伽耳伽罗斯，
伊达的峰巅，汇聚乌云的宙斯见到了她的身影。
仅此一瞥，欲念便在他那厚实的心里呼呼地蒸腾，
一如当年他俩瞒着亲爱的父母
同登床笫，纵情欢爱时的心境。
宙斯站在她面前，叫着她的名字，说道：
“赫拉，为何从俄林波斯下到此地？
为何不见出门常用的乘具，你的驭马和轮车？”

带着欺骗的动机，高贵的赫拉答道：
“我打算跨过丰腴的大地，去往它的边缘，拜访
俄开阿诺斯，育神的长河，以及忒苏丝，我们的母亲。
在自己的家里，他们把我带大，对我关怀备至。
我要去访晤二位，排解没完没了的争仇。
自从愤恨撕裂了他俩的情感，他们
已长期分居，不曾享受床笫间的愉悦。
我的驭马站在泉水淙淙的伊达
山下，将要拉着我越过坚实的陆地和海洋。
但眼下，我从俄林波斯下来，为了对你通告此事，
担心日后你会对我动怒，倘若我
悄悄地前往水势深淼的俄开阿诺斯的府居。”

听罢这番话，汇聚乌云的宙斯说讲，答道：
“急什么，赫拉，那地方不妨以后再去。
现在，我要你和我睡觉，尽兴做爱。

---

① 卡尔基斯……库鸣迪斯：大概可分别解作“铜嗓子”和“夜莺”。

对女神或女人的性爱，从未像现时这样炽烈，
冲荡着我的心胸，迫使它屈服就范。
我曾和伊克西昂的妻子同床，生子
裴里苏斯，像神一样多谋善断；亦曾和
阿克里西俄斯的女儿、脚型秀美的达娜娥欢爱，
生子裴耳修斯，人中的俊杰；
我还和欧罗帕、声名遐迩的福伊尼克斯的女儿调情，
生子米诺斯和神一样的拉达门苏斯；
和塞贝女子塞墨莱以及阿尔克墨奈睡觉，
后者给我生得一子，心志豪强的赫拉克勒斯，
而塞墨莱亦生子狄俄尼索斯，凡人的欢悦。
我亦和黛墨忒耳，发辫秀美的神后，以及光荣的莱托，
还有你自己，寻欢作乐——所有这些欲情都赶不上
现时对你的冲动，甜蜜的欲念已经征服了我的心灵。”

听罢这番话，高贵的赫拉答道，心怀狡黠：
“可怕的众神之主，克罗诺斯之子，你说了些什么？
你现时情火中烧，迫不及待地要和我欢爱，
在这伊达的峰岭，是否想让整个世界看见？
要是让某个不死的神明目睹，见我们
睡躺此间，跑去告诉所有的神祇，此事将如何
释解？我不能从这边的睡床爬起，而后再回头
溜进你的宫居，这会让我丢尽脸面。
但是，如果你欲火烧身，一心想着此事，
那么，你有爱子赫法伊斯托斯为你
营建的睡房，门扇紧贴着框沿。
我们可去那里躺下，既然床上之事能使你欢快。”

听罢这番话，汇聚乌云的宙斯说讲，答道：

“赫拉，不要怕，此事神和人都不会
看见。我会布下一团金雾，稠匝浓密，
罩住我俩，连赫利俄斯也休想看穿，
虽然他的眼睛，那灼灼的目光，谁都无法企及。”

　　言罢，克罗诺斯之子伸出双臂，抱起神妻。
在他俩身下，神圣的土地催发出鲜嫩、葱绿的
芳草，有藏红花、风信子和挂着露珠的三叶草，
厚实松软，把神体托离坚实的泥面。
他俩双双躺下，四周罩起黄金的云雾，
神奇、美妙、滴洒着晶亮的露珠。

　　就这样，睡意和炽热的情欲把父亲送入
安闲的睡境，在伽耳伽罗斯峰巅，拥着他的妻配。
其时，甜雅的睡眠飞也似的赶往阿开亚人的海船，
捎去一条信息，带给环拥和震撼大地的波塞冬。
睡眠站在他的近旁，对他说道，用长了翅膀的话语：
“波塞冬，现在，你可全力以赴，助佑达奈兵勇，
使他们争得荣光，趁着宙斯还在酣睡，虽然只有那么
一点时间；我已把他蒙罩在舒甜的睡境，
赫拉已诱使他躺下，同床合欢。”

　　言罢，他又趋身前往凡人著名的部族，
既已进一步催励波塞冬，为保卫达奈人出力。
裂地之神大步跃至前排，用洪亮的声音催喊：
“是这样吗，阿耳吉维人，我们正再次把胜利拱让给赫克托耳，
普里阿摩斯之子，让他夺取海船，并以此争得光荣?!
这是赫克托耳的企望，他的祷告——感谢阿基琉斯，
抱着愠怒，滞留在深旷的海船边！

但是，倘若大家都能振奋斗志，互相保护，
我们便无须那么热切地企盼他的回归。
干起来吧，按我说的做，听我的命令！
拿起军中最好最大的盾牌，挡住
身躯，用铜光锃亮的头盔盖住
脑袋，操起最长的枪矛，奋勇
向前。我将亲自带队；我想，尽管凶狂，
赫克托耳，普里阿摩斯之子，将顶不住我们的反击。
骠健强悍的战勇要把肩上的小盾
换给懦弱的战士，操起遮身的大盾迎战！”

　　战勇们认真听完他的说告，谨遵不违。
几位王者，带着伤痛之躯，亲自指挥调度，
图丢斯之子，奥德修斯和阿特柔斯之子阿伽门农。
他们巡行军阵，督令将士们交换战甲，
勇敢善战者穿挂上好的甲衣，把次孬的换给
弱者。一经穿戴完毕，通身闪耀着青铜的光芒，
众人迈步向前，由裂地之神波塞冬亲自率导，
宽厚的手中握着一柄夺命的长剑，寒光
四射，像一道闪电——痛苦的仇杀中，凡人
谁也不敢近前，出于恐惧，全都躲避后退。

　　在他们对面，光荣的赫克托耳正催令着特洛伊人。
其时，黑发的波塞冬和光荣的赫克托耳
把战斗推向血肉横飞的高潮，一个
为阿开亚人添力，另一个为特洛伊人鼓气。
这时，大海卷起汹涌的浪潮，冲刷着阿耳吉维人的
营棚和海船。两军扑击冲撞，喊出震耳欲聋的杀声。
这不是冲击陆岸的激浪发出的咆哮，

那滔天的水势，经受北风的吹怂，自深海里涌来；
也不是大火荡扫山间谷地时发出的
怒号，烈焰吞噬着整片林海；
亦不是狂风吹打枝叶森茂的橡树，奋力呼出的尖啸，
以最狂烈的势头横扫——战场上的呼声，
比这些啸响更高；特洛伊人和阿开亚兵壮
喊出可怕的狂叫，你杀我砍，打得难解难分。

　　光荣的赫克托耳首先投出枪矛，对着迎面
冲来的埃阿斯，枪尖不偏不倚，
击中目标，打在胸前，两条背带交叉的地方，
一条扣连战盾，另一条系提着柄嵌银钉的劈剑，
两带叠连，挡护着白亮的皮肉。赫克托耳怒火中烧，
因为出手无获，徒劳无益地白投了一支枪矛；
他退回自己的伴群，为了躲避死亡。但是，
正当他回退之际，忒拉蒙之子、高大魁伟的埃阿斯
抓起一块石头——系固快船的石块遍地亦是，
滚动在勇士们的脚边。他举起其中的一块，
砸在对手的胸腔上，擦过盾沿，紧挨着咽喉，
打得他扭转起身子，像一只挨打的陀螺，一圈圈地
旋转。好比一棵橡树，被父亲宙斯
击倒，连根端出，散发出硫黄的
恶臭，若是有人近旁察看，定会胆气
消散——大神宙斯的霹雳可真够厉害。
就像这样，强有力的赫克托耳翻倒泥尘，
枪矛脱手，战盾压身，还有那顶
头盔，精制的铜甲在身上铿锵作响。
阿开亚人的儿子们大叫着冲上前去，
想要把他抢走，投出密集的

枪矛，但谁也没有击中或投中这位
兵士的牧者；特洛伊首领们迅速赶来，围护在他身边，
埃内阿斯、普鲁达马斯和卓越的阿格诺耳，以及
萨耳裴冬，鲁基亚人的首领，和豪勇的格劳科斯。
其他战勇亦不甘落后，倾斜着边圈
溜圆的战盾，挡护着他的躯体；伙伴们
把他抬架起来，走出战地，来到捷蹄的
驭马边：它们停等在后面，避离战斗和搏杀，
载着驭手，荷着精工制作的战车。
快马拉着他返回城堡，踏着凄厉的吟叫。

　　然而，当来到一条清水河的边岸，其父
宙斯，不死的天神，来到卷着漩涡的珊索斯的滩沿，
他们把他抬出马车，放躺在地上，用凉水遍淋
全身。赫克托耳喘过气来，眼神复又变得清晰明亮，
撑起身子，单腿跪地，吐出一摊
浓血，复又倒下，漆黑的夜晚蒙住了
他的双眼。他的心魂尚未挣脱重击带来的迷幻。

　　其时，眼见赫克托耳撤离战斗，阿耳吉维人
振奋精神，更加勇猛地扑向特洛伊兵汉。
俄伊琉斯之子、迅捷的埃阿斯远远地冲在前头，
猛扑上去，捅出锋快的投枪，击中萨特尼俄斯，
出自一位身段轻盈的水仙的肚腹，厄诺普斯的
精血，在他放牧萨特尼俄埃斯河畔的时节。
俄伊琉斯之子，著名的枪手，逼近此人，出枪
击中胁腹，把他打了个四脚朝天。围绕着他的尸体，
特洛伊人和达奈人展开了一场激战。
普鲁达马斯挥舞枪矛，冲锋向前，站到他的身边，

潘苏斯之子，投枪击中阿雷鲁科斯之子普罗梭诺耳
的右肩，沉重的枪尖扎穿了肩头。
他翻身倒地，手抓泥尘。
普鲁达马斯欣喜若狂，高声炫耀：
“哈哈——我，潘苏斯心胸豪壮的儿子，这双
强有力的大手，没有白投这支枪矛！不是吗，一个
阿耳吉维人，用自己的皮肉，收下了它。我想，此人是
打算把它当做支棍，步履艰难地走入死神的宫房！”

　　听罢此番吹擂，阿耳吉维人愁满胸膛，
忒拉蒙之子、经验丰富的埃阿斯更是怒不可遏，
因为死者倒在离他最近的地方。他当即
投出闪亮的枪矛，对着回退的普鲁达马斯，
但后者迅速跳到一边，躲过了
幽黑的死亡；枪尖击中安忒诺耳之子
阿耳开洛科斯，永生的神祇注定他必死身亡。
枪矛扎在头颈的交接处，脊椎的
最后一节，切断了两面的筋腱；所以，
倒下时，他的头、嘴和鼻子抢先落地，远在
腿和膝盖之前。埃阿斯见状，
高声呼喊，回击悍勇的普鲁达马斯：
“好好想一想，普鲁达马斯，老实地告诉我，你敢说
这不是一次公平的交易，以此人的尸躯换得普罗梭诺耳的
死亡？他看来不是个贪生怕死的贱种，也不是懦夫的
后代——他是驯马者安忒诺耳的兄弟，或是
他的儿子，从长相上可以看出他俩亲似的血缘！”

　　他言罢，深知自己说了些什么；悲痛揪住了特洛伊人。
其时，阿卡马斯，跨立在兄弟的两边，出枪击倒

波伊俄提亚的普罗马科斯，后者正试图抓住双脚，抢拖尸体。
阿卡马斯欣喜若狂，高声炫耀：“阿耳吉维人，
你们这帮玩弄弓箭的男孩，吓唬起人来没有个尽头！
不要以为苦斗和悲痛仅为我们所有，
你们亦会死亡，跟在这个人的后头！
想想普罗马科斯如何睡躺在你们脚边，被我的
枪矛击倒；为兄弟雪恨，我无需长久
等候。所以，征战的勇士都爱祈祷，希望家中
能有一位亲男存活，以便死后能替他把冤仇申报。”

　　听罢此番吹擂，阿耳吉维人愁满胸膛，
战技纯熟的裴奈琉斯更是怒不可遏，
扑向阿卡马斯，后者挡不住他的进击。
随后，王者裴奈琉斯出枪击中伊利俄纽斯，
福耳巴斯之子，其父拥有遍野的羊群，在特洛伊人中
最受赫耳墨斯宠爱，给了他丰足的财富。
伊利俄纽斯是他母亲生给福耳巴斯的独苗，
被裴奈琉斯出枪打在眉沿下，
深扎进眼窝里，捅挤出眼球，枪尖刺穿了
眼眶和颈背；伊利俄纽斯瘫坐在地，
双臂伸展。裴奈琉斯拔出
利剑，劈砍在脖子中间，人头落地，
连着帽盔，带着粗长的木杆，枪尖仍然扎刺在
眼窝里，裴奈琉斯高挑起人头，像一束罂粟的头穗，
展现给特洛伊人视看，放声吹擂：
“你等特洛伊人，代我转告高傲的伊利俄纽斯
亲爱的父母，让他们开始举哀，在自家的厅堂里哭喊，
既然阿勒格诺耳之子普罗马科斯的妻房
亦不再会有眼见亲爱夫婿回归的喜悦，在我们

阿开亚人的儿子们乘坐海船，从特洛伊返家的那一天！”

　　听罢这番话，特洛伊人无不膝腿颤抖，
个个东张西望，试图逃避凄惨的死亡。

　　告诉我，家住俄林波斯的缪斯，
当著名的裂地之神扭转了战局，
阿开亚人中，谁个最先夺得带血的战礼？
忒拉蒙之子埃阿斯最先击倒呼耳提俄斯，
古耳提俄斯之子，心志刚强的慕西亚人的首领。
其后，安提洛科斯杀了法尔开斯和墨耳墨罗斯，墨里俄奈斯
杀了莫鲁斯和希波提昂，丢克罗斯放倒了
裴里菲忒斯和普罗索昂。接着，阿特柔斯之子墨奈劳斯
捅杀了呼裴瑞诺耳，兵士的牧者，
枪尖撕开腹肋，捣出内脏，
魂息匆匆飘离躯体，从那道铜枪
开出的口子，浓黑的迷雾蒙住了他的双眼。
但俄伊琉斯之子、腿脚快捷的埃阿斯杀人最多，
追赶逃敌——一旦宙斯把他们赶上
仓皇的溃程，他的快腿谁也不可比过。

# 第十五卷

其时，特洛伊人夺路奔逃，越过壕沟，绕过
尖桩，许多人死在达奈战勇手下，及至
跑到马车边，方才收住腿步，站稳脚跟，
吓得直眉瞪眼，脸色苍白。其时，宙斯一觉醒来，
在伊达山巅，享用金座的赫拉身边，
猛地站立起来，看到阿开亚人和特洛伊人，
一方正在溃败，另一方把他们赶得遑遑逃窜；
阿耳吉维人攻势猛烈，由王者波塞冬领头。
他看到赫克托耳正躺身平野——伙伴们围坐在
他身边——痛苦地喘着粗气，心神恍惚，
口吐鲜血；击伤他的人可不是阿开亚人中的懦汉。
见着此般情景，神和人的父亲心生怜悯，
破口大骂，对着赫拉，浓眉下射出凶狠的光闪：
“难以驾驭的赫拉，用你的诡计，狠毒的计划，
将卓越的赫克托耳逐出战斗，驱散了他的军队。
我确信，这场引来痛苦的诡计将使你
第一个受惩；我将用鞭子狠狠地抽打。
还记得吗，那一次，我把你挂在半空，在你脚上
绑吊两块砧铁，用挣不断的金链
捆住你的双手？你被悬在云层间，晴亮的
气空里。巍巍的俄林波斯山上，诸神虽然
愤怒，却不能为你松绑，干站着，束手无策。倘若

让我逮住一个，我就会紧捏住他，把他甩出门槛，摔倒在
大地上，气息奄奄。然而，即便这样，也难去我心头
不可消止的愁愤，为了神一样的赫拉克勒斯。
你，怀着险恶的用心，凭借北风的助衬，
唆使风暴，把他推过荒漠的大海，
冲搡到人丁兴旺的科斯。然而，
我把他从那里救出，带回到
马草丰肥的阿耳戈斯，其时，他已历经磨难。
我要你记住这一切，以便打消欺骗我的念头，
知道床笫间的欢悦会给你带来什么好处——
和我睡在一起，从众神那边过来，欺诈蒙骗!”

　　宙斯一顿怒骂，牛眼睛夫人赫拉心里害怕，
开口说辩，用长了翅膀的话语：
“让大地和辽阔的天空为我作证，
还有斯图克斯的泼水，幸福的神祗誓约，
以此最为庄重、最具可怕的威慑。
我还要以你的神圣的头颅作证，以我们的婚姻
和睡床——对此，至少是我，不敢信口誓言。
裂地之神波塞冬并非秉承我的意志，
加害于特洛伊人和赫克托耳，助佑他们的敌人，
而是受他自己激情的催使，风风火火地干出此番事件。
他目睹阿开亚人已被逼退船边，由此心生怜悯。
真的，我没有让他这么做；相反，我愿劝他跟着
你的路子循走，按你的号令行事；你，驾驭乌云的神主。”

　　她言罢，神和人的父亲喜笑颜开，
欣然作答，用长了翅膀的话语：
“好极了，赫拉。今后，我的牛眼睛王后，

要是你，在神的议事会上，能和我所见略同，
那么，尽管事与愿违，波塞冬
必须马上改变主意，顺从你我的意志。
如果你刚才说的句句都是实话，不掺半点虚假，
那就前往神的部族，给我召来
伊里丝，还有著名的弓手阿波罗；
我要让她前往身披铜甲的阿开亚人的
群队，给王者波塞冬捎去口信，
让他离开战场，回到自己的家居。此外，
我要福伊波斯·阿波罗催励赫克托耳重返战斗，
再次给他吹入力量，使他忘却耗损
心神的痛苦。要他把阿开亚人赶得
晕头转向，惊慌失措，再次回逃，
跌跌撞撞地跑上裴琉斯之子阿基琉斯
凳板众多的海船。阿基琉斯将差遣他的伴友
帕特罗克洛斯出战，而光荣的赫克托耳会把他击倒，
动用枪矛，在伊利昂城前，在他杀死许多年轻的兵勇，
包括我自己的儿子、英武的萨耳裴冬之后。出于对
好友之死的暴怒，卓越的阿基琉斯将杀死赫克托耳。
从那以后，我将从船边扭转战争的势头。
不再变更，不再退阻，直到阿开亚人
按雅典娜的意愿，攻下峻峭的伊利昂。
但在此之前，我将不会平息盛怒，也不会让
任何一位神祇站到达奈人一边，
直到实现裴琉斯之子的祈愿。
我早已答应此事，点过我的头，
那一天，永生的塞提丝抱住我的膝盖，
求我让荡劫城堡的阿基琉斯获得尊荣。”

他言罢，白臂女神赫拉谨遵不违，
从伊达山脉直奔高高的俄林波斯，
快得像一个闪念，掠过某人的心房——
他走南闯北，心头思绪万千，翻涌着
各种遐想：“但愿能去这儿，或那个地方。”
就以此般迅捷，神后赫拉穿飞在空间，
来到峻峭的俄林波斯，永生的神明
其时全都汇聚在宙斯的居家。众神
见她前来，全都起身离座，举杯相迎，围拥在她的身旁，
但赫拉走过诸神，接过美貌的
塞弥丝的杯盏，因她第一个跑来迎候，
用长了翅膀的话语对她说讲：
“赫拉，为何回返，神情如此沮丧黯淡？
想必是克罗诺斯之子，你的丈夫，把你吓成这样。”

听罢这番话，白臂女神赫拉答道：
“不要问我这些，女神塞弥丝。你也
知道他的性情，该有多么固执和傲慢。
你可继续主持这次份额公平的餐会，在神的宫房。
你会听到我的叙说，你和所有的神祇，
听知宙斯如何谋划凶邪的勾当！告诉你们，
这一切不会带来皆大欢喜，不管是人
还是神，虽然他现时仍可享受吃喝的欢畅。”

言罢，神后赫拉弯身下坐，宙斯房居
里的众神个个心绪烦愤。赫拉嘴角
带笑，但黑眉上却扛顶着紧蹙的
额头。带着愤怒的心情，她对所有的神明说道：
“真傻，缺少心智的我们试图和宙斯争斗！

我们仍在想着接近他，挫阻他的行动，
通过劝议或争斗，但他却远远地坐在那里，既不关心我们，
也不把我们放在眼里，声称他是神中
最了不起的天尊，力气最大，威势最猛。
所以，你等各位必须接受他送来的任何苦痛。
我想，阿瑞斯就已经尝到了他所酿下的悲愁。
他的儿子已僵死战场，那是他最钟爱的凡人，
阿斯卡拉福斯，粗莽的阿瑞斯声称此人出自他的神种。”

　　她言罢，阿瑞斯抡起手掌，击打两条
粗壮的股腿，悲愤交加，嚷道：
“现在，家居俄林波斯的众神，你们谁也不能责难于我，
倘若我前往阿开亚人的海船，为死难的儿子
报仇，即使我命该遭受宙斯的击打，
那炸顶的霹雳，仰躺在血污和泥土里，伴随死人！”

　　言罢，他命嘱骚乱和恐惧
套车，自己则穿上闪亮的铠甲。其时，
此番作为可能激发一场新的暴怒，又一次痛苦，程度
更深，危害更烈，来自宙斯的狂怒，冲着此间的众神。
若不是雅典娜，担心神族中闹出更大的乱子，
离开座椅，迅速穿过门廊，从他的
头上摘下帽盔，从他的肩上取过战盾，
从他粗壮的手中夺过铜枪，放到
一边，出言责备，对盛怒的阿瑞斯说道：
“你疯啦？真是糊涂至极，想要自取灭亡?！你的耳朵
只是个摆设，你的心智已失去理解和判识的功能。
没听清白臂女神赫拉对我们讲说的那番话语？
她可是刚从俄林波斯神主宙斯那边来到。

你在嗜想得到什么？想等吃够了苦头之后，
被迫回到俄林波斯，强忍着悲痛？
你会给我们大家埋下不幸和痛苦的恶种！
宙斯将迅速丢下阿开亚人和心志高昂的
特洛伊人，回到俄林波斯，狠狠地揍打我们，
一个不饶，不管是做了错事的，还是清白无辜的神仙。
所以，我要你消泄得之于丧子的烦愤。
眼下，某个比他力气更大、手劲更足的壮勇
已被或即将被人杀倒；要想拯救所有的
凡生，谈何容易——很难保住他们的传人。”

　　言罢，她把勇莽的阿瑞斯送回座椅。
其时，赫拉把阿波罗和伊里丝，
后者是永生神祇的信使，叫到殿外，
启口发话，用长了翅膀的言语：
“宙斯命你二位，火速赶往伊达面见。
你俩到了那里，一经见过他的脸面，
要立刻按他的要求和命嘱行事。”

　　神后赫拉言罢，回身厅堂，在自己的
位子上就座。两位神祇一路腾飞，快似闪电，
来到多泉的伊达，野兽的母亲，
发现沉雷远播的克罗诺斯之子坐在伽耳伽罗斯的
峰巅，顶着一朵浮云，一个芬芳的霞冠。
他俩来到汇聚乌云的宙斯面前，站定
等候，后者看着二位到来，心情舒展——
瞧，服从我那夫人的旨意，他俩可真够快捷。
他先对伊里丝发话，用长了翅膀的言语：
“上路吧，快捷的伊里丝，找到王者波塞冬，

捎去我的口信，不得出现差偏。
命他即刻脱离战斗和厮杀，回返
神的部族，或潜入闪亮的大海。
倘若他不听我的谕令，或对它置若罔闻，
那就让他好好想一想，在他的心里魂里，
尽管强健，他可吃不住我的攻打。
告诉他，我的力气远比他大，而且
比他年长。然而，在内心深处，他总以为可与我
平起平坐，尽管在我面前，其他神明全都感到害怕。”

　　他言罢，腿脚迅捷的伊里丝谨遵不违，
冲下伊达的峰脊，前往神圣的伊利昂。
像泻至云层的雪片或冷峻的冰雹，
挟着高天哺育的北风吹送的寒流，
风快的伊里丝急不可待地向前飞闯，
来到著名的裂地之神身边，站定，开口说道：
“黑发的环地之神，我给你捎来一个口信，
受带埃吉斯的宙斯命托，特来此地，转告于你。
他命你脱离战斗和厮杀，回返
神的部族，或潜入闪亮的大海。
他威胁道，倘若你不听谕令，或对它
置若罔闻，他就将亲自出手，和你打斗，
进行一场力对力的较量。但是，他警告你
不要惹他动手，声称他的力气远比你大，而且
比你年长。尽管如此，你在内心深处，总以为可以和他
平起平坐，虽然在他面前，其他神明全都感到害怕。”

　　听罢这番话，著名的裂地之神怒不可遏，嚷道：
“真是横蛮至极！虽然他很了不起，但他的话近乎强暴！

他打算强行改变我的意志——我，一位和他一般尊荣的仙神。
我们弟兄三个，克罗诺斯的儿子，全由蕾娅所生，
宙斯，我，还有三弟哀地斯，冥界的王者。
宇宙一分为三，我们兄弟各得一份。
当摇起阄拈，我抽得灰蓝色的海洋，作为
永久的家居；哀地斯抽得幽浑、黑暗的冥府，
而宙斯得获广阔的天穹、云朵和透亮的气空。
大地和高耸的俄林波斯归我们三神共有。
所以，我没有理由惟宙斯的意志是从！让他满足于
自己的份子，在平和的气氛里，虽然他力大无穷！
让他不要再来吓唬我，用那双强有力的大手，仿佛
我是个弱汉懦夫。把这些狂暴和恐吓留给
他们，留给他的那些儿女们去吧，
他是老子，不管训说什么，他们必须服从！”

听罢这番话，腿脚迅捷的伊里丝答道：
“且慢，黑发的环地之神。你真的要我给宙斯
捎去此番口信，此番严厉、顶撞的话语？
想不想略作修改？所有高贵的心智都可接受变通；
你知道复仇女神，她们总是站随长兄。”

听罢这番话，裂地之神波塞冬答接：
“说得好，女神伊里丝，说得在理！
信使知晓办事的分寸，这可真是件好事。
但宙斯的作为深深地伤痛了我的心魂，
居然用横蛮的话语责骂一位和他
地位相似、命赋相同的天神。
尽管如此，这一次我就让他，压住心头的烦愤。
但是，我要告诉你，我的威胁中带着愤怒：

如果他打算撇开我和掠劫者的助佑雅典娜，
撇开赫拉、赫耳墨斯和火神赫法伊斯托斯，
救下陡峭的伊利昂，不让它遭诸
荡劫，不让阿耳吉维人获取辉煌的胜利，那么，
让他记住，我们之间的愤隙永在，不可平抚！”

裂地之神言罢，离开阿开亚军队，
潜入大海，给阿开亚勇士留下了深切的盼念。
其时，汇聚乌云的宙斯对阿波罗说道：
“去吧，亲爱的阿波罗，前往头顶铜盔的赫克托耳身边，
环绕和震撼大地的波塞冬已在此时
潜入闪光的大海，避免了我们的
暴怒。要是我们动起手来，神们就会听到打斗的
轰响，连地下的神祇，聚在克罗诺斯身边，也不例外。
如此处理，对我有利，对他亦好，
他躲离了我的双手，尽管心中愤恼；
否则，办妥此事，我们总得忙出一身热汗。
现在，你可拿起流苏飘荡的埃吉斯，
奋力摇晃，吓退阿开亚壮勇。然后，
我的远射手，你要亲自关心光荣的赫克托耳，
给他注入巨大的勇力，直到阿开亚人
撒腿逃跑，及至他们的海船和赫勒斯庞特的水流。
从那以后，我会用我的计划，我的行动，
使阿开亚人，在经受了一次重创之后，卷土重来。”

他言罢，阿波罗谨遵父命，
从伊达的岭脊上下来，变作一只疾冲的
游隼，飞禽中最快的羽鸟，鸽子的克星。
他发现卓越的赫克托耳，聪慧的普里阿摩斯之子，

已经坐立起来，不再叉腿躺地，重新收聚起失去的勇力，
认出了身边的伙伴。他汗水停流，粗气
不喘，带埃吉斯的宙斯的意志焕发了他的活力。
远射手阿波罗站在他身边，对他说道：
“赫克托耳，普里阿摩斯之子，为何离开众人，
虚虚弱弱地坐在这里？遇到了什么麻烦？”

　　体弱的赫克托耳挣扎着回答，顶着锃亮的帽盔：
“你是，哦，最强健者，神祗中的哪一位，和我面对面地
说话？你不知道吗？在阿开亚人的海船边，
正当我奋力砍杀他的伙伴，啸吼战场的埃阿斯
搬起一块巨石，砸在我的胸口，刹住了我的狂烈。
我刚才还在想着，一旦命息离我而去，就在今天，那么，
我就该奔入哀地斯的冥府，和死人做伴。”

　　听罢这番话，王者、远射手阿波罗说道：
“鼓起勇气！看看克罗诺斯之子给你送来了多大的帮助，
从伊达山上，让我站在你身边，保护你的安全。
我乃提金剑的福伊波斯·阿波罗，过去曾经
救护过你和你的陡峭的城堡。
干起来吧，命令众多的驭手，
赶起快马，杀向深旷的船舟。
我将冲在你们前头，为车马
清道，逼退强健的阿开亚英雄！”

　　言罢，他给兵士的牧者吹入巨大的勇力。
如同一匹关在棚厩里的儿马，在食槽里吃得肚饱腰圆，
挣脱绳索，蹄声隆隆地飞跑在平原，
直奔常去的澡地，一条水流清疾的长河，

神气活现地高昂着马头，颈背上长鬃
飘洒，陶醉于自己的勇力，跑开
迅捷的腿步，扑向草场，马儿爱去的地方。
就像这样，赫克托耳一听到神的声音，马上飞快地
摆动起双腿和膝盖，催令驭者们向前。
见过这样的情景吗？山里的猎人，带着猎狗，
追捕一头带角的公鹿或野山羊，
但因猎物被陡峻的岩壁或投影森森的树林遮掩，
使他们由此意识到自己没有捕获的运气——不仅如此，
他们的喊叫还引出一头硕大、虬须满面的
狮子，突起追赶，把他们吓得四散逃亡。
就像这样，达奈人队形密集，穷追不舍，
奋力砍杀，用剑和双刃的矛枪；然而，
当他们看到赫克托耳重返战场，穿行在队伍里，
全都吓得惊慌失措，酥软的腿脚涣解了战斗的强刚。

　　其时，索阿斯出面喊话，安德莱蒙之子，
埃托利亚人中最杰出的战将，精熟投枪的技巧，
善于近战杀敌。集会上，年轻人
雄争漫辩，但却很少有人赶超他的口才。
他心怀善意，开口对众人说道：
“这可能吗？我的眼前真是出现了奇迹！
赫克托耳居然又能站立起来，躲过
死的精灵。我们，每一个人都在由衷地企盼，
希望他已倒死在忒拉蒙之子埃阿斯手下。
现在，某位神明前往相助，救活了
赫克托耳；此人已酥软了许多达奈人的膝腿。
眼下，我知道，他又有了宰杀的机会。若是没有雷声
隆隆的宙斯扶持，他绝然不能站在队伍的前列，杀气腾腾。

来吧，按我说的做，谁也不要执拗。
让一般兵众后撤，退回海船，而
我们自己，我们这些声称全军中最出色的战勇，
要坚守原地，以便率先和他接战，把他挡离众人，
用端举在手的枪矛。我相信，尽管凶狠狂暴，
他会感到心虚胆怯，不敢杀入我们达奈人的队伍！”

众人认真听完他的议言，欣然从命。
兵勇们迅速集聚，围绕在埃阿斯和王者伊多墨纽斯身边，
围绕在丢克罗斯、墨里俄奈斯和战神般的墨格斯身边，
编成密集的队形，准备厮杀，召呼着最善战的壮勇，
迎战赫克托耳和特洛伊人。在他们身后，
一般兵众正移步后撤，退回阿开亚人的海船。

特洛伊人队形密集，迎面扑来，赫克托耳迈开大步
领头进击；福伊波斯·阿波罗走在队列的前面，
肩上笼罩着云雾，握着可怕的埃吉斯，
光彩烁烁，流苏飞扬，挟风卷暴，由神匠
赫法伊斯托斯手铸，供宙斯携用，惊散凡人的营阵。
双手紧握这面神盾，阿波罗率导着特洛伊兵众。

然而，阿耳吉维人编队紧凑，严阵以待；尖啸的杀声
拔地而起，从交战的队阵；羽箭跳出
弓弦，枪矛飞出粗壮的大手，雨点
一般，有的扎入迅捷的年轻战勇，
还有许多落在两军之间，不曾碰着白亮的皮肤，
扎在泥地上，带着撕咬人肉的欲念。
只要福伊波斯·阿波罗紧握着埃吉斯，不予摇动，
双方的投械便能频频击中对手，打得尸滚人亡。

但是，当阿波罗凝目驾驭快马的达奈人的脸面，
摇动埃吉斯，发出一声惊天动地的呼吼时，他们
全都吓得瞠目结舌，忘弃了杀敌的狂烈。
像两头猛兽，仗着漆黑的夜色，
惊跑了一群牛或一大群羊，突然
扑袭，趁着牧人不在；就像这样，阿开亚人
力不能支，遑遑奔逃，全线崩溃；阿波罗给他们
注入惊恐，把光荣送交特洛伊人和赫克托耳。

　　战场上混乱不堪，到处人杀人砍。
赫克托耳首先杀死斯提基俄斯和阿耳开西劳斯，
一位是身披铜甲的波伊俄提亚人的首领，
另一位是心胸豪壮的墨奈修斯信赖的伙伴。
埃内阿斯杀了墨冬和亚索斯，其中，
墨冬是神一样的俄伊琉斯的
私生子，埃阿斯的兄弟，但他居家
夫拉凯，远离故乡，曾杀死
俄伊琉斯之妻、庶母厄里娥丕丝的兄弟。
亚索斯是雅典人的首领，人称
斯菲洛斯之子，而斯菲洛斯又是布科洛斯的儿男。
普鲁达马斯杀了墨基斯丢斯；波利忒斯，首当其冲，
杀了厄基俄斯；卓越的阿格诺耳放倒了克洛尼俄斯。
帕里斯击中代俄科斯，在他从前排逃遁之际，
从后面打在肩座上，铜尖穿透了胸背。

　　他们动手抢剥铠甲；与此同时，阿开亚人
趺趺撞撞地挤塞在深沟的尖桩之间，
东奔西跑，惊恐万状，拥攘着退入墙垣。
其时，赫克托耳放开喉咙，对着特洛伊人叫喊：

“全力以赴，冲向海船，扔下这些带血的战礼！
要是让我发现有人畏缩不前，远离着海船，
我将就地把他处死，且不让他的亲人，
无论男女，火焚他的尸体，任由他
暴躺在我们城前，让饿狗把他撕裂！”

　　言罢，他手起一鞭，策马向前，张嘴
呼喊，响声传遍特洛伊人的队列，后者群起呼应，
狂蛮粗野，催赶拉着战车的驭马。
福伊波斯·阿波罗居前开路，
抬腿轻轻松松地踢塌深沟的
壁沿，垫平沟底，铺出一条通道，
既长且宽，横面约等于枪矛的一次投程，
投者挥手抛掷，试察自己的臂力。
队伍浩浩荡荡，潮水般涌来，由阿波罗率领，
握着那面了不得的埃吉斯，轻松扫平阿开亚人的
护墙。像个玩沙海边的小男孩，
聚沙成堆，以此雏儿勾当，聊以自娱，
然后手忙脚乱，破毁自垒的沙堆，仅此儿戏一场；
就像这样，你，射手福伊波斯，把阿耳吉维人的护墙，
辛劳和悲伤的结晶捣烂，把兵勇们赶得遑遑逃窜。
他们跑回船边，收住腿步，站稳脚跟，
相互间大声喊叫，人人扬起双手，
高声诵说，对所有的神明，而
格瑞尼亚的奈斯托耳，阿开亚人的监护，更是首当其冲，
举手过头，对着多星的天空，朗声做祷：
“还记得吗，父亲宙斯，我们中有人，在麦穗金黄的
阿耳戈斯，给你烧祭过牛羊的腿肉，多脂的肉片，
求盼能够重返家园，而你曾点头允诺。

记住这一切，俄林波斯神主，把我们救出这无情的一天！
不要让特洛伊人打趴阿开亚兵勇，像如此这般！”

　　老人诵毕，多谋善断的宙斯听到了
奈琉斯之子的声音，炸开一声动地的响雷。

　　然而，特洛伊人，耳闻带埃吉斯的宙斯甩出的炸雷，
振奋狂烈的战斗激情，更加凶猛地扑向阿耳吉维兵汉。
像汹涌的巨浪，翻腾在水势浩瀚的大洋，
受劲风的推送——此君极善兴波
作浪——冲打着海船的壳面，
特洛伊人高声呼喊，冲过护墙，
赶着马车，战斗在船尾的边沿。近战中，
特洛伊人投出双刃的枪矛，从驾乘的马车上，
阿开亚人则爬上乌黑的海船，居高临下，
投出海战用的长杆标枪，堆放在舱板上，
杆段相连，顶着青铜的矛尖。

　　阿开亚人和特洛伊人远离海船，在护墙边
拼死相搏，苦战良久，而在此期间，帕特罗克洛斯
一直坐在雍雅的欧鲁普洛斯的营棚，
用话语欢悦他的心胸，为他敷抹枪药，
在红肿的伤口，减缓黑沉沉的疼痛。
但是，当眼见特洛伊人已冲过护墙，
耳闻达奈人在溃逃中发出的喧叫，
帕特罗克洛斯哀声长叹，抡起手掌，
击打两边的股腿，痛苦地说道：
“欧鲁普洛斯，我不能再待留此地，
虽然你很需要——那边已爆发了一场恶战！

现在，让你的一位随从负责照料，而我将
即刻赶回营地，催劝阿基琉斯参战。兴许，
谁知道，凭借神的助佑，我或许可用恳切的规劝，
唤起他的激情；朋友的劝说自有它的功效。”

言罢，他抬腿上路。战地上，阿开亚人
仍在顽强抵御特洛伊人的进攻，但尽管后者
人少，他们却不能把敌人打离船队，
而特洛伊人亦没有足够的勇力，冲垮达奈人的
队伍，把他们逼回营棚和海船。
像一条紧绷的粉线，划过制作海船的木料，
捏在一位有经验的木匠手里，受雅典娜的
启示，工匠精熟本行的门道；
就像这样，拼战的双方势均力敌，进退相持。
其时，沿着海船，战勇们搏杀在不同的地段，
但赫克托耳却对着光荣的埃阿斯直冲，
为争夺一条海船，他俩拼命苦战，谁也不能如愿。
赫克托耳不能赶跑埃阿斯，然后放火烧船；
埃阿斯亦无法打退赫克托耳，因为对手凭仗着
神的催励。英武的埃阿斯出枪击倒卡勒托耳，
克鲁提俄斯之子，打在胸脯上，当他举着火把，扑向海船。
他挺身倒下，轰然一声，火把脱手落地。
赫克托耳，眼见堂兄弟倒身
泥尘，在乌黑的海船前，提高嗓门，
大声呼喊，对着特洛伊人和鲁基亚战勇：
“特洛伊人、鲁基亚人和达耳达尼亚人，近战杀敌的勇士们！
狭路相逢，你等不得后退半步；
救出克鲁提俄斯之子，不要让阿开亚人
抢剥他的铠甲，他已倒死在海船搁聚的滩头！”

言罢，他投出闪亮的枪矛，对着
埃阿斯，但枪尖偏离，击中马斯托耳之子鲁科弗荣，
埃阿斯的伴友，来自神圣的库塞拉——因在
家乡欠下一条人命——一直和他住在一起。
赫克托耳锋快的铜枪劈入头骨，耳朵上边，
其时他正站在埃阿斯身边。鲁科弗荣从船尾
倒下，四脚朝天，死亡酥软了他的肢腿。
埃阿斯见状，浑身颤嗦，对他的兄弟喊道：
“丢克罗斯，我的朋友，我们信赖的伙伴已被杀死，
马斯托耳之子，从库塞拉来找我们；在家里，
我们敬他像对亲爱的父母。现在，
心胸豪壮的赫克托耳杀了他。你的家伙呢，那见血
封喉的利箭，还有福伊波斯·阿波罗赐送的弓杆？”

听闻此番说告，丢克罗斯跑来站在他的身边，
手握回弹的弯弓和装着箭支的
长筒，动作极为迅捷，对着特洛伊人射出了飞箭。
首先，他射倒了克雷托斯，裴塞诺耳光荣的儿子，
潘苏斯之子、高贵的普鲁达马斯的驭手。
其时，克雷托斯正手握缰绳，忙着调驭战马，
赶向队群最多、人们惶乱奔跑的地方，
以博取赫克托耳和特洛伊人的欢心。然而，突至的死亡
夺走了他的生命，谁也救挡不得，虽然他们都很愿意——
致命的箭矢从后面扎进脖子；
他翻身倒出战车，驭马闪向一边，
空车响声嘎然。普鲁达马斯，驭马的
主人，即刻注意到这一切，第一个跑来，站挡在马头前。
他把驭马交给阿斯图努斯，普罗提昂的儿子，
严令他关注战斗的情势，将马车停勒在

战地的近旁，自己则返身前排首领的队列。

其时，丢克罗斯复又抽出一支利箭，对着头顶铜盔的
赫克托耳。倘若击中他，在他杀得正起劲的时候捅碎
他的心魂，丢克罗斯便能终止他的拼杀，在阿开亚人的船边；
然而，他躲不过宙斯的算计，后者正保护着
赫克托耳，不让忒拉蒙之子争得荣光。
在丢克罗斯开弓发箭之际，他扯断紧拧的弓弦，
在漂亮的弓杆上，带着铜镞的箭矢
斜飞出去，漫无目标，射弓脱手落地。
图丢斯之子见状，浑身颤嗦，对兄弟说道：
“真是背透了——瞧，神明阻挠我们战斗，粉碎了
我们的计划！他打落我的弓弩，扯断了
新近编拧的弦线，今晨方才安上
弓杆，以便承受连续绷放的羽箭。”

听罢这番话，忒拉蒙之子、高大的埃阿斯答道：
“算了，我的兄弟，放下你的弓弩和雨点般的
快箭，既然某位神明怨懑达奈人，意欲把他们搅乱。
去吧，去拿一支粗长的枪矛，背上一面盾牌，
逼近特洛伊兵勇，催赶你的部属向前。
不要让敌人，虽然他们已打乱我们的阵脚，轻易
夺获我们凳板坚固的海船。让我们欣享战斗的狂烈！”

他言罢，丢克罗斯将射弓放回营棚，
挎起一面战盾，厚厚的四层牛皮，
在硕大的脑袋上戴好制作精美的头盔，
顶着马鬃的盔冠，摇曳出镇人的威严。
然后，他抓起一杆粗重的枪矛，安着犀利的铜尖，

拔腿回程，一路快跑，赶至埃阿斯身边。

　　赫克托耳目睹丢克罗斯的箭矢歪飞斜舞，
提高嗓门，大声呼喊，对着特洛伊人和鲁基亚战勇：
“特洛伊人，鲁基亚人和达耳达尼亚人，近战杀敌的勇士们！
拿出男子汉的勇气，我的朋友们，鼓起狂烈的战斗激情，
冲杀在深旷的海船边！我已亲眼目睹，
宙斯歪阻了离弦的箭矢，出自他们中最好的弓手。
宙斯给凡人的助佑显而易见，
要么把胜利的光荣赠送一方，
要么削弱另一方的力量，不予保护，就像
现在这样，他削弱着阿耳吉维人的力量，为我们助佑。
勇敢战斗吧，一起拼杀在海船旁！若是有人
被死和命运俘获，被投来或捅来的枪矛击倒，
那就让他死去吧——为保卫故土捐躯，
他死得光荣！他的妻儿将因此得救，
他的家居和财产将不致毁于兵火，只要阿开亚人
乘坐海船，回返他们热爱的故土！”

　　一番话使大家鼓起了勇气，增添了力量。
在战场的另一边，埃阿斯亦在大声喊叫，对着他的伙伴：
“可耻，你们这些阿耳吉维人！眼下，成败在此一搏，
要么死去，要么存活，将毁灭打离我们的船舟！
你们想让头盔铚亮的赫克托耳夺走船艘，
然后踏着海浪，徒步走回故土？
没听见他正对着全体属下大喊大叫，怒不可遏，
打算烧毁我们的船舟？他不是
邀请他们去跳舞；他在命促他们杀屠！
现在，我们手头没有更好的出路，更好的办法，

只有鼓足勇气，和他们手对手地拼搏。
不是死，便是活，一战定下输赢——
这比我们目前的处境要好：被逼挤在凶险的战场上，
受辱于比我们低劣的战勇，一筹莫展地在船边困守！”

　　一番话使大家鼓起了勇气，增添了力量。
战地上，赫克托耳杀了裴里墨得斯之子斯凯底俄斯，
福基斯人的首领，而埃阿斯则杀了劳达马斯，
步卒的首领，安忒诺耳英武的儿子。
普鲁达马斯放倒了库勒奈人俄托斯，夫琉斯
之子墨格斯的伙伴，心胸豪壮的厄培亚人的
首领。墨格斯见状投出枪矛，但普鲁达马斯
弯身闪避，投枪不曾击中——阿波罗
不会让潘苏斯之子倒下，在前排的壮勇里。
但墨格斯的枪矛击中克罗伊斯摩斯的胸口，
后者随即倒地，轰然一声；墨格斯剥下铠甲，
从他的肩头。就在此刻，多洛普斯朝着墨格斯扑来，
多洛普斯，朗波斯之子，枪技精熟，劳墨冬的
孙子，朗波斯的儿子中最强健的一个，善打恶仗的壮勇。
他逼近出枪，捅在夫琉斯之子的盾心，
但却不能穿透胸甲，此甲坚固，
金属的块片紧密衔连，昔日夫琉斯把它
带回家里，从塞勒埃斯河畔的厄芙拉，
得之于一位友好的客主，民众的王者欧菲忒斯，
让他穿着这副胸甲，临阵出战，抵挡敌人的进攻。
现在，胸甲救了他的儿子，使他免于死亡。
然而，墨格斯出枪击中多洛普斯铜盔的
顶冠，厚厚的马鬃上，将冠饰的
鬃毛捣离头盔，打落在地，

躺倒泥尘，闪着簇新的紫蓝；
多洛普斯不为所动，坚持战斗，仍然怀抱获胜的希望。
其时，嗜战的墨奈劳斯赶来，站在墨格斯身边，
手握枪矛，从一个不为察觉的死角进逼，从后面甩手
出枪，击中多洛普斯的肩背；铜枪挟着狂烈，往里钻咬，
穿透了胸腔。多洛普斯轻摇身子，砰然倒地，头脸朝下。
他俩猛扑上前，抢剥铜甲，从他的肩上。
其时，赫克托耳开口发话，对着亲属们呼喊，
是的，对所有的亲属，但首先是对希开塔昂之子，
强健的墨拉尼波斯。他曾在裴耳科忒放牧腿步
蹒跚的肥牛，在很久以前，敌人仍在遥远的地方；
但是，当达奈人乘坐弯翘的海船抵岸后，
他回返伊利昂，成为特洛伊人中出类拔萃的壮勇，
和普里阿摩斯同住，后者爱他，像对自己的儿男。
但现在，赫克托耳对他出言训骂，叫着他的名字：
“墨拉尼波斯，难道我们就这样认输了不成？你的堂表
兄弟已被杀死，对此，你难道无动于衷？
你没看见，他们正忙着剥卸多洛普斯的铠甲？
来吧，跟我走！我们不能再呆留后面，远远地和
阿耳吉维人战斗。我们必须尽快杀敌，否则他们就会
彻底荡毁陡峭的伊利昂，杀尽我们的城民！”

　　言罢，他领头先行，后者随后跟进，一位神一样的凡人。
其时，忒拉蒙之子、高大的埃阿斯正催励着阿耳吉维人：
“拿出男子汉的勇气，我的朋友们！要知道廉耻，
畏惧伙伴们的耻笑，在这你死我活的拼搏中！
如果大家都能以此相诫，更多的人方能避死得生；但若
逃跑，那么一切都将抛空：我们的防御，我们所要的光荣！”

其时，阿开亚人心怀狂烈，准备杀退敌手，
牢记他的话语，围着船队搭连起一道
青铜的护防。然而，宙斯催使着特洛伊人向他们进扑。
其时，啸吼战场的墨奈劳斯对着安提洛科斯喊道：
“安提洛科斯，阿开亚人中你最年轻，
而且腿脚最快，作战最勇，
为何不猛冲上去，撂倒个把特洛伊人？”

言罢，他匆匆回返，鼓动起安提洛科斯前冲。
他跳出前排的队阵，目光四射，挥舞着
闪亮的枪矛；特洛伊人畏缩退却，
面对投枪的壮勇。他出枪中的，
击中希开塔昂之子，心志高昂的墨拉尼波斯，
打在胸脯上，奶头边，在他冲扑上来的时候。
他随即倒地，轰然一声，黑雾蒙住了他的双眸。
安提洛科斯跳将过去，像一条猎狗，扑向
受伤的小鹿，从窝巢里出来，
被猎人投枪击中，酥软了它肢腿里的力能。
就像这样，强悍的安提洛科斯向你扑击，墨拉尼波斯，
抢剥你的甲胄。但是，卓越的赫克托耳
目睹此景，跑过战斗的人群，扑向安提洛科斯，
而后者，虽然腿脚敏捷，却也抵挡不住他的进攻，
只有拔腿奔逃，像一头闯祸的野兽，
在咬死一条猎狗或一个牧牛人之后，
趁着人群尚未汇聚，对他围攻之前，撒腿逃脱。
就像这样，奈斯托耳之子急步逃离，而特洛伊人和赫克托耳
紧追不舍，发出粗野的嚎叫，投出悲吼的枪械洒泼。
他跑回自己的伴群，转过身子，站稳脚跟。

其时，特洛伊人蜂拥着冲向海船，宛如一头
吃人的狮子，试图实现宙斯的谕令，后者
一直在催发他们狂暴的勇力，挫阻阿耳吉维人的
力量，不让他们争得光荣，催励着特洛伊人向前。
宙斯的意愿，是把光荣送交普里阿摩斯之子
赫克托耳，让他把狂獗、暴虐的烈火投上
弯翘的海船，从而彻底兑现
塞提丝的祈愿。所以，多谋善断的宙斯等待着
火光照映在他的眼前，来自第一艘被烧的海船。
从那时起，他将让特洛伊人，迫于强有力的反击，
拥离海船，把光荣送交达奈军男。
带着这个意图，他催励普里阿摩斯之子
冲向深旷的海船，虽然赫克托耳自己已在狂烈地拼杀，
凶猛得就像挥舞枪矛的阿瑞斯，或像肆虐无情的山火，
烧腾在岭脊上，枝叶繁茂的森林里。
他唾沫横流，浓杂的眉毛下，
双眼炯炯生光，头盔摇摇晃晃，在太阳
穴上，发出可怕的声响——赫克托耳正在冲杀！
透亮的天宇上，宙斯亲自助佑，
成群的战勇里，大神只是垂青于他，
为他一人增彩添光，因为赫克托耳来日不多，
已经受到死的迫挤：帕拉丝·雅典娜
正把他推向末日，届时让他倒死在阿基琉斯手下。
但现在，他正试图击溃敌人的队伍，试探着进攻，
找那人数最多、壮勇们披挂最好的地段。
然而，尽管狂烈，他却无法打破敌阵；
他们站成严密的人墙，挡住他的进攻，像一峰
高耸的巉壁，挺立在灰蓝色的海边，
面对呼啸的劲风，兀起的狂飙，

面对翻腾的骇浪，拍岸的惊涛。
就像这样，达奈人死死顶住特洛伊人的进击，毫不退让。
其时，赫克托耳通身闪射出熠熠的火光，冲向人群密匝的
地方，猛扑上去，像飞起的长浪，击落在快船上，
由疾风推送，泻扫下云头，浪沫罩掩了
整个船面；凶险的旋风，挟着呼啸的
怒号，扫向桅杆，水手们吓得浑身发抖，心脏
怦怦乱跳；距离死亡，现在只有半步之遥。就像
这样，赫克托耳的进攻碎散了每一个阿开亚人的心房。
他攻势逼人，像一头凶狂的狮子，扑向牛群，
数百之众，牧食在一片洼地里，广袤的
草泽上，由一位缺乏经验的牧人看守，此人不知
如何驱赶一头咬杀弯角壮牛的
猛兽，只是一个劲地跟着最前或最后面的
畜牛奔跑，让那狮子从中段进扑，
生食一头，把牛群赶得撒腿惊跑。就像这样，在父亲
宙斯和赫克托耳面前，阿开亚人吓得不要命似的奔跑，
全军溃散，虽然赫克托耳只杀死一个，慕凯奈的裴里菲忒斯。
科普柔斯心爱的儿子——科普柔斯曾多次替
欧鲁修斯送信，捎给强有力的赫拉克勒斯。
这位懦劣的父亲，却生了一个好儿子，一个在一切方面
都很出色的人杰，无论是奔跑的速度，还是战场上的表现；
就智力而言，慕凯奈地方无人可以比及。
然而，所有这一切现在都在为赫克托耳增添荣光。
其时，裴里菲忒斯掉转身子，准备回撤，却被自己携带的
盾牌，被它的外沿绊倒，此盾长及脚面，为他挡避枪矛。
他受绊盾沿，背贴泥尘，帽盔紧压着头穴，
随着身子的倒地，发出可怕的震响。
赫克托耳看得真切，跑上前去，站在他的身边，

一枪扎进胸膛，当即把他杀死，在他
亲爱的朋友们眼前，后者尽管伤心，却一无所为，
帮助倒地的伙伴——他们自己也惧怕卓越的赫克托耳。

现在，阿开亚人已退至他们最先拖上海岸的
木船间，船头船尾的边沿。特洛伊人蜂拥
进逼，阿开亚人迫于强力，从第一排船边
回撤，但在营棚一线站住脚跟，
收拢队伍，不再散跑在营区内。耻辱和恐惧
揪住了他们的心。他们不停地互相嘶喊，而
奈斯托耳，阿开亚人的监护，更是首当其冲，
苦苦地求告每一个人，要他们看在各自双亲的脸面：
“拿出男子汉的勇气，我的朋友们！要知道廉耻，
顾及自己的尊严，在伙伴们面前！要记住，你们每一个
人，记住你的孩子和妻房，你的财产和双亲，
不管你的父母是否还活在人间。现在，
我要苦苦地恳求你们，为了那些不在这里的人们，
英勇顽强，顶住敌人的进攻，不要惊慌失措，遑遑逃难！”

一番话使大家鼓起了勇气，增添了力量。
其时，从他们眼前，雅典娜清除了弥漫的
雾障，神为的黑夜；强烈的光亮照射进来，从两个方向，
从他们的海船边和激烈搏杀的战场。
现在，他们可以看见啸吼战场的赫克托耳，看见他的
部属，有的待在后面，不曾投入战斗，
还有的正效命战场，拼杀在迅捷的海船旁。

其时，心志豪莽的埃阿斯走出人群——他岂肯继续
忍受殿后的烦躁，在这其他阿开亚人的儿子们回撤的地方？

他跨出大步，梭行在海船的舱板上，
挥舞着一条海战用的修长的标枪，
杆段用夹钳衔接，二十二个肘尺的总长。
像一位马术高明的骑手，从
马群里挑出四匹良驹，轭连起来，
冲向平野，沿着车路，朝着一座宏伟的城堡
飞跑；众人夹道观望，惊赞不已，
有男人，亦有女子；他腿脚稳健，不带偏滑，
在奔马上一匹挨着一匹地跳跃——就像这样，
埃阿斯穿行在快船上，大步跨跃，一条
紧接着一条，发出狂蛮的嚎叫，冲指透亮的天空，
一声声粗野的咆哮，催励着达奈兵勇，
保卫自己的营棚和海船。与此同时，赫克托耳
也同样不愿待在后头，待在大群身披重甲的特洛伊人中。
他冲将出去，像一只黄褐色的鹰鸟，扑向
别的飞禽，后者正啄食河边，成群结队——
野鹅、鹳鹤或脖子修长的天鹅。
就像这样，赫克托耳一个劲地猛冲，扑向一条海船，
翘着黑红色的船头；在他身后，宙斯挥起巨手，
奋力推送，同时催励着他身边的战勇。

　　海船边，双方展开了一场殊死的拼搏。
他们打得如此狂烈，你或许以为两军
甫使开战，不疲不倦，无伤无痕。
此时此刻，兵勇们在想些什么？阿开亚人
以为，他们无法逃避灾难，必死无疑；而
特洛伊人则怀抱希望，个个如此，
以为能放火烧船，杀死阿开亚战勇。
带着此般思绪，两军对阵，厮杀劈砍。

赫克托耳一把抓住船尾，外形美观、迅捷、
破浪远洋的海船，曾把普罗忒西劳斯
载到此地，但却没有把他送还故乡。
其时，围绕着他的海船，阿开亚人和特洛伊人
展开了激战，你杀我砍；双方已不满足于
远距离的投射，动用弓箭和枪矛，
而是面对面地近战，狂烈地厮杀，
用战斧和锋快的短柄小斧挥砍，用沉重的
利剑和双刃的枪矛劈杀，地上掉满了
铜剑，铸工精皇，握柄粗重，绑条漆黑，
有的落自手中，有的掉自战斗中
勇士的肩膀；地面上黑血涌注。
赫克托耳把住已经到手的船尾，
紧紧抱住尾柱，死死不放，对特洛伊人喊道：
“拿火来！全军一致，喊出战斗的呼叫！
现在，宙斯给了我这一天，足以弥补所有的一切：
今天，我们要夺下这些海船；它们来到这里，违背神的意愿，
给我们带来经年的痛苦——都怪他们胆小，那些年老的议事：
每当我试图战斗在敌人的船尾边，他们就
出面劝阻，阻止我们军队的进击。
然而，尽管沉雷远播的宙斯曾经愚钝过我们的心智，
今天，他却亲自出马，鼓舞我们的斗志，催励我们向前！”

　　他言罢，兵勇们加剧了对阿开亚人的攻势，打得更加
顽强。面对纷至沓来的投械，埃阿斯已无法稳站船面，
只得略作退让，以为死难临头，
撤离线条匀称的海船的舱板，退至中部七尺高的
船桥，站稳脚跟，持枪以待，挑落每一个
试图烧船的特洛伊战勇，连同他的熊熊燃烧的火把，

不停地发出粗野可怕的吼叫，催励着达奈人：
“哦，朋友们！达奈勇士们！阿瑞斯的随从！
拿出男子汉的勇气，我的朋友们，鼓起狂烈的战斗激情！
你们以为，后边还有等着支援我们的预备队吗？
我们还有一堵更坚实的护墙，可为我们消灾避难吗？
不！我们周围没有带塔楼的城堡，得以
退守防卫和驻存防御的力量。
我们置身在身披重甲的特洛伊人的平原，
背靠大海，远离我们的家乡。所以，
救助的光线是我们强壮的手臂，松懈拖怠意味着死亡！”

　　他一边喊叫，一边不停地出枪，凶猛异常。
只要有特洛伊人冲向深旷的海船，
举着燃烧的火把，试图让赫克托耳欣欢，
埃阿斯总是站等在船上，捅之以长杆的枪矛，
近战中，他刺伤了十二个，在搁岸的海船旁。

# 第十六卷

就这样，他们奋战在那条凳板坚固的海船旁。
与此同时，帕特罗克洛斯回到兵士的牧者阿基琉斯
身边，站着，热泪涌注，像一股幽黑的溪泉，
顺着不可爬攀的绝壁，泻淌着暗淡的水流。
看着此般情景，捷足的勇士、卓越的阿基琉斯心生怜悯，
开口说道，用长了翅膀的话语：
“帕特罗克洛斯，为何哭泣，像个可怜的小姑娘，
跑在母亲后面，哭求着要她提抱，
抓住她的裙衫，将那急于前行的娘亲往后拽拉，
睁着泪眼，望着她的脸面，直到后者将她抱起一样？
你就像这么个小姑娘，帕特罗克洛斯，淌着滚圆的泪珠。
有什么消息吗？想要告诉慕耳弥冬人，还是打算对我诉说？
是不是，仅你一人，接到了来自弗西亚的消息？
然而，他们告诉我，阿克托耳之子墨诺伊提俄斯仍然健在，
埃阿科斯之子裴琉斯依然生活在慕耳弥冬人中。
倘若他俩亡故，我们确有悲悼的理由。也许，
你在为阿耳吉维人恸哭，不忍心看着他们
倒死在深旷的海船旁——由于他们的狂傲？
告诉我，不要把事情埋在心里，让你我都知道。”

其时，你，车手帕特罗克洛斯，发出凄楚的哀号，答道：
“哦，阿基琉斯，裴琉斯之子，阿开亚人中首屈一指的英雄，

不要发怒。知道吗，巨大的悲痛已降临阿开亚人！
他们中以前作战最勇敢的人，现在
都已卧躺船边，带着箭伤或枪痕。
图丢斯之子、强健的狄俄墨得斯已被箭枝射伤，
奥德修斯则身带枪痕，著名的枪手阿伽门农亦然；
欧鲁普洛斯伤在大腿，受之于一枚箭矢，
熟知药性的医者们正忙着为他们
治伤去痛。但是你，阿基琉斯，却谁也劝慰不了！
但愿盛怒，如你所发的这场暴怒，不要揪揉我的心房！
你的勇气，该受诅咒的粗莽！后代的子孙能从你这儿得到
什么好处，倘若你不为阿耳吉维人挡开可耻的死亡？
你没有半点怜悯之心！车战者裴琉斯不是你的父亲，
塞提丝也不是你的母亲，灰蓝色的大海生养了你，
还有那高耸的岩壁——你，何时才能回心转意？
但是，倘若你心知的某个预言拉了你的后腿，
倘若你那尊贵的母亲已告诉你某则得之于宙斯的信息，
那你至少也得派我出战，带领其他慕耳弥冬人；
或许，我能给达奈人带去一线胜利的曙光。
让我肩披你的铠甲，投入战斗，这样，
特洛伊人或许会把我误当是你，停止进攻的步伐，
使苦战中的阿开亚人的儿子们得获一次喘息的机会，
他们已筋疲力尽。战场上，喘息的时间总是那么短暂。
我们这支息养多时的精兵，面对久战衰惫的敌人，可以
一鼓作气，把他们赶回特洛伊，远离我们的营棚和海船！”

　　帕特罗克洛斯一番恳求，愚蠢的人啊，不知
他所祈求的正是自己的死亡和悲惨的终结。
其时，怀着满腔怒火，捷足的阿基琉斯答道：
“不，卓越的帕特罗克洛斯，你都说了些什么？

预言？我什么也不知道，什么也不在乎。
我那尊贵的母亲并没有从宙斯那儿给我带来信息，
倒是此事深深地伤痛了我的心魂：
有人试图羞辱一个和他一样高贵的壮勇，
凭借自己的权威，夺走别人的战获。
此事令我痛心疾首，使我蒙受了屈辱。
阿开亚人的儿子们挑出那位姑娘，作为我的战礼——我曾
攻破壁垒坚固的城堡，用手中的枪矛，掠得这位女子。
但是，阿特柔斯之子，强有力的阿伽门农，从我
手中夺走了她，仿佛我是个受人鄙弃的流浪汉。
算了，过去的事就让它过去吧，我也不会
永远盛怒不息。但是，我已说过，
我不会平息心中的愤怒，直到
嚣声和战火腾起在我的船边。
去吧，披上我那副璀璨的铠甲，在你的肩头，
率领嗜喜搏杀的慕耳弥冬人赴战疆场，
倘若特洛伊人的乌云确已罩住海船，
黑沉沉的一片，而另一边的战勇，那是阿耳吉维人，
已被逼挤到狭长的滩头，背靠着
海滩。全城的特洛伊人都在向他们压去，
勇猛顽强，只因他们没有见着我的战盔，让
他们头昏眼花！如果强有力的阿伽门农能够
善待于我，他们顷刻之间就会拔腿窜逃，尸体塞住平原
上的水道！现在，阿耳吉维人已退战到自己的营区旁。
枪矛已不再横飞在图丢斯之子
狄俄墨得斯手中，为达奈人挡避死亡。
我也不曾听见阿特柔斯之子的呼喊，出自
那颗让人厌恨的头颅，只有杀人狂赫克托耳
对特洛伊人的嘶叫，响彻在我的耳旁。他们发出狂蛮的

呼吼，占据着整个平原，击垮了阿开亚兵壮。然而，
即便如此，帕特罗克洛斯，你要解除船边的危难，
全力以赴，勇猛出击，不要让他们抛出烈焰熊熊的火把，
烧毁我们的海船，夺走我们回家的企望。
但是，你要记住我的命嘱，要切记不忘，
如此方能为我争得巨大的尊誉和荣光，在
所有达奈人面前，使他们送回我那位
漂亮的姑娘，辅之以闪光的报偿。
一旦把特洛伊人从船边打跑，你要马上回返；尽管
赫拉的炸响雷的夫婿可能会让你争得荣光，
你不能，在没有我的情况下，留恋和特洛伊人的拼斗，
这帮嗜战如命的家伙——你会削减我的荣誉，倘若这样。
你不能沉湎于血战引发的激狂，放手
痛杀特洛伊人，领着兵勇们冲向伊利昂。
小心啊，俄林波斯上的某位不死的神明
可能会下山干预。远射手阿波罗打心眼里钟爱着
特洛伊兵壮。记住，要马上回返，一旦给海船送去
得救的曙光。让其他人继续打下去吧，在那平展的旷野上！
哦，父亲宙斯，雅典娜，阿波罗！但愿
特洛伊人全都死个精光，阿耳吉维人中谁也
不得生还，只有你我走出屠杀的疆场——是的，
只有你我二人，砸碎他们神圣的楼冠，在特洛伊城防！”

　　就这样，他俩你来我往，一番说讲；
与此同时，面对纷至沓来的投械，埃阿斯已无法稳站舱板。
宙斯的意志，还有高傲的特洛伊人和他们的枪矛，
逼得他步步回跑。太阳穴上，那顶闪亮的头盔，
在雨点般的重击下发出可怕的声响——制铸坚固的
颊片不时遭到枪械的击打；左肩已疲乏无力，由于一直扛着

那面硕大、滑亮的盾牌，无有片刻息缓。然而，尽管对他投出
纷飞的枪械，他们却不能把盾牌打离他的胸前。
他呼息困难、粗急，汗如雨下，
顺着四肢流淌。这里，没有他息脚
喘气的地方，到处是险情，到处潜伏着危机和灾亡。

告诉我，家居俄林波斯的缪斯，
告诉我第一个火把点燃阿开亚海船的景况！

赫克托耳站离在埃阿斯近旁，挥起粗重的利剑，
猛砍安着梣木杆的枪矛，劈中杆头的插端，
齐刷刷地撸去枪尖——忒拉蒙之子埃阿斯
挥舞着秃头的枪杆，青铜的枪尖嘣响在
老远的泥地上。埃阿斯浑身颤嗦，
知晓此事的因由，在那颗高贵的心里：
此乃神的作为，雷鸣高空的宙斯挫毁了
他的作战意图，决意让特洛伊人赢得荣光。
他退出阵地，跑出枪械的投程。特洛伊人抛出熊熊燃烧的
火把，顷刻间快船上烈焰腾腾，凶蛮虐狂。
就这样，大火吞噬着船尾。其时，阿基琉斯抡起巴掌，
击打两边的腿股，对着帕特罗克洛斯喊道：
“赶快行动，高贵的帕特罗克洛斯，出色的车手！
我已望见凶莽的火焰腾起在海船上；
决不能让他们毁了木船，断了我们的退路！
快去，穿上我的铠甲；我这就行动，召聚我们的兵壮！”

帕特罗克洛斯闻讯披挂，浑身闪烁着青铜的光芒。
首先，他用胫甲裹住小腿，
精美的制品，带着银质的踝扣，

随之系上胸甲，掩起胸背——
捷足的阿基琉斯的护甲，甲上繁星闪烁，精工铸打，
然后挎上柄嵌银钉的劈剑，
青铜铸就，背起盾牌，盾面巨大、沉重。
其后，他把做工精致的头盔扣上壮实的头颅，
连同马鬃做就的顶冠，摇曳出镇人的威严。
最后，他操起两条抓握顺手、沉甸甸的投枪。
诸般甲械中，他只是撇下了骁勇的阿基琉斯的枪矛，
那玩艺硕大、粗长、沉重，阿开亚人中谁也
提拿不起，只有阿基琉斯可以得心应手地使用。
这条裴利昂梣木杆枪矛，是开荣送给他父亲的赠礼，
取材裴利昂的峰巅，作为克杀英雄的利器。
帕特罗克洛斯命嘱奥托墨冬赶快套车，
除了横扫千军的阿基琉斯，这是他最尊爱的朋友，
激战中比谁都坚强，有令必行。
奥托墨冬把迅捷的快马牵到轭下，
珊索斯和巴利俄斯，可与疾风赛跑的良驹，
蹄腿风快的波达耳格的腹孕，得之于西风的吹拂——
其时，她正牧食在草泽上，俄开阿诺斯的激流边。
他让追风的裴达索斯拉起边套，
阿基琉斯的骏马，攻破厄提昂的城后劫获的战礼。
此马，尽管一介凡胎，却奔跑在神马的边旁。

与此同时，阿基琉斯来到慕耳弥冬人的营地，
让他们全副武装，沿着营棚排列。
像一群生吞活剥的恶狼，胸中腾溢着永不消偃的狂烈，
在山野上扑倒一头硕大的长角公鹿，争抢
撕食，颌下滴淌着殷红的鲜血，
成群结队地跑去，啜饮在一条昏黑的溪泉，

伸出溜尖的狼舌，舐碰着黑水的表层，
翻嗝着带血的肉块，心中仍然念念不忘
捕食的贪婪，虽然已吃得肚饱腰圆；
就像这样，慕耳弥冬人的首领和军头们
拥聚在捷足的阿基琉斯的助手、勇敢的帕特罗克洛斯
身旁。嗜战的阿基琉斯挺立在人群之中，
催励着随同车马和肩背盾牌的军男。

　　宙斯钟爱的阿基琉斯，带着他的人马
来到特洛伊，分乘五十条战船，每船
五十名伙伴，荡摇船桨的兵员。
他任命了五位头领，各带一支分队，
而他自己，以他的强健，则是全军的统帅。
率领第一支分队的是胸甲闪亮的墨奈西俄斯，
斯裴耳开俄斯河的儿子，翻涌着宙斯倾注的水浪，
裴琉斯的女儿、美丽的波鲁多拉把他生给了
奔腾不息的斯裴耳开俄斯，凡女和神河欢爱的结晶。
但在名义上，他是裴里厄瑞斯之子波罗斯之子；波罗斯
已婚娶波鲁多拉，给了难以计数的聘礼。
嗜战的欧多罗斯率领另一支分队，出自一位未婚
少女的肚腹，舞姿翩翩的波鲁墨莱，
夫拉斯的女儿。强有力的阿耳吉丰忒斯
爱她貌美——舞女中，神的眼睛盯上了她的丰韵，
她们正唱颂发放金箭的[1]阿耳忒弥丝，呼喊猎捕的神明。
医者赫耳墨斯即刻走上她的睡房，
秘密地和她共寝，后者为他生下一子，英武的
欧多罗斯，腿脚快捷，作战骁勇。

---

① 发放金箭的：阿耳忒弥丝的饰词，亦可作“操用金线杆的”解。

然而，当分娩女神埃蕾苏娅把小生命
带入白昼，孩子睁眼看到太阳的光芒，
阿克托耳之子，坚实、强壮的厄开克勒斯
把姑娘带到自己家中，给了无数的财礼。
年迈的夫拉斯抚养着男孩，关怀
备至，疼爱得像是对自己的儿子。
第三支分队的首领是嗜战的裴桑得罗斯，
迈马洛斯之子，极善枪战，慕耳弥冬人中，
除了裴琉斯之子的助手外，无人可及。
第四支分队由年迈的车战者福伊尼克斯率领；
阿尔基墨冬，莱耳开斯豪勇的儿子，带领第五支分队。
阿基琉斯把队伍集合完毕，齐刷刷地站候在
头领们身边，对他们发出严厉的训令：
“还记得吧，我说慕耳弥冬人，在快捷的海船边，
在我怒满胸膛的日子里，你们对特洛伊人
发出的威胁。你们牢骚满腹，开口抱怨：
‘裴琉斯残忍的儿子，你的母亲用胆汁养大了你！你没有
怜悯之心，把伙伴们困留在海船边，违背他们的心意！
真不如让我们返航回家，乘坐破浪远洋的海船，
既然该死的暴怒已经缠住了你的心灵。’
你们常常议论我的不是，窃窃私语，三五成群。
现在，眼前摆着你们盼望已久的战斗，一场酷莽的杀拼。
使出你们的勇力，接战特洛伊军兵！”

　　一番话使大家鼓起了勇气，增添了力量。
听罢王者的将令，各支分队靠得更加紧密，
像泥水匠垒筑高耸的房居，它的壁墙，
石头一块紧挨着一块，挡御疾风的吹刮。
就像这样，战场上头盔和突鼓的战盾连成一片，

圆盾交叠，铜盔磕碰，人群熙攘。
随着人头的攒动，闪亮的盔面上，贴着硬角，
马鬃的盔冠抵擦碰撞；队伍站得严实，密密匝匝。
帕特罗克洛斯和奥托墨冬狂烈，全副武装，
同仇敌忾，站在队伍的前列，
率领慕耳弥冬人接战。其时，阿基琉斯
走进自己的营棚，打开一只漂亮、精工
制作的箱子的顶盖，银脚的塞提丝把它
放在海船里，运到此间，满装着衫衣、
挡御风寒的披裹和厚实的毛毯。
箱子里躺着一只精美的酒杯，其他人谁也
不得用它啜饮闪亮的醇酒，阿基琉斯自己亦不
用它祭祀别的神明，只有父亲宙斯独享这份荣誉。
他取出酒杯，先用硫磺净涤，
然后用清亮的溪水漂洗，
净毕双手，把闪亮的酒浆注入盅杯，
站在庭院中间，对神祈祷，洒出醇酒，
仰望青天；喜好炸雷的宙斯听见了他的祈愿：
“王者宙斯，裴拉斯吉亚的宙斯，多多那的主宰，住在遥远
的地方，俯视着寒冷的多多那；你的祭司生活在你的
身边，那些睡躺在地上、不洗脚的塞洛伊，
如果说你上回听了我的祈祷，
给了我光荣，重创了阿开亚军队，
那么，今天，求你再次兑现我的求愿。
现在，我自己仍然待留在海船搁聚的滩沿，
但已命遣我的伙伴参战，带着众多的慕耳弥冬
兵勇。沉雷远播的宙斯，求你让他得到荣光！
让他的胸中充满勇气；这样，就连赫克托耳亦会
知晓，帕特罗克洛斯是否具有独自拼战的

能耐——还是只有当我亦现身浴血的
战场，他的臂膀才能发挥无坚不摧的战力。
但是，当他一经打退船边喧嚣的攻势，
就让他安然无恙地回到迅捷的海船边，
连同我的铠甲，以及和他并肩战斗的伙伴。”

他如此一番祈祷，精谋善略的宙斯听到了他的声音。
天父允诺了他的一项祈求，但同时否定了另一项，
他答应让帕特罗克洛斯打退船边的
攻势，但拒绝让他活着回返。
阿基琉斯洒过奠酒，作罢祷告，
回身营棚，将酒杯放入箱子，复出
站在门前，仍在急切地盼想，想盼着
眺望阿开亚人和特洛伊人拼死的苦战。

其时，身披铠甲的军勇们和心志豪莽的帕特罗克洛斯
一起前进，精神抖擞，成群结队地
扑向特洛伊人，像路边的蜂群，
忍受着男孩们经常性的挑逗，
日复一日地惹扰，在路旁的蜂窝边——
真是一帮傻孩子！他们给许多人招来了麻烦。
倘若行人经过路边的窝巢，
无意中激扰了蜂群，它们就勃然大怒，
倾巢出动，各显身手，为保卫自己的后代拼战。
就像这样，慕耳弥冬人群情激奋，怒满胸膛，
从船边蜂拥而出，喊出经久不息的杀声。
帕特罗克洛斯放开嗓门，大声呼叫，对着他的兵朋：
“慕耳弥冬人，裴琉斯之子阿基琉斯的伙伴们！
拿出男子汉的勇气，我的朋友们，鼓起狂烈的战斗激情！

我们必须为裴琉斯之子争得光荣；海船边，他是阿耳吉维人中
最善战的壮勇——我们是他的部属，跟随他近战拼杀的战友！
这样，阿特柔斯之子，统治辽阔疆域的阿伽门农才会
认识到自己的骄狂，知道屈辱了阿开亚全军最出色的英雄！”

　　一番话使大家鼓起了勇气，增添了力量。
他们成群结队地扑向特洛伊人，身边的
船艘回扬出巨大的轰响，荡送出阿开亚人的呼吼。
看到墨诺伊提俄斯强有力的儿子，目睹
他和他的驭手，身披光彩夺目的铠甲，特洛伊人
个个心惊胆战，队伍即刻瓦解，
以为海船边，捷足的阿基琉斯
已抛却愤怒，选择了友谊，
每个人都在东张西望，寻觅逃避惨死的生路。

　　帕特罗克洛斯第一个投出闪亮的枪矛，直扑
敌阵的中路，大群慌乱的兵勇，麇集最密的去处，
拥塞在心胸豪壮的普罗忒西劳斯的船尾边，
击中普莱克墨斯，派俄尼亚车战者的首领，
来自阿慕冬，栖伴阿克西俄斯河宽阔的水流。
他右肩中枪，仰面倒地，吟叫在
泥尘里；他的派俄尼亚伴友四散
奔逃——帕特罗克洛斯放倒了他们的头领，
他们中作战最勇敢的人，把他们吓得魂飞胆裂。
他把敌人赶离海船，扑灭熊熊燃烧的大火，
那船已被烧得半焦不黑，被撇留海滩。特洛伊人
四散奔逃，发出歇斯底里的喊叫；达奈人
群起进攻，杀回深旷的海船；喧嚣之声蜂起，经久不息。
宛如汇聚闪电的宙斯拨开大山之巅、

峰顶之上的一片浓厚的云层，透亮的大气，
其量不可穷限，从高空泼泻，使高挺的山峰、
突兀的崖壁和幽深的沟壑全都显现在白炽的光亮里。
就像这样，达奈人将横蔓的烈火扑离海船，
略微舒松了片刻，但战斗没有停息。
尽管受到嗜战的阿开亚人的进攻，特洛伊人
并未掉过头去，死命跑离乌黑的海船；他们在强力的
逼挤下放弃船边的战斗，但仍在苦苦支撑，奋力抗击。

　　战场上混乱不堪，首领之间
人杀人砍。墨诺伊提俄斯强壮的儿子首先
投枪，击中阿雷鲁科斯的腿股，在他
转身之际，犀利的铜枪穿透肉层，
砸碎了腿骨；后者头脸扑地，嘴啃
泥尘。与此同时，嗜战的墨奈劳斯出枪索阿斯，
捅在胸胁上，战盾不及遮掩的部位，酥软了他的肢腿。
眼见安菲克洛斯跑上前来，夫琉斯之子墨格斯
先发制人，出枪扎在体腿相连的地方，人体上
肌肉最结实的部位，枪尖挑断
筋腱，浓黑的迷雾蒙住了他的双眼。
至于奈斯托耳的儿子们，安提洛科斯刺中阿屯尼俄斯，
用锋快的枪矛，铜尖扎穿胁腹，后者
随即扑倒，头脸朝下。其时，马里斯手握枪矛，大步
进逼，对着安提洛科斯，兄弟的遭遇使他怒满胸膛，
站护在尸体前面，但神一样的斯拉苏墨得斯
手脚迅捷，先他出枪，正中目标，捅入
肩膀，枪尖切碎臂膀的根部，
撕裂肌肉，将骨头彻底截断。
他随即倒地，轰然一声，黑暗蒙住了他的双眼。

就这样，兄弟俩倒死在另外两个兄弟手下，
掉入乌黑的去处，作为萨耳裴冬高贵的伴友，
阿米索达罗斯手握枪矛的儿子，阿米索达罗斯，养育过
狂暴的基迈拉，断送过众多的人命。
埃阿斯，俄伊琉斯之子，阔步猛冲，生擒
克勒俄布洛斯，当他在慌乱的人群里混杂，
抹了他的脖子，用带柄的利剑，
热血烫红了整条剑刃，殷红的死亡
和强有力的命运合上了他的眼睛。
其时，裴奈琉斯和鲁孔迎面扑进——已互相
投过一支枪矛，全都偏离目标——所以
现时绞杀在一起，挥舞着铜剑。鲁孔
起剑砍中头盔，插缀着马鬃盔冠的脊角，剑刃震得
四分五裂，断在手柄以下。裴奈琉斯挥剑砍入
耳朵下面的脖子，铜剑切扎至深，剑出之处仅剩一点
粘挂的表皮，对手的脑袋耷拉在一边，四肢酥软。
墨里俄奈斯腿脚轻快，赶上阿卡马斯，
出枪捅在右肩上，在他从马后上车之际，
后者翻身落地，黑暗蒙住了他的双眼。
伊多墨纽斯出手刺中厄鲁马斯，无情的铜枪插入
他的嘴里，铜尖捅扎进去，
从脑下往上穿挤，捣碎白骨，
打落牙齿，后者双眼溢血，
大口地喘着粗气，嘴和鼻孔
喷出血流，死的黑雾裹起了他的躯体。

就这样，这些达奈人的首领杀死了各自的对手，
像狼群扑杀在羔羊或小山羊中间，气势汹汹，
在羊群中咬住它们，趁着牧羊人粗心大意，

将羊群散放在山坡之际；饿狼抓住空子，
猛扑上前，叼起小羊，后者绝无半点反抗之力。
就像这样，达奈人冲杀在特洛伊人中间，后者心中
充满恐惧，抛却了奋勇进击的狂烈。

　　然而，高大魁伟的埃阿斯总在试图枪击
头顶铜盔的赫克托耳，但后者凭着丰富的战斗经验，
把宽阔的肩膀缩掩在牛皮战盾的后面，睁大
眼睛，盯视着呼啸的飞箭和轰鸣而至的枪矛。
他清楚地知道，战局已发生了不利的变化，但
尽管如此，他仍然毫不退让，保护他倔犟的伙伴。

　　像宙斯卷来风暴，耸托起一片乌云，从俄林波斯
山上升腾而起，飘出透亮的气空，逼向天际，
海船边喧声四起，特洛伊人惊慌失措，
溃不成军。其时，捷蹄的快马拉着全副武装的
赫克托耳回跑，撇下特洛伊兵众，
由他们违心背意，陷滞在宽深的壕沟里。
深壁间，一对对拖拉战车的快马，
挣断车杆的终端，丢弃主人的车辆。其时，
帕特罗克洛斯朝着他们冲去，对达奈人发出严厉的吼叫，
一心想着屠杀特洛伊兵壮，后者高声惊呼，
堵塞了每一条退路，队伍早已乱作一团。坚蹄的骏马
挣扎着撒开四蹄，跑离海船和营棚，夺路回城，
蹄腿踢起纷飞的灰末，扶摇着汇入云层。
其时，只要看见大片慌乱的人群，帕特罗克洛斯就
策马向前，高声呼喊；战勇们一个接一个地倒出马车，
头面磕地，落在车轴下——战车压过身躯，疾驰而去。
面对壕沟，帕特罗克洛斯的驭马一跃而过，这对迅捷、

得享永年的灵驹，乃神祇送给裴琉斯的一份光灿灿的礼物，
此时奋蹄向前；帕特罗克洛斯的狂怒驱使他扑向赫克托耳，
急于给他一枪，但后者的快马把他拉出了射程。
恰如在一个昏暗的秋日，狂风吹扫着
乌黑的大地，宙斯降下滂沱的暴雨，来势凶猛，
痛恨凡人的作为，使他勃然震怒，
在喧嚷的集会上，他们作出歪逆的决断，
抛弃公正，全然不忌神的惩治，所以
在他们生活的地域，所有的河床洪水泛滥，
谷地里激流汹涌，冲荡着一道道山坡，
水势滔滔，发出震天的巨响，奔出山林，直扫而下，
泻入灰蒙蒙的大海，劫毁农人精耕的田园。
就像这样，特洛伊人的驭马撒蹄惊跑，呼呼隆隆。

　　其时，帕特罗克洛斯，在打烂了前面的队伍后，
转过身子，将敌人逼向海船，不让逃向城内，
虽然他们挣扎着试图如愿。他冲杀
在海船、河流和高墙之间，
杀敌甚众，为死难的伙伴讨还血债。
闪亮的枪矛下，普罗努斯第一个送命，
扎在胸胁上，不被战盾遮掩的部位，酥软了他的肢腿。
他随即倒地，轰然一声。接着，帕特罗克洛斯扑向
塞斯托耳，厄诺普斯之子，缩蜷在滑亮的
战车里，吓得不知所措，松手脱落
缰绳——帕特罗克洛斯逼近出枪，捅入
下颌的右边，穿过上下齿之间的空隙。接着，他用
枪矛把塞斯托耳挑勾起来，提过马车的边杆，像一个渔人，
坐在突兀的岩壁上，用渔线和闪亮的
铜钩，从水里钓起一条海鲜；就像这样，

帕特罗克洛斯把他——大张着嘴，衔着闪亮的枪尖——拉出
战车，扔甩出去，嘴脸朝下，扑倒在地，命息离他而去。
接着，他又出手厄鲁劳斯，在他前冲之际，用一块巨石，
捣在脑门正中，把头颅砸成两半，
在粗重的盔盖里；后者头脸朝下，扑进
泥尘，破毁勇力的死亡蒙罩起他的躯身。
其后，他又杀了厄鲁马斯、安福忒罗斯和厄帕尔忒斯，
达马斯托耳之子特勒波勒摩斯、厄基俄斯和普里斯，
伊菲乌斯和欧伊波斯，以及阿耳格阿斯之子波鲁墨洛斯，
一个接着一个，全都挺尸在丰腴的土地上。

　　其时，萨耳裴冬，眼看着他的不系腰带的伙伴们
倒死在墨诺伊提俄斯之子帕特罗克洛斯手下，
放声呵责，对着神一样的鲁基亚军兵：“可耻啊，
你们这些鲁基亚人；往哪里奔跑？还不奋起反击！
我，是的，我将面对面地会会这个人，看看他
到底是谁，那个强壮的汉子，已给我们带来
深重的灾难，折断了许多骠勇壮汉的膝腿。”

　　言罢，他跳下战车，双脚着地，全副武装；
对面的帕特罗克洛斯见状，也马上
跳离战车。像两只硬爪曲卷、尖嘴弯勾的秃鹫，
搏战在一块高耸的岩面上，发出一声声尖叫，
两位壮士面对面地冲扑，高声呼吼。
望着此般情景，工于心计的克罗诺斯的儿子
心生怜悯，对赫拉、他的妻子和姐妹说道：
“痛心呢！萨耳裴冬，世间我最钟爱的凡人，注定将
倒死在墨诺伊提俄斯之子帕特罗克洛斯手中！
我斟酌思考，在我的心间掂量着两种选择：

是把他抢出充满痛苦的战斗，
活着送回富足的国度鲁基亚，还是
把他击倒，生命在墨诺伊提俄斯之子的手下断送。”

听罢这番话，牛眼睛天后赫拉答道：
“克罗诺斯最可怕的儿子，你说了些什么？
你打算把他救出悲惨的死亡，一个凡人，
一个命里早就注定要死的凡人？
做去吧，宙斯，但我等众神绝不会一致赞同。
我还有一事相告，并劝你记在心中：
如果你把萨耳裴冬带回他的家园，仍然活着，
那么，其他某位神明亦可能心怀希望，
把自己亲爱的儿子带出激烈的拼搏杀冲——
要知道，许多神明的儿子战斗在普里阿摩斯
雄伟的城前；你的作为将引起极大的愤恨。
不行，虽然你很爱他，为他的不幸悲悼，
也得让他待在那里，倒死在激战中，
在墨诺伊提俄斯之子帕特罗克洛斯的手下丧生。
然而，当灵魂和生命离他而去，你可差遣
死亡，会同舒怡的睡眠，把他带走，
送往他的家乡，辽阔的鲁基亚，
由他的兄弟和乡亲为他举行隆重的葬礼，
筑坟树碑，接受死者应该享受的尊仪。”

她言罢，神和人的父亲不予驳违，
但他洒下铺地的泪雨，殷红的血珠，尊褒
亲爱的儿子——帕特罗克洛斯即将把他
杀死，在远离故乡的地方，土地肥沃的特洛伊。

他俩相对而行，咄咄逼近，
帕特罗克洛斯首先投枪，击中光荣的斯拉苏墨洛斯，
王者萨耳裴冬强健的驭手，打在
小腹上，酥软了他的肢腿。
萨耳裴冬紧接着掷出投枪，闪亮的枪矛
偏离目标，击中驭马裴达索斯的
胸肩，后者惊叫着呼喘出命息，在尖厉的
嘶声中躺倒泥尘；生命的魂息离他而去。
另两匹驭马于挣离中飞扬起前蹄，轭架吱嘎作响，
缰绳混绞错叠，只因套马躺死在旁边的泥尘。
见此情景，善使枪矛的奥托墨冬急中生智，
抽出长锋的利剑，从壮实的股腿边，
冲上前去，起手劈砍，斩断套马的绳索；
另两匹驭马随之调正位置，绷紧了缰绳，
两位英雄咄咄进逼，复又卷入撕心裂肺的杀斗。

萨耳裴冬再次投偏了闪亮的枪矛，
枪尖从帕特罗克洛斯的左肩上
穿过，不曾擦着皮肉。帕特罗克洛斯紧接着掷出
铜矛，出手的投枪不曾虚发，击中
包卷的横膈膜，缠贴着跳动的心脏。
他随即倒地，像一棵橡树或白杨，巍然倾倒，
或像一棵挺拔的巨松，直立在山上，被船匠
用飞快的斧斤砍伐，备做造船的木料。
就像这样，他躺倒在地，驭马和战车前面，
呻吼着，双手抓起血染的泥尘。又像
一头公牛，毛色黄褐，心胸豪壮，置身腿步蹒跚的
牛群，被一头冲闯进来的狮子扑倒，
啸吼，在它的双颌间死亡。其时，在

帕特罗克洛斯面前，鲁基亚盾战者的首领
狂烈，抗拒死的降临，对他亲爱的伙伴说话，叫着他的名字：
“亲爱的格劳科斯，兵勇中的壮汉！现在，是你
大显身手的时候——做一名枪手，无畏的勇士！
如果你是条汉子，你要把凶险的拼杀当做一件乐事。
首先，你要跑遍各处队列，找来鲁基亚人的
首领，催励他们为保卫萨耳裴冬而战，
而你自己亦要手握铜矛，为我挡开进扑的敌人。
你将面对众人的责骂和羞辱，天天
如此，脸面全无，倘若让阿开亚战勇
剥走我的铠甲，在我躺倒的战场，海船云聚之处。
不！催励所有的人战斗，你要全力以赴！”

萨耳裴冬气短话长，死亡封住了他的眼睛
和鼻孔。帕特罗克洛斯一脚蹬住他的胸口，把枪矛
拔出尸躯，拽带出体内的横膈膜；
就这样，他拔出枪矛，也带出了萨耳裴冬的魂魄。
慕耳弥冬人逼上前去，抓住喘着粗气的驭马，其时
正试图溜蹄跑开，已经挣脱主人的战车。

然而，听着伙伴的喊叫，格劳科斯心头一阵痛楚，
虽说心情激奋，却不能帮助萨耳裴冬。
他抬手紧紧压住臂膀，只因伤痛钻咬着他的心胸，
此乃丢克罗斯射出的箭伤——其时正在
救助阿开亚伙伴——在他冲入高墙的时候。
他张嘴说话，对远射手阿波罗祈祷：“听我说，
王者阿波罗！无论你现在何地，是在丰足的鲁基亚，
还是在我们眼前的特洛伊；不管在哪里，你都可听到
一位伤者，像我一样的伤痛者的话告。

看看我这肿胀的伤口，我的整条手臂剧痛
钻心，血流不止，始终不曾
凝结，肩臂酸楚沉重。现在，
我既不能紧握枪矛，也不能跨步向前，
和敌人拼斗。我们中最勇敢的人已经死去，
萨耳裴冬，宙斯之子——大神没有助佑亲生的儿种！
求求你，王者阿波罗，为我治愈这钻心的伤痛，
解除我的苦楚，给我力量，使我能召聚起
鲁基亚伙伴，催励他们战斗。
我自己亦可参战，保护死去的萨耳裴冬！”

格劳科斯祷毕，福伊波斯·阿波罗听到了他的声音。
转瞬之间，阿波罗为他止住伤痛，封住黑红的流血，
在剧痛的伤口，送出勇力，注入他的心中。
格劳科斯心知发生的一切，十分高兴：
强有力的神明听见了他的说告。首先，他
穿行在各处队列，催唤着鲁基亚人的首领，
要他们向前，救护萨耳裴冬；随后，
他蹽开大步，跑向特洛伊人的队伍。
他找到潘苏斯之子普鲁达马斯和卓越的阿格诺耳，
继而又跑向埃内阿斯和头顶铜盔的赫克托耳，
站在他们近旁，高声喊叫，用长了翅膀的话语：
“赫克托耳，还记得你的盟友吗？——你已把他们忘掉！
为了你，他们打老远过来，离别乡土和亲友，
在此流血牺牲，而你却不愿伸一伸臂膀，帮一帮他们！
萨耳裴冬已经倒下，鲁基亚盾战者的首领，
曾以勇力和公正的律令卫护属下的民众。现在，
披裹铜甲的阿瑞斯击倒了他，通过帕特罗克洛斯的枪矛。
赶快，我的朋友，站到我的身边！要知道，这是一种耻辱，

倘若让敌人剥走他的铠甲，蹂躏他的躯身——
这些慕耳弥冬战勇，为了所有被杀的达奈人，那些被我们
鲁基亚人用枪矛宰杀在快船边的兵勇，欲对我们泼仇泄恨！”

听罢这番话，难以忍受、无可消弭的悲痛
撕裂了特洛伊人的心胸。萨耳裴冬始终是护城的
墙柱，虽然来自外邦，身后跟着许多
兵勇，但他们中谁也不能在战场上和他比拟，向来如此。
其时，特洛伊人挟着狂怒，冲向达奈战勇，由赫克托耳
率领，出于对萨耳裴冬之死的愤怒。但墨诺伊提俄斯之子
帕特罗克洛斯粗野的战斗激情，也掀起了阿开亚人拼战的心潮。
他先对两位埃阿斯喊话，激励着两副急于求战的心胸：
“干起来吧，两位埃阿斯，勇敢战斗，
像以前拼战在人群中那样——现在，要比以往更英勇！
萨耳裴冬已经倒下，扳捣阿开亚护墙的
第一人。但愿我能抢得他的尸体，加以凌辱，
剥掉铠甲，从他的肩头，用无情的
铜矛击杀他的伙伴，任何敢于战护尸体的敌人！”

其时，阿开亚人心怀狂烈，准备杀退敌手。
两军相逢，聚拢起战斗的编队，
特洛伊人和鲁基亚人，慕耳弥冬人和阿开亚兵众，
面对面地近战搏杀，围绕着萨耳裴冬的尸首，
喊出粗野的呼嚎，身披铜甲的战勇顶抵冲撞，
在战地的上空，宙斯降下可怕的黑夜，使
双方在混沌中，围绕着他的爱子，展开了一场拼死的苦斗。

起先，特洛伊人顶回了明眸的阿开亚人，
杀倒了一个慕耳弥冬壮士，绝非他们中最劣的战勇，

心胸豪壮的阿伽克勒斯之子，卓越的厄培勾斯。
过去，他曾王统布代昂，人丁兴旺的居城；
其后，他杀了一个血统高贵的堂表兄弟，
跑离家乡，找到裴琉斯和银脚的塞提丝，恳求帮助；
他俩让他跟着横扫千军的阿基琉斯，
前往出骏马的伊利昂，和特洛伊人拼斗。
然而，他刚刚抓起尸体，就吃了光荣的赫克托耳扔出的
顽石，捣在脑门上，把头颅砸成两半，
在粗重的盔盖里；厄培勾斯头脸朝下，扑倒
尸身，破毁勇力的死亡蒙罩起他的躯体。
伙伴的倒地使帕特罗克洛斯心痛，
他冲入前排的战勇，快得像一只疾飞的
游隼，把成群的鸦雀和欧椋吓得扑翅飞逃。
就像这样，哦，车手帕特罗克洛斯，你迅猛冲击，
扑向鲁基亚人和特洛伊人，满怀怨恨，为了死去的伴友。
他扔出一块石头，对着塞奈劳斯，
伊赛墨奈斯的爱子，砸在脖子上，捣出了里面的筋腱。
特洛伊首领们开始退却，包括光荣的赫克托耳，
回退了长枪一次投射的距程——
有人甩手出枪，意欲试看自己的臂力，在赛场上，
或在战斗中，面对仇敌凶狂的进扑；
特洛伊人回退了这么一段距离，迫于阿开亚人的进攻。
但是，格劳科斯，鲁基亚盾战者的首领，首先
转过身子，杀了心胸豪壮的巴苏克勒斯，
卡尔工的爱子，家住赫拉斯，
以财富和幸运显耀在慕耳弥冬人中。
格劳科斯突然回身，在巴苏克勒斯
即将赶上他的时候，出枪击中来者的心胸，
后者随即倒地，轰然一声。阿开亚人悲痛万分，

为失去一位善战的壮勇，而特洛伊人则欢欣鼓舞，
成群结队地拥向他的躯身；但阿开亚人并没有
消懈自己的战斗激情，奋勇地杀向敌人。
战地上，墨里俄奈斯杀了一位特洛伊首领，
劳格诺斯，俄奈托耳勇莽的儿子，伊达山的
宙斯的祭司，受到家乡人民像对神一样的敬崇。
墨里俄奈斯的枪矛扎在他的耳朵和颌骨下面，魂息
当即飘离肢腿，可恨的黑暗蒙住了他的躯身。
其后，埃内阿斯对着墨里俄奈斯投出铜枪，企望
出枪中的，击倒藏身盾牌后面、向他冲来的对手，
但墨里俄奈斯盯视着他的举动，躲过铜矛，
向前佝屈起身子；长枪扎入后面的
泥地，枪矛的杆尾来回摆动，
直到强健的阿瑞斯平止了它的狂暴。
埃内阿斯的投枪咬入泥层，杆端来回摆动，
粗壮的大手徒劳无益地白掷了一支枪矛。
勇士怒不可遏，大声喊叫，嚷道：
“墨里俄奈斯，跳舞的行家！但愿那一枪
不曾虚发，一劳永逸地断阻你的舞步！”

听罢这番话，著名的枪手墨里俄奈斯答道：
“埃内阿斯，虽然你是个刚烈的汉子，但也很难
放倒每一个与你交手、借以自卫的
战勇。我知道，你也是一个凡人。
要是我能击中你的肚腹，用锋快的铜枪，
那么，哪怕你身强力壮，自信于你那双坚实的大手，
你会给我送来光荣，而把自己的灵魂交付驾驭名驹的死神！”

他言罢，墨诺伊提俄斯骁勇的儿子呵斥道：

"墨里俄奈斯，你是个勇敢的人，何须如此大肆吹擂？
相信我，我的朋友，特洛伊人不会因为几句辱骂
而从尸躯边回退——在此之前，泥地上将垛起成堆的尸首！
我们通过行动战斗，通过话语商筹。现在
不是说辩的时候；战场上，我们需要战斗！"

　　言罢，他举步先行，墨里俄奈斯紧跟其后，神一样的
凡人。恰似有人伐木幽深的山谷，
斧斤砍出巨大的声响，传至很远的地方，
战场上滚动着沉闷的撞击声，发自广袤的大地，
发自护身的皮革、青铜的战盾和厚实的牛皮，
承受着剑和双刃枪矛的击打。即便是
认识他的熟人，这时也找不到神一样的
萨耳裴冬，他已被从头到脚，压埋在成堆的
枪械下、血污和泥尘里。但人们仍在
朝着他冲拥，像羊圈里的苍蝇，
围着奶桶旋飞，发出嗡嗡的嘈响，
在那春暖季节，鲜奶溢满提桶的时候；
就像这样，他们蜂拥在尸体周围。与此同时，宙斯
闪亮的目光一刻也不曾移开激战的场面。
他注目凝视战斗的人群，思绪纷纭，
谋划着各种方法，处死帕特罗克洛斯。
是让他死在此时，在这纷乱的激战中，
让光荣的赫克托耳，用铜枪把他杀死在神一样的
萨耳裴冬的遗体旁，然后剥掉铠甲，从他的肩上，
还是增强战斗的狂烈，让更多的人遭受煎磨？
两相比较，他认定此举最妙：
让裴琉斯之子阿基琉斯强健的伴友
把特洛伊人和头顶铜盔的赫克托耳

再次逼回城下，杀死众多的兵勇。他从
赫克托耳入手，使他产生怯战的心念，
后者跳上战车，转身逃遁，同时招呼其他
特洛伊人回跑，心知宙斯已压低天秤的一头。
目睹王者胸上挨了枪矛，躺在死人堆里，
强健的鲁基亚人亦无心恋战，四散
惊跑——自从克罗诺斯之子增强了战斗的烈度，
众多的战勇已卧躺在尸体的上头。
阿开亚人剥下萨耳裴冬光灿灿的铜甲，
从他的肩上；墨诺伊提俄斯嗜战的儿子
把它交给自己的伙伴，送回深旷的船舟。
其时，汇聚乌云的宙斯对阿波罗嘱令：
“去吧，亲爱的阿波罗，赶紧，从枪械下救出
萨耳裴冬，擦去他身上浓黑的血迹，
带到远离战场的去处，用清亮的河水净洗，
抹上神界的脂膏，穿上永不败坏的仙衣。
把他交给迅捷的陪送，两位同胞
兄弟，睡眠和死亡，即刻带往
富足的乡区，放躺在宽阔的鲁基亚，
他的兄弟和乡亲会替他举行隆重的葬礼，
筑坟树碑，接受死者应该享受的尊仪。”

　　听罢这番话，阿波罗谨遵父命，
从伊达的岭脊上下来，进入浴血的战场，
抱起卓越的萨耳裴冬，从枪械下面，
来到远离战场的地方，用清亮的河水净洗，
抹上神界的脂膏，穿上永不败坏的衣裳，
交给迅捷的陪送，两位同胞
兄弟，睡眠和死亡，带往

富足的乡区，放躺在宽阔的鲁基亚。

　　其时，帕特罗克洛斯对着奥托墨冬及其驭马大喝一声，
杀向特洛伊和鲁基亚人的队伍，心智已变得迷迷糊糊。
好一个糊涂的人！倘若听从裴琉斯之子的嘱令，
便可能逃脱这次险恶的悲难，幽黑的死亡。
然而，宙斯的意志总是强过凡人的心智，
他能吓倒嗜战的勇士，轻而易举地夺走
他的胜利，虽然他亦会亲自督励某人战斗，
像现在一样，催鼓起帕特罗克洛斯的烈狂。

　　在神明把你召向死亡的时候，帕特罗克洛斯，
谁个最先倒在你的枪下，谁个最后被你宰杀？
阿德瑞斯托斯最先送命，接着是奥托努斯和厄开克洛斯，
墨伽斯之子裴里摩斯，以及厄丕斯托耳和墨拉尼波斯，
然后是厄拉索斯、慕利俄斯和普拉耳忒斯。
他杀死这些壮勇，余下的全都吓得惶惶奔逃。

　　其时，要不是福伊波斯·阿波罗出现在筑造坚固的
壁墙上，策划着把他置于死地，助佑溃败的特洛伊人，
阿开亚战勇或许已经攻克城门高耸的特洛伊，凭借
帕特罗克洛斯的勇力，后者提着枪矛，冲杀在队伍的前头。
一连三次，帕特罗克洛斯试图爬上高墙的
突沿，一连三次，福伊波斯·阿波罗把他抵打回去，
用他那蓄满神力的双手击挡闪光的盾面。当帕特罗克洛斯
发起第四次冲锋，像一位神仙，
阿波罗高声喝叫，喊出长了翅膀的话语，令人不寒而栗：
“退回去，宙斯养育的帕特罗克洛斯！这不是命运的意志，
让高傲的特洛伊人的城邑毁在你的手里，用你的枪矛；

就连阿基琉斯也创不了这份功业，一位远比你杰出的战勇！”

他言罢，帕特罗克洛斯退出一大段距离，
以避开远射手阿波罗的震怒。

其时，斯卡亚门边，赫克托耳勒住坚蹄的驭马，
梳理着忐忑的思绪：是驾车重返沙场，继续战斗，
还是招呼他的人马，集聚在墙内？就在他
权衡斟酌之际，福伊波斯·阿波罗前来站在他身边，
以凡人的模样，一位年轻、强健的壮士，
阿西俄斯，驯马者赫克托耳的亲舅，
赫卡贝的兄弟，杜马斯的儿子，
家住弗鲁吉亚，伴居珊伽里俄斯的激流。
以此人的模样，宙斯之子阿波罗对他说道：
“赫克托耳，为何停止战斗？你忽略了自己的责职！
但愿我能比你优秀，就像实际上比你低劣！
如果这是事实，你就会知道，逃离战斗会受到何样的罚戒！
振作起来！赶起蹄腿强健的驭马，直奔帕特罗克洛斯身边。
阿波罗或许会给你这份光荣，让你把他杀灭！”

言罢，他阔步离去，一位神明，介入凡人的争斗。
与此同时，光荣的赫克托耳招呼聪慧的开勃里俄奈斯，
扬鞭催马，投入战斗。其时，阿波罗
蹚入人群，把阿耳吉维人搅得七零
八落，把光荣交入特洛伊人和赫克托耳手中。
赫克托耳丢下其他达奈人，一个不杀，但却
赶起蹄腿坚实的驭马，直扑帕特罗克洛斯。
在他对面，帕特罗克洛斯跳下战车，双脚着地，
左手握枪，右手抓起一块石头，

粗莽、闪光的顽石，恰好扣握在指掌间，猛投出去，
压上全身的力量。石块不曾虚投，没有偏离
预期的目标，击中赫克托耳的驭手，
开勃里俄奈斯，光荣的普里阿摩斯的私生子，
其时正握着驭马的绳缰。棱角犀利的石头击中前额，
砸挤进两条眉毛，额骨挡不住硕石的
重击，眼珠爆落在地上，脚前的
泥尘里——他翻身倒地，像个跳水者，
从做工精致的战车上，魂息飘离了他的躯骨。
其时，你，车手帕特罗克洛斯，出言讥讽，喊道：
“好一个耍杂的高手，瞧他多么轻捷、灵巧！
想一想吧，要是在鱼群拥聚的海上，
这家伙可以潜水捕摸海蛎，喂饱整船的人们。
他可从船上跳到海里，即便气候阴沉险恶，
像现在这样，一个筋斗，轻巧地从车上翻到地上！
毫无疑问，特洛伊人中也有翻筋斗的好手！”

　　言罢，他大步跃向壮士开勃里俄奈斯的躯体，
像一头扑跳的狮子，在牛栏里横冲直撞，
被人击中前胸，被自己的勇莽所葬送。就像这样，
帕特罗克洛斯，你挟着狂烈，扑向开勃里俄奈斯。
对面，赫克托耳亦从车上跳下，两人
展开激战，围绕着开勃里俄奈斯的躯体，
像山脊上的两头狮子，凶暴悍烈，
饥肠辘辘，为争夺一头被杀的公鹿拼死搏斗。
就像这样，两位勇士急于交手，为争夺开勃里俄奈斯的遗体，
帕特罗克洛斯，墨诺伊提俄斯之子，和光荣的赫克托耳，
迫不及待地想要撕裂对手，用无情的铜矛。
赫克托耳抓住死者的脑袋，紧攥不放，

而帕特罗克洛斯则抓住他的双脚，站在另一头；
战场上，特洛伊人和达奈人杀得难解难分。

　　有如东风和南风较劲对抗，
在幽深的谷底，摇撼着茂密的森林，
橡树、梣树和皮面绷紧光洁的山茱萸，
修长的枝丫相互鞭打抽击，发出
呼呼隆隆的吼声，断枝残干噼啪作响；
就像这样，特洛伊人和阿开亚兵壮互相扑击，你杀
我砍；两军中谁也不想退逃，溃败意味着死亡。
众多犀利的枪矛投扎在开勃里俄奈斯身边，
许多缀着羽尾的箭支飞出硬弓的弦线，
一块块巨大的石头砸打着盾面，一场鏖战，围绕着
倒地的躯体展开。开勃里俄奈斯躺在飞旋的泥尘里，
偌大的身躯，魁伟，车战之术已被忘得一干二净。

　　战场上，双方的投械频频中的，打得尸滚人亡，
直到太阳爬过中天的时分。
然而，当太阳西行，到了替耕牛卸除轭具的时候，
阿开亚人居然超越命运，在战斗中占了上风，
从特洛伊人的枪械和喧嚣声中拖出英雄
开勃里俄奈斯的遗体，剥下铠甲，从他的肩头。
帕特罗克洛斯杀气腾腾，扑向特洛伊人，
一连冲了三次，以阿瑞斯的迅捷，
发出粗野的呼嚎，每次都杀死九名战勇。
现在，他第四次扑进荡击，像一位仙尊。
其时，帕特罗克洛斯，死亡已迫挤在你的眉头：
激战中，福伊波斯行至你的身边，
带着灭顶的灾愁！帕特罗克洛斯不曾见他

前来，后者潜隐在浓雾里，向他逼进，
站在他的后面，伸出手掌，拍击他的脊背
和宽阔的肩头，致使他视觉昏糊。
随后，福伊波斯·阿波罗从他的头上捣落帽盔，
带着四条冠脊，成排的洞孔，滚动在马蹄下面，
碰撞出叽叽嘎嘎的声响；鲜血和泥尘
玷污了鬃冠。在此之前，谁也不能用泥秽
脏浊这顶铜盔，缀扎着马鬃的顶冠，
保护着神一样的阿基琉斯，保护着他的头颅
和俊俏的眉毛。但现在，宙斯把盔冠给了赫克托耳，
让他戴在头上——赫克托耳，他自己的死期亦已近在眼前。
那支粗长、沉重、硕大的枪矛，铜尖闪亮，投影修长，
在帕特罗克洛斯手中断成几截，盾牌从肩头
掉到地上，连同护片和穗带；
王者阿波罗，宙斯之子，撕剥了他的甲衣。
灾难揪住了他的心智，挺直的双腿已撑不住他的躯体。
他呆呆地站在那里，受到一个达耳达尼亚人的袭击，
从他背后，就近出手，锋快的枪矛扎在双胛之间，
欧福耳波斯，潘苏斯之子，同龄人中
枪技最佳，驭术最好，腿脚最快。
虽然初次车战，甫学搏杀的技巧，
他已击倒二十个敌人，从他们的战车上。
他第一个投枪击中了你，哦，车手帕特罗克洛斯，
但没有把你放倒，只是抢走梣木杆的枪矛，
快步回跑，钻入自己的营伍，不敢面对
帕特罗克洛斯，其时已赤身露体，近战拼搏。
其时，帕特罗克洛斯已被枪矛和神的手掌打得半死不活，
朝着己方的伴群回移，试图逃避死的追捕。

然而，赫克托耳眼见心胸豪壮的帕特罗克洛斯
试图回逃，带着被尖利的铜枪挑开的豁口，
迈步穿过队伍，逼近他的身边，出枪捅入
他的肚腹，铜尖从背后穿出。帕特罗克洛斯
随即倒地，轰然一声，惊呆了所有的阿开亚人。
像一头狮子，击倒一头不知疲倦的野猪，鏖战在
山岭的峰脊，凶猛暴烈，打得你死我活，
为了争饮一条水流细小的山泉，湿润焦渴的喉头；
兽狮奋勇扑击，放倒野猪，后者呼呼地喘着粗气。
就像这样，普里阿摩斯之子赫克托耳就近出枪，结果了
墨诺伊提俄斯之子，一位勇敢的战士，已经杀死众多的敌人。
带着胜利的喜悦，赫克托耳喊出长了翅膀的话语，高声炫耀：
“帕特罗克洛斯，你以为可以荡平我们的居城，
夺走特洛伊妇女的自由，把
她们塞进海船，带往你们热爱的故土。
好一个笨蛋！要知道，在她们面前，奔跑着赫克托耳的快马，
蹄腿飞扬，奋起出击；而我，赫克托耳，握着这杆枪矛，
闪烁在嗜喜恶战的特洛伊人中，替他们挡开
临头的灾亡！至于你，你的血肉将饲喂这里的鹫鸟！
可怜的家伙，就连阿基琉斯，以他的勇力，也难以相救！
他必定对你再三叮嘱，在你行将出战，而他却待留营地的
时候：帕特罗克洛斯，战车上的勇士，记住，在没有撕裂
杀人狂赫克托耳胸前的衫衣，使之浸透鲜血之前，
不要回来见我，不要回到深旷的海船旁！他一定
给过你此类指令，而你的心灵愚蠢，居然听信了他的挑唆！”

其时，哦，车手帕特罗克洛斯，你已奄奄一息，答道：
“现在，赫克托耳，你可尽情吹擂。你胜了，但这是
克罗诺斯之子和阿波罗的赐予，他们轻而易举地

整倒了我——亲自从我的肩头剥去了甲衣！
否则，就是有二十个赫克托耳，跑来和我攻战，
也会被我一个不剩地击倒，死在我的枪头。
你没有那个能耐，是凶狠的命运和莱托之子杀死了我。
若论凡人，首先是欧福耳波斯，然后才是你，杀手中，你只是
第三个。我还有一事奉告，你要牢记心头：
你自己亦已来日不多，死亡和
强有力的命运已恭候在你的身旁；
你将倒死在埃阿科斯骁勇的孙子阿基琉斯手中！”

话音刚落，死的终极已蒙罩起他的躯体，
心魂飘离他的肢腿，坠向死神的府居，
悲悼自己的命运，抛却青春的年华、刚勇的人生。
其时，虽然他已死去，光荣的赫克托耳仍然对他嚷道：
“为何预言我的暴死，帕特罗克洛斯？
谁知道？阿基琉斯，长发秀美的塞提丝的儿子，
或许会先挨上我的枪矛，送掉他的性命！”

言罢，他出脚踩住尸体，从伤口里拧拔出
青铜的投枪，抵住他的脊背，一脚把他蹬离。
然后，他手握枪杆，扑向奥托墨冬，
捷足的阿基琉斯的助手，神一样的勇士，
投枪心切，无奈迅捷的驭马已把他载走，
不死的天马，神祇送给裴琉斯的一份闪光的赠礼。

# 第十七卷

其时，阿特柔斯之子、嗜战的墨奈劳斯眼见
帕特罗克洛斯倒在特洛伊人面前，在艰烈的拼搏中，
大步挤出前排的战勇，头顶闪亮的头盔，
横跨尸躯，像一头母牛，曲腿保护
头生的牛犊，今生第一胎幼仔，
棕发的墨奈劳斯跨尸而立，挺着枪矛，
携着溜圆的战盾，护卫着帕特罗克洛斯，
气势汹汹，决心放倒任何敢于近前的敌人。
但潘苏斯之子，手握粗长梣木杆枪矛的
欧福耳波斯，也看到健美的帕特罗克洛斯倒地的情景，
迎上前去，对嗜战的墨奈劳斯喊道：
“退回去，阿特柔斯之子，宙斯的后裔墨奈劳斯，军队的首领，
不要靠近他的身躯，跑离带血的战礼！
特洛伊人和著名的盟军伙伴中，我第一个击中
帕特罗克洛斯，置身激烈的战斗，用我的枪矛。
所以，让我获得这份殊荣，在特洛伊人中；
否则，我就连你一起放倒，夺走你甜美的生活！”

听罢这番话，棕发的墨奈劳斯心头暴烈烦愤，答道：
“父亲宙斯，这家伙放胆吹擂，如此不好！
此般猖獗，压过了山豹和兽狮的凶猛，
就连横蛮的野猪，它的凶暴——此兽生性

高傲，心地最为狂烈——也难以比攀。这一切都
比不上潘苏斯的两个儿子，狂野，操使粗长的梣木杆枪矛！
然而，即便是驯马的好手，强有力的呼裴瑞诺耳，
青春的年华也没有给他带去欢悦，他曾和我对阵，出言
讥辱，骂我是达奈人中最无能的懦汉。现在，
他总算回到家园，但不是用自己的双腿，
不曾给亲爱的妻子和尊敬的父母带回愉悦。
至于你，我也会松放你的勇力，倘若你敢
和我对阵。退回去吧，告诉你，回到
你的群队，不要和我交手，省得自找
麻烦！那是个傻瓜，在事情做下以后知悉！”

　　对于此番警告，欧福耳波斯置若罔闻，张嘴答道：
“如此说来，高贵的墨奈劳斯，你必须为我兄弟偿付
血债——你杀了他，并且还就此口出狂言！
你使他的妻子落寡，幽居在新房的深处，
给他的双亲带去了难以言喻的痛苦和悲哀。不过，
我或许可以抚慰这些不幸的人们，休止他们的悲痛，
要是我能带回你的头颅和甲械，
让潘苏斯和美貌的芙荣提丝手接。
好了，不要再虚耗时间；让我们就此开战，
分个高低，看看谁能站住阵脚，谁会逃窜！”

　　言罢，他出手击中墨奈劳斯溜圆的战盾，
但铜枪不曾穿透，被坚实的盾面
顶弯了枪尖。接着，阿特柔斯之子墨奈劳斯
启口诵祷，对父亲宙斯，掷出铜矛，
在对手回撤之时，倾身前趋，
压上全身的力量，自信于强有力的臂膀；

枪尖扎入脖子，穿透松软的颈肉，欧福耳波斯
随即倒地，轰然一声，铠甲在身上铿锵作响。
他的头发，美得如同典雅姑娘的发束，其时沾满血污，
辫条上仍然别着黄金和纯银的发夹。
像农人种下的一棵枝干坚实的橄榄树苗，
在一处僻静的山地，浇上足够的淡水，
使之茁壮成长，劲风吹自各个方向，
摇曳着它的枝头，催发出银灰色的苞芽；
然而，天空突起一阵狂飙，强劲的风势把它
连根端出土坑，平躺在泥地上；就像这样，
阿特柔斯之子墨奈劳斯杀了潘苏斯之子、手握粗长的
梣木杆枪矛的欧福耳波斯，开始抢剥他的铠甲。
像一头山地哺育的狮子，坚信自己的勇力，
从食草的牛群里抢出一头最肥的犊仔，
先用尖利的牙齿咬断喉管，然后
大口吞咽热血，野蛮地生食牛肚里的内脏；
在它的周围，狗和牧人噪声四起，
但只是避离远处，不敢近前
拼杀，彻骨的惧怕揪揉着他们的心房——
就像这样，特洛伊人中谁也没有这个胆量，
上前拼战光荣的墨奈劳斯。其时，
阿特柔斯之子本可轻松得手，从潘苏斯之子身上
剥下光荣的铠甲，如果福伊波斯·阿波罗不怨恼他的作为，
催励可与迅捷的战神相匹比的赫克托耳和他
拼搏，以一个凡人的形象，门忒斯，基科奈斯人的首领，
对赫克托耳发话，用长了翅膀的话语：
“赫克托耳，你在追赶永远抓逮不着的东西，
骁勇的阿基琉斯的良驹！凡人很难
控制或在马后驾驭，谁也不行，

除了阿基琉斯，因为他是女神的儿子。
与此同时，阿特柔斯之子、嗜战的墨奈劳斯跨护着
帕特罗克洛斯的遗体，已经杀死特洛伊军中最好的战勇，
欧福耳波斯，潘苏斯之子，休止了此人狂烈的战斗激情！”

言罢，阿波罗抽身回行，一位神明，介入凡人的争斗。
剧烈的悲痛折磨着赫克托耳，笼罩着他的心胸。
他目光四射，扫过人群，当即看到两位
壮勇，一个正在抢剥光荣的铠甲，另一个
叉腿躺在地上，血浆从伤口汩汩流出。
他穿行在前排的战勇里，头顶闪亮的铜盔，
厉声高叫，看来就像赫法伊斯托斯的一团
不知疲倦的炉火。阿特柔斯之子耳闻他的尖叫，
备觉烦恼，对自己豪莽的心魂说道：
“哦，我该怎么办？丢下豪皇的铠甲和
为了我的荣誉而倒死在这里的帕特罗克洛斯？
如此，若是让伙伴们看见，难免不受指责；
然而，要是继续战斗，对特洛伊人和赫克托耳，孤身一人，
为了顾全面子，他们岂不就会冲上前来，把我团团围住？
赫克托耳，头顶铿亮的帽盔，是此间所有特洛伊人的统帅。
嘿，为何与我争辩，我的心魂？倘若
有人违背神的意愿，和另一个人、一个神明决意
让他获得光荣的人战斗，那么，灭顶的灾难马上即会临头！
所以，达奈人不会怪罪于我，要是眼见我从
赫克托耳面前退却，因为他在凭借神的力量战斗！
但愿我能在什么地方找到啸吼战场的埃阿斯，
我俩或许即可重返搏杀，即便
和神明对抗，也在所不惜，夺回遗体，送交
裴琉斯之子阿基琉斯。险境之中，这是我们最好的选择。”

　　就在他权衡斟酌之际，在他的心里魂里，
特洛伊人的队伍已经冲拥上来，由赫克托耳率领。
墨奈劳斯拔腿后撤，离开死者，
但不时转过身子，像一头虬须满面的狮子，
被狗和人群赶离圈栏，用投枪和
呐喊，冰息了猛狮心头的骄烈，
不甘不愿地走离牲畜的栏棚。
就像这样，棕发的墨奈劳斯离开帕特罗克洛斯，但一经回到
自己的伴群，马上转过身子，站稳脚跟，
四处张望，寻觅魁伟的埃阿斯，忒拉蒙之子，
很快发现他的位置，在战场的左边，
鼓励他的伙伴，催督他们战斗，
福伊波斯·阿波罗已在他们胸中注入摄胆惊心的恐慌。
他快步跑去，在朋友身边站定，开口说道：
"去那边吧，埃阿斯，我们必须救护死去的帕特罗克洛斯，
以便把他的遗体，披挂全无，交送
阿基琉斯；头盔闪亮的赫克托耳已剥占他的甲衣!"

　　一番话激怒了骠勇的埃阿斯，
他大步穿走在前排的首领中，棕发的墨奈劳斯和他同行。
那边，赫克托耳已剥去帕特罗克洛斯闪光的铠甲，
拖拉着尸体，意欲从肩上砍下他的脑袋，用锋快的铜剑，
然后拖走尸躯，丢给特洛伊的饿狗。其时，
埃阿斯冲至他的近前，挺着墙面般的巨盾，
赫克托耳见状，退回自己的伴群，
跳上马车，把那套漂亮的铠甲交给
特洛伊人，送回城堡，显示辉煌的战功。
埃阿斯用巨盾挡护着墨诺伊提俄斯之子，
稳稳地站着，像一头狮子，保护着它的儿女，

正带着幼仔行路，在森林里面，不期
碰遇猎人，凭恃巨大的勇力，凶蛮高傲，
压下额眉上的皮肉遮罩眼睛。
就像这样，埃阿斯跨护着英雄帕特罗克洛斯；
在他的身边，稳稳地站着阿特柔斯之子、嗜战的
墨奈劳斯，心中酿聚着增涌的伤悲。

　　其时，希波洛科斯之子格劳科斯，鲁基亚人的首领，
眼盯着赫克托耳，紧皱着眉头，高声呵斥：
“赫克托耳，你外表富丽堂皇，战场上却让人大失所望！
你的荣耀看来显赫，却只是一个逃兵的虚名！
好好计划一下，如何救护你的家园，你的城邑，
凭你自己的匹夫之勇和出生本地的伊利昂兵勇的帮忙。
鲁基亚人中，谁也不会再和达奈人战斗，
为了你的城邦。我们在同你们的敌人开战，
年复一年，却不曾得过什么报偿。在
你的队伍里，狠心的赫克托耳，一般兵勇休想得到你的
救援——你连萨耳裴冬都可丢弃不管，使他成了阿耳吉维人
手中的战礼和猎物：萨耳裴冬，你的客友和伙伴，
生前立下过许多汗马功劳，为你和你的城防！
现在，你却没有这个勇气，为他打开身边的犬狗！
所以，倘若鲁基亚人愿意听命于我，我们这就
动身回家，特洛伊的败亡将紧接着我们离去的脚步！
要是特洛伊人还有无所畏惧、一往无前的
勇气——人们借此保卫自己的家园，
和敌人进行英勇不屈的拼搏，那么，
我们马上即可把帕特罗克洛斯拖进城垣。
倘若我们能把他拉出战场，把他，虽然
已经死了，拖进王者普里阿摩斯宏伟的城堡，

阿耳吉维人马上即会交还萨耳裴冬漂亮的
铠甲，而我们亦可把他的遗体运回伊利昂。
被杀者是阿基琉斯的伴友，阿基琉斯，海船边的
阿耳吉维人中最善战的壮勇，统领着近战杀敌的军伍。
但是你，你没有这个勇气，接战心志豪莽的
埃阿斯，不敢在喧嚣的人群中看着他的
眼睛，奋起进击，他是个比你好得多的壮勇！”

顶着闪亮的头盔，高大的赫克托耳恶狠狠地盯着他嚷道：
“格劳科斯，一个像你这样有身份的人，居然说出此番不知
轻重的话语，是何缘故？以前，我以为，生活在土地肥沃的
鲁基亚的兵民中，你最聪明；现在，
我由衷地蔑视你的心智，不要听你的废话。
你说我不敢面对面地和高大魁伟的埃阿斯拼斗？
告诉你，我从来不怕战火的炙烤，不怕马蹄的轰响！
但是，带埃吉斯的宙斯的意志总是压倒凡人的心愿；
他能吓倒嗜战的勇士，轻而易举地夺走他的
胜利，虽然有时他又亲自催励一个人战斗。
来吧，我的朋友，站在我身边，看看我如何打仗：
看看我是否每天像个懦夫似的混着，如你说的那样；
看看我能否息止某个达奈人的拼斗，碎毁他保卫
死去的帕特罗克洛斯的意愿，哪怕他使出每一分凶狂！”

言罢，他亮开嗓门，对特洛伊人高声喊道：
“特洛伊人、鲁基亚人和达耳达尼亚人，近战杀敌的勇士们！
拿出男子汉的勇气，我的朋友们，鼓起狂烈的战斗激情！
我将穿上勇敢的阿基琉斯的铠甲，绚美的精品，
剥之于强健的帕特罗克洛斯的胸肩，此人已被我宰杀！”

喊罢，赫克托耳，顶着闪亮的头盔，脱离
惨烈的战斗，疾步回跑，很快赶上了
他的伙伴——他跑得飞快，而他们亦没有走出太远，
朝着城市的方向，带着裴琉斯之子光彩夺目的铠甲。
离着痛苦的战斗，赫克托耳动手换穿甲衣，
把自己的那副交给嗜战的特洛伊人，带回
神圣的伊利昂，换上裴琉斯之子阿基琉斯的
铠甲，永恒的珍品，天神把它赐给
阿基琉斯尊爱的父亲，后者年迈后，把它传给自己的
儿子。然而，儿子却不能在父亲的甲衣里活到老年。

其时，从远离地面的天空，汇聚乌云的宙斯看到他
正忙着武装自己，用神一样的阿基琉斯的甲衣，
于是摇动脑袋，对自己的心灵说道：
“唉，可怜的赫克托耳，全然不知死期已至；当你穿上
这副永不败坏的铠甲，死亡即已挨近你的躯体：此物
属于一位了不起的斗士，在他面前，其他战勇亦会害怕发抖。
现在，你杀了此人钟爱的朋友，强健、温厚的伙伴，
做了不该做的事情，剥了他的盔甲，从他的
肩膀和头颅。尽管如此，眼下，我还是要给你巨大的力量，
作为一种补偿：你将不能活着离开战场，回返家园，而
安德罗玛开也不能从你手中接过阿基琉斯光荣的铠甲。”

克罗诺斯之子言罢，弯颈点动浓黑的眉毛。
他使铠甲恰好贴吻赫克托耳的胸背，而凶狠的战神
阿瑞斯给他注入狂暴，使他的肢体充满
朝气和战斗的力量。赫克托耳行进在著名的盟军
队伍里，高声喊叫，穿着心胸豪壮的阿基琉斯的甲衣，
出现在他们面前，放射出绚丽的光芒。

他穿行在队伍里，鼓励着每一位首领，
墨斯勒斯、格劳科斯、墨冬和塞耳西洛科斯，
阿斯忒罗派俄斯、德伊塞诺耳和希波苏斯，
还有福耳库斯、克罗米俄斯和释卜鸟踪的恩诺摩斯，
激励他们向前，放声呼喊，用长了翅膀的话语：“听我说，
生活在我们疆界周围的数不清的部族，盟军朋友们！
我把你们一个个地从自己的城堡请来，
不是出于集聚大群人马的需要和愿望；
我请你们来，是想借各位的勇力，保护特洛伊的
妇女和弱小无助的儿童，使他们免遭阿开亚人的蹂躏。
为此目的，我榨干了我的人民，给你们礼品和
食物，以此鼓起你们每一个人的战斗激情。
所以，你们各位必须面对敌人，要么一死，
要么存活，这便是战争快慰人心的取予！
谁要是能把帕特罗克洛斯，虽然已经死去，
拖回驯马手特洛伊人的队列，逼退埃阿斯，
我将从战礼中取出一半给他，另一半
归我所有，他的光荣将和我的等同！”

　　赫克托耳言罢，他们举起枪矛，扑向达奈人，
以全部战力，人人心怀希望，从
忒拉蒙之子埃阿斯那里抢过躯体。
蠢货！在尸体周围，他已放倒成群的军兵！
其时，埃阿斯却对啸吼战场的墨奈劳斯说起：
“高贵的墨奈劳斯，我的朋友，我已失去希望，
仅凭你我的力量，我们难以杀出这片人群。
我担心帕特罗克洛斯的遗体，它将
马上沦为特洛伊的犬狗和兀鸟吞食的对象，
但我更担心自己的脑袋，恐遭不测，失去自己的生命。

我也同样担心你的安危——赫克托耳，这片战争的
乌云笼罩着地面上的一切，暴死的阴影正朝着我们扑袭！
赶快，召呼达奈人的首领，倘若现在有人可以听见你的话音。”

他言罢，啸吼战场的墨奈劳斯谨遵不违，
提高嗓门，用尖亮的声音对达奈人喊道：
“朋友们，阿耳吉维人的首领和统治者们！
所有偕同阿伽门农和墨奈劳斯，阿特柔斯的
两个儿子，饮喝公库里的醇酒，对自己的兵众
发号施令，收受宙斯赐予的光荣和荣誉的人们！
眼下，我不可能一一提点各位的大名，
我的首领们，战斗打得如此惨烈，像烈火升腾！
冲吧，各位主动出击！我们不要这份耻辱，
不要让特洛伊的犬狗嬉耍帕特罗克洛斯的躯身！”

他言罢，俄伊琉斯之子、迅捷的埃阿斯听得真切，
第一个跑过战斗的人群，和他聚首；
紧接着跑来伊多墨纽斯和墨里俄奈斯，
伊多墨纽斯的伙伴，杀人狂阿瑞斯一般凶莽的武夫。
其后，勇士们接踵而来，唤起阿开亚人的战斗激情——
谁有这个能耐，一一道数出他们的大名？

其时，赫克托耳带领队形密集的特洛伊人，冲扫而来，
宛如在雨水暴涨的河口，咆哮的
海浪击打着河道里泻出的激流，突伸的
滩头发出隆隆的巨响，回荡着惊浪扑岸的吼声；
就像这样，特洛伊人呼啸着冲上前来。但是，阿开亚人
集聚在墨诺伊提俄斯之子周围，抱定同一个信念，
战斗在盾面相连的铜墙后面。与此同时，克罗诺斯之子

布起浓厚的迷雾，掩罩着闪亮的头盔。
过去，宙斯从未怨恨过墨诺伊提俄斯之子，
在他活着的时候，作为阿基琉斯的伴友；
所以，他现在催励阿开亚人保护他的遗体，不忍心
让死者变成一摊人肉，喂饱敌对方特洛伊人的犬狗。

初始，特洛伊人硬是顶住了明眸的阿开亚兵勇，
后者丢下遗体，撒腿惊跑。心志高昂的
特洛伊人枪矛在握，全力以赴，不曾杀死一个敌人，
倒是开始拽拉地上的尸体。然而，阿开亚人不会长时间
把它丢弃；以极快的速度，埃阿斯重新召聚起队伍，
埃阿斯，除了逊让于刚勇的阿基琉斯外，
他的健美和战力超越所有的达奈人。
他闯入前排的战勇，凶猛得像一头
野猪，窘困在林间的谷地，频频转动身子，
一举冲散狗和年轻力壮的猎人，在那山野之中；
就像这样，高贵的忒拉蒙之子、光荣的埃阿斯
凶猛地冲进敌阵，一举击溃了一队队特洛伊战勇，
后者站临帕特罗克洛斯遗体的两边，热切
希望把他拖入城内，争得此项光荣。

其时，希波苏斯，裴拉斯吉亚人莱索斯光荣的儿子，
抓起盾牌的背带，绑住脚踝的筋腱，试图
拉着死者的双脚，把他拖出激烈的战斗，
取悦赫克托耳和特洛伊人。无奈突至的死亡
夺走了他的生命，谁也救挡不得，虽然他们都很愿意。
忒拉蒙之子，冲扫过成群的战勇，
逼近出枪，捅穿帽盔上的青铜颊片；
枪尖带着粗长的铜矛和臂膀的

重力，打裂了缀扎着马鬃脊冠的盔盖，
脑浆从豁口喷涌而出，顺着枪杆的插口，
掺和着浓血。他的勇力消散殆尽，双手一松，
放掉骠勇的帕特罗克洛斯的腿脚，
死者横倒泥尘，他自己亦头脸朝下，扑倒尸身，
远离富饶的拉里萨，不能回报
亲爱父母的养育；他活得短促，
被心胸豪壮的埃阿斯出枪放倒。

赫克托耳挥手投出闪亮的枪矛，对着埃阿斯，
但后者盯视着他的举动，躲过铜镖，
仅在毫末之间；枪尖击中斯凯底俄斯，心胸豪壮的
伊菲托斯的儿子，福基斯人中最勇敢的斗士，家住
著名的帕诺裴乌斯，王统着众多的族民。
投枪扎在锁骨下，犀利的铜尖
穿筋破骨，从肩膀的根座里捅出；
他随即倒地，轰然一声，铠甲在身上铿锵作响。

接着，埃阿斯击倒福耳库斯，法伊诺普斯聪慧的儿子，
其时正跨护着希波苏斯，打在肚腹正中，
捅穿胸甲的虚处，内脏从铜甲里
迸挤出来；福耳库斯随即倒地，手抓泥尘。
特洛伊人的首领们开始退却，包括光荣的赫克托耳；
阿开亚人放声吼叫，拖走希波苏斯和
福耳库斯的遗体，从他们肩上剥下铠甲。

其时，面对嗜战的阿开亚人，特洛伊人可能会
再次逃回伊利昂，带着惊恐，跌跌撞撞，
而阿耳吉维人却可能冲破宙斯定下的命限，以自己的

勇武和力量，争得荣光，要不是阿波罗亲自
催励起埃内阿斯的战力，以信使裴里法斯的形象，
厄普托斯之子，在埃内阿斯的老父面前，守着
此份职务，一位心地善良的好人，迈入苍黄的暮年。
以此人的模样，宙斯之子阿波罗对他说道：
“埃内阿斯，你和你的部属何以能够保卫陡峭的伊利昂，
违背神的意愿？从前，我曾见过一些凡人，
坚信自己的勇武和力量，凭借他们的骠健和军队的
战力，虽然在数量上处于劣势，保卫自己的家乡。
但是，宙斯现正站在我们一边，打算让我们，而不是
达奈人获取胜利。只是你们已被吓得畏缩躲避，不敢打仗！”

　　他言罢，埃内阿斯看着他的脸面，知晓他乃
远射手阿波罗，于是对着赫克托耳喊话，声音洪亮：
“赫克托耳，各位特洛伊首领，盟军朋友们！
可耻啊！我们正跌跌撞撞地爬回
特洛伊，背着惊恐的包袱，嗜战的阿开亚人的追杀！
没看见吗？一位神明站在我的身边，告诉我
宙斯，至高无上的神主，仍在助佑我们战斗。
所以，我们必须冲向达奈人，不要让他们
把帕特罗克洛斯的尸体抬回海船，干得轻轻松松！”

　　言罢，埃内阿斯跳出队伍，远远地站在头排壮勇前面，
其他人则转过身子，站稳脚跟，迎战阿开亚人。
其时，埃内阿斯出枪杀了雷俄克里托斯，
阿里斯巴斯之子，鲁科墨得斯高贵的伴友。
眼见伙伴倒地，嗜战的鲁科墨得斯心生怜悯，
跨步进逼，投出闪亮的枪矛，击中
阿丕萨昂，希帕索斯之子，兵士的牧者，

打在横膈膜下的肝脏上，当即酥软了他的膝腿。
此人来自土地肥沃的派俄尼亚，除了
阿斯忒罗派俄斯外，他是本部最出色的战勇。

　　他随即倒地，勾发了嗜战的阿斯忒罗派俄斯的怜悯，
猛扑上去，寻战达奈人，心急似火，
但却不能如愿；他们围拥着帕特罗克洛斯的躯体，
用盾牌把它挡得严严实实，伸挺着枪矛。
埃阿斯穿行在人群里，发出严厉的命令，
既不让任何人退离尸体，也不让谁个
冲出队阵，离开其他阿开亚人，孤身对敌；
他要人们紧紧围聚在尸躯边，手对手地战斗。
这便是魁伟的埃阿斯的命令。其时，大地上碧血
殷红，军士们一个接一个地倒下，
从特洛伊人和豪壮的盟军队列，也从
达奈人的军阵——流血牺牲，阿开亚人也不能幸免。
但相比之下，后者的伤亡要轻得多，因为他们从未忘记
排成紧密的队阵，互相防卫，避离凶暴的死亡。

　　就这样，双方激烈拼搏，如同燃烧的烈火。
你或许以为太阳和月亮已不在天空存耀：浓雾
弥漫在整个战区，最勇敢的人们拼搏的地方，
围绕着帕特罗克洛斯的躯体，墨诺伊提俄斯阵亡的儿郎。
这时，在其他地方，特洛伊人和胫甲坚固的阿开亚人
仍在常态下战斗，在晴朗的天空下，
透亮的日光里，大地和山脊上没有一丝
游云。他们打一阵，息一阵，中间隔开
一大段距离，避闪着此来彼往的器械，
飞响着痛苦的呻吟。但那些搏战在中军的战勇，却

饱受着迷雾和战火的煎熬，被无情的铜械打得七零八落，
他们是战斗中最勇敢的人。然而，战场上还有两位著名的
勇士，斯拉苏墨得斯和安提洛科斯，其时还不曾得知
豪勇的帕特罗克洛斯已死的消息，满以为
他还活着，在前排的队列里，奋战特洛伊人。
但此二位，为了察知伙伴们的阵亡情况，防止溃逃，
战斗在战场的边翼，按照奈斯托耳的吩咐，
在催励他俩离开乌黑的海船，投身战斗的前夕。

整整一天，勇士们冒死拼杀，浴血
苦战，没有片刻的停息，他们全身疲软，汗如泉涌，
透湿了膝盖、小腿和支撑每一位战勇的腿足，
淋湿了双手和眼睛——两军相搏，
为了争夺捷足的阿基琉斯勇敢的伴友。
像一位制皮的工匠，把一领大公牛的皮张交给
伙计们拉扯，透浸着油脂，
他们接过牛皮，站成一个圈围，用力
张拉，直到挤出皮里的水分，吸进表层上的
油脂，人多手杂，把牛皮拉成一块绷紧的平片；
就像这样，双方勇士争扯着尸体，在一片壅塞的地面，
朝着己方猛拉，寄怀着希望：特洛伊人企望
把它拖进伊利昂，而阿开亚人则希冀着
把它抬回深旷的海船。围绕着躯体，双方展开了一场
凶蛮的拼杀。即便是阿瑞斯，勇士的催聚者，即便是雅典娜，目睹
这场战斗，也不会讥嘲，哪怕在他俩怒气最盛的时光。

这一天，宙斯绷紧了战争的弦线，双方打得轰轰
烈烈，成群的兵勇和驭马，为争夺帕特罗克洛斯的遗体。
然而，卓越的阿基琉斯其时还不知帕特罗克洛斯已死的消息，

419

因为人们在远离快船的地方，在特洛伊
城墙下战斗。阿基琉斯亦不会想到
帕特罗克洛斯已经死去，以为他还活着，一旦逼至
城下，便会返身营房。他不曾想过，帕特罗克洛斯
会攻破城堡，没有他的参与；就是和他一起，也不曾想过。
他经常听到母亲的告嘱，通过私下的秘密渠道，
告知大神宙斯的意志，但这次，
母亲却没有告诉他这条
噩耗：他最最亲爱的伴友已经阵亡。

　　围绕帕特罗克洛斯的遗体，勇士们手握锋快的枪矛，
咄咄近逼，互相不停地杀砍，打得英勇壮烈。
其时，某个身披铜甲的阿开亚人会这么说道：
“朋友们，倘若现在退回深旷的海船，我们还有
什么光荣？让乌黑的大地裂开一道口子，此时
此地，把我们尽数吞咬！这是个好得多的结局，
较之把尸体让给特洛伊人，驯马的壮勇，
由他们带回自己的城堡，争得荣光！”

　　同样，某个心胸豪壮的特洛伊人亦会这般喊道： 420
“朋友们，即使命运要我们全都死在此人的
身边，即便如此，也不许任何人逃离战斗！”

　　他们会如此说道，催励起每一位伙伴的
战斗激情。战斗打得如此狂烈，灰铁的喧嚣
穿过荒袤的气空，冲上铜色的天穹。
然而，阿基琉斯的驭马其时离着战场伫立，
自从得知它们的驭手已经阵亡，死在
杀人不眨眼的赫克托耳手里，就一直泪流不止。

奥托墨冬，狄俄瑞斯强有力的儿子，竭己所能，
扬起舒展的皮条，一鞭又一鞭地抽打，
时而低声恳劝，时而恶语胁迫，然而，
它俩既不愿回返海船停驻的地方，赫勒斯庞特
宽阔的海岸，也不愿跑回战场，战斗在阿开亚人身旁。
它们纹丝不动地站着，像一块石碑，
矗立在坟堆上，厮守着一个死去的男人或女子，
静静地架着做工精美的战车，
低垂的头脸贴着地面，热泪涌注，
夺眶而出，湿点着尘土，它们
悲悼自己的驭者，闪亮的长鬃铺泻在
轭垫的边沿，垂洒在轭架两边，沾满了尘污。

眼见它们流泪悲悼，克罗诺斯之子心生怜悯，
摇着头，对自己的心魂说道：
“唉，可怜的东西，我们为何把你们给了王者裴琉斯，
一个凡人，而你们是长生不死、永恒不灭的天马？
为了让你们置身不幸的凡人，和他们一起忍受痛苦吗？
一切生聚和爬行在地面上的生灵，
凡人最是多灾多难。不过，
至少赫克托耳，普里阿摩斯之子，不会登上
做工精致的战车，从你们后面；我不会允许他这么做。他已
得获那副铠甲，并因此大肆炫耀，这一切难道还不算够？
现在，我将在你们的膝腿和心里注入力量，
让你们把奥托墨冬带出战场，回返
深旷的海船，因我仍将赐予特洛伊人
杀戮的荣耀，一直杀到凳板坚固的海船，
杀到太阳西下，神圣的黑夜把大地蒙罩。”

言罢，宙斯给驭马吹入蓬勃的活力，
后者抖落鬃发上的泥尘，轻松
拉起飞滚的战车，奔驰在阿开亚人和特洛伊人之间。
奥托墨冬在车上战斗，尽管怀着对伙伴之死的伤愁，
他赶着马车，冲入战阵，像扑击鹅群的兀鹫，
轻而易举地闪出特洛伊混乱的人群，
继而又轻松地冲扑进去，追赶大队的兵众。
然而，尽管追得很紧，他却不能出手杀敌：
孤身一人，驾着颠簸的战车，既要驭控
飞跑的骏马，又要投枪杀敌，让他难以对付。
终于，伙伴中有人发现他的踪迹，
阿尔基墨冬，莱耳开斯之子，海蒙的后代，
站在车后，对着奥托墨冬喊道：
“奥托墨冬，是哪位神祇夺走了你的睿智，把这个
没有用益的主意塞进你的心胸？你在试图
以单身之躯，和特洛伊人战斗，在这前排的
队列之中！你的伙伴已经死去，赫克托耳正
穿着阿基琉斯的甲衣，显耀他的光荣！”

听罢这番话，狄俄瑞斯之子奥托墨冬答道：
“阿尔基墨冬，阿开亚人中，还有谁比你更能调驯
这对长生不老的骏马，制驭它们的狂暴？
只有帕特罗克洛斯，和神一样精擅谋略的凡人，
在他活着的时候——可惜死和命运已结束了他的一生。
上来吧，从我手中接过马鞭和闪亮的
缰绳；我将跳下马车，投入战斗！”

他言罢，阿尔基墨冬跃上冲跑的马车，
出手迅捷，接过皮鞭和缰绳，而

奥托墨冬则抬腿跳下战车。然而，光荣的赫克托耳
看到了他们，当即对站在近旁的埃内阿斯说道：
“埃内阿斯，身披铜甲的特洛伊人的训导，
我已望见捷足的阿基琉斯的驭马，
迅猛地冲向战斗，听命于懦弱的驭手。看来，
我有希望逮住它们，如果你愿意
和我一起行动。倘若我俩协同作战，
他们就不敢和我们交手，面对面地战斗！”

　　言罢，安基塞斯骁勇的儿子欣然遵从。
他俩大步向前，挺着战盾，挡护着肩膀，厚实、
坚韧的牛皮，锻铆着大片的铜层。
克罗米俄斯和神一样的阿瑞托斯跟随冲击，
两位壮勇，带着热切的企盼，意欲
杀死阿开亚人，赶走颈脖粗壮的驭马。
可怜的蠢货！奥托墨冬将放出他们的热血，
不会让他们活着回头！他祷过宙斯，
黑心中注满了勇气和力量，对
阿尔基墨冬、他所信赖的伴友喊道：
“阿尔基墨冬，别让驭马远离于我，
让它们对着我的脊背喘呼。眼下，我认为，
谁也顶不住普里阿摩斯之子赫克托耳的蛮狂，
他会跃上战车，从阿基琉斯长鬃飘洒的骏马
后面，杀了我俩，打散阿耳吉维人战斗的群伍；
对于他，要么这样，要么死去，战死在前列之中！”

　　言罢，他对着两位埃阿斯和墨奈劳斯喊道：
“两位埃阿斯，阿耳吉维人的首领！墨奈劳斯！
把帕特罗克洛斯留给你们认为最合适的人，

他们会跨护他的遗体，打退特洛伊人的队伍。你等
这就过来，帮助我们仍然活着的战勇，打开这要命的时分！
敌人正向这边冲来，赫克托耳和埃内阿斯，特洛伊
最善战的壮勇，窘逼着我们——这场掺和着泪水的苦斗！
但是，所有这一切都躺卧在神的膝头，
我也将挥甩枪矛，其余的听凭宙斯定夺。”

　　言罢，他持平落影森长的枪矛，奋臂投掷，
击中阿瑞托斯边圈溜圆的战盾，
铜尖冲破阻挡，把面里一起穿透，
捅开腰带，深扎进他的肚腹。
像一个身强力壮的汉子，手提利斧，
杀砍一头漫步草场的壮牛，劈在牛角后面，
砍穿厚实的隆肉；牧牛腾扑向前，塌倒在地——
就像这样，阿瑞托斯先是向前扑跳，接着仰面翻倒，
锋快的枪矛深扎进去，摇摇晃晃，酥软了他的肢腿。
其时，赫克托耳投出闪亮的枪矛，对着奥托墨冬，
但后者盯视着他的举动，躲过铜矛，
向前佝屈起身子；长枪扎入后面的
泥地，杆尾来回颤摇摆动，
直到强健的阿瑞斯消解了它的力能。
其时，他们会手持利剑，近战搏杀，
要不是两位埃阿斯，听到伙伴的召唤，
奋力挤过战斗的人群，隔现在他俩之中。
出于恐惧，赫克托耳和埃内阿斯，以及神一样的
克罗米俄斯再次退却，撇下阿瑞托斯的
躯体，躺在原地——投枪夺走了他的人生。
其时，奥托墨冬，可与迅捷的战神相匹比的战勇，
剥去他的铠甲，得意洋洋地吹擂喊叫：

“这下，多少减轻了帕特罗克洛斯之死带给我的悲愁，
虽然和他相比，被我宰杀的此人远不是同等的英豪。”

言罢，他拿起带血的战礼，放在
车上，然后抬腿登车，手脚鲜血
滴淌，像一头狮子，刚刚撕食了一头公牛。

其时，围绕着帕特罗克洛斯的遗体，双方重新开战，
场面惨烈，泪水横流。雅典娜从天上下来，
挑发殊死的拼搏，受宙斯派遣，催励达奈人
战斗；沉雷远播的天神已改变心潮的流程。
宛如宙斯在天上划出一道闪光的长虹，兆现给
凡人，预示着战争或卷来阴寒的风暴，
它将驱走温热，辍止凡人的劳作，
在广袤的地面，给畜群带来骚恼；
就像这样，雅典娜行裹在闪光的云朵里，
出现在大群的达奈人中，催励着每一个战勇。
首先，她对阿特柔斯之子、强健的墨奈劳斯发话，
催他向前——他正站在女神身边——变取
福伊尼克斯的形象，模仿他不知疲倦的声音：
“这将是你的耻辱，墨奈劳斯，你将为此低垂脑袋，
倘若在特洛伊城下，疯狂的饿狗
撕裂高傲的阿基琉斯忠勇的伴友。
坚持下去，奋勇向前，催励所有的人战斗！”

听罢这番话，啸吼战场的墨奈劳斯答道：
“福伊尼克斯，我的父亲，老一辈的斗士！但愿雅典娜
能给我力量，替我挡开飞掷而来的枪矛！
这样，我就能下定决心，站在帕特罗克洛斯身边，

保护他的遗体；他的死亡深深地刺痛了我的心窝。
但是，赫克托耳仍然拥有火一样暴虐的勇力，挺着
铜枪冲杀，不曾有一刻闲息；宙斯正使他获得光荣。”

　　听罢这番话，灰眼睛女神雅典娜心里高兴，
诸神中，此人首先对她祈愿。
女神把力气输入他的肩膀和双膝，
又在他心里激起马蝇的凶勇——
把它赶开，它却偏要回返，执意叮咬
人的皮肉，迷恋于血液的甜美。
就像这样，女神用血蝇般的勇莽饱注他那乌黑的心胸；
他跨站在帕特罗克洛斯身边，投出闪亮的枪矛。
特洛伊人中，有一位名叫波得斯的战勇，厄提昂之子，
出身高贵，家资充盈，在整片地域，最得赫克托耳
尊爱，是他亲近的朋友，餐桌上的食客。
现在，棕发的墨奈劳斯击中了他，打在护带上，
在他跳步逃跑之际，铜矛穿透了腹腔——
他随即倒地，轰然一声。阿特柔斯之子墨奈劳斯
从特洛伊人那里拉走尸体，拖回己方的营阵。

　　其时，阿波罗来到赫克托耳身边，出言催励，
以阿西俄斯之子法伊诺普斯的形象，在全部
客友中，此人最受赫克托耳尊爱，居家阿布多斯。
以此人的模样，远射手阿波罗说道：
“现在，赫克托耳，有哪个阿开亚人还会怕畏于你？
瞧瞧你自己，居然在墨奈劳斯面前缩退；过去，
此人一直是个懦弱的枪手。眼下，他竟然独自一人，
从我们身边拖走尸体，并且杀了你所信赖的伴友，
首领中的勇士，厄提昂之子波得斯善斗。”

他言罢，一团悲痛的乌云罩住了赫克托耳的心灵。
他穿行在前排的壮勇里，头顶锃亮的头盔。
其时，克罗诺斯之子拿起穗带飘摇的埃吉斯，
光彩夺目，将伊达山笼罩在弥漫的云雾里。
他扔出一道闪电，一声炸响的霹雳，摇撼着埃吉斯，
使特洛伊战勇获胜，把阿开亚人吓得惶惶奔逃。

波伊俄提亚人裴奈琉斯第一个撒腿；
他总是冲跑在前面，而普鲁达马斯从近处
投枪，击中他的肩膀，伤势轻微，
但枪尖已擦碰肩骨。接着，
赫克托耳扎伤了雷托斯的手腕，
心胸豪壮的阿勒克特鲁昂的儿子，中止了他的战斗。
雷托斯左右扫瞄，拔腿回逃，
心知已不能继续手提枪矛，和特洛伊人拼斗。
赫克托耳奋起追赶，被伊多墨纽斯投枪
击中护胸的铠甲，奶头旁边，但
长枪在铜尖后面折断——特洛伊人发出一阵呼啸。
赫克托耳甩手投掷，对着伊多墨纽斯，丢卡利昂之子，
其时正站在车上；枪尖擦身而过，差离仅在毫末，
击中墨里俄奈斯的助手和驭者，
科伊拉诺斯，随同前者一起来自鲁克托耳，城垣坚固。
清晨，伊多墨纽斯徒步离开弯翘的海船；
现在，他将让特洛伊人赢得一项辉煌的胜利，
要不是科伊拉诺斯赶着快马前来，像一道
闪光，在伊多墨纽斯眼里，为他挡开无情的死途。
然而，驭手自己却因此送命，死在杀人狂赫克托耳手下，
打在颌骨和耳朵下面，枪矛连根捣出
牙齿，把舌头截成两半，

他从车上翻身倒地，马缰散落泥尘。
墨里俄奈斯弯腰捡起缰绳，从
平原的泥地上，对伊多墨纽斯喊呼：
“扬鞭催马，回返迅捷的海船！
你已亲眼看到，阿开亚人的勇力已被彻底荡除！”

他言罢，伊多墨纽斯催打着长鬃飘洒的驭马，
心怀恐惧，跑回深旷的海船。

心志豪莽的埃阿斯和墨奈劳斯亦已看出，
宙斯已把改变战局的胜利交给了特洛伊战勇。
两人中，忒拉蒙之子、巨人埃阿斯首先说道：
“唉，够了，够了！现在，即便是无知的孩子，
也能看出父亲宙斯正如何起劲地帮助特洛伊人！
他们的枪械全都击中目标，不管投者是谁，
是勇敢的战士，还是懦弱的散兵——宙斯替他们制导着每
一支枪矛。相比之下，我们的投械全都落地，一无所获！
所以，我们自己必须想出个两全齐美的高招，
既要抢回遗体，又要保存自己，
给我们钟爱的伙伴带回欢乐；
他们一定在翘首观望，心情沮丧，以为我们
不能止住杀人不眨眼的赫克托耳的狂暴，挡不住他那双
难以抵御的大手，以为他一定会打入我们乌黑的船舟。
但愿能有一位帮手，把信息尽快带给
裴琉斯的儿郎；我相信，他还没有听到这条
噩耗：他所钟爱的伴友已经倒地身亡。
然而，我却看不到一个人选，在阿开亚人中，
他们全被罩没在浓雾里，所有的驭马和兵勇。
哦，父亲宙斯，把阿开亚人的儿子们拉出迷雾吧！

让阳光照泻，使我们重见天日！把我们杀死吧，杀死在
灿烂的日光里，如果此时此刻，毁灭我们能使你欢乐！”

他朗声求告，泪水横流；宙斯见状，心生怜悯，
随即驱散浓雾，推走黑暗，重现
普射的阳光，使战场上的一切明晰地展现在他们眼前。
其时，埃阿斯对啸吼战场的墨奈劳斯说道：
“仔细寻觅，高贵的墨奈劳斯，但愿你能发现
安提洛科斯仍然活着，心胸豪壮的奈斯托耳之子，
要他快步跑去，面见聪颖的阿基琉斯，转告
他最尊爱的伴友已经战死疆场的噩耗。”

他言罢，啸吼战场的墨奈劳斯谨遵不违，
离去，拖着沉重的双腿，像一头狮子，走离圈栏，
由于忙着骚扰狗和牧人，业已累得筋疲力尽；
对手们不让它撕剥牛的肥膘，整夜
监守，饿狮贪恋牛肉的肥美，临近扑击，
但却一无所获——雨点般的枪矛迎面
砸来，投自粗壮的大手，另有那腾腾
燃烧的火把，吓得它，尽管凶狂，退缩不前；
随着黎明的降临，饿狮怏怏离去，心绪颓败。
就像这样，啸吼战场的墨奈劳斯离开帕特罗克洛斯，
走得很不甘愿，担心阿开亚人会群起，
惊逃，丢下遗体，惨遭敌人的欺捣。所以，
他有许多话语要对墨里俄奈斯和两位埃阿斯嘱告：
“两位埃阿斯，阿耳吉维人的首领，还有你，墨里俄奈斯，
记住，不要忘却不幸的帕特罗克洛斯，
一个敦厚的好人，生前曾善待所有的
相识。现在，死和命运结束了他的一生。”

　　言罢，头发棕黄的墨奈劳斯举步前行，
四下里举目索望，像一只雄鹰——人们说，
在展翅天空的鸟类中，鹰的眼睛最亮，
虽然盘翔高空，却能看见撒腿林中的野兔，
吓得蜷缩起身子，躲在枝蔓横生的树丛里；
鹰隼俯冲直下，逮住野兔，碎毁了它的生命。
就像这样，高贵的墨奈劳斯，你目光烁烁，
扫视着每一个角落，成群结队的军友，寄望于有人
能觅得奈斯托耳之子的下落，此人是否还能行走存活？
他放眼索望，很快便盯上了要找的目标，在战场的左边，
正激励着他的伙伴，催督他们战斗。
棕发的墨奈劳斯站到他身边，喊道：
“过来吧，宙斯哺育的安提洛科斯，听我告说
一个噩耗，一件但愿绝对不曾发生的事情。
我想，你自己亦已看出，宙斯
如何让达奈人遭难，让特洛伊人
获胜。帕特罗克洛斯，阿开亚人中最出色的战勇，
已经倒下，达奈人的损失剧烈惨重。
赶快跑向阿开亚人的海船，寻见阿基琉斯，将此事
相告。此人也许会即刻行动，夺回已被剥光的遗体，
运往他的海船——头盔闪亮的赫克托耳已夺占他的甲套！”

　　他言罢，安提洛科斯潜心听闻，痛恨入耳的传话。
他默立许久，一言不发，眼里噙着
泪水，悲痛噎塞了洪大的嗓门。
但即便如此，他也没有玩忽墨奈劳斯的嘱告，
快步跑去，留下甲械，给豪勇的伙伴劳多科斯，
后者已把坚蹄的驭马赶至他的近旁。

他快步跑离战斗，痛哭流涕，
带着噩耗，跑向裴琉斯之子阿基琉斯。
其时，高贵的墨奈劳斯，你不愿保护
这里的普洛斯人——安提洛科斯走后，他的
伙伴失去主将，勉强抵挡着敌人的进攻。
他让卓越的斯拉苏墨得斯指挥队伍，
自己则快步回跑，跨护英雄帕特罗克洛斯的
遗体，置身两位埃阿斯身旁，对他们喊道：
“我已送出你们提及的那位，让他
寻见捷足的阿基琉斯，但对他能否出战，我却不抱
什么希望，虽然对卓越的赫克托耳，他已怒满胸膛。
没有铠甲，他将如何拼战特洛伊战勇？
我们自己必须想出个两全齐美的高招，
既要抢回遗体，又要保存自己，
顶着特洛伊人的喧嚣，躲避厄运和死亡。”

听罢这番话，忒拉蒙之子高大的埃阿斯答道：
“你的话句句在理，卓著的墨奈劳斯，说得一点不错。
来吧，你和墨里俄奈斯弯腰扛起遗体，
要快，撤离激烈的战斗。我俩殿后
掩护，为你们挡开特洛伊人和赫克托耳——
我们，怀着同样的战斗激情，享用同一个名字，经常
战防在一起，在过去的日子里，面对凶暴的战神。”

听罢这番话，他俩伸出双臂，运足力气，
抱起地上的尸体，高举过头。特洛伊人见状，
急起直追，大声喊叫，像一群
猎狗，迅猛出击，追赶一头
受伤的野猪，跑在追杀猎物的年轻人前面，

撒腿猛赶了一阵，恨不能把它撕成碎片，
直到后者于困境中转过身子，自信地进行反扑，
猎狗追犹不及，惊恐万状，四散奔逃。
就像这样，特洛伊人队形密集，穷追不舍，
奋力砍杀，用剑和双刃的枪矛。
但是，每当两位埃阿斯转过身子，腿脚稳健，
举枪迎战，他们就全都吓得面无人色，不敢
继续冲杀，为抢夺遗体拼搏。

　　就这样，他们竭尽全力，抬着死者，撤离战斗，
回返深旷的海船。四周，战斗打得激烈异常，
狂暴得就像燃烧的火焰，突起腾发，吞噬着
人居人住的城楼，冲天的火舌摧毁了成片的房屋，
狂风疾扫，火海里爆发出剧烈的响声。
就像这样，战地上，车马喧腾，人声鼎沸；达奈人
退兵回撤，在不绝于耳的嘈声中。
像一对骡子，忍受着苦役的辛劳，
沿着崎岖的岩路，从山壁上一步一滑地走下，
拉着一根梁材，或一方造船的木料，艰辛的劳动
和着流淌的汗水，几乎搅碎了它们的心胸；
就像这样，他俩咬牙坚持，抬着死者行走。在他们身后，
两位埃阿斯阻击追兵，像一面林木昌茂的山脊，
横隔着整个平原，截住水流，巍然
屹立，挡回大河的奔涌，把湍急的
水浪推送回去，倾洒在坡下的
平野，无论哪一股激流都不能把它冲倒。
同此，两位埃阿斯一次又一次地堵击
特洛伊人，但后者仍然穷追不舍，由两位壮士，
由安基塞斯之子埃内阿斯和光荣的赫克托耳领头。

像一群云朵般汇聚的寒鸦或欧椋，眼见
奔袭的鹰隼，发出可怕的尖叫，对这些较小的
鸟类，鹰的扑击意味着死亡；就像这样，
在埃内阿斯和赫克托耳面前，年轻的阿开亚军勇
快步回跑，嘶喊出可怕的惊叫，把战斗的愉悦全抛。
达奈人撒腿奔逃，丢下满地精美的甲械，
散落在壕沟两边；战斗打得无有片刻息止的时候。

# 第十八卷

就这样，双方奋力搏杀，像熊熊燃烧的烈火。
其时，安提洛科斯快步跑到阿基琉斯的营地，作为信使，
发现他正坐在头尾翘耸的海船前，冥思
苦想着那些事情，已经成为现实。
他焦躁烦恼，对自己豪莽的心灵说道：
“唉，这又是怎么回事？长发的阿开亚人再次被
赶出平原，退回海船，惊恐万状，溃不成军？
但愿神明不会把扰我心胸的愁事变成现实。
母亲曾对我说过，说是在我还
活着的时候，慕耳弥冬人中最勇敢的壮士
将倒死在特洛伊人手下，别离明媚的阳光。
我敢断言，现在，墨诺伊提俄斯骁勇的儿子已经死去，
我那固执犟拗的朋友！然而，我曾明言嘱告，要他一旦扫灭
凶狂的烈火，马上回返海船，不要同赫克托耳拼斗。”

正当思考着此事，在他的心里魂里的时候，
高贵的奈斯托耳之子跑至他的近旁，
滴着滚烫的眼泪，开口传送悲苦的言告：
“哦，骠勇的裴琉斯的儿子，我不得不对你转述
这个噩耗，一件但愿绝对不曾发生的事情：
帕特罗克洛斯已战死疆场，他们正围绕着遗体战斗，
已被剥得精光，头盔闪亮的赫克托耳已夺占他的甲套！”

他言罢，一团悲愤的乌云罩住了阿基琉斯的心灵。
他十指勾屈，抓起地上的污秽，撒抹在
自己的头脸，脏浊了俊美的相貌，
灰黑的尘末纷落在洁净的衫衣上。
他横躺在地，偌大的身躯，卧盖着一片泥尘，
抓绞和污损着自己的头发。
带着揪心的悲痛，他和帕特罗克洛斯
俘获的女仆们，哭叫着冲出
营棚，围绕在骁勇的阿基琉斯身边，全都
扬起双手，击打自己的胸脯，腿脚酥软。
安提洛科斯和他一齐悲悼，泪水倾注，
握着他的双手，悲痛绞扰着高贵的心房，
担心勇士会用铁的锋刃刎脖自尽。阿基琉斯
发出一声可怕的叹吼，高贵的母亲听到了他的声音，
其时正坐在深深的海底，年迈的父亲身边，
报之以尖厉的嘶叫。女神们拥聚到她的身边，
所有生活在海底的女仙，奈柔斯的女儿，有
格劳凯、库莫多凯和莎勒娅、
奈赛娥、斯裴娥、索娥和牛眼睛的哈莉娅，
有库摩索娥、阿克泰娅和莉诺瑞娅、
墨莉忒、伊埃拉、安菲索娥和阿伽维、
多托、普罗托、杜娜墨奈和菲鲁萨、
德克莎墨奈、安菲诺墨和卡莉娅内拉、
多里丝、帕诺裴和光荣的伽拉苔娅、
奈墨耳忒丝、阿普修得丝和卡莉娅娜莎，
还有克鲁墨奈、亚内拉和亚娜莎、
迈拉、俄蕾苏娅和长发秀美的阿玛塞娅，
以及其他生活在海底的奈柔斯的女儿们。
女儿们挤满了银光闪烁的洞府，全都击打着

自己的胸脯；女仙中，塞提丝领头表述悲惋的情感：
“姐妹们，奈柔斯的女儿们，全都听我说讲，
了解我心中深切的悲伤。唉，
我的苦痛和烦恼！了不起的生育，吃尽苦头的亲娘！
我生养了一个完美无缺、强健剽悍的儿子，
英雄中的俊杰，像一棵树苗似的茁壮成长；
我把他养大成人，似一棵果树，为园林增彩添光。
然而，我却把他送上弯翘的海船，和特洛伊人战斗，
前往伊利昂！我再也见不到他的身影，
见不到他回返自己的门户，裴琉斯的居家！
只要他还活着，能见到白昼的日光，他就无法摆脱
烦愁，即便我亲往探视，也帮不了他的忙。
然而，我还是要去，看看心爱的儿子，听听他的诉说，
在这脱离战斗的时候，他经历着何种愁伤。”

　　言罢，她离开洞府，女仙们含泪
相随；在她们周围，海浪掀分出一条
水路。一经踏上富饶的特洛伊大地，她们
一个跟着一个，在滩沿上鱼贯而行，依傍着已被拖上
海岸的慕耳弥冬人的海船，密排在捷足的阿基琉斯身边。
正当他长吁短叹之时，高贵的母亲出现在他的面前，
发出一声尖叫，伸出双臂，抱住儿子的头脸，
悲声哭泣，开口说道，用长了翅膀的话语：
“我的儿，为何哭泣？是什么悲愁揪住了你的心？
说出来，不要藏匿。宙斯已兑现你所
希求的一切，按你扬臂祈告的那样，
阿开亚人的儿子们已被如数赶回船尾，
由于你不在场，已经受到惨重的打击。”

捷足的阿基琉斯长叹一声，答道：
“不错，我的母亲，俄林波斯神主确已兑现我的祈愿，
但现在，这一切于我又有什么欢乐可言？我亲爱的伴友已不在
人间。帕特罗克洛斯死了，我爱他甚于对其他所有的伙伴，
就像爱我自己的生命一样！我失去了他；赫克托耳杀了他，
剥走那套硕大、绚丽的铠甲，让人眼花缭乱的
美佳，神明馈送裴琉斯的一份厚重赠礼——
那一天，他们把你推上和凡人婚配的睡床。
但愿你当时仍和其他海中的仙女生活，
而裴琉斯则婚娶了一位凡女。
现在，你的内心必须承受杳无穷期的悲痛，
为你儿子的死亡——你将再也不能和他重逢，
相聚在自己的居家。我的心魂已催我放弃
眼下的生活，中止和凡人为伍，除非我先杀了
赫克托耳，用我的枪矛，以他的鲜血偿付
杀剥墨诺伊提俄斯之子帕特罗克洛斯的做法！”

其时，塞提丝泪水滴淌，说道：
“既如此，我的儿，你的死期已近在眼前。
赫克托耳去后，紧接着便是你自己的死亡！”

带着满腔愤恼，捷足的阿基琉斯答道：
“那就让我马上死去，既然在伴友被杀之时，
我没有出力帮忙！如今，他已死在远离故土的
异乡——他需要我的护卫，我的力量。
现在，既然我已不打算回返亲爱的故乡，
既然我已不是帕特罗克洛斯和其他伙伴们的救护
之光——他们已成群结队地倒在强有力的赫克托耳手下——
只是干坐在自己的船边，使沃野徒劳地承托着我的重压：

我，战场上的骄子，身披铜甲的阿开亚人中无人
可以及旁，虽然在议事会上，有人比我舌巧话长。
但愿争斗从神和人的生活里消失，
连同驱使哪怕是最明智的人撒野的暴怒，
这苦味的胆汁，比垂滴的蜂蜜还要甜香，
涌聚在人的胸间，似一团烟雾，迷惘着我们的心窍；
就像民众的王者阿伽门农的作为，在我心里激起的愤怒一样。
够了，过去的事就让它过去吧！尽管痛楚，
我要逼迫自己，压下此番盛怒。
现在，我要出战赫克托耳，这个凶手夺走了一条
我所珍爱的生命。然后，我将接受自己的死亡，在宙斯
和列位神祇愿意把它付诸实现的任何时光！
就连力士赫拉克勒斯也不曾躲过死亡，
虽然他是克罗诺斯之子、王者宙斯最心爱的凡人；
命运和赫拉粗野的狂暴葬送了他。
我也一样，如果同样的命运等待着我的领受，一旦
死后，我将安闲地舒躺。但现在，我必须争得显耀的荣光，
使某个特洛伊妇女或某个束腰紧深的
达耳达尼亚女子抬举双手，擦抹鲜嫩的
脸颊，一串串悲悼的泪珠——她们将
由此得知，我已有多长时间没有拼斗搏杀！
不要阻止我冲打，虽然爱我。你的劝说不会使我改变主张。”

　　听罢这番话，银脚女神塞提丝答道：
“是的，我的儿，救护疲乏的伙伴，使他们
避免突至的死亡，绝非懦夫弱汉的作为。
但是，你那身璀璨的铠甲已落入特洛伊人手中，
青铜铸就，闪着烁烁的光芒；头盔闪亮的赫克托耳，
已把它套在肩上，炫耀他的荣光。不过，料他

风光不久，穿着这身铠甲——他的末日已在向他挤压！
再等等，在没有亲眼见我回返之前，
不要急于投身战争的磨轧！
我将带着王者赫法伊斯托斯铸打的铠甲，神制的
精品，于明晨拂晓，太阳初升之际，回到你的身旁。”

　　言罢，塞提丝转身离开儿子，
对着她的海神姐妹，开口说道：
“你等即可回返水波浩森的大洋，
回到水底的房屋，谒见海之长老，我们的父亲，
把一切禀告于他。我要去高耸的俄林波斯，
寻见著名的神匠赫法伊斯托斯，但愿他能
给我儿一套绝好的铠甲，闪着四射的光芒！”

　　她言罢，姐妹们随即跳入追涌的海浪，
而她自己，银脚女神塞提丝，则扶摇直上，
前往俄林波斯，为儿子求取光灿灿的铠甲。

　　就这样，快腿把她带往俄林波斯的峰峦，与此同时，
面对杀人狂赫克托耳的进攻，阿开亚人发出可怕的惨叫，
撒腿奔逃，退至海船一线，漫长的赫勒斯庞特沿岸。
战地上，胫甲坚固的阿开亚人无法从飞舞的枪械里拖回
帕特罗克洛斯的遗体，阿基琉斯的伴从；
特洛伊兵勇和车马再次骚拥到帕特罗克洛斯身边，
赫克托耳，普里阿摩斯之子，凶狂得像一团火焰。
一连三次，光荣的赫克托耳从后面抓起他的
双脚，试图把他拖走，高声呼喊着特洛伊人，
一连三次，两位剽悍狂烈的埃阿斯
将他打离尸躯。但赫克托耳坚信自己的

勇力，继续冲扑，时而杀入人群，时而
挺腿直立，大声疾呼，一步也不退让。
正如野地里的牧人，不能吓跑一头毛色
黄褐的狮子，使它丢下嘴边的肉食，
两位埃阿斯，善战的勇士，同样赶不走赫克托耳，
普里阿摩斯之子，从倒地的尸躯旁。
其时，赫克托耳已可下手拖走尸体，争得永久的荣光，
若非腿脚风快的伊里丝从俄林波斯山上冲扫而下，
带来要裴琉斯之子武装出击的口信。赫拉
悄悄地遣她下凡，宙斯和众神对此全然不知。
她在阿基琉斯身边站定说讲，用长了翅膀的话语：
“行动起来，裴琉斯之子，人世间最可怕的壮勇！
保卫帕特罗克洛斯的遗体；为了他，海船的前面
已打得人血飞扬！双方互相残杀，
阿开亚人为保卫倒地的伙伴，
而特洛伊人则冲闯着要把尸体拖入
多风的城内，尤以光荣的赫克托耳为甚，
发疯似的拖抢，凶暴狂虐，意欲挥剑
松软的脖子，割下他的脑袋，挑挂在墙头的尖桩上！
快起来，不要躺倒在地！想想此般羞辱——
不要让特洛伊的大狗嬉耍帕特罗克洛斯的遗躯！这是
你的耻辱，倘若尸体被抢，带着遭受蹂躏的痕伤！”

　　听罢这番话，捷足和卓越的阿基琉斯问道：
“永生的伊里丝，是哪位神祗差你前来，捎给我此番口信？”

　　听他言罢，腿脚风快的伊里丝答道：
“是赫拉，宙斯尊贵的妻后，遣我下凡，但高坐
云端的克罗诺斯之子，以及其他家住白雪封盖的

俄林波斯的众神，却不知此事。”

听罢这番话，捷足和卓越的阿基琉斯说道：
“特洛伊人夺走了我的铠甲，我将如何战斗？
亲爱的母亲对我说过，在没有亲眼
见她回返之前，绝不要武装出阵，她答应
带回一套闪光的铠甲，从赫法伊斯托斯的居处。
我不知谁的甲械可以合我携用，
除了忒拉蒙之子的那面硕大的战盾。
但我确信，此刻，他自己正战斗在队伍的前头，
挥使着枪矛，保卫帕特罗克洛斯的遗躯。”

听罢这番话，腿脚风快的伊里丝说道：
“是的，我们知道，你那套光荣的铠甲已被他们夺占，
但是，你仍可前往壕沟，以无甲之身——目睹你的出现，
特洛伊人会吓得神魂颠倒，停止进攻，
使苦战中的阿开亚人的儿子们得获一次喘息的机会，
他们已筋疲力尽。战斗中，喘息的时间总是那样短暂。”

言罢，快腿的伊里丝离他而去。
宙斯钟爱的阿基琉斯挺身直立——雅典娜，
女神中的佼杰，把穗带飘摇的埃吉斯甩上他宽厚的肩膀，
随后布起一朵金色的浮云，在他的头顶，
从中燃出一片熊熊的火焰，光照四方。
仿佛烟火腾升，冲指气空，远处
海岛上的一座城堡，受到敌人的围攻，
护城的人们在墙上奋勇抵抗，
苦战终日，及至太阳西沉，点起
一堆堆报警的柴火，呼呼地

升腾，告急于邻近岛屿上的人们，
企盼他们的营救，驾着海船赶来，打退进攻的敌人；
就像这样，阿基琉斯头上烈焰熊熊，冲指明亮的气空。
他从墙边大步扑进，站在壕沟边沿，牢记
母亲的命嘱，不曾介入阿开亚人的营伍。
他挺胸直立，放声长啸，帕拉丝·雅典娜亦在
远处呼喊，把特洛伊人抛入无休止的恐惧。
阿基琉斯的呐喊清响激越，
尖厉嘹亮，如同围城之时，
杀人成性的兵勇吹响的号角。
听到埃阿科斯后代的铜嗓，如此尖亮，特洛伊人
无不心惊肉跳；长鬃飘洒的驭马，
心知死难临头，掉转身后的战车，
驭手们个个目瞪口呆，望着灰眼睛女神雅典娜
点燃的烈火，蹿耀在心胸豪壮的阿基琉斯
头上，暴虐无情，来势凶猛。
一连三次，卓越的阿基琉斯隔着壕沟啸吼，
一连三次，特洛伊人和著名的盟友吓得活蹦乱跳。
其间，他们中十二个最出色的战勇即刻毙命，
葬身于自己的战车和枪矛。与此同时，阿开亚人，
冒着飞舞的枪械，高兴地抢回帕特罗克洛斯，
放躺在尸架上，出手迅捷；亲密的伙伴们围站在他
身边，深情悲悼。捷足的阿基琉斯介入哀悼的
人群，热泪滚滚，看着他所信赖的伴友
尸躺架面，挺着被锋快的铜尖破毁的躯身——
他曾把伴友送上战场，连同驭马和
战车，但却不能见他生还，把他迎进家门。

其时，牛眼睛天后赫拉把尚无倦意、

不愿离息的太阳赶下俄开阿诺斯水流。
太阳下沉后，卓越的阿开亚人停止
激烈的拼杀，你死我活的搏斗。

在他们对面，特洛伊人亦随即撤出激烈的
战斗，将善跑的驭马宽出战车的轭架，
集聚商议，把做食晚饭之事忘得精光。
他们直立聚会，谁也不敢就地下坐，
个个心慌意乱——要知道，在长期避离惨烈的
搏杀后，阿基琉斯现又重返战斗。
头脑冷静的普鲁达马斯首先发话，
潘苏斯之子，全军中惟他一人能够瞻前顾后。
他是赫克托耳的战友，同一个晚上出生，
比赫克托耳能言，而后者则远比他擅使枪矛。
怀着对众人的善意，他开口说道：
“是慎重考虑的时候了，我的朋友们！我劝大家
回兵城内，不要在平原上，在这海船边等盼
神圣的黎明；我们已过远地撇离了城堡。
只要此人盛怒不息，对了不起的阿伽门农，
阿开亚人便是一支较为容易对付的军旅，
而我亦乐意露营寝宿，睡躺在
船边，企望着抓获弯翘的船舟。
但现在，我却十分害怕裴琉斯捷足的儿子，
此人的勇力如此狂莽，我想他绝不会只是满足于
待留平原——特洛伊人和阿开亚人在此
拼死相搏，均分战神的凶暴。
不！他要荡平我们的城堡，抢走我们的女人！
让我们撤兵回城；相信我，这一切将会发生。
眼下，神赐的夜晚止住了裴琉斯之子、捷足的

阿基琉斯的进攻，然而，明天呢？倘若等他披甲
持枪，冲扑上来，逮着正在此间磨蹭的我们，各位
就会知道他的厉害。那时候，有人准会庆幸自己命大，
要是能活着跑回神圣的伊利昂。成片的特洛伊尸躯将喂饱
兀鹫和饿狗。但愿此类消息永远不要传至我的耳旁！
倘若大家都能听从我的劝说——尽管我们不愿这么做——
今晚，我们将养精蓄锐，在聚会的空场上；高大的城墙
和门户，偌大的门面，平滑吻合的木板和紧插的门闩，
将能保护城堡的安全。然后，明天一早，
拂晓时分，我们将全副武装，进入
墙头的战位。那时，倘若阿基琉斯试图从船边过来，
拼杀在我们的墙下，他将面临厄运的击打。
他会鞭策颈脖粗壮的驭马，在墙下来回穿梭，把它们
累得垂头丧气，最后无可奈何，返回搁岸的船旁。
所以，尽管狂烈，他将无法破毁城门，攻占
我们的城防。用不了多久，奔跑的犬狗会把他吞咬食餐！”

　　听罢这番话，头盔闪亮的赫克托耳恶狠狠地盯着他，
嚷道：“普鲁达马斯，你的话使我厌烦。
你再次催我们回撤，要我们缩挤在城区；
在高墙的樊笼里，你难道还没有蹲够吗？
从前，人们到处议论，议说普里阿摩斯的城防，
说这是个富藏黄金和青铜的地方。但
现在，由于宙斯的愤怒，房居里丰盈的
财富已被掏空，大量的库藏已被变卖，
运往弗鲁吉亚和美丽的迈俄尼亚。
今天，工于心计的克罗诺斯的儿子给了我
争获荣光的机会，就在敌人的船边，把阿开亚人赶下
大海。此时此刻，你这个笨蛋，别再当众讲说撤兵的蠢话！

特洛伊人中谁也不会听从你的劝议，我将不允许有人这么做。
行动起来，按我说的办，谁也不要倔拗。
现在，大家各归本队，吃用晚餐，沿着宽阔的营区；
不要忘了布置岗哨，人人都要保持警觉。
要是有谁实在放心不下自己的财富，
那就让他尽数收聚，交给众人，让大家一起享用。
与其让阿开亚人靡耗，倒不如让自己人消受。
明天一早，拂晓时分，我们要全副武装，
在深旷的船边唤醒凶暴的战神！
如果挺身船边的真是卓越的阿基琉斯，
那就让他等着遭殃——倘若他想试试自己的身手。我不会
在他面前逃跑，不会跑离悲烈的战斗；我将
顽强拼战，看看到底谁能赢得巨大的光荣，是他，还是我！
战神公正：用死亡回敬以死相逼之人！”

　　赫克托耳言罢，特洛伊人报之以赞同的吼声——
好一群傻瓜，帕拉丝·雅典娜已夺走他们的智筹。
赫克托耳的计划凶险横生，他们竟盲目喝彩，
而普鲁达马斯的主意尽管明智，却没有一个人赞同。
议毕，全军吃用晚饭，沿着宽阔的营区。其时，
在帕特罗克洛斯身边，阿开亚人哀声悲悼，通宵达旦。
裴琉斯之子领头唱诵曲调凄楚的挽歌，
把杀人的双手紧贴着挚友的胸脯，
发出一声声痛苦的悲号。像一头虬须满面的狮子，
被一位打鹿的猎手偷走它的幼仔，从
密密的树林里，甫及回来，方知为时已晚，恼恨不已，
急起追踪，沿着猎人的足迹，跑过一道道山谷，
企望找到他的去处，凶蛮狂烈。就像这样，
阿基琉斯哀声长叹，对慕耳弥冬人哭诉道：

“唉，荒唐啊，我说的那番空话——那天，
在裴琉斯家里，为了宽慰英雄墨诺伊提俄斯的心房！
我答应他，攻陷伊利昂后，我会把他的儿男带回
俄波埃斯，载誉而归，带着他的份子，他的战礼。
但是，宙斯绝不会从头至尾兑现凡人的心愿。
瞧瞧我俩的下场：你我将用鲜血染红同一块土地，
在这特洛伊平野！我已不能生还家园；裴琉斯，
我的父亲，年迈的车战者，将再也不能把我迎进家门，
还有塞提丝，我的母亲；异乡的泥土将把我收藏！
然而，帕特罗克洛斯，由于我将步你的后尘入土，
我现在不打算把你埋葬，直到带回那套铠甲和
赫克托耳的脑袋——是他杀了你，我的心胸豪壮的伙伴。
在火焚遗体的柴堆前，我将砍掉十二个特洛伊人
风华正茂的儿子，消泄我对他们杀你的怒焰！
在此之前，你就躺在这里，在我弯翘的海船前，
特洛伊妇女和束腰紧深的达耳达尼亚女子将泪流
满面，哀悼在你的身边，无论白天和黑夜——她们是
你我夺来的俘获，靠我们的勇力和粗长的
枪矛，攻克一座座凡人富有的城垣。”

　　言罢，卓越的阿基琉斯命令属下，
在火堆上架起一口大锅，以便尽快
洗去帕特罗克洛斯身上斑结的血污。
他们把大锅架上炽烈的柴火，注满洗澡的
清水，添上木块，燃起通红的火苗。
柴火舔着锅底，增升着水温，直至
热腾腾的浴水沸滚在闪亮的铜锅。
他们动手洗净遗体，抹上舒滑的橄榄油，

填平一道道伤口，用成年的①油膏，
把他放躺在床上，盖上一层薄薄的亚麻布，
从头到脚，用一件白色的披篷罩掩全身。
整整一夜，围绕着捷足的阿基琉斯，
慕耳弥冬人哀叹，悲悼帕特罗克洛斯的故亡。
其时，宙斯对赫拉发话，他的妻子和姐妹：
“看来，赫拉，我的牛眼睛王后，你还是实践了你的意图。
你已催使捷足的阿基琉斯站挺起身子。他们都该是
你的孩子吧，这些个长发的阿开亚人？”

听罢这番话，牛眼睛夫人赫拉答道：
“克罗诺斯之子，可怕的王者，你说了些什么？
即便是个凡人，也会尽己所能，帮助朋友，
尽管凡骨肉胎，没有我等的睿智。
我，自诩为女神中最高贵的佼杰，体现在
两个方面，出生次序和同你的关系——我被
尊为你的伴侣，而你是众神之主——
难道就不能因为出于恨心，谋导特洛伊人的败亡？”

就这样，他俩你来我往，一番争说；与此同时，
银脚的塞提丝来到了赫法伊斯托斯的房居，
由瘸腿的神匠自己建造，取料青铜，
固垂永久，亮似明星，闪耀在众神的家居之中。
她找见神匠，正风风火火地穿梭在
风箱边，忙于制作二十个鼎锅，
排放在屋墙边，筑造坚固的房居里。
他在鼎锅的每一个支脚下安了黄金的滑轮，

---

① 成年的：enneoroio，可作“九年的”解。

使它们能够自动滚入诸神聚会的厅堂，然后
再滑回他的府居：一批让人看了赞叹不已的精品。
一切都已制铸完毕，只缺纹工精致的
把手。其时，他正忙着安制和铆接手柄。
正当他专心摆弄手头的活计，以他的工艺和匠心，
银脚女神塞提丝已走近他的身边。
头巾闪亮的克里丝徐步前行，眼见造访的塞提丝，
卡里丝，美貌的女神，声名遐迩的强臂神工的婚配。
她迎上前去，拉住塞提丝的手，叫着她的名字，说道：
“裙衫飘逸的塞提丝，是哪阵和风把你吹进我们的房居？
我们尊敬和爱慕的朋友、稀客，以前为何不常来赏光串门？
请进来吧，容我聊尽地主的情谊。”

　　言罢，卡里丝，风姿绰约的女神，引步前行，
让塞提丝坐息一张做工精致的靠椅，造型
美观，银钉嵌饰，前面放着一只脚凳。
她开口招呼赫法伊斯托斯，对他说道：
“赫法伊斯托斯，来呀，看看是谁来了——塞提丝有事相求。”

　　耳闻她的呼喊，著名的强臂神工答道：
“呵，是尊敬的塞提丝，好一位贵客！
她曾救过我——那一次，我可吃够了苦头，从高天上摔落，
感谢我那厚脸皮的母亲，嫌我是个瘸子
想要把我藏匿。要不是欧鲁诺墨和塞提丝将我怀抱，
我的心灵将会承受何样的煎熬，
欧鲁诺墨，倒流圈围的俄开阿诺斯的女儿。
作为工匠，我在她们那里生活了九年，制铸了许多佳物，
有典雅的胸针、项链、弯卷的别针和带螺纹的手镯，
在空旷的洞穴里，四周是俄开阿诺斯奔腾不息的水流，

泡沫翻涌，发出沉闷的吼声。除了
欧鲁诺墨和塞提丝——因为她俩救了我——
此事神人不知，谁也不曾悉晓。
现在，塞提丝造访我们的家居，我必将全力以赴，
竭己所能，报效发辫秀美的女神，她的
救命之恩。赶快张罗，盛情招待，
我这就去收拾我的风箱和所有的械具用物。”

言罢，他在砧台前直起硕大的身腰，
瘸拐着行走，灵巧地挪动干瘪的双腿。
他移开风箱，使之脱离炉火，收起所有
操用的工具，放入一只坚实的银箱。
然后，他用吸水的海绵擦净额头、双手、
粗大的脖子和多毛的胸脯，套上衫衣，
抓起一根粗重的拐杖，一瘸一拐地
前行。侍从们赶上前去，扶持着主人，
全用黄金铸成，形同少女，栩栩如生。
她们有会思考的心智，通说话语，行动自如，
从不死的神祇那里，已学得做事的技能。
她们动作敏捷，扶持着主人，后者瘸腿走近
端坐的塞提丝，在那张闪亮的靠椅上，
握住她的手，叫着她的名字，说道：
“裙衫飘逸的塞提丝，是哪阵和风把你吹进我们的房居？
我们尊敬和爱慕的朋友，稀客，以前为何不常来赏光串门？
告诉我你的心事，我将竭诚为你效劳，
只要可能，只要此事可以做到。”

听罢这番话，塞提丝泪流满面，答道：
“唉，赫法伊斯托斯，俄林波斯的女神中

有谁忍受过这许多深切的悲愁？克罗诺斯
之子宙斯让我承受这场悲痛，似乎这是我的专有。
海神姐妹中，他惟独让我嫁给凡人，
嫁给裴琉斯，埃阿科斯之子，使我违心背意，
忍受凡婚。现在，岁月已把他带入可悲的暮年，
睡躺在自家的厅堂。这还不够——
他还让我孕怀和抚养了一个儿子，
英雄中的俊杰，像一棵树苗似的茁壮成长；
我把他养大成人，似一棵果树，为园林增彩添光。
然而，我却把他送上弯翘的海船，前往伊利昂，
和特洛伊人战斗！我再也见不到他的身影，
见不到他回返自己的家居，裴琉斯的门户。
只要他还活着，能见到白昼的日光，他就无法摆脱
烦愁，即便我亲往探视，也帮不了他的忙。
强有力的阿伽门农从他手里夺走那位姑娘，
阿开亚人的儿子们分给他的战获。为了她，
我儿心绪焦恼，悲愁交加。其后，特洛伊人
把阿开亚人逼回船尾，不让他们杀出
困境。阿耳吉维人的首领们恳求我儿，
列出许多光灿灿的礼物，以为补偿。
当时我儿拒绝出战，为他们挡开灾亡，
但还是让出自己的铠甲，披上帕特罗克洛斯的肩膀，
把他送上战场，带着大队的兵勇。
他们在斯卡亚门边奋战终日，当天即可
攻下城堡，倘若福伊波斯·阿波罗
不在前排里杀了墨诺伊提俄斯骁勇的儿郎——
他已把特洛伊人捣得稀里哗啦——使赫克托耳争得荣光。
所以，我来到此地，置身你的膝前，请求你的帮助，
给我那短命的儿子铸制一面盾牌、一顶盔盖、

一副带踝绊的漂亮的胫甲，以及一件
护胸的甲衣。他自己的征甲已丢失战场，他所信赖的伴友
已被特洛伊人剥杀。现在，我儿躺在地上，心绪悲伤。”

　　听罢这番话，臂膀强健的著名神匠答道：
“别着急，不要为这些事情心烦。
但愿在厄运把他抓走之时，我能
设法使他躲过死亡，避免痛苦，就像我会
给他一套上好的盔甲一样毋庸置疑——此甲
精美，世人中谁要是见了，管叫他咋舌惊讶。”

　　言罢，赫法伊斯托斯离她而去，朝着风箱前行。
他把风箱对着炉火，发出干活的指令。
二十只风箱对着坩埚吹呼，
喷出温高不等的热风，效力于忙忙碌碌的神匠，
有的亢猛炽烈，顺应强力操作的需要，有的
轻缓舒徐，迎合神匠的愿望。工作做得井井有条。
他把金属丢进火里，坚韧的青铜，还有锡块、
贵重的黄金和白银。接着，他把硕大的
砧块搬上平台，一手抓起
沉重的锄锤，一手拿稳了钳铗。

　　神匠先铸战盾，厚重、硕大，
精工饰制，绕着盾边隆起一道三层的圈围，
闪出熠熠的光亮，映衬着纯银的背带。
盾身五层，宽面上铸着一组组奇美的浮景，
倾注了他的技艺和匠心。

　　他还铸出大地、天空、海洋、不知

疲倦的太阳和盈满溜圆的月亮，
以及众多的星宿，像增色天穹的花环，
普雷阿得斯、华得斯和强有力的俄里昂，
还有大熊座，人们亦称之为“车座”，
总在一个地方旋转，注视着俄里昂；众星中，
惟有大熊座从不下沉沐浴，在俄开阿诺斯的水浪。

　　他还铸下，在盾面上，两座凡人的城市，精美
绝伦。一座表现婚娶和欢庆的场面，
人们正把新娘引出闺房，沿着城街行走，
打着耀眼的火把，庆婚的歌声响亮。
小伙们急步摇转，跳起欢快的舞蹈，
阿洛斯和竖琴的声响此起彼落；女人们
站在自家门前，投出惊赞的眼光。
市场上人群拥聚，观望着
两位男子的争吵，为了一个被杀的亲人，
一笔偿命的血酬。一方当众声称血酬
已付，半点不少，另一方则坚持根本不曾收受；①
两人于是求助于审事的仲裁，听凭他的判夺。
人们意见分歧，有的为这方说话，有的为那方辩解；
使者们挡开人群，让地方的长老聚首
商议，坐在溜光的石凳上，围成一个神圣的圆圈，
手握嗓音清亮的使者们交给的节杖。
两人急步上前，依次陈述事情的缘由，
身前放着两塔兰同黄金，准备
赏付给审断最公正的判者。

---

① 一方……不曾收受：或一方当众声称愿意付足血酬，另一方则满口拒绝，不予收受。

然而，在另一座城市的周围，聚集着两队攻城的兵勇，
甲械的闪光连成一片。不同的计划把他们分作两边，
是攻伐抢劫，还是留下这座美丽、库藏
丰盈的堡城，满足于二分之一的贡偿①。
城内的民众没有屈服，他们武装起来，准备伏杀。
他们的爱妻和年幼的孩子站守在
城墙上，连同上了年纪的老人，而青壮们则
鱼贯出城，由阿瑞斯和雅典娜率领，
二者皆用黄金浇铸，身着金甲，
神威赫赫，全副武装，显得俊美、高大，
在矮小的凡人中凸显瞩目的形象。
他们来到理想的伏击地点，
河边的滩泽，牲畜群至饮水的地方，
屈腿蹲坐，身披闪光的铜甲。
两位哨探，离着众人，藏身自己的位置，伏兵的眼睛，
聚神探望，等待着羊群和步履蹒跚的牛群。
过了一会儿，它们果然来了，后边跟着两个牧人，
兴高采烈，吹着苏里克斯，根本不曾想到眼前的诡诈。
伏兵们见状，冲扑上前，迅猛
砍杀，宰了成群的畜牛和毛色
白亮、净美的肥羊，杀了跟行的牧人。
围城的战勇，其时正聚坐高议，听到牛群里
传来的喧嚣，从蹄腿轻捷的马后
登车，急往救援，当即来到出事的地点。
两军对阵，交手开战，在河的岸沿，
互相击打，投出铜头的枪矛。

---

① 还是……二分之一的贡偿：换言之，如果围城者放弃攻城，即可收受城民们二分之一的所有，作为“贡礼”或“赔偿”。

争斗和混战介入拼搏的人群，还有致命的死亡，
她时而抓住一个刚刚受伤的活人，时而逮着一个不曾
受伤的精壮，时而又拎起一具尸体，抓住腿脚，在粗野的
残杀中，衣服的肩背上浸染着凡人猩红的血浆。
诸位冲撞扑杀，像凡人一样战斗，
互抢着对方撂倒的尸体，倒地死去的人们。

他还铸上一片深熟的原野，广袤、肥沃、
受过三遍犁耕的良田；众多的犁手正在劳作，
驭使着成对的牲畜，来回耕忙。
当他们犁至地头，准备掉返之际，
有人会跑上前去，端上一杯香甜的
酒浆。他们掉过牲畜，重入垄沟，
盼望着犁过深广的沃土，再临地头。
犁尖撇下一垄垄幽黑的泥土，看来真像是翻耕过的农地，
虽然取料黄金，赫法伊斯托斯的手艺就有这般卓绝。

他还铸出一片国王的属地。景面上，农人们
正忙于收获，挥舞锋快的镰刀，割下庄稼，
有的和收割者成行，一堆接着一堆，
另一些则由捆秆者用草绳扎绑，
一共三位，站在秆堆前，后面跟着
一帮孩子，收捡割下的穗秆，满满地抱在胸前，
交给捆绑的农人，忙得不亦乐乎。国王亦置身现场，
手握权杖，静观不语，站在割倒的秆堆前，心情舒畅。
谷地的一边，在一棵树下，使者们已将盛宴排开——
他们杀倒一头硕大的肥牛，此刻正忙着切剥。妇女们
撒出一把把雪白的大麦，作为收割者的午餐。

他还铸出一大片果实累累的葡萄园，
景象生动，以黄金作果，呈现出深熟的紫蓝，
蔓爬的枝藤依附在银质的杆架上。他还抹出
一道渠沟，在果园四周，用暗蓝色的珐琅，并在外围
套上一层白锡，以为栅栏。只有一条贯通的小径，
每当撷取的时节，人们由此跑入果园，收摘葡萄。
姑娘和小伙们，带着年轻人的纯真，
用柳条编织的篮子，装走浑熟、甜美的葡萄。
在他们中间，一个年轻人拨响声音清脆的竖琴，奏出
迷人的曲调，亮开舒婉的歌喉，演唱念悼夏日的挽歌①，
优美动听；众人随声附和，高歌欢叫，
迈出轻快的舞步，踏出齐整的节奏。

神匠还铸出一群长角的牧牛，用
黄金和白锡，哞吼着冲出满地
泥粪的农院，直奔草场，在一条
水流哗哗的河边，芦草飘摇的滩沿。
牧牛人金首金身，随同牛群行走，
一共四位，身后跟着九条快腿的犬狗。
突然，两头凶狠的狮子闯入牛群的前头，
咬住一头悲吼的公牛，把它拖走，踏踩着
哞哞的叫声；狗和年轻的牧人疾步追救。
然而，两头兽狮裂开壮牛的皮层，
大口吞咽内脏和黑红的热血；牧人
驱怂狗群上前搏斗，后者
不敢和狮子对咬，回避不前，
站在对手近旁，悻悻吠叫，躲闪观望。

---

① 演唱念悼夏日的挽歌：或“唱着利诺斯的歌”。

著名的强臂神工还铸出一片宽阔的草场，
卧躺在水草肥美的谷地，牧养着白亮的羊群，
伴随着牧羊人的房院，带顶的棚屋和栅围。

著名的强臂神工还在盾面上精心铸出一个
舞场，就像在广袤的克诺索斯，代达洛斯
为发辫秀美的阿里娅德奈建造的舞场那样。
场地上，年轻的小伙和美貌的姑娘——她们的聘礼
是众多的牛畜——牵着手腕，抬腿欢跳。
姑娘们身穿亚麻布的长裙，小伙们穿着
精工织纺的短套，涂闪着橄榄油的光泽。
姑娘们头戴漂亮的花环，小伙们佩挂
黄金的匕首，垂悬在银带的尾端。
他们时而摆开轻盈的腿步，灵巧地转起圈子，
像一位弯腰劳作的陶工，试转起陶轮，
触之以前伸的手掌，估探它的运作，
时而又跳排出行次，奔跑着互相穿插。
大群的民众拥站在舞队周围，凝目观望，
笑逐颜开。舞队里活跃着两位要杂的高手，
翻转腾跃，和导着歌的节奏。

他还铸出俄开阿诺斯河磅礴的水流，
奔腾在坚不可摧的战盾的边沿。

铸罢这面巨大、厚重的战盾，
神匠打出一副胸甲，烁烁的闪光比火焰还要明亮。
接着，他又打出一顶盔盖，硕大，恰好扣紧阿基琉斯的脑穴，
工艺精湛，造型美观。他给头盔铸上一峰黄金的脊冠，
然后用柔韧的白锡打出一副胫甲。

完工后，著名的强臂神工抱起甲械，
在阿基琉斯母亲的脚前安放。
像一只鹰隼，塞提丝冲下白雪皑皑的俄林波斯，
带着赫法伊斯托斯赠送的厚礼，光彩夺目的械甲。

# 第十九卷

　　其时，黎明从俄开阿诺斯河升起，穿着金红的裙袍，
把晨光遍洒给神和凡人。晓色中，塞提丝
携着赫法伊斯托斯的礼物，来到船边，
眼见心爱的儿子躺着，搂住帕特罗克洛斯
嘶声喊叫，身边站着众多伙伴，洒泪
哀悼。她，闪光的女神，穿过人群，
握着儿子的手，出声呼唤，说道：“我的儿，
现在，我们必须让他躺在这里，尽管大家都很伤心，
死人不会复活，神的意志已经永远把他放倒。
看看我给你带来了什么，赫法伊斯托斯的礼物，光荣的铠甲，
如此绚丽，凡人的肩上可从来不曾有过这样的荣耀。”

　　言罢，女神把甲械放在阿基琉斯
脚边，铿锵碰响，璀璨辉煌。
慕耳弥冬人全都惊恐万状，谁也不敢
正视，吓得惶惶退缩，只有阿基琉斯例外——
当他凝目地上的甲械，心中腾起更为炽烈的狂暴；
睑盖下，双眼炯炯生光，像燃烧的火球。
他激奋异常，手捧着赫法伊斯托斯赠予的光灿灿的礼物。
看着铸工精致的甲械，阿基琉斯心里高兴，
对母亲说道，用长了翅膀的话语：
“母亲，这套甲械确实漂亮，不愧是神工的

手艺，凡人中谁有这个本领？现在，
我将披甲赴战，只是放心不下
墨诺伊提俄斯骁勇的男儿，担心
在我出战期间，飞蝇会钻入铜枪开出的口子，
生虫孵蛆，烂毁遗体——由于
生命已经泯灭——整个肉身将被消蚀殆尽。”

　　听罢这番话，银脚女神塞提丝答道：
“我的儿，不要为此事担心。
我会设法赶走这些成群结队的东西，
可恶的苍蝇，总把阵亡斗士的躯体耗靡。
即使在此躺上一个整年，他的遗体
仍将完好如初，甚至比以往更为鲜亮。
去吧，把阿开亚勇士催喊召聚，
消弃你对兵士的牧者阿伽门农的愤恨，
振发你的勇力，马上披甲战斗！”

　　言罢，女神把勇气和力量吹入他的体内，
然后在帕特罗克洛斯的鼻孔里滴入
仙液和血红的花露，使他的肌肤坚实如初。

　　其时，卓越的阿基琉斯沿着海岸迈开大步，
发出可怕的呼声，催聚着阿开亚壮勇。
就连操纵方向的舵手和留在船上负责
分发食用之物的后勤人员，这些到那时为止
一直没有离开过停船地点的人们，就连
这些人，其时也集中到聚合的地点，因为阿基琉斯，
长期避离惨烈的拼搏，此时已重返战斗。
人群里，一瘸一拐地走着阿瑞斯的两个伴从，

勇敢顽强的图丢斯之子和卓越的奥德修斯，
倚着枪矛，仍然受着伤痛的折磨，
慢慢挨到他们的位置，在队伍的前排就座。
民众的王者阿伽门农最后抵达，
带着枪伤——激战中，安忒诺耳之子科昂
捅伤了他，用青铜的枪矛。
其时，当阿开亚全军聚合完毕，
捷足的阿基琉斯起身站在众人面前，喊道：
“阿特柔斯之子，说到底，你我的争吵究竟给我俩
带来了什么好处？为了一个姑娘，你我
大吵大闹，种下了痛心裂肺的怨仇。
但愿在我攻破鲁耳奈索斯，把她抢获的
那一天，阿耳忒弥丝一箭把她射倒，躺死在海船旁！
这样，在我盛怒不息的日子里，阿开亚人的伤亡就不会
太过惨重，对方也不致把这许多人打翻在宽广的泥尘。
如此行事，只会帮助赫克托耳和他的特洛伊人。我想，
阿开亚人会长久记住我们之间的这场争斗。
算了，过去的事就让它过去吧！尽管痛楚，
我们必须压下腾升在心中的盛怒。
现在，我将就此中止我的愤懑，无休止地
暴恨，不是可取的作为。行动起来，赶快
催励长发的阿开亚人投入战斗，
使我能拔腿冲向特洛伊战勇，试试他们的力气，
看看他们是否还打算在船边露宿！我想，
他们会乐于屈腿睡躺在家里，要是能
逃出战争的狂烈，躲过我的枪头！”

听罢这番话，胫甲坚固的阿开亚人心花怒放；他们高兴，得知裴琉斯心胸豪壮的儿子已消弃心中的烦愤。

其时，民众的王者阿伽门农从座椅上站起，
不曾迈步队伍的正中，开口说道：
“哦，朋友们，达奈勇士们，阿瑞斯的随从！
当有人起身说话，旁者理应洗耳恭听，不宜打断
他的话头。即便是能言善辩之人，也受不了听者的骚扰。
喧嚣声中，谁能开口说话，谁能侧耳
静听？芜杂的声响会淹没最清晰的话音。现在，
我将对裴琉斯之子说话，你们大家
都要聚精会神，肃静聆听。
阿开亚人常常以此事相责，
咒骂我的不是。其实，我并没有什么过错，
错在宙斯、命运和穿走迷雾的复仇女神，
他们用粗蛮的痴狂抓住我的心灵，在那天的
集会上，使我，用我的权威，夺走了阿基琉斯的战礼。
然而，我有什么办法？神使这一切变成现实。
愚狂是宙斯的长女，致命的狂妄使我们全都
变得昏昏沉沉。她腿脚纤细，从来不沾
厚实的泥地，而是飘行在气流里，悬离凡人的头顶，
把他们引入迷津。她缠迷过一个又一个凡人。
不是吗，那一次，连宙斯也受过她的蒙骗，虽然人说
他是神和人的至高无上的天尊。然而，赫拉，
虽属女流，却也欺蒙过宙斯，以她的谲智，
那天，在高墙环护的塞贝，阿尔克墨奈
即将临产强有力的赫拉克勒斯。其时，
宙斯张嘴发话，对所有的神明：
‘听我说，所有的神和女神！我的话
乃有感而发，受心灵的驱使。今天，
埃蕾苏娅，主管生育和阵痛的女神，将为凡间
增添一个男婴，在以我的血统繁衍的

种族里，此人将统治那一方人民。’
听罢这番话，天后赫拉说道，心怀诡计：
‘你将成为一个撒谎的骗子，倘若言出不果无益。
来吧，俄林波斯的主宰，当着我的面，庄严起誓，
此人将统治那一方人民，
出生在今天，从一名女子的胯间，
在一个以你的血统繁衍的种族里。’
赫拉言罢，宙斯丝毫没有觉察她要的把戏，
庄严起誓，一头钻进了她的圈套里。
其时，赫拉冲下俄林波斯的峰巅，急如星火，
即刻来到阿开亚的阿耳戈斯——她知道，那里有
一位女子，裴耳修斯之子塞奈洛斯健壮的妻侣，
正怀着一个男孩，七个月的身孕。
赫拉让男孩提前出世，不足月的孩子，
同时推迟阿尔克墨奈的产期，阻止产前阵痛的降临。
然后，她亲自跑去，面陈宙斯，克罗诺斯的儿子：
‘父亲宙斯，把玩闪亮霹雳的尊神，我有一事相告，慰暖你的
心灵。一个了不起的凡人已经出世，他将王统阿耳吉维兵民，
欧鲁修斯，塞奈洛斯之子，裴耳修斯的后代，
你的后裔。由他统治阿耳吉维民众，此事能不得体?’
听罢这番话，宙斯的内心就像被针刺了一样苦痛。
他一把揪住愚狂油亮的发辫，
怒火中烧，发出严厉的誓咒，宣称从那时起，
不许癫惑心智的愚狂——在她面前，谁也不能幸免——
回返俄林波斯和群星闪烁的天空。言罢，他把女神
提溜着旋转，抛出多星的天穹，
转瞬之间便在凡人的世界降落。然而，
宙斯永难忘却她的欺诈，每每出声悲叹，目睹爱子
忍辱负重，干着欧鲁修斯指派的苦活。

我也一样。高大的赫克托耳，头顶闪亮的头盔，
正一个劲地残杀已被逼抵船尾的阿耳吉维人，在那种
情况下，我何以忘得了愚狂，从一开始就摆脱她的欺蒙？
但是，既然我已受了蒙骗，被宙斯夺走了心智，
我愿弥补过失，拿出难以估价的偿礼。
披甲战斗吧，催激起你的部属！
至于偿礼，我将如数提送，数量之多，一如
卓越的奥德修斯昨天①前往你的营棚，当面许下的那些。
或者，如果你愿意，亦可在此等一等，尽管你求战心切，
让我的随员从我的船里拿出礼物，送来给你，
从而让你看看，我拿出了一些什么东西，宽慰你的心灵。”

听罢这番话，捷足的阿基琉斯说讲，答道：
“阿特柔斯最尊贵的儿子，民众的王者阿伽门农，
礼物，你愿给就给，此乃合宜之举；否则，
你亦可自留享用。但现在，我们要尽快鼓起前往
厮杀的激情！我们不宜待在这里，浪费时间；
此事刻不容缓，眼前还有一场大战。
人们将会由此看到，阿基琉斯重返前排的队列，
以他的铜枪，荡毁特洛伊人的编队。所以，
你们，每一个人都要记住，不要放过交手的敌对！”

听罢这番话，足智多谋的奥德修斯说讲，答道：
“这么做不行，神样的阿基琉斯，虽然你作战英勇。
不要让阿开亚人的儿子们饿着肚皮冲向伊利昂，
和特洛伊人拼斗。这将不是一场一时一刻
可以结束的搏杀，一旦大部队交手接战，

---

① 昨天：应为前天。

双方都挟着神明催发的狂勇。
不如先让他们待在快捷的船边，
进食喝酒，此乃战士的力气和刚勇。
倘若饥肠回转，战士就不会有拼斗的勇力，打上
一个整天，直到太阳沉落的时分。
即使心中腾烧着战斗的激情，他的
四肢也会在不知不觉中变得疲乏沉重；饥饿和
焦渴会把他逮住，迟滞他向前迈进的腿步。
但是，一个吃饱食物、喝足甜酒的战士，
却能和敌人拼战一个整天，
因为他心力旺盛，肢腿不会
疲软，一直打到两军分手，息兵罢战的时候。
解散你的队伍，让他们整备
食餐。至于偿礼，让民众的王者阿伽门农
差员送到人群之中，以便让所有的阿开亚人
都能亲眼目睹，亦能愉慰你的心胸。
让阿伽门农站在阿耳吉维人面前，对你发誓，
他从未和姑娘睡觉，从未和她同床，
虽说男女之间，我的王爷，此乃人之常情。
而你，你亦应拿出宽诚，舒展胸襟；
日后，他会排开丰盛的食宴，在自己的营棚，
松解你的心结，使你得到理应收取的一切。
从今后，阿特柔斯之子，你要更公正地对待
别人。王者首先盛怒伤人，其后出面平抚
感情的痕隙，如此追补，无可厚非。”

　　听罢这番话，民众的王者阿伽门农答道：
“听了你的劝告，莱耳忒斯之子，我心里高兴。
对所有这些事情，你都说得中肯在理。

我将按你说的起誓，心灵驱使我如此做来，
我将不弃违我的誓言，在神灵面前。阿基琉斯
可在此略作停留，虽然他恨不能马上赴战。
你们，其他在场的人，也要在此等待，直到我派人取来
礼物，从我的营棚，直到我们许下誓言，用牲血封证。
你，奥德修斯，我给你这趟差事，这道命令：
从阿开亚人中挑出身强力壮的小伙，
从我的船里搬出礼物，抬到这里，数量要像我们日前
诺许阿基琉斯的那样众多；别忘了把那些女人带来。
在我们人群熙攘的军伍，让塔耳苏比俄斯给我
备下一头公猪，对宙斯和赫利俄斯祭献。”

听罢这番话，捷足的阿基琉斯说讲，答道：
“阿特柔斯最尊贵的儿子，民众的王者阿伽门农，
操办此事，你最好找个别的时间，
战争中的间息，其时，我的胸中
没有此般凶暴的狂烈。眼下，
我们的人血肉模糊，横躺沙场，倒死在
普里阿摩斯之子赫克托耳手下：宙斯正使他获取光荣。
此时此刻，你俩却催我赴宴——不！现在，我将
催督阿开亚人的儿子，要他们冲杀拼斗，
忍饥挨饿，不吃不喝，直到太阳下落。战后，他们
可吞食足份的佳肴——那时，我们已血洗淀积的羞辱！
在此之前，至少是我自己，我的喉咙不会
吞咽酒和食物。亲密的伴友已经死去，
躺在我的营棚，被青铜的枪械划得
体无完肤，双脚对着门户，接受伙伴们的
悼哭。对于我，饮食已不屑一顾；我所贪恋的
是热血、屠杀和听闻人的呻呼！”

听罢这番话，足智多谋的奥德修斯说讲，答道：
“阿基琉斯，裴琉斯之子，阿开亚人中最杰出的壮勇，
你比我出色，投枪操矛，你的臂力比我
大得多。然而，我或许比你更多些智慧，
因为我比你年长，所知更多。
所以，烦请你的心魂，听听我的劝说。
在战斗的农野上，当铜镰撂倒一片片茎秆，
而收获却微乎其微时，人们很快便会
厌倦腻烦，因为宙斯已倾斜战争的天秤，
宙斯，决断者，调控凡间战事的尊神。
阿开亚人不能空着肚子悲悼死者——人死得
太多，这一天天的血战，一堆堆的尸首！
我们何时才能中止绝食的折磨？
不，我们必须横下心来，埋葬
死者，举哀一天可也，不宜延拖。所有
从可恨的战斗中生还之人，必须正常
饮食，以便能不屈不挠，更勇猛地
和敌人进行长时间的拼斗，
身披坚固的铜甲。谁也不许
退缩，等待别的什么命令。记住，
命令是现成的：谁要是畏缩在阿耳吉维人的船边，
他将必死无疑！好吧，让我们一起扑杀，
唤醒凶暴的战神，冲向特洛伊人，驯马的战勇！”

言罢，他迈步离去，带着光荣的奈斯托耳的两个儿子，
还有夫琉斯之子墨格斯、墨里俄奈斯和索阿斯，
以及克雷昂之子鲁科墨得斯和墨拉尼波斯。他们
来到阿特柔斯之子阿伽门农的营棚，
发出几道命令，把事情做得有条有理。

他们从营棚里抬出七只铜鼎——阿伽门农
允诺的偿礼——二十口闪亮的大锅，十二匹好马，
旋即带出七名女子，女工娴熟，
精湛绝伦，连同美貌的布里塞伊丝，一共八位。
奥德修斯称出十塔兰同黄金，带队
回程；年轻的阿开亚军士们抬着其他偿礼，
来到会场中间，撂下手中的东西。阿伽门农
直腿站立，塔耳苏比俄斯，他的声音像神的话语
一样明晰，站在兵士的牧者身边，抓抱着一头公猪。
阿特柔斯之子拔出匕首，此物总是
悬挂在铜剑宽厚的剑鞘旁，
割下一缕猪鬃，高举双手，
对着宙斯，朗声祈祷；兵勇们端坐在自己的位置，
在各自的队伍里，屏息静听王者的祈诵。
阿伽门农朗声诵说，举目辽阔的天空：
“愿宙斯，最高、至尊的天神，做我的第一位见证，
还有大地、太阳和复仇女神们，她们行走在地下，
报复那些发伪誓的死人：
我从未伸手碰过布里塞伊丝姑娘，
没有和她同床共寝，或做过其他什么；
在我的营棚里，姑娘不曾被动过一个指头。
倘若我的话有半句掺假，就让神明，像对那些念着他们的
名字发伪誓的人们那样，给我带来受之不尽的苦痛！”

言罢，他用无情的青铜割断公猪的喉管，
塔耳苏比俄斯挥旋着猪身，把它扔进灰蓝色的海湾，
浩淼的大海，喂了鱼儿。其时，阿基琉斯
起身站在嗜战的阿开亚人中间，说道：
“父亲宙斯，你致送强有力的愚狂，把凡人弄得稀里糊涂！

否则，阿特柔斯之子决然不能在我心里
激起此番狂莽的暴怒，也不会违背我的意愿，
夺走姑娘，不讲情理顽固。想必此乃
宙斯的用意，乐于让成群的阿开亚人死去。
散去吧，填饱肚子，以便尽快投入战斗！”

他如此言罢，匆匆解散了集会。
人群四散离去，走回各自的海船。心志
高昂的慕耳弥冬人收拾起偿礼，
抬回神一样的阿基琉斯的海船，
堆放在他的营棚；他们安顿下那些女子，
高傲的随从们把得取的马匹牵入阿基琉斯的马群。

其时，布里塞伊丝回返营地，像金色的阿芙罗底忒一般，
看到帕特罗克洛斯躺在地上，伤痕累累，得之于锋快的铜矛，
一把将他抱在怀里，放声哭叫，双手撕抓着
自己的胸脯、柔软的脖子和秀美的脸面，
一位像神一样的女子，悲恸诉说：
“帕特罗克洛斯，你是我最大的愉慰，对我悲愁的心灵！
我离开你，离开这座营棚的时候，你还活着；
现在，我回身营棚，而你，军队的首领，却已撒手人寰！
不幸接着不幸，我这痛苦的人生！我曾
眼见着我的丈夫、我的父亲和尊贵的母亲给我的
那个男人，躺死在我们的城前，被锋快的青铜豁裂，
还有我的三个兄弟，一母亲生的同胞，
我所钟爱的亲人，也被尽数杀死，就在同一个白天！
然而，当迅捷的阿基琉斯砍倒我的
丈夫，将神一样的慕奈斯的城市攻陷，你叫我不要
哭嚎，好言劝告，说是你将使我成为神一样的阿基琉斯

合法的妻配，将用海船把我带回弗西亚，
在慕耳弥冬人中举办庆婚的盛宴。所以，
我现在悲哭你的死亡，要哭个不停！你总是那么和善。”

言罢，她失声痛哭，周围的女人们个个
泪流满面，哀悼帕特罗克洛斯的死亡，私下里悲哭
自己的不幸。阿开亚人的首领们围聚在阿基琉斯身边，
恳求他用食进餐，但后者悲叹一声，出言拒绝：
“求求你们，倘若我的好伙伴中，有人愿意听我
表明心迹。不要再劝我开怀吃喝，
以饮食自娱；深切的悲痛已揪住我的心灵。
我将咬牙坚持，绝食忍耐，直到太阳西斜！”

他的此番说告，送走了其他王者，但
阿特柔斯的两个儿子待留不去，还有卓越的奥德修斯、
奈斯托耳、伊多墨纽斯和年迈的车战者福伊尼克斯，
殷勤劝慰，安抚他的伤愁。无奈这一切
全都无济于事，只有战争的血盆大口才能宽慰他的心胸！
他长吁短叹，思念着帕特罗克洛斯，说道：
“哦，苦命的朋友，我最亲密的伙伴，以往，
你会亲自动手，调备可口的餐食，在我的营棚，
做得既快又好，当着那些临战的时刻，阿开亚人心急
火燎，意欲投入悲烈的战斗，痛杀特洛伊人，驯马的好手！
但现在，你遍体伤痕，躺在我的面前，我无心
喝酒吃肉，虽然它们满堆在我的身边，而这一切都是
出于对你的思念！对于我，生活中不会有比这更重的打击。
即便是听到父亲亡故的消息——我知道，
此刻，老人家正淌着大滴的眼泪，在弗西亚，
为了我，失离的儿子，置身异乡客地，

为了该死的海伦，拚战特洛伊壮勇；
或是闻悉爱子的不幸，有人替我抚养，在斯库罗斯，倘若
神样的尼俄普托勒摩斯现时还活在人间，我也不会如此伤悲。
在此之前，我还满怀希望，以为
仅我一人不归，死在特洛伊，远离马草
丰肥的阿耳戈斯，而你却能生还弗西亚，
而后乘坐快捷的黑船，把我儿从斯库罗斯
接回，让他看看我所拥有的一切，
我的财富，我的仆人和宽敞、顶面高耸的房居。
我想，裴琉斯此刻不是已经亡故，
埋入泥尘，便是挣扎在奄奄一息的余生之中，
痛苦万分，无奈于可恨的暮年，总在把我的噩耗待等，
但那时我已死去，在他听闻的时辰。”

阿基琉斯悲诉，众首领陪伴在他身边，含泪叹悼，
全都思念着自己的一切，撇留在家中的所有。
看着他们悲哭哀悼，克罗诺斯之子心生怜悯，
马上喊出长了翅膀的话语，对雅典娜说道：
“我的孩子，难道你已彻底抛弃你所宠爱的壮士？
难道你已不再关心照顾阿基琉斯？
现在，他正坐在头尾翘耸的海船边，哭悼
亲爱的伙伴。其他人都已散去
吃喝，而他却不思炊火，拒绝进食。
去吧，把仙浆和甜润的仙食
滴入他的胸腔，使他不致忍饥挨饿。”

就这样，他催促雅典娜前行，后者早已
迫不及待，变作一只翅膀宽阔、叫声尖厉的鹰隼，

扑下天际，穿过透亮的气空。军营里，阿开亚人
动作迅捷，正忙着全身武装。女神把仙浆
和甜润的仙食滴入阿基琉斯的
胸腔，使饥饿的折磨不致疲软他的膝腿。
然后，女神回返父亲的房居，坚固的
厅堂，而阿开亚军队则从快船边四散出击。
像宙斯撒下的纷扬密匝的雪片，
挟着高天哺育的北风吹送的寒流，
地面上铜盔挤簇，光彩烁烁，
人群拥出船边，装备中心突鼓的战盾、
条片坚固的胸甲和梣木杆的枪矛。
耀眼的闪光照亮了天空，四周的大地发出笑声；
锃亮的铜光下，兵勇们的脚步踏出隆隆的
巨响；人群中，卓越的阿基琉斯开始披甲持枪。
他牙齿咬得咯咯嘣响，双目熠熠生光，
像燃烧的火球，心中满怀难以
制抑的悲伤。挟着对特洛伊人的暴怒，
他穿戴起神赐的铠甲，凝聚着赫法伊斯托斯的辛劳。
首先，他用胫甲裹住小腿，
精美的制品，带着银质的踝扣，
随之系上胸甲，掩起胸背，
然后挎上柄嵌银钉的劈剑，
青铜铸就，背起盾牌，盾面巨大、沉重，
寒光四射，像晶莹的月亮。
宛如一堆燃烧的火焰，被漂泊海面的
水手眺见，腾升在山野里的一处荒僻的
羊圈；水手们奋力挣扎，被风暴卷出
老远的洋面，鱼群拥聚的深海，远离自己的朋伴，
烁烁的流光闪出阿基琉斯漂亮、铸工精致的盾牌，

射向高袤的气空。接着，他拿起铜盔，戴在
壮实的头上，顶着缀插马鬃的盔冠，
像星星一样光亮，摇曳着黄金的冠饰，
赫法伊斯托斯的手艺，嵌显在硬角的边旁。
卓越的阿基琉斯撑收着铠甲，体察它的合身
程度，亦想由此得知，甲内闪亮的肢腿能否运作自如——
铠甲穿感良好，像鸟儿的翅膀，托升起兵士的牧者。
最后，他从支架上抓起父亲的枪矛，那玩艺
硕大、粗长、沉重，阿开亚人中谁也
提拿不起，只有阿基琉斯可以得心应手地使用。
这条裴利昂梣木杆枪矛，是开荣送给他父亲的赠礼，
取材裴利昂的峰巅，作为克杀英雄的利器。
奥托墨冬和阿尔基摩斯把驭马套上
战车，围上松软的胸带，勒入嚼子，
在两颌之间，拉紧缰绳，朝着制合坚固的
战车。奥托墨冬抓起闪亮的马鞭，
紧握在手，抬腿跃上战车；
阿基琉斯站在他身后，头顶铜盔，准备战斗，
铠甲闪闪发光，像灼亮的太阳，
用威严可怕的声音呼喊，对着他父亲的骏马：
"珊索斯，巴利俄斯，波达耳格的子驹声名远扬！
这回，你俩可得小心在意，要干得漂亮。记住，一经
打完这场战斗，要把驭手带回达奈人的群伍，切莫
把他丢下，像对帕特罗克洛斯那样，任其挺尸在战场上！"

　　其时，四蹄滑亮的驭马，在轭架下开口答话，
珊索斯，低着头，鬃毛铺泻在
轭垫的边沿，贴着轭架，扫落在地上，
白臂女神赫拉使他发音说话：

“是的，这次，强健的阿基琉斯，我们会救出你的性命。
然而，你的末日已在向你逼近，但这不是我们的
过错，而是取决于一位了不起的尊神和强有力的命运。
不是因为我们腿慢，也不是因为漫不经心，
才使特洛伊人抢得铠甲，从帕特罗克洛斯的肩头；
是一位无敌的神祇，长发秀美的莱托的儿子，
将他杀死在前排的战勇里，让赫克托耳获得光荣。
至于我们，我俩可以和迅捷的西风赛跑，
那是风中最快的狂飙，人们都这么说道。尽管如此，
你仍然注定要被强力杀死，被一位神明和一个凡人！”

说到这里，复仇女神堵住了他的话头。
带着强烈的烦愤，捷足的阿基琉斯答道：
“珊索斯，为何预言我的死亡？你无需对我通报，
我已知道得清清楚楚；我将注定要死在这儿，
远离亲爱的父母。尽管如此，我将
使特洛伊人受够我的打斗，我将战斗不止！”

言罢，他吆喝策励坚蹄的驭马，奔驶在前排的战列之中。

# 第二十卷

这时，在弯翘的海船边，阿开亚人正武装起来，
围绕着你，阿基琉斯，裴琉斯嗜战不厌的儿郎，
面对武装的特洛伊人，排列在平原上，隆起的
那一边。与此同时，在山脊耸叠的俄林波斯的峰巅，
宙斯命嘱塞弥丝召集所有的神祇聚会；女神各处
奔走传告，要他们前往宙斯的房居。
除了俄开阿诺斯，所有的河流都来到议事地点，还有
所有的女仙，无一缺席——平日里，她们活跃在婆娑的
树丛下，出没在泉河的水流边和水草丰美的泽地。
神们全都汇聚在啸聚乌云的宙斯的房居，
躬身下坐，在石面溜滑的柱廊里，赫法伊斯托斯的
杰作，为父亲宙斯，以他的工艺和匠心。

众神汇聚在宙斯的家居，包括裂地之神
波塞冬，不曾忽略女神的传谕，从海里出来，和
众神一起出席，坐在他们中间，出言询问宙斯的用意：
“这是为什么，闪电霹雳之王，为何再次把我们召聚到
这里？还在思考特洛伊人和阿开亚人的战事吗？
两军即将开战，战火即将燃起。”

听罢这番话，啸聚乌云的宙斯说讲，答道：
“裂地之神，你已猜出我的用意，我把各位召聚

起来的目的。我关心这些凡人，虽然他们正在死去。
尽管如此，我仍将待在俄林波斯的山脊，
静坐观赏，愉悦我的心怀。你等众神
可即时下山，前往特洛伊人和阿开亚人的群队，
任凭你们的喜好，帮助各自愿帮的一边。
如果我们任由阿基琉斯独自厮杀，特洛伊人
便休想挡住裴琉斯捷足的儿子，一刻也不行。
即便在以前，他们见了此人也会索索发抖；
现在，由于伴友的死亡，悲愤交加，
我担心他会冲破命运的制约，攻破特洛伊人的墙基。”

　　言罢，宙斯挑起持续不断的战斗；
众神下山介入搏杀，带着互相抵触的念头。
赫拉前往云集滩沿的海船，和帕拉丝·雅典娜一起，
还有环绕大地的波塞冬和善喜助佑的
赫耳墨斯——此神心智敏捷，无有竞比的对手。
赫法伊斯托斯亦和他们同行，凭恃自己的勇力，
瘸拐着行走，灵巧地挪动干瘪的腿脚。
但头盔闪亮的阿瑞斯去了特洛伊人一边，
还有长发飘洒的阿波罗，射手
阿耳忒弥丝，以及莱托、珊索斯和爱笑的阿芙罗底忒。
在神们尚未接近凡人之时，战场上，
阿开亚人所向披靡，节节胜利；阿基琉斯
已重返疆场，虽然他已长时间地避离惨烈的战斗。
特洛伊人个个心惊胆战，吓得双腿
发抖，看着裴琉斯捷足的儿子，
铠甲铮亮，杀人狂阿瑞斯一样的凡人。
但是，当俄林波斯众神汇入凡人的队伍，
强有力的争斗，兵士的驱怂，抖擞精神；雅典娜

咆哮呼喊，时而站在墙外的沟边，
时而又出现在海涛震响的岩岸，疾声呼号。
在战场的另一边，阿瑞斯吼声如雷，像一股
黑色的旋风，时而出现在城堡的顶楼，厉声催督特洛伊人
向前，时而奋力疾跑，沿着西摩埃斯河，卡利科洛奈的山坡。

　　就这样，幸运的神明催励敌对的双方拼命，
也在他们自己中间引发激烈的竞比。
天上，神和人的父亲炸起可怕的
响雷；地下，波塞冬摇撼着无边的
陆基，摇撼着巍巍的群山和险峰。
大地震颤，那多泉的伊达，它的每一个坡面，
每一峰山巅，连同特洛伊人的城堡，阿开亚人的海船。
埃多纽斯，冥府的主宰，心里害怕，
从宝座上一跃而起，嘶声尖叫，惟恐在他的头上，
环地之神波塞冬可能裂毁地面，
暴袒出死人的房院，在神和人的眼前，
阴暗、霉烂的地府，连神祇看了也会恶厌。
就这样，众神对阵开战，撞顶出
轰然的声响。福伊波斯·阿波罗携带飞驰的羽箭，
稳稳站立，攻战王者波塞冬；
灰眼睛女神雅典娜则敌战厄努阿利俄斯。
对抗赫拉的是啸走山林的猎手，带用金箭的捕者
阿耳忒弥丝，远射手阿波罗的姐妹。
强壮、善喜助佑的赫耳墨斯面对女神莱托，
而迎战赫法伊斯托斯的，则是那条漩涡深卷的长河，
神祇叫它珊索斯，凡人则称之为斯卡曼得罗斯。

　　就这样，双方互不相让，神和神的对抗。

其时，阿基琉斯迫不及待地冲入战斗，寻战赫克托耳，
普里阿摩斯之子，渴望用他的，而不是
别人的热血，喂饱强健的战神、操使牛皮战盾的阿瑞斯的胃肠。
但是，阿波罗，兵士的驱怂，却催使埃内阿斯
攻战裴琉斯之子，给他注入巨大的力量。
摹仿普里阿摩斯之子鲁卡昂的声音和
形貌，宙斯之子阿波罗对埃内阿斯说道：
“埃内阿斯，特洛伊人的训导，你的那些豪言壮语，就着
杯中的饮酒，对特洛伊人的王者发出的威胁，现在何方？
你说，你可一对一地和阿基琉斯、裴琉斯之子开打。”

　　听罢这番话，埃内阿斯说讲，答道：
“鲁卡昂，普里阿摩斯之子，为何催我违背自己的意愿，
迎着他的狂怒，和裴琉斯之子面对面地对打？
这将不是我第一次和捷足的阿基琉斯
照面。那次，在此之前，他手持枪矛，
把我赶下伊达；那一天，他抢劫我们的牛群，
荡毁了鲁耳奈索斯和裴达索斯地方。幸得宙斯相救，
给我注入勇力，使我快腿如飞。否则，
我早已倒在阿基琉斯的枪下，死在雅典娜的手里，
后者跑在他的前头，洒下护助的明光，激励他
奋勇前进，用他的铜枪，击杀莱勒格斯和特洛伊兵壮。
所以，凡人中谁也不能和阿基琉斯面战，
他的身边总有某位神明，替他挡开死亡。即使
没有神助，他的投枪飞得精准，紧追不放，
直至穿透被击者的躯干。但是，倘若神祇愿意
拉平战争的绳线，他就不能轻而易举地获胜，
即便出言称道，他的每块肌肉都是用青铜铸打！”

听罢这番话，宙斯之子、王者阿波罗说道：
“英雄，为何不对长生不老的神明祈祷？
你亦可以这么做。人们说，你是宙斯之女阿芙罗底忒的
骨肉，而阿基琉斯则出自一位身份相对低下的女神的肚腹；
阿芙罗底忒乃宙斯之女，而塞提丝的父亲是海中的长老。
去吧，提着你那不知疲倦的铜矛，往前冲捣！切莫让他
把你顶退回来，用含带蔑视的吹擂，气势汹汹的恫吓！”

此番催励在兵士的牧者身上激起巨大的力量，
他头顶闪亮的头盔，阔步穿行在前排壮勇的队列。
安基塞斯之子穿过人群，意欲寻战裴琉斯的儿郎。
白臂膀的赫拉马上发现他的行踪，
召来己方的神祇，对他们说道：
“好好商讨一番，你们二位，波塞冬和雅典娜；
认真想想吧，这场攻势会引出什么结果。
看，埃内阿斯，顶着锃亮的头盔，正
扑向裴琉斯之子，受福伊波斯·阿波罗的遣送。
来吧，让我们就此行动，把他赶离；
否则，我们中的一个要前往站在阿基琉斯身边，
给他注入巨大的勇力，使他不致心虚手软。
要让他知道，高高在上的神祇，他们中最了得的几位，
全都钟爱着他，而那些个至今一直为特洛伊人
挡御战争和毁败的神们，则像无用的清风！
我们合伙从俄林波斯下来，参与这场
战斗，使阿基琉斯不致在今天倒死在特洛伊人
手中。日后，他将经受命运用纺线罗织的苦难，
早在他出生入世，他的母亲把他带到人间的那一刻。
倘若阿基琉斯对此未有所闻，听自神的声音，
那么，当一位神祇和他开打较量，他就会心虚

胆怯。谁敢看了不怕，如果神明出现，以自己的形貌？”

听罢这番话，裂地之神波塞冬答道：
“赫拉，不要感情用事，莫名其妙地动怒
发火。至少，我不愿催领这边的神明，
和对手战斗；我们的优势太过显著。
这样吧，让我们离开此地，避离战场，端坐高处，
极目观赏；让凡人自己对付他们的战杀。
但是，如果阿瑞斯或福伊波斯·阿波罗参战，
或把阿基琉斯推挡回去，不让他冲杀，
那时，我们便可即刻出动，和他们对打
较量。这样，用不了多久，我相信，他们就会
跑回俄林波斯，躲进神的群队，
带着我们的手力，难以抗拒的击打！”

言罢，黑发的波塞冬领头前行，来到神一样的
赫拉克勒斯的墙堡，两边堆着厚实的泥土，
一座高耸的堡垒，特洛伊人和帕拉丝·雅典娜为他建造，
作为避身的去处，以便在横冲直撞的海怪，
把壮士从海边赶往平原的时候，躲防他的追捕。
波塞冬和同行的神灵在那里下坐，拢来
大片云朵，筑起不可攻破的雾障，围绕在他们的肩头。
在远离他们的另一边，神们在卡利科洛奈的悬壁上下坐，
围聚在你俩的身边，射手阿波罗和攻城略地的阿瑞斯。

就这样，两边的神祇分地而坐，运筹
谋划，哪一方都不愿首先挑起痛苦的
击打，虽然高坐云天的宙斯催恿着他们战斗。

然而，平原上人山人海，铜光四射，到处
塞满了人和战马，两军进逼，人腿和马蹄击打着地面，
大地为之摇撼。两军间的空地上，两位最杰出的
战勇迎面扑进，带着仇杀的狂烈，
埃内阿斯，安基塞斯之子，和卓越的阿基琉斯。
埃内阿斯首先走出队列，气势汹汹地迈着大步，
摇晃着脑袋，在沉重的帽盔下，挺着凶莽的战盾，
挡在胸前，挥舞着青铜的枪矛。迎着他的
脸面，裴琉斯之子猛扑上前，像一头雄狮，
凶暴的猛兽，招来猎杀的敌手，整个
村镇的居民。一开始，它还满不在乎，
放腿信步，直到一个动作敏捷的小伙投枪
捅破它的肌肤。其时，它蹲伏起身子，张开血盆大口，
齿龈间唾沫横流，强健的狮心里回响着悲沉的呼吼；
它扬起尾巴，拍打自己的肚肋和两边的股腹，
抽激起厮杀的狂烈，瞪着闪光的眼睛，
狂猛地扑向人群，抱定一个决心，要么撕裂他们
中的一个，要么在首次扑击中被他们放倒！
就像这样，高傲的心灵和战斗的狂烈催激着阿基琉斯
奋勇向前，面对心志豪莽的埃内阿斯。
他俩相对而行，咄咄逼近；
捷足和卓越的阿基琉斯首先发话，喊道：
“埃内阿斯，为何远离你的队伍，
孤身出战？是你的愿望吧？是它驱使你拼命，
企望成为驯马好手特洛伊人的主宰，荣登
普里阿摩斯的宝座？然而，即使你杀了我，
普里阿摩斯也不会把王冠放到你的手里，
他有亲生的儿子，何况老人自己身板硬朗，思路敏捷。
也许，特洛伊人已经答应，倘若你能把我杀了，

他们将给你一块好地，他者不可比及，一处肥熟的耕地和果园，
由你统管经营？不过，要想杀我，可不是件容易的事情。
我似乎记得，从前，你曾在我枪下九死一生。
忘了吗？我曾把你赶离你的牛群，
追下伊达的斜坡；你，孤零零的一个，撒开两腿，
不要命似的奔跑，连头都不曾回过。
你跑到鲁耳奈索斯，但我奋起强攻，
碎毁了那座城堡，承蒙雅典娜和父亲宙斯的助佑，
逮获了城内的女子，剥夺了她们的自由，当做
战礼拉走，只是让你活命逃生，宙斯和诸神把你相救。
这一回，我想，神明不会再来助佑，虽然你以为
他们还会这么做。退回去吧，告诉你，回到
你的群队，不要和我交手，省得自找
麻烦！那是个傻瓜，在事情做下以后知悉！”

　　听罢这番话，埃内阿斯说讲，答道：
“不要痴心妄想，裴琉斯之子，试图用言语把我吓倒，
把我当做一个毛孩！不，若论咒骂
侮辱，我也是一把不让人的好手。
你我都知道对方的门第和双亲，我们已从
会死的凡人嘴里听过，他们的光荣可追溯到久远的年代，
只是你我都不曾亲眼见过对方的父母。
人们说，你是豪勇的裴琉斯的儿子，
你的母亲是长发秀美的塞提丝，海洋的女儿。
至于我，不瞒你说，我乃心志豪莽的安基塞斯之子，
而我的母亲是阿芙罗底忒。今天，你我的双亲中，
总有一对，将为失去亲爱的儿子
恸哭。相信我，我们不会就此撤离战斗，
像孩子似的，仅仅吵骂一通，然后各回家门。

虽然如此，关于我的宗谱，如果你想知道得清清楚楚，不遗
不误，那就听我道来，虽说在许多人心里，这些已是掌故。
我的家世，可以上溯到达耳达诺斯，啸聚乌云的宙斯之子，
创建达耳达尼亚的宗祖；那时，神圣的伊利昂尚未出现，
这座耸立在平原之上，庇护着一方民众的居城。
人们营居在伊达的斜面，多泉的山坡。
以后，达耳达诺斯生养一子，王者厄里克索尼俄斯，
世间最富有的凡人，拥有
三千匹母马，牧养在多草的泽地，
盛年的骒马，高傲地看育着活蹦乱跳的仔驹。
北风挟着情欲，看上了草地上的它们，变作一匹
黑鬃飘洒的儿马，爬上牝马的腰身。
后者怀受他的种子，生下十二匹幼驹。
这些好马，嬉跳在精耕的农田，丰产的谷地，
掠过成片的谷穗，不会踢断一根秆茎。
他们蹄腿轻捷，蹦跶在宽阔的洋面，
踏着灰蓝色的长浪，水头的峰尖。
厄里克索尼俄斯得子特罗斯，特洛伊人的主宰，
而特罗斯生养了三个豪勇的儿郎，
伊洛斯、阿萨拉科斯和神一样的伽努墨得斯，
凡间最美的人儿——诸神视其
俊秀，把他掠到天上，当了
宙斯的侍斟，生活在神族之中。
伊洛斯得养一子，豪勇的劳墨冬；
劳墨冬有子提索诺斯、普里阿摩斯、
朗波斯、克鲁提俄斯和希开塔昂，阿瑞斯的伴从。
阿萨拉科斯有子卡普斯，而卡普斯得子安基塞斯，我乃
安基塞斯之子，而卓越的赫克托耳是普里阿摩斯的男嗣。
这，便是我要告诉你的家世，我的血统。

至于勇力，那得听凭宙斯的增减，
由他随心所欲地摆布，因为他是最强健的天神。
动手吧，不要再像孩子似的唠唠
叨叨，站在即将开战的两军之间道说。
我们可在此没完没了地互相讥辱，
难听的话语可以压沉一艘安着一百条凳板的船舟。
人的舌头是一种曲卷油滑的东西，话语中词汇众多，
五花八门，应用广泛，无所不容。
你说了什么，就会听到什么。然而，
我们并没有这个需要，在此
争吵辱骂，你来我往，像两个街巷里的女人，
吵得心肺俱裂，冲上街头，
互相攻击，大肆诽谤，其中
不乏真话，亦多谎言；暴怒使她们信口开河。
我嗜战心切，你的话不能驱我回头——
让我们用铜枪打出输赢。来吧，
让我们试试各自的力气，用带着铜尖的枪矛！”

　　言罢，他挥手掷出粗重的投枪，碰撞在森严可怕的
盾面，战盾顶着枪尖，发出沉重的响声。
裴琉斯之子大手推出战盾，心里
害怕，以为心志豪莽的埃内阿斯，他的
投影森长的枪矛，会轻松捅穿盾牌——
愚蠢得可笑。他不知道，在他的心魂里，
神祇光荣的礼物不是一捅即破的
摆设，凡人休想毁捣。这次，
身经百战的埃内阿斯，他的粗重的枪矛，也同样
不能奏效；黄金的层面，神赐的礼物，挡住了它的冲扫。
事实上，枪尖确实捅穿了两个层面，留下后面的

三层；瘸腿的神匠一共铸了五层，
表之以两层青铜，垫之以两层白锡，铜锡之间
夹着一层黄金，就是这层金属，挡住了梣木杆的枪矛。

接着，阿基琉斯奋臂投掷，落影森长的
枪矛击中埃内阿斯溜圆的战盾，
盾围的边沿，铜层稀薄，亦是
牛皮铺垫最薄弱的部位。裴利昂的梣木杆枪矛
把落点破底透穿，盾牌吃不住重击，发出沉闷的声响。
埃内阿斯屈身躲避，撑出战盾，挡在头前，吓得
心惊肉跳；枪尖飞越肩背，呼啸着
扎入泥尘，捣去两个层面，从护身的
皮盾。埃内阿斯躲过长枪，
站起身子，眼里闪出强烈的忧愤，怕得
毛骨悚然：枪矛扎落在如此近身的地点。阿基琉斯
拔出锋快的利剑，全力扑进，挟着狂烈，
发出粗野的喊叫。埃内阿斯抓起一块石头，
一次豪迈的举动，当今之人，即便站出两个，
也动它不得，而他却仅凭一己之力，轻松地将其高举过头。
其时，埃内阿斯的石头很可能已击中冲扫过来的阿基琉斯，
砸在头盔或盾牌上，而后者会用战盾挡住石块，
趋身近逼，出剑击杀，夺走他的生命，
若不是裂地之神波塞冬眼快，
当即发话，对身边的诸神说道：
“各位听着，我真为心志豪莽的埃内阿斯难过；
他将即刻坠入死神的地府，趴倒在阿基琉斯手下，
只为他听信远射手阿波罗的挑唆——可怜的
蠢货，而阿波罗却不会前来，替他挡开可悲的死亡。
但是，一个像他这样无辜的凡人，为何要平白无故地

受苦受难，为了别人的争斗？他总是给我们
礼物，愉悦我们的心房；我们，统掌天空的仙神。
赶快行动，我们要亲自前往，把他救出，以免
克罗诺斯之子生气动怒，倘若阿基琉斯
杀了此人。他命里注定可以逃生，
而达耳达诺斯的部族也不会彻底消亡，后继
无人——他是宙斯最钟爱的儿子，
在和凡女生养的全部孩男中。
克罗诺斯之子现已憎恨普里阿摩斯的家族，
所以，埃内阿斯将以强力统治特洛伊民众，
一直延续到他的儿子的儿子，后世的子子孙孙。”

听罢这番话，牛眼睛天后赫拉答道：
“此事，裂地之神，由你自个思忖定夺，
是救他出来，还是放手让他死去，
带着他的全部勇力，被裴琉斯之子阿基琉斯击倒。
我们两个，我和帕拉丝·雅典娜，已多次
发誓宣称，当着所有神祇的脸面，
决不为特洛伊人挡开他们的末日，凶险的死亡，
哪怕猖莽的烈焰吞噬整座特洛伊，
在阿开亚人嗜战的儿子们放火烧城的时候!”

听罢这番话，裂地之神波塞冬
穿行在战斗的人群，冒着纷飞的枪矛，
找到埃内阿斯和光荣的阿基琉斯战斗的地方。
顷刻之间，他在阿基琉斯、裴琉斯之子眼前
布起一团迷雾，从心志豪莽的埃内阿斯的
盾上拔出安着铜尖的梣木杆枪矛，
放在阿基琉斯脚边，从地上

挽起埃内阿斯，抛向天空，
让他掠过一支支战斗的队伍，一行行
排列的车马，借助神的手力，神的抛投，
避离混战的人群，落脚在凶烈战场的边沿。其时，
那里的考科尼亚人正在穿甲披挂，准备介入战斗。
裂地之神波塞冬行至他的身边站定，
对他说话，用长了翅膀的言语：
“埃内阿斯，是哪位神明使你疯癫至此，
居然敢和裴琉斯心志高昂的儿子面对面地打斗，
虽然他比你强壮，也更受神的钟爱？
你要马上撤离，无论在哪里碰上此位壮勇，
以免逾越你的命限，坠入死神的家府。
但是，一旦阿基琉斯命归地府，实践了命运的安排，
你要鼓起勇气，奋发向前，和他们的首领战斗——
那时候，阿开亚人中将不会有杀你的敌手。”

　　言罢，告毕要说的一切，此神离他而去，
旋即驱散阿基琉斯眼前神布的
迷雾。阿基琉斯睁大眼睛，注目凝望，
窘困烦恼，对自己豪莽的心魂说道：
“可能吗？我的眼前真是出现了奇迹！
我的枪矛横躺在地，但却不见了那个人的踪影，
那个我拼命冲扑、意欲把他杀死的家伙，现在哪里？
看来，埃内阿斯同样受到长生不老的神明的
钟爱；我还以为，他的那番说告是厚颜无耻的吹擂。
让他去吧！从今后，他将再也不敢和我战斗，
因为就是今天，他也巴不得逃离死的胁迫。
眼下，我要召呼嗜喜拼搏的达奈兵勇，
试试他们的身手，一起敌杀其余的特洛伊兵众！”

言罢，他跳回己方的队阵，催励着每一个人：
“勇敢的阿开亚人，不要再站等观望，离着特洛伊人。
各位都要敌战自己的对手，打出战斗的狂勇！
凭我单身一人，虽说强健，也难以对付
如此众多的敌人，和所有的他们拼斗。
即便是阿瑞斯，不死的神明，即便，甚至是雅典娜，
也不能杀过战争的尖牙利齿，如此密集的队阵。
但是，我发誓，只要能以我的手脚和勇力身体力行的战事，
我将尽力去做；我将一步不让，决不退缩，
冲打进敌人的营阵。我敢说，特洛伊人中，
谁也不会因此感到高兴，倘若置身我枪矛的投程！”

他的话催励着阿开亚人。其时，光荣的赫克托耳放开
嗓门，激励他的兵勇，盼想着和阿基琉斯拼斗：
“不要惧怕裴琉斯的儿子，我的心志高昂的特洛伊人！
若用言词，我亦能和神祇争斗，但
若使枪矛，那就绝非易事，神明要比我们强健得多。
就是阿基琉斯，也不能践兑所有的豪言，
有的可以实现，有的会遭受挫阻，废弃中途。
我现在就去和他拼斗，虽然他的双手好似一蓬柴火，
是的，就像烈火，而他的心灵好像一个闪光的铁砣！”

他的话催励着特洛伊人，后者举起枪矛，准备杀搏；
双方汇聚起胸中的狂烈，喊出暴虐的呼嚎。
其时，福伊波斯·阿波罗站到赫克托耳身边，喊道：
“赫克托耳，不要独自出战，面对阿基琉斯。
退回你的队伍，避离混战拼杀，
以免让他投枪击中，或挥剑砍翻，于近战之中！”

阿波罗言罢，赫克托耳一头扎进自己的
群伍，心里害怕，听到神的话声。
挟着战斗的狂烈，阿基琉斯扑向特洛伊人，
发出一声粗蛮的号叫，首先杀了伊菲提昂，
俄特仑丢斯骠勇的儿子，率统大队兵丁的首领，
出自河湖女仙的肚腹，荡劫城堡的俄特仑丢斯的精血，
在积雪的特摩洛斯山下，丰足的呼德乡村。
强健的阿基琉斯出枪击中风风火火冲扑上来的伊菲提昂，
捣在脑门上，把头颅劈成两半；后者随即
倒地，轰然一声。骁勇的阿基琉斯欢呼，傲临身前的对手：
“躺着吧，俄特仑丢斯之子，人间最凶狂的战勇！
这里是你挺尸的去处，远离古格湖畔，
你的家乡，那里有你父亲的土地，
伴随着呼洛斯的鱼群和赫耳摩斯的漩流。”

阿基琉斯一番炫耀；黑暗蒙起伊菲提昂的眼睛，
任由阿开亚人飞滚的轮圈，把尸体压得支离破碎，
辗毁在冲战的前沿。接着，阿基琉斯扑奔
德摩勒昂，安忒诺耳之子，一位骠勇的防战能手，
出枪捅在太阳穴上，穿过青铜的颊片，
铜盔抵挡不住，青铜的枪尖，
长驱直入，砸烂头骨，溅捣出
喷飞的脑浆。阿基琉斯放倒了怒气冲冲的德摩勒昂。
然后，阿基琉斯出枪刺中希波达马斯，在他跳车
逃命，从他面前跑过之际，枪尖扎入后背，
壮士竭力呼吼，喘吐出生命的魂息，像一头公牛，
嘶声吼啸，被一伙年轻人拉着，拖去敬祭
波塞冬，赫利开的主宰——裂地之神喜欢看到拖拉的情景。
就像这样，此人大声啸吼，直到高傲的心魂飘离了躯骨。

接着，阿基琉斯提枪猛扑神一样的波鲁多罗斯，
普里阿摩斯之子——老父不让他参战，
因为他是王者最小、也是最受宠爱的
儿子，腿脚飞快，无人可及。
但现在，这个蠢莽的年轻人，急于展示他的快腿，
狂跑在激战的前沿，送掉了卿卿性命。
正当他撒腿掠过之际，卓越和捷足的阿基琉斯飞枪
击中他的后背，打在正中，金质的扣带
交合搭连，胸甲的两个半片衔接连合的部位，
枪尖长驱直入，从肚脐里穿捅出来。
波鲁多罗斯随即倒下，大声哀号，双腿跪地，眼前
黑雾弥漫，瘫倒泥尘，双手抓捂外涌的肠流。

其时，赫克托耳眼见波鲁多罗斯，他的兄弟，
跌跌撞撞地瘫倒在地上，双手抓堵外涌的肠流，
眼前迷雾笼罩，再也不愿团团打转在
远离拼搏的地方，而是冲跑出去，寻战阿基琉斯，
高举锋快的枪矛，凶狂得像一团烈火。阿基琉斯见他扑来，
跑上前去，高声呼喊，得意洋洋：
“此人到底来了；他杀死我亲爱的伴友，比谁都更使我
恼火！不要再等了，不要再
互相回避，沿着进兵的大道！”

言罢，他恶狠狠地盯着卓越的赫克托耳，嚷道：
“走近点，以便尽快接受死的捶捣！”

然而，赫克托耳面无惧色，在闪亮的头盔下说道：
“不要痴心妄想，裴琉斯之子，试图用言语把我吓倒，
把我当做一个毛孩。不，若论咒骂

侮辱，我也是一把不让人的好手。
我知道你很勇敢，而我也远不如你强壮，
这不假，但此类事情全都平躺在神的膝头。
所以，虽然我比你虚弱，但仍可出手投枪，
把你结果；在此之前，我的枪矛也一向利落！”

言罢，他举起枪矛，奋臂投掷，但经不住
雅典娜轻轻一吹，把它拨离光荣的
阿基琉斯，返回卓越的赫克托耳身边，
掉在脚前的泥地上。与此同时，阿基琉斯
凶猛狂烈，怒气咻咻，奋勇击杀，发出
一声粗野的吼叫，但福伊波斯·阿波罗轻舒臂膀，
神力无穷，把赫克托耳抱离地面，藏裹在浓雾里。
一连三次，捷足的勇士、卓越的阿基琉斯向他冲扫，
握着铜矛；一连三次，他的进击被浓厚的雾团消融。
阿基琉斯随即发起第四次冲击，像一位仙神，
对着敌手发出粗野的喊叫，用长了翅膀的话语：
“这回，又让你躲过了死亡，你这条恶狗！虽说如此，
也只是死里逃生；福伊波斯·阿波罗又一次救了你，
这位你在投身密集的枪雨前必须对之祈诵的仙尊。
但是，我们还会再战；那时，我会把你结果，
倘若我的身边也有一位助佑的尊神。
眼下，我要去追杀别的战勇，任何可以赶上的敌人！”

言罢，他一枪扎入德鲁俄普斯的脖子，
后者随即倒地，躺死在他的腿脚前。他丢下死者，
投枪阻止德慕科斯的冲击，打在膝盖上，
菲勒托耳之子，一位高大强健的壮勇，随后
猛扑上前，挥起粗大的战剑，夺杀了他的生命。

接着，阿基琉斯放腿扑向达耳达诺斯和劳格诺斯，
比阿斯的两个儿子，将其从马后撂下战车，打倒在地，
一个投枪击落，另一个，近战中，挥剑砍翻。
其后，特罗斯，阿拉斯托耳之子，跌撞到阿基琉斯
跟前，抓抱他的双膝，盼望他手下留情，保住一条性命，
心想他会怜惜一个和他同龄的青壮，不予斩夺。
这个笨蛋！他哪里知道，阿基琉斯根本不会听人求劝；
他的心里没有一丝甜蜜，一缕温情——
他怒火中烧，凶暴狂烈！特罗斯伸手欲抱
他的膝腿，躬身祈求，但他手起一剑，扎入肝脏，
把它捣出腹腔，黑血涌注，
淋湿了股腿；随着魂息的离去，黑暗
蒙住了他的双眼。接着，阿基琉斯扑近慕利俄斯，
出枪击中耳朵，铜尖长驱直入，从另一边
耳朵里穿出。随后，他杀了阿格诺耳之子厄开克洛斯，
用带柄的劈剑，砍在脑门上，
整条剑刃鲜血模糊，暗红的死亡和
强有力的命运合上了他的眼睛。接着，阿基琉斯
出枪击断丢卡利昂的手臂，膀肘上，筋脉
交接的地方。铜尖切开肘上的筋腱，
丢卡利昂垂着断臂，痴等着，心知
死期不远。阿基琉斯挥剑砍断他的脖子，
头颅滚出老远，连着帽盔，髓浆喷涌，
从颈骨里面。他随之倒下，直挺挺地躺在地面。
其后，阿基琉斯扑向裴瑞斯豪勇的儿子，
里格摩斯，来自土地肥沃的斯拉凯，
出枪捣在肚子上，枪尖扎进腹中，把他
捅下战车。驭手阿雷苏斯调转马头，
试图逃跑，阿基琉斯出枪猛刺，锋快的枪尖

咬入他的脊背，把他撂下战车。惊马撒蹄狂跑。

　　一如暴獗的烈焰，横扫山谷里焦干的
树木，焚烧着枝干繁茂的森林，
疾风卷着熊熊的火势，阿基琉斯到处
横冲直撞，挺着枪矛，似乎已超出人的凡俗，
逼赶，追杀敌人，鲜血染红了乌黑的泥尘。
像农人套起额面开阔的公牛，
踏踩着雪白的大麦，在一个铺压坚实的打谷场上，
哞哞吼叫的壮牛，用蹄腿很快分辗出麦粒的皮壳；
就像这样，拉着心胸豪壮的阿基琉斯，坚蹄的快马
踢踏着死人和战盾，轮轴
沾满飞溅的血点，马蹄和飞旋的
轮缘压出四散的血污，喷洒在
围绕车身的杆条。裴琉斯之子催马向前，
为了争夺光荣，克敌制胜的大手上涂满泥血的斑痕。

# 第二十一卷

　　但是，当他们跑到那条清水河的边岸，
其父宙斯，不死的天神，卷着漩涡的珊索斯的滩沿，
阿基琉斯截开溃败的人群，追迫其中的一群撒腿平野，朝着
特洛伊回跑——一天前，就在那个地方，阿开亚人自己亦被
光荣的赫克托耳，被他的狂烈赶得惶惶奔逃。
现在，特洛伊人也在那片泥地上成群地回跑，但赫拉降下
一团浓雾，布罩在他们眼前，挡住他们的归路。与此同时，
另一半兵勇挤塞在水流深急的长河，银光闪亮的漩涡，
连滚带爬地掉进水里，发出大声的喧嚎；泼泻的水势
滔声轰响，两岸回荡着隆隆的吼啸，伴随着他们的嘶喊，
四下里荡臂挣扎，旋卷在湍急的水涡。
像一群蝗虫，飞拥在空中，迫于急火的烧烤，
一头扎进河里，暴虐的烈焰闪跳着突起的
火苗，蝗虫堆挤在一起，在水面上畏缩；
就像这样，迫于阿基琉斯的追赶，咆哮的珊索斯河中，
深漩的水涡里，人马拥挤，一片嘈骚。

　　其时，宙斯养育的阿基琉斯把枪矛搁置河岸，
靠贴着柽柳枝丛，跳进河里，像一位超人的神仙，
仅凭手中的劈剑，心中充满凶邪的杀机，
转动身子，挥砍四面的敌人。特洛伊兵勇发出凄惨的
号叫，吃受着剑锋的劈打；水面上人血泛涌，

殷红一片。像水里的鱼群，碰上一条大肚子海豚，
匆忙逃离，填挤在深水港的角落，吓得
不知所措：那家伙能把逮着的东西全都吞进肚腹。
就像这样，特洛伊人沉浮在凶险的水浪里，
葬身在河壁的底层。当阿基琉斯杀得双腿疲软，
便从水里拢聚和生擒了十二名青壮，为
帕特罗克洛斯，墨诺伊提俄斯之子，作为报祭的血酬。
他把这帮人带上河岸，像一群吓呆了的仔鹿，
将他们反手捆绑，用切割齐整的皮条，
他们自己的腰带，束扎着飘软的衣衫，
交给伙伴们看押，走向深旷的海船；
他自己则转身回头，带着杀人的烈狂。

　　河岸边，他撞见了达耳达尼亚人普里阿摩斯的儿子，
刚从水里逃生，鲁卡昂，阿基琉斯曾经亲手抓过的
特洛伊壮汉，带离他父亲的果园，哪怕他一路反抗，在那天
夜里的偷袭。其时，他正手握锋快的铜刀，从无花果树上
劈下嫩枝，充作战车的条杆，
却不料祸从天降，平地里冒出个裴琉斯卓越的儿男。
那一次，阿基琉斯把他船运到城垣坚固的莱姆诺斯，
当做奴隶卖掉，被伊阿宋的儿子买去；在那里，
一位陌生的朋友，英勃罗斯的厄提昂，
用重金把他赎释，送往闪光的阿里斯贝，
他从那里生逃，跑回父亲的房居。
回家后，一连十一天，他欢愉着自己的心胸，
和亲朋好友聚在一处。然而，到了第十二天，神明
又把他丢进阿基琉斯手中；这一回，
后者将强违他的意愿，把他送入死神的家府。
现在，捷足的战勇、卓越的阿基琉斯已认出他来，

知他甲械全无，既没有头盔，又没有枪矛和盾牌——
一切已被丢弃岸边：为了逃命激流，
他拼死挣扎，累得热汗淋漓，双腿疲软。
阿基琉斯发话自己的心魂，带着满腔烦愤：
“这可能吗？我的眼前真是出现了奇迹！
这些心志豪莽的特洛伊人，就连那些已被我杀死的，
都会从阴晦、昏暗的去处起身回还！
瞧这家伙，躲过无情的死亡，他的末日，回头重返。
我曾把他卖到神圣的莱姆诺斯，但灰蓝色的大海，翻卷的水浪，
却挡不住他的归还，虽然它能挡住整个舰队，不甘屈服的
船员。干吧，这一回，我要让他尝尝枪尖的滋味。
这样，我们就能确信无疑地知道，
他是否能从那个地方归来：生养万物的泥土是否
能把他压住——土筑的坟堆可以把强健的汉子葬埋！”

阿基琉斯一番思谋，站等不动，而鲁卡昂则快步跑来，
惊恐万状，急欲抱住他的膝腿，希望躲过
乌黑的命运和可怕的死亡。卓越的
阿基琉斯高举起粗长的枪矛，
试图把他结果，但对方躬身避过投枪，跑去
抱住他的膝腿，弯着腰，枪矛从脊背上飞过，
插在泥地里，带着撕咬人肉的欲望。
鲁卡昂一手抱住他的膝盖，恳求饶命，
一手抓住犀利的枪矛，毫不松手，
开口求告，吐出长了翅膀的话语：“我已抱住
你的双膝，阿基琉斯，尊重我的祈求，放我一条生路！
我在向你恳求，哦，宙斯哺育的壮士，我理应得到宽恕，
因为你是第一位阿开亚人，和我分食黛墨忒耳的礼物，
在你把我抓住的那一天，从篱墙坚固的果林园圃，

把我带离父王和亲友，卖到神圣的
莱姆诺斯，为你换得一百头牛，
而为获释放，我支付了三倍于此的礼赎。
我历经磨难，回到伊利昂，眼下只是
第十二个早上。现在，该诅咒的命运又把我
送到你的手中。我想，我一定受到父亲宙斯的痛恨，
让我重做你的俘虏。唉，我的母亲，你生下我来，
只有如此短暂的一生，劳索娥，阿尔忒斯的女儿，
阿尔忒斯，莱勒格斯的主宰，嗜战如命，
雄踞陡峭的裴达索斯，占地萨特尼俄埃斯河的滩头。
普里阿摩斯娶了他的女儿，作为许多妻床中的一人。
劳索娥生得二子，而你，你会割断我们兄弟
二人的喉咙。一个已被你杀死，在前排步战的勇士中，
神一样的波鲁多罗斯，经不住你锋快投枪的击冲。
现在，此时此地，可恶的死亡又在向我招手；我想，
我逃不出你的手掌，因为神明驱我和你相碰。
虽说如此，我另有一事相告，求你记在心中：
不要杀我，我和赫克托耳并非同出一个娘胎，
是他杀了你强壮、温善的伴朋！”

就这样，普里阿摩斯光荣的儿子恳求
饶命，但听到的却是一番无情的回言：
“你这个笨蛋，还在谈论什么赎释；还不给我闭嘴！
不错，在帕特罗克洛斯尚未履践命运的约束、战死疆场
之前，我还更愿略施温存，遣放过一些
特洛伊军汉；我生俘过大群的兵勇，把他们卖到海外。
但现在，谁也甭想死里逃生，倘若神祇把他送到
我的手里，在这伊利昂城前；特洛伊人中
谁也甭想，尤其是普里阿摩斯的儿男！所以，

我的朋友，你也必死无疑。既如此，你又何必这般疾首痛心？
帕特罗克洛斯已经死去，一位远比你杰出的战勇；
还有我——没看见吗？长得何等高大、英武，
有一位显赫的父亲，而生我的母亲更是一位不死的女神。
然而，就连我也逃不脱死和强有力的命运胁迫，
将在某一天拂晓、黄昏或中午，
被某一个人放倒，在战斗中，
用投枪，或是离弦的箭镞。”

　　听罢这番话，鲁卡昂双腿酥软，
心力消散。他放开枪矛，瘫坐在地，双臂
伸展。阿基琉斯抽出利剑，挥手击杀，
砍在颈边的锁骨上，双刃的铜剑
长驱直入。他猝然倒地，头脸朝下，
四肢伸摊，黑血横流，泥尘尽染。
阿基琉斯抓起他的腿脚，把他甩进大河，
任其随波逐流，喊出长了翅膀的话语，高声炫耀：
“躺在那儿吧，和鱼群为伍，它们会舔去你伤口
上的淤血，权作葬你的礼数！你的母亲已不能
把你放上尸床，为你举哀；斯卡曼得罗斯的水流
会把你卷扫，冲入大海舒展的怀抱。
鱼群会扑上水浪，荡开黑色的涟漪，
冲刺在水下，啄食鲁卡昂鲜亮的油膘。统统死
去吧，特洛伊人！我们要把你等追杀到神圣的伊利昂城前，
我在后边追杀，你等在前面逃窜，就连你们的长河，
银色的漩涡和湍急的水流，也难以
出力帮忙，虽然你们曾献祭过许多公牛，
把坚蹄的快马活生生地丢进它的水涡。
尽管如此，你们将全部惨死在枪剑下，偿付

血的债仇：在我离战的时候，你们夺走了帕特罗克洛斯
的生命，在迅捷的船边，残杀了众多的阿开亚兵勇！”

阿基琉斯如此一番说道，河流听了怒火中烧，
心中盘划谋算，思图阻止卓越的阿基琉斯，
中止他的冲杀，为特洛伊人挡开临头的灾亡。
其时，阿基琉斯手提投影森长的枪矛，
凶狂扑击，试图杀死阿斯忒罗派俄斯，
裴勒工之子，而裴勒工又是水面开阔的阿克西俄斯
的儿郎，由裴里波娅所生，阿开萨墨诺斯的
长女，曾经欢爱水涡深卷的河流。其时，
阿基琉斯向他冲去，而后者跨出河床，
趋身迎战，手提两支枪矛，凭靠珊索斯
注送的勇力——河神愤恨阿基琉斯的作为，
恨其宰杀年轻的壮勇，沿着他的水流，不带一丝怜悯。
他俩迎面相扑，咄咄逼近；
捷足的战勇、卓越的阿基琉斯首先发话，嚷道：
“你是何人，来自何方，竟敢和我交手？
不幸的父亲，你们的儿子要和我对阵拼打！”

听罢这番话，裴勒工光荣的儿子答道：
“裴琉斯心胸豪壮的儿子，为何询问我的家世？
我从老远的地方过来，从土地肥沃的派俄尼亚，
率领派俄尼亚兵勇，全都扛着长杆的枪矛，
来到伊利昂地面，今日是第十一个白昼。
你问我的家世？那得从水流宽阔的阿克西俄斯说起，
阿克西俄斯，奔腾在大地上，淌着清湛的水流。
他的儿子是著名的枪手裴勒工，而人们说，我是裴勒工的
儿郎。现在，光荣的阿基琉斯，让我们动手战斗！”

听罢此番恫吓，卓越的阿基琉斯举起
裴利昂的梣木杆枪矛，但阿斯忒罗派俄斯，
善使双枪的勇士，同时投出两支飞矛，
一支打在盾牌上，只是无力彻底
穿透战盾，黄金的铺面，神的礼物，挡住了它的冲扫。
但是，另一支击中阿基琉斯右臂的前端，
擦破皮肉，黑血涌注；投枪飞驰
而过，深扎在泥地里，带着撕咬人肉的欲望。
紧接着，阿基琉斯，挟着杀敌的狂烈，对着
阿斯忒罗派俄斯，投出直飞的梣木杆枪矛，
但投枪偏离目标，扎在隆起的岸沿，深插进
泥层，钻进去半截子梣木的杆条。
裴琉斯之子从胯边抽出锋快的铜剑，
猛扑上去，卷着狂烈，而对方则伸出粗壮的大手，
奋力拽拔河岸上阿基琉斯的梣木枪杆，不得如愿。
他一连拔了三次，使出浑身的解数，而一连三次
都以不达目的告终。第四次，他又竭尽全力，
拼命扳拧，试图折断埃阿科斯后代的梣木杆枪矛，
无奈枪杆不曾崩断，阿基琉斯却已冲到跟前，一剑结果了
他的性命，捅开肚子，脐眼的旁边，腹肠和盘滑出，
满地涂泻，他大口喘着粗气，吐出魂息，浓黑的迷雾
蒙住了他的双眼。阿基琉斯踩住心口，
剥掉他的胸甲，得意洋洋地嚷道：
“躺着吧！瞧，和克罗诺斯不可战胜的儿子的
子孙拼斗，决非一件易事——就连神河的后代也不例外！
你声称是水流宽阔的江河的子孙，
而我，告诉你，我是大神宙斯的后代！
家父统治着众多的慕耳弥冬子民，
裴琉斯，埃阿科斯的后代，而埃阿科斯是宙斯的骨肉。

正如宙斯比泻入大海的河流强健，
宙斯的后裔也比河流的后代剽悍。
眼前便有一条宽阔的大河，他能帮你
什么忙呢？谁也不能敌战宙斯，克罗诺斯的儿男。
强有力的阿开洛伊俄斯不能和宙斯对抗，力大无比的
俄开阿诺斯，以它深急的水势，亦无力和宙斯拼搏，
俄开阿诺斯，水的源头，所有江河、大洋，
所有溪泉和深挖的水井，无不取自他的波澜。
然而，就连他也惧怕宙斯的闪电，
那可怕的雷鸣，当空炸响的霹雳！”

　　言罢，他把铜枪拔出河岸，丢下
对手的尸体，了无生气的僵躯
瘫躺在沙地上，浸没在河水的幽暗，
鳗鲡及河鱼忙着享食他的
躯身，吞啄肾脏边的油花。其时，
阿基琉斯冲向头戴马鬃盔冠的派俄尼亚人，
后者仍在四散奔逃，沿着水涡漩转的长河，
眼见本部最出色的战勇已经
倒在裴琉斯之子的双手和剑下，死于激战。
他一气杀了塞耳西洛科斯、慕冬和阿斯图普洛斯、
慕奈索斯、斯拉西俄斯、埃尼俄斯和俄菲勒斯忒斯。
这位捷足的战勇还将斩杀更多的派俄尼亚人，
若不是打着漩涡的河流，以凡人的形貌，
动怒发话，声音传出深卷的水浪：
“住手吧，阿基琉斯！凡人中谁也没有你劲大，也不及
你这般凶狂——因为神明总是助佑在你的身旁！
但是，即使克罗诺斯之子让你灭杀所有的特洛伊人，
你至少也得把他们驱离我的河床，赶往平原，胡砍乱杀。

我的清澈的水流已漂满尸体，
我已无法找出一条水道，把激流泻入神圣的洋流；
尸躯堵住了我的水路，而你还在一个劲地屠杀！
打住吧，军队的首领，我已深感恐慌！”

听罢这番话，捷足的阿基琉斯说讲，答道：
“看来，是该按你命嘱的去做，斯卡曼得罗斯，宙斯的后裔。
然而，我却要不停息地砍杀，砍杀特洛伊人，
把他们逼回城堡！我要和赫克托耳
一对一地拼杀较量，不是我死，便是他亡！”

言罢，他扑向特洛伊人，似乎已是一位神仙；
水涡深漩的河流对阿波罗高声喊道：
“可耻呀，银弓之神，宙斯的儿子！你没有
实践宙斯的意志；他曾严令你站在
特洛伊人一边，救护他们的生命，直到
太阳下沉，黑夜笼罩丰产的原野！”

他言罢，著名的枪手阿基琉斯从岸上
跳入水里，河流掀起巨浪，劈头盖脸地砸去，
翻涌起每一股水头，将壅塞水道的
成堆的尸体，阿基琉斯杀死的战勇，冲出河面，
推上干实的旷野，发出牛一般的吼声。
同时，他涌起清亮的水流，救护活着的兵勇，
把他们藏掩在宽深的水里，漩流的底层。
他推起一道凶险的惊涛，在阿基琉斯身边，
冲击他的盾牌，来势凶猛，致使他腿步踉跄，
站立不稳，伸手抱住一棵榆树，
树干坚实、高大，无奈激流汹涌，把它连根端走，

冲毁整块岩壁，虬缠蓬杂的枝条
堵住了清湛的水流，横躺在长河里，
跨岸拦起一道堤阻。阿基琉斯跃出漩涡，
奋力冲向平原，蹽开快腿，踏着恐惧，
疾步飞跑，但强健的河神不让他脱身，掀起一峰
巨浪，顶着黑色的水头，试图阻止卓越的
阿基琉斯，挫止他的冲杀，为特洛伊人消避灾愁。
裴琉斯之子急步跳避，跑出一次投枪的距程，
快得像一只乌黑的山鹰，凶猛的猎者，
天空中最强健、飞速最快的羽鸟。
就像这样，阿基琉斯撒腿奔跑，胸前的铜甲
碰出可怕的声响，避闪出追扑的水头，
夺路逃生，但后者紧追不放，浪涛砸出轰然的响声。
像一个农人，在幽黑的泉水边挖筑渠沟，
引水浇灌他的庄稼和果园，
挥动鹤嘴的锄头，刨落渠里的泥块，
溪水冲涌，掀起沟底的卵石，
先前的涓涓细水汇成争涌的水流，在一个
下倾的斜坡，水势汹涌，冲赶过导水的农人；
就像这样，河水的锋头一次次地扑到阿基琉斯前面，
尽管他跑得飞快——因为神比凡人强健。
捷足的战勇、卓越的阿基琉斯一次次转过身子，
试图站稳脚跟，敌战河流，并想看看
是不是所有拥掌广阔天空的神祇，现在都紧追在他的后头，
但宙斯灌注的河流一次次地掀起峰涌的水浪，
居高临下，击打他的肩头。阿基琉斯气急败坏，
蹬腿高跳，但底下的河流却狠狠地
绊拉和疲惫着他的双腿，冲走脚下的泥层。
裴琉斯之子哀声叹叫，凝望着广阔的天穹：

“父亲宙斯，体恤我的悲苦；此时此刻，没有一位神祇
出来，把我救离河流的追迫！看来，我的面前只有死路！
天神中，我亲爱的母亲比谁都更该受到
指责——她用谎言蒙骗，说我
将倒在披甲的特洛伊人的城下，
死于阿波罗发射的箭镞。但愿
赫克托耳已经把我杀了，特洛伊最出色的战勇，
死在一个勇敢的人手里，被杀者也一定是个勇敢的人。
但现在，命运将要让我死得何等凄惨，
陷在一条大河里，仿佛我是个男孩，一个牧猪的，
试图蹚越一条激流，被冬日的暴雨冲走。”

话音刚落，波塞冬和雅典娜已赶至
他的近旁，站在他身边，以凡人的形貌，
紧握着他的双手，重申他们的助佑。
裂地之神波塞冬首先发话，说道：
“不要怕，裴琉斯之子，不必惊恐，
瞧瞧来者是谁，带着宙斯的许可，
我，波塞冬，和帕拉丝·雅典娜，前来相助。
命运并非要你死于河流的水浪，
后者将马上停止冲击，对此，你会亲眼目睹。
不过，我们倒有一番忠告，倘若你愿意听从。
不要休闲你的双手，在激烈的混战中，
直到把特洛伊人，那些个从你手下逃生的兵勇，
逼进伊利昂远近驰名的墙楼。一经杀死赫克托耳，
你要返回海船；我们答应让你赢得光荣！”

言罢，二位重返神的家族，而
阿基琉斯则冲锋向前，神的嘱令使他备受鼓舞，

催励他杀向平原。平野上，水势滔滔，推涌着
成堆璀璨的盔甲，成片的尸首，惨死疆场的
年轻人，漂逐在翻涌的水面上。阿基琉斯抬腿高跳，
迎着水浪扑进，水面宽阔的河流
挡不住他的前行——雅典娜给了他巨大的勇力。
但是，斯卡曼得罗斯不愿消偃他的暴怒，而是以
加倍的凶狂扑向裴琉斯之子，啸聚起水头，推出一峰
山一般的巨浪，对西摩埃斯喊道：
“亲爱的兄弟，让我们合力进击，挡住这个人的
勇力；否则，他会即刻攻破王者普里阿摩斯
宏伟的坚城！特洛伊人无力和他面对面地拼斗。
帮我打跑这个人，要快！用你众多的溪水，
注满每一条河道；推涨起你的每一股激流，
卷起一峰扑涌的洪浪，随着轰杂的声响，
荡扫林木和山石，阻滞这个狂人的杀冲，
他正仗着自己的勇力，凶暴得与神明相同。
他的勇力，告诉你，连同他的英俊，全都救不了他，
他的光灿灿的铠甲也一样——它将沉入水底，
掩入泥污。我将埋藏他的
躯体，用大量的沙粒，成堆的
石砾——阿开亚人将找不到搜聚尸骨的
去处：我将把他深埋在石岩下，河泥里头！
这，便是他的茔冢；如此，阿开亚人便无须
另筑坟场，在为他举行悼仪的时候！”

言罢，河流起身扑向阿基琉斯，水流暴急，翻滚，
腾起高耸的浪尖，发出深沉的啸吼，冲卷着泡沫、鲜血和尸首。
宙斯浇注的水流掀起一层青黑色的峰浪，
对着裴琉斯之子狠砸，借助高扬的水头。

然而，赫拉担心阿基琉斯的安危，心中焦急，嘶声尖叫，
怕他被水涡深陷的河流席卷冲扫。
她当即发话，对亲爱的儿子赫法伊斯托斯说道：
“准备行动，我的孩子，瘸腿的天神！我们相信，
你是珊索斯的对手，可以敌战打着漩涡的水流。
快去营救阿基琉斯，燃起熊熊的烈火！
我将在大海的上空，集聚凶猛的狂飙，驱使
狂烈的西风和驾着白云的南风，推卷
凶蛮的烈焰，焚毁特洛伊人的
铠甲和躯身！而你，你要沿着珊索斯河岸，
放火树木，把河流烧成一片火海，说什么也不要
让他把你支顶回来，用中听的好话，或骂人的恶语！
不要平息你的狂暴，除非听到我的
呼喊——那时，你才能收起不知疲倦的烈火！”

赫拉言罢，赫法伊斯托斯燃起了无情的火焰。
首先，他在平原上点起火苗，焚烧遍野的
尸躯，成堆的死者，阿基琉斯杀倒的壮勇；
烈火炙烤着整个平原，烧退着闪亮的河水。
像秋日的北风，迅速刮干刚刚
浇过水的林园，使果农笑逐颜开，
其时的平原，一片枯竭；赫法伊斯托斯的火焰焦烧着
倒地的躯干。接着，他把透亮的烈火引向
大河，吞噬着榆树、柳树、柽柳，
横扫着三叶草、灯芯草和良姜，连同所有
其他植物，大片地生衍在海岸边，傍靠着清澈的水流。
水涡里，河鳗曲身挣扎，鱼群
晕头转向，活蹦乱跳，沿着清湛的河水，
苦受着烈焰的炙烤，心灵手巧的赫法伊斯托斯滚烫的狂飙。

火势消竭着河流的勇力，后者高声喊叫着火神的名字：
“赫法伊斯托斯，神祗中谁也无法和你对抗，
我可受不了如此狂暴的烈焰！
收起火势，停止进攻！卓越的阿基琉斯现在可把
特洛伊人赶离城堡！这场争斗于我何干，我又何苦出力帮忙？”

河流裹着烈焰，嘶声喊叫，清澈的河面翻滚着沸腾的
水泡，像一口架在火堆上的炊锅，榨熬一头
肥猪的油膘，仗着干柴的火势，
油脂沿着锅边沸腾溢爆；就像这样，珊索斯河里
大火铺蔓，滚水沸腾，清澈的水流失去
运行的活力，静止不动，顶不住火风的炙烤，
来自赫法伊斯托斯的发力，此神心灵手巧。河流
对着赫拉喊叫，用长了翅膀的话语，急切地恳求道：
“赫拉，你的儿子为何攻扰我的水流，以其他神明不曾
遭受过的凶狂？我并没有得罪过你嘛——
瞧瞧那些神们，如此热心地帮助特洛伊人战斗。
现在，我将退离此地，倘若这是你的命令，
不过，也要请你的儿子退出。我要向你保证，
决不替特洛伊人挡开他们的末日，凶险的死亡，
哪怕猖莽的烈焰吞噬整座特洛伊，
当阿开亚人嗜战的儿子们放火，烧毁城郭！”

白臂女神赫拉听到了他的求告，
马上对亲爱的儿子赫法伊斯托斯说道：
“收起你的火头，赫法伊斯托斯，我光荣的儿子！
犯不着为了凡人的琐事，痛打一位不死的仙神！”

听罢这番话，赫法伊斯托斯收起狂虐的烈火，

河流荡着清波，返回自己的水道。

其时，平服了珊索斯的勇力，两位神明
息手罢战，尽管盛怒难消；赫拉中止了他俩的战斗。
然而，激烈残暴的争斗，此时却在其他神灵中
展露身手；神们营垒分明，战斗的狂烈如疾风吹扫；
巨力碰顶冲撞，广袤的大地回声浩荡，
无垠的长空轰然作响，像吹奏的长号。宙斯端坐在
俄林波斯山上，耳闻天宇间的轰响，观望
众神的格斗，高兴，心花怒放。
一经对阵，他们动手便打；破刺盾牌的阿瑞斯
首挑战端，对着雅典娜猛扑，
手握铜矛，开口辱骂，喊道：
“你这狗头[1]，为何挟着狂烈的风飙，受你高傲的
心灵驱使，再次挑起神对神的争斗？
还记得你怂恿狄俄墨得斯、图丢斯之子
出枪伤我的事吗？你亲自动手，当着众神，抓住投枪，
拨对着我的身躯，捅破我健美的肌肤。
现在，我要回报你的作为，对我的全部伤损！”

言罢，他出枪刺击可怕的埃吉斯，穗条飘洒的
神物，连宙斯的霹雳也莫奈它何。
对着它，嗜血的阿瑞斯捅出粗长的枪矛，
雅典娜移步后退，伸出壮实的双手，抱起一块
睡躺平原的石头，硕大、乌黑、粗皱，
前人把它放在那里，作为定分谷地的界标。她举起
石头，投砸疯狂的阿瑞斯，打在脖子上，松软了他的四肢。

---

① 狗头：原文作 kunamuia，“狗蝇”。

他翻身倒下，伸摊着手脚，占地七个佩勒斯隆①，头发沾满
泥尘，铠甲铿锵作响。帕拉丝·雅典娜放声大笑，
得意洋洋地对着他炫耀，喊出长了翅膀的话语：
“你这个笨蛋！你从来不曾想过，此次亦然，
试比力气，拼搏打斗，告诉你，我要比你强健得多！
所以，你母亲的愤怒正使你付出代价。
她已勃然大怒，谋划着使你遭殃，因为你撇下
阿开亚军队不管，出力帮助凶顽的特洛伊兵壮！”

　　言罢，雅典娜睁着闪亮的眼睛，移目他方。
其时，阿芙罗底忒，宙斯之女，握住阿瑞斯的手，
把他带离战场，后者一路哀叫，几乎不能回聚他的力量。
然而，白臂女神赫拉发现了她的行踪，
随即发话帕拉丝·雅典娜，用长了翅膀的话语：
“看呢，阿特鲁托奈，带埃吉斯的宙斯的女儿！
那个狗头故技重演，又引着杀人不眨眼的阿瑞斯
跑离战斗，撤出纷乱的战场！追上她，赶快！”

　　她言罢，雅典娜奋起直追，满心欢喜，
赶到阿芙罗底忒前头，伸出有力的臂膀，送去
一拳当胸，打得她双膝酥软，心力飘荡。
两位神明伸摊着四肢，躺倒在丰腴的大地上。
雅典娜得意洋洋地对着他们炫耀，喊出长了翅膀的话语：
“但愿所有帮助特洛伊人的神祇，全都
遭受这个下场，在攻战披甲的阿耳吉维人的时候，
像阿芙罗底忒一样勇猛、顽莽，前往

---

① 佩勒斯隆：pelethron，为土地计量单位，词源不明。一个佩勒斯隆的长度约为一百英尺，亦可作长宽均为一百英尺解。

救护阿瑞斯，迎面受对我的凶狂！
这样，我们早就可以结束这场争斗，
摧毁坚固的城堡，荡平伊利昂！”

听罢这番炫耀，白臂女神赫拉的脸上绽出了笑容。
其时，强有力的裂地之神对阿波罗说道：
“福伊波斯，你我为何还不开战？如此很不合适——
其他神明已经交手，拼搏。那将是一场莫大的羞辱，倘若
不战而回，回到俄林波斯，宙斯青铜铺地的居所。
你先动手吧，你比我年轻；反之却不
妥当，因为我比你年长，所知更多。
你这个笨蛋，你的心神竟会如此健忘！
不记得了吗，我俩在伊利昂遭受的种种折磨？
众神之中，宙斯只打发你我下凡，替
高傲的劳墨冬干活，充当一年的仆役，争赚一笔
说定的报酬，由他指派活计，我们以他的指令是从。
我为特洛伊人筑了一堵围城的护墙，
宽厚、极其雄伟、坚不可破；而你
福伊波斯，却放牧他的腿步蹒跚的弯角壮牛，
行走在伊达的山面，树木葱郁的岭坡。
然而，当季节的变化令人高兴地结束了我们的
役期，狠毒的劳墨冬却贪吞了我们的
工酬，把我们赶走，威胁恫吓，
扬言要捆绑我们的手脚，把
我们当做奴隶，卖到远方的海岛。
他甚至还打算用铜斧砍落我们的耳朵！
其后，你我返回家居，怀着满腔的愤怒，
恨他不付答应我们的工酬。但现在，
对他的属民你却恩宠有加，不想

站到我们一边，一起灭毁横蛮的特洛伊人，
把他们斩尽杀绝，连同他们的孩子和尊贵的妻从！”

　　听罢这番话，王者、远射手阿波罗答道：
“裂地之神，你会以为我头脑发热，
倘若我和你开打，为了可怜的凡人。
他们像树叶一样，一时间风华森茂，勃发出
盎然的生机，食用大地催产的硕果；然而，好景不长，
他们枯竭衰老，体毁人亡。所以，我们要
即时休战，让凡人自己去争斗拼搏！”

　　言罢，他转身离去，有愧于同
父亲的兄弟手对手地开打。但
他的姐妹，猎手阿耳忒弥丝，兽群中的女王，
此时开口咒骂，用讥辱刻薄的言词：
“你不是在撒腿逃命吧，我的远射手！你把彻底的胜利，
拱手让给了波塞冬。你让他不动一个指儿，得到这份光荣！
为何携带这张硬弓，你这个蠢货，它就像清风一样无用！
从今后，不要再让我听你自吹自擂，在父亲的
厅堂，像你以往常做的那样，当着众神的脸面，
说是你可以和波塞冬战斗，较劲拼搏！”

　　她言罢，远射手阿波罗一言不发，
但宙斯尊贵的妻侣却勃然震怒，
咒骂发放箭雨的猎手，用狠毒的言词：
“你这不要脸的东西，竟敢如此大胆，和我
作对争斗！你要和我打斗，可是凶多吉少，
哪怕你带着弓箭。宙斯让你成为女人中的
狮子，给了你随心所欲地宰杀的权利——

放聪明点，还是去那山上，追猎野兽，
捕杀林地里的奔鹿，不要试图和比你强健的神明争斗！
但是，倘若你想尝尝打斗的滋味，那就上来吧，
通过面对面的较量你会知道，和你相比，我要强健多少！”

　　言罢，她伸出左手，抓住阿耳忒弥丝的双腕，
然后一把夺过弓杆，用她的右手，从后者的肩头，
举起夺得的射弓，劈打她的耳朵，忍俊不禁，
看着她避闪的窘相，迅捷的羽箭纷散掉落。
她从赫拉手下脱身逃跑，泪流满面，像一只鸽子，
逃避游隼的追捕，展翅惊飞，躲入一道岩缝，
一个洞穴——命运并没有要它死于隼鸟的抓捕；
就像这样，阿耳忒弥丝撇下弓箭，挂着眼泪，夺路奔逃。
与此同时，导者阿耳吉丰忒斯对莱托说道：
“莱托，我不会和你战斗；同宙斯的妻房[1]交手，
可是件凶多吉少的事情——宙斯，啸聚乌云的仙神。
这下，你可随心所欲地吹擂，告诉
不死的神明，你已把我击败，比我骁勇。”

　　他言罢，莱托捡起弯弓和箭矢，
后者横七竖八地躺落在起伏的泥地里，
带着弓箭，朝着女儿离行的方向赶去。
其时，猎手姑娘来到俄林波斯，宙斯青铜
铺地的房居，坐身父亲的膝腿，泪水横流，
永不败坏的裙袍在身上不停地颤动。父亲，
克罗诺斯之子，把女儿搂在怀里，温和地笑着，问道：
“是谁，我的孩子，是天神中的哪一个，胡作非为，把你

---

① 宙斯的妻房：当然，不是严格意义上的妻子。

弄成这个样子，仿佛你是个被抓现场的歹徒？”

听罢这番话，头戴花环、呼叫山野的猎手答道：
“正是你的妻子，父亲，是白臂膀的赫拉出手
打我！由于她的过错，众神已深深陷入格斗和拼搏之中！”

正当他俩你来我往，一番答说之际，
福伊波斯·阿波罗进入了神圣的伊利昂，
放心不下城堡坚固的围墙，
惟恐达奈人，先于命运的安排，今天即会把它攻破。
其他神明全都回到俄林波斯，他们永久的家居，
有的怒气冲冲，有的兴高采烈，坐在
父亲身边，统掌乌云的神主。地面上，阿基琉斯
正不停地屠杀特洛伊人和坚蹄的驭马。
像腾升的烟云，冲上辽阔的天空，
从一座被烧的城堡，受到神之愤怒的驱纵，
使所有的城民为之苦苦挣扎，许多人为之痛心悲愁；就像
这样，面对阿基琉斯的冲杀，特洛伊人苦苦挣扎，愁满心胸。

年迈的普里阿摩斯站在神筑的城楼上，
看到魁伟的阿基琉斯以及被他赶得胡乱
逃窜的特洛伊人；战局已经不可收拾。
他走下城楼，落脚地面，哀声叹息，
沿着城墙，对着护守城门的骠健卫兵们喊道：
“赶快动手，大开城门，接纳溃败
回跑的兵勇！阿基琉斯已咄咄逼近，赶杀
我们的兵壮；可以预见，这里将有一场横祸发生！
但是，当他们蜂拥着退进城里，可得定神喘息后，
你们要即刻关上城门，插紧门闩。我担心，

这个杀气腾腾的家伙会跳上我们的墙头！”

他言罢，兵勇们拉开门闩，打开城门，洞敞的
大门为特洛伊人送来了光明求生。其时，阿波罗
跃出城外，寻会阿基琉斯，为特洛伊兵勇
挡避灾亡，后者正拼命朝着城防和高墙冲跑，
喉咙干渴焦躁，踏着平原上的泥尘，撒腿
奔逃；阿基琉斯提着枪矛，发疯似的追赶，凶暴的狂莽
始终揪揉着他的心房，渴望为自己争得光荣。

此时此刻，阿开亚人可能已经拿下城门高耸的伊利昂，
要不是福伊波斯·阿波罗给他们派去卓越的阿格诺耳，
安忒诺耳之子，豪犷、强健的战勇。
阿波罗把勇气注入他的心胸，亲自站在他的
身边，为他挡开夺抢人命的死亡，
斜倚在一棵橡树上，在一团迷雾里隐身。
当阿格诺耳见到阿基琉斯，城堡的荡击者，
马上收住脚步，就地等待，心潮犹如起伏的波浪，
窘困烦恼，对自己豪莽的心魂说道：
“哦，糟糕！如果我逃避阿基琉斯的冲杀，
像其他人那样慌慌张张地奔跑，他仍会追赶上来，
砍断我的脖子，就像杀死一个贪生怕死之人。
倘若丢下伙伴，这些被裴琉斯之子阿基琉斯
赶得撒腿惊跑的兵勇，朝着另一个方向，
蹽腿跑离城墙，穿过伊利昂城前的平野，驻脚
伊达的坡面，藏身灌木丛中，待至
夜幕降临，我便可下河洗澡，擦去
身上的汗水，返回伊利昂居城。
既如此，我的心魂啊，你为何还要与我争吵？

唉，可别让他发现我跑离城堡，撒腿平原，
然后奋起直追，凭着他的快腿，把我赶超。
那时，我将无论如何逃不过死的胁迫，命运的追捕，
阿基琉斯的勇力凡人谁也抵挡不了。不过，要是我
跑到城堡的前面，和他对阵敌战，此举如何？
即便是他的肌肤，我想，也抵不住锋快的铜矛！
他只有一条性命，人们说，他也是一个凡人，
只是因为宙斯，克罗诺斯之子，要让他得享光荣。”

　　言罢，他鼓起勇气，迎战阿基琉斯，狂莽的
心胸企盼着拼杀和打斗。
像一只山豹，钻出繁密的枝丛，
面对捕杀他的猎人，听着猎狗的吠叫，
心中既无惧怕，也不带逃跑的念头，
虽然猎人手脚利索，用投枪或刺捅击杀，
虽然他已身带枪伤，但却丝毫没有怠懈
猛兽的狂暴，要么逼近扑杀，要么死在猎人手中。
就像这样，卓越的阿格诺耳，高傲的安忒诺耳之子，
一步不让，决心试试阿基琉斯的锋芒，
携着溜圆的战盾，挡在胸前，
对着他举枪瞄准，放声喊话：
“毫无疑问，闪光的阿基琉斯，你在痴心企望，
指望就在今天，荡扫高傲的特洛伊人的城邦！
好一个笨蛋！攻夺这座居城，你们还得承受巨大的悲伤。
我们的城里，还有众多善战的壮勇，
站在我们尊爱的双亲、妻子和儿子的面前，
保卫伊利昂——而正是在这个地方，你将服从命运的
安排，虽然你很强悍、暴莽！”

言罢，他挥动粗壮的大手，投出犀利的铜矛，
不曾虚发，打中膝下的小腿，
新近锻制的白锡胫甲，发出
可怕的声响，不曾穿透里面，被
反弹回来，神赐的礼物挡住了它的冲撞。
接着，裴琉斯之子朝着神一样的阿格诺耳扑去，
但阿波罗不想让他争得这份荣光，
一把带走阿格诺耳，把他藏卷在浓雾里，
踏上归程，悄悄地送出战场。
然后，阿波罗又设计把裴琉斯之子引开逃跑的人群。
摹仿阿格诺耳的形象，远射手幻化得惟妙惟肖，
站在阿基琉斯面前，后者奋起直追，
蹽开快腿，跑过盛产麦子的平原，
转向斯卡曼得罗斯深卷的漩涡，
而神祇总是略微领先一点，引诱他不停脚地追跑，
抱着不灭的希望，试图仗着腿快，把神明赶超。
利用这一长段时间，特洛伊人拥攘着跑回
城里，兴高采烈；成群的散兵塞满了地面。
他们再也不敢留在城防和墙垣之外，
互相等盼，弄清哪些人生还回来，
哪些人战死疆场，而是慌慌忙忙地拥进城里，
为了保命，人人摆动双膝，跑出了最快的步伐。

# 第二十二卷

　　就这样，特洛伊城里，曾像小鹿一样逃跑的军勇们，
擦去身上的汗水，开怀痛饮，除去喉头的焦渴，靠着
宽厚的城墙。与此同时，阿开亚人
把盾牌背上肩头，逼近护墙。然而，
赫克托耳却仍然站在伊利昂和斯卡亚
门前，受致人于死地的命运的钉绑。
其时，福伊波斯·阿波罗对着裴琉斯之子嚷道：
“为何追我，裴琉斯的儿子，迈开迅捷的步伐？
你，一个凡人，而我乃不死的神仙。你还不知道
我是一位神祇吗？瞧你这风风火火的模样，试图把我追赶。
对于你，同特洛伊人的苦斗，那些个被你赶杀的人们，
现在已无关紧要；他们正拥挤在城内，而你却在这里
奔忙。你绝对杀不了我，死的命运和我无缘！”

　　捷足的阿基琉斯怒火中烧，喊道：
“你挫阻了我，远射手，神祇中最凶残的一个！
若不是你把我引离城墙，弄到这里，成群的特洛伊人，
在不及逃进伊利昂之前，已经嘴啃泥尘！
现在，你夺走了我的丰功，轻松地救下了这些
特洛伊人。你无忧无虑，不必担心日后的惩罚——
假如我有那份勇力，一定会对你报仇雪恨！”

言罢，他大步离去，朝着城垣行进，
壮怀激烈，像拉着战车的赛马，
轻松地撒开蹄腿，奔驰在舒坦的平原——
阿基琉斯快步向前，驱使着他的腿脚和双膝。

年迈的普里阿摩斯第一个看到迅跑的阿基琉斯，
飞奔在平野上，像那颗闪光的星星，
升起在收获的季节，烁烁的光芒
远比布满夜空的繁星显耀，
人们称之为“俄里昂的狗”，群星中
数它最亮，然而却是个不吉利的征兆，
送来凶险的热病，给多灾多难的凡人。
就像这样，铜光在他胸前闪烁，伴随着跑动的腿步。
老人大声号叫，高举起双手，
击打自己的头脑，悲声呼喊，
恳求心爱的儿子，其时仍然伫立在城门的
前头，决心挟着狂烈，和阿基琉斯拼个死活。
老人伸出双臂，对着他哀声求告：
“赫克托耳，我的爱子，不要独自一人，离开伴友，
站等那个人的进攻！你会掉入命运的手心，
被裴琉斯之子击倒——此人远比你强健，
一个冷酷、粗莽的战勇。但愿神祇对他的钟爱，不至
超过我对他的喜好！让他即刻暴尸荒野，成为狗和兀鹫
扑食的目标，消解我心头郁积的悲恼！
此人夺走了我的儿子，许多勇敢的儿郎，
不是杀了，便是卖到远方的海岛。就是现在，
我还有两个找不着的儿子，在挤满城区的特洛伊人中，
我见不到他俩的身影，劳索娥，女人中的王后，
为我生养的鲁卡昂和波鲁多罗斯弟兄。但是，

如果他俩还活着，在敌营里，我将用
黄金和青铜把他们赎释。宫居里珍藏着这类东西，
阿尔忒斯，声名显赫的老人，给了我一大批陪送的嫁妆。
倘若他俩已经死了，去了哀地斯的冥府，他们的
母亲和我的心里将生发多少悲愁——是我俩生养了他们！
然而，对于其他特洛伊人，此事只会引发短暂的伤愁，
除非你也死了，死在阿基琉斯手中。
回来吧，快进城吧，我的孩子！救救
特洛伊男人和特洛伊妇女，不要垫上你的性命，
让裴琉斯之子抢得这份辉煌的战功！
你也得可怜可怜我这个老头，虽说还能知觉感受，
但灾难已经临头，当着已经跨入白发暮年的时候。父亲宙斯
将用命运的毒棍，荡扫我的残生，在我眼见过极度的不幸
之后：儿子被杀，女儿被拉走俘获，藏聚
财宝的房室被抢劫一空，弱小无助的孩童
被投摔在地面，死于残暴无情的战争中；阿开亚人
会抢拉走我儿子的媳妇，用带血的双手！
最后，厄运也不会把我放过，家门前的狗群
会把我生吞活剥，待等某个阿开亚人，用铜剑
或锋快的枪矛，把生命挑出我的躯壳。
我把狗群养在厅堂里，分享我的食物，看守我的
房屋；届时，它们会伸出贪婪的舌头，舔食我的血流，
然后躺倒身子，息养在家院中。一个战死疆场的年轻人，
他的一切看来都显得合宜，带着被锋快的青铜划出的
伤痕，躺倒在地，虽说死了，但周身上下却
到处袒现俊美。然而，当一个老人被杀，任由狗群玷污，
脏损他灰白的须发和私处——
痛苦的人生中，还有什么能比此景更为凄楚?!”

老人苦苦哀求，大把揪住头上的白发，
用力连根拔出，但却不能使赫克托耳回心转意。
其时，他的母亲，站在普里阿摩斯身边，号啕大哭，
一手松开衫袍的衣襟，一手抓出一边的胸乳，
痛哭流涕，对着他大声喊叫，用长了翅膀的话语：
“赫克托耳，我的孩子，可怜可怜你的
母亲，倘若我曾用这对奶子平抚过你的苦痛！
记住这一切，心爱的儿子，在墙内打退
那个野蛮的人！切莫冲上前去，作为勇士，和那个
残暴的家伙战斗！如果他把你杀了，我就不能在
尸床边为你举哀，你那慷慨的妻子亦然。哦，一棵茁壮的
树苗，我亲生的儿郎！远离着我们，在
阿开亚人的船边，迅跑的犬狗会把你撕吞食餐！”

就这样，他俩泪流满面，苦苦恳求
心爱的儿子，但却不能使他回心转意。
他等待着迎面扑来的阿基琉斯，一个高大的身影，
像大山上的一条毒蛇，蜷缩在洞边，等待一个向他走去的
凡人，吃够了带毒的叶草，体内翻涌着不共戴天的仇恨，
盘曲在洞穴的边沿，双眼射出凶险的寒光；
就像这样，赫克托耳胸中腾烧着难以扑灭的狂烈，一步不让，
把闪亮的盾牌斜靠在一堵突出的墙垒上，
禁不住烦恼的骚扰，对自己豪莽的心魂说道：
“处境不妙，如何是好？倘若现在溜进城门和护墙，
普鲁达马斯会首当其冲，对我出言辱骂，
他曾劝我带着特洛伊人回城，就在昨天，
在那该受诅咒的夜晚，卓越的阿基琉斯重返战场。
我不曾听从他的劝告——否则，事情何至于变得如此糟糕！
现在，我以自己的愚莽，毁了我的兵民。

羞愧呀，我愧对特洛伊人和长裙飘摆的
特洛伊妇女！某个比我低劣的小子会这般说道：
‘赫克托耳盲目崇信自己的勇力，毁掉了他的兵民！’
他们会如此议论评说。现在，可取的上策
当是扑上前去，要么杀了阿基琉斯，返回城里，
要么被他杀死，图个惨烈，在伊利昂城前了结。
或许，我是否可放下突鼓的战盾和
沉重的头盔，倚着护墙靠放我的枪矛，
徒手迎见豪勇的阿基琉斯，
答应交回海伦和所有属于她的财物，
亚历克山德罗斯用深旷的海船载运回
特洛伊的一切——此事乃引发战争的起因。我可以
把这一切交给阿特柔斯的儿子们带走，并和阿开亚人
平分收藏在城内的财物，尽我们的所有；
然后再让特洛伊人的参议们发誓，
决不隐藏任何东西，均分全部财产，均分
这座美丽城邑里的堆藏，所有的财富。
然而，为何与我争辩，我的心魂？
我不能这样走上前去，他不会可怜我，
也不会尊重我；他会把我杀了，冲着我这无所
抵挡的躯身，像对一个不设防护的女子，当我除去甲胄！
现在，可不是从一棵橡树或一块石头开始，
和他喃喃细语，像谈情说爱的姑娘小伙，
年轻的朋侣，窃窃私语，情长话多；
现在是战斗的时刻，越快越好。
我倒要看看，俄林波斯神主会把光荣交给哪一位战勇！”

他权衡斟酌，就地等待，但阿基琉斯已咄咄逼近，
像临阵的战神，头盔闪亮的武士，肩上

颤动着可怕的裴利昂枪矛，梣木的
枪杆，身上的铜甲灼灼生光，
像冉冉升起的太阳，熊熊燃烧的烈火。
见此情景，赫克托耳浑身发抖，再也不敢
原地等候，撒腿便跑，吓得神魂颠倒；
裴琉斯之子紧追不舍，对自己的快腿充满信心。
像山地里的一只鹰隼，天底下飞得最快的羽鸟，
舒展翅膀，追扑一只野鸽，后者吓得索索发抖，
从它下边溜跑；飞鹰紧紧追逼，尖声嘶叫，
一次次地冲扑，心急火燎，非欲捕获；
就像这样，阿基琉斯挟着狂烈，对着赫克托耳猛扑，
后者迅速摆动双腿，沿着特洛伊城墙，快步窜跑。
他们跑过瞭望点，跑过疾风吹曳的无花果树，
总是离着墙脚，沿着车道，跑至
两股泉溪的边沿，涌着清澈的水流，两股
喷注的泉水，卷着曲波的斯卡曼得罗斯的源头。
一条流着滚烫的热水，到处蒸发腾升的雾气，
似乎水底埋着一盆烈火，不停地把它烧煮；
另一条，甚至在夏日里，总是流水阴凉，冷若冰雹，
像砭人肌骨的积雪和冻结流水的冰层。
这里，两条泉流的近旁，有一些石凿的
水槽，宽阔、溜滑，特洛伊人的妻子和秀美的
女儿们曾在槽里濯洗闪亮的衣袍，从前，
在过去的日子里，阿开亚人的儿子们尚未来到。
就在那里，他俩放腿追跑，一个跑，一个追，跑者
固然是个强有力的斗士，但快步追赶的汉子更是位了不起的
英豪。能不快跑吗？他们争抢的不是供作献祭的牲畜，
也不是牛的皮张，跑场上优胜者的奖品，
不，他俩拼命追跑，为的是驯马手赫克托耳的性命一条！

像竖蹄的快马，扫过拐弯处的桩标，
跑出最快的速度，为了争夺一注有分量的奖酬，一只鼎锅
或一个女人，在举行葬礼时，为尊祭死者而设的车赛中，
他俩蹽开快腿，绕着普里阿摩斯的城垣，
一连跑了三圈。其时，众神都在注目观望；
神和人的父亲首先发话，在诸神中说道：
“瞧哇，可恼！一个我所钟爱的凡人，在我的眼皮底下，
被逼赶得绕着城墙狂跑。我打心眼里为他难受，
赫克托耳，曾给我焚祭过多少牛的腿肉，
有时在山峦重叠的伊达，坡上的峰脊，有时
在高堡的顶端。现在，卓越的阿基琉斯正把他
穷追猛赶，凭着腿快，沿着普里阿摩斯的城防。
开动脑筋，不死的众神，好好想一想，议一议，
是把他救出来，还是——虽然他很骠健——把他击倒，
让他死在裴琉斯之子阿基琉斯手中。”

听罢这番话，灰眼睛女神雅典娜说道：
“父亲，雷电和乌云的主宰，你到底说了些什么?!
你打算把他救出悲惨的死亡，一个凡人，
一个命里早就注定要死的凡人?
做去吧，父亲，但我等众神绝不会一致赞同。”

听罢这番话，汇聚乌云的宙斯说讲，答道：
“不要灰心丧气，特里托格内娅，我亲爱的女儿。我的话
并不表示严肃的意图；对于你，我总是心怀善好。
去吧，爱做什么，随你的心愿，不必再克制延拖。”

宙斯的话语催励着早已急不可待的雅典娜，
她急速出发，从俄林波斯的峰巅直冲而下。

地面上，迅捷的阿基琉斯继续追赶赫克托耳，
毫不松懈，像一条猎狗从伏点跃出，在山里追捕一只
母鹿的幼仔，紧追不舍，穿越山脊和峡谷，
尽管小鹿藏身在树丛下，蜷缩着身姿，
猎狗冲跑过来，嗅出他的踪迹，奋起进击；
就像这样，赫克托耳怎么也摆脱不了裴琉斯捷足的男儿。
他一次又一次地冲向达耳达尼亚城门，
试图迅速接近筑造坚固的城墙，希望城上的
伙伴们投下枪械，把他救出绝境；
但阿基琉斯一次又一次地拦住他的路头，把他
逼回平原，自己则总是飞跑在靠近城墙的一边。
就像梦里的场景：两个人，一追一跑，总难捕获，
前者拉不开距离，后者亦缩短不了追程；同样，尽管
追者跑得很快，却总是赶不上逃者，而逃者也总难躲开追者的
逼迫。赫克托耳如何能跑脱死之精灵的追赶？他何以
能够，要不是阿波罗最后，是的，最后一次站在他
身边，给他注入力量，使他的膝腿敏捷轻巧？
卓越的阿基琉斯一个劲地对着己方的军士摇头，
不让他们投掷犀利的枪矛，对着赫克托耳，
惟恐别人夺走光荣，使他屈居第二。
但是，当他们第四次跑到两条溪泉的边沿，
父亲拿起金质的天平，放上两个表示
命运的砝码，压得凡人抬不起头来的死亡，
一个为阿基琉斯，另一个为赫克托耳，驯马的好手，
然后提起秤杆的中端，赫克托耳的末日压垂了秤盘，朝着
哀地斯的冥府。其时，福伊波斯·阿波罗离他而去。
地面上，灰眼睛女神雅典娜找到裴琉斯之子，
站在他的身边说道，用长了翅膀的话语：
“宙斯钟爱的战勇，卓著的阿基琉斯，我们的希望终于到了

可以实现的时候。我们将杀掉赫克托耳，哪怕他嗜战如狂，
带着巨大的光荣，回返阿开亚人的海舟。
现在，他已绝难逃离我们的追捕，
哪怕远射手阿波罗愿意承担风险，
在我们的父亲、带埃吉斯的宙斯面前翻滚。
不要追了，停下来喘口气；我这就去，
赶上那个人，诱说他面对面地和你拼斗。”

雅典娜言罢，阿基琉斯心里高兴，谨遵不违，
收住脚步，倚着梣木杆的枪矛，杆上顶着带铜尖的枪头。
雅典娜离他而去，赶上卓越的赫克托耳，
以德伊福波斯的形象，模仿他那不知疲倦的声音，
站在赫克托耳身边，用长了翅膀的话语，对他说道：
“亲爱的兄弟，你受苦了，被这残忍的阿基琉斯逼迫
追赶，仗着他的快腿，沿着普里阿摩斯的城垣。
来吧，让我们顶住他的冲击，打退他的进攻！”

其时，高大的赫克托耳，顶着闪亮的头盔，答道：
“德伊福波斯，在此之前，你一直是我最钟爱的兄弟，
是的，在普里阿摩斯和赫卡贝生养的所有的儿子中！
现在，我要告诉你，我比以前更加尊你爱你，
见我有难，你敢冲出城堡，
在别人藏身城内之际，冒死相助。”

听罢这话，灰眼睛女神雅典娜答道：
“事情确是这样，我的兄弟，我们的父亲和高贵的母亲
曾轮番抱住我的膝盖，苦苦相求，还有我的伙伴们，
求我待在城里，我们的人全被吓得非同小可。
然而，为了你的境遇，我心痛欲裂。现在，

让我们直扑上去，奋力苦战，不要吝惜手中的
枪矛。我们倒要看看，结果到底怎样，是阿基琉斯
杀了我俩，带着血染的铠甲，回到
深旷的海船，还是他自己命归地府，倒死在你的枪下！”

　　就这样，雅典娜的话使他受骗上当。
其时，他俩迎面而行，咄咄逼近；
身材高大、头盔闪亮的赫克托耳首先开口嚷道：
“够了，裴琉斯之子，我不打算继续奔逃，像刚才那样，
一连三圈，围着普里阿摩斯宏伟的城堡，不敢
和你较量。现在，我的心灵驱使我
面对面地和你战斗——眼下，不是你死，便是我亡！
过来吧，我们先对神起誓，让这些至高
无上的旁证，监督我们的誓约。我发誓
不会蹂辱你的尸体，尽管你很残暴，倘若宙斯
让我把你拖垮，夺走你的生命。我会
剥掉你光荣的铠甲，阿基琉斯，但在此之后，我将把你的
遗体交还阿开亚人。发誓吧，你会以同样的方式待我。”

　　听罢这番话，捷足的阿基琉斯恶狠狠地盯着他，答道：
“不要对我谈论什么誓约，赫克托耳，你休想得到我的宽恕！
人和狮子之间不会有誓定的协约，
狼和羊羔之间也不会有共同的意愿，
它们永远是不共戴天的仇敌。
同样，你我之间没有什么爱慕可言，也不会有什么
誓证协约，惟有二者中的一人倒地，用热血
喂饱战神，强健的他操使牛皮的盾牌攻击！
来吧，拿出你的每一分勇力，在这死难临头的时候，
证明你还是个枪手，一位豪猛的战勇！

你已无处逃生；帕拉丝·雅典娜即刻便会
把你断送，用我的枪矛。现在，我要你彻底偿报我的
伙伴们的悲愁，所有被你杀死的壮勇，被你那狂暴的枪头！”

　　言罢，他持平落影森长的枪矛，奋臂投掷，
但光荣的赫克托耳双眼紧盯着他的举动，见他出手，
蹲身躲避；铜枪飞过他的肩头，
扎落泥地。帕拉丝·雅典娜拔出枪矛，
交还阿基琉斯；兵士的牧者赫克托耳对此一无所知。
其时，赫克托耳对着裴琉斯豪勇的儿子喊道：
“你打歪了，瞧！所以，神一样的阿基琉斯，你并不曾
从宙斯那里得知我的命运，你只是在凭空捏造！
你想凭着小聪明，用骗人的话语把我要弄，
使我见怕于你，消泄我的勇力，泯熄战斗的激情！
你不能把枪矛扎入我的肩背——我不会转身逃跑；
你可以把它捅人我的胸膛，倘若神祇给你这个机会，
在我向你冲扑的当口！现在，我要你躲避我的铜枪，
但愿它从头至尾，连尖带杆，扎进你的躯身！
这场战争将要轻松许多，对于我们，
如果你死了，你，特洛伊人最大的灾祸。”

　　言罢，他持平落影森长的枪矛，奋臂投掷，
击中裴琉斯之子的盾牌，打在正中，却不曾扎入，
被挡弹出老远。赫克托耳心中愤怒，
恼恨奋臂投出的快枪，落得一无所获的结果。
他木然而立，神情沮丧，手中再无梣木杆的枪矛。
他放开喉咙，呼唤盾面苍白的德伊福波斯，
要取一杆粗长的枪矛，但后者已不在他的身旁。
其时，赫克托耳悟出了事情的真相，叹道：

“完了，全完！神们终于把我召上了死的归途。
我以为壮士德伊福波斯近在身旁，其实
他却待在城里——雅典娜的哄骗蒙住了我的眼睛。
现在，可恨的死亡已距我不远，实是近在眼前；逃生
已成绝望。看来，今日的结局早就是他们喜闻乐见的
趣事，宙斯和他发箭远方的儿子，虽然在此之前，
他们常常赶来帮忙。现在，我已必死无疑。
但是，我不能窝窝囊囊地死去，不做一番挣扎。
不，我要打出个壮伟的局面，使后人都能听闻流传！”

　　言罢，他抽出胯边的利剑，宽厚、沉重，
鼓起全身的勇力，直奔扑击，
像一只搏击长空的雄鹰，
穿出浓黑的乌云，对着平原俯冲，
逮住一只嫩小的羊羔或胆小的野兔，
赫克托耳奋勇出击，挥舞着利剑，而阿基琉斯
亦迎面扑来，心中腾烧着粗野的狂烈，
胸前挡着一面盾牌，盾面绚丽，铸工
精湛，摇动闪亮的盔盖，顶着四支
硬角，漂亮的冠饰，摇摇晃晃，纯金做就，
赫法伊斯托斯的手艺，嵌显在冠角的边旁。
怀着杀死卓越的赫克托耳的凶念，阿基琉斯
右手挥舞枪矛，枪尖射出熠熠的寒光，
像一颗明星，穿行在繁星点缀的夜空，
赫斯裴耳，黑夜之星，天空中最亮的星座。
他用眼扫瞄赫克托耳魁伟的身躯，寻找最好的
攻击部位，但见他全身铠甲包裹，那副璀璨的
铜甲，杀死强壮的帕特罗克洛斯后剥抢到手的战礼——
尽管如此，他还是找到一个露点，锁骨连接脖子和肩膀的

部位，那是咽喉，人体中通连死亡的捷径。对着这个落点，
卓越的阿基琉斯捅出枪矛，在对手挟着狂烈，向他扑来之际，
枪尖穿透松软的脖子，然而，粗重的
梣木杆枪矛，挑着铜尖，却不曾切断气管，
所以，他还能勉强张嘴应对。赫克托耳
瘫倒泥地，卓越的阿基琉斯高声炫耀，对着他的躯体：
“毫无疑问，赫克托耳，你以为杀了帕特罗克洛斯后仍可
平安无事，因为你不用怕我，我还远离你们战斗的地点。
你这个笨蛋！你忘了，有一个，一个远比他强健的复仇者，
等在后面，深旷的海船边——此人便是我，阿基琉斯，
我已碎散了你的勇力！狗和秃鹫会撕毁你的皮肉，
脏污你的躯体，而帕特罗克洛斯将收受阿开亚人的葬仪！”

　　听罢这番话，头盔闪亮的赫克托耳用虚弱的声音说起：
“求求你，求求你看在你的生命、你的膝盖和双亲的分上，
不要让狗群撕食我的躯体，在这阿开亚人的海船边！
你可收取大量的青铜和黄金，从我们丰盈的库藏中，
大堆的赎礼，我父亲和高贵的母亲会塞送到你的手里。
把我的遗体交还我的家人吧——人已死了，
也好让特洛伊男人和他们的妻子为我举行火焚的礼仪。”

　　捷足的阿基琉斯恶狠狠地盯着他，答道：
“不要再哀求了，犬狗，说什么看在我的膝盖和双亲
的分上！我真想挟着激情和狂烈，就此
割下你的皮肉，生吞暴咽——你给我
带来了多少苦痛！谁也休想阻止狗群
扑食你的尸躯，哪怕给我送来十倍、
二十倍的赎礼，哪怕答应给我更多的东西，
哪怕达耳达诺斯之子普里阿摩斯愿意给我和你

等重的黄金。不！一切都已无济于事。生你养你的母亲，那位
高贵的夫人，不会有把你放上尸床，为你举哀的机会；
狗和兀鸟会把你连皮带肉，吃得干干净净！”

　　赫克托耳，吐着微弱的气息，在闪亮的头盔下说接：
“我了解你的为人，知道命运将如何把我处置。我知道
说服不了你，因为你长着一颗铁一般冷酷的心。
但是，你也得小心，当心我的诅咒给你招来神的
愤恨，在将来的某一天，帕里斯和福伊波斯·阿波罗
会不顾你的骁勇，把你杀死在斯卡亚门前！”

　　话音刚落，死的终极已蒙罩起他的躯体，
心魂飘离他的四肢，坠入死神的府居，
悲悼自己的命运，抛却青春的年华，人生的刚烈。
其时，虽然他已死去，卓越的阿基琉斯仍然对他说喊：
“死了，你死了！至于我，我将接受我的死亡，在宙斯
和列位神祇愿意把它付诸实现的任何时节！”

　　言罢，他从躯体里拔出铜枪，放在
一边，剥下血迹斑斑的铠甲，从死者的
肩上。阿开亚人的儿子们跑来围在他身边，
凝视着赫克托耳的身躯，刚劲、健美的
体魄，无不出手刺捅，给尸体添裂一道新的痕伤，
人们望着身边的伙伴，开口说讲：
“瞧，现在的赫克托耳可比以前松软许多，比之那时，
他用熊熊燃烧的火把放火烧船！”

　　就这样，他们站在尸体边沿，出手捅刺，议论纷纷。
其时，捷足的战勇、卓越的阿基琉斯已剥光死者身上的一切，

站在阿开亚人中间，喊出长了翅膀的话语：
“朋友们，阿耳吉维人的首领和统治者们！
现在，既然神明已让我杀了他，这个使我们
深受其害的人——此人创下的祸孽，甚于其他所有的战勇
加在一起的作为——来吧，让我们逼近城墙，全副武装，
弄清特洛伊人下一步的打算，是
准备放弃高城，眼见此人已躺倒在地，
还是想继续固守，虽然赫克托耳已经死亡？
然而，为何与我争辩，我的心魂？
海船边还躺着一个死人，无人哭祭，不曾埋葬，
帕特罗克洛斯，我绝不会把他忘怀，绝对不会，
只要我还活在人间，只要双膝还能伸屈弯转！
如果说在死神的府居，亡魂会忘记死去的故人，但我
却不会，即便在那个地方，我会记着亲爱的帕特罗克洛斯。
来吧，阿开亚人的儿子们，让我们高唱凯歌，
回兵深旷的海船，抬着这具尸体！
我们已争得巨大的光荣；我们已杀死卓著的赫克托耳，
一个被特洛伊人，在他们的城里，尊为神一样的凡人！”

　　他言罢，心中谋划着如何羞辱光荣的赫克托耳。
他捅穿死者的筋腱，在脚背后面，从脚跟到
踝骨的部位，穿进牛皮切出的绳带，把双足连在一起，
绑上战车，让死者贴着地面，倒悬着头颅。然后，
他登上战车，把光荣的铠甲提进车身，
扬鞭催马，后者撒开蹄腿，飞驰而去，不带半点勉强。
骏马扬蹄迅跑，赫克托耳身边卷起腾飞的尘末，
纷乱飘散，整个头脸，曾是那样英俊潇洒的脸面，
跌跌撞撞地磕碰在泥尘里——宙斯已把他交给
敌人，在故乡的土地上，由他们亵渎脏损。

　　就这样，他的头颅贴地拖行，沾满泥尘。城楼上，他的
母亲绞拔出自己的头发，把闪亮的头巾扔出老远，
望着亲生的儿子，竭声号啕。他所尊爱的父亲，
喊出悲戚的长号，身边的人们无不
痛哭流涕，哀悼之声响彻在全城的每一个角落。
此番呼号，此番悲烈，似乎悬耸的伊利俄斯
从上至下，已全部葬身烧腾的火海。
普里阿摩斯发疯似的试图冲出达耳达尼亚大门，
手下的人们几乎挡不住老人；他恳求所有的
人们，翻滚在脏杂的污秽里，呼喊着
每一个人，高声嘶叫，嚷道：
“我情领各位的好心，但让我
出城，独自一人，前往阿开亚人的海船！
我必须当面向他求告，向那个残忍、凶暴的汉子，
而他或许会尊重我的年齿，生发怜老之情——
他也有自己的父亲，和我一样年迈，
裴琉斯，生下这个儿子，养成特洛伊人的
祸害。他杀了我这么多年轻力壮的儿子，
带给我的哀愁比给谁的都多。
我为每一个儿子的不幸悲恸，但只有赫克托耳的阵亡
使我痛不欲生；如此强烈的伤愁会把我
带入哀地斯的家府！但愿他倒在我的怀里，这样，
我们俩，生养他的母亲——哦，苦命的女人，
便能和我一起放声悲哭，尽情哀悼！”

　　老王悲声诉说，泪流满面，市民们伴随他一齐哭喊。
赫卡贝带着特洛伊妇女，领头唱起曲调凄楚的悲歌：
“咳，我的孩子；哦，我这不幸的女人！你去了，我将如何
继续生活，带着此般悲痛！你，我的骄傲，无论白天和

黑夜，在这座城里；你，全城的栋梁，
特洛伊男子和特洛伊妇女的主心骨。他们像敬神
似的敬你；生前，你是他们无上的
荣光！现在，我的儿，死亡和命运已与你临傍！”

　　她悲声诉说，泪流满面，但赫克托耳的妻子却还
不曾听到噩耗；此间无有可信之人登门，通报
她的丈夫站在城门外面，拒敌迎战的讯息。
其时，她置身高深的房居，在内屋里制作一件紫色的
双层披篷，织出多彩的花朵。
她招呼房内发辫秀美的女仆，
把一口大锅架上柴火，使赫克托耳
离战回家，能用热水洗澡；
可怜的女人，她哪里知道，远离滚烫的热水，
丈夫已经死在阿基琉斯手下，被灰眼睛的雅典娜击倒。
其时，她已耳闻墙边传来的哭叫和哀号，
禁不住双腿哆嗦，梭子滑出手中，掉在地上。
她随即招呼发辫秀美的侍女，说道：
“快来，你们两个，随我前行；我要看看外边发生了什么。
我已听到赫克托耳尊贵母亲的哭声；我的双腿
麻木不仁，我的心魂已跳到嗓子眼里。我知道，
一件不幸的事情正降临在普里阿摩斯的儿子们的头上！
但愿这条消息永远不要传入我的耳朵；然而我却从
心底里担心，强健的阿基琉斯可能会切断他的归路，
把勇敢的赫克托耳，把他孤身一人，逼离城邑，赶往平原。
他恐怕已彻底消散了赫克托耳鲁莽的傲气——它总是
缠伴着我的夫婿——他从不待在后面，和大队聚集在一起，
而是远远地冲上前去，挟着狂烈，比谁都更为强劲有力！”

言罢，她冲出宫居，像个发疯的女人，
揣着怦怦乱跳的心脏，带着两名侍女，紧跟在后头。
她快步来到城楼，兵勇们聚结的地方，
停下脚步，站在墙边，移目探望，发现丈夫
正被拖颠在城堡前面，疾驰的驭马
拉着他胡奔乱跑，朝着阿开亚人深旷的海船。
安德罗玛开顿觉眼前漆黑一片，
向后晕倒，喘吐出生命的魂息，甩出
闪亮的头饰，被甩出老远，
冠条、发兜、束带和精工编织的
头巾，金色的阿芙罗底忒的礼物，相赠在
她被夫婿带走的那一天——头盔闪亮的赫克托耳
把她带离厄提昂的家居，给了数不清的聘礼。
其时，她丈夫的姐妹和兄弟的媳妇们围站在她的身边，
把她扶起在她们中间：此刻的安德罗玛开已濒临死的边缘。
但是，当挣扎着缓过气来，生命重返她的躯体，
她放开喉咙，在特洛伊妇女中悲哭号喊：
“哦，毁了，赫克托耳！你我生来便共有同
一个命运——你，在特洛伊，普里阿摩斯的家居；
我，在塞贝，林木森茂的普拉科斯山脚，
厄提昂的家居；他疼我爱我，在我幼小之时。
命运险恶的厄提昂，倒霉不幸的我——但愿他不曾把我养育！
现在，你去了死神的家府，黑洞洞的大地
深处，把我撇在这里，承受哭号的悲痛，
宫居里的寡妇，守着尚是婴儿的男孩，
你我的后代，一对不幸的人儿！你帮不了他，
赫克托耳，因为你已死去，而他也帮不了你。
即使他能躲过这场悲苦的战争，阿开亚人的强攻，
今后的日子也一定充满痛苦和艰辛。

别人会夺走他的土地，孤儿凄惨的
生活会使他难以交结同龄的朋宾。他，
我们的男孩，总是耷拉着脑袋，整日里泪水洗面，
饥肠辘辘，找到父亲旧时的伙伴，
拉着这个人的披篷，攥着那个人的衣衫，
讨得一些人的怜悯——有人会给他一小杯饮料，
只够沾湿他的嘴唇，却不能舒缓喉腭的焦干。
某个双亲都还活着的孩子，会把他打出宴会，
一边扬着拳头，一边张嘴咒骂：
‘滚出去！你的父亲不在这里饮宴，和我们一起！’
男孩挂着眼泪，走向他那孤寡的母亲——哦，
我的阿斯图阿纳克斯！从前，坐在父亲的腿上，
你只吃骨髓和羔羊身上最肥美的肉膘。
玩够以后，趁着睡眠降临的当口，他就
迷迷糊糊地躺在奶妈怀里，就着松软的
床铺，心满意足地入睡。现在，
失去了亲爱的父亲，他会吃苦受难，他，
特洛伊人称其为阿斯图阿纳克斯，‘城国之主’，
因为只有你独身保卫着城门和雄伟的墙垣。
但现在，你远离双亲，躺倒在弯翘的海船边；
曲蜷的爬虫，会在饿狗饱啖你的血肉后，
钻食你一丝不挂的躯体，虽然在你的房居里叠放着
做工细腻、美观华丽的衣裳，女人手制的精品。
现在，我将把它们付之一炬，烧得干干净净——
你再也不会穿用它们，无需用它们包裹你的躯体。
让衣服化成烈火，作为特洛伊男女对你的奠祭！”

就这样，她哭诉举哀，妇女们也都跟着悲泣。

# 第二十三卷

　　就这样，他们悲声哀悼，哭满全城。阿开亚人
回到船边和赫勒斯庞特沿岸，
解散队伍，返回各自的船艘。惟有
阿基琉斯不愿解散慕耳弥冬人的队伍，
对着嗜喜搏战的伙伴们喊话出声：
“驾驭快马的慕耳弥冬人，我所信赖的伙伴们！
不要把坚蹄的驭马卸出战车，
我们要赶着车马，前往帕特罗克洛斯
息身的去处，悲哭哀悼，此乃死者应该享受的仪尊。
我们要用挽歌和泪水抚慰心中的悲愁，
然后，方可宽出驭马，一起在此吃喝。”

　　言罢，全军痛哭号啕，由阿基琉斯挑头带领。
他们赶起长鬃飘洒的骏马，一连跑了三圈，围着遗体；
兵勇们悲哭哀悼，人群中，塞提丝催纵恸哭的激情，
泪水透湿沙地，浸濡着战勇们的甲衣——如此
深切的怀念，对帕特罗克洛斯，驱赶逃敌的军英。
裴琉斯之子领头唱起曲调凄楚的哀歌，
把杀人的双手紧贴着挚友的胸脯：“别了，
帕特罗克洛斯；我要召呼你，即便你已去了死神的家府！
瞧，我已在实践对你许下的诺言——我说过，
我要把赫克托耳拉到这里，让饿狗撕咬生吞，

砍掉十二个青壮的脑袋，特洛伊人风华正茂的儿子，
在焚你的柴堆前，消泄我对他们杀你的愤恨!”

他如此一番哭喊，心中盘划着羞辱光荣的赫克托耳。
他一把撂下死者，任其头脸贴着泥尘，陪旁着墨诺伊提俄斯
之子的尸床。与此同时，全军上下，所有的兵勇，全都
脱去闪亮的铜甲，从轭架里宽出昂头嘶叫的骏马，
数千之众，在船边坐下，傍临捷足的阿基琉斯的
海船，后者已备下丰盛的丧宴，
供人们食餐。许多肥亮的壮牛挨宰被杀，
倒在铁锋下，还有众多的绵羊和咩咩哀叫的山羊，许多
肉猪，露出白亮的尖牙，挂着大片的肥膘，
被架上赫法伊斯托斯的柴火，烧去鬃毛。
人们捧杯接住泼倒而出的牲血，遍洒在尸躯旁。

其时，阿开亚人的王者们将裴琉斯之子，
捷足的首领，引往尊贵的阿伽门农的住处，
好说歹说，方才成行——伴友的阵亡使他盛怒难消。
当一行人来到阿伽门农的营棚，
马上命令嗓音清亮的使者，
把一口大锅架上柴火，进而劝说
裴琉斯之子洗去身上斑结的污血，但
后者顽蛮地拒绝他们的规劝，发誓道：
“不，不！我要对宙斯起誓，对这位至高至尊的天神，
此举不妥；不要让浴水碰洒我的头脸，在我做完这一切
之前：我要把帕特罗克洛斯放上燃烧的柴堆，垒土成茔，
割下头发，尊祭我的伴友——要知道，在我有生之日，
我的心灵再也不会经受如此的伤忧。
眼下，大家可以饱食我所厌恶的佳肴。明晨拂晓，

王者阿伽门农，你要唤起手下的兵众，
伐集薪材，备下死者所需的一切——
他借此上路，走向阴森、昏黑的地府。
这样，熊熊燃烧的烈火就能以最快的速度，把他送出
我们的视野，而兵勇们亦能重上战场，他们必须前往的去处。”

　　他如此一番说道，众人肃静聆听，谨遵不违，
赶紧动手做饭，人人吃饱喝足，
谁也不曾少得应有的份额，委屈饥渴的肠肚。
当满足了吃喝的欲望，他们分手
寝睡，走入自己的营棚。然而，
裴琉斯之子却躺倒在惊涛震响的
海滩，粗声哀叫，在慕耳弥冬营地的近旁，
一片久经海浪冲击的空净之处。
其时，当睡眠模糊了他的头脑，甜美深熟的鼾息
赶走了心中的悲痛——快步追赶赫克托耳，朝着
多风的伊利昂，疲乏了他闪亮的腿脚，
不幸的帕特罗克洛斯的幽灵出现在他面前，
一如生前的音容和形貌，睁着明亮的
眼睛，裹着生前穿用的衫袍，
飘站在他的头顶，开口说道：
“你在睡觉，阿基琉斯？你已把我忘却——是否因为死了，
你就这样待我？我活着的时候，你可从来不曾有过疏忽。
埋葬我，越快越好，以便让我通过哀地斯的门户。
他们把我远远地挡在外面，那些个幽魂，死人的虚影，
不让我渡过阴河，同他们聚首，
我只能游荡在宽大的门外，傍临死神的家府。
我悲声求你，伸过你的手来；我再也
不会从冥界回返，一旦你为我举行过火焚的礼仪。

你我——活着的我，将再也不能坐在一起，离着我们
亲爱的伙伴们图谋；凶邪的命运，
从我出生之日起，便和我朝夕相随，已张嘴把我吞咬。
你也一样，神一般的阿基琉斯，也会受到命运的催请，
倒死在富足的特洛伊人的城墙下。我还有
一事要说，就此相告于你，求你应允：
不要把我的遗骨和你的分葬，阿基琉斯，
我俩要合葬在一起，就像我们一起长大，在你的家里。
墨诺伊提俄斯把我带出俄波埃斯，其时我还是个孩子，
领进你的家门，为了躲避一桩可悲的命案。
那一天，我杀了安菲达马斯的儿子，我呀真傻，
全是出于无意，起始于一场争吵，在掷玩骰子的游戏中动怒。
那时候，车战者裴琉斯把我接进房居，
小心翼翼地把我抚养成人，让我作为你的伴从。
所以，让同一只瓮罐，你高贵的母亲给你的
那只双把的金瓮，盛装咱俩的遗骨。”

　　听罢这番话，捷足的阿基琉斯说讲，答道：
“亲爱的兄弟，我的朋友，为何回来找我，
讲述这些要我操办的事情？没问题，
我会妥办一切，照你说的去做。哦，
请你再离近点，让我们互相拥抱，哪怕
只有短暂的瞬间，用悲伤的眼泪刷洗我们的心灵！”

　　言罢，他伸出双臂，但却不能把他
怀抱；灵魂钻入泥地，像一缕青烟，
伴随着一声尖细的喊叫。阿基琉斯跳将起来，大惊失色，
击打着双手，悲声叹道：“哦，怪哉！
即使在死神的府居，也还有某种形物存在，

人的灵魂和虚像，虽然他们没有心智命脉。
整整一个晚上，不幸的帕特罗克洛斯的鬼魂
悬站我的头顶，悲哭啼诉，告诉我要做的
一件件事情，形貌和真人没有区别!”

一番话在所有人心里激起了恸哭的悲情。
黎明用玫瑰色的手指送来曙光，照射在他们身上，汇聚在
可悲的遗体周围，痛哭不已。其时，强有力的阿伽门农
命令兵勇们牵着骡子，走出各自的营棚，
上山伐木，由一位出色的人选带队，
墨里俄奈斯，和善的伊多墨纽斯的伴随。
兵勇们鱼贯出动，手握砍树的斧头
和紧打密编的绳索，跟行在骡子后头。
他们翻山越岭，走过倾斜的岗峦，崎岖的小道，
来到多泉的伊达，起伏的岭坡，
开始用锋快的铜斧砍伐，压上
全身的重量，放倒耸顶着叶冠的橡树，
发出轰轰隆隆的响声。接着，阿开亚人劈开树干，
绑上骡背，后者迈出辗裂地层的
腿步，艰难地穿过林区，走向平原。
伐木者人人肩扛树段，遵照
温雅的伊多墨纽斯的伴从墨里俄奈斯的命令。他们
撂下肩上的重压，整齐地排放在滩沿，阿基琉斯选定的
位置，准备为帕特罗克洛斯和他自己，堆垒一座高大的坟茔。

他们从四面甩下堆积如山的树段，垛毕，
屈腿下坐，云聚滩沿。阿基琉斯
当即命令嗜喜搏战的慕耳弥冬人
扣上铜甲，并要所有的驭手把马匹

套入战车。众人起身穿披铠甲，
登上战车，驭者和他身边的枪手。
车马先行，大群浓密云朵般步战的兵勇随后跟进，
数千之众。人流里，伙伴们扛着帕特罗克洛斯的躯体，
上面满盖着他们割下的发绺，似一领袍衫，抛铺在
他的身上。在他们身后，卓越的阿基琉斯抱起他的头颅，
嘶声痛哭，他在护送一位忠实的伴友，前往哀地斯的府居。

　　他们来到阿基琉斯指定的地点，
放下遗体，搬动树料，迅速垒起一个巨大的柴堆。
其时，卓越和捷足的阿基琉斯突然想起另一件要做的事情。
他走离木堆，站定，割下一绺金黄色的头发，
长期蓄留的发丝，准备献给河神斯裴耳开俄斯的礼物，
心情痛苦沮丧，凝望着酒蓝色的大海，诵道：
“斯裴耳开俄斯，家父裴琉斯白白辛苦了一场，对你
许下此番誓愿：当我回到我所热爱的故乡，
我将割发尊祭，举行一次盛大、神圣的
聚会，宰杀五十只不曾去势的公羊，献给
你的水流，伴着你的园林和烟火缭绕的祭坛。
这便是老人的誓愿，可你却没有实现他的企望。
现在，既然我已不打算回返亲爱的故乡，
我将把头发献给帕特罗克洛斯，让它陪伴归去的英雄。”

　　言罢，他把发绺放入好友的
手心，在所有的人心里激起了恸哭的悲情。
其时，太阳的光芒将会照射悲哭的人群，
要不是阿基琉斯当即站到阿伽门农身边，说道：
“阿特柔斯之子，你的命令在全军中享有
最高的权威。凡事都有限度，哭悼亦然。

现在，你可解散柴堆边的队伍，让他们整备
食餐。我等是死者最亲近的朋伴，我们会
操办这里的一切。可让各位首领逗留，和我们一起。”

　　听罢这番话，民众的王者阿伽门农
当即下令解散队伍，让他们返回线条匀称的海船。
但是，主要悼祭者们仍然逗留火场，添放着木块，
垒起一个长宽各达一百步的柴堆，
带着沉痛的心情，把遗体置放顶面。
柴堆前，他们剥杀和整治了成群的
肥羊和腿步蹒跚的弯角壮牛。心胸豪壮的
阿基琉斯扒下油脂，从所有祭畜的肚腔，包裹尸躯，
从头到脚，把去皮的畜体排放在死者周围。
接着，他把一些双把的分装着油和蜜的坛罐放在伴友身边，
紧靠着棺床，哭叫着把四匹颈脖粗长的马
迅速扔上柴堆。高贵的
帕特罗克洛斯豢养九条犬狗，在桌下食餐，
他抹了其中两条的脖子，放上柴堆；
他还杀了十二名高贵的青壮，心胸豪壮的特洛伊人的
儿子，用他的铜剑，心怀邪恶的意念，
把他们付诸柴火铁一般的狂烈。
然后，他放声哭叫，呼喊着亲爱的伴友，叫着他的名字：
“别了，帕特罗克洛斯；我要招呼你，即便你已去了死神的府居！
瞧，我已在实践对你许下的诺言。这里
躺着十二个高贵的青壮，心胸豪壮的特洛伊人的儿子，
焚化你的烈火将把他们烧成灰泥。至于赫克托耳，普里阿摩斯
之子，我不打算把他投放柴火——我要让犬狗把他撕裂！”

　　他如此一番威胁，但犬狗却不曾撕食赫克托耳，

阿芙罗底忒，宙斯的女儿，为他挡开狗的侵袭，
夜以继日，用玫瑰香的仙油涂抹他的身躯，使
阿基琉斯，在把他来回拖跑的时候，不致豁裂他的肌体。
福伊波斯·阿波罗从天上采下一朵黑云，
降在平原上，遮住死者息躺的
整块地皮，使太阳的暴晒不致
枯萎他的四肢、筋腱和身躯。

　　然而，帕特罗克洛斯横躺的柴堆却不曾蹿起火苗，卓越
和捷足的阿基琉斯由此想到还有一件该做的事情。
他站离柴堆，求告两飙旋风，
波瑞阿斯和泽夫罗斯，许下丰厚的祭礼，
注满金质的盏杯，慷慨地泼洒美酒，恳求
他们快来，点发柴堆，以最快的速度
火焚堆顶的躯体。听闻他的祷告，伊里丝
带着信息，急速赶往强风歇脚的去处。其时，
风哥们正聚息在荡送狂飙的泽夫罗斯家里，
享用主人摆下的食宴；伊里丝收住疾行的身姿，
站上石凿的门槛。他们一见到伊里丝的身影，
马上跳将起来，争先恐后地邀请，请她坐在自己身边，
但她拒绝了他们的盛情，开口说道：
“不行啊，我必须赶回俄开阿诺斯的水流，
埃塞俄比亚人的疆土；他们正举行隆重的祀祭，
给不死的神祇；我必须享用我的份额，参加神圣的宴礼。
但是，我带来了阿基琉斯的祈愿，祷请波瑞阿斯和狂风怒号
的泽夫罗斯前往助佑，许下丰厚的答祭，
要你们吹燃焚尸的柴堆，托着死去的
帕特罗克洛斯；阿开亚人全都围聚尸边，痛哭流涕。”

　　言罢，伊里丝动身离去。疾风一扫而起，
发出排山倒海般的响声，驱散风前的云朵，
以突起的狂飙扫过洋面，呼啸的旋风卷起
排空的激浪。他们登临肥沃的特洛伊地面，
击打着柴堆，卷起凶暴的烈焰，呼呼作响；
整整一个晚上，他俩吹送出嘶叫的疾风，
腾托起柴堆上的烈火；整整一夜，捷足的阿基琉斯
手拿双把的酒杯，从金兑缸里舀出一杯杯
浆酒，泼洒在地，透湿泥尘，
呼唤着不幸的帕特罗克洛斯的亡魂，
像一位哭悼的父亲，焚烧着儿子的尸骨，新婚的
儿郎，他的死亡愁煞了不幸的双亲；
就像这样，阿基琉斯焚烧着伴友的尸骨，痛哭不已，
悲声哀悼，拖着沉重的脚步，挪行在火堆旁边。

　　这时，启明星升上天空，向大地预报新的
一天来临，黎明随之对着大海，抖开金黄色的篷袍；
地面上，柴火已经偃灭，烈焰亦已收熄。
疾风掉转头脸，直奔家门，扫过
斯拉凯洋面，大海为之沸腾，掀起巨浪，悲吼哀鸣。
裴琉斯之子转身走离火堆，屈腿
躺下，筋疲力尽，心中升起香甜的睡意。
其时，阿特柔斯之子身边的人们汇成一堆，
迈步走来，喧嚷和芜杂之声吵醒了阿基琉斯。
他坐起身子，挺着腰板，开口说道：
“阿特柔斯之子，各位阿开亚人的首领，
首先，用晶亮的醇酒扑灭柴堆上的余火，
那些仍在腾腾燃烧的木块；然后，我们
将收捡墨诺伊提俄斯之子帕特罗克洛斯的遗骨，

要小心在意，虽然辨识并不困难：
他躺在柴堆中间，其他人则远离他的身边，
和马匹拥杂在一起，焚烧在火堆的边沿。
让我们把尸骨放入金瓮，用双层的油脂
封包严实，直到我自己藏身哀地斯的那一天。
至于坟冢，我的意思，你们不必筑得太大，
只要看来合适就行。日后，阿开亚人可把它
添高加宽，那些有幸活下来的人们，
在我死后，傍临凳板众多的海船。”

　　他言罢，人们动手办事，按照捷足的阿基琉斯的意愿。
首先，他们用晶亮的醇酒扑灭柴堆上的余火，
不放过每一束火苗，灰烬沾酒塌陷，厚积。
接着，他们含泪捡起灰堆中的白骨，温善的伙伴的遗骸，
用双层的油脂封包得严严实实，放入
金瓮，送进他的营棚，盖上一层轻薄的亚麻布；
随后，他们开始垒筑死者的坟茔。围着
焚尸的火堆，他们先垒起一堵石墙，然后填入松软的泥土，
堆起坟冠。筑毕，他们转身离去。但是，阿基琉斯
留住他们，要他们就地坐下，举行大规模的集会。
他搬出竞赛的奖品，从他的海船，有大锅、三脚鼎、
马匹、骡子和头颈粗壮的牛，
还有束腰秀美的女子和灰铁。
首先，他为迅捷的车手设下闪光的奖品。
荣获第一名者，可带走一位女子，手工娴熟精细，
外加一只带耳把的三脚鼎，容量大至二十二个
衡度；给第二名，他设下一匹未曾上过轭架的
母马，六岁口，肚里还揣着一匹骡驹；
为第三名，他设下一口精美的大锅，从未受过柴火的

炙烤，容量四个衡度，闪闪发光，一件簇新的精品；
给第四名，他设下两塔兰同的黄金；
第五名的奖品是一只从未经受火烤的双把坛罐。
他站挺起身子，对着集聚的阿耳吉维人喊道：
“阿特柔斯之子，所有胫甲坚固的阿开亚人！
我已把奖品搬上赛场，正等候着驭手们领取。
当然，倘若在祭办另一位英雄的丧事中举行车赛，
我自己定可把头奖争回营棚。
你们知道，我的马远比其他驭马快捷，
那两匹神驹，波塞冬送给家父
裴琉斯的礼物，而裴琉斯又把它们传给了我。
但今天，我不参赛，我的坚蹄的驭马也一样。
它们失去了一位声名遐迩的驭手，一个
好心的人，生前曾无数次地替它们擦洗，
在清亮的水流里，然后用松软的橄榄油涂抹鬃毛。
难怪它俩垂首伫立，深情哀悼，长鬃
铺地，木然直立，带着沉痛的心情。
但是，你们其他人，不管是阿开亚人中的哪一个，只要
信得过自己的驭马和制合坚固的战车，现在即可各就各位！”

　　裴琉斯之子言罢，迅捷的驭手纷聚云集。
最先起身的是欧墨洛斯，民众的王者，
阿德墨托斯的爱子，出类拔萃的驭手。
继他而起的是图丢斯之子，强健的狄俄墨得斯，
套着两匹特洛伊骏马，从埃内阿斯手下
强行夺来的战礼，而埃内阿斯本人则被阿波罗救起。
接着，人群里站起阿特柔斯之子，棕发的墨奈劳斯，
天之骄子，车轭下套着一对快马，
埃赛，阿伽门农的牝马，和他自己的波达耳戈斯。

厄开波洛斯，安基塞斯之子，赠马阿伽门农，
作为礼物，使他免于跟着联军的统帅，进兵多风的伊利昂，
得以留居本地，享受丰裕的生活——宙斯给了他
丰足的财富，家住地域宽广的西库昂。就是这匹
母马，其时套用在墨奈劳斯车下，急不可待地试图扬蹄飞跑。
第四位赛者此时起身套用长鬃飘洒的骏马，安提洛科斯，
奈琉斯心志高昂的儿男、王者奈斯托耳光荣的儿子。
这对驭马，蹄腿飞快，道地的普洛斯血种，
拉着他的战车。其时，父亲站在他身边，
对着心智敏捷的儿子，道出一番有益的叮嘱：
“安提洛科斯，虽说你很年轻，却得到宙斯和阿波罗的
宠爱，他们已教会你驾车的全套本领。
所以，你并不十分需要我的指点，已经掌握
如何驾车拐过标杆的技艺。但是，你的
马慢，我以为这将是你获胜的一个阻碍。
你的对手，虽然驾着快马，但论驭马赶车的本领，
他们中谁都不比你高明。要
做到心中有数，我的孩子，善用你的
每一分技巧，不要让奖品从你手中滑掉！
一个出色的樵夫，靠的是技巧，而不是鲁莽。
同样，凭靠技巧，舵手牢牢把握快船的航向，
尽管受到风浪的冲袭，疾驰在酒蓝色的洋面上。
驭者撵赶对手，靠的也是技巧。
平庸的驭者，把一切寄托于驭马和战车，
大大咧咧地驱车拐弯，使马车大幅度地左右歪摇，
由于无力制驭奔马，只好看着它们跑离车道。
但是，高明的驭手，虽然赶着腿脚相对迟慢的驭马，
却总把双眼盯住前面的杆标，紧贴着它拐弯，
从一开始便收紧牛皮的缰绳，松放适时，

把握驭马的跑向，注意领先的对手。
至于转弯的标记，本身已相当醒目，你不会把它错过。
那是一截干硬的树桩，离地约有六尺之高，
可能是橡树，也可能是松树，还不曾被雨水侵蚀；
树干上撑靠着两块雪白的石头，一边一块。
此乃去程结束、回程开始之处，周围是舒坦的平野。
这东西或许是一座古坟的遗迹，
也可能是前人设下的一个车赛中拐弯的标记；
现在，捷足和卓越的阿基琉斯把它定为转弯的标杆。
你必须赶着车马，紧贴着它奔跑。与此同时，
在编绑坚实的战车里，你要把重心
略微左倾，举鞭击打右边的驭马，
催它向前，松手放出缰绳，让它用力快跑；
但对左边的驭马，你要让它尽可能贴近转弯的树桩，
使车的轮毂看来就像擦着它的
边沿——但要小心，不要真的碰上，
否则，你会伤了驭马，毁了车辆，
如此结果，只会让对手高兴，使自己脸上
无光。所以，我的孩子，要多思多想，小心谨慎。
如果你能紧紧咬住对手，在拐弯之处把他们甩下，
那么，谁也甭想挣扎补救，谁也不能把你赶上，
哪怕你后面的对手赶着了不起的阿里昂，
阿德瑞斯托斯的骏足，神马的后裔，
或劳墨冬的良驹，特洛伊最好的马种。”

言罢，奈斯托耳，奈琉斯之子，坐回自己的
位置；他已把赛车须知的要点，告诉了自己的儿子。

第五位动手套车的赛者是墨里俄奈斯。

他们登上马车，把阄块扔进头盔。阿基琉斯
摆手摇动，安提洛科斯的阄块
首先出盔落地；接着，强有力的欧墨洛斯拈中他的车道，
再接着是阿特柔斯之子、著名的枪手墨奈劳斯。
墨里俄奈斯拈中了他的位置，其后，狄俄墨得斯，
他们中远为杰出的佼佼者，拈得第五个起跑的车位。
他们在起点上横队而立，阿基琉斯指明了转弯的标杆，
老远地竖立在平原上，并已派出一位裁判，
神一样的福伊尼克斯，他父亲的帮手，
观记车赛的情况，带回真实的报告。

　　其时，赛手们全都高悬起马鞭，
猛击马的股脊，高声喊叫，催马
向前。奔马直冲出去，撒蹄平野，
顷刻之间，便把海船远远地抛甩。
胸肚下，泥尘飞扬，像天上的云朵或旋滚的风暴；
颈背上，长鬃飞舞，顺着扑面的劲风。马车疾驶向前，
时而贴着养育我们的土地迅跑，
时而离着地面飞滚腾跃；驭手们
站在车里，揣着怦怦闪跳的心房，
急切地企盼夺取胜利，人人吆喝着自己的
驭马，后者蹽开蹄腿，穿过泥尘纷飞的平原。
但是，当迅捷的快马踏上最后一段赛程，
朝着灰蓝色的大海回跑时，驭手们开始竭己所能，
驭马跑出极致的腿力奔腾。转眼间，
菲瑞斯的孙子欧墨洛斯驾着那对捷蹄的快马，抢先
跑到前头，后面跟着狄俄墨得斯的两匹儿马，
特洛伊良驹，紧紧尾随，相距不远，
似乎随时都可能扑上前面的车身，

喷出腾腾的热气，烘烤着欧墨洛斯的脊背和
宽阔的肩膀，马头几乎垂悬在他的身上，急速狂奔。
其时，狄俄墨得斯很可能迎头赶超，或跑出个胜负难分的
局面，要不是福伊波斯·阿波罗，出于对图丢斯之子
狄俄墨得斯的怨恨，打落他手中的马鞭。
看着欧墨洛斯的牝马远远地冲到前头，
而自己的驭马则因为没有皮鞭的催赶而腿步松弛，
驭手心头愤恨，泪水夺眶而出。然而，
雅典娜眼见了阿波罗对图丢斯之子的
戏弄，飞降到兵士的牧者身边，
交还他的马鞭，把勇力注入驭马的身腿。
然后，女神挟着愤怒，追赶阿德墨托斯的儿子，
砸烂车前的轭架——驭马偏向分离，
奔跑在车道的两边，车杆跌磕碰撞，把欧墨洛斯
甩出车身，扑倒在轮圈旁，
擦烂了手肘、嘴唇和鼻孔，
额头上，眉毛一带，摔得皮开肉绽，两眼
泪水汪汪，粗大的嗓门此时窒息哽塞。
其时，图丢斯之子驾着坚蹄的驭马，绕过对手的
马车，猛冲向前，把其他人远远地抛在后头——雅典娜
已给驭马注入勇力，使驭手争得光荣。
阿特柔斯之子、棕发的墨奈劳斯跑在他的后面。
安提洛科斯，此时名居第三，对着他父亲的驭马喊道：
“加油哇，你们两个！快跑，越快越好！我并不
想要你们和领头的那对驭马竞比，
车术高明的狄俄墨得斯的骏马，因为雅典娜
已给它们迅跑的勇力，让驭者争得光荣。但是，
我要你们加快速度，追赶阿特柔斯之子的驭马，不要让
它们把你们抛在后头；否则，埃赛——它是一匹骒马，

会把你们羞得无地自容！你们落后了，勇敢的驭马，为什么？
我要警告你们，此事不带半点虚哄：
奈斯托耳，兵士的牧者，不会再给你们
抚爱；相反，他会立时宰了你俩，用锋快的铜刀，
倘若因为你们的怠懈，我们得了次等的奖酬！
还不给我紧紧咬住它们，跑出最快的速度，
我自己亦会想方设法，我有这个能耐，从旁
挤到他的前头，在路面变窄的地段；他躲不过我的追踪！”

安提洛科斯言罢，驭马畏于主人的呵斥，
加快腿步，猛跑了一阵。突然，骠勇强悍的
安提洛科斯看到前面出现一段狭窄的车道，
一个崩裂的泥坑——积聚的冬雨蓄涌
冲刷，在那一带破开了一片塌陷的路面。其时，
墨奈劳斯驱马驶近毁裂的地段，试图单车先过所剩的残道，
但安提洛科斯却让坚蹄的驭马
绕出路面，复又折回，紧贴着对手追赶；
阿特柔斯之子心里害怕，对着他高声呼喊：
“安提洛科斯，你这也叫赶车？胡闹！收住你的驭马，
此地路面狭窄，但马上即会宽广开阔。
小心，不要碰撞，毁了你的马车！”

他如此一番警告，但安提洛科斯却赶得更加起劲，
举鞭催马，以求跑得更快，似乎根本没有听见他的呼喊。
像一块飞旋的投饼跑过的距程，出自臂膀的运转，
掷者是一位年轻的小伙，试图估量自己的膂力——在此段
距离内，他俩一直平行竞驰；其后，阿特柔斯之子的牝马
渐渐落到后头，因他主动松缓催马向前的劲头，
担心坚蹄的驭马会在道中相撞，

翻倒编绑坚固的战车，而车上的驭手
则会一头扑进泥尘，连同他们的挣扎和求胜的希望。
对着超前的驭手，棕发的墨奈劳斯破口大骂：
“凡人中找不出谁来，安提洛科斯，比你邪狂！
跑去吧，该死的东西！阿开亚人全都错了，以为你为人明达。
但即便如此，你也休想拿走奖品，除非你发誓辩讲！”

言罢，他又转而对着自己的驭马，嚷道：
“不要减速，切莫停步，虽然你们心里充满悲痛！
它们的膝腿不如你们的强健，用不了多久
便会疲乏酥软，闪烁着青春的年华已不再属于它们！”

听到主人愤怒的声音，驭马心里害怕，
加快腿步，很快便接近了跑在前面的对手。

其时，阿耳吉维人集聚赛场，坐地
观望；平原上，骏马撒蹄飞跑，泥尘飞扬。
伊多墨纽斯，克里特人的首领，首先眺见回程的驭马，
离着众人，坐在一个高耸和利于看视的瞭望点上，
听到远处传来的喊叫，并已听出这是
谁的声音；他还看到一匹儿马，领先跑在前头，
引人瞩目，通身栗红，除了前额上的
一块白斑，形状溜圆，像盈满的月亮。伊多墨纽斯
站起身子，对阿耳吉维人喊道：
“朋友们，阿耳吉维人的首领和统治者们！
全军中是否只有我，还是你们大家也行，才能眺见
奔马的踪影？现在看来，跑在头里的似乎已是另一对驭马，
由另一位赛者驾驭。欧墨洛斯的牝马一定在
平原的什么地方遇到了伤心的事情——去时领先，

我曾看着它们转过桩杆，跑在前头，
但现在却找不到它们的踪影，虽然我睁大眼睛，
搜视过特洛伊平原的每一个角落。一定是
驭手抓不住缰绳，在树桩一带
失去控制，使驭马转弯不成，
就在那里，我想，他被摔出败毁的马车，
驭马惊恐万状，腾起前蹄，跑离车道。
站起来，用你们的眼睛看一看，我辨不太清楚
整个赛况，但跑在最前面的似乎是那位
出生在埃托利亚，现在统治着阿耳吉维人的王者，
驯马的图丢斯之子，强有力的狄俄墨得斯！”

其时，迅捷的埃阿斯，俄伊琉斯之子，粗鲁地斥道：
“伊多墨纽斯，为何总爱大话连篇？蹄腿轻快的
骏马还远离此地，在宽广的平野上迅跑。
你肯定不是全军中年纪最轻的战勇，
而你脑门上的那双眼睛也绝对不比别人的犀利。
但是，你总爱唠唠叨叨，口出狂言——最好不要
大话说个没完，这里有人比你能说会道！
跑在头里的驭马还是原来的两匹，欧墨洛斯的
牝马，其人正手执缰绳，站在它们的后面！”

听罢这番话，克里特人的王者怒火中烧，答道：
“埃阿斯，辱骂的高手，愚不可及的蠢货！除此而外，
你心志顽蛮，是阿耳吉维人中最低劣的一个。
来吧，让我们许物打赌，一只三脚鼎或一口大锅，
请阿伽门农，阿特柔斯之子，见证仲裁，看看哪对
驭马领先奔跑。在你拿出东西之时，你会知晓！”

他言罢，迅捷的埃阿斯，俄伊琉斯之子，站起身子，
怒火中烧，以狠毒的辱骂回报。其时，
这场纠纷还会升温加热，若不是
阿基琉斯亲自起身调停，对他们说道：
“够了，埃阿斯和伊多墨纽斯，别再喊出
恶毒的言词，互相攻击谩骂！不要这样。
倘若别人如此喧闹，你等自己亦会怒火满腔。
还是坐下吧，和众人一起，目视奔跑的
驭马，它们正奋力拼搏，争夺胜利，瞬息之间
便可跑回此地。那时，你俩即可亲眼目睹，阿耳吉维人的
驭马中，哪一对跑抢第一，哪一对名列第二。”

他言罢，图丢斯之子正以冲刺的速度，对着终点扑来，
不停地挥动皮鞭，抬肩抽打驭马，后者
高扬起蹄腿，对着终点，跑得更加欢快。
马蹄卷起纷飞的尘土，夹头夹脑地扑向驭手，
包着黄金和白锡的战车疾行在
腾跃的马蹄后，平浅的泥尘上，
滚动的车轮没有留下明晰的辙痕——
驭马飞奔，冲过终点。狄俄墨得斯勒住骏马，
在场地的中心，如雨的汗水纷纷滴洒，
掉落泥尘，从它们的脖颈和胸腿。
驭手随即跳下闪光的马车，把
皮鞭倚放在轭架前。强健的塞奈洛斯
毫不怠慢，在狄俄墨得斯卸马之时，
快步跑去，拿过奖品，把那名女子和
安着耳把的三脚鼎交给心志高昂的伙伴，带回营盘。

接着，奈琉斯的后代安提洛科斯驱马跑完全程，

赶过了墨奈劳斯，不是靠速度，而是凭狡诈。
然而，墨奈劳斯仍然赶着快马，紧紧追逼，所隔
距离只有像从车轮到驭马之间那么一点：驭马奋蹄疾跑，
拉着主人和战车，穿越在平旷的原野，
马尾的梢端擦扫着滚动的
轮缘——车轮紧追不舍，飞滚在舒坦的
平原，二者之间仅隔着狭窄的空间。就像这样，
墨奈劳斯跑在豪勇的安提洛科斯后面，
差距也只有这么一点。起先，落后的距离相当于饼盘的
一次投程，但他奋起直追，缩短了距离，
长鬃飞舞的埃赛，阿伽门农的牝马，发奋追赶。
其时，倘若跑程更长一些，墨奈劳斯
便可把他甩在后头——这样，他们就无须为此多言。
墨里俄奈斯，伊多墨纽斯刚勇的伴从，继光荣的
墨奈劳斯之后跑至终点，拉下的距离，等于枪矛的一次投摔。
他的驭马，虽说鬃发秀美，却是腿步最慢的一对，
而他自己亦是赛者中最次劣的驭手。
最后抵达的是阿德墨托斯的儿子，
拖着漂亮的马车，催赶着走在身前的驭马。
见此情景，捷足的战勇、卓越的阿基琉斯心生怜悯，
起身站在阿耳吉维人中间，开口说道，用长了翅膀的话语：
“一位最好的驭手，赶着坚蹄的快马，以末名告终。
这样吧，让我们给他一份奖品，该得的份子——
二等奖；一等头奖要给图丢斯的儿子。”

　　阿基琉斯如此说道，他的主张得到众人的赞同。
既然阿开亚人已经同意，他就准备让对方牵走母马，
若非安提洛科斯，心胸豪壮的奈斯托耳之子，
起身索要，面对裴琉斯之子阿基琉斯说道：

“阿基琉斯，倘若你真的这么做了，
我将非常生气！你打算转手我的奖品，
考虑到他的战车和快马受到伤损，还有他自己，
一位车技出众的驭手。他应该祈求长生不老的
神祇，这样他就不会落在所有驭者的后面！
但是，如果你可怜他，喜欢他，那也可以，
你的营棚里有的是黄金、青铜、
羊畜、女仆和坚蹄的骏马。以后，你可
从里头拿出一份更丰厚的奖品，赏送此人，
亦可马上兑现，赢获阿开亚人的称颂。
至于这匹母马，我决然不会放弃；谁想把它带走，
那就让他上来，和我对打，用他的双手！”

　　他言罢，阿基琉斯，卓越的捷足者，出于
对他的喜爱，脸上绽开了笑容，对他钟爱的伙伴
开口说道，用长了翅膀的话语：
“安提洛科斯，你要我从住处搬出另一件东西，作为
和解纠纷的礼物，送给欧墨洛斯，我愿按你说的做来。
我要给他一件胸甲，剥自阿斯忒罗派俄斯的战礼，
青铜铸就，甲边镶着闪亮的
白锡。此份厚礼贵重，自会得到他的珍惜。”

　　言罢，他让亲密的伴友奥托墨冬
速回营棚，拿取胸衣，后者携甲回归，
放在得主手里；欧墨洛斯高兴地收下了赏礼。

　　其时，墨奈劳斯，压着心头的痛楚，站起身子，
怀着对安提洛科斯难以消泄的怨气。使者
把权杖放在他的手里，召呼阿耳吉维人肃静

聆听。他挺胸直立，神一样的凡人，高声嚷道：
“安提洛科斯，过去你通情达理，可现在却干下蠢事！
你羞辱了我的车技，滞阻了驭马的腿步，驱马
强行冲挤，虽然和我的相比，它们的速度不值得一提。
来吧，阿耳吉维人的首领和统治者们，
现在，请你们给我俩评个理，不要徇私偏袒，
使身披铜甲的阿开亚人日后不致以误谈传世：
‘通过欺骗，墨奈劳斯击败了安提洛科斯，
带走那匹母马——他的驭马腿脚远不如对手的迅捷，
但他凭靠权势和地位，掠取了那份奖品。’
这样吧，还是让我自己处置这件事情。我想，达奈人中
谁也不会对我指控责备；我将公平办事。
宙斯哺育的安提洛科斯，你过来，循行我们的规矩。
站在你的车马前，紧握你刚才
赶马的那根细长的皮鞭，
把手放在驭马上，对着环绕和震撼大地的
神明起誓：你不曾用歪邪的手段，挫阻我的马车！”

　　听罢这番话，聪颖的安提洛科斯答道：
“别说了，我的王爷。我比你年轻许多，
墨奈劳斯，而你比我年长，是个更了不起的人。
你知道，年轻人血气方刚，总爱逾规越矩；
我们心思敏捷，无奈判识肤浅。所以，
愿蒙你的海量，容我让出那匹已经争获的母马，心甘
情愿地交到你的手里。倘若你还想要比这更好的东西，
从我的库存，我将马上取来，高兴地奉送
给你，宙斯哺育的王者，我不愿日后失去
你的宠爱，做下错事，得罪神灵。”

言罢，心胸豪壮的奈斯托耳的儿子把母马牵到
墨奈劳斯身边，交在他的手里。后者的愤怒
此时烟消云散，像晨露滋润谷穗一般，
在那茎秆拥立、谷浪翻滚的时节；
就像这样，墨奈劳斯，你的心田已被平慰舒缓。
他开口发话，用长了翅膀的言语：
“安提洛科斯，现在，我愿消泄怨愤，
谅你过去一向稳重谦顺。只是今天，
这一回，年轻人的粗莽压服了你的敏慧。
不过，下次可要小心，不要欺诈地位比你地位更高的首领。
其他阿开亚人，谁都甭想仅凭三言两语，平慰我的心气。
但你却不同——为了我，你长期苦战，历经磨难，
偕同你高贵的父亲，还有你的兄弟。
我愿接受你的恳求，甚至还愿给你这匹
母马，虽然它是我的所有，以便让众人知道，
固执和傲慢从来不属于我的心灵。”

言罢，他把母马交给诺厄蒙、安提洛科斯的伙伴
牵走，自己则拿了那口闪亮的大锅。
墨里俄奈斯名列第四，拿走了两个
塔兰同的黄金；尚剩第五份奖品，那只带着两个
手把的坛罐，没有得主。拿着它，阿基琉斯走过
集聚的阿耳吉维群队，捧给奈斯托耳，站在他身边，说道：
“收下这个，老人家，把它当做珍宝收藏，作为
一个纪念，对帕特罗克洛斯的葬礼。从今后，阿耳吉维人的
群伍里，你将再也见不到他的身影。我给你这件奖品，
作为一份赠礼，因为你再也不会参加竞技，无论是
拳击还是摔跤，无论是旷场上的投枪，还是
撒开腿步的奔跑；年龄的重压已在弯挤你的腰背。”

他如此一番说道，把礼物放在奈斯托耳手里，后者
高兴地收取接纳，开口说道，用长了翅膀的话语：
“是的，孩子，你的话句句都对。
我的膝腿已不太坚实，亲爱的朋友，我的脚杆也一样；
我的手臂已不如从前强壮，已不能轻松地随着肩头挥甩。
但愿我依旧年轻，浑身有用不完的力气——
那一天，厄培亚人正忙着埋葬王者阿马仑丘斯，
在布普拉西昂；他的儿子们亦以举办竞赛奠祭先王。
那地方，厄培亚人中，谁也不是我的对手，就连在
我们普洛斯人或心胸豪壮的埃托利亚人中，情况也一样。
拳击中，我打翻了克鲁托墨得斯，厄诺普斯之子；
摔跤中，我撂倒了和我对阵的普琉荣人安凯俄斯；
赛跑中，我击败了伊菲克洛斯，哪怕他擅长于此；
枪赛中，我的枪矛超出了波鲁多罗斯和夫琉斯的投掷。
只是在车赛中，我输给了阿克托耳之子——
仗着人多，硬抢在我的前头，拼命似的想要
夺取胜利，因为最丰厚的奖品留给了此项比赛的胜者。
他俩孪生同胞，一个紧握缰绳，是的，
紧紧握住缰绳，另一个抽赶驭马，用他的鞭子。
这便是我，从前的我。现在，此类竞比要让当今的
青壮承担；至于我，我得顺从痛苦的晚年，接受
它的规劝。但过去，我确是闪耀在豪杰中的一颗明星。
去吧，继续进行葬礼中的竞赛，奠祭死去的伴友。
我接受你的礼物，感谢你的盛情。我真高兴，
你没有忘记我的友谊，不失时机地
表示对我的尊敬，阿开亚人中，我应该享受的荣誉。
作为回报，愿诸神给你带来幸福，使你欢悦！”

他言罢，裴琉斯之子耳闻奈斯托耳的颂词，

完整聆听，随后穿行大队的
阿开亚兵勇，搬出奖品，准备开始下一项比赛：包孕痛苦的
拳击。他牵出一头壮实的骡子，系绑在竞比场上，
六岁的牙口，从未上过轭架，那类最难套驭的
犟种。他还拿出一只双把的酒杯，赏给负者的奖品。
其时，他站挺起身子，对着集聚的阿耳吉维人喊道：
“阿特柔斯之子，所有胫甲坚固的阿开亚人！现在，
我们邀请两位战勇，你们中最出色的斗士，竞夺这些奖品，
举起拳头拼搏！谁要能受阿波罗的
助佑，击倒对手，并得到全体阿开亚人的见证，
我们就让他拉走这匹吃苦耐劳的骡子，带往自己的营棚。
那只双把的酒杯将给败下拳场的赛手。”

他言罢，人群中当即站起一位高大、强健的壮勇，
帕诺裴乌斯之子厄裴俄斯，拳击的能手。
他手搭吃苦耐劳的骡子，开口嚷道：
“谁想领走这个双把的酒杯，就让他上来挨揍！
告诉你们，阿开亚人中谁也甭想把我放倒，用他的拳击，
带走这头骡子——我是无敌的拳手！战场上，
我不是一流的兵勇，然而，这又
怎么样呢？谁也不能样样上手精通。
老实告诉你们，而此事确会发生，
我将撕裂对手的皮肉，捣碎他的骨头！
让他的朋伴们集聚在拳场的一边待等，
以便在我用拳头将他砸倒之后，把他抬走！”

他言罢，众人全被镇得目瞪口呆，
只有欧鲁阿洛斯起身应战，神一样的凡人，
塔劳斯之子、王者墨基斯丢斯的儿子，其父

曾前往塞贝，在过去的年月，俄底浦斯刚死不久的时候，
置身奠祭死者的竞赛，击败了所有的卡德墨亚人。
图丢斯之子，著名的枪手，充当欧鲁阿洛斯的帮办，
鼓励他奋勇搏击，衷心希望他赢得这场拳斗。
首先，他替拳手系上腰带，然后，
包住手指的关节，用切割齐整的皮条，取自漫步草场的
壮牛。两位拳手系扎就绪，大步跨入赛圈，
面对面地摆开架势。一时间，粗壮的臂膀
来回伸缩，绷硬的拳头交相挥舞，
牙齿咬出可怕的声响，汗水淋湿了
每一块肌腱。神勇的厄裴俄斯抓住时机，趁他
眼神偏闪的瞬息，一拳击中他的脸面，打得他
摇摇晃晃，闪亮的膝腿瘫软酥蜷。
像一条海鱼，跃出经受北风拂荡的水面，
复又扑入水草丛生的浅滩，被一峰乌黑的水浪涌埋吞噬；
同样，欧鲁阿洛斯吃不住拳头的重击，瘫倒在地，心胸豪壮的
厄裴俄斯伸出双臂，把他扶站起来。亲密的伴友们
举步向前，把他架出拳场，后者拖着双腿，
口吐浓浊的鲜血，脑袋耷拉在一边。
伙伴们把他架到群队的集聚点，见他仍然昏迷不醒，
走上前去，替他领回那只双把的杯盏。

　　其时，裴琉斯之子随即又拿出两份奖品，为第三项
比赛，充满痛苦的摔跤，陈放在达奈人面前。
优胜者可得一只巨大的三脚鼎，架在火上的炊具，
按阿开亚人自己估掂，值得十二头牛的换价。
给比赛中的输者，他带出一名女子，精熟多种
手工活计，置放在人群里，四头牛的价位。
他站挺起身子，对着集聚的阿耳吉维人喊道：

“起来吧，要两个人，争夺此项比赛的奖品！”
他言罢，人群里站起了魁伟的埃阿斯，忒拉蒙之子；
奥德修斯随即起身，心智狡诈、足智多谋的精英。
两人系扎就绪，大步跨入赛圈，
紧紧抓住对方粗壮有力的臂膀，像紧扣
在一起的椽子，一位著名工匠的手艺，在一座
高耸的房居，它的屋顶，抵挡疾风的劲吹。
壮士的脊背发出嘎嘎的声响，承受着大手粗狂的攥压
和推搡，汗水浇淋，倾盆而下，双肋里，
肩头上，暴出一条条血痕，青紫、通红，
为争夺竞赛的胜利和那口
精工制铸的鼎锅，他们拼出了全身的力气。
奥德修斯扳不倒埃阿斯，把他扔倒在地，而埃阿斯
也同样做不到这一点；奥德修斯的巨力推抵着他的进逼。
看着他俩相持竞争，胫甲坚固的阿开亚人产生了腻烦情绪；
终于，埃阿斯，忒拉蒙魁伟的儿子，高声嚷道：
“莱耳忒斯之子，宙斯的后代，多谋善断的奥德修斯，动手吧，
把我提抱起来；要不，我就会把你提举。宙斯会决定成败！”

言罢，埃阿斯举起奥德修斯，但后者有的是制人的
招数，从后面一脚踹中膝窝，松软了
他的筋腱，仰面翻倒在泥地，奥德修斯顺势
扑上，压住他的胸脯，人们凝目观望，惊诧不已。
接着，历经磨难和卓越的奥德修斯试图抱举埃阿斯，
但只能稍稍推动他那硕大的身躯，却不能把他
抱离地面。于是，他用膝盖顶弯他的腿窝，一起
倒下，身背相贴，翻滚在泥尘里。其时，
他们会跳将起来，开始第三轮角斗，
要不是阿基琉斯亲自起身调停，制止了这场混战：

"停止搏斗！不要如此折磨自己，弄得筋疲力尽！
你俩并立第一，即可均分奖品，
退回原地，以便让其他阿开亚人竞斗拼比。"

阿基琉斯一番劝说，二位听得真切，谨遵不违，
抹去身上的灰泥，穿上自己的衫衣。

斐琉斯之子随即拿出另一批奖品，赏给竞跑的参赛者。
一只银制的兑缸，工艺精湛的珍品，只能容纳
六个衡度，但瑰丽典雅，精美绝伦。
由技艺高超的西多尼亚工匠手制，
经腓尼基商人运过水势深淼的大海，
停泊在索阿斯的港口，作为礼物，晋献给国王。
欧纽斯，伊阿宋之子，把它给了英雄帕特罗克洛斯，
赎回沦为奴隶的鲁卡昂，普里阿摩斯之子；现在，
阿基琉斯把它作为奖品，纪念自己的伴友，
赏给步跑中腿脚最快的赛手。给荣获第二的赛者，
他还设下一头硕大的肥牛，挤着鼓鼓囊囊的油膘，
另有半塔兰同黄金，归赏名列最后的赛者。
他站挺起身子，对着集聚的阿耳吉维人喊道：
"起来，你们中想要争获这份奖品的赛者！"
随着喊声，人群里跳起了迅捷的埃阿斯，俄伊琉斯之子，
还有足智多谋的奥德修斯；接着，奈斯托耳之子
安提洛科斯亦起身参赛，年轻人中首屈一指的快腿。
他们站在起跑点上，阿基琉斯指明了转弯的标杆。
赛场从起点向前延伸，俄伊琉斯之子
很快便抢到了前头，但卓越的奥德修斯
紧追不放，所隔之距近得就像织杆离着织女的
前胸——束腰秀美的女子手儿灵巧，将其

紧拉，推送纱梭穿过经线，将线杆贴近自己的
胸怀。就像这样，奥德修斯跑在他的后面，紧紧追赶，
踏着前者的脚印，在扬起的泥尘落地之前。
卓著的奥德修斯大口喘着粗气，喷吐在埃阿斯的后脑勺上，
蹽开腿步，迅猛追跑，阿开亚人全都放声叫喊，
纵情欢呼，为他加油鼓劲，催他紧追快赶，夺取胜利。
然而，当他们跑入最后一段赛程，奥德修斯便在
心里默默祈祷，对眼睛灰蓝的雅典娜说道：
“听我说，女神，帮我一把，让我的脚步加快！”

　　他如此一番说祷，帕拉丝·雅典娜听到了他的声音，
随即舒松他的四肢，他的腿脚和双臂。
当他们进入冲刺阶段，为了争夺那份奖品，
雅典娜绊倒了快跑中的埃阿斯，后者偏腿
滑倒在粪堆里，粗声吼叫的祭牛的排泄物——
捷足的阿基琉斯宰了它们，祭祀好友帕特罗克洛斯。
埃阿斯的嘴和鼻孔里塞满了牛粪，眼睁睁地看着对手
赶过他的身边，第一个冲向终点。神勇、坚忍的
奥德修斯拿走兑缸，把肥牛留给了光荣的埃阿斯。
他站在那里，双手抓住漫步草场的畜牛，它的一只犄角，
吐出嘴里的牛粪，对着阿耳吉维人嚷道：
“背透了，呸！那位女神败毁了我的冲刺；她总是
站在奥德修斯身边，像是他的亲娘，助佑自己的宝贝。”

　　他如此一番解说，逗得全场的阿开亚人捧腹大笑。
其时，安提洛科斯走上前去，拿走属于他的末奖，
咧嘴嬉笑，对着身边的阿耳吉维伙伴，打趣地说道：
“让我告诉你们一件大家都知道的事情，我的朋友们：
神祇一如既往，今天也仍然偏爱年长之人。你们瞧，埃阿斯

比我年长，但只大那么几岁，而这位奥德修斯，
他是上一个世代的人，一位旧时的前辈——
然而，按人们的说道，是位老当益壮的人物。阿开亚人中，
谁也跑不过他的快腿，除了惟一的例外，我们的阿基琉斯。”

他如此一番说道，赞美捷足的裴琉斯之子，
后者针对他的话语，开口答道：
“你的赞誉，安提洛科斯，不会没有回报，
我将再给你半塔兰同黄金，作为附加的酬赏。”

言罢，他置金安提洛科斯手中，后者高兴地予以收下。
接着，裴琉斯之子提来一枝投影森长的枪矛，置放在
比赛的圈场，随之放下一面盾牌和一顶头盔，在枪矛的边沿，
萨耳裴冬的装备，帕特罗克洛斯剥取的战礼。
阿基琉斯挺身站立，对着集聚的阿耳吉维人喊道：
“我们邀请两位战勇，你们中最出色的斗士，竞夺这些奖品。
披上你们的铠甲，抓起裂毁皮肉的铜枪，
面对面地交手，近战扑击。哪位斗士
首先刺中对手白亮的皮肉，捅穿
衣甲，扎出黑血，触及内脏，
我将赏他这把漂亮的斯拉凯劈剑，把上
缀铆着银钉，我的战礼，夺自阿斯忒罗派俄斯的躯体。
但是，二位可共享这些甲械；此外，
我们将盛宴营棚，款待离场的壮士。”

他言罢，人群里站起了魁伟的埃阿斯，忒拉蒙之子，
以及图丢斯之子、强健的狄俄墨得斯。
他们分别在人群的两头披挂完毕，
走入赛场的中间，带着格杀的狂烈，

射出凶狠的目光，阿开亚人无不惊赞诧异。
两人迎面而行，咄咄逼近，对打扑杀，
凶猛进击，一连三次。埃阿斯
出枪击中狄俄墨得斯边圈溜圆的盾牌，
但未能捅开皮肉，护身的胸甲挡住了枪尖。
其时，图丢斯之子从硕大的盾面上频频出手，
闪亮的枪尖时时出现在对手喉管的边沿；
阿开亚观众见此情景，担心埃阿斯的安全，
高声呼喊，要他俩停止打斗，均分奖品。
但英雄阿基琉斯拿起那柄硕大的战剑，给了
狄俄墨得斯，连同剑鞘和切工齐整的背带。

　　接着，裴琉斯之子拿出一大块生铁，
曾是强健的厄提昂投扔的物件；以后，
捷足的战勇、卓越的阿基琉斯杀人劫物，
连同其他财宝，一起船运归来。
他挺身直立，对着集聚的阿耳吉维人喊道：
“起来，你们中想要争获这份奖品的人！
谁能获胜得奖，这块生铁，够他使用五个
连转的整年，即便他那肥沃的农田位置偏僻遥远，
他的牧工和农人亦不必因为
缺铁进城，有这一大块东西备用在他们身边。”

　　听罢这番话，骠勇强悍的波鲁波伊忒斯挺身站立，
另有身强力壮的勒昂丢斯，神一样的凡人，以及
埃阿斯，忒拉蒙之子，和卓越的厄裴俄斯。
他们依次站成一行，卓越的厄裴俄斯拿起铁块，
转动身子，甩手投扔，引发全体阿开亚人的哄笑。
接着，勒昂丢斯，阿瑞斯的后代，挥手投掷；

再接着是魁伟的埃阿斯，忒拉蒙之子，
甩开粗壮的臂膀，落点超过了地上所有的痕迹。
其时，骠勇强悍的波鲁波伊忒斯伸手抓起铁块，
扔出了整个投场，距程之远，就像牧牛人
摔出的枝杖，旋转着穿过空间，飞过
食草的牛群——全场的阿开亚人为之欢呼喝彩。
强健的波鲁波伊忒斯的伴友跳将起来，
抬着王者的奖品，走向深旷的海船。

阿基琉斯又拿出一些灰黑的铁器，作为弓赛的奖品。
他设下二十把铁斧，分作双刃和单刃两种，
各十把，竖起一杆船桅，在远处的沙滩，
取自乌头的海船，然后用一根细绳套住鸽子的
小腿，一只胆小的野鸽，绑在尾端，挑战人群里的
弓手，射落这个活靶："击落野鸽的射手，
可以拿走所有的双面斧斤！然而，
倘若射手没有击中鸽子，但却射断了绳线，
虽然是个输者，仍可拿走这些单刃的斧片。"

他言罢，人群里站起了强有力的王者丢克罗斯
以及伊多墨纽斯骁勇的伴从墨里俄奈斯。
他们投入阄石，摇动青铜的盔盖，
丢克罗斯拈得先射之利，运开臂膀，
射出一枚羽箭，但却没有对弓箭之王许愿，
答应敬办隆重的牲祭，用头胎的羔羊。
所以，他未能箭穿飞鸽，只因阿波罗不想让他如愿，
但还是击中鸽脚边的绳线，嗖嗖嘶叫的
箭矢切断长绳，野鸽展翅
疾飞，直冲云天，留下拴脚的绳头，

朝着泥地荡垂。阿开亚人发出赞赏的呼声。
趁着丢克罗斯瞄准的当口，墨里俄奈斯早已拿好
一枚射箭；眼下，他心急火燎，抓过前者手里的弓弩，
不失时机地许下心愿，对远射手阿波罗，
答应举办隆重的祀祭，用头胎的羔羊。
他瞄准那只胆小的野鸽，振翅在云层下面
盘旋，引弦开弓，正中鸟翅下的要害；
飞箭穿过鸟体，使其坠落空间，掉在
墨里俄奈斯脚边。鸽鸟摔落在
木杆的顶端，取自乌头海船的桅杆，
低垂着脑袋，羽毛浓密的翅膀松蓬，魂息
飘离它的腿脚，就在刹那之间。它从高远的桅顶
坠入，平躺在地面。人们注目凝望，惊诧不已。
其时，墨里俄奈斯拿起所有十把双刃的铁斧，
而丢克罗斯则拿起单刃的斧头，返回深旷的海船。

　　接着，裴琉斯之子拿出一杆投影森长的枪矛
和一口未曾受过柴火烧烤的新锅，锅面上花开朵朵，
等同于一头牛的换价，放在赛圈里面。投枪手们起身直立：
阿特柔斯之子，统治辽阔疆域的阿伽门农，
以及墨里俄奈斯，伊多墨纽斯强有力的伙伴。
然而，捷足的战勇、卓越的阿基琉斯此时开口说道：
“阿特柔斯之子，我们全都知道，你远比我们强健：
你是最好的枪手，臂力之大，全军无人可及！
拿着这份奖酬，回返深旷的海船。
此外，如果你赞成同意，我们将把这支枪矛
赏给壮士墨里俄奈斯——这些便是我的议言。”

　　听罢这番话，民众的王者阿伽门农不予辩违。

于是，阿基琉斯把铜枪给了墨里俄奈斯，而英雄[1]
则交锅使者塔尔苏比俄斯，一件闪光的奖品精美。

---

① 英雄：指阿伽门农。

# 第二十四卷

竞赛结束，人群四散离去，走回各自
疾驰的海船，心里想着吃喝和
甜美的睡眠。惟有阿基琉斯仍在
哀声哭泣，怀念心爱的伴友，所向披靡的睡眠
此时却难以使他就范。他辗转翻滚，
念想着帕特罗克洛斯，他的强健和刚勇的人生，回想着
他俩并肩打过的每一场战斗——他可是没有少吃苦头，
出生入死，闯过拼战的人群，跨越汹涌的洋流。
他回忆着这些往事，泪如泉涌，满地翻滚，
时而侧卧，时而仰躺，时而头面
紧贴着沙层。然后，他直挺起身子，
精神恍惚，迈开腿步，沿着海滩行走。黎明把
曙光洒向滩沿，照亮了大海，映入了阿基琉斯的眼帘。
其时，他把快马套入车前的轭架，
将赫克托耳的尸躯绑在车后，赶马拉车，
绕着墨诺伊提俄斯阵亡的儿子，他的坟茔，连跑
三圈，然后走入营棚休息，把尸体扔在地上，
四肢摊展，头脸贴着泥尘。然而，阿波罗
怜悯他的处境，虽然已经死去，保护着
他的遗体，使其免受各种豁裂，动用金制的埃吉斯
盖住尸躯，从头到脚，使阿基琉斯的拖拉不能将其损毁。

　　就这样，阿基琉斯挟着狂怒，蹂躏着高贵的赫克托耳。
见此情景，幸福的神明心里充满怜悯，
一再催促眼睛闪亮的阿耳吉丰忒斯前往偷尸。
此举可以愉悦各位神明，但却不能博得赫拉、
波塞冬和那位灰眼睛姑娘的欢心；他们仍然心怀
怨恨，一如当初，对神圣的伊利昂，对
普里阿摩斯和他的兵民。此事的源头乃帕里斯的恶行；
他得罪了两位女神①，在他的羊圈里，但却垂青
另一位女仙②，后者用引来灾祸的色欲，换取了他的恭维。
其时，当着赫克托耳死后的第十二个黎明的降临，
福伊波斯·阿波罗开口发话，对众神说道：
“你们这些狠心的神灵，残酷无情！难道赫克托耳
没有祀祭各位，焚烧过肥美的山羊和牛腿？眼下，
你们不愿设法救护，虽然他已是一具
尸体，让他的妻子再看上一眼，还有他的儿子、母亲
以及父亲普里阿摩斯和普里阿摩斯的子民。他们会马上
垒起柴堆，焚烧遗体，为他举行隆重的葬礼。
但你们，你等神灵，却一心想着帮助凶狂的阿基琉斯，
此人全然不顾礼面，心胸狂蛮，
偏顽执拗，像一头狮子，
沉溺于自己的高傲和勇力，
扑向牧人的羊群，撕食咀嚼。
就像这样，阿基琉斯已忘却怜悯，不顾
廉耻——廉耻，既使人受害匪浅，也使人蓄取禆益。
不用说，凡人可能失去关系更为密切的
亲人，比如儿子或一母所生的兄弟。

---

① 两位女神：指赫拉和雅典娜。
② 女仙：指阿芙罗底忒。

他会愁容满面，他会痛哭流涕，但一切终将过去，
命运给凡人安上了知道容让和忍耐的心灵。
但是这个人，他杀了高贵的赫克托耳，夺走他的生命，
把他绑在车后，拖拉奔跑，围绕着亲爱伴友的
坟茔，既没有得到好处，也没有争得荣誉。
让他小心，不要触怒神明，虽然他是人中的俊杰。
瞧，他粗狂暴虐，欺辱着没有知觉的土地！”

听罢这番话，白臂女神赫拉怒气冲冲，答道：
“你的话或许有点道理，我的银弓之王，只是
你应把二者，阿基琉斯和赫克托耳，放在一样尊荣的地位。
赫克托耳是个凡人，吸吮凡女的乳汁，
而阿基琉斯是女神的儿子——我亲自
关心照料，把她养大，嫁给壮士
裴琉斯，神祇钟爱的凡人。你们各位，所有的
神明，全都参加了婚礼，包括你，阿波罗，饮宴在他们中间，
弹着竖琴。哦，邪恶者的朋友，你从来不讲信义！”

听罢这番话，汇聚乌云的宙斯说讲，答道：
“赫拉，诸神之间，不必如此动怒发火。这两个凡人
自然不会得到同样显贵的尊荣。但是，赫克托耳也
同样受到神的钟爱，他是伊利昂最杰出的凡人。
我也喜爱此人，他从来不吝啬礼物，快慰我的心胸。
我的祭坛从来不缺足份的供品，不缺
满杯的奠酒和甜美的熏烟——此乃我们的权益。
我不同意偷尸的主张；从阿基琉斯身边
偷出勇敢的赫克托耳，此事断难通行，因为他的
母亲总在儿子近旁，日夜如此。不过，倒是
可让一位神祇把塞提丝召来，

使我能对他出言嘱告，让阿基琉斯
接受普里阿摩斯的赎礼，交回赫克托耳的遗体。”

他言罢，驾踩风暴的伊里丝即刻出发，带着口信，
从萨摩斯和岩壁粗皱的英勃罗斯之间
跳下大海，灰暗的洋面发出悲沉的咽吼。
她一头扎到海底，像沉重的铅块，在
一支硬角的上面，取自漫步草场的壮牛，划破水层，
带着死亡，送给贪食的鱼类。她觅见塞提丝的身影，
在岩洞的深处，身边围坐着各位姐妹，
海中的女仙。圈围中，她凄声悲哭
豪勇的儿子，注定的命运，要让他远离
故乡，死在土地肥沃的特洛伊。
快腿的伊里丝行至她的身边，对她说道：
“起来，塞提丝。言出必果的宙斯要召见于你。”

听罢这番话，塞提丝，银脚女神，答道：
“大神要我前往，有何贵干？我无颜和
众神会聚，心里悲痛交加，痛苦不堪。
尽管如此，我还将前往；他的谕令绝非戏言。”

言罢，闪光的女神拿起一条
黑色的头罩，黑过所有的衣衫。她随之
起程，腿脚追风的伊里丝引路先行，
翻滚的波涛破开一条水路，在她俩的身边。
她们登上泥岸，飞向天空，见到
沉雷远播的宙斯，身边围坐着各位
神祇，幸福的、长生不老的神仙。
她在父亲宙斯近旁，就座雅典娜让出的座位。

赫拉将一只漂亮的金杯放在她的手里，
好言宽慰，塞提丝喝过饮料，递还金杯。
神和人的父亲首先发话，说道：
“你已来到俄林波斯，带着你的每一分伤愁，女神塞提丝，
带着难以忘却的悲痛。对此，我有深切的心知和感觉。
但尽管如此，我还要对你说告，告知把你召来的目的。
针对赫克托耳的遗体和荡劫城堡的
阿基琉斯，神们已经争论了九天。
他们一再敦促眼睛雪亮的阿耳吉丰忒斯偷盗遗体，
但我却觉得应该让阿基琉斯获得荣誉，从而使你
日后能保持对我的尊敬和热爱。去吧，尽快
前往地面上的军营，把我的嘱令转告你的儿男。
告诉他，众神已对他皱起眉头，尤其是我，
心中盛怒难平，针对他的偏狂，
扣留赫克托耳的遗体，在弯翘的船边，不愿把它交还。
或许，他会慑于我的愠怒，交还赫克托耳的遗体。与此同时，
我要让伊里丝找见心志豪莽的普里阿摩斯，捎去我的令言，
要他赎回心爱的儿子，前往阿开亚人的海船，
带着礼物，平抚阿基琉斯的怒怨。”

　　他言罢，银脚女神塞提丝谨遵不违，
急速出发，直冲而下，从俄林波斯山巅，
来到儿子的营棚，只见他正
潜心悼哭，身边走动着几位亲密的伙伴，
忙忙碌碌地准备早餐，营棚里躺着一只
被宰的绵羊，体形硕大，披着一身浓密的毛卷。
尊贵的母亲走至儿子身边坐下，
用手抚摸着他，叫着他的名字，宽慰道：
“够了，我的孩子，不要再用痛哭和悲悼

折磨自己的身心，既不吃喝，也不
睡觉。应宜找个女人，共枕同床，借此舒慰
你的心胸。我知道，你已来日不多，死亡和
强有力的命运已逼压在你的身边。
现在，我要你认真听讲，我给你带来了宙斯的信言。
他说众神已对你皱起眉头，尤其是他自己，
心中盛怒难消，针对你的偏狂，
扣留赫克托耳的遗体，在弯翘的船边，不让赎还。
所以，我劝你交还赫克托耳，收取赎尸的财礼。”

　　听罢这番话，捷足的阿基琉斯说讲，答道：
“好吧，就这么办。让来者送进赎礼，带回尸体，
如果俄林波斯神主执意要我从命。”

　　如此这般，在木船搁聚的滩沿，母子俩长时间地
交谈，吐诉着长了翅膀的话语。与此同时，克罗诺斯之子
催命伊里丝下山，前往神圣的伊利昂，说道：
“去吧，迅捷的伊里丝，离开俄林波斯，我们的家居，
前往伊利昂，找到心志豪莽的普里阿摩斯，要他
赎回心爱的儿子，前往阿开亚人的海船，
带着礼物，平抚阿基琉斯的愤怒。
但要只身前往，不带其他人员，除了
一位年老的使者，跟随照料，驱赶
骡子和轮圈溜滑的货车，以便把
死者的遗体，阿基琉斯杀倒的壮勇，拉回城堡。
让他不要想到死亡，不必担心害怕，
我将给他派去一位神勇无敌的向导，阿耳吉丰忒斯，
一直把他带到阿基琉斯的住处。当神明
把他引入阿基琉斯的营棚，后者不仅不会

杀他，而且还会劝阻其他人的杀性；
阿基琉斯不笨，不会轻率行事，亦不会冒犯；
他会心怀善意，宽恕祈求者的到来。”

　　他言罢，驾踩风暴的伊里丝飞也似的离去，带着口信，
来到普里阿摩斯的房居，耳边彻响着连片的恸哭和悲号。
她看到儿子们围坐在父亲周围，在自家的庭院，
泪水湿透了衣衫；老人置身其中，
用披篷紧紧裹掩，头颅和
颈项上撒满了泥屎，由他自己手抓涂放，
先前在污秽的粪堆里滚翻。房居里，前前后后，
他的女儿们，还有他的媳妇们，失声痛哭，
怀念所有阵亡的壮士，众多勇敢的兵丁，
效命疆场，倒死在阿耳吉维人手里。
宙斯的使者站在普里阿摩斯身边，对他说道，
虽然话音轻柔，却已把他吓得浑身颤嗦。
“勇敢些，普里阿摩斯，达耳达诺斯之子，不要怕。
我来到此地，怀着友好的心愿，
断然不带恶意。我是宙斯的使者；他虽然
置身遥远的地方，但却十分关心你的处境，怜悯你的遭遇。
俄林波斯神主命你赎回卓越的赫克托耳，
带着礼物，平慰阿基琉斯的愤怒。
但要只身前往，不带其他人员，除了
一位年老的使者，跟随照料，驱赶
骡子和轮圈溜滑的货车，以便把
死者的遗体，阿基琉斯杀倒的壮勇，拉回城里。
他让你不要想到死亡，不必担心害怕；
他将给你派来一位神勇无敌的向导，阿耳吉丰忒斯，
一直把你带到阿基琉斯的住处。当神明

把你引入阿基琉斯的营棚，后者不仅不会
杀你，而且还会劝阻其他人的杀性；
阿基琉斯不笨，不会轻率行事，亦不会冒犯；
他会心怀善意，宽恕祈求者的到来。”

　　言罢，快腿的伊里丝转身离去。
普里阿摩斯命嘱儿子们备妥轮圈溜滑的
骡车，把一只柳条编制的篮子绑在车上；
他自己则步入屋内的藏室，散发着雪松的
清香，挑着高高的顶面，堆着许多闪光的珍宝。
他大声发话，对着赫卡贝说道：“我的夫人，
宙斯派出使者，从俄林波斯山上，给我捎来了口信，
命我必须前往阿开亚人的海船，赎回心爱的儿子，
带着礼物，平慰阿基琉斯的愤怒。
来吧，告诉我你的见解，我将如何从事？
我的心绪，我的意念正一个劲地催励，
要我前往海船，进入阿开亚人宽阔的营盘。”

　　言罢，他的妻子哭叫着答诉，说道：
“不，不能这么做！你的理智呢？过去，你曾以此名声
显赫，无论是在外邦人里，还是在由你统治的兵民中！
你怎可企望前往阿开亚人的海船，孤身一人，
面对那个人的目光，他已杀死你的儿子，这许多
勇敢的儿郎！你的心就像铁块一般！
如果你落到他的手里，让他看见你的身影，
那家伙生蛮粗野，背信弃义，既不会怜悯你，也不会
尊重你的权益！来吧，我们还是坐在自己的宫居，远离着
赫克托耳，哭悼他的死亡。这是强有力的命运织出的毁灭，
用生命的纺线，在出生的时刻，我把他生下来的那一天：

奔跑的饿狗将吞食他的躯体，远离他的双亲，
死在一个比他强健的人手里。我真想咬住他的
肝脏，把它咀嚼吞咽！如此，方能仇报他对
我儿的作为——他杀死了一个战勇，不是贪生的怕死鬼！
我的儿子保卫着特洛伊的男儿和束腰紧深的特洛伊
妇女，压根儿没有想到逃跑，没有想到躲避！”

听罢这番话，年迈的王者、神一样的普里阿摩斯答道：
“不要拦我，此行必去无疑！告诉你，不要做一只
显示恶兆的飞鸟，扑闪在我的宫居！你不能使我回心转意。
如果是其他人对我发号施令，一个栖身大地的凡人，
某个施行卜术的先知或祭司，
我或许便会把它斥为谎言，加以拒绝。
但现在，我亲耳听到一位神的传谕，亲眼目睹了她的脸面，
所以，我非去不可，她的话语不是戏言。如果我命该
死去，死在身披铜甲的阿开亚人的船边，那么，
我将死而无怨。阿基琉斯可以即刻把我杀掉，只要
让我拥抱着我的儿子，哭个痛痛快快！”

言罢，他提起图纹秀美的箱盖，
拿出十二件精美绚丽的衫袍，
十二件单面的披裹，十二条床毯，
十二件雪白的披篷，以及同样数量的衫衣。
他称出足足十个塔兰同的黄金，拿出
两个闪亮的三脚鼎，四口大锅，还有一只
精美绝伦的酒杯，斯拉凯人给他的礼物，
在他出使该地的时候。现在，老人连它
一齐割爱，清出厅堂，赎回爱子的愿望，使他
不顾一切。他大声吆喝，驱赶柱廊里的

每一个特洛伊人，骂道：“都给我
滚开，无用的废物，招羞致辱的东西！怎么，在你们
自己家里号哭不够，还要跑到我这儿，给我添增愁烦?!
宙斯，克罗诺斯之子，夺走了我最好的儿子，给了我此番
悲愁，这一切难道还不够吗？后果怎样，你们
亦会知道；赫克托耳死了，你们成了阿开亚兵壮
手中的玩物。至于我自己，与其看着
城市被劫，变成废墟一片，倒不如
趁早撒手人寰，坠入死神的房院!”

　　他破口大骂，提着棍棒追赶，吓得他们拔腿奔逃，
慑于老人的狂烈。然后，他转而怒责自己的儿子，
咒骂赫勒诺斯、帕里斯和卓越的阿伽松，咒骂
帕尔蒙、安提福诺斯和啸吼战场的波利忒斯，以及
德伊福波斯、希波苏斯和高贵的狄俄斯。对这九个
儿子，老人口气粗暴，发号施令：
“赶快动手，败家的孩子，我的耻辱！但愿你们
顶替赫克托耳，全被杀死在迅捷的海船边！
我的天！我这艰厄多难的命运！在宽阔的特洛伊，我有过
本地最好的儿子；然而，告诉你们，他们全都离我而去！
神一样的墨斯托耳，喜好烈马的特罗伊洛斯，
以及赫克托耳，凡人中的神明——他似乎不是
凡人的儿子，而是神的子嗣。阿瑞斯杀死了
所有这些儿郎，而剩下的却是你们这帮废物，我的耻辱，
骗子、舞棍、舞场上的佼佼者，从自己的属民
手里抢夺羊羔和小山羊的盗贼！
还不动手备车，把所有的东西
放到车上，让我们登程上路——赶快!”

他破口大骂，儿子们惧怕老人的威烈，
拖出轮圈溜滑的骡车，新近制作，
工艺精美，把一只柳条编制的大篮绑上车身。
他们从挂钩上取下黄杨木的骡轭，
带着浑实的突结，安着导环，取来
轭绳（连同轭架），九个肘尺的长度，
把轭架稳稳地楔入光滑的车杆，
在前伸的杆头，然后将导环套入钉栓，
绑在突结上，各绕三圈，在左右两边，最后
拉紧绳索，拴绕在车杆后端的挂钩下。
随后，他们从房室里抬出难以估价的财礼，堆在
溜光滑亮的骡车上，回赎赫克托耳的遗躯。接着，
他们把蹄腿强健的骡子套上轭架，一对挽车苦干的牲畜，
慕西亚人送给普里阿摩斯的闪光的礼物。
最后，他们拉出普里阿摩斯的驭马，套上轭架，
老王亲自关心护养的良驹，在滑亮的厩槽前。

就这样，在高耸的宫居里，他们套好车辆，替使者和
普里阿摩斯；二位心事重重，思考着奔波旅途的事项。
其时，赫卡贝来到他们身边，带着痛心的悲愁，
右手拿着一只金杯，满斟着甜美的酒浆，
以便让他们泼洒祭神，在上路之前。
她站在驭马前面，对着普里阿摩斯规劝，说道：
“接过酒杯，祭洒给父亲宙斯，求他保你安返
家园，从仇敌的营垒，既然你不顾
我的意愿，执意要去他们的海船。
祈祷吧，对克罗诺斯之子，席卷乌云的天神，
高居在伊达山上，俯视着特洛伊大地；求他
遣送一只预告兆示的飞鸟，他的迅捷的使者，

飞禽中力气最大、最受宙斯钟爱的羽鸟，出现在
右边，使你一旦亲眼目睹，便可
取信于它，前往车马迅捷的达奈人的海船。
但是，如果沉雷远播的宙斯不给你发送兆示，他的信使，
那么，我就会再三地恳求，哀求你不要
前往阿耳吉维人的海船，哪怕你有非去不可的倔念!”

听罢这番话，神一样的普里阿摩斯说讲，答道：
“我的夫人，我不想拒绝你的敦请；
我应该举起双手，祈求宙斯的怜悯。”

老人言罢，告嘱侍候一旁的管家女仆
倒出纯净的清水，淋洗他的双手，女仆走上前来，
端着洗盆和水罐。他净过
双手，接过妻子手中的酒杯，站在
庭院中间，对神祈祷，洒出醇酒，
仰望青天，开口诉诵，说道：“父亲宙斯，
你从伊达山上督视着我们，最最伟大，享领无上的光荣!
答应我，让阿基琉斯欢迎我的到来，怜悯我的苦衷。
给我遣送一只预告兆示的飞鸟，你的迅捷的使者，
你最钟爱、飞禽中力气最大的羽鸟，出现在
右边，使我一旦亲眼目睹，便可
取信于它，前往车马快捷的达奈人的船舟。”

他如此一番祈祷，多谋善断的宙斯听到了他的声音，
随即遣下一只苍鹰，飞禽中兆示最准的羽鸟，
毛色灰暗的掳掠者，人们亦称之为黑鹰。
像富人家里的门面，封挡着
高大的财库，紧插着粗重的门闩，雄鹰展开

翅膀，一边一个，都有此般宽广，飞越城空，
出现在右边的上方。人们翘首仰望，
个个兴高采烈，精神为之一振。

其时，老人迫不及待地登上马车，
驱车穿过大门和回声隆响的柱廊。
骡子拖着四轮货车，由经验丰富的
伊代俄斯执缰，跑在前头；马车随后
跟行，老人扬鞭催赶，策马速跑，
穿越城区；亲人们全都跟在后面，
痛哭流涕，仿佛他去后再也不能生还。
当他俩穿过城区，奔向宽阔的平野，
送行者们转身返回伊利昂，普里阿摩斯的
儿子和女婿们。沉雷远播的宙斯，其时当然不会忽略
他们，两位驱车平原的特洛伊人。看着年迈的老头，
宙斯心生怜悯，马上招呼亲爱的儿子，对他说道：
“赫耳墨斯，伴引凡人是你的乐趣，对此，神明中谁也
没有你的热情；你爱倾听凡人的诉告，那些使你欢心的人们。
去吧，引着普里阿摩斯，前往阿开亚人
深旷的海船，不要让达奈人中的任何一个
看到或注意到你的行踪，进入裴琉斯之子的营棚。”

宙斯言罢，导者阿耳吉丰忒斯谨遵不违。
他随即穿上精美的条鞋，黄金铸就，
永不败坏——穿着它，仙神跨涉沧海和
无垠的陆基，像疾风一样轻快。
他操起节杖，用它，赫耳墨斯既可迷合凡人的
瞳眸，只要他愿意，又可让睡者睁开眼睛。
拿着这根节杖，强健的阿耳吉丰忒斯一阵风似的离去，

转眼之间便来到特洛伊和赫勒斯庞特海面。
他提腿步行，从那里开始，以一位年轻王子的模样，
留着头茬的胡子，正是丰华最茂的岁月。

其时，当两人驱车跑过伊洛斯高大的坟茔，
他们勒住骡马，让牲畜饮水滩沿。
其时，夜色蒙罩大地；昏暗中，使者看见
赫耳墨斯，正从不远的前方走来。
他放声呼喊，对着普里阿摩斯说道：
“动用你的心思，达耳达诺斯的后裔，现在，我们必须小心在意！
我看见一个人，我担心他会把我们撕裂，就在此时此地！
赶快，让我们赶着马车逃跑；不然，
就去抱住他的膝盖，求他手下留情！”

他言罢，老人心绪昏沌，吓得不轻，
全身汗毛竖指，直立在佝曲的肌体。
他木然而立，瞠目凝望，幸好神明亲自走上前来，
握着老人的手，对他说话，问道：
“敢问阿爸，在这神赐的夜晚，凡人酣睡的
时候，你赶着骡马，何处去从？
难道，你不怕那些吞吐狂烈的阿开亚兵汉？
他们恨你，是你的仇敌，近逼在你的眼前。
要是他们中有人瞅见你，运送这许多财宝，
穿行在乌黑、即逝的夜晚，后果将是怎样一种情景？
你自己已不年轻，你的侍从亦是个年迈的老者，
无力击退寻挑事端的汉子。
不过，我却不会害你，相反，我还会帮你
打开试图害你的人。你看来就像是我尊爱的父亲。”

其时，年迈的王者，神一样的普里阿摩斯答道：
“是的，我的孩子，事情正是这样，你说得全对。
不过，某位神灵仍然伸着大手，护佑在我的头顶，
给我送来一位像你这样的旅行者，带来
神气！瞧你的身材，出奇地俊美，还有
如此聪慧的心智——有这样的儿子，你的双亲可真够幸运！”

听罢这番话，导者阿耳吉丰忒斯答道：
“是的，老人家，你的话条理分明，说得一点不错。
不过，烦你告诉我，真实地告诉我，
你带着这许多珍贵的财物，是不是想把它们
送到域外，让别人替你看护，代为保管？
或许，你们正倾城出逃，丢弃神圣的伊利昂，吓得惶惶
不安，眼见一位如此杰出的斗士，你们中最出色的人已经
死去，你的儿子，战阵中从不在阿开亚人面前躲闪。”

其时，年迈的王者，神一样的普里阿摩斯问道：
“你是谁，高贵的年轻人？你的父母又是谁？关于
我命运险厄的儿子，他的死亡，你怎能说得这样确切得体？”

听罢这番话，导者阿耳吉丰忒斯答道：
“你在试探我，老人家，对我问及卓越的赫克托耳。
我曾多次目睹他的出现，在人们争得光荣的
战场；也曾亲眼见他，在那一天，把阿耳吉维人逼回
海船，挥舞青铜的利械，不停地杀砍。
我们站着观看，惊诧不已——阿基琉斯
不让我们参战，出于对阿伽门农的愤慨。
我是阿基琉斯的随从，来到此地，同坐一条
坚固的海船。我是个慕耳弥冬人，父亲名叫

波鲁克托耳，殷实富有，早已上了年纪，和你一样。
他有六个儿子，我是第七个；我们
拈阄决断，结果是我拈中，出征前来。现在，我
刚从海船来到平原：拂晓时分，
眼睛闪亮的阿开亚人将围城开战。
他们闲坐营盘，焦躁不安，阿开亚人的
王者们亦无法遏止他们求战的意愿。”

其时，年迈的王者，神一样的普里阿摩斯说道：
“如果你真是裴琉斯之子阿基琉斯的随从，
那么，请你真实地告诉我，我的儿子是否
还躺在海船边。说不定，阿基琉斯
已把他截肢分解，喂了豢养的狗群。”

听罢这番话，导者阿耳吉丰忒斯答道：
“老人家，狗和兀鸟都还不曾把他食餐；
他还躺在营棚，完好如初，
在阿基琉斯的海船边。今天，是他躺在那里的
第十二个拂晓，躯身不曾腐烂，也没有被蛆虫
咬开，尽管它们总爱蚀食阵亡将士的躯干。
不错，每日清晨，当神圣的黎明显现，阿基琉斯便会
拖着遗体迅跑，围绕着他亲爱的伴友的坟冢，残忍，但却
不能将其毁坏。到那以后，你可亲眼目睹，
他的肌肤就像露珠一样清鲜。血迹已被净洗，
身上没有损蚀，所有的伤痕都已修整平填，
那一道道口子，许多人的刺捅，用青铜的枪械。
由此看来，幸福的神明关照你的儿子，
虽然只是一具遗体，出于对他发自内心的喜爱。”

他言罢，老人喜形于色，答道：
“我的孩子，奉祭神明，用合适的礼品，
日后必有收益。就说我的儿子——他，该不是一场梦吧，
从来不曾忽略家住俄林波斯的众神，在他的厅殿，
所以，他们记着他的虔诚，即便他已不在人间。
来吧，收下这只精美的杯盏，求你保护
我的安全，倘若神意亦然，送我
前往裴琉斯之子的营寨。”

听罢这番话，导者阿耳吉丰忒斯答道：
“视我年轻，老人家，你又来试探于我，但你不能
把我说服，要我背着阿基琉斯，接受你的
礼物。我打心眼里怕他敬他，断然不敢
抢夺他的东西——日后，此事会给我带来悲难。
然而，我却愿真心实意地为你伴导，哪怕前往
光荣的阿耳戈斯，同坐迅捷的海船，或单靠你我的双腿。
放心，没有哪个强人，胆敢蔑视你的向导，对你撒野。”

言罢，善喜助佑的神祇从马后一跃
而上，一把抓过皮鞭和缰绳，吹出
巨大的勇力，注入骡子和驭马。他们驱车
来到围护海船的壕沟和护墙的前面；
哨兵们正忙忙碌碌，准备食餐。
导者阿耳吉丰忒斯把他们全都催入睡眠，
然后迅速开门，拉开门闩，
引入普里阿摩斯和整车光灿灿的礼件。
他们一路前行，来到裴琉斯之子的住所，一座高大的
营棚，由慕耳弥冬人合力兴建，为他们的王者，
劈开大段的松木，垫上泽地的芦草，

铺出虬扎、厚实的棚顶；围着棚屋，
他们拦出一片宽敞的院落，替为王的主人，密密匝匝地
排起木杆。挡插门户的是一根
松木，需要三个阿开亚人方能拴拢，亦需
三个人的力气才能把它拉出，打开大门：三个普通的
阿开亚人；但阿基琉斯，仅凭一己之力，即可把它捅入孔眼。
其时，赫耳墨斯，善助凡人的神明，替老人打开大门，
赶入满车光灿灿的财物，送给捷足的阿基琉斯的赎礼，
从马后一跃而下，对普里阿摩斯说道：
“老人家，我乃一位长生不老的神祇，赫耳墨斯，站助
在你的身边。天父差我下凡，引助你的行程。
现在，我要就此归去，不愿出现在
阿基琉斯的眼前，此举会激起愤怒，
让一个凡人面对面地招待一位不死的神仙。
但你可走上前去，抱住裴琉斯之子的膝盖，
苦苦哀求，提及他的父亲、长发秀美的母亲，
还有他的儿子，以此融软他的心怀。”

　　赫耳墨斯言罢，转身返回高耸的俄林波斯的峰脊。
普里阿摩斯从马后下车，脚踏泥地，
留下伊代俄斯，原地看守
驭马和骡子，自己则迈步向前，朝着宙斯
钟爱的阿基琉斯息坐的营棚走去。他发现此人
正坐在里头，另有一些伙伴，离着他的位置息坐，
只有两个人，英雄奥托墨冬和阿瑞斯的后代阿尔基摩斯，
其时正忙活在他的身边。他刚刚进食完毕，
吃喝了一番，桌子还站放在身前，王者普里阿摩斯
步入营棚，不为众人所见，走近阿基琉斯身前，
展臂抱住他的膝盖，亲吻他的双手，这双

可怕、屠人的大手，曾经杀过他众多的儿男。
像一个杀人于故土的壮汉，带着
极度的迷狂，跑入别的国度，求告
一位富足的主人，使旁观者惊奇诧异一般，
阿基琉斯此时表情愕然，望着普里阿摩斯，神一样的
凡人；众人面面相觑，惊诧不已。
其时，普里阿摩斯开口说话，用恳求的语言：
“想一想你的父亲，神一样的裴琉斯，他和我
一样年迈，跨越苍黄的门槛，痛苦的暮年！
邻近的人们必然对他骚扰逼迫，而家中无人
挺身而出，使他免于困苦和灾难。
然而，当他听说你还活在人间，心中会荡起
喜悦的波澜，希望由此产生，日以继夜，
想望见到亲爱的儿子，从特洛伊大地回返乡园。
至于我，我的命运充满艰险。我有过最好的儿子，
在辽阔的特洛伊地界，但是，告诉你，他们无一存还。
我有五十个儿子，在阿开亚人进兵此地之时，
十九个出自同一个女人的肚腹，其余的由
别的女子生养在我的宫殿。强悍的
阿瑞斯酥软了他们的膝腿，他们中的大部分，
只给我留下一个中用的儿郎，保卫我的城国和兵民安全。
他为保卫故土而战，几天前死在你的手里，
我的赫克托耳！为了他，我来到阿开亚人的船边，
给你带来难以估价的财礼，打算将其从你手中赎还。
敬畏神明，阿基琉斯，想想你的父亲，
怜恤我这个老头，我比他更值得悯怜。
我忍受了世间其他凡人从未忍受过的事情，
用我的嘴唇亲吻别人的双手，他杀死了我的儿男。”

老人一番诉说，在阿基琉斯心里催发了哭念父亲的
激情。他握着老人的手，轻轻地把他推开，
如烟的记忆，笼罩在他俩的心头。老人蜷缩在
裴琉斯之子的脚边，哭悼着杀人的赫克托耳，
而阿基琉斯则时而哭念他的父亲，时而悲悼
帕特罗克洛斯的死亡；悲戚的哭声在营棚里回转。
当卓越的阿基琉斯流够了辛酸的眼泪，
恸哭的激情随之离开了肉体和心灵，
他从座椅上起身，握着老人的手，把他
扶站起来，看着他灰白的须发，心中泛起了怜悯之情，
送出长了翅膀的话语，对他说道：
“唉，不幸的老人，你的心灵承受了多少痛苦和悲难！
你怎会有如此的胆量，独身来到阿开亚人的船边，
直面我的目光——我曾杀死你的儿子，这么多
勇敢的儿男！你的心就像铁块一般。来吧，
坐息这张靠椅；尽管痛苦，让我们，
是的，让你我把悲愁埋在心底，
如此悲恸哭悼，不会有半点收益。
这便是神的编工，生活的网线，替不幸的凡胎；
我等一生坎坷多难，而神们自己则杳无愁哀。
有两只瓮罐，停放在宙斯宫居的地面，盛着
不同的礼物，一只装着福佑，另一只填满苦难。
倘若喜好炸雷的宙斯混合这两瓮礼物，把它交给一个
凡人，那么，此人既有不幸的时刻，也会时来运转。
然而，当宙斯交送凡人的东西全部取自装着苦难的瓮罐，
那么此人就会离乡背井，忍受饥肠的驱策，踏着闪亮的
泥地，浪迹四方，受到神和人的鄙弃。
神给裴琉斯礼物，如此闪光的礼件，
始于他出生的时候，使他超越众生，以他的财富，

他的所有，统治慕耳弥冬兵民。此外，尽管身为
凡人，神们却给了他一位长生不老的女仙，做他的妻伴。
然而，即便是对他，神明也堆起了苦难。他没有
生下一整代强健的王子，在他的宫居，
只有一个注定会盛年夭折的孩儿——我不能
照顾他，在他的暮年，因我坐在特洛伊城下，
远离故土，给你和你的孩子们带来愁灾。
你也一样，老人家，我们听说，你也曾走运盛繁，
你的疆土面向大海，远至莱斯波斯，马卡耳的国度，
临抵弗鲁吉亚内陆，抵达宽阔的赫勒斯庞特水域，
你的显赫，老人家，比财富，论儿子，无人可及。
以后，上天的神明给你带来这场灾难，
城外酷战不止，人死人亡争战。
你必须忍受，不要哭哭啼啼没完。
哭子痛心，于事无补——你能把他带回人间？
用不了多久，你还会有另一场临头的大难。”

其时，年迈的王者，神一样的普里阿摩斯答诉：
“不要叫我息身座椅，宙斯钟爱的王子，只要赫克托耳
还躺在军营，无人看管守护。把他交还于我，
让我亲眼看看我的儿男，不要拖延。收下我们
带来的赎礼，洋洋洒洒的礼物！享用去吧，回到
你的家乡国度，既然你已放我一命，让我
苟延存活，得见白日，太阳的光柱。”

其时，捷足的阿基琉斯恶狠狠地盯着他，说道：
“不要惹我发火，老人家！我已决定把赫克托耳
交还于你；一位信使已给我带来宙斯的谕令，
我的生身母亲，海洋老人的女儿。

至于你，普里阿摩斯，我也知道——不要隐瞒，
是某位神明把你引到此地，阿开亚人迅捷的快船边。
凡人中谁敢闯入我们的营区，哪怕他是个
强壮的年轻汉？他躲不过哨兵的眼睛，也不能
轻松地拉开门后的杠闩。所以，
你不要继续挑拨我的怒火，在我伤愁之际，
免得惹我，老先生，结果你的性命，在我的营棚里，
不顾你恳求者的身份，违背宙斯的令言。”

　　听罢这番话，老人心里害怕，服从了他的指令。
裴琉斯之子大步扑向门口，像一头狮子，
并非单行，身后跟着两位伴从，英雄
奥托墨冬和阿尔基摩斯，帕特罗克洛斯
死后，二位是阿基琉斯最尊爱的随伴。
两人从轭架下宽出骡马，带入
信使，老王的传话人，让他坐在
椅子上，然后，从溜光滑亮的骡车里
搬出难以估价的财礼，回赎赫克托耳的遗躯，
但却留下两件披篷和一件织工精致的衫衣，
作为裹尸的用物，在他们载着遗体，回转家门之际。
阿基琉斯大声招呼女仆，净洗尸身，抹上清油，
但要先抬至一边，以恐让普里阿摩斯
见到，以痛子的悲哀，丧子的
愤怒，激起阿基琉斯的怨恨，
杀了老人，违背宙斯的训言。
女仆们洗净尸身，抹上橄榄油，
掩之以一件衫衣和一领漂亮的披篷。
阿基琉斯亲自动手，把他抱上尸床，然后，
由伙伴们帮持，把尸床抬上溜光滑亮的车架。

接着，他悲声哭喊，叫着亲爱伴友的名字：
“不要生我的气，帕特罗克洛斯，倘若你听说此事，
虽然你已坠入哀地斯的府居：我已把卓越的赫克托耳
交还他钟爱的父亲。他给了我分量相当的赎礼，
我将给你留出一份，像往常一样，符合你的身份地位。”

言罢，卓越的阿基琉斯走回营棚，
下坐刚才起身离行的靠椅，雕工精致，
靠着对面的墙壁，对着普里阿摩斯说道：
“我已交还你的儿子，老人家，如你要求的那样。
他正息躺尸床，你老马上即可亲眼目睹他的容颜，
在破晓时分，登程上路之际。眼下，我们宜可进用晚餐；
即便是长发秀美的尼娥北，也不曾断然绝食，
虽然她的六对儿女全被杀死在她的宫居，
六个女儿，六个风华正茂的儿子。阿波罗用银弓
射尽她的儿子，出于对尼娥北的
愤恨，而发箭如雨的阿耳忒弥丝杀尽了她的女儿，
只因尼娥北自以为可与美貌的莱托攀比，
讥贬后者只生了两个子女，而她却是这么多儿女的母亲。
然而，虽然只有两个，他俩却杀了尼娥北所有的儿女。
一连九天，死者躺倒在血泊里，无人替他们收尸
掩埋；克罗诺斯之子已把所有的人变作石头[1]。
到了第十天，神们下到凡间，把死人收埋。
而尼娥北，虽已哭得死去活来，仍然没有忘记吃喝。
现在，在岩壁耸立的某地，荒漠的山脊上，
在西普洛斯的峰峦——人们说，那里是女神们息身的去处，
长生不老的女仙嬉舞在阿开洛伊俄斯的滩沿——

① 把所有的人化作石头：可能指卷入此事的人们。

化作石头的尼娥北仍在苦苦回味着神明致送的愁哀。
来吧，尊贵的老先生，我们也一样，不能忘了
吃喝。当你把心爱的儿子拉回伊利昂，
那时候，你可放声痛哭，用泪水洗面。”

　　言罢，捷足的阿基琉斯跳将起来，宰掉
一只雪白的绵羊；伙伴们剥去羊皮，收拾得干干净净，
把羊肉切成小块，动作熟练，挑上叉尖，
仔细烧烤后，脱叉备用。
奥托墨冬拿出面包，就着精美的条篮，放在
桌面上；与此同时，阿基琉斯分发着烤肉。
随后，他们伸出手来，抓起眼前的佳肴。
当他们满足了吃喝的欲望，
普里阿摩斯，达耳达诺斯之子，凝视着阿基琉斯，
惊慕他的俊美，高大挺拔的身躯，就像神明一般，
而阿基琉斯亦在凝视达耳达诺斯之子普里阿摩斯，
惊慕他高贵的长相，聆听着他的言谈。
当他俩互相看够之后，年迈的王者、
神一样的普里阿摩斯首先发话，说道：
“快给我安排一个睡觉的地方，宙斯哺育的壮勇，
以便让我躺身床面，享受酣睡的愉悦。
自从我儿死后，死在你的手下，
我就一直没有合过双眼，总在恸哭
哀悼，沉湎在无尽的愁郁之中，
在院内的粪堆里滚翻。现在，
我已吃饱食物，闪亮的醇酒已浸润
我的喉管；在此之前，我啥也没有碰沾。”

　　老人言罢，阿基琉斯命嘱女仆和伙伴们

动手备床，在门廊的顶面下，铺开
厚实的紫色垫褥，覆上床毯，
压上羊毛曲卷的披盖。女仆们
手握火把，走出厅堂，动手操办，
顷刻之间铺出两个床位。捷足的
阿基琉斯看着普里阿摩斯，用讥刺的口吻说道：
“睡在外头吧，亲爱的老先生，不要让阿开亚人的
头领看见。他们常来常往，坐在我的
身边，商讨谋划，履行他们的职能妥帖。
如果有人见你在此，在这飞逝的黑夜，
他会马上告诉阿伽门农，军队的统帅，
从而迟延回赎遗体的时间。
此外，告诉我，数字要准确，你需要
多少日子，埋葬卓越的赫克托耳？
在此期间，我将罢息刀枪，也不让军勇们赴战。”

其时，年迈的王者、神一样的普里阿摩斯答道：
“如果你真的愿意让我为卓越的赫克托耳举行隆重的
葬礼，那么，阿基琉斯，你要能如此做来，我将
感到由衷的高兴。你知道，我们被迫挤在城里，苦不堪言，
砍伐烧柴要到遥远的坡地，而特洛伊人都已
吓得腿脚酥软。我们将把他放在宫内哭祭，需用九天时间。
准备在第十天上举行葬礼，让大伙吃喝一顿；
第十一天上，我们将堆坟筑墓；到了
第十二天，两军可重新开战，如果我们必须兵戎相见。”

听罢这番话，捷足和卓越的阿基琉斯答道：
“好吧，老人家，一切按你说的办；
我将按兵不动，在你需要的期限。”

言罢，阿基琉斯握住老王的右手腕，
使他不致担惊受怕。接着，二位来者，
普里阿摩斯和同来的使者，忖想着回城的方略，
睡寝在厅前带遮顶的门廊下，
而阿基琉斯则睡在坚固的营棚里，棚屋的深处，
身边躺着美貌的布里塞伊丝。

此时，其他神明和驾驭战车的凡人
都已酣睡整夜，吞吐着睡眠的舒甜，
惟有善喜助佑的赫耳墨斯还不曾屈从睡的催捕，
心中思考着如何护导王者普里阿摩斯
离开海船，躲过忠于职守的门卫的双眼。
他悬站在老王头上，对他说喊：
“老人家，你全然不顾眼前的危险，睡躺在
敌营之中，只因阿基琉斯不曾把你伤害。
是的，你已赎回爱子，付出一大笔财礼；
然而，你家中的儿子，将付出三倍于此的财物，
回赎你的生命，要是此事传到阿特柔斯之子阿伽门农
耳边，传到所有其他阿开亚人的耳边。”

他言罢，老人心里害怕，叫醒使者。
赫耳墨斯套好骡车和马车，亲自
驭赶，迅速穿过营区，谁也不曾注意到车马的踪迹。

然而，当他们来到那条清水河的边岸，
其父宙斯，不死的天神，卷着漩涡的珊索斯的滩沿，
赫耳墨斯离开他们，回程俄林波斯的峰巅；
黎明抖开金红色的裙袍，遍撒在大地上。
其时，他们赶着马车回城，悲声哀悼，

痛哭，遗体由骡车拉载。城墙里，谁也
不曾首先见到他们，无论是男人，还是束腰秀美的女子，
谁也不曾先于卡桑德拉，金色的阿芙罗底忒一样，
早已登上裴耳伽摩斯的顶面。她看到
亲爱的父亲，站在马车上，由他的信使和传话人
陪伴。她也见到尸架，骡车上的那个人，
于是尖声嘶叫，声音在整个城区传开：
“来呀，特洛伊的男子和妇女！看看我们的赫克托耳，
倘若你们，你们曾满怀喜悦，看着他从战场生还家园；
他是我们巨大的愉悦，对全体人民，对这座城市亦然！”

　　听到此番喊叫，人们倾城而出，包括男人
和女子，个个悲苦异常，痛不欲生。
他们在城门边围住运尸进城的普里阿摩斯，
赫克托耳的妻子和尊贵的母亲最先扑上
轮圈溜滑的骡车，撕绞着自己的头发，
抚摸着死者的头脸；众人号啕，围站在她们身边。
此时此地，在这城门之前，人们会痛哭终日，
流泪悲悼赫克托耳，直到太阳落沉，
要不是老人开口发话，在车上高声叫喊：
“闪开，让骡车过去！稍后，当我
把他放入宫居，你们可尽情恸哭举哀。”

　　他言罢，人们闪向两边，让出一条过车的通道。
他们把赫克托耳抬入那座著名的房居，把他
放在一张穿绑的床上。引导哀悼的
歌手们坐在他身边，唱起曲调
凄楚的挽歌，女人们悲声哭叫，应答呼号。
白臂膀的安德罗玛开引导女人的悲诉，

怀中抱着丈夫的头颅，杀人的赫克托耳：
“你死得这般年轻，我的丈夫！你丢下我，
宫居里的寡妇，守着尚是婴儿的男孩，
你我的后代，一对不幸的人儿！我知道，他不会
长大成人：在此之前，我们的城市将被荡为平地，
从楼顶到底面的墙沿！因为你已不在人间，你，城国的卫士，
保卫着城内高贵的妻子和无力自卫的孩童——不幸的人们，
将被深旷的海船运往陌生的国度。
我也一样，随同被抢的女人；而你，我的孩子，
将随我前往，超越体力的负荷，替一位苛刻的
主人，干起沉重的苦活。或许，某个阿开亚强人
会伸手把他夺走，扔下城楼，暴死在墙基边，
出于内心的愤怒，因为赫克托耳曾杀死过他的亲人，
他的兄弟、父亲或儿子——众多的阿开亚人已
倒死在赫克托耳手下，嘴啃宽广的泥尘。
惨烈的拼杀中，你的父亲不是个软弱的人。
所以，赫克托耳，全城的人们都在悲哭你的死亡，
你给不幸的双亲带来了难以言喻的痛苦和悲愁。
但尝苦最深、悲痛最烈的是你的妻子，
是我；你没有死在床上，对我伸出你的双臂，
也没有叙说贴心的话语，使我可以终身
怀念，伴随着我的哭悼，无论是白天，还是夜深！”

　　就这样，她挥泪哭诉，女人们举哀，随声应和。
接着，赫卡贝引唱起曲调凄楚的哀歌：
“众多的儿郎中，赫克托耳，你是我最钟爱的一个。
在我们共同生活的日子里，你是神明钟爱的凡生；
他们仍在关心爱护着你，虽然你已离我而去走人。
捷足的阿基琉斯曾抓过我好几个儿子，

送过奔腾不息的大海，当做奴隶，卖往
萨摩斯、英勃罗斯和莱姆诺斯，烟雾升腾①。
然而你，他用锋快的铜枪夺走了你的生命，
拖着你一圈圈地围着坟茔，围着被你杀死的
帕特罗克洛斯奔跑。但即便如此，他也没有把亲爱的伙伴
带回人间存活。现在，你横躺在厅堂里，宛如
晨露一般鲜亮，像被银弓之神阿波罗
放倒的死者，用温柔的射箭击中。”

　　赫卡贝一番哭诉，引发出哀绵不绝的悲号。
接着，海伦，继二位之后，将悲悼的挽歌领唱：
“在我丈夫的兄弟中，赫克托耳，你是我最亲的至爱！
我的夫婿，亚历克山德罗斯，神一样的凡人，把我
带到特洛伊——唉，我为什么还活在人间，在那一天之前！
我来到这里，已是第二十个年头，
离开故土，我的家乡。然而，
你对我从来不会说话带刺，恶语中伤。
而且，若有别的亲戚说出难听的话语，在王家的厅堂，若有
我丈夫的某个兄弟或姐妹，或某个兄弟的裙袍绚美的妻子，
或是我夫婿的母亲——但他的父亲却总是那么和善，
就像是我的亲爹——你总会出面制止，使他们改变
成见，用你善良的心地和温文尔雅的言谈。所以，
带着悲痛的心情，我哭悼你的死亡，也为自己艰厄的命运举哀。
在宽广的特洛伊大地，我再也找不到一个朋友，
一位善意待我的人；所有的人都出于嫌弃，惧怕和我见面。”

　　海伦一番哭诉，众人悲声呼号。其时，
普里阿摩斯，年迈的王者，对着人们喊道：

---

① 烟雾升腾：莱姆诺斯岛偶有火山爆发。

“特洛伊人，现在，我要你们上山伐木，运薪回城！不要担心
阿耳吉维人的伏击，藏裹杀机。阿基琉斯
已经答应，在让我离开乌黑的海船、登程上路之前，
保证决不伤害我们，直到第十二个早晨，黎明降临的时节。”

他言罢，众人拉过牛和骡子，套好车辆，
迅速聚集在城前。一连九天，
他们运来难以计量的烧柴。当第十个黎明
射出曙光，洒向凡人的世界，
他们抬出刚勇的赫克托耳，痛哭流涕，将遗体
平放在柴堆的顶面，点起焚尸的火焰。

当早起的黎明，垂着玫瑰红的手指，重现天际，
人们复又围聚在焚烧光荣的赫克托耳的柴堆边。
当聚合完毕，人群集中起来，
他们先用晶亮的醇酒扑灭柴堆上的余火，
那些仍在腾腾燃烧的木块，然后，
赫克托耳的兄弟和伙伴们收捡起白骨，
悲声哀悼，泪水涌注，沿着面颊流泻。
他们把捡起的白骨放入一只金瓮，
用松软的紫色织袍包裹，
迅速放入坟穴，堆上巨大的
石块，垒得严严实实，然后赶紧
堆筑坟冢，四面站着负责警戒的哨卫，
以防胫甲坚固的阿开亚人提前进攻的时间。
他们堆起坟茔，举步回城，
然后再次有序聚合，分享光荣的宴食，
在宙斯哺育的王者普里阿摩斯的宫殿。

就这样，他们礼葬了驯马的赫克托耳。

# 名称索引

**说明**　《伊利亚特》和《奥德赛》是西方文学宝库的梁柱。在长期的译读过程中，西方人对荷马史诗里的人名和地名等形成了一套（或几套）趋于规范化的读法，并因此不可避免地在一定范围内和在某种程度上改变了原文的读音。为了和传统保持一致，也为了适应和方便文化交流的需要，译者在翻译名称时，参考了西方人，尤其是英美人（当然，讲英语的并不只是英美人）的读法。所以，本索引列举的名称中，有的基本保持了原文的读音，如阿卡马斯（Akamas）、赫利俄斯（Helios）、阿邦忒斯人（Abantes）等，有的则明显地体现了罗马化或英语化的特征，如奥德修斯（Odysseus）、海伦（Helen）、阿耳吉维人（Argives）等等。此外，既然是翻译，就必须照顾到译语的使用习惯和承受方式，照顾到它的视感美和音律特征。所以，在保持原文韵味和不致“离谱”的前提下，对一些名词的释译作出必要和体现“中文化”趋向的调整，是有益的，也是符合精、善、美地翻译文学名著的原则的。这样，Apollo（或 Apollon）的中译是“阿波罗”，而不是“阿坡洛”，而 Mermeros 的中译是“墨耳墨罗斯”，而不是“麦耳麦罗斯”。我们用“莱勒格斯人”对译 Leleges，虽然它的前两个音节用了同样的字母，采用同样或十分近似的发音。有的名词，虽然在英语中已接受“变通”，但如按原文直译似乎更能表现希腊史诗的风韵，读来似乎也更为上口

（此外，国人对它们亦没有形成趋于规范的读法），在这种情况下，我们往往采用“直译法”。比如，用“普里阿摩斯”对译Priamos，而不是用“普里阿姆”，对应缩略式的Priam。

## A

舅舅，16・717。

阿西奈（Asine）：城市，在阿耳戈斯地区，2・560。

阿宙斯（Azeus）：阿克托耳（1）之父，2・513。

埃阿科斯（Aiakos）：宙斯之子，裴琉斯之父，21・189。

埃阿斯（Aias）：（1）萨拉弥斯人，忒拉蒙之子，2・557；（2）洛克里斯人，俄伊琉斯之子，2・527—530。

哀地斯（Haides）：克罗诺斯和蕾娅之子，宙斯和波塞冬的兄弟，掌管冥府，15・188—193。

埃多纽斯（Aidoneus）：哀地斯的别名，5・190。

埃俄洛斯（Aiolos）：西苏福斯之父，6・153。

埃俄奈（Eionai）：城市，位于阿耳戈斯地区，2・561。

埃俄纽斯（Eioneus）：（1）阿开亚人，被赫克托耳所杀，7・11；（2）特洛伊盟友雷索斯之父，10・435。

埃勾斯（Aigeus）：塞修斯之父，1・265。

埃吉阿蕾娅（Aigialeia）：狄俄墨得斯之妻，5・412。

埃吉阿洛斯（Aigialos）：帕夫拉戈尼亚城市，2・855。

埃吉昂（Aigion）：城市，位于阿伽门农的属地内，2・574。

埃吉利普斯（Aigilips）：城市，受奥德修斯制统，2・633。

埃吉纳（Aigina）：岛屿，受狄俄墨得斯制统，2・562。

埃伽伊（Aigai）：阿开亚城市，8・204。

埃伽昂（Aigaion）：海神，神祇称其为布里阿柔斯，1・404。

埃勒西昂（Eilesion）：城市，在波伊俄提亚，2・499。

埃蕾苏娅（Eileithuia）：妇产之神，16・187。

埃内阿斯（Aineias）：安基塞斯和阿芙罗底忒之子，达耳达尼亚兵勇的首领，2・820。

埃尼俄斯（Ainios）：特洛伊盟友，派俄尼亚人，被阿基琉斯所杀，21・210。

埃诺斯（Ainos）：斯拉凯城市，4・520。

埃培亚（Alpeia）：城镇，位于普洛斯境内，9・152。

D

## E

## F

夫拉凯（Phulake）：塞萨利亚城市，在普罗忒西劳斯统治的地域内，2·695。

夫拉斯（Phulas）：波鲁墨莱之父，16·181。

夫勒古厄斯人（Phlegues）：塞萨利亚部族，13·302。

夫琉斯（Phuleus）：阿开亚人墨格斯之父，2·628，在枪赛中被奈斯托耳击败，23·637。

弗西荣（Pbthiron）：山脉，在米勒托斯（2）附近，2·868。

福耳巴斯（Phorbas）：（1）莱斯波斯人，狄娥墨得之父，9·665；（2）特洛伊人伊利俄纽斯之父，14·490。

福耳库斯（Phorkus）：特洛伊盟友，弗鲁吉亚人，被埃阿斯（1）所杀，17·312。

福基斯（Phokis）：地域，位于希腊中部，和波伊俄提亚接壤，2·518。

弗鲁吉亚（Phrugia）：位于特罗阿得以东，特洛伊盟邦，2·862。

芙洛墨杜莎（Phulomedousa）：阿雷苏斯（1）之妻，阿开亚人墨奈西俄斯（1）之母，7·10。

芙荣提丝（Phrontis）：潘苏斯之妻，17·40。

弗西亚（Phthia）：阿基琉斯的家乡，在塞萨利亚南部，2·683。

福伊波斯（Phoibos）：阿波罗的指称，1·43。

福伊尼克斯（Phoinix）：（1）阿门托耳之子，阿基琉斯的教师和伴友，9·432—495；（2）欧罗帕之父，14·321。

## G

戈耳工（Gorgon）：女怪，5·741。

戈耳古西昂（Gorguthion）：特洛伊人，普里阿摩斯之子，被丢克罗斯所杀，8·303—8。

戈耳图那（Goruna）：克里特城市，2·646。

戈诺厄萨（Gnoessa）：阿开亚城市，受阿伽门农制统，2·573。

格拉夫莱（Glaphulai）：城市，在塞萨利亚，受欧墨洛斯制统，2·712。
格拉亚（Graia）：城市，在波伊俄提亚，2·498。
格劳凯（Glauke）：奈柔斯之女，海仙，18·39。
格劳科斯（Glaukos）：（1）萨耳裴冬的助手，鲁基亚军队的副帅，2·876；（2）西苏福斯之子，伯勒罗丰忒斯之父，格劳科斯（1）的曾祖父，6·154—155。
格利萨斯（Glisas）：城市，在波伊俄提亚，2·504。
格瑞尼科斯（Grenikos）：河流，在特罗阿得，12·21。
格瑞尼亚的：奈斯托耳的指称（或饰称），2·336。
古耳提俄斯（Gurtios）：慕西亚人呼耳提俄斯之父，14·512。
古耳托奈（Gurtone）：塞萨利亚城市，受波鲁波伊忒斯制统，2·738。
古格（Guge）：湖泊，即古伽亚湖，20·390。
古伽亚（Gugaia）：湖泊，在迈俄尼亚，2·865。
古纽斯（Gouneus）：阿开亚人，统领来自多多那一带的兵勇，2·748。

## H

哈耳马（Harma）：城镇，在波伊俄提亚，2·499。
哈耳摩尼得斯（Harmonides）：特洛伊铜匠，忒克同之父，5·59。
哈耳帕利昂（Harpalion）：帕夫拉戈尼亚人，特洛伊盟友，被墨奈劳斯所杀，13·643— 659。
哈利阿耳托斯（Haliartos）：城市，在波伊俄提亚，2·503。
哈利俄斯（Halios）：鲁基亚人，被奥德修斯所杀，5·678。
哈莉娅（Halia）：奈柔斯之女，海仙，18·40。
哈利宗奈斯人（Halizones）：特洛伊盟军，来自黑海南岸，由俄

## J



## K

15・639。

科斯（Kos）：海岛，位于爱琴海东北部，2・677。

科伊拉诺斯（Koiranos）：（1）鲁基亚人，被奥德修斯所杀，5・677；（2）阿开亚人，墨里俄奈斯的驭手，被赫克托耳所杀，17・611— 619。

克拉奈（Krane）：海岛，帕里斯从拉凯代蒙返家时路经该地，3・445。

克拉帕索斯（Krapathos）：岛屿，位于爱琴海东南部，2・676。

克勒俄布洛斯（Kleoboulos）：特洛伊人，被埃阿斯（2）所杀，16・331—334。

克勒俄奈（Kleonai）：城市，受阿伽门农制统，2・570。

克勒娥帕特拉（Kleopatra）：伊达斯和玛耳裴莎之女，墨勒阿革罗斯之妻，9・556。

克雷昂（Kreion）：阿开亚人，鲁科墨得斯之父，9・84。

克雷托斯（Kleitos）：特洛伊人，普鲁达马斯的驭手，被丢克罗斯所杀，15・445—453。

克里萨（Krisa）：城市，在福基斯，2・520。

克里特（Krete）：岛屿，位于爱琴海南部，受伊多墨纽斯制统，2・649。

克鲁墨奈（Klumene）：（1）海伦的侍女，3・144；（2）奈柔斯之女，海仙，18・47。

克鲁塞（Chruse）：城镇，位于特洛伊附近，克鲁塞斯的家乡，1・37。

克鲁塞斯（Chruses）：阿波罗的祭司，居家克鲁塞，克鲁塞伊丝之父，1・10—12。

克鲁塞伊丝（Chruseis）：克鲁塞斯之女，阿伽门农的女伴，1・111—115。

克鲁索塞弥丝（Chrusothemis）：阿伽门农之女，9・145。

克鲁泰奈丝特拉（Klutaimnestra）：阿伽门农之妻，1・113。

## L

M

墨奈修斯（Menetheus）：裴忒俄斯之子，雅典兵勇的首领，2·552—556。

墨诺伊提俄斯（Menoitios）：阿克托耳（3）之子，帕特罗克洛斯之父，1·307。

墨农（Menon）：特洛伊人，被勒昂丢斯所杀，12·193。

墨塞（Messe）：城市，在拉凯代蒙，2·582。

墨赛斯（Messeis）：（希腊）井泉，具体位置不明，6·457。

墨斯勒斯（Mesthles）：特洛伊盟友，迈俄尼亚人的首领，2·864。

墨斯托耳（Mestor）：特洛伊人，普里阿摩斯之子，24·257。

墨索奈（Methone）：塞萨利亚城市，受菲洛克忒忒斯制统，2·716。

慕冬（Mudon）：（1）特洛伊人，阿屯尼俄斯之子，普莱墨奈斯的驭手，被安提洛科斯所杀，5·580；（2）派俄尼亚人，被阿基琉斯所杀，21·209。

慕耳弥冬人（Murmidons）：弗西亚族民，居家塞萨利亚南部，受裴琉斯统治；在特洛伊前线，慕耳弥冬兵勇由阿基琉斯统领，2·684。

慕耳西诺斯（Mursinos）：城市，在厄利斯，2·616。

慕格冬（Mugdon）：弗鲁吉亚兵勇的统帅，3·186。

慕卡勒（Mukale）：山脉，位于卡里亚，小亚细亚南部，贯穿米勒托斯（2），2·869。

慕卡勒索斯（Mukalesos）：城市，在波伊俄提亚，2·498。

慕凯奈（Mukenai）：城市，阿伽门农的“都城”，位于阿耳戈斯城以北五英里，2·569。

慕里奈（Murine）：雅马宗女壮士，神祇以她的名字称呼特洛伊城前的一座土丘，2·814。

慕利俄斯（Moulios）：（1）厄利斯壮士，被奈斯托耳所杀，11·738；（2）特洛伊人，被帕特罗克洛斯所杀，16·696；（3）特

## N

欧鲁普洛斯（Eurupulos）：（1）欧埃蒙之子，统领来自俄耳墨尼俄斯的塞萨利亚兵勇，2·736；（2）科斯国王，2·677。

欧鲁托斯（Eurutos）：（1）俄伊卡利亚国王，2·596；（2）波塞冬之子，阿开亚人萨尔丕俄斯之父，和兄弟克忒阿托斯并称“摩利俄奈斯”，2·621，11·709，750。

欧鲁修斯（Eurustheus）：塞奈洛斯之子，裴耳修斯之孙，曾给赫拉克勒斯拨派苦役，8·363，19·123。

欧罗帕（Europa）：福伊尼克斯之女，米诺斯和拉达门苏斯之母，14·321。

欧墨得斯（Eumedes）：特洛伊使者，多隆之父，10·314。

欧墨洛斯（Eumelos）：阿开亚人，阿德墨托斯和阿尔开斯提丝之子，来自菲莱的塞萨利亚人的首领，2·713。

欧纽斯（Euneos）：莱姆诺斯国王，伊阿宋和呼浦西普莱之子，7·468。

欧索罗斯（Eussoros）：特洛伊人，阿卡马斯（2）之父，6·8。

欧特瑞西斯（Eutresis）：城市，在波伊俄提亚，2·502。

欧伊波斯（Euippos）：特洛伊盟友，鲁基亚人，被帕特罗克洛斯所杀，16·417。

## P

帕尔蒙（Palmmon）：特洛伊人，普里阿摩斯之子，24·250。

帕尔慕斯（Palmus）：特洛伊将领，13·792。

帕耳塞尼俄斯（Parthenios）：河流，在帕夫拉戈尼亚境内，2·854。

帕夫拉戈尼亚人（Paphlagonians）：特洛伊盟军，家居黑海南岸的帕夫拉戈尼亚，2·851。

帕拉丝（Pallas）：雅典娜的指称，1·200。

帕拉西亚（Parrhasia）：城市，在阿耳卡底亚，2·608。

裴耳科忒（Perkote）：城市，在特罗阿得，2·835。

裴耳伽摩斯（Pergamos）：特洛伊城的高堡，4·508。

裴耳伽索斯（Pergasos）：特洛伊人代科昂之父，5·535。

裴耳塞丰奈（Persephone）：黛墨忒耳之女，哀地斯的妻子，9·457。

裴耳修斯（Perseus）：宙斯和达娜娥之子，14·320，欧鲁修斯的祖父，19·116。

裴拉工（Pelagon）：（1）阿开亚人，普洛斯将领，4·295；（2）特洛伊盟友，鲁基亚人，萨耳裴冬的军友，5·694。

裴拉斯吉亚（Pelasgia）：阿耳戈斯（4），阿基琉斯的家乡，2·681；但来自拉里萨的裴拉斯吉亚人却是特洛伊的盟友，2·840—843。

裴莱比亚人（Perrhaibians）：族兵，来自多多那，由古纽斯统领，2·750。

裴莱俄斯（Peiraios）：普托勒迈俄斯之父，4·227—228。

裴勒工（Pelegon）：阿克西俄斯之子，特洛伊人阿斯忒罗派俄斯之父，21·141。

裴勒奈（Pellene）：阿开亚城市，位于阿伽门农统治的地域内，2·574。

裴里波娅（Periboia）：裴勒工之母，21·142。

裴里厄瑞斯（Perrieres）：波罗斯之父，16·177。

裴里法斯（Periphas）：（1）埃托利亚人，俄开西俄斯之子，被阿瑞斯所杀，5·842；（2）特洛伊人，安基塞斯的信使，17·323—324。

裴里菲忒斯（Periphetes）：（1）特洛伊人，被丢克罗斯所杀，14·515；（2）阿开亚人，来自慕凯奈，被赫克托耳所杀，15·638— 652。

裴里摩斯（Perimos）：特洛伊人，墨伽斯之子，被帕特罗克洛斯所杀，16·695。

斐里墨得斯（Perimedes）：阿开亚人斯凯底俄斯（2）之父，15・515。

斐里苏斯（Peirithoos）：阿开亚壮士，宙斯之子，波鲁波伊忒斯之父，2・741。

斐利阿斯（Pelias）：伊俄尔科斯国王，阿尔开斯提丝之父，2・715。

斐利昂（Pelion）：山脉，在马革奈西亚，马人的故乡，2・744。

斐琉斯（Peleus）：埃阿科斯之子，21・189，阿基琉斯之父，1・1，塞提丝的丈夫，18・84。

斐罗斯（Peiros）：特洛伊盟友，斯拉凯人，英勃拉索斯之子，被索阿斯所杀，4・520—538。

斐洛普斯（Pelops）：阿耳戈斯先王，阿特柔斯之父，阿伽门农和墨奈劳斯的祖父，2・104。

斐奈琉斯（Peneleos）：阿开亚人，和雷托斯一起统领波伊俄提亚兵勇，2・494。

斐内俄斯（Peneios）：塞萨利亚的主要河流，2・752。

斐瑞斯（Peires）：里格摩斯之父，20・484。

斐瑞亚（Pereia）：地名，在塞萨利亚，阿波罗养育欧墨洛斯的牝马的地方，2・766。

斐桑得罗斯（Peisandros）：（1）特洛伊人，安提马科斯之子，被阿伽门农所杀，11・122—144；（2）特洛伊人，被墨奈劳斯所杀，13・601— 619；（3）慕耳弥冬首领之一，16・193。

斐塞诺耳（Peisenor）：特洛伊人克雷托斯之父，15・445。

斐忒昂（Peteon）：城市，在波伊俄提亚，2・500。

斐忒俄斯（Peteos）：阿开亚人墨奈修斯之父，2・552。

皮杜忒斯（Pidutes）：特洛伊盟友，来自斐耳科忒，被奥德修斯所杀，6・30。

皮厄里亚（Pieria）：俄林波斯一带山峦，14・226。

皮推亚（Pitueia）：城市，位于赫勒斯庞特边岸，特洛伊以北，

## S

11 · 427—455。

索鲁摩伊人（Solumoi）：小亚细亚族兵，伯勒罗丰忒斯曾和他们战斗，6 · 184—185。

苏厄斯忒斯（Thuestes）：裴洛普斯之子，阿特柔斯的兄弟，2 · 106。

苏摩伊忒斯（Thumoites）：特洛伊长老，3 · 146。

苏墨（Sume）：海岛，位于爱琴海东南，罗得斯以北，兵勇们由尼柔斯统领，2 · 671。

苏姆伯瑞（Thumbre）：城镇，位于特洛伊附近，斯卡曼得罗斯河畔，10 · 430。

苏姆勃莱俄斯（Thumbraios）：特洛伊人，被狄俄墨得斯所杀，11 · 320。

苏忒斯（Thootes）：阿开亚人，墨奈修斯的信使，12 · 342—343。

## T

塔耳菲（Tarphe）：城市，在洛克里斯，2 · 533。

塔耳奈（Tarne）：迈俄尼亚城市，5 · 44。

塔耳苏比俄斯（Talthubios）：阿开亚人，阿伽门农的信使，1 · 320。

塔耳塔罗斯（Tartaros）：哀地斯的最底层，宙斯监禁被击败者的去处，8 · 13—16，481。

塔莱墨奈斯（Talaimenes）：特洛伊人墨斯勒斯和安提福斯（2）之子，2 · 865。

塔劳斯（Talaos）：墨基斯丢斯（1）之父，2 · 566。

忒格亚（Tegea）：城市，在阿耳卡底亚，2 · 607。

特拉基斯（Trachis）：城市，在裴拉斯吉亚的阿耳戈斯，裴琉斯和阿基琉斯统治的地域，2 · 682。

忒拉蒙（Telamon）：埃阿斯（1）和丢克罗斯之父，2 · 528。

W



X

# Y

## Z

译文名著精选

YIWEN CLASSICS

# 荷马史诗·奥德赛

〔古希腊〕荷马 著 陈中梅 译

Homer

The Odyssey

上海译文出版社

# 目 录

# 奥德赛

# 第一卷

告诉我，缪斯，那位聪颖敏睿的凡人的经历，
在攻破神圣的特洛伊城堡后，浪迹四方。
他见过许多种族的城国，领略了他们的见识，
心忍着许多痛苦，挣扎在浩渺的大洋，
为了保住自己的性命，使伙伴们得以还乡。
但即便如此，他却救不下那些朋伴，虽然尽了力量：
他们死于自己的愚莽，他们的肆狂，这帮
蠢货，居然吞食赫利俄斯·呼裴里昂的牧牛，
被日神夺走了还家的时光。开始吧，
女神，宙斯的女儿，请你随便从哪里开讲。

那时，所有其他壮勇，那些躲过了灭顶之灾的人们，
都已逃离战场和海浪，尽数还乡，只有
此君一人，怀着思妻的念头，回家的愿望，
被卡鲁普索拘留在深旷的岩洞，雍雅的女仙，
女神中的佼杰，意欲把他招做夫郎。
随着季节的移逝，转来了让他
还乡伊萨卡的岁月，神明编织的
时光，但即便如此，他却仍将遭受磨难，
哪怕回到亲朋身旁。神们全都怜悯他的处境，
惟有波塞冬例外，仍然盛怒不息，
对神一样的奥德修斯，直到他返回自己的家邦。

但现在，波塞冬已去造访远方的埃塞俄比亚族民——
埃塞俄比亚人，居家最僻远的凡生，分作两部，
一部栖居日落之地，另一部在呼裴里昂升起的地方——
接受公牛和公羊的牲祭，
坐着享受盛宴的愉畅。与此同时，其他
众神全都汇聚俄林波斯宙斯的厅堂。
神和人的父亲首先对他们发话，
心中想着雍贵的埃吉索斯，
死在俄瑞斯忒斯手下，阿伽门农声名远扬的儿郎。
心中想着此人，宙斯开口发话，对不死的神明说道：
“可耻啊——我说！凡人责怪我等众神，
说我们给了他们苦难，而事实却并非这样：他们
以自己的粗莽，逾越既定的规限，替自己招致悲伤，一如
不久前埃吉索斯的作为，越出既定的规限，姘居阿特柔斯
之子婚娶的妻房，将他杀死，在他返家之时，
尽管埃吉索斯知晓此事会招来突暴的祸殃——我们曾明
告于他，派出赫耳墨斯，眼睛雪亮的阿耳吉丰忒斯，
叫他别杀此人，也不要强占他的妻房：
俄瑞斯忒斯会报仇雪恨，为阿特柔斯之子，
一经长大成人，思盼回返故乡。
赫耳墨斯曾如此告说，但尽管心怀善意，
却不能使埃吉索斯回头；现在，此人已付出昂贵的代价。”

听罢这番话，灰眼睛女神雅典娜答道：
“克罗诺斯之子，我们的父亲，最高贵的王者，
埃吉索斯确实祸咎自取，活该被杀，
任何重蹈覆辙的凡人，都该遭受此般下场。
然而，我的心灵正为聪颖的奥德修斯煎痛，
可怜的人，至今远离亲朋，承受悲愁的折磨，

陷身水浪拥围的海岛，大洋的脐眼，
一位女神的家园，一个林木葱郁的地方。
她是歹毒的阿特拉斯的女儿，其父知晓
洋流的每一处深底，撑顶着粗浑的
长柱，隔连着天空和大地。
正是他的女儿滞留了那个愁容满面的不幸之人，
总用甜柔、赞褒的言词迷蒙他的
心肠，使之忘却伊萨卡，但奥德修斯
一心企望眺见家乡的炊烟，
盼愿死亡。然而你，俄林波斯神主，
你却不曾把他放在心上。难道奥德修斯
不曾愉悦你的心房，在阿耳吉维人的船边，
宽阔的特洛伊平野？为何如此无情，对他狠酷这般？”

　　听罢这番话，汇聚乌云的宙斯说讲，答道：
“这是什么话，我的孩子，崩出了你的齿隙？
我怎会忘怀神一样的奥德修斯？
论心智，凡生中无人可及；论敬祭，
对统掌辽阔天空的神明，他比谁都慷慨大方。
只因环拥大地的波塞冬中阻，出于对捅瞎
库克洛普斯眼睛的难以消泄的仇怨，
神样的波鲁菲摩斯力大无比，
库克洛佩斯中他最豪强。他的母亲是仙女苏莎，
福耳库斯的女儿，前者制统着苍贫的[1]大海，
此女曾在深旷的岩洞里，和波塞冬睡躺寻欢。
出于这个缘故，裂地之神波塞冬虽然不曾
把他杀倒，却梗阻了他还乡的企愿。

---

① 苍贫的：helikas，或作“奔腾不息的”解。

这样吧，让我等现在此地的众神谋划他的回归，
使他得返故乡。波塞冬要平息
怨愤；面对不死的众神，连手的营垒，
此君孤身一个，绝难有所作为。”

　　听罢这番话，灰眼睛女神雅典娜答道：
“克罗诺斯之子，我们的父亲，最高贵的王者，
倘若此事确能欢悦幸福的神祇，
让精多谋略的奥德修斯回归，那么，
让我们派出赫耳墨斯，导者，斩杀阿耳戈斯的神明，
前往海岛俄古吉亚，以便尽快传送
此番不受挫阻的谕言，对长发秀美的女仙，
让心志刚强的奥德修斯起程，返回故乡。
我这就动身伊萨卡，以便催励
他的儿子，鼓起他的信心，
召聚长发的阿开亚人集会，对
所有的追求者发话，后者正没日没夜地
屠宰步履蹒跚的弯角壮牛，杀倒拱挤的肥羊。
我将送他前往斯巴达和多沙的普洛斯，
询问心爱的父亲回归的信息，抑或能听到些什么，
由此争获良好的名声，在凡人中间传扬。”

　　言罢，女神系上精美的条鞋，在自己的脚面，
黄金做就，永不败坏，穿着它，女神跨涉
沧海和无垠的陆基，像疾风一样轻快。
然后，她操起一杆粗重的铜矛，顶着锋快的铜尖，
粗长、硕大、沉重，用以荡扫战斗的
勇士群伍，强力大神的女儿怒目以对的军阵，
从俄林波斯峰巅直冲而下，

落脚伊萨卡大地，奥德修斯的门前，
庭院的槛条边，手握铜矛，变取
一位外邦人的形貌，门忒斯，塔菲亚人的头儿。
她看到那帮高傲的求婚人，此刻正
坐在门前，被他们剥宰的牛皮上，
就着棋盘，欢悦他们的心房。
信使及勤勉的伴从们忙碌在他们近旁，
有的正在兑缸里调和酒和清水，
有的则用多孔的海绵擦拭桌面，
搁置就绪，另一些人切下成堆的肉食，大份排放。

　　神样的忒勒马科斯最先见到雅典娜，远在别人之前，
王子坐在求婚者之中，心里悲苦难言，
幻想着高贵的父亲，回归家园，
杀散求婚的人们，使其奔窜在宫居里面，
夺回属于他的权势，拥占自己的家产。
他幻想着这些，坐在求婚人里面，眼见雅典娜到来，
疾步走向庭前，心中烦愤不平——
竟让生客长时间地站等门外。他站在女神身边，
握住她的右手，接过铜矛，
吐送长了翅膀的话语，开口说道：
“欢迎你，陌生人！你将作为客人，接受我们的礼待；
吃吧，吃过以后，你可告知我们，说出你的需愿。”

　　言罢，他引路先行，帕拉丝·雅典娜紧随在后面。
当走入高大的房居，忒勒马科斯
放妥手握的枪矛，倚置在高耸的壁柱下，
油亮的木架里，站挺着众多的
投枪，心志刚强的奥德修斯的器械。

忒勒马科斯引她入座，铺着亚麻的椅垫，
一张皇丽、精工制作的靠椅，前面放着一个脚凳。
接着，他替自己拉过一把拼色的座椅，离着众人，
那帮求婚者们——生怕来客被喧嚣之声惊扰，
面对肆无忌惮的人们，失去进食的胃口——
以便询问失离的亲人，打探父亲的下落。
一名女仆提来绚美的金罐，
倒出清水，就着银盆，供他们
盥洗双手，搬过一张溜光的餐桌，放在他们身旁。
一位端庄的女管家送来面包，供他们食用，
摆出许多佳肴，足量的食物，慷慨陈放。
与此同时，一位切割者端起堆着各种肉馔的大盘，
放在他们面前，摆上金质的饮具，
一位信使往返穿梭，注酒入杯。

　　其时，高傲的求婚人全都走进屋内，
在靠椅和凳椅上依次就座，
信使们倒出清水，淋洗各位的双手，
女仆们送来面包，满满地装在篮子里，
年轻人倒出醇酒，注满兑缸，供他们饮用。
食客们伸出手来，抓起眼前的佳肴。
当满足了吃喝的欲望，
求婚者们兴趣旁移，转移
到歌舞上来——歌舞，盛宴的佳伴。
信使将一把做工精美的竖琴放入菲弥俄斯
手中，后者无奈求婚人的逼迫，开口唱诵。
他拨动琴弦，吟诵动听的诗段。

　　其时，忒勒马科斯开口说话，贴近灰眼睛

雅典娜的头边，谨防别人听见：
“对我的话语，亲爱的陌生人，你可会怨恨愤烦？
这帮人痴迷于眼前的享乐，竖琴和歌曲，
随手拈取，无需偿付，吞食别人的财产，
物主已是一堆白骨，在阴雨中霉烂，
不是弃置在陆架，便是在汹涌的海浪里滚翻。
倘若他们见他回来，回返伊萨卡地面，那么，
他们的全部祈祷将是企望能有更迅捷的快腿，
而不是成为拥有更多黄金和衣服的富贵。
可惜，他已死了，死于凄惨的命运；对于我们，
世上已不存在慰藉，哪怕有人告诉我们，
说他将会回返故里。他的返家之日已被碎荡破毁。
来吧，告诉我你的情况，要准确地回答。
你是谁，你的父亲是谁？来自哪个城市，双亲在哪里？
乘坐何样的海船到来？水手们如何
把你送到此地，而他们又自称来自何方？
我想你不可能徒步行走，来到这个国邦。
此外，还请告诉我，真实地告诉我，让我了解这一点。
你是首次来访，还是本来就是家父的朋友，
来自异国他乡？许多宾朋曾经来过
我家，而家父亦经常外出，结交造访。”

　　听罢这番话，灰眼睛女神雅典娜答道：
“好吧，我会准确无误地回话，把一切告答。
我乃门忒斯，聪颖的安基阿洛斯的
儿子。我统治着塔菲亚人，欢爱船桨的族邦。
现在，正如你已看见，我来到此地，带着船和伴友，
踏破酒蓝色的洋面，前往忒墨塞，人操异乡方言的
邦域，载着闪亮的灰铁，换取青铜。

我的船停驻乡间，远离城区，
在雷斯荣港湾，林木繁茂的内昂山边。
令尊和我乃世交的朋友，可以
追溯到久远的年代——如果愿意，你可去问问
莱耳忒斯，年迈的英雄。人们说，此人现已不来
城市，栖居在他的庄园，生活孤独凄惨，
仅由一名老妇伺候，给他一些
饮食，每当疲乏折揉他的身骨，
匍匐劳作在坡地上的葡萄园。现在，
我来到此地，只因听说他，你的父亲，
已回返乡园。看来是我错了，神明滞阻了他的回归。
卓著的奥德修斯并不曾倒死陆野，
而是活在某个地方，禁滞在苍淼的大海，
一座水浪扑击的海岛，受制于野蛮人的束管，
一帮粗莽的汉子，阻止他回返，违背他的意愿。
现在，容我告你一番预言，神们把它输入
我的心田；我想这会成为现实，
虽然我不是先知，亦不能准确释辨飞鸟的踪迹。
他将不会长久远离亲爱的故土，
哪怕阻止他的禁链像铁一般实坚；
他会设法回程，此人多谋善断。
来吧，告诉我你的情况，要准确地回答。
你可是奥德修斯之子，长得如此高大？
你的头脸和英武的眼睛，在我看来，和他的
出奇的相像——我们曾经常见面，
在他出征特洛伊之前，偕同其他军友，
阿开亚人中最好的汉子，乘坐深旷的海船。
从那以后，我便再也不曾见他，他也不曾和我见面。”

听罢这番话，善能思考的忒勒马科斯答道：
“好吧，陌生人，我会准确无误地回话，把一切告答。
是的，母亲说我是他的儿子，但我自己
却说不上来；谁也不能确切知晓他的亲爹。
哦，但愿我是个幸运者的儿男，
他能扛着年迈的皱纹，看守自己的房产！
但我却是此人的儿子，既然你有话问我——
父亲命运险厄，凡人中谁也不及他多难！”

听罢这番话，灰眼睛女神雅典娜答道：
“神明属意于你的家族，让它千古
流芳——瞧瞧裴奈罗珮的后代，像你这样的儿男。
来吧，告诉我此番情况，回答要真实确切。
此乃何样宴席，何种聚会？此宴与你何干？
是庆典，还是婚娶？我敢断定，这不是自带饮食的聚餐。
瞧他们那骄横的模样，胡嚼蛮咬，
作孽在整座厅殿！目睹此番羞人的情景，置身
他们之中，正经之人能不怒满胸膛！”

听罢这番话，善能思考的忒勒马科斯答道：
“既然你问及这些，我的客人，那就容我答来。
从前，这所家居很可能繁荣兴旺，
不受别人讥辱，在某个男人生活在此的时节。
但现在，神们居心险恶，决意引发别的结局，
把他弄得无影无踪，此般处理，凡人中有谁
受过，除他以外?！我将不会如此悲痛，为了他的死难，
倘若他阵亡在自己的伙伴群中，在特洛伊人的土地，
或牺牲在朋友的怀里，经历过那场战杀；
这样，阿开亚全军，所有的兵壮，将给他堆垒坟茔，

使他替自己，也为儿子，争得传世的英名，巨大的荣光。
但现在，凶横的风暴已把他席卷，死得不光不彩，
没踪没影，无声无息，使我承受痛苦
和悲哀。然而，我的悲痛眼下已不仅仅是为了
他的死难，神们还使我遭受别的愁煎。
外岛上所有的豪强，有权有势的户头，
来自杜利基昂、萨墨和林木繁茂的扎昆索斯，
连同所有本地的望族，山石嶙峋的伊萨卡的王贵，
全都在追求我的母亲，败毁我的家院。
母亲既不拒绝可恨的婚姻，也无力
结束这场纷乱；这帮人挥霍我的家产，
吞糜我的所有，用不了多久还会把我撕裂！”

　　听罢这番话，帕拉丝·雅典娜怒不可遏，答及：
“哦，可耻！眼下，你可真是需要失离的奥德修斯，
要得火急——他会痛打这帮求婚者，无耻的东西。
但愿他现时出现，站在房居的
外门边，头戴战盔，手握枪矛一对，
一如我首次见他的模样，在
我们家里，喝着美酒，享受盛宴的香甜。
他从厄夫瑞过来，别了伊洛斯，墨耳墨罗斯的儿男，
乘坐快船——奥德修斯前往该地，
寻求杀人的毒物，以便
涂抹箭的铜镞，但伊洛斯丁点
不给，出于对长生不老的神明的惧畏，
幸好家父酷爱令尊，使他得以如愿。
但愿奥德修斯，如此人杰，出现在求婚人面前：
他们全都将找见死的暴捷，婚姻的悲伤！
然而，这一切都躺等在神的膝头：

他能否，是的，可否回乡报仇，在
自己的家院。现在，我要你开动脑筋，
想个办法，把求婚者们赶出厅殿。
听着，认真听取我的嘱告，按我说的做。
明天，你应召聚阿开亚壮士集会，
当众宣告你的主张，让神明作证。
要求婚者们就此散伙，各回家门，
至于你母亲，倘若心灵驱她再嫁，
那就让她回见有权有势的父亲，回返他的宫中，
他们会替她张罗，准备丰厚的
财礼，嫁出一位爱女应有的陪送。
现在，我将给你明智的劝告，希望你好生听着。
整备一条最好的海船，带配二十支划桨，
出海探问音讯，你那长期失离的父亲，
兴许能碰上某人，告诉你宙斯遣送的
谣传——对我等生民，她比谁都善传讯息。
先去普洛斯，询问卓著的奈斯托耳，
而后前往斯巴达，面见棕发的墨奈劳斯，
身披铜甲的阿开亚人中，他最后回归。
这样，倘若听说父亲仍然活着，正在返家途中，
你仍需等盼一年，尽管已历经艰辛。
但是，如果听说他已死了，不再存活，
那么，你可启程返航，归返亲爱的故乡，
堆筑坟茔，举办隆重的牲祭，浩大的
场面，合适的规模，然后嫁出母亲，给另一位丈夫。
当办完这些，处理得妥妥帖帖，
你应认真思考，在你的心里魂里，
想出一个办法，除杀家居里的求婚人，
用谋诈，或通过公开的拼战。不要再

抱住儿时的一切，你已不是小孩。
难道你不曾听说了不起的俄瑞斯忒斯，
人世间煊赫的英名，杀除弑父的凶手，
奸诈的埃吉索斯，曾把他光荣的父亲谋害？
你也一样，亲爱的朋友，我看你身材高大，器宇轩昂，
勇敢些，留下英名，让后人称赞。
现在，我要返回快船，回见
我的伙伴，他们一定在翘首盼望，
焦躁纷繁。记住这一切，按我说的办。”

　　听罢这番话，善能思考的忒勒马科斯答道：
“我的客人，你的话充满善意，
就像父亲对儿子的教诲，我将牢记在心。
来吧，不妨稍作逗留，虽然你急于启程，
以便洗澡沐浴，放松肌体，
舒怡身心，然后回登海船，带着礼物，
绚丽的精品，贵重的好东西，你可常留身边，
作为我的馈赠，上好的佳宝，主客间的送礼。”

　　听罢这番话，灰眼睛女神雅典娜答道：
“不要留我，因我登程心切。此份
礼物——无论你亲爱的心灵选中什么，打算给我，
请你代为保存，面赠于我，在我下次造访之后，带回家中；
你会选定一份佳品，而我将回送一份同样珍贵的礼物。”

　　言罢，灰眼睛女神雅典娜旋即离去，
像一只鹰鸟，直刺长空，在忒勒马科斯心里
注入了力量和勇气，使他比往日更深切地
怀念父亲，猜度着此事的含义，

心中满是惊异，认为来者是一位神明。
他当即举步，神一样的凡人，坐入求婚的人群。

　　著名的歌手正对他们唱诵，后者静坐
聆听。歌手唱诵阿开亚人饱含痛苦的回归，
从特洛伊地面，帕拉丝·雅典娜的报惩①。

　　耳闻神奇的唱声，从楼上的房间，
谨慎的裴奈罗珮，伊卡里俄斯的女儿，
走下高高的楼梯，建造在她的宫中，
并非独自踽行，有两位侍女伴随。
当她，女人中的佼杰，来到求婚人近旁，
站在房柱下，柱端支撑着坚实的屋顶，
拢着闪亮的头巾，遮掩着脸面，
两边各站一名忠实的仆伴，
她开口说话，对神圣的歌手，泪流满面：
“菲弥俄斯，你知晓许多其他故事，
勾人心魂的唱段，神和人的经历，诗人的传诵，
何不坐在他们旁边，选用其中的一段，让他们静下，
啜饮杯中的浆酒——不要唱诵这个段子，它那
悲苦的内容总是刺痛我的心魂；
难忘的悲愁折磨着我，比对谁都烈，
怀念一位心爱的人儿，每当想起我的
夫婿，他名声遐迩，传闻在赫拉斯和整个阿耳戈斯境域。”

　　听罢这番话，善能思考的忒勒马科斯答道：
“母亲，为何抱怨这位出色的歌手？他受

---

① 雅典娜的报惩：参考 4 · 502—504，5 · 107—111 等处。

心灵的驱使，欢悦我们的情怀。该受责备的
不是歌手，而是宙斯，后者随心所欲，
治弄吃食面包的我们，每一个凡人。
此事无可指摘，唱诵达奈人悲苦的归程。
人们，毫无疑问，总是更喜爱最新
流诵的段子，说唱在听者之中。
认真听唱，用你的心魂；
奥德修斯不是特洛伊城下惟一失归的
壮勇，许多人倒死在那里，并非仅他一人。
回去吧，操持你自个的活计，
你的织机和线杆，还要催督家中的女仆，
要她们好生干活。至于辩议，那是男人的事情，
所有的男子，首先是我；在这个家里，我是镇管的权威。”

　　裴奈罗珮走回房室，惊诧不已，
把儿子明智的言告收藏心底，
返回楼上的房间，由侍女们偕同，
哭念奥德修斯，亲爱的丈夫，直到
灰眼睛雅典娜送出睡眠，香熟的睡意把眼睑合上。

　　然而，求婚者们大声喧闹，在幽暗的厅堂，
争相祷叫，全都想获这份殊荣，睡躺在她的身旁。
善能思考的忒勒马科斯见状发话，喊道：
“追求我母亲的人们，极端贪蛮的求婚者们，
现在，让我们静心享受吃喝的愉悦，不要
喧嚣，能够聆听一位像他这样出色的歌手唱诵，
是一种值得庆幸的佳妙；他有着神一般的歌喉。
明天，我们将前往集会地点，
展开辩论——届时，我将直言相告，

要你们离开我的房居，到别处吃喝，
轮番食用你们自己的东西，一家接着一家啖耗。
但是，倘若你等以为如此作为于你们更为有利，
更有进益，吃耗别人的财产，不予偿付，
那就继续折腾下去，我将对永生的神祇呼祷，
但求宙斯允降某种形式的报应，让
你们死在这座房居，白送性命，不得回报！”

听他说罢，求婚者们个个狠咬嘴唇，惊异于
忒勒马科斯的言语，竟敢如此大胆地对他们训话。

人群中，安提努斯，欧培塞斯之子，首先答道：
“忒勒马科斯，毫无疑问，一定是神明亲自出马，激励
你采取勇莽的立场，如此大胆地对我们发话。
但愿克罗诺斯之子永不立你为王，统治海水环抱的
伊萨卡，虽然这是你的权益，祖辈的遗赏。”

听罢这番话，善能思考的忒勒马科斯答道：
“尽管你恼恨我的言词，安提努斯，
我仍将希愿接继王业，倘若宙斯允诺。
你以为这是凡人所能承受的最坏的事情吗？
治国为王并非坏事；王者的家资会
急速增长，王者本人享有别人不可企及的荣光。
是的，在海水环抱的伊萨卡，阿开亚王者林立，
有年老的，亦有年轻的，其中任何一个都可
雄占统治的地位，既然卓著的奥德修斯已经身亡。
尽管如此，我仍将统掌我的家居，发号施令，
对奥德修斯为我争得的仆帮。”

　　听罢这番话，欧鲁马科斯，波鲁波斯之子，答道：
“此类事情，忒勒马科斯，全都候躺在神的膝头，
海水环抱的伊萨卡将由谁个王统，应由神明定夺。
不过，我希望你能守住你的财产，统管自己的宫房。
但愿此人绝不会来临，用暴力夺走你的家产，
违背你的愿望，只要伊萨卡还是个人居人住的地方。
现在，人中的俊杰，我要问你那个生人的情况：
他打哪里过来，自称来自
何方？亲人在哪，还有祖辈的田庄？
他可曾带来令尊归家的消息，
抑或，此行只是为了自己，操办某件事由？
他匆匆离去，走得无影无踪，不曾稍事逗留，
使我们无缘结识。从外表判断，他不像是出身低劣的小人。”

　　听罢这番话，善能思考的忒勒马科斯答道：
“我父亲的回归，欧鲁马科斯，已成绝望。
我已不再相信讯息，不管来自何方，
也不会听理先知的卜言——母亲
会让他们进来，询索问告。
那位生人是家父的朋友，打塔福斯过来，
自称门忒斯，聪颖的安基阿洛斯
之子，塔菲亚人的首领，欢爱船桨的族邦。”

　　忒勒马科斯一番说告，但心知那是位不死的女神。
那帮人转向舞蹈的欢乐，陶醉于动听的歌声，
尽情享受，等待夜色的降落。
他们沉湎在欢悦之中，迎来乌黑的夜晚，
随之回返床边，各回自己的家府。
忒勒马科斯走回睡房，傍着漂亮的

庭院，一处高耸的建筑，由此可以察见四周。
他走向自己的睡床，心事重重，
忠实的欧鲁克蕾娅和他同行，打着透亮的
火把，裴塞诺耳之子俄普斯的女儿，
被莱耳忒斯买下，用自己的所有，
连同她豆蔻的年华，用二十头牛；
在家中，莱耳忒斯待她如同对待忠贞的妻子，
但却从未和她同床，以恐招来妻侣的怨愤。其时，
她和忒勒马科斯同行，打着透亮的火把。欧鲁克蕾娅
爱他胜于其他女仆——在他幼小之时，老妇是他的保姆。
他打开门扇，制合坚固的睡房，
坐在床边，脱去松软的衫衣，
放入精明的老妪手中，
后者叠起衫衣，拂理平整，
挂上衣钉，在绳线穿绑的床架旁。
然后，她走出房间，关上房门，手握
银环，攥紧绳带，合上门闩。
忒勒马科斯潜心思考，想着雅典娜
指明的旅程，裹着松软的羊皮，整整一个晚上。

## 第二卷

　　当早起的黎明，垂着玫瑰红的手指，重现天际，
奥德修斯钟爱的儿子起身离床，
穿上衣服，背上锋快的劈剑，斜挎肩头，
系好舒适的条鞋，在闪亮的脚面，
走出房门，俨然天神一般。
他命令嗓音清亮的使者
召呼长发的阿开亚人集会，
信使们高声呼喊，民众闻风而动。
当众人聚合完毕，集中在一个地点，
他走向会场，手握一杆铜枪，
并非独自一人，由两条腿脚轻快的狗伴随。
雅典娜给他抹上迷人的风采，
人们全都注目观望，随着他前行的脚步。
他在父亲的位子就座，长老们退步让他走过。

　　壮士埃古普提俄斯首先发话，一位
躬背的长者，见过的事情多得难以数说。
他亲爱的儿子，枪手安提福斯，已随
神一样的奥德修斯前往伊利昂，骏马的故乡，
乘坐深旷的海船，已被野蛮的库克洛普斯生吃，
在幽深的岩洞，被食的最后一份佳肴。
他还有另外三个儿子，其中欧鲁诺摩斯

介入了求婚者的群伍，另两个看守田庄，父亲的所有。
然而，他仍然难忘那个失落的儿郎，满怀悲戚和哀愁。
带着哭子的悲情，他面对众人，开口说道：
“听我说，伊萨卡人，听听我的言告。
自从卓著的奥德修斯走后，乘坐深旷的海船，
我们便再也没有集会或聚首碰头。现在，
召聚我们集会的却是何人？是哪个年轻后生，
或是我们长者中的谁个，为了什么理由？
难道他已听悉军队回归的消息，
先于别人，现在打算详告我们？
抑或，他想禀告某件公事，提请争论？
看来，此人有福，是个吉利的兆头。愿
宙斯体察他的希冀，实现他的每一个愿求！”

　　他如此一番说道，奥德修斯的爱子听后高兴，
静坐不住，心想张嘴发话，
站挺在人群之中。裴塞诺耳，一位
聪颖善辩的使者，将王杖放入他手中。
他张嘴说话，以回答老人的询问开头：
“老先生，此人距此不远，你老马上即会知晓谁人。
是我，是的，召聚了这次集会——我比谁都更感悲愁。
并非我已听悉军队回返的消息，
先于别人，现在打算把详情道说；
亦非想要禀告某件公事，提请争议，
实是出于我自个的苦衷——双重的灾难已降临我的
家园。我已失去亲爹，一个高贵的好人，
曾经王统你等，像一位父亲。
现在，又有一场更大的灾祸，足以即刻
碎灭我的生活，破毁我的家屋。

我的母亲，违背她的意愿，已被求婚者们包围，
来自此间最显赫的豪门大户，受宠的公子王孙。
他们不敢前往伊卡里俄斯的房居，她的
父亲，以便让他整备财礼，嫁出女儿，
给他喜欢的婿男，看中的人选，
而是日复一日，骚挤在我们家居，
宰杀我们的牛、绵羊和肥美的山羊，
摆开丰奢的宴席，狂饮闪亮的醇酒，骄虐
无度。他们吞糜我的财产，而家中却没有
一位像奥德修斯那样的男子，把这帮祸害扫出门外。
我们不是征战沙场的骁将，难以胜任此事，
强试身手，只会显出自己的羸弱。
假如我有那份力气，我将保卫自己的安全。
放荡的作为已超出可以容让的程度；这帮人肆虐，不顾礼面，
已经破毁我的家屋。你们应烦愤于自己的行径，
在乡里乡亲面前，在身边的父老兄弟面前
感到脸红！不要惹发神的愤怒，震怒于
你等的恶行，使你们为此受苦。
我恳求各位，以俄林波斯大神宙斯的名义，以
召聚和遣散集会的塞弥丝的名义，
就此了结吧，我的朋友们，让我独自一人，被钻心的
悲苦折磨，除非奥德修斯，我那高贵的父亲，
过去常因出于愤怒，伤害过胫甲坚固的阿开亚人，
而你们因此怀恨在心，有意报复，怂恿
这些人们害我。事实上，倘若你们耗去我的财产，
吞吃我的牧牛，事情会更加有利于我。
倘若你等吃了它们，将来就得回补——
我们将遍走城镇，四处宣告，
要求赔偿，直到索回每一分被耗的所有。

现在，你们正垒起难以忍受的痛苦，堆压在我的心头。”

就这样，他含怒申诉，掷杖落地，
泪水喷涌；怜悯占据了每一个人的心胸。
其时，众人默不作声，谁也没有那份胆量，
回驳忒勒马科斯的话语，用尖厉的言词，
只有安提努斯一人答话，说道：
“好一番雄辞漫辩，忒勒马科斯，你在睁着眼睛瞎说！
你在试图侮辱我们，使我们遭受舆论的谴责！
然而，你却没有理由责难阿开亚乡胞，求婚的人们。
错在你的母亲，多谋诡诈的心胸。
她一直在钝锉阿开亚人的心绪，现在
已是第三个年头，马上即会进入第四个轮转的春秋。
她使所有的人怀抱希望，对每个人许下言诺，
送出信息，而心里想的却是另外一套。
她还想出另一种诡计，在她心间，于
宫中安起一架偌大的织机，编制
一件硕大、精美的织物，对我们说道：
‘年轻人，我的追随者们，既然卓著的奥德修斯已经死去，
你们，尽管急于娶我，不妨再等上一等，让我完成
这件织物，使我的劳作不致半途而废。
我为英雄莱耳忒斯制作披裹，备待使人
蹬腿撒手的死亡将他逮获的时候，
以免邻里的阿开亚女子讥责于我，说是让一位
积攒丰广家产的人士，死后竟连一片裹尸的织布都没有。’
她如此一番叙告，说动了我们高豪的心魂。
从那以后，她白天忙活在偌大的织机前，
夜晚则点起火把，将织物拆散，待织从头。
就这样，一连三年，她瞒着我们，使阿开亚人

信以为真，直到第四个年头，随着季节的逝移，
她家中的一个女子，心知骗局的底细，把真情道出。
我们当场揭穿她的把戏，在她松拆闪亮织物的当口。
于是，她只好收工披裹，被迫违背自己的愿望。
现在，求婚者们已回复你的言告，以便
使你明了此事，连同所有的阿开亚乡胞。
送走你的母亲吧，要她婚嫁，
由她父亲相中，亦能使她欢心的男人。
但是，倘若她继续折磨阿开亚人的儿子，
内心矜持于雅典娜馈送的礼物，
聪颖的心计，精美绝伦的手工，此般
微妙的变术，我等从来不曾听过，就连古时的
名女，发辫秀美的阿开亚女子，就连图罗、
阿尔克墨奈和慕凯奈，顶戴精致的环冠，也不是她的
对手，她们中谁能竞比她的心智，把裴奈罗珮
赶超？然而，就在这件事上，她却思考欠妥。
只要她不放弃这个念头——我想，是天上的神明
将此念注入她心中——求婚者们就不会停止挥霍你的
家产，食糜你的所有。她为自己争得噪响的
声名，却给你的家业带来巨大的失损。
我们将不会回返自己的庄园，也不去其他任何地方，
直到她嫁给我们中的一员，受她喜爱的男人。”

　　听罢这番话，善能思考的忒勒马科斯答道：
“安提努斯，我不能逼迫生我养我的母亲，
把她赶出房居，违背她的心意。我的父亲，无论
死活，还在世间的某个地方。倘若我决意行动，遣回
母亲，我将难以拿出大批财物，付到伊卡里俄斯的家中。
我将受害于她的父亲，受到神灵的

谴责——母亲会呼求复仇女神的惩罚，
在她出走家门的时候，伴随着民众的
怨愤。所以，此番话语不会出自我的唇口。
至于你们，倘若我的答复触怒了你们的感受，
那就请离开我的宫居，到别处吃喝，
轮番食用你们的东西，一家接着一家啖耗。
但是，倘若你等以为如此作为于你们更为有利，
更有进益，吃耗别人的财产，不予偿付，
那就继续折腾下去，我将对永生的神祇呼祷，
但求宙斯允降某种形式的报应，让
你们死在这座房居，白送性命，不得回报！”

　　忒勒马科斯言罢，沉雷远播的宙斯
遣出两只鹰鸟，从山巅上下来，
乘着疾风，结伴冲滑了一阵，
舒展宽大的翅膀，比翼天中。但是，
当飞到会场上空，充彻着芜杂的响声，
它俩剧烈地抖动翅膀，不停地旋转，
朝着会场的人头俯冲，双眼闪出可怕的
凶光，亮出鹰爪，互相撕绞面颊和颈部，
然后急速飞向右边，越过城市和房屋。
眼见此番情景，众人瞠目结舌，
心想着预兆的含义，会有何事降落？
哈利塞耳塞斯，马斯托耳之子，一位年迈的武士，
开口说话——同辈中，他远比别人
更能卜释，辨示鸟踪。其时，
怀着对众人的善意，他开口喊道：
“听我说，伊萨卡人，听听我的话告：
我要特别警告求婚的人们，一场

巨大的灾难正在临头。奥德修斯肯定
不会长期远离家室；事实上，现在他已
置身距此不远的地方，谋划着给这帮人送来
毁灭和死亡。我们中的许多人也将面临悲难，
生活在阳光灿烂的伊萨卡。所以，让我们
趁早设法，使他们辍停止事，或使他们
自己作罢，此举会产生逢凶化吉的功效。
我不是卜兆的生手，经验使我知晓其中的门道。
关于奥德修斯，难道一切不像我预言的那样，
当着阿耳吉维人，随同足智多谋的
奥德修斯，登船上路，前往特洛伊的时候？
我说过，在历经磨难，痛失所有的伙伴后，
在第二十个年头，他将回返家园，避开
众人的耳目。现在，这一切正在变为现实。”

　　听罢这番话，欧鲁马科斯，波鲁波斯之子，答道：
“回去吧，老先生，把预言留给你的孩子，
免得他们灾祸临头。关于此事，
我能道出更好的释语，远比你的强胜。
天空中鸟儿众多，穿飞在金色的阳光
里，并非所有的飞鸟都会带来兆头。奥德修斯
已经作古，远离此地；你也真该死去，
随他一道！这样，你就不会瞎编这些预言，
也不会激挑怒气冲冲的忒勒马科斯，
期待着给自家争得一份礼物，倘若他真会出赏赠送。
现在，我要对你直言相告，此事将成为现实。
假如你，以你的世故和阅历，挑唆某个青年，
花言巧语，使他暴发雷霆，
那么，首先，你将承受更大的悲哀，

不会因为眼前的情势而有所作为，不会有点滴的收获。
其次，对于你，老先生，我们将惩你一笔财富，
让你揪心痛骨，带着悲愁支付。
这里，我要劝诫忒勒马科斯，当着众人，
让他催促母亲返回父居，
他们会替她张罗，准备丰厚的
财礼，嫁出一位爱女应有的陪送。
我敢说，阿开亚人的儿子们不会停止
粗放的追求，因为我们谁也不怕，
更不用说忒勒马科斯，哪怕他口若悬河。
我们亦不在乎你老先生告知些什么预言，
不会发生的事情，只会加深我们对你的憎恨。
他的家产将被毫不留情地食耗，永远
无需偿还，只要裴奈罗珮一味拖延阿开亚人的
婚娶，只要我们等待此地，日复一日，
为了争夺这位出众的佳人，不曾寻求
其他女子，各娶所需，合适的妻从。”

　　听罢这番话，善能思考的忒勒马科斯答道：
“欧鲁马科斯，其他所有傲慢的求婚人，
关于这些事情，我不打算继续恳求，也不想再作谈论，
因为神们已经知晓，连同所有的阿开亚人。
这样吧，给我一条快船，二十名伙伴，
载我往返水路之中。我将
前往斯巴达和多沙的普洛斯，
询索我那长期失离的父亲，
兴许能碰得某个凡人口述，或听闻宙斯遣送的
谣传——对我等生民，她比谁都善传讯说。
这样，倘若听说父亲仍然活着，正在返家途中，

我会继续等盼一年，尽管已历经折波；
但是，倘若听说他已死了，不再存活，
那么，我将启程，归返心爱的故乡，
堆筑坟茔，举办隆重的牲祭，浩大的
场面，合适的规模，然后嫁出母亲，给另一位丈夫。”

言罢，他屈腿下坐；人群里站起了
门托耳，曾是雍贵的奥德修斯的伴从，
而奥德修斯，于登船之际，曾把整座宫居
托付老人，让他好生看管，并要大家服从。
怀着良好的意愿，他开口说道：
“听我说，伊萨卡人，听听我的说告。
让手握权杖的王者从此与温善和
慈爱绝缘，不要再为主持公正劳费心力；
让他永远暴虐无度，凶霸专横，
既然神一样的奥德修斯，他所统治的属民中
谁也不再怀念这位王者，像一位慈善的父亲。
现在，我不想怒骂这帮高傲的求婚者，
他们心怀不轨，肆意横行，
甘愿自取灭亡，冒死吞咽
奥德修斯的家业，自以为他不会回返。
不，我要责怪的是其他人的所做，你们全都一言不发，
在此无声静坐，不敢用批驳的话语斥阻求婚的
人们，虽然他们只是少数，而你们的人数如此众多!”

听罢这番话，琉克里托斯，欧厄诺耳之子，驳斥道：
“厥词乱放的门托耳，胡思乱想的昏老头！你在
瞎说些什么——要他们把我们打倒?!就是人再多些，
想在宴会上同我们交手，也只能落个吃力不讨好的结果。
即便伊萨卡的奥德修斯本人回来，

发现傲慢的求婚者们宴食在他的家居，
心急火燎，意欲把他们打出房宫，
他的妻子，尽管望眼欲穿，亦不会因他的回归
高兴：他将遭受悲惨的命运，在
寡不敌众的情势下被我们宰掉。你的话可谓瞎说。
这样吧，全体散会，各回居所，让
门托耳和哈利塞耳塞斯催办此人的航事，
他俩从前便是其父的伴友。不过，
我想他会长久地静坐此地，呆在伊萨卡，
听等音讯；他不会，绝不会开始这次航程。”

言罢，他匆匆解散集会，
人们四散而去，各回家门，而
追求者们则走回神样的奥德修斯家中。

忒勒马科斯避离众人，沿着海滩行走，
用灰蓝的海水洗净双手，对雅典娜开口祈祷：
“听我说，你，一位神明，昨天莅临我家，
催我坐船出海，破开灰蒙蒙的水路，
探寻家父回归的消息，他已久离
家门。现在，这一切都被此地的阿开亚人耽搁，
尤其是骄狂的求婚人，这帮不要脸的家伙！”

他如此一番祈告，雅典娜从离他不远的地方走来，
变取门托耳的形象，摹仿他的声音，
开口说道，用长了翅膀的话语：
“忒勒马科斯，你将不会成为一个笨蛋，一个胆小鬼，
倘若你的身上确已蒸腾着乃父的豪莽——
他雄辩滔滔，行动果敢，人中的杰卓。
你将不会白忙，你的远航将不会无益徒劳。

倘若你不是他和裴奈罗珮的种子，
我就不会寄愿你实现心中的企望。
儿子们一般难和父亲匹比，
多数不如父辈，只有少数可以超过。
但是，你却不是笨蛋，也不是胆小之徒，
你继承了奥德修斯的机警，是的，
可望完成此项使命，获得成功。所以，
让那些疯狂的求婚者们去实践他们的目的
和计划吧，他们既缺头脑，也不知如何明智地行动，
不知死亡和幽黑的命运已等在
近旁，有朝一日必会死去，死个精光。
你所急切盼望的航程马上就将开始，
由我做你的伙伴，曾是你父亲的随从。
我将替你整备一条快船，并将亲自和你同走。
但现在，你必须返回家居，汇入求婚的人群，
准备远行的给养，把一切装点就绪，
将醇酒注入坛罐，将大麦，凡人的命脉，
装进厚实的皮袋，我将奔走城里，召聚
自愿随行的人们。海水环抱的伊萨卡
不缺船只，新的旧的成群结队，
我会仔细查看，找出最好的一艘，
马上整备完毕，启程宽阔的水路。”

　　雅典娜，宙斯的女儿言罢，忒勒马科斯
不敢耽搁，听过女神的话语，
当即拔腿回家，心情忧悒沉重。
他走回宫居，见着高傲的求婚人，
正在庭院里撕剥山羊，烧退肉猪的畜毛。
其时，安提努斯，咧着嘴，冲着忒勒马科斯走来，

抓住他的手，叫着他的名字，说道：
“雄辞漫辩的忒勒马科斯，何必怒气冲冲？不要再
盘思邪恶，无论是话语，还是行动；
来吧，和我们一起吃喝，像往常一样。
阿开亚人会把一切整治妥当，备置
海船，挑选伴从，使你尽快抵达
神圣的普洛斯，打听你爹的消息，高贵的人儿现在何方。”

　　听罢这番话，善能思考的忒勒马科斯答道：
“安提努斯，我绝不会和你等一起吃喝，默不
做声，保持愉快的心境，面对厚颜无耻的食客。
在此之前，你们欺我年幼，耗毁了我巨大的财富，
成堆的好东西——这一切难道还不算够?!
现在，我已长大成人，已从别人那里听晓
事情的经过；我的心灵已注满勇力，
决意给你们招致凶险的灾祸，
不管是前往普洛斯，还是留在这个地方。
我将登船出海，我所提及的航程将不会一无所获，
作为一名乘客，因我手头没有海船，亦没有受我调配
的伙伴——这一切，我想，正是你们的愿望。”

　　言罢，他脱离安提努斯的抓握，轻捷地
抽出手来；求婚者们正在宫内准备食物，
交谈中讥刺忒勒马科斯，出言侮辱，
某个傲慢的年轻人如此说道：
“毫无疑问，忒勒马科斯正刻意谋划，要把我们除掉，
招来一伙帮手，从多沙的普洛斯，
甚至从斯巴达，对此他已不能再等，急如星火。
也许，他将有意前往厄夫瑞，丰肥的
谷地，带回某种有毒的药草，

撒入兑酒的缸碗，把我们全都放倒。”

其时，另一个傲慢的年轻人这般说道：
“天知道，当步入深旷的海船，他是否也会
像奥德修斯那样，死于非命，远离亲朋？
假如此事当真，他将大大增加我们的工作：
我们将劳神清分他的财产，把家居留给
他母亲看守，偕同娶她的新人。”

他们如此说道，而忒勒马科斯走下父亲宽敞的藏室，
顶着高耸的房面，满装着成堆的黄金青铜，
叠着众多的衣箱，芬芳的橄榄油，
还有一缸缸陈年好酒，口味香甜，
成排站立，装着神圣、不掺水的浆酒，
靠着墙根，等待着奥德修斯，
倘若他还能回来，冲破重重险阻。
两片硬实的板面，两扇紧密吻合的室门，
关锁一切，由一位妇人照管看守，
日以继夜，以她的小心和谨慎，
欧鲁克蕾娅，裴塞诺耳之子俄普斯的女儿。
其时，忒勒马科斯把她叫入房内，说道：
“亲爱的保姆，替我装一些香甜的美酒，装入带把的
坛罐，最好的佳品，仅次于你
专门储存的那种——为宙斯养育的奥德修斯，
苦命的汉子，以为他还能回返家乡，逃过死和命运的
追捕——装满十二个坛罐，用盖子封口。
另给我倒些大麦，装入密针缝制的皮袋，
手磨的精品，要二十个衡度。此事不要
对任何人说告。把这一切整治就绪，放在一堆，
我将在晚间取物，等母亲

登临楼上的房间，打算将息的时候。
我将前往斯巴达和多沙的普洛斯，
探询我尊爱的父亲回归的消息，碰巧能会有所收获。”

他言罢，亲爱的保姆欧鲁克蕾娅放声大哭，
号啕中吐出长了翅膀的话语，对他说道：
“这是怎么回事，我心爱的孩子，让这个念头
钻进了你的心窝？为何打算四处奔走，
你，惟一受宠的独苗？卓越的奥德修斯
已死在异国他乡，远离故土；这帮
家伙会聚谋暗算，在你回返的途中。
你会死于他们的欺诈，而他们将分掉你的所有。
不要去，留在这里，看护你的家业。无需担冒
风险，四处荡游，吃受苦难，逐走苍贫的洋流。”

听罢这番话，善能思考的忒勒马科斯答道：
“不要怕，保姆。此项计划原本出自神的意志。
你要发誓不将此事告诉我钟爱的母亲，
直至第十一或第十二个天日的来临，
或直到她想起我来，或听说我已出走；
这样，她就不会出声哭泣，用眼泪涩毁白净的面皮。”

他言罢，老妇对神许下庄重的誓诺。
当发过誓咒，立下一番旦旦信誓后，
她随即动手，舀出醇酒，注入带把的坛罐，
倒出大麦，装入密针缝制的皮袋，
而忒勒马科斯则走回厅堂，汇入求婚人之中。

其时，灰眼睛女神雅典娜谋算着另一件要做的事情。
她遍走全城，以忒勒马科斯的形象，

站在每一个遇会的凡人身边，要他们
晚上全都集聚在迅捷的海船旁。然后，
她对诺厄蒙发问，弗罗尼俄斯光荣的儿子，
要一条快船，后者当即答应，满口允诺。

其时，太阳西沉，所有的通道全都漆黑一片。
她把快船拖入大海，把起帆的索具
全都放上制作坚固的海船，
停泊在港湾的边沿；豪侠的伙伴们
拥聚滩头，女神催督着每一个人。

其时，灰眼睛女神雅典娜谋算着另一件要做的事情。
她离开船边，来到神一样的奥德修斯的家居，
用香熟的睡眠蒙住求婚的人们，
中止他们的饮喝，打落他们手中的
酒杯——这帮人起身回家，乱步城区，前往睡躺的去处，
再也稳坐不住，荷着朦胧的睡意，紧压在眼皮上头。
其后，灰眼睛雅典娜叫出忒勒马科斯，
从建造精固的房居，变取门托耳的形象，
摹仿他的声音，开口说道：
“忒勒马科斯，你的伙伴，胫甲坚固的船员们
已坐在木桨之前，只等你发号施令。
快去吧，不要再迟搁我们的航程。”

言罢，帕拉丝·雅典娜引路疾行，
忒勒马科斯紧跟其后，踩着女神的脚印。
他们来到海边，停船的滩头，
见着长发的伙伴，已在滩边等候。
其时，忒勒马科斯，灵杰豪健的王子，开口喊道：
“跟我走，我的朋友们，把粮酒搬上船艘，

现已堆放在宫居里头。但我母亲对此一无所知，
女仆们亦然，例外只有一人。”

　　言罢，他引路前行，众人跟随其后。
他们把东西搬运出来，堆入制作坚固的
海船，按照奥德修斯爱子的指令；
忒勒马科斯登上海船，但雅典娜率先
踏临船板，下坐船尾之上；忒勒马科斯
坐在她近旁。随员们解开尾缆，
登上船面，在桨架前下坐。
灰眼睛女神雅典娜送来阵阵疾风，
强劲的泽夫罗斯，呼啸着扫过酒蓝色的海波。
忒勒马科斯高声催喊，命令伙伴们
抓紧起帆的绳索，后者闻讯而动，
竖起杉木的桅杆，插入
深空的杆座，用前支索牢牢定固，
手握牛皮编制的绳条，升起雪白的帆篷。
海船迅猛向前，兜鼓着劲吹的长风，船首劈开
一条暗蓝色的水路，浪花飞溅，唱着轰响的歌；
航船破浪前进，朝着目的地疾奔。
他们系牢缆索，在乌黑的快船上，
拿出兑缸，倒出溢满的醇酒，
泼洒祭祀，对长生不老、永恒不灭的仙神，
首先是对眼睛灰蓝的雅典娜，对宙斯的女儿敬奉。
海船破开水浪，彻夜奔行，迎来了黎明的时分。

# 第三卷

其时，赫利俄斯从绚丽的海面上探出头脸，
升上铜色的天空，送来金色的光芒，给不死的神祇
和世间的凡人，普照在盛产谷物的农野。
他们来到奈琉斯的普洛斯，墙垣坚固的城堡，
只见人们正汇聚海滩，用玄色的
公牛尊祭黑发的裂地神仙①。
人们分作九队，各聚五百民众，
每队拿出九头公牛，作为祭品奉献。当
他们咀嚼着内脏，焚烧牛的腿件，敬祀神明，
忒勒马科斯一行放船进入海湾，取下风帆，在匀称
的海船，卷拢收藏，泊船滩沿，提腿登岸。
忒勒马科斯步出海船，但雅典娜着岸在他之前，
眼睛灰蓝的女神，首先发话，对他开言：
“现在，忒勒马科斯，你可不需要逊谦。
我等跨渡沧海，不正是为了打听
乃父的消息：身骨埋在何处，如何遭受死难？
鼓起勇气，昂首走向奈斯托耳，驯马的能手，
我们知道，他的心中珍藏着包含睿智的言谈。
你要亲口恳求，求他把真话直言，
老人心智敏慧，不会用假话谎骗。”

听罢这番话，善能思考的忒勒马科斯答道：

“我将如何走上前去，门托耳，怎样开挑话端？
对微妙的答辩，我没有可用的经验。
年轻人脸嫩，对长者发问，难免感到窘急。”

听罢这番话，灰眼睛女神雅典娜答道：
“你的心灵，忒勒马科斯，会为你提供言词，
而神的助佑会弥补你的缺憾；你的出生
和成长，我相信，都体现了神的关怀。”

言罢，帕拉丝·雅典娜引路疾行，
忒勒马科斯跟随其后，踩着神的脚印。
他们来到普洛斯人聚会的场所，
奈斯托耳和他的儿子们息坐的地点，伴从们
在王者身边忙活，整备宴席，穿叉和炙烤肉块。
眼见生客来临，他们全都迈步向前，
挥手欢迎，招呼入座。
裴西斯特拉托斯，奈斯托耳之子，首先走近他们身边，
握住他俩的手，让他们在宴席边下坐，
就着松软的羊毛，铺展在海边的沙滩，
旁邻着他的父亲和斯拉苏墨得斯，他的兄弟。
他给两人端来内脏，倒出醇酒，
注入金杯，开口说话，对着
帕拉丝·雅典娜，带埃吉斯②的宙斯的女儿：
“现在，我的客人，请你对王者波塞冬祈祷，
你等眼见的宴会正是为了庆祭他的荣烈。

① 黑发的裂地神仙：即波塞冬。
② 埃吉斯：aigis 是一种神用的兵器，其功用相当于凡人的盾牌；亦可用于进攻。

当你洒过奠酒，做完祷告，按我们的礼仪，
即可递出香甜的杯酒，给这位后生，
让他亦可祭洒，我想他也会乐于对神
祈愿。凡人都需神的助佑，没有例外。
此人比你年轻，是我的同龄，
所以我让你先祭，给你这个金杯。”

　　言罢，他把一杯香甜的浆酒放入雅典娜手中，
后者满心欢喜，对年轻人的周详，
把金杯首先交给她拿接。
她当即开口诵祷，用恳切的言词：“听听
我的祈诵，环绕大地的波塞冬，不要吝惜你的赐予，
实现我们的希求，我们的告愿。
首先，请把光荣赐给奈斯托耳和他的儿子，
然后，再给出慷慨的回报，给所有的
普洛斯人，回报他们隆重的祭献。
答应让忒勒马科斯和我返回故里，完成此项
使命，为了它，我们乘坐乌黑的海船，来到这边。”

　　女神如此祈祷，而她自己已既定了对祷言的实践。
她把精美的双把酒杯递给忒勒马科斯，
奥德修斯的爱子开口祈诵，重复了祷告的内容。
当炙烤完毕，他们取下叉上的熟肉，
分发妥当，进食美味的肴餐。
当众人满足了吃喝的欲望，
奈斯托耳，格瑞尼亚的车战者，首先开口说道：
“现在，我们似可询问眼前的生客，问问他们
当为何人，趁着各位已饱尝饮食的欢悦，合宜的时候。
你们是谁，陌生的来人？从哪里启航，踏破大海的水面？

是为了生意出航，还是任意远游，
像海盗那样，浪迹深海，冒着
身家性命，给异邦人带去祸灾？”

听罢这番话，善能思考的忒勒马科斯答话，
鼓足勇气，雅典娜的赐予，注入他的
心田，使他得以询问失离的亲人，父亲的下落，
以便争获良好的名声，在凡人中间：
“奈斯托耳，奈琉斯之子，阿开亚人巨大的荣光！
你问我们从何而来，我将就此回言。
我们从伊萨卡出发，内昂山脚边，
此行只为私事，与公事无关，我将对你道来。
我正索寻父亲的消息，四处传播的谣言，但愿能碰巧听闻，
有关神勇的奥德修斯的下落，心志刚强的壮汉，人说
曾和你并肩战斗，攻陷特洛伊人的城垣。
我们都已听说，所有征战特洛伊的军男，
如何以各自的方式，临受悲惨的死难，
但克罗诺斯之子却使此人的亡故不为凡生知晓，
谁也无法清楚地告说他死在哪边，
是被人杀死在陆基，被仇对的部族，
还是亡命在大海，安菲特里忒的浪尖？
为此，我登门恳求你的帮助，或许你愿
告我他的惨死，无论是出于亲历，被你
亲眼目睹，还是听闻于其他浪者的
言谈。祖母生下他来，经受悲痛的磨煎。
不要回避惨烈，出于对我的怜悯，或是怕我难过；
如实地言告一切，你亲眼目睹的情况。
我恳求你，倘若高贵的奥德修斯，我的父亲，
曾为你说过什么话，做过什么事，并使之实现，

在特洛伊人的土地，你等阿开亚人吃苦受难的地界。
追想这些往事，对我把真情说来。”

听罢这番话，格瑞尼亚的车战者奈斯托耳答道：
“你的话，亲爱的朋友，使我回想起惨痛的往事，在那片
土地上所受的磨难，我们阿开亚人的儿子，勇敢战斗的兵汉。
我们曾感受航路的艰难，坐船奔波在混沌的
洋面，掠劫阿基琉斯带往的地域；
我们曾经受战争的痛苦，围绕着王者普里阿摩斯的
城垣。我们中最好的战勇都已倒下，
那里躺着埃阿斯，战场上的骁将，躺着阿基琉斯，
躺着帕特罗克洛斯，神一样的辩才，
还有我的爱子，强健、豪勇的
安提洛科斯，快腿如飞，英勇善战。
我们承受的苦难何止于此——谁有这个能耐，
凡人中的一员，能够尽说其中的滴滴点点。
哪怕你坐在这里，呆上五年六年，
要我讲述所有的苦难，了不起的阿开亚人遭受的祸灾：
你会听得疲乏厌烦，动身返回你的家园。
一连九年，我们为特洛伊人编织灾难，试过
各种韬略，直到最后，克罗诺斯之子才把战事
勉勉强强地了结。全军中，谁也不敢奢想和
卓著的奥德修斯智比谋算，无论是哪种韬略，后者
远非他们所能企及——这便是你的父亲，倘若你
真是他的儿男。是的，看着你的形貌，使我感到惊异：
你的言谈就像他的一样；谁也无法想象，
一位年轻人的谈吐会和他的如此相似。
在我俩相处的日子里，卓著的奥德修斯
与我从未有过龃龉，无论是在辩议，还是

在集会的场合，我俩从来心心相印，出谋
划策，定讨方略，如何使阿开亚人获取更大的进益。
然而，当我们攻陷普里阿摩斯陡峭的城堡，
驾船离去，被神明驱散了船队后，
宙斯想出一个计划，在他心中，使痛苦伴随阿耳吉维人的
回归，只因战勇中有人办事欠谨，不顾既定的仪规。
所以，许多人在归返中惨遭不幸，因为神的
招致灾难的愤怒，一位灰眼睛女神，有个强有力的父亲。
她以此招开始，引起纠纷，在阿特柔斯的两个儿子中间。
二位首领不顾时宜，在太阳落沉之际，以匆率、
突莽的形式，召集阿开亚全军聚会，
阿开亚人的儿子们聚临会场，挟着酒力带来的迷乱。
他俩张嘴讲话，为此召聚起全军的兵汉。
其时，墨奈劳斯催令所有的阿开亚人
琢磨回家的主意，踏破浩淼的大海，
但阿伽门农却不以为然，打算
留住队伍，举办神圣隆重的牲祭，
舒缓雅典娜可怕的怒怨——这个笨蛋，
心中全然不知女神不会听闻他的祈愿；
长生不老者的意志岂会瞬息改变？
就这样，兄弟俩站着争吵，唇枪舌剑，
而胫甲坚固的阿开亚兵勇跳将起来，喧嚣呼喊，
声响可怕，附会去留的都有，会场上乱成一片。
那天晚上，我们双方寝睡不安，心中思忖着
整治对方的计划；宙斯正谋算着让我们尝受痛苦和灾难。
黎明时分，一些兵勇将木船拖入神圣的大海，
装上我们的所有，连同束腰紧深的妇女。
但一半军友留驻原地，跟随
阿伽门农，阿特柔斯之子，兵士的牧者，

我们这另一半军伍登上船板，启程开航；海船
疾驰向前，一位神明替我们抹平水道，掩起海里的洞穴。
我们来到忒奈多斯，尊祭众神，
急切地盼望回归，但狠心的宙斯却还不想
使我们如愿，谋策了另一场争端。其后，一些人，
那些跟随奥德修斯的兵勇，一位足智多谋的王者，
掉过弯翘的海船，启程回行，
给阿伽门农，阿特柔斯之子带去欢悦。
然而，我，带领云聚的船队，继续
逃返，心知神明已在谋划致送我们的愁灾。
图丢斯嗜战的儿子亦驱船回跑，催励着他的伙伴；
其后，棕发的墨奈劳斯赶上我们的船队，和我们
聚会，在莱斯波斯，其时，我们正思考面临的远航，
是离着基俄斯的外延，陡峻的岩壁，
途经普苏里俄斯，使其标置于我们左侧，还是
穿走基俄斯的内沿，途经多风的弥马斯。我们敦请
神灵惠赠兆示，后者送出谕令，
要我们穿越大洋，直抵
欧波亚，以最快的速度，逃过临头的祸难。
一阵呼啸的疾风随之扑来，海船受到风力推送，
迅猛向前，破开鱼群汇聚的洋面，于晚间
抵达格莱斯托斯。我们祭出许多牛的
腿件，给波塞冬，庆幸跨过浩淼的大海。
到了第四天，图丢斯之子、驯马的狄俄墨得斯的
伙伴们，在阿耳戈斯的滩头锚驻了
匀称的海船。我引船续行，朝着普洛斯疾驶，
风势一刻不减，自从神明把它送上海面。
就这样，亲爱的孩子，我回到家乡，不曾得知讯息，
不知那部分阿开亚人中，谁个逃生，谁人死灭。

但是，只要是听过的消息，坐在我的宫里，
我都将对你说告——此乃合宜之举，我不会藏掩不谈。
人们说，心胸豪壮的阿基琉斯的后代，光荣的儿子，
已率领凶狂的慕耳弥冬枪手安抵乡园，而
菲洛克忒忒斯，波伊阿斯英武的儿子，航程顺利，
伊多墨纽斯亦已带着生离战场的伙伴
返回克里特地面，海浪不曾吞噬他们，尽数生还。
你等亦已听说阿特柔斯之子的遭遇，虽然居家遥远，
关于他如何返家，如何被埃吉索斯可悲地杀害。
但埃吉索斯为之付出了代价，死得凄凄惨惨。
所以此事很值得赞赏：长辈死后，留下一个
儿男，雪报弑父的冤仇，像俄瑞斯忒斯那样，除杀
奸诈的埃吉索斯，后者曾把他光荣的父亲谋害。
你也一样，亲爱的朋友，我看你身材高大，器宇轩昂——
勇敢些，留下英名，让后人称赞。”

听罢这番话，善能思考的忒勒马科斯答道：
“奈斯托耳，奈琉斯之子，阿开亚人巨大的光荣！
俄瑞斯忒斯的报仇干得妙极！阿开亚人将
广传他的英名，给后人留下诗曲一篇。
但愿神明会给我力量，像他那样强壮，
惩报求婚者们的恶行，他们的酷蛮。
这帮人肆意横行，放胆地谋划使我遭难。
然而，神明却没有给我编织此等福佑，
对我父亲亦然。现在，情状至此，我只有忍耐。”

听罢这番话，格瑞尼亚的车战者奈斯托耳答道：
“亲爱的朋友，你的话使我想起曾经听过的传闻，
有人确曾对我说过，大群的求婚人缠住你母亲，

麇聚宫居，违背你的意愿，图谋使你遭难。
告诉我，你是否已主动放弃争斗，还是因为
受到民众的憎恨，整片地域的人们，受神力的驱赶？
谁知道他是否会回来，在将来的某一天，惩报
这帮人的凶狂，孑然一身，或带领所有的阿开亚兵汉？
但愿灰眼睛雅典娜会由衷地把你疼爱，
像过去对待光荣的奥德修斯那样，在
特洛伊地面，我们阿开亚人经受了苦战的熬煎。
我从未见过有哪位神明如此公开地爱助，
像帕拉丝·雅典娜那样，站在他身边，不加掩饰地帮赞。
假如她愿意像爱他一样爱你，把你放在心间，
那么，求婚者中的某些人一定会把婚姻之事忘却。”

　　听罢这番话，善能思考的忒勒马科斯答道：
“老先生，我以为你的话不会实现。
你设想得太妙，使我感到迷惘。我所企望的
事情绝不会发生，即便神明心存此般意愿。”

　　听罢这番话，灰眼睛女神雅典娜答道：
“这是什么话，忒勒马科斯，崩出了你的齿隙？
一位神明，只要愿意，便能轻松拯救一个凡人，哪怕从遥远
的地界。就我自己而言，我宁愿历经磨难，
回返家居，眼见还乡的时光，然后踏进
家门，被人杀死在自己的炉坛边，像阿伽门农那样，
死于埃吉索斯的奸诈，会同他的妻伴。
凡人中谁也难逃死亡，就连
神也难能把它阻拦，替他们钟爱的凡人，
当碎毁人生的命运把他砸倒，使他平躺。”

　　听罢这番话，善能思考的忒勒马科斯答道：
“尽管放心，门托耳，让我们不要再谈论这些。
他的返家已是虚梦一场，不死的
神祇已定下他的命运，乌黑的死亡。
现在，我打算了解另一件事情，问问
奈斯托耳，因为他的判识和智慧无人
能及——人们说，他已牧统了三代民众，
在我看来，长得像神明一样。
哦，奈斯托耳，奈琉斯之子，道出真情。
阿特柔斯之子，统治辽阔疆域的阿伽门农如何遭遇死难？
墨奈劳斯其时置身何方？奸诈的埃吉索斯
设下何样毒计，杀死一位远比他出色的英壮？
是否因为墨奈劳斯浪迹远方，不在阿耳戈斯
和阿开亚，使埃吉索斯有机可乘，斗胆把穷祸闹闯？”

　　听罢这番话，格瑞尼亚的车战者奈斯托耳答道：
“错不了，我的孩子，我会把真情原原本本地道来。
你，是的，你可以想像此事将会怎样，
倘若阿特柔斯之子，棕发的墨奈劳斯从特洛伊
回返，发现埃吉索斯仍然活着，在他的宫房。
此人死后，你会这般设想，人们不会为他堆筑坟茔；
他将暴尸城外的荒野，成为狗和
兀鹫吞食的对象。阿开亚妇女将不会
为他哀哭；他的行为歹毒，可怕至极。
当我们汇聚战场，进行卓绝的拼斗，
他却置身牧草丰肥的阿耳戈斯的腹端，
花言巧语，勾引阿伽门农的妻房。
先前，美貌的克鲁泰奈丝特拉不愿
以此丢人现眼，她的生性尚算通颖。

此外，还因身边有一位歌手，阿伽门农的眼睛，
当着启程特洛伊之际，严令他监视自己的
妻侣。然而，当神控的厄运将她蒙罩，屈服
折损了意志的阻挡，埃吉索斯把歌手丢弃
荒岛，使之成为兀鸟的食物，吞啄的佳肴，
带着心甘情愿的克鲁泰奈丝特拉，回返他的家院。
他在神圣的祭坛、敬神的器物上焚烧了许多腿件，
挂起琳琅满目的供品，黄金和手编的织物，为了
此番轰烈的作为，实现了心中从来不敢企望实践的奢愿。

“其时，我们结伴从特洛伊驱船，带着互爱的友情，
阿特柔斯之子墨奈劳斯和我一起回返。
然而，当我们来到神圣的苏里昂，雅典的岬角，
福伊波斯·阿波罗放出温柔的飞箭，
射杀墨奈劳斯的舵手，紧握
舵把、驾驭快船的军友，
弗荣提斯，俄奈托耳之子，凡人中最好的把式，
操导海船，迎着狂疾的风暴向前。
所以，尽管归心似箭，墨奈劳斯停驻海船，
用合乎身份的礼仪，厚葬死去的伙伴。
然而，当他再次航行酒蓝色的洋面，乘坐
深旷的海船，快速及达陡峻的马勒亚
峰壁，其时，沉雷远播的宙斯决意
使他回程遭难，泼泻疾利的风飙，
掀起滔天的浪卷，像峰起的大山。
他在那一带截开船队，带领其中的一部分赶往克里特，
库多尼亚人的居地，沿着亚耳达诺斯的水域。
那里有一面平滑的石岩，一峰出水的峣壁，
位于戈耳吐斯的一端，混沌的洋面，

南风推起汹涌的长浪，扑向岩角的左边，
直奔法伊斯托斯，一块渺小的岩石，挡住巨浪的冲击。
他们登岸该地，几乎丧命这场
祸灾；激浪已摧毁他们的海船，碎撞在
石岩的壁面。然而，海风和水浪推送剩下的
五条头首乌黑的海船，把它们带到埃及的口岸。
其后，墨奈劳斯收聚黄金财物，船行
在那些邦界，人操异方话语的地域；
与此同时，埃吉索斯呆守家里，定设歹毒的谋略。
一连七年，他统治着藏金丰足的慕凯奈，在
杀了阿特柔斯之子后，属民们臣服于他的王威。
然而，第八个年头给他带来了灾难，神勇的俄瑞斯忒斯
离开雅典，返回家门，杀了弑父的凶手，
奸诈的埃吉索斯曾把他光荣的父亲谋害。
除杀仇人后，他举办了一次丧宴，招待阿耳吉维乡胞，
为了可恨的母亲和懦弱的埃吉索斯的死难。
同一天，啸吼战场的墨奈劳斯驱船进港，
带回成堆的财物，满装在他的海船。
所以，亲爱的朋友，不要久离家门，远洋海外，
抛下你的财物，满屋子放荡不羁的
人们；小心他们分尽你的家产，吃光
你的所有，使你空跑一场，这次离家的航程。
不过，我要劝你，是的，敦促你晤访
墨奈劳斯，因他新近刚从外邦回来——从那
遥远的地面，倘若置身其间，谁也不会幸存还乡的意愿——
受害于一场风暴的驱赶，漂离了航线，
迷落在浩淼的大海，连飞鸟也休想
一年中（两次）穿越——如此浩瀚的水势，可怕的洋面。
去吧，赶快动身，带着你的海船和伙伴。

倘若想走陆路，我可提供现成的车马，
还有我的儿子，为你效力，伴随你的行程，
前往闪亮的拉凯代蒙，棕发的墨奈劳斯的家园。
你要亲口恳求，求他把真话直言。
其人心智敏睿，不会用谎话搪塞。”

　　他如此说告，伴随着太阳西沉，夜色降落。
其时，灰眼睛女神雅典娜开口说道：
“老先生，你的话条理分明，说得一点不错。
来吧，割下祭畜的舌头，匀调美酒，
以便倾杯祭神，对波塞冬和列位
神仙，进而思想睡眠的香甜——现在已是入寝的时间。
明光已钻进黑暗，而此举亦非合宜，
久坐在敬神的宴席前。走吧，让我们就此离开。”

　　宙斯的女儿言罢，众人听从了她的议言。
信使们倒出清水，淋洗他们的双手，
年轻人将醇酒注满兑缸，让他们饮喝，先在众人的
饮具里略倒祭神，然后添满各位的酒杯。
他们把舌头丢进火堆，站起洒出奠酒，
敬过神明，众人喝够了酒浆，
雅典娜和神一样的忒勒马科斯提腿
离去，一起走向深旷的海船，
但奈斯托耳留住他们，开口说道：
“愿宙斯和列位神祇助佑，不让你们
走离我的家居，回返自己的快船，
仿佛走离一个一贫如洗的穷汉，缺衣少穿，
没有成垛的篷盖毛毯，堆放在家里，
为自己，也使来访的客人，睡得舒适香甜。

然而，我却有大堆毛毯和精美的篷盖，
壮士奥德修斯的爱子决不会
寝宿舱板，只要我还活着，
只要我的儿子，继我之后，还在宫里
待客，无论是谁，来到我们的家院。”

听罢这番话，灰眼睛女神雅典娜答道：
“说得好，尊敬的老先生。看来，忒勒马科斯
确应听从你的规劝——此举妙极，应该如此做来。
现在，他将随你同去，息睡在你的
宫居，而我将回头乌黑的海船，
激励我的伙伴，告知他们已经商定的一切。
要知道，我是他们中惟一的长者，其余的
都是心胸豪壮的忒勒马科斯的同龄人，
年轻的小伙，出于对忒勒马科斯的尊爱，一起前来。
我将睡躺在那里，傍着乌黑的海船，
明天拂晓前往心胸豪壮的考科奈斯人的住地，
取回欠我的财债，一笔拖耽多时的旧账，
数量可观。至于你，既然这位后生登门府上，
你要让他乘车出发，由你儿子陪同，牵出你的
良驹，要那劲儿最大的骏马，腿脚最快。”

言罢，灰眼睛雅典娜旋即离去，变作
一只胡兀鹫，在场的人们见状无不惊诧，包括
奈斯托耳老人，目睹眼前的奇景，握住
忒勒马科斯的手，张嘴呼唤，说道：
“亲爱的朋友，我想你不会成为一个低劣、贪生的废物，
倘若，当着如此青壮的年龄，便有神明的陪助和指点。
去者是俄林波斯家族中的一员。

正是宙斯的女儿，最尊贵的特里托格内娅，
总是赐誉你那高贵的父亲，在阿耳吉维人的军旅。
现在，我的女王，求你广施恩典，给我们崇高的名誉，
给我，我的儿子和我那雍雅的妻伴。
我将奉献一头一岁的小牛，额面开阔，
从未挨过责笞，从未上过轭架，
我将用金片包裹牛角，敬献在你的祭坛前！”

他如此一番祈祷，帕拉丝·雅典娜听到了他的声音。
其时，奈斯托耳，格瑞尼亚的车战者回到
堂皇的宫居，引着他的儿子和女婿。
他们行至王者著名的居所，
依次就座，在座椅和高背靠椅上面。
老人调开兑缸里的佳酿，为进屋的人们，
醇香可口的美酒，家仆已打开坛盖，
松开封口，已经储存了十一年。
老人调罢水酒，就着兑缸，连声祈祷，泼洒
祭祀，给雅典娜，带埃吉斯的宙斯的女儿。

他们洒过奠酒，畅快喝饮，尽兴而归，
移开腿步，返回各自的寝室入睡。
格瑞尼亚的车战者奈斯托耳安排了一个床位，
给忒勒马科斯，神一样的奥德修斯的爱子，
就着穿绑绳线的床架，在回音缭绕的门廊下。
裴西斯特拉托斯入睡他的近旁，使唤粗长的梣木杆枪矛的
壮士，民众的首领，王子中的未婚者，宫居里的单身汉。
奈斯托耳自己寝睡里屋，高大的房宫里，
身边躺着同床的伴侣，他的妻爱。

当早起的黎明重现天际，垂着玫瑰红的手指，
格瑞尼亚的车战者奈斯托耳起身离床，
走出房居，入座光滑的石椅，
安置在高耸的门庭前，
洁白的石块，闪着晶亮的光泽。从前，
奈琉斯曾坐过这些石椅，神一样的训导，
只是命运无情，把他击倒，打入哀地斯的府居。
现在，格瑞尼亚的奈斯托耳，阿开亚人的监护，
手握王杖，端坐椅面，儿子们走出各自的睡房，
围聚在他身边，厄开夫荣和斯特拉提俄斯，
裴耳修斯、阿瑞托斯和神样的斯拉苏墨得斯，
还有裴西斯特拉托斯，英雄，第六个出来。
他们引出神一样的忒勒马科斯，请他坐在他们身边。
格瑞尼亚的车战者奈斯托耳开口发话，说道：
“赶快动手，亲爱的孩子们，帮帮我的忙，
使我能先对众神中的雅典娜求告，她曾
明晰地显示在我面前，在祭神的宴席上，丰足的牲品间。
动手吧，你们中的一员，前往平野，弄回一头小母牛，
越快越好，让一位牧牛的驱赶；另去
一人，前往乌黑的海船，心胸豪壮的忒勒马科斯的乘坐，
召来他的伙伴，仅留两位，留在船边；
再去一人，传话铜匠莱耳开斯，让他
过来，金包牛的硬角；其他人
呆留此地，作为一个群体，告诉
屋里的女仆，整备丰盛的宴席，
搬出椅子烧柴，提取闪亮的净水。”

听罢老人的训言，儿子们赶紧分头操办。祭牛
从草场赶来，心胸豪壮的忒勒马科斯的伙伴们

走离迅捷的海船，工匠亦从住地前来，
手提青铜的家什，匠人的具械，
砧块、锄锤和精工制作的火钳，
敲打金器的工具。雅典娜亦赶来参加，
接受给她的牲祭。其时，奈斯托耳，年迈的车战者，
递出黄金，交给匠人，后者熟练地包饰着
牛角，取悦神的眼睛，她的心灵。
斯特拉提俄斯和高贵的厄开夫荣带过祭牛，抓住
它的犄角，阿瑞托斯从里屋出来，一手捧着
雕花的大碗，装着清洗的净水，一手提着
编篮，装着祭撒的大麦，刚强的斯拉苏墨得斯
站在近旁，手握利斧，准备砍倒母牛，
裴耳修斯则手捧接血的缸碗。年迈的车战者
奈斯托耳洗过双手，撒出大麦，潜心祈诵，
对雅典娜作祷，扔出牛的毛发，付诸火堆。

　　当众人作过祷告，撒出大麦，
斯拉苏墨得斯，奈斯托耳心志高昂的儿子，
挨着牛身站定，对着颈脖击砍，劈断
筋腱，消散了它的力气。女人们放声哭喊，
奈斯托耳的女儿和儿媳们，连同他雍雅的妻子，
欧鲁迪凯，克鲁墨诺斯的长女。
他们抬起牛躯，搬离广袤的大地，牢牢
把住，由裴西斯特拉托斯，民众的首领，割断喉管，
放出黑红的牛血，魂灵飘脱骨骼，离它而去。
他们切开牛身，剔出腿骨，
按照合宜的程序，用油脂包裹，
双层，把小块的生肉置于其上。
老人把肉包放在劈开的木块上烧烤，洒上闪亮的

醇酒，年轻人站在他身边，手握五指尖叉。
焚烧了祭畜的腿件并品尝过内脏，
他们把所剩部分切成条块，用叉子
挑起，仔细炙烤后，脱叉备用。

与此同时，美貌的波鲁卡丝忒，奈琉斯之子
奈斯托耳的末女，替忒勒马科斯洗净身子。
她浴毕来客，替他抹上舒滑的橄榄油，
穿好衣衫，搭上绚丽的披篷，
后者步出澡盆，身材俊美得像似仙神，
行至位前就座，傍着民众的牧者奈斯托耳。

当炙烤完毕，从叉尖上撸下牛肉，
他们坐着咀嚼；贵族们热情
招待，替他们斟酒，注入金杯之中。
当大家满足了吃喝的欲望，
格瑞尼亚的车战者奈斯托耳开口发话，说称：
“动手吧，我的儿子们，替忒勒马科斯牵马，
套入轭架，让他踏上出访的途程。”

儿子们认真听过老人的训告，服从他的命令，
迅速带过驭马，飘洒长鬃，套入车前的轭架；
一名女子，家中的侍仆，将面包和酒装上车辆，
连同熟肉，宙斯哺育的王者们的食餐。
忒勒马科斯登上精工制作的马车，
裴西斯特拉托斯，奈斯托耳之子，民众的首领，
随即上车，抓起缰绳，扬鞭
催马，后者撒开蹄腿，冲向平原，
甩下普洛斯，奈斯托耳陡峭的城堡，不带半点勉强。

整整一天，快马摇撼着轭架，系围在它们的肩背。

其时，太阳落沉，所有的通道全都漆黑一片。
他们抵达菲莱，来到狄俄克勒斯的家院，
阿尔菲俄斯之子俄耳提洛科斯的儿男，
在那里过夜，受到主人的礼待。

当早起的黎明重现天际，垂着玫瑰红的手指，
他们套起驭马，登上铜光闪亮的马车，
穿过大门和回声隆响的柱廊，奈斯托耳之子
扬鞭催马，后者撒腿飞跑，不带半点勉强。
他们进入盛产麦子的平原，冲向旅程的
终点——快马跑得异常迅捷。其时，
太阳西沉，所有的通道全都漆黑一片。

# 第四卷

他们抵达群山环抱的拉凯代蒙，
驱车前往光荣的墨奈劳斯的居所，
见他正宴请大群城胞，在自己家里，
举行盛大的婚礼，为他儿子和雍雅的女儿。
他将把姑娘嫁送横扫军阵的阿基琉斯的儿子，
早已点头答应，在特洛伊地面，答应嫁出
女儿；眼下，神明正把这桩亲姻兑现。
其时，他正婚送女儿，用驭马和轮车，前往
慕耳弥冬人著名的城堡，尼俄普托勒摩斯王统的地域，
并从斯巴达迎来阿勒克托耳的女儿，婚配
亲爱的儿子，强健的墨伽彭塞斯，出自一位女仆的
肚腹——神明已不再使海伦孕育，
自她生下一个女儿，美貌的
赫耳弥娥奈，像金色的阿芙罗底忒一样迷媚。

就这样，光荣的墨奈劳斯的邻居和亲胞们
欢宴在顶面高耸的华宫，喜气
洋洋。人群中，一位通神的歌手引吭高唱，
手拨竖琴，伴导两位耍杂的高手，
踩着歌的节奏，扭身旋转。

其时，二位站在院门前，壮士忒勒马科斯

和奈斯托耳英武的儿子，连同他们的
骏马，被强健的厄忒俄纽斯看见，光荣的
墨奈劳斯勤勉的伴从，正迈步前行，眼见来者，
转身回头，穿过厅堂，带着讯息，禀告民众的牧者。
他行至王者身边站定，说告，用长了翅膀的话语：
“宙斯哺育的墨奈劳斯，门前来了生客，
两位壮汉，看来像是强有力的宙斯的后裔。
告诉我，是为他们宽卸快马，还是
打发他们另找别人，找那能够接待的户主安排。”

　　听罢这番话，棕发的墨奈劳斯心头暴烈烦愤，答道：
“厄忒俄纽斯，波厄苏斯之子，以前，你可
从来不是个笨蛋，但现在，你却满口胡言，像个小孩。
别忘了，我俩曾吞咽别人的盛情，许许多多
好东西，在抵达家门之前。愿宙斯
不再使我们遭受此般痛苦，在将来的岁月。去吧，
替生客宽出驭马，引他们前来，吃个痛快！”

　　他言罢，厄忒俄纽斯赶忙穿过厅堂，招呼
其他勤勉的伴从，随他同行帮忙。
他们将热汗津津的驭马宽出轭架，
牢系在喂马的食槽前，
放入饲料，拌之以雪白的大麦，
把马车停靠在闪亮的内墙边，
将来人引入神圣的房居。他们惊慕
眼见的一切，王者的宫居，宙斯养育的人杰，
像闪光的太阳或月亮，光荣的墨奈劳斯的房宫，
顶着高耸的屋面，射出四散的光彩。
当带着赞慕的心情，饱尝了眼福后，

他们跨入溜滑的澡盆，洗净身体。
姑娘们替他们沐浴，抹上橄榄油，
穿上衣衫，覆之以厚实的羊毛披篷。
他们行至靠椅，坐在阿特柔斯之子墨奈劳斯身边。
一名女仆提来绚美的金罐，
倒出清水，就着银盆，供他们
盥洗双手，搬过一张溜光的餐桌，放在他们身旁。
一位端庄的女管家送来面包，供他们食用，
摆出许多佳肴，足量的食物，慷慨陈放。
与此同时，一位切割者端起堆着各种肉馔的大盘，
放在他们面前，摆上金质的酒杯。
棕发的墨奈劳斯开口招呼，对他们说道：
“吃吧，别客气；餐后，等你们吃过
东西，我们将开口询问：来者
是谁。从你俩身上，可以看出你们父母的血统，
王家的后代，宙斯哺育的王者、手握权杖者的
传人；卑劣之徒不会有这样的后代，像你们这样的儿男。”

　　言罢，他端起给他的份子，优选的
烤肉，肥美的牛脊，放在他们面前。
食客们伸出手来，抓起眼前的肴餐。
当他们满足了吃喝的欲望，
忒勒马科斯对奈斯托耳之子说话，
贴近他的头脸，谨防别人听见：
“奈斯托耳之子，使我欢心的好汉，瞧瞧眼前的一切，
光芒四射在回音缭绕的厅殿，到处是闪光的青铜，
还有烁烁发光的黄金和琥珀，象牙和白银。
宙斯的宫廷，在那俄林波斯山上，里面肯定也像这般辉煌，
无数的好东西，瑰珍佳宝的荟萃。今番所见，使我诧奇！”

　　棕发的墨奈劳斯旁听到他的言谈，
开口对二位发话，吐出长了翅膀的言语：
“凡人中，亲爱的孩子，谁也不能和宙斯竞比；
他的厅居永不毁坏，他的财产亘古长存。
然而，能和我竞比财富的凡人，或许屈指可数，或许
根本没有。要知道，我历经磨难，流浪漂泊，方才
船运回这些财物，在漫漫岁月后的第八个长年。
我曾浪迹塞浦路斯、腓尼基和埃及人的地面，
我曾漂抵埃塞俄比亚人、厄仑波伊人和西冬尼亚人的国度，
我曾驻足利比亚——在那里，羊羔生来长角①，
母羊一年繁殖三胎，权贵
之家，牧羊的下人亦然，不缺
乳酪畜肉，不缺香甜的鲜奶，
母羊提供喂吮的乳汁，长年不断。
但是，当我游历这些地方，聚积起
众多的财富，另一个人却杀了我的兄弟，
偷偷摸摸，突然袭击，凭我嫂嫂的奸诈，该死的女人！
因此，虽然王统这些所有，却不能愉悦我的心怀。
你们一定已从各自的父亲那里——无论是谁——听闻
有关的一切。我历经磨难，莽毁了一个家族，
曾是那样强盛，拥有许多奇贵的珍财。
我宁愿住在家里，失去三分之二的
所有，倘若那些人仍然活着，那些死去的壮汉，
远离牧草丰肥的阿耳戈斯，在宽阔的特洛伊地面。
现在，我仍然经常悲思哭念
那些朋伴，坐在我的宫居，沉湎于
悲痛的追忆，直到平慰了内心的苦楚，停止悲哀；

① 羊羔生来长角：或“公羊很快长角”。

寒冻心胸的哭悼，若要使人腻饱，只需短暂的时间。
然而，对这些人的思念，尽管心里难受，全都赶不上
我对另一位壮勇的痛哀：只要想起他，寝食
使我厌烦——阿开亚人中谁也比不上奥德修斯
心忍的悲难，吃受的苦头；对于他，结局将是
苦难，而对我，我将承受无休止的
愁哀：他已久别我们，而我们则全然
不知他的生存和死难。年迈的莱耳忒斯
和温贤的裴奈罗珮一定在为他伤心，连同忒勒马科斯
一起——父亲出征之际，他还是个出生不久的婴孩。”

　　一番话勾起忒勒马科斯哭念父亲的情愫，
泪水夺眶而出，落在地上，耳闻父亲的名字，
双手撩起紫色的披篷，遮挡在
眼睛前面。其时，墨奈劳斯认出了他的身份，
心魂里斟酌着两个意念，
是让对方自己开口，说出他的父亲，
还是由他先提，仔仔细细地盘问？

　　当他思考着这些事情，在他的心里魂里，
海伦走出芬芳、顶面高耸的睡房，
像操使金线杆的阿耳忒弥丝一般。
阿德瑞丝忒随她出来，将做工精美的靠椅放在她身边，
阿尔基培拿着条松软的织毯，羊毛纺就，
芙罗提着她的银篮，阿尔康德瑞的
馈赠，波鲁波斯之妻，居家埃及的
塞拜——难以穷计的财富堆垛在那里的房间。
波鲁波斯给了墨奈劳斯两个白银的浴缸，
一对三脚鼎锅，十塔兰同黄金，而

他的妻子亦拿出自己的所有，珍贵的礼物，馈送海伦，
一枝金质的线杆，一只白银的筐篮，
底下安着滑轮，镶着黄金，绕着篮圈。
现在，侍女芙罗将它搬了出来，放在海伦身边，
满装精纺的毛线，线杆缠着
紫蓝色的羊毛，横躺篮面。
海伦在靠椅上入座，踩着脚凳，
当即开口发话，详询她的夫男：
“他们，宙斯钟爱的墨奈劳斯，是否已
告说自己的名字，这些来到我们家居的生人？
不知是我看错了，还是确有其事，我的心灵催我说话，
因我从未见过，是的，我想从未见过如此酷似的长相，
无论是男人，还是女子；眼见此人的形貌，使我惊异。
此人必是忒勒马科斯，心胸豪莽的奥德修斯
之子——在他离家之际，留下这个孩子，
新生的婴儿，为了不顾廉耻的我，阿开亚人
进兵特洛伊城下，心想闯入凶莽的战火。”

听罢这番话，棕发的墨奈劳斯答道：
“我亦已看出这一点，我的夫人，经你一番比较。
奥德修斯的双脚就像此人的一样，还有他的双手、
眼神、头型和上面的发绺。
刚才，我正追忆奥德修斯的往事，
谈说——是的，为了我——他所遭受的悲难，
忍受的苦楚，此人流下如注的眼泪，浇湿了脸颊，
撩起紫色的披篷，挡在眼睛前面。”

听罢这番话，奈斯托耳之子裴西斯特拉托斯说道：
“阿特柔斯之子，宙斯哺育的墨奈劳斯，民众的首领，

此人确是奥德修斯之子，正如你说的那样，
但他为人谦谨，不想贻笑大方，
在这初次相会之际，谈吐有失典雅，
当着你的脸面——我们赞慕你的声音，像神祇
在说话。奈斯托耳，格瑞尼亚的车战者差我
同行，做他的向导。他渴望和你见面，
愿意聆听你的指教，无论是规劝，还是办事的指导。
父亲走后，家中的孩子要承受许多
苦痛，倘若无人出力帮忙，一如
忒勒马科斯现在的处境，父亲出走，
国度中无人挺身而出，替他挡开祸殃。”

　　听罢这番话，棕发的墨奈劳斯答道：
“好极了！此人正是他的儿子，来到我的家居，那位
极受尊爱的壮勇，为了我的缘故，吃受了多少苦难！
我想，要是他驻脚此地，阿耳吉维人中，他将是我
最尊爱的英豪，倘若沉雷远播的宙斯使
我俩双双回返，乘坐快船，跨越大海的水浪。
我会拨出一座城堡，让他移居阿耳戈斯，定设
一处家所，把他从伊萨卡接来，连同他的财物，
他的儿子和所有的民众。我将从众多的城镇中
腾出一座，它们地处此间附近，接受我的王统。
这样，我俩都住此地，便能经常会面聚首，无论什么
都不能分割我们，割断我们的友谊，分离我们的欢乐，
直到死的云朵，黑沉沉的积翳，把我们包裹。
是的，必定是某位神灵，出于对他的妒愤，亲自
谋划，惟独使他遭难，不得回返家国。”

　　此番话语勾发了大家悲哭的欲望。

阿耳戈斯的海伦，宙斯的女儿，呜咽抽泣，忒勒马科斯，
就连阿特柔斯之子墨奈劳斯本人，也和她一样悲恸；
裴西斯特拉托斯，奈斯托耳之子，两眼泪水汪汪，
心中思念雍贵的安提洛科斯，被闪亮的
黎明，被她那光荣的儿子杀倒。
念想着这位兄长，他开口说话，吐出长了翅膀的言语：
“阿特柔斯之子，年迈的奈斯托耳常说你
能谋善断，聪颖过人，在我们谈及你的时候，
互相询问你的情况，在他的厅堂。
现在，如果可能，是否可请帮忙舒缓：
餐食中①我不想接受悲哭的慰藉，热泪盈眶；早起的黎明
还会重返，用不了多少时光。当然，我决不会抱怨
哭号，对任何死去的凡人，接受命运的捕召。
此乃我等惟一的愉慰，可怜的凡人，
割下我们的头发，听任泪水涌注，沿着面颊流淌。
我亦失去了一位兄弟，绝非阿耳吉维人中
最低劣的儿郎，你或许知晓他的生平，而我却既不曾
和他会面，也不曾见过。人们说他是出类拔萃的汉子，
安提洛科斯，一位斗士，腿脚超比所有的战勇。”

　　听罢这番话，棕发的墨奈劳斯答道：
“说得好，亲爱的朋友，像一位比你年长的
智者的表述，他的作为——不奇怪，
你继承了乃父的才智，说得情理俱到。
人的亲种一眼便可认出，倘若克罗诺斯之子
替他老子编织好运，在他出生和婚娶的时候，
一如眼下给奈斯托耳那样，使他始终幸运如初，

---

① 餐食中：或“饭后”，“进食以后”。

享度舒适的晚年，在他的宫府，生下
众位儿郎，心智聪颖，枪技过人。
现在，让我们忘却悲恸，刚才的号哭，
重新聚神宴食的桌面，让他们泼水，
冲洗我们的双手。把要说的往事留到
明晨，忒勒马科斯和我将有互告的话头。”

言罢，阿斯法利昂，光荣的墨奈劳斯
勤勉的伴友，倒出清水，冲洗他们的双手。
洗毕，他们抓起面前的佳肴。

其时，海伦，宙斯的孩子，心中想着另一番主意，
她的思谋。她倒入一种药剂，在他们饮喝的酒中，
可起舒心作用，驱除烦恼，使人忘却所有的悲痛。
谁要是喝下缸内拌有此物的醇酒，
一天之内就不会和泪水沾缘，湿染他的面孔，
即便死了母亲和父亲，即便有人
挥举铜剑，谋杀他的兄弟或爱子，
当着他的脸面，使他亲眼目睹。
就是这种奇妙的药物，握掌在宙斯之女的手中，
功效显著的好东西，埃及人波鲁丹娜的馈赠，瑟昂的
妻子——在那里，丰肥的土地催长出大量的药草，
比哪里都多，许多配制后疗效显著，不少的却能使人致伤
中毒；那里的人个个都是医生，所知的药理别地之人
不可比争。他们是派厄昂的裔族。
其时，海伦放入药物，嘱告人们斟酒，
重新挑起话头，对他们说道：
“阿特柔斯之子，宙斯哺育的墨奈劳斯，还有你等各位，
贵族的儿郎，宙斯无所不能，有时

让我们走运，有时又使我们遭殃。
现在，我请各位息坐宫居，进用食餐，
欣享我的叙说。我要说讲一段故事，同眼下的情境配称。
我无法告说，也无法清数他的全部
功业，心志刚强的奥德修斯的业绩，只想叙讲
其中的一件，这位强健的汉子忍受的苦楚，完成的任务，
在特洛伊地面，你等阿开亚人遭受磨难的地方。
他对自己挥开羞辱的拳头，披上一块
破烂的遮布，在他的肩头，扮作一个仆人的模样，
混进敌人的居处，路面开阔的城堡，
扮取另一个人的形象，一个乞丐，
掩去自己的形貌，在阿开亚人的船旁。
他以乞丐的模样，混入特洛伊城内，骗过了
所有的人，惟独我的眼睛挑开了他的伪装，进而
开口盘问，但他巧用急智，避开我的锋芒。
但是，当替他洗过身澡，抹上橄榄油，
穿罢衣服后，我起发了一个庄严的誓咒，
决不泄露他的身份，让特洛伊人知晓奥德修斯就在里头，
直到他登程回返，返回快船和营棚；
终于，他对我道出阿开亚人的计划，讲了所有的内容。
其后，他杀砍了许多特洛伊兵勇，用长锋的利剑，
带着翔实的情报，回返阿耳吉维人的群伍。
特洛伊妇女放声尖啸，而我的心里
却乐开了花朵，其时我已改变心境，企望
回家，悔恨当初阿芙罗底忒所致的
迷狂，把我诱离亲爱的故乡，丢下
亲生的女儿，离弃我的睡房，还有
我的丈夫，一位才貌双全的英壮。”

　　听罢这番话，棕发的墨奈劳斯答道：
“是的，我的妻子，你的话条理分明，说得一点不错。
我有幸领略过许多人的心智，听过许多人的辩论，
盖世的英雄，我亦曾浪迹许多城邦，
但却从未亲眼见过像他这样的凡人，
不知谁有如此刚韧的毅力，匹比奥德修斯的坚强。
那位刚勇的汉子，行动镇定，坚毅沉着，
和我们一起，一队阿开亚人的英豪，
藏坐木马之内，给特洛伊人带去毁灭和死亡。
其时，海伦你来到木马边旁，一定是受某位神明
催促，后者企望把光荣赐送特洛伊兵壮；
德伊福波斯，神一样的凡人，偕你同行，一起前往。
沿着我们空腹的木堡，你连走三圈，触摸它的表面，
随后出声呼喊，叫着他们的名字，达奈人中的豪杰，
变幻你的声音，听来就像他们的妻子在呼唤。
其时，我和图丢斯之子以及卓著的奥德修斯
正坐在人群之中，听到你的呼叫，
狄俄墨得斯和我跳立起来，打算
走出木马，或在马内回答你的呼唤，
但奥德修斯阻止并拖住我们，哪怕我俩都有这个意愿。
阿开亚人的儿子们全都屏声静息，
惟有一人例外，安提克洛斯，试图放声答喊，
但奥德修斯伸出粗壮的大手，紧紧
捂住他的嘴巴，拯救了所有的阿开亚兵壮，
直到帕拉丝·雅典娜把你带离木马的旁边。”

　　听罢这番话，善能思考的忒勒马科斯答道：
“阿特柔斯之子，宙斯哺育的墨奈劳斯，民众的首领：
听过此番言告，更使我悲断愁肠。杰出的品质不曾替他

挡开凄惨的死亡，即使他的心灵像铁一样坚实硬朗。
好了，请送我们上床，让我们
享受平躺的舒怡，睡眠的甜香。”

他言罢，阿耳戈斯的海伦告嘱女仆
动手备床，在门廊下面，铺开厚实的
紫红色的垫褥，覆上床毯，
压上羊毛曲卷的披盖，女仆们
手握火把，走出厅堂，动手操办，
备妥睡床。客人们由信使引出，
壮士忒勒马科斯和奈斯托耳光荣的儿子，
睡息在厅前的门廊下；
阿特柔斯之子入睡里屋的床面，在高大的宫居，
身边躺着长裙飘摆的海伦，女人中的佼杰。

当早起的黎明重现天际，垂着玫瑰红的手指，
啸吼战场的墨奈劳斯起身离床，
穿上衣服，背上锋快的铜剑，横挎肩头，
系好舒适的条鞋，在白亮的脚面，
走出房门，俨然天神一般，
坐在忒勒马科斯身边，开口说话，叫着他的名字：
“是何种需求，壮士忒勒马科斯，把你带到此地，
踏破浩淼的海浪，来到闪亮的拉凯代蒙？
是公干，还是私事？不妨如实相告。”

听罢这番话，善能思考的忒勒马科斯答道：
“阿特柔斯之子，宙斯哺育的墨奈劳斯，民众的首领，
我来到此地，想问你是否能告我有关家父的消息；
我的家院正被人吃耗，肥沃的农地已被破毁，

满屋子可恨的人们，正无休止地宰杀
群挤的肥羊和腿步蹒跚的弯角壮牛，
那帮追缠我母亲的求婚人，横行霸道，贪得无厌。
为此，我登门恳求你的帮助，或许你愿
告我他的惨死，无论是出于亲历，被你
亲眼目睹，还是听闻于其他浪者的
言谈。祖母生下他来，经受悲痛的磨煎。
不要回避惨烈，出于对我的怜悯，或是怕我难过；
如实地言告一切，你亲眼目睹的情况。
我恳求你，倘若高贵的奥德修斯，我的父亲，
曾为你说过什么话，做过什么事，并使之成为现实，
在特洛伊地面，你等阿开亚人吃苦受难的地方。
追想这些往事，对我把真情相告。”

　　听罢这番话，棕发的墨奈劳斯气恼烦愤，答道：
“可耻！这帮懦夫们竟敢如此梦想，
梦想占躺一位心志豪勇的壮士的睡床！
恰似一头母鹿，让新近出生的幼仔睡躺在
一头猛狮的窝巢，尚未断奶的小鹿，
独自出走，食游山坡草谷，
不料兽狮回返家居，给
它们带来可悲的死亡；就像这样，
奥德修斯将使他们送命，在羞楚中躺倒。
哦，父亲宙斯，雅典娜，阿波罗！愿他
像过去一样，在城垣坚固的莱斯波斯，
挺身而出，与菲洛墨雷得斯角力，把他
狠狠地摔在地上，使所有的阿开亚人心花怒放。
但愿奥德修斯，如此人杰，出现在求婚人前方——
他们全都将找见死的暴捷，婚姻的悲伤！

至于对你的询问，你的恳求，我既不会
虚与委蛇，含含糊糊，也不会假话欺诓，
我将转述说话从不出错的海洋老人的言告，
毫无保留，绝不对你隐藏。

“那时，神明仍把我拘困埃及，尽管我
急于归返，因我忽略了全盛的敬祭，
而神们绝不会允许凡人把他们的谕言抛忘。
大海中有一座岛屿，顶着汹涌的海浪，
位于埃及对面，人们称之为法罗斯，
远离海岸，深旷的木船一天的航程，
凭着疾风的劲扫，来自船尾的推送。
岛上有个易于搁船的港湾，水手们上岸
汲取乌黑的淡水，由此推送匀称的木船，滑入大海。
就在那里，神祇把我拘搁了二十天，从来
不见风头卷起，扫过浪尖，持续不断的
顺风，推船驶越浩渺的洋面。其时，
我们将面临粮食罄尽，身疲体软的窘境，
要不是一位神祇恤怜，对我同情，
埃多塞娅，强健的普罗丢斯、海洋老人的
女儿。一定是我的窘境深深打动了她的心房，
在我俩邂逅之际——其时正独自漫步，走离我的伙伴。
他们常去钓鱼，在全岛各地，带着
弯卷的鱼钩，受饥饿的驱迫。
她走来站在我身边，开口发话，对我说道：
‘你是个十足的笨蛋呢，我说陌生人，心智里糊涂，
还是甘愿放弃努力，乐于挨受困苦的煎熬？
瞧，你已被长期困留海岛，找不到出离的
路子，而你的伙伴们已心力交瘁，备受折磨。’

“听她言罢，我开口答话，说道：
‘好吧，我这就回话，不管你是女神中的哪一位。
我之困留此地，并非出于自愿；一定是
冒犯了不死和统掌辽阔天空的神明。
请你对我说告，因为神明无所不知，
是长生者中的哪一位把我拘困，不让我回家？
告诉我如何还乡，穿过鱼群游聚的大海。’

“听我言罢，丰美的女神答道：
‘好吧，我会准确无误地回话，把一切答告。
说话从不出错的海洋老人出没在这一带海域，
出生埃及的普罗丢斯，不死的海神，谙知
水底的每一道深谷，波塞冬的助手。
人们说他是我的父亲，是他生养了我。
倘若你能设法埋伏，把他逮住，
他会告知你一路的去程，途经的地点，
告诉你如何还乡，穿过鱼群游聚的大海。
他还会对你说告，卓越的凡人，倘若你愿想知晓，
在你出门后，逐浪在冗长艰难的航程，
宫府里发生过何样凶虐，可曾有过善喜的事儿。’

“听她言罢，我开口答话，说道：
‘替我想个高招，伏捕这位老神，
切莫让他先见，或知晓我的行动，回避躲藏。
此事困难重重，凡人想要把神明制服。’

“听我言罢，丰美的女神答道：
‘好吧，我会准确无误地回话，把一切说告。
在太阳中移，日当中午的时分，

说话从不出错的海洋老人会从浪花里出来，
从劲吹的西风下面，藏身浑黑的水流。
出海后，他将睡躺在深旷的岩洞，
周围集聚着成群的海豹，美貌的海洋之女的孩儿，
缩蜷着睡觉，从灰蓝的大海里出来，
呼吐出深海的苦味，强烈的腥涩。
我将在那里接你，于黎明时分，把
你们伏置妥当。你要挑出三名帮手，最好的伙伴，
从你的人里，活动在凳板坚固的船旁。
现在，我将告你海洋老人的本领，他的伎俩。
首先，他会逐一巡视和清点海豹，然后，
当目察过所有的属领，记点过它们的数目，
他便弯身躺下，在它们中间，像牧人躺倒在羊群之中。
在眼见他睡躺的瞬间，你们
要使出自己的力气，拿出你们的骁勇，
紧紧把他抓住，顶住他的挣扎，试图逃避的凶猛。
他会变幻各种模样，活动在地面上
的走兽；他还会变成流水和神奇的火头。
你们必须紧抱不放，死死地卡住。
但是，当他终于开口说话，对你发问，
回复原有的形貌，像你们见他入睡的时候，
那么，我的英雄，你必须松缓力气，放开老头，
问他哪位神明对你生气动怒，
问他如何还乡，跨过鱼群游聚的汪洋。’

　　“言罢，她潜回大海峰起的浪头。
我返身海船搁聚的地方，沿着
沙岸，心潮起伏，随着脚步颠腾。
当我来到海边，停船的滩头，

我们当即炊餐，迎来神圣的黑夜，
平身睡躺，在浪水冲涌的沙滩旁。
当早起的黎明，垂着玫瑰红的手指，重现天际，
我沿着滩岸走去，傍着水面开阔的海流，
对神声声祈祷，带着我最信任的
三位伙伴，险遇中可以信赖的朋友。

“与此同时，女神潜入大海宽深的水浪，
带来四领海豹的皮张，钻出洋面，
全系新近剖杀剥取，用以迷糊她的老爸。
她在滩面上刨出四个床位，就地坐等
我们前往；我们来到她的近旁。
她让我们依次躺入沙坑，掩之以海兽的剥皮，每人一张。
那是一次最难忍受的伏捕，那瘴毒的臭味，
发自咸海哺养的海豹身上，熏得我们头昏眼花。
谁愿和它，和海水养大的魔怪同床？
是女神自己解除了我们的窘难，想出了帮救的办法，
拿出神用的仙液，涂抹在每个人的鼻孔下，
闻来无比馨香，驱除了海兽的臭瘴。
整整一个上午，我们蛰伏等待，以我们的坚忍和刚强，
目睹海豹拥攘着爬出海面，逼近滩沿，
躺倒睡觉，成排成行，在浪水冲涌的海岸上。
正午，老人冒出海面，觅见他那些吃得膘肥体壮的
海豹，逐一巡视清点，而我们
是他最先数点的‘海兽’，心中全然不知
眼前的狡诈。点毕，他在海豹群中息躺。
随着一声呐喊，我们冲扑上前，展开双臂，将他抱紧不放。
然而，老人不曾忘却他的变术和诡诈。
首先，他变作一头虬须满面的狮子，

继而又化作蟒蛇、山豹和一头巨大的野猪，
变成奔流的洪水，一棵枝叶繁茂的参天大树——
但我们紧紧抱住，以我们的坚忍和刚强。
当狡诈多变的老人用尽了浑身的力气，
他开口对我问话，说道：
‘是哪位神明，阿特柔斯之子，设法要你
把我伏抓，违背我的意愿？你想要什么？’

“听他言罢，我开口答话，说道：
‘你知道我的用意，老人家，为何还要询问搪塞？
瞧，我已被长期困留海岛，找不到出离的
路子；我已备受折磨，心力交瘁疲伤。
请你对我说告，因为神明无所不知，
是长生者中的哪一位把我拘困，不让我回家？
告诉我如何还乡，穿过鱼群游聚的大海。’

“听罢我的话，他当即答话，说道：
‘你早该奉献丰足的牲祭，给宙斯和列位
不死的神祇，如此方能登上船板，以极快的速度
穿越酒蓝色的大海，回抵家乡。
你命里不该现时眼见亲朋，回返
营造坚固的家府，世代居住的地方。
你必须返回埃及的水路，
宙斯泼降的水流，举办隆重神圣的牲祭，
给不死和统掌辽阔天空的神明。
此后，众神会让你如愿，给你日夜企盼的归航。’

“听罢这番话，我心肺俱裂，
因他命我回头水势混沌的洋面，

回返埃及，再经航程的艰难和冗长。
但即便如此，我仍然开口答话，说道：
‘我会照此行动，老人家，按你说的做。
但眼下，我要你告说此事，要准确地回答。
那些阿开亚人，那些被我和奈斯托耳——在我们乘船离开
特洛伊之际——留在身后的伙伴，是否都已随船归返，
安然无恙？他们中可有人凄惨地死去，倒在船板上，
或牺牲在朋友的怀抱里，经历了那场战杀？’

　　“听罢我的话，老人当即答话，说道：
‘阿特柔斯之子，为何问我这个？你不应了解
这一切，也不应知晓我的心肠。一旦听罢
事情的经过，我敢说，你一定会泪水汪汪。
他们中许多人丧命死去，许多人幸存灾亡，
首领中死者有二，身披铜甲的阿开亚人的英壮，
面对回家的路航。至于战斗，我无需多说，你已亲身在场。
有一位首领，仍然活着，困留在汪洋大海的某个地方。
埃阿斯已经覆亡，连同他的海船，修长的木桨。
起先，波塞冬把他推向古莱的
巨岩，以后又从激浪里把他救出，而
埃阿斯很可能已经逃离灾难，尽管雅典娜恨他，
要不是心智迷乱，口出狂言，
自称逃出深广的海湾，蔑视神的愿望。
波塞冬听闻此番话语，放胆的吹擂，
当即伸出粗壮的大手，抓起三叉投戟，
扔向古莱石岩，破开它的峰面，一部兀立原地，
一块裂出石岩；裂石捣入水中，
埃阿斯息坐和放胆胡言的地方，
把他打入无垠的大海，峰涌的排浪。

就这样，埃阿斯葬身大海，喝够了苦涩的水汤。
你的兄长总算保得性命，带着深旷的海船，
躲过了死之精灵的捕杀，得救于赫拉夫人的帮忙。
然而，当他驶近陡峻的悬壁
马勒亚，一股骤起的风暴将他贴裹着扫离航向，
任他悲声长叹，颠行在鱼群游聚的汪洋，
漂抵陆基边沿——从前，它是苏厄斯忒斯的
家乡；现在，埃吉索斯，苏厄斯忒斯之子，在那里居家。
但是，即便在那里，顺达的归程还是展现在他的前方：
神们扯回和风，把他送还家乡。
阿伽门农兴高采烈，踏上故乡的口岸，
手抓泥土，翘首亲吻，热泪滚滚，
倾洒而下，望着故园的土地，心爱的家乡。然而，
一位暗哨眺见他的回归，从瞭望的哨点，狡猾的埃吉索斯
把他派往那边，要他驻守监视，许下报酬，
两塔兰同黄金。他举目哨位，持续了一年，惟恐
阿伽门农滑过眼皮，致送凶暴的狂莽。
暗哨跑回家院，带着信息，报知民众的牧者。
埃吉索斯当即定下凶险的计划，
从本地挑出二十名最出色的英壮，
暗设谋杀，排开宴席，在宫居的另一方。
然后，他出迎阿伽门农，兵士的牧者，
带着车马，心怀歹毒的计划，将他
引入屋内，后者全然不知临头的死亡，让他敞怀吃喝，
然后行凶谋杀，像有人宰砍一头壮牛，血溅槽旁。
阿伽门农的属从无一幸存，
埃吉索斯的下属亦然，全都拼死在宫房。’

“听罢这番话，我心肺俱裂，

坐倒沙地，放声号哭，心中
想死不活，不想再见太阳的明光。但是，
当我满地打滚，痛哭哀号，满足了发泄悲愤的需要，
出言不错的海洋老人开口发话，对我说道：
‘别哭了，阿特柔斯之子，别哭了，
眼泪帮不了你的忙。倒不如尽量争取，
争取尽快回返，回返你的故乡。
你或许会发现埃吉索斯仍然活着，虽然俄瑞斯忒斯
可能已经下手，把他宰杀——如此，你可参加他的礼葬。’

“一番话舒缓了我的心胸，平抚了我
高傲的情肠，尽管愁满胸膛，
开口吐出长了翅膀的话语，对他说道：
‘我知道上述二位；现在，是否请你告我第三人的情况，
此人可是仍然活着，受阻于宽淼的大洋，还是
已经死了——尽管伤心，我愿听听这方面的讯况。’

“听罢我的话，他当即答话，说道：
‘那是莱耳忒斯之子，居家伊萨卡，
我曾见他置身海岛，掉洒豆大的泪花，
在海仙卡鲁普索的宫居，后者强行
挽留，使他不能回返乡园，因他
既没有带桨的海船，亦没有伙伴的帮援，
帮他渡越浩淼的大海。但是，
至于你，宙斯哺育的墨奈劳斯，神明却
无意让你死去，在马草丰肥的阿耳戈斯死亡；
长生者将把你送往厄鲁西亚平原，
大地的尽头，长发飘洒的拉达门苏斯的居地，
那里生活安闲，无比的安闲，对你等凡人，

既无飞雪，也没有寒冬和雨水，
只有阵阵徐风，拂自俄开阿诺斯的波浪，
轻捷的西风，悦爽凡人的心房——因为
你有海伦为妻，也就是宙斯的婿男。’

“言罢，老人潜回大海峰起的水浪。
我返身海船搁聚的地方，神样的伙伴们
和我同行，心潮起伏，随着脚步腾颠。
当我们来到海边，停船的滩头，
大伙动手炊餐，迎来神圣的黑夜，
平身睡躺，在浪水冲涌的沙滩旁。
当早起的黎明，垂着玫瑰红的手指，重现天际，
首先，我们把木船拖入闪亮的大海，
在匀称的船上竖起桅杆，挂上风帆，
然后，我等众人登上船板，坐入桨位，
以齐整的座次，荡开船桨，击打灰蓝色的海面，
回到埃及人的疆域，宙斯降聚的河水；
我停船滩头，敬办了隆重的牲祭。
当平息了神的愤怒，那些个长生不老的天尊，
我为阿伽门农堆了一座坟冢，使他的英名得以永垂。
做毕此事，我登船上路；永生的神明送来
顺推的海风，把我吹返亲爱的故乡，以极快的速度回返。
现在，我看这样吧，你就留在宫居，
直到第十一或第十二个白天——届时，
我将体体面面地送你出走，给你丰厚的礼物，
三匹骏马，一辆溜光滑亮的马车。此外，
我还将送你一只精美的杯盏，让你泼洒奠酒，
对不死的神明，记着我的好意，终生怀念。”

　　听罢这番话，善能思考的忒勒马科斯答道：
“阿特柔斯之子，不要留我长滞此地，
虽然我可坐上一个整年，毫无疑问，
坐在你的身边，不思家归，不念父母；
你的话语，你的谈吐使我欣喜，激奋得
非同寻常。但是，我的伙伴已感到焦躁不安，
在神圣的普洛斯，而你却要我再留一段时间。
至于你要给的礼物，最好是一些能被收藏的东西——
我不会接受驭马，带往伊萨卡；还是让它们留在这儿，
欢悦你的心房。你拥有这片广袤的平原，
遍长着三叶草和良姜，长着
小麦、稞麦和颗粒饱满的雪白的大麦，
而伊萨卡却没有大片的平野，没有草场：
那是个牧放山羊的去处，景致比放养马群的草野更漂亮。
群岛中没有一个拥有草场，让你赶着马儿溜达，
全都是傍海的斜坡，而伊萨卡是最具这一特征的地方。”

　　听罢这番话，啸吼战场的墨奈劳斯咧嘴微笑，
伸出手来，抚摸着他，出声呼唤，对他说道：
“你血统高贵，我的孩子，从你的话语中亦可听出。
所以，我将给你变换一份礼物，此事我可以做到。
我将从屋里收藏的所有珍宝中，拿出一件
最精美、面值最高的佳品，让你带走。
我要给你一只铸工瑰美的兑缸，纯银的
制品，镶着黄金的边圈，
赫法伊斯托斯的手工，得之于西冬尼亚人的王者，
英雄法伊底摩斯的馈赠——返家途中，我曾在
他的宫里栖留。现在，作为一份礼物，我要以此相送。”

就这样，他俩你来我往，一番说告。
与此同时，宴食者们已开始步入神圣王者的厅堂，
赶着肥羊，抬着裨益凡人的浆酒，带着
他们的妻子，掩着漂亮的头巾，送来宴食的面包。
就这样，他们忙着整备食肴，在厅堂里头。

其时，奥德修斯的宫居前，求婚者们
正以嬉耍自娱，或投饼盘，或掷镖枪，在一块
平坦的场地，一帮肆无忌惮的人们，和先前一样。
安提努斯和神样的欧鲁马科斯坐在一边，
求婚者们的首领，他们中远为出色的俊杰。
诺厄蒙，弗罗尼俄斯之子，走近
安提努斯身边发问，说道：
“安提努斯，我等心中可已知晓，或是全然不知，
忒勒马科斯何时回返，从多沙的普洛斯？
他走了，带走了我的海船，而现在，我正有事要用，
渡过海域，前往宽广的厄利斯，那里放养着
我的十二匹母马，哺喂着从未上过轭架的骡子，吃苦
耐劳的牲畜，我想驯使一头，赶离它的伴群。”

他言罢，众人心中惊异，不曾想到王子已
去了普洛斯，奈琉斯的城国，以为他还待在附近，
在他的牧地，置身羊群之中，或和牧猪的①混在一起。

这时，欧培塞斯之子安提努斯答道：
“实话告我，忒勒马科斯何时出走，哪些年轻人
随行？是伊萨卡的精壮，还是他自己的

① 牧猪的：指欧迈俄斯。

帮工，他的奴隶——他有这个权力。
告诉我，老老实实地告诉我，让我知晓这一切：
他之带用你的海船，是凭借武力，强违你的意愿，
还是征询你的意见，得取你的同意？”

听罢这番话，诺厄蒙，弗罗尼俄斯之子答道：
“我让他用船，出于自愿。面对他的询求，
这么个心中填满焦恼的人儿，谁能予以
拒绝？回拒他的要求不易，很难。
随他同去的小伙是我们地域内最高贵的
青年。此外，我还看见有人登船，作为首领，
门托耳，亦可能是一位神祇，但从头到脚长得和门托耳一般。
此事使我惊诧，因为昨天清晨我还在此见过神样的
门托耳——而他却在那时①登上了前往普洛斯的海船。”

言罢，诺厄蒙移步父亲的房居；
两位求婚者②高傲的心里填满惊异。
他俩要同伙坐下，坐在一起，中止了他们的竞比。
安提努斯，欧培塞斯之子，开口发话，
怒气冲冲，黑心里注满怨愤，
双目熠熠生光，宛如燃烧的火球：
“忒勒马科斯居然走了，一次了不起的出航，
放肆！可我等还以为他做不到这一点，绝对不行。
一个年轻的娃娃，尽管我等人多势众，拉下一条
海船，远走高飞，选带了本地最出色的青年。
他将给我们带来渐多的麻烦。愿宙斯了结

① 那时，即四天前，雅典娜以门托耳的形貌登船上路。
② 两位求婚者：指安提努斯和欧鲁马科斯。

他的性命，在他长成浑熟的青壮之前！
动手吧，给我一条快船，二十名伙伴，
让我拦路埋伏，监等他的回返，在
那片狭窄的海域，两边是伊萨卡和萨摩斯的石岩，
让他尝吃寻父的苦果，出洋在外。”

他言罢，众人均表赞同，催他行动，
当即站立起来，走入奥德修斯的房宫。

然而，裴奈罗珮很快获悉了
求婚人的商讨和谋算——
信使墨冬闻听到他们的谋划，将此事告传。
其时，他正站在院外，而他们却在院内谋算；
带着信息，信使走向裴奈罗珮的房间。
裴奈罗珮开口发话，在他跨过门槛的时候：
“信使，傲慢的求婚人差你前来，有何贵干？
要让神一样的奥德修斯的女仆们
停止工作，替求婚人准备食餐？天啊，
但愿他们不要再来对我献媚，或在其他什么地方谋聚，
但愿这次酒宴是他们在此的最后，是的，最后一顿肴餐！
你们一回回地聚在这里，糜耗了这许多财物，
聪颖的忒勒马科斯的所有。难道你们不曾听过，
在多年以前，各位父亲的叙言，在你等幼小之时，
述说奥德修斯是位何样的人杰，在尔等父母中间？
在他的国度，此人从未做过一件不公正的事，说过一句
不公正的话，尽管这是神佑的王者们的权利，
憎恨某个国民，偏好另一个乡里，
但奥德修斯从不胡作非为，错待任何一位属民。
如今，你们的心地，你们无耻的行径，已昭然若揭；

对他过去的善行，你们无有半分感激！”

听罢这番话，心智敏捷的墨冬开口说道：
“但愿，我的王后，这是你最大的不幸。
然而，眼下，求婚者们正谋划另一件更为凶险
歹毒的事情。愿克罗诺斯之子夭折它的兑现。
他们心怀叵测，试图杀死忒勒马科斯，在他回返的途间，
用青铜的利械。他外出寻觅父亲的讯息，
前往神圣的普洛斯和拉凯代蒙光荣的地界。”

听罢这番话，裴奈罗珮双膝发软，心力消散，
沉默良久，一言不发，眼里噙着
泪水，悲痛噎塞了通话的喉管。
终于，她开口答话，说道：
“信使，我儿为何离我而去？他无需
登上捷驶的海船，凡人跨海的
马车，渡走浩淼的洋面。事情难道
会竟至于此，连他的名字也将销声匿迹在凡人中间？”

听罢这番话，心智敏捷的墨冬答道：
“我不知他到底是受某位神明的催励，还是受自己
激情的驱赶，前往普洛斯地面，探寻
有关父亲返家的消息，或他已遭受何样命运摆布的传言。”

言罢，他迈步穿走奥德修斯的房居，
一朵碎损心魂的雾团蒙住了裴奈罗珮，她再也
无意息坐椅面，虽然房居里有的是靠椅，
而是坐到门槛，她的建造精良的睡房前，
面色悲苦，呜咽哭泣，女仆们个个失声痛哭，在她身边，

所有置身房居的人们，无论是年老，还是年轻的仆役。
裴奈罗珮长号不止，对女仆们哭诉道：
“听我说，亲爱的朋友们！在和我同期出生和长大的
女人中，俄林波斯大神给我的悲痛比给谁的都烈。
先前，我痛失丈夫，他的心灵像狮心一般，
出类拔萃在一切方面，超比所有的达奈壮汉，我那
高贵的夫婿，声名遐迩，在赫拉斯和阿耳戈斯的腹地传开。
现在，风暴又卷走我亲爱的儿子，从
我的房居，不留只言片语——我从未听知他何时离开。
狠心的人们，你们中竟然谁也不曾记得
把我唤醒，虽然你们明晓此事，
我儿何时出离，前往乌黑、深旷的海船。
倘若我知晓他在思量准备出海的讯息，那么，
尽管登程心切，他将待留不走——否则，
他将撇下一个死去的妇人，在厅屋里面！
现在，我要你们中的一个，急速行动，叫来多利俄斯老人，
我的仆工，家父把他给我，在我来此之际，
为我看管一座树木众多的果园。让他
尽快赶往莱耳忒斯的住地，坐在他身边，把一切告言。
或许，莱耳忒斯会想出什么办法，
出来抱怨这帮人的作为，他们正试图
剪除他的根苗，神一样的奥德修斯的后代。”

其时，亲爱的保姆欧鲁克蕾娅答道：
“你可把我杀了，亲爱的夫人，用无情的铜剑，或让我继续
存活，在你的屋里；不管怎样，我将说出此事，对你说白。
我确实知晓此事的经过，并且给出他所要的一切，
给了他面包和香甜的醇酒，但他听过我庄重的誓言，
发誓决不将此事告你，直至第十二个天日的来临，

或直到你可能想念起他来，或听说他已出走，
这样，你便不会出声哭泣，让眼泪涩毁白净的脸面。
去吧，洗洗身子，换上干净的衣服，
走去楼上的房间，带着侍奉的女仆，
对带埃吉斯的宙斯的女儿祈祷，
她会使你儿得救，甚至从死的边缘。
不要忧扰那个老人，他已尝够了愁恼。我想，
幸福的神明还不至于那么痛恨阿耳开西俄斯的
后代；家族中会有一人存活，继承
顶面高耸的房屋，远处肥沃的田园。”

　　一番话平抚了她的悲愁，断阻了眼泪的
滴淌；裴奈罗珮洗过身子，换上干净的衣服，
走上楼面的房间，带着侍奉的女仆，
将大麦装入篮里，对雅典娜诵道：
“听我说，阿特鲁托奈，带埃吉斯的宙斯的孩子，
倘若多谋善断的奥德修斯曾在宫里
给你烧过祭羊或肥美的牛腿，现在，
请你记起这一切，帮帮我的忙，救护我的爱子，
挡开求婚的人们，这帮为非作歹的凶顽！”

　　她悲情诉说，放声号哭，女神听到了她的祈祷。
其时，求婚者们大声喧闹，在幽暗的厅堂，
某个高傲的年轻人如此说道：
“毫无疑问，我等苦苦追求的王后已答应成婚，
和我们中的一员，却不知谋定的死难已在等待她的儿男！”

　　他们中有人这么说道，虽然谁也不知事情的结局怎样。
这时，安提努斯开口发话，对他们说讲：

“你们全都疯了，不要再说诸如此类高豪的
胡言，小心有人跑进屋里，把你们的话语密传。
来吧，让我们悄悄起身，把我等心仪
且一致赞同的计划付诸实践。”

言罢，他挑出二十名最好的青壮，
一起前往迅捷的快船，海边的沙滩。
首先，他们拽起木船，拖下幽黑的大海，
在乌黑的船身上竖起桅杆，挂上风帆，
将船桨放入皮制的圈环，
一切整治得清清楚楚，升起雪白的风帆，
心志高昂的伴从们把他们的器械搬运上船。
他们泊船海峡深处，走下甲板，
准备食餐，等盼黑夜的降现。

然而，在房居的楼上，谨慎的裴奈罗珮
绝食卧躺，既不进餐，也不喝饮，
一心想着雍贵的儿子，能否躲过死难——抑或，
他将不得不死去，被无耻的求婚人谋害。
像一头狮子，被猎人追堵，面对凶险的
圈围，心里害怕，思绪纷飞，
裴奈罗珮冥思苦想，就似这般，直至甜怡的睡眠的临来，
她沉下身子，带着舒松的关节，昏昏入睡。

其时，灰眼睛女神雅典娜谋算着另一件要做的事情。
她变出一个幻象，貌似裴奈罗珮的姐妹，
伊芙茜墨，心志豪莽的伊卡里俄斯的女儿，
夫婿欧墨洛斯，家住菲莱。眼下，
女神把她送入神样的奥德修斯的家府，

为了劝阻悲念和愁悼中的裴奈罗珮，让她
停止悲恸，中止泪水横流的哭泣。
梦影进入睡房，贴着门闩的皮条，
前往悬站在她的头顶，开口说道：
“睡了吗，裴奈罗珮，带着揪心的悲愁？
但是，生活舒闲的神明让你不要
哭泣悲哀。你儿仍可回返家园，
他不曾做下任何坏事，在神明看来。”

　　于是，谨慎的裴奈罗珮答道，
处于极其香熟的睡境，在梦幻的门前：
“为何临来此地，我的姐妹，以前你可从来
不曾登门，因你住在离此遥远的地界。
眼下，你要我消止悲痛和愁烦，
深重的悲难，纷扰着我的灵魂和心怀。
先前，我痛失丈夫，他的心灵像狮心一般，
出类拔萃在一切方面，超比所有的达奈壮汉，我那
高贵的夫婿，声名遐迩，在赫拉斯和阿耳戈斯的腹地传开。
现在，我的爱子又离此而去，乘坐深旷的海船，
一个无知的孩子，既不晓艰难的战事，也不谙集会上的辩谈。
我为他伤心，超过对夫婿的愁哀，
我浑身颤栗，担心险遭不测，在
他所去的国度，或在那苍茫的大海，
此间有这么多恨他的强人，谋划暗算，
急切地企望把他杀死，抢在他还乡之前。”

　　听罢这番话，幽黑的梦影说讲，答道：
“勇敢些，不要过分害怕，
想想护送他的神仙，多少人张嘴

祈祷，希望她站在自己身边——那是帕拉丝·
雅典娜，强有力的女神。此神怜悯你的悲难，
差我前来，将这些事情言告。”

　　听罢这番话，谨慎的裴奈罗珮答道：
“如果你确是一位神明，听过女神的嘱告，
那么，告诉我，告诉我另一个不幸之人的遭遇，
此人可还活着，得见太阳的光明，
还是已经死去，坠入哀地斯的府居？”

　　听罢这番话，幽黑的梦影说讲，答道：
“至于那个人，我却不能对你细告，
关于他的死活；此举可恶，信口胡说。”

　　言罢，梦影飘离睡房，贴着木闩和门柱，
汇入吹拂的风卷。伊卡里俄斯的女儿
从睡梦中醒来，感觉心里舒坦——在那
昏黑的夜色里，梦影的形象显得清晰可见。

　　其时，求婚者们登上海船，驶向起伏的洋面，
心中谋算着忒勒马科斯的暴灭。
海峡的中部有一座岩壁峥嵘的岛屿，
位居中途，坐落在伊萨卡和高耸的萨摩斯之间，
唤名阿斯忒里斯，不大，却有泊锚的地点，
两面均可出船。阿开亚人设伏等待，就在那边。

# 第五卷

　　其时，黎明从高贵的提索诺斯身边起床，
把晨光遍洒给神和凡人。众神
弯身座椅，商讨聚会，包括
炸雷高天的宙斯，最有力的仙神。
面对众神，雅典娜说起奥德修斯遭受的种种
磨难——女神关心他的境遇——困留在海仙的家院：
“父亲宙斯，各位幸福、长生不老的神仙，
让手握权杖的王者从此与温善和
慈爱绝缘，不要再为主持公正劳费心力，
让他永远暴虐无度，凶霸专横，
既然神一样的奥德修斯，他所统治的属民中，
谁也不再怀念这位王者，像一位慈善的父亲。
现在，他正躺身海岛，承受巨大的悲痛，
在那水仙卡鲁普索的宫里，后者强行
挽留，使他不能回返乡园，因他
既没有带桨的海船，又没有伙伴的帮援，
帮他渡越浩渺的大海。现在，
有人还打算谋害他宠爱的儿子，
在那归返的途间。他已外出寻觅父亲的讯息，
前往神圣的普洛斯和光荣的拉凯代蒙地界。”

　　听罢这番话，汇聚乌云的宙斯答道：

"这是什么话，我的孩子，崩出了你的齿隙？
难道这不是你的意图，你的谋划，
让奥德修斯回返，惩罚那帮人的行端？至于
忒勒马科斯，你可巧妙地把他带回家里，你有这个能耐，
让他不受伤害，安抵自己的家乡；
让求婚者们计划落空，驾船回返。"

说罢，他转而对爱子赫耳墨斯直言道：
"赫耳墨斯，既然处理其他事情，你亦是我的信使，
现在，我要你传送不受挫阻的谕言，对发辫秀美的女仙，
让心志刚强的奥德修斯启程，回返故乡，
既无神明，亦无凡人护援，
乘用一只编绑的船筏，吃苦受难，
及至第二十个天日，登岸丰肥的斯开里亚，
神族的旁裔、法伊阿基亚人的地面，
他们会真心实意地敬他，像对待神明，
把他送回亲爱的故乡，用一条海船，
堆满黄金、青铜和衣裳，数量之多，
远远超出他得获的份子，他的战礼，
即便他能平平安安地出离，从特洛伊归返。
此人命里注定可以眼见亲朋，回抵
顶面高耸的房居，回返乡园。"

听罢这番话，信使阿耳吉丰忒斯谨遵不违，
随即穿上精美的条鞋，在自己的脚面，
黄金铸就，永不败坏，穿着它，仙神跨涉
沧海和无垠的陆基，像疾风一样轻快。
他操起节杖，用它，赫耳墨斯既可迷合凡人的
瞳眸，只要他愿意，又可让睡者睁开双眼；

拿着这根节杖，强有力的阿耳吉丰忒斯一阵风似的启程
向前，穿越皮厄里亚山地，从晴亮的高空冲向
翻涌的海面，穿走大洋，像一只燕鸥，
贴着苍贫的大海，贴着惊涛骇浪疾飞，
捕食鱼鲜，展开急速振摇的翅膀，沾打着峰起的浪尖。
就像这样，赫耳墨斯穿越峰连的长浪，
来到坐落在远方的岛屿，
踏出黑蓝色的大海，走上
干实的陆地，行至深广的岩洞，发辫秀美的
仙女的家居，发现她正在里面。
炉膛里燃烧着一蓬熊熊的柴火，到处飘拂着
劈开的雪松和桧柏的香气，弥漫在整座
岛间。仙女正一边歌唱，亮开舒甜的嗓门，
一边来回走动，沿着织机，用一只金梭织纺。
洞穴的四周长着葱郁的树林，有生机勃勃的
桤树，还有杨树和喷香的翠柏，
树上筑着飞鸟的窝巢，长着修长的翅膀，
有小猫头鹰、隼和饶舌的水鸟，
捕食的鸬鹚，随波逐浪。
洞口的边旁爬满青绿的枝藤，
垂挂着一串串甜美的葡萄；
四口溪泉吐出闪亮的净水，
成排，挨连，流水不同的方向；还有那
环围的草泽，新松酥软，遍长着欧芹和
紫罗兰——此情此景，即便是临来的神明，
见后也会赞赏，悦满胸怀。
岩洞边，信使阿耳吉丰忒斯赞慕园林的绮丽，
心中饱领了景致的绚美，然后
走进宽敞的洞府；闪亮的女神卡鲁普索

见他前来——一眼望去，当即认出他来，
永生的神祇有此辨识的能耐，
互相辨识，即便居家在遥远的地带。
然而，赫耳墨斯却不曾在洞里见着心志豪莽的奥德修斯，
后者正坐在外面，靠海的滩沿，悲声哭泣，
像以往那样，泪流满面，伤苦哀号，心痛欲裂，
凝望着苍贫的大海，哭淌着成串的眼泪。
其时，卡鲁普索，丰美的女神，让赫耳墨斯
坐上一把油亮、明光闪烁的座椅，开口问道：
“是哪阵和风，手握金杖的赫耳墨斯，把你吹入我的房院，
我所尊敬和爱慕的神明，稀客，以前为何不常来看看？
告诉我你的心事，我将竭诚效劳，
只要可能，只要此事可以做到。
请进来吧，让我聊尽地主之谊。”

言罢，女神在他身边放下一张餐桌，
满堆着仙食，为他调制了一份红色的奈克塔耳①。
于是，信使赫耳墨斯，阿耳吉丰忒斯，动手吃喝。
当吃饱喝足，满足了消除饥渴和进食的需要，
他开口发话，回答对方的询问：
“你，一位女神，问我，一位神明，为何来此，
好吧，我将针对你的问话，把此事原原本本地告言。
宙斯差我前来，并非出于我的愿望——
谁愿跑越无边的大海，咸涩的
苦浪？这里没有城镇，杳无人烟，
无有祭神的人们，敬奉隆盛、精选的肴鲜。
但是，神明中谁也不能挫阻，谁也不能破毁

① 奈克塔耳：一种神用的饮料，神不喝酒。

带埃吉斯的宙斯的意志。他说
你拘留了一个可怜的凡人，攻打
普里阿摩斯的城堡的战勇中最不幸的一位。
他们苦战几年，在第十年里荡扫了那个地方，启程
返航，但在归家途中冒犯了雅典娜①，
后者卷来凶险的风暴击打，掀起滔天的巨浪。
他那些侠勇的伙伴全都葬身海底，
疾风和海浪推搡着他漂泊，把他冲到这边。
现在，宙斯命你尽速遣他上路，
此君并非命里注定要死在这里，远离朋眷。
他还有得见亲友的缘分，回抵
顶面高耸的房居，回返故乡。”

　　听罢这番话，卡鲁普索，女神中的佼杰，
浑身颤嗦，开口答话，用长了翅膀的语言：
“你们这些狠心的神祇，生灵中最能妒忌的天仙！
你们烦恨女神的作为，当她们和男人睡躺，
不加掩饰，企望把他们招为亲爱的床伴。
当黎明，垂着玫瑰红的手指，择配了俄里昂，
你们这些生活悠闲的神明个个心怀愤怨，
直到贞洁的阿耳忒弥丝，享用金座的女神，射出
温柔的羽箭，在俄耳图吉亚，结果了他的性命。
同样，当发辫秀美的黛墨忒耳，屈从于
激情的驱使，和亚西昂睡躺寻欢，在
受过三遍犁耕的农野，但宙斯很快知晓
此事，扔出闪亮的霹雳，把他炸翻。

① 冒犯了雅典娜：具体所指不甚明确，参考 3 · 13，145 以及 4 · 499—511。据后世传说，俄伊琉斯之子埃阿斯曾在特洛伊的雅典娜神庙里奸污了卡桑德拉（普里阿摩斯之女），由此触怒了女神。

现在，你等神明恼恨我的作为，同居了一个凡人：
是我救了他，在他骑跨船的龙骨，独身沉浮
之时——宙斯扔出闪光的炸雷，
粉碎了他的快船，在酒蓝色的洋面，
侠勇的伙伴全都葬身海底，
疾风和海浪推搡着他漂泊，把他冲到这边。
我把他迎进家门，关心爱护，甚至许诺
可以使他长生不老，享过永恒不灭的生活。
然而，神祇中谁也不能挫阻，谁也不能破毁
带埃吉斯的宙斯的意志。所以，让他
去吧，倘若这是宙斯的决定，他的意愿，
让他逐浪在苍贫的大海。但我将不能为他提供方便，
因我既没有带桨的海船，也没有什么伙伴，
帮他跨越浩淼的洋面，但
我将给他过细的叮嘱，绝无保留，
使他不受伤害，安抵自己的故土家园。”

　　听罢这番话，信使阿耳吉丰忒斯答道：
“既如此，那就送他去吧；小心宙斯的愤恨，
使他日后不致心怀积怨，对你发泄。”

　　言罢，强有力的阿耳吉丰忒斯离她而去，
女王般的水仙，听过宙斯的谕言，随即
外出寻找心志豪莽的奥德修斯，
只见他坐在海边，两眼泪水汪汪，
从来不曾干过，生活的甜美伴随着思图还家的
泪水枯竭；女仙的爱慕早已不能使他心欢。
夜里，出于无奈，他陪伴女神睡觉，在
宽敞的洞穴，违心背意，应付伴侣炽烈的情爱，

而白天，他却坐在海边的石岩，
泪流满面，伤苦哀号，心痛欲裂，
凝望着苍贫的大海，哭淌着成串的眼泪。
丰美的女神走近他身边，说道：
“可怜的人，不要哭了，在我身边枯萎
你的命脉。现在，我将送你登程，心怀友善。
去吧，用那青铜的斧斤，砍下长长的树段，捆绑起来，
做成一条宽大的木船，筑起高高的舱基，在它的
正面，载你渡越混沌的大海。
我将把食物装上船面，给你面包、净水和暗红的醇酒，
为你增力的好东西，使你免受饥饿的骚烦。
我还将替你穿上衣服，给你送来顺疾的长风，
使你不受伤害，倘若神明愿意，
安抵自己的家园，他们统掌辽阔的天空，
比我强健，更有神力，无论是筹谋，还是兑践。”

　　她言罢，卓著和历经磨难的奥德修斯
索索发抖，开口答话，说道：
“你的谋划，我的女神，并非出于送行的愿望，而是另有
一番打算。你让我渡过浩淼的大海，乘用一只筏船，
此举惊险，充满艰难——即便是匀衡的快船，
兜着宙斯送来的劲风，也难以穿越。
所以，我将不会贸然登船，不，
除非你，女神，立下庄重的誓言，
保证不再谋设新的恶招，使我吃苦受难。”

　　他言罢，卡鲁普索，女神中的佼杰，
咧嘴微笑，抚摸着他的手，出声呼唤，说道：
“嘿，你这个无赖，诡计多端，

竟存此般心思，说出这番话来。
让大地和辽阔的天空作证，还有
斯图克斯的泼水——幸福的神祇誓约，
以此最为庄重，最具可怕的威慑：我保证
不再谋设新的恶招，使你吃苦受难。
倘若让我置身你的境地，我亦会
如此设想，用同样的办法冲破难关。
我知道通情达理地处事，我的心灵
善多同情，不是铁砣一块。”

　　言罢，闪光的女神轻快地引路先行，
奥德修斯跟随其后，踩着女神的脚印。
他们一路前行，女神偕领凡人，来到深旷的洞穴。
奥德修斯弯身下坐，在赫耳墨斯刚才坐过的
椅子，女仙摆出各种食物，在他面前，
凡人食用的东西，供他吃喝，
然后坐在神一样的奥德修斯对面，
女仆给她送来奈克塔耳和神用的食物，
他们伸出手来，抓起面前的肴餐。
当他们享受过吃喝的愉悦，
丰美的女神卡鲁普索首先开口，说道：
“莱耳忒斯之子，宙斯的后裔，多谋善断的奥德修斯，
还在一心想着回家，返回你的
故乡？好吧，即便如此，我祝你一路顺风。
不过，你要是知道，在你的心中，当你
踏上故土之前，你将注定会遇到多少磨难，
你就会呆在这里，和我一起，享受
不死的福分，尽管你渴望见到妻子，
天天为此思念。但是，我想，

我可以放心地声称，我不会比她逊色，
无论是身段，还是体态——凡女岂是
神的对手，赛比容貌，以体形争攀?!”

　　听罢这番话，足智多谋的奥德修斯答道：
“女神，夫人，不要为此动怒。我心里一清二楚，
你的话半点不错，谨慎的裴奈罗珮
当然不可和你攀比，论容貌，比身形——
她是个凡人，而你是永生不灭、长生不死的神仙。
但即便如此，我所想要的，我所天天企盼的，
是回返家居，眼见还乡的时光。倘若
某位神明打算把我砸碎，在酒蓝色的大海，
我将凭着心灵的顽实，忍受他的打击。
我已遭受许多磨难，经受许多艰险，顶着大海的
风浪，面对战场上的杀砍。让这次旅程为我再添一分愁灾。”

　　他言罢，太阳落沉，黑夜将大地蒙罩；
他俩退往深旷的岩洞深处，
贴身睡躺，享受同床的愉悦。
但是，当早起的黎明，垂着玫瑰红的手指，重现天际，
奥德修斯穿上衫衣，裹上披篷，
而女仙自己则穿上一领宽大的白色披袍，
织工细巧，漂亮美观，围起一根绚美的金带，
扎在腰间，披上一条头巾。她开始
设想如何准备这次航程，为心志豪莽的奥德修斯。
女神给他一把硕大的斧斤，恰好扣合他的手心，
带着青铜的斧头，两道锋快的铜刃，安着一根
漂亮的柄把，橄榄木做就，紧插在铜斧的孔穴。
接着，女神又给他一把磨光的扁斧，引路前行，

来到海岛的尽端，耸立着高大的树木，
有桤树、杨树和冲指天穹的杉树，
早已风燥枯干，适可制作轻捷漂浮的筏船。
卡鲁普索，丰美的女神，把他带到伐木地点，
耸立着高高的树干，然后返回自己的居所。
奥德修斯动手伐木，很快便完成了此项工作。
他一共砍倒二十棵大树，用铜斧剔打干净，
劈出平面，以娴熟的工艺，按着溜直的粉线放排。
其时，丰美的女神卡鲁普索折返回来，带给他一把钻子，
后者用它钻出洞孔，在每根树料上面，
用木钉和栓子把它们连固起来。
像一位精熟木工的巧匠，制作底面
宽阔的货船，奥德修斯手制的
航具，大体也有此般敞宽。接着，
他搬起树段，铺出舱板，插入紧密排连的
边柱，不停地工作，用长长的木掾完成船身的制建。
然后，他做出桅杆和配套的桁端，
以及一根舵桨，操掌行船的航向，
沿着整个船面，拦起柳树的枝条，
抵挡海浪的冲袭，铺开大量的枝干。
其时，卡鲁普索，丰美的女神，送来大片的布料，
制作船的风帆。奥德修斯动作熟练地整治，
安上缭绳、帆索和升降索，在木船的舱面。
最后，他在船底垫上滚木，把它拖下闪光的大海。

　　到了第四天上，一切准备就绪；
到了第五天，丰美的卡鲁普索替他沐浴，
穿上芳香的衣衫，送他离程归返。
女神装船两只皮袋，一只灌满黑红的酒浆，

另一只，更大的那只，注满净水，搬上
一袋食物，以及许多裨益凡人的美味，
招来一阵顺风，温暖、轻柔的和风，送他行船。
光荣的奥德修斯，欣喜扑面的海风，张开船帆，
端身稳坐，熟练地操把舵桨，制导着
木船的航程。睡意从未爬上眼睑，因他
目不转睛地望着普雷阿得斯和沉降缓慢的布忒斯，
还有大熊座，人们称之为“车座”，
总在一个地方旋转，注视着俄里昂，
众星中，惟有大熊座从不下沉沐浴，在俄开阿诺斯的
水面——卡鲁普索，丰美的女神，曾出言叮嘱，
要他沿着大熊座的右边，破开水浪向前。
一连十七天，奥德修斯驾船行驶，破浪前进，
到了第十八天里，水面上出现了朦胧的山景，
法伊阿基亚人的土地，离他最近的陆岸，
看来像一块盾牌，浮躺在昏蒙的洋面。

　　其时，强健的裂地之神正从埃塞俄比亚人那里回来，
从索鲁摩伊人的山脊上远远眺见他的身影，
驾着木船渡海。见此情景，波塞冬怒火中烧，比以往
更烈，摇着头，对自己的心灵说道：
“这是怎么回事?！毫无疑问，关于奥德修斯，
神们已改变主意，在我走访埃塞俄比亚人的时候。
眼下，他已驶近法伊阿基亚人的国度，注定
可以摆脱他所承受的巨大灾祸的地界。
不过，我想，我仍可使他吃受足够的苦难!”

　　言罢，他汇聚云朵，双手紧握
三叉戟，搅荡着海面，鼓起每一股狂飙，

所有的疾风，密布起沉沉积云，
掩罩起大地和海洋。黑夜从天空里跳将出来，
东风和南风互相缠卷，还有凶猛的西风和
高天养育的北风，掀起汹涌的海浪，
奥德修斯吓得双膝发软，心志涣散，
感觉焦躁烦愤，对自己豪莽的心灵说道：
“咳，不幸的人儿，我将最终面对何样的结局？
我担心女神的言告一点不错，她说
在我到家之前，我将在海上
经受苦难——眼下，这一切正在兑现。
瞧这铺天盖地的云层，宙斯把它们充塞在广阔的天穹，
搅乱了大海，狂飙扫自各个方向，
冲挤在这边。我的暴死已成定局。和我相比，
那些战死疆场的达奈兵壮，在那辽阔的特洛伊大地，
为了取悦阿特柔斯的儿郎，要幸福三倍，甚至四倍。
但愿我也在那时阵亡，接受命运的捶击，
那一天，成群结队的特洛伊人对我扔出
铜头的利械，围逼着裴琉斯死去的儿男①——这样，
我就能接受火焚的礼仪，得获阿开亚人给我的荣誉。
现在，命运却要我带着此般凄惨终结。”

　　话音刚落，一峰巨浪从高处冲砸下来，
以排山倒海般的巨力，打得木船不停地摇转，
把奥德修斯远远地扫出船板，脱手
握掌的舵杆。凶猛暴烈的旋风
汇聚荡击，拦腰截断桅杆，
卷走船帆和舱板，抛落在远处的峰尖。

---

① 裴琉斯死去的儿男：即阿基琉斯。

奥德修斯埋身浪谷，填压了好长一段时间，
无法即刻钻出水头，从惊涛骇浪下面，
女神卡鲁普索所给的衣衫把他往下压扯沉淀。
终于，他得以探出头来，吐出
咸涩的海水，成股地从头面上泼泻。
然而，尽管疲倦，他却没有忘记那条木船，
转过身子，扑向海浪，抓住船沿，
蹲缩在船体的中间，躲避死的终结。
巨浪托起木船，颠抛在它的峰尖，忽起忽落，
像那秋时的北风，扫过平原，吹打
荡摇的蓟丛，而后者则一棵紧贴着一棵站立；
就像这样，狂风颠抛着木船，忽起忽落，在大海的洋面：
有时，南风把它扔给北风玩耍，
有时，东风又把它让给西风追击。

　　其时，卡德摩斯的女儿，脚型秀美的伊诺，又名
琉科塞娅，眼见他的踪影。从前，她是讲说人话的凡女，
现在，她生活在大海深处，享受女神的尊严。
见他随波逐浪，受苦受难，琉科塞娅心生怜悯，
钻出水面，像一只扑翅的海鸥，
停栖坚固的船上，对他说道：
“可怜的人！裂地之神波塞冬为何
如此恨你，让你遭受此般祸灾？
然而，尽管恨你，他将不能把你碎败。好吧，
按我说的做——看来，你不像是个不通情理的笨蛋。
脱去这身衣服，把筏船留给疾风摆弄，
挥开双臂，奋力划泳，游向法伊阿基亚人的
陆岸，注定能使你脱险的地界。
拿去吧，拿着这方头巾，绑在胸间，

有此神物，永不败坏，你可不必惧怕死亡，担心受难。
但是，当你双手抓着陆岸的边沿，
你要解下头巾，扔入酒蓝色的大海，
使其远离陆地——做时，别忘了转过头脸。”

言罢，女神送出头巾，随后
扑入起伏的大海，像一只海鸥，
幽黑、汹涌的咸水掩罩起她的身形。
其时，卓著和历经磨难的奥德修斯心绪纷繁，
权衡斟酌，对自己豪莽的心灵说道：
“唉，悲哀！我担心某位神祇有意
捉弄，设置陷阱，要我放弃筏船。不，眼下，
我不能如此去做，我所亲眼目睹的那片
陆野——她说我可在那里脱走——仍在遥远的岸边。
对了，我可这么从事，此举看来妙极：
只要船体不散，木段靠连，
我就置身船上，忍受困苦的熬煎，
但是，一旦海浪砸碎船舟，那时，
我将入海游泳；我再也想不出比这更好的决断。”

正当他思考斟酌之际，在他的心里魂里，
波塞冬，裂地之神，掀起一峰巨莽的海浪，
一股粗蛮、惊险的激流，卷起水头，狠砸下来，
恰如疾风吹扫，席卷一堆干燥的
谷壳，四散飘落，洒落在地面，
木船的块段被浪峰砸得碎烂，但奥德修斯
骑跨着一根木段，像跨坐马背，
剥下女神卡鲁普索送给的衣服，
迅速绑上伊诺的头巾，绕着胸围，

一头扎进海浪，挥开双臂，
拼命划摆。王者、裂地之神见此景状，
摇着头，对自己的心灵说道：
“挣扎去吧，在这深海大洋，让你吃够苦头，
直到置身那帮生民，宙斯哺育的民众，但即便
如此，我想，你已不会吹毛求疵，对你所历受的愁难。”

言罢，波塞冬扬鞭长鬃飘洒的骏马，
前往埃伽伊，那里有他辉煌的宫殿。

其时，雅典娜，宙斯的女儿，谋划着下一步打算。
她罢止风势，所有劲吹的狂飙，
让它们平缓息止，回头睡觉，只是
催起迅猛的北风，击伏奥德修斯身前的
水浪，直到宙斯育养的壮勇躲过死亡和死之精灵的
追赶，置身欢爱船桨的法伊阿基亚人中间。

一连两天两夜，他漂泊在深涌的海涛里，
心中一次又一次地想到死的临来；
然而，当发辫秀美的黎明送来第三个白天，
疾风停吹息止，呈现出无风、寂静的
海面。随着一峰升起的巨浪，奥德修斯闪出
迅捷的一瞥，眼见登陆的廓岸，已在离他不远的地点。
宛如病躺的父亲，带着钻心的疼痛，转现出
存活的生机，对他的孩童，使他们释去愁烦——
他已患病多时，身心疲惫，受之于某种可怕的神力的侵袭，
但情势转悲为喜，神明使他消除了病灾；
就像这样，陆地和树林的出现，使奥德修斯舒心爽气，
他破浪游去，奋力向前，试图登岸。

但是，当离岸的距程，进入喊声可及的范围，
他听到海涛冲击礁岩发出的响声，
一堵滔天的巨浪峰起扑打，撞砸在
干实的滩地，溅出四散的水沫，蒙罩了一切，
此地既无泊船的港湾，亦无进船的道口，
只有突兀的岩峰，粗莽的悬崖绝壁。见此情景，
奥德修斯吓得双膝发软，心志涣散，
感觉焦躁烦愤，对自己豪莽的心魂喊道：
“完了，咳！在我绝望之际，宙斯让我眼见此番
岸景，而我已挣扎着闯过这片水域，
然而，眼下我却找不到出口，在这灰蓝色的海面。
前方是锋快的礁石，四周惊涛滚滚，
呼呼隆隆，顶着陡峻的岩壁，
岸边水势深沉，无有稳驻双脚的
空平之地，可资躲避眼前的危难。
我怕就在攀登之际，一峰巨浪会把我抛向
突莽的石壁，碎毁我上岸的努力。
但是，倘若沿着石岸下游，试图寻见
斜对海浪的滩面或停船的港湾，
我担心风暴会把我逮着，
任我高声吟叫，卷往鱼群游聚的深海；
或许，某位神明亦可能从海底放出一头
怪物，安菲特里忒有的是这一类伙伴——
我知道，光荣的裂地之神恨我，恨得深切。”

　　正当他思考斟酌之际，在他的心里魂里，
一峰巨浪把他抛向粗皱的岩壁。其时，
他将面临皮肤遭受擦剥，骨头被岩石粉碎的结局，
要不是灰眼睛女神雅典娜送出启示，注入他的心间。

奥德修斯拼命抓住岩面，用他的双手，
咬牙坚持，大声叫喊，直到巨浪扑过身前。
然而，虽说熬过了这次冲击，浪水的回流却把他
砸离抓抱的岩块，远远地扔向海面。
像一条章鱼，被外力拖出巢穴，
泥砾糊满吸盘——就像这样，
岩石粘住手的脱力，扯去掌上的
表皮；海涛压住他的脸面，将他掩埋。
其时，可怜的奥德修斯可能破越命运的制约，葬身海底，
若非雅典娜，眼睛灰蓝的女神，给他送来脱险的心念。
他冲出激浪，后者喷砸在大海的岸边，
沿着海岸游去，两眼总是紧盯着滩沿，希望
寻见一处斜对海浪的滩面或停船的港湾。
然而，当他继续游去，抵及一处河口，
置身清湛的水流，感觉此乃最好的登岸地点，
无有岩石，倒有挡御风吹的遮掩。
眼见河流奔出水口，奥德修斯默然祈诵，发话心间：
“听我说，神主，无论你是哪位。我在向你靠近，亟需你的
帮援，一位不幸之人，逃出大海的杀捕，波塞冬的咒言。
即便对不死的神明，落荒的浪人受到尊敬，
亦可祈求帮助，像我一样，忍受了
种种磨难，趋贴你的水流，身临你的膝边。
可怜我的不幸，王爷，容我声称，我是个对你祈求的凡男。”

　　他言罢，河流息止自己的水流，停息了奔涌的浪头，
理出一片宁静的水域，在他前面，让他安全
进入河口。奥德修斯膝腿弯卷，
垂展沉重的双手，心力交瘁，受之于咸水的冲灌，
全身皮肉浮肿，淌着成股的海水，

涌出嘴唇，从鼻孔里面。他身心疲软，躺在地上，
既不能呼气，也无力说话，极度的疲劳使他无法动弹。
但是，当他重新开始呼喘，命息回返心间，
他便动手从身上解下女神的头巾，
放入河面，让那汇海的水流载着漂走，
峰卷的巨浪把它推入大海。伊诺当即出手，
取回头巾。奥德修斯步履踉跄，走离河边，
瘫倒芦草丛中，亲吻盛产谷物的地面。
其后，他感觉焦躁烦愤，对自己豪莽的心灵说道：
“咳，我的前景，最终将有何样悲惨的结局？
倘若苦熬不测的夜晚，在这条河边，
我担心，舒润的露珠和凶狠的寒霜会联手
整垮我虚软的躯体，我已精疲力竭——
清晨，阴飕飕的寒风会从河上吹来。
但是，倘若爬上斜坡，走入繁茂的树林，
躺在厚厚的枝丛里，那样，即便能躲过
疲乏和寒流的侵袭，睡一个香甜的好觉，
我担心，我的躯体将成为野兽猎杀、劫夺的食餐。”

　　两下比较，他认定后者佳妙，
于是走向树林，在靠近河边之处找见
一片空广的去处，在两蓬树丛下止步，二者
生长在同一块地皮，一蓬灌木，一片野生的橄榄树，
既能抵御湿润的海风吹扫，
又可遮挡闪亮的太阳射照，
雨水亦不能穿透，密密匝匝，
枝干虬结。奥德修斯钻入树丛，
双手堆起一个床铺，床面
开阔——地上有的是落叶，

足够供两人，甚至三人睡躺，
在那冬令时分，哪怕在极其寒冷的时节。
见此景状，卓著和历经磨难的奥德修斯高兴，
躺在枝床中间，堆盖起厚厚的落叶。
像有人埋掩一块燃烧的木段，在黑色的炭灰下面，
置身边远的农地，附近没有邻居，
埋下此颗火种，省去无处寻火的愁烦；
就像这样，奥德修斯掩躺叶堆，雅典娜
见状撒出睡眠，对着他的眼睛，合上眼睑，
使他很快静心入睡，消除一路拼搏带来的疲惫不堪。

# 第六卷

　　就这样，卓著和历经磨难的奥德修斯卧躺枝丛，
沉睡不醒，疲惫不堪。与此同时，雅典娜
动身来到法伊阿基亚人的地域和城市，
后者原先住在呼裴瑞亚，宽敞的地野，
毗邻库克洛佩斯，横行霸道的人群，
仗着更为强健粗蛮，不断地骚扰侵袭。
神一样的那乌西苏斯将族民迁离该地，
落户斯开里亚，远离吃食面包的凡人，
沿城筑起围墙，城内盖起房屋，
立起敬神的庙宇，划分了土地。以后，
命运无情，把他送往哀地斯的府居；现在，
阿尔基努斯，从神那里得获谋辩的本领，统治那里。
灰眼睛女神雅典娜前往他的家居，
谋划着心志豪莽的奥德修斯的回归，
闪入精工建造的卧房，里面睡躺着
一位姑娘，身段和容貌像不死的女神，
娜乌茜卡，心志豪莽的阿尔基努斯的女儿，
由两位侍女陪伴，带着典雅女神赐给的秀美，
分躺在门柱两边，关着闪亮的房门。
像一缕轻风，女神飘至姑娘的床沿，
悬站在她的头顶，开口说话，变作
一位少女的形貌，以航海闻名的杜马斯的

女儿，娜乌茜卡喜爱的姑娘，和她同龄。
以此女的形象，灰眼睛女神雅典娜说道：
“你的母亲，娜乌茜卡，怎会有一位如此粗心的姑娘？
闪亮的衣服堆放在那边，不曾浣洗，而你的
婚期已近在眼前：届时，你将需要漂亮的
裙袍并让侍送你的人等，穿用你给的衣衫。
女儿家由此赢获四处传谈的
美名，使你的父亲和尊贵的母亲欢心。
所以，明天清晨，黎明时分，让我们前往浣洗，
我将和你同行帮忙，以便尽快洗完
衣裳——不久后，你将成为出嫁的人妻。
所有最优秀的法伊阿基亚青壮都在
追你，而你自己亦是一位法伊阿基亚人的千金。
记住了，催请你高贵的父亲，明天一早，
为你套起骡子，拉着货车，装着待洗的
腰带、裙衫和闪亮的盖披。再者，
于你而言，坐车前往，亦比步行更为
方便——浣洗之地远离城邑。”

　　灰眼睛雅典娜言罢，离她而去，
回返俄林波斯——人们说，神的居所
千古永存，既无疾风摇动，亦无雨水
淋浇，更没有堆积的雪片，永远是一片闪亮的气空，
万里无云，闪耀着透亮的光明。
幸福的神明在那里享受生活的欢快，日复一日。
灰眼睛女神告毕年轻的姑娘，返回永久的家居。

　　其时，黎明登上璀璨的宝座，唤醒
裙衫秀美的娜乌茜卡姑娘，后者惊诧于刚才的梦幻，

穿过房居，告会父母，面见
母亲和亲爱的父亲。姑娘找到他们，
只见王后坐在火盆边沿，带着
侍女，手操线杆，绕卷染成紫色的羊毛。姑娘
遇见父亲，后者正准备出门，商会各位
著名的王者，接受高傲的法伊阿基亚人的召请。
娜乌西卡紧站在亲爱的父亲身边，说道：
“亲爱的阿爸，请你让他们套车，那辆
高大的货车，安着坚实的轮盘，让我载着织工精良的
衣服，前往河边浣洗，好吗？它们全都散堆在那里，
脏兮兮的——当你聚会议事的首领，坐在他们
之中，你亦须穿干净的衣服。再说，
你有五个爱子，在宫里长大，
两个已经婚娶，另三个正是风华正茂的年纪，
总在等盼干净、清爽的衣服，穿在身上，走向
跳舞的场地。这是我的责任，我要操心所有这些事宜。”

　　姑娘如此一番说道，却因碍于羞涩，没有说出欢愉
人心的婚事，告知尊爱的父亲，但后者心知一切，说道：
“对于你，我的孩子，我不会吝啬那些个骡子，或其他
什么东西，去吧，仆人们会替你套备，那辆
高大的货车，安着坚实的轮盘，带着装货的箱子。”

　　言罢，他对仆人们发出套车的嘱令，后者当即动手，
拉出顺滑的骡车，在房居外面，
牵出骡子，套入车前的轭架；
姑娘提出闪亮的衣服，从里面的房室，
放在油光滑亮的车上。与此同时，母亲
拿出各种可口的吃食，装入一只箱子，

放进许多美味的食物，倒出醇酒，注入
一只山羊皮袋，让女儿把它放入车辆。
母亲还拿出一只金瓶，装着舒滑的橄榄油，
供女儿，也给随去的仆人们，浴后抹擦。
娜乌茜卡拿起鞭子和闪亮的缰绳，
手起鞭落，赶动两头骡子，嘚嘚嗒嗒地向前行走，
卖劲地拉起车辆，载着姑娘和衣服——
女主人并非独自行动，侍女们跟走在她的身旁。

她们来到河面清湛的水流，
从不枯竭的滩石旁，淌着晶亮的
河水，净洗衣服，不管多脏。
她们宽出骡子，牵离车辆，
赶着行走，沿着转打漩涡的河流，
让它们采食滩边，甜美的水草。姑娘们
搬下衣服，抬着走向黑亮的水头，
踏踩在河边的水塘，互相竞争赛比，
浣洗和漂净了所有的衣裳，
在海滩上铺出，整齐成行，在那
海水冲击岸沿，刷净大块卵石的地方。
随后，她们洗净身子，抹上橄榄清油，
吃用食餐，傍着河的边岸，
等待着天上的太阳，晒干洗过的衣裳。
当她们享受过进食的愉悦，娜乌茜卡
和女仆们摘去掩面的头巾，戏球玩耍，
白臂膀的娜乌茜卡领头歌唱，
像那箭雨纷飞的阿耳忒弥丝，穿走山林，
沿着陶格托斯山脉，或耸伟挺拔的厄鲁门索斯，
高兴地追赶野猪和迅跑的奔鹿，

领着山地水泽边的仙女，带埃吉斯的宙斯的女儿们，
奔跑嬉耍在野地里，使莱托见后心花怒放——
阿耳忒弥丝的头脸，她的前额，昂现在众仙之上，
显得非常瞩目，虽然她们个个艳美漂亮。
就像这样，娜乌茜卡闪现在女仆之中，一个未婚的姑娘。

　　然而，当娜乌茜卡准备套起骡车，
叠好绚美的衣裳，动身回家时，
灰眼睛女神雅典娜想起了另一件要做的事情：
应让奥德修斯醒来，见着这位佳美的姑娘，
由她引路，进入法伊阿基亚人的城邦。
其时，公主将圆球投向一位侍女，
不曾击中，掉落深卷的河水，
女人们尖声喊叫，惊醒了高贵的奥德修斯，
随即坐起身子，判断思考，在他的心里魂里：
“天啊，我来到了何人的地界，族民生性
怎样？是暴虐、粗蛮，无法无规，
还是善能友待外客，心中敬畏神的惩罚？
听这耳边震响的声音，一群年轻女子的叫喊，
抑或是一些女仙，出没在耸挺陡峻的山野里，
嬉耍在泉河的溪流边，水草丰美的泽地上。或许，
我已来到住人的邻里，傍依能和我通话的族邦？
好吧，看看去，用我的眼睛，看看情势到底怎样。”

　　言罢，卓著的奥德修斯从枝蓬下钻出身子，
伸出粗壮的大手，从厚实的叶层里折下
一根树枝，遮住身体，裸露的下身，
像一头山地哺育的狮子，满怀勇力带来的自信，
奋发向前，顶着疾风暴雨，两眼

闪闪发光，横冲直撞在牛或羊群里，或是追捕
狂跑的奔鹿；肌肠迫挤，催它
闯入坚固的栅栏，追杀肥羊。
就像这样，奥德修斯准备面对发辫秀美的姑娘，
尽管裸露着身子，出于需求的逼迫，
带着一身盐斑，模样甚是可怕，
吓得女人们四散奔逃，沿着突伸的海滩。
惟有阿尔基努斯的女儿稳站不跑，雅典娜已给她
勇气，注入她心里，同时抽走恐惧，从她的肢腿，
姑娘站立原地，面对眼前的生人。奥德修斯思考斟酌，
是恳求这位秀美的姑娘，抱住她的膝盖，还是
站守原地，离着姑娘，用温柔的言词，
求她告知进城的方向，借他一些衣裳。
两下比较，他认定后者更佳，
离着姑娘，用温柔的言语恳求，
不宜抱住她的膝腿，恐她生气发慌。
以温和的语调，高超的技巧，奥德修斯开口说讲：
“我在向你恳求，我的女王。你是一位神明，还是一介
凡胎？倘若你是神明，拥掌辽阔天空的神祇中的一员，
那么，你的丰美，你的身段和体形，比谁都
更像宙斯的女儿，像似阿耳忒弥丝的模样。
但是，倘若你是一位居家凡间的女子，那么，
你的父亲和尊贵的母亲，还有你的兄弟，一定受着
三倍的幸福，是的，三倍于常人的幸福——有了你，我
知道，他们的心里一定永远喜气洋洋，眼见这么一棵
亭亭玉立的树苗，多好的姑娘，走向歌舞的地方。
然而，比谁都更为幸运，更感心甜的，是那个男人，
以众多的财礼，把你争作自己的新娘，引着回家。
我的双眼从未见过如此秀美的凡人，

无论是妇女，还是男子；你美得使我惊讶。不过，
在德洛斯，我曾见过一件绝美的佳品，傍着阿波罗的祭坛，
一棵嫩绿的棕榈树，长得何等挺拔，我曾去过
那里，带着许多随员，在那次
远足，迎受将至的凶邪愁殃。
凝望着它的枝干，我赞慕
良久，大地上从未长过如此佳丽的树木——
就像这样，小姐，我惊叹和赞慕你的形貌，打心眼里
害怕，不敢抱住你的膝腿，虽然承受着莫大的悲伤。
在酒蓝色的洋面，我颠簸了十九个天日，
直到昨天登陆，遭受狂风和海浪的击打，把我从
俄古吉亚岛一路推搡——现在，命运把我带到此地，
继续遭受悲苦的折磨，我知道苦难
不会中止，在此之前，神们将让我艰辛备尝。
怜悯我的不幸，我的女王！我承受了许多磨难，
你是我遇见的第一个凡人；在拥有这片土地，
这座城市的族民里，我没有亲友朋帮。
告诉我进城的路子，给我一些布片包掩，
倘若你来此之际，带着什么裹身的衣裳。
愿神明给你心中盼想的一切，
愿他们给你一位丈夫，一座房居，给你舒心的
和谐——此乃人间最好、最可贵的赐赏：
一对男女，夫妻两个，拥有一个相处和睦的家庭，
此番景状，会给敌人送去难以消掩的愁戚，
给朋友带来欢乐，替自己赢获最好的名声传扬。”

听罢这番话，白臂膀的娜乌茜卡答道：
“看来，陌生的来客，你不像是个坏蛋或没有头脑的蠢人；
宙斯，俄林波斯大神，统掌人间的佳运，

凭他的意愿，送给每一个人，优劣不论。
是他给了你此般境遇，所以你必须容忍。
但现在，既然你已来到我们的国土，我们的居城，
你将不会缺衣少穿，或匮缺其他什么，
一位落难的祈求者可望得到的帮助。
我将把你送到城边，告诉你我们部族的名称。
这片疆域和你所要去的城市，是法伊阿基亚人的属地，
而我是阿尔基努斯的女儿，心志豪莽的首领，
我的父亲，代表法伊阿基亚人的力量，他们的刚勇。”

言罢，她转而嘱告发辫秀美的女仆：
“停下来吧，我的姑娘们，你们在往哪里奔跑——只是因为
见着了一个男人？你们以为他是某个敌人，对不？
这里现在没有，将来也不会有我们的敌人，
侵犯法伊阿基亚人的国土，
发起进攻。我们是不死者十分钟爱的族民，
独居在遥远的地方，激浪汹涌的海边，
凡人中最边远的族邦，不和其他生民杂居。
现在，这位不幸的落难之人来到我们中间，
我们理应予以照顾；别忘了，所有的生人浪者
都受到宙斯的保护；礼份虽小，却会得到受者的珍重。
所以，侍女们，拿出食物和饮酒，款待陌生的客人；
替他洗澡，在这条河里，有那遮风掩挡的去处。”

她言罢，侍女们收住脚步，互相鼓励，
领着奥德修斯，走下遮风的去处，遵照娜乌茜卡，
心志豪莽的阿尔基努斯之女的嘱咐，
放下一件衫衣，一领披篷，供他穿用，
拿出金质的油瓶，装着舒滑的橄榄油，

告诉生人，他可自便擦洗，在长河的水流。
光荣的奥德修斯开口说话，对同行的仆人：
“站着吧，姑娘们，站出一点距离，
容我洗去肩上的盐垢，涂上
橄榄油。我的皮肤已久不碰沾油的轻舒。
我不打算在你们面前洗澡，那会使我害臊，
光着身子，在发辫秀美的姑娘们身旁。”

　　他言罢，姑娘们转身离去，回告年轻的主人。
卓著的奥德修斯在河里洗净身子，搓去
咸水的积斑，从后背和宽阔的肩头，
刮去头上的盐屑，得之于荒漠大洋的水流。
当他洗毕全身，涂上松软的橄榄油，
穿上未婚少女给他的衣裳后，
雅典娜，宙斯的女儿，使出神通，让他看来
显得更加高大，更加魁梧，理出卷曲的发绺，
从头顶垂泻下来，像风信子的花朵。
宛如一位技艺精熟的工匠，把黄金浇上银层，
凭着赫法伊斯托斯和帕拉丝·雅典娜教会的各种
技艺，制作一件件工艺典雅的成物；
就像这样，雅典娜饰出迷人的雍华，在他的头颅肩膀。
奥德修斯走往一边，坐在海滩上，
光彩灼灼，英俊潇洒；姑娘赞慕他的形貌，
对着发辫秀美的侍女们说道：
“听着，白臂膀的女仆们，我这里有事嘱告。
此人并非违背全体拥掌俄林波斯的神明的意愿，
来到神一样的法伊阿基亚人之中。
刚才，他还形貌萎悴，在我看来，
现在，他简直就像拥掌辽阔天空的仙神。

但愿某个像他这般俊美的男人能被称做我的丈夫，
住在这里；但愿他愿意高兴地居留此地。
来吧，侍女们，拿出食物饮酒，款待陌生的客人。”

侍女们认真听完嘱告，谨遵主人的指令，
拿出食物和饮酒，放在他身边；
卓著和历经磨难的奥德修斯大口吃喝，
迫不及待——路上不曾进食，已有好长时间。

其时，白臂膀的娜乌茜卡想起另一件要做的事情。
她折好衣物，放上精美的骡车，
套上蹄腿强健的骡子，登上车板，
对着奥德修斯催喊，开口说道：
“站起来吧，生客，你可就此进城，让我带你
前往我那聪颖的父亲的房居——在那里，我相信，
你会结识法伊阿基亚人的上层，所有的权贵。
看来，你不像是个笨汉，我们是否可以如此操办。
只要我等还行进在村野，农人耕作的田地，
你便可快步疾行，和侍女一起，跟走在骡子
和货车后面，由我引路居前。但是，当抵及
城边，我们便不能结帮行走，走在一块。我们的城市
有一堵高墙拱围，两边各有一座漂亮的港湾，
连接狭窄的通道，弯翘的海船由此
拖上口岸，停放路边，各有自己的位点。
围绕着波塞冬瑰美的神庙，是一处
聚会的场所，铺垫着采来的[1]石头，水手们
在那一带修整黑船上使用的家什，

[1] 采来的：或“巨大的”。

比如缆索和布帆，精削待用的桨板。
法伊阿基亚人不关心射弓箭筒，
所用的只是桅杆、船桨和线条匀称的海船，
领略航海的欣喜，穿越灰蓝色的洋面。
我不愿让他们见着什么，说造不雅的言谈，担心日后
有人出言讥刺，居民中确有些厚脸皮的东西。要是我们
走在一起，让他们中的某个无赖看见，他便会如此嘲讥：
‘那是谁，跟着娜乌茜卡行走，那个高大、英俊的
陌生汉？她在哪里路遇此君？不用说，
那是她未来的夫婿，来自远方，迷途海中，
被她捡着——我们的近旁可没有栖居的生民。
抑或，是某位神祇，因她苦苦恳求，顺应
她的祈祷，自天而降，让她终身伴随？
如此更好，倘若她自己出门，觅找丈夫，
从别的什么地方，既然她看不上邻里的法伊阿基亚乡胞，
尽管他们中许多人追她，全都出身高贵。’
他们会如此说道，这将损害我的声名。
就我而言，我也反对姑娘自定终身，
倘若亲爱的父母仍然健在，违背他们的意愿，
私自结交男人，在待嫁闺中期间。
所以，陌生的客人，你要认真听我说告，
以便尽快得到家父赞助，回返乡园。
在邻近路边的地方，你会见到一片挺拔的杨树，
献给雅典娜的树林，奔流着一泓溪泉，旁边是一块草地，
那里有我父亲的园林，果实累累的葡萄园，
去城的距离一声喊叫可以达及。
到那以后，你可坐等一会，直到我们
进入城里，回到父亲的府居。
当你估摸着我们已抵达宫中，便可

走入法伊阿基亚人的城里，询问
我父亲的房居，心志豪莽的阿尔基努斯的家院。
宫居容易辨找，即便是无知的孩童，也会把你带到，
英雄阿尔基努斯的宫殿结构独特，
不同于其他法伊阿基亚人的房居。
当你进入宫居和场院，你要
迅速穿走大厅，直到见着我的
母亲，她正坐在火盆边，就着柴火的闪光，拿着
纱杆，缠绕紫色的纺线——此景让人看后诧奇——
倚着房柱，身后坐着她的侍伴。
傍邻她的座椅，是我父亲的宝座，
王者端坐椅面，啜喝美酒，神仙一般。
你可走过他身旁，伸出双臂，抱住
我母亲的膝盖，以便尽早见到幸福的
返家之日，哪怕你住在十分遥远的地方。
所以，若能博取她的好感，
你便可企望见着自己的亲人，回到
营造坚固的房居，回返故乡。”

　　言罢，娜乌茜卡挥起闪亮的皮鞭，催击
车前的骡子，后者撒腿快跑，离开奔流的长河，
摆动坚实的蹄腿，跑得轻松自如。
姑娘控掌着骡子的腿步，以便让步行的人们，奥德修斯
和她的侍女们，跟上骡车的进程，恰到好处地使用长鞭。
其时，太阳缓缓下沉，他们来到那片著名的树林，奉献
给雅典娜的林地，卓著的奥德修斯弯身下坐，
随即开口祈祷，对大神宙斯的女儿：
“听着，阿特鲁托奈，带埃吉斯的宙斯的孩子，
听听我的诵告，既然你那天没有听取我的

祈愿，任凭著名的裂地之神把我捶捣。答应让我
汇入法伊阿基亚人之中，受到他们的怜悯和爱慕。”

奥德修斯一番诉说，帕拉丝·雅典娜听闻他的祈愿，
但女神不想在他面前显形，出于对
她父亲的兄弟波塞冬的尊恐，后者仍然盛怒不息，
对神一样的奥德修斯，直到他返回自己的乡园。

# 第七卷

　　就这样，卓著和历经磨难的奥德修斯在林中祈祷，
而那两头强健的骡子则拉着姑娘前往城里。
当来到父亲光荣的居所，姑娘在
门前停下骡车，兄弟们走出房居，站在
她周围，神一样的小伙，动手
从车前宽出骡子，抬着衣物，走进屋内，
娜乌茜卡亦走入自己的房室，来自阿培瑞的
欧鲁墨杜莎，一位负责寝房事务的老妇，替她点起火把。
多年前，弯翘的海船将她带离阿培瑞，
人们把她，作为礼物，选送给阿尔基努斯，因他统治
所有的法伊阿基亚人，民众听服他的指令，像敬神一样。
在宫里，她负责照料白臂膀的娜乌茜卡的起居；
现在，她点火照明，在屋里替姑娘备好晚餐。

　　其时，奥德修斯站起身子，朝着城边走去。雅典娜，
出于善意，在他周围罩起浓厚的迷雾，
以防某个心胸豪壮的法伊阿基亚人，见他前来，
出言不逊，询问他的来历。当他
来到迷人的城楼前，打算进城之际，
灰眼睛女神雅典娜和他相见，变取一位
少女的模样，一个小姑娘，提着一只水罐，
走来站在他前面。卓著的奥德修斯开口问道：

“我的孩子，烦你领我寻访一位名叫阿尔基努斯
的人的住处，好吗？此人王统在这块地方。
我是个不幸的异邦人，浪迹此地，
来自遥远的国土，在拥有这座城市和
这片土地的族民里，我没有亲友朋帮。”

听罢这番话，灰眼睛女神雅典娜答道：
“既如此，我的朋友和父亲，我将带你前往你要我
引导的房所，国王是我雍贵父亲的近邻。
不过，你要静静地跟我行走，
不要目视这些路人，也不要发问，
他们没有过多的耐心，对异邦的生人，
亦不会热情接待来自外乡的宾客。
他们自信于快捷、迅跑的海船，跨越
深淼的洋流，驾乘裂地之神赐送的礼物，
这些越海的船舟，快得像展翅的羽鸟，飞闪的念头。”

言罢，帕拉丝·雅典娜腿步迅捷，
引路前行，奥德修斯跟走其后，踩着神的脚印，
以航海著称的法伊阿基亚人不曾见着他的踪影，
疾步在他们之中，穿走城市——长发秀美的
雅典娜，一位可怕的女神，不会让他们看见，在他
周围布起神奇的迷雾，出于对他的厚爱。
奥德修斯赞慕他们的港口和线条匀称的海船，
赞慕英雄们聚会的场所和绵长、高耸的
墙垣，竖顶着围栅，看了让人诧叹。
当他们行至国王光荣的宫殿，
灰眼睛女神雅典娜启口发话，说道：
“这里，我的朋友和父亲，便是你要我

指引的住房，你将会见到宙斯哺育的王者们欢宴，
享用食餐。进去吧，鼓起勇气，不要
害怕。勇敢的人做事，件件都有
善好的结果，哪怕置身异乡之中。
进宫后，你要先找我们的女主人。
此女名叫阿瑞忒，和国王
阿尔基努斯共有同一个祖宗。
家族中先有那乌西苏斯，由裂地之神波塞冬
和裴里波娅生养，裴里波娅，女人中身段最美的佼杰，
心志豪莽的欧鲁墨冬的末女，而欧鲁墨冬
曾是统治一方的王者，统治着心志高昂的巨人的族邦。
后来，他断送了粗莽的属民，也把自己葬送，
但波塞冬看上了他的女儿，和他睡躺欢爱，后者生下
心胸豪壮的那乌西苏斯，王统法伊阿基亚族邦。
那乌西苏斯有子瑞克塞诺耳和阿尔基努斯，
但银弓之神阿波罗击杀了瑞克塞诺耳，
已婚，但却不曾生子宫里，撇下一个女儿，
阿瑞忒，被阿尔基努斯妻娶，
所受的尊敬，女辈中，是的，在所有
替丈夫掌管房居的妇道中，无人可以比攀。
人们，包括她所钟爱的孩子，她的丈夫和
全城的居民，全都尊她爱她，过去如此，现在亦然，
城民们看她，如同仰视神明，
向她致意，当她行走城区街坊。
不仅如此，她还心智聪颖，通达情理，当辨察
使她有所择取，善能解决女人，甚至男人中的纠纷。
所以，若能博取她的好感，
你便可望见着自己的亲人，回抵
顶面高耸的房居，回返故乡。”

言罢，灰眼睛女神雅典娜离他而去，
穿越苍贫的大海，离开美丽的斯开里亚，
抵达马拉松，来到雅典宽阔的街面，
进入厄瑞克修斯营造坚固的房居。其时，奥德修斯
走向阿尔基努斯著名的宫居，心里反复
思考斟酌，站在门边，青铜门槛的前方。
像闪光的太阳或月亮，心志豪莽的阿尔基努斯的房居，
顶着高耸的屋面，射出四散的光芒。
青铜的墙面，展现在左右两边，从
门槛的端沿伸向屋内的边角，镶着珐琅的圈边，
门扇取料黄金，护挡着坚固的宫居，
合靠着白银的框柱，竖立在青铜的门槛上，
高处是一根银质的眉梁，门上安着金质的手把，
门的两边排着黄金和白银铸成的犬狗，
由赫法伊斯托斯手制，以精湛的工艺，
守护心志豪莽的阿尔基努斯的宫房，
忠诚的门卫，永生不灭，长生不老①。
大厅里，沿墙的两边，排放着座椅，
从内屋一直伸到门边，铺着
细密、精工纺制的织物，女人的手艺。
法伊阿基亚人的首领们在此聚会
吃喝，他们的库产永远食用不完。
金铸的年轻人手握燃烧的
火把，站在坚实的基座上，
为宴食的人们，照亮整座厅堂。
五十名女仆劳作在房居里，有的
推动手磨，辗压苹果色的谷粒，

① 长生不老：犬狗虽系金银铸成，但荷马在此把它们当做活物处理。

有的在机前织布，摇转线杆，坐着，
不停地劳作，像高高的杨树上摇摆的枝叶，
织纺细密的亚麻布面上，渗落着橄榄果柔润的油滴。
正像法伊阿基亚男子是驾着快船，破浪远洋的高手，
他者不可企及，法伊阿基亚妇女是
织纺的专家，凭着雅典娜赋予的灵性，
手工精美绝伦，心智聪巧敏捷。
房院的外面，傍着院门，是一片丰广的果林，
需用四天耕完的面积①，周边围着篱笆，
长着高大、丰产的果树，有
梨树、石榴和挂满闪亮硕果的苹果树，
还有粒儿甜美的无花果和丰产的橄榄树。
果实从不枯败，从不断档，
无论是夏天，还是冬时，长年不断，
西风总在拂送吹打，透熟一批，催长着另一批果鲜。
熟果一批接着一批出现，梨子接着梨子，苹果接着苹果，
葡萄串儿接着葡萄串儿，无花果粒迎来另一批无花果儿。
那里还根植着一片葡萄，果实累累，
有的在温软、平整的地野，颗粒在
阳光中收干，有的正被采摘，还有的
已被付诸压挤、踏踩；果园的前排挂着尚未
成熟的串儿，有的刚落花朵，有的已显现出微熟的紫蓝。
葡萄园的尽头卧躺着条垅齐整的菜地，
各式蔬菜，绿油油的一片，轮番采摘，长年不断，
水源取自两条溪泉，一条浇灌整片林地，

---

① 四天耕完的面积：tetraguos，作“of four days' plaughing”解，由 tetra（四）和 guos（其名词形式为 gues，意为“犁柄”）组合而成，具体指对的土地面积不明。对于极富英雄气概的奥德修斯，tetraguon 亦可指一天的工量，即一块驱使一对最强壮的健牛一天可以耕完的土地（见 18・374）。

另一条从院门边沿喷涌出来，
城民们由此汲水，傍着高耸的房院。
这些便是阿尔基努斯家边的妙景，神赐的礼物绚美。

　　就这样，宫居边，卓著和历经磨难的奥德修斯站立
惊赏，直到饱领了宫景的佳美。随后，
他迅速跨过门槛，进入宫殿，
眼见法伊阿基亚人的首领和统治者们
正倾杯泼酒，给眼睛雪亮的阿耳吉丰忒斯，
每当上床之前，他们总把最后的杯酒奉献给这位神仙。
卓著和历经磨难的奥德修斯走入宫居，
裹着浓厚的雾团，雅典娜的神工，
直到行至阿瑞忒和国王阿尔基努斯面前。
奥德修斯伸出双手，抱住阿瑞忒的膝盖，
这时，神奇的迷雾方才飘散，
众人默不出声，呆在宫居里，眼见他的到来，
惊奇纳闷，望着他的脸面。奥德修斯出言恳求，说道：
“阿瑞忒，神样的瑞克塞诺耳的女儿，我历经艰险，
来到你的膝前，作为恳求者，对你和你的丈夫，
还有这些宴食的人们——愿神明给他们
丰美昌足的生活，让每一位都能传给儿子
房中的家产，传代属民们给予的权益和荣誉。
至于我，我只求尽快得到赞佑，返回
故乡，我已长期遭受磨难，远离朋伴。”

　　言罢，他坐身炉盆边的火堆，
傍着柴火，众人静默，肃然无声。
终于，年迈的英雄厄开纽斯开口打破沉寂，
法伊阿基亚人的长老，口才

比谁都好，知晓许多过去的传说。
其时，他心怀善意，对众人说道：
“此事不太佳妙，阿尔基努斯，亦不合体统，
让生人坐在灰堆里，傍着炉火。
众人全都默不作声，只因等待你的命令。
去吧，扶起生客，坐上银钉嵌铆的
靠椅，命嘱信使兑调醇酒，
供我们洒用，敬祭喜好炸雷的宙斯，
后者监护着祈求的人们——他们的权益应该受到尊重。
让家仆端来晚餐，招待陌生的客人，拿出贮存的食物。”

听罢这番话，灵杰豪健的阿尔基努斯
握住来者的双手，聪明、心计熟巧的奥德修斯，
将他从火盆边扶起，坐上闪亮的靠椅，
取代骁勇的劳达马斯，他的儿子，后者
一直坐在他身边，最受他宠爱。
一名女仆提来绚美的金罐，
倒出清水，就着银盆，供他
盥洗双手，搬过一张溜光的餐桌，放在他身旁，
一位端庄的女管家送来面包，供他食用，
摆出许多佳肴，足量的食物，慷慨陈放。
卓著和历经磨难的奥德修斯大吃大喝，食毕，
豪健的国王阿尔基努斯对使者说道：
“调兑一缸浆酒，庞托努斯，供厅内
所有的人洒用，敬祭喜好炸雷的宙斯，
后者监护着祈求的人们——他们的权益应该受到尊重。”

他言罢，庞托努斯兑出香甜的浆酒，
先在众人的饮具里略倒祭神，然后添满各位的酒杯。

奠过神明，众人喝够了醇酒，
阿尔基努斯当众发话，说道：
“听我说，法伊阿基亚人的首领和统治者们！
我的话乃有感而发，受心灵的催使。现在，
各位已吃饱喝足，宜于回家，睡躺休息，
明天一早，我们将召来更多的长老，
宴待客人，在我的厅堂，敬献丰美的牲祭，
给不死的神明。然后，我们将考虑送客回返
之事，如何使他不受烦恼，不经苦难，
接受我们的护送，回到自己的乡土，尽快
见到幸福的返家时光，哪怕他住在十分遥远的去处，
途中不受痛苦和愁难的骚扰，
安抵自己的家国。从那以后，他将
忍受命运和严酷的网结者为他编织的线网的
束缚，在他出生那天，母亲把他带到人间的时候。
但是，倘若他乃某位神明，从天而降，
那么，这将是一件新奇的事情，出自神的思导；
在此之前，神们一贯以明晰的形象对我们
显露，面对我们奉献的隆盛、光荣的牲祭，
坐在我们身边，和我们一起欢宴，
即便是某个独身行走的出门人，路遇神明，
他们也不会对他隐形，因为我们，像库克洛佩斯
和野蛮的巨人部落那样，是他们的族裔。”

　　听罢这番话，足智多谋的奥德修斯说讲，答道：
“你可不要往那面去想，阿尔基努斯，我不是
统掌辽阔天空的长生者，没有那个身段，
他们的体形；我只是个会死的凡人。
告诉我谁个承受过最大的不幸，在你们所知道的

凡人中，我所忍受的痛苦完全可以和他的
相比。事实上，我可以吐出更多的苦水，
我所遭受的磨难，出于神的意志。
现在，请允许我食用晚餐，尽管心里悲哀，
可恨的肚子是人间最不顾廉耻的
东西，强令人们记取它的存在，
哪怕你心中苦恼，悲痛万分，
像我现时一样，心中忍受着悲苦，而它却固执地
催我吃喝，强迫我忘记
遭受的一切，命我填饱它的空间。
明晨拂晓，你们可尽快行动，让
不幸的我回返自己的乡园，尽管
我已遭受许多悲难。让生命离我而去吧，一旦
让我见过我的财产、仆人和宏伟、顶面高耸的房殿！”

听他言罢，众人一致赞同，催请国王
送客还家——他的话句句在理，说得一点不差。
奠过神明，喝够了美酒，他们
全都返回各自的居所，睡躺休息，
而奥德修斯则仍然留在宫中，
由阿瑞忒和神一样的阿尔基努斯陪同，
坐在他身边；仆人们取走宴用的械具。
其时，白臂膀的阿瑞忒首开话端，
因她认出了奥德修斯身上的衫衣和披篷，
绚美的衣服，由她亲手织制，带着仆从。
现在，她开口说话，吐出长了翅膀的言语：
“我将首先发话，陌生的客人，朋友，问问你的来历。
你是何人，来自何方？是谁给你这身衣服？
你曾说漂越沧海，流落此地，对不？”

听罢这番话，足智多谋的奥德修斯说讲，答道：
“此事不易，我的王后，从头至尾地说告我的
磨难；上天，神明给我的苦难多得述说不完。
不过，我将针对你的问话回答，告诉你下列事件。
远方有一座海岛，名俄古吉亚，躺在大洋
之中。那里住着阿特拉斯的女儿，机智的卡鲁普索，
垂着秀长的发辫，一位可怕的女神，独自居住，
既无神祇，亦无凡人陪同，
只有我这不幸之人，被命运送往她的
火盆——宙斯扔出闪亮的炸雷，
粉碎了我的快船，在酒蓝色的海面。
侠勇的伙伴全都葬身海底，而
我幸好抱住弯翘的海船，它的龙骨，
漂游了九天；到了第十天上，一个乌黑的夜晚，
神明把我带到俄古吉亚，发辫秀美的
卡鲁普索居住的海岛，一位可怕的女神，将我收下，
热情接待，关心爱护，甚至许诺
可以使我长生不老，享过永恒不灭的生活，
但她决然无法，不能说动我的心房。
我在岛上忍过了七年，每日里泪水横流，
湿透了卡鲁普索给我的衣服，永不败坏的神物。
随着时光的移逝，我等来了第八个年头，
女神亲口告我离去，催我行动，不知是因为
得了来自宙斯的信息，还是受她自己心灵的驱促，
送我登上一条构合坚固的木船，给了许多东西，
有面包甜酒，给我穿上永不败坏的衣裳，
召来一阵顺风，温暖、轻柔的和风，送我登程。
一连十七天，我驾船行驶，破浪前冲，
到了第十八天里，水面上出现了朦胧的山景，

那是你们的国土，使我喜上心头。
但我运气不佳，仍要遭受许多苦难，
裂地之神波塞冬的严惩。
他挫阻我的航程，卷来阵阵狂风，
掀起滔天巨浪，难以描述的景状，峰起的
水头不让我驾船板面，哪怕我哀声叫唤。
其时，一阵旋急的风暴把木船砸成碎片，
我只得搏浪深淼的洋流，直到
疾风和水浪把我推送到你们的口岸。
但是，倘若我在那里登滩，凶险的海浪
会把我抛向高耸的岩壁，让人心寒的石峰，
所以，我调转方向，奋力回游，抵及一条
长河的出口，感觉那是最好的登陆地点，
无有岩石，倒有抵御风吹的遮掩。我跌跌
撞撞地前走，瘫倒在地，息聚着失去的力量；神圣的
夜晚已经降现。我走出河床，离开宙斯泼泻的水流，
睡在灌木丛中，堆盖着厚厚的
落叶，神明送来睡眠，不知苏醒的熟甜。
叶堆里，我忍着悲痛，心力交瘁，
长睡整夜，不觉黎明，及至过了中午，
太阳开始西沉，方才摆脱睡眠的甜缠。
其时，我发现你女儿的侍从们玩耍在
滩头，姑娘活跃在她们之中，看来像是一位女仙。
我对她恳求，姑娘显示了通达事理的贤能——
倘若路遇一位年轻的不识，你不会期望他会
如此行动：年轻人总是比较粗疏。
她给我许多食物，连同闪亮的醇酒，
让我在河里洗澡净身，还给了我这身衣服。
尽管伤心，我所告知的这些，句句当真。”

听罢这番话，阿尔基努斯说讲，答道：
“虽说如此，陌生的朋友，我的女儿还是
有所疏忽：她不曾把你带到家里，引着
她的仆人；她是你第一个开口恳求的本地人。”

听罢这番话，足智多谋的奥德修斯说讲，答道：
“英雄，不要为了我的缘故，责备你的贤淑。
姑娘确曾要我跟着女仆，但
我却因出于窘惧，不愿听从，担心
眼见我们走在一起，你会心生怨恨，
我等凡人总难摆脱忌妒。”

听罢这番话，阿尔基努斯开口答道：
“莫名其妙的盛怒，陌生的客人，不会冲出
我的心胸；凡事宜求适度。
哦，父亲宙斯，雅典娜，阿波罗，但愿你，
一位如此杰出的人才，和我所见略同，
你能婚娶我的女儿，做我的女婿，
和我一起长住！我将陪送一所住房，丰足的财产，
如果你想留在这里，出于自愿；否则，法伊阿基亚人中
谁也不会滞阻。愿父亲宙斯责惩此类不友好的行为！
至于护送之事，我明天即会嘱办，
使你放下心来。登船以后，你可静心
睡觉，他们自会行船静谧的海面，送你回返
故土，你的家居，或任何你想要去的地方，
哪怕它远远超过欧波亚，离此最远的地界，
按那些见过该岛的水手们叙述——那时，
他们载送金发的拉达门苏斯，
会晤提图俄斯，伽娅的儿郎。

他们去了那儿，途中未遇任何风险，
当天就回返家乡，我们的身边。
你将亲眼目睹，察知在你的心房：我的船
最棒，我的年轻人最好，荡桨在起伏的海面上。”

他言罢，卓著和历经磨难的奥德修斯感到高兴，
出言祈祷，提及主人的名字说讲：
“父亲宙斯，让阿尔基努斯实现
提及的一切，得享不朽的名声，
在盛产谷物的大地上；求你了，让我回返故乡。”

就这样，他俩你来我往，一番说告；
其时，白臂膀的阿瑞忒嘱告侍女，
动手备床，在门廊下面，铺开厚实、
紫红色的褥垫，覆上床毯，
压上羊毛曲卷的披盖。女仆们
手握火把，走出厅堂，动手操办，
麻利迅捷，铺出厚实的床位，
行至奥德修斯身边站定，催请道：
“起来吧，生客，你可上床入睡，床已备妥。”

女仆言罢，深沉的睡意甜醉着他的心胸。
就这样，卓著和历经磨难的奥德修斯睡躺在
绳线编绑的床架上，回音缭绕的门廊下，而
阿尔基努斯亦在里面的睡房就寝，在高敞的房居里，
身边躺着他的夫人，同床的伴侣。

# 第八卷

　　当早起的黎明，垂着玫瑰红的手指，重现天际，
阿尔基努斯，灵杰豪健的王者，起身离床，
城堡的荡击者奥德修斯，宙斯的后裔，亦
站离床位；灵杰豪健的阿尔基努斯领着人们
走向法伊阿基亚人聚会的地点，筑建在海船的边沿。
他们行至会场，在溜光的石椅上
就座；帕拉丝·雅典娜穿行城里，
幻取聪颖的阿尔基努斯的使者的模样，
谋备着心志豪莽的奥德修斯的回归，
站在每一位首领身边，对他说起：
“跟我来，法伊阿基亚人的首领和统治者们，
前往聚会的地点，弄清那个陌生人的身份，
新近来到聪颖的阿尔基努斯家里，
漂逐大海的水浪，体形像似不死的神明。”

　　一番话使大家鼓起了勇气，增添了力量，
人群迅速集聚，坐满石椅，蜂挤在
会场，许多人惊诧不已，望着
莱耳忒斯聪颖的儿子——在他的头颅
和肩膀上，雅典娜送来神奇的雍雅，
使他看来显得更加魁梧高大，
从而赢得全体法伊阿基亚人的喜爱，

受到他们的尊敬和畏慕，成功地经受各种
考验，法伊阿基亚人将以此把奥德修斯探察。
当人们聚合完毕，集中在一个地点，
阿尔基努斯当众发话，说道：
“听我说，法伊阿基亚人的首领和统治者们，
我的话乃有感而发，受心灵的催使。这里
有一位生人，我不知他为何人，浪迹此地，
恳求在我的家中，来自东方或是西方的部族。
他要我提供航送，求我们予以确认。所以，
让我们，像以往那样，尽快送他出海，
来我家中的人们从未忍着
悲愁，为求得护送长期等候。
来吧，让我们拽起一条黑船，拖下闪亮的大海，
首次航海的新船，选出五十二名青壮，
从我们地域，要那些最出色的青年。
当你们全都把船桨绑上架位，
便可下船前往我的居所，手脚麻利地
备下肴餐，我将提供丰足的食物，让每个人吃得痛快。
这些是我对年轻人的说告，至于你等各位，有资格
握拿权杖的王者，可来我那辉煌的宫房，
招待陌生的客人，在我们的厅堂。
此番嘱告，谁也不得违抗。还要召来通神的歌手
德摩道科斯，神明给他诗才，同行不可比及，
总能欢悦我们，不管心灵催他唱诵什么事件。”

　　言罢，他引路先行，各位跟随其后，
手握权杖的王者们；其时，一位信使前往寻唤通神的歌手。
遵照国王的命令，精选出来的五十二名青壮
迈步前行，沿着荒漠大洋的滩岸，

来到海边，停船的地点。首先，
他们拽起海船，拖下幽深的大海，
在乌黑的船身上竖起桅杆，挂上风帆，
将船桨放入皮制的圈环，
一切整治得有条不紊，升起雪白的风帆，
把船泊定在离岸较远的水面。然后，
他们行往聪颖的阿尔基努斯宏伟的房院，
只见门廊下、庭院里，乃至房间里全都挤满了
聚会的人群，为数众多，有年长的，亦有年轻的城民。
人群中，阿尔基努斯给他们祭出十二只绵羊，
八口白牙闪亮的公猪，两头腿步蹒跚的壮牛。
他们剥杀了牲畜，收拾完毕，整备下丰美的宴席。

其时，使者走近人群，引来杰出的歌手，
缪斯女神极为钟爱的凡人，给了一好一坏的赠礼。
女神黑瞎了他的眼睛，却给了他甜美的诗段。
庞托努斯替他放下一张银钉嵌饰的座椅，
在宴食者中间，靠着高高的房柱，
信使将那声音清脆的竖琴挂上钉栓，在他
头顶上面，示告他如何伸手摘取，
并在他身边放下餐桌和一只精美的编篮，
另有一杯醇酒，供他在想喝之时饮用。
众人伸出双手，抓起面前的肴餐。
当他们满足了吃喝的欲望，
缪斯催使歌手唱诵英雄们的业绩，
著名的事件，它的声誉当时已如日中天，
那场争吵，在奥德修斯和裴琉斯之子阿基琉斯之间。
他俩曾破脸相争，在祭神的丰盛宴席前，
出言凶蛮粗暴，两位最杰出的阿开亚人的争吵，

使民众的王者阿伽门农心欢——
福伊波斯·阿波罗曾对他有过此番预言，
在神圣的普索，其时，阿伽门农跨过石凿的门槛，
寻求神的示言；眼下，灾难已开始展现，降临在
特洛伊人和达奈壮勇头顶身边，出于大神宙斯的意愿。

　　著名的歌手唱诵着这段往事，而奥德修斯
则伸出硕壮的大手，撩起宽大、染成
海紫色的篷衫，盖住头顶，遮住俊美的脸面，
羞于让法伊阿基亚人眼见，眼见他潸然泪下的情景。
每当通神的歌手辍停诵唱，
他便取下头顶的遮片，擦去眼泪，
拿起双把的杯盏，泼出祭神的奠酒。但是，
每当德摩道科斯重新开唱，接受法伊阿基亚
首领们的催请——他们喜听这些故事，
奥德修斯便会重新掩起头脸，呜咽哭泣。
就这样，他暗自流泪，不为众人所见，
只有阿尔基努斯一人，体察和注意到这一动向，
因他坐在生客近旁，耳闻他的哭声，悲沉的呼叹。
国王当即发话，对欢爱船桨的法伊阿基亚人说道：
“听我说，法伊阿基亚人的首领和统治者们！
眼下，我们已吃饱喝足，用过均份的食餐，
听够了竖琴的弹奏，盛宴的偕伴。
现在，让我们去那屋外，一试身手，
进行各项比赛，以便让我们的生客告诉朋友，
待他回返家园：同别人相比，我们的竞技该有多么妙绝，
无论是拳击、摔跤、跳远，还是甩开腿步的跑赛。”

　　言罢，他领头先行，众人跟随走去；

使者挂起声音清脆的竖琴，在高处的突栓，
拉着德摩道科斯的手，引着他走出宫殿，
随着法伊阿基亚人的贵族，循走
同一条路线，前往观看比赛。
他们走向集聚的地点，后面跟着熙熙攘攘的人群，
数千之众。许多出色的青壮站挺出来，
有阿克罗纽斯、俄库阿洛斯和厄拉特柔斯，
那乌丢斯和普仑纽斯，安基阿洛斯和厄瑞特缪斯，
庞丢斯和普罗柔斯，索昂和阿那伯西纽斯，
还有安菲阿洛斯，忒克同之子波鲁纽斯的儿子，
以及欧鲁阿洛斯，那乌波洛斯之子，杀人狂
阿瑞斯般的凡人，他的身段和形貌，除了
雍雅的劳达马斯，法伊阿基亚人中谁也不可比及。
人群里还站出雍贵的阿尔基努斯的三个儿子，
劳达马斯、哈利俄斯和神一样的克鲁托纽斯。
作为第一个项目，他们以快跑开始比赛。
赛场从起点向前伸展，人们追拥着奋力
冲击，踢卷起平原上的尘埃。
克鲁托纽斯远远地跑在前头，
领先的距离约像骡子犁出的一条地垄的长短，
率先跑回人群，把对手们扔在后面。
然后，他们举行了充满痛苦的摔跤比赛，
由欧鲁阿洛斯夺魁，击败所有的对手。
跳远中，安菲阿洛斯超过其他赛者；
投赛中，厄拉特柔斯摔出了别人不可企及的饼盘；
劳达马斯，阿尔基努斯健美的儿子，击倒了拳赛中的人选。
当他们体验了竞比的愉悦，
阿尔基努斯之子劳达马斯在人群中呼喊：
“来吧，朋友们，让我们问问这位陌生的客人，是否知晓

和精熟某项技赛——看他的体形，不像是卑劣之人，
瞧他的大腿，小腿上的肌腱，那双有力的大手，
还有粗壮的脖子，浑身的力气；他也不缺盛年的
精壮，只是众多不幸的遭遇拖累了他的躯体。
以我之见，敌人中大海最凶，若要
摧垮凡人，哪怕他长得十分强健。”

　　其时，欧鲁阿洛斯对他答话，说道：
“你的话条理分明，劳达马斯，说得一点不错。
去吧，走去和他说话，激挑他参加竞赛。”

　　听了这番话，阿尔基努斯杰卓的儿子
走上前去，站在中间，对奥德修斯说道：
“你也站出来吧，陌生的父亲，试试这些竞技，
倘若你精熟其中的任何一件。你一定知晓体育竞比；
我们知道，对活着的人们，没有什么能比
凭自己的腿脚和双手争来的荣誉更为隆烈。
出来吧，试试你的身手，忘掉心间的愁烦。
你的回航不会久搁，你的海船已被
拉下大海，你的船员正恭候等待。”

　　听罢这番话，足智多谋的奥德修斯说讲，答道：
“劳达马斯，为何此般讽刺挑激，要我同
你们竞比？我忧心忡忡，不想参与比赛，
我已遭受诸般折磨，许多苦难，
坐在你等聚会的人群中间，思盼着
回归家园，为此恳求你们的国王和所有的族民。”

　　其时，欧鲁阿洛斯出言讥辱，当着他的脸面：

"我看，陌生人，你不像是个精擅比赛的
汉子，虽说竞技之事如今到处盛行不衰；
你更像是个往返水路的，乘坐桨位众多的海船，
船员的首脑，商贾的头目，只知
关心自己的货物，物品的进出，从
倒换中谋得利益。你不是运动场上的健儿。"

其时，足智多谋的奥德修斯恶狠狠地盯着他，答道：
"这番话，我的朋友，说得次劣；你看来似乎过于大大
咧咧。看来此事不假，神明不会把珍贵的礼物统赐
凡人，无论是体形、智慧，还是口才。
有人相貌平庸，长相一般，
但却能言善辩，使人见后
心情舒甜；他雄辩滔滔，不打顿儿，
和颜悦色，平稳谦逊，展现在会聚的民众前；
人们望着他穿行城里，仿佛眼见神仙。
另有人相貌堂堂，像不死的神祇，但
出言平俗，没有文饰雅典——和你一样，
相貌出众，即便是神明也难能使你
变得更美，然而，你的心里空白一片。
现在，你已激起我的愤怒，用颠三倒四的胡言，
在我的心胸里面。我并非如你所说，
是个竞技场上的门外汉；相反，告诉你，我一直是
最好的赛手，只要能信凭我的精壮，我的手力。
现在，我已历经愁难，含辛茹苦，
出生入死，闯过拼战的人群，跨过汹涌的洋面。
但即便吃过种种苦难，我将就此试试身手，
只因你的话使我心痛，催激起拼比的情怀!"

言罢，他跳将起来，就着披篷，抓起
一块更大、更厚的石饼，远远重过
法伊阿基亚人投掷比赛的那一些，
转动身子，松开硕壮的大手，飞出紧握的饼盘。
石饼呼响着穿过空间，吓得法伊阿基亚操用长桨的水手，
以航海闻名的船员，匍匐起身子，朝着地面，躲避
疾飞的石块，轻松地冲出他的指尖，
超过了所有落点。其时，以一位男子的模样，
雅典娜标出落石的击点，开口说道：
“即便是个瞎子，陌生的朋友，也可通过触摸，
区分出你的坑迹，因它不和群点杂混，
而是遥遥领先。不用担心，至少就此项比赛而言，
法伊阿基亚人中谁也不能均等或超越你的落点。”

她言罢，卓著和历经磨难的奥德修斯欣喜，
高兴地看到赛场上有人站在他的一边。
他再次说话，对法伊阿基亚人，语调更为轻松诙谐：
“现在，年轻的人们，你们可竞达我的落点，然后，我想，
我可再作一次投掷，和这次一样，或更为遥远。
至于其他项目，你们中，要是谁有这份勇气和胆量，
尽可上来，和我比试，既然你们已极大地激怒了我，
无论是拳击、摔跤，还是赛跑，我都绝无怨言。
上来吧，法伊阿基亚壮士，不管谁者，除了劳达马斯
本人，因为他是我的客主——谁会和朋友争赛？
此人必定缺乏见识，或干脆是个无用的笨蛋，
倘若置身异邦，竞比挑战，对
接待他的客主；他将葬送自己的实惠。
但对其他人，我却不会拒绝，亦不会轻视小看，
我将领教他们的本事，面对面地竞赛。

人间诸般赛事，我项项拿得出手，
我知道如何对付溜滑的弓弩，
当会率先发箭，击中队群中的
敌人，虽然我身边站着许多
伴友，全都对着敌阵拉开弓弦。
惟有菲洛克忒忒斯比我强胜，在弓技之中，
当我们阿开亚人开弓放箭，置身特洛伊地面。
但是，同其他人相比，活着的、吃食
人间烟火的凡人，我的弓艺远为领先。
不过，我将不和前辈争比，不和
赫拉克勒斯或俄伊卡利亚的欧鲁托斯争雄，
他们甚至敢同不死的神明开弓竞赛。
所以，欧鲁托斯死得暴突，不曾活到老年，
在自己的房居；愤怒的阿波罗把他
杀倒，因他斗胆挑战阿波罗，用他的弓杆。
我投得标枪，远至别人射箭一般，
只是在跑赛中，我担心某个法伊阿基亚青壮
可能把我赶超：我已被大海，被那一峰峰巨浪
整得垂头丧气，疲惫不堪——船上的食物难能
维持良久，我的肢腿因之失去了活力。”

　　他言罢，全场静默，肃然无声，
惟有阿尔基努斯开口答话，说道：
“你的话，我的朋友，听来并非出于怨恶。
既然此人①把你激怒，在赛场之上，
你自然愿意一显本来就属于你的才能——
他小看了你，而一个聪达之人应该知晓如何

---

① 此人：指欧鲁阿洛斯。

得体地说话，不会贬低你的杰卓。
听着，注意我的说道，以便日后告知
其他英雄，置身你的家中，
坐享肴宴，由妻儿伴同，回忆
我们的杰卓，在这些方面，宙斯赐送的
技能，开始于我们祖辈生聚的时候。
我们不是白璧无瑕的拳家，也不是无敌的摔跤把式，
但我们腿脚轻快，亦是出色的水手。
我们不厌丰盛的餐肴，从来喜欢竖琴舞蹈，
享有众多替换的衣裳，钟恋睡床，用滚烫的热水洗澡。
来吧，跳起来吧，法伊阿基亚人中最好的
舞手，以便让我们的客人，在他返家之后，
告诉他的亲朋，比起别地的人们，我们的
航海技术，我们的快腿和歌舞，该有多么精妙。
去吧，赶快取来德摩道科斯声音清亮的
竖琴，此时正息躺在宫居的某个地方。”

　　神一样的阿尔基努斯言罢，信使站起身子，
返回国王的宫殿，提取空腹的竖琴；与此同时，
公众推举的理事们站立起来，
一共九位，负责赛比娱乐活动中的
事宜，平整出一大片空地，圆形的
舞场，而使者亦已取来声音清脆的竖琴，
交给德摩道科斯，后者移步中场，身边围站着
一群刚刚迈入风华之年的小伙，跳舞的行家，
双脚踢踏着平滑的舞场。奥德修斯
注视着舞者灵活的腿步，心里赞慕惊讶。

　　德摩道科斯拨动竖琴，开始动听的诵唱，

唱诵阿瑞斯和头戴鲜花冠环的阿芙罗底忒的情爱，
他俩如何悄悄行动，初次睡躺在赫法伊斯托斯的
居家。阿瑞斯给了她众多的礼物，玷辱了
王者赫法伊斯托斯的睡床。太阳神赫利俄斯
目察他俩的举动，欢爱在床上，当即送出口信，
给赫法伊斯托斯，后者听罢包孕痛苦的讯息，
行往自己的工场，带着揪心的愁伤，
搬起硕大的砧块，放上托台，锤打出一张罗网，
扯不开，挣不断，可把偷情的他俩罩合捕抓。
怀着对阿瑞斯的愤恨，他打出这个凶险的机关，
前往他的寝房，安放着那张受他钟爱的睡床，
铺开网套，沿着床边的柱杆，围成一圈，
且有众多的网丝，悬置在床上，垂自房顶的大梁，
纤小细密，像蜘蛛的网线，即便是幸福的神明
亦不能眼察。他设下的机关十分险诈。
当布下这张罗网，罩住整个床面，他便
动身前往莱姆诺斯，坚固的城堡，
受他钟爱的去处，远比人间的其他地方。
操用金缰的阿瑞斯对此看得真切，
眼见著名的神工赫法伊斯托斯离去，
旋即赶往后者光荣的居所，
急不可待地试想和头戴花环的库塞瑞娅合欢同床。
女神刚从克罗诺斯强有力的儿子宙斯的
宫居回返，坐在房内；阿瑞斯走进住房，
握住她的手，出声呼唤，说道：
“来吧，亲爱的，让我们上床作乐，睡躺一番；
赫法伊斯托斯已不在此地，想是
去了莱姆诺斯，寻见他的说话唧里呱拉的新提亚朋帮。”

他言罢，阿芙罗底忒欣然应允，
偕他走向睡床，平躺床面。一时间，网线四面扑来，
精打密编的罗网，聪颖的赫法伊斯托斯的手艺，
使他俩既动不得手脚，又不能抬起身来，
心知中了圈套，业已逃不出捕抓。
著名的强臂神工站在他们身边——他已返回
家来，不曾抵达莱姆诺斯，因为
赫利俄斯一直替他监看，告他事情的进展。
他拔腿回家，心情沉重忧悒，
站在门边，倾泻粗莽的怒怨，
发出可怕的呼啸，对所有的神明叫喊：
“父亲宙斯，各位幸福、长生不老的神仙，
来吧，前来看看一幅滑稽、荒酷的
奇景！阿芙罗底忒，宙斯的女儿，一贯使我
蒙受耻辱，却和杀人害命的阿瑞斯偷情，
只因他长得俊美，双脚灵便，而我却
生来瘸腿，虽然这不是我的过错，
而是父母的责任——但愿他们不曾把我生养下来！
你们将会看见，他俩卧躺在我的睡床，
拥抱作乐，情意绵长。见此情景，我的心灵痛得发慌。
不过，我想他们不会愿意继续睡躺，哪怕只是一会儿，
尽管他俩互爱至深；我敢说，他们将无意
卧躺，因为无奈我的铸网，会把他们紧紧箍扎，
直到她的父亲交还所有的财礼，为了
这个不要脸的姑娘，我曾作过付偿。
他的女儿虽然漂亮，但却不能把激情控掌。”

他言罢，众神接踵而来，拥聚在青铜铺地的
宫房，包括环拥大地的波塞冬，善喜助佑的

赫耳墨斯和远射之王阿波罗，但
女神们却出于羞涩，全都留在各自的住房。
赐送佳美之物的长生者们站在门厅里，
眼见聪颖的赫法伊斯托斯的杰作，
忍俊不禁，哄然大笑——这帮幸福的仙尊。
其时，神们望着自己的近邻，开口说道：
“丑恶之事不会昌达。瞧，慢腿的逮着了
快腿的，像现在一样，迟慢的赫法伊斯托斯，
虽说瘸拐，却设计逮住了阿瑞斯，俄林波斯诸神中
腿脚最快的一位。通奸者阿瑞斯必须赔偿。”

　　就这样，神们互相议论，一番说告；
其时，王者阿波罗，宙斯之子，对赫耳墨斯说道：
“赫耳墨斯，宙斯之子，信使，赐送佳美的神明，
告诉我，你是否愿意和她同床，被这些强韧的
网线蒙罩，睡躺在金色的阿芙罗底忒身旁？”

　　听罢这番话，信使阿耳吉丰忒斯答道：
“但愿此事当真，阿波罗，我的远射之王！
即便罩上三倍于此的绳线，不尽的丝网，
即便所有的神明，包括女神，全都旁站观望，
我仍愿和她一起，睡躺在金色的阿芙罗底忒身旁。”

　　他言罢，永生的神们哄堂大笑，只有
波塞冬例外，不停地恳求，求请
赫法伊斯托斯，著名的神工，要他放出阿瑞斯，
送去长了翅膀的话语，对他说道：
“让他出来吧，我保证他会按你的要求，当着不死的
神明的脸面，付足所欠的一切，每一分合宜的回偿。”

听罢这番话，著名的强臂神工答道：
“波塞冬，裂地之神，不要催我这么做。
对可悲的无赖，保证是无用的废物。
我怎能把你揪住不放，当着不死的众神，倘若
阿瑞斯抽身而去，既躲避了债务，又逃出了线网？”

听罢这番话，裂地之神波塞冬答道：
“倘若，赫法伊斯托斯，阿瑞斯溜之大吉，逃避
债务，我将担起责任，替他付偿。”

听罢这番话，著名的强臂神工答道：
“好吧，既如此，我不能，也不宜回绝你的劝讲。”

言罢，强壮的赫法伊斯托斯解开封网，
放出二位，后者当即跳将出来，脱离
强固的网面，阿瑞斯朝着斯拉凯跑去，
而爱笑的阿芙罗底忒则返往塞浦路斯的
帕福斯，那里有她的领地和青烟缭绕的祭坛。
典雅姑娘们替她沐浴，抹上仙界的油脂，
永不败坏的佳品，供长生不老的神祇擦用，
替她穿上漂亮的衣裳，女神美得让目击者惊诧。

就这样，著名的歌手一番唱诵，奥德修斯
听得心情舒畅，其他听众皆大欢喜，
以航海闻名的法伊阿基亚人，操使长桨。

其后，阿尔基努斯命嘱哈利俄斯和劳达马斯起舞，
仅此二人——国度中，他俩的舞蹈谁也攀比不上。
于是，舞者手拿紫红的圆球，一件漂亮的

精品，由能工巧匠波鲁波斯制作。二者中
一人弯腰后仰，抛球出手，冲向带投影的
云层，另一人高高跃起，轻轻松松地
伸手接住，双脚还在离地的空中。
玩过了高抛圆球的竞技，
他俩随即跳起舞蹈，踏着丰产的大地，
迅速变动位置，旁围的年轻人
抬脚和拍，踢打出一片轰然的声响。
其时，卓越的奥德修斯开口说话，对阿尔基努斯赞道：
“哦，尊贵的阿尔基努斯，人中的俊杰，
你的称告确实不假，你的属民，诚如现时证明的那样，
确是最优秀的舞蹈家。眼见他们的表演，使我惊诧。”

　　他言罢，灵杰豪健的阿尔基努斯听后高兴，
随即发话，对欢爱船桨的法伊阿基亚人说道：
“听着，法伊阿基亚人的首领和统治者们！
我认为，这位陌生的来客是个严谨之人；所以，
我提议，让我们拿出表示客谊的礼物，此乃合宜的做法。
国内有十二位尊贵的王者，掌权的王贵，
训导民众的统治者，连我一起，总数十三。
这样吧，你们各位每人拿出一领崭新的披篷，
一件衫衣和一塔兰同贵重的黄金。然后，
我们将把礼物归聚一起，以便让生客
手捧我们的礼送，高兴地前往进用晚餐的厅堂。
欧鲁阿洛斯对他讲过不合宜的话语，
因此，还要当面道歉，除了拿出一份礼偿。”

　　他言罢，众王一致赞同，催请操办，
遣出各自的使者，前往提取礼物。其时，

欧鲁阿洛斯开口答话，对阿尔基努斯说道：
“豪贵的阿尔基努斯，人中的俊杰，
毫无疑问，我会遵照你的嘱告，对你的客人赔礼。
我将给他一柄劈剑，青铜的剑身，安着
白银的握把，附带一管剑鞘，取材新锯的象牙，
切成扁圆的形状。他会珍爱这份佳品，贵重的礼偿。”

　　言罢，他把铆嵌银钉的铜剑放入
奥德修斯手中，开口送出长了翅膀的话语，说道：
“向你致敬，陌生的父亲！倘若我说过任何
不合适的话语，愿那疾吹的风暴把它逮着，一扫而光！
愿神明保你得见妻房，回抵
故乡，你久离亲朋，远在海外，受尽了磨殃。”

　　听罢这番话，足智多谋的奥德修斯说讲，答道：
“我也向你致意，亲爱的朋友，愿神明使你幸福。
但愿你不会牵挂这柄铜剑，送给我的
礼物，连同表示歉意的好话。”

　　言罢，他将嵌缀银钉的铜剑挎上肩头。
其时，太阳落沉，人们送来光荣的礼物，
由阿尔基努斯高傲的使者们抬捧；
阿尔基努斯的儿子们接过礼物，精美绝伦的
好东西，放在他们尊敬的母亲身旁。
这时，阿尔基努斯，灵杰豪健的王者，领着
人们步入宫殿，坐身高高的椅面。
随后，豪健的阿尔基努斯对阿瑞忒说道：“去吧，
夫人，让人抬来精皇的衣箱，你所拥有的最好的一只，
你可亲自动手，放入一领簇新的披篷，一件衫衣。

然后，让人点火热起铜锅，备下滚烫的浴水，
让他洗过澡后，目睹排放得整整齐齐的礼物，
雍贵的法伊阿基亚人带到此地的每一件馈赠，
欣享宴食的喜悦，聆听歌手的唱诵。
我将给他一只金杯，精美绝伦的
礼物，让他泼酒家中，尊祭宙斯和
列位神明，记着我的好意，终生不忘。”

他言罢，阿瑞忒走向女仆，要她们
在火堆上架起大锅，以最快的速度。
仆人们把鼎锅架上炽烈的柴火，注入洗澡的
清水，添上木块，燃起通红的火苗；
柴火舔着锅底，将水温增高。与此同时，
阿瑞忒搬出一只绚美的箱子，从她的睡房，
送给陌生的客人，放入精美的礼物，
法伊阿基亚人赠送的黄金和衣服，
外加她本人的馈赠，一件漂亮的衫衣，一领披篷。
吐出长了翅膀的话语，她对客人说称：
“小心箱盖，赶快打上绳结，
以防途中有人行劫，趁你
睡得甜熟，卧行在乌黑的船身。”

听罢这番话，卓越和历经磨难的奥德修斯
当即合妥箱盖，绑上绳线，出手迅捷，打出个
花巧复杂的绳结，基耳凯夫人教会的本领。
绑完箱子，家仆即时催他
踏入澡盆沐浴，后者眼见滚烫的浴水，
心里甜蜜，自从离开长发秀美的卡鲁普索，
离别她的家居，已有好长时间没有享受此般舒怡，

虽然在女神家里，他被服侍得如同神明。
女仆们替他沐浴，抹上橄榄油，
穿好衫衣，覆之以绚丽的披篷，
他浴毕走出，介入喝酒的
人群。展现出神赐的美貌，娜乌茜卡
站在撑着坚固的屋顶的房柱边，
双眼凝望着奥德修斯，赞慕他的俊美，
开口说道，用长了翅膀的话语：
“别了，陌生的客人。当你回返故乡，
不要把我忘怀；你得保命，是我拯救在先。”

听罢这番话，足智多谋的奥德修斯说讲，答道：
“娜乌茜卡，心志豪莽的阿尔基努斯的女儿，
我确要祈愿宙斯，赫拉的炸雷高天的夫婿，
答应让我回家，眼见还乡的时光，但即使
能够如愿，我仍将祈祷家中，对你，像对一位女神，
聊尽余生之愿；别忘了，姑娘，我的生命得之于你的馈赏。”

言罢，他走去入坐椅面，在国王阿尔基努斯身边。
其时，他们备出餐份，匀调美酒；
使者走进人群，引来杰出的歌手，
德摩道科斯，受人尊敬的诗诵，放下一张座椅，
在宴食者中间，靠着高高的房柱。
多谋善断的奥德修斯叫过使者，对他说话，
已经动刀长牙白亮的肥猪，割取一份脊肉，
仍然留下丰足的大块，两边挂着油膘：
“拿着，使者，把这份肉块递给德摩道科斯，
让他享用，带去我的问候，尽管心里悲伤。
生活在大地上的人们，所有的凡人，

无不尊重和敬待歌手，只因缪斯教会
他们诗唱，钟爱以此为业的每一个人。”

他言罢，使者端着肉份，放入
英雄德摩道科斯手中，后者高兴地予以接收。
于是，众人伸出双手，抓起面前佳美的餐肴。
当各位满足了吃喝的欲望，
足智多谋的奥德修斯对德摩道科斯说道：
“我要把你称颂，德摩道科斯，在所有的凡人中。
不是缪斯，宙斯的女儿，便是阿波罗教会你诗唱的内容：
你的唱诵逼真有序，关于阿开亚人的命运，
他们的作为，承受和尝吃的苦头，
仿佛你亲身经历过这些，或听过亲历者的讲述。
来吧，换一段别的什么，唱诵
破城的木马，由厄培俄斯制作，凭借雅典娜帮忙，
神勇的奥德修斯的良策，填入冲打的武士，
混入高堡，将伊利昂扫荡。
倘若你能形象地讲述这些，那么，
我将对所有的凡人宣告，神明已给你
慷慨的赐助，给了你奇绝的礼件，让你诗唱。”

他言罢，歌手开始唱诵，受女神的催动，
起始于阿耳吉维人放火自己的营棚，
登上座板坚固的海船，扬帆离去的时候。
其时，著名的奥德修斯已坐藏木马，连同
他的精兵强将，傍着聚会的特洛伊军勇，
他们已将木马拖入城堡高处，
让它直腿竖立，围着它的身影坐下，
无休止地议论，分持不同的意见三种：

是挥起无情的铜剑，劈开深旷的木马，
还是把它拉向绝壁，推下石岩，或是
让它呆留原地，作为一件贡品，平慰神的心胸。
这第三项主张，最后得到纳用，
受制于命运的约束，城堡将被平毁，收容
这匹巨大的木马，连同最出色的阿耳吉维战勇，
藏坐木马之内，给特洛伊人带去死亡和毁破。
他唱诵阿开亚人的儿子们如何闪出深旷的
藏身之地，蜂拥着冲离木马，攻劫了城国；
他唱诵勇士们如何分头出击，搏杀在陡峭的城上，
而奥德修斯又如何攻打，以阿瑞斯的狂勇，
偕同神样的墨奈劳斯，寻觅德伊福波斯的住处——
他说，那是他所经历过的最惨烈的战斗，凭借
心胸豪壮的雅典娜助佑，如前一样，最后获得成功。

　　著名的歌手如此一番唱诵，奥德修斯
心胸酥软，泪如泉涌，流出眼眶，淋湿了面孔。
像一位妇人，痛哭流涕，扑倒在亲爱丈夫的尸体上，
后者已阵亡战场，倒死在自己的城前，民众的眼下，
为了打开无情的死亡之日，保卫城堡，救护孩童；
妇人眼见丈夫死去，大口地喘着粗气，匍抱在他的
身上，发出尖厉、凄惨的号叫，后面的敌人
捣出枪矛的杆头，击打她的脊背肩膀，
逼她起来，强行带走，充作奴仆，操做
苦活，遭忍悲愁，辛酸的眼泪蚀毁了脸庞。
就像这样，奥德修斯流落辛酸的眼泪，
从眉毛下滴淌，不为众人所见，只有
阿尔基努斯一人，体察和注意到这一动向，
因他坐在生客近旁，耳闻他的哭声，悲沉的呼叹。

他当即发话，对欢爱船桨的法伊阿基亚人说道：
“听我说，法伊阿基亚人的首领和统治者们！
让德摩道科斯停奏声音脆亮的竖琴，
这段诵词看来不能愉悦每一个人的心房。
自从吃过晚餐，神圣的歌手拨响竖琴，
我们的客人便没有中止过悲沉的叹息；
他的心里，我敢说，一定承受着巨大的悲伤。
让我们的诗人停止歌唱，以便使在座的人们，
主客都能心情舒畅——如此远为妥当。须知
我们所做的一切都是为了尊贵的来宾，
选人护航，拿出表示友好的礼物，带着我们的敬仰。
谁都知道，只要略通常识，有客登门，
恳求者的来临，主客之间，实是亲如兄弟一样。
所以，不要再拥藏诡妙的心机，回避
我的问话；说出来吧，敞开你的心房。
告诉我居家时父母对你的称呼，
还有那些住在城里的市民同胞；
凡人中谁都有个名字，得之于出生的
时候，不管高低优劣，一旦
出生在世，父母便会给他取好名称。
告诉我你的国度，你的城市和胞民，
使我的海船能载着你回家，做到心中有数；
法伊阿基亚人中没有舵手，
也不像别人的木船那样，安着桨舵，
我们的海船知晓人的心思和目的，
知晓凡人居住的每一座城市，肥沃的
土地，以极快的速度跨越深淼的海浪，
罩着云雾和水气，从来无需担心
触礁的危险，也没有沉船的顾忌。

但是，我却听过父亲那乌西苏斯的说告，
他说波塞冬已对我们心怀怨恨，
因为我们载运所有的来客，顺当安全。
他说，将来的一天，当一艘精制的法伊阿基亚海船
送人归来，回航在大海浑沌的洋面，裂地
之神将击毁木船，峰起一座大山，围住我们的城垣。
老人如此一番说告，而神明可能会实践此番诺言，
亦可能事过境迁，随他的心愿。现在，
我要你告说此事，要准确地回答：
你漂游过哪些地方，到过哪些凡人居住的
国邦，告诉我那些地方的人民，墙垣坚固的城防，
哪些个暴虐、粗蛮、无法无规，
哪些个善能友待外客，心中对神明敬怕。
告诉我为何哭泣，愁满胸膛，当你
听悉阿耳吉维人，那些达奈人的遭遇，攻战在伊利昂。
是神明催导此事，替凡人编织出毁灭的
罗网，以便让后世的人们，听闻诗人的诵唱。
可是有哪位姻联的亲人死在伊利昂，一位勇敢的战士，
女儿的夫婿，或妻子的阿爸？这些是本家
血统外最亲近的人们，最近的亲家。
抑或，死去的是你的伙伴，一位骁莽的斗士，
心心相印的挚友？一位善能体察
朋友心绪的伙伴，他的情分如同兄弟一样。”

# 第九卷

　　听罢这番话，足智多谋的奥德修斯说讲，答道：
“尊贵的阿尔基努斯，人中的杰卓，
毫无疑问，能够聆听一位像他这样出色的歌手唱诵，
是一件值得庆幸的好事——他有着神一样的歌喉。
我想人间不会有比这更令人高兴的场面：
喜庆的气氛陶醉了所有本地的民众，
食宴在厅堂，整齐地下坐，聆听
诗人的唱诵，身边摆着食桌，满堆
面包肉块，斟者舀酒兑缸，
依次倾倒巡走，注满杯中。
在我看来，这是最美的景状盛隆。
但现在，你的心绪转而要我讲述以往的经历，痛心的
遭遇，由此将引发我更猛的号哭，更深的悲伤。
我将从何开始，把何事留在后头——
上天，神明给我的磨难，多得述说不完。
好吧，让我先报个名字，使你们知晓
我是谁人，以便在躲过无情的死亡，死的末日后，
我能有幸做东招待，虽然家居坐落在离此遥远的地界。
我是奥德修斯，莱耳忒斯之子，以谋略
精深享誉人间；我名声鹊起，冲上了云天。
我家住阳光灿烂的伊萨卡，那里有一座大山，
高耸在地面，枝叶婆娑的奈里托斯，周围

有许多海岛，一个接着一个，靠离得很近，
有杜利基昂、萨墨和林木繁茂的扎昆索斯，
但我的岛屿离岸最近，位于群岛的西端，朝着
昏黑的地域，而其他海岛则面向黎明，太阳升起的东方。
故乡岩石嶙峋，却是块养育生民的宝地；就我而言，
我想不出人间还有什么比它更可爱的地方。
事实上，卡鲁普索，丰美的女神，曾把我
挽留，在深旷的岩洞，意欲招为夫床，
而诡计多端的基耳凯，埃阿亚的女仙，也曾
把我强留，在她的厅殿，意欲招作丈夫，
但她们决然不能说动我的心房。由此可见，
家乡是最可爱的地方，父母是最贴心的亲人，
即便浪子置身遥远的地界，丰肥的
境域，远离双亲，栖居异国他乡。
好吧，我将告诉你我的回航，充满艰辛的
旅程，宙斯使我受难，在我离开特洛伊的时光。

“疾风推搡着我漂走，从伊利昂来到伊斯马罗斯的海滩，
基科尼亚人的地方。我攻劫了他们的城堡，杀了他们的
民众，夺得他们的妻子和众多的财富，在那处国邦，
分发了战礼，尽我所能，使人人都得到应得的份赏。
其时，我命促他们蹽开快腿，迅速
撤离，无奈那帮十足的蠢货拒不听从，
胡饮滥喝，灌饱醉人的醇酒，杀掉
许多肥羊和脚步蹒跚的弯角壮牛，沿着海滩。
与此同时，基科尼亚人前去召来邻近的
基科尼亚部勇，住在内陆的邦土，
数量更多的兵众，阵杀的好手，
战车上的勇士，亦通步战，在需要的时候。

他们发起进攻，在天刚放亮的拂晓，像旺季里的树叶
或花丛，而宙斯亦给我们送来厄运，让
我们遭受不幸，所以我们必将承受剧烈的苦楚。
双方站定开战，傍着迅捷的舟船，
互投枪矛，带着青铜的镖尖，
伴随着清晨的逝移和渐增的神圣日光，我们
站稳脚跟，击退他们的进攻，尽管人数多于我方。
但是，当太阳西斜，到了替耕牛卸除轭具的时候，
基科尼亚人终于打退和击败了阿开亚兵众，
每船有六位胫甲坚固的伙伴被杀，
但其余的我们仓皇逃命，躲过了命运和死亡。

“从那儿出发，我们继续向前，庆幸逃离了灾难，
虽然心中悲哀，怀念死去的战友，亲爱的伙伴。
尽管情势危急，我仍然无意让弯翘的海船启航，直到
我们发完表示敬意的啸喊，对死去的伙伴，每位三声，
不幸的人们，死在平野上，被基科尼亚人击杀。
其时，汇聚乌云的宙斯驱来北风，冲打我们的海船，
一阵狂野凶虐的风暴，布起层层积云，
掩罩起大地和海域。黑夜从天空降临。
海浪卷着船队横走，暴烈的狂风
捣烂我们的风帆，撕成三四块碎片。
我们惧怕死的来临，收下船帆，放入船身，
摇起木桨，急急忙忙划向陆岸。
我们在那里滞留了两天两夜，
痛苦和疲劳揪碎了我们的心怀。
但是，当发辫秀美的黎明送来第三个白天，
我们竖起桅杆，升起白帆，
坐入船位，任凭海风和舵手送导向前。

其时，我将已经抵达故园，不带伤痕，
要不是在海船绕行马勒亚之际，北风和激浪
把我推离航线，疾冲向前，滑过了库塞拉地面。

“一连九天，我随波逐浪，被凶暴的强风推搡在
鱼群汇聚的大海，直到第十天上，我们才落脚岸边，
吃食落拓枣者的邦界，后者专吃一种开花的蔬餐。
我们在那里登陆，提取清水，
伙伴们动作利索，在快船边食用晚餐，
当吃喝完毕，我便遣出一些伙伴，
探访向前，要他们弄清这里可能
住着何样的生民，吃食面包的凡胎。
我选出两人，另有第三位去者，作为报信的角儿。
他们当即出发，遇见吃食落拓枣者的人群，
后者不曾谋算夺杀他们的性命，
我的伙伴，只是拿出落拓枣，让他们尝吃。
然而，当他们一个个吃过蜜甜的枣果，
三人中便没有谁个愿意送信回返，亦不愿离开，
只想留在那里，同枣食者们为伴，以
枣果为餐，忘却还家的当务之急。
我把这些人强行弄回海船，任凭他们啼哭呜咽，
把他们拖上船面，塞在凳板下，绑得结结实实，
发出命令，要其他可以信靠的
伙伴们赶紧上船，惟恐有人
尝吃枣果，忘却还家的当务之急。
他们迅速登船，坐入桨位，以
整齐的座次荡开船桨，击打灰蓝色的海面。

“从那儿出发，我们行船向前，虽然心中悲哀，

来到库克洛佩斯们的邦界，一个无法无规，骄蛮
暴虐的部族，一切仰仗天赐，依赖不死的神明，
既不动手犁耕，也不种植任何东西，
但凭植物自生自长，无需撒种，不用耕耘，
小麦，大麦，还有成串的葡萄，为他们
提供酒力——宙斯的降雨使果实熟甜。
他们没有议事的集会，亦没有共同遵守的礼仪和法规，
散住在高山大岭的峰峦，
深旷的岩洞里，每个男子都是
妻房和孩童的法律，不管别人的一切。

“那里有座林木森郁的海岛，从港湾的边界向内伸延，
既不远离库克洛佩斯人的住地，亦不贴近它的
跟前，遍长着林木，遮掩着数不清的野山羊，生聚在
山间——那里既没有居民的踪迹，骚扰它们的安闲，
没有屠捕的猎人，出没在深山老林，
含辛茹苦，追杀在高山的峰巅，
亦没有放牧的羊群，也没有农人，
自古以来从未开垦，从未种植，
荒无人迹，哺喂着成群的野山羊，咩咩叫唤。
库克洛佩斯们没有海船，船首涂得鲜红，
也没有造船的工匠，制作凳板坚固的
航船，使他们得以驾船过海，满足生活的需求，
造访异邦客地，像别处的人们那样，
驱船渡海，互相通商往来，从而
使这座岛屿成为繁荣昌盛的地界。
这是块肥沃的土地，可以栽培各种庄稼，
在合宜的季节，水源丰足的草地，松软的草场，伸躺在
灰蓝色大海的边沿，亦可种植葡萄，收取食用不尽的果鲜；

那里有平整、待耕的荒野，献出丰产的谷物，
在收获的季节——表层下的泥土极其沃肥。
岛上还有一座良港，易于停船，不用连绑，
既不用甩出锚石，亦不用紧系的绳缆，
人们只需跑上海岸，静等水手们的心愿
驱使行船，徐风从海面上缓缓送来。
此外，在港湾的前部，有一泓闪亮的泉水，
从岩洞下涌冒出来，周围杨树成林。我们
驱船在那里靠岸，凭借某位神明的指点，
穿过朦胧的夜色，四处一无所见，
浓厚的迷雾蒙罩着木船，天上见不着
闪光的月亮，它已藏身灰黑的云间。
我们中谁也看不见海岛的身影，
也见不着冲涌的长浪，拍打
岸沿，直到凳板坚固的海船抵靠滩面。
木船泊岸后，我们收下所有的风帆，
足抵滩沿，傍临大海，举步向前，
睡躺在地，等候神圣黎明的到来。

“当早起的黎明，垂着玫瑰红的手指，重现天际，
我们漫游了海岛，欣慕所见的一切；
水仙们，带埃吉斯的宙斯的女儿，拢来
岗地里的山羊，供我的伙伴们食猎。
我们当即返回海船，取来弯卷的硬弓和
修长的标枪，分作三队，出猎
向前，神明使我们得获心想的猎件。
我们共有十二条海船，由我统领，每船分得
九只山羊，但我一人独得十只，我的份额。
我们坐着吃喝，直到太阳西沉，整整

痛快了一天，嚼着吃不尽的羊肉，喝着香甜的酒浆——
船上载着殷红的醇酒，还没有喝完，
仍有一些剩余，因为行前各船带了许多，
在满装的坛罐：我们曾荡扫基科尼亚人神圣的城垣。
我们举目望去，望着邻近的库克洛佩斯人栖居的地点，
眼见袅绕的炊烟，耳闻绵羊和山羊咩咩的叫唤。
当太阳西沉，神圣的黑夜把大地蒙罩，
我们平身睡躺，在长浪拍击的滩沿。然而，
当早起的黎明，垂着玫瑰红的手指，重现天际，
我召开了一次集会，对众人说道：
‘你等留在这里，我的可以信赖的伙伴，
我将带着我的海船和船上的伴友
探寻那里的生民，弄清他们究为何人，
是一群暴虐、粗蛮、无法无规的部勇，
还是些善能友待外客，心中敬畏神灵的族民。’

“言罢，我举步登船，同时告嘱伙伴们
上来，解开船尾的绳缆，
众人迅速登船，坐入桨位，以
整齐的座次，荡开船桨，击打灰蓝色的海面。
我们行船来到那个地点，相去不远，
眼见一个山洞，在陆基的边岸，傍临大海，
高耸的洞口，垂挂着月桂，里面是羊群的
畜栏，大群的绵羊和山羊，晚间在此过夜，洞外是个
封围的庭院，墙面高耸，取料石岩，基座在泥层里深埋，
贴靠着高大的松树和耸顶着枝叶的橡树立站。
洞里住着一个魔鬼般的怪人，其时正牧羊
远处的草场，孤零零的一个——他不和别人
合群，独自游居，我行我素，无法无天。

事实上，他是个让人见后惧诧的魔怪，
看来不像个吃食谷物的凡人，倒像一座
长着树林的孤峰，耸立山巅，离着别的岭峦。

“其时，我命令其他豪侠的伙伴
留在原地，傍守海船，只
挑出十二名最好的精壮，探行
向前。我拿出一只山羊皮缝制的口袋，装着醇黑
香甜的美酒，马荣给我的礼物，欧安塞斯的儿男，
阿波罗的祭司，阿波罗，卫护伊斯马罗斯的神仙。他以此物
相赠，因为我们，出于对他的尊敬，保护了他和妻儿的
安全。他居家奉献给福伊波斯·阿波罗的
神圣林地，给了我光荣的礼件。
他给我七塔兰同精工锻打的黄金，
一个白银的兑缸，还给我
灌了十二坛罐的好酒，醇美甘甜，
不曾兑水，一种绝妙的好东西。家中的
男仆和女佣对此一无所知，只有亲爱的
妻子和他自己，另有一名女管家，知晓此酒的奥秘。
每当饮喝蜜甜的红酒，他总是
倒出一杯，添兑二十倍的清水，
神奇的酒香从兑缸里飘溢，
使人欲罢不能，阻挡不开。
其时，我用此酒灌满一个硕大的皮袋，装了一些
粮食——我那高豪的心灵告诉我，
很快会遇见一个生人，身强力壮，
粗蛮凶悍，不知礼仪和法规的约限。

“我们行动迅速，来到洞边，但却不见

他的踪影，其时正在草场之上，牧放肥壮的羊儿。
我们走进洞里，赞慕眼见的一切，
那一只只篮子，满装着沉甸甸的酪块，那一个个圈栏，
拥挤着绵羊和山羊的羔崽，分关在不同的
栅栏：头批出生的，春天生养的和出生
不久的，都有各自的群体。所有做工坚实的容器，
奶桶和盛接鲜奶的盆罐，全都装着潽满的奶液。
其时，伙伴们出言建议，求我先把
一些奶酪搬走，然后再回头把
羊羔和小山羊赶出栏圈，迅速拢回
船舟，驶向咸涩的大海。但
我不听他们的劝议——不然该有多好——
心想见见那人，看看能否收得一些礼物回转。
然而，我们将会发现，他的出现绝难使我的朋伴们欢快。

“我们燃起一堆柴火，作过祀祭，
拿起奶酪，张嘴咀嚼，坐在里面，等候洞穴的主人，
直到他赶着羊群，回返家院。他扛着一大捆
透干的烧柴，以便在进食晚餐时点用，
扔放在洞里，发出可怕的碰响，
吓得我们缩蜷着身子，往洞角里藏钻。
接着，他把肥羊赶往洞中的空广之处，大群供他
挤用鲜奶的母羊，却把公羊，雄性的山羊和绵羊，
留在洞外，深广的庭院里。然后，
他抱起一块巨石，堵住大门，
一块硕大的岩石，即便有二十二辆坚实的
四轮货车，亦不能把它拖离地面——
这便是他的门挡，一面高耸的巉岩。接着，
他弯身坐下，挤取鲜奶，他的绵羊和咩咩叫唤的山羊，

顺次一只接着一只，随后将各自的羔崽填塞在母腹下面。
他把一半的白奶凝固起来，放入
柳条编织的篮里，作为乳酪藏存，
让那另一半留在桶里，以便随手
取来，尽情饮用，作为晚餐。
当忙忙碌碌地做完这些，他点起
明火，发现了我们，开口问道：‘你们是谁，
陌生的来人？从哪里启航，踏破大海的水面？
是为了生意出航，还是任意远游，
像海盗那样，浪迹深海，冒着
身家性命，给异邦人送去祸灾？’

“他如此一番说道，吓得我魂飞胆裂，
惊恐于粗沉的声音，鬼怪般的貌态。
但即便如此，我还是开口答话，对他说道：
‘我们是阿开亚人，从特洛伊回返，被各种方向的
疾风吹离了航线，在浩淼的大海，只想
驾船回家，走错了海道，循着另一条路线，
着陆此间。如此安排，定能使宙斯心欢。
我们声称，我们是阿特柔斯之子阿伽门农的部众，
他的声誉，如今天底下无人可以比肩：
他攻掠了一座如此坚固的城堡，杀了这许多
兵民。然而我们却不如他走运，来到这里，恳求在你的
膝前；但愿你能给出表示客谊的款待，
或给出一份礼物，此乃生客的权益。
敬重神明，最强健的汉子，我们恳求在你面前。
宙斯乃客家的尊神，保护浪迹之人应享的权益，
总会助佑生客，惩罚错待他们的行迹。’

“我言罢，他当即答话，心里不带怜悯：
‘陌生人，我看你真是个笨蛋，或从遥远的地方前来，
要我回避神的愤怒，对他们表示敬畏。
库克洛佩斯人不在乎什么带埃吉斯的宙斯，
或其他任何幸福的神明；我们远比他们强健。
我不会因为惧怕宙斯，而放过你
或你的伙伴，除非服从自己的心愿。
告诉我，让我知晓，你来时把
建造精固的海船停在哪里，在远处，还是近在眼前?’

“他如此说告，试图让我道出真情，但我经验丰富，
不受欺骗，开口作答，言语中包孕狡黠：
‘波塞冬，裂地之神，砸碎了我的海船，
把它推向礁岩，在你地界的滩岸，
撞上一峰巉壁，被海风刮得杳无踪影，
而我，还有这些伙伴，躲过了突至的毁灭。’

“我言罢，他默不作声，心中不带怜悯，
跳将起来，伸手我的伙伴，抓住
两个，捏在一块，朝着地表砸击，仿佛摆弄
一对小狗，捣出脑浆，涂流泼泻，透湿了地面。
他撕裂死者的躯体，一块接着一块，备下晚餐，
穷吃暴咽，像一头山地哺育的狮子，不留一点存残，
吞尽了皮肉、内脏和卷着髓汁的骨件。
我等大声哭喊，高举双手，对着宙斯，
眼见此般酷景，心中麻木不仁，无能为力。
库克洛普斯填饱了巨大的肚皮，
吃够了人肉，喝够了不掺水的羊奶，
躺倒睡觉，四肢伸摊在羊群中间。

其时，我在自己豪莽的心灵里思虑，
打算逼上前去，从胯边拔出利剑，
扎入他的胸膛，横膈膜和肝脏相连的部位，
用手摸准进剑的入点。但转而一想，觉得此举不佳——
如此，我们自己将面临突暴的死难。
我们的双手推不开那峰石岩，
在高耸的出口，由他亲手堵塞。就这样，
我们哭守洞里，等待着神圣的黎明到来。

“当早起的黎明，垂着玫瑰红的手指，重现天际，
库克洛普斯点起明火，动手挤奶，成群白光闪亮的
母羊，顺次一头接着一头，随后将各自的羔崽填塞在
母腹下面。当忙忙碌碌地做完这些，他又
一把抓过两个活人，备作自己的肴餐，
吃饱喝足，赶起肥壮的羊群，走向洞口，
轻松地搬开巨大的门石，复又
堵上，像有人合上箭筒的盖子一般。
就这样，库克洛普斯吹着尖利的口哨，赶着肥壮的羊群，
走上山岗，把我关留在洞里，谋思凶险的计划，
如何将他惩治，倘若雅典娜给我这份荣光。
我冥思苦想，觉得此举佳杰。
羊圈边有一根硕大的橄榄树段，皮色
青绿，库克洛普斯把它砍截后放在那边，以便
干后当做手杖。在我们眼里，它的体积
大得好似一根桅杆，竖立在宽大、
乌黑的货船里，配备二十支船桨，穿行海面。
用眼揣测，树段的长度和粗壮就像桅杆一般。
我走上前去，砍下一截，一寻长短，
交给伙伴，要他们平整削光。

他们削光树段，而我则站在一边，劈出
尖端，放入炽烈的柴火，使之收聚硬坚。
然后，我把它暗藏起来，藏在羊粪下——
散乱的粪堆遍布在洞穴的地面。
其后，我命嘱伙伴们拈阄定夺，他们中
谁将承受此番艰难，和我一起，抬着巨大的木棍，
趁着库克洛普斯熟睡之际，插入他的眼睛。
中阄者正是我想挑筛的人选，
四人，连我一起，一共五个。随着
夜色的降临，库克洛普斯回到洞边，赶着毛层
深卷的羊群，当即将所有的肥羊拢入洞里，
从深广的庭院，一只不曾留下——不知
是因为产生了什么想法，或是受了某位神明的驱怂。
他抱起巨石，堵住洞口，然后
弯身坐下，挤取鲜奶，绵羊和咩咩叫唤的
山羊，顺次一只接着一只，随后将各自的羔崽填塞在
母腹下面。当忙忙碌碌地做完这些，他又
一把抓过两个活人，备作自己的肴餐。
其时，我手端一只常青藤木大碗，
满注着黑红的醇酒，走向库克洛普斯身边，说道：
‘拿着，库克洛普斯，喝过我的酒浆，既然你已食罢
人肉的餐肴，看看我们载着怎样的好酒，在
我们船上。我把它带来给你，作为你祭洒的奠酒，
倘若你能可怜我的境遇，放我回家。我受不了
你的暴怒，残忍的家伙，日后谁还敢再来
造访？你的作为暴虐凶狂。’

“听我言罢，他接过美酒，一饮而尽，高兴得
神魂颠倒，尝了一碗的甜头，开口向我索要，说道：

‘慷慨些，再给我一点；告诉我你的名字，赶快，
以便让我给你一份待客的礼物，快慰你的心房。
不错，库克洛佩斯人盛产谷物的田野亦可生产
大串的葡萄，酿出醇酒——宙斯的降雨使它们熟甜，
但你的佳酿取自仙界的食物和神用的奈克塔耳。’

“他言罢，我复又给他一份闪亮的酒液。
一连三次，我为他添送，一连三次，他大大咧咧地把
酒喝得精光。当酒力渗入库克洛普斯的心智，
我开口对他说话，言语中饱含机警：
‘库克洛普斯，你想知道我光荣的名字，我将告诉于你，
但你得话出必果，给我一份表示友谊的送礼。
我叫无人，人们都这般称我，
我的父亲、母亲和所有的伙伴一起。’

“我言罢，他当即答话，心里不带怜悯：
‘这么说来，我将把无人放在最后吞食，
我将先吃你的伙伴——这便是我的赏物，给你的赠礼！’

“言罢，他仰面倾倒，肩背撞地，
粗壮的脖子僵硬地歪向一边，所向披靡的睡眠
已把他抓拿，使他就范。他嗝出喷涌的酸酒，从他的喉管，
带着人肉的块件；他醉了，呕吐在昏睡间。
其时，我把棍段插入厚厚的柴灰，
使之升温加热，出言鼓励所有的
伙伴，要他们免去惊怕，不要退避躲闪。
当橄榄木段热至即将起火的温点，
尽管颜色青绿，发出可怕的光闪，
我就近拔出树段，使其脱离火花；伙伴们站在

我的身边。某位神明在我等心中注入了巨大的勇力。
他们手抓橄榄木段，挺着劈削出来的尖端，
捅入他的眼睛，而我则运作在高处，压上全身的重力，
拧转着树段，像有人手握钻器，穿打船木，
而他的工友则协作在下面，紧攥皮条，
旋绞着钻头，在两边出力，使之深深地往里咬切；
就像这样，我们抱住尖头经过烈火硬化的树段，扭转
在他的眼睛里，沸煮着入点周围的血水，
蹿着火苗的眼球烫烧着眼眶的周边，焦炙着眉毛
眼睑，火团裂毁了眼睛的座基。
像一位铁匠，将一锋巨大的砍斧或扁斧
插入冷水，发出嘶嘶的噪响，经此淬火
处理，铁器的力度增强；就像这样，
库克洛普斯的眼里嘶嘶作响，环围着橄榄木的树干。
他发出一声剧烈、可怕的号叫，山岩回荡着他的呼喊，
把我们吓得畏畏缩缩，往后躲闪。他从
眼里拔出木段，带出溅涌的血浆，
发疯似的撩开双手，把它扔离身旁，
竭声呼喊，求援于他的库克洛佩斯同胞，
住在邻里的洞穴，多风的山脊上。
听到他的呼喊，他们蜂拥着从四面赶来，
站在洞穴周围，问他遇到了什么麻烦：
‘出了什么事情，波鲁菲摩斯？为何呼天抢地，
在这神圣的夜晚，惊扰我们的睡眠？
敢是有人竟然逆违你的意志，赶走你的羊儿？
敢是谁个胆大，试图把你杀了，凭借武力或欺骗？’

“听罢这番话，强健的波鲁菲摩斯在洞内答道：
‘无人，我的朋友们，试图杀我，不是凭借武力，而是通过欺骗。’

“听他言罢，他们开口答道，用长了翅膀的话语：
‘倘若没有人欺你孤单，对你行凶动武，那么，
你一定是病了——此乃大神宙斯的送物，难以避免；
最好祈告你的父亲，请求王者波塞冬帮援。’

“言罢，他们动身离去；我暗自发笑，
心里高兴，庆幸我的名字和周全的计划把他们欺骗。
其时，库克洛普斯高声吟叫，出于揪心的疼痛，
伸手触摸，抱住石头，移开门户，
坐在出口之中，摊开双手，准备
抓住任何试图混随羊群，逃出洞穴的人们，
以为我会如此愚蠢，做出此番举动，
岂不知我正在计谋设想，争取最好的结果，
打算想出某种办法，使我和我的伙伴们
逃避死亡，使出我的每一分才智，每一点灵黠，
在这生死存亡的关口，巨大的灾难正显现在我们面前。
我冥思苦想，觉得此举佳妙。洞里
有一些公羊，雄性的绵羊，饲养精良，相貌壮伟，
体形硕大，毛层屈卷厚实，黑得发亮。
我悄悄地把公羊拢到一块，用轻柔的柳枝捆绑，
取自魔怪般的库克洛普斯，无法无天的家伙，通常睡觉的
地方，把它们绑连起来，三只一组，让中间的公羊怀藏
一位伙伴，另两只公羊各站一边，保护藏者的安全。
每三只公羊带送一人，而我自己，选中了另一头
公羊，羊群中远为出色的佼杰，
逮住它的腰背，缩挤在腹下的毛层，
静静地躺倒不动，以坚忍的意志，双手
抓住油光闪亮的毛卷，紧攥不放。
就这样，我们忍着悲痛，等待着神圣的黎明。

“当早起的黎明重现天际，垂着玫瑰红的手指，
公羊们急急忙忙地拥出洞口，走向草场，而
母羊们却等着压挤，垂着鼓胀的奶袋，似乎濒于破裂，
在羊圈里咩咩叫唤。与此同时，它们的主人正遭受剧痛的
折磨，触摸着每只羊的脊背，趁着后者行至他面前，
略作暂停的间息，但却不曾想到——这个愚蠢的家伙——
我的伴友一个个出逃，紧贴在毛层厚密的公羊腹下。
羊群中，大公羊最后行至洞口，迟缓于
卷毛的分量，我的体重和绵密的智囊。
强健的波鲁菲摩斯抚摸着公羊，说道：
‘今天，亲爱的公羊，你为何落在最后，
迟迟行至洞口？以前，你可从来不曾跟走在
羊群后头，而是迈着大步，远远地走在前面，
牧食青绿的嫩草，抢先行至湍急的河边，
第一个心急火燎地赶回圈舍，在夜色降临的
时节。现在，你却落在最后。或许，你在替主人伤心，
为他的眼睛？一个坏蛋，先用美酒昏醉了我的心智，
然后偕同那帮歹毒的伙伴，捅出了我的眼珠，
那个无人，我发誓，还没有躲过死的惩贷！
但愿你能像我一样思考，开口说话，
告诉我那家伙躲在哪里，藏避我的暴怒，
我将即刻把他砸个稀烂，在这地表之上，让他脑浆飞溅，
涂满洞内的每一个地方，以此轻缓我痛苦的
心灵，一无所用的无人带给我的祸殃。’

“言罢，他松开公羊，让它走开。当我们
逃出一小段距离，去离庭院和山洞不远，
我自己先从羊腹下脱出身来，然后松开绑索，让伙伴们
下来，频频回首张望，迅速赶起大步

行走的群羊，垂着大块的肥膘，拢至我们的
船边。眼见我们躲过死亡，安然归来，亲爱的
伙伴们兴高采烈，但马上转喜为忧，哭悼死去的同伴，
无奈我不让他们出声，织皱的眉毛使每一个人
停止哭泣，命嘱他们赶快动手，将毛层屈卷的
肥羊装上海船，驶向咸涩的大洋。
众人迅速登船，坐入桨位，以
整齐的座次，荡开船桨，击打灰蓝色的海面。
当我们离岸的距离，远至喊声及达的边围，
我放声嘲骂，对着库克洛普斯呼喊：
‘你想生食他的伙伴，库克洛普斯，凭你的强蛮粗野，
在深旷的岩洞，现在看来，此人可不是个懦夫弱汉！
暴虐的行径已使你自食其果，毫无疑问，
残忍的东西，竟敢吞食造访的客人，在
自己家里。现在，你已受到责惩，被宙斯和列位神明！’

“听我言罢，库克洛普斯的心里爆出更猛的怒气，
扳下大山上的一面石峰，挥手掷来，
落在乌头海船前面，几乎擦着
舵桨的边沿，只差那么一点，
落石掀起四溅的水浪，
激流推扫着船儿，硬把我们
从海面冲向陆岸，几乎搁上滩沿。
其时，我抓起一根长杆，推船
离岸，出言鼓励伴友，点动
我的脑袋，要他们拼出全身力气，划离
死亡的威胁，众人俯身桨杆，猛划向前。
然而，当我们跑出离岸两倍于前次的距离，
我又打算高声呼喊，嘲骂库克洛普斯，尽管伙伴们

出言劝阻，一个接着一个，用温柔的话语：
‘粗莽的人儿，为何试图再次诱发那个野蛮人的愤怒，
他刚才投来的那峰岩石，击落海中，把我们的
木船逼回岸边，使我们想到必死无疑的大难。
那时，倘若让他听见有人呼喊，哪怕只是一句话言，
他便会砸烂我们的脑袋，捣碎我们的船板，
用一方巨大凶莽的石块；他的投力就有那般强健！’

“他们如此一番劝告，却不能说动我豪莽的心灵；
我满怀一腔愤怒，高声叫喊：
‘今后若有哪个凡人问你此人是谁，库克洛普斯，
把你弄瞎，弄得这般难堪——告诉他，
捅瞎你眼睛的是我奥德修斯，城堡的荡击者，
居家伊萨卡，莱耳忒斯的儿男！’

“听我言罢，他出声悲叹，开口说道：
‘哦，苦哇，昔时的预言今天得以兑现！
这里曾经有过一位卜者，一个好人，高大强健，
忒勒摩斯，欧鲁摩斯之子，卜占比谁都灵验，
在库克洛佩斯人中活到晚年。此人告我
眼下发生的一切必将在某一天兑现，而我
则必将失去视看的眼睛，经由奥德修斯的手力。
但我总在防待某个英俊的彪形大汉，
勇力过人，来到此间，却不料
到头来了个小不点儿，一个虚软无力的侏儒，
先用醇酒把我灌醉，然后捅瞎我的
眼睛。过来吧，奥德修斯，让我给你一份客礼，
催请光荣的裂地之神，送你安抵家园，
因为我乃他的儿子，而他则自称是我的亲爹。

他可亲手治愈我的眼睛，只要愿意，其他幸福的
神明，或是什么凡人，谁都不行。’

“他言罢，我开口答话，说起：
‘但愿我能夺走你的魂息，结果你的性命，
把你送往哀地斯的府居，就像知晓即便
是裂地之神亦不能替你治愈瞎眼一样确凿不移！’

“我言罢，他开口祈祷，对王者
波塞冬，举手过头，冲指多星的天空：
‘听我说，环绕大地的波塞冬，黑发的神仙，
倘若我确是你的儿子，而你承认是我的父亲，
那么，请你允诺：绝不让奥德修斯，城堡的荡击者，
居家伊萨卡的莱耳忒斯之子，回返家园！
但是，倘若他命里注定可见亲朋，
回到营造坚固的房居，他的国度，也得
让他迟迟而归，狼狈不堪，痛失所有的伙伴，
搭坐别人的海船，回家后遭受悲难！’

“他如此一番祈祷，黑发的神明听到了他的声音。
其时，库克洛普斯举起顽石，体积远比第一块硕大，
转动身子，猛投出手，压上的力气大得难以估算；
巨石掉在乌头海船后面，几乎擦着
舵桨的边沿，只差那么一点，
落后掀起四溅的水浪，激流
冲搡着木船，硬把我们推向海滩。
就这样，我们回到那座海岛，滩边停等着
其余凳板坚固的海船，聚在一块，伙伴们围坐
船边。心情悲哀，盼望我们回归，等了好长时间。

及岸后，我们驻船沙面，举步向前，
足抵浪水拍击的滩沿，傍临大海，赶出
库克洛普斯的肥羊，从深旷的海船，
分发了战礼，尽我所能，使人人都得到应得的份额。
分羊时，胫甲坚固的伙伴们专门给我留出
那头公羊，我把它祭献给王统一切的宙斯，
克罗诺斯汇聚乌云的儿子，在那沙滩之上，
焚烧了腿肉，但大神不为所动，
继续谋划如何摧毁我们所有凳板
坚固的海船，连同我所信赖的伙伴。

“就这样，我们坐着吃喝，直到太阳落沉，
整整痛快了一天，嚼着吃不尽的羊肉，喝啜酒的香甜。
当太阳下落，神圣的黑夜把大地蒙罩，
我们平身睡躺，在长浪拍击的滩沿。然而，
当早起的黎明，垂着玫瑰红的手指，重现天际，
我出言催励，要伙伴们上船，
解开船尾的缆索，众人
迅速登船，坐入桨位，以
整齐的座次，荡开船桨，击打灰蓝色的海面。
从那儿出发，我们继续向前，庆幸逃离了死亡，
虽然心中悲哀，怀念死去的战友，亲密的伙伴。”

# 第十卷

“其后，我们来到埃俄利亚岛，埃俄洛斯居住的
地方，希波塔斯之子，受到永生神明的钟爱；
那是一座浮动的岛屿，四周铜墙
围栏，坚不可破，由险峻的绝壁支扛。
他有十二个孩子，生活在宫房，
六个女儿，六个风华正茂的儿子，
他把女儿婚配儿子，作为他们的妻床。
日复一日，他们食宴在亲爱的父亲和雍贵的
母亲身边，美味的食物多得难以清数，堆在他们身旁。
白天，宫居里充溢着烹食的奇香，响声飘回在
庭院的空间；夜晚，他们躺在温柔的妻子身边，
盖着织毯，就着绳线穿绑的睡床。
我们来到这座城市，走入精美的房居，
埃俄洛斯盛情款待我们，整整一月，问了许多问题，
关于伊利昂，阿耳吉维人的海船和阿开亚人的回归；
我详细回答了他的问话，把战争的全过程说讲。
其后，当我问及是否可继续回航，请他提供
便利，他满口答应，表示愿意帮忙。
他给我一个袋子，用料牛皮，取自一头九岁壮牛
的躯体，内灌呼啸的疾风，奔走各个方向——
克罗诺斯之子让他掌管风势，
或吹或止凭他的意愿，由他定判。

他将皮袋放上深旷的海船，用一根银绳
封绑，不使有所跑泄，哪怕只是一丁点儿。
但他放过了泽夫罗斯①，使其助我归程，
推送海船和船上的人们，可惜事情注定不能
以此结果，我们的愚蠢使自己惨遭灭亡。

“一连九天，我们行船向前，日以继夜，
到了第十天上，终于见着了故乡的廓形，
离城已十分贴近，可以眼见人们添拨柴火的情景。
其后，甜美的睡眠爬上我的眉梢：我已精疲力竭，
总在亲自操掌帆的缭绳，不愿把此事交托
伙伴，以便使大家能够尽快返回
故里。但是，伙伴们却趁此机会，开始论议，
说我藏带金银，准备运往自己的宅邸，
得之于希波塔斯之子、心志豪莽的埃俄洛斯的赠给。
这时，有人说话，望着他的近邻：
‘瞧瞧这个人儿，不管身临哪座城市，哪片国土，
都会受到城民的尊敬，每个人的爱戴。
他从特洛伊掠得珍贵的财宝，带着回返，
而我们，虽然也经历了同样的航程，
但却两手空空，面对家乡就在眼前。
现在，埃俄洛斯，出于友爱，又给了他这些财富，
让我们快快瞥上一眼，看看袋里装着什么，
有多少黄金，多少白银，藏挤在里面。’

“他们如此说道，歪逆的建议得到众人的赞同，
于是打开皮袋，各种疾风随之冲泻出来，

---

① 泽夫罗斯：即西风。

转瞬之间，风暴把他们扫向海面，任凭他们
流泪哭泣，扫离自己的家园。其时，我从睡中醒来，
开始思考行动的择选，在坚忍豪迈的心间，
是跳船入海，送命浪尖，还是
静静地忍受等待，继续和活人作伴。
我坚持忍耐，用披篷盖住头脸，躺倒
船面；凶狠的风暴把船队刮回
埃俄利亚岛滩，伴随着伙伴们哀楚的叫唤。

“我们在那里登陆，提取清水，
伙伴们动作利索，在快船边吃用晚餐。
当吃喝完毕，我便带着
一位信使和一名伙伴，前往
埃俄洛斯著名的房殿，见他
正在进用晚餐，由妻子和孩子们陪伴。
我们走进宫居，傍着房柱，在门槛上
下坐，他们惊奇地望着我们，问道：
‘你是怎么回来的，奥德修斯？碰上了什么邪毒的神力？
我们曾把你送走，置备得妥妥帖帖，使你回返
故土，你的家园，或任何你想要去的地点。’

“他们言罢，我忍着心头的悲痛，答道：
‘这群该死的伙伴毁了我，连同那该受诅咒的
睡眠。帮我们一把，亲爱的朋友，你们有这个能耐。’

“我如此一番说告，用了动听的词藻，
但他们全部沉默不语，只有父亲一人开口说道：
‘马上离开我的海岛，世间最邪毒的人们！
我不能赞助或帮送任何凡人，

倘若他受到幸福神明的痛恨。
滚吧，你的回返表明，你受到长生者的烦愤！’

“言罢，他把我遣出宫门，哪怕我高声吟唤。
从那儿出发，虽然心里悲苦，我们继续行船向前；
充满痛苦的桨摇耗尽了我们的心力，
都怪我们愚蠢，失去了和风的送推。

“尽管如此，我们行船向前，一连六天，日以继夜，
到了第七天上，抵达一个陡峭的去处，拉摩斯的城堡，
莱斯特鲁戈奈斯人怪的忒勒普洛斯——在那里，赶着羊群
回归的牧人招呼赶着羊群出牧的同行，并接受后者的问候；
在那里，一个牧人，不事睡眠，可以挣得双份的工酬，
一份得之于放牧牛群，另一份得之于看管闪亮的羊群，
因为白天和黑夜离得很近，前者紧接着后者到来。
我们驱船进入一座良港，两边是峰指
天穹的巉壁，绝无空断之处，
边口耸立着两道突岩，石顶
对着峰面，掩着一条狭窄的入口。
伙伴们全都划着弯翘的海船，由此入内，
一条挨着一条，泊挤在深旷的
港湾，内中风平浪静，既无
巨涛，亦无微波，四周里一片清明静寂。
然而，我却独自将黑船停在口外，
傍着岩岸，牵出缆绳，牢系于石壁，
爬上一个粗皱的峰面，举目观望，双腿直立，
既不见牛耕的沟影，也不见人手劳作的痕迹，
只有一缕徐袅的青烟，升起在荒野。于是，
我遣出一些伙伴，探访向前，要他们弄清

这里可能住着何样的生民，吃食面包的凡胎；
我选出两人，另有第三位去者，作为报信的角儿。
他们走离海船，踏着一条平整的路面——车辆
由此下来，拉着木料，从高耸的冈峦，走向城沿——
遇到一位姑娘，于路边城前，正在取水，
莱斯特鲁戈尼亚部族的安提法忒斯的壮实的
女儿，来至水流清甜的甘泉，
阿耳塔基厄，人们由此汲水，返回城中的家园。
我的人站在她身边说话，问她谁是
此地民间的王贵，统治这一方人民。她随即
举手指点，指向一所顶面高耸的宫居，她父亲的房院。
当进入那座光荣的房居，他们发现一个女人，
像山峰一样粗圆；见此景状，使他们心惊胆战。
她当即召唤著名的安提法忒斯，走离部族的
集会，她的丈夫，后者谋设凄惨的死亡，给我的同伴。
他一把夺过伙伴中的一员，备作食餐，
另两人见状，吓得拔腿逃还，回到我的海船。国王
发出呼喊，遍响在整个城区，强有力的莱斯特鲁戈奈斯
部民闻讯出动，四面八方蜂拥而来，
数千之众，不像凡人，实是巨怪，
站在峰崖旁边，扔出人体一般大小的石块，
对着我的伙伴，激起可怕的嘈响，出自
被杀的船员，被砸的海船。他们挑起我的
人儿，像一串鱼鲜，肩扛着带走，充作昏晦的食餐。
就在他们杀入水流深淼的港湾之际，
我从胯边拔出锋利的铜剑，
砍断缆绳，松出乌头的海船，
马上招呼我的伙伴，催励他们
拼出全身的力气，划离灾亡的威胁，

后者荡桨水面，奋勇搏击，出于对死的惧见。
值得庆幸的是，我的海船，只有我的那条，冲出了
拱悬的巉壁，驶向大海，其他的全都葬毁港湾。

“从那儿出发，我们继续向前，庆幸逃离了死亡，
虽然心中悲哀，怀念死去的战友，亲密的伙伴。
我们来到埃阿亚，一座岛屿，上面住着
发辫秀美的基耳凯，可怕的女神，通讲人话，
心地歹毒的埃厄忒斯的姐妹，
同是光照人间的赫利俄斯的孩子，
生母乃裴耳塞，俄开阿诺斯的女儿。
我们在那儿悄悄靠岸，驾着海船，
进入适宜停泊的港湾，凭借某位神明的指点。
我们踏上滩沿，弯身睡躺，一连两天两夜，
痛苦和疲倦揪碎了我们的心怀。
但是，当发辫秀美的黎明送来第三个白天，
我终于得以提起枪矛和锋快的铜剑，
快步跑离船边，直奔登高瞭望之点，
寻觅凡人生息劳作的示迹，察听他们的话言。
我爬上一个粗皱的峰面，举目瞭望，双腿直立，
但见一缕青烟，袅绕在基耳凯的家院，
从广阔的大地升起，穿过灌木，透出林间。
见此情景，我开始斟酌盘算，在我的心魂里面：
既然已见柴火青烟，我是否可前行探访一番。
两下比较，觉得此举佳杰：
先回我的快船，回到海滩，让我的
伙伴吃上一顿食餐，然后遣出他们，侦访向前。
然而，在回返的路上，当我接近弯翘的海船，
某位神明，见我孤身一人，心生怜悯，

送来一头巨大的公鹿，顶着冲指的叉角，出现在
我的面前，刚从林中下来，前往河边
喝水——太阳的曝晒驱使他向前。
当他从河边上来，我出手击入他的中背，脊骨的
旁边，青铜的枪尖深扎进去，将他透穿，
后者嘶叫着扑倒泥尘，魂息飘离他的躯干。
我一脚踹住大身，拧拔出青铜的枪矛，从
捅出的伤口，将他放躺在地面，动手
拔来些树枝柳条，织出一根绳索，
约有一寻长短，仔细地从一头编拧至另一头的根端，
然后抓起巨兽的四脚，捆绑起来，
扛上肩背，绕着脖圈，回返乌黑的海船，
撑拄着我的枪杆——须知此兽十分庞大，
仅凭一肩一手之力，绝难把他搬抬。
我走回城边，扔下猎鹿，招聚我的伙伴，
站在每个人身边，对他说话，用和善的语言：
‘尽管伤心，我的朋友们，我们还不至就此坠入
哀地斯的府居，命定的死期还没有临来。
来吧，快船里还有我们的吃喝，
让我们填饱肚子，抗拒饥饿的磨煎。’

　　“听我言罢，众人立即行动，
撩开蒙头的衣物，在那苍贫大海的边沿，
凝望着眼前的公鹿，这家伙确实大得非同一般。
当带着惊慕之情，饱享了眼福后，
他们洗净双手，开始整备丰美的肴餐。
我们坐着吃喝，直到太阳西沉，整整
痛快了一天，嚼着吃不尽的烤肉，喝着美酒香甜。
当太阳下落，幽暗的夜晚临来，

我们平身睡躺，在长浪拍击的滩沿。然而，
当早起的黎明，垂着玫瑰红的手指，重现天际，
我召开了一次集会，对众人说喊：
‘听着，我的伙伴们，虽然你们遭受了磨难！
亲爱的朋友们，眼下，我们不知黎明何在，黄昏的
去踪，亦不知普照人间的太阳从何升起，从何
下落。让我们赶快开动脑筋，想想是否
还有救药的办法——我们已山穷水尽，依我之见。
我曾爬上一块粗皱的峰面，登高瞭望，
发现我们置身海岛，四周环围着无垠的咸水，
岛上地势低洼，但我眼见一缕青烟，
从岛内中部升起，穿过灌木，透出林间。’

“我如此一番说告，破碎了他们的心灵，
回想起莱斯特鲁戈尼亚部族的安提法忒斯的作为，
以及生食人肉的库克洛普斯的残暴，心志粗莽的人怪，
不禁高声尖叫哭号，淌着大滴的眼泪，
但此般悲戚，不会给他们带来收益。

“其时，我把胫甲坚固的伙伴们分作
两队，指定了各队的首领，由我带领
一队，让神样的欧鲁洛科斯管带另一半兵丁。
我们随即摇起阄块，用一顶铜盔装容，
心志豪莽的欧鲁洛科斯的那个蹦出盔盖。
于是，他动身出发，带着二十二名伴友，
哭哭啼啼，而我等留守原地的人亦以哭声送别。
在一片林中的谷地，他们行至基耳凯的住所，
取料磨得溜光的石块，座立在一片空旷之处，
四周漫游着许多狮子和山上的灰狼，

已受女神魔服，吃了凶邪的迷药。
眼见他们前来，野兽不曾进攻，而是站立起来，
做出亲昵之状，摇动粗长的尾巴，
像跑迎讨好主人的犬狗，见他外宴
归来，总是带着一些食物，使它们心欢；
就像这样，臂爪粗壮的狼和狮子前来奉承
讨好他们，但伙伴们心里害怕，眼见这帮可怕的兽类。
他们站在发辫秀美的女神的大门前，
耳闻屋里甜美的声音，基耳凯的歌唱，
其时正往返穿梭，沿着一幅宽大、永不败坏的织物，
女神的手工，细密、精美、闪出烁烁的光彩。
其时，波利忒斯，民众的首领，我的
朋友中最忠诚、最亲密的一位，开口对众人说道：
‘朋友们，里面有人往返穿梭，沿着一幅硕大的织物，
唱着动听的歌曲，回传在此间的每一个角落，许是
一位凡女，亦可能是一位女神；来吧，让我们对她呼喊。’

“听罢这番话，众人放开嗓门，高声呼喊，
女神当即打开闪亮的门户，出来召请
他们入内，后者纯朴无知，全都随她而去，
惟有欧鲁洛科斯例外，怀疑此事有诈，不敢近前。
基耳凯把他们引到里面，在靠椅和凳椅上就座，
调制好饮料，用普拉姆内亚美酒，加入
大麦、奶酪和淡黄色的蜂蜜，拌入
邪迷的魔药，使他们饮后忘却自己的乡园。
她递出饮料，供他们食用后，举起
一根棍棒，击打屋里的人们，把他们赶入猪圈，
使其变成猪的形貌，袭取猪的头脸，猪的声音，
竖顶猪的鬃毛，但人的心智不变，照旧依然。

他们跑入猪圈，放声哭叫；基耳凯
丢下橡子以及山毛榉和山茱萸的果实，
睡躺泥地的猪的饲料，它们常吃的食餐。

“欧鲁洛科斯跑回乌黑的快船，
传告伙伴们的遭遇，凄苦的命运，虽然
试图说话，但却发不出声来，
心中已遭受伤愁的重击，两眼
泪水汪汪，一心只想痛哭举哀。
我们惊望良久，开口发问，终于，
他说出话来，讲述痛失伴友的经历：
‘按你的嘱告，光荣的奥德修斯，我们穿走丛林，
发现一座精美的住房，在幽谷之中，
取料磨得溜光的石块，矗立在一片空旷之处。
有人正往返穿梭，沿着一幅巨大的织物，不知是女神，
还是凡间的女子，放开清亮的嗓门。伙伴们呼唤，
对她说话，房主当即打开闪亮的大门，出来招请
他们入内，后者纯朴无知，全都随她而去，
惟我一人例外，怀疑此事有诈，不敢近前。
其后，他们全都消失殆尽，谁也不曾
出来，虽然我在那里坐望良久，耐心等待。’

“听罢这番话，我挎起柄嵌银钉的
硕大的铜剑，在我的肩头，挂上射弓，
命他循着原路，带我前行，但
他伸出双手，抱住我的膝盖，出言恳求，
号啕中吐出长了翅膀的话语，对我说道：
‘不要违背我的意愿，宙斯哺育的人儿，把我带往那边！

“让我留在这儿。我知道，你不能带回伙伴，连你自己
也不得回返。让我们赶快，带领所剩的朋伴，
就此离开；我们仍可躲避末日的凶邪！’

“他言罢，我开口答话，说道：
‘欧鲁洛科斯，你可待留此地，吃喝一番，
傍着深旷的黑船，我将独自
前往，这是我的义务，我顶着巨大的压力。’

“言罢，我从船边出发，走离海滩。
然而，当我循着静谧的林谷走去，接近
精通药理的基耳凯宽大的房居，
持用金杖的赫耳墨斯走来和我见面，
离着房院的门前，以一位青年男子的模样，
留着头茬的胡子，正是风华最茂的岁月，
握住我的手，出声呼唤，说道：
‘去哪呀，不幸的人儿，孤身穿走荒野山间，
陌生的地界？你的朋友已置身基耳凯的居所，
以猪的形面，关在紧围的栏圈——
你来到此地，打算把他们救还？告诉你，
你将脱身不得，和他们聚首作伴。
不过，我会使你免受欺害，救你出来。
拿着这种神奇的妙药，带在身边，前往基耳凯的
房殿，它会使你避过今天的凶邪。现在，
我将告诉你基耳凯的手段，全部歹毒的欺变。
她会给你调出一份饮料，将魔药拌入其间，
但她无法使你变形，我将给你这份良药，可使
你抵防她的狡黠。让我告你如何行事，所有的一切。
当基耳凯准备击打，举起长长的杖杆，

你要马上抽出利剑，从你的胯边，
猛扑上去，仿佛想要把她杀害。
她会感到害怕，邀你和她同床寝睡。
其时，你不可拒绝女神的厚爱，倘若
你想使她放还伙伴，善待你的一切。
但要让她立发庄重的誓言，以幸福的神祇的名义，
保证不再谋设新的恶招，使你受害。否则，
趁你赤身露体，她会抽去你的勇力，碎毁你的阳健。’

“言罢，阿耳吉丰忒斯给我那份奇药，
从地上采来，让我看视它的形态，
长着乌黑的茎块，却开着乳白色的花儿，
神们叫它‘魔力’，凡人很难把它
挖起，但神明却没有做不到的事儿。

“其时，赫耳墨斯离我而去，穿过林木葱郁的海岛，
回程俄林波斯的峰巅，而我则走向基耳凯的
家居，心潮起伏，随着脚步腾颠，
行至发辫秀美的女神的门前，
高声呼喊，双腿直立；女神闻讯
打开闪亮的门户，出来招请我
入内，我亦随她进去，带着极大的愤烦。
她让我下坐一张做工精致的靠椅，
嵌铆着绚丽的银钉，前面放着脚凳。
她为我调出一份饮料，在一只金杯里面，
怀着恨毒的心念，拌入魔药，
递送与我，见我饮后不变形态，
举杖击打，开口说话，出声呼唤：
‘滚去你的猪圈，和他们躺在一起，你的伙伴！’

“听她言罢，我抽出利剑，从我的胯边，
猛扑上去，仿佛想要把她杀害，
但她尖叫一声，弯腰跑来，抱住我的膝盖，
放声哭喊，对我说道，用长了翅膀的话语：
‘你是谁，你的父母又是谁？来自哪个城市，双亲在哪里？
你喝了我的魔药，居然不曾变形，此事使我惊异。
别人谁也挡不住我的药力，
只消喝下肚去，渗过他的齿隙，
你的心灵魔力不可侵袭。如此看来，
你定是奥德修斯，聪颖敏睿的人杰。持用金杖的
阿耳吉丰忒斯总是对我说告，告说你的到来，
从特洛伊回返，带着乌黑的海船。
来吧，收起你的铜剑，插入鞘内，让
咱俩前往睡床，躺倒做爱，在
欢爱的床笫，或许可建立你我间的信赖。’

“听她言罢，我开口答话，说道：
‘这可不行，基耳凯，你要我对你温存，
而你却把我的伙伴变作猪猡，在你的宫殿？
现在，你又把我缠在这边，不怀好意，
要我前往睡房，同你合欢，以便
趁我赤身露体，抽去我的勇力，碎毁我的阳健。
所以，我不愿和你同床，
除非你，女神，立下庄重的誓言，
保证不再谋设新的恶招，使我受害。’

“听我言罢，她当即起誓，按我的求愿。
当发过誓咒，立下一番旦旦信誓后，
我举步前往基耳凯精美的床边。

“与此同时，四名居家服侍基耳凯的
仙仆，开始操持忙活，在女神的宫殿。
她们是泉溪、丛林和神圣的
奔流入海的河流的女儿。她们中，
一位铺开绚美的垫布，在座椅
之上，然后覆上紫色的毛毯；
第二位搬过白银的餐桌，放在
椅前，摆上金质的食篮；
第三者调出醇香、蜜甜的美酒，用
银质的缸碗，摆出金杯；第四位
提来清水，点起熊熊的柴火，
在一口大锅下面，增热着水温。
当热腾腾的浴水沸滚在闪亮的铜锅，
她让我进入浴盆，从大锅里舀出澡汤，
加上凉水，调至中我心意的热点，泼淋在
我的头上，浇洗我的双肩，冲去折毁心力的疲倦，
从我的肢腿。浴毕，她替我抹上舒滑的橄榄油，
穿好衫衣，覆之以绚美的披篷，让
我下坐一张做工精致的靠椅，
嵌铆着绚丽的银钉，前面放着脚凳。
一名女仆提来瑰美的金罐，
倒出清水，就着银盆，供我们
盥洗双手，搬过一张溜滑的食桌，放在我们身边。
一位端庄的家仆送来面包，供我们食用，
摆出许多佳肴，足量的食物，慷慨地陈放，
请我们吃喝。然而，我却啥也不想食用，
坐着思考别的事情，心中忖想着凶邪的景态。

“基耳凯见我呆坐椅面，不曾

拿用食物，沉溺于强烈的悲哀，走来
站在我的身边，吐出长了翅膀的话语，对我说道：
‘为何干坐此地，奥德修斯，像个不会说话的呆子，
伤心忧愁，不吃不喝，不碰食肴？
是否担心我会再次把你作弄？不，
别害怕——我已对你起誓，发过庄重的誓言。’

“她言罢，我开口答话，说道：
‘告诉我，基耳凯，有哪个正直的好人能
静心享用面前的食物饮料，不曾救出
自己的伙伴，见着他们，和他们聚首会面？
如果你诚心诚意地劝我吃喝，何不放出
他们，让我亲眼看见，重见我所信赖的伙伴。’

“听我言罢，基耳凯走过厅殿，
手握枝杖，打开圈门，赶出
我的伙伴，像一群九岁的肥猪。
伙伴们站在她面前，后者步入他们中间，
用另一种魔药涂抹他们的身子，那密密的
长毛，由先前的那种凶邪的药物催长，女王般的
基耳凯将它调入饮料，即时消离他们的躯干，
使其回复了人的形貌，较前更为年轻，
看来显得远为高大、俊美。他们
认出我来，一个个走近身前，抓住我的双手，
悲恸的欲望揪塞在我们心间，房居里
哭声震响，悲楚至极，就连基耳凯亦心生怜悯，
丰美的女神，前来站在我身边，说道：
‘莱耳忒斯之子，宙斯的后裔，多谋善断的奥德修斯，
去吧，去往你的快船，回到海滩，

先可拽起木船，拖上滩岸，将
所带之物和船用的具械放入海边的洞岩，
然后转身回返，领着你所信赖的伙伴。’

“她如此一番言告，说动了我高豪的心灵。
我行往迅捷的快船，海边的沙滩，
找到受我信赖的伙伴，在快船的边沿，
面色悲苦，呜咽哭泣，淌着大滴的眼泪。
一如在那乡村之中，牛犊们活蹦乱跳，围在母牛身边，
后者方刚走离草场，回返栏圈，吃得肚皮滚圆，
小牛成群结队地奔跑，棚栏已挡不住它们
撒欢，不停地哞哞叫唤，颠跑在母亲
周围；就像这样，伙伴们见我回归，
蜂拥着跑至我的身边，流着眼泪，心中的激情使
他们感到仿佛回到了家乡，回到自己的城国，
山石嶙峋的伊萨卡，生养和哺育他们的故园。
就这样，他们放声哭喊，对我说道，用长了翅膀的话语：
‘眼见你的回归，哦，宙斯哺育的奥德修斯，我们心里高兴，
仿佛回到了伊萨卡，我们的家乡。来吧，
告诉我们那些人的死亡，我们的朋帮。’

“听罢这番话，我用温柔的言词回答，说道：
‘让我们先拽起木船，拖上海岸，将
所带之物和船用的具械放入海边的洞岩，
然后赶回那边，所有的人们，跟我向前，
以便面见你们的伙伴，在基耳凯神圣的家院，
正在开怀吃喝；屋里的食品，他们永远吃用不完。’

“听我言罢，众人立即行动，惟有

欧鲁洛科斯试图拖阻我的伙伴，
开口说道，用长了翅膀的话语：
‘嘿，倒霉的人们，我们要去哪儿？为何期盼
灾难，前往基耳凯的宫居？她会把
我们全都变成猪、狼或者狮子，
强行逼迫，让我们替她看守高大的房居，
同上次对待库克洛普斯的情况一样，伙伴们
走入他的院子，和胆大包天的奥德修斯一起——
正是此人的鲁莽断送了他们的性命！’

“他言罢，我心中思考权衡，是否要
抽出长锋的利剑，从壮实的股腿边，
砍下他的脑袋，掉滚在地，尽管
他是我婚连的近亲，但伙伴们
劝阻我的冲动，一个接着一个，用舒甜的话语：
‘倘若愿意，宙斯养育的王者，你可下达命令，我们
将把此人留在这里，让他看守海船，
由你领头，带着我们，前往基耳凯神圣的房殿。’

“他们言罢，我们从船边出发，走离海滩，
欧鲁洛科斯亦不曾留守深旷的海船，
跟随前往，惧怕我凶暴的责言。

“与此同时，房居里，基耳凯，带着美好的意愿，
浴洗了我的伙伴，替他们抹上舒滑的橄榄油，
穿好衫衣，覆之以厚实的羊毛披篷。其时，
我等找见他们，正坐在一起，尽情吃喝，在主人的厅堂。
当两拨兵朋注目相望，认出了自己的伙伴，
眼里涌出如泉的泪水，动情的哭声在房居里回旋。

其时，丰美的女神走近我身边，说道：
‘莱耳忒斯之子，宙斯的后裔，多谋善断的奥德修斯，
停止号哭吧。我也知道你们
经历了千辛万苦，在鱼群游聚的大海，
承受了各种磨难，面对敌视的人们，在干实的陆野。
现在，我要你们吃用食物，饮喝醇酒，
以便激起胸中的豪情，找回那种精神，
带着它，你们离开伊萨卡，离开岩石嶙峋的
故乡。眼下，你们萎靡不振，心绪颓败，
难以忘却旅途的艰难，整日里郁郁
寡欢，因为你们备受折磨，受尽了苦难。’

“女神如此一番言告，说动了我们高豪的心灵。
其后，日复一日，一晃便是一年，我们坐享其成，
嚼着吃不尽的烤肉，喝着香甜的美酒。
然而，当陈年临终，季节变动，
月数转移，到了白昼变长的时候，
我的可以信赖的伙伴们把我叫到一边，说道：
‘该醒醒了，奥德修斯，别忘了你的故土，
倘若你命定可以得救，回抵
营造坚固的房居，回返家中。’

“他们如此一番言告，说动了我高豪的心灵。
我们坐着吃喝，直到太阳西沉，整整
痛快了一天，嚼着吃不尽的烤肉，喝着美酒香甜；
当太阳下落，幽暗的夜晚临来，
他们平身睡躺，在昏黑的房居。
其时，我前往基耳凯精美的睡床，
抱住她的膝盖，出言恳求，女神听见了我的声音。

我开口说话，吐出长了翅膀的言语：
‘实现你的允诺吧，基耳凯，你曾答应
送我回返。眼下，我急切地企盼回家，
我的朋友们亦然；他们耗糜我的心魂，
痛哭在我面前——其时你不在我们身边。’

“听我言罢，丰美的女神立即答道：
‘莱耳忒斯之子，宙斯的后裔，多谋善断的奥德修斯，
我无意留你们在此，强违你的心愿。
但你们必须先完成另一次远足，
前往哀地斯的府居，可怕的裴耳塞丰奈的豪院，
咨询塞贝人泰瑞西阿斯的灵魂，
一位双目失明的先知，心智仍然健全，
裴耳塞丰奈使他保有智辩的能力，死者中
惟一的例外，其余的只是些阴影，虚拂飘闪。’

“听罢这番话，我心肺俱裂，
坐倒床上，放声号哭，心中
想死不活，不想再见太阳的光明。但是，
当我翻滚折腾，痛哭哀号，满足了发泄的需要，
我开口答话，对她说道：
‘这次远行，基耳凯，谁将做我的引导？
谁也不曾驾着黑船，去过哀地斯的房院。’

“听我言罢，丰美的女神立即答道：
‘莱耳忒斯之子，宙斯的后裔，多谋善断的奥德修斯，
行船无有向导，你却不必为此担忧，
只要竖起桅杆，升起白帆，
静坐船中，让顺疾的北风推你向前。

当你坐船前行，穿越俄开阿诺斯的水流，你会
见着一片林木葱郁的滩头，来到裴耳塞丰奈的树丛，
长着高大的杨树，落果不熟的垂柳，其时，
你要停船滩头，傍着水涡深卷的俄开阿诺斯的激流，
然后徒步向前，进入哀地斯阴霉的家府。
在那里，普里弗勒格松，还有科库托斯，
斯图克斯的支流，卷入阿开荣，绕着一块
岩壁，两条轰响的河流，汇成一股水头。
到了那儿，我的英雄，你要按我说的去做。
挖出一个陷坑，一个肘掌见方，
泼下祭奠，给所有的死人，
先倒蜂蜜和羊奶，再注香甜的醇酒，
最后添加清水，撒上雪白的大麦，
许下诚挚的允愿，对疲软无力的死人的脑袋，
当回返伊萨卡地面，你将杀祭一头未孕的母牛，
最好的选送，在你的房宫，垒起柴垛，堆上祭祀的物件；
此外，你要给泰瑞西阿斯奉祭一只全黑的
公羊，畜群中最瞩目的佳选。随后，
你要开口祈祷，恳求死人光荣的部族，
祭出一只公羊和一只黑色的母羊，将
羊头转向厄瑞波斯，同时撇过你的头脸，
朝对俄开阿诺斯的水流；其时，众多
死者的魂灵会跑上前来，围聚在你身边。
接着，你要催励伙伴，告嘱他们
捡起倒地的祭羊，被宰于无情的铜剑，
剥去羊皮，烧焚肉身，祈求神明，
祷告强健的哀地斯和可怕的裴耳塞丰奈；
与此同时，你要抽出胯边锋快的铜剑，
蹲坐下来，不要让虚软无力的死人的

头脸贴近血边，在你发问泰瑞西阿斯之前。
这时，民众的首领，那位先知会很快来到你身边，
告诉你一路的去程，途经的地点，
告诉你如何还乡，穿过鱼群游聚的大海。’

“基耳凯言罢，黎明登上金铸的宝座。
她替我穿上衣服，一件衫衣，一领披篷，
而女仙自己则穿上一领宽大的白色披袍，
织工细巧，漂亮美观，围起一根绚美的金带，
扎在腰间，拢上一条头巾。
其时，我穿走厅房，叫起我的伙伴，
站在每个人身边，对他说话，用和善的语言：
‘别再卧躺床上，沉湎于睡眠的香甜。让
我们就此上路，女王般的基耳凯已告诉我要去的地点。’

“我如此一番言告，说动了他们高豪的心灵。
然而，我却并非一无失误，带走我的伙伴——
我们失去了厄耳裴诺耳，伙伴中最年轻的一位，战斗中
并非十分骁勇，头脑亦不够灵捷。此人
喝得酩酊大醉，离开朋伴，在基耳凯神圣的
宫居，寻觅清凉的空气，躺倒昏睡。
其后，他耳闻伙伴们行前发出的声响，还有喧杂的
话音，蓦地站立起来，压根儿不曾想到
顺着长长的楼梯走下地面，而是
一脚踏出房沿，冲栽着跌下顶面，碎断了
颈骨，裂离脊椎的根端，灵魂坠入哀地斯的家院。

“出发后，我对同行的伙伴们说道：
‘你等或许以为，你们正启程回返亲爱的

故园，但基耳凯已给我们指派了另一条航线，
前往哀地斯的府居，咨询塞贝人泰瑞西阿斯的灵魂，
在令人敬怕的裴耳塞丰奈的家院。’

“听我言罢，他们心肺俱裂，
坐倒在地，号啕大哭，绞拔出自己的头发，
但此般悲戚，不会给他们带来收益。

“我们来到快船边沿，回到海滩，
哭哭啼啼，淌着大滴的眼泪；而
基耳凯已来过此地，将一只公羊和一只
玄色的母羊系上乌黑的海船，轻而
易举地避过我们的视线——谁的眼睛可以
得见神的往返，除非出于他自己的意愿?”

# 第十一卷

“当众人来到海边，停船的地点，
我们先把木船拖入闪亮的大海，
在乌黑的船上竖起桅杆，挂上风帆，
抱起祭羊，放入海船，我们自己亦
登上船板，哭哭啼啼，淌着大滴的眼泪。
发辫秀美的基耳凯，可怕、通讲人话的女神，
送来一位特好的旅伴，顺吹的海风，兜起
布帆，从乌头海船的后面袭来；
我们调紧船上所有的索械，
弯身下坐，任凭海风和舵手送导向前。
整整一天，木船行驶在海面，劲风吹鼓着长帆，
伴随着下沉的太阳，所有的海道全都漆黑一片。

“海船驶向极限，水流浩淼的俄开阿诺斯的边缘，
那里有基墨里亚人的居点，他们的城市，
被雾气和云团罩掩。赫利俄斯，闪光的
太阳，从来不曾穿透它的黑暗，照亮他们的地域，
无论是在升上多星的天空的早晨，
还是在从天穹滑降大地的黄昏，
那里始终是乌虐的黑夜，压罩着不幸的凡胎。
及岸后，我们驻船沙面，带出
羊鲜，众人向前行走，沿着俄开阿诺斯的水边，

来到要去的位置，基耳凯描述过的地点。

“其时，裴里墨得斯和欧鲁洛科斯抓稳
祭羊，我从胯边拔出锋快的铜剑，
挖出一个陷坑，一个肘掌见方，
泼下祭奠，给所有的死人，
先倒蜂蜜和羊奶，再注入香甜的醇酒，
最后添加饮水，撒上雪白的大麦，
许下诚挚的允愿，对虚软无力的死人的脑袋，
当我回返伊萨卡地面，我将杀祭一头未孕的母牛，
最好的选送，在我的宫居，垒起柴垛，堆上我的财产；
此外，我将给泰瑞西阿斯奉祭一头全黑的
公羊，畜群中最瞩目的佳选。
作过祀祭，诵毕祷言，恳求过
死人的部族，我抓起祭羊，割断脖子，
就着地坑，将浓黑的羊血注入洞口，死人的
灵魂冲涌而来，从厄瑞波斯地面，
有新婚的姑娘，单身的小伙，历经磨难的老人，
鲜嫩的处女，受难的心魂，苦受愁哀，
还有许多阵亡疆场的战士，死于铜枪的
刺捅，仍然披着血迹斑斑的甲衣。
死人的魂灵飘涌而来，从四面八方，围聚坑沿，
发出惊人心魂的哭叫，吓得我彻骨心寒。
其时，我催励身边的伙伴，告嘱他们
捡起祭羊，被宰于无情的铜剑，
剥去羊皮，烧焚肉身，祈告神明，
祷言强健的哀地斯，受人敬怕的裴耳塞丰奈；
与此同时，我抽出胯边锋快的劈剑，
蹲坐下来，不让虚软无力的死人的

头脸贴近血边，在我发问泰瑞西阿斯之前。

“首先过来的是我的伙伴，厄尔裴诺耳的灵魂，
因他还不曾被人收葬，埋入旷渺的地野——
我们留下尸体，在基耳凯的宫院，
不曾埋人，不曾哭念，忙于应付这项使命前来。
眼见此般景状，我潸然泪下，心生怜悯，
开口说话，用长了翅膀的语言：
‘厄尔裴诺耳，你如何来到此地，穿过昏黑的雾团？
你步行前来，却比我快捷，乘坐我的黑船。’

“听我言罢，他出声悲叹，说道：
‘莱耳忒斯之子，宙斯的后裔，多谋善断的奥德修斯，
某种凶邪的神力和过量的豪饮使我迷醉，
躺倒在基耳凯的房顶，压根儿不曾想到
顺着长长的楼梯走下地面，而是
一脚踏出屋沿，冲栽着跌下顶面，碎断了
颈骨，裂离脊椎的根端，灵魂坠入哀地斯的房院。
现在，我要对你恳求，以留居家中，不在此地的人们的名义，
以你的妻子、父亲——他把你养大，在你幼小之时——
还有忒勒马科斯的名义，你的独子，留在宫中，
因我知道，当离开此地，离开哀地斯的家府，
你会停驻制作坚固的航船，在埃阿亚海岛，
到那以后，在那个时候，我的王爷，我求你把我记住，
不要弃我而去，不经埋葬，不受哭悼，
启程回返：小心我的诅咒给你招来神的责难。
你要把我就地火焚，连同我的全部甲械，
垒起一座坟茔，在灰蓝色大海的滩沿，
埋葬一位不幸的凡人，使后世的人们知晓我的存在。

替我做下这件事情，还要把我的船桨置放在坟堆上面，
那是我生前划船的用具，偕同我的伙伴。’

“听他言罢，我开口答话，说道：
‘我会妥办所有这些，不幸的朋友，按你说的做来。’

“就这样，我俩待在坑边，交换悲凄的话语，
我在坑的一边，握着铜剑，监护着羊血，
面对另一边的虚影，我的伙伴，喋喋不休地对我叙谈。

“接着，另一个灵魂，我的母亲，行至我面前，
安提克蕾娅，心志豪莽的奥托鲁科斯的女儿，
我把她留在家里，动身前往神圣的伊利昂。
眼见此般景状，我潸然泪下，心生怜悯，
但即便如此，尽管极其悲伤，我也不让她
逼近羊血——我得先问问泰瑞西阿斯，获知他的告言。

“其时，塞贝人泰瑞西阿斯的灵魂来到我面前，
手握黄金节杖，已知我为何人，开口说道：
‘莱耳忒斯之子，宙斯的后裔，多谋善断的奥德修斯，
为何撇离阳光，不幸的人儿，来到
此地，探视死去的人们，置身无有欢乐的地界？
眼下，我要你从坑边后退，收起利剑，
让我喝饮牲血，对你道出真言。’

“他言罢，我收回柄嵌银钉的铜剑，
推入剑鞘，杰卓的先知
喝过血浆，开口对我说道：
‘你所盼求的，光荣的奥德修斯，是返家的甜美，

但有一位神明却要你历经艰难。我想你
躲不过裂地之神的责惩，他对你心怀愤怨，
恼恨你的作为，弄瞎他亲爱的儿男。
但即便如此，你等或许仍可返家，受尽磨难，
倘若你能克制自己，同时抑制伙伴们的欲念，
在那个时候，当你乘坐制作坚固的海船，冲破
紫蓝色的洋面，抵达斯里那基亚海岛，
发现牧食的畜群，太阳神的牛群和肥羊——
须知赫利俄斯无所不知，见闻一切。
倘若你一心只想回家，不伤害牛羊，
那么，你们便可悉数返回伊萨卡，虽然会历经磨难；
但是，倘若你动手伤害，我便可预言你们的覆亡，
你的海船和伙伴。即使你只身出逃，
也只能迟迟而归，狼狈不堪，痛失所有的朋伴，
搭坐别人的海船，回家后遭受悲难，
发现厚颜无耻的人们，正食糜你的财产，
追求你神一样的妻子，赠送求婚的礼件。
回家后，你将惩罚这些作恶的人们。
但是，当你宰了这帮求婚人，在你的宫居，
无论是凭谋诈，还是通过公开的杀击，用锋快的铜剑，
你要拿起造型美观的船桨，登程上路，
直至抵达一方地界，那里的生民
不知有海，吃用无盐的食餐，
不识船首涂得紫红的海船，不识
造型美观的木桨，推送航船，像鸟儿的翅膀。
我将告诉你一个迹象，相当醒目，你不会把它错过。
当你一径走去，你会遇见某个赶路的生人，
他会说你扛着一支簸铲，在闪亮的肩头；
其时，你要把造型美观的船桨牢插在地，

献出丰足的牲祭，给王者波塞冬，
一只公羊、一头公牛和一头爬配的公猪，
然后转身回家，举办神圣、隆重的牲祭，
献给不死的仙尊，统掌辽阔天空的神明，
按照顺序，一个不漏。将来，你会远离大海死去，
以极其温柔的形式，拥享
富有、舒适的晚年；你的人民将会
幸福，生活美满。这便是我的预告，句句真言。’

“他言罢，我开口答话，说道：
‘这一切，泰瑞西阿斯，必是神明编织的命线。
现在，我要你告说此事，要准确地回答。
眼下，我想见晤死去的母亲，她的灵魂，
但她只是坐在血边，沉默不语，亦不愿屈尊
面对面地看我，她的儿子，对我说谈一番。
告诉我，王者，我将怎样使她知晓我是她的儿男？’

“听我言罢，他当即答话，说道：
‘这很容易，我将对你说告，使你明白。
任何死人，若得你的允诺，靠近
血边，都会给你准确的答言；但是，
倘若你吝啬不给，他便会返回原来的地点。’

“说罢，王者泰瑞西阿斯的灵魂返回
哀地斯的冥府，道毕此番预言。与此同时，
我双腿稳站，原地等候，直到母亲
过来，喝罢黑稠的血浆，当即认出我来，
放声哭喊，对我说道，用长了翅膀的话语：
‘你如何来到此地，我的孩子，穿过昏黑的雾气，

仍然活着？活人绝难来此，目睹这里的一切，
两地间隔着宽阔的大河，可怕的流水，
首先是俄开阿诺斯，除非有制作坚固的海船，
凡人休想徒步跨越。你是否从
特洛伊回返，经年漂泊，来到此地，带着
你的海船和伙伴？你还不曾回到
伊萨卡，见着你的妻子和房居——事情可是这般？'

“她言罢，我开口答话，说道：
'母亲，一件必做之事把我带到这里，哀地斯的府居；
我必须咨询塞贝人泰瑞西阿斯的魂灵。
我还不曾临近阿开亚大地，不曾
踏上故乡，总在吃苦受难，流离漂泊，
自从跟上卓著的阿伽门农，前往
出骏马的伊利昂，和特洛伊人拼战。
现在，我要你告说此事，要准确地回答。
是何样悲惨的厄运，痛苦的死亡，夺走了你的生命？
是长期的病痛，还是带箭的阿耳忒弥丝，
射出温柔的羽翎，把你放倒终结？
告诉我父亲和留在家里的儿子的情况，
是否握掌我的王权，或被那里的某个
小子夺走了这份权威，以为我再也不会回还？
告诉我那位婚配的妻子，她的想法，有何打算？
是仍然和儿子同住，看守家里的一切，
还是已另嫁他人，阿开亚人中最好的俊杰？'

“听我言罢，高贵的母亲当即答道：
'她以极大的毅力和容忍之心，
等盼宫中，泪流满面，耗洗去

一个个痛苦的黑夜和白天。
属于王者的权利不曾旁落，忒勒马科斯
经营着你的份地，平安无事，出席
份额公平的聚宴，以仲裁者的身份享领，
受到每个人的邀请。你父亲仍在他的
农庄，从不去访城里。住地没有床铺，
没有床用的铺盖，没有披篷和闪亮的罩毯。
冬天，他睡在屋里，和帮工们一起，
垫着灰堆，贴着柴火，走动时穿着破旧的衣衫；
而当夏日来临，在金果累累的秋天，那时，
他到处睡躺，席地为床，就着
堆起的落叶，在隆起的葡萄园。
他躺在那里，悲痛难忍，狠狠地钻咬他的身心，
哭盼着你的回归，痛苦的晚年捶挤着他的腰背。
我也一样，在此般境遇中了结了我的残生，
并非带箭的夫人，眼睛雪亮的女神，射出温柔的
羽箭，在我的宫里，把我放倒终结，
亦非恼人的病痛，常见的杀手，以可恨的
糜耗，夺走人的生命，从肢体之中，而是
对你的思盼，闪亮的奥德修斯，对你的聪颖和
温善的思盼，切断了我的命脉，夺走了甜美的人生。’

“她言罢，我心中思忖，希望能
抱住死去的妈妈，她的灵魂；一连
三次，我迎上前去，急切地企望拥抱，
但一连三次，她飘离我的手臂，像一个阴影，
或一个梦幻，加深了我心中的悲哀。
我开口说话，用长了翅膀的言语：
‘为何避我，母亲，当我试图伸手拥抱，

以便，即使在哀地斯的府居，你我能
合拢双臂，用悲伤的眼泪刷洗我们的心田？
抑或，你只是个影像，由高傲的裴耳塞丰奈
送来给我，以此引发更猛的号哭，更深的愁伤。’

“听我言罢，高贵的母亲当即答道：
‘哦，我的孩子，凡人中命运最险厄的一个，
裴耳塞丰奈，宙斯的女儿，并没有把你欺骗；
事情本来就是这样，人死后，凡人中没有例外，
筋腱不再连合肉体和骨块。
一旦命息脱离白骨，人的
一切全都付诸狂猛的烈焰，
灵魂飘散拂荡，飞离而去，像一个梦幻。
你必须离开，以最快的速度，回返光明，但要记住
这里的一切，以便回家后告诉你的妻爱。’

“就这样，我俩一番交谈。其时，一些妇人
来到我的身边，受高傲的裴耳塞丰奈的送遣，
过去都是为王之人的妻子和女儿，
眼下拥聚在黑血边沿。我
思考着如何发问，一个接着一个，
静心一想，觉得此举佳杰：
拔出长锋的利剑，从粗壮的股腿边，
不让她们一拥而上，饮喝黑血。
所以，她们等待着依次上前，各人
讲述自己的身世；我询问了她们中的每一位。

“首先，我见着出身高贵的图罗，
告我她乃雍贵的萨尔摩纽斯的女儿，

又说她是埃俄洛斯之子克瑞修斯的妻房，
爱上了一条河流，河神厄尼裴乌斯——
他的水浪远比其他奔涌大地的长河透澈清明——
徘徊在秀美的河水边。一天
以他的形象，环绕和震撼大地的尊神
和图罗睡觉，在打着漩涡的河流的出口，
一峰紫蓝色的水浪卷起在他俩
周围，掩挡着一位神明和一个凡人的女儿。
海神解开她少女的腰带，使她坠入睡眠，
然而，当他结束了性爱的冲动，神明
握住她的手，出声呼唤，开口说道：
‘你应该高兴，夫人，为今天的欢爱。当时月转过年终，
你将生产聪灵的孩儿，须知不死者的交配
不会留下空孕的腹间。你要关心照顾，把他们养大成才。
去吧，回返你的家中，封紧口舌，不要道出我的名字，
告诉你，我是波塞冬，裂地的神仙。’

　　“言罢，波塞冬潜回汹涌的洋流，
而她则怀孕和生养了裴利阿斯和奈琉斯，
二子双双成人，成为强有力的宙斯的侍从
强健。裴利阿斯拥有丰足的羊群，生活在宽广的
伊俄尔科斯，而奈琉斯则在普洛斯为王，多沙的地面。
女王般的妇人还生养了几个孩子，替克瑞修斯，
有埃宋、菲瑞斯和酷喜战车的阿慕萨昂。

　　“接着，我见着了安提娥培，阿索波斯的女儿，
声称亦曾睡在宙斯的怀抱，替他
生下两个儿子，安菲昂和泽索斯，
二者兴建了那座城堡，七门的

塞贝，筑起墙垣——没有高墙的遮掩，
他们，尽管强健，却不能在地域宽广的塞贝站脚生衍。

“接着，我见着了安菲特鲁昂的妻子，阿尔克墨奈，
曾躺在了不起的宙斯的怀抱，生下
赫拉克勒斯，骠勇刚健，胆量和狮子一般。
我还见着了墨佳拉，心志高昂的克雷昂的女儿，
嫁配安菲特鲁昂的儿子，粗莽的斗士。

“我见着了美丽的厄丕卡丝忒，俄底浦斯的母亲，
出于不知真相，做下荒诞可怕的事情，
嫁给自己的儿子，后者杀了父亲，
娶了母亲，但神明，不久之后，即将此事公诸世间。
俄底浦斯，尽管承受着巨大的悲痛，仍在美丽的塞贝为王，
统治卡德墨亚民众，按照神的包孕痛苦的安排，
而厄丕卡丝忒则去了把守冥界大门的强有力的哀地斯的
家府，自缢而死，垂吊在高处的顶梁，就着
绳编的活结，怀着强烈的悲楚，给儿子留下
不尽的愁哀，复仇女神的责惩，母亲的咒言。

“其后，我见着了绝色的克洛里丝，奈琉斯视其
貌美，娶为妻子，给了数不清的财礼。
她是亚索斯之子安菲昂的末女，
安菲昂曾以强力王统米努埃人的俄耳科墨诺斯地面。
所以，她是普洛斯的王后，给王者生养了光荣的孩儿：
奈斯托耳、克罗米俄斯和高傲的裴里克鲁墨诺斯，
还有典雅秀美的裴罗，凡人中的佳丽，
周边所有的男子为之苦苦穷追，但奈琉斯不愿
把她嫁出，除非有人能赶回那群牛畜，从夫拉凯

地面，额面开阔，长角弯卷，被强健的伊菲克勒斯夺占①。
这些牛不易驱赶，惟有豪勇的先知墨朗普斯
出面承担，但他受制于神定的限约，受阻于
悲苦的厄运，戴着沉重的镣铐，被粗野的牧牛人虐待。
但是，当时月的消逝磨过了年头的
末尾，季节的转换开始新的循回，
强健的伊菲克勒斯，听罢他所说的谕示，
每一句告言，将他释放，由此实践了宙斯的意愿。

“我还面见了莱达，曾是屯达柔斯的妻房，
替夫婿生下两个心志刚烈的儿子，
驯马的卡斯托耳和强有力的波鲁丢开斯，拳击的健儿。
丰产谷物的泥土已将他俩埋葬，但他们仍然活着，
即便长眠泥中——宙斯使他们获得殊荣，
让他们隔天生死，轮换着
存活，享受神一般的荣光。

“接着，我见着了伊菲墨得娅，阿洛欧斯的妻房，
对我说道，她曾和波塞冬睡躺做爱，
生下两个孩子，短命的儿郎，
神样的俄托斯和声名远扬的厄菲阿尔忒斯，
盛产谷物的大地哺育的最高大的男儿，
形貌远比别人俊美，仅次于著名的俄里昂。
当他们还只是九岁的男孩，双肩已宽达九个
肘掌，身高九寻。他们出言威胁，
打算苦战一番，催发战争的轰莽，
攻战俄林波斯山上不死的神仙；他们

---

① 被强健的伊菲克勒斯夺占：伊氏曾从奈琉斯的母亲图罗那里夺走牛群。

计划将俄萨堆上俄林波斯，再把枝叶婆娑的
裴利昂压上俄萨，攀上天穹。他俩
定会实践此事，倘若长成精壮的小伙。
然而，宙斯之子，秀发的莱托生养的
阿波罗，杀了他俩，趁着他们还处于头穴下尚未
长出须毛的童稚时期，浓密的胡子尚未遮掩颌角。

“我见着了法伊德拉和普罗克里丝，面见了美丽的
阿里阿德奈，心计歹毒的米诺斯的女儿。塞修斯曾把她
带出克里特，前往地势高耸的神圣雅典，
但却不曾得到她的爱悦——狄俄尼索斯说出了她的
行迹，阿耳忒弥丝将她杀死，在迪亚，海浪冲涌的地界。

“我还见着了迈拉，克鲁墨奈和可恨的厄里芙勒，
接受贵重的黄金，葬送了丈夫的性命。
我无法告说，亦不能一一道出她们的名字，
那些我所见到的女人，英雄们的妻子和女儿——
在此之前，神圣的黑夜将会消逝。现在，
我该上床睡觉，可以和伙伴们一起，就寝迅捷的船上，
亦可在此过夜，回返之事烦劳你们和神明操办。”

奥德修斯言罢，全场静默，肃然无声，
惊愕于他的叙告，在整座幽暗的厅殿。
其时，白臂膀的阿瑞忒首开话端，说道：
“你们看此人如何，各位法伊阿基亚乡贤，
他的形貌、身材、沉稳敏锐的思辨？
不错，他是我的客人，但你们全都分享此份荣誉。
不要急于把他送走，齐啬奉赠的礼件，
给一位亟需的客人——你等全都家产丰盈，

感谢神的恩宠，储藏在自己的家院。”

听罢这番话，年迈的英雄厄开纽斯张嘴
说道，法伊阿基亚人中的长老：
“朋友们，我们谨慎的王后没有说错，
亦没有违背我们的意愿；让我们按她说的做。
现在，我们等着阿尔基努斯发话，采取什么行动。”

听罢这番话，阿尔基努斯说讲，答道：
“按她的计划办，坚决执行——只要我还
活着，王统欢爱船桨的法伊阿基亚民众。
让我们的客人，尽管归心似箭，急于登程，
再忍耐一时，明天动身；届时，我将征齐
所有的礼送。他的回归是我等共同的事情，
首当其冲的是我，因为我是镇统这里的王公。”

听罢这番话，足智多谋的奥德修斯说讲，答道：
“尊贵的阿尔基努斯，人中的俊杰，
倘若你劝我留在此地，甚至待上一个整年，
只要答应送我回家，给我光荣的礼物，
我将乐意敬从；载着更多的礼送，
回返亲爱的故乡，将使我广受裨益：
我将受到更高的尊誉，更隆重的欢迎，
被所有的人民，眼见我回到伊萨卡，我的家院。”

听罢这番话，阿尔基努斯开言，答道：
“当我们望着你的脸面，奥德修斯，你不像是个
骗子或油嘴滑舌的小人，虽然乌黑的泥土
供养了大批诸如此类的活宝，游荡在各个地方，

生编虚假的故事，胡诌谁也无法见证的谣言。
你的讲述用词典雅，你的心智聪颖通达，
像一位歌手，以高超的本领，你诉说了
凄烈的楚痛，你和所有阿耳吉维兵壮遭受的苦难。
来把，告诉我此事，要准确地回答。
你可曾见着神一样的伙伴，他们曾和你
一起前往伊利昂，接受命运的召访？
长夜漫漫，似乎没有尽头，现在还不是
入睡宫中的时候。继续吧，讲述你不平凡的历程，
我可坚持听赏，直到清亮的黎明，只要你
继续开讲，告说你的苦痛，在我的宫房。”

　　听罢这番话，足智多谋的奥德修斯说讲，答道：
“尊贵的阿尔基努斯，人中的俊杰，
讲述长段的故事和上床入寝各有各的时宜，
然而，倘若你坚持要听，我将不会拒绝，
讲说另外一些见遇，比你听过的那些更为凄惨，
我的伙伴们的悲苦，死在战后，
躲过了特洛伊人的喧喊冲杀，但却
丧命于一位邪毒女人的意志，虽然已经回抵家园。

　　“其时，当圣洁的裴耳塞丰奈驱散了
女人们的幽灵，赶往各个方向，坑边
飘来阿伽门农的亡魂，阿特柔斯之子，
带着悲恨，另有兵勇们的魂灵，拥聚在他
周围，和他一同死去，亡命在埃吉索斯家里。
他喝过黑血，当即认出我来，开始
号啕大哭，尖声喊叫，泪水涌注，
伸开双臂，试图把我抱拥，

但却不能如愿：昔日的刚健，旧时的
勇力，充注在柔润的四肢，其时已不复存在。
眼见此般景状，我潸然泪下，心生怜悯，
开口询问，用长了翅膀的话语：
‘阿特柔斯最尊贵的儿子，民众的王者阿伽门农，
告诉我，是何样悲惨的命运，痛苦的死亡，夺走了你的生命？
是因为波塞冬卷来呼啸的狂风，无情地
摧打你的海船，葬毁了你的人生？
抑或，你死在干实的陆野，被凶恶的部民击杀，
当你试图截抢他们的牛群和卷毛的肥羊，或正和
敌人打斗，为了掠劫他们的女人，荡毁他们的城垣？’

“听我言罢，阿伽门农当即说话，答道：
‘莱耳忒斯之子，宙斯的后裔，多谋善断的奥德修斯，
并非因为波塞冬卷来呼啸的狂风，无情地
摧打我的海船，葬毁了我的人生，
也不是在那干实的陆野，凶狠的部民把我击杀，
埃吉索斯谋设了我的毁灭和死亡，邀我
前往他家，设宴招待，把我杀掉，由我那
该死的妻子帮衬，像有人宰砍一头壮牛，血溅槽边。
就这样，我送命于凄惨的死亡，伙伴们
也都相继倒死在我身边，像白牙闪亮的猪猡，
被宰在一位有权有势的富人家里，飨食
一次婚礼，一次庆典，或一次公众的聚餐。
你曾亲眼见过许多人的阵亡，或
死于一对一的开打，或丧命在大群激战的人流，
但你不会把那时的凄惨等同于我们的悲伤：
摊手躺在地上，傍着调酒的兑缸和堆载食物的
餐桌，遍倒在整个厅堂，鲜血满地流淌。

我耳闻卡桑德拉的惨叫，那是最凄厉的声响，
普里阿摩斯的女儿，被邪毒的克鲁泰奈丝特拉击杀，
横躺在我身上；我挥起双手，击打地面，
死于利剑的刺捅，但那不要脸的女人
转过身去，不愿哪怕稍动一下，合拢我的
眼睛，我的嘴巴，虽然我正前往哀地斯的府居。
可见世上女人最毒，凶狠昭彰，
会在心中谋划此类行径，
像她一样，预谋可耻的行动，算计
杀害婚合的夫郎。咳，我还想
归返家中，受到孩子和仆从们的
欢迎，但她心怀奇恶的邪毒，
泼倒出耻辱，对着自己的脸面，也对所有的女流，
对后世的女子，包括她们中品行贤善的杰佳。’

“他言罢，我开口答话，说道：
‘唉！沉雷远播的宙斯从一开始
便入骨地痛恨阿特柔斯的后代，借用女人的
恶谋，实现他的意愿。我们中死者甚众，为了海伦，
而趁你远离之际，克鲁泰奈丝特拉又设下阴谋，对你加害’

“听我言罢，阿伽门农当即说话，答道：
‘记住我的教训，不要太过温软，甚至对你的妻从，
不要告她所有的一切，你所知晓的事由，
说出一点，把其余的藏留心中。但是，
你，奥德修斯，你却截然不会被妻子谋害，
伊卡里俄斯的女儿，谨慎的裴奈罗珮，
为人贤和，心智敏慧温存。
唉，我们走时，前往奋战搏杀，她还

只是位年轻的妻子，怀抱尚是婴孩的
男儿，现在一定已经长大，坐在成人的排位中。
幸福的孩子！亲爱的父亲将会还家见他，
他会伸出双臂，拥抱亲爹，此乃合乎人情的举动。
我的妻子甚至不让我略饱眼福，看一眼
我的儿郎——在此之前，她已把我击杀。
我还有一事奉告，你要牢记心上。
当驱船回到亲爱的故乡，你要
悄悄地靠岸，不要大张旗鼓。女人信靠不得。
好吧，告诉我此事，要准确地回答。
你和你的伙伴可曾碰巧听说我的孩子仍然活着，
或许在俄耳科墨诺斯，或在多沙的普洛斯，
亦可能和墨奈劳斯吃住一起，在宽广的斯巴达，
高贵的俄瑞斯忒斯，我知道，还活在人间。’

“他言罢，我开口答话，说道：
‘为何问我这个，阿特柔斯之子，我不知
他的死活，不能回答；此举可恶，信口胡说。’

“就这样，我俩站在那边，交换悲凄的言词，
心中哀苦，淌着大滴的眼泪。其后，
坑边飘来阿基琉斯的灵魂，裴琉斯之子，
以及帕特罗克洛斯和雍贵的安提洛科斯的魂灵，
还有埃阿斯的魂魄——若论容貌体形，除了裴琉斯
豪勇的儿子，达奈人中谁也不可比及。
埃阿科斯的后代，捷足的阿基琉斯认出我来，
放声哭喊，对我说道，用长了翅膀的话语：
‘莱耳忒斯之子，宙斯的后裔，多谋善断的奥德修斯，
粗莽的人，你的心灵是否还会想出比这更宏烈的探访？

你怎敢斗胆跑到哀地斯的界域，失去智觉的
死人的领地，面见死去的凡人，虚幻的踪影？’

“他言罢，我开口答话，说道：
‘阿基琉斯，裴琉斯之子，阿开亚人中最勇猛的豪杰，
我前来此地，出于探问的需要，把泰瑞西阿斯询访；
或许，他会告诉我返家的办法，回到山石嶙峋的伊萨卡。
我还不曾临近阿开亚大地，不曾
踏上故乡，总有那些烦难，使我遭殃。过去，
阿基琉斯，谁也没你幸运；今后，也不会有比你走运的凡人。
从前，在你活着的时候，我们阿耳吉维人敬你
如同敬对神明；如今，在这个地方，你是掌管死者的
了不起的统领。不要伤心，阿基琉斯，虽然你已死去。’

“听我言罢，阿基琉斯当即说话，答道：
‘哦，闪光的奥德修斯，不要舒淡告慰死的悲伤。
我宁愿做个帮仆，耕作在别人的农野，
没有自己的份地，只有刚够糊口的收入，
也不愿当一位王者，统管所有的死人。现在，
我要你讲说我那豪贵的儿子，有关他的情况。
他可曾奔赴战场，作为统兵的将领？
告诉我雍贵的裴琉斯，你可曾听闻有关他的消息。
老人是否还拥享尊贵，享誉在慕耳弥冬人的族群里？
或许，他们已鄙视他的尊贵，在弗西亚和赫拉斯，
因为老迈的年龄已僵缚了他的双手，他的腿脚？
他们知道，我不在那边，生活在阳光底下，帮助父亲，
像以往那样——我置身广阔的特洛伊大地，
杀死敌方最出色的战将，为阿耳吉维人拼斗。但愿我能
像那时一样强壮，回返父亲的家居，哪怕只有些许时间；

我的勇力和不可战胜的双手将使那帮人害怕，
倘若有人胆敢夺走属于他的权益，滥施强暴。’

“他言罢，我开口答话，说道：
‘关于雍贵的裴琉斯，我不曾听闻任何消息，
但是，关于你的爱子尼俄普托勒摩斯，
既然你有此般要求，我会道出全部真情。
我曾亲自前往，乘坐深旷、匀称的海船，将他带回，
从斯库罗斯岛，介入胫甲坚固的阿开亚人的群队。
每当我们聚会商议，围着特洛伊城堡，
他总是第一个发言，从不说错。辩谈中
能够超胜他的，只有神一样的奈斯托耳和我。
当我们阿开亚人决战特洛伊平原，
他从不会呆在后头，汇随大队人马大群的兵勇，
而是远远地冲在前面，谁也不让，怒气冲冲，
杀倒众多的敌人，在惨烈的搏杀中。
我无法告说，亦不能一一道出他们的名字，
被他杀死的敌手，在为阿耳吉维人战斗的时候，
但我却记得他杀倒忒勒福斯的儿子，一位骁莽的战勇，
英雄欧鲁普洛斯，用青铜的枪矛，另有许多开忒亚伙伴，
被杀在他的四周，只因一个女人的贪图，①
死者乃我所见过的最英俊的男子，仅次于卓著的门农。
此外，当我等阿耳吉维人中最好的战勇藏身木马，
由厄培俄斯手制，归我指挥，
紧闭隐藏，或打开木马的大门杀冲。
其他达奈人的首领和统治者们全都抬手

① 只因……贪图：阿基琉斯死后，普里阿摩斯以一树金葡萄（由赫法伊斯托斯手铸）贿赂欧鲁普洛斯的母亲阿丝图娥开，后者受贿后劝说儿子出战。

擦抹脸上滚涌的泪珠，双腿索索发抖，
但我却从未见他胆怯害怕，
面色苍白，抬手抹去脸上的
泪花；相反，他求我让他冲出
木马，不停地触摸身边的剑把和沉重的
枪矛，挑着青铜的枪尖，一心想着伤损特洛伊兵众。
其后，当我们攻陷了普里阿摩斯陡峭的城堡，
他带着自己的份子和足量的战礼，登上
海船，安然无恙，既不曾被锋快的铜枪击中，
亦不曾在近战中被谁刺伤——战斗中，这是经常
发生的景状；阿瑞斯的疯烈没头没脑，横冲直撞。’

“听我言罢，埃阿科斯捷足的后代，他的灵魂，
大步离去，穿越遍长阿斯弗德洛斯[1]的草地，
高兴地听完我的说告，关于他的儿子，噪响的名声。

“此后，其他死者的精灵围站在我身边，悲悲
戚戚，和我说话，一个接着一个，诉说自己的苦难。
只有忒拉蒙之子埃阿斯的亡魂离我
而站，依然盛怒难平，为了我的胜利，
他的输损，在我们船边，争获
阿基琉斯的甲械。他那女王般的母亲把它作为
奖酬，由特洛伊人的儿子们和帕拉丝·雅典娜仲裁。
咳，但愿我不曾在那次竞比中获胜——
豪健的埃阿斯为此下了地府，为了那套甲械，
埃阿斯，除了裴琉斯豪贵的儿子，

① 阿斯弗德洛斯：asphodelos，为一种百合科草本植物，花朵呈淡蓝色，后世希腊人习惯于将其种植于墓地周围。

容貌和功绩超比所有的达奈人。
所以，我出言抚慰，对他说白：
‘埃阿斯，雍贵的忒拉蒙之子，难道你打算
永世不忘对我的愤恨，即便在死了以后，为了那套该受
诅咒的甲械？它是神明致送的凶灾，给阿开亚人带来苦难，
使我们失去了你——你，曾是那样坚固的一座堡垒！我们
阿开亚人悲悼你的死难，常念不忘，像对裴琉斯之子
阿基琉斯的阵亡。该受指责的
不是别个，而是宙斯，是他刻骨痛恨持枪的
达奈军旅，使你遭受死的灾亡。来吧，
走近些，我的王贵，听听我的话语，我的
说告，压下你的愤怒，舒息你的心气高昂。’

“听我言罢，他默不作声，离我而去，汇入
其他死人的灵魂，进入昏黑的厄瑞波斯。
当时，尽管愤怒，他或许会对我，而我亦会
对他说话，要不是我一心企望着
见到其他死去的人们，他们的灵魂。

“冥界里，我见到了米诺斯，宙斯光荣的儿子，
坐着，手握金杖，发布判决的号令，对着死人的
灵魂，围聚在王者身边，请他审听裁夺，
有的坐着，有的站着，在宽大的门外，死神的府居前。

“接着，我见着了硕大的俄里昂，
在遍长阿斯弗德洛斯的草地，拢赶着被他
杀死的野兽，在荒僻的山脊上，
手握一根永不败坏的棍棒。

“我还见着了提图俄斯，大地光荣的儿子，
躺在平野，伸摊着双手，占地九个佩勒斯隆[①]，
被两只秃鹫撕啄肝脏，尖嘴扎入腹肠，
蹲栖在身子两边；无力的双手不能挡开鹰的钩爪。
他曾粗鲁地拖攥莱托，宙斯的妾房，
当她前往普索，途经舞场佳美的帕诺裴乌斯地方。

“我还见着了唐塔洛斯，承受着巨大的苦痛，
站在湖塘里，水头漫涌在唇颌下。然而，
尽管焦渴，亟想饮喝，他却难以舔到水花。
每当老人躬身水面，急切地试图啜饮，
水势便会回涌消退，露出脚边幽黑的
泥巴；某位神明干泄了水塘。在
他的头顶，枝叶高耸的大树垂下密结的果实，
有梨树、石榴和挂满闪亮硕果的苹果树，
还有粒儿甜美的无花果和丰产的橄榄树，
然而，每当老人挺起身子，伸手攀摘，
徐风便会拂走果实，推向浓黑的云层。

“我还见着了西苏福斯，正遭受巨大的痛苦，
双手推顶一块奇大的岩石，挣扎着
动用肢臂和双脚，试图推着石头，
送上山岗的顶峰；但是，每当石块
即将翻过坡顶，巨大的重力会把它压转回头，
无情的莽石翻滚下来，落回起步的平处。于是，
他便再次推石上坡，竭尽全力，浑身
汗如雨下，头上泥尘升腾。

---

① 关于佩勒斯隆，见《伊利亚特》21 · 407 行注。

“其后，我见着了强有力的赫拉克勒斯，
当然，是他的影像，他自己则置身不死的神明之中，
领享他们的宴畅，妻娶脚型秀美的赫蓓，
大神宙斯和系穿金条鞋的赫拉的女儿。他的
四周噪响着阵阵喧叫，死人的精灵，像一群鸟儿，
四散飞躲；他来了，像乌黑的夜晚，
拿着出套的强弓，箭支扣着弦线，双眼
左右扫瞄，射出凶狠的目光，似乎随时准备放箭击杀。
他斜挎一条模样可怕的背带，金质的条带，
铸着瑰伟奇特的条纹，有
大熊，双眼闪亮的狮子和林中的野猪，
有争打和拼斗的场面，杀人和屠人的景状。
但愿制作此带的工匠，不要再设计这样的
图案，凭他的手艺，在背带之上！
他眼见我的脸面，当即认出我来，
放声哭喊，对我说道，用长了翅膀的话语：
‘莱耳忒斯之子，宙斯的后裔，多谋善断的奥德修斯，
不幸的人儿，难道你也撑负某种厄运，
像我一样，忍辱负重，在阳光下艰难地生活？
我乃克罗诺斯之子宙斯的儿男，但却尝受了
无数的苦难，伺役于一个比我远为低劣的
凡人，指派我难做的苦活。一次，
他派我来此，带走那条獒犬，以为
世上不会有比这更难的活儿，
但我逮着犬狗，引出哀地斯的冥域，
由赫耳墨斯护送，还有灰眼睛的雅典娜伴同。’

“言罢，他返回哀地斯的冥府，
而我却稳站原地，希望能面见

某些前辈的英雄，早已作古的人们，
而我确有可能见着旧时的强者，我想
要见的裴里苏斯和塞修斯，神明光荣的儿子，
若不是在此之前，成群结队的死鬼拥聚在我身边，
发出惊人心魂的哭喊，吓得我彻骨心寒，
以为高傲的裴耳塞丰奈或许会送来戈耳工的
脑袋，可怕的魔鬼，从哀地斯的冥府，对我发难。
所以，我当即回到木船，告嘱伙伴们
上来，解开船尾的绳缆，
众人迅速登船，坐入桨位，
起伏的水浪载着它直下俄开阿诺斯河面，
先是开桨荡划，以后则凭轻捷的徐风推送向前。”

# 第十二卷

“其时，我们的海船驶离俄开阿诺斯的水流，
回到大海浩渺的洋面，翻滚的浪头，回返
埃阿亚海岛，那里有黎明的家居和宽阔的舞场，
早起的女神，亦是赫利俄斯，太阳升起的地方。
及岸后，我们驻船沙面，
足抵浪水拍击的滩沿，傍临大海，举步向前，
睡躺在地，等候神圣黎明的到来。

“当早起的黎明，垂着玫瑰红的手指，重现天际，
我遣出一些伙伴，前往基耳凯的房殿，
抬回厄尔裴诺耳的遗体，死在那里的伙伴。
然后，我们砍下树段，将他火焚掩埋，在滩边
突岬的尖端，痛哭哀悼，滴下滚烫的眼泪。
当焚毕尸体，连同他的甲械，我们
垒起坟茔，竖起墓碑，把
造型美观的船桨插在坟的顶端。

“就这样，我们忙完这些，而基耳凯
亦知晓我们已经回返，从哀地斯的府居，当即
打扮一番，迎走出来，带着伴仆，后者携着
面包、闪亮的红酒和众多的肉块。
丰美的女神站在我们中间，开口说道：

‘粗莽的人们，活着走入哀地斯的房府，
度死两遍，而其他人只死一回。
来吧，吃用食物，饮喝醇酒，在此
待上一个整天；明天，拂晓时分，
你们可登船上路。我将给你们指点航程，
交代所有的细节，使你们不致吃苦受难，出于
歪逆的谋划，无论脚踏陆地，还是漂游大海。’

“女神如此一番言告，说动了我们高豪的心灵。
我们坐着吃喝，直到太阳西沉，整整
痛快了一天，嚼着吃不尽的烤肉，喝着美酒香甜。
当太阳下落，幽暗的夜晚临来，
众人躺倒身子，睡在系连船尾的缆索边。
其时，基耳凯握住我的手，避开亲爱的伙伴，
让我下坐，躺在我身边，仔细询问我所经历的一切；
我详尽地回答她的问话，讲述了事情的起始终结。
接着，女王般的基耳凯开口发话，对我说道：
‘好啊，这一切都已做完。现在，我要你听我
嘱咐，神明会使你记住我的话言。
你会首先遇到女仙塞壬，她们迷惑
所有行船过路的凡人；谁要是
不加防范，接近她们，聆听塞壬的
歌声，便不会有回家的机会，不能
给站等的妻儿送去欢乐。
塞壬的歌声，优美的旋律，会把他引入迷津。
她们坐栖草地，四周堆满白骨，
死烂的人们，挂着皱缩的皮肤。
你必须驱船一驶而过，烘暖蜜甜的蜂蜡，
塞住伙伴们的耳朵，使他们听不见歌唱；

但是，倘若你自己心想聆听，那就
让他们捆住你的手脚，在迅捷的海船，
贴站桅杆之上，绳端将杆身紧紧围圈，
使你能欣赏塞壬的歌声——然而，
当你恳求伙伴，央求为你松绑，
他们要拿出更多的绳条，把你捆得更严。

“‘当伙伴们载送你脱离塞壬的诱惑，
从那以后，我将不能明确地为你指点，
两条航线中择取哪条——你必须在自己的心里，
思考判断。现在，我要把这两水路对你讲解。
一条通向悬耸的崖壁，溅响着
黑眼睛安菲特里忒掀起的滔天巨浪，
幸福的神祇称之为晃摇的石岩，
展翅的鸟儿不能飞穿，就连胆小的
鸽子，为宙斯运送仙食的飞鸽，也不例外，
陡峻的岩壁每次夺杀一只，
父亲宙斯只好补足损失，添送新鸽飞来。
凡人的海船临近该地，休想逃脱，
大海的风浪和猖莽凶虐的烈火会
捣毁船板，吞噬船员。自古以来，
破浪远洋，穿越该地的海船只有一条，
无人不晓的阿耳戈，从埃厄忒斯的水域回返。
然而，即便是它，亦会撞碎在巨岩峭壁之上，
要不是赫拉送它通过，出于对伊阿宋的护爱。

“‘另一条水路耸托着两峰岩壁，一块伸出尖端，
指向广阔的天空，总有一团乌云围环，
从来不离近旁，晴空一向和峰顶

绝缘，无论是在夏熟，还是在秋收的时节。
凡人休想爬攀它的壁面，登上顶峰，
哪怕他有十双手掌，十对腿脚，
石刃兀指直上，仿佛磨光的一般。
岩壁的中部，峰基之间，有一座岩洞，浊雾弥漫，
朝着西方，对着昏黑的厄瑞波斯；从那儿，
哦，闪光的奥德修斯，你和你的伙伴要驱导
深旷的海船。没有哪个骠勇的壮汉，
可以手持弯弓，放箭及达洞边，从深旷的木船。
洞内住着斯库拉，她的嘶叫令人毛骨悚然。
事实上，她的声音只像刚刚出生的小狗的
吠叫，但她确是一头巨大、凶狠的魔怪。眼见她的
模样，谁也不会高兴，哪怕是一位神明，和她见面。
她有十二只腿脚，全部垂悬空中。
长着六条极长的脖子，各自耸顶着
一颗可怕的脑袋，长着牙齿，三层，
密密麻麻，填溢着幽黑的死亡。她的
身子，腰部以下，蜷缩在空旷的洞里，
但却伸出脑袋，悬挂在可怕的深渊之外，
捕食鱼类，探视着绝壁周围，
寻觅海豚、星鲨或任何大条的美味，
海中的魔怪，安菲特里忒饲养着成千上万。
水手们从来不敢吹喊，他们的海船躲过了她的抓捕，
没有损失船员——她的每个脑袋各逮
一个凡人，抢出头面乌黑的海船。

“‘另一面岩壁低矮，你将会看见，奥德修斯，
二者相去不远，只隔一箭之地，上面
长着棵巨大的无花果树，枝叶繁茂，

树下栖居着卡鲁伯底丝，吞吸黑水的神怪。
一日之中，她吐出三次，呼呼隆隆地吸吞
三次。但愿你不在那边，当她吸水之时，
须知遇难后，即便是裂地之神也难能帮援。
驾着你的海船，疾驶而过，躲避她的吞捕，
偏向斯库拉的石壁行船——痛念整船伙伴的
覆灭，远比哭悼六位朋友的死亡艰难。’

“她言罢，我开口答话，说道：
‘现在，女神，我请你告说此事，要如实道来：
我是否可避开凶毒的卡鲁伯底丝，同时避开
斯库拉的威胁，当她抢夺我的伙伴，发起进攻的时节？’

“听我言罢，丰美的女神当即答道：
‘粗莽的汉子，心里永远只有厮杀和拼战！
难道，面对永生的神祇，你亦打算表现一番？
她不是一介凡胎，而是个作恶的不死精怪，
凶险、狠蛮、狂暴，不可与之对战，
亦无防御可言。最好的办法是躲闪避开。
倘若你披甲战斗，傍着石峰，耗磨时间，
我担心她会冲将出来，用
众多的脑袋，抓走同样数量的人员。
你要尽快行船，使出全身力气，求告克拉泰伊丝，
斯库拉的母亲，生下这捣蛋的精灵，涂炭凡胎。
她会阻止女儿发起另一次攻击。

“‘其后，你将航抵斯里那基亚海岛，牧放着
大群的肥羊和畜牛，太阳神赫利俄斯的财产，
七群牛，同样数量的白壮的肥羊，

每群五十头。它们不生幼崽，
亦不会死亡，牧者是林间的神明，
发辫秀美的女仙，兰裴提娅和法厄苏莎，
闪亮的奈埃拉和太阳神呼裴里昂的女儿。
女王般的母亲生育和抚养她们长大，
把她们带到遥远的海岛斯里那基亚，
牧守父亲的羊儿和弯角的牛群。
倘若你一心只想回家，不伤害牛羊，
那么，你们便可悉数返回伊萨卡，虽然会历经磨难；
但是，倘若你动手伤害，我便可预言你们的覆亡，
你的海船和伙伴。即使你只身出逃，
也只能迟迟而归，痛失所有的朋伴，狼狈不堪。’

　　“基耳凯言罢，黎明登上金铸的宝座。
丰美的女神就此离去，走上岛坡，
而我则登上航船，告嘱伙伴们
上来，解开船尾的绳缆；
众人迅速登船，坐入桨位，以
齐整的座次，荡开船桨，击打灰蓝色的海面。
发辫秀美的基耳凯，可怕、通讲人话的女神，
送来一位特好的旅伴，顺吹的海风，兜起
风帆，从乌头海船的后面袭来；
我们调紧船上所有的索械，
弯身下坐，任凭海风和舵手送导向前。
其时，尽管心头悲痛，我对伙伴们说道：
‘朋友们，我想此事不妥，倘若只让一两个人
知晓基耳凯，姣美的女神，对我的告言。
所以，我将说出此事，以便使大家明白，我们的
前程，是不归死去，还是躲过死亡，逃避命运的追击。

首先，她告嘱我们避开神奇的塞壬，
她们的歌声和开满鲜花的草地，仅我
一人，她说，可以聆听歌唱，但你等必须将我
捆绑，勒紧痛苦的绳索，牢牢固定在船面，
贴站桅杆之上，绳端将杆身紧紧围圈；
倘若我恳求你们，央求松绑，
你们要拿出更多的绳条，把我捆得更严。'

　　"就这样，我把详情细细转告，对我的伙伴；
制作坚固的船儿急速奔驰，借着
神妙的风力，接近塞壬的海滩。
突然，徐风停吹，一片静谧的宁静笼罩着
海面，某种神力息止了波涛的滚翻。
伙伴们站起身子，收下船帆，
置放在深旷的海船，坐入舱位，
挥动船桨，平滑的桨面划开雪白的水线。
其时，我抓起一大片蜡盘，用锋快的铜剑
切下小块，在粗壮的手掌里搓开，
很快温软了蜡块，得之于强有力的辗转
和呼裴里昂王爷的热晒，太阳的光线。
我用软蜡塞封每个伙伴的耳朵，一个接着一个，
而他们则转而捆住我的手脚，在迅捷的海船，
让我贴站桅杆之上，绳端将杆身紧紧围圈，
然后坐入舱位，荡开船桨，击打灰蓝色的海面。
当我们离岸的距离近至喊声及达的范围，
走得轻巧迅捷，塞壬看见了渐近的
快船，送出甜美的歌声，朝着我们飘来：
'过来吧，尊贵的奥德修斯，阿开亚人巨大的荣光！
停住你的海船，聆听我们的唱段。

谁也不曾驾着乌黑的海船，穿过这片海域，
不想听听蜜一样甜美的歌声，飞出我们的唇沿——
听罢之后，他会知晓更多的世事，心满意足，驱船向前。
我们知道阿耳吉维人和特洛伊人的战事，所有的一切，
他们经受的苦难，出于神的意志，在广阔的特洛伊地面；
我们知晓所有的事情，在丰产的大地上实现。’

“她们引吭歌唱，声音舒软甜美，我心想聆听，
带着强烈的欲望，示意伙伴们松绑，
点动我的额眉，无奈他们趋身桨杆，猛划向前，
裴里墨得斯和欧鲁洛科斯站起身子，
给我绑上更多的绳条，勒得更紧更严。但是，
当他们划船驶过塞壬停驻的地点，而我们亦不能
听见她们的声音，欣赏歌喉的舒美，
我的好伙伴们挖出耳里的蜂蜡，
我给他们的充填，随后动手，解除绑我的绳环。

“通过海岛，我当即望见一团
青烟，还有一峰巨浪，响声轰然。
伙伴们心惊胆战，脱手松开船桨，
全都溅落在大海的浪卷。由于众人不再
荡划扁平的船桨，航船停驻海上，静浮水面。
其时，我穿行海船，催励各位伙伴，
站在每个人身边，对他说话，用和善的语言：
‘亲爱的朋友们，大家知道，我们已几度磨难，在此之前。
眼前的景状，并不比那次险烈；库克洛普斯
把我们关在深广的洞里，用横蛮的暴力。但
即便在那里，我们仍然脱身险境，借凭我的勇气、计划
和谋略。我想，这些个危险也将作为你我的经历，

回现在我们心间。来吧，按我说的做，谁也不许执拗。
坐稳身子，在你们的舱位，荡开船桨，
深深地击入奔涌的水面，奋勇拼搏；宙斯
或许会让我们脱险，躲过眼前的灾难。
对你，我们的舵手，我有此番命令，你要牢牢记住，
记在心间——在我们深旷的船上，你是掌舵的
人员。你必须仔细避开烟团巨浪，
尽可能靠着石壁航行，以免，在你不觉之中，
海船偏向那边——你会把我们葬送干净。’

“听我言罢，众人立刻执行。我不曾
讲说斯库拉的凶险，一种不可避免的灾虐，
担心伙伴们惊恐害怕，停止
划船，躲挤在船板下面。其时，
我抛却心头基耳凯严苛的
训言——叫我不要披挂战斗——
穿上光荣的铠甲，伸手抓起两支
粗长的枪矛，前往站在船首的
甲面，心想由此得以先见探头石峰的
斯库拉，神怪给我的伙伴们带来苦难。
我翘首巡望，但却不见她的踪影，双眼疲倦，
到处搜索，扫视着迷迷糊糊的岩面。

“于是，我们行船狭窄的岩道，痛哭不已，
一边是斯库拉，另一边是神奇的卡鲁伯底丝，
可怕，陷卷大海的涛水。当她
着力喷吐，像一口大锅，架着熊熊燃烧的柴火，
整个海面沸腾翻卷，颠涌骚乱，激散出
飞溅的水沫，从两边岩壁的峰顶冲落。

但是，当她转而吞咽大海的咸水，
混沌中揭显出海里的一切，岩石发出
深沉可怕的叹息，对着裸露的海底，
黑沙一片；彻骨的恐惧揪住了伙伴们的心灵。
出于对死的惊怕，我们注目卡鲁伯底丝的动静，
却不料斯库拉抢走六个伙伴，从我们
深旷的海船，伴群中最强健的壮汉。
我转过头脸，察视快船和船上的伙伴，
只见六人的手脚已高高悬起，悬离
我的头顶，哭叫着对我呼喊，
叫着我的名字，最后的呼唤，倾吐出心中的悲哀。
像一个渔人，垂着长长的钓竿，在一面突出的
岩壁，丢下诱饵，钓捕小鱼，
随着硬角沉落，取自漫步草场的壮牛，
拎起渔线，将鱼儿扔上滩岸，颠挺挣扎；
就像这样，伙伴们颠扑挣扎，被神怪抓上峰岩，
吞食在门庭外面。他们嘶声尖叫，
对我伸出双手，争搏在丧命的瞬间。
我觅路海上，饱受苦难，所见
的景状，莫过于那次悲惨。

“逃离岩壁，躲过可怕的卡鲁伯底丝和
斯库拉，我们驶近一座绮美的海岛，
神的领地，放养着额面开阔的壮牛，体形健美，
另有许多肥美的羊群，日神呼裴里昂的财产。
当我还置身黑船，漂行海上，
便已听见哞哞的牛叫，集群回返栏圈的边沿，
夹杂着咩咩的羊语，心中顿然想起
双目失明的先知，塞贝人泰瑞西阿斯和埃阿亚的

基耳凯的叮咛——二位曾谆谆嘱告，要我
避开赫利俄斯的海岛，虽说太阳的光辉给凡人带来欢快。
其时，尽管心头悲痛，我对伙伴们说道：
‘听着，我的伙伴们，虽然你们遭受了苦难！
我将告诉你们泰瑞西阿斯和埃阿亚的
基耳凯的预告——二位曾谆谆叮嘱，要我们
避开赫利俄斯的海岛，虽说太阳的光辉给凡人带来欢快。
他们预言那里将有一场最大的凶灾，等待着我们的到来。
所以，让我们划动乌黑的木船向前，避离岛滩！’

“我如此一番说告，破碎了他们的心灵。
欧鲁洛科斯当即答话，言语中带着愤恨：
‘你生性刚忍，奥德修斯，一身的力气我等不可比及；
你的四肢从来不会酸软，你的体格必定是铁板一块。
怎能不让你的伙伴，他们已被重活折磨得疲惫不堪，
缺少睡眠，驻脚陆岸？在这
水浪拥围的海岛，我们本可再次整备可口的食餐。
但你却强迫我们胡闯向前，像现在这般，在这迅捷的
夜晚，避离海岛，行船浑浊的洋面。
黑夜属于凶虐的风暴，会捣散我们的
海船。我们中谁可逃避突至的死亡，
倘若海上骤起狂风，南风
或西风死命地劲吹，最喜
裂毁海船，不顾我们的主宰、神明的意愿？
现在，让我们接受黑夜的规劝，
整备晚餐，傍着快船；明天
拂晓，我们将登程上路，驶向宽阔的海面。’

“欧鲁洛科斯言罢，伙伴们均表赞同，

我由此明白，神明确已给我等谋设灾难。
于是，我开口对他说道，用长了翅膀的话语：
‘主行者仅我一人，欧鲁洛科斯，你在逼我就范。
这样吧，对我立下庄重的誓言，你等谁也不能例外，
倘若遇见牛群或大群的
羊鲜，谁也不许出于粗莽和骄狂，
动手杀宰——一头也不行！宜可享用现有的
食物，长生不老的基耳凯的赠送，图个平平安安。’

“听我说罢，众人遵照嘱令，盟发誓言。
当发过誓咒，立下一番旦旦信誓后，
我们将精固的海船停泊在深旷的港湾，
傍着一泓甜净的清水，伙伴们下得
船来，娴熟地整备晚餐。
当大家满足了吃喝的欲望，他们
想起了亲爱的伙伴，哭悼他们的死亡，
送命于斯库拉的吞食，抢出深旷的海船。
他们悲悼哭泣，直到顺服于甜怡的睡眠。
当夜晚转入第三部分①，星宿移至天空的另一端，
汇聚乌云的宙斯卷来呼啸的疾风，
狂野凶虐的风暴，布起层层积云，
掩罩起大地和海域。黑夜从天空降临。
但是，当早起的黎明重现天际，垂着玫瑰红的手指，
我们拽起海船，拖入滩边空旷的岩洞，
内有水仙们漂亮的舞场，聚会的地点。
其时，我召开了一次集会，对众人说道：
‘朋友们，既然快船上储放着我们的吃喝，

① 第三部分：即黑夜的最后一部分。

大家伙不要沾碰岛上的牛群，以免招惹是非。
这里有牧牛和肥羊，归属一位可怕的仙神，
赫利俄斯无所不知，见闻一切。’

“我如此一番言告，说服了他们高豪的心灵。
但南风长刮不止，竟有一月时间，无有其他
疾风，刮自别的方向，惟有南风和东风的劲吹。
只要尚有食物，得饮殷红的浆酒，众人倒也不曾
碰沾牧牛——谁个想死不活？然而，
当船上储存罄尽，他们便
离走出猎，于无奈之中，四处寻觅，
抓捕鱼儿、鸟类，任何可以逮着的东西，
带着弯卷的鱼钩，受饥饿的驱迫。
其时，我单身离去，朝着岛内行走，以便
对神祈祷，但愿他们中的一位，给我指点行程。
如此，我穿走海岛，撇下伙伴，
洗净双手，在一个避风的去处，对
所有拥掌俄林波斯的神明祈祷，
但他们却送来舒甜的睡眠，合拢我的双眼。
其时，欧鲁洛科斯提出凶邪的计划，对伙伴们说道：
‘听着，我的伙伴们，虽然你们遭受了苦难！
不错，对悲苦的凡生，各种死难都让人厌恶，
但饥饿，在饥饿中迎见命运，是最凄惨的死亡。
来吧，让我们杀倒赫利俄斯最好的牧牛，
祭献给不死的神明，统掌辽阔的天空，
倘若有幸回返伊萨卡地面，亲爱的故乡，
我们将马上兴建一座供品丰足的神庙，给呼裴里昂，
天上的太阳，放入上好的祭品，大量的进奉。
但是，假如他出于愤恨，为了这些长角的壮牛，

打算摧毁我们的海船，得获其他神明的赞同，
那么，我宁愿吞吃咸水，送命海浪，一死了之，也不愿
遭受饥饿的逼磨，慢慢地死去，在这片荒芜的岛滩！’

“欧鲁洛科斯言罢，其他伙伴均表赞同，
当即动手，就近拢来赫利俄斯最好的
壮牛，额面开阔，体形健美，
牧食在头首乌黑的海船旁。他们
赶来牧牛，在它们周围站定，对神祈祷，
摘下娇嫩的绿叶，从枝干高耸的橡树——
凳板坚固的船上已没有雪白的大麦可用。
他们作过祷告，割断牛的喉管，剥去皮张，
剖下腿肉，用油脂包裹腿骨，
双层，把小块的生肉置于其上。
由于没有醇酒祭奠，泼洒烧烤的祭品，
他们以水代酒，烤熟了所有的内脏。
焚烧了祭牛的腿件，品尝过内脏，
他们把所剩部分切成小块，挑上叉尖。

“其时，舒甜的睡眠离开我的眼睑，
我走回迅捷的海船，海边的沙滩；
然而，在回返的路上，当我接近弯翘的海船，
烤肉的香味迎面扑来，萦绕在我的身边。
我悲声叹叫，对着不死的神明呼喊：
‘父亲宙斯，各位幸福、长生不老的神仙！
你们用残忍的睡眠，将我欺哄，使我遭难；
伙伴们留在这里，做下的事情可怕荒诞！’

“裙衫飘逸的兰裴提娅即速出动，带着我们已

杀宰壮牛的信息，前往告诉呼裴里昂，天上的太阳，
后者心怀暴怒，在众神中喊道：
‘父亲宙斯，各位幸福、长生不老的神仙，
责惩莱耳忒斯之子奥德修斯的伙伴，
这帮骄蛮的家伙，杀了我的牧牛，使我
欢悦的心爱，在升登多星的天空，
或从天上回返地面的时间。
我要他们补足杀牛的损失，否则，
我将把光明送给死人，下至哀地斯的房院！’

“听罢这番话，汇聚乌云的宙斯答道：
‘继续照射不死的神明和世间的凡人，
赫利俄斯，普照盛产谷物的大地。
至于那些凡人，我会击捣他们的快船，在酒蓝色的
洋面，用闪光的炸雷，将它砸成碎片。’

“我从长发秀美的卡鲁普索那里听知这些；
她说，她从信使赫耳墨斯那里得知此番消息。

“当回到海边，停船的滩头，我
挨个指责，责备他们的粗蛮，但我们
找不到补救的办法：死牛不会复还。其时，
神明开始送出预兆，展现在我们眼前。
牛皮开始爬行，叉尖上的牛肉发出轰鸣，
无论生熟，像活牛的吼喊。

“一连六天，豪侠的伙伴们杀食太阳神
赫利俄斯最好的肥牛，他们拢来的美餐。
但是，当宙斯，克罗诺斯之子，送来第七个白天，

啸卷的狂飙终于收起风势，
我们即刻登船，竖起桅杆，
升起白帆，驶向宽阔的海面。

“我们离开海岛，眼前无有别的
陆岸，只有天空一顶，汪洋一片：其时，
克罗诺斯之子卷来灰黑的云朵，压罩着
深旷的木船，大海变得乌黑森严。
海船继续向前，但只有短暂的时间；尖啸的
西风突起扑来，呼吼的狂飙凶猛
吹打，断毁了两条系固船桅的
前支索，桅杆向后倾倒，所有的索具
掉入底舱里面。船尾上，折倒的桅杆
砸打舵手的脑袋，当即粉碎了
整个头盖，像一位潜水者，从
舱面上倒翻，高傲的心魂飘离了他的骨件。其时，
海面上雷电交加，来自宙斯的抛甩，砸捣我们的海船，
被宙斯的响雷打得不停地旋转，
填满了硫磺的硝烟。伙伴们摔出海船，
像一群海鸥，被海浪冲碾，围着
乌黑的海船，被神明卷走了回家的企愿。

“与此同时，我往返船上，直到激浪
卷走龙骨边的船帮，推着光杆的龙骨
漂走，砸断与之相连的桅杆，幸好
还有一根连绑的后支索，牛皮做就，垂挂在上面，
我抓起绳条，把龙骨和桅杆捆连一块，
骑跨着它们沉浮，任凭凶暴的强风推搡腾颠。

“其后，西风偃息，停止啸吼，

南风轻快地吹来，给我的内心带来苦悲：
我将再次穿走那条海路，领略卡鲁伯底丝的凶险。
海风推着我漂走，整整一夜，及至旭日东升，
来到斯库拉的石岩，逼近可怕的卡鲁伯底丝，
其时正吞陷咸涩的海水。见此情景，
我高高跳起，伸手探摸高大的无花果树，
抱住树干，紧贴在上面，像一只蝙蝠。然而，
我却找不到蹬脚支身的地方，亦无法爬上果树，它的
根部远在我双脚之下，而枝叶则高高在上，远离头顶——
粗大、修长的枝干，荫罩着卡鲁伯底丝的形面。
我咬牙坚持，强忍不屈，等着她吐水，将
龙骨和桅杆送回。我急切等盼，而它们则姗姗迟来，
在那判官审定许多好斗的年轻人的
争讼，回家吃用晚餐的时间——就在
这种时刻，卡鲁伯底丝方才吐回吞走的杆段。
其时，我松开双臂腿脚，从高处
跳下，溅落水面，偏离长长的树材，
但我跨爬上去，挥动双手，划水向前。
人和神的父亲不让斯库拉重见我的出现，
否则，我将逃不出暴至的毁灭。

“从那儿出发，我漂行九天，到了第十天晚上，
神们把我带到俄古吉亚，发辫秀美的卡鲁普索
居住的岛屿，一位可怕的女神，通讲人话，
热情地接我住下，关心照料。然而，为何复述此番经历？
昨天，在你家里，我已对你们讲说①，
对你和你雍雅的妻房。我讨厌重复，
那段往事我已清清楚楚地对你们讲过一遍。”

---

① 我已对你们讲说：见第七卷第 241—297 行。

# 第十三卷

奥德修斯言罢，全场静默，肃然无声，
惊愕于他的叙说，在整座幽暗的厅殿。
其后，阿尔基努斯开口答话，说道：
“现在，奥德修斯，你已置身我的房居，
青铜铺地，顶面高耸；我想
你能回返故里，不再回来，既然已历经磨难。
眼下，我要催嘱你等各位，你们
饮喝权贵们享用的闪亮醇酒，
常在我的宫殿，聆听歌手的唱段。
我知道，衣服已在滑亮的箱内，还有
精工冶铸的黄金和其他各种物品，
法伊阿基亚人的首领们将其带来此地，作为赠客的礼件。
现在，我建议，我们每人各出一只硕大的三脚鼎
和一口烧锅，日后，我们可从对民众的税征中补还。
如此慷慨的捐赠，若由我一人支付，将成为过重的负担。”

阿尔基努斯言罢，众人满心欢喜，
全都散去睡觉，各回自己的家门。
当早起的黎明重现天际，垂着玫瑰红的手指，
他们疾步赶往海船，带着大量的铜器，
阿尔基努斯亲自上船，灵杰豪健的王者，
把东西整齐地塞下凳板，使其不致妨碍

船员的手脚，当他们荡开木桨，疾驰向前。
然后，众人行往阿尔基努斯的家府，备下丰盛的食餐。

阿尔基努斯，灵杰豪健的王者，替他们祭出一头公牛，
献给王统一切的宙斯，克罗诺斯汇聚乌云的儿子。
当焚烧了腿件，他们开始享领光荣的
肴餐，聆听德摩道科斯的唱诵，一位
通神的歌手，深得人民的敬重。奥德修斯
频频回首，看视闪光的太阳，
巴望它赶快下落，急切地盼想回程。
像一个农人，盼吃食餐，赶着酒褐色的
耕牛，拖着制合坚固的犁具，整天翻土
田中，太阳的下落使他舒展眉头，
得以回家吃饭，挪动沉重的腿脚；
就像这样，奥德修斯喜迎太阳的下落。
他开口发话，对欢爱船桨的法伊阿基亚人，
首先是对阿尔基努斯，高声说道：
“哦，尊贵的阿尔基努斯，人中的俊杰，
请你敬洒奠酒，送我安返家园。
我愿祝你平安——眼下我的一切企望都已实现，
有了客主的护送和表示友好的礼件。愿天神
让它们使我幸福美满！但愿我能回抵家园，
见着贤洁的妻子和所有的亲朋，无伤无害！
愿你们留居此地，给婚娶的妻子和孩儿们
带来舒怡和欢快！愿神明允佑你们
一切顺利，使不幸和你的人民绝缘！”

听他言罢，众人一致赞同，催请
送客还家——他的话句句在理，说得一点不错。

其时，豪健的国王阿尔基努斯对使者说道：
“调兑一缸浆酒，庞托努斯，供厅内
所有的人祭用，以便对父亲宙斯祈祷，
送出我们的客人，归返他的乡园。”

他言罢，庞托努斯兑出香甜的美酒，
依次斟倒在各位杯中，后者洒过奠酒，给
所有幸福的神明，统掌辽阔的天空，从他们
息坐的椅旁，但卓著的奥德修斯站起，
拿着一只双把的酒杯，放入阿瑞忒手中，
开口说道，送出长了翅膀的话语：
“祝你幸福，尊敬的王后，直到老年和
死亡的降临，凡人不可避免的时辰。现在，
我将登程上路，愿你生活甜美，在府居之中；愿孩子们
使你幸福，还有你的人民和国王阿尔基努斯，你的丈夫！”

言罢，卓著的奥德修斯迈开大步，跨出门槛，
豪贵的阿尔基努斯遣出信使，作为陪送，
引他前往停驻的快船，聚沙的滩头。
阿瑞忒亦遣出女仆，跟随前往，
一个手捧衣服，一领洁净的披篷和一件衫衣，
另一个受遣的女仆搬动那只坚固的箱子，
第三名伴者提着面包和红色的酒。

他们来到海边，停船的滩头，
高傲的水手们迅速接过东西，存放
在深旷的舱内，包括食物和饮酒，
铺开一条毛毯和一条亚麻的布单，在
船尾舱边的甲面，以便让奥德修斯睡躺，

安闲舒适；后者登上船板，静静地躺在
上面。水手们解开缆绳，从带系孔的石块，
坐入各自的桨位，成行成排，
躬身荡划，船桨扬起飞溅的浪水。
奥德修斯当即闭眼睡去，温熟、
最甜美的酣睡，长眠不醒，仿佛死去一般。
像一架四匹儿马拉引的快车，奔驰在平野，
受激于鞭头的驱赶，合力向前，
高高跃起，飞跑着冲向要去的地点，
木船高翘起船尾，撇下一条紫蓝色的水路，
浪花飞舞，奔驰在啸吼的海面，
走得平实稳健，即便是翱旋的鹰隼，
羽鸟中最快的飞禽，也不能和它争赛。
就像这样，海船迅猛异常，破浪向前，载着
一位凡人，和神明一样多谋善断，心中
已忍受许多悲苦，许多愁哀，多少个长年，
出生入死，闯过拼战的人群，跨过汹涌的洋流；
但现在，他在平和的气氛中舒躺，忘却了所有的愁难。

当那颗最亮的星星①升上天空，比别的
星座更及时地预报早起的黎明，曙光的洒现，
劈波远洋的海船靠近了伊萨卡岸边。

那里有一处港湾，海洋老人福耳库斯的属界，
位于伊萨卡郊外，口边伸出两道
突兀的岩岬，将海港拱围，
挡御巨浪的袭冲，顺应强风的推送，

---

① 最亮的星星：可能指金星。

扑自港外的海面。岬内风平浪静，带凳板的
海船在驶入锚点后就水停泊，不用绳缆。
港湾的前部长着棵叶片修长的橄榄树，
附近有个幽荫的洞穴，佳美的去处，奉献给
一群水泉边的神灵，人们称之为奈阿德丝的女仙。
洞里有石缸和双把的石罐，
蜂群在里面储藏精酿的纯蜜，
还有石头的织机，造型修长，水仙们
用来制作紫色的织物，精品，看后令人诧叹，
另有淙流的条条山泉，永不枯干。洞穴有两个入口，
一个对着北风，凡人可以进去，
但对朝南风的那个，却是神的通径，
凡人从不逾用，长生者由此入内。

　　水手们熟悉洞边的情况，划船进入海湾。
海船疾冲向前，前半身搁上
滩沿，借助桨手的臂力。
他们走出凳板坚固的海船，踏上陆岸，
先把奥德修斯抬出深旷的海船，
连同亚麻的布单和闪光的织毯，
将他平放沙滩，后者仍然处于熟睡状态。接着，
他们搬出礼件——高傲的法伊阿基亚人的馈赠，
受心胸豪壮的雅典娜催劝，在他登船
回返的前夕——放在橄榄树干边，
垒作一堆，离着路径，惟恐某个行人
途经此地，在奥德修斯醒来之前，伤损他的财产。
然后，他们转身回返，船走家园。但是，裂地之神
却不曾忘记初时的威胁，对神一样的
奥德修斯，这时开口说话，询问宙斯的意见：

“父亲宙斯，不死的神祇将不再对我
表示尊敬，眼见凡人诋辱我的威风，
这帮法伊阿基亚人，还是我的脉裔。
你知道，我说过奥德修斯将吃受许多苦难，
方能得返家园，我并不曾彻底破毁他的
还家，因为早先你曾点头答应，让他如愿。
但他们载他回返，睡躺在迅捷的海船，穿行海中，
抬上伊萨卡地面，给了无数的礼物，
有大量的青铜、黄金和织纺的衣衫，
多于奥德修斯能从特洛伊带出的物件，即使
他能安抵家园，携着战礼，分获的一切。”

听罢这番话，汇聚乌云的宙斯说讲，答道：
“你说了些什么，威镇远方的撼地之神？
神们不曾贬损你的尊严。此事何以行得，
侮辱、攻击我们中的尊长，最好的一位？
但是，倘若有哪个凡人，不管是谁，凭着蛮力和强健，
胆敢藐视你的尊严，那么你可惩罚此人，
无论是现在还是将来——放手做去吧，凭你的意愿。”

听罢这番话，裂地之神波塞冬答道：
“我本该迅速行动，乌云之神，按你的告诫，
但我总是敬你，回避你的愤怒。这一回，
我决心砸烂那条法伊阿基亚人
漂亮的海船，在浑浊的洋面，趁它回航
之际，使他们停止运送过岛的凡人。
我将峰起一座大山，围住他们的城国。”

听罢这番话，汇聚乌云的宙斯说讲，答道：

"听听我的想法，好朋友，我以为此法妙极。
当所有的民众都举目城上，望着回返的
海船，你可将它变作一块石头，看来像似
一条快船，靠离陆岸，让所有的人
惊叹，然后峰起一座大山，围住他们的城垣。"

　　听过此番嘱告，裂地之神波塞冬大步
奔向斯开里亚，等候在法伊阿基亚人生聚的
地域。其时，破浪远洋的海船驶近岛岸，
跑得轻松快捷，裂地之神逼近船边，
挥手击打，将它变作一条石船，
扎根海底之中，然后迈步离开。

　　操用长桨的法伊阿基亚人，以海船闻名，
开始互相说告，用长了翅膀的话语，
有人望着自己的近邻，说道：
"天哪，是谁停驻了我们的快船，在那水面之上，
不让它驶回家园？刚才，它的形象还是那样清晰可见。"

　　观者中有人这样说道，但他们并不知晓事发的原因。
其时，阿尔基努斯开口发话，说道：
"咳，昔日的预言今天竟得报现，
父亲的言告，他说波塞冬将会憎恨我们的作为，
因为我等载运所有的来客，顺当安全。
将来的一天，他说，当一艘精制的法伊阿基亚海船
送人归来，回航在大海浑沌的洋面，裂地
之神将击毁木船，峰起一座大山，围住我们的城垣。
这便是老人的预告，如今已被实践。
来吧，按我说的做，谁也不要执拗。

让我们停止送人，不管是谁，落脚
这座城边。我们要敬献十二头公牛，
给波塞冬，从牛群里选来。如此，他或许会怜悯
我们，不致峰起一座大山，围住我们的城垣。”

听他言罢，众人心里害怕，备妥奉祭的公牛。
于是，法伊阿基亚人的首领和统治者们
出声祈祷，对王者波塞冬，
肃立在祭坛周围。其时，卓著的奥德修斯
长睡醒来，在自己的故土，不识究为何地——
他已久别家乡，而女神亦已布下迷雾，
帕拉丝·雅典娜，宙斯的女儿，以便
掩隐他的身份，对他嘱告详情，
使妻子认不出他来，还有他的朋友和城里的民众，
直到严惩了求婚者们的胡作非为。所以
在王者奥德修斯眼前，她使一切改头换面，
蜿蜒的山径，泊船的港湾，
陡立的石壁和高耸的大树，枝叶茂繁。
他跳将起来，双腿直立，环望久别的故乡，
出声吟叫，挥起手掌，击打
两边的股腿，带着悲痛，开口说道：
“天哪，我来到了何人的地界，族民生性
怎样，是暴虐、粗蛮，无法无规，
还是善能友待外客，心中敬畏神的惩罚？
我将把这许多东西带往哪里？我自己又将
漂游何处？咳，真希望我还留在法伊阿基亚人
那里，如此，便能另访某位强健的
王者，他会善待于我，送我回程。
眼下，我不知该把这些东西放在哪里；显然

不能留置此地，恐遭别人抢劫。
算了吧，那些个法伊阿基亚人的首领和统治者们!
他们并不十分周谨，亦不诚实可信，把我
弄到这片外邦的土地，说是会
把我送往阳光灿烂的伊萨卡，但却不予兑践。
但愿帮佑恳求者的宙斯惩罚他们，大神监视
所有的凡人，责惩任何破毁礼规的行为。
这样吧，让我先数点东西，看看他们是否
顺手带走什么，载入深旷的海船。”

言罢，他开始计点精美的三脚鼎和
烧锅，还有黄金和织工精致的衣物。
东西件件俱在，无一缺损，但他悲念故乡，
踱走在涛声震响的滩沿，痛哭
流涕。其时，雅典娜走近他身边，
幻变一位年轻人的模样，放羊的
牧人，一位雅致的小伙，像那王家子弟，
肩披一领精工织制的衣篷，双层，
足登条鞋，在闪亮的脚面，手握一杆枪矛。
奥德修斯见状，心中欢喜，迎上前去，
对她说道，用长了翅膀的话语：
“你是我在此遇见的第一个路人，亲爱的朋友，
请接受我的问候！但愿你对我不存恶意；
救救我，救护这些东西。我要对你祈祷，
像对一位神明，在你亲爱的膝前，恳求你的帮助。
请你告诉我，真实地告诉我，让我了解。
这是什么地方，同什么国邦接邻，住着怎样的生民?
是某个阳光普照的海岛，还是片倾斜的
滩地，斜接丰肥的陆基，汇入咸涩的海水?”

听罢这番话，灰眼睛女神雅典娜答接：
“看来你纯朴简单，陌生人，或从遥远的地方前来，
如果你问的是这座岛屿，绝非默默无闻
之地，人们知晓，许多人知悉，
无论是居住东方日出之地的凡生，
还是家居昏暗、乌黑之处的族民。
这是个山石嶙峋的国度，并非跑马的平野，
虽然狭窄，却不是赤贫之地，
生产丰足的谷物，有大串酿酒的葡萄，
雨量充沛，露水佳宜。这里
牧草肥美，适放山羊和牛群，长着
各种树木，灌溉的用水长年不竭。所以，
陌生的来人，伊萨卡的名声甚至噪响在特洛伊，
虽然人们说，这里远离阿开亚大地。”

她言罢，卓著和历经磨难的奥德修斯感到高兴，
欣喜于踏上故乡的土地——帕拉丝·雅典娜，
带埃吉斯的宙斯的女儿，已将真情告明。
奥德修斯开口回答，用长了翅膀的话语，
但却没有道出真情，将喉头的言词吞入心底，
总想利用胸中的机巧，心智的敏捷：
“噢，我曾听人提及伊萨卡，在宽广的克里特，
坐落在远方的海面；现在，我却来到此地，
带着这批东西，留下等同此数的财富，给我的男丁。
我逃离家乡，一个亡命者，因我杀了俄耳西洛科斯，
伊多墨纽斯的儿子，快腿如飞，在宽广的克里特，
吃食面包的凡人谁也不可比及。我宰了他，
因他试图夺走我的份子，从特洛伊掠获的
全部战礼，为了它，我忍着心头的痛苦，出生入死，

闯过拼战的人群，跨过汹涌的洋流——
我不愿伺候他的父亲，作为随从，在
特洛伊大地；我要率领我的人马，我的军兵。
所以，我带着一位朋伴，藏伏路边，用铜头的
枪矛击打，趁他从郊野回返之际。那是个
漆黑的夜晚，黑雾蒙罩着天空，我夺走
他的生命，无人知晓，谁也不曾看清。
其后，当我将他放倒，用锋快的铜矛，
抬腿迅速跑回海船，请求高贵的
腓尼基人，付出一些战获，欢悦他们的心胸，
求他们带我出走，前往普洛斯登岸，或
落脚秀美的厄利斯，厄培亚人镇统的地面。
然而，事出不巧，劲吹的疾风将海船扫离要去的地点，
极大地违背了他们的意愿——水手们并非故意让我受骗。
就这样，海船偏离航线，我们顶着夜色，来到这边，
赶紧划入港内，无人有此闲心，
思想进用晚餐，虽然此事亟需操办，
全都下得船来，忍着饥饿，躺倒滩面。
其后，甜美的睡眠爬上我的眼睑，我已精疲力竭，
而他们则搬下所有的东西，从深旷的海船，
放在滩边，近离我睡躺的地方，
登船上路，前往人丁兴旺的西冬，
把我留在海滩，带着心中的愁哀。”

　　他言罢，灰眼睛雅典娜咧嘴微笑，
伸手抚摸，变成一位女子的形象，
美丽、高大，手工瑰丽精巧，
开口说话，用长了翅膀的言语：
“此人必得十分诡谲狡诈，方能胜过

你的心计，哪怕他是一位神明，和你会面。
顽倔的汉子，诡计多端，喜诈不疲，即便在
自己的国土，亦不愿停止巧用舌尖，用
瞎编的故事哄骗，如此这般，是你的本性再现。
好了，让我们中止此番戏谈；你我都谙熟
精辩的门槛。你是凡人中远为杰出的
辩才，能说会道，而在神祇中，我亦以智巧
和聪灵闻传。然而，尽管聪明，你却不曾认出我来，
帕拉丝·雅典娜，宙斯的女儿，总是站在
你的身边，护佑你的每一次经历；
是我，使你受到所有法伊阿基亚人的尊爱。
现在，我又来到这里，帮助你定设谋略，
藏起所有的东西，高豪的法伊阿基亚人给你的
礼件，按照我的计划和意愿，在你返航的前夕，
告诉你所有的麻烦，注定会遇到的事件，
在建造精固的房院。但你必须，是的，必须忍受
一切，不要道出此事，无论对男人，还是女辈，
不要告知你已浪迹归来；要默默地承受
巨大的痛苦，忍辱负重，面对那些人的暴烈。”

　　听罢这番话，足智多谋的奥德修斯说讲，答道：
“此事实在很难，哦，我的女神，让一个凡人见后辨识
你的脸面，不管他多么聪敏灵捷——你可幻变各种形态。
但此事我却知晓得十分清晰：从前，你给我的慈爱，
在那战斗的年月，我们阿开亚人的儿子们拼战在特洛伊
地界。然而，当我们攻陷了普里阿摩斯陡峭的城堡，
驾船离去，被一位神明驱散船队后，
我便再也没有见你，宙斯的女儿，亦不知
你曾访晤我的海船，为我挡开愁难，

总在流离颠泊，痛苦揪揉着我的
心怀，直到神明解除我的不幸，直到
在法伊阿基亚人富饶的土地，你出言慰诫，
亲自引我行走，进入他们的城域。现在，
我恳求你的好意，看在你父亲的份上，因我并不认为
真已回到阳光灿烂的伊萨卡，而是走离了航线，
漂到了另一片地界；我想你在笑弄我，
出言欺骗，说我已在这边。告诉我，
我是否真已回来，回到亲爱的故园。”

听罢这番话，灰眼睛女神雅典娜答道：
“你的胸中总有此般心计，而正因为这样，
我不能见你遭受不幸，丢下不管。
你说话流畅，心智敏捷，头脑冷静；
换成别人，浪迹归来，早就会迫不及待，
冲向厅堂，见视妻儿，但你
却不乐于急着询盘，提出问题，
直到你试探过妻子，虽然她仍像往常
一样，坐在宫中，泪流满面，
耗洗去一个个痛苦的黑夜和白天。
我从不怀疑你的存还，但我知道，
你将失去所有的伙伴，然后回返家园。
然而，你知道，我不愿和父亲的兄弟
波塞冬翻脸，他对你心怀愤怨，
恼恨你的作为，弄瞎了他钟爱的儿男。
来吧，我将使你相信，展现伊萨卡的貌态。
这是海洋老人福耳库斯的港湾，
头前长着棵叶片修长的橄榄树，
附近有个幽阴的山洞，佳美的去处，奉献给

一群水泉边的神灵，凡人称之为奈阿德丝的女仙。
那是它的拱弧的洞顶，过去你常在
里头举办丰盛、隆重的祀祭，给水边的神仙。
再瞧那座山脉，奈里同，披着森林的衣衫。”

　　女神一番说道，驱散迷雾，显现出山野的貌态。
卓著和历经磨难的奥德修斯心花怒放，高兴，
眼见自己的乡园，俯首亲吻盛产谷物的大地，
高举双手，对水仙们祈告，诵道：
“我一直以为，奈阿德丝水仙，宙斯的女儿，
我已见不着你们的脸面；现在，请你们接受我充满
善意的祈愿。我还将给你们礼物，像过去一样，
倘若雅典娜，宙斯的女儿，战勇的福佑，慷慨应允，
答应让我存活，让我的儿子长大成才。”

　　听罢这番话，灰眼睛女神雅典娜答道：
“鼓起勇气，不要担心这些事情。眼下，
让我们搬起这堆东西，不要迟疑，藏在精妙的
洞里，洞穴的深处，使你不受损缺。
然后，我们将商定计划，争取最好的结局。”

　　言罢，女神走进幽阴的山洞，
寻看藏物的去处；与此同时，奥德修斯
搬来他的所有，放在近处，有黄金、坚韧的青铜
和精工织制的衣服，法伊阿基亚人的馈送，
仔细地堆放妥帖；帕拉丝·雅典娜，
带埃吉斯的宙斯的女儿，撂下一块石头，堵住洞口。

　　他俩弯身下坐，贴着那棵神圣的橄榄树，

定设计谋，杀毁胡作非为的求婚人。
灰眼睛女神雅典娜首先发话，说道：
“莱耳忒斯之子，宙斯的后裔，多谋善断的奥德修斯，
想个办法，你打算如何行动，惩治那帮无耻的求婚者，
横霸在你的宫殿，已达三年之久，
追扰你神一样的妻子，赠送求婚的礼物。
裴奈罗珮总在盼念你的回归，带着悲愁，
虽然亦使所有的人怀抱希望，对每个人许诺，
送出信息，而心里想的却是另外一套。”

听罢这番话，足智多谋的奥德修斯说讲，答道：
“毫无疑问，我会死于险厄的命运，在我的
宫中，重蹈阿特柔斯之子阿伽门农的覆辙，要不是
女神你的点拨，告诉我家中的情况，发生的一切。
来吧，订个计划，我将如何报复他们。
站在我身边，催鼓我的勇气和力量，像以往
那样，我们齐心合力，扳倒闪亮的冠头，在特洛伊城上。
倘若你，哦，灰眼睛的尊神，能站在我的身边，挟着
狂怒，我便能奋勇敌战，夫人，我的女神，三百个凡人，
借你的神威，只要你全心全意，大力帮赞。”

听罢这番话，灰眼睛女神雅典娜答道：
“放心吧，我会站在你身边，不会把你忘了，
当我俩操办此事，我知道，他们将鲜血喷涌，
这帮吞糜你家产的求婚人，脑浆
飞溅，遍洒在宽广的大地上。来吧，
让我把你改变，使凡人认不出你的形貌。
我将折皱你滑亮的皮肤，在你柔韧的肢腿，
毁除棕黄色的发绺，在你的头顶，

披上破烂不堪的衣衫，使人们见后避闪腻烦；
我将昏糊你的目力，曾是那样俊美的眼睛，
使你看来显得卑龊，在求婚人眼里，
亦在被你留守宫中的妻儿面前。
这样吧，你要先去牧猪人的住地，
此人看养你的猪群，对你的感情善好真诚，
亲爱你的儿子，友待谨慎的裴奈罗珮。
你会发现他正看守在猪群近旁，后者拱食在
渡雅石的边沿，贴着阿瑞苏沙泉溪，
吃着它们喜爱的橡树子，喝着昏黑的
流水，猪的饲料，养育它们，催发满身膘肥。
待留在那儿，和他一起，询问所有的一切，
而我将赶往斯巴达，出美女的地界，
召回忒勒马科斯，你心爱的独苗，对不——
他已去往宽阔的拉凯代蒙，会见墨奈劳斯，
询问你的消息，是否还活在世上人间。”

　　听罢这番话，足智多谋的奥德修斯说讲，答道：
“为何不把真情告他——作为神明，你心知一切？
是否因为他也将浪迹苍贫的大海，
忍受悲痛，让求婚者们吃耗他的财产？”

　　听罢这番话，灰眼睛女神雅典娜答道：
“不必为他担心，是我亲自送他出航，
让他出使远方，争获良好的声名。
他并没有吃苦受难，现时正稳坐厅内，
和阿特柔斯之子一起，平安无事，享受丰奢的礼待。
不错，那些年轻的人们，驾着乌黑的海船，已设下
埋伏，盼想在他返家之前，动手杀害，但

我想他们不会如愿，相反，用不了多久，泥土便会把
他们中的某些人覆盖，这帮求婚人，正吃耗你的家产。”

言罢，雅典娜举杖拍打奥德修斯，
折皱起滑亮的皮肉，在他柔韧的肢腿，
毁除棕黄色的发绺，在他的头顶，
全身披布苍暮老人的皮肤，
昏糊了他的目力，曾是那样俊美的眼睛。
然后，女神替他换装，穿上一领旧篷，一件衫衣，
破破烂烂，被浊臭的烟火熏得脏乱不堪，
压上一块硕大的兽皮，奔鹿的皮张，已被搓磨去除
鹿毛，给他一根支棍，一只丑陋的袋包，
百孔千疮，用一条编绞的绳线悬挂。

就这样，他俩定下计划，各奔东西。女神
前往神圣的拉凯代蒙，带回奥德修斯的儿男。

# 第十四卷

与此同时，奥德修斯离开港湾，走上崎岖的山路，
穿过繁茂的林地，越过山岗，行往雅典娜
指明的地点，寻觅高贵的牧猪人，仆人中，
他比谁都忠诚，看护杰卓的奥德修斯的家产。

奥德修斯发现他坐在屋前，四周垒着
高耸的墙栏，在一块隆起的地面，围拥着舒坦、
宽敞的庭院，地面上干干净净，由牧猪人
自己堆建，关围着离家的主人的猪群，
不为女主人知晓，也不为年迈的莱耳忒斯知道。
他用大块的石头垒起围墙，上面铺着带刺的蒺丛，
外面竖着柱杆，围作一圈，顶着石面，
排得密密匝匝，劈开的木段，橡树中
幽黑的部分。围墙内，他分出十二个圈栏，
一个接着一个，猪的床圈，每栏封关
五十头睡躺地面的猪猡，怀孕的
母猪，公猪们躺在外头，数量远为
稀少，由于神样的求婚人不停地吃宰，
使肉猪的数目减少——牧猪人被迫源源
不断地供应，送去饲养精良的肥猪，猪群中
最好的佳选，还有三百六十头存栏。
猪场上有四条牧狗，野兽一般，每日息躺在

猪群边沿，牧猪人、猪倌的头儿驯养的帮办。
眼下，他正割下一块牛皮，色调温厚，
制作合脚的便鞋。与此同时，其他
牧猪人已赶着猪群，出走不同的方向，
一共三人，第四个已被他遣往城里，
赶着一头肥猪，送给骄蛮的求婚人，出于被迫，
供他们祭杀饕餮，满足饱啖的欲念。

　　突然，啸吼的牧狗瞥见了奥德修斯，
狂叫着冲扑上前，奥德修斯谨慎，
蹲坐在地，手中的支棍掉落下来。其时，
他将会受到严重的伤损，在自己的庄院，
要不是牧猪人腿脚轻快迅捷，放下
手中的皮件，即时冲出门庭，
大声呵斥，对着狗群，投出密集的石块，
把它们轰得四处奔跑，然后对着主人，开口说及：
“狗群突起奔袭，我的老先生，险些把你撕坏，
由此引来你对我的责怪。
然而，神明已给我痛苦，使我悲哀，
我坐在这边，伤心哭念，为了神一样的
主人，精心饲养他的肥猪，给别人
吃耗，而他，忍着饥饿的煎磨，浪走在
某个城市或乡村，讲说异邦话语的地界，
倘若他还活着，得见太阳的光线。
来吧，老先生，进入我的棚屋，先吃饱
肚子，喝够酿酒，然后告诉我
你打何处过来，忍受了多少愁哀。”

　　言罢，高贵的牧猪人引着奥德修斯行走，

进入棚屋，让他坐下，在一堆柴蓬之上，
垫出一块野山羊的皮张，取自他的睡床，
附着松乱的羊毛，硕大、深厚。奥德修斯欣喜于
所受的招待，开口发话，出声呼唤，说道：
“愿宙斯，陌生的朋友，和列位不死的神明，使你
得到潜心希愿的一切——你以此般盛情，欢迎我的到来。”

　　听罢这番话，你，牧猪人欧迈俄斯，开口答道：
“我不能，陌生的客友，回拒一个生人，
即便来者的境况比你更坏。所有的生人浪者
都受到宙斯的保护；礼份虽然轻小，却会得到受者的珍爱，
我们所能给的东西，我们，侍服于人的仆工，
心里总是揣着恐惧，畏于主子的权势，
新来的那帮壮汉。神明滞止了旧主的回归，不然，
我会得到他的关心护爱；他会给我财产，
一座房子，一片土地，一位受人穷追的妻子，
像一个好心的主人，施舍家里的帮仆，
后者辛勤为他工作，劳绩受到神的驱助，
正如神力对我一样，驱助我埋头苦干。所以，
主人定会给我许多好处，倘若他在此安度晚年。
可惜，他死了——但愿海伦断子绝孙，
全都死个精光，此女酥软了这么多壮勇的膝盖。
为了替阿伽门农雪耻，我的主人，偕同各位英豪，
前往出骏马的伊利昂，和特洛伊人拼战。”

　　言罢，他当即束紧衫衣，用一根腰带，
走向猪栏，圈围着他的猪群，
选抓了两头，带入屋内，动手杀宰，
烧去猪毛，切成小块，挑上叉尖，

尽数炙烤，端来放在奥德修斯身前，
滚烫的肉块，就着烤叉，撒上雪白的大麦，
调出美酒，蜜一样醇甜，在一只常青藤木的兑缸，
下坐在奥德修斯对面，请他吃用，说道：
“吃吧，陌生的客人，将就我等奴仆们的
食餐，小猪的肉块；滚肥的肉猪供给求婚者们啖宴，
他们心里不惧神力的责惩，不带半点怜悯。
幸福的神明不喜残忍的举动，
他们褒奖正义，人间合理合宜的行为。
即便是无情的海盗，登陆异邦的
滩头，宙斯让他们抢获财富，
装满海船，扬长而去，回返家院；
即便是这些人，他们的心中亦兜着强烈的恐惧，
担心受到报复。所以，这帮求婚人或许听过神送的
讯息，得知我的主人已惨死途中，不愿规规矩矩地
追求，亦不想回返自己家中，而是心安
理得地吞糜别人的财物，大大咧咧，以空扫为快。
他们杀宰牲畜，不是一头，亦不是
两头，在那宙斯送临的日日夜夜；
他们取酒，无节制地耗饮。
主人资产丰足，多得难以清数。无论在
黑色的陆架，还是在伊萨卡岛上，豪杰中
找不出比他更富的人选，即便汇聚二十个人的财富，
也比不上他的家产。现在，我要讲说他的所有，让你听闻。
陆架上，他有十二群牛，同等数量的绵羊，
同样数量的毛猪，以及同样多的山羊，熙熙攘攘，
由他雇用的外邦人和派去的劳工牧放。
在这座岛上，它的边端，饲放着遍走的山羊，
十一群之多，放管者是受他信赖的仆役，

日复一日，每个牧人赶出一只山羊，进献给
求婚的人们，畜群中最好的肥羊。我
本人负责看管、守护这些猪群，和他们一样，
小心翼翼，选出最好的肥猪，送给他们饱餐。”

　　牧猪人如此一番言告，奥德修斯静静地喝酒吃肉，
大口吞咽，一言不发，心中谋划着求婚人的祸灾。
当他吃罢食物，满足了果腹的欲望，
牧猪人斟酒自己的杯中，潽溢的酒浆，
递给他饮喝，后者接过酒杯，满心欢畅，
开口送出长了翅膀的话语，说道：“告诉我，
亲爱的朋友，那人是谁，用他的财富，把你买下，
如此殷实富有、豪强，如你说的那样？
你说他已人死身亡，为了给阿伽门农雪耻争光。
告诉我，或许我知晓此人，凭你介绍的情况，宙斯知道，
还有其他永生的神明，我是否见过此人，
能给你什么讯息——我浪迹海外，到过许多地方。”

　　听罢这番话，牧猪人，猪倌的头目，答道：
“不会有这样的来人，我的老先生，带着讯息，
使他的妻子信服，还有他钟爱的儿郎。
漂落此地的浪人缺吃少穿，
信口开河，不愿把真情说讲，
每每来到此地，在伊萨卡落脚，
见着我的女主人，胡编乱造，后者
热情接应招待，询问所有的讯况，
悲哭自己的夫婿，泪珠滴下眼眶，像那
通常之举，一位哭悼的妻子，丈夫死在遥远的地方。
你也一样，老先生，或许会信口编出个什么故事，

倘若有人会给你一件衫衣，一领披篷，穿在身上。
然而，至于我的主人，狗和疾飞的兀鸟必定已撕去
他的皮肉，留下骨头，灵魂已弃离于他。或许，
鱼群已将他吞食，在那浩海大洋，尸骨
横躺在陆架的滩旁，深埋在沙堆下。
就这样，他已死在那边，使他的亲朋，在今生之中
痛苦悲伤，尤其是我，再也找不到
一位像他那样善好的主人，无论走向何方，
即便回到父母家中，那是我
出生的地方，双亲关心爱护，把我养大。
我亦不是为了他们，如此悲伤，尽管盼望
亲眼见到二位，在我的家乡。我的
思念萦系于奥德修斯，他已出离，
但即便如此，我的朋友，我亦顾忌
直言他的名字；他关照我的生活，爱我至深，
在他心里。所以我称他主人，尽管他已不在此地。”

　　其时，卓著和历经磨难的奥德修斯对他答道：
“既然你矢口否定，亲爱的朋友，
认为他不会回返，心中总是不信多疑，
我将不会像那些人一样，说得随随便便；我要对你发誓，
告诉你奥德修斯正在归返。你要拿出酬礼，褒奖我
带来的喜讯，在他回到故乡，踏入家门的时候，
给我精美的衣裳，一件衫衣，一领披篷，穿着在身，
在此之前，尽管亟需，我不会接受你的馈送。
我痛恨有人信口胡言，就像厌恨死神的家门，
出于贫困的逼迫，说讲骗人的故事。让神明
作证，首先是宙斯，至尊的仙神，还有这好客的桌面，
以及豪勇的奥德修斯的炉盆——我来到此地，对着它

恳求——我说的一切都将兑现，奥德修斯将回返
家门，在将来的某时，今年之内，
当着旧月销蚀，新月登升的时候，
他将回到家里，杀敌报仇，倘若
有谁屈待他的妻子，羞辱他光荣的儿男。”

听罢这番话，你，牧猪人欧迈俄斯，开口答道：
“老先生，你要我酬报带来的喜讯，我看此事不会兑现，
因为奥德修斯不会回返，跨入家门。静心
喝酒，让我们谈论别的事情。不要再
提及此事，我的内心一阵阵楚痛，
每当有人谈及我的恩遇，慷宏的主人。
至于你的誓言，我们可以把它忘掉，但我盼望奥德修斯
回来，此乃我的心愿，也是裴奈罗珮以及老人
莱耳忒斯和神一样的忒勒马科斯的愿望。
此刻，我为奥德修斯的儿子忒勒马科斯痛心，
难以抛却此份悲伤。神明使他像树苗似的茁长，
我想他会出类拔萃在凡人之中，不比
他父亲逊色，容貌和体形都非同寻常。
可惜不死者颠乱了他聪颖的心智，要不，
就是某个凡人——他外出寻访父亲的讯息，
前往神圣的普洛斯。傲慢的求婚人正伏藏
等待，在他归返的途中，使阿耳开西俄斯的
家族断子绝孙，销声匿迹在伊萨卡岛滩。
现在，我们只好让他听天由命，是让人逮着，
还是，凭借克罗诺斯之子的护佑，脱险生还。
来吧，老先生，叙叙你的悲苦，
告诉我，真实地告诉我，使我了解这一切。
你是谁，你的父亲是谁？来自哪个城市，双亲在哪里？

乘坐何样的海船到来？水手们如何
把你送到此地，而他们又自称来自何方？
我想你不可能徒步行走，来到这个国邦。”

听罢这番话，足智多谋的奥德修斯说话，答讲：
“好吧，我将准确地回话，把一切告答。
但愿这里有足够的食物和香甜的醇酒，
供你我两个，在这个棚屋，
静静地吃用，其他人劳作在棚外的牧场——
如此，我便可讲上一个整年，仍然
道不尽过去的往事，心中的悲伤，
我所经受的艰难，出于神的愿望。
我的家乡在丰广的克里特，
我乃一个富家之弟，和父亲的其他儿男一样，
在宫居里长大，但他们是合法的子嗣，
由婚配的妻子生养，而我母亲却是个买来的女人，
他的情妇——尽管如此，我却和他的嫡子一样，受到
卡斯托耳的钟爱，呼拉科斯的儿子，我声称他是我的亲爸。
当时，克里特人敬他，在那片地面，如同
敬神一样，尊慕他的富有和权势，生养了光荣的儿郎。
其后，咳，死的精灵把他逮着，送往
哀地斯的府居，骄豪的儿子们
摇动阄块，分掉他的家产，
给我一个极小的份子，连同栖居的住房。
但是，我得娶了一房妻子，从一个地产丰足之家，
仗着我的人品，既非卑鄙的俗夫，又不曾
逃离战场。现在，昔日的豪强已离我而去，
然而，我想，如果你察看庄稼的秆茬，便可推知
丰收时颗粒的饱满；无奈呵，诸多的困苦已经把我压垮。

但阿瑞斯和雅典娜确曾给我勇气，横扫
千军的力量。每当挑出最好的战勇，
藏兵伏击，给敌人谋送灾难，
我那高豪的心灵从来不知何为死亡，
总是第一个奋起搏杀，远在伙伴们前头，出枪
撂倒敌人，只要他的双脚被我的腿步赶上。
战斗中，我就是这么勇敢；然而，我不喜农地里的劳作，
还有家中的琐事，虽然那是人们养育光荣孩儿的地方。
我爱木桨推送的海船，一生如此，还有
疆场上的搏杀，扔出杆面光滑的投枪，射出羽箭，
可怕的东西，别人见后心惊胆战，而我却乐于
把它们玩耍。一定是神明，我想，在我心中注入此般
情感——不同的人们喜做不同的事情，你说对吧？
在阿开亚人的儿子们登船去往特洛伊之前，
我曾九次带兵出袭，乘驾破浪疾行的海船，
荡击异邦的生民，抢获大量的财物，从中挑出
许多所得，凭我喜欢，又在以后的分摊中进益丰广，
所以，我的家产迅速积聚；从那以后，
我赢得了克里特人的尊从，他们的敬怕。
当沉雷远播的宙斯谋设了那次可恨的
远征，那场酥软了许多战勇膝盖的恶仗，
他们催我出战，偕同著名的伊多墨纽斯，
统领船队，进兵伊利昂。此事回拒
不得，公众的舆论相当苛厉，逼顶着我们出发。
一连九年，我们，阿开亚人的儿子，战斗在那边，
在第十年里，攻陷了普里阿摩斯的城堡，
驾船离去，被一位神明驱散了船队。然而，
精擅谋略的宙斯设置苦难，给我这不幸的凡胎。
我回居家中，领略天伦之乐，和我的孩儿和

婚娶的妻子，享用我的财富，如此仅仅一月，
我的内心便驱使我整备海船，出门远航，
前往埃及，带着神一样的伙伴。
我整出九条海船，船员们迅速集聚，
一连六天，豪侠的伙伴们开怀
吃喝，由我提供大量的牲畜，
让他们敬祭神明，整备丰足的宴餐。
到了第七天上，我们登坐船板，从宽阔的克里特
出发，由明快、顺疾的北风推送，
走得轻轻松松，像顺流而下，海船
无一遭损，我等亦平安无事，静坐船中，
任凭海风和舵手的驾导，无病无恙。
及至第五个白天，船队驶入埃古普托斯奔涌的水流，
我将弯翘的舟船停驻该河的边旁，
命嘱豪侠的伙伴们留等原地，
近离船队，看守海船，同时
派出侦探，前往哨点监望。然而，
伙伴们受纵于自己的莽荡，凭恃他们的蛮力，
突起奔袭，掠劫埃及人秀美的
田庄，抢走女人和幼小无助的孩童，
杀死男人，哭喊之声很快传入城邦。
城里的兵民惊闻喊声，冲向我们，在黎明
时分，成群的车马，赴战的步兵，塞满了平野，
到处是闪烁的铜光；喜好炸雷的宙斯撒下
邪恶的恐惧，在我的伴群之中，谁也没有那份胆量，
站稳脚跟，开打拼斗，凶狠的敌人围逼在四面八方。
敌兵杀人甚众，都是我的伙伴，用锋快的青铜，
掳走另一些部属，充作强迫劳役的奴工，
但宙斯亲自赐送急智，在我的

心中——我宁愿在那时遇会死的命运，
在埃及人的国土，日后亦可少受许多苦痛。
我迅速行动，摘下铸工精致的盔盖和硕大的盾牌，
分别从我的脑门和肩头，丢下枪矛，落出手中，
跑向王者身边，他的马车，亲吻他的
膝盖，紧紧抱住它们；国王心生怜悯，免我一死，
让呜咽抽泣的我坐在他的车上，撤兵还家。
许多人冲上前来，手握梣木杆的枪矛，
急切地意欲夺杀，风风火火，怒不可遏，
但王者替我挡开他们，畏恐于宙斯的愤怒，
浪走他乡之人的护佑，比谁都痛恨歪逆的做法。
我在那留居七年，积聚了许多财物，
埃及人个个拿出东西，给我的礼送。
随着时光的移逝，我们进入了第八个年头，
其时，我遇见一位腓尼基人，行骗的高手，
贪财的无赖，已使许多人吃受苦头。
他花言巧语，骗我上当，随他同行，
前往腓尼基，那里有他的家居，他的财物。
我在那儿居住，待了十二个足月，
但是，当时光的消逝磨过年头的末尾，
季节的转换开始新的循回，他带
我踏上破浪远洋的海船，前往利比亚，
谎言要我帮忙，运送他的货物，但真正的目的
却是要把我卖到那里，赚取一大笔财富。
我随他上船，出于被迫，疑团满腹。
轻快、顺疾的北风推船向前，沿着大海的中路，
遥对克里特的滩沿——其时，宙斯正心谋死亡，
给渡海的人们。我们撇下克里特岛，眼前无有别的
陆岸，只有天空一顶，汪洋一片——

克罗诺斯之子卷来灰黑的云朵，压罩着
深旷的船舟，大海变得乌黑森严。
海上雷电交加，来自宙斯的抛甩，砸捣我们的海船，
被克罗诺斯之子的响雷打得不停地旋转，
填满了硫磺的硝烟。船员们摔出海船，
像一群鸥鸟，被海浪冲碾，围着
乌黑的海船，被神明夺走了回家的企愿。
幸好宙斯亲自关怀，虽然我心中痛烦，
将那乌头船上粗大的桅杆放入我的手中，
让我逃离死难，紧紧抱着长桅，
随波逐浪，面对凶猛的风吹。
我漂游了九天，到了第十天上，一个乌黑的夜晚，
峰涌的巨浪把我冲上塞斯普罗提亚的海滩。
塞斯普罗提亚人的王者，英雄菲冬，
将我收留，不问报酬——他的爱子见我遇难，
憔悴不堪，遭受疲倦和冷风的折磨，伸出双手，
将我扶起，引路前往父亲的房府，
替我穿上衣服，一件衫衣，一领披篷。
正是在他的宫中，我听到奥德修斯的讯息。
国王说他曾宴请和结交此人，在他回乡的途中，
让我赏看奥德修斯的财富，所有的聚收，
有青铜、黄金和艰工冶铸的灰铁，数量之巨，
足以飨享他的后人，直到第十代重孙，
如此众多的财物，收藏在王者的宫中。
他说奥德修斯去了多多那，求听
宙斯的意愿，从那棵神圣、枝叶高耸的橡树，
问知如何返回家乡，富足的伊萨卡，是
秘密行抵，还是公开登岸——离家的时间已有那么长久。
他亲口发誓，当着我的脸面，泼出祭神的浆酒，

在他的屋里，告知航船已被拖下大海，船员正操桨以待，
载送奥德修斯，返回亲爱的故园。但
在此之前，他让我先行上路，因为碰巧有一条
塞斯普罗提亚人的海船，前往杜利基昂，盛产小麦。
所以，他命嘱船员们把我捎上，带给国王阿卡斯托斯，
要他们小心关照，但这帮人心怀邪念，
打我的主意——如此，我还有要受的苦难。
当破浪大洋的海船远离陆岸，
他们当即谋想盘算，决意把我卖作奴隶，
剥去我的衣服，我的衫衣和披篷，
还之以一领旧篷，一件破旧的
衣衫，就是这身衣裳，你已看在眼前。
黄昏时分，他们抵达阳光灿烂的伊萨卡，
把我紧紧捆绑在凳板坚固的船上，
用一根编绞的绳索，而后离船登岸，
急急忙忙地吃过晚饭，在大海的滩沿。
其时，神们亲自解开捆我的绳子，
不费吹灰之力；我用破篷遮住头脸，
滑下装卸用的溜光的条板，胸肩隐下
海面，挥开双臂，争泳向前，
很快出水上岸，避离了那帮人汇聚的地点。
我朝着岛内潜行，蹲伏在一片枝叶密匝的
灌木丛里，那帮人大声喊叫，
四处寻找，觉得徒劳无益，
停止搜索，转身回走，登上
深旷的海船——一定是神明亲自将我隐藏，
轻而易举；亦是他们带引，使我来到你的牧舍，
见着一位通情达理的好人。看来，我还有存活的机缘。”

听罢这番话，你，牧猪人欧迈俄斯，开口答道：
“咳，不幸的陌生人，你的话颠腾翻搅着我的心胸，
告诉我这些细节，如何经受苦难，漂流在外。
尽管如此，我认为其中仍有部分虚构，有关奥德修斯的
叙述，不能使我信服。为何徒劳无益地说谎，一个像你
这样处境艰难的浪人？告诉你，我知晓事情的真相，
关于主人的还家。神们痛恨于他，所有的
神明，不让他阵亡在特洛伊人的故乡，
或长眠在朋友怀里，经历过那场战杀；
否则，阿开亚全军，所有的兵壮，将给他堆垒坟茔，
使他替自己，也为儿子，争得传世的英名，巨大的荣光。
但现在，凶横的风暴已把他席卷，死得不光不彩。
至于我，我避居此地，看守猪群，不进
城里，除非谨慎的裴奈罗珮传我前往，
倘若有人带来讯息，从海外的什么地方。
其时，人们围坐在来者身旁，询问各种细节，
无论是关心他的伴仆，悲念久久离家的主人，
还是兴高采烈的食客，吞糜别人的财产，不付报偿。
对此类盘索询问，老实说，我已失去兴趣，
自从那回被一个埃托利亚人诳骗，告说虚假的
故事。此君杀人故乡，浪迹广袤的大地，
来到我家，受到殷勤的接待。他说
曾见过奥德修斯，和伊多墨纽斯一起，置身
克里特人之中，修缮遭受风暴击损的海船，
声称主人将要回返，不在夏日，便在秋时，
带着许多财物，连同神一样的伙伴。
请你注意，悲断愁肠的老人，别忘了神明送你
前来，不要瞎编谎言，骗取我的欣欢。
我的热情，对你的招待，并非因为你讲了这些，

而是因为惧怕宙斯，护客的尊神，和发自内心的怜悯。”

听罢这番话，足智多谋的奥德修斯说讲，答道：
“看来，你确是生性多疑。即便立下
誓证，我亦不能使你听从，使你相信。
来吧，我们可订下协约，让拥居
俄林波斯的神明督察双方执行。
倘若你的主人回返家乡，他的宫府，
你要给我一件衫衣，一领披篷，穿着在身，送我
上路，前往杜利基昂，我心想往之的去处；
但是，假如你主不得归返，与我的言说不符，
你可遣出伙伴，把我扔下兀挺的峭壁，
以此警告后来的乞者，不要谎言骗述。”

听罢这番话，光荣的牧猪人说讲，答道：
“哈，我的朋友，这将是我的美德，为我争得荣誉，
在凡人之中，无论是现在，还是将来，
倘若我把你引进棚屋，先是热情招待，
继而把你杀了，夺走你珍爱的生命，然后
开口祈祷，对宙斯，克罗诺斯之子，带着愉快的心情！
好了，现在是吃饭的时候，但愿伙伴们即刻到来，
以便在这棚屋之内，整备可口的食餐。”

就这样，他俩一番谈说，你来我往，
与此同时，牧猪的伙伴们从外面回返，
把猪群拢入栏圈，在它们熟悉的地方睡躺过夜，
后者拥挤着哄走，呼呼噜噜的噪声响成一片。
光荣的牧猪人见状，对着伙伴们叫喊：
“弄出一条最好的肥猪，让我宰了，招待来自远方的

客人，也好让我等自己欣享一番，我们，
长期承受苦劳的艰难，放养长牙白亮的肥猪，
让别人吞吃劳作的成果，不付酬金。”

　　言罢，他挥起无情的铜斧，劈开木段，
伙伴们抓来一头五年的肉猪，极其肥壮，
让它站在火堆前面。牧猪人不曾忘记
永生的神明，怀揣一颗通达事理的心灵，
动刀割下鬃毛，从白牙利齿的肉猪头顶，丢入
柴火，作为祭物，敬祷所有的神明，
让精多谋略的奥德修斯回返家园。随后，
他挺直腰板。从身边抓起一根橡树的柴棍，举手打击，
捣出生命的魂息，从猪的躯体；众人杀了猪，烧去
猪毛，肢解猪身。牧猪人割下肉块，从猪的四肢，
头刀的祭物，放在厚厚的肥膘上面，
撒上食用的大麦，扔入火堆。接着，
他们把所剩部分切成小块，用叉子
挑起来仔细炙烤后，脱叉备用，
堆放在盆盘里面。牧猪人
起身分放，心知食份应该公允，
将所有的烤肉放作七份，留出
其中之一，开口作诵，敬祭水仙和赫耳墨斯，
迈娅的儿子，其余的均分众人，
但将一长条脊肉让给奥德修斯，以示尊褒，
割自白牙的肉猪，愉悦主人的心怀。
其时，足智多谋的奥德修斯说讲，答道：
“但愿父亲宙斯爱你，欧迈俄斯，就像我喜欢
你一样；你给我上好的美食，尽管我是个潦倒的穷汉。”

听罢这番话，你，牧猪人欧迈俄斯，开口答道：
“吃吧，我的客人，享用我们的食物，就着
这些份餐。神明给出什么，亦可不给什么，给与
不给，全凭他的喜恶；神明没有做不到的事儿。”

言罢，他将头刀割下的熟肉敬祭长生不老的神祇，
然后倒出闪亮的醇酒，给奥德修斯，城堡的荡击者，
递出酒杯，放入他手中，坐下，对着自己的份子。
墨萨乌利俄斯分送着面包，牧猪人自己
搞来的工仆，当主人离家在外的时候，
不经女主人和年迈的莱耳忒斯资助，
从塔菲亚人那边买来，用自己的财物支付。
备毕，他们伸出双手，抓起眼前的肴餐。
当他们满足了吃喝的欲望，
墨萨乌利俄斯收走食物，众人赶忙
离去睡觉，装着满肚子猪肉面包。

那是个气候恶劣的夜晚，无有月光，宙斯降下
整宿的落雨，西风狠吹不停，卷着湿淋淋的水雾。
奥德修斯开口说话，心想试探牧猪的人儿，
是否会取下身上的披篷，送作他的被盖，或
催命他的某个朋伴奉献，因他由衷地关心客人：
“听我说，欧迈俄斯，还有你们，他的伴朋，
我想做点自我吹嘘，狂迷的酒力驱使我
言说。醇酒使最明智的人歌唱，
咯咯地嬉笑，诱使他荡开舞步，
讲出本该闭口不说的话儿。但现在，
既然话题已经挑开，我想还是一吐为快说出。
但愿我能重返青壮，浑身是劲，像当年

那样，在特洛伊城下，我们策划并布设了一次埋伏。
奥德修斯乃统兵的首领，另有阿特柔斯之子墨奈劳斯
和我，作为排名第三的头领——他们邀我参战。
我们来到城下，面对陡峻的墙垣，
围着墙边伏躺，顶着甲械的重力，在那
泥泞的地面，芦草丛生的水泽，长着虬密的
灌木，挨受气候恶劣的夜晚，北风劲吹，
天寒地冻，雪片飞舞，冷得像落霜
一般，冰条沿着盾边封结。
伏点上，人们全都裹着披篷和衫衣睡躺，
舒闲安逸，用盾牌盖住双肩，
只有我，粗心大意，出行前忘带披篷，留给了
我的伙伴，根本不曾想到会感觉如此冰寒，
随军前来，只穿一件闪亮的腰围，带着盾牌。
当黑夜转入第三部分，星宿移至天空的另一端，
我对奥德修斯说话，用手肘推挪他的躯干，
后者躺在我身边，当即注意到我的言谈：
‘莱耳忒斯之子，宙斯的后裔，多谋善断的奥德修斯，
我将就此离开人间，受不了此般
严寒，因我没有披篷，神力迷糊了我的心智，
使我只穿一件单衣。眼下，我已无法逃离避开。’

“听我言罢，他当即想出一个主意，在他心里——
如此人杰，擅能智辩，精于战击——
压低声音，对我发话，说道：
‘别出声，别让其他阿开亚人听见。’
随后，他用臂肘撑起脑袋，开口说道：
‘听着，朋友们。熟睡时，一个神圣的梦幻会我，找来。
我们已过远地离开船队。最好能去个人，报告军情，

向阿伽门农，阿特柔斯之子，兵士的牧者，这样，
他或许会派出更多的战勇，离开船边，和我们会面。’

“他言罢，索阿斯当即跳将起来，安德莱蒙
之子，拔腿出走，甩下紫色的披篷，
一路跑去，朝着海船。我在他的篷衣里躺下，
心满意足，直到黎明登上金座的晨间。
咳，但愿我能重返青壮，像那时一样，浑身是劲，如此，
某个牧猪的汉子，在这棚屋之内，便会给我一领披篷，
以此表示友善，亦为尊慕一位骁勇的豪杰。
眼下，人们小看于我，只因我穿了这身脏烂的衣衫。”

听罢这番话，你，牧猪人欧迈俄斯，开口答道：
“你讲了个绝好的故事，老先生，
不曾离题瞎扯，故而不会没有收益白说。
你将不会缺衣少穿，或短缺其他什么，
一位落难的祈求者可望得到的帮助，从遇见的生人手中——
至少今晚如此，明天早晨，你将重新穿裹自己的破旧。
我们没有许多可供替换的衫衣
披篷，每人只有一套穿用。然而，
当奥德修斯钟爱的儿子回来，他会
给你穿着的衣裳，一件衫衣，一领披篷，
送你前往任何想去的地方，受心灵魂魄的驱动。”

言罢，他跳将起来，铺下一方睡床，傍着
柴火，扔上绵羊和山羊的皮毛。
奥德修斯弯身躺下，欧迈俄斯给他盖上一领披篷，
硕大、厚实，用主把它留在身边，作为备用的
衣物，在那冰冷的冬天，刺骨的寒流袭来的时分。

于是，奥德修斯合眼睡觉，年轻的
牧人们躺在他身旁，但牧猪人却
不愿丢下猪群，舒怡地躺在里面，而是
整备一番离去，走出棚门；奥德修斯心里高兴，得知
牧猪人如此尽责，看护他的财产，在他离家的时候。
首先，牧猪人挎上锋快的背剑，在宽阔的肩头，
穿上一件特厚的披裹，挡御寒风，然后
拿起一张硕大的毛皮，取自滚肥的山羊，
抓起一杆锋快的投枪，防御人和狗的打斗，
迈步走去，躺在长牙白亮的猪群睡觉的圈边，
在一处挡避北风的地方，悬伸的石岩下息身。

# 第十五卷

其时，帕拉丝·雅典娜前往宽广的
拉凯代蒙，提醒闪光的忒勒马科斯，心胸豪壮的
奥德修斯的儿子，急速起程，动身还家。
她发现忒勒马科斯正和奈斯托耳豪贵的儿子一起，
睡躺前厅，在光荣的墨奈劳斯的宫房。
奈斯托耳之子睡得深酣舒畅，但
忒勒马科斯却难以欣享睡眠的甜香，在这
神赐的夜晚，担心父亲的安危，焦思了一个晚上。
灰眼睛雅典娜站在他近旁，开口说话：
“不宜久离家门，忒勒马科斯，浪迹海外，
抛下你的财产，满屋子放荡不羁的
人们。不要让他们分尽你的家产，吃光
你的所有，使你空跑这次离家的远航。
赶快行动，催请啸吼战场的墨奈劳斯送你
出走，如此，你可见到雍贵的母亲，还在
家中，须知她的父亲和兄弟正催她重嫁，
婚配欧鲁马科斯，后者已拿出大量的礼物，
求婚者中无人比攀，并把追娶的财礼增加。
不要让一件财物离走你的家门，违背你的愿望。
你知道女人的胸境，她的性情，总想
增聚夫家的财产，她所婚附的男子，
忘却前婚的孩儿，还有原配的丈夫，

不再过问已经死去的他。所以，
回到家后，你要采取行动，把一切托付给
家中的女仆，在你看来最可信的一个，
直到神明告你，谁是你尊贵的夫人。
此外，我还有一事相告，你要牢记心中。
求婚者中最强健的人们正埋伏等候，出于敌意，
在那片狭窄的海域，两边是伊萨卡和萨摩斯的岩峰，
盼想把你杀了，抢在你返回故乡之前动手。然而，
我想他们不会如愿，相反，用不了多久，泥土便会把
他们中的某些人覆盖，这帮求婚人，正吃耗你的所有。
你必须拨开坚固的海船，远离那些海岛，
摸黑前行，日夜兼程，那位关心和
助佑你的神明会送来顺吹的海风。
当抵达最近的岸点，伊萨卡的滩头，
你要送出海船，连同所有的伙伴，让他们回城，
而你自己则要先去牧猪人的住地，
此人看养你的猪群，对你的感情善好真诚。
你可在那里过夜，但要命他进城，
对裴奈罗珮转述你的信息，告诉她
你已安然回返，从普洛斯回返家门。”

　　言罢，女神就此离去，返回巍峨的俄林波斯山峰；
忒勒马科斯弄醒奈斯托耳之子，从香熟的睡境，
用他的脚跟，挪动睡者的身躯，说话出声：
“醒醒，裴西斯特拉托斯，奈斯托耳之子，牵出蹄腿
坚实的驭马，套入轭架，以便踏上回返的途程。”

　　裴西斯特拉托斯，奈斯托耳之子，开口答道：
“尽管你我企望登程，忒勒马科斯，我们却不能

走马乌黑的夜晚；别急，马上即是拂晓时分。
再等等，等到阿特柔斯之子墨奈劳斯，以枪矛
闻名的英雄，给你送来礼物，放入马车，
说出告别的话语，用和善的言词送我们登程。
客友会终身不忘接待他的主人，
不忘他待客的心肠，真挚的情分。”

　　他言罢，黎明很快登上金铸的宝座。
啸吼战场的墨奈劳斯起身离床，
从长发秀美的海伦身边，走向他们。
奥德修斯的爱子见状，当即
套上闪亮的衣衫，穿着在身，
名门的公子，搭上一领硕大的披篷，
在宽厚的胸肩，迎上前去，站在主人身边，
忒勒马科斯，神样的奥德修斯的爱子，开口说道：
“宙斯哺育的墨奈劳斯，阿特柔斯之子，民众的首领，
现在，你可送我上路，回程亲爱的故土，
此刻，我的内心焦盼着回返家中。”

　　听罢这番话，啸吼战场的墨奈劳斯答道：
“我决不会要你延留此地，忒勒马科斯，
倘若你亟想回归。我不赞成
待客的主人过分盛情，也讨厌有人
对客人恨之入骨，漠不关心。凡事以适度为宜。
催促不愿起行的客人出走固然不好，
迟留急于回返的客人居住同样强违人情。
妥当的做法应是欢待留居的客人，送走愿行的朋宾。
不过，还是请你再呆一会，让我送来精美的礼物，
放入车里，使你亲眼目睹；我将命嘱女人们

整治食餐，在我的厅堂——家中的储备丰足。
宴食包蕴尊誉和光荣，亦使人体得受裨益，
食后，人们可驱车远行，奔走在无垠的大地。
所以，倘若你愿想穿走赫拉斯和阿耳戈斯的腹地，
让我和你同行，我将套起马车，充作
你的向导，穿走凡人的城市，谁也不会
让我们空手离去，都会拿出礼品，让
我们带着出走，一个三脚鼎，或一口铜锅，
精铸的佳品，也许是一对骡子，一只金杯。”

听罢这番话，善能思考的忒勒马科斯答道：
“宙斯哺育的墨奈劳斯，阿特柔斯之子，民众的首领：
我更愿即刻回家，因为出门之时，
我不曾托付谁个，看守家中的财物。
我不能寻找神样的父亲不着，送了自家性命，
或让珍贵的家产盗出我的府邸。”

听罢此番说告，啸吼战场的墨奈劳斯
即刻嘱咐妻子和所有的女仆整治
食餐，在他的厅堂——家中的储备丰足。
其时，波厄苏斯之子厄忒俄纽斯起身离床，
来到他们跟前，他的家居离此不远。
啸吼战场的墨奈劳斯要他点起柴火，
炙烤畜肉，后者听罢谨遵不违。
与此同时，墨奈劳斯走下芬芳的藏室，
并非独自一人，由海伦和墨伽彭塞斯陪同。
他们来到贮放家珍的藏室，
阿特柔斯之子拿起双把的酒杯，
嘱告墨伽彭塞斯提拿银质的

兑缸，海伦行至藏物的箱子，站定，
里面放着织工精致的衫袍，由她亲手制作。
海伦，女人中的佼杰，提起一领织袍，
精美、最大、织工最细，像
星星一样闪光，收藏在衫袍的底层。
他们举步前行，穿走厅屋，来到忒勒马科斯
身边，棕发的墨奈劳斯开口说道：
“忒斯马科斯，愿宙斯，赫拉炸响雷的夫婿，
实现你的心愿，回归家中；我已从
屋里收藏的所有珍宝中，拿出一件
最精美、价值最高的佳品，给你带走。
我要给你一只铸工精美的兑缸，纯银的
制品，镶着黄金的边圈，
赫法伊斯托斯的手工，得之于西冬尼亚人的王者、
英雄法伊底摩斯的馈赠——返家途中，我曾在
他的宫里栖留。作为一份礼物，我要以此相送。”

言罢，英雄，阿特柔斯之子，将双把的
酒杯放入他手中；强健的墨伽彭塞斯拿出
兑缸，闪着白亮的银光，放在他
面前。美貌的海伦站在他身边，
手捧织袍，出声呼唤，开口说道：
“我亦有一份礼送，亲爱的孩子，使你记住
海伦的手工，在那喜庆的时刻，让你婚娶的
妻子穿着。在此之前，让它躺在你的家里，
让你母亲藏收。我愿你高高兴兴地回到
世代居住的乡园，营造坚固的房宫。”

言罢，海伦置袍他的手中，后者高兴地予以接收。

王子裴西斯特拉托斯拿起礼物，放入
车上的箱篮，心中默默羡赏每一份礼送。
棕发的墨奈劳斯引着他们走回宫殿，
两位年轻人入座在靠椅和凳椅上头。
一名女仆提来绚美的金罐，
倒出清水，就着银盆，供他们
盥洗双手，搬过一张溜光的餐桌，放在他们身旁。
一位端庄的女管家送来面包，供他们食用，
摆出许多佳肴，足量的食物，慷慨陈放。
波厄苏斯之子站在近旁，切下肉食，按份发放，
而光荣的墨奈劳斯的儿子则斟出醇酒，在他们的杯中。
食者伸出双手，抓起面前的佳肴。
当他们满足了吃喝的欲望，
忒勒马科斯和奈斯托耳光荣的儿子
套起驭马，登上铜光锃亮的马车，
穿过大门和回声轰响的柱廊。
棕发的墨奈劳斯跟着出来，阿特柔特之子，
右手端着金杯，装着甜美的酒浆，
让他们，在上路之前，泼洒祭神。
他站在车前，开口祝愿，说道：
“再见吧，年轻人！转达我的问候，给奈斯托耳，
民众的牧者；他总是那么和善地待我，像一位父亲，
在过去的年月，我们阿开亚人的儿子，在特洛伊战斗。”

听罢这番话，善能思考的忒勒马科斯答道：
“请放心，神育的英豪，到那以后，我们将
转告你说的一切。但愿我还能面告
奥德修斯，回到伊萨卡地面，在我们宫中，
告诉他我从你这边回返，受到极为友好的

款待，带回许多珍贵的礼物。”

话音未落，一只飞鸟出现在右边，一只雄鹰，
爪上掐着一只巨大的白鹅，一只驯服的
家禽，逮自屋前的庭院。男人和女子
追随其后，高声叫喊，山鹰飞临人群的上空，
滑向右边，驭马的前面，众人见后
笑逐颜开，感觉心情舒畅。
奈斯托耳之子裴西斯特拉托斯首先开口，说道：
“宙斯哺育的墨奈劳斯，民众的首领，请你指释
神的告示，是给你，还是给我俩的讯兆？”

他言罢，嗜战的墨奈劳斯沉默
思索，以便做出合宜的回答，
但长裙飘摆的海伦先他发话，说道：
“听着，听听我的释告，按照长生者的启示，
在我心中，我想此事会成为现状。正如
雄鹰从山上下来，那是它的祖地，生养
它的地方，抓起喂食院中的白鹅，
漂游四方的奥德修斯，历经磨难，
将回家报仇。或许，他已置身
家中，谋划灾难，给所有求婚的人们。”

听罢这番话，善能思考的忒勒马科斯答道：
“愿宙斯，赫拉炸响雷的夫婿，使之成为现状！
如此，即便回返家中，我将对你祈祷，像对一位女神。”

言罢，他举鞭策马，后者迅速起步，
急切冲跑，穿过城市，扑向平野，

摇动肩上的轭架，一天不曾息脚。

其时，太阳西沉，所有的通道全都漆黑一片。
他们抵达菲莱，来到狄俄克勒斯的家院，
阿尔菲俄斯之子俄耳提洛科斯的儿男，
在那里过夜，受到主人的礼待。

当早起的黎明，垂着玫瑰红的手指，重现天际，
他们套起驭马，登上铜光闪亮的马车，
穿过大门和回声隆响的柱廊，驭手
扬鞭催马，后者撒腿飞跑，不带半点勉强。
他们很快抵达普洛斯，陡峭的城堡，
忒勒马科斯对奈斯托耳之子说道：
“不知你能否同意我的见解，奈斯托耳之子，实现
我的企愿？我俩是否可以声称，你我乃终身的朋友，
承续父辈的友谊，也作为同龄的伴朋——
这次旅程紧固了我们间的情分。所以，
宙斯哺育的王子，不要驱马跑过我的海船，让我
在那儿下车，恐防好心的老人，出于待客的盛情，留我
待在宫里，违背我的愿望。我必须就此出发，尽快回程。”

他言罢，奈斯托耳之子静心思考，
如何得体地允诺朋友的敦请，将此事做好。
经过一番权衡，他觉得此举佳妙，于是
掉过马车，朝着快船奔跑，前往海边的滩头，
搬下绚美的礼物，放上船尾，
衣服、黄金，墨奈劳斯的赠送，开口
吐出长了翅膀的话语，催促忒勒马科斯登程说道：
“赶快上去，催督所有的伙伴登船，

在我带着送给老人的信息，回家之前。
我知晓他的脾气，我的心灵知晓，
他的性情该有多么倔傲；他不会让你离去，
将会亲自赶来回召——我相信，他不会来而复返，
没有你的同道；他会怒火满腔，不由你说出什么推掉。”

　　言罢，他赶起长鬃飘洒的骏马，
回返普洛斯人的城郭，很快回到家中。
忒勒马科斯开口招呼伙伴，发出命令：
“朋友们，整妥所有的索具，在停置的黑船，
让我们踏上船板，启程回还。”

　　众人认真听过训告，服从了他的命令，
迅速登上海船，坐入桨位。就这样，
当他忙忙碌碌，启口诵祷，在船尾边旁，
敬祭雅典娜的时候，滩边走来一位浪者，
从远方的阿耳戈斯过来，在那欠下一条人命，出逃在外。
他曾是一位卜者，按血统追溯，是墨朗普斯的后代。
墨朗普斯曾居家普洛斯，羊群的母亲，
族民中的富人，拥有高大宏伟的房院。
但后来，他浪走异乡，逃出自己的国度，
心胸豪壮的奈琉斯，活人中最高傲的汉子，
强夺了他的所有，丰广的家产，拥占了
一年。与此同时，墨朗普斯被囚在夫拉科斯的家院，
带着紧箍的禁链，遭受深重的苦难，
为了带走奈琉斯的女儿，极度疯迷的作为，
复仇女神，荡毁家院的厄里努丝，使他神志昏乱。
然而，他躲过了死亡，赶出哞哞吼叫的牛群，
从夫拉凯，前往普洛斯，回惩了神一样的

奈琉斯的残暴，带走姑娘，送入
兄弟的房府，自己则出走海外，来到
马草丰肥的阿耳戈斯，命定要去的地域，
在那儿落脚，统治许多阿耳吉维生民。
他娶下一名女子，盖起顶面高耸的房居，
生养门提俄斯和安提法忒斯，强健的汉子。
安提法忒斯生养一子，心胸豪壮的俄伊克勒斯，
后者得子安菲阿拉俄斯，驱打军阵的首领，
带埃吉斯的宙斯和阿波罗爱之甚切，给了他
每一分恩宠。但他不曾临及老年的门槛，
死在塞贝，只因妻子受了别人的贿赂。
他亦得养子嗣，阿尔克迈昂和安菲洛科斯。
门提俄斯有子波鲁菲得斯和克雷托斯，
但享用金座的黎明带走了后者，视其
俊美，让他生活在不死的神明之中。
安菲阿拉俄斯死后，阿波罗使心志高昂的
波鲁菲得斯成为卜者，凡生中远为出色的杰雄。
出于对父亲的恼怒，他移居呼裴瑞西亚，
在那儿落脚，为所有的民众释卜吉凶。

　　其时，正是此人的儿子，塞俄克鲁墨诺斯是他的
大名，前往站在忒勒马科斯身边，见他正
泼出奠酒，在乌黑的快船边祈祷神明，
来者就近发话，用长了翅膀的言语：
“亲爱的朋友，既然我已发现你在此祀祭，
我恳求你，以此番祭神的礼仪和神灵的名义，
看在你的头颅和随你同行的伙伴份上，
告诉我，真实地告诉我，不要隐讳，
你是谁，你的父亲是谁？来自哪个城市，双亲在哪里？”

　　听罢这番话，善能思考的忒勒马科斯答道：
“好吧，朋友，我会准确地回话，把一切告答。
我居家伊萨卡，奥德修斯是我的父亲，倘若
他曾经活在世上。现在，他一定已经死去，死得凄楚
悲伤。所以，乘坐乌黑的海船，带着伙伴，
我来访此地，探询父亲的消息，他已长久离家。”

　　听罢这番话，神样的塞俄克鲁墨诺斯答接：
“我也一样，离乡背井，因为杀了一条人命，畏于
同族中的生民，他有许多亲戚兄弟，居家
马草丰肥的阿耳戈斯，在阿开亚人中权势隆烈。
为了避免死亡和乌黑的命运，死在那帮人手里，我逃出
该地，因为这是我的命数，在凡人中流离。让我
登上你的海船，接受我的请求，作为一个逃离的难民——
否则，他们会把我杀了；我知道，他们正在后面紧追。”

　　听罢这番话，善能思考的忒勒马科斯答道：
“既如此，我自然不会乐意把你挡离线条匀称的海船。
来吧，一起出发，享用剩下的所有，在我们家乡。”

　　言罢，忒勒马科斯接过他的铜枪，
放躺在弯翘海船的舱板，
然后抬腿破浪远洋的海船，
下坐船尾之上，让塞俄克鲁墨诺斯
坐在身旁。伙伴们解开尾缆，
忒勒马科斯高声催喊，命令他们
抓紧起帆的绳索，后者闻讯而动，
竖起杉木的桅杆，插入
空深的杆座，用前支索牢牢定固，

手握牛皮编织的索条，升起雪白的篷帆。
灰眼睛女神雅典娜送来推动船尾的顺风，
呼啸着冲下晴亮的气空，以便催动海船
全速向前，跑完全程，穿越咸涩的洋面。
他们驶过克鲁诺伊，掠过水流清澈的卡尔基斯；
其时，太阳下沉，所有的海道全都漆黑一片。
海船迅猛向前，乘着宙斯送来的疾风，掠过菲埃，
闪过秀美的厄利斯，厄培亚人镇统的地面。
其后，忒勒马科斯驱船直奔尖突的海岛①，
心中想着此行的凶吉，是被人抓捕，还是避死生还。

　　与此同时，奥德修斯和高贵的牧猪人
正置身棚屋，食用晚餐，由牧人们陪同。
当他们满足了吃喝的欲望，
奥德修斯开口说话，意欲试探牧猪的人儿，
是愿意继续盛情款待，邀他留住
农庄，还是打算催他出走，前往城中：
“听我说，欧迈俄斯，还有你等各位伙伴，
我愿想离开此地，在黎明时分，前往城里，
求施行乞；我不想成为累赘，给你和你的伙伴把麻烦增添。
只需给我一些有用的劝告，派给一位热心的向导，
送我进城。我将乞行城里，出于
果腹的需要，兴许有人会给我一杯水，一小块面包。
我将行往神一样的奥德修斯的府居，
带着给谨慎的裴奈罗珮的讯告；
我将和骄蛮的求婚人厮混，看看他们
是否会从成堆的好东西里拿出点什么，给我一顿食肴。

---

① 尖突的海岛：所指不明。“海岛”原文用复数。

我可当即提供高质量的服务，无论他们吩咐什么，要
我效劳。我将告说此事，你可认认真真地听着：
得益于神导赫耳墨斯的恩宠——他给
凡人的劳作镀饰典雅，增添风韵，
我的活计凡人中找不到对手，
无论是斧劈树段，点起红红的柴火，
还是整治肉食，切割烧烤，斟倒美酒，
所有这些下人服侍高贵者的粗活。”

　　带着极大的纷烦，你，牧猪人欧迈俄斯，对他答道：
“唉，我的客人，是什么古怪的念头，钻入了你的
心窝？你想自取突暴的死亡，对不？
倘若你愿想介入求婚人的群伍，他们的
暴虐、横蛮的气焰，冲上了铁青色的天空。
瞧你这寒酸的模样，如何比得求婚者们的随从，
那帮年轻的小伙，穿着华丽的衫衣披篷，
相貌俊美，头上总是闪着晶亮的油光。这些，
便是求婚人的仆者，站候在溜光的食桌旁，
满堆着烤肉、醇酒和面包。不，
还是留住这里，我们中谁也不曾因此烦恼，
无论是我，还是和我共事的伴友。
当奥德修斯亲爱的儿子回来，
他会给你穿着的衣裳，一件衫衣，一领披篷，
送你前往任何想去的地方，受心灵魂魄的驱动。”

　　听罢这番话，卓著和历经磨难的奥德修斯对他答道：
“但愿父亲宙斯爱你，欧迈俄斯，就像我喜欢
你一样——你使我不再流浪，息止了巨大的悲痛。
对于凡人，恶劣莫过于漂走乡里，靠乞讨谋生。

然而，出于饥饿的逼迫，该死的肠胃，人们
忍受深切的悲愁，四处流浪，面对痛苦和忧愁的折腾。
现在，既然你有意留我，要我等待王子的回归，
那么，请你给我讲讲神祥的奥德修斯的母亲，
还有他的父尊，踏着暮年的门槛，在他出征的时分。
他们是否仍然活着，享领阳光的沐浴，
抑或已经死去，在哀地斯的房宫？”

　　听罢这番话，牧猪人，猪倌的头目，对他答道：
“好吧，陌生的朋友，我将如实回复。
莱耳忒斯仍然活着，但总是对着宙斯祈祷，
愿想灵魂离开躯体，在自己的房中，
承受着揪心的悲痛，为了失离的儿子，亦
为贤颖的夫人，他的妻侣，后者的死亡使他遭受
打击，比什么都沉重，使他过早地衰老。
她死于悲念光荣的儿子，凄楚的
死亡；但愿和我同住此地的朋友，
善意助我的人们，不要死得这般凄苦。
当她在世之时，揣着心中的悲愁，
我总爱张嘴询索发问，因她
抚养我长大，和她雍贵的女儿一起，
长裙飘摆的克提墨奈，家中最小的孩童。
我俩一起长大，夫人待我几乎像对自己的孩儿。
当我俩长大成人，进入青壮的年华，他们把姑娘
嫁走，去了萨墨，得了数不清的财宝。
夫人给我一件衫衣，一领披篷，精美的衣服，
穿着在身，给我系用的鞋子，
遣我来到农庄——她爱我，发自心中。
现在，我缺少所有这些，但幸福的神明

使我亲手从事的劳动见显成效，我
由此得获吃喝的食物，招待我所尊敬的客人。
但是，从女主人那儿，现在我却听不到一句安抚的话，
领受她的关顾：悲难已降临她的家居——
那帮骄横的人们。仆工们热切盼想
在女主人面前讲话，了解发生的一切，
吃喝一番，带着一些东西，回返乡间的家园，
此类事情总能温暖伺仆之人的心胸。”

听罢这番话，足智多谋的奥德修斯说讲，答道：
“如此看来，牧猪的欧迈俄斯，你一定是个幼小的毛孩，
在你浪迹远方，离开故乡和父亲的时候。
来吧，告诉我你出走的缘故，要准确地答诉。
是否因为族民生聚的城郭，路面开阔的去处，你父亲
和尊贵的母亲居住的宫所，遭到敌人的袭扫？
也许，你被仇对的强人抓走，正独自看守在羊群和牛群
边旁，放入海船，出走他乡，被他们卖入
这座房居，主人为你付出数量可观的财物？”

听罢这番话，牧猪人，猪倌的头目，答道：
“陌生的朋友，既然你确想知晓这些，那么，
你可潜心静听，得取欢悦，稳坐此地，喝饮
浆酒。长夜漫漫，既有时间酣睡，
亦可让人听享故事的美妙；我等无需
过早地睡觉。睡眠太多会使人烦恼。
至于其他人，倘若心魂催他上床，
尽可走去睡觉，明天拂晓，
吃过早饭，赶出主人的猪群，牧放跟走。
但是你我二人，可以坐在棚内，边吃边喝，

互相欣享，记取悲酸的往事，讲说受过的
痛苦。一个历经艰辛、到处流浪的凡人，
日后会从自己的悲苦中得到享受。
所以，我将回应你的询问，就此答复。

“远方有一座海岛，叫做苏里亚，你或许有过听说，
位于俄耳图吉亚的上方，太阳在那里转身；
岛上居民不多，却是个丰腴的去处，适于
放牧牛群绵羊，丰产小麦和酿酒的葡萄。
那里的人民从不忍饥挨饿，也不沾
可恨的病痛，不像别处可悲的凡生。
当部族中的前辈衰老在他们的城里，
操用银弓的阿波罗，和阿耳忒弥丝同来，
射杀他们，用无痛的箭矢。
岛上有两座城市，均分它的所有，
全都归我父亲统辖，作为国王，
克忒西俄斯，俄耳墨诺斯之子，神一样的凡人。

“后来，岛上来了一些腓尼基人，著名的水手，
贪财的恶棍，乌黑的船上载着无数的小玩艺花哨。
当时，父亲家里有一位腓尼基女子，
高挑，漂亮，手工娴美精熟。那帮
狡诈的腓尼基水手花言巧语，将她迷惑。
初时，当她出门浣洗衣裳，一个水手将她引入
深旷的船舟，合欢作乐，须知甜蜜的爱情
可以迷糊每一个女人，哪怕她手工精熟。
然后，水手问她是谁，来自何方，后者随即举手
指向一所顶面高耸的房居，我父亲的住所，说道：
‘我乃西冬人氏，来自盛产青铜的地方；

我是阿鲁巴斯的女儿，他的财富像翻滚的江河。
但来自塔福斯的人们，一群海盗，将我抓捕，
趁我从田野回返的时候，带到此地，卖入
这座房宫，主人付出了数量可观的财物。’

“听罢这番话，和她偷情欢爱的海员说道：
‘你可愿意随我们回返，回到你的家中，
重见顶面高耸的房居和双亲
本人？他们仍然活着，以富有传闻。’

“听罢这番话，那个女子回复，答道：
‘此事可行，但你等水手必须盟发誓咒，
保证送我归返，平平安安地回到家中。’

“她言罢，水手们全都起誓，按她的要求。
但是，当他们信誓旦旦，发过誓咒，
女人复又进言，对他们说道：
‘记住，不要出声，你们中谁也不要
和我讲话，倘若和我碰面街头，或
邂逅在井泉的边口，恐防有人去往宫居报信，
告诉老人，而后者可能心生疑忌，用痛苦的
绳索将我捆绑，谋划给你们的灾愁。
记住我的话，快去采购回运的货物，
当你们装满海船，即可遣出一人，要快，
去往那座房居，告我此事已经办妥；
我会给你们带出黄金，一切可以到手的器物。
此外，另有一事，我亦乐于嘱告，作为搭船的回报。
我是宫中的保姆，照料主人的孩童，一个极为
机灵的孩子，总是蹦跳在我的身旁，在我们出门的时候。

倘若我能把他弄到你们船上，他会给你换来巨量的
财富，无论在哪里，在讲说外邦话的地方把他卖掉。’

“言罢，她就此离去，回到堂皇的宫中。
水手们在岛上待了整整一年，以物易物，
赚取丰足的财富，堆入深旷的船舟。
当深空的海船填满货物，正是回航的时候，
他们派上信使，传讯给那个女人。
水手来到父亲的宫中，一个精明狡黠的家伙，
带着一根项链，间嵌着琥珀的粒珠。
厅堂里，我那尊贵的母亲和女仆们
注目凝视，翻转抚摸，讲说
愿出的价钱；男子默默点头，示意那个女人，
传过信息，走出门外，回返深旷的船艘。
女人抓住我的手，将我带出房宫，
行至前厅门边，眼见食桌酒杯，
宴用的具械，招待我父亲的伴从，
他们已去辩议的地点，参加民众的集会一同。
她抓起三个杯子，藏在胸兜里面，
带着出走；我年幼无知，随她行动。
其时，太阳西沉，所有的通道昏黑一片，
我们快步疾行，来到精美的港湾，
那里躺着腓尼基人快捷的船舟。
水手们踏上甲板，把我俩放置里面，
海船破开水道，乘着宙斯送来的疾风。
就这样，我们行船海面，一连六天，日以继夜。
但是，当宙斯，克罗诺斯之子，送来第七个白天，
箭雨纷飞的阿耳忒弥丝射杀那个女子，
后者撞倒货舱，像一只扑水的燕鸥；

水手们把她扔入大海，充作鱼群和海豹的
食物，留下我孤零零的一个，带着心中的哀愁。
疾风和海浪推送着水手，把他们带到伊萨卡滩头，
莱耳忒斯将我买下，用他的财物。
就这样，我来到此地，眼见这片岛土。”

听罢这番话，宙斯的后裔奥德修斯对他答道：
“不幸的欧迈俄斯，你的话颠腾翻搅着我的心胸，
告诉我这些事情，心灵中承受的苦痛。
但是，除了苦难，宙斯亦给你带来幸福，
在历经艰辛之后，使你得遇一位善好的主人，
来到他的家中，受到他的关爱，吃喝
不愁，你的日子过得相当舒松。同你相比，
我浪走凡人的城市，避难在你的家中。”

就这样，他俩你来我往，一番说告，然后
上床睡觉，但时间不长，只有短暂的一会儿，
光荣的黎明很快送来白昼。与此同时，
忒勒马科斯的伙伴们收拢船帆，放下桅杆，做得
轻轻松松，然后摇动船桨，划向落锚的滩头。
他们抛出锚石，系牢船尾的缆绳，
足抵滩沿，迈步前走，备妥
食餐，注入清水，兑调闪亮的醇酒。
当众人满足了吃喝的欲望，
善能思考的忒勒马科斯首先说道：
“你等可划着黑船，停泊城边的港口，
我将前往田庄，察访那里的牧人，
看过农庄，将于晚间返回居城。明天上午，
我将设置丰盛的宴席款待，有肉块和香甜的醇酒，

作为酬礼，答谢诸位随我出海的苦功。”

其时，神一样的塞俄克鲁墨诺斯说道：
“我将去哪里，亲爱的孩子？我将问访哪位
王贵的家居，在这岩石嶙峋的伊萨卡岛中？
抑或，我可面见你的母亲，直接前往你的房宫？”

听罢这番话，善能思考的忒勒马科斯答道：
“倘若情况不是这样，我会催你前去我家，
作为主人，我们不缺待客的实物，只是于你而言，
去则更为糟劣，因为我将不在那里，而母亲也不会
同你见面——她很少出来，屋里满是求婚的人们——
总是呆在楼上的房居，在织机前消磨时辰。
但我可介绍另一个房主，你可找访
欧鲁马科斯，聪颖的波鲁波斯光荣的儿男，
伊萨卡人看他，如今就像视对仙神。他是
那里远为出众的凡人，亦是求婚者中追得最紧的一个。
试图婚娶我娘，借此夺取奥德修斯的荣誉，他的王尊。
但是，俄林波斯山上的宙斯，雄踞在高天的气空，
知晓他们是否会绝命狠酷的一天，赶在婚娶的前头！”

话音未落，一只飞鸟出现在右边，一只游隼，
阿波罗迅捷的使者，爪上掐着
一只鸽子，揪下飞散的羽毛，
飘落在海船和忒勒马科斯之间。
塞俄克鲁墨诺斯召他离开群伴，
握住他的手，叫着他的名字，开口说道：
“忒勒马科斯，此鸟飞翔在右边的空间，
带着神的旨意，我眼见心知，此乃神送的预兆。

无论谁家都比不上贵府的王威，在这
伊萨卡地面，你们将永远王统这块地方。”

　　听罢这番话，善能思考的忒勒马科斯答道：
“但愿你的话，陌生的客人，将来得以实现，
如此，你将很快领略友谊的甘甜，收取我给的
许多礼件，让人们夸你好运，要是和你聚首碰面。”

　　言罢，他转而嘱告裴莱俄斯，一位忠诚的伙伴：
“裴莱俄斯，克鲁提俄斯之子，在所有随我前往
普洛斯的伙伴中，服从我的言告，处理事情，你比谁都
坚决。所以，现在，我请你携客回家，热情
招待，给他应有的尊誉，直到我回城归返。”

　　他言罢，善使枪矛的裴莱俄斯答道：
“忒勒马科斯，即便你在此地久留，
我亦会招待客人，待客的东西我们不缺，都有。”

　　言罢，他举步舱板，同时招呼伙伴们
上船，解开船尾的绳缆，
众人迅速登船，坐入桨位。
忒勒马科斯系上精美的条鞋，
抓起一条粗长的枪矛，顶着青铜的锋尖，
从海船的舱面；众人解开尾缆，
推船入海，驶向城边，按照忒勒马科斯
的嘱告，神一样的奥德修斯钟爱的儿男。
忒勒马科斯迈开大步，迅走向前，行至要去的农院，
那儿有大片的猪群，高贵的牧猪人
睡在它们旁边，念想着主人，心里充满诚挚的情感。

# 第十六卷

其时，奥德修斯和高贵的牧猪人
拨着棚屋里的柴火，迎着黎明的曙光，整备早餐，
遣出牧人，随同放走的猪群。这时，
喧闹的牧狗摇头摆尾在忒勒马科斯身边，
对走来的后者并不出声吠喊，卓著的奥德修斯注意到
狗群的媚态，耳闻脚步声噔噔而来，
当即告知欧迈俄斯，吐出长了翅膀的语言：
“欧迈俄斯，有人正向这边走来，必定是你的
伴属，或是你熟悉的人儿，瞧这狗群一声不叫，
反倒摇头摆尾在他的身边；此人踏出的声响我已听见。”

话未说完，他亲爱的儿子已落脚
门边；牧猪人突站起来，目瞪口呆，
兑缸出手掉落，他正用此调制
闪亮的酒液。他迎上前去，面见主人，
亲吻他的头颅，那双俊美的眼睛，
贴吻着他的双手，流下倾注的眼泪。
像一位父亲，心怀慈爱，欢迎他的宝贝儿子，
在分离后的第十个年头，从远方的邦土归来，
家中的独苗，受到百般疼爱，为了他，父亲已遭受许多悲难；
就像这样，高贵的牧猪人紧紧抱住神样的
忒勒马科斯，热切亲吻，似乎他正逃脱死的逼难。

他放声号哭，开口说道，用长了翅膀的语言：
“你回来了，忒勒马科斯，像一缕明媚的光线。我以为
再也见不到你的脸面——你去了普洛斯，乘坐海船。
进屋吧，亲爱的孩子，让我欣享见你的愉悦，
在棚屋里重睹你的风采，刚刚从远方归来。
你已很少前来此地，看访牧人和你的庄园，
你喜欢待在城里，是的，你似乎已产生某种兴趣，
看着那帮败毁的家伙，求婚的恶男！”

　　听罢这番话，善能思考的忒勒马科斯答道：
“就算是这样吧，我的好伙计，但这次我确是为你而来，
心想亲眼看看你，同时听你通报一番，
我的母亲是否仍住家里，还是已经
被人娶走，丢下奥德修斯的睡床，
无人睡躺，挂满脏乱的蜘蛛网线。”

　　听罢这番话，牧猪人，猪倌的头目，说道：
“她以极大的毅力和容忍之心，等盼
在你的宫中，泪流满面，耗洗去
一个个痛苦的白天和黑夜。”

　　言罢，牧猪人接过他的铜枪，
走进棚屋，跨过石凿的门槛。奥德修斯，
他的父亲，起身离座，让给进门的来者，
但忒勒马科斯劝阻在棚屋的那边，说道：
“坐下吧，陌生人，我们会另备一张软座，
在棚屋里面，此人近在眼前，自会张罗操办。”

　　他言罢，奥德修斯回身入座；牧猪人

铺下青绿的枝丛，盖上羊皮，整备妥当，
奥德修斯的爱子弯身坐在上面。牧猪人
端出盆盘，放在他们面前，装着烧烤的
猪肉，上回不曾吃完，剩留的食餐，
迅速拿出面包，满堆在篮里，调出
美酒，蜜一样醇甜，在一只常青藤木的缸碗，
下坐在神一样的奥德修斯对面。
他们伸出双手，抓起眼前的肴餐。
当他们满足了吃喝的欲望，
忒勒马科斯开口说话，对高贵的牧猪人问道：
“我说好心的人儿，这位生人是谁？水手们如何
把他送到伊萨卡，而他自己又自称来自何方？
我想他不可能徒步行走，来到这个国邦。”

　　听罢这番话，你，牧猪人欧迈俄斯，开口答话：
“好吧，我的孩子，我将把全部真情告说在你面前。
他自称出生在克里特，丰广的地面，
说是落走客乡，浪迹许多凡人的
城市，那是神明替他罗织的命运的网线，
这次逃难于塞斯普罗提亚人的海船，
来到我的农居。现在，我把他交付给你，按
你的愿望招待。他是你的生客，他说，恳求在你面前。”

　　听罢这番话，善能思考的忒勒马科斯答道：
“你的话，欧迈俄斯，深深地刺痛了我的心怀。
你说，我将如何接收和招待一位生人，在我的家院？
我还年轻，对自己的双手防卫缺乏
信心，倘若有人挑起事端，和我拼战。
此外，母亲一心两意，思斟着两种选择，

是和我一起，留在屋里，看守家产，
忠于丈夫的床铺，尊重民众的声音，还是
最终离去，跟随阿开亚人中最出色的俊杰，
追求在她的宫里，给她最多的礼件。
至于这位生客，既然来到你的棚院，我会
给他一件衫衣，一领披篷，精美的衣裳，
给他穿用的鞋子和一柄双刃的铜剑，
送他出门，行往要去的地方，不管何处，受心魂的驱赶。
或者，如果你愿意，让他留在农院，由你负责照顾，
我会送出衣服，连同所需的全部食物，
使他不致成为你和你的伙伴们的负担。
但我不会让他入宫，同求婚者们
交往，他们肆意横行，已到令人发指的地步；
我担心那帮人会讥辱于他，那将使我悲痛万分。
一个人，哪怕十分骁勇，也很难对付
成群的敌手，他们更有力量，远为强猛。”

　　听罢这番话，卓著和历经磨难的奥德修斯答回：
“我确信，我的朋友，能够对你的话语作出回应当是一个合宜之举。
你的话痛咬着我的心胸，当我听说
那帮求婚的人们，放荡无耻的行径，作孽
在你家里，违背你的意愿，而你是这样一位人杰。
告诉我，你是否已主动放弃争斗，还是因为
受到民众的憎恨，整片地域的人们，受神力的驱赶？
抑或，你在抱怨自家的兄弟？人们信靠兄弟的
帮助，在激烈的争吵械斗中抱成一团。
但愿我和你一样年轻，同我的豪情相符；
但愿我是雍贵的奥德修斯之子，或是英雄本人，
浪迹归来——对此，我们仍然怀抱希望。

让某个陌生人当即砍下我的脑袋，从我的肩头，
倘若我的到来不给他们所有的人带去灾愁，
当我走入奥德修斯的房居，莱耳忒斯之子的房宫。
假如，由于孤身奋战，被他们压倒，仗着人多，
我宁愿死去，送命在自己家中，
也不愿看着这帮人无休止地作孽，
粗暴地对待客人，拖着女仆，
不顾廉耻，穿走精美的宫居，
放肆地取酒酗饮，无节制地吞糜食物，
纵情享受，天天如此，没有结终！”

听罢这番话，善能思考的忒勒马科斯答道：
“好吧，我的朋友，我会坦率地回话，告说一切。
并非因为民众，整片地域的人民，心怀不满，憎恨于我，
我亦不能抱怨自家的兄弟——人们信靠兄弟的
帮助，在激烈的争吵械斗中抱成一团。
然而，克罗诺斯之子使我生活在单传的家族，
阿耳开西俄斯仅得一子，莱耳忒斯，
莱耳忒斯亦只生一子，奥德修斯，而奥德修斯也只有
一根独苗，那便是我，留在宫中，不曾给他带来欢悦。
如今，宫里恶人成群，多得难以数计，
外岛上所有的豪强，有权有势的户头，
来自杜利基昂、萨墨和林木繁茂的扎昆索斯，
连同所有本地的望族，山石嶙峋的伊萨卡的王贵，
全在追求我的母亲，败毁我的家院。
母亲既不拒绝可恨的婚姻，也无力
结束这场纷乱；这帮人挥霍我的家产，
吞糜我的所有，用不了多久，还会把我撕裂！
然而，所有这些事情，全都卧躺在神的膝头。

快去，欧迈俄斯，我的好伙计，告诉谨慎的
裴奈罗珮，告诉她我已安全回返，从普洛斯归来。
我将暂留此地，你可去往城中，把
口信传送，只给她一人，不要让其他阿开亚人
听见，那边有众多的歹人，图谋我的凶灾。”

听罢这番话，你，牧猪人欧迈俄斯，开口答道：
“知道了，明白，听你训示的人能够理解。
来吧，告诉我此事，要准确地回答。
我是否可借此机会，前往告知凄苦的
莱耳忒斯——先前，尽管痛心悲哀，思念奥德修斯，
但仍然照看他的农庄，每当心灵驱使他
吃喝，和屋里的帮工们一起食餐。
但现在，自从你去了普洛斯，驾坐海船，
人们说，他便再也没有碰沾食物醇酒，
不再看顾农庄的事务，总在长吁短叹，悲声哭泣，
坐地哀号，骨上的皮肉正在萎靡缩卷。”

听罢这番话，善能思考的忒勒马科斯答道：
“此事确实悲惨，但尽管伤心，我们只能把它搁置一边。
倘若凡人有此能耐，在诸事中得取符合心愿的一件，
那么，我们将首先选择这个日子：父亲的归还。
所以，当送罢信息，即可回来，不要
前往田庄见他，但可告诉我的母亲，
请她尽快遣出家仆，要注意
保密，找见老人，把信息告传。”

他言罢，牧猪人当即行动，拿起条鞋，
系上脚面，抬腿出发，去往城里。其时，

雅典娜目睹牧猪人欧迈俄斯离开农院，
逼近前来，变成一个女人的模样，
高大、漂亮，手工精熟绚美，
站在门庭前面，让奥德修斯眼见，但
忒勒马科斯却看不见她的身影，也无法感知她的到来，
神明不会让所有的人清晰地目睹他们的形态。
所以，只有奥德修斯和牧狗见她前来，狗群不曾吠喧，
畏缩着躲闪，呜咽，退至棚屋的另一边。
她点动眉毛示意，高贵的奥德修斯看得真切，
步出棚屋，沿着高大的院墙走去，
站在她面前。雅典娜开口发话，说道：
"莱耳忒斯之子，宙斯的后裔，多谋善断的奥德修斯，
现在，你可道出真情，告诉儿子，无需再予隐瞒，
以便父子同心协力，前往光荣的城区，谋设
求婚人的灾难，命定的死亡。我将不会
久离你们——我已急不可待，盼想着杀战。"

　　言罢，雅典娜伸出金杖，轻轻触及，
变出洁净、闪亮的衫衣和披篷，在
他的胸肩，增大他的身躯，添注男子汉的勇力。
他的皮肤回复了铜色，双颊顿显丰满，
颏边的胡髭变得深黑。做完
此事，雅典娜再次离去；奥德修斯
走回屋棚，爱子惊奇地举目视看，
移开眼神，心里害怕，以为此人必是神明，
张口说话，用长了翅膀的话语：
"你怎么突然变了，我的朋友，变了刚才的身形，
你的衣服变了模样，你的肤色弃旧迎新。
毫无疑问，你是神中的一员，拥掌辽阔的天空。

愿你同情开恩，我们将给你舒心的祭物和
精工制作的黄金礼品，求你宽容。”

　　听罢这番话，卓著和历经磨难的奥德修斯答接：
“不，我不是神；为何把我当做神明？
我是你父亲，为了他，你总在悲愁伤心，
吃受许多痛苦，忍让别人的暴行。”

　　言罢，他亲吻自己的儿子，眼泪顺着脸颊流淌，
滴洒在地——他一直忍到现在，强忍着他的感情。
但忒勒马科斯不信此人就是自己的
父亲，开口答话，对他说起：
“不，你不是奥德修斯，我的父亲；此乃神力的作为，
意在将我惘迷，以便引发更大的悲哀，使我哭泣。
凡人谁也不能如此谋变，仅凭
自己的心计，不，除非有某位不死者亲自帮忙，
从天而降，变换人的青壮老年，容易。
刚才，你还是个老人，穿着破旧的衫衣，而
现在，你却像一位统掌辽阔天空的神明。”

　　听罢这番话，足智多谋的奥德修斯说讲，答道：
“此举不妥，忒勒马科斯，不可过分震惑，
亦不必惊疑，对你父亲的归还。不会有
另一个奥德修斯回返；只有我，站在你的面前，
如你所见的这般，历经千辛万苦，
在第二十个年头，重返家园。至于
那些变幻，那是掠劫者的福佑雅典娜的神力，
她使我变这变那，随她的心愿，她有这个能耐。
有时，我像个乞丐；有时，我又像个

年轻的小伙，身穿绚美的衣衫。
对统掌辽阔天空的众神，此事轻而易举，
增彩或卑龊一个会死的凡胎。”

他言毕下坐，忒勒马科斯展开双臂，
抱住高贵的父亲，放声痛哭，
泪流满面，悲恸的欲望升腾在父子的心头。
他们尖声哭叫，胜过飞鸟的嘶鸣，
胡兀鹫或屈爪的秃鹫，悲愤于被
农人抓走的孩子，在羽翼尚未丰满的时候。
就像这样，他俩发出悲凄的哭喊，泪水从眉下淌流。
其时，太阳的光辉将照映他们的哭号，
若非忒勒马科斯出言迅捷，对父亲说道：
“水手们用何样的海船，亲爱的父亲，
把你带到伊萨卡？那些人自称来自何方？
我想你不可能徒步行走，回到自己的国邦。”

听罢这番话，卓著和历经磨难的奥德修斯答道：
“好吧，我的孩子，我将对你回话，把全部真情告说。
以行船闻名的法伊阿基亚人把我带到这里；他们
也运送别人，只要落脚那个地方。他们
载我回返，睡躺在迅捷的快船，穿行海上，
抬上伊萨卡地面，给了光荣的礼件，
有大量的青铜、黄金和织纺的衣衫，
藏存在海边的山洞，感谢神的恩典。
现在，雅典娜要我前来，
让我俩定下计划，杀宰仇敌。
来吧，告诉我求婚者的人数，讲讲他们的情况，
使我知晓他们的数目，何样的人儿，

以便在我高贵的心中，斟酌谋划，
是否可以你我的力量，敌对他们，不用
外力帮衬，还是需要求助他者，出力帮忙。”

听罢这番话，善能思考的忒勒马科斯答道：
“父亲，我常常听人说道，讲说你轰烈的名声，称你
是一位斗士，凭借高超的谋略和强健的双手。
然而，你刚才的说讲却有点过分，使我震惊。仅凭
你我两个，打不过那帮强壮的汉子，偌大的人群，
不是十个，也不是十数的两倍——求婚的人们
远为众多，我将告诉你他们的人数，就在
此地此刻。从杜利基昂来了五十二个青壮，
精选的年轻人，带着六名仆工；
来自萨墨的人选，一共二十有四；
另有二十个阿开亚人的儿子，来自扎昆索斯。还有
来自伊萨卡本土的求婚者，一十有二，最出色的人选；
信使墨冬和他们一起，外加通神的歌手，
还有切肉的侍宴，两名伴从。
倘若我们和宫中所有的对手打斗，我担心你的
复仇，对他们的凶暴，会把我们带入凄惨和痛苦的结局之中。
所以，想想吧，如果你能想出什么帮忙的
户头，诚心诚意，为了护卫我们战斗。”

听罢这番话，卓著和历经磨难的奥德修斯答道：
“好吧，认真听着，听听我的言告。
你可扪心自问，对你我二人，雅典娜和父亲宙斯的帮忙，
是否算得足够？或许，你认为我还要想出别个什么神人？”

听罢这番话，善能思考的忒勒马科斯答道：

“你所告知的二位，确是极好的帮佑，
虽然远离，高坐云层，他们凭借强力，
统治所有的凡人和不死的仙神。”

听罢这番话，卓著和历经磨难的奥德修斯答道：
“二位尊神不会长时间地闲离
激烈的战斗，一旦战神的力量付诸验证，
在我们宫中，卷入交战的双方，我们和求婚的敌人。
这样吧，你可动身出走，于拂晓时分，
回到我们的房居，介入横蛮的求婚人。
其后，牧猪人会带我前往城里，我将
似同乞丐的模样，像个悲酸的老头。
倘若他们虐辱于我，在你我的宫中，你要
静心忍耐，尽管我吃受着他们的凶横，
即便拉着双腿，拖我出宫，或出手
投掷，击打于我，你必须看在眼里，忍在心中。
不过，你确可和颜悦色地讲话，求他们
中止疯迷的举动，虽然他们绝不会
听从，这伙人的末日已逼近在他们的脚跟。
我还有一事相告，你要牢记心中。
当精多谋略的雅典娜授意行动，
我会对你点头，见示以后，你可
收起置躺厅中的兵器，所有战用的家伙，
移往宫居的角落，高耸的
藏屋。当求婚人想起它们，询问兵器的
去处，你可用和善的话语，将他们骗惘，说道：
‘我已将兵器移出黑烟的熏污，它们已面目全非，失去
当年的风貌——那时，奥德修斯留下它们，前往特洛伊
战场；兵器已受脏损，弥漫的青烟使它们变样。

此外，克罗诺斯之子在我心里注入了
更周全的想法，恐怕你等乘着酒兴，站起来
斗打，互留伤痕，毁了宴席和求婚的
计划；铁器本身即可诱人产生抓握的愿望。’
但要留下一些，仅供你我使用，两柄利剑，
两支投枪，一对牛皮的战盾，握在手中，
冲上前去，和他们拼斗；雅典娜和
精擅谋略的宙斯会迷搅他们的心胸。
我还有一事嘱告，你要牢记心中。
倘若你真是我的种子，继承我的血统，
你就不能让任何人知晓奥德修斯已在宫中。
别让莱耳忒斯知道，也别让牧猪人听说，
别让家中的任何人知晓，包括裴奈罗珮；
我们，你我二人，将判察女人的心态，
此外，我们还将试探那些帮仆的男工，
看看他们谁个忠诚，敬重我们，谁个
轻辱你的存在，胆敢蔑视一位像你这样出色的人。”

　　听罢这番话，光荣的儿子答道：
“父亲，我想你会看到我的表现，我的勇气，
在关键的时候，我可不会松动。
我只是觉得你的主张不会给你我带来
好处，所以，我劝你三思。你将浪费
许多时间，奔走农庄，询访探察
每一个仆人，而求婚者们却平安无事，在宫中
放肆地糜耗我们的食物，吃光了方肯罢休。
不过，我确想劝你探访那些女人，
查明哪些人邪荡，哪些个清白无辜。
但我不赞成你走访农庄，试探

那里的男工，此事可放在以后去做，
倘若你确已得获宙斯的兆示，带埃吉斯的仙神。”

就这样，他俩你来我往，一番说告；
与此同时，那条制作精固的海船，曾载送忒勒马科斯
和他的伙伴们从普洛斯来此，已进入伊萨卡港湾。
当他们抵达幽深的海港，众人
将乌黑的海船拖上隆起的滩岸，
心志高昂的仆从们拿起他们的械具，
抬着绚美的礼物，前往克鲁提俄斯的家院。
他们遣出一位信使，去往奥德修斯的宫殿，
带着口信，告诉谨慎的裴奈罗珮，
忒勒马科斯已回返乡间，要他们驱船
回城，使雍雅的王后不致
担心牵挂，流下伤心的眼泪。
其时，二者在路上会面，信使和高贵的猪倌，
带着同样的讯息，面告尊贵的夫人。
当他俩进入神圣的王者的府居，
信使开口说话，站在女仆中间：
“你的爱子，我的王后，已回返故园！”
但牧猪人则走近裴奈罗珮身边，
告诉王后她的爱子要他传告的一切：
然后，当说完要送的信息，每一句话言，
他离开宫居和庭院，回身猪群栖居的地点。

然而，此番信息压抑和沮丧着求婚人的心怀，
他们步出宫居，沿着高大的院墙行走，
在门前止步，聚首商议，商定方略。
欧鲁马科斯，波鲁波斯之子，首先说道：

"朋友们，忒勒马科斯居然回来了，一次了不起的出航，
放肆的行为！可先前，我等还以为他绝对做不到这一点。
来吧，让我们拽起一条最好的黑船，拖下大海，
招聚水手，划桨向前，急速出发，
将信息带给设伏的伙伴，要他们赶快回来。"

　　话未说完，安菲诺摩斯碰巧转身，
眼见海船已在幽深的港湾，
众人手握船桨，正收拢船帆。
于是，他们发出舒心的笑声，对伙伴们说道：
"我们无需致送信息——他们已经回船港湾。
可能是神明要他们回返，亦可能因为眼见
那条海船过去，无法将它追赶。"

　　他言罢，众人站立起来，走向海边，
归来的人们将黑船拖上隆起的滩岸，
心志高昂的伙伴们拿起他们的具械。
求婚者们于是一起前往聚会，不让他人
参与，一起入座，无论是年轻还是年老的公民。
安提努斯开口发话，欧培塞斯的儿男：
"唉，晦气！神明赞佑此人，使其免于毁灭。
白天，我们坐守多风的突岩，
轮班眺望，从无断缺，及至太阳西沉，
从未睡躺，在滩头过夜，而是巡行海上，
漂走快船，等待神圣的黎明，截伏
忒勒马科斯的到来，把他结果在那边。
尽管如此，某位神明还是把他送回家来。
所以，让我们在此谋定计划，给忒勒马科斯送去
悲惨的死难，让他死在这边。我认为，

只要他还活着，我们的意图便不可能实现。
此人心机敏捷，善能思考，
而此间的民众已不再对我们抱有好感。
我们要采取行动，抢在他聚合阿开亚人集会
之前。我想他不会淡化此事：他会宣泄
胸中的愤怒，站在所有的人面前，告诉他们，
我等如何谋图将他伤害，只是不曾把他获逮。
当民众了解了我们的恶行，他们显然不会拍手称快；
我担心他们会使用暴力，把我们
赶出这块地面，浪迹别人的乡园。
不，让我们先行下手，将他杀除，在远离城区的
郊野，或在路上；然后，我们可夺取他的财富，
公平地分掉他的家产，留下宫居，
给他母亲和婚娶他的婿男。倘若
此番话语不能愉悦你等的心怀，而你们
心想让他活着，继承父亲的财产，如此，
我们便不能继续麇聚此地，吞糜他的食物，
大量的好东西。让我们各回家门，送出
求婚的礼物，争获她的好感。她会嫁给
送礼最多的求婚者，命定能娶她的新男。”

　　他言罢，全场静默，肃然无声；其后，
安菲诺摩斯开口说话，面对众人。
他乃王者阿瑞提阿斯之子尼索斯豪贵的儿男，
领着那帮求婚人，来自杜利基昂地面，
辽阔的草场和谷地，善能谈吐，
以通达的情智，最得裴奈罗珮的心欢。
怀着对众人的善意，他开口说道：
“亲爱的朋友，就我而言，我不愿谋杀

忒勒马科斯；这是件可怕的事情，杀死王者
的后代。我们应先求问神明的告示，
倘若得获宙斯的旨意，大神的准许，
我将亲自杀他，同时敦催各位向前。但是，
如果神明不让我们行动，我劝各位放弃杀人的心念。”

安菲诺摩斯的话得到众人的赞同，
他们当即站起身子，走向奥德修斯的房居，
进去后行至滑亮的靠椅，坐在上面。

其时，谨慎的裴奈罗珮却另有一番打算，
准备显现身影，出现在肆虐横暴的求婚人面前。
她已听闻他们的预谋，杀死她的孩子，在宫居里面——
信使墨冬听知他们的计划，告说在她的耳边。
她行至厅堂，由侍女们陪伴，她，
女人中的佼杰，来到求婚者近旁，
站在房柱下，柱端支撑着坚实的屋顶，
拢着闪亮的头巾，遮掩着脸面，
出言责备安提努斯，叫着他的名字说开：
“残忍的安提努斯，谋划凶险的暴徒！人们说，
在伊萨卡，你是同龄中最擅辩议，口才
最好的俊杰，但你却从来不是这么一条好汉。
你这个疯子，为何谋划忒勒马科斯的
毁灭和死亡？为何无视祈援者的恳求，
他们享有宙斯的保护？存心谋害他人，此举亵渎神圣。
忘了吗，你父亲曾逃临此地，寻求避难，
害怕民众的义愤？人们震怒于他的作为，
痛恨他和塔菲亚海盗联手，攻扰
我们的朋友塞斯普罗提亚人。
他们决意把他毁了，让他粉身碎骨，

吞糜他的家产，耗尽所有。其时，
奥德修斯阻止了众人的行动，顶着他们的狂怒。
现在，你吃耗他的家产，不予偿付，追媚他的婚妻，
谋杀他的男儿，使我深受折磨，怒满心胸！
我要你就此作罢，并命嘱同伙们服从！”

其时，欧鲁马科斯，波鲁波斯之子，答道：
“伊卡里俄斯的女儿，谨慎的裴奈罗珮，
不要害怕。排除这些纷烦，扫出你的心胸。
此人并不存在，将来亦不会出现，永远不会，
胆敢对忒勒马科斯，你的儿子，动武撒野，
只要我还活在世上，得见白昼的光明。
让我坦率地告你，此事将成为现实：
行凶者的黑血会喷洗我的枪尖，在动手的瞬间！
难忘奥德修斯，城堡的荡击者，常常
让我坐上膝头，给出小块烤肉，
放入我的手心，给我殷红的醇酒。
所以，生民中，忒勒马科斯是我最亲的
朋友——我告他不必惧怕求婚人，担心他们动手。
但是，如果神明既定此事，那么，谁也休想避躲。”

就这样，他出言抚慰，心中却谋划着杀人的
念头。裴奈罗珮回身上层闪亮的睡房，
哭念着奥德修斯，亲爱的丈夫，直到
灰眼睛雅典娜送出睡眠，香熟的睡意把眼睑合拢。

晚间，高贵的牧猪人回到奥德修斯父子
的农庄，一起整备食餐，杀祭了
一头一岁的肉猪。与此同时，雅典娜
靠近莱耳忒斯之子奥德修斯身边，

出杖碰点，又把他变作一个老汉，
穿着脏乱的衣衫，以防牧猪人
盯视他的脸面，认出他来，带着信息，
去找谨慎的裴奈罗珮，不能严守秘密。

其时，忒勒马科斯首先发话，说道：
“你已回返此地，高贵的欧迈俄斯。告诉我城里传诵着
什么谣言？高傲的求婚者们可已回撤，从伏击的地点？
抑或，他们还守等在那里，拦截我的回还？”

听罢这番话，你，牧猪人欧迈俄斯，开口答道：
“我无意穿走城区，询问打听，
弄清这些事情——只想尽快
送出口信，回返这边。但是，
我却碰到一位你的伙伴，快腿的信使，和我同行，
那位使者，先我说话，对你母亲言谈。
对了，还有一事，我亦知晓，乃我亲眼所见。
我置身高高的城区，赫耳墨斯的山面，
独自行走，眼见一条快船驶入
港湾，载着许多人员，还有
双刃的枪矛和盾牌。我猜想
这些便是归来的他们，但我无法确言。”

他言罢，忒勒马科斯，灵杰豪健的王子，微笑着
瞥了父亲一眼，但却不让牧猪人看见。

其时，一切整治完毕，肴食已经排开，
他们张嘴咀嚼，人人都吃到足份的食餐。
当满足了吃喝的欲望，他们
想到上床歇息，接受睡眠致送的礼件。

# 第十七卷

当早起的黎明，垂着玫瑰红的手指，重现天际，
忒勒马科斯，神一样的奥德修斯的爱子，
系上舒美的条鞋，在他的脚面，
操起一杆粗重的枪矛，恰好抓握在手间，
去往城里，临行之时，对牧猪人出言告诫：
“伙计，我这就进城，以便和母亲
见面；我知道，在亲眼见我之前，
她不会停止悲恸，流着眼泪哭喊。
现在，我有一事告你，要你操办。
带着这位不幸的生人，引他进城，以便
让他乞讨食餐，若有那愿给之人，不管是谁，
会给他一块面包，一杯清水。眼下，我不能负担
每一个来人，我的心里充满悲哀。所以，
倘若来客为此生气抱怨，那么，后果
只能更坏。我喜欢真话直说，坦率陈言。”

听罢这番话，足智多谋的奥德修斯说讲，答道：
“我亦不愿留在此地，亲爱的朋友，
作为乞者，求食乡间不如行讨城里，
碰上愿给之人，不管是谁，给我一点餐饮。
我已过了那个年纪，能干活的年龄，不能居留农庄，
听从主人的吩咐，操做每一件事情。

上路吧，此人，你所指派的导者，会把我带往那里，
一俟我烤暖身子，就着火边，太阳爬得
更高一些——我衣着破旧，担心被早晨的霜寒
冻坏。此地离城路远，你们已对我说及。”

他言罢，忒勒马科斯快步离去，
穿走庄院，谋划着险厄，求婚人的灾难。
当行至宏伟的家居，他放妥
手握的枪矛，使其倚靠高耸的壁柱，
跨过石凿的门槛，步入宫中。

欧鲁克蕾娅最先见他前来，他的保姆，
其时正铺出羊皮，在精工制作的椅面，
泪水涌注，匆匆赶到他的面前；女仆们
拥围在他身边，心志刚忍的奥德修斯的家仆
热切欢迎他的归来，亲吻着他的头颅和双肩。

其时，谨慎的裴奈罗珮走下睡房，
像阿耳忒弥丝或金色的阿芙罗底忒一般，
泪水涌注，张开双臂，抱住亲爱的儿男，
亲吻他的头颅，那双俊美的眼睛，
呜咽抽泣，开口说道，用长了翅膀的话语：
“你回来了，忒勒马科斯，像一缕明媚的光线！我以为
再也见不到你的脸面。你去了普洛斯，乘坐海船，
悄悄出走，违背我的意愿，探寻尊爱的父亲，关于他的消息。
来吧，告诉我你可见着什么，可曾见着他的形面。”

听罢这番话，善能思考的忒勒马科斯答道：
“母亲，不要引发我的悲愁，烦扰我的

心境；我刚刚脱险生还，逃离突暴的毁灭。
去吧，可去洗澡沐浴，穿上干净的衣衫，
在那上层的房间，带着你的女仆，
许愿所有的神明，保证敬献丰盛、隆重的
牲祭，倘若宙斯答应，替我们申报所有的冤难。
我将前往聚会的地点，以便召请
一位生客，此人随我同来，
我让他先走，偕同神样的伙伴，
嘱告裴莱俄斯带他回家，使他欣享
主人的盛情，客人应受的礼待，直到我回返归来。”

　　他言罢，裴奈罗珮说不出长了翅膀的话语，
洗澡沐浴，穿上干净的衣衫，
许愿所有的神明，保证敬献丰盛、隆重的
牲祭，倘若宙斯答应，替他们仇报所受的恶难。

　　忒勒马科斯大步前行，穿走厅堂，
手握枪矛，带着一对腿脚轻快的犬狗；
雅典娜给了他迷人的丰采，
所有的人们见他前来，目光中带着惊赞。
高傲的求婚人拥聚在他身边，
口中甜言蜜语，心里谋划着灾难。
忒勒马科斯避开大群的求婚者，
前往门托耳，还有安提福斯和哈利塞耳塞斯，
这些个他们家族的老朋友下坐的地方，
在那里坐定；朋友们探问起所有的一切。
其时，裴莱俄斯，著名的枪手，行至他近旁，
带着生客，穿走城区，来到会场；忒勒马科斯
毫不犹豫，迎上前去，站在客人身边。

裴莱俄斯首先发话，说道：
“遣出你的女仆，忒勒马科斯，快去我家，
提取墨奈劳斯的相送，给你的礼件。”

　　听罢这番话，善能思考的忒勒马科斯答道：
“裴莱俄斯，由于我们不知事态发展的结局，
不知高傲的求婚人是否会设计谋害，杀我在
自己的厅间，分掉我父亲的财产，所以，
我希望由你本人，而不是那帮家伙，拥有这些，欣享
它们带来的欢悦。但是，倘若我能谋划他们的死亡和毁灭，
我想你会送物我的家院，而我亦会高兴地予以收回。”

　　言罢，他带着历经磨难的生客回返家居。
他们来到精皇的宫殿，脱下披裹，
放上座椅和高背的靠椅，
走入光滑的澡盆，盥洗沐浴。
女仆们替他们洗毕，抹上清油，
穿上衫衣和羊毛厚实的披篷，
他们走出澡盆，坐在椅子上面。
一名女仆提来绚美的金罐，
倒出清水，就着银盆，供他们
盥洗双手，搬过一张溜光的餐桌，放在他们身旁。
一位端庄的女管家送来面包，供他们食用，
摆出许多佳肴，足量的食物，慷慨陈放。
裴奈罗珮坐在他们对面，厅堂的房柱边，
背靠座椅，转动线杆，绕缠精良的毛线。
他们伸出双手，抓起面前的肴餐。
当食者满足了吃喝的欲望，
谨慎的裴奈罗珮开始发话，说道：

“忒勒马科斯，我要去楼上的房间，
睡躺在我的床上，那是我恸哭的地方，
总是湿漉漉的一片，我的眼泪，自从奥德修斯
出征伊利昂，随同阿特柔斯的儿男。而你亦没有
这份耐心，在高傲的求婚者们进宫之前，告诉我
你所听到的消息，有关你父亲的归返。”

听罢这番话，善能思考的忒勒马科斯答道：
“好吧，我的妈妈，我将道出真情，告说一切。
我们曾前往普洛斯，会访奈斯托耳，民众的首领，
受到他的欢迎和热情款待，在
高大的宫居，像父亲对待自己的儿男，
久无音讯，刚从远方归返——就像这样，
他热情关照，和光荣的儿子们一起接待。
然而，他说，关于坚忍的奥德修斯，壮士的
生死，他不曾听闻任何讯息，从世上的凡人中间。
他送我去找阿特柔斯之子，善使枪矛的墨奈劳斯，
提供了代步的驭马和制合坚固的轮车。我见着了
阿耳戈斯的海伦，为了她，阿耳吉维人和特洛伊人，
出于神的意志，受够了战争的苦难。啸吼战场的
墨奈劳斯对我发问，在我们会面之时，
问我出于什么原因，来到神圣的拉凯代蒙。
其时，我和盘托出所有的一切，
王者听后答话，对我说道：
‘可耻！这帮懦夫们居然如此梦想，
梦想占躺一位心志豪勇的壮士的睡床！
恰似一头母鹿，让新近出生的幼仔睡躺在
一头猛狮的窝巢，尚未断奶的小鹿，
独自出走，食游山坡草谷，

不料狮子回返家居，给
它们带来可悲的死亡；就像这样，
奥德修斯将使他们送命，在羞楚中躺倒。
哦，父亲宙斯，雅典娜，阿波罗！愿他
像过去一样，在城垣坚固的莱斯波斯，
挺身而出，与菲洛墨雷得斯角力，把他
狠狠地摔在地上，使所有的阿开亚人心花怒放。
但愿奥德修斯，如此人杰，出现在求婚人前方——
他们全都将找见死的暴捷，婚姻的悲伤！
至于对你的询问，你的恳求，我既不会
虚与委蛇，含含糊糊，也不会假话欺诓，
我将转述说话从不出错的海洋老人的言告，
毫无保留，绝不对你隐藏。他说
曾见过此人，在一座岛上，忍受剧烈的悲痛，
在海仙卡鲁普索的宫居，后者强行
挽留，使他不能回返乡园，因他
既没有带桨的海船，亦没有伙伴的帮援，
帮他渡越浩淼的大海。’这便是
阿特柔斯之子，善使枪矛的墨奈劳斯的答言。
带着此番信息，我登船上路，不死的神明送来
顺推的海风，把我吹返亲爱的故乡，以极快的速度回航。”

　　一番话纷搅着裴奈罗珮的心胸。
其时，塞俄克鲁墨诺斯，神一样的凡人，开口说道：
“尊贵的夫人，莱耳忒斯之子奥德修斯的妻伴，
听听我的话语，墨奈劳斯并不掌握可靠的讯况。
我将真实地对你预告，不作丝毫隐藏。
让宙斯作证，至尊的天神，还有这好客的桌面
以及豪勇的奥德修斯的炉盆，我来到此地，

对着它恳求，奥德修斯已经回返故乡，
静坐等待，或穿走运行，侦访邪恶的
作为，谋设所有求婚人的灭亡。
这便是我对鸟迹的卜释，当我坐在
凳板坚固的船上，已对忒勒马科斯说讲。”

　　听罢这番话，谨慎的裴奈罗珮答道：
“但愿你的话，陌生的客人，将来得以实践，
如此，你将很快领略友谊的甘甜，收取我给的
许多礼件，让人们夸你好运，要是和你聚首碰面。”

　　就这样，他们一番说告，你来我往。
与此同时，在奥德修斯的宫居前，求婚人
正以嬉耍自娱，或投饼盘，或掷标枪，
在平坦的场地，一帮肆无忌惮的人们，和先前一样。
及至晚饭时分，羊群离开草场，从
四面归来，由原来的那班牧人拢赶，
墨冬对求婚者们说话，后者最喜此人，胜于对
其他所有的使者——在他们宴享之时，他总是侍待一旁：
“年轻人，既然你们已从竞耍中得取愉悦，
我劝各位进屋，让我们整备食餐。
按时进食可取，有益于身心健康。”

　　他言罢，众人起身走去，听从了他的劝告。
当步入精皇的宫殿，他们
放下衣篷，在座椅和高背靠椅上面，
动手刀宰硕大的绵羊和肥壮的山羊，
杀了一些滚肥的肉猪，外加一头牵自畜群的小母牛，
备作他们的美餐。与此同时，奥德修斯和高贵的

牧猪人正准备离开农庄，前往城区，
牧猪的人儿，猪倌的头目，首先说道：
“陌生的客人，既然你急于进城，今天就要
动身，按照我主人的吩咐，虽然就我而言，
我更愿你留在这儿，看守庄院。尽管如此，
我敬畏和惧怕家主，不愿遭受
他的责斥——主人的训骂凶猛严苛。
让我们就此出发。白天的大部已经
逝去，面对即将来临的夜晚，你会倍感凄寒。”

　　听罢这番话，足智多谋的奥德修斯说讲，答道：
“知道了，明白，听你说话的人能够理解。
让我们就此出发，由你引路，把全程走完。
但要给我一条撑拄的支棍，倘若你有已经
砍制的用物，你说过，路上奇滑，行路艰难。”

　　言罢，他挎上破烂的兜袋，在他的肩头，
百孔千疮，悬连着一根编绞的绳线。
欧迈俄斯给他一条称心如意的支棍，
两人迈步走去，留下狗群和牧工，
看守庄院。牧猪人带着主人前行，去往城里，
后者一副乞丐模样，像个悲酸的穷汉，
拄着支棍，一身破旧的衣衫。

　　他们沿着崎岖的山路行走，
临近城区，来到一处泉溪的喷口，甜净的水流，
石砌的槽头，城民们取水的去处，
伊萨科斯的手工，会同奈里托斯和波鲁克托耳，
周围是一片杨树，近水的植物，

排成一圈，凉水从高处的岩壁
下落，上面耸立着水仙们的
圣坛，赶路的人们全都在此敬祭神仙。
就在那里，墨朗西俄斯，多利俄斯之子，遇上他们，
正赶着山羊，群队中最好的精选，
供求婚人食用，另有两个牧者，跟走在后面。
目见二位来者，墨朗西俄斯开口发难，出言羞辱，
用词狂毒，滥骂一番，激恼着奥德修斯的心胸：
“哈哈，一个无赖带着另一个无赖，
像神明那样，总是带着神明结伴！
你要去哪，可悲的牧猪人，领着这个穷酸，
讨厌的叫花子，臭毁宴席的恶棍？
这种人随处贴靠，在门柱旁边蹭磨臂肩，
乞讨点滴的施舍，绝不会奢想大锅铜剑。
倘若你把他给我，看守农庄，
清扫栏圈，给小山羊添喂嫩绿的料餐，
如此，他便可饮食乳清，长出坚实的腿腱。
但是，既然此人啥也不会，只擅游荡作恶，他便不会
思想动手干活，宁肯沿路求乞，行走在这片地界，
讨得点滴施舍，充填无有底端的肠胃。
但我要直言相告，此事将会实现。
如果他胆敢走近神样的奥德修斯的家舍，
那么，他的脑袋将迎对我们的击打，纷飞的木凳，
甩自壮士的臂膀，捣烂肋骨，将他追砸在宫居里面！”

言罢，牧羊人走过奥德修斯身边，抬脚猛踢他的
腿股——这个笨蛋——但却不能把他赶出路面，
后者稳稳地站着，心中斟想着两个念头，
是奋起进击，举杖敲打，结果他的性命，

还是拎起他的腰杆，砸碎他的脑袋，在脚下的地面。
想来想去，他还是站着不动，控制着心绪，但牧猪人盯视着
墨朗西俄斯，诅咒他的恶行，举起双手，诵道：
“水泉边的仙女，宙斯的女儿，倘若奥德修斯
曾给诸位焚烧过绵羊羔和小山羊的腿件，
裹着厚厚的肥膘，那么，请你们答应我的祈愿，
让我主浪迹归来，依循神的引导。
如此，墨朗西俄斯，他会医治你的骄莽，
碎烂你的狂蛮，你这小子，整天闲荡在
城里，让无能的牧人糟毁羊儿！”

听罢这番话，牧放山羊的墨朗西俄斯答道：
“心计脏毒的恶狗，你说了些什么废话！
我会把你带上凳板坚固的黑船，运出
伊萨卡，卖到遥远的地方，给我换回一笔横财。
但愿阿波罗，银弓之神，放箭今天，射杀忒勒马科斯，
让他死在宫中，或被求婚人放倒；但愿此事真实，
就像奥德修斯浪走远方，失去了回归之日一样确凿！”

言罢，他撇下二位，由他们缓缓走在后面，
自己则快步向前，迅速接近主人的宫门，
当即走入府中，坐在求婚者们身边，
面对欧鲁马科斯，他最崇爱的人儿。
侍餐的仆人端来一份烤肉，放在他面前，
一位端庄的家仆送来面包，放下，供他
食用。奥德修斯继续前行，由高贵的牧猪人陪同，
在家居附近止步，耳边回荡着竖琴的响声，
菲弥俄斯正拨动空腹的乐器吟诵。
奥德修斯握住牧猪人的手，说道：

"毫无疑问，欧迈俄斯，这便是奥德修斯漂亮的居所，
极易辨认，在一大片家居之中。
瞧这座宫殿，房屋一栋连着一栋，石墙围着院落，
带着墩盖，双扇的门板，建造
精固；这处家居，谁能小看？此外，
我亦知晓里面有大群的人们，食宴厅间，
我已嗅到食物的香味，耳闻竖琴的声音，
神创的乐器，作为宴会的宾伴。"

听罢这番话，你，牧猪人欧迈俄斯，开口答道：
"你辨得既快又好，真是个精明的人儿。
来吧，让我们想想下一步的计划，作何打算。
你可先入精皇的宫居，汇入
求婚的人们，让我留在外面；亦可，
如果你愿意，留站这边，由我先入宫中。
但不要久滞此地，以免让宫外的人们看见，
对你投扔，把你打开。小心，记住我的说告。"

听罢这番话，卓著和历经磨难的奥德修斯答道：
"知道了，明白，听你说话的人能够理解。
但你可先去，我将留在外面。
我已习惯于拳打脚踢，飞投的物件；
我有一颗忍耐的心灵，已经遭受许多苦难，闯过大海
的波浪，战斗的人群。眼前之事，只能为我增添阅历。
即便如此，谁也不能藏起贪婪的肚皮，
该受诅咒的东西，给凡人招致众多的厄难，
为了它，人们驾着制作坚固的海船，渡过
苍贫的大海，给敌人送去愁灾。"

　　就这样，他俩你来我往，一番交谈；
近旁躺着一条老狗，头耳竖立，
阿耳戈斯，心志刚忍的奥德修斯的家犬，
由他亲自喂养，却因去了神圣的伊利昂，
不曾欣享日后的喜悦。从前，年轻人带着它出猎，
追杀兔子、奔鹿和野地里的山羊，
如今，主人不在此地，它被冷落一边，
躺在深积的粪堆里，骡子和牛的泻物，
高垒在大门前，等着奥德修斯的
仆人，把它们送往丰广的庄园，作为粪肥。
就这样，老狗阿耳戈斯扁虱满身，横躺粪堆。
其时，当它觉察奥德修斯的来临，
摇动尾巴，收回竖起的耳朵，只是
无力移动身子，贴傍主人，和他靠得
更近，后者瞥见此番景状，抹去眶角的眼泪，
轻松地避开欧迈俄斯的视野，对他说道：
“此事奇异，欧迈俄斯，这条狗卧躺粪堆。
此狗体形佳美，但我无法断言它的
腿力，迅跑的速度，是否和外形称配。
抑或，它只是条桌边的懒狗，主人
把它们养在身边，作为观赏的点缀。”

　　听罢这番话，你，牧猪人欧迈俄斯，开口答道：
“它的确是条好狗，主人是一位死在远方的战勇。
倘若它还像当年那样，体格健壮，行动敏捷，
奥德修斯把它留下，前往伊利昂战斗，那么，
你马上即可亲眼目睹，眼见它的勇力，它的速度。
当它奋起追捕，野地里的走兽，出没在密林之中，
绝无潜逃的可能。它十分机敏，善于追踪。

现在，它处境悲惨，而它的主人，远离家乡，
已经作古；女人们漫不经心，不管它的死活，
男仆们心知主人出走，不再催督他们干活，
个个懒懒散散，不愿从事分内的劳动。
沉雷远播的宙斯取走人一半的精湛，
一旦他沦为别人的奴工。”

　　言罢，他走入精皇的宫殿，
大步穿行厅堂，见着高傲的求婚人。
其时，幽黑的死亡逮住了猎狗阿耳戈斯，
在历经十九年之后，重见奥德修斯，它的主人。

　　神样的忒勒马科斯最先眼见
牧猪人到来，进入房宫，马上点头示意，
召他前往身边。欧迈俄斯左右环顾，就近搬过切肉者
下坐的凳子，此人切开奉食的烤肉，大量的肉块，
替求婚的人们，食宴在厅堂里头。
他搬过凳子，放在忒勒马科斯桌边，
面对主人下坐，使者端来一份
肉食，放在他面前，从篮里取出面包。

　　奥德修斯紧接着走入厅堂，
一副乞丐模样，像个悲酸的老头，
拄着支棍，身穿破旧的衣裳。
他蹲坐梣木的门槛，在门庭里面，
靠着柏木的门柱，用料在很久以前，
由高手精工削刨，紧扣着画打的粉线。
忒勒马科斯发话牧猪的仆工，叫他过来，
拿起一整条面包，从精美的编篮，

添上许多肉块，塞满他的手中：
“拿着这些，给那陌生的人儿，同时告他
巡走求婚者跟前，乞求每个人施舍；
对一个贫寒之人，羞怯不是良好的伙伴。”

他言罢，牧猪人得令走去，
行至奥德修斯面前，送出长了翅膀的话语：
“陌生人，忒勒马科斯给你这些，并要你
巡走求婚人跟前，乞求每个人施舍；
他说，对一个贫寒之人，羞怯不是良好的伙伴。”

听罢这番话，足智多谋的奥德修斯开讲，说道：
“王者宙斯，求你使忒勒马科斯幸福，
满足他的希冀，所有的企愿！”

言罢，他双手接过食物，放在
脚前，破烂的袋兜上，开口吞咽，
歌手诵声不绝，在厅堂里面。
吃罢食物，神圣的歌手停辍，
求婚人喧闹纷纷，轰响在整座宫房，但雅典娜
前来站在奥德修斯身边，莱耳忒斯之子，
催他巡走求婚的人群，乞收小块的面食，
以便看出哪些人心好，哪些人不善，
但即便如此，她亦不会让任何人避死生还。
奥德修斯走上前去，从左至右，乞讨在每个人身旁，
伸手各个方向，活如一个长期求讨的乞丐。
食客们心生怜悯，给出食物，感到诧异，
互相询问，此人是谁，来自何方。
其时，墨朗西俄斯，牧放山羊的那位，说道：

"听我说，追求我们光荣的王后的人们，关于
这个陌生的来者。我已见过他的脸面，知道
是牧猪人把他引到这边，但我尚不确知
此人是谁，声称来自什么地界。"

听他言罢，安提努斯开口辱骂，对牧猪人说道：
"嘿，你这臭名昭著的牧猪人，为何把这家伙
带到城里？难道我们还缺少乞丐，
讨人嫌的叫花子，糟毁我们的宴席？
要不，便是你还嫌这里人少，耗食你
主人的财产，故而还要再招个把，招请此人进来？"

听罢这番话，你，牧猪人欧迈俄斯，开口答道：
"虽然你出生高贵，安提努斯，你的话却说得不甚
妥帖。谁会外出寻访，邀来一位
生人，除非他是个有一技之长的高手，
一位先知，一位医者，或是一个木工，
一位通神的歌手，用他的歌唱给人们带来欢快？
这些人无处不请，在广袤的大地无边。
但是，谁也不会恭请一个乞丐，吃耗他的家产！
求婚者中，你比别人更为严厉，
对奥德修斯的仆人，尤其是我，
但我并不在乎，只要谨慎的裴奈罗珮
生活在宫里，还有忒勒马科斯，神一样的青年。"

听罢这番话，善能思考的忒勒马科斯答道：
"别说了，不要洋洋洒洒，回答他的论谈。
安提努斯总爱激怒别人，出言
歹毒，同时催励旁者，和他一起骂骂咧咧。"

言罢，他转而面对安提努斯，说道：
“安提努斯，你关心我的利益，像父亲对待儿子，
不是吗——要我赶走生人，扫出宫门，用
苛厉的言词！愿神明不让此事实现。
拿出你的食物，送交此人；我不会吝啬这些，相反，
我要催你做来！不必介意我娘，也不必理会任何
侍者，神样的奥德修斯家里的仆役。
事实上，你胸中并无此番心意；
你不愿把食物让给别人，只热衷于自个吃喝痛快！”

听罢这番话，安提努斯说讲，答道：
“好一番雄辞滥辩，忒勒马科斯，你在睁着眼睛瞎喊！
倘若别的求婚者都愿给他我要给的这么多，
这座房居将摆脱此人的缠扰，在长长的三个月内！”

言罢，他亮出桌下的脚凳，抓握在手，
食宴中的用品，搁置白亮的脚足。但是，
别的求婚人个个拿出食物，用肉和面包
填满他的兜袋。奥德修斯本想走回门槛，
既已试探过阿开亚人的心地，无需偿付，
但途中站立安提努斯身边，对他说道：
“给我一些食物，亲爱的朋友，阿开亚人中，你似乎不是
最卑劣的一位；你是最出色的俊杰，看来像似王贵。
所以，你要给我食物，比别人给出的
更多；我将颂扬你的美名，在无边的地面。
我也曾是个幸福的阔佬，拥有丰足的房产，
生活在邻里之中，常常施助浪者，
不管何人，带着何样的需求前来。
我有无数的奴仆，各式各样的好东西，

人们以此欣享生活，被民众称为富有。但
宙斯，克罗诺斯之子，毁了我的一切——有时，他有这样的
嗜好——让我随着漫游的海盗，劫抢的人们，
前往埃及，偌长的旅程，足以把我毁灭。
我把弯翘的海船停驻埃古普托斯河边，
命嘱豪侠的伙伴们留等原地，
近离船队，看守舟船，同时
派出侦探，前往哨点监望。然而，
伙伴们受纵于自己的莽荡，凭恃他们的蛮力，
突起奔袭，掠劫埃及人秀美的
田庄，抢走女人和幼小无助的孩童，
杀死男人，哭喊之声很快传入城邦。
城里的兵民惊闻喊声，冲向我们，在黎明
时分，成群的车马，赴战的步兵，塞满了平野，
到处是闪烁的铜光；喜好炸雷的宙斯撒下
邪恶的恐惧，在我的伙伴群中，谁也没有那分胆量，
站稳脚跟，开打拼斗，凶狠的敌人围逼在四面八方。
敌兵杀人甚众，我的伙伴，用锋快的青铜，
掳走另一些部属，充作强迫劳役的奴工。
然而，他们把我给了一位去那的生人，来自塞浦路斯，
德墨托耳，亚索斯之子，强有力的王者，镇统着那座海岛。
我从塞浦路斯来此，经受了磨难。”

听罢这番话，安提努斯说讲，答道：
“是哪位神灵，送来此番痛苦，纷扰我们的宴享？
走开点，站到中间去，滚离我们的桌旁。
否则，我将让你品尝埃及或塞浦路斯的凄苦，
你这大胆的东西，不要脸的乞丐狂妄！
你依次乞讨，站在每个人身边，而他们则

随意施舍，不必俭省，无需节制，
随意丢送别人的东西——我们的身前有成堆的食物大量。”

听罢这番话，足智多谋的奥德修斯移身后退，说道：
“啊哈，你的心智无法匹配你的美貌！
在你家里，你不会舍得一撮食盐，对你的工仆犒劳，
瞧你现在的模样，坐在别人家中，不愿
给我一小块面包，尽管身前堆满食肴。”

他言罢，安提努斯的心里爆出更猛的怒气，
眉下射出凶狠的目光，对他说道，用长了翅膀的话语：
“眼下，我想你已不能平平安安地
退出堂厅——你恶语伤人，出言不逊！”

言罢，他扔出脚凳，打在奥德修斯的右肩，
击中肩座，连接脊背的部位，但后者巍然屹立，
像一块石岩，安提努斯的投击不曾使他趄趔，
只是默默地摇头，心中谋划着凶险。
他走回门槛坐下，放落鼓鼓
囊囊的袋兜，对求婚者们说道：
“听着，你们这些追媚光荣的王后的求婚人，
我的话乃有感而发，受心灵的驱使。
此事不会带来悲痛，也不会引发伤愁，
当壮士搏战敌手，被人击中，为了自己的
财产，保护牛群或雪白的绵羊战斗，但
安提努斯出手击我，只因我可悲的肚腹，
该受诅咒的东西，给凡人招致众多的灾愁。
哦，倘若乞者有神和复仇女神护佑，
我愿安提努斯早早死去，先于婚娶的时候！”

　　听罢这番话，安提努斯，欧培塞斯之子，答道：
“老老实实地坐着，静静地吃用；不然，就给我离开此地，
免得你胡言乱语，惹使年轻人动怒，抓住你的
手脚，拖出宫中，把你的臭皮撕破！”

　　他言罢，旁者无不烦恼愤恨，
傲慢的年轻人中，有人开口说道：
“安提努斯，此举可恶，击打不幸的浪者；
你将必死无疑，倘若他是天上的仙神。
神们确会变取生人的模样，来自外邦，
幻变各种形貌，浪走凡人的居城，
探察谁个知礼守法，谁个蛮横。”

　　求婚人如此说道，但安提努斯不听他们的言告。
眼见父亲挨揍，忒勒马科斯心头一阵
剧痛，强忍住眼泪，不使掉落地上，
只是默默地摇头，心中谋划着凶险。
其时，当谨慎的裴奈罗珮听知生客
被击厅堂，对女仆们说道：
“但愿著名的射手阿波罗击杀投砸的凶手！”

　　听罢这番话，女管家欧鲁诺墨说道：
“但愿我们的祈求得以兑现。如此，
这帮人中谁也休想见着黎明登临绚丽的宝座。”

　　听罢这番话，谨慎的裴奈罗珮答道：
“妈妈，这帮人着实可恨，都在图谋凶灾，
尤以安提努斯为烈，简直像幽黑的死难。
宫里来了个生人，一个不幸的浪者，穿走房居，

出于无奈，请求他们的施舍。
别的求婚人都给出食物，塞满他的袋兜，
惟有此人，投出脚凳，击中他右肩的基座。”

　　就这样，裴奈罗珮坐身睡房，同女仆们
交谈；与此同时，卓著的奥德修斯进嚼着食餐。
其时，裴奈罗珮召来高贵的牧猪人，说道：
“去吧，高贵的欧迈俄斯，请那位生人
过来，我想和他打个招呼，问问他是否
碰巧听过什么消息，关于心志刚忍的奥德修斯，
或是否碰巧见过；此人像是去过遥远的地方。”

　　听罢这番话，你，牧猪人欧迈俄斯，开口答道：
“但愿这些阿开亚人，我的王后，给你宁静的时分。
他的故事娓娓动听，可以勾迷你亲爱的心魂。
我陪了他三个晚上，留他住了三个白天，
在我的屋棚，因他最先来到我的住地，从一艘海船逃生，
然而，他还不曾讲完自己的经历，所受的苦痛。
像有人凝视歌手的脸面，后者正唱响神明
教给的诗篇，欢悦凡人的心怀，
人们带着持续的热情聆听他的诗段；
就像这样，他坐身我家，迷住了我的魂儿。
他说，他乃奥德修斯家族的朋友，
居家克里特，那里住着米诺斯的后代。
他从那边过来，来到此地，流离漂泊，
历经艰险。他声称有人提及奥德修斯，
说是已在附近，置身塞斯普罗提亚人丰肥的地域，
仍然活着，带着许多财富，准备回返家园。”

听罢这番话，谨慎的裴奈罗珮说道：
“去吧，请他过来，以便直接对我说告。
让那帮人去往门边，亦可留在屋里，
运动竞技，随他们喜欢。他们
有自己的财富，面包、甜酒，不受靡费，
堆在家里，仅供仆人们食餐。与此同时，
他们日复一日，骚挤在我们家居，
宰杀我们的壮牛、绵羊和肥美的山羊，
摆开丰奢的宴席，狂饮闪亮的醇酒，骄虐
无度。他们吞糜我们的财产，而家中却没有
一位像奥德修斯那样的男子，把这帮祸害扫出门外。
倘若奥德修斯得以回转，回返故园，
他会马上着手惩报，带着儿子，惩罚他们的暴虐。”

她言罢，忒勒马科斯打出疾猛的喷嚏，
整座房居回荡着轰响的声音。裴奈罗珮失声欢笑，
当即发话欧迈俄斯，送去长了翅膀的言语：
“去吧，快去，替我召来那位生人。没有
注意到吗，我儿打出告示的喷嚏，针对我的每一句说议？
但愿此事意味死亡，彻底的死亡，降落在全体，
每一个求婚人身上，谁也逃不出惨死，命运的惩击！
我还有一事嘱告，你要牢记在心：
倘若我听出他说话不假，句句当真，
我将给他精美的衣裳，一件衫衣，一领篷披。”

裴奈罗珮言罢，牧猪人听后得令而去，
站在奥德修斯近旁，开口说道，用长了翅膀的话语：
“父亲，我的朋友，谨慎的裴奈罗珮，忒勒马科斯的
母亲，要你过去，心中牵挂她的丈夫，

尽管凄楚伤悲，急于打听消息。
如果听出你说话不假，句句当真，
她将给你穿用的衣裳，衫衣披篷，你最
需要的东西；然后，你可穿走城区，乞讨面包，
求得愿给者的接济，填饱你的肚皮。”

　　听罢这番话，卓著和历经磨难的奥德修斯答道：
“我将马上道出全部真情，欧迈俄斯，
对伊卡里俄斯的女儿，谨慎的裴奈罗珮。
我熟知奥德修斯的经历，我们有过同样的艰辛。
但是，我惧怕这群粗莽的求婚者，
他们的暴虐，横蛮的气焰，冲上了铁青色的天空。
即便是现在，当我穿走房居，不曾做出
任何有害之事，此人已出手击我，给我带来疼痛。
忒勒马科斯无法阻止他行凶，谁也不能。
所以，告诉裴奈罗珮，尽管心中急切，请她
在宫中等我，直到太阳沉落。届时，
请她开口发问，关于丈夫的回归之日，
给我一张椅子，傍着柴火，因我衣着
破烂——你知晓此事，最先听知我的求说。”

　　他言罢，牧猪人听后拔腿走去。
裴奈罗珮，见他跨过门槛，开口说道：
“你没把他带来，欧迈俄斯？那个落难的浪人不来，何意？
是惧怕某人的愤怒，还是羞于徜徉在
这座房宫？乞讨之人不可如此忌顾脸面。”

　　听罢这番话，你，牧猪人欧迈俄斯，开口答道：
“他的话合乎情理，换个人也会这般思虑，

避开这些骄狂的人们，他们的暴虐。
他要你静候太阳沉落，此举于你，
我的王后，亦十分有利：
单独和他谈话，聆听他的告叙。”

听罢这番话，谨慎的裴奈罗珮答道：
“生人蛮有头脑，知晓可能会发生的事情。
凡界还不曾有过这样的无赖，这帮东西，
肆无忌惮地谋划凶暴和残虐。”

她如此一番说道，而高贵的牧猪人，传毕
所有的话语，走回求婚的人群，
当即送出长了翅膀的话语，贴近
忒勒马科斯头边，谨防别人听见：
“亲爱的朋友，我要回去看护猪群和其他财物，
你的家产，我的东西。你要照看这里的一切，
首先要当心自己的安危，要时刻警惕，
免受伤恼；许多阿开亚人正谋划你的凶灾。
愿宙斯毁了他们，不让他们把你我伤害！”

听罢这番话，善能思考的忒勒马科斯答道：
“但愿如此，阿爸。吃过晚饭，你可归去，
明晨回返，带来肥美的牲祭。神明
和我会看顾这边的事务，所有的事情。”

他言罢，牧猪人复又弯身闪亮的座椅。
当吃饱喝足，欧迈俄斯动身
归返猪群，离开庭院和厅堂，
满屋子盛宴的人们，沉醉于舞蹈和歌唱的
欢乐。屋外，夜色已经降临。

# 第十八卷

其时，过来了个本地的乞丐，行讨
在伊萨卡城里，以贪食闻名，饭量
特大，吃喝不停。他看来体形硕大，
却没有几分劲儿，也没有什么勇气。
他真名阿耳奈俄斯，尊贵的母亲取给的称谓，
在他出生之际，但所有的年轻人都叫他伊罗斯[1]，
因他听候别人的差遣，谁都可以要他传送口信。
其时，这小子走来驱赶奥德修斯，意欲把他赶出自己的
家门，恶言辱骂，喊出长了翅膀的话语：
“走开点，老家伙，走离门边，免得被人抓住双脚，
拖出门外。没看见他们都在对我眨眼，
要我把你拖拽？尽管如此，我讨厌动手，不屑。
起来吧，不要让我们的争吵引出横飞的拳击！”

其时，足智多谋的奥德修斯恶狠狠地盯着他，说起：
“我说先生，我既不曾出手伤你，亦没有出言刺你，
我也不会抱怨，倘若有人给你大份的食品。
这条门槛还算宽长，可以容得你我；你亦不应
眼红别人的所有，不必。我想你也是个行讨的乞丐，
和我一样，依赖神明的赐予。不要对我
炫耀你的拳头，不要逼人太甚，否则，你会引发我的怒气，
尽管老了，我会打烂你的胸脯嘴唇，

替你放血！如此，明天，我便能得享更多的
宁静——我想你不会重返这边，
再临奥德修斯、莱耳忒斯之子的府邸！”

　　听罢这番话，要饭的伊罗斯怒气冲冲，说道：
“呵，瞧这脏老头子的骂劲，满嘴叽叽喳喳的话语，
像个炊火厨房的女人！我会设法治他，让他尝吃苦头，
挥起双手击打，捣出他的牙齿，脱出颌骨，
掉落在地，把他当做一头糟蹋庄稼的悍猪揍击！
来吧，束起你的衣服，让所有的人看着我们
斗打，倘若你有这份胆量，与一个比你年轻的汉子争比！”

　　就这样，在高耸的宫门前，站在
溜光的门槛上，两人互致粗粝的话语，纵情对骂。
与此同时，灵杰豪健的安提努斯听察到他们的言行，
高兴得咧嘴大笑，对求婚的同伴们说道：
“朋友们，在此之前，神明可没有致送过
如此逗人的事情，可与门前的趣事相媲美：
陌生的浪人和伊罗斯已准备开战，用
他们的拳头。来吧，赶快，让我等催怂他们动手！”

　　他言罢，众人跳将起来，哈哈大笑，
围观在两个衣衫褴褛的乞丐身边，
安提努斯，欧培塞斯之子，开口说道：
“听着，你等高傲的求婚人，听听我的议告。
火上有一些山羊的胃肚，我们已塞入
油脂，灌入牲血，备作晚间的食餐。

---

① 伊罗斯，Iros。《伊利亚特》中有神使伊里丝。

二人中不管谁个获胜，证明比较优秀，
让他走上前来，挑选其中的任何一个；
此外，他可天天和我们聚餐，我们将
不再放允其他乞者进来，求讨在我们身边。”

安提努斯言罢，人们欣表赞同。
其时，多谋善断的奥德修斯说道，怀藏巧黠的心计：
“朋友们，一个上了年纪的老人，饱经忧愁的摧损，
固然难以敌打青壮的强盛，但邪毒的
肚子驱我拼命，迎受他的拳头。
来吧，对我立下庄重的誓言，你等谁也不能例外，
保证不会站在伊罗斯一边，亮出粗壮的大手，
给我凶狠的击揍，使我扑倒在此人前头。”

他言罢，众人盟发誓咒，按他的要求。
当他们全都发过誓言，立下一番旦旦信誓后，
忒勒马科斯，灵杰豪健的王子，在人群中说道：
“陌生的客人，倘若你的心魂催励你
回击此人的挑衅，那么，你就无需惧怕任何
别个阿开亚人的帮衬——对你出手会招来众人的围攻。
我本人便是你的东家，且有二位王者的赞同，
安提努斯和欧鲁马科斯，善于智辨的人们。”

他如此一番说告，博得众人的赞同。奥德修斯
束起身上的破旧，环扎腰围，露出
健美、硕壮的大腿，宽阔的肩膀，展露出
胸脯和粗蛮的手臂；此外，雅典娜，
站在民众的牧者身边，粗壮了他的肢腿。
骄狂的求婚者们见后无不震叹惊讶，

有人望着身边的近邻，开口说话：
“伊罗斯即将面目全非，自招险厄挨打。
瞧这个老人的粗腿，在破衣烂衫的遮掩下！”

　　他言罢，伊罗斯的心中悲苦愤烦，
但人们不管这些，束起他的衣衫，强行拽到门前，
任凭他心惊胆战，全身抽筋一般。
安提努斯对他出言辱骂，责斥：
“你不该活着，你这头笨牛；但愿你不曾出生，
倘若你惧怕那个家伙，吓得浑身发抖，
惧怕一个老头，饱经忧愁的摧损！
我要直言相告，此事将会成真：
如果此人获胜，证明比你优秀，
我将把你扔上黑船，送往大陆，
交给王者厄开托斯，此君戕杀所有的凡人，
会用无情的铜械，割下你的鼻子耳朵，
撕下你的阳具，丢给饿狗生吞活剥！”

　　听他言罢，伊罗斯的肢腿颤抖得更加烈猛，
但他们推他向前，交战的双方举起了拳头。
其时，卓著和坚忍不拔的奥德修斯斟酌思考，
是出拳猛打，把他击倒，灵魂出窍，
还是轻轻推搗，使其倒地便好？
两下比较，觉得此举佳妙，
宜用轻拳推搗，免得阿开亚人心生疑惑。
他俩举起拳头，伊罗斯击中右边的肩膀，
但奥德修斯出拳耳朵下的颈脖，砸烂了
里面的骨头，鲜血喷出他的唇口，
后者哀叫一声，扑倒泥地，痛得咬牙切齿，

双脚踢打泥尘；傲莽的求婚者们高举
双手，笑得差点断了气儿。奥德修斯
抓起他的双脚，拖过门庭，来到院落，
柱廊的出口，让他靠着院墙
倚坐，给出枝棍，塞入伊罗斯手中，
开口说道，吐出长了翅膀的话语：
“坐在这儿吧，赶走猪狗，
不要再充当生人和乞丐的王者，
瞧你这副酸相，免得招来更大的悲苦。”

言罢，他挎起脏乱的袋兜，在他的肩头，
百孔千疮，悬连着一根编绞的长绳，
走回门槛，弯身下坐，众人步入
宫中，笑得欢快，开口祝贺，说道：
“愿宙斯，陌生的客人，和列位不死的神明，
满足你最大的希望，心中急切的愿求。
你已中止那小子贪婪的乞游，在
我们邻里；我们将马上把他送往大陆，
交给王者厄开托斯，此君戕杀所有的凡人。”

他们言罢，卓著的奥德修斯高兴，有了此般兆头。
其时，安提努斯提过一只硕大的羊肚，
充塞着血和油脂；安菲诺摩斯伸手
篮中，拿出两条面包，放在他面前，
举着金杯，对他祝愿，说道：
“祝福你，老先生，陌生的客人！愿你日后
时来运转，虽然眼下置身逆境，吃受苦头。”

听罢这番话，足智多谋的奥德修斯说讲，答道：

“安菲诺摩斯，看来你处事贤谨，不愧为
那位父亲的儿子，他声名卓著，我早有耳闻，
杜利基昂的尼索斯，强健，富有，
人说你是他的儿子，看来是个善能说话的年轻人。
既如此，我将对你直言，请你用心听着。
大地哺育的生灵中，所有呼喘和行走
在地面的族类里，人是最羸弱的一种，
只要神祗给他勇力，腿脚尚还强健，
他便以为永不遭难，将来不会吃苦。
然而，当幸福的神明送来不幸的日子，他便
只能承受苦难，以强忍的心念，违背自己的初衷；
凡人的心绪会随着神和人的父亲的
赐予，随着时日的来去改动。
就说我吧，我曾是个可望致富走运的凡人，
但我的勇力和强暴催使我干出许多蠢事，骄狂的行动，
寄望于我的父亲和兄弟，以为他们会出力帮忙。
所以，谁也不能无视法规，自行其是，
让他默默地接受神赐的礼物，不管他们给出什么。
今天，我眼见求婚的人们，谋设放肆的行为，
屈辱房主的妻子，滥毁他的财产，
此人不会长期出离家乡，我想，不会久别
亲朋——不，他已逼近你们身旁！但愿命运把你
带出此地，送人回家；我希望你不致面对他的出现，
当他回返亲爱的故乡，祖辈居住的地方。
我相信，当他步入自己的厅堂，此人
不会与求婚者和解，不放出他们的血浆！”

　　他言毕祭洒，喝下蜜甜的醇酒，
交还酒杯，放入民众统领的手中，

后者穿走房居，心情沉重，
摇着脑袋，心中展现出凶邪的景状。
然而，他却不能逃避命运，雅典娜已将他框绑束缚，
让他死于忒勒马科斯的双手，他的投枪。
安菲诺摩斯走回刚才站离的椅子，弯身下坐。

其时，灰眼睛女神雅典娜催动伊卡里俄斯
的女儿，谨慎的裴奈罗珮的心胸，
要她出现在求婚人面前，以便激起后者
更强烈的追恋，从而赢获丈夫和儿子
的欢心，较前更多的尊爱。于是，
她强作笑脸，叫着保姆的名字，说道：
“欧鲁诺墨，我的内心企盼着——虽说此般闪念以前从未
有过——面见求婚的人们，尽管仍然把他们恨贬。
此外，我亦想提醒儿子，如此对他有利，
不要老是和骄横的求婚人厮混，
那帮人当面说得好听，心里却谋划着将来的凶邪。”

听罢这番话，家仆欧鲁诺墨答道：
“你的话，我的孩子，听来条理分明，说得一点不错。
去吧，劝诫你的儿子，不要把话藏在心中。
但必须先洗净身子，油抹你的脸面；不要
带着被泪水浸蚀的双颊，像现在这样下楼；
不宜天天哭泣，如此有害无益，满脸泪痕。
别忘了，你儿已经长大，而你总在对神祈祷，
你最大的心愿便是，让他长成一个有胡子的男人。”

听罢这番话，谨慎的裴奈罗珮答道：
“虽说你爱我，欧鲁诺墨，但却不要劝我如此这般，

要我洗净身子，抹上油清；
拥居俄林波斯的神明已败毁我的容颜，
自从丈夫离去，乘坐深旷的海船。
不过，你可传告奥托诺娥和希波达墨娅
前来，以便站在我的身边，在那厅堂里面。
我不会独自前往，站在男人中间，如此有损名节。”

　　她言罢，老妇遵命走去，穿行宫居，
传话二位女子，要她们去往女主人身前。
其时，灰眼睛女神雅典娜的谋算着另一件要做的事情。
她撒出舒甜的睡眠，蒙起伊卡里俄斯的女儿，
松软了所有的关节，使她躺倒长椅，
闭眼酣睡。与此同时，她，女神中的佼杰，
赐予神用的礼物，使阿开亚人赞美她的丰美。
首先，女神清爽了她秀美的五官，
用神界的仙脂，库塞瑞娅以此增色，头戴
漂亮的花环，参加典雅姑娘们多彩的舞会。
接着，女神使她看来显得更加高大，越加丰满，
淡润了她的肤色，比新锯的象牙还要洁白。
美化完毕，雅典娜，女神中的佼杰，动身离去，
白臂膀的女仆们跑出厅堂，遵命前来，
说话的声音惊醒了熟睡中的裴奈罗珮，
后者伸出双手，搓揉双颊，开口说出话言：
“好一觉香甜的酣睡，竟在我伤心悲愁的时间！
但愿纯贞的阿耳忒弥丝让我死去，就在此时，也像
这般舒甜，中止我糜耗自己的生命，
罢息我的悲苦，思念亲爱的夫婿，
凡界的全才，阿开亚人中的俊杰。”

　　言罢，她走下闪亮的睡房，
并非独自踽行，有两位侍女伴随。
她，女人中的佼杰，来到求婚人近旁，
站在房柱下，柱端支撑着坚实的屋顶，
拢着闪亮的头巾，遮掩着脸面，
两边各站一位忠实的仆伴。
求婚者们见状，爱欲顿生，腿脚酥软，
人人祈告求愿，得以睡躺在她的身边，
但后者出言亲爱的儿子，对忒勒马科斯说道：
“你的心智和思绪，忒勒马科斯，已不如从前稳健，
孩提时代的我儿，比现在更能思考判断。
如今，你已长大成人，一个风华正茂的青年，
倘若有人自外邦而来，目睹你的俊美，你的身材，
定会说你是一位富家的儿男，
可惜你的心智和思绪已失去先前的敏慧，
我指的是眼下宫中的情景，竟让
陌生的来客遭受如此粗暴无礼的对待。
此事将如何开交，倘若让客人坐在我们家里，
遭遇如此残暴的欺凌，受到伤害？
这将是你的耻辱，使你在众人面前抬不起头来。”

　　听罢这番话，善能思考的忒勒马科斯答道：
“母亲，我的妈妈，我不想抱怨你的愤怒，
但我确已留心注意，知晓分辨
诸事的好坏——我已不是一个毛孩。
但我仍然无法明智地筹谋一切，
这些人挫阻我的意志，这里那里，坐夹在我的
身边，心怀凶险，而我只是赤手空拳。
然而，这场拳斗，展开在生客和伊罗斯之间，

却没有称合求婚人的心愿，生客比伊罗斯强健。
哦，父亲宙斯，雅典娜，阿波罗！
我多想眼见求婚人遭受同样的
毁败，低垂他们的脑袋，有的在院子里，
有的在厅堂中，一个个肢腿松软，
恰似伊罗斯那样，坐在厅院的门边，
耷拉着脑袋，像个醉汉，不能
撑腿直立，挪移着归返，
返回他的家院——此人已有气无力！”

就这样，他俩你来我往，一番交谈。
其时，欧鲁马科斯发话，对裴奈罗珮说道：
“伊卡里俄斯的女儿，谨慎的裴奈罗珮，但愿
所有的阿开亚人，居家伊阿松的阿耳戈斯，都能目睹你的
丰采；明天一早，将会有更多的求婚者前来，
食宴在你家里，因为你相貌出众，身材丰美，
心智聪达，女辈中无人可以比及。”

听罢这番话，谨慎的裴奈罗珮答道：
“神明毁了我的丰韵，欧鲁马科斯，毁了
我的容貌和体形，在阿耳吉维人登船离去之际，
前往伊利昂，随同出征的奥德修斯，我的夫婿。
若是他能回来，主导我的生活，
我将会有更好、更光彩的声名。
现在，我忧心忡忡，神明使我承受悲伤。
当着离走之前，把我留在故乡之时，
他握住我的右腕，对我说道：
‘亲爱的夫人，我知道，胫甲坚固的阿开亚人
不会全都安返故里，不受伤损。你知道

人们的传闻，特洛伊人是能征惯战的斗士，
他们是投矛的枪手，发箭的弓兵，
鞭赶快车的壮汉，能以最快的速度，
突破势均力敌的兵阵，结束大规模惨烈的争战。
我不知神明是否会让我生还，不知是否会躺倒
在特洛伊地面。所以，我要把这里的一切托给你看管。
记住照顾我的父母，在我们的宫中，像你
现在所做的这样，或能更好一些，因为我已不在家院。
然而，当眼见儿子长大，生出胡须，
你可婚嫁中意的男人，走出家门离开。'
这便是他的嘱告，如今，所有的一切都已成为现状。
将来会有那么一个晚上，可恨的婚姻会临落我
悲苦的人生；宙斯已夺走我幸福的时光。
但是，眼前的情景纷扰愁恼着我的心魂，
求婚人的行为不同于以往的常规，
那时，求婚者竞相争比，讨好
高贵的女子，富人家的千金。
他们带来自家的牛和肥羊，欢宴
新娘的亲朋，拿出光荣的赠礼。
他们不会吞耗女方的家产，不付酬金。"

　　她言罢，坚忍不拔的奥德修斯心中欢喜，
听闻夫人巧索财礼，说出馨软的话语，
迷蒙对方，胸中则怀藏另一种心机。

　　其时，安提努斯，欧培塞斯之子，开口答道：
"伊卡里俄斯的女儿，谨慎的裴奈罗珮，
不管我们中谁个送来礼物，你可放心
收下；拒礼不收，并非佳宜之举。我们

将不会返回自己的庄园，也不去其他任何地方，
直到你嫁给我们中的一员，阿开亚人中最好的儿男。”

安提努斯的话欢悦着所有的求婚人，
他们遣出各自的信使，提取礼物。
安提努斯的信使取来一件硕大的织袍，
绚美、精致，缀着十二条衣针，
黄金的珍品，带着弯曲的针扣；
欧鲁马科斯的随从取来一条金项链，
纯妙的工艺，串连着琥珀的珠粒，像闪光的太阳；
欧鲁达马斯的两个仆从取来一对耳环，
垂着三挂沉悬的熟桑，射出绚美的光芒。
从王者裴桑得罗斯家里，波鲁克托耳之子，
他的仆人拿来一条项链，瑰美的精品。
就这样，求婚的阿开亚人取来各不相同的礼物，
而裴奈罗珮，女人中的佼杰，则走回楼上的房间，
女仆们跟随后面，拿着佳美的礼件。

其时，求婚人转向舞蹈的欢乐，陶醉于动听的
歌声，尽情享受，等待夜色的降临。就这样，
他们沉湎在欢悦之中，迎来了乌黑的夜晚，
随之挂起三个火篮，在宫厅之中，
用以照明，垒起成堆的木段，
早已被风吹得焦干，被铜斧新近劈开，
将点着的木块置于其间。心志刚忍的奥德修斯的
女仆们已准备轮班守候，添顾燃烧的柴堆，
杰著和足智多谋的奥德修斯说话，言道：
“我说奥德修斯的女仆，你们的主人已久久离家，
去吧，可去尊贵王后的房间，

绕线在她的身边，坐在家里，
悦慰她的心房，亦可梳理羊毛，用双手的力量；
照明之事由我负责，给此间所有的人致送亮光。
求婚者们不能把我拖垮，我的忍耐之力刚柔持续，
哪怕他们愿意挨到黎明登上精美的座椅，等到天亮。”

他言罢，女仆们哄堂大笑，侧目相视，
美貌的墨兰索厚着脸皮，出言讥刺，
虽是多利俄斯的闺女，却由裴奈罗珮收养，
给她舒心的礼物，像对亲生的女儿一样，
但尽管如此，她却不为裴奈罗珮的不幸忧烦，
倒和欧鲁马科斯睡觉，作为他的情人。
眼下，她出言责辱，对奥德修斯说道：
“讨厌的陌生人，你的心智可是出了毛病？
不去铁匠的作坊睡躺，或去某个
公众息聚的客栈，而是呆在此地，当着
众多男人的脸面，喋喋不休地胡言乱语，你的心灵
不知惧怕！毫无疑问，必是酒力糊涂了你的心智；
要不，你从来就是这样，天生就爱唠讲废话。
你竟敢如此不自量力，是否因为击败了伊罗斯，要饭的人儿？
小心，一个比伊罗斯强健的汉子会起来和你作对，
击砸你的脑袋，用粗壮的大手，
捣出血流，把你打出宫房！”

其时，足智多谋的奥德修斯恶狠狠地盯着她，说道：
“你这条母狗！我将马上去找忒勒马科斯，传告
你的话语，让他碎解你的肢干，你的躯体！”

奥德修斯一番斥说，轰跑了女人，

她们跑过厅居，吓得酥软了
膝腿，以为他真要如此做去。
奥德修斯在燃烧的火篮边站定，使其放送光明，
监视着所有求婚人的动静，心中谋划着
另一些事情，它们都将实现。

　　但是，雅典娜不想让高傲的求婚人
罢息极度的骄横，以便给奥德修斯，
莱耳忒斯之子的心灵，增添新的伤悲。
欧鲁马科斯，波鲁波斯之子，开始发话，
讥责奥德修斯，张嘴大笑，在伙伴群中喊道：
“听着，所有的求婚人，追求光荣的王后，听听我的言告。
我的话乃有感而发，受心灵的催动。
此人许是受到神的指引，来到奥德修斯的房宫；
不管怎样，照明的亮光似乎来自此人的身躯，
来自他的秃顶，溜光的一片，无有一根发丝。”

　　言罢，他转而发话奥德修斯，城堡的荡击者：
“陌生人，倘若我属意要你，你可愿充当
我的雇工，劳作在边远的农场，我会给你足够的报酬，
替我垒石筑墙，种植树木，高耸在地面上？
我将为你提供食物，长年不断，
给你脚穿的鞋子，身披的衣裳。
但是，既然你啥也不会，只擅游荡作恶，你自然不会
心想动手干活——宁肯沿路乞讨，行走在整片地界，
讨得别人的施舍，充填无有底端的肚肠。”

　　听罢这番话，足智多谋的奥德修斯说讲，答道：
“但愿我俩能举行一场干活的竞赛，欧鲁马科斯，

在那春暖季节，天日变长的时候，
去那草地之上，手握弯卷的镰刀，
你和我的一样，以便验察谁个更能吃苦耐劳，
无有充填的食物，从早到晚，每人都有大片的青草要割。
我们亦可比赛赶牛，那种最好的壮牛，
体格硕大，颜色黄褐，吃足草料，
同样的年龄，均等的拉力，不疲的劲儿非同一般。
我将选用一块一天工量的田地，犁头得以切开的泥土，
那时，你会见我不停地犁走，留下笔直的沟行！
此外，倘若克罗诺斯之子挑起一场战斗，就在
此时此刻，我将抓起一面战盾，提起两支枪矛，
头戴全铜的帽盔，恰好扣压鬓穴的边旁，
你会见我站在前排壮士之中——那时，
你就不会出言讥辱，嘲骂我肚皮太大。
你生性残暴，为人极其骄狂。
或许，你自以为长得牛高马大，骠勇强壮；
别忘了，你所对付的只是那么几个人，而且无一派得上
用场！告诉你，倘若奥德修斯回返故乡，
宫居的大门，虽说十分宽敞，会在转眼之间
变得狭小，当你等匆匆奔命，沿着门道逃亡！”

　　他言罢，欧鲁马科斯的心里爆出更猛的怒火，
恶狠狠地盯着他，吐出长了翅膀的话语：
“该死的东西，我将使你受损，惩罚你的嚣张，当着
众多男人的脸面，喋喋不休地胡言乱语，你的心灵
不知惧怕！毫无疑问，必是酒力糊涂了你的心智；
要不，你从来就是这样，天生就爱唠讲废话。
你竟敢如此不自量力，是否因为击败了伊罗斯，要饭的人儿？”

言罢，他抓起一张脚凳，但奥德修斯
躬身缩坐杜利基昂的安菲诺摩斯的膝前，
惧怕欧鲁马科斯的盛怒，后者扔出凳子，击中
侍酒人的右手，酒罐脱手落地，砰然作响，
侍酒人仰面倒下，张嘴呻吟，背躺泥尘。
求婚人噪声四起，在幽暗的厅居里喧嚣，
混乱中，他们望着自己的近邻，说道：
“但愿这陌生的老儿倒死在来此之前，
别的什么地方；他引发了这场芜杂的喧闹——
我们在为要饭的争吵！盛大的宴会将不再
给我们带来欢乐，令人讨厌的混战会把一切毁掉。”

其时，忒勒马科斯，灵杰豪健的王子，开口斥道：
“蠢货，你们可是昏糊了头脑！很明显，你们肚中的
食物，那一杯杯醇酒，使你们疯狂。必定是某位神明
催使你们作乱。你们已吃饱喝足，应可回家伸腿，无论
何时，只要愿意——当然，并非我要赶走谁个。”

听他说罢，求婚人个个狠咬嘴唇，惊异于
忒勒马科斯的言语，竟敢如此大胆地对他们训话。
其时，安菲诺摩斯发话，王者
阿瑞提阿斯之子尼索斯豪贵的儿子，面对众人说道：
“不要动怒，我的朋友们！不要用粗暴的答语
回复合乎情理的言告。停止
虐待生客，也不要错对任何
侍者，神一样的奥德修斯家里的仆工。
来吧，让侍斟的下手倒出美酒，在各位的杯中，
让我们泼酒祭祀，回返家门；
让忒勒马科斯照看生人，后者来到

他的家里，在奥德修斯的房宫。”

安菲诺摩斯言罢，众人欣表赞同，
壮士慕利俄斯，来自杜利基昂的使者，安菲诺摩斯
的随从，在兑缸里调出美酒，
依次斟倒在各位杯中，后者洒过祭祀，
给幸福的神明，喝饮蜜甜的浆酒。
洒过奠酒，全都喝得心满意足，
他们走去睡觉，各回自己的家门。

# 第十九卷

其时，卓著的奥德修斯留身厅堂，心中
谋划着如何击杀求婚的人们，凭靠助佑的雅典娜。
他当即送出长了翅膀的话语，对忒勒马科斯说讲：
“忒勒马科斯，我们必须收起武器，在高处的
藏室置放。当求婚人想起它们，询问兵器的
去处，你可用和善的话语应对，将他们骗惘：
‘我已将兵器移出黑烟的熏污，它们已面目全非，失去
当年的风貌——那时，奥德修斯留下它们，前往特洛伊
战场；兵器已受脏损，弥漫的青烟使它们变样。
此外，克罗诺斯之子在我心里注入了一个
更周全的想法，恐怕你等乘着酒兴，站起来
斗打，互留伤痕，毁了宴席和求婚的
计划；铁器本身即可诱人产生抓握的愿望。’”

他言罢，忒勒马科斯服从了亲爱的父亲，
召来欧鲁克蕾娅，他的保姆，说道：
“过来，保姆，留住那帮女人，让她们待在屋里，
我将收起父亲精美的器械，放入藏室，
眼下正散置在宫里，被青烟熏得乌黑，
因我父亲不在此地，那时候，我还是个娃娃。
现在，我要把它们收起，放置在烟火熏及不到的地方。”

　　听罢这番话，亲爱的保姆欧鲁克蕾娅答道：
“我真高兴，亲爱的孩子，你能想到自己的责职，
关心宫内的事情，保护所有的财物。
好吧，告诉我，谁将和你同往，为你照明？
女仆们会替你举火，但你说，你不愿让她们出来帮忙。”

　　听罢这番话，善能思考的忒勒马科斯答道：
“这位生人可以帮忙；我不会让人白吃
东西，啥也不干，哪怕他来自远方。”

　　他言罢，欧鲁克蕾娅说不出长了翅膀的话语，
拴紧门面，堵住大厅的出口，精固的厅堂。
两位汉子，奥德修斯和他光荣的儿子，跳将起来，
开始搬运头盔、中心突鼓的战盾和
锋快的枪矛，帕拉丝·雅典娜举着金柄的
火把，在他们前头，照出一片瑰美的亮光。
忒勒马科斯见状发话，急切地对父亲说道：
“父亲，我的眼前出现了惊人的景象，
瞧这屋墙，这一根根漂亮的板条，
还有杉木的房梁，撑顶它们的木柱，所有这一切，
全都闪耀在眼前，像燃烧的火焰一样。
必有某位神明在此，辽阔的天空由他们统掌。”

　　听罢这番话，足智多谋的奥德修斯说讲，答道：
“嘘，别说这个，心知就行，不要询问这些。
此乃神的做事方式，他们拥居俄林波斯山上。
你可前去睡觉，我将留守此地，
以便继续挑察宫里的女仆和你的妈妈，
后者会强忍悲痛，对我把一切询访。”

他言罢，忒勒马科斯步出大厅，
凭助火把的照明，走向自己的房间，他的睡床，
每当甜蜜的睡眠附体，这里从来便是他栖身的地方。
眼下，他亦睡躺该床，等待神圣的黎明，
而卓著的奥德修斯则仍然留在厅堂，心中
谋划着如何击杀求婚人，凭靠雅典娜的帮忙。

其时，谨慎的裴奈罗珮走下睡房，
像阿耳忒弥丝或金色的阿芙罗底忒一样。人们
搬过椅子，让她傍着柴火，入座在通常息坐的地方，
靠椅嵌着白银和象牙，匠人
伊克马利俄斯的手艺，制作连椅的
脚凳，椅上铺着一张硕大、曲卷的
羊皮，谨慎的裴奈罗珮弯身坐下。
白臂膀的女仆们走出房间，
清走大堆吃剩的食物，收起桌子和
酒杯，狂傲的求婚人用它们饮喝。
她们摇动火篮，抖下烬末，落在地上，添搁
成堆的木块，致送照明，增散热量。
其时，墨兰索再次开口责辱，对奥德修斯说道：
“陌生人，看来你是打算整夜待守此地，使我们腻烦，
蹑行在宫里，侦刺女人的行踪谈话？
滚出门去，你这个穷酸，满足于你的食餐。
否则，你将被打出门外，挨受投出的火把！”

其时，足智多谋的奥德修斯恶狠狠地盯着她，说道：
“你这女子，这是为何，为何怒气冲冲，出言责骂？
是因为嫌我脏乱，穿着破旧的衣裳，
行乞在这片地方？我可是出于无奈；

这是浪人的命运，乞丐的生涯。
我也曾是个幸福的阔佬，拥有丰足的房产，
生活在邻里之中，常常施助流浪者，
不管何人，带着何样的需求前来。
我有无数的奴仆，各式各样的好东西，
人们以此欣享生活，被民众称为富有。但宙斯，
克罗诺斯之子，毁了我的一切——有时，他有这样的嗜好。
所以，女人，你要小心在意，你也会倒霉，失去你的
每一分容貌，凭此，你在成群的女仆中绰显风光。
当心女主人的惩罚，她会恨你，对你发火。
抑或，奥德修斯还会回来，对此，我们仍然怀抱希望。
即便他死了，归返无望，即便如此，
宫中还有忒勒马科斯，他的儿子，凭借阿波罗的恩典，
和他一样出色。女人的肆狂，不管谁个，
全都躲不过他的听察，他已不是个娃娃。”

　　他如此一番言告，传至谨慎的裴奈罗珮耳旁，
随之训示她的女仆，出声呼唤，责斥道：
“放肆，不要脸的东西！我已闻睹
你的丑行，为此，你将付出血的代价①！
你已听过我的言告，知道得清清楚楚：
我想在厅堂里会见生人，问及
我的丈夫——为了他，我的心情悲苦异常。”

　　言罢，她转而嘱告欧鲁诺墨，她的家仆：
“搬过椅子，欧鲁诺墨，垫上一张羊皮，

---

① 你将付出血的代价。直译作：你将用自己的头颅拭擦。古时，人们杀牲后，在祭畜头上擦去刀上的血痕，以此将杀生的“罪过”移嫁到祭畜身上。

让生人入座，讲说他知晓的事情，
同时听听我的谈论；我亟想对他问话。”

她言罢，仆人迅速搬来椅子，一张
溜光的座椅，铺出一块卷毛的羊皮。
卓著和坚忍不拔的奥德修斯在椅上入坐，
谨慎的裴奈罗珮首先挑起话题，说道：
“我将首先发话，陌生的客人，问问你的来历。
你是谁，你的父亲是谁？来自哪个城市，双亲在哪里？”

听罢这番话，足智多谋的奥德修斯说讲，答接：
“谁也不能对你吹毛求疵，夫人，
在无垠的大地。你的名声冲上了宽广的天际，
像某位国王，一个豪勇、敬畏神明的汉子，
王统众多强健的兵民，
伸张正义，乌黑的泥土给他送来
小麦大麦，树上果实累累，羊群从不
停止羔产，海中盛产鲜鱼，人民
生活美满，得益于他的英明。
你可提出任何问题，在你家里，
只是不要问我是谁和家乡的称谓，
担心由此引发凄楚的回忆，加深我心中的
伤悲；我有过许多痛苦的愁凄。我不该
坐在别人家里，悲悲戚戚，痛哭
流涕；哀恸不止，不是可取的行为。
你的女仆，或你自己，会恼怒我的行径，
说我泡泳在泪水里，被酒汤迷糊了心灵。”

听罢这番话，谨慎的裴奈罗珮开言，答对：

"神明毁了我的丰韵，陌生的客人，毁了
我的美貌和体形，在阿耳吉维人登船离去之际，
前往伊利昂，随同奥德修斯，我的夫婿。
若是他能回来，主导我的生活，
我将会有更好、更光彩的声名。
现在，我忧心忡忡，神明使我承受伤悲。
外岛上所有的豪强，有权有势的户头，
来自杜利基昂、萨墨和林木繁茂的扎昆索斯，
连同本地的望族，阳光明媚的伊萨卡的王贵，
全都紧追在我后边，违背我的意志，败毁我的家院。
所以，我无心照看生客和恳求帮助的人们，就连
服务于公众的信使，我亦无暇顾及，整天
思念奥德修斯，耗糜我的心绪。
这帮人急于婚娶，而我则以智骗应对。
早先，神明将织纺的念头注入我心里；我在
宫里安起一架偌大的织机，编制
一件硕大、精美的织物，对他们说道：
'年轻人，我的追随者们，既然卓著的奥德修斯已经死去，
你们，尽管急于娶我，不妨再等上一等，让我完成
这件织物，使我的劳作不致半途而废。
我为英雄莱耳忒斯制作披裹，备待使人
蹬腿撒手的死亡将他逮获的时候，
以免邻里的阿开亚女子讥责于我，说是让一位
积攒丰广家产的人士，死后竟连一片裹尸的织布都没有。'
我如此一番叙告，说动了他们高豪的心灵。
从那以后，我白天忙活在偌大的织机前，
夜晚则点起火把，将织物拆散，待织从头。
就这样，一连三年，我瞒着他们，使阿开亚人
信以为真，直到第四个年头，随着季节的转换，

时月的消逝，日子一天天过去，其时，
通过我的女仆，那些个鲁莽、轻佻的女子，他们
得悉此事，前来拆穿我的骗哄，大骂出口。
于是，我只好收工披裹，被迫违背自己的愿望。
眼下，我躲不过这场婚姻，我已想不出
别的招数。父母紧催我再嫁，此外，
由于眼见这帮人吃耗我们的家财，我儿现已心情烦愦。
他察知一切，孩子已长大成人，足以
照看宫居——宙斯给了他这份光荣。然而，
尽管心境不好，我还是要你讲讲自己的身世，打何方而来，
你不会爆出传说里的橡树，不会生自石头。”

　　听罢这番话，足智多谋的奥德修斯说讲，答道：
“莱耳忒斯之子奥德修斯的妻侣，尊敬的夫人，
看来，你是非想知道不可，关于我的身世?
好吧，我这就告诉你，虽然这会使我悲伤，
比现在更甚，但此乃出门在外的常事，
倘若有人远离故乡，像我一样旷日持久，
浪走许多凡人的城市，历经艰难。
尽管如此，我将答复你的询告，回答你的问话。
有一座海岛，在那酒蓝色的大海之中，叫做克里特，
土地肥沃，景色秀丽，海浪环抱，住着许多
生民，多得难以数计，拥有九十座城市，
语言汇杂，五花八门。那里有阿开亚人，
本地的心志豪莽的克里特人，有库多尼亚人，
多里斯人，分为三个部族，以及高贵的裴拉斯吉亚人。
岛上有一座城市，宏伟的克诺索斯，米诺斯曾在那里
为王，历时九年，能和大神宙斯通话。
他乃我的祖父，心胸豪壮的丢卡利昂的父亲。

丢卡利昂生得二子，我和王者伊多墨纽斯，
后者统兵去了伊利昂，偕同阿特柔斯的儿子，
带着尖翘的舟船。埃松是我的大名，
我乃父亲的次子，伊多墨纽斯长出，比我勇猛。
正是在家乡的宫居，我结识了奥德修斯，款待过他的
光临——强劲的海风将他刮离航线，在前往伊利昂的
途中，掠过马勒亚，来到克里特。
他在安尼索斯停船，那里有埃蕾苏娅的岩洞，
一处难以泊驻的港湾，从风暴中死里还生。
他当即前往城里，询问伊多墨纽斯的住处，
声称他是兄长尊敬和爱慕的朋友。然而，
那时已是伊多墨纽斯离家的第十或十一个早晨，
带着尖翘的海船，前往特洛伊战斗。
于是，我把他带到家里，热情招待，
权尽地主之谊，用家中成堆的好东西。
至于随他同来的伙伴，我从
公众那边征得食物，给出大麦和闪亮的醇酒，
连同祭用的牛畜，欢悦他们的心房。
高贵的阿开亚客人在岛上留息，住了十二天，
受阻于强劲的北风，刮得人们难以着地行走，
站稳脚跟。某位严厉的神明催起了这股狂风。
到了第十三天上，疾风停吹，他们登船上路。”

　　奥德修斯一番言告，把众多的假话说得逼真，
裴奈罗珮听后泪流满面，皮肉酥松。
像积雪溶化在山岭的顶峰，
西风堆起雪片，南风吹解它的表层，
雪水涌入河里，聚起泛滥的洪峰；
就像这样，裴奈罗珮热泪涌注，滚下漂亮的脸蛋，

哭念自己的男人，后者正坐临她的躯身。眼见
妻子悲恸，奥德修斯心生怜悯，
但他目光坚定，睑皮中的眼珠纹丝不动，似乎
取料于硬角或铁块，强忍住眼泪，为了欺惘的需要。
然而，当哭出了胸中的悲悒，女主人
再次开口答话，对生人说道：
“现在，我的朋友，我打算出言试探，看看你
是否真的招待过我的丈夫，连同他神样的
伙伴，如你说的那样，在你的宫房。
告诉我他身穿什么衣服，是个何样的
人儿；说说他的伙伴，随行在他的身旁。”

　　听罢这番话，足智多谋的奥德修斯说讲，答道：
“此事不易，夫人，描述一个久不见面
之人，须知这已是第二十个年头，
自从他来到我们地界，离开我的国邦。
尽管如此，我仍将对你回话，按我心中记住的情景描说。
卓著的奥德修斯身穿紫色的羊毛披篷，
双层，别着黄金制作的饰针，带着
两道针扣，正面铸着精美的图纹：
一条猎狗伸出前爪，逮住一只带斑点的小鹿，
捕杀拼命挣扎的猎物。人们惊赞，无不，
眼观金铸的图纹鲜活，猎狗扑击小鹿，咬住它的喉咙，
后者蹬腿挣扎，企图死里逃生。
我还注意到那件闪亮的衫衣，穿着在身，
像那蒜头上风干的表皮，轻软
剔透，像太阳一样把光明闪送。
许多女子凝目衫衣，带着赞慕的情貌。
我还有一事说告，你可记在心中。

我不知奥德修斯的这身穿着是否取自家里，
抑或，某位伙伴以此相送，当他踏上快船的时候，
亦可能得之于海外的赠获——奥德修斯的朋友
人数众多，阿开亚人中很少有人像他这样广泛结交。
我亦给他一份礼物，一柄铜剑和一领紫色的
双层披篷，漂亮的精品，另有一件带穗边的衫衣，
送他出海，载着光荣，乘坐凳板坚固的船舟。
我还记得一位信使，年龄比他稍大，
随他一起到来，我愿对你描述他的形貌。
他双肩弯躬，肤色黧黑，头发屈卷，
名叫欧鲁巴忒斯，所有伙伴中最得
奥德修斯尊爱，因为他俩见识略同。”

一番话打动了女主人的心灵，挑发了更强烈的恸哭
之情——她已听知某些确切的证迹，从奥德修斯口中。
当哭出了胸中的悲悒，裴奈罗珮
开口答话，对客人说道：“如果说，
陌生的客人，在此之前你得到我的怜悯，那么
现在，你已是我的朋友，理应受到尊敬，在我的房宫。
是我亲手给他那身衣服，如你描述的那样，
拿出存衣的藏室；是我给他别上闪亮的衣针，
作为身上的点饰。然而，我将再也不能
迎他回来，回返他亲爱的故乡。
咳，那可真是个凶险的日子，奥德修斯登上
深旷的海船，前往邪毒的特洛伊，不堪言喻的地方！”

听罢这番话，足智多谋的奥德修斯说讲，答道：
“莱耳忒斯之子奥德修斯的妻子，尊贵的夫人，
莫再损毁你秀美的皮肤，痛绞你的心灵，

悲哭奥德修斯，你的丈夫。但我不想责备于你，
女人天性如此，当她失去自己的婚偶，
生儿育女的情侣，同床睡觉的男人——即便此人
不及奥德修斯出色，人们说，他像一位不死的仙神。
现在，我劝你停止哭泣，注意我的话语，
我无意欺骗，亦不想保留：
我已听说奥德修斯，正在回家途中。
他已近离国界，置身塞斯普罗提亚人丰肥的土地，
仍然活着，带着许多财富，收聚在那块地面，
准备运回家中。他失去了随行的伙伴，
连同深旷的海船，在酒蓝色的洋面，
从海岛斯里那基亚行船向前——宙斯与赫利俄斯
恨他，只因他的伙伴杀了太阳神的牧牛。
那帮人全都死于冲涌的海浪，只有
奥德修斯，骑着船的龙骨，被激浪推上滩头，
置身法伊阿基亚人的土地，神的裔族，
受到他们的尊敬，发自内心，像对一位仙神，
给他许多东西，愿意送他出海，安抵家园，
不受伤损。是的，奥德修斯本应早已回返
此地，但他心想得获更多的收益，
浪走许多国界，收集赠送的财物。
会死的凡人中，奥德修斯无可比及，
最晓聚财的门道，比谁都精通。
这些便是菲冬的言告，塞斯普罗提亚人的王者。
他亲口发誓，当着我的脸面，泼出祭神的奠酒，
在他的宫里，告知航船已被推下大海，船员正执桨以待，
载送奥德修斯，返回亲爱的故园。
但在此之前，他让我先行上路，因为碰巧有一条
塞斯普罗提亚人的海船，前往杜利基昂，盛产小麦。

他让我赏看奥德修斯的财富，所有的积聚，
足以飨食他的后人，直到第十代重孙，
如此众多的财物，收藏在王者的宫中。
他说奥德修斯去了多多那，求听
宙斯的意愿，从那棵神圣、枝叶高耸的橡树，
问知如何返回家乡，富足的伊萨卡，是
秘密回行，还是公开登岸——离家的时间已有那么长远。
所以，放心吧，此君安然无恙，正在返家。他已
临近此地，不会久离亲朋，他的故乡。
为此，我可对你发誓，立下庄重的誓言。
首先，请至高、至尊的宙斯做证，
还有我为之临来，豪勇的奥德修斯的炉盆，
我说的一切都将兑现，成真。
奥德修斯将在月内还家，
当着旧月销蚀，新月显现登升。”

　　听罢这番话，谨慎的裴奈罗珮答道：
“但愿你的话，陌生的客人，将来得以实现，
如此，你将很快领略友谊的甘甜，收取我给的
许多礼件，让人们夸你好运，要是和你聚首碰面。
不过，在我看来，我心里明白，此事将会如此这般：
奥德修斯不会回返，此间也不会有人
送你出海，家中无人发号施令，像
奥德修斯那样拥有权威——倘若他曾经生活在人间——
接待尊敬的生客，把他们送上海船。
来吧，侍女们，给他净洗双脚，备整一张床面，
拿出铺盖、披篷和闪亮的毛毯，让他
躺得舒暖，等待黎明登坐金椅的晨间。
明天一早，你等要替他沐浴，抹上清油，

以便让他舒舒服服地在厅堂里进食，
坐在忒勒马科斯身边。倘若有人打算伤痛
他的心灵，使他愤烦，结果将会更坏；
他将一无所获，哪怕气得暴跳如雷。
你将如何检察我的睿智，陌生的朋友，
看出我的精明，超越所有的女人，
倘若你脏身不洗，衣着破烂，食宴在
我们的厅殿？凡人的一生匆忽短暂。
倘若为人苛刻，心思尖毒，那么，
当他活着之时，所有的人都会潜心祈愿，愿他
日后遭难，而当他死去后，人们又会讥责他的一切。
然而，要是为人厚道正直，心地慈善，那么，
受他招待的朋友会传出美名，使他
誉满人间——众人会赞颂他的行迹。”

　　听罢这番话，足智多谋的奥德修斯说讲，答道：
“莱耳忒斯之子奥德修斯的妻子，尊敬的夫人，
我讨厌披盖和闪亮的毛毯，
自从初时离开克里特积雪的
大山，坐上带长桨的海船。
我将像以往那样息躺，熬过不眠的长夜，
我已度过许多个这样的夜晚，蜷缩在脏乱的
椅面，等待璀璨的黎明登上座椅的晨间。
此外，洗脚的盆水亦不会给我带来
欢乐，我不要任何女人沾碰我的脚面，
不，不要那些做活宫中的女子，
除非有一位温贤的老妇，她的
心灵和我的一样，承受了许多悲难。
倘若由她碰洗我的双脚，我将不会抱怨。”

听罢这番话，谨慎的裴奈罗珮答道：
“谁也不如你精细，亲爱的朋友，在到过我家，
来自远方的宾客中，你是最受欢迎的一位；
你出言机警，说得合情合理。
我确有一位老妇，头脑清醒，
曾经抚养那不幸的人儿，带大我的夫婿，
将他抱在怀里，在那出生的时刻，母亲把他送临人间。
他将盥洗你的双脚，虽然她已年老体弱。
来吧，谨慎的欧鲁克蕾娅，快来净洗
此人的腿脚，他的年纪和你主人相仿。奥德修斯
的手脚现在亦应和此人的相似，
不幸的逆境里，凡人比平时更快地衰老。”

她言罢，老妇双手掩面，
热泪滚滚，悲痛中开口说称：“我为你
哭泣，我的孩子，但却帮不了你的忙！毫无疑问，
宙斯恨你——虽说你敬畏神明——甚于对别的凡人。
人间谁也不曾像你这样，焚烧过这么多
肥美的腿肉，举办过这么多次盛大的祀祭，用精选的牲品，
敬献给宙斯，喜好炸雷的仙神，祈求让你
舒顺地活到老年，把光荣的儿子养大成人。
现在，他惟独不让你回归，夺走了你还家的企望。
眼下，女人们一定也在对他嘲指奚落，
在远方的生人中，走入某座光荣的房居，
就像此间一样，陌生的客人，不要脸的女人们把你嘲弄。
为了避开她们的讥责羞辱，你不愿让她们
盥洗你的脚丫，但谨慎的裴奈罗珮，伊卡里俄斯的
女儿叫我操办，我亦愿意出力帮忙。
我将替你清洗腿脚，既为裴奈罗珮，

亦是为了你好，我的心灵承受着悲愁的
煎熬。来吧，注意听听我的说告。
此间来过许多饱经风霜的生人，但
我要说，我从未见过有谁比你更像
奥德修斯，凭你的话音、双脚和形貌。”

　　听罢这番话，足智多谋的奥德修斯说讲，答道：
“所有见过我俩的人，老妈妈，全都这么
评说。他们说我俩极其相像，
如你已经看出的那样，你的话没有说错。”

　　他言罢，老妇取过闪亮的大盆，
供洗脚之用，注入大量清水，先是
凉的，然后用热的匀和。奥德修斯
坐在柴火旁，突然转向黑暗的一边，
心中掠过一个闪念，担心在她动脚之时，
眼见伤疤，揭穿先前的伪装。
她走近主人身边，动手盥洗，当即认出那道
伤痕，长牙白亮的野猪撕开的口子——其时，他正
置身帕耳那索斯山上，访见奥托鲁科斯和他的儿郎，
前者是他母亲高贵的父亲，比谁都精于
偷盗，擅长咒发誓证，神明赫耳墨斯热心
帮赞，亲自教会的本领，奥托鲁科斯的焚祭，
羊羔和小山羊的腿腱，使他心情欢畅。
奥托鲁科斯曾来过富足的伊萨卡，
发现女儿刚刚生养了一个孙儿。
晚餐后，欧鲁克蕾娅将婴儿放上
他的膝盖，叫着他的名字，开口说道：
“给孩子取个名吧，奥托鲁科斯，给你

孩子的儿男；我们早就声声祈盼，盼望他的来到。”

　　听罢这番话，奥托鲁科斯说讲，答道：
“好吧，我的爱婿和女儿，让他接取我给的称唤。
既然我身临此地，受到许多人的厌烦，
男女亦有，在这片丰腴的地界，不妨让他
用名奥德修斯，‘遭受厌恨的人儿’。待他长大后，
可来娘家的故地，帕耳那索斯山边，
偌大的房殿，那里有我的家产，
我会慷慨出手，使他欢快，送他回返。”

　　为此，奥德修斯去往那里，得取光荣的礼件。
奥托鲁科斯和他的儿子们同他握手，
讲说亲切的话语，欢迎他的来访，
安菲塞娅，她母亲的母亲，抱住奥德修斯，
亲吻他的额头，俊美闪亮的眼睛。
奥托鲁科斯命嘱光荣的儿子们
整备宴餐，后者服从他的令言，
当即牵来一头五岁的公牛，
剥去皮张，收拾停当，肢解了大身，
把牛肉切成小块，动作熟练，挑上叉尖，
仔细炙烤后，给出食用的份餐。
他们坐着吃喝，整整痛快了一天，直到
太阳沉落，人人都吃到足份的食餐。
当太阳西沉，神圣的黑夜把大地蒙罩，
他们躺下歇息，接受睡眠致送的礼件。

　　当早起的黎明，垂着玫瑰红的手指，重现天际，
他们外出狩猎，奥托鲁科斯的儿子们，

带着狗群，高贵的奥德修斯和他们一起
前往。他们爬上陡峻的高山，覆盖着森林，
帕耳那索斯，很快来到多风的斜坡。
其时，太阳乍刚露脸，将晨晖普洒在农人的田野，
从微波荡漾、水势深渺的俄开阿诺斯河升起，
猎手们来到林木繁茂的山谷，前面奔跑着
狗群，追寻野兽的踪迹，后头跟着
奥托鲁科斯的儿子，偕同奥德修斯，
紧随在猎狗后面，挥舞着落影森长的枪矛。
树丛深处趴躺着一头硕大的野猪，在它的窝巢，
既可抵御湿风的吹扫，又可
遮挡闪亮的太阳，白光的射照，
雨水亦不能穿透，密密匝匝，
枝干虬缠，满地厚厚的落叶。
人和狗的腿步呼呼隆隆，逼近
野猪，后者冲出巢穴，颈背上
鬃毛竖指，双眼喷出火光，
面对他们的近迫。奥德修斯最先
出击，高举粗壮的臂膀，大手抓握长枪，
心急如火，准备击杀，无奈野猪比他更快，一头撞来，
掠过他的膝盖，用雪白的獠牙，裂出一长道豁口，
向一边划开，幸好不曾触及骨头。
奥德修斯出手刺击，扎入右边的胸肩，
闪亮的矛尖深咬进去，穿透击点，
野猪嘶声狂叫，躺倒泥尘；魂息飘离了躯干。
奥托鲁科斯的爱子们收拾好野猪的躯体，
熟练地包扎伤口，替雍贵和神一样的
奥德修斯，诵起驱邪的咒语，止住了
乌黑的血流，旋即回见尊爱的父亲，回返他的房宫。

奥托鲁科斯和他的儿子们精心
治愈了他的伤口，给他闪亮的礼物，
送他高高兴兴地上路，很快回到亲爱的故乡，
伊萨卡地方。父亲和尊贵的母亲
满心欢喜，眼见他的归来，问他发生的一切，
为何带着痕伤，后者详细回答了问话，
如何外出杀猎，被白牙利齿的野猪击伤，
爬上帕耳那索斯大山，偕同奥托鲁科斯的儿郎。

　　老妇抓住他的腿脚，在她的手心，
摸及那道伤疤，认出它的来历，松脱双手，
脚丫掉入水里，撞响铜盆，
使其倾向一边，泻水溅淌在地上。
欧鲁克蕾娅悲喜交加，双眼
热泪盈眶，激奋噎塞了通话的喉嗓。
她伸手托摸奥德修斯的下颌，说道：
“错不了，亲爱的孩子，你确是奥德修斯，我先前
不知，我的主人，直到触摸在你的身旁。”

　　说罢，她举目裴奈罗珮，心想
让女主人知晓，亲爱的丈夫已在身旁，
但裴奈罗珮不知掉头这边，看出她的意思，
雅典娜拨移了她思绪的方向。奥德修斯
摸找她的位置，右手掐住她的喉咙，
左手将她拉至近旁，说道：
“你想把我毁了，我的老妈妈？如此，为何
把我养大，挨着你的乳房——如今，我历经千辛万苦，
在第二十个年里，回返家乡。现在，
既然你已认出我来，神明将讯息注入你的心房，

我要你保持沉默，不要对宫中任何人声张。
让我直言相告，此事会成为现状：倘若
你张扬出去，而通过我的双手，神明击倒傲慢的求婚者，
那时，尽管你是我的保姆，我将不会把你饶放，
当我杀死别的女仆，放倒在我的宫房！”

听罢这番话，谨慎的欧鲁克蕾娅说道：
“这是什么话，我的孩子，崩出了你的齿隙？
你知道我的心志，倔硬刚强，
我将闭口不言，像一方顽石，或一块生铁一样。
我还有一事相告，你要记在心上。
倘若通过你的双手，神明击倒傲慢的求婚者，
我将对你诉告宫中女仆的情况，
哪些个贱污了你的门楣，哪些个清白无辜。”

听罢这番话，足智多谋的奥德修斯说讲，答道：
“为何说告这些，我的保姆？你无需这样。
我会亲自察访，知晓每一个人的心肠。
不要张扬，将此事留给神明操掌。”

他言罢，老妇穿走厅堂，拿取
用水，原有的汤水已全数倾洒。
洗毕，老妇替他抹上清油，
奥德修斯拖过椅子，移近火旁，
借以取暖，遮住伤疤，用破旧的衣裳。
谨慎的裴奈罗珮首先发话，说讲：
“我还想动问一事，陌生的客人，一件细小的事情，
我知道，现在已接近欣享睡眠的时分，
至少是对那些人，尽管悲愁，仍能欣享睡眠的甜香。

神明给我悲苦，深重得难以计量。
白天，我哀声哭泣，长吁短叹，借以平慰心胸，
同时操持我的活计，督察宫中的女仆们奔忙；
然而，当黑夜来临，睡眠将所有的人缚绑，
我却躺在床上，焦躁和烦恼箍围着
怦跳的心房，折磨着我的思绪，哭断愁肠。
像潘达柔斯的女儿，绿林中的夜莺，
停栖密密的树叶之中，放声动听的
歌喉，当着春暖花开的时节，
颤音回绕，抑扬顿挫，以激婉的旋律，
哀悼伊图洛斯，王者泽索斯的儿郎，她的爱子，
母亲在疯迷中落下铜剑，把他误杀。
我也一样，心绪纷争，或这或那：
是仍然和儿子同住，看守这里的一切，
我的财产，我的家仆，这座宏伟、顶面高耸的房府，
听纳民众的呼声，忠于丈夫的睡床，
还是离家出走，跟随这帮阿开亚人中最出色的一个，
他们用无数的财礼，追媚在我的宫房？
我的儿子，当他尚是孩童，心计雏弱之时，
不愿让我嫁人，离开丈夫的宫府；但现在，
他已长成高大的小伙，日趋成熟，
甚至祈愿我回返娘家，走出宫门，
烦愤于财产的糜损，被那帮白吃白喝的阿开亚人食享。
来吧，听听我的梦景，释卜它的内容。
我有二十只鹅，散养在家院，吃食麦粒，
摇摆在水槽边旁，它们的活动，是我爱看的景状。
然而，一只硕大的鹰鸟，曲着尖嘴，扑下山脉，
拧断它们的脖子，杀得一只不剩，全都
堆死宫中；大鹰展翅飞去，冲上透亮的天空。

其时，我开始哭泣，虽说还在梦中，大声哭喊，
发辫秀美的阿开亚女子过来围在我的身旁，
鹰鸟杀死家鹅，使我悲楚哀伤。然而，
雄鹰飞转回来，停驻在突出的椽木，
以人的声音开言，对我说话：
‘别怕，声名遐迩的伊卡里俄斯的女儿。
这不是睡梦，而是个美好的景兆，将会成为现状。
鹅群乃求婚的人们，而我，疾飞的雄鹰，
眼下正是你归来的丈夫，我将
送出残虐的死亡，给所有求婚的人们！’
他言罢，蜜一样香甜的睡眠松开了沉迷的束绑，
我左右观望，只见鹅群仍在宫中，还像
先前那样，吃食麦粒，摇摆在水槽边旁。”

　　听罢这番话，足智多谋的奥德修斯说讲，答道：
“此梦曲解不得，夫人，只有一种
解释；奥德修斯本人已道出它的
含义，结局将会怎样。求婚人必死无疑，
都将送命，谁也休想逃避命运，凄惨的死亡！”

　　听罢这番话，谨慎的裴奈罗珮答道：
“梦景很难卜释，我的朋友，意思难以捉摸，
梦中所见不会一一变成现状。
飘走的梦幻穿度两座大门，
一对取料硬角，另一对用象牙做成。
穿走象牙门扇的睡梦，锯开的牙片，
只能欺人，所送的信息从来不会成真；
但是，那些穿走角门的梦景，穿过溜光的门面，
却会成为现实，送致见过的人们。

我想，刚才所说的那场怪梦，穿走的不是
这座大门；否则，我的儿子和我将会感觉舒畅。
我还有一事相告，你要记在心上。
即至的早晨将和邪毒一起到来，它将把我
带出奥德修斯的房府。我将举办一次竞赛：
他曾在宫中竖起斧斤，排成一行，
总数十二，连成一线，像撑固海船的树木，
他会远远地站离斧斤，箭穿斧孔。
现在，我将以此为名，让求婚者们竞赛，
让那抓弓在手，弦线上得最为轻快，
一箭穿过十二把斧斤的赛手，
带我出走，离弃奥德修斯的家府，
我曾是这里的新娘，一处十分漂亮的宫院，足藏财物，
我将不会把它忘怀，我知道，即使在梦境里头。”

听罢这番话，足智多谋的奥德修斯说讲，答道：
“莱耳忒斯之子奥德修斯的妻子，尊敬的夫人，
赶快举办竞赛，莫要迟延，在你的房宫。
不等这帮人操整坚固的射弓，设法
安上弦线，箭穿那些个铁块，
足智多谋的奥德修斯即会回返家中。”

听罢这番话，谨慎的裴奈罗珮答道：
“但愿你能坐在我身边，在我的宫里，
使我欢快，这样，睡眠便决然不会催我合眼。
但是，凡人不可能长醒不睡，
永生的神明定下了每一种活动的时限，
给会死的凡人，生活在丰产谷物的地面。
所以，现在，我要去楼上的房间，

睡躺在我的床上，那是我恸哭的地方，
总是湿漉漉的一片，我的眼泪，自从奥德修斯
离家而去，前往邪毒的特洛伊，不堪言喻的地方。
我将进房息躺，你可在厅里入睡，既可
铺地为床，亦可让她们动手，替你整备一张。”

　　言罢，她回身上层闪亮的睡房，
并非独自蹒行，有女仆们随同前往，
回到楼上自己的房间，女仆们跟侍身旁，
哭念奥德修斯，亲爱的丈夫，直到
灰眼睛雅典娜送出睡眠，香熟的睡意把眼睑合上。

# 第二十卷

其时，高贵的奥德修斯在前厅里动手备床，
垫出一张未经鞣制的牛皮，压上
许多皮张，剥自阿开亚人杀倒的祭羊。
他躺倒皮面，欧鲁诺墨将篷毯盖上。
奥德修斯只躺不睡，心中谋划悲难，
给求婚的人们成帮。这时，一群女子走出宫门，
说说笑笑，嘻嘻哈哈，喜气洋洋，
求婚者们的情妇，早已和他们睡躺。
奥德修斯见状，胸中极其愤烦，
一个劲地争辩，在自己的心魂里头，
是一跃而起，把她们尽数杀砍，还是
让她们再睡一夜，和骄狂的求婚人合欢，作为
最近，也是最后一次同床？心灵呼呼作响，在他的胸膛。
像一条母狗，站护弱小的犬崽，
面对不识的生人，咆吼出拼斗的狂莽，奥德修斯
愤恨此般恶行，心灵在胸膛里咆响。
但他挥手拍打胸脯，责备自己的心灵，说讲：
“忍受这些，我的心灵；你已忍受过比这更险恶的景状：
那天，不可抵御的库克洛普斯吞食
我强健的伙伴，但你决意忍耐，直到智算
把你带出洞穴，虽然你以为必将死亡。”

他如此一番说道，发话自己亲爱的心灵，
后者服从他的训示，默然忍受，以
坚忍的毅力。然而，他的躯体却辗转反侧，
像有人翻动一只肚膜，充塞着血和
脂肪，就着燃烧的柴火，
将它迅速炙烤黄熟一样，
奥德修斯辗转反侧，思考着
如何敌战众人，仅凭一己之力，击打
求婚的恶棍。其时，雅典娜从天而降，
行至他身边，幻变成女人的身形，
悬站在他的头顶，开口说道：
“为何还不入睡，世间最悲苦的人儿？
这是你的房居，屋里有你的妻子，还有你的
儿子——如此出色的人品，谁个不想有这样的儿男？”

听罢这番话，足智多谋的奥德修斯说讲，答道：
“是的，女神，你的话条理分明，说得一点不错。
然而，我心中仍有需要盘算的事情，
如何敌战众人，仅凭一己之力，击打
求婚的恶棍，他们总在这边，成群结队。
我还有更深一层的考虑，思谋在心间：
即使能凭宙斯和你的恩典，击杀那帮人儿，
我将如何逃生脱险？这便是我要你帮谋的事件。”

听罢这番话，灰眼睛女神雅典娜答道：
“好你个人啊，犟顽！人们取信于远不如我的伙伴，
他们哪有这么多主见？你知道我长生不死，
我乃神中的一员，始终关注你的安危，帮你
战胜每一次艰险。现在，我要对你言告，说得明明白白：

即使有五十队战斗的凡人，
围逼在我们身边，风风火火，试图杀戮，
即便如此，你仍可赶走他们的牛群，肥壮的羊儿。
接受睡眠的催捕吧，躺着不睡，整夜防范，
会使人精神疲惫。你将很快摆脱困境。”

言罢，雅典娜撒出睡眠，合上他的眼睑，
她，女神中的佼杰，返回俄林波斯大山。
其时，睡眠将他捕获，轻酥了他的肢腿，
驱出折磨心灵的焦烦；与此同时，他那聪慧的妻子
一觉醒来，坐着哭泣，在松软的床面。
当满足了悲哭的欲望，她，
女人中的佼杰，开口祈祷，首先对阿耳忒弥丝说道：
“阿耳忒弥丝，王后般的女神，宙斯的女儿，我真想
借烦你的射箭，请你夺走我胸中的命息，
就在此时此地！要不，就让风暴袭来，把我卷走，
扫离地面，刮往昏黑的海道，
丢在回流的俄开阿诺斯泼水的地点，
一如从前，狂风卷走潘达柔斯的女儿。
神明杀了她们的双亲，使她们孤苦伶仃，
抛遗在宫廷里面。光彩夺目的阿芙罗底忒看顾她们，
喂之以奶酪、醇郁的美酒和香甜的蜂蜜。
赫拉送之以美貌，使她们聪灵，在
女人中出类拔萃；纯贞的阿耳忒弥丝赋之以身段，
雅典娜授之以女工，精美的手艺。
然而，当闪光的阿芙罗底忒返回高高的俄林波斯，
问请姑娘们的婚事，幸福的婚姻，
面见喜好炸雷的宙斯——大神无所不知，
凡人的幸运或不幸尽在他的料掌之内——

就在那时，狂吹的暴风卷走姑娘，
交给可恨的复仇女神，充当她们的仆役。
但愿和她们一样，家住俄林波斯的众神把我弄得
无影无踪；不然，就让发辫秀美的阿耳忒弥丝击打，
让我带着奥德修斯的形象，走向可恨的冥府，
无需嫁随一位低劣的丈夫，欢悦他的心灵。
悲痛尚可忍耐，倘若有人白天
哭泣，心中伤楚愁哀，但
晚间仍可听凭睡眠的摆布——酣睡消弭万事，
无论好坏，合拢的双眼使人把一切抛却。
然而，如今神灵却给我致送邪恶的梦景。
今夜，此人又睡傍我的身边，酷似他的模样，
像他随军出征时的形态，我为之
心欢，以为那不是梦境，而是真实的情形。”

　　她言罢，黎明登上金铸的座椅；
卓著的奥德修斯听闻她的哭泣，
斟酌思考，觉得妻子似乎正
站在他的头顶，已经认出他是谁来。
他收起昨晚睡躺的篷袍和羊皮，
放上宫里的椅面，提起牛皮，
放在屋外，举起双手，对宙斯祈愿：
“父亲宙斯，倘若你等众神有意，让我穿走
陆地大海，给了我极其深重的悲难，最终回返乡园，
那就让某个醒着的凡人，给我传个信迹，
在房宫里面，也请你自己，在屋子外头，给我送个兆现。”

　　他如此一番祈祷，精擅谋略的宙斯听到了他的声音，
当即甩出一个炸雷，从云层上面，闪光的

俄林波斯，高贵的奥德修斯听后，心里一阵喜欢。
其时，一名在近处干活的女仆，从磨房里出来，
说出一番话言——民众的牧者在那里置设推磨，
十二名女子在里面埋头苦干，
碾压保命的食粮，种产的大麦和小麦。
其他女子都已磨完麦粒，上床入睡，
惟有她，磨女中最弱的一位，还有要做的活计。
她停住推磨，出口祈祷，送给主人的示言：
“父亲宙斯，神和人的主宰，刚才，
你甩出震响的炸雷，从多星的苍穹，虽然
天上没有云彩。看来，这是你给的预兆，让某人闻悉。
还请听听我的话语，一个悲苦的女子，向你求愿。
今天，让求婚的人们最后，最后一次
欢宴在奥德修斯的厅间。他们
累断了我的双腿，操做苦重的活计，
为他们推磨粮面——让他们吃完这顿，就此了结!”

　　女仆言罢，卓著的奥德修斯欣喜于此番兆言，
连同宙斯的响雷，心知已有仇报作恶者的机缘。

　　其时，其他女仆们汇聚在奥德修斯佳美的宫殿，
点起不知疲倦的柴火，火盆里的木块。
忒勒马科斯起身离床，神一样的青年，
穿上衣服，背上锋快的铜剑，斜挎肩头，
系好舒美的条鞋，在闪亮的脚面，
抓起一柄粗重的投枪，顶着犀利的铜尖，
行至门槛边站定，对欧鲁克蕾娅开言：
“你等女子，亲爱的保姆，可有善待生客，在我们家院?
可曾给他食物，备整床位? 抑或，你们置之不管，

任其凑合着躺睡？我母亲，虽说聪颖，
却常常急于迎对次劣的来人，
而把较好的访者回拒，不予款待。”

听罢这番话，谨慎的欧鲁克蕾娅答道：
“就此事而言，我的孩子，你却不能责备，你母亲做得
十分周全。那人坐着喝酒，凭他的意愿，至于食物，
他说肚子不饿，无需充填；裴奈罗珮曾出言问探。
其后，当来人心想息躺睡觉，她
确曾嘱告女仆，整备一铺床盖，
但他自己不愿睡在床上，躺在毛毯
之间，像那吃尽苦头，不走好运的人儿，
垫着粗生的牛皮和羊皮，睡在
前厅里面，是我给他铺上篷盖。”

她言罢，忒勒马科斯大步向前，穿走厅堂，
手提枪矛，带着一对腿脚轻快的狗，前往
人们集会的地点，胫甲坚固的阿开亚人汇聚在那边。
欧鲁克蕾娅，女人中的佼杰，裴塞诺耳
之子俄普斯的女儿，催命仆女们干活，喊道：
“动手吧，一些人去那，清扫宫廷，要快，
洒水地面，将紫红的披盖铺上
精工制作的椅件。另一些人负责洗擦
所有的桌子，用浸水的海绵，净洗兑酒的缸碗
和做工精美的双把酒杯。余下的可去
泉边，取回用水，要快去快回。
求婚者们不会久离宫居，而会早早
到来——今天是个庆祭的日子，有公众的餐会。”

众人认真听过训示，服从她的指令，
二十人旋即上路，汲取幽黑的泉水，
其余的留在宫里，娴熟地操做指派的活计。

其时，高傲的男仆们走近宫居，马上动手，
劈开烧柴，做得轻熟自然；取水的女子
从泉边归返。牧猪人赶来三头
肉猪，猪群中最好的佳选，
留食在精固的院里，自己则
发问奥德修斯，用温和的语言：
“朋友，阿开亚人是否已给你较多的关切，抑或，
他们照旧鄙视你的出现，在这座宫里，如前一般？”

听罢这番话，足智多谋的奥德修斯说讲，答道：
“咳，欧迈俄斯，但愿神明惩罚求婚人的骄狂，
他们横行霸道，放肆地谋设凶虐，
在别人的家院；这帮人不要脸面！”

就这样，他俩你来我往，一番交谈；与此同时，
墨朗西俄斯，山羊的牧者，走近他们，
赶着牲品，群队中最好的佳选，供
求婚人美餐，另有两个牧者，跟走在后面。
他将山羊拴系在回音缭绕的门廊下，
开口说话，对奥德修斯，用责辱的语言：
“你还在这里，陌生的人儿？还要给宫院带来厌烦，
乞求食客们的施舍，不愿行讨在房院外边？
我想，咱俩不会彻底分手，直到
试过手中的拳头；我讨厌你行乞的手段！
何不去别处试试，那里也有备宴的阿开亚家院。”

他言罢，足智多谋的奥德修斯没有答话，
只是默默地摇头，心中谋划着凶险。

第三位来者是菲洛伊提俄斯，牧者的首领，
赶来一头未生育的母牛和肥壮的山羊，
船工把牧人和牲畜载过海面——他们也运送
别人，只要落脚在那个地方。
他将牲畜仔细拴系在回音缭绕的门廊下，
前往站在牧猪人近旁，开口问道：
“这个生人是谁，牧猪的朋友，新近来到
我们的家院？他自称打哪里过来，
祖居何地，家族在哪？不幸的
人儿，瞧他的模样像是一位权贵，一位王者。
然而，神明罗织痛苦的经历，替浪迹四方的凡人，
即便贵为王者，让他们遭受磨难。”

言罢，他站到奥德修斯近旁，伸出右手，
开口说道，用长了翅膀的话语：
“欢迎你，老先生，陌生的客人！愿你日后
时来运转，虽说眼下置身逆境，吃苦受难。
父亲宙斯，神明中谁也没你狠毒，
你亲自生养了凡人，却不施怜悯，
你给他们带来不幸，使他们遭受深重的灾难。
见着你的情景，老先生，我汗流浃背，想起奥德修斯，
我泪水盈眶；我想他也一样，
穿着破衣烂衫，浪迹异国他乡，
倘若他还活着，眼见太阳的明光。
但是，倘若他已死了，去了哀地斯的宫房，
我悲悼豪勇的奥德修斯，念他在我幼小之时，

让我负责看管牛群，在开法勒尼亚人的农庄。
如今，牧牛繁衍增殖，多得难以数算，谁也
无法使牛群的头数，让额面开阔的壮牛以更猛的
势头增长。然而，这些人要我赶来牛群，供
他们食享，无视宫内主人的儿子，
不畏神的惩罚。眼下，他们急于
分享主人的财产，他已长期不在家乡。
我曾反复思考，压下纷繁的心绪，
觉得主人的儿子尚在，不应赶着
牛群，走向别的地域，异邦人的
故乡。然而，离去不好，留下更坏：
含辛茹苦，放养牧牛，交在别人手下。
确实，我早就该逃离此地，投奔
某位强有力的国王，这里的情势已无可忍让。
但是，我仍然想念那不幸的人儿，寄望他回返此地，
杀散求婚的人们，使其在宫居里奔窜逃亡！”

　　听罢这番话，足智多谋的奥德修斯说讲，答道：
“看来，牛倌，你不像是个坏蛋，也不缺少心眼，
我已看出，你是个心计纯熟的人儿。
所以，我将以此相告，并愿对它起发庄重的誓言。让神明
作证，首先是宙斯，至尊的仙神，还有这好客的桌面
以及豪勇的奥德修斯的炉盆——我来到此地，对它恳求——
奥德修斯将会返家，当你仍在屋里之际，
你将亲眼见到，如果你有这个希愿，
目睹他杀死求婚的人们，称霸宫中的无赖！”

　　听罢这番话，牧牛人对他答道：
“我真心希愿，朋友，克罗诺斯之子会实现你的言告。

那时，你将看知我的力气，我的双手能做些什么!”

欧迈俄斯也作过同样的祈祷，对所有的神明，
求他们让精多谋略的奥德修斯回返家园。

就这样，他们你来我往，一番说告，
与此同时，求婚人正谋划忒勒马科斯的
毁灭和死亡。其时，一只飞鸟出现在左边上空，
一只高飞的山鹰，掐着一只索索发抖的鸽子;
安菲诺摩斯随即发话，开口说道:
“朋友们，谋杀忒勒马科斯的计划将不会
实现;来吧，让我们心想宴食的愉悦。”

安菲诺摩斯言罢，众人接受他的建议，
走入神一样的奥德修斯的宫居，
放下衣篷，在座椅和高背靠椅上面，
动手刀宰硕大的绵羊和肥壮的山羊，
杀了一些滚肥的肉猪，外加一头牵自畜群的小母牛，
炙烤好内脏，分发完毕，调出饮酒，
在兑缸里面，牧猪人分放着酒杯，
菲洛伊提俄斯，牧者的头领，提着精美的编篮，
分送面包，墨朗西俄斯斟出调好的浆酒。
众人伸出双手，抓起面前的肴餐。

忒勒马科斯心怀谋谲，让奥德修斯
坐在精固的大厅里，傍着石凿的门槛，
放下一把破椅，一张小小的餐桌，
给他一份内脏，倒出醇酒，
在一只金铸的酒杯，开口说道:

“坐在这边，饮喝醇酒，在权贵们中间。
我将防卫你的安全，不让任何求婚人出言责辱，
挥动拳头。这座宫居不是公共场所，而是
奥德修斯的财产——他挣下这份家业，由我继承一切。
所以，你等求婚人，压住你们的心念，不要出言讥辱，
挥拳动手，以避免和我对抗，争吵和混战的局面！”

　　听他言罢，求婚者们个个狠咬嘴唇，惊异于
忒勒马科斯的言语，竟敢如此大胆地对他们训话。
其时，安提努斯，欧培塞斯之子，对众人说道：
“让我等阿开亚人接受他的劝议，
尽管他出言冒犯，话语中带着恫吓和威胁。
宙斯，克罗诺斯之子，不让我们动手；否则，尽管他
伶牙俐齿，在此之前，我们已中止他的叫嚣，在他的厅殿。”

　　安提努斯言罢，忒勒马科斯不予理会。
与此同时，信使们穿走城区，引领丰足、祭神的
神圣牲品；长发的阿开亚人在
远射手阿波罗的林地，在枝叶的投影下聚汇。

　　他们烤熟畜肉，取下叉杆，
匀开份数，吃起丰足的食餐。
侍宴的人们拿过一份均量的肉食，放在奥德修斯
面前，和他们自己所得的相同，执行忒勒马科斯
的命令，神样的奥德修斯钟爱的儿男。

　　但是，雅典娜不想让高傲的求婚人
罢息极度的骄横，以便给奥德修斯，
莱耳忒斯之子的心灵，增添新的悲伤。

求婚者中有个无法无天的小人，
名叫克忒西波斯，家住萨墨，
凭仗极为丰广的财富，满怀信心，
追求奥德修斯的妻子，丈夫已久别家乡。
其时，此人开口说话，对骄虐的求婚者们呼喊：
“听我说，你等高傲的求婚人，听听我的意见。
陌生人早已得了他的份子，按待客的规矩，分得均等的
食餐——此乃非宜非义之举，怠慢轻辱
忒勒马科斯的来客，不管是谁，来到他的家院。
好吧，我也想给生人一份客礼，让他作为
礼物，送给替他洗澡的女人，或给
其他某个侍者，神样的奥德修斯家里的仆役！”

言罢，他伸出粗壮的大手，抓起一只牛蹄，
从身边的篮里，奋臂投掷，奥德修斯避过击打，
脑袋迅速歪向一边，愤怒中挤出微笑，
狞笑中带着轻蔑。牛蹄击中建造精固的墙壁；
忒勒马科斯开口发话，怒责他的放肆无理：
“此事于你的心灵有利，克忒西波斯，
不曾击中陌生的客人；他躲过了你的牛蹄。
否则，我将举枪击打，扎穿你的肚皮，
让你父亲在此忙忙碌碌，不是为了你的婚娶，
而是为了操办儿子的葬礼。记住，谁也不许放肆胡来，
在我的家里，我已注意和知晓一切，
有关善恶的言行——在此之前，我还只是个孩子。
尽管如此，我们还在容忍眼前的情景，
被宰的羊群，被喝的浆酒，被糜耗的
食品；我孑然一身，难以阻止众人的作为。
收敛些，好吗？不要使我受损，与我为敌。

不过，假如你们决意杀我，用锋快的青铜，
那么，你们也就成全了我的意愿；我宁肯
死去，也不想看着你们无休止地作孽，
粗暴地对待客人，拖着女仆，
不顾廉耻，穿走精美的宫居！”

他言罢，众人静默，肃然无声；
终于，阿格劳斯，达马斯托耳之子，在人群中说道：
“不要动怒，我的朋友们！不要用粗鲁的答言
回复合乎情理的话语。停止
虐待生人，不要错对任何
侍者，神样的奥德修斯家里的仆人。
然而，对忒勒马科斯和他母亲，我要和颜悦色地
劝告，但愿此番话语能欢愉他俩的心胸。
只要你们心中仍然持抱希望，以为
精多谋略的奥德修斯还会回返家室，
那么，谁也不能责备你们，等着他的回归，困滞
求婚的人们，在你们的宫居，因为如此与你们有利，
倘若奥德修斯真的归返，回到家里。
但现在，事情已经明朗，屋主不会返归。
去吧，坐在你母亲身边，提出此番劝议，
婚配我们中最出色的一个，他能拿出最多的财礼。
如此，你会感到高兴，握掌父亲的遗产，
吃吃喝喝；让她照管别人的宅邸。”

听罢这番话，善能思考的忒勒马科斯答道：
“我发誓，阿格劳斯，以宙斯的权威，并以我父亲所受的苦难，
此人已经死去，或是浪迹他乡，在远离伊萨卡的地方。
我不曾拖缓母亲的婚事，相反，我还催她

出嫁中意的人选，并准备提供无数的财礼。
但我羞于赶她出门，违背她的心意，
说出苛厉的言词；愿神明不让此事实现。”

忒勒马科斯言罢，帕拉丝·雅典娜挑发了
难以制抑的狂笑，在求婚人之中，混迷了他们的心智。
他们放声大笑，用似乎不再属于自己的嘴颌，
咀嚼浸染鲜血的肉块，双眼
泪水噙注，心里充彻着号哭的粗蛮之情。
其时，神一样的塞俄克鲁墨诺斯开口说喊：
“可怜的东西，你等到底遭了什么瘟灾？你们的头脸和
身下的膝盖全都蒙罩在漆黑的夜雾里，
哭声四起，脸上涂满泪水，
墙上淌着血珠，精美的顶柱上殷红一片，
前厅和院落里到处都是鬼影，
争挤着跑下冥界，黑魆魆的地府。太阳
已从天空消失，昏霉的雾气掩罩着一切。”

他言罢，求婚人全都乐不可支，对他哈哈大笑，
欧鲁马科斯，波鲁波斯之子，首先发话，说道：
“我看他心智出了问题，这个初来乍到的生人。
来吧，我说小伙子们，把他送出房宫，
前往聚会之处，既然他嫌这里幽暗，像被黑夜包裹。”

听罢这番话，神样的塞俄克鲁墨诺斯答道：
“欧鲁马科斯，我可不要你派人押送，
我有眼睛，有自己的耳朵和双脚，
此外，我胸中的心智相当机敏，
它们会带我走出宫院——我已察知

凶祸向你们逼来，求婚者们谁也甭想
消灾避难：你们羞损别人，在
神样的奥德修斯家里谋设放肆的行为!”

言罢，他走出精皇的宫殿，
前往裴莱俄斯家里，受到热情的接待。
其时，求婚人目光交错，出言讥辱，试图
通过嘲笑他的客人，挑逗忒勒马科斯回言。
狂傲的年轻人中，有人如此说道：
“谁也不比你晦气，忒勒马科斯，就待客而言。
你收留了此人，这个浪汉，
要这要那，酒和面包，既没有力气，
又没有干活的本领，只是个压地的窝囊废。
刚才，那小子又站起身来，预卜一番。
你将受益匪浅，倘若愿意听从我的议言：
把陌生的人们送上桨位众多的海船，
载往西西里人的居地，替你挣回高价的兑换。”

求婚人言罢，忒勒马科斯不予理睬，
只是默默地望着父亲，总在等盼，
等待着挥动双手，击杀求婚的无赖。

伊卡里俄斯的女儿，谨慎的裴奈罗珮
已搬过精美的靠椅，坐在门边聆听，
耳闻厅中的人们，每一句话语声音。
求婚者们哈哈大笑，整备香美、
可口的食餐，宰杀了许多牲品。
然而，至于晚餐，人世间却不会有比之更少欢悦的聚会：
女神和强健的奥德修斯马上即会让他们
接受宴请！是他们起先，做下丑恶的事情。

# 第二十一卷

　　其时，灰眼睛女神雅典娜催动伊卡里俄斯的
女儿，谨慎的裴奈罗珮的心胸，要她
拿出弓和灰铁，放在求婚人面前，在
奥德修斯家里布设一场竞赛，开始屠宰。
裴奈罗珮走上高耸的楼梯，通往她的房间，
坚实的手中握着瑰美、精工弯铸的
铜钥匙，带着象牙的柄把，
领着女仆，走向远处最里端的
藏室，堆放着主人的珍财，
有青铜、黄金和艰工冶铸的灰铁，
躺着那把回弹的弯弓，连同插箭的
长筒，装着许多招伤致痛的羽箭，
得之于一位朋友的赠送，当他在拉凯代蒙
会见伊菲托斯，欧鲁托斯之子，神一样的壮汉。
他俩在墨塞奈相遇，聪颖的
俄耳提洛科斯的家院——其时，奥德修斯
出使该地，收讨一笔公方的欠债。
墨塞奈人曾驱坐桨位众多的海船，登临
伊萨卡地面，赶走三百只绵羊，连带牧羊的人儿，
奥德修斯远道而来，衔领着使命，当时
还是个男孩，受父王和各位长老派遣。
伊菲托斯则是去那儿寻索良驹，丢失的十二匹

母马，哺育吃苦耐劳的骡崽，
谁知马群带来的却是毁灭和灾难。
其时，他找到宙斯心志刚烈的儿子，
名叫赫拉克勒斯的壮汉，善创艰伟的事业。
此人杀了伊菲托斯，其时正作客他的房宅，
狠毒的汉子，既不惧怕神的责惩，也不敬畏
招待伊菲托斯的桌面，杀了来者，他的客人，
占留蹄腿坚实的良马，在自己的宫院。就这样，
为了寻找母马，伊菲托斯结识了奥德修斯，给他这把
射弓，曾是卓著的欧鲁托斯的用物，
临终时传交儿子，在高敞的房居里面。
奥德修斯回赠了一把锋快的背剑和一杆粗重的枪矛，
结下诚挚的情谊，但他俩不曾互相
款待——在此之前，宙斯的儿子杀了
伊菲托斯，欧鲁托斯的儿男，神一样的壮汉，
把强弓送赠卓著的奥德修斯用管，但后者
从不带它出征，乘坐乌黑的海船，
一直收藏在宫里，尊念亲爱的朋友，
虽说在自己的国度，他曾携用这份礼件。

　　其时，裴奈罗珮，女人中的佼杰，行至藏室，
橡木的门槛前，由木工
精心削刨，紧扣着画打的粉线，
按上贴吻的框柱，装上闪光的门面。
首先，她松开挂把上的绳条，
然后插入钥匙，对准孔眼，
拨开木闩，房门发出声声噪响，如同公牛的哞喊，
牧食在户外的草原；就像这样，绚美的房门
一阵轰响，带着钥匙的拨力，迅速敞开在她的眼前。

随后，她踏上高处的平台，邻近陈放的
箱子，收藏着芬芳的衣衫，
伸手取下射弓，从挂钉上面，连同
闪亮的弓盒，罩护着弓面。
她弯身下坐，将所拿之物放在膝盖上面，
取出夫婿的弓弩，出声哭泣。
当辛酸的眼泪舒缓了心中的悲哀，
她起身走向厅堂，会见高贵的求婚人，
手握回弹的弯弓，连同插箭的
长筒，装着许多招伤致痛的羽箭。
女仆们抬着箱子，装着许多
铁和青铜的铸品，主人留下的器件。
当她，女人中的佼杰，来到求婚者近旁，
站在房柱下，柱端支撑着坚实的屋顶，
拢着闪亮的头巾，遮掩着脸面，
两边各站一名忠实的仆伴，
她当即发话，对求婚者们说道：
“听我说，你等高傲的求婚人！你们一直赖在宫里，
不停地吃喝，没完没了，虽说
此乃另一个人的财产，他已久离家园。
你们说不出别的理由，别的借口，
只凭你们的意愿，让我嫁人，做你们的妻伴。
这样吧，求婚的人们，既然赏礼①有了，
我将拿出神样的奥德修斯的长弓，
让那抓弓在手，弦线上得最为轻快，
一箭穿过十二把斧斤的赛手，
带我出走，离弃奥德修斯的家居，

① 赏礼：指她自己。

我曾是这里的新娘，一处十分漂亮的宫院，足藏财物；
我将不会把它忘怀，我知道，即便在梦境里面。”

言罢，她告嘱欧迈俄斯，高贵的牧猪人，
拿着弓和灰铁，放在求婚人面前。
欧迈俄斯接过东西，含着泪水，放在他们前面；
牧牛人哭哭啼啼，眼见主人的弓箭，招来
安提努斯的辱骂，对他们二位，出声呼喊：
“笨蛋，土包子，从来不想还有明天！
卑鄙的东西，为何泪流满面，烦恼我们的夫人，
激扰她的心怀？她已积愁甚多，
心中悲哀，为失去的丈夫，她的心爱。
去吧，静静地坐吃一边；要不，就去那
屋外哭喊，滚离我们面前，把射弓留在这边，
求婚者们将有一场关键的比赛；我不认为这把
油亮的弓，可以被人轻而易举地上挂弦线。
我们中谁也不能同奥德修斯相比，
像他过去那般。我曾亲眼见他，
仍然记得起来，尽管那时还只是个小孩。”

他言罢，胸中的心灵却希愿
自己能挂上弓弦，箭穿所有的铁块，
尽管到头来第一个尝吃飞箭，发自
豪勇的奥德修斯的手臂，此人刚才还受他羞辱，
坐在自己的宫里——他还鼓励所有的伙伴，群起责难。

其时，忒勒马科斯，灵杰豪健的王子，开口说道：
“咳，一定是宙斯，克罗诺斯之子，蒙迷了我的心念！
我心爱的母亲，虽说聪颖，告诉我

她将撇弃这座房居，跟随另一个男人，
而我，出于心地的愚笨，居然哈哈大笑，兴高采烈。
算了，求婚的人们，既然奖酬已经设下，一个
妇人，你等找不到可以和她媲比的女辈，无论在阿开亚
大地，在神圣的普洛斯、阿耳戈斯和慕凯奈，
还是在伊萨卡本土或灰黑的陆架旷野。
此事你们全都清楚，无需我把亲娘颂赞。
来吧，不要寻找借口，磨磨蹭蹭，莫再迟滞不前；
动手吧，让我们看看你等如何安上弓弦。
是的，我本人亦想试试身手，如此，
倘若我能上好弦线，箭穿劈斧，
我那尊贵的母亲便不会跟人出走，把我
留在家里，伴随着痛苦，因为我已能
动得父亲的家什，光荣的兵械。”

　　言罢，他一跃而起，解下紫红的
披篷，取下锋快的铜剑，从他的肩头，
动手竖起斧块，挖出一条长沟，
贴沿着笔直的粉线，埋下所有的斧头，
踩实两边的泥土；旁观者们瞠目结舌，惊诧于
竖铁的齐整，虽说在此之前，他还从来不曾见过这些。
接着，他提弓走去，试着安挂弦线，站在门槛上面。
一连三次，他弯起颤摇的弓杆，急不可待，一连三次，
他息手作罢，不得成功，心中仍然怀抱希望，
能将弦线挂上，射出羽箭，
其时，他第四次弯起弓杆，即将挂上弦线，
但奥德修斯摇动脑袋，要他住手，尽管他心里火急。
其时，忒勒马科斯，灵杰豪健的王子，开口说话：
“唉，可惜！看来，我将只能是个弱者，一个懦夫；

要不，就是我还年轻，对用自己的双手防卫
缺乏信心，面对有人挑起事端，和我拼战。
来吧，你等比我劲大的人们，试试
你们的身手，就着这张弯弓；让我们结束这场比赛。”

　　言罢，他放下射弓，顶着地面，
靠着制合坚固、油光滑亮的大门，
将迅捷的箭支贴着精美的弓端，
走回刚才起离的椅子，弯身下坐。
这时，安提努斯，欧培塞斯之子，开口说道：
“依次起身吧，我的伙伴们，从左至右，
按照斟酒的顺序，开始上挂弦线。”

　　安提努斯言罢，众人欣表赞同。
琉得斯首先起身，俄伊诺普斯之子，
他们中的祭卜，总是坐在边端，
傍着兑酒的缸碗。惟他讨厌
求婚人的暴虐，憎恨他们的举动。
他第一个操起弓和迅捷的羽箭，
举步走去，试图安挂弦线，站在门槛上面，
不得成功，倒是酸累了松软、无茧的双手，
苦于对付绷紧的弦线，开口求婚的人们，说喊：
“我挂不上弦线，朋友们；下一个是谁，让他上来。
我想，此弓会射倒许多人杰，碎捣
他们的心怀。事实上，死去何尝不好，
比之像现在这样活着，不能如愿以偿，
天天聚在这里，总在企盼。
现在，还有人怀抱希望，心想
婚娶裴奈罗珮，奥德修斯的妻房，

让他试试此弓，看看结果怎样！他会
转移追求的目标，别个裙衫秀美的阿开亚女子，
争获她的婚许，献上礼物；裴奈罗珮会
出嫁送礼最多的男子，注定的侣伴。”

言罢，他放下弓，顶着地面，
靠着制合坚固、油光滑亮的大门，
将迅捷的箭支贴着精美的弓端，
走回刚才起离的椅子，弯身下坐。
其时，安提努斯破口辱骂，叫着他的名字：
“这是什么话，琉得斯，崩出了你的齿隙？
你在散布失败情绪，一派胡言，听了让我愤烦！
我不信此弓会射倒许多人杰，捣碎
他们的心怀，只因你上不了它的弦线。
这可不是你能做的事情，你那尊贵的
母亲不曾生养开弓放箭的男子汉！
瞧着吧，其他高贵的求婚人将即刻挂上弦线。”

言罢，他催命墨朗西俄斯，牧放山羊的人儿：
“来吧，墨朗西俄斯，点起宫里的柴火，
放下一张大凳，铺出卷毛的羊皮，在火堆旁边，
从藏室里搬出一大盘牛脂，让
我等年轻人给此弓升温加热，涂之以
油膘，弯动弓杆，结束这场闹赛。”

他言罢，墨朗西俄斯赶忙点起不知疲倦的柴火，
搬来一张凳子，铺上羊皮，
从藏室里拿出一大盘牛脂，
年轻人将弓杆升温加热，一试身手，但却无法

挂上弦绳；他们的力气远不能使自己如愿。
然而，安提努斯和神样的欧鲁马科斯仍在坚持，
求婚者的首领，远比同伴们俊杰。

其时，牧牛人和牧猪人走出宫门，
神一样的奥德修斯的两名工仆，
卓著的奥德修斯自己亦出得门来，和他们聚首。
当他们走离宫门和庭院，
奥德修斯开口发话，用温和的言语说道：
“牧牛人，还有你，牧猪的朋友，我存话喉中，是一吐
为快，还是埋藏心底？不，心灵催我说话，告问你们。
你们将如何战斗，保卫奥德修斯，倘若
他突然归返，从某地回来，接受神的引导？
你们将帮谁战斗，为奥德修斯，还是替求婚的人们？
告诉我你们的想法，受自己心灵魂魄的驱动。”

听罢这番话，牧牛的工仆答道：
“父亲宙斯，倘若你能兑现我的祈告，
使那人回返家园，受神的引导，那时，
你将看知我的力气，我的双手能做些什么！”

欧迈俄斯亦作过同样的祈祷，对所有的神明，
求他们让精多谋略的奥德修斯回返家园。
当得知他俩的心迹，忠诚可靠，
奥德修斯随之答话，开口说道：
“我便是他，我已回返自己家中，历经千辛万苦，
回返乡园，在第二十个年头。
我已查清，我的仆人中只有你俩
盼我归返，除此之外，我还不曾听闻有人

祈祷，愿我回来，归返家中。所以，
我将道出真情，对你等二位，此事将如此发生。
倘若通过我的双手，神明击倒傲慢的求婚人，
那时，我将给你俩娶妻，给你们财产，
兴建家舍，挨着我的房居，日后当做亲戚
对待，当做忒勒马科斯的兄弟和佳朋。
来吧，让我出示一个清晰无误的标记，
以便使你们确信我的身份，究为何人：
这道疤口，野猪用白牙裂留的伤痕，
在帕耳那索斯山上，偕同奥托鲁科斯的男儿。”

　　言罢，他撩起破衣，亮出一道长长的伤痕；
当仔细察看，辨认清楚后，
他俩放声号哭，抱住聪颖的奥德修斯的肩头，
欢迎他回归，亲吻他的肩膀头颅，
奥德修斯亦亲吻他们，他们的头颅和双手。
其时，太阳的光辉将映照他们的哭泣，
若非奥德修斯出言制止，开口说道：
“停止悲恸，莫再哀哭，以防有人走出
宫门，发现我等，通报里面的人们。
让我们分头进去，不要一起走动，
由我先行，你俩随后。一旦此景出现，这便是
行动的信号：那帮人们，所有傲贵的求婚人，
出言拒绝，不让我得获箭筒和射弓。那时，
你，高贵的欧迈俄斯，必须穿走厅堂，携着弓，
放入我的手中，然后告诉屋内的女人，
闩上关合紧密的厅门；此外，
倘若有人听闻厅里呻喊击撞之声——
男人们拼打在里头——告嘱她们不要惊跑

出来，而要静留原地，操做手头的工作。
高贵的菲洛伊提俄斯，你的任务是关死院门，
插上木闩，出手要快，用绳线牢牢系捆。”

言罢，他步入精皇的宫殿，
回到刚才走离的椅子，弯身下坐；另外二人，
神样的奥德修斯的奴仆，跟行在后面。

欧鲁马科斯已经拿起射弓，动手摆弄，
不停地翻转，就着烧柴的火苗，但尽管如此，
他仍然不能安上弦线，高傲的心胸备受折磨，
带着极大的怨愤，对自己豪莽的心灵说道：
“咳，招瘟的东西；我替自己，也为你们所有的人悲痛！
尽管烦恼，我不为婚事痛心，不——
阿开亚女子众多，有的就在此地，居家
海浪环拥的伊萨卡，还有的住在各地的城镇。
我痛心我们缺乏力气，倘若此事属实，远远
比不上神样的奥德修斯——我们甚至对付不了他的弓，
上不了弦绳！这是我们的耻辱，即便对将来的子孙！”

其时，安提努斯，欧培塞斯之子，答道：
“事情不会如此这般，欧鲁马科斯，你自己亦明白这一点。
今天，人们正举办神圣的祭宴，敬奉神明①，
在整片地界；眼下，谁能挂弦开弓？放下它吧，
换个时间；可让斧斤原地
竖站。我想不会有人进来，偷走
它们，从莱耳忒斯之子奥德修斯的堂殿。

---

① 神明：指阿波罗。

来吧，让侍斟的下手倒酒，在各位的杯里，
让我们泼洒祭奠，把弯翘的弓弩放在一边。
明天拂晓，让牧放山羊的墨朗西俄斯
赶来牲品，群队中最好的佳选，以便
祭出羊腿，给阿波罗，光荣的弓手，
然后抓起弯弓，结束这场争赛。”

　　安提努斯言罢，众人欣表赞同，
信使们倒出清水，淋洗他们的双手，
年轻人将美酒注满兑缸，先在众人的
饮具里略倒祭神，然后添满各位的酒杯。
祭过神明，众人啜饮，喝够了浆酒，
足智多谋的奥德修斯开口说话，藏抱狡黠的念头：
“听我说，你等求婚人，追求光荣的王后，
我的话乃有感而发，受心灵的驱怂。
我要求请各位，尤其是欧鲁马科斯和神一样的
安提努斯，他的话说得一点不错，条理分明。
你等确应暂罢弓赛，将此事交付神灵照管；
明天，弓神会把胜利赐给他所愿送的那一位。
这样吧，眼下，不妨给我油亮的射弓，以便在你等之中，
我能试试自己的双手，衡察身上的力气，看看
柔韧的肢腿里是否还有勇力，像过去那样，
看看到处流浪和缺少衣食的生活，是否已把我断送。”

　　他言罢，求婚人无不烦蛮愤恨，
担心他会拿起油亮的器械，挂弦上弓。
其时，安提努斯开口辱骂，喊道：
“你缺少心智，该死的陌生人，连一点都没有！
让你坐着吃喝，平安无事，和我们一起，比你高贵的人们，

不缺均等的餐份，只是听着我们讲话，我们的谈论，
须知别的乞丐或生人没有这份殊荣——
如此这般，你还不知满足！
一定是蜜甜的醇酒使你迷糊，正如它也使
其他人恍惚，倘若狂饮滥喝，不知节度。
饮酒曾使马人精神恍惚，著名的欧鲁提昂，
在心胸豪壮的裴里苏斯的宫府，
其时正面会拉庇赛人，心智被酒精昏糊，
狂迷中做下恶事，在裴里苏斯家中。
英雄们悲愤交加，跳起来把他抓住，
拖过前厅，攥到外头，割下他的耳朵鼻子，
用无情的青铜。马人被酒灌得稀里糊涂，
带着愚蠢逃逸，受难于心智的迷钝。
自那以后，马人和凡人之间种下怨仇，
而欧鲁提昂是吃亏于酗酒作恶的第一人。
所以，我宣称你会大难临头，倘若你弦挂
此弓。你不会受到殷勤的礼待，
在我们的乡土；我们将把你押上黑船，
交给王者厄开托斯，此君摧残所有的
凡人，使你脱身无门！静静地坐着，
喝饮你的醇酒，不要和比你年轻的人争斗！”

　　听罢这番话，谨慎的裴奈罗珮答道：
“此乃非宜非义之举，安提努斯，不应轻辱
忒勒马科斯的客人，不管是谁，来到我们宫中。
你以为这位生人，信靠他的勇力和
双手，弦挂奥德修斯的长弓，试想
把我带回家门，作为他的妻从？
不，他可不存这种想法，在他心中。

谁也不要为此伤心，你等食宴的
人们；这种想法实乃无中生有。”

　　听罢这番话，欧鲁马科斯，波鲁波斯之子，答道：
“伊卡里俄斯的女儿，谨慎的裴奈罗珮，
我们并不以为他会把你带走，此事并不可能。
但是，我们羞于听闻男人和女子的风言，
惟恐某个阿开亚人，比我们低劣的乡胞，如此谈论：
瞧，那帮求婚的人们，追求一位雍贵者的妻子，是
何等的无用，他们甚至无力挂上漂亮的弦弓！其后，
另有一人，一个要饭的浪者，打别处过来，
轻而易举地挂上弦线，一箭穿过铁斧，成排的眼孔。
人们会如此议论，而这将是我们的耻辱。”

　　听罢这番话，谨慎的裴奈罗珮答道：
“这帮人不会，欧鲁马科斯，绝不会有佳好的名声，
在国民之中；他们吞食别人的财产，羞贱别人，一位
王者的房宫。所以，为何把此事当做责辱？
这位生人长得高大，体形魁梧，
声称有一位高贵的父亲，是他的儿种。
来吧，给他油亮的射弓，视看结果如何。
我有一事相告，此事将成为现实。
倘若他挂弦上弓，阿波罗给他这份光荣，
我将给他一件衫衣，一领披篷，精美的衣裳，
给他一杆锋快的标枪，防御人和狗的扑打，
还有穿用的鞋子和一柄双刃的铜剑，
送他前往任何想去的地方，受心灵魂魄的驱赶。”

　　听罢这番话，善能思考的忒勒马科斯答道：

“阿开亚人中，我的妈妈，谁都没有我的权大，
处置这把弓弩，决定给与不给，凭我的愿望，
无论是本地的权贵，家住岩石嶙峋的伊萨卡，
还是外岛的来人，离着厄利斯，马草丰肥的地方。
谁也不能逼我违心背意，即便我决意
即刻把它送交客人，成为他的所有，带着出走。
回去吧，操持你自个的活计，
你的织机和线杆，还要催督家中的女仆，
要她们好生干活。至于摆弓弄箭，那是男人的事情，
所有的男子，首先是我；在这个家里，我是镇管的权威。”

　　裴奈罗珮走回房室，惊诧不已，
将儿子明智的言告收藏心底，
返回楼上的房间，由侍女们偕同，
哭念奥德修斯，亲爱的丈夫，直到
灰眼睛雅典娜送出睡眠，香熟的睡意把眼睑合拢。

　　其时，高贵的牧猪人拿起弯翘的射弓，携着行走，
引来一片喧喊，宫中所有求婚的人们，
某个狂傲的年轻人开口说道：
“你打算往哪行走，带着弓，你这疯游的家伙，
该死的牧猪人?！你将成为由你亲手喂养的狗群的食肴，
傍着你的猪群，在远离人群的地方，倘若阿波罗
对我们开恩，还有各位不死的仙神！

　　他们言罢，牧猪人送回射弓，放在原来的地方，
心里害怕，耳闻这许多人对他喧喊，在主人的房宫。
但是，忒勒马科斯在另一头开口发话，威胁道：
“带弓行走，我的伙计，你不能听从每个人的呼号。

否则，虽说比你年轻，我会把你赶往郊野，
用落雨般的石头——我比你强壮！
但愿我更加强健，双手更能战斗，
比所有求婚的人们，死赖在我的宫中！
如此，我便能把他们赶出家门，狼狈逃窜，
用不了多少时辰——他们图谋我们的灾凶。”

他言罢，求婚人全都乐不可支，对他哈哈大笑，
消缓了心头的恼怒，对忒勒马科斯的愤恨。
牧猪人拿起弓条，穿走宫中，
行至聪颖的奥德修斯身边，递出手中的家伙。
随后，他唤过欧鲁克蕾娅，主人的保姆，说道：
“谨慎的欧鲁克蕾娅，忒勒马科斯要你
闩上关合紧密的厅门；此外，
倘若有人耳闻厅里呻喊击撞之声——
男人们拼打在里头——告嘱她们不要惊跑
出来，而要静留原地，操做手头的工作。”

他言罢，欧鲁克蕾娅说不出长了翅膀的话语，
拴住门面，堵住精固的厅堂，大厅的出口。
菲洛伊提俄斯跳将起来，悄悄走到
屋外，关上围墙坚固的庭院的大门。
他提起柱廊下纸莎草编绞的绳缆，
用于弯翘的海船，紧紧扎住院门，然后折返回来，
回到刚才走离的椅子，弯身下坐，
望着奥德修斯，正在摆弄强弓，
不停地转动弓杆，上下左右，察试它的每个部位，
担心蠹虫侵食它的骨件，在主人离家的时候。
其时，他们中有人望着自己的近邻，开口说道：

“这家伙精明，知晓把玩弓弩的诀窍，
或许他有此般家什，收藏在家中，
抑或他也想制作一把，瞧他翻弓的模样，
上下左右——这个要饭的乞丐，作恶的赖棍！”

　　其时，人群中，另一个骄狂的求婚人说道：
“我愿他不走好运，生活中收获甚微，
就像他上弦的机缘，就着这把射弓。”

　　求婚人如此议说，而足智多谋的奥德修斯
则拿着长弓，察视过它的每个部分，
恰似一位谙熟竖琴和歌诵的高手，
轻巧地拉起编织的羊肠弦线，
绷紧两头，挂上一个新的弦轴；
就像这样，奥德修斯安上大弓的弦线，做得轻轻松松。
然后，他动用右手，试着开拨弦绳，
后者送回悦耳的音响，像燕子的叫声。
求婚者们感到心头一阵剧烈的楚痛，脸色变得
苍白阴沉；宙斯送出预兆，一阵滚滚的雷声。
卓著和历经磨难的奥德修斯心花怒放，
心知工于心计的克罗诺斯之子已经给他送来兆头。
他拿起一枚迅捷的箭支，露躺在身边的
桌面，其余的仍然插息在幽深的箭筒——
阿开亚人会知晓它们的厉害，用不了多久。
他搭箭上弦，拉动箭槽和弓线，
从他下坐的椅面，对准目标，
松弦出箭，飞穿排列的斧斤，
从第一个把孔切进，青铜的箭镞长驱直入，
从最后一个冲闯出来。他于是发话，对忒勒马科斯开言：

"息坐宫中的客人，忒勒马科斯，不曾
给你丢脸；我不曾错失目标，无需使出
牛劲，吭吭哧哧地上挂弦线；我仍然浑身是劲，
不像求婚人讥说的那样，把我轻贬。
眼下已是整备晚餐的时候，给阿开亚食客，
趁着还有白日的光明；饭后还有别的娱乐，
舞蹈和竖琴，它们是盛宴的佳伴。"

　　言罢，他点动眉毛，忒勒马科斯见状，
神样的奥德修斯的爱子，背上锋快的劈剑，
攥紧投枪，站好位置，傍着
座椅，在父亲身边，兵械闪出青铜的光辉。

# 第二十二卷

其时，足智多谋的奥德修斯扯去身上的破衣烂衫，
跳上硕大的门槛，手握射弓和箭筒，
满装着羽箭，倒出迅捷的箭支，
在脚前的地面，话对求婚的人们，说喊：
“这场关键性的比赛，眼下终于有了结局。
现在，我将瞄击另一个靶子，还不曾有人射过，
倘若阿波罗给我这份光荣，让我中的出箭。”

言罢，他拉开一枚凶狠的羽箭，对准安提努斯，
其时正打算端起双把的
金杯，起动双手，以便喝饮
杯中的浆酒，心中根本不曾想到
死亡。谁会设想，当着众多宴食的人们，
有哪个大胆的人儿，尽管十分强健，
能给他送来乌黑的命运，邪毒的死难？
但奥德修斯瞄对此人，箭中咽喉，
深扎进去，穿透松软的颈肉，
后者歪倒一边，受到箭支的击打，酒杯掉出
手心，鼻孔里喷出浓稠、暴涌的，
人血，伸腿一脚，蹬翻餐桌，
散落所有佳美的食物，掉在地上，
脏秽了面包和烧烤的肉鲜。求婚者们

放声喊叫，厅堂里喧声大作，眼见此人倒地，
从座位上跳将起来，惊跑在房宫，
双眼东张西望，扫视精固的墙沿，
但那里已没有粗长的枪矛，亦没有盾牌。
他们怒火满腔，破口大骂，对着奥德修斯叫喊：
“你出箭伤人，陌生的来者，此举凶恶。你将不会
再有争赛的机会，你将暴死无疑。
你已射倒伊萨卡青年中远为出色的
英杰，秃鹫会把你吞咽！”

他们七嘴八舌，满以为他不是故意
杀害——好一群笨蛋，还在懵里懵懂，
不知死的绳索已勒住他们每一个人的喉咙。
奥德修斯恶狠狠地盯着他们，答道：
“你们这群恶狗，从来不曾想到我能活着回来，
从特洛伊地面。所以，你们糟蹋我的家室，
强逼我的女仆和你们睡觉，
试图追娶我的妻子，而我还活在世上，
既不畏统掌辽阔天空的神明，
也不怕凡人，子孙后代的责谴，
死亡的绳索已勒紧在你等每一个人的脖圈！”

他言罢，彻骨的恐惧揪住了所有求婚人的心灵，
个个东张西望，企图逃避突暴的死亡，
惟有欧鲁马科斯开口答话，说道：
“倘若你真是伊萨卡的奥德修斯，重返家园，那么，
你的话，关于阿开亚人的全部恶行，说得公正妥帖——
这许多放肆的行为，对你的家院，你的庄园。
然而，现在，此事的元凶已经倒下，

安提努斯，是他挑唆我们行事，
并非十分心想或盼念婚娶，而是带着
别的企望——此般念头，宙斯不会让它成为现状。
他想伏杀你的儿子，自立
为王，霸统在精固的伊萨卡地域。
如今，他已死去，应得的下场；求你饶恕我们，
你的属民；日后，我们会征收物产，
偿还你的损失，已被吃喝的酒肉，在你的厅房，
每人支付一份赔送，二十头牛的换价，
偿还所欠，拿出黄金青铜，舒缓你的
心房。在此之前，我们没有理由责备你怒满胸膛。”

其时，足智多谋的奥德修斯恶狠狠地盯着他，答道：
“欧鲁马科斯，即便你给我乃父的一切，你的
全部家当，加上能够收集的其他资产，从别的地方，
即便如此，我也不会罢手，停止宰杀。
直到仇报过求婚人的恶行，每一笔欠账！
眼下，你们可自行选择，是动手应战，还是
拔腿奔跑，假如你们中有谁可以逃避命运和死亡。
我看你等逃不出惨暴的毁灭，全都一样！”

他言罢，求婚人双膝酥软，心力消散，
但欧鲁马科斯再次喊叫，对求婚者们说喊：
“很明显，亲爱的朋友们，此人不会闲置他那不可战胜
的双手，既然他已拿起油亮的射弓和箭筒，他会
开弓放箭，从光滑的门槛上，把我们
杀完。让我们行动起来，准备迎战！
拔出劈剑，用桌面挡身，顶回致送
暴死的箭镞——让我们一拥而上，

争取把他逼离大门和门槛边旁，如此我等即可
奔走城区，顷刻之间引发轰然的喧声噪响，
刚才的放箭将是此人最后一次击杀！”

他如此一番呼喊，从胯边拔出锋快的劈剑，
青铜铸就，两边各开刃口，对着奥德修斯冲杀，
发出粗野的吼叫。与此同时，奥德修斯
射出一枚羽箭，击中他的前胸，奶头旁边，
飞驰的箭支扎入肝脏，铜剑脱出手中，
掉落在地，欧鲁马科斯倾倒桌面，
佝偻起身子，撞翻双把的酒杯，连同佳美的
食物，满地落撒。他一头栽到地上，
带着钻心的疼痛，蹬动两条腿脚，
踢摇带背的椅座；死的迷雾把他的眼睛蒙罩。

安菲诺摩斯趋身向前，面战光荣的奥德修斯，
猛扑上去，抽出利剑，以为后者会
被迫后退，离开宫门，但忒勒马科斯
出手迅捷，掷出铜头的枪矛，从他后边，
击中双胛之间，深扎进去，穿透胸背，
后者随即倒地，轰然一声，额头撞打在地上。
忒勒马科斯跳往一边，留下投影森长的枪矛，
扎在安菲诺摩斯胸间，转身回头，担心趁他
拔枪之际，连同森长的投影，某个阿开亚人会
冲上前来，用剑杀伤，给他就近一击，当他俯身尸首的
时光。他大步跑去，很快离近尊爱的父亲，
站在他身边，开口说告，用长了翅膀的话语：
“现在，我的父亲，我将给你拿取一面盾牌，两支枪矛，
连带一顶全铜的帽盔，恰好扣紧鬓穴，头颅两旁。

其时，我自己亦将披挂上阵，也让牧猪和
牧牛的伙伴穿挂；我们将能更好地战斗，身披铠甲。”

　　听罢这番话，足智多谋的奥德修斯说讲，答道：
“快去快回，趁我还有箭支在手，得以自我防卫；
他们会把我逼离门边，视我孤身一人！”

　　他言罢，忒勒马科斯服从了亲爱的父亲，
行往里面的藏室，存放着光荣的甲械，
从中取出四面盾牌，八支枪矛，
外加四顶铜盔，缀着厚厚的马鬃，
带着归返，很快回到亲爱的父亲身边。
忒勒马科斯首先披挂，穿上铜甲，
两位奴仆也随之披上精美的甲衣，和他一样。
站在聪颖和多谋善断的奥德修斯身旁。

　　其时，奥德修斯，手头仍有箭支，得以自卫，
不停地瞄射，在自己家里，箭无虚发，
击杀求婚的人们，一个接着一个，成片地倒下。
但是，当箭矢用尽，王者的弦上无所射发，
他放下弓，倚着门柱，柱端撑顶着
坚固的宫房，弓杆靠着闪亮的屋墙。
他挎起四层牛皮垫垒的战盾，搭上肩头，
戴上精工制作的帽盔，盖住硕大的头颅，
顶着马鬃的盔冠，摇曳出镇人的威严。
随后，他操起两支粗长的枪矛，带着青铜的锋尖。

　　建造精固的墙上有一处边门，在隆起的地表，
入口穿对坚固的厅房，沿着它的门槛，

通连外面的走道，接着紧密关合的墙门。
奥德修斯命嘱高贵的牧猪人把守道边，
注意那边的动静；通向边门的路子，仅此一条。
其时，阿格劳斯放声喊叫，对求婚人说道：
“亲爱的朋友们，是否可爬上边门，出去一人，传告
民众？这样，我们很快便可引发轰然的喧声噪响，
刚才的放箭将是此人最后一次杀生！”

听罢这番话，牧放山羊的墨朗西俄斯答道：
“此事难以行通，卓越的阿格劳斯；通往庭院的
大门，精美的门面，离那很近，小道的出口很难穿走，
一位斗士，倘若英勇善战，即可挡住众人的冲杀。
这样吧，让我从藏室里弄出甲械，
武装你们——我知道，它们存放在屋里，
别处没有，奥德修斯和他光荣的儿子将其放在里面。”

言罢，牧放山羊的墨朗西俄斯爬上
大厅的楼口，进入奥德修斯的藏室，
取出十二面粗重的盾牌，同样数量的枪矛，
同样数量的铜盔，嵌缀着马鬃的盔冠，
动身回头，出手迅捷，交给求婚的人们。
其时，奥德修斯腿脚发软，心力酥散，
眼见对手穿甲在身，手中挥舞着
修长的枪矛。他意识到形势严重，将有一场酷战，
当即送出长了翅膀的话语，对忒勒马科斯说道：
“忒勒马科斯，宫中的某个女子，或是
墨朗西俄斯，已对我们挑起凶险的战斗！”

听罢这番话，善能思考的忒勒马科斯答道：

"此乃我的过错，父亲，不能责备
他人，我没有关死藏室，虽然门框的连合
做得十分紧凑。他们的哨眼比我的好用。
去吧，高贵的欧迈俄斯，关上房门，
看看是不是某个女人，做下此事；抑或，
我怀疑，是墨朗西俄斯的作为，多利俄斯的儿种。"

就这样，他俩你来我往，一番说告；
与此同时，牧放山羊的墨朗西俄斯走回藏室，
拿取更多的甲械。高贵的牧猪人见他走去，
当即告知奥德修斯，站在他身边：
"莱耳忒斯之子，宙斯的后裔，多谋善断的奥德修斯：
又是这个歹毒的家伙，我们怀疑的凶魔，
溜进了藏室。实说吧，告诉我你的意图，
倘若我证明比他强健，是动手把他杀了，
还是把他抓来给你，让他偿付自己的种种
恶行，谋设的全部丑事，在你家中。"

听罢这番话，足智多谋的奥德修斯说讲，答道：
"忒勒马科斯和我会封住这帮傲慢的求婚人，
顶住他们的狂烈，在宫厅之中；你等二人
可去那边，扳转他的腿脚和双手，
把他扔在藏室，将木板绑在身后，
用编绞的绳索勒紧，挂上
高高的房柱，直到贴近屋顶，傍着梁木。
如此，虽说让他活着，他将承受剧烈的痛苦。"

帮手们认真听过他的训告，服从他的命令，
走入室内。墨朗西俄斯仍在那里，不见他们行来，

埋头搜寻武器，在藏室的深角之处。
他俩站等在房柱后面，贴着它的两边，
直到墨朗西俄斯，牧放山羊的人儿，跨出房门，
一手拿着顶绚美的头盔，另一手提着
一面古旧的战盾，盾面开阔，满是霉蚀的斑点，
英雄莱耳忒斯的用物，在他年轻力壮的时候，
此盾一直躺在那边，皮条上的线脚早已脱落。
其时，两人跃扑上前，将他逮住，揪住他的头发，拖进
室内，一把扔在地上，由他熬受苦痛，
绕出绞肉的绳索，拧过他的手脚，捆得
结结实实，绑在背后，遵从莱耳忒斯之子的
命令，卓著和坚忍不拔的奥德修斯，
用编绞的长绳把他勒紧，挂上
高高的房柱，直到贴近屋顶，傍着梁木。
其时，你开口嘲骂，你，牧猪的欧迈俄斯：
“现在，墨朗西俄斯，你可挂望整夜，
躺在舒软的床上，该你领受的待遇，
醒着迎来黎明登上黄金的宝座，
从俄开阿诺斯河升起，在你通常赶来山羊的
时候，给食宴在厅堂里的那帮，给求婚的人们。”

　　就这样，他俩把他丢在那里，捆着要命的长绳，
自己则关上闪亮的房门，披上铠甲，
回头走去，站在聪颖和多谋善断的奥德修斯身旁。
两军对阵，喘吐出狂烈，奥德修斯等四人
站守门槛，面对屋内大群犟勇的人们。
其时，雅典娜，宙斯的女儿，前来造访，
变取门托耳的形象，摹仿他的声音。
奥德修斯心里高兴，见她前来，开口说话，喊道：

“帮我解脱危难，门托耳；忘了吗，我是你的朋友
和伙伴，曾使你常受裨益；你我同龄，一起长大。”

　　他如此一番言告，猜想他乃雅典娜，军队的统领。
在厅堂的另一边，求婚者们高声喧喊，
首当其冲的是阿格劳斯，达马斯托耳之子，呵斥道：
“门托耳，别让奥德修斯花言巧语，把你劝争，
护他，战打求婚的人们。考虑
我们的话语——告诉你，此事将会成真。
当杀除了他们，这对父子，你也休想活命，
倒死在他们之中，为你想做的事情，打算在这座
房宫。你将付出代价，用你的头颅。
杀了你们这帮人后，用我们的铜械，
我们将连带收取你的财产，这边的和别地的
所有，会同奥德修斯的一切；我们不会放过
你的儿子，让他活在家里，也不会幸免你的女儿，
连同你忠贞的妻子，在伊萨卡城区走动。”

　　他言罢，雅典娜的心里平添怒气，
责骂奥德修斯，用饱含愤怒的言语说及：
“看来，奥德修斯，你已失去昔日的刚烈和勇气，
不像从前那样，为了卓著和白臂膀的海伦，
你力战九年，和特洛伊人对阵，英勇顽强，
杀死众多的敌人，在惨烈的搏斗中拼击，
凭着你的谋略，攻陷了普里阿摩斯路面开阔的城基。
如今怎样？你已回返家园，眼见你的所有，
反倒窝窝囊囊，不敢站对求婚的人们。
来吧，朋友，看看我如何战斗，站在我身边，
瞧瞧门托耳，阿尔基摩斯之子，是个何样的人儿，

面战你的敌人，回报你的厚爱！”

雅典娜言罢，却不曾给他所需的勇力，全胜这场
战斗；她还想测探奥德修斯和他光荣的儿子，
二位的勇气和刚烈，变成一只
燕子，展翅高飞，让他们瞧见，
停在顶面的梁上，在青烟熏绕的宫居。

其时，阿格劳斯，达马斯托耳之子，催励求婚的人们，
偕同欧鲁诺摩斯，德谟普托勒摩斯，安菲墨冬
以及裴桑得罗斯，波鲁克托耳之子，和聪颖的波鲁波斯。
就战技而言，他们是远为出色的壮勇，在
仍然活着的求婚人中，为了活命战斗。
其他人已经倒下，死于弓弩的击射，箭雨之中。
阿格劳斯高声喊叫，对着求婚的人们：
“现在，我的朋友们，此人将罢息不可战胜的双手，
门托耳走了，在空说了一番大话之后，
撇下他们，势孤力单，在大门前头。
眼下，你们不要一起击打，投出修长的枪矛，
让我等六人先掷——兴许，宙斯会让
我们得手，击中奥德修斯，争得光荣。
只要捅倒此人，旁者容易对付。”

他言罢，六人凶狠急迫，举枪投掷，按他的
吩咐，但雅典娜的神力使它们一无所获。
有人把投枪扎入木柱，撑顶着精固的房宫，
有人击中大门，紧密吻合的板条，
还有一支梣木杆的标枪，沉重的铜尖咬入壁墙之中。
其时，当避过求婚人的枪矛，

卓著和坚忍不拔的奥德修斯首先开口，说道：
“现在，亲爱的朋友们，该是我发话的时候。让我们
投出枪矛，扎入求婚的人们，这帮人疯疯烈烈，
试图杀倒我们，在旧恶之上增添新的冤仇。”

言罢，他们一齐瞄准投射，掷出
锋快的枪矛；奥德修斯击中德谟普托勒摩斯，
忒勒马科斯击中欧鲁阿得斯，牧猪人击中厄拉托斯，
牧牛人菲洛伊提俄斯击中裴桑得罗斯，
四人中枪倒下，嘴啃深广的泥层；
求婚者们退往厅堂的角落，
奥德修斯一行冲上前去，拔出尸体上的枪矛。

其时，求婚人再次掷出锋快的投枪，
凶狠急迫，但雅典娜的神力偏废了它们中的许多：
有人把投枪扎入木柱，撑顶着精固的房宫，
有人击中大门，紧密吻合的板条，
还有一支梣木杆的标枪，沉重的铜尖咬入壁墙之中。
然而，安菲墨冬击中忒勒马科斯，枪尖碰着手腕，
一擦而过，铜尖将表层的皮肤挑破。此外，
克忒西波斯击中欧迈俄斯，长枪穿过盾沿，
擦破肩膀，落空而去，掉在地上。接着，
聪颖和心计熟巧的奥德修斯，连同他的帮手，
投出枪矛，捣入求婚的人群中；
奥德修斯，城堡的荡击者，击倒欧鲁达马斯，
牧猪人枪击波鲁波斯，忒勒马科斯放倒了安菲墨冬。
接着，牛倌菲洛伊提俄斯击中克忒西波斯，
打在胸脯上，出口炫耀，喊道：
“哈哈，波鲁塞耳塞斯之子，喜好谩骂的小人，

不要再口出狂言，胡说八道，
把一切留给神明评说——他们远比你杰卓。
接着吧，这是给你的礼物，回报你的牛蹄，
击打神样的奥德修斯，在他乞行宫居的时候！”

　　放养弯角壮牛的牧人如此一番说道；其时，奥德修斯
逼近刺捅，击中阿格劳斯，达马斯托耳之子，用他的长枪，
而忒勒马科斯则击倒琉克里托斯，欧厄诺耳之子，
扎入肚子正中，铜尖穿透肉层，
后者随即扑倒，头脸朝下，额角撞在地上。
其时，雅典娜摇动埃吉斯，凡人的灾祸，
在那高耸的屋顶，把求婚者们吓得晕头转向，
惶惶奔逃，惊窜厅堂，像一群牧牛，
被犟勇的牛虻叮爬追咬，发疯似的奔跑，
在那春暖季节，天日变长的时候。
奥德修斯等人，像利爪弯曲，硬嘴勾卷的兀鹫，
从大山上下来，扑击较小的飞鸟，后者
振翅在平野上，惊叫在云层下，疾速飞逃，
鹰鹫猛扑上去，将他们碎咬，无所抵御，
无一漏跑，使目击者欣喜欢笑。
就像这样，他们横扫房殿，击杀求婚的
人们，后者发出撕心裂肺的号叫，倒在这边那边，
宫居里人头破碎，地面上血水横流。

　　琉得斯冲跑上前，抱住奥德修斯的膝头，
出声恳求，用长了翅膀的话语：
“我在向你求告，奥德修斯，尊重我，怜悯我的苦衷！
相信我，我从未说过错话，做过错事，在你的厅房，
对宫中任何女人；相反，我总在试图

阻止其他求婚者们，当有人如此行事的时候，
但他们不听规劝，拒不罢息双手，停止作恶。
所以，他们悲惨地死去，得咎于自己的狂傲，
而我，作为人群中的卜者，不曾犯下什么错恶。
尽管如此，我也只有死路一条，做过的好事不会得到恩报。”

其时，足智多谋的奥德修斯恶狠狠地盯着他，说道：
“倘若你声称是这帮人的巫卜，那么，
你一定多次祈祷，在我的宫中，祈求
不要让我碰沾回归的甜美，
让我钟爱的妻子随你出走，为你生儿育女；
你将为此负责，难逃悲惨的死亡！”

言罢，他伸出粗壮的大手，抓起铜剑，
阿格劳斯被杀之时，将它丢落在
地上。他手起剑落，砍在脖子的中段，
琉得斯的脑袋掉扑泥尘，仍在不停地说着什么。

其时，歌手菲弥俄斯，忒耳皮阿斯之子，仍在试图
躲避乌黑的死亡；出于逼迫，他曾经为求婚人歌唱。
眼下，他站在边门近旁，手握弦音
清脆的竖琴，心中思考着两种选择，
是溜出厅堂，前往庭院之神、强有力的
宙斯的祭坛，坐在它旁边——从前，奥德修斯和
莱耳忒斯在此祭焚过许多牛腿——
还是扑上前去，在奥德修斯膝前恳求？
两下比较，他认定后者佳妙：
抱住奥德修斯的膝盖，恳求莱耳忒斯的儿郎。
于是，他把空腹的竖琴放在地上，

放在兑缸和嵌铆银钉的座椅间，
一头冲扑上去，抱住奥德修斯的膝盖，
喊出长了翅膀的话语，出声求道：“我在
向你求告，奥德修斯，尊重我，怜悯我的苦衷！
日后，你的心灵将为之楚痛，倘若杀了唱诗的
歌手——我们为神明，也为世间的凡人唱诵。
我乃自教自会，但神明给我灵感，说唱各种
诗段。我有这份能耐，可以对你演唱，
就像面对神明。所以，不要性急暴躁，割下我的头颅！
忒勒马科斯，你的爱子，会告诉你这些，替我作证，
我并非出于情愿，而是违心背意，
为求婚人唱诵，就着宴席，在你家中。
他们人数太多，十分强健，逼我效劳。”

　　他言罢，灵杰豪健的忒勒马科斯听到了他的声音，
当即开口说话，对站在身边的父亲说道：
“且慢，不要砍杀此人，用你的铜械；歌手清白无辜。
另外，我们亦不宜斩杀信使墨冬，此人对我关心爱护，
总是这般，当我尚是个孩子，在我们家中，
除非菲洛伊提俄斯或牧猪人已把他杀掉，
或正好撞在你的手下，当你横扫房宫。”

　　他言罢，心智敏捷的墨冬听到了他的话音，
其时正藏在椅子下，身上压着一张
方才剥脱的生牛皮，躲避幽黑的死亡。
他动作迅捷，从桌底爬走出来，拿掉牛皮，
冲跑过去，抱住忒勒马科斯的膝盖，
讲说长了翅膀的话语，出声求道：
“我在这儿，亲爱的朋友，切莫动手，劝说你父亲，

瞧他这身力气，不要把我杀了，用锋快的铜剑，
出于对求婚人的愤恨：他们一直在损耗他的财产，
在他的房宫；这帮蠢货，胆敢蔑视你的尊荣。”

　　其时，足智多谋的奥德修斯咧嘴微笑，答道：
“不要怕，忒勒马科斯已为你说情，救你一命，
让你心里明白，亦能告诉别人，
善行可取，远比作恶多端。
去吧，走出宫门，坐在外面，离开
屠宰，置身院内，你和多才多艺的歌手，
让我完成这件必做之事，在宫居之中。”

　　他言罢，两人抬腿离去，走出房宫，
坐在强有力的宙斯的祭坛边，
举目四望，仍然担心死的临头。

　　奥德修斯扫视家内，察看是否
还有人活着，躲过幽黑的死亡，
只见他们一个不剩，全都躺倒泥尘，
挺尸血泊，像一群海鱼，被渔人
抓捕，用多孔的线网，悬离
灰蓝色的水波，撂上空广的滩沿，
堆挤在沙面，盼想奔涌的大海，
无奈赫利俄斯的光线，焦烤出它们的命脉。
就像这样，求婚人一个压着一个，堆挤在一块。

　　其时，足智多谋的奥德修斯话对他的儿男，说道：
“去吧，忒勒马科斯，叫来保姆欧鲁克蕾娅，
以便让她知晓我的想法，遵听我的嘱告。”

他言罢，忒勒马科斯服从亲爱的父亲，
打开门面，传唤保姆欧鲁克蕾娅，要她前来：
“起来吧，年迈的妇人，前来这边，
你督察所有女仆的活计，在宫居里面。
来吧，家父要你过来！他有事吩咐，让你知悉。”

他言罢，欧鲁克蕾娅说不出长了翅膀的话语，
但她打开门面，洞开建造精固的大厅，
抬腿出去，忒勒马科斯引路先行，走在她前面。
她找到奥德修斯，正在被杀的死者中间，
满身泥秽血污，像一头狮子，
食罢野地里的壮牛，带着一身
血斑走开，前胸和双颊上
猩红一片，嘴脸的模样看后让人心惊胆战；
就像这样，奥德修斯的腿脚和双手血迹斑斑。
眼见死人和满地的鲜血，欧鲁克蕾娅发出
胜利的欢呼，辉煌的战绩使她心欢，
但奥德修斯制止她的热情，不让喧喊，
送出长了翅膀的话语，对她说道：
“把欢乐压在心底，老妈妈，不要高声叫喊，
此事亵渎神灵，对着被杀的死人炫唤！
他们已被摧毁，被神定的命运和自己放肆的行为；
他们不尊重来者，无论是谁，
不管优劣，来到他们身边。所以
这帮人悲惨地死去，得咎于自己的狂蛮。
现在，我要你告知宫中女仆的情况，
哪些清白无辜，哪些贱污了我的门楣。”

其时，亲爱的保姆欧鲁克蕾娅答道：

"好吧，我的孩子，我将对你回话，把全部真情告说。
你有五十名女仆，在宫中生活，
我等训授她们活计，教她们
梳理羊毛，学会忍受，做好奴仆的工作。
她们中，十二人走了不轨的邪道，
无视我的存在，甚至把裴奈罗珮撇在一旁！
忒勒马科斯甫及成年，母亲
不让他管带女性的侍从。
好吧，让我去那楼上闪亮的房间，
告知你的妻侣，某位神明已使她入躺睡床。"

其时，足智多谋的奥德修斯发话，答道：
"先不要把她叫唤，可去召来女仆，
那些个不要脸的东西，要她们过来。"

他言罢，老妇遵命走去，穿行房居，
传话那帮女子，要她们去往主人身前。
其时，奥德修斯叫来忒勒马科斯，连同牧猪的
和牧牛的仆人，对他们说道，用长了翅膀的话语：
"动手吧，抬出尸体，嘱告女人们帮忙，
然后涤洗精美的桌椅，用
清水和多孔的海绵搓擦。接着，
当清理完宫房，使之恢复原有的井然，
你等可把女仆们带出精固的家居，
押往圆形建筑和牢不可破的院墙之间，
挥起长锋的利剑，尽情劈砍，把她们
全都杀光，使其忘却床上的情爱，
这帮贱货，偷偷地睡在求婚人身旁！"

他言罢，女人们推搡着出来，挤作一团，
哭声尖厉可怕，泪水成串地掉落。
首先，她们抬出尸体，所有死去的人们，
放在围合精固的院里，它的门廊下，
堆成垛子，一个叠着一个；奥德修斯亲自指挥，
催督她们，后者被迫行动，搬出尸首。
接着，她们涤洗精美的桌椅，用
清水和多孔的海绵搓擦；然后，
忒勒马科斯，会同牧猪和牧牛的伙伴，
手操平锹，铲刮建造精固房居的地面；
女仆们把刮下的脏物搬出门外。
当洗理完房宫，使之恢复原有的井然，
他们把女仆带出精固的房居，
押往圆形建筑和牢不可破的院墙之间，
逼往一个狭窄的去处，谁也不得逃脱，
善能思考的忒勒马科斯开口发话，说道：
“我要结果她们的性命，这帮女子，不让她们死得
痛痛快快。她们把耻辱泼洒在母亲和
我头上，不要脸的东西，睡躺在求婚人身旁！”

言罢，他抓起绳缆，乌头海船上的用物，
一头绕紧在粗长的廊柱，另一头系着圆形的建筑，
围绑在高处，使女人们双脚腾空，
像一群翅膀修长的鸫鸟，或像一群鸽子，
试图栖身灌木，扑入抓捕的
线网，睡眠的企愿带来悲苦的结果。
就像这样，女仆的头颅排成一行，每人一个活套，
围着脖圈，她们的死亡堪属那种最可悲的样式，
扭动着双腿，时间短暂，只有那么几下。

然后，他们带出墨朗西俄斯，穿走庭院和门廊，
操使无情的铜剑，剁去鼻耳，
割下阳具，作为喂狗的食料，
截断四肢，带着他们心中的狂暴。

接着，他们洗净手脚，走入
奥德修斯的宫房——事情已经办妥。
其时，奥德修斯发话尊爱的保姆，对欧鲁克蕾娅说道：
“弄些硫磺，老妈妈，平治凶邪的用物，给我弄来火把，
让我净熏厅堂，还要请裴奈罗珮
过来，带着她的侍女，让屋里
所有的女仆，全都到此集中。”

其时，亲爱的保姆欧鲁克蕾娅答道：
“你的话条理分明，我的孩子，说得一点不错。
来吧，让我给你拿一件衫衣，一领披篷，
不要站在宫中，宽阔的肩上披着
破旧——人们会惊责你的仪容。”

其时，足智多谋的奥德修斯发话，答道：
“在此之前，先给我弄来火把，在我的宫中。”

他言罢，亲爱的保姆欧鲁克蕾娅谨遵不违，
取来硫磺火把，让奥德修斯接握在手，
净熏宫居，里里外外，包括厅堂、房居和院落。

老妇穿走厅居，奥德修斯绚美的房宫，
把口信带给女仆，要她们赶快集中，
后者走出厅房，手握火把，围住

奥德修斯，伸手拥抱，欢迎他回返家中，
感情热烈，亲吻他的头颅、肩膀
和双手；悲哭的念头，甜美的企望，
使他放声号哭；奥德修斯认出了每一个仆人。

# 第二十三卷

　　老妇放声大笑，走向楼上的房间，打算
告诉女主人，后者钟爱的丈夫已在屋子里边，
双膝迅速摆动，双腿在疾步中摇颤，
开口说道，俯站在裴奈罗珮头前：
“醒醒，裴奈罗珮，亲爱的孩子，用你
自己的眼睛，看看你天天思盼的人儿。
奥德修斯已在这里，置身房居之中，虽说迟迟而归，
他已杀灭狂傲的求婚者，这帮人糟损他的家院，
欺逼他的儿子，吃耗他的财产。”

　　听罢这番话，谨慎的裴奈罗珮答道：
“神明，亲爱的保姆，已把你弄得疯疯癫癫。他们
能把最聪明的智者搞得稀里糊涂，
让心智愚钝的笨蛋变得聪伶敏捷。
他们迷糊了你的心智，在此之前，你的思路相当清晰。
为何讥嘲我的处境，我的心里已塞满痛苦，
用你这派胡言，把我从舒美的睡境中
弄醒，它已合盖我的眼睑，使我睡得香甜？
我已许久没有如此沉睡，自从
奥德修斯去了邪毒的特洛伊，不堪言喻的地界。
下去吧，离开此地，回返你的住处。
要是换个别的女子，侍服于我的仆人，

捎来此番信息，把我弄醒在酣睡之中，
我将当即把她赶走，让她回返厅里，带着
我的愤恨。算你走运，老迈的年纪把你救护！”

　　其时，亲爱的保姆欧鲁克蕾娅答道：
“我没有讥辱你，亲爱的孩子——我的话句句当真。
奥德修斯已在这里，如我说的那样，置身房居之中。
那个陌生的客人就是他呀，那个受到厅里所有对手责辱
的来人。忒勒马科斯早已知晓他的身份，
但他处事谨慎，藏隐着父亲的筹谋，
以便让他惩罚暴行，这帮为非作歹的人们。”

　　她言罢，裴奈罗珮喜不自禁，从床上
一跃而起，一把抱住老妇，眼里滚出泪珠，
开口说话，将长了翅膀的言语吐出：
“快说，告诉我此事的真情，亲爱的保姆，
他是否真的已经返家，如你所述，
敌战众人，虽然仅凭一己之力，击打
求婚的恶棍，他们总是成群结队，聚在宫府。”

　　其时，亲爱的保姆欧鲁克蕾娅答道：
“我不曾眼见，无人对我说告，但我耳闻被杀的人们
发出阵阵凄叫；我等女人坐身坚固的藏室，
吓得瞠目结舌，关紧的门扇把我们堵在里头，
直到忒勒马科斯，你的儿子，从厅堂里
把我招呼，遵从他父亲的告嘱。
我找到奥德修斯，见他站在被杀的死者
之中，尸体覆盖坚硬的地面，一个
压着一个，堆躺在他的四周。你会满心欢喜，

见他像一头雄狮，满身泥秽血污。
现在，他们全都躺倒在地，在院门近旁，
而他已点起熊熊的柴火，用硫磺净熏
坚美的宫房，差我过来，把你召唤。
来吧，和我一起过去，如此，你俩的心灵便可
双双欣享欢悦；你们已承受了这许多愁哀。
如今，你长期求祷的事情终于得以实现：
奥德修斯已经回返，回抵自家的火盆，安然无恙，
眼见你和儿子都在宫殿，仇报了求婚的人们，
在他的家里欠下的每一笔恶债。”

　　听罢这番话，谨慎的裴奈罗珮答道：
“不要放声大笑，亲爱的保姆，不要高兴得太早。
你知道大家会何等欢欣，假如他现身
宫中，尤其是我，还有我俩生下的孩儿。
但是，你说的并非真情，不。
一定是某位神明，杀了狂傲的求婚人，
震怒于他们的恶行，他们的狷蛮和虐骄。
这帮人不尊重来者，无论是谁，
不管优劣，来到他们身旁。他们
粗莽愚顽，招来了痛苦的结局悲伤。但奥德修斯
已丢失回归的企望，丢失了性命，在远离阿开亚的地方。”

　　其时，亲爱的保姆欧鲁克蕾娅答道：
“这是什么话，我的孩子，崩出了你的齿隙？
尽管丈夫已在火盆边沿，你却说
他将永远不会回返！你总是这般多疑。
他还出示了一个清晰无误的标记，我将对你告言：
那道疤口，野猪用白牙裂留的痕迹。

我认出了伤疤，在替他洗脚之际。当我欲将
此事告你，他却用手堵住我的嘴巴，
不让说话；他的心智总是那样聪达。
走吧，随我前去，我将以生命担保，
倘若撒谎欺骗，你可把我杀了，用最凄楚的方式。”

听罢这番话，谨慎的裴奈罗珮答道：
“虽然你很聪明，亲爱的保姆，你却不能
滞阻神的计划，他们不会死亡。
尽管如此，我仍将去见儿子，以便看看那些
死者，追求我的人们，还有那位汉子，把他们击杀。”

言罢，她走下楼上的睡房，心中左思
右想，是离着亲爱的丈夫，开口发问，
还是走上前去，握住他的手，亲吻他的头颅。
她跨过石凿的门槛，步入厅中，
就着亮光下坐，面对奥德修斯，
贴着对面的墙壁，而他则坐在高耸的房柱边，
眼睛看着地面，静等雍贵的妻子，
有何话语要说，眼见他在身旁。
她静坐良久，默不作声，心中惊奇诧异，
不时注目观望，盯着他的脸面，
但却总是不能把他辨认，褛褴的衣衫使她难以判断。
其时，忒勒马科斯发话，出声呼唤，责备道：
“我的母亲，残忍的妈妈，你的心灵可真够狠呢！
为何避离父亲，不去坐在他
身边，开口发问，盘询一番？
换个女人，谁也不会这般心狠，
坐离丈夫，后者历经千辛万苦，

在第二十个年头里，回返家乡。
你的心啊硬过石头，总是这样。”

听罢这番话，谨慎的裴奈罗珮答道：
“眼下，我的孩子，我的心中充满惊异。
我找不出同他说对的言词，想不出问题，甚至
无法看视他的面孔。但是，倘若他真是奥德修斯，
回返家中，如此，我俩定能互相识认，
用更好的方式。我们有试察的标记，
除了我俩以外，别人谁也不曾知晓。”

她言罢，高贵和坚忍不拔的奥德修斯咧嘴微笑，
当即送出长了翅膀的话语，对忒勒马科斯说道：
“让你母亲，忒勒马科斯，盘查我的身份，
在我们宫中，她马上即会知晓得更多更好。
眼下，我身上脏浊，穿着破旧的衣服，
她讨厌这些，说我不是她的丈夫。
来吧，让我们订个计划，想个最好的办法。
你知道，当有人夺命乡里，只杀一人，
留下雪仇的亲属，人数并不很多，但即便如此，
他仍然亡命流浪的生活，丢下亲人和故土逃跑。
瞧瞧我们，我们杀了城市的中坚，伊萨卡
最优秀的年轻人。所以，我要你考虑此事的结果。”

听罢这番话，善能思考的忒勒马科斯答道：
“你可自己揣摩，我的父亲，人们说
世上你的心计最巧，凡人中
找不到对手，可以和你争高。
我们将跟你行走，以旺盛的热情战斗；我想谁也

不会缺少勇力，只要还有力气可用。”

听罢这番话，足智多谋的奥德修斯说讲，答道：
“如此，我将对你说告，在我看来，此法绝妙。
首先，你等都去盥洗，穿上衫衣，
告诉宫中的女人，选穿她们的裙袍。
然后，让那通神的歌手，拿着声音清脆的竖琴，
引奏伴舞的曲调，以便让屋外
之人，不管是路上的行者，还是街坊邻居，
听闻之后，以为我们正在举行婚礼庆贺。
不要走漏半点风声，让城民们知晓求婚人
已被我们杀倒，直至我们抵达
果树众多的田庄。到那以后，我们可再谋
出路——或许，俄林波斯大神会送来有利于我们的高招。”

他们认真听罢奥德修斯的嘱告，执行他的计划。
首先，他们离去盥洗，穿上衫衣，
女人们全都打扮得漂漂亮亮，通神的
诗人拿起空腹的竖琴，激挑
歌舞的欲望，甜美的歌声，舒展的舞蹈，
大厅里回荡着舞步的节奏和声响，
来自起舞的男子，束腰秀美的女郎。
有人如此说道，于屋外听闻里面的响声：
“毫无疑问，有人已婚娶被他们穷追不舍的王后，
狠心的人儿，不愿看守原配夫婿的居所，
偌大的房宫，等待他归返，坚持到最后。”

有人会如此说道，但他们却不知已经发生了什么。
其时，家仆欧鲁诺墨浴毕心志豪莽的

奥德修斯，在他自己家里，替他抹上橄榄油，
穿好衫衣，搭上绚美的披篷；
在他头上，雅典娜拢来出奇的俊美，使他看来
显得更加高大，越加魁梧，理出曲卷的发绺，
从头顶垂泻下来，像风信子的花朵。
宛如一位技艺精熟的工匠，把黄金铸上银层，
凭着赫法伊斯托斯和帕拉丝·雅典娜教会的各种
技巧，制作一件件工艺典雅的成品；
就像这样，雅典娜饰出迷人的雍华，在他的头颅肩膀。
奥德修斯步出澡盆，身材俊美得像似仙神，
走回刚才起离的椅子，弯身下坐，
面向妻子，对她开口说道：
“真奇怪，你这个人儿！家住俄林波斯的神明
使你心顽至此，女辈中无人可以比攀。
换个女子，谁也不会这般心狠，
坐离丈夫，后者历经千辛万苦，
在第二十个年里，回返家乡。
来吧，保姆，在此备床，让我独自
躺下；这个女人的心灵硬似灰铁一样。”

　　听罢这番话，谨慎的裴奈罗珮答道：
“你才怪呢——我既不傲慢，也不冷漠，
亦不曾过分惊讶，但我清楚地记得你当时的形貌，
那时，你登上带长桨的海船，从伊萨卡远航。
来吧，欧鲁克蕾娅，给他备下坚实的睡床，
在建造精美的寝房外，那张由他自做的床铺，
搬出坚实的睡床备妥，
铺上羊皮、毛毯和闪亮的盖罩。”

　　她如此一番说告，对丈夫，权作一番试探，
但奥德修斯勃然大怒，对心地贤善的妻子说道：
“你的话语，我说夫人，刺痛了我的心房！
谁已把我的床铺搬了地方？此事不易，
即便对一位能工巧匠，除非有一位神明，
亲来帮忙，如此便能轻而易举地移变地方。
但世间没有活着的凡人，哪怕他年轻力壮，能够
轻松搬动，因为此物包容一个重要的‘关节’，
连接在做工复杂的床上，我的精工，并非别人手创。
庭院里有棵叶片修长的橄榄树，
长得遒劲挺拔，粗大坚实的树干像柱子一样。
围着它，我建起自己的睡房，砌起
密密匝匝的石头，完工之后，铺好屋顶，
装好坚固的房门，严严实实地合上。
接着，我砍去橄榄树上叶片修长的枝节，
从底部开始，平整树干，用一把青铜的手斧削打，
紧贴着划出的粉线，做得仔细利索，把它
加工成一根床柱，打出所需的孔眼，借用钻头的力量。
由那开始，我动手制作，直到做出睡床，
饰之以黄金、白银和象牙。然后，
我用牛皮的绳条穿绑，闪出新亮的紫光。
这便是此床的特点，我已对你说讲，但我不知，
夫人，我的床铺是否还在那里。抑或，有人
已将橄榄树干砍断，把它移往别的地方。”

　　他言罢，裴奈罗珮双膝发软，心力酥散，
她已听知确切的话证，从奥德修斯的言谈，
顿时热泪盈眶，冲跑着奔扑上前，展开双臂，
抱住奥德修斯的脖圈，亲吻他的头颅，说道：

“不要生我的气，奥德修斯；凡人中你是
最通情达理的一员。神明给我们悲难，
心生嫉烦，不愿看着我俩总在一起，
共享我们的青春，双双迈过暮年的门槛。
所以，不要生气，不要把我责备，只因我，
在首次见你之际，不曾像现在这样，吻迎你的归来。
我的心里总在担惊受怕，害怕
有人会出现在我面前，花言巧语，将我
欺骗。此类恶棍甚多，用险毒的计划谋取进益。
阿耳戈斯的海伦，宙斯的女儿，
不会和一个外邦人欢爱睡躺，
倘若她知道阿开亚人嗜战的儿子们
会把她带回家里，带回可爱的故乡。
是一位神明催使她做出可耻的事情，
在此之前，她可从未有过此般愚盲的
心念；那件事使我们大家受害。
现在，你已给我确切的言证，描述
我们的睡床，其他人谁也不曾见过，
除了你我，还有一名女仆，
阿克托耳的女儿，家父把她给我，陪嫁这边，
过去曾为我俩把门，在建造精固的睡房。
所以，虽说心地耿倔，你已使我不再彷徨。”

她言罢，奥德修斯的心里激起更强烈的悲哭欲望，
抱着亲爱的妻子，呜咽抽泣，她的心地纯洁善良。
像落海的水手看见了陆地，
坚固的海船被波塞冬击碎在
大洋，卷来暴风和汹涌的浪涛，
只有寥寥数人逃出灰黑的水域，游向

岸基，满身盐腥，厚厚的斑迹，
高兴地踏上滩岸，逃身险厄的境况；
对于裴奈罗珮，丈夫的回归恰如此番景状，眼望亲人，
雪白的双臂拢抱着他的脖子，紧紧不放。
其时，黎明，垂着玫瑰红的手指，将点照他俩的悲哭，
要不是灰眼睛女神雅典娜实施了另一种设想。
她让长夜滞留西边，让享用金座的
黎明停等在俄开阿诺斯河旁，不让她
套用捷蹄的马匹，把光明带给凡人，
朗波斯和法厄松，载送黎明的驭马。

其时，足智多谋的奥德修斯对妻子说道：
“我们的磨难，我的爱妻，还没有
了结。今后，还有许许多多难事，
艰巨、重大的事情，我必须做完。
泰瑞西阿斯的精灵曾对我预言，那天，
我进入哀地斯的府居，寻访回家
的路子，既为自己，也替我的伙伴。
来吧，我的夫人，让我们上床，
享受同床的舒怡，睡眠的甜香。”

听罢这番话，谨慎的裴奈罗珮答道：
“你的床铺将会备整就绪，在你心想睡觉的
任何时候，既然神明已让你回返，
回抵建造精固的家府，世代居住的地方。
眼下，既然你已得知此事，神明把它注入你的心房，
说吧，告诉我这件苦役，我想，将来我会知道——
所以，现在得知不会比那时更糟。”

听罢这番话，足智多谋的奥德修斯说讲，答道：
“你这人真怪，为何催我道说此事，
如此急不可待？好吧，我这就告你，绝不隐瞒。
此事不会欢愉你的心灵，也难以使我
开怀。他要我浪迹许多凡人的城市，
手握造型美观的船桨，带着上路，
直至抵达一方地界，那里的生民
不知有海，吃用无盐的食餐，
不识船首涂得紫红的海船，不识
造型美观的船桨，推送航船，像鸟儿的翅膀。
他还告我一个迹象，相当醒目，我亦不予隐瞒。
他说，当我一径走去，我会邂逅某个赶路的生人，
他会说我扛着一支簸铲，在闪亮的肩头，
其时，我要把造型美观的船桨牢插在地，
献出丰足的牲祭，给王者波塞冬，
一只公羊、一头公牛和一头爬配的公猪，
然后转身回家，举办神圣、隆重的牲祭，
献给不死的仙尊，统掌辽阔天空的神明，
按照顺序，一个不漏。将来，我会远离大海死去，
以极其温柔的形式，拥享
富有、舒适的晚年；我的人民将会
幸福，生活美满。这一切，他说，将来都会实现。”

听罢这番话，谨慎的裴奈罗珮答道：
“倘若神明真会给你带来更幸福的晚年，
那么，你就可以期望，可望摆脱你的困烦。”

就这样，他俩你来我往，一番谈论。
其时，保姆和欧鲁诺墨已将舒软的披盖

展开，借着火把的明光，
手脚麻利，铺好厚实的睡床，
老妇走回自己的房间，平身息躺，
而欧鲁诺墨，作为寝房的侍仆，
举着火把，将他俩引往床边。
她把二位引入睡房，转身回头，后者
高兴地走向床铺，他俩早已熟悉的地方。
其时，忒勒马科斯以及牧猪的和牧牛的仆人
停下舞步，并让女仆们就此作罢，
然后走去睡觉，在幽暗的宫房。

　　奥德修斯夫妻享受过性爱的愉悦，
开始领略谈话的欢畅，述说各自的既往。
裴奈罗珮，女人中的佼杰，诉说了她在宫中忍受的一切，
看着求婚的人们，一帮败毁的家伙，
为了追她，杀掉许多壮牛肥羊，
喝去大量的美酒，罄空了一个个坛缸。
神育的奥德修斯告说了他给敌人带去的苦痛，
一件不漏，讲述了他所经历的磨难，
所有的悲哀。妻子高兴地听领他的叙述，毫无
倦意，直到听完一切，睡眠才把她的眼睑合上。

　　他以击败基科尼亚人的经历，并以其后
前往吃食落拓枣的生民部落，富足的国邦开始，
叙说了库克洛普斯做下的一切，以及他如何仇报
巨怪的恶行，后者吞食他强健的伙伴，不带怜悯。
他还说了如何抵达埃俄洛斯的地面，受到热情款待，
为他提供回返的便利，但命运注定他不能那时
还乡，被风暴逮着，任他高声

吟叫，卷往鱼群游聚的海洋。他还
提及如何来到莱斯特鲁戈奈斯人的忒勒普洛斯地方，
那帮人毁了他的木船和胫甲坚固的伙伴，
一个不留；奥德修斯只身逃离，乘坐乌黑的海船。
他描述了基耳凯的诡黠，众多的花招本领，
说了如何前往哀地斯阴霉的府居，
咨询塞贝人泰瑞西阿斯的灵魂，
乘坐凳板众多的海船，见着了所有的伙伴，
还有生他的母亲，在他幼小之时养育他的妈妈。
他还说了如何听闻塞壬婉转的歌声，
如何行至晃摇的石岩，如何遭遇可怕的卡鲁伯底丝
和斯库拉——从未有人驶过她的海域，不受损伤。
他还说及伙伴们如何偷食赫利俄斯的牧牛，
炸雷高天的宙斯又如何击打他的快船，
用带火的霹雳，高贵的伙伴全都
葬身海底，惟他躲过险厄的死难，
其后漂抵俄古吉亚岛，遇会女仙卡鲁普索，
后者将他拘留，意欲招为丈夫，
在深旷的洞府，关心爱护，甚至许诺
可以使他长生不老，享过永恒不灭的生活，
但女神决然无法，不能说动他的心房。他还
说及如何历经千辛万苦，及至法伊阿基亚人的地域，
人们真心实意地敬他，像敬对神明一样，
把他送回亲爱的故乡，用一条海船，
堆满黄金、青铜和衣裳。讲完
末句，他缄口作罢；甜美的睡眠
轻软他的四肢，消解了心中的愁伤。

其时，灰眼睛女神雅典娜谋算着另一件要做的事情。

当她觉知奥德修斯的心灵已得到满足，
和妻子同床，领受睡眠的熟香，
马上催促早起和享用金座的黎明，从俄开阿诺斯河
升起，把光明送给凡人；奥德修斯从
松软的床上起身，话对妻房，说道：
“你我二人，我的夫人，已历经磨炼，
你在家中，哭念我的充满艰险的
回归，而我则受到宙斯和其他神明的中阻，
强忍痛苦，不能回返家乡，尽管我急切地盼望。
现在，你我已在情欲的睡床中卧躺，
你可照看我的财产，收藏在我的宫房。
至于我的羊群，它们已惨遭骄蛮的求婚人涂炭，
我将通过掠劫弥补，补足大部损失，其余的将由
阿开亚人给予，把我的羊圈填满。
但眼下，我将去果树成林的农庄，
探视高贵的父亲，老人常常为我的不归痛心悲伤。
我还要对你嘱告，我的妻子，虽说你聪灵明达。
用不了多久，伴随太阳的升起，此事将在邻里传扬，
关于那些追求你的人们，被我杀死在宫房。
其时，你可迈步楼上的房间，带着女仆，
静身稳坐，谁也不看，不予问话。”

　　言罢，他把绚美的铠甲披上肩头，
唤醒忒勒马科斯以及牧猪和牧牛的仆帮，
告诉他们拿起拼战的武器，握在手里，
后者谨遵不违，穿上青铜的铠甲，
打开大门，由奥德修斯率领，走出宫房。
其时，阳光布满大地，但雅典娜把他们
藏身黑暗，引着他们疾行，迅速走离城邦。

# 第二十四卷

其时，库勒奈的赫耳墨斯召聚起
求婚者的魂灵，手握漂亮的
金杖——用它，赫耳墨斯既可迷合凡人的
瞳眸，只要他愿意，又可让睡者睁开眼睛。
他用金杖拢合灵魂，领着前行，后者跟随，唧喳低鸣。
像一群蝙蝠，飞扑在某个神秘的岩洞深处，
发出叽叽呱呱的声响，而其中的一只从岩壁掉落，
脱离互相搭攀的同类；就像这样，
他们发出混糊的声响，跟着赫耳墨斯前行，
帮送者[1]带着他们，奔向霉浊的路径。
他们一路走去，经过俄开阿诺斯水流和白岩，
经过太阳神的大门和成片的
梦原，很快来到遍长阿斯弗德洛斯的草地。
这是灵魂的去处，死人的虚影住在这里。

他们见着阿基琉斯的灵魂，裴琉斯之子，
以及帕特罗克洛斯和雍贵的安提洛科斯的魂灵，
还有埃阿斯的魂魄——若论容貌体形，除了裴琉斯
豪勇的儿子，达奈人中谁也不能比及。
就这样，他们围拥在阿基琉斯身边；
其时，阿伽门农的亡魂飘至来临，阿特柔斯之子，
带着愤恨，另有兵勇们的幽灵，拥聚在他

周围，和他一同死去，亡命在埃吉索斯家里。
裴琉斯之子的灵魂首先开口，说起：
“阿特柔斯之子，我们以为，所有的英雄中，
你的一生最能得获喜好炸雷的宙斯的宠幸，
因你率统着浩荡的军队，众多骁勇的精英，
在特洛伊地面，我们阿开亚人经受了苦战的锤砺。
同样，对于你，暴虐的死亡降临得
太早，死的精灵，俗生的凡人谁也不能躲避。
咳，我真想，想望你能迎遇命运和死亡，在特洛伊
大地，占据统帅的高位，连同权势带来的声威。
这样，阿开亚全军，所有的兵壮，会给你堆垒坟茔，
使你替子孙争得巨大的荣光，传世的英名。
然而，严酷的现实却给你带来了最凄惨的死运。”

　　听罢这番话，阿特柔斯之子阿伽门农的灵魂答接：
“神样的阿基琉斯，裴琉斯幸运的男丁，
你死在特洛伊，远离阿耳戈斯，身边躺着
阵亡的将士，特洛伊军勇和阿开亚人中最好的战英；
双方为争夺你的尸体鏖战，而你，躺倒飞旋的泥尘里，
偌大的身躯，沉甸甸的一片，把车战之术忘尽。
我们打了一个整天，绝不会
停止战斗，若非宙斯干预，卷来风暴
狠吹。我们把你抬到船边，避离战斗，
放上尸床，用热水净洗俊美的
躯体，抹上油膏；达奈人围在你身边，
热泪滚滚，倾洒在地，割下一束束发绺奠祭。
你母亲闻讯赶来，踏出水波，还有众位女神，

---

① 帮送者：或“医者”，指赫耳墨斯。

海里的仙女。神女们出声哭喊，哀号之声飘播在
深沉的海面，把所有的阿开亚人吓得浑身打战。
其时，他们会拔腿惊逃，跑向深旷的海船，
若非一位通古的人士出面阻拦，
奈斯托耳，他的谋略最佳，已被证明在那天之前。
怀着对众人的善意，他开口说道：‘都给我
站住，阿耳吉维人；不要惊跑，年轻的阿开亚军汉！
这是他母亲，踏出水波，另有众位女神，
海里的仙女，前来悼见死去的儿男。’

“他言罢，心胸豪壮的阿开亚人停止了惊乱。
海洋老人的女儿们围站在你身边悲哭，
哀悼，给你穿上永不败坏的衣衫。
所有的缪斯，一共九位，以悦耳动听的轮唱
悼念。其时，你不会眼见谁个不哭，阿耳吉维人
个个泪水涟涟，缪斯的歌声深深打动了他们的心怀。
一连十七天，白天黑夜不断，
我们悲哭你的阵亡，神和凡人亦然。
到了第十八天上，我们把你置放火堆，杀了
成群的肥羊和弯角壮牛，在你身边。
你在神的衣饰中火化，连同大量的
油膏和蜂蜜；众多阿开亚英雄，
全副武装，行进在焚你的柴堆边，
乘车的勇士，足行的步兵，响声轰然。
当赫法伊斯托斯的柴火把你焚烧殆尽，
拂晓时分，我们收捡起你的白骨，阿基琉斯，
放在不掺水的醇酒和油膏里面。你母亲给你
一只双把的金罐，她说那是狄俄尼索斯的
礼物，著名的赫法伊斯托斯手铸的精品。

你的白骨置放在金罐里，哦，闪光的阿基琉斯，
掺和着已故的帕特罗克洛斯的尸骨，墨诺伊提俄斯的儿男；
安提洛科斯的白骨另外安放，帕特罗克洛斯死后，
所有军友中，他是你最珍爱的朋伴。
围绕死者的遗骨，成队的阿耳吉维壮勇，强有力的
枪手，堆起一座巨大、宏伟的坟茔，在
一片突兀的高地，沿着赫勒斯庞特宽阔的水流，
以便让航海的水手，从远处凭眺它的风采，
包括今天活着的人们和将来出生的后代。
接着，你母亲讨问神明，要各位拿出精美的礼件，
放在场地中间，让阿开亚首领们争比竞赛。
你一定参加过许多英雄的
葬礼，为了尊祭死去的王贵，
年轻人束扎准备，为争夺奖品，参加比赛。
但你不会把那批酬礼等同于已经见过的赏件，
女神，银脚的塞提丝摆出如此辉煌的奖品，
悼祭你的死难——神明对你真是宠爱。
现在，即便已经死去，你的名字却不曾消亡泯灭，
你的英烈永存，阿基琉斯，存活在世人心间。
相比之下，我搏杀后罢离战场，无有愉悦可言。
我回返家园，宙斯谋设了凄惨的死难，
丧命在埃吉索斯手里，会同我那该受诅咒的妻伴。”

　　就这样，两个灵魂你来我往，一番说告，
其时，导者阿耳吉丰忒斯走近他俩身边，
带着求婚者的魂灵，被奥德修斯杀灭。
二者惊诧不已，迎上前去，见得此番景状，
阿特柔斯之子阿伽门农的心魂认出了
光荣的安菲墨冬，墨拉纽斯亲爱的儿男，

曾经款待过阿伽门农的采访，在伊萨卡他的家院。
阿伽门农的亡魂首先开口，说道：
“这是怎么回事，安菲墨冬，来到昏黑的泥土之下，
你们这帮精选的年轻人，年龄相仿——从一座城里
挑出最好的精壮，人们不会有别的择选。
是因为波塞冬卷来酷暴的狂风，掀起
滔天巨浪，摧打你们的海船，把你们的人生毁葬？
抑或，你等死在干实的陆野，被凶狠的部民击杀，
试图截抢他们的牛群和卷毛的绵羊，或
正和他们打斗，为了掠劫他们的女人，荡毁他们的城防？
说吧，回答我的问话；我宣称，我是你家的宾客。
忘了吗，我曾登门府上，由
神样的墨奈劳斯陪同，催邀奥德修斯同行，
请他乘坐带凳板的海船，前往伊利昂？
此行花去整整一月时间，跨过浩淼的海洋，
好不容易说动奥德修斯，荡劫城堡的战将。”

听罢这番话，安菲墨冬的灵魂答道：
“阿特柔斯最尊贵的儿子，民众的王者阿伽门农，
你说的一切，神育的王爷，我全都记得。
我将告说一切，准确地回答，关于
我们如何凄惨地死去，事情如何收场。
那时，我们都在穷追奥德修斯的妻子，他已久久不在家乡。
裴奈罗珮既不拒绝可恨的婚姻，也无力了结这场纷乱，
但却谋划着我们的败灭，乌黑的死亡。
她还想出另一番诡计，在她心间，于
宫中安起一架偌大的织机，编制
一件硕大、精美的织物，对我们说道：
‘年轻人，我的追随者们，既然卓著的奥德修斯已经死去，

你们，尽管急于娶我，不妨再等上一等，让我完成
这件织物，使我的劳作不致半途而废。
我为英雄莱耳忒斯制作披裹，备待使人
蹬腿撒手的死亡将他逮获的时候，
以免邻里的阿开亚女子讥责于我，说是让一位
积攒丰广家产的人士，死后竟连一片裹尸的织布都没有。'
她如此一番叙告，说动了我们高豪的心灵。
从那以后，她白天忙活在偌大的织机前，
夜晚则点起火把，将织物拆散，待织从头。
就这样，一连三年，她瞒着我们，使阿开亚人
信以为真，直到第四个年头，随着季节的转换，
时月的消逝，日子一天天过去，
她家中的一个女子，心知骗局的底细，把真情道出。
我们当场揭穿她的把戏，在她松拆闪亮织物的当口。
于是，她只好收工披裹，被迫违背自己的愿望。
织罢，她洗过披裹，展示出
偌大的织件，像太阳和月亮一样闪光。其后，
某个残忍的神灵带回奥德修斯，从某个地点，
落脚荒僻的田庄，牧猪的仆人生活的地方。
其时，神样的奥德修斯的爱子从
多沙的普洛斯归来，乘坐乌黑的海船，
两人聚首合谋，谋划求婚人凶险的死亡，
然后来到著名的城邦，奥德修斯跟在
后头，忒勒马科斯先行，走在前面。
牧猪人带入奥德修斯，身上破破烂烂，
一副乞丐模样，像个穷酸的老汉，
拄着支棍，一身破旧的衣衫。
我们中谁也认不出他来，在他突然，是的，
突然出现之际，即便是年龄较大的伙伴也看不出来。

我们对他粗鲁横蛮，说讲恶毒的言词，甩出抛投的物件。
然而，奥德修斯以坚强的意志忍让，接受
投掷物的敲打，咽下粗毒的言词，在自己的家院。
其后，当带埃吉斯的宙斯的意志催他行动，他，
凭借忒勒马科斯的帮忙，搬走光荣的甲械，
放入藏室，把门关上。随后，
凭靠诡黠的心计，他催命妻子
拿出弓和灰铁，放在求婚人前面，
布设一场竞赛，为我等命运险厄的一帮，作为起点，
把我们屠宰。我们中谁也不能安置弦线，挂上
强劲的弓杆；我们的力气远不能使自己如愿。
然而，当那把硕大的射弓被交往奥德修斯手中，
我们一起咆哮威胁送者，不让他
递交，不管他如何申说答辩，
惟有忒勒马科斯催他向前，要对方传送，
坚忍不拔的奥德修斯接过强弓，
轻而易举地挂上弦线，一箭穿过铁斧，成排的洞孔。
他站挺门槛，倒出箭矢，在脚前的地面，
目光炯炯，凶狠地四下张望，放倒王者安提努斯，
继而送出歹毒的羽箭，对着其他求婚的人们，
瞄准发射，击倒对手，一个接着一个，尸体码成了垛儿。
很明显，他们得到某位神明的助佑，
对着我们直冲，赶过厅堂，挟着狂怒，
拼命追杀，我方死者甚众，发出撕人心肺的号喊，倒在
这里那边，宫居里人头纷落，地面上血水横流。
就这样，阿伽门农，我们被人杀死，直到现在，
尸体还暴躺在奥德修斯的宫邸，无人收管。
亲友们尚在各自的家里，不知那边的境况，
否则，他们会洗去我们伤口上的黑血，

抬出尸体，安排死者应受的礼遇，哭悼我们的死难。”

　　听罢这番话，阿特柔斯之子阿伽门农的灵魂答道：
“哦！莱耳忒斯幸运的儿子，多谋善断的奥德修斯，
毫无疑问，你娶了个贤惠的妻子，绝好的女人。
她的心灵是那样的高洁，无瑕的裴奈罗珮，
伊卡里俄斯的女儿，总把奥德修斯，婚配的夫婿，
放在心间。由此，美德赢获的英名将
永不消逝，不死的神明会给凡人
送来动听的诗篇，赞美忠贞的裴奈罗珮。
与之相比，屯达柔斯的女儿行迹恶劣，
谋杀婚配的夫婿——人间会有
恨恼的诗唱，贬毁女人的声名，
殃及所有的女子，包括她们中品行贤善的佼杰。”

　　就这样，他俩你来我往，一番谈论，
站在哀地斯的府居，黑深的地底。

　　其时，奥德修斯一行离开城市，很快抵达精耕细作
的庄园，莱耳忒斯的住处，后者亲自
开垦的农地，付出苦涩、艰辛的劳动，在过去的年月。
农庄上有他的房居，四周是搭起的遮棚，
那是仆工们的居所，被迫帮他劳作，使他欢心，
在里面吃饭、息坐，度过夜晚的时光。
另有一位年迈的西西里妇人，精心照看
老人的起居，后者以农庄为家，远离城区。
其时，奥德修斯开口发话，对儿子和他的仆役：
“去吧，你等各位，进入坚固的房居，
杀祭最好的肉猪，动作要快，作为我们的晚餐。

我将就此前往，试探我的亲爹，
看他是否知晓是我，双眼能否把我识辨——
抑或，他已认不出我来，我离别家门，日久经年。”

　　言罢，他把自己的兵器交给工仆，
后者迅速走向房屋。奥德修斯
步入繁茂的葡萄园，举目索望，
探走在偌大的林间，既不见多利俄斯，
也不见他的儿子或别的仆役，他们已全部出动，
搬取石头，建造垒墙，围护园内的
葡萄，由老人带路，领着他们。
但他还是找到了父亲，独自一人，忙作在齐整的果园，
松铲一株枝干的边土，穿一件脏浊的衣衫，
缝缝连连，破破烂烂，腿上绑着牛皮的护胫，
紧密缝连的片件，抵御磨伤刮损，
指掌上戴着手套，因为劳作在枝丛之间，还有
头上的那顶皮帽，怆楚中平添了几分辛酸。
卓著的、坚忍不拔的奥德修斯观视他的形态，
看出他心中悲苦难言，老迈的年纪使他憔悴不堪，
见他站在一棵高大的梨树下，不禁泪水潸涟，
心魂里斟酌思考，是去
抱住父亲，送去儿子的亲吻，告知
一切，他已回返亲爱的故园，
还是先张口发问，问明细里，把他试探。
两下比较，觉得后者佳善，
先来开口试探，用嬉刺的语言。
主意已定，高贵的奥德修斯对着他走来，
后者正低埋着脑袋，铲挖在一棵枝干的边沿，
光荣的儿子站在他身边，开口说话：

“老先生，你技艺精熟，绝非看顾园林的
门外汉。这里的一切井井有条，园中所有的植物
全都得到精心的照看，不论是无花果和葡萄，还是
橄榄树和梨树，还有这里的菜地，无一疏略。
然而，我还要冒昧说上一句，你可不要因此发起火来。
你本人缺乏精心照料，在这可悲的
暮年；你浑身脏杂，穿着破旧的衣衫。
显然，不是因为你懒散，失去了主人的关怀，
也不是因为你的身材，你的长相——这些，在我看来，
不像是个奴隶的外观。你看来像是一位王贵，
是的，像一位王者，理应在洗澡进食之后，
睡享床面的舒软，此乃年长者的权益。
来吧，告诉我你的情况，要准确地回答。
你是谁家的仆工，忙作在谁的果园？
此外，告诉我，真实地告诉我，让我了解这一点：
这里可是伊萨卡，我落脚的可真是这块地面，诚如那人
告诉我的那样，在我前来的路上，我们曾会面相见，
并非十分通情达理，亦没有那份平和耐心，
告诉我所有的一切，把我的话语听辨——我问他
一位朋友的讯息，是否仍然活着，
还是已经死去，奔入哀地斯的府居。
我将讲说此事，你可认认真真地听来。
我曾款待过一位朋友，在亲爱的乡园，
他来到我的房居；凡人中，在来自远方、
造访我家的客人中，此君最得我的亲爱。
他宣称出生在伊萨卡地面，还说
父亲是莱耳忒斯，阿耳开西俄斯的儿男。
我把他引进家里，热情招待，
权尽地主之谊，用家中成堆的好东西。

我给他表示客谊的礼物，做得很是得体，
给他七塔兰同精工锻打的黄金，
一只白银的兑缸，铸着一朵朵花卉，
十二件单面的披裹，十二条床毯，
十二领精美的披篷，以及同样数量的衫衣，
另有四名标致的女子，女工精美
娴熟，由他自己物色，挑选。”

听罢这番话，他的父亲答讲，泪水涟涟：
“你脚下踩的，朋友，正是你要找的地域，
只是眼下握掌在那帮人手里，他们凶暴、横蛮，
你所给的难以估价的礼物，就算丢入了清风里面。
倘若你能寻见他活在伊萨卡地面，
他会给你送行的礼物，回报你的厚爱，
给你施恩者的报偿，盛情款待。
来吧，告诉我你的情况，要准确地回答。
自从你招待那个不幸的客人，我的儿子——
咳，悲苦的儿啊，你可曾活过，在这人间——距今已有几年？
也许，远离故乡，别离亲朋，这个苦命之人已被
鱼群吞食，在那汪洋大海，或在干实的陆野，
填入走兽和鹰鸟的肠胃。他的母亲和
父亲，他是双亲的儿男，不曾为他发丧哭祭，
还有他丰足的①妻子，谨慎的裴奈罗珮，
不曾放声悲哭，在丈夫尸床的边沿，作为合宜之举，
为他合上双眼——此乃祭送的礼仪，死者应该享受的一切。
我还要你告诉我，真实地告诉我，让我了解这一点：
你是谁，你的父亲是谁？来自哪个城市，双亲在哪里？

---

① 丰足的：poludoros，“（争获）许多财礼的”。

快船停在何处，把你载到这边，
还有你那神样的伙伴？抑或，你搭乘别人的
海船，他们让你下来，然后续航向前?”

　　听罢这番话，足智多谋的奥德修斯回话，说道：
“放心吧，我会准确无误地回话，把一切告答。
我乃阿路巴斯人，拥住一所光荣的房院，
阿菲达斯的儿子，父亲是波鲁裴蒙的儿男。
厄裴里托斯是我的名字，眼下，神明
把我赶到这边，从西卡尼亚，违背我的意愿。
我的海船远离城区，停驻在乡间。
至于奥德修斯，离别我的住处，走离
我的国邦，至今已是第五个长年。
不幸的人儿——虽说离去之时，鸟迹确呈吉祥的兆端，
出现在他右边；我喜形于色，送他登程；
朋友离我而去，兴高采烈。其时，我心怀希望，
我们将以主客的身份重见，互致光荣的礼件。”

　　他言罢，悲苦的乌云罩住了莱耳忒斯的心间。
他十指勾屈，抓起地上的污秽，撒抹在
自己的脸面，灰白的发际间，悲声哀悼，痛哭不已。
奥德修斯激情澎湃，望着
亲爱的父亲，鼻孔里一阵痛酸。
他扑上前去，抱住父亲，热烈亲吻，送出话言：
“父亲，我就是他，你所询问的儿男。我已回来，
在第二十个年头，重返家园。
停止号哭，莫要洒泪悲哀，
我将告你此事，我们不能耗磨时间。
我已杀死求婚的人们，在我们的宫殿，

仇报他们的恶行，他们的猖蛮和骄虐。”

听罢这番话，莱耳忒斯开言，答道：
“倘若你真是奥德修斯，返回家来，
何不出示某个清晰的标记，也好使我相信你的话言。”

听罢这番话，足智多谋的奥德修斯说讲，答道：
“好吧，你可先看这道伤疤，用你的双眼，
野猪撕开的口子，用白亮的獠牙，在帕耳那索斯大山，
我正置身其间——你和高贵的母亲差我寻会
奥托鲁科斯，母亲钟爱的亲爹，以便得获
那些礼物，老人来访之时，已同意并答应赠给。
过来，让我再对你讲讲这些果树，你曾把它们
给我，在齐整的林园。那时，我还是个孩子，
颠跑在你身后，问这问那，穿走林地，行走
在果树之间，你告我它们的名字，一棵棵地道来，
给了我十三棵梨树，十棵苹果树
和四十棵无花果树，另外还许下五十垄葡萄，
答应将归我掌管。它们成熟在不同时期，
每个时节都有葡萄可摘，当宙斯统掌的节令
从天上降落，累累的果实把枝条压弯。”

他言罢，莱耳忒斯双膝发软，心力酥散，
他已认知此番确凿的实证，奥德修斯说得明明白白，
于是展开双臂，抱住亲爱的儿男；卓著和
坚忍不拔的奥德修斯将他拥入怀里，老人已陷入昏迷状态。
然而，当他喘过气来，神志复又回返
心间，于是再次开口作答，说道：
“父亲宙斯，你等众神一定还雄踞在巍伟的俄林波斯，

倘若求婚者们确已付出代价，为他们的骄蛮暴虐。
但现在，我却打心眼里害怕，担心伊萨卡人
会即刻赶来，和我们对阵，派出信使，
前往各地，各处开法勒尼亚人的城垣。”

　　听罢这番话，足智多谋的奥德修斯说讲，答道：
“不要怕，不要担心这些。让
我们前往房居，在那果林的边沿，
我已派遣忒勒马科斯先行，带着牧牛
和牧猪的仆人，让他们以最快的速度，备下食餐。”

　　他言罢，两人步入朴美的房居，
置身坚固的住房，眼见
忒勒马科斯和牧猪的及牧牛的仆人，
正切下大堆肉食，兑调闪亮的醇酒。

　　与此同时，那位西西里女仆，浴毕心志豪莽的
莱耳忒斯，在他的房居，替他抹上橄榄油，
搭上精美的披篷。此外，雅典娜
站在民众的牧者身边，粗壮了他的肢腿，
使他看来显得比以前更加高大魁梧，
后者步出澡盆，儿子惊奇地举目视看，
目睹他的再现，俨然不死的神明一般，
吐出长了翅膀的话语，开口说道：
“毫无疑问，父亲，某个长生不老的神明
使你看来较前魁美——瞧瞧你的身貌，你的体形。”

　　听罢这番话，聪睿的莱耳忒斯答道：
“哦，父亲宙斯，雅典娜，阿波罗！

但愿我能像当年那样，作为开法勒尼亚人的王者，
攻破滩边的奈里科斯，陆架上精固的城堡；
但愿昨天我能像当年那样，在我们宫里，
肩披铠甲，站在你身边，打退
求婚者的进击，酥软许多人的膝腿，
在厅堂里面——你的心灵将为之欢悦！”

就这样，他俩你来我往，一番叙言。
与此同时，忒勒马科斯等人已整治完毕，备妥食餐，
众人依次入座，在凳椅和靠椅上面。
然后，他们伸手抓起食物，年迈的多利俄斯
行至他们身边，还有老人的儿子，
息工归来，精疲力竭，应他们母亲的召唤，
那位西西里女子，把他们养大，精心
照看老人的生活，他已进入昏黄的暮年。
当他们眼见奥德修斯，认出他的身份，
痴站厅里，瞠目结舌，但奥德修斯
讲说温和的言词抚慰，对他们说道：
“坐下吧，老人家，忘却惊诧，和我们一起食餐。
我们已等待多时，虽说思食心切，急于动手，
一直等盼你们的归来，聚宴在厅堂里面。”

他言罢，多利俄斯展开双臂，冲扑
过来，抓住奥德修斯的手，亲吻他的手腕，
吐出长了翅膀的话语，开口说道：
“太好了，亲爱的主人，你已回到我们中间。我们想你盼你，
虽说已断了见你回返的奢念——一定是神明送你归来。
我们衷心地欢迎你，愿神明使你幸福康泰！
告诉我，真实地告诉我，让我了解这一点。

谨慎的裴奈罗珮是否已确知此事，
知你已经回返——是否需要我们给她送个信息？”

　　听罢这番话，足智多谋的奥德修斯说讲，答道：
“她已知此事，老人家，为何多此一举，再去道来？”

　　他言罢，多利俄斯复又下坐闪亮的椅面，
围着卓著的奥德修斯，多利俄斯的儿子们
前来欢迎他的归还，和他握手言谈，
回头依次坐在父亲多利俄斯身边。

　　就这样，他们忙着整备食餐，在厅堂里面；
与此同时，信使谣言迅速穿走整片城域，
高声呼喊，告说求婚人惨暴的死亡，他们的毁灭，
城民们闻讯出走，从各个方向奔聚而来，
发出声声吟叫，阵阵哭喊，在奥德修斯的房居前。
他们把尸体抬出屋外，分头埋葬了自己的亲男，
将来自别地城邦的死者搬上快船，
交给水手，由他们逐个送还。
然后，他们心怀悲愤，集合聚会。
当他们聚合完毕，集中在一个地点，
欧培塞斯起身发言，难以忘却的
悲痛涌积在心间，为了安提努斯，
他的儿子，被高贵的奥德修斯第一个杀倒在里边。
带着哭子的悲情，他面对众人，开口说道：
“朋友们，此人的暴行给阿开亚人带来了巨大的祸难！
初始，他带走众多精壮的男子，乘坐海船，
丢尽了深旷的船艘，毁了所有的兵男；
然后，他又回转此地，杀了开法勒尼亚人中最出色的壮汉。

干起来吧，趁他还没有迅速撤往普洛斯
或闪亮的厄利斯，厄培亚人镇统的地面。
让我们即刻出发，否则，我们将蒙受永久的耻辱，
是的，这将是个奇耻，甚至让后代听来，
假如我们不仇报兄弟和儿子的死难，杀除
凶手——如此，生活将不再给我带来
愉悦，我将一死了之，和死人做伴。
走吧，让我们就此出发，别让他们溜走，行船大海！”

　　他声泪俱下，怜悯揪住了阿开亚人的心怀。
其时，墨冬走近他们，还有通神的歌手，
来自奥德修斯的宫中——睡眠已离开二位——
站在人群中间；众人见状，无不惊异。
心智敏捷的墨冬开口发话，说道：
“听我说，伊萨卡民众，奥德修斯
谋设了这些作为，得益于永生神明的指点。
我曾亲眼看见一位不死的神明，站在
他身边，从头到脚恰似门托耳一般。
某位永生的神明频频出现，时而在奥德修斯前头，
催他奋进，时而又怒扫宫厅，
荡溃求婚人，后者一个接一个倒下，码成了垛儿。”

　　墨冬言罢，入骨的恐惧揪揉着他们的心怀。
其时，哈利塞耳塞斯，马斯托耳之子，一位年迈的斗士，
开口说话，众人中惟他具有瞻前顾后的智判。
怀着对各位的善意，他开口发话，喊道：
“听我说，伊萨卡民众，听听我的告言。
这些事情的发生，朋友们，实因出于你们自己的懦弱。
你等不听我的劝告，也不听门托耳的，民众的牧者；

我们曾嘱告尔等，劝说你们的儿子，中止他们的愚盲。
他们做下一件凶蛮的蠢事，出于粗莽和骄狂，
屈辱房主，一位王者的妻子，滥毁
他的财产，以为他再也不会回还。
这么办吧，听我的，按我说的做。
我们不宜去那；去的人会自找祸灾。”

他言罢，人们跳立起来，与会者的大部，
发出轰杂的啸喊，虽说其他人坐留原地，不想动弹。
哈利塞耳塞斯的话语不曾使他们欢心，而欧培塞斯的
言论却得到他们的赞同；众人一跃而起，朝着铠甲急奔
穿戴完毕，通身闪耀着青铜的光芒，
集聚起来，在城前宽敞的地面，
欧培塞斯领着他们，一帮愚蠢的人们，
心想以此仇报杀子的怨恨，但他已不能
活着回来，必须在那里和死亡会面。

其时，雅典娜问话宙斯，克罗诺斯的儿男：
“克罗诺斯之子，我们的父亲，最高贵的王者，
告诉我，回答我的问题。可否说出你心里的旨意？
是打算再次挑起惨烈的恶战和痛苦的搏杀，
还是让双方言归于好，重结友谊？”

听罢这番话，汇聚乌云的宙斯说讲，答道：
“为何询问，我的孩子，问我这些？
难道这不是你的意图，你的谋划，
让奥德修斯回返，惩罚那帮人的行为？做去吧，
凭你的自由，但我仍想告诉你处置此事的机宜。
现在，既然高贵的奥德修斯已仇报了求婚者，

何不让双方订立庄重的誓约，让他终身王统在那边。
我等可使他们忘却兄弟和儿子的死亡，
互相间重建友谊，像在过去的岁月；
让他们欣享和平，生活富足美满。”

宙斯的话语催励着早已迫不及待的雅典娜，
她急速出发，从俄林波斯山巅直冲而下。

其时，当各位满足了领享美食的欲望，
卓著和坚忍不拔的奥德修斯首先开口，说道：
“谁可出去探望，看看他们是否逼近农庄。”

他言罢，多利俄斯之子抬腿走去，听从奥德修斯
的命告，站在门槛之上，眼见他们正朝屋边逼迫，
急忙喊出长了翅膀的话语，对奥德修斯说道：
“他们来了，正对着我们进逼！让我们武装起来，赶快！”

他言罢，人们一跃而起，动手披挂，
奥德修斯和他的三个帮手，外加多利俄斯的六个儿男，
连同多利俄斯和莱耳忒斯，身披铠甲，
虽说鬓发灰白，紧急的情况迫使他们赴战。
当穿戴完毕，浑身闪耀着青铜的光芒，
他们打开大门，由奥德修斯率领，举步向前。

其时，雅典娜，宙斯的女儿，前来帮忙，
变取门托耳的形象，摹仿他的声音。
卓著和坚忍不拔的奥德修斯眼见心喜，
当即发话亲爱的儿子，对他说道：
“现在，忒勒马科斯，你已置身决斗的战场，

最勇敢的战士显试身手的地方。记住，
不要羞辱你的祖先；过去，我们
曾所向披靡，凭借我们的勇力，我们的刚强。”

听罢这番话，善能思考的忒勒马科斯答道：
“你将会看到，亲爱的父亲，只要你愿意。凭着眼下的
性情，我绝不会羞辱自己的血统，你所提及的荣烈！”

他言罢，莱耳忒斯喜上心头，开口说道：
“今天是什么日子，哦，我所尊爱的仙神！我感到高兴，
欣喜由衷，我的儿子和儿子的儿子竞比起各自的豪勇！”

其时，灰眼睛雅典娜站到他身边，说道：
“阿耳开西俄斯之子，伙伴中我最钟爱的人，
祈祷吧，对灰眼睛姑娘，对宙斯，她的父亲，
然后迅速持平落影森长的枪矛，投掷杀击！”

言罢，帕拉丝·雅典娜给他吹入巨大的勇力，
后者作过祈祷，对大神宙斯的女儿，
迅速投掷，平举起落影森长的枪矛，
击中欧培塞斯，切捣帽盔上青铜的颊片，
铜枪冲破阻力，将它彻底透穿；
欧培塞斯随即倒地，轰然一声，铠甲在身上铿锵响开。
奥德修斯和光荣的儿子扑向前排的对手，
挥剑劈砍，用双刃的枪矛刺捅。
其时，他们会杀了所有的来人，谁也甭想回转家门，
要不是雅典娜，带埃吉斯的宙斯的女儿，
大声呼喊，止阻所有冲杀的人等：
“住手吧，伊萨卡人，撤离痛苦的战斗，

尽快解决争端，避免流血牺牲！”

雅典娜言罢，彻骨的恐惧揪住了他们的心怀，
众人惊慌失措，扔下手中的武器，
全都掉在地上，听闻女神的声音，
转过身子，急于避死保命，朝着城边冲去。
随着一声声可怕的呼啸，坚忍不拔的奥德修斯收紧
全身的肌肉，猛扑向前，像一只搏击长空的雄鹰。
其时，克罗诺斯之子扔下一个带火的炸雷，
撞击在灰眼睛姑娘，强力天尊的女儿身前，
雅典娜于是发话，对奥德修斯，双眼中闪出灰蓝的光熠：
“莱耳忒斯之子，多谋善断的奥德修斯，宙斯的后裔，
罢息这场乡邻间的近战苦斗，停止攻击，以恐
沉雷远播的宙斯动怒，他是克罗诺斯的男丁。”

雅典娜言罢，奥德修斯心里高兴，谨遵不违。
帕拉丝·雅典娜让双方盟发誓咒，奠定
和睦相处的前景，带埃吉斯的宙斯的女儿，
以门托耳的形象，摹仿他的声音。

# 名称索引

## A

## B

D

## E

## F

G

# H

J



K

## M

N

## P

T

## X



## Y

雅典娜（Athene）：或帕拉丝·雅典娜，宙斯之女，1·44 等处，曾多次帮助奥德修斯。

亚耳达诺斯（Iardanos）：河流，在克里特，3·292。

亚索斯（Iasos）：（1）安菲昂（2）之父，11·283；（2）德墨托耳之父，17·443。

亚西昂（Iasion）：黛墨忒耳钟爱的英雄，5·126。

伊阿宋（Ieson，Jason）：英雄，曾驾导阿耳戈远征，12·72。

伊多墨纽斯（Idomeneus）：克里特王者，《伊利亚特》里的英雄，3·191，13·260。

伊俄尔科斯（Iolkos）：地域，在塞萨利亚，裴利阿斯的故乡，11·257。

伊菲克勒斯（Iphikles）：夫拉凯王者，11·290。

伊菲墨得娅（Iphimedeia）：俄托斯和厄菲阿尔忒斯的母亲，11·305。

伊菲托斯（Iphitos）：欧鲁托斯之子，奥德修斯年轻时的朋友，21·22—41。

伊芙茜墨（Iphthime）：欧墨洛斯之妻，裴奈罗珮的姐妹，4·797。

伊卡里俄斯（Ikalios）：裴奈罗珮的父亲，1·329。

伊克马利俄斯（Ikmalios）：工匠，曾制作裴奈罗珮的椅子，19·57。

伊利昂（Ilion）：特洛伊城，2·18；希腊人曾在那儿苦战十年。

伊罗斯（Iros）：又名阿耳奈俄斯，乞丐，曾与奥德修斯打斗，18·1—107。

伊洛斯（Ilos）：墨耳墨罗斯之子，1·259。

伊诺（Ino）：又名琉科塞娅，卡德摩斯的女儿，曾是凡女，后成仙，5·333，461。

伊萨卡（Ithaka）：海岛，奥德修斯的故乡，位于希腊西部海岸外，1·17；另见 9·21—26 等处。

## Z

# 荷马生平轶闻

陈中梅　编

据传荷马（Homeros）祖籍马格奈西亚，曾祖父名伊萨格奈斯，祖父名墨拉诺普斯，移居埃俄利亚城市库墨（位于小亚细亚沿海）。墨拉诺普斯与一库墨女子结婚，生一女，名克瑞塞丝，墨氏与其妻早逝，将幼女托付契友克勒阿纳克斯。克瑞塞丝成年后与一男子暗合怀孕，克勒阿纳克斯顾及名声，遂将她送往新建城市斯慕耳纳，交托好友伊斯墨尼阿斯，该城市由塞修斯主持创建，为尊念王妻斯慕耳奈，故以斯慕耳纳作为城名。日后，克瑞塞丝随同城妇女前往墨勒斯河畔，参加一次节庆活动，不料产期突至，生下一子，遂指河为名，唤其墨勒斯格奈斯（Melesigenes），意为“墨勒斯生养的”（孩子）。克瑞塞丝靠打工抚养孩子，竭己所能使他受到尽可能好的教育。其时外邦来了一位男子，名菲弥俄斯，以教授书写和诗歌为业，克瑞塞丝接受他的帮助，日后与他同居。菲弥俄斯精心培养年幼的墨勒斯格奈斯，孩子聪明伶俐，很快脱颖而出，成为男孩中最拔尖的学生。菲弥俄斯收养墨勒斯格奈斯为子，去世后尽留遗产与他，使其子承父业，以办学教诗谋生。墨勒斯格奈斯遍访各地城镇，到过包括奥德修斯（即俄底修斯）的家乡伊萨卡在内的许多地方，后因眼疾加重，遂渐致盲，不得已回到故乡斯慕耳纳，开始编制和吟诵诗歌。

墨勒斯格奈斯亦外出从业。一次，他来到库墨，咏诵的长诗受到欢迎，提出若得该地民众赡养，他将用诗歌传扬库墨的名声。元老们均表赞同，只有一人例外，认为若开此先例，收留并供养外邦“人质”（homeroi），各地闲散文人便会闻风而至，使城邦的财政不堪重负。经此事件后，人们遂改动墨勒斯格奈斯的叫名，唤其为荷马（Homeros），因为在库墨人的用语里，homeroi（homeros的复数形式）意指盲人。荷马到过基俄斯，并在该地开办学校，教授自编的诗歌，挣得钱财后婚娶妻子，妻子为他生养两个女儿，其中一个夭折，另一位嫁配本地的小伙，在基俄斯成家立业。荷马的名声不仅在伊俄尼亚广为人知，而且还远传希腊本土，在雅典和阿耳戈斯，荷马是千家万户熟悉的名字。一年春天，荷马打算由萨摩斯坐船前往雅典，但海船偏离航线，抵达小岛伊俄斯。荷马年迈，加之在船上时便开始感觉不适，上岸后又因无有顺风，耽搁数日，心情郁闷。民众闻知荷马来到，对他表示了应有的敬重。但渔村的男孩子们并不知他为何人，故以谜语相逗，要他猜度“所有被抓的我们留下，不被抓的我们带着”所指何物。包括荷马在内的“外邦人”均猜不出这个谜语，男孩们在“幸灾乐祸”之余亮出谜底，说那些被他们逮住便予以留下，而逮不住的则被带上的东西，便是他们身上的虱子。荷马卒于伊俄斯岛，不是如人们所说的那样死于羞愧猜不出谜语，而是因为疾病加重和身体的日趋虚弱。（详阅 M. R. Lefkowitz, *The Lives of the Greek Poets*, Baltimore：The Johns Hopkins University Press, 1981, pp. 139—155）

## 译文名著精选书目

| | |
|---|---|
| 傲慢与偏见 | 〔英〕简·奥斯丁 著 王科一 译 |
| 简·爱 | 〔英〕夏洛蒂·勃朗特 著 祝庆英 译 |
| 基督山伯爵 | 〔法〕大仲马 著 韩沪麟 周克希 译 |
| 少年维特的烦恼 | 〔德〕歌德 著 侯浚吉 译 |
| 茶花女 | 〔法〕小仲马 著 王振孙 译 |
| 呼啸山庄 | 〔英〕艾米莉·勃朗特 著 方平 译 |
| 悲惨世界 | 〔法〕雨果 著 郑克鲁 译 |
| 堂吉诃德 | 〔西班牙〕塞万提斯 著 张广森 译 |
| 红与黑 | 〔法〕司汤达 著 郝运 译 |
| 雾都孤儿 | 〔英〕狄更斯 著 荣如德 译 |
| 欧叶妮·葛朗台／高老头 | 〔法〕巴尔扎克 著 王振孙 译 |
| 莎士比亚四大悲剧 | 〔英〕莎士比亚 著 孙大雨 译 |
| 泰戈尔抒情诗选 | 〔印〕泰戈尔 著 吴岩 译 |
| 乱世佳人 | 〔美〕玛格丽特·米切尔 著 陈良廷等 译 |
| 鲁滨孙历险记 | 〔英〕笛福 著 黄杲炘 译 |
| 安娜·卡列尼娜 | 〔俄〕列夫·托尔斯泰 著 高惠群等 译 |
| 十日谈 | 〔意〕薄伽丘 著 方平 王科一 译 |
| 福尔摩斯探案精选 | 〔英〕柯南·道尔 著 梅绍武 屠珍 译 |
| 老人与海 | 〔美〕海明威 著 吴劳等 译 |
| 漂亮朋友 | 〔法〕莫泊桑 著 王振孙 译 |
| 巴黎圣母院 | 〔法〕雨果 著 管震湖 译 |
| 双城记 | 〔英〕狄更斯 著 张玲 张扬 译 |
| 最后一片叶子 | 〔美〕欧·亨利 著 黄源深 译 |
| 瓦尔登湖 | 〔美〕梭罗 著 徐迟 译 |
| 一九八四 | 〔英〕奥威尔 著 董乐山 译 |
| 复活 | 〔俄〕列夫·托尔斯泰 著 安东 南风 译 |
| 三个火枪手 | 〔法〕大仲马 著 郝运 王振孙 译 |
| 苔丝 | 〔英〕哈代 著 郑大民 译 |
| 变色龙 | 〔俄〕契诃夫 著 汝龙 译 |
| 钢铁是怎样炼成的 | 〔俄〕奥斯特洛夫斯基 著 王志冲 译 |
| 浮士德 | 〔德〕歌德 著 钱春绮 译 |
| 太阳照常升起 | 〔美〕海明威 著 赵静男 译 |
| 莎士比亚喜剧五种 | 〔英〕莎士比亚 著 方平 译 |
| 理智与情感 | 〔英〕简·奥斯丁 著 武崇汉 译 |
| 罪与罚 | 〔俄〕陀思妥耶夫斯基 著 岳麟 译 |
| 羊脂球 | 〔法〕莫泊桑 著 郝运 王振孙 译 |
| 鼠疫 | 〔法〕加缪 著 刘方 译 |
| 青年艺术家画像 | 〔爱尔兰〕乔伊斯 著 朱世达 译 |

| | |
|---|---|
| 我是猫 | 〔日〕夏目漱石 著 刘振瀛 译 |
| 神曲 | 〔意〕但丁 著 朱维基 译 |
| 红字 | 〔美〕霍桑 著 苏福忠 译 |
| 到灯塔去 | 〔英〕伍尔夫 著 瞿世镜 译 |
| 格列佛游记 | 〔英〕斯威夫特 著 孙予 译 |
| 大卫·考坡菲 | 〔英〕狄更斯 著 张谷若 译 |
| 道连·葛雷的画像 | 〔英〕王尔德 著 荣如德 译 |
| 童年／在人间／我的大学 | 〔俄〕高尔基 著 高惠群等 译 |
| 城堡 | 〔奥地利〕卡夫卡 著 赵蓉恒 译 |
| 汤姆·索亚历险记 | 〔美〕马克·吐温 著 张建平 译 |
| 九三年 | 〔法〕雨果 著 叶尊 译 |
| 铁皮鼓 | 〔德〕格拉斯 著 胡其鼎 译 |
| 卡拉马佐夫兄弟 | 〔俄〕陀思妥耶夫斯基 著 荣如德 译 |
| 远大前程 | 〔英〕狄更斯 著 王科一 译 |
| 马丁·伊登 | 〔美〕杰克·伦敦 著 吴劳 译 |
| 名利场 | 〔英〕萨克雷 著 荣如德 译 |
| 嘉莉妹妹 | 〔美〕德莱塞 著 裘柱常 译 |
| 细雪 | 〔日〕谷崎润一郎 著 储元熹 译 |
| 哈克贝里·芬历险记 | 〔英〕马克·吐温 著 张万里 译 |
| 儿子与情人 | 〔英〕劳伦斯 著 张禹九 译 |
| 野性的呼唤 | 〔英〕杰克·伦敦 著 刘荣跃 译 |
| 牛虻 | 〔英〕伏尼契 著 蔡慧 译 |
| 包法利夫人 | 〔法〕福楼拜 著 周克希 译 |
| 达洛卫夫人 | 〔英〕伍尔夫 著 孙梁 苏美 译 |
| 永别了，武器 | 〔美〕海明威 著 林疑今 译 |
| 喧哗与骚动 | 〔美〕福克纳 著 李文俊 译 |
| 猎人笔记 | 〔俄〕屠格涅夫 著 冯春 译 |
| 圣经故事 | 〔美〕阿瑟·马克斯威尔 著 杨佑方等 译 |
| 希腊神话 | 〔俄〕库恩 编著 朱志顺 译 |
| 格林童话 | 〔德〕格林兄弟 著 施种等 译 |
| 月亮和六便士 | 〔英〕毛姆 著 傅惟慈 译 |
| 失乐园 | 〔英〕弥尔顿 著 刘捷 译 |
| 海底两万里 | 〔法〕儒勒·凡尔纳 著 杨松河 译 |
| 丧钟为谁而鸣 | 〔美〕海明威 著 程中瑞 译 |
| 安徒生童话 | 〔丹麦〕安徒生 著 任溶溶 译 |
| 了不起的盖茨比 | 〔美〕菲茨杰拉德 著 巫宁坤等 译 |
| 虹 | 〔英〕劳伦斯 著 黄雨石 译 |
| 摩格街谋杀案 | 〔美〕爱伦·坡 著 张冲 张琼 译 |
| 坎特伯雷故事集 | 〔英〕乔叟 著 黄杲炘 译 |
| 战争与和平 | 〔俄〕列夫·托尔斯泰 著 娄自良 译 |
| 环游地球八十天 | 〔法〕儒勒·凡尔纳 著 任倬群 译 |
| 人生的枷锁 | 〔英〕毛姆 著 张柏然 张增健 倪俊 译 |

| | |
|---|---|
| 剧院魅影 | 〔法〕加斯东·勒鲁 著 符锦勇 译 |
| 百万英镑——马克·吐温中短篇小说选 | 〔美〕马克·吐温 著 方平 等译 |
| 培根随笔全集 | 〔英〕弗兰西斯·培根 著 蒲隆 译 |
| 金银岛 化身博士 | 〔英〕斯蒂文森 著 荣如德 译 |
| 无名的裘德 | 〔英〕哈代 著 刘荣跃 译 |
| 一千零一夜 | 方平 等译 |
| 刀锋 | 〔英〕毛姆 著 周煦良 译 |
| 小妇人 | 〔美〕露易莎·梅·奥尔科特 著 洪怡 叶宇 译 |
| 玻璃球游戏 | 〔德〕黑塞 著 张佩芬 译 |
| 凯旋门 | 〔德〕雷马克 著 朱雯 译 |
| 变形记——卡夫卡中短篇小说集 | 〔奥地利〕卡夫卡 著 张荣昌 译 |
| 伊索寓言 | 〔希腊〕伊索 等著 吴健平 于国畔 译 |
| 前夜 父与子 | 〔俄〕屠格涅夫 著 丽尼 巴金 译 |
| 大师和玛格丽特 | 〔俄〕布尔加科夫 著 高惠群 译 |
| 死农奴 | 〔俄〕果戈理 著 娄自良 译 |
| 被伤害与侮辱的人们 | 〔俄〕陀思妥耶夫斯基 著 娄自良 译 |
| 黑桃皇后 | 〔俄〕普希金 著 冯春 译 |
| 伊利亚随笔精选 | 〔英〕查尔斯·兰姆 著 刘炳善 译 |
| 危险的关系 | 〔法〕拉克洛 著 叶尊 译 |
| 夜色温柔 | 〔美〕菲茨杰拉德 著 汤新楣 译 |
| 弗兰肯斯坦 | 〔英〕玛丽·雪莱 著 刘新民 译 |
| 卡门 | 〔法〕梅里美 著 王钢 等译 |
| 忏悔录 | 〔法〕卢梭 著 陈筱卿 译 |
| 伪币制造者 | 〔法〕纪德 著 盛澄华 译 |
| 斯巴达克思 | 〔意〕乔万尼奥里 著 李俍民 译 |
| 追忆逝水年华(精华本) | 〔法〕普鲁斯特 著 沈志明 译 |
| 去吧，摩西 | 〔美〕威廉·福克纳 著 李文俊 译 |
| 蒙田随笔集 | 〔法〕蒙田 著 马振骋 译 |
| 美国悲剧 | 〔美〕德莱塞 著 潘庆舲 译 |
| 汤姆叔叔的小屋 | 〔美〕斯陀夫人 著 杨怡 译 |
| 三毛钱小说 | 〔德〕贝·布莱希特 著 高年生 黄明嘉 译 |
| 动物农场 | 〔英〕乔治·奥威尔 著 荣如德 译 |
| 黑郁金香 | 〔法〕大仲马 著 郝运 译 |
| 白痴 | 〔俄〕陀思妥耶夫斯基 著 荣如德 译 |
| 快乐王子 | 〔英〕王尔德 著 巴金 译 |
| 笑面人 | 〔法〕雨果 著 鲁膺 译 |
| 娜娜 | 〔法〕左拉 著 徐和瑾 译 |
| 贝姨 | 〔法〕巴尔扎克 著 许钧 译 |
| 蝇王 | 〔英〕威廉·戈尔丁 著 龚志成 译 |
| 看得见风景的房间 | 〔英〕E·M·福斯特 著 巫漪云 译 |

| | |
|---|---|
| 最后一课——都德小说选 | 〔法〕都德 著　郝运 译 |
| 浮士德博士 | 〔德〕托马斯·曼 著　罗炜 译 |
| 草叶集 | 〔美〕沃尔特·惠特曼 著　邹仲之 译 |
| 流动的盛宴 | 〔美〕海明威 著　汤永宽 译 |
| 平家物语 | 〔日〕佚名 著　王新禧 译 |
| 柏拉图对话集 | 〔古希腊〕柏拉图 著　戴子钦 译 |
| 荷马史诗：伊利亚特·奥德赛 | 〔古希腊〕荷马 著　陈中梅 译 |
| 罗密欧与朱丽叶 | 〔英〕莎士比亚 著　方平 译 |
| 都柏林人 | 〔爱尔兰〕乔伊斯 著　王逢振 译 |
| 美丽新世界 | 〔英〕奥尔德斯·赫胥黎 著　陈超 译 |